AUTANT EN EMPORTE LE VENT

MARGARET MITCHELL

AUTANT EN EMPORTE LE VENT

TRADUIT DE L'ANGLAIS
PAR PIERRE-FRANÇOIS CAILLÉ

QUARTO
GALLIMARD

Titre original : GONE WITH THE WIND

AVERTISSEMENT

Le lecteur trouvera en fin de volume, dans le « Vie et œuvre » illustré, de nombreux éléments sur la biographie et la personnalité de Margaret Mitchell, sur ses origines, les liens entre sa famille, le Sud et la guerre de Sécession (ainsi qu'une carte), la gestation de *Gone With The Wind*, l'écriture du scénario et la réalisation du film.

Nous avons accompagné le texte d'un choix des principales scènes du film, dont les acteurs sont devenus, bien plus que de simples interprètes, les véritables incarnations des personnages du roman.

Nous remercions particulièrement Pap Ndiaye, directeur de recherches à l'EHESS et historien des États-Unis, pour l'aide qu'il nous a généreusement apportée tant en ce qui concerne l'élucidation des allusions obscures, pour le lecteur français, à la guerre de Sécession, que pour les compléments d'information indispensables qui s'imposaient ou pour les portraits des principaux généraux (fédérés ou confédérés) que le lecteur trouvera également en fin de volume.

Enfin, nous devons mentionner l'obligeance et l'amabilité de l'équipe du Road to Tara Museum (Atlanta), en particulier Mrs Stacey Dickson, qui nous a fourni des documents photographiques inconnus en France pour illustrer le « Vie et œuvre ».

I

Scarlett O'Hara n'était pas d'une beauté classique, mais les hommes ne s'en apercevaient guère quand, à l'exemple des jumeaux Tarleton, ils étaient captifs de son charme. Sur son visage se heurtaient avec trop de netteté les traits délicats de sa mère, une aristocrate du littoral, de descendance française, et les traits lourds de son père, un Irlandais au teint fleuri. Elle n'en avait pas moins une figure attirante, avec son menton pointu et ses mâchoires fortes. Ses yeux, légèrement bridés et frangés de cils drus, étaient de couleur vert pâle sans la moindre tache noisette. Ses sourcils épais et noirs traçaient une oblique inattendue sur sa peau d'un blanc de magnolia, cette peau à laquelle les femmes du Sud attachaient tant de prix et qu'elles protégeaient avec tant de soins, à l'aide de capelines, de voiles et de mitaines, contre les ardeurs du soleil de Géorgie.

En ce radieux après-midi d'avril 1861, Scarlett O'Hara était assise entre Stuart et Brent Tarleton sous la véranda fraîche et ombreuse de Tara, la plantation de son père, et offrait une image ravissante. Les onze mètres de sa nouvelle robe de mousseline verte à fleurs bouffaient sur les cerceaux de sa crinoline et leur teinte s'harmonisait parfaitement avec celle des sandales de maroquin vert à talons plats que son père lui avait rapportées depuis peu d'Atlanta. La robe dégageait à ravir la taille la plus fine de trois comtés et son corsage très ajusté moulait une poitrine bien formée pour une jeune fille de seize ans. Malgré la façon pudique dont elle avait étalé ses jupes, malgré l'air réservé que lui donnaient ses cheveux lisses, ramenés en chignon, malgré l'immobilité de ses petites mains blanches croisées sur son giron, Scarlett avait peine à dissimuler sa véritable nature. Dans son visage, empreint d'une expression de douceur minutieusement étudiée, ses yeux verts, frondeurs, autoritaires, pleins de vie, ne correspondaient en rien à son attitude compassée. Elle devait ses bonnes manières aux réprimandes affectueuses de sa mère et à la discipline plus rigoureuse de sa mama[1], mais ses yeux étaient bien à elle.

1. Nom donné au sud des États-Unis aux bonnes d'enfants de couleur. Ce terme affectueux s'applique en général à des négresses fort attachées à la famille de leurs maîtres *(N.d.T.)*.

De chaque côté d'elle, les jumeaux se prélassaient dans leurs fauteuils et, tout en riant et en bavardant, s'amusaient à regarder le soleil à travers leurs verres remplis de menthe. Ils avaient négligemment croisé leurs longues et lourdes jambes de cavaliers bottées jusqu'aux genoux. Âgés de dix-neuf ans, hauts de six pieds deux pouces, les membres allongés et les muscles durs, le teint bronzé, les cheveux roux foncé, le regard enjoué et arrogant, vêtus de vestes bleues identiques et de culottes moutarde, ils se ressemblaient autant que deux balles de coton peuvent se ressembler.

Dehors le soleil déclinant envahissait le jardin et illuminait les cornouillers dont les fleurs blanches se détachaient en masses compactes sur un fond vert tendre. Les chevaux des jumeaux étaient attachés dans l'allée. C'étaient des bêtes robustes à la robe aussi rousse que la chevelure de leurs maîtres. Auprès d'eux, se disputaient les chiens maigres et nerveux qui suivaient partout Stuart et Brent. Un peu à l'écart, ainsi qu'il convenait à un aristocrate, un dalmate moucheté de noir était couché, le museau sur les pattes, et attendait patiemment que les garçons rentrassent dîner chez eux.

Entre les chiens, les chevaux et les jumeaux existait une parenté bien plus profonde que celle établie par une fréquentation constante. Jeunes animaux insouciants, pleins de grâce et de fougue, ils débordaient tous de santé. Les garçons étaient vifs et ombrageux comme leurs montures, mais doux et dociles quand on savait les prendre.

Bien que les trois jeunes gens assis sous la véranda eussent été servis dès leur plus tendre enfance par des esclaves à genoux devant eux, bien qu'ils fussent habitués à la vie facile des planteurs, rien dans leur physionomie n'indiquait la mollesse ou l'indolence. Ils avaient la robustesse et la vivacité des gens de la campagne qui ont passé toute leur existence au grand air et s'embarrassent fort peu des fadaises contenues dans les livres. La vie en Géorgie du Nord, dans le comté de Clayton, était encore fruste et, selon les principes en vigueur à Augusta, à Savannah et à Charleston, elle était même un peu primitive. Les Sudistes des régions plus paisibles et plus anciennes considéraient d'un œil ironique les Géorgiens des hautes terres, mais là, en Géorgie du Nord, peu importait qu'on ignorât les raffinements de la culture classique pourvu qu'on se montrât à la hauteur quand les choses en valaient la peine ; or, faire pousser du coton de bonne qualité, bien monter à cheval, bien tirer au fusil ou au pistolet, bien danser, savoir tenir compagnie aux dames et boire en homme du monde, en gentleman, c'était surtout cela qui comptait.

Sous tous ces rapports, les jumeaux étaient des garçons accomplis et ils se faisaient également remarquer par leur incapacité notoire à se plonger dans l'étude d'un livre. Leurs parents étaient les personnes les plus riches du comté, c'étaient eux qui possédaient le plus grand nombre de chevaux et d'esclaves, mais les deux jeunes gens étaient moins forts en grammaire que la plupart des paysans pauvres du voisinage.

C'était précisément pour cette raison qu'en cet après-midi d'avril Stuart et Brent paressaient sous la véranda de Tara. Ils venaient d'être renvoyés de l'Université de Géorgie, le quatrième établissement de ce genre qui, en deux ans, les avait expulsés. Tom et Boyd, leurs frères aînés, étaient partis avec eux, car ils ne voulaient pas rester dans un endroit où l'on traitait si mal les jumeaux. Stuart et Brent considéraient leur dernière mésaventure comme une excellente plaisanterie et Scarlett, qui n'avait pas souvent ouvert un livre depuis qu'elle avait quitté, l'année précédente, l'Académie féminine de Fayetteville, prenait la chose aussi gaiement qu'eux.

– Je sais que vous deux et Tom vous vous moquez pas mal d'avoir été mis à la porte, dit-elle. Mais Boyd ? Il a envie de faire des études, lui, et vous l'avez obligé à quitter l'Université de Virginie, celle d'Alabama, celle de Caroline du Sud et maintenant celle de Géorgie. À ce train-là, il ne finira jamais.

– Oh ! il pourra refaire son droit dans le cabinet du juge Parmalee, répondit Brent avec nonchalance. D'ailleurs ça n'a pas grande importance. De toute manière il aurait fallu que nous rentrions à la maison avant la fin de l'année scolaire.

– Pourquoi ?

– La guerre, petite dinde ! la guerre va éclater d'un jour à l'autre, et tu ne penses tout de même pas que l'un de nous aurait pu rester à l'Université à la veille d'une guerre, hein ?

– Vous savez bien qu'il n'y aura pas de guerre, fit Scarlett, agacée. Ce ne sont que des racontars. Tenez, pas plus tard que la semaine dernière, Ashley Wilkes et son père ont dit à papa que nos délégués à Washington arriveraient à... à... un accord amiable avec M. Lincoln au sujet de la Confédération. Et puis les Yankees ont trop peur de nous pour se battre. Il n'y aura pas de guerre et j'en ai assez d'en entendre parler.

– Il n'y aura pas de guerre ! s'écrièrent les jumeaux indignés comme si on les avait frustrés d'un bien.

– Mais si, mon chou, il y aura la guerre, dit Stuart. Les Yankees ont peut-être peur de nous, mais après le bombardement d'avant-hier et la façon dont le général Beauregard les a délogés du fort Sumter[2] ils seront bien forcés de se battre, sinon ils passeront pour une bande de lâches aux yeux du monde entier. Voyons, la Confédération...

Scarlett fit une moue dégoûtée.

– Si vous répétez encore une fois le mot « guerre », je vais m'enfermer dans la maison. Aucun mot ne m'a plus crispée si ce n'est celui de « sécession ». Papa parle de guerre matin et soir et tous les visiteurs qui viennent crient à m'en faire hurler quand ils abordent le chapitre du fort Sumter, les droits des États ou d'Abe Lincoln. Et les jeunes gens aussi s'en mêlent ! Ils ne parlent que de cela et de leur chère vieille troupe. On ne s'est amusé nulle part ce printemps-ci parce que les jeunes gens n'avaient pas d'autre mot à la bouche. Je suis joliment contente que la Géorgie ait attendu la Noël pour se séparer, sans quoi toutes les réunions auraient été ratées. Si vous prononcez encore le mot « guerre », je rentre.

Scarlett aurait fait comme elle avait dit, car elle ne pouvait pas suivre longtemps une conversation dont elle n'était pas le principal objet. Pourtant elle sourit. Ses fossettes se creusèrent et ses cils noirs se mirent à battre aussi vite que des ailes de papillon. Ainsi qu'elle l'avait souhaité, les garçons furent ravis et se hâtèrent de lui demander pardon de l'avoir importunée. Ils ne lui en voulurent pas du tout de son manque d'intérêt. Au contraire. La guerre était affaire d'hommes, et ils prirent son attitude pour une preuve de féminité.

Après avoir réussi à les détourner du sujet fastidieux de la guerre, elle reprit le débat sur la situation présente des deux frères.

– Qu'a dit votre mère en apprenant que vous étiez encore renvoyés ?

Les deux jeunes gens parurent mal à l'aise. Ils se rappelaient la façon dont s'était comportée leur mère trois mois auparavant, lorsqu'ils étaient revenus de l'Université de Virginie.

– Eh bien ! fit Stuart, elle n'a pas encore eu l'occasion de dire grand-chose.

« Ce matin, Tom et moi, nous avons quitté la maison de bonne heure. Elle n'était pas levée. Tom, lui, est allé faire un tour chez les Fontaine pendant que nous nous rendions ici.

– Elle ne vous a rien dit quand vous êtes rentrés hier soir ?

2. Le fort Sumter, construit dans la baie de Charleston, fut le théâtre d'un des premiers épisodes militaires qui opposèrent les Yankees aux Sudistes avant même que la guerre fût déclarée *(N.d.T.)*.

– Hier soir, nous avons eu de la chance. Avant notre arrivée, on a amené le nouveau pur-sang que maman a acheté au Kentucky le mois dernier. Toute la maison était sens dessus dessous. C'est un fameux cheval, Scarlett; il faudra que vous disiez à votre père de venir le voir dès qu'il pourra... il a déjà mordu son palefrenier en chemin et il a piétiné deux des négros de maman qui étaient allés le chercher au train à Jonesboro. Juste avant que nous débarquions à la maison, il a presque démoli l'écurie et il a à moitié tué Strawberry, le vieux pur-sang de maman. Quand nous sommes arrivés, maman était dans l'écurie en train de le calmer à grand renfort de morceaux de sucre et, ma foi, elle n'y réussissait pas trop mal. Les négros en faisaient des yeux! Ils avaient si peur qu'ils s'étaient accrochés aux poutres de l'écurie, mais maman parlait au cheval comme s'ils étaient, elle et lui, de vieilles connaissances, et lui donnait à manger dans le creux de sa main. Il n'y en a pas deux comme maman pour s'entendre avec un cheval. Lorsqu'elle nous a vus, elle a dit: «Au nom du Ciel, que venez-vous encore faire à la maison tous les quatre? Vous êtes pires que les sept plaies d'Égypte!» Sur ce, le cheval s'est mis à hennir et à ruer et maman a dit: «Sortez d'ici! Vous ne voyez pas qu'il est nerveux, le pauvre mignon! Je m'occuperai de vous demain matin!» Alors nous sommes allés nous coucher. Ce matin, nous sommes sortis avant qu'elle puisse nous pincer et nous avons laissé Boyd se débrouiller avec elle.

– Pensez-vous qu'elle battra Boyd?

Comme le reste du comté, Scarlett n'arrivait pas à s'habituer à la façon dont la petite Mme Tarleton corrigeait ses grands fils et au besoin leur administrait des coups de cravache sur le dos.

Béatrice Tarleton était une femme très occupée. Elle avait sur les bras non seulement une vaste plantation de coton, une centaine de nègres et huit enfants, mais aussi la plus grande ferme d'élevage de chevaux de l'État. D'un caractère emporté et facilement mise hors d'elle par les fréquentes incartades de ses quatre fils, elle estimait qu'une petite volée de temps en temps ne faisait pas de mal aux garçons, ce qui ne l'empêchait pas d'interdire qu'on touchât à un cheval ou à un esclave.

– Mais non, elle ne battra pas Boyd. Elle ne l'a jamais beaucoup battu parce qu'il est l'aîné et que c'est l'avorton de la bande, dit Stuart, fier de sa haute taille. C'est pourquoi nous l'avons laissé à la maison s'expliquer avec elle. Grand Dieu! maman devrait bien cesser de nous rosser. Nous avons dix-neuf ans, Tom en a vingt et un, elle se conduit comme si nous n'en avions que six.

– Votre mère viendra-t-elle demain sur le nouveau cheval au pique-nique[3] des Wilkes ?
– Elle en a envie, mais papa dit que c'est dangereux. Du reste les petites ne la laisseront pas faire. Elles disent qu'elles finiront bien par l'emmener au moins une fois à une réunion comme une vraie dame, en voiture.
– J'espère qu'il ne pleuvra pas demain, déclara Scarlett. Il a plu presque tous les jours depuis une semaine. Rien n'est pire qu'un pique-nique qui se termine entre quatre murs.
– Oh ! demain, il fera beau et chaud comme au mois de juin, fit Stuart. Regarde-moi ce coucher de soleil. Je n'en ai jamais vu de plus rouge. On peut toujours prédire le temps d'après les couchers de soleil.
Leurs regards se posèrent sur l'immense étendue du domaine de Gérald O'Hara, les champs de coton fraîchement labourés et sur l'horizon rougeoyant. Maintenant que, derrière ces collines, par-delà la rivière Flint, le soleil se couchait dans une débauche de pourpre, la chaleur d'avril se transformait peu à peu en une fraîcheur légère mais bienfaisante.
Cette année-là, le printemps était venu de bonne heure, accompagné d'averses tièdes et brèves. Les fleurs roses des pêchers avaient éclos soudain et les cornouillers avaient semé d'étoiles blanches le marais sombre et les collines lointaines. Déjà, les labours étaient presque achevés et la gloire sanglante du couchant rehaussait la teinte des sillons récemment tracés dans la glaise rouge de Géorgie. Retourné par les charrues, le sol humide et affamé attendait les graines de coton, rosissait sur le dos sablonneux des sillons, se colorait de vermillon, d'écarlate et de brun dans les creux où s'étiraient des lignes d'ombre. Le bâtiment de la plantation, avec ses murs de briques au crépi blanc, ressemblait à une île posée au milieu d'une mer rouge et déchaînée dont les lames déformées, sinueuses, tourbillonnantes eussent été pétrifiées au moment de déferler en rouleaux empanachés de rose. En cet endroit n'existaient pas les longs sillons tels qu'on en pouvait voir dans les champs d'argile jaune de la plate campagne au centre de la Géorgie ou sur les terres noires et fertiles du littoral. En Géorgie du Nord, les terres labourées qui ondulaient au pied des collines étaient creusées de milliers de sillons en forme de croissants destinés à empêcher le riche limon de glisser dans le lit des rivières.

3. Ce mot pique-nique reviendra souvent. Faute d'équivalent en français, nous nous en sommes servi pour traduire l'anglais « barbecue ». Le barbecue est en Amérique une fête champêtre où l'on mange du porc et du mouton rôtis dans des foyers creusés à même le sol *(N.d.T.)*.

C'était une terre sauvagement rouge, couleur de sang après les pluies, brique pendant les sécheresses, la meilleure terre à coton du monde. C'était un pays aux maisons blanches, aux paisibles champs labourés, aux cours d'eau lents et jaunâtres, mais un pays de contrastes où la réverbération du soleil était la plus aveuglante, où l'ombre était la plus dense. Les clairières et les milles et les milles de champs de coton appartenant à la plantation souriaient à un soleil chaud, placide, complaisant. À leur lisière se dressaient les forêts vierges, sombres et fraîches même aux midis les plus brûlants, forêts mystérieuses, un peu sinistres, dont les pins bruissants semblaient depuis des siècles monter une garde patiente et dans un soupir formuler leur menace « Attention ! Attention ! Nous avons eu le dessus autrefois ! Nous pourrions bien vous reprendre ! »

Aux oreilles des trois jeunes gens assis sous la véranda parvenaient le bruit des bêtes martelant le sol de leurs sabots, le cliquetis des traits, le rire pointu et nonchalant des nègres qui rentraient des champs avec leurs mules. De l'intérieur de la maison montait la voix douce de la mère de Scarlett, Ellen O'Hara, qui appelait la petite négresse chargée de porter son panier de clés. La voix perçante de l'enfant répondait « Oui, M'ame », et l'on entendait s'entrechoquer les assiettes et tinter l'argenterie tandis que Pork, le majordome de Tara, dressait la table pour le dîner.

Les jumeaux se rendirent compte qu'il était temps de rentrer chez eux, mais ils n'avaient guère envie d'affronter leur mère et ils s'attardèrent sous la véranda dans l'espoir que Scarlett les retiendrait à dîner.

– Écoute, Scarlett. À propos de demain, dit Brent. Ce n'est pas notre faute si nous ignorions qu'il y aurait un pique-nique et un bal demain soir. Tu danseras bien avec nous ? Tu n'as pas promis toutes tes danses, au moins ?

– Mais si ! Comment aurais-je pu savoir que vous seriez revenus ? Je n'allais pas risquer de faire tapisserie uniquement pour vous attendre tous les deux !

– Toi, faire tapisserie !

Les garçons se mirent à rire bruyamment.

– Écoute, mon chou. Il faut que tu m'accordes la première valse, que tu réserves la dernière à Stu et que tu soupes avec nous. Comme au dernier bal, nous nous assoirons sur les marches de l'escalier et nous demanderons à Mama Jincy de nous dire la bonne aventure.

– Je n'aime pas que Mama Jincy dise la bonne aventure. Vous savez qu'elle a prédit que j'épouserai un monsieur aux cheveux d'un noir

de jais et aux longues moustaches, et j'ai horreur des messieurs aux cheveux noirs.
– Tu les aimes quand ils ont les cheveux roux, n'est-ce pas, mon chou ? fit Brent en souriant. Allons, laisse-toi faire, promets-nous de nous accorder ces valses et de souper avec nous.
– Si tu nous fais cette promesse, nous te confierons un secret, déclara Stu.
– Lequel ? s'écria Scarlett avec une curiosité d'enfant.
– S'agit-il de ce que nous avons entendu raconter hier à Atlanta, Stu ? Si c'est cela, tu sais que nous avons promis de ne rien dire.
– Miss Pitty nous l'a bien dit.
– Miss qui ?
– Tu sais bien, la cousine d'Ashley Wilkes, celle qui habite à Atlanta, Miss Pittypat Hamilton, la tante de Charles et de Mélanie Hamilton.
– Oui, je sais, c'est la vieille dame la plus sotte que j'aie jamais rencontrée.
– Eh bien ! hier, quand nous étions à Atlanta à attendre notre train, sa voiture s'est arrêtée devant la gare. Elle en est descendue pour bavarder avec nous et elle nous a confié que demain soir, au bal des Wilkes, on annoncerait un mariage.
– Oh ! je sais à quoi m'en tenir, dit Scarlett, déçue. On annoncera les fiançailles de son imbécile de neveu Charlie Hamilton et de Honey Wilkes. Tout le monde savait depuis des années qu'ils finiraient par se marier un beau jour, bien que Charles n'ait jamais eu l'air très enthousiaste.
– Tu le trouves idiot ? interrogea Brent. L'année dernière à Noël, tu l'as pourtant laissé pas mal tourner autour de toi !
– Je ne pouvais pas l'en empêcher, fit Scarlett en haussant négligemment les épaules. Mais, à mon avis, c'est une vraie poule mouillée.
– D'ailleurs ce ne seront pas ses fiançailles qu'on annoncera, déclara Stuart d'un ton triomphant. Ce seront celles d'Ashley et de la sœur de Charlie, Miss Mélanie !
Le visage de Scarlett ne changea pas d'expression, mais ses lèvres pâlirent comme celles d'une personne qui a reçu un coup aussi violent qu'inattendu et qui, sur le moment, ne comprend pas ce qui s'est passé. Elle regarda Stuart, et son visage était si impassible que le jeune homme, fort peu psychologue, pensa qu'elle était simplement surprise et très intéressée par cette révélation.
– Miss Pitty nous a dit qu'on ne voulait pas rendre la chose officielle avant l'année prochaine parce que Miss Melly n'était pas très bien portante, mais qu'avec toutes ces rumeurs de guerre les deux familles

estiment qu'il vaut mieux hâter le mariage. C'est pour cela qu'on annoncera les fiançailles demain soir au milieu du souper. Scarlett, maintenant que nous t'avons révélé le secret, il faut que tu nous promettes de souper avec nous.
– C'est entendu, dit Scarlett comme une automate.
– Et tu nous accorderas des valses ?
– Toutes.
– Tu es gentille ! Je parie que les autres garçons en crèveront de jalousie.
– Qu'ils en crèvent, fit Brent. Écoute, Scarlett, tu resteras avec nous pendant le pique-nique ?
– Quoi ?
Brent renouvela sa requête.
– Bien sûr.
Les jumeaux se regardèrent. Ils jubilaient, mais ils étaient un peu étonnés. Ils avaient beau se considérer comme les plus favorisés des soupirants de Scarlett, jamais auparavant ils n'avaient obtenu aussi aisément d'elle une marque de faveur. D'habitude Scarlett les obligeait à la prier et à la supplier, les renvoyait aux calendes, refusait de leur répondre, riait quand ils boudaient, se renfrognait quand ils se mettaient en colère. Et, tout d'un coup, elle venait de leur promettre presque toute la journée du lendemain. Elle consentait à s'asseoir près d'eux au pique-nique, elle leur réservait toutes les valses (ils comptaient bien s'arranger pour qu'on ne dansât que des valses !) ; elle acceptait de souper avec eux. Ça valait bien la peine de s'être fait renvoyer de l'Université !
Gonflés d'un enthousiasme subit, ils ne se pressaient pas de partir. Ils parlaient du pique-nique, du bal, d'Ashley Wilkes et de Mélanie Hamilton. Ils se coupaient la parole ; ils faisaient des plaisanteries, ils riaient, ils se livraient à des commentaires d'ordre général sur les invitations à souper. Il leur fallut un certain temps avant de s'apercevoir que Scarlett ne disait presque rien. L'atmosphère avait changé. Les jumeaux n'auraient su dire pourquoi, mais cette fin de journée avait perdu son charme délicieux. Bien que Scarlett répondît correctement à leurs questions, elle semblait ne prêter qu'une attention toute relative à la conversation. Devinant quelque chose qu'ils ne pouvaient comprendre, les jumeaux, déconcertés et ennuyés, tinrent bon quelque temps encore, puis ils se levèrent à contrecœur en consultant leur montre.
Le soleil descendait sur les champs labourés et de l'autre côté de la rivière les grands bois profilaient leur silhouette sombre. Des hiron-

delles traversaient la cour comme des flèches. Des poules, des canards et des dindons rentraient des champs à la débandade tout en se dandinant et en se pavanant.

Stuart lança un «Jeems!» retentissant et, au bout de quelques instants, un grand nègre de l'âge des jumeaux fit en courant le tour de la maison et, hors d'haleine, se précipita vers les chevaux à l'attache. Jeems était le domestique des deux frères et, comme les chiens, il les accompagnait partout. Il avait partagé les jeux de leur enfance et on leur en avait fait cadeau le jour où ils avaient eu dix ans. À sa vue, les chiens couchés dans la poussière rouge se levèrent et guettèrent l'arrivée de leurs maîtres. Les jeunes gens s'inclinèrent, serrèrent la main de Scarlett et lui dirent qu'ils l'attendraient de bonne heure le lendemain matin chez les Wilkes. Puis ils s'éloignèrent au pas de course, sautèrent en selle et, suivis de Jeems, descendirent au galop l'avenue plantée de cèdres tout en agitant leurs chapeaux et en poussant des cris d'adieu.

Quand ils eurent tourné la route poussiéreuse et qu'ils eurent perdu Tara de vue, Brent arrêta son cheval sous un bosquet de cornouillers. Stuart l'imita et le jeune nègre immobilisa sa monture à quelques pas en arrière. Sentant qu'on leur lâchait les rênes, les chevaux allongèrent le cou et se mirent à brouter l'herbe printanière. Patients, les chiens s'allongèrent de nouveau dans la poussière molle et rouge et suivirent d'un œil distrait la ronde des hirondelles dans le crépuscule. Le large visage naïf de Brent trahissait l'embarras et une légère indignation.

– Écoute, fit-il, tu n'as pas l'impression qu'elle aurait dû nous demander de rester à dîner?

– Je croyais qu'elle l'aurait fait, répondit Stuart. J'ai attendu qu'elle se décide, mais elle n'a pas bougé. Qu'en penses-tu?

– Je n'en pense rien du tout. J'ai tout de même l'impression qu'elle aurait dû nous retenir. En somme, c'est la première journée que nous passons ici, elle ne nous a pas vus depuis longtemps et nous avons encore des tas de choses à lui dire.

– Il m'a semblé qu'elle était rudement contente de nous voir quand nous sommes arrivés.

– Moi aussi, je l'ai cru.

– Et puis, il y a environ une demi-heure, son entrain est tombé comme si elle avait été prise de migraine.

– J'ai remarqué cela, mais je n'y ai pas prêté attention sur le moment. D'après toi, qu'est-ce qui lui est arrivé?

– Je n'en sais rien. Penses-tu que nous ayons dit quelque chose qui l'ait vexée?

Ils réfléchirent tous deux une minute.
– Je ne vois pas. D'ailleurs lorsque Scarlett est vexée, personne ne l'ignore. Elle n'est pas renfermée comme certaines jeunes filles.
– Oui, c'est ce que j'aime en elle. Elle ne prend pas des airs pincés quand elle est en colère. Elle dit ce qu'elle pense. En tout cas, c'est quelque chose que nous avons dit ou que nous avons fait qui l'a rendue muette et lui a donné cet air bizarre. Je pourrais jurer qu'elle était ravie de nous voir et qu'elle comptait bien nous demander de rester dîner.
– Tu ne penses pas que c'est parce que nous avons été renvoyés ?
– Fichtre non ! Ne fais pas l'idiot. Elle a ri de bon cœur quand nous lui avons raconté cela. Du reste, Scarlett n'attache pas plus d'importance que nous à l'étude.
Brent se tourna sur sa selle et appela le nègre :
– Jeems !
– Missié ?
– Tu as entendu ce que nous disions à Mlle Scarlett ?
– Non, missié B'ent. Comment vous li c'oyez moi espionner li blancs ?
– Espionner, mon Dieu ? Vous autres nègres, vous êtes au courant de tout ce qui se passe. Mais, espèce de menteur, je t'ai vu de mes propres yeux te faufiler le long de la véranda et te blottir sous la touffe de jasmins près du mur. Allons, nous as-tu entendus dire quelque chose qui ait pu mettre Mlle Scarlett en colère... ou la froisser ?
Ainsi mis en demeure, Jeems renonça à prétendre qu'il n'avait pas surpris la conversation.
– Non, missié, dit-il en plissant son front noir, ji n'ai pas rema'qué que vous li avez dit quèque chose pou' la met' en colè'. Ji c'ois qu'elle a été heu'euse de vous voi' et que vous li avez manqué, et elle a été gaie comme un pinson jusqu'au moment où vous li avez pa'lé du ma'iage de missié Ashley et de Miss Melly Hamilton. Alo' elle a fait comme un oiseau quand l'épé'vier y tou'ne dans l'ai'.
Les jumeaux se regardèrent et hochèrent la tête en signe d'approbation. Pourtant, ils n'arrivaient pas à comprendre.
– Jeems a raison. Mais je ne vois pas pourquoi, dit Stuart. Mon Dieu, Ashley n'est qu'un ami pour elle. Elle ne l'aime pas. C'est nous qu'elle aime.
Brent approuva.
– Tu ne crois pas que c'est parce qu'Ashley ne lui a pas dit qu'on allait annoncer ses fiançailles demain soir et qu'elle a été furieuse qu'un vieux camarade comme lui ne la prévienne pas avant tout le monde ? Les jeunes filles tiennent tant à être informées de ces choses-là les premières.

– Peut-être bien. Mais qu'est-ce que ça peut faire qu'il ne lui ait pas dit qu'on rendrait ses fiançailles officielles demain, puisque ça devait être un secret et une surprise ? Un homme a bien le droit de garder ces choses-là pour lui, hein ? Nous n'en aurions rien su si la tante de Miss Melly n'en avait pas parlé. Enfin, Scarlett devait bien savoir qu'il allait épouser Melly un de ces jours. Voyons ! nous le savions depuis des années. Les Wilkes et les Hamilton se marient toujours entre cousins. Tout le monde savait qu'ils finiraient par se marier. Tout comme Honey Wilkes épousera Charles, le frère de Miss Melly.

– Flûte, moi j'y renonce. Je regrette tout de même qu'elle ne nous ait pas invités à dîner. Je te jure que je ne tiens pas à rentrer à la maison, pour entendre maman nous faire une scène.

– À l'heure qu'il est, Boyd a peut-être trouvé le moyen de la calmer. Tu sais bien que cette petite fripouille n'a pas la langue dans sa poche. Tu sais qu'il a toujours réussi à calmer maman.

– Oui, il peut y arriver, mais ça lui prendra du temps. Il embrouille toujours tellement les fils que maman finit par ne plus s'y reconnaître ; alors, elle s'avoue vaincue et le supplie de ménager sa voix pour le jour où il sera avocat. Mais il n'a pas encore dû trouver le bon moment. Je parie que maman est si accaparée par ce nouveau cheval qu'elle oublie notre retour et qu'elle n'y pensera qu'en se mettant à table et en voyant Boyd. Et avant la fin du dîner elle aura déjà jeté feu et flammes. Et il faudra attendre dix heures du soir pour que Boyd arrive à lui démontrer qu'aucun de nous ne pouvait décemment rester à l'Université, étant donné le ton sur lequel le directeur nous a parlé, à toi et à moi. Enfin, à minuit, elle sera dans une telle colère contre lui qu'elle demandera à Boyd pourquoi il ne l'a pas tué. Non, nous ne pouvons pas rentrer à la maison avant minuit.

Les jumeaux échangèrent un regard gêné. Ils se moquaient pas mal de monter des chevaux sauvages, d'essuyer un coup de feu dans une bagarre ou d'exciter l'indignation de leurs voisins, mais ils avaient une sainte terreur des réflexions cinglantes de leur mère et de la cravache dont elle ne se faisait pas faute de leur administrer une volée.

– Écoute-moi, dit Brent. Allons chez les Wilkes. Ashley et les petites seront ravis de nous garder à dîner.

Stuart parut ennuyé.

– Non, n'y allons pas. Ils doivent être sur les dents avec le pique-nique de demain, et puis...

– Oh ! j'oubliais, se hâta de dire Brent. Non ! n'y allons pas…

Ils éperonnèrent leurs chevaux et trottèrent pendant un certain temps en silence. Stuart avait rougi sous son hâle. Jusqu'à l'été précédent il avait fait la cour à India Wilkes avec l'approbation des deux familles et du comté tout entier. Les gens du pays estimaient que la froide et réservée India Wilkes aurait peut-être une influence salutaire sur lui. En tout cas, c'était leur espoir le plus cher. Stuart aurait pu l'épouser si Brent n'avait pas manifesté son mécontentement. Brent avait de la sympathie pour India, mais il la trouvait joliment fade et il lui était purement et simplement impossible de s'éprendre d'elle pour tenir compagnie à Stuart. Pour la première fois, les jumeaux n'avaient pas eu le même goût et Brent en avait voulu à son frère de faire attention à une jeune fille qui, pour lui, n'avait rien de particulier.

Et puis, l'été précédent, au cours d'une réunion politique dans un petit bois de chênes à Jonesboro, tous deux s'étaient soudain rappelé l'existence de Scarlett O'Hara. Ils la connaissaient depuis des années et, dans leur enfance, elle avait été l'une de leurs compagnes de jeux préférées, car elle savait monter à cheval et grimper aux arbres presque aussi bien qu'eux. Mais maintenant, à leur grande surprise, elle s'était transformée en femme et était devenue la jeune fille la plus délicieuse du monde.

Pour la première fois, ils avaient remarqué la vivacité de ses yeux verts, ses fossettes, ses petites mains, ses petits pieds et sa taille fine. Leurs réflexions l'avaient fait rire aux éclats et, partant de l'idée qu'elle les considérait tous deux comme des êtres remarquables, ils s'étaient surpassés.

Ce fut une journée mémorable dans la vie des jumeaux. Par la suite, quand ils en reparlèrent, ils se demandèrent toujours pourquoi ils n'avaient pas découvert plus tôt le charme de Scarlett. Ils n'arrivèrent jamais à résoudre ce problème bien simple, cependant, car Scarlett avait décidé ce jour-là d'attirer l'attention des jumeaux. Elle était foncièrement incapable de supporter qu'un homme s'éprît d'une autre femme qu'elle, et la vue de Stuart et d'India Wilkes à cette réunion en avait été trop pour sa nature dominatrice. Stuart ne lui suffisait pas, elle avait également jeté son dévolu sur Brent et s'était acquittée de sa tâche avec une perfection qui les avait laissés pantelants.

Désormais ils s'étaient tous deux épris d'elle et le souvenir d'India Wilkes et de Letty Munroe, qui habitait Lovejoy et à qui Brent avait fait la cour sans grande conviction, était bien estompé dans leur mémoire. Les jumeaux ne se demandaient pas ce que ferait le perdant au cas où Scarlett accorderait sa main à l'un d'eux. Il serait bien temps de prendre alors une décision. Pour le moment, ils étaient tout à fait contents d'être de nouveau d'accord sur une jeune fille, car la jalousie n'existait pas entre eux. Cette situation intéressait les voisins et préoccupait leur mère, qui n'aimait pas Scarlett.

– Ce sera bien fait pour vous si cette fine mouche épouse l'un de vous, disait-elle. À moins qu'elle ne vous épouse tous les deux. Dans ce cas, vous serez obligés de transporter vos pénates dans l'Utah si les Mormons veulent de vous... ce dont je doute. La seule chose qui me tracasse, c'est qu'un beau jour vous allez vous monter la tête et devenir jaloux l'un de l'autre pour cette petite drôlesse, cette vaurienne aux yeux verts, et que vous finirez par vous tuer. Mais, au fond, ce ne serait peut-être pas si mal.

Depuis le jour de la réunion politique, Stuart s'était senti gêné en présence d'India, non pas qu'India, trop grande dame pour cela, lui eût jamais rien reproché ou lui eût montré du geste ou du regard qu'elle était au courant de son brusque changement envers elle, mais Stuart se sentait coupable. Il savait qu'il s'était fait aimer d'India. Il savait qu'elle l'aimait encore et, au fond de lui-même, il se reprochait son manque de loyauté. Il conservait toujours une vive affection pour elle et respectait ses bonnes manières distantes, sa culture et toutes ses solides qualités. Mais, au diable! elle était si fade, si insignifiante dans sa monotonie à côté de la riche et attirante nature de Scarlett. On savait toujours à quoi s'en tenir avec India, tandis qu'avec Scarlett il y avait toujours de l'imprévu. Il n'en fallait pas plus pour tourner la tête à un homme, et cela avait une certaine saveur.

– Eh bien! allons dîner chez Cade Calvert. Scarlett a dit que Cathleen était revenue de Charleston. Elle a peut-être des nouvelles fraîches du fort Sumter.

– Pas Cathleen. Je te parie tout ce que tu voudras qu'elle ne savait même pas que le fort était construit là-bas dans le port et encore moins qu'il était plein de Yankees avant que nous ne forcions ceux-ci à déguerpir sous nos obus. Elle ne s'intéresse à rien d'autre qu'aux bals où elle va et aux galants qu'elle déniche.

– Oui, mais c'est amusant de l'entendre jacasser. Et puis ce sera toujours une bonne cachette en attendant que maman aille se coucher.

– Entendu! J'aime bien Cathleen, elle est drôle, et j'ai envie d'entendre parler de Caro Rhett et des autres personnes que nous connaissons à Charleston. Mais que le diable m'emporte si je peux supporter un autre repas en présence de son espèce de Yankee de marâtre.

– Ne sois pas trop dur avec elle, Stuart. Elle est pleine de bonnes intentions.
– Je ne suis pas trop dur. Elle me fait pitié et je n'aime pas les gens que je suis obligé de plaindre. Et elle fait tant d'embarras, elle se donne tant de peine pour faire bien les choses et vous mettre à l'aise qu'elle finit toujours par dire et par faire ce qu'il ne faut pas. Elle me met les nerfs en boule. Et elle se figure que les Sudistes sont des barbares. Elle a même été jusqu'à le dire à maman. Elle craint les Sudistes ; chaque fois que nous venons chez elle, elle a toujours l'air d'avoir une peur bleue. On dirait une poule décharnée sur une chaise. Elle roule des yeux brillants d'effroi. On a l'impression qu'elle est toute prête à battre des ailes et à glousser au moindre geste.
– Voyons, ce n'est pas à toi de la blâmer. Tu as blessé Cade à la jambe.
– J'étais complètement soûl, sans quoi je ne l'aurais pas fait, dit Stuart. D'ailleurs Cade ne m'en a jamais voulu. Cathleen non plus, ni Raiford, ni M. Calvert. C'est uniquement cette Yankee de belle-mère qui a poussé les hauts cris et a dit que j'étais un sauvage et que les honnêtes gens n'étaient pas en sûreté au milieu des Sudistes.
– Non, tu n'as pas le droit de la blâmer. C'est une Yankee et elle n'est pas très bien élevée. Après tout, tu as tiré sur Cade et c'est son beau-fils.
– Bon Dieu, ce n'est pas une raison pour m'insulter ! Tu as beau être le propre fils de maman, est-ce qu'elle a fait un drame quand Tony Fontaine t'a blessé à la jambe ? Pas du tout, elle s'est contentée d'envoyer chercher le vieux docteur Fontaine pour qu'il te panse et elle lui a demandé ce qui avait empêché Tony de mieux viser. Elle lui a dit qu'elle devinait que l'alcool lui faisait perdre son adresse. Tu te rappelles comme ça a rendu Tony furieux ?
Les deux garçons éclatèrent de rire.
– Maman est extraordinaire, dit Brent, tout attendri. On peut toujours compter sur elle pour faire ce qu'il faut et vous mettre à l'aise en face des gens.
– Oui, mais ce soir, quand nous rentrerons, elle sera fichtrement capable de ne pas nous mettre à l'aise en face de père et des petites, fit Stuart d'un air bourru. Dis donc, Brent, j'ai l'impression que ça va mal pour notre balade en Europe. Tu sais que maman a dit que si nous étions chassés d'une autre université nous ne ferions pas notre Grand Voyage !
– Zut ! On s'en fiche, hein ? Qu'est-ce qu'il y a à voir en Europe ? Je parie que ces étrangers n'ont rien à nous montrer que nous n'ayons

ici en Géorgie. Je parie que leurs chevaux ne sont pas aussi rapides et leurs filles aussi jolies que les nôtres et je sais qu'ils n'ont pas de whisky de seigle qui puisse rivaliser avec celui de père.

– Ashley Wilkes prétend qu'ils ont des tas de théâtres et qu'ils donnent des tas de concerts. Ashley a aimé l'Europe. Il en parle tout le temps.

– Oui, oui... Tu sais comme sont les Wilkes. Ils sont entichés de musique, de bouquins et de théâtre. Mère dit que c'est parce que leur grand-père était de Virginie. Elle dit que les gens de Virginie s'intéressent beaucoup à ces choses-là.

– Ça les regarde. Donne-moi un bon cheval à monter, une bonne bouteille à vider, une brave fille pour lui faire la cour, une mauvaise pour m'amuser, et ils peuvent venir avec leur Europe... Qu'est-ce que ça peut nous faire de rater ce voyage ? Suppose que nous soyons en Europe maintenant avec la guerre qui va éclater ? Nous ne pourrions pas revenir à temps. J'aime cent fois mieux aller me battre que d'aller en Europe.

– Moi aussi... Écoute, Brent. Je sais où nous pouvons aller dîner. Traversons le marais et allons chez Able Wynder lui dire que nous sommes revenus tous les quatre et que nous sommes prêts à reprendre l'entraînement.

– Ça, c'est une idée ! s'écria Brent avec enthousiasme. Il nous donnera toutes les nouvelles de la troupe et nous saurons quelle couleur on a fini par adopter pour les uniformes.

– Si on a choisi les mêmes couleurs que celles des Zouaves, que le diable m'emporte, mais je ne m'engagerai pas ! J'aurai l'air de quoi dans ces grandes culottes rouges en forme de sac ? Moi, ça me fait penser à des dessous de femme en flanelle rouge.

– Vous voulez aller chez missié Wyndé ? pa'ce que si vous y allez, vous n'avez pas beaucoup à dîner, fit Jeems. Leu' cuisinier, il est mo', et ils n'en ont pas acheté un aut'. C'est un' femme qui t'availle aux champs, qui fait li cuisine et li nèg' y m'ont dit que c'était la pi'e cuisiniè'e de l'État.

– Bon Dieu ! Pourquoi n'ont-ils pas acheté un autre cuisinier ?

– Comment li pauv' gueux li pouvoi' acheter des Noi' ? Jamais ils en ont eu plus de quat'.

Le ton de Jeems était empreint d'un franc mépris. Il occupait une situation sociale bien établie du fait que les Tarleton avaient une centaine de nègres et, comme tous les esclaves de gros planteurs, il n'avait que dédain pour les petits fermiers qui n'en possédaient que quelques-uns.

– Je m'en vais te flanquer une raclée pour ça, s'écria Stuart d'une voix féroce. Ne t'avise pas de traiter Able Wynder de pauvre gueux !

Bien sûr, il est pauvre, mais ce n'est pas un gueux, et le diable m'emporte si je laisse quelqu'un, nègre ou blanc, dire du mal de lui. Il n'y a pas un homme qui le vaille dans ce comté, ou alors pourquoi la troupe l'aurait-elle élu lieutenant?

– Moi, j'ai pas comp'is ça, rétorqua Jeems sans se soucier de la mine menaçante de son maître. Ji c'oyais qu'on p'end'ait tous les officiers chez les missiés 'iches, au lieu de les p'end' chez les gueux du ma'ais.

– Ce n'est pas un gueux. Tu ne vas tout de même pas le comparer à des gens comme les Slattery. Able n'est pas riche, voilà tout. C'est un petit fermier, ce n'est pas un gros planteur et, si les camarades l'ont eu assez en estime pour l'élire lieutenant, eh bien! il n'appartient pas à un nègre de se moquer de lui. La troupe sait ce qu'elle fait.

Le corps de cavalerie avait été créé trois mois auparavant, le jour même où la Géorgie s'était séparée de l'Union, et depuis on ne cessait de lever des recrues en vue de la guerre. Bien que les suggestions n'eussent point manqué, on n'avait pas encore donné de nom à ce corps. Sur ce point, chacun professait une opinion dont il ne voulait pas démordre, tout comme il avait ses vues personnelles sur la couleur et la coupe des uniformes. «Les Chats Sauvages de Clayton», «Les Mangeurs de feu», «Les Hussards de la Géorgie du Nord», «Les Zouaves», «Les Fusiliers de l'intérieur» (quoique les troupes dussent être armées de pistolets, de sabres et de coutelas, mais non de fusils), «Les Gris de Clayton», «Les Sang et Tonnerre», «Les Expéditifs», toutes ces appellations avaient leurs partisans. Jusqu'à ce que les choses fussent mises au point, on se contenta d'appeler ce corps «la troupe» et ce nom lui resta.

Les officiers étaient élus par les hommes, car, en dehors d'un petit nombre de vétérans des guerres du Mexique et des guerres séminoles[4], personne ne connaissait le métier des armes; en outre, la troupe n'aurait jamais admis comme chef un vétéran qui n'eût pas joui de son affection et de sa confiance. Tout le monde aimait les quatre fils Tarleton et les trois fils Fontaine, mais, quoi qu'il en coûtât, on refusa de les élire parce que les Tarleton aimaient trop boire et faire les fous et que les Fontaine avaient un caractère trop

4. La guerre contre les Séminoles commence à la suite de la décision du gouvernement américain, en 1832, de déporter vers l'Ouest les Indiens séminoles de Floride. Sous la conduite du jeune Osceola, les Séminoles tiennent en échec l'armée américaine pendant de nombreuses années, en se cachant dans la région marécageuse des Everglades. Les Séminoles ne se rendirent jamais.

emporté et trop brutal. Ashley Wilkes fut élu capitaine parce qu'il était le meilleur cavalier du comté et qu'on fondait de grands espoirs sur son calme pour maintenir un semblant d'ordre dans les rangs. Raiford Calvert fut nommé premier lieutenant parce que tout le monde aimait Raif; quant à Able Wynder, fils d'un trappeur des marais, et lui-même petit fermier, il fut élu lieutenant en second.

Able était une espèce de géant illettré plein de bon sens et de réserve. Il avait bon cœur et, plus âgé que les autres jeunes gens, il se conduisait au moins aussi bien qu'eux en présence des dames. Le snobisme n'existait guère parmi les hommes de la troupe. Un trop grand nombre de leurs pères ou de leurs grands-pères avaient accédé à la richesse après avoir été petits fermiers. D'ailleurs, Able était le meilleur tireur de la troupe, un fin tireur qui, à soixante-dix mètres, pouvait crever l'œil d'un écureuil; de plus, il connaissait tous les secrets de la vie au grand air. Il savait allumer des feux sous la pluie, relever la trace d'un animal et découvrir les points d'eau. La troupe s'inclinait devant le véritable mérite et, comme elle aimait Able, elle en fit un officier. Il accepta cet honneur avec une gravité digne et sans en tirer la moindre fierté, comme une chose qui lui était due. Pourtant, si les hommes parvenaient à oublier qu'Able était de basse extraction, ni les femmes des planteurs, ni les esclaves n'y réussissaient.

Au début, les recrues n'avaient été levées que parmi les fils de planteurs. Chaque homme était tenu de fournir son propre cheval, ses armes, son équipement, son uniforme et un domestique attaché à sa personne. Mais les riches planteurs n'étaient pas légion dans le comté récemment créé de Clayton, et, afin de grossir les rangs de la troupe, on avait été obligé de faire appel aux fils des petits fermiers, aux chasseurs qui vivaient dans les bois, aux trappeurs établis aux bords des marais et même, dans un petit nombre de cas, à de «pauvres blancs», pourvu qu'ils fussent d'un niveau supérieur à celui des gens de leur classe.

Les recrues de ces dernières catégories étaient aussi désireuses de se battre contre les Yankees que leurs riches voisins; mais la délicate question financière se posa. Fort peu de petits fermiers possédaient un cheval. Ils exploitaient leurs fermes à l'aide de mules. Ils en avaient rarement plus de quatre et, comme ce nombre leur suffisait à peine, ils n'auraient pas été en mesure d'en disposer pour la guerre, même si elles avaient pu faire l'affaire de la troupe, ce qui était loin d'être le cas. Quant aux pauvres blancs, ils s'estimaient heureux d'avoir une seule mule. Les habitants des bois et ceux des marais n'avaient ni chevaux ni mules. Ils vivaient entièrement de gibier et du produit de leurs terres. En général, ils se livraient au troc et, durant toute l'année, n'avaient pas souvent cinq dollars en caisse. Fournir un cheval et un uniforme était au-delà de leurs moyens. Mais, dans leur dénuement, ils étaient d'une fierté aussi farouche que les planteurs dans leur opulence. Ils n'auraient jamais rien voulu accepter de leurs riches voisins qui eût ressemblé à une charité. Ce fut ainsi que, pour ménager les susceptibilités de chacun et doter la troupe de tout ce qu'il fallait, le père de Scarlett, John Wilkes, Buck Munroe, Jim Tarleton, Hugh Calvert, en fait tous les gros planteurs du comté, à l'exception d'Angus MacIntosh, avaient versé des fonds pour compléter l'équipement de la troupe. Chaque planteur avait accepté d'équiper ses fils et un certain nombre d'autres jeunes gens, mais on s'y était pris de telle manière que les moins riches d'entre les recrues avaient pu recevoir des chevaux et des uniformes sans se sentir atteints dans leur honneur.

Deux fois par semaine, la troupe se réunissait à Jonesboro pour faire l'exercice et prier que la guerre commençât. On n'était pas encore arrivé à réunir un nombre suffisant de chevaux, mais ceux qui en possédaient accomplissaient dans un champ, derrière le tribunal, ce qu'ils imaginaient être des manœuvres de cavalerie, soulevaient des nuages de poussière, s'enrouaient à force de crier et brandissaient des sabres datant de la Révolution qu'on avait pris aux murs des salons. Ceux qui n'avaient pas encore de monture s'asseyaient sur le bord du trottoir en face des magasins Bullard et regardaient leurs camarades tout en chiquant et en racontant des histoires à dormir debout, quand ils n'organisaient pas des concours de tir. Il était inutile d'apprendre à tirer à ces hommes. La plupart des Sudistes étaient nés avec un fusil entre les mains, et leur vie entière passée à la chasse en avait fait des tireurs d'élite.

À chaque séance d'instruction, figurait tout un assortiment d'armes provenant des plantations ou des huttes construites auprès des marais. On voyait de longs fusils de chasse qui avaient été neufs lors du premier passage des Alleghanys, de vieux tromblons qui se chargeaient par le canon et qui avaient abattu plus d'un Indien au temps où la Géorgie était encore dans son enfance, des pistolets d'arçon, mis en service en 1812 au cours des guerres séminoles et à Mexico, des pistolets de duel à montures d'argent, de courtes armes de poche, des fusils de chasse à canon double, de belles carabines anglaises toutes neuves dont le bois précieux étincelait.

Les exercices se terminaient toujours dans les bars de Jonesboro et le soir tant de rixes éclataient que les officiers avaient le plus grand mal à empêcher qu'il n'y eût des morts et des blessés avant que la troupe se mesurât avec les Yankees. Ce fut au cours d'une de ces bagarres que Stuart Tarleton tira sur Cade Calvert et que Tony Fontaine tira sur Brent. Renvoyés depuis peu de l'Université de Virginie, les jumeaux se trouvaient chez eux quand la troupe avait été organisée et ils s'y étaient joints avec enthousiasme. Mais, deux mois auparavant, à la suite de l'incident au cours duquel ils s'étaient signalés, leur mère les avait expédiés à l'Université de l'État avec ordre formel d'y rester. Pendant leur séjour là-bas, ils avaient souffert de ne plus connaître les joies de l'instruction militaire et cela leur eût été bien égal d'interrompre leurs études pourvu qu'on les laissât caracoler, hurler et tirer des coups de fusil en compagnie de leurs camarades.

– Eh bien ! allons chez Able en coupant à travers champs, suggéra Brent. Nous traverserons le vallon de M. O'Hara et le pré des Fontaine et nous serons là-bas en un rien de temps.

– On nous donne'a à manger que du opossum et di légumes, protesta Jeems.

– Toi, tu n'auras rien du tout, déclara Stuart en faisant la grimace. Tu vas retourner à la maison dire à maman que nous ne rentrerons pas dîner.

– Non, j'i'ai pas ! s'écria Jeems, alarmé. Non, j'i'ai pas ! Ça m'amuse pas plus que vous que ma'ame Béat'ice elle mi jette deho'. D'abo' elle me demand'a pou'quoi on vous a tous 'envoyés enco'. Et pis, pou'quoi moi ji vous ai pas 'amenés chez vous ce soi' pou' qu'elle vous met' à la po'te. Et pis, elle se jette'a su' moi comme un cana' su' un hanneton, et, d'abo' moi ji sais qu'elle di'a que tout ça c'est ma faut'. Si vous m'emmenez pas chez missié Wyndé je 'este'ai dans les bois tout' la nuit et pit-êt' ji se'ai pincé pa' les pat'ouilles, pa'ce que j'aime cent fois mieux mi fai' pincer pa' les pat'ouilles plutôt que pa' ma'ame Béat'ice quand elle est en colè'.

Perplexes et indignés, les jumeaux regardèrent le jeune noir.

– Il est assez bête pour se laisser prendre par une patrouille et maman en fera des gorges chaudes pendant des semaines. Je te jure, les nègres sont par trop assommants. Il m'arrive de croire que les abolitionnistes ont trouvé la bonne méthode.

– Ce ne serait pas bien d'exposer Jeems à une scène que nous voulons éviter. Il va falloir l'emmener avec nous. Mais, écoute-moi, espèce de nègre idiot et impudent, si tu prends tes grands airs avec les noirs de Wynder et si tu leur laisses entendre que nous ne mangeons que du poulet rôti et du jambon pendant qu'ils n'ont rien d'autre que du lapin et de l'opossum, je… je le dirai à maman. Et puis, tu n'iras pas à la guerre avec nous.

– Mes g'ands ai' ! Moi, je p'end'ai mes g'ands ai's avec li pauv' nèg' ! Non, missié, ji suis bien élevé ! Ma'ame Béat'ice m'a bien app'is les bonnes maniè' comme à vous tous, hein ?

– Elle n'a pas eu beaucoup de succès avec nous trois, commenta Stuart. Allons, en route !

Il éperonna son grand cheval et lui fit sauter sans difficulté la barrière qui le séparait des champs de Gérald O'Hara. Le cheval de Brent suivit le sien ainsi que celui de Jeems, dont le cavalier était cramponné à sa crinière et au pommeau de la selle. Jeems n'aimait pas sauter les barrières, mais il en avait franchi de plus hautes que celle-ci pour pouvoir suivre ses maîtres.

La nuit tombait. Les cavaliers traversèrent les champs aux sillons rouges et descendirent à flanc de coteau vers la rivière.

– Écoute, Stu ! cria Brent à son frère. Tu n'as pas l'impression que Scarlett aurait dû nous inviter à dîner ?

– C'est mon avis, cria Stuart à son tour. Voyons, tu crois que…

II

Lorsque les jeunes Tarleton l'eurent laissée sous la véranda de Tara et que le bruit des chevaux au galop se fut évanoui, Scarlett regagna sa chaise comme une somnambule. Ses traits s'étaient durcis, et elle avait tant souri pour empêcher les jumeaux de découvrir son secret que sa bouche lui faisait mal. Elle s'assit d'un air las et ramena l'un de ses pieds sous elle. La douleur gonfla son cœur à tel point qu'il lui parut près d'éclater. Il battait à petits coups irréguliers. Ses mains étaient froides et un sentiment de désastre s'emparait d'elle. Son visage exprimait la souffrance et la perplexité, la confusion d'une enfant gâtée qui n'en a jamais fait qu'à sa tête et qui maintenant, pour la première fois, était aux prises avec les difficultés de la vie.

Ashley épouser Mélanie Hamilton!

Oh! ça ne pouvait pas être vrai! Les jumeaux s'étaient trompés. Ils lui avaient joué l'un de ces tours à leur façon. Ashley ne pouvait pas aimer Mélanie! Personne ne pouvait aimer un petit échalas comme Mélanie! Scarlett se rappelait avec mépris le corps fluet et enfantin de Mélanie, son visage sérieux et si dénué d'attraits qu'il en était presque laid. Et Ashley n'avait pas dû la voir depuis des mois. Il n'était pas allé plus de deux fois à Atlanta depuis la réception qu'il avait donnée l'année précédente aux Douze Chênes. Non, Ashley ne pouvait pas aimer Mélanie parce que... Oh! elle ne pouvait pas se tromper... parce que c'était elle qu'il aimait... elle le savait bien!

Scarlett entendit Mama traverser le vestibule de son pas pesant. Elle rectifia sa tenue et tenta d'imposer à son visage une expression plus calme. Ce n'était jamais adroit de laisser Mama deviner que quelque chose n'allait pas. Mama estimait que les O'Hara lui appartenaient corps et âme, que leurs secrets étaient les siens. Le moindre soupçon d'un mystère suffisait à la faire partir en chasse avec un acharnement de limier. Scarlett savait par expérience que si la curiosité de Mama n'était pas immédiatement satisfaite elle se mettrait à jaser avec Ellen, et alors Scarlett serait obligée de tout dire à sa mère ou de forger quelque mensonge plausible.

Mama émergea du vestibule. C'était une vieille femme obèse aux petits yeux rusés pareils à ceux d'un éléphant. De pur type africain, elle était d'un noir luisant. Dévouée aux O'Hara jusqu'à la dernière goutte de son sang, elle était la terreur des autres domestiques. Mama était une négresse, mais les règles auxquelles elle obéissait et sa fierté valaient ou dépassaient celles de ses maîtres. Elle avait été formée chez Solange Robillard, la mère d'Ellen O'Hara, une Française au nez pointu, de caractère froid et difficile, qui infligeait un juste châtiment aussi bien à ses enfants qu'à ses domestiques pour toute atteinte à l'étiquette. Elle avait servi de bonne d'enfant à Ellen et avait quitté Savannah avec elle pour venir se fixer sur les hautes terres quand elle s'était mariée. Mama gourmandait ceux qu'elle aimait et, comme elle adorait Scarlett et qu'elle en avait un orgueil démesuré, elle passait pratiquement son temps à la réprimander.

– Les missiés ils sont pa'tis? Pou'quoi ne leu' avez-vous pas demandé de 'ester dîner, mam'zelle Sca'lett? J'ai dit à Po'k de met' deux couvè'ts de plus. Qu'est-ce que c'est que ces maniè' ?

– Oh ! j'en avais tellement assez de les entendre parler de la guerre que je n'aurais pas pu y tenir pendant le dîner, d'autant plus que papa aurait fait chorus avec eux et se serait mis à crier contre M. Lincoln.

– Vous n'avez pas plus de maniè' qu'un paysan, et, ap'ès tout li mal que Ma'ame Ellen et moi on s'est donné pou' voús. Et vous n'avez pas vot' châle ! Et la nuit qu'est f'oide ! Ji vous ai dit mille fois qu'on att'apait la fièv' quand on 'estait deho' le soi' sans 'ien su' les épaules. Rent'ez, mam'zelle Sca'lett !

Scarlett se détourna avec une nonchalance étudiée. Elle était heureuse que Mama eût été trop préoccupée par la question du châle pour remarquer son visage.

– Non, je veux rester ici pour le coucher de soleil. C'est si joli. Va vite chercher mon châle. Je t'en prie, Mama, je resterai ici jusqu'au retour de papa.

– Vous avez la voix dé quelqu'un qui s'en'hume, dit Mama d'un ton soupçonneux.

– Mais non, fit Scarlett, impatientée. Va chercher mon châle.

Mama regagna le vestibule et Scarlett l'entendit appeler durement une bonne qui se trouvait au premier.

– Rosa, lance-moi le châle de mam'zelle Sca'lett. (Puis, plus haut :) P'op' à 'ien, sale nég'esse ! Elle n'est jamais là où il faut. Maintenant, ji suis obligée de monter moi-même.

Scarlett entendit gémir l'escalier et se leva. Quand Mama reviendrait, elle ne manquerait pas de reprendre son sermon sur le manque d'hospitalité de Scarlett et celle-ci sentait qu'elle ne pourrait pas endurer une discussion sur un sujet aussi futile quand son cœur se brisait. Tandis qu'elle restait debout, hésitante, se demandant où elle trouverait à se cacher avant que sa douleur cédât un peu, elle eut une idée qui lui apporta un faible rayon d'espoir. Cet après-midi-là, son père était allé aux Douze Chênes, la plantation des Wilkes, pour offrir d'acheter Dilcey, la plantureuse épouse de son valet Pork. Dilcey était intendante et sage-femme aux Douze Chênes, et depuis son mariage, six mois plus tôt, Pork, jour et nuit, n'avait cessé d'importuner son maître pour qu'il achetât Dilcey afin que le ménage ne fût pas séparé. Ce même jour, Gérald, n'en pouvant plus, était parti dans l'intention d'acquérir Dilcey.

«Papa saura certainement si cette horrible histoire est vraie, pensa Scarlett. Même s'il n'a rien entendu dire de précis, peut-être a-t-il remarqué quelque chose, a-t-il discerné une certaine effervescence chez les Wilkes. Si j'arrive à le voir tout seul avant le dîner, peut-être, apprendrai-je la vérité… peut-être saurai-je que ce n'est qu'une de ces plaisanteries grotesques des jumeaux.»

C'était l'heure à laquelle Gérald devait rentrer, et si Scarlett voulait avoir un entretien particulier avec lui, elle n'avait rien d'autre à faire qu'à aller au-devant de lui là où l'allée rejoignait la route. Elle descendit lentement les degrés du perron, en ayant bien soin de regarder derrière elle si Mama ne l'observait pas d'une des fenêtres du premier. S'étant assurée que le gros visage noir de Mama surmonté d'un madras neigeux n'était pas embusqué derrière les rideaux d'une fenêtre, elle releva hardiment sa jupe à fleurs et fila vers l'allée aussi vite que le lui permettaient ses sandales finement lacées.

De chaque côté de l'allée semée de gravier, des cèdres sombres joignaient leurs rameaux et formaient une longue voûte obscure. Dès que Scarlett se fut engagée sous les bras noueux des cèdres, elle jugea qu'on ne pouvait plus la voir de la maison et elle ralentit le pas. Elle haletait, car son corset était trop serré pour lui permettre de courir, mais elle n'en continua pas moins à marcher le plus vite possible. Elle ne tarda pas à atteindre l'extrémité de l'allée et à déboucher sur la route; pourtant elle ne s'arrêta pas avant d'avoir dépassé un tournant qui mettait un nouvel écran d'arbres entre elle et la maison.

Les joues rouges et le souffle court, elle s'assit sur une souche en attendant son père. Il aurait déjà dû être rentré, mais Scarlett se réjouit qu'il fût en retard. Elle aurait ainsi le temps de reprendre sa respiration et de se composer un visage pour que son père ne se doutât de rien. À chaque instant, elle croyait entendre le galop de son cheval et le voyait déjà monter à fond de train la colline comme il le faisait toujours. Mais les minutes passaient et Gérald n'arrivait pas. Scarlett parcourut la route du regard. Son cœur se remettait à lui faire mal.

«Oh ! ça ne peut pas être vrai ! pensa-t-elle. Pourquoi ne vient-il pas ?»

Ses yeux suivirent les contours de la route devenue rouge sang après la pluie du matin. Elle s'en représenta le tracé. Elle descendait la colline, atteignait la Flint paresseuse, traversait les marais et remontait une autre pente pour aboutir aux Douze Chênes, là où habitait Ashley. La route ne signifiait plus rien d'autre maintenant. C'était la route qui menait chez Ashley, à la belle demeure aux colonnes blanches qui dominait le coteau comme un temple grec.

«Oh ! Ashley ! Ashley !» pensa-t-elle et son cœur se mit à battre plus vite.

Elle parvint à oublier momentanément la sensation glaciale d'étonnement et de détresse qui l'avait accablée depuis que les Tarleton lui avaient rapporté leurs commérages et à sa place laissa monter la fièvre qui l'avait brûlée pendant deux années.

Elle trouvait étrange qu'Ashley ne lui eût jamais semblé aussi séduisant qu'aujourd'hui. Lorsqu'elle était enfant, elle l'avait vu aller et venir sans lui prêter la moindre attention. Mais depuis le jour où, deux ans plus tôt, Ashley, récemment rentré de son Grand Voyage de trois ans en Europe, s'était rendu à Tara pour y présenter ses devoirs, elle l'avait aimé.

Elle se tenait sur la véranda et il avait remonté la longue allée à cheval. Il portait des habits de drap fin uni et gris. Sa large cravate noire faisait ressortir à la perfection sa chemise à ruches. Même maintenant Scarlett pouvait se rappeler tous les détails de sa toilette : ses bottes si brillantes, le camée à tête de méduse piqué dans sa cravate, le large panama qu'il avait immédiatement ôté dès qu'il l'avait vue. Il avait mis pied à terre et avait lancé ses rênes à un négrillon. Il s'était arrêté pour la regarder. Ses yeux gris et rêveurs souriaient et le soleil se jouait, si lumineux, dans sa chevelure blonde, qu'on l'eût prise pour une couronne d'argent étincelant. Et il avait dit : «Mais vous êtes devenue grande, Scarlett !» Et il avait gravi le perron d'un pas léger, il lui avait baisé la main. Et sa voix ! Elle ne pourrait jamais oublier le soubresaut de son cœur quand elle l'avait entendue, comme si elle découvrait cette voix un peu lente, bien timbrée, musicale.

Dès cet instant, elle avait eu besoin de lui aussi simplement, aussi inconsciemment qu'elle avait besoin d'aliments pour manger, de chevaux pour les monter, d'un lit moelleux pour s'y étendre.

Pendant deux ans, il l'avait accompagnée à travers le comté, au bal, à de petites réunions, à des pique-niques, à des parties de pêche, à des fêtes. Il ne la voyait jamais aussi souvent que les frères Tarleton, ou Cade Calvert, il n'était jamais aussi pressant que les plus jeunes des Fontaine, mais il ne se passait pas de semaine qu'il ne vînt rendre visite à Tara.

C'était vrai, il ne lui avait jamais fait la cour, ses yeux gris clair n'avaient jamais eu ce reflet chaud que Scarlett connaissait si bien chez les autres hommes. Et pourtant... pourtant... Elle savait qu'il l'aimait. Elle ne pouvait pas se tromper. Son instinct plus fort que sa raison, son expérience lui disaient qu'il l'aimait. Trop souvent elle avait vu s'animer son regard alors qu'il la fixait avec une profondeur et une tendresse qui la stupéfiaient. Oui, elle savait qu'il l'aimait. Pourquoi ne le lui avait-il pas dit? Elle n'arrivait pas à comprendre. Mais il y avait tant de choses en lui qu'elle n'arrivait pas à comprendre!

Il était toujours déférent, mais il restait distant. Personne ne pouvait dire ce qu'il pensait. Scarlett encore moins qu'une autre. Dans un pays où chacun savait exactement ce que pensait son voisin presque en même temps que lui, la réserve d'Ashley était exaspérante. Il ne le cédait en rien aux autres jeunes gens pour tout ce qui avait trait aux distractions ordinaires du comté. Il chassait, il jouait, dansait, discutait politique et était le meilleur cavalier d'entre eux: mais il différait de tous les autres en ce que ce genre d'activité n'était pas pour lui la fin et le but de sa vie. Et il demeurait le seul à s'intéresser aux livres, à la musique et à s'adonner avec passion à la poésie.

Oh! pourquoi était-il d'un si joli blond? pourquoi observait-il une réserve si courtoise? pourquoi était-il si ennuyeux avec ses discours sur l'Europe, les livres, la musique, la poésie et les choses qui n'intéressaient pas du tout Scarlett... et cependant pourquoi était-il si désirable? Nuit après nuit, quand Scarlett allait se coucher après être restée assise auprès de lui dans la pénombre de la véranda, elle se retournait pendant des heures dans son lit et ne se consolait qu'à la pensée qu'il lui demanderait sa main à sa prochaine visite. Mais la prochaine visite venait, passait et n'apportait rien... rien, sauf un redoublement de la fièvre qui dévorait Scarlett.

Elle l'aimait, elle avait besoin de lui et elle ne le comprenait pas. Elle était aussi naturelle, aussi simple que le vent qui soufflait sur Tara, que la rivière jaune qui y serpentait et, jusqu'à la fin de ses jours, elle ne serait jamais capable de comprendre une complication. Et maintenant, pour la première fois de sa vie, elle se trouvait en présence d'une nature complexe.

Car Ashley était issu d'une lignée d'hommes qui occupaient leurs loisirs à réfléchir et non à agir, à poursuivre des rêves chatoyants qui ne portaient en eux aucune trace de réalité. Ashley se mouvait dans un monde intérieur plus beau que la Géorgie et retrouvait la réalité de mauvaise grâce. Il regardait les gens en spectateur, sans les aimer ou les prendre en aversion. Il regardait la vie sans enthousiasme ou sans tristesse. Il prenait l'univers et la place qu'il y tenait pour ce qu'ils étaient et, haussant les épaules, il revenait à sa musique, à ses livres et à un monde meilleur.

Scarlett ne savait pas comment il avait fait pour l'asservir, alors que son esprit était si étranger au sien. Le mystère même qui était en lui avait piqué sa curiosité comme une porte qui n'a ni serrure ni clé. Les choses qui l'entouraient et auxquelles elle ne comprenait rien ne faisaient qu'augmenter son amour pour lui, et ses attentions singulières, ses réticences ne servaient qu'à l'ancrer davantage dans l'idée de l'avoir pour elle seule. Elle n'avait jamais douté qu'un jour il la demanderait en mariage. Elle était trop jeune et trop choyée pour avoir jamais connu une défaite. Et voilà que, comme un coup de tonnerre, elle avait appris l'affreuse nouvelle. Ashley épouser Mélanie ! Ça ne pouvait pas être vrai.

Voyons, rien que la semaine passée, tandis qu'ils revenaient à cheval de Fairhill au crépuscule, il avait dit : « Scarlett, j'ai quelque chose de si important à vous dire que je sais à peine comment m'exprimer. » Elle avait modestement baissé les yeux, son cœur s'était mis à battre d'une joie farouche, elle croyait que l'instant bienheureux était venu. Puis il avait dit : « Pas maintenant ! Nous sommes presque arrivés, nous n'avons pas le temps. Oh ! Scarlett, quel lâche je fais ! » Et, éperonnant son cheval, il avait monté au galop la colline de Tara.

Assise sur la souche, Scarlett songeait à ces paroles qui l'avaient transportée et, tout d'un coup, elles prirent un autre sens, une horrible signification. Et si c'étaient ses fiançailles qu'il avait voulu lui annoncer !

« Oh ! pourquoi papa ne rentre-t-il pas ? » Elle ne pouvait plus supporter cette attente. De nouveau elle promena son regard sur la route et de nouveau elle fut déçue.

Le soleil avait disparu et la lueur rouge qui embrasait la limite du monde tournait maintenant au rose. Le ciel abandonnait lentement sa teinte azurée pour le gris-bleu des œufs de rouge-gorge et le calme surnaturel du crépuscule champêtre s'étendait furtivement autour de Scarlett. Des voiles d'ombre glissaient sur la campagne. Les sillons rouges et la balafre rouge de la route renonçaient à la magie de leur couleur sanglante et n'étaient plus que de simples lambeaux de terre brune. De l'autre côté de la route, dans le pré, les chevaux, les mules et les vaches demeuraient immobiles, la tête passée par-dessus la barrière, attendant le moment de rentrer à l'étable pour manger. Les bêtes n'aimaient pas la teinte foncée des fourrés qui bordaient le pré et, quand elles regardaient Scarlett, leurs oreilles tressaillaient comme si la compagnie d'un être humain leur était agréable.

Dans l'étrange pénombre, les grands pins au bord de la rivière, d'un vert si chaud en plein soleil, se dressaient tout noirs contre le ciel pastel et ressemblaient à une rangée impénétrable de géants chargés de dissimuler l'eau jaune et lente qui coulait à leurs pieds. Sur la colline dominant l'autre rive, les hautes cheminées blanches de chez les Wilkes s'estompaient peu à peu dans la masse des chênes touffus plantés alentour et seuls les petits points lumineux des lampes posées sur la table indiquaient qu'une maison se trouvait là-bas au loin. Tiède et moite, un souffle printanier apportait à Scarlett le délicieux parfum de la terre fraîchement remuée et de toutes les jeunes pousses vert tendre.

Le coucher du soleil, le printemps, toute cette verdure et ce renouveau n'étaient point un miracle pour Scarlett. Elle en acceptait la beauté sans y prêter plus d'attention qu'à l'air qu'elle respirait ou à l'eau qu'elle buvait, car elle n'avait jamais pris conscience de la beauté, sauf en voyant des visages de femmes, des chevaux ou des robes de soie. Cependant la pénombre paisible qui enveloppait les champs bien entretenus de Tara apporta un certain calme à son esprit tourmenté. Elle aimait tant cette terre sans le savoir, elle l'aimait comme elle aimait le visage de sa mère sous la lampe à l'heure de la prière.

Il n'y avait toujours pas trace de Gérald sur la route sinueuse. Pour peu que Scarlett fût obligée d'attendre encore, Mama ne manquerait pas de venir à sa recherche et de la faire rentrer à la maison en la grondant. Mais, tandis qu'elle s'épuisait à fixer la route qui s'assombrissait, elle distingua un bruit de sabots au bas du pré et vit se disperser les chevaux et les vaches effrayés. Gérald O'Hara, coupant à travers champs, rentrait chez lui au triple galop.

Il remontait la colline sur son cheval de chasse au corps massif et aux jambes fines. De loin on aurait pu le prendre pour un jeune garçon juché sur un cheval trop grand pour lui. Sa longue chevelure blanche flottait au vent. Il poussait son cheval à grand renfort de cris et de coups de cravache.

Bien qu'elle fût toute à son angoisse, Scarlett n'en observa pas moins son père avec un tendre orgueil, car Gérald était un excellent cavalier. «Je me demande pourquoi il veut toujours sauter les barrières quand il a un peu bu, pensa-t-elle. Surtout après la chute qu'il a faite ici même l'an dernier, lorsqu'il s'est brisé la rotule. On aurait pu croire que la leçon avait porté. Et dire qu'il avait juré à maman de ne plus jamais sauter.»

Scarlett ne craignait nullement son père et se sentait plus près de lui que de ses sœurs. Sauter des haies, garder un secret en présence de sa femme causaient à Gérald une fierté juvénile, une joie coupable qui correspondait au plaisir qu'éprouvait sa fille à se jouer de Mama. Scarlett se leva pour mieux le voir.

Le gros cheval atteignit la barrière, prit son élan et s'enleva avec l'aisance d'un oiseau. Son cavalier poussait des cris d'enthousiasme, sabrait l'air de sa cravache et ses boucles blanches tressaillaient sur sa nuque. L'ombre des arbres empêcha Gérald de voir sa fille. Une fois sur la route, il s'arrêta et se mit à caresser l'encolure de son cheval.

– Il n'y en a pas deux comme toi dans ce comté ou dans cet État, déclara-t-il fièrement à sa monture avec cet accent irlandais qui ne l'avait pas quitté malgré un séjour de trente-neuf ans en Amérique.

Puis il remit hâtivement de l'ordre dans sa coiffure, rentra sa chemise trop bouffante et rajusta sa cravate qui avait glissé derrière une de ses oreilles. Scarlett savait que son père se livrait à ces préparatifs sommaires dans le seul but de paraître devant sa femme comme un monsieur qui s'en revient tranquillement chez lui après avoir rendu visite à un voisin. Elle savait aussi qu'elle allait l'aborder dans les meilleures conditions pour engager la conversation sans révéler le véritable motif de sa présence.

Elle éclata de rire et, ainsi qu'elle l'avait espéré, la surprise fit sursauter Gérald. Alors il reconnut Scarlett et une expression mi-empruntée, mi-défiante se joua sur son visage rubicond. Il descendit de cheval avec quelque difficulté, car son genou était raide et, passant les rênes autour de son bras, il clopina vers sa fille.

– Eh bien! petite dame, dit-il en lui pinçant la joue, on est en train de m'espionner et, comme ta sœur Suellen la semaine dernière, tu iras raconter du mal de moi à ta mère?

Il y avait de l'indignation dans sa voix de basse un peu rauque où perçait en même temps une intonation câline. Pour taquiner son père, Scarlett claqua la langue contre ses dents tout en lui prenant sa cravate d'un geste preste. Il soufflait au visage de sa fille son haleine fortement imprégnée d'une odeur de whisky à laquelle s'ajoutait un faible parfum de menthe. Il sentait aussi la chique, le cuir bien huilé et le cheval, et Scarlett ne manquait jamais d'associer ces odeurs à son père et, d'instinct, aimait à les retrouver chez d'autres hommes.

– Non, papa, je ne suis pas rapporteuse comme Suellen, lui assura-t-elle en se reculant pour vérifier sa tenue d'un air entendu.

Gérald était petit. Il ne dépassait guère cinq pieds, mais il avait une telle carrure et le cou si épais que ceux qui ne le connaissaient pas le prenaient, quand il se tenait assis, pour plus grand qu'il n'était. Son corps massif était supporté par deux jambes courtes et robustes, toujours emprisonnées dans des bottes du cuir le plus fin et toujours largement écartées. La plupart des gens de petite taille qui se prennent au sérieux sont un peu ridicules; mais dans la basse-cour on respecte le coq bantam, et il en était de même pour Gérald. Personne n'aurait eu la témérité de penser que la petitesse de Gérald O'Hara était ridicule. Il avait soixante ans et ses cheveux frisés étaient d'un blanc argenté, mais son visage usé n'avait aucune ride et ses petits yeux bleus et durs exprimaient l'éternelle jeunesse d'un être qui ne s'était jamais penché sur des problèmes plus ardus que celui de savoir combien de cartes il fallait écarter au poker. Sur toute l'étendue du territoire de sa mère patrie, qu'il avait quitté depuis longtemps, il eût été difficile de rencontrer visage plus spécifiquement irlandais que le sien avec ses contours arrondis, son teint vermeil, son nez court, sa bouche large et agressive.

Sous des dehors rébarbatifs, Gérald O'Hara cachait le plus tendre des cœurs. Il ne pouvait pas plus supporter de voir un esclave pleurnicher sous une réprimande, quel qu'en fût le bien-fondé, que d'entendre miauler un chat ou pleurer un enfant; mais il avait horreur qu'on s'aperçût de cette faiblesse. Il ignorait que tous ceux qui le rencontraient découvraient la bonté de son cœur au bout de cinq minutes; et son amour-propre eût été piqué au vif s'il s'en était rendu compte, car il aimait à penser que, quand il lançait ses ordres à pleins poumons, chacun tremblait et obéissait. Il ne lui était jamais venu à l'idée que la seule voix à laquelle on obéissait dans la plantation était la voix douce de sa femme Ellen. Il ne devait jamais apprendre ce secret, car, d'Ellen au plus borné des paysans, tout le monde conspirait tacitement pour continuer de lui faire croire que sa parole avait force de loi.

Scarlett était encore moins impressionnée qu'une autre par ses accès de colère et ses éclats de voix. Elle était l'aînée de ses enfants et, maintenant que Gérald savait qu'il n'y aurait point de fils pour remplacer les trois qui reposaient dans le cimetière familial, il avait pris l'habitude de la traiter en homme, ce qui lui plaisait au plus haut point. Elle ressemblait davantage à son père que ses sœurs cadettes Carreen et Suellen. La première, venue au monde sous le nom de Caroline Irène, était fragile et mélancolique ; la seconde, Susan Ellinor, se piquait d'élégance et de belles manières.

En outre, Scarlett et son père étaient liés l'un à l'autre par un pacte de silence. Si Gérald la surprenait en train d'escalader une barrière au lieu de faire un demi-mille pour trouver une porte, ou s'il la découvrait à une heure indue sur le perron en compagnie d'un soupirant, il se chargeait lui-même de la corriger d'importance, mais il n'en disait rien à Ellen ou à Mama. Et lorsque Scarlett le voyait sauter des barrières après une promesse solennelle faite à sa femme ou qu'à travers les commérages du comté elle apprenait le montant exact de ses pertes au poker, elle s'interdisait d'y faire la moindre allusion au dîner à la manière de Suellen, passée maîtresse dans l'art des gaffes préméditées. Scarlett et son père s'affirmaient mutuellement que soulever de telles questions devant Ellen ne ferait que la peiner et, pour rien au monde, ils n'auraient voulu blesser sa tendresse.

Scarlett regarda son père dans le jour expirant et, sans savoir pourquoi, elle fut réconfortée par sa présence. Il y avait en lui quelque chose de primitif et de rude qui lui plaisait. Comme elle était dénuée de tout sens critique, elle ne se rendait pas compte que c'était parce qu'elle possédait aussi jusqu'à un certain point ces mêmes qualités, malgré seize années d'efforts de la part d'Ellen et de Mama pour les étouffer.

– Vous voilà très présentable maintenant, dit-elle, et je ne pense pas qu'on devine que vous avez encore fait des frasques à moins que vous ne vous en vantiez. Mais j'ai l'impression qu'après vous être brisé la rotule l'an dernier en sautant cette même barrière...

– Ah ça ! qu'on me damne si je laisse ma propre fille me dire ce qu'il faut que je saute ou pas ! s'écria-t-il en lui pinçant de nouveau la joue. Si je me casse le cou, ça me regarde. D'ailleurs, petite dame, que faites-vous ici sans châle ?

S'apercevant qu'il avait recours à des manœuvres familières pour éviter une conversation désagréable, Scarlett passa son bras sous le sien et dit : « Je vous attendais. Je ne savais pas que vous seriez si en retard. Je voulais simplement vous demander si vous aviez acheté Dilcey.

– Pour sûr, je l'ai achetée, et à un prix ruineux encore. Je l'ai achetée ainsi que sa petite donzelle de Prissy. John Wilkes était sur le point de me les donner, mais je ne veux pas qu'il raconte que Gérald O'Hara profite de ses amitiés pour faire des affaires. Je l'ai forcé à accepter trois cents dollars pour elles deux.
– Au nom du Ciel, papa, trois cents dollars ! Et vous n'aviez pas besoin d'acheter Prissy !
– Va-t-on voir mes filles juger mes actions ? clama Gérald dans un bel élan. Prissy est une…
– Je la connais ! Elle est aussi fourbe que stupide, coupa Scarlett nullement troublée par les clameurs de son père. Et la seule raison qui vous a poussé à l'acheter, c'est que Dilcey vous l'a demandé.
Gérald sembla tout déconfit. Il en était toujours ainsi quand on obtenait une preuve de sa bonté, et Scarlett ne se cacha pas pour rire de sa découverte.
– Et puis, qu'a-t-on à y redire ? À quoi bon acheter Dilcey sans l'enfant, pour qu'elle passe son temps à se lamenter. C'est entendu, je ne laisserai plus jamais un nègre se marier en dehors de la plantation. Ça coûte trop cher. Allons, viens, ma chatte, rentrons dîner.
L'ombre s'épaississait ; le dernier reflet vert s'était effacé du ciel et la tiédeur printanière avait cédé la place à un léger froid. Mais Scarlett s'attardait. Elle se demandait comment aborder le sujet d'Ashley sans que Gérald suspectât ses intentions. C'était difficile, car Scarlett n'avait en elle aucune subtilité et Gérald lui ressemblait à tel point qu'il ne manquait jamais de pénétrer ses pauvres subterfuges au même titre qu'elle pénétrait les siens. Et il y mettait rarement du tact.
– Comment ça va-t-il, là-bas, aux Douze Chênes ?
– À peu près comme d'habitude. Cade Calvert y était et quand j'eus réglé l'affaire de Dilcey nous sommes tous allés nous asseoir sous la véranda pour prendre quelques toddies[1]. Cade revenait d'Atlanta. On est tout sens dessus dessous là-bas, on ne fait que parler de la guerre et…
Scarlett soupira. Si Gérald avait le malheur de se lancer sur le chapitre de la guerre et de la sécession, il en avait pour des heures avant de s'arrêter. Elle aiguilla brusquement la conversation sur une autre voie.
– A-t-on parlé du pique-nique de demain ?
– Tiens, oui, en effet, on en a parlé. Mademoiselle je ne sais comment… la jolie petite qui était ici l'année dernière, tu sais bien, la

1. « Toddy », boisson forte, mélange d'eau chaude et de liqueurs *(N.d.T.)*.

cousine d'Ashley… ah ! oui, Mlle Mélanie Hamilton… c'est ça… elle et son frère sont déjà arrivés d'Atlanta et…

– Ah ! elle est arrivée ?

– Oui, et c'est une petite bien gentille, bien gentille. Jamais elle ne parle d'elle-même. Une vraie femme, quoi ! Allons, viens, ma fille, ne te fais pas traîner. Ta mère va partir à notre recherche.

À cette nouvelle, le cœur de Scarlett se serra. Elle avait espéré contre toute espérance que quelque chose aurait retenu Mélanie Hamilton à Atlanta, et de voir que son père lui-même appréciait le caractère aimable et tranquille de Mélanie, si différent du sien, la poussa à brûler ses vaisseaux.

– Ashley était-il là aussi ?

– Oui.

Gérald lâcha le bras de sa fille, se tourna vers elle et la regarda droit dans les yeux.

– Si c'est pour cela que tu es venue au-devant de moi, pourquoi ne l'as-tu pas dit, au lieu de jouer à cache-cache avec moi ?

Scarlett ne trouva rien à répondre. Elle sentit son visage s'empourprer.

– Allons, parle.

Elle ne répondit toujours rien. Elle souhaitait qu'il fût permis de battre son père et de lui dire de se taire.

– Il était là et lui et ses sœurs m'ont demandé très aimablement de tes nouvelles. Il m'a dit qu'ils espéraient tous que rien ne t'empêcherait d'aller demain au pique-nique, ajouta finalement Gérald. Voyons, ma petite, que se passe-t-il entre Ashley et toi ?

– Il ne se passe rien, fit Scarlett en le tirant par le bras. Rentrons, papa.

– Alors, maintenant, c'est toi qui veux rentrer. Eh bien ! moi, je ne bougerai pas d'ici avant d'avoir su à quoi m'en tenir. J'y pense maintenant, tu as été bien bizarre ces derniers temps. T'a-t-il manqué de respect ? T'a-t-il demandée en mariage ?

– Non.

– Et il ne te demandera pas.

Un accès de rage s'empara de Scarlett, mais Gérald l'apaisa d'un geste.

– Tâchez de tenir votre langue, petite fille ! C'est John Wilkes qui m'a appris tantôt sous le sceau du secret qu'Ashley allait épouser Mlle Mélanie. On annoncera les fiançailles demain.

La main de Scarlett retomba inerte. C'était donc vrai ! La douleur lui broya le cœur aussi cruellement que si une bête fauve l'avait tenu entre ses crocs. Elle put encore voir fixés sur elle les yeux de son père, un peu apitoyé, un peu ennuyé de se trouver aux prises avec un problème qu'il était incapable de résoudre. Il aimait Scarlett, mais il ne lui était pas agréable qu'elle le forçât à trancher pour elle ses difficultés d'enfant. Elle avait réponse à tout. Scarlett aurait dû lui confier ses ennuis.

– Alors, tu t'es donnée en spectacle, hein?... tu nous as tous donnés en spectacle! hurla-t-il, enflant la voix comme il le faisait toujours quand il était ému. Alors, tu as couru après un homme qui ne t'aimait pas quand tu pouvais avoir ce qu'il y a de mieux dans le comté?

La colère et la fierté blessée eurent un peu raison de la douleur.

– Je n'ai pas couru après lui... Ça... ça me surprend, c'est tout.

– Tu mens, dit Gérald, et, penché sur le visage bouleversé, il ajouta dans un élan de tendresse soudaine: Je suis navré, mon petit. Mais après tout tu n'es qu'une enfant, et il y a des tas d'autres jeunes gens.

– Maman n'avait que quinze ans quand elle vous a épousé, et moi j'en ai seize, dit Scarlett d'une voix éteinte.

– Ta mère était différente. Elle n'a jamais été volage comme toi. Allons, viens, ma petite, prends sur toi. Je t'emmènerai la semaine prochaine à Charleston voir tante Eulalie et avec tout le remue-ménage qu'il y a là-bas à cause du fort Sumter tu oublieras Ashley en huit jours.

«Il me prend pour une enfant, pensa Scarlett, étranglée par le chagrin et la fureur. Il se figure qu'il n'a qu'à me proposer un nouveau jouet pour que j'oublie le coup que j'ai reçu.»

– Allons, ne fais pas ce menton menaçant, déclara Gérald. Si tu avais un grain de bon sens il y a longtemps que tu aurais épousé Stuart ou Brent Tarleton. Penses-y, ma fille, marie-toi avec l'un des jumeaux, les plantations seront réunies. Jim Tarleton et moi, nous te construirons une belle maison là où elles se touchent, dans ce grand bois de pins et...

– Avez-vous fini de me traiter en gamine! s'écria Scarlett. Je ne veux pas aller à Charleston, je ne veux pas de maison, je ne veux pas épouser les jumeaux. Je veux seulement...

Elle s'arrêta, mais trop tard.

La voix de Gérald se fit étrangement calme et il se mit à parler lentement comme s'il empruntait ses phrases à un fonds de pensées dont il ne se servait pas souvent.

– C'est seulement Ashley que tu veux, et tu ne l'auras pas. Et s'il désirait t'épouser, ce serait avec appréhension que je donnerais mon consentement, et seulement au nom de la belle amitié qui existe entre John Wilkes et moi.

Et remarquant le regard surpris de Scarlett, il poursuivit :
– Je veux que ma fille soit heureuse, et tu ne serais pas heureuse avec lui.
– Oh ! si ! si !
– Non, mon petit. Il ne peut y avoir de bonheur que dans un mariage entre personnes qui se ressemblent.
Scarlett eut soudain un désir de crier : « Mais vous avez été heureux, et maman et vous, vous ne vous ressemblez pas ! » Pourtant elle se retint de peur que son père ne la giflât pour son impertinence.
– Les gens de notre famille sont différents des Wilkes, reprit Gérald en cherchant ses mots. Les Wilkes sont différents de tous nos voisins... différents de toutes les familles que j'ai connues. Ce sont des êtres bizarres. Il vaut mieux qu'ils se marient entre cousins et qu'ils conservent leur bizarrerie pour eux.
– Mais, papa, Ashley n'est pas...
– Garde ta salive, ma chatte. Je n'ai rien dit contre ce garçon, car j'ai de la sympathie pour lui. Quand je dis bizarre, je ne veux pas dire fou. Sa bizarrerie n'a rien à voir avec celle des Calvert qui miseraient toute leur fortune sur un cheval, ou celle des Tarleton qui, à chaque nichée, donnent le jour à un ou deux ivrognes, ou celle des Fontaine qui sont de fières petites brutes capables d'assassiner un homme pour un affront imaginaire. Ce genre de bizarrerie est facile à comprendre, pour sûr, et sans l'aide de Dieu, Gérald O'Hara serait affligé de tous ces défauts. Je ne veux pas dire non plus qu'Ashley filerait avec une autre femme, si tu étais la sienne, ou qu'il te battrait. D'ailleurs tu serais plus heureuse dans ce cas-là parce qu'au moins tu saurais à quoi t'en tenir. Mais sa bizarrerie est d'un autre ordre et on ne peut pas arriver à la comprendre. J'ai de la sympathie pour lui, mais à mon sens la plupart des choses qu'il raconte n'ont ni queue ni tête. Allons, ma chatte, dis-moi la vérité, comprends-tu son charabia sur les bouquins, la poésie, la musique, la peinture à l'huile et toutes ces sornettes du même acabit ?
– Oh ! papa, s'écria Scarlett, impatientée, si je l'épousais, je changerais tout cela.
– Oh ! oui, je voudrais bien t'y voir, dit Gérald en lui lançant un regard pénétrant. Alors, tu ne sais pas grand-chose des hommes. Laisse donc Ashley tranquille. Aucune femme n'a réussi à changer le caractère de son mari. Tâche de ne pas oublier ça. Quant à changer un Wilkes... Ventredieu, ma fille. Toute la famille est comme ça : ils ont toujours été comme ça et le seront probablement toujours. Je te dis qu'ils sont bizarres de naissance. Regarde-moi le mal qu'ils se

donnent pour aller à New York et à Boston entendre des opéras et voir des tableaux. Et ils commandent des livres français et allemands aux Yankees ! et ils restent là à lire et à rêver à Dieu sait quoi, alors qu'ils feraient bien mieux de passer leur temps à chasser et à jouer au poker comme devraient le faire des hommes dignes de ce nom.

– Personne dans le comté ne monte mieux à cheval qu'Ashley, dit Scarlett furieuse qu'on pût reprocher à Ashley d'être efféminé. Non, personne ne monte mieux que lui, sauf son père peut-être. Quant au poker, est-ce qu'Ashley ne vous a pas gagné deux cents dollars la semaine dernière à Jonesboro ?

– Les fils Calvert ont encore vendu la mèche, dit Gérald d'un ton résigné, sans quoi tu n'aurais pas su le montant de la somme. Mais oui, ma chatte, Ashley est le meilleur cavalier, le meilleur joueur de poker. Et ce n'est pas moi qui contesterai que quand il se met à boire il peut faire rouler sous la table les frères Tarleton eux-mêmes. Il est capable de tout cela, mais il n'y met pas d'âme. Voilà pourquoi je dis qu'il est bizarre.

Scarlett se tut, le cœur serré. Elle restait sans défense, car elle savait que son père avait raison. Ashley ne mettait aucune âme dans ces choses auxquelles il excellait ; tout ce que les autres considéraient comme primordial ne présentait pour lui qu'un intérêt relatif.

Interprétant parfaitement son silence, Gérald lui caressa le bras et dit d'un ton triomphant :

– Allons, Scarlett, tu admets que c'est vrai. Qu'aurais-tu fait d'un mari comme Ashley ? Les Wilkes sont tous toqués. (Puis, d'une voix plus tendre :) Si j'ai parlé des Tarleton il y a un instant, ce n'était pas pour les mettre en avant. Ce sont d'excellents garçons, mais si c'est sur Cade Calvert que tu jettes ton dévolu, eh bien ! je n'y verrai pas d'objection. Les Calvert sont tous de braves gens, quoique le vieux ait épousé une Yankee. Et quand je m'en irai... chut, ma chérie, écoute-moi, je laisserai Tara à toi et à Cade...

– Je ne voudrais pas de Cade pour un empire, déclara Scarlett hors d'elle. Et j'aimerais bien que vous cessiez de m'en rebattre les oreilles ! Je ne veux pas de Tara ni d'une autre plantation. Avoir une plantation ne compte pas quand...

Elle allait dire : « Quand on n'a pas l'homme qu'on veut », mais Gérald, indigné par la façon cavalière dont elle avait traité l'offre de Tara, qui était ce qu'il aimait le mieux au monde après Ellen, étouffa un rugissement.

– Dites donc, Scarlett O'Hara, vous n'allez pas me raconter que cette terre de Tara ne compte pas !

Scarlett secoua obstinément la tête. Elle avait bien trop de chagrin pour se soucier de la colère de son père.

– La terre est la seule chose qui compte ! clama-t-il en faisant des gestes indignés de ses bras courts et épais. C'est la seule chose au monde qui dure. Tâche de ne pas l'oublier ! C'est la seule chose qui vaille la peine qu'on travaille pour elle, qu'on se batte... ou qu'on meure !

– Oh ! papa ! fit Scarlett d'un air dégoûté. Vous parlez comme un Irlandais.

– Ai-je jamais rougi d'en être un ? Non, j'en suis fier. Tâche de te souvenir, ma petite, que tu es à moitié irlandaise ! Et pour tous ceux qui ont une goutte de sang irlandais dans les veines la terre sur laquelle ils vivent est comme leur mère. J'ai honte de toi en ce moment. Je t'offre la plus belle terre qui soit au monde... excepté celle du comté de Meath là-bas au pays... et que fais-tu ? Tu fais la grimace.

Gérald commençait à donner libre cours à une rage bruyante, bien faite pour lui plaire, quand il remarqua dans le visage pitoyable de Scarlett quelque chose qui l'arrêta.

– Allons tu es jeune. Ça te viendra, cet amour de la terre. Tu n'y échapperas pas puisque tu es irlandaise. Tu n'es qu'une gamine et tu ne penses qu'à tes soupirants. Tu comprendras ce que c'est quand tu seras plus vieille... Allons, choisis Cade ou les jumeaux ou l'un des fils d'Evan Munroe et tu verras ce que je ferai pour toi !

– Oh ! papa !

Cette fois, Gérald en avait assez de la discussion, et il était fort ennuyé d'avoir à trancher le problème. En outre, il en voulait à Scarlett de n'être pas revenue à de meilleurs sentiments après s'être vu offrir la fine fleur des garçons du comté et Tara par-dessus le marché. Quand il faisait un cadeau, Gérald aimait qu'on battît des mains et qu'on lui sautât au cou.

– Allons, cessez de geindre, petite. Peu importe qui vous épouserez, à condition que vous choisissiez un homme qui ait les mêmes goûts que vous, et qui soit un gentleman, un Sudiste et un garçon digne. Chez les femmes, l'amour vient après le mariage.

– Oh ! papa, ça, c'est une idée de votre pays.

– Et elle a du bon. Oh ! là, là, quelle rage ont donc les Américains de vouloir faire des mariages d'amour comme les domestiques, ou les Yankees ? Les meilleurs mariages sont ceux où les parents choisissent pour la jeune fille. Comment une petite dinde comme toi saurait-elle distinguer un honnête homme d'une crapule ? Regarde-moi les Wilkes. Comment se fait-il que, de génération en génération, ils conservent leur force et leur dignité? Mais c'est parce qu'ils se marient avec des gens qui leur ressemblent, qu'ils épousent les cousins que leur famille compte bien les voir épouser.

– Oh! s'écria Scarlett, sa douleur ravivée par la terrible vérité contenue dans les paroles de Gérald.

Elle baissa la tête et Gérald, mal à l'aise, se dandina d'un pied sur l'autre.

– Tu ne pleures pas, j'espère? interrogea-t-il en essayant maladroitement de lui relever le menton tandis que ses traits s'altéraient devant le chagrin de sa fille.

– Non, lança Scarlett avec violence, tout en se dégageant.

– Allons, tu mens et j'en suis fier. Je suis heureux qu'il y ait de la fierté en toi, ma chatte. Et je veux que tu te montres fière demain au pique-nique. Je ne tiens pas du tout à ce qu'on raconte des histoires et qu'on se moque de toi dans le comté parce que tu te morfonds pour un homme qui n'a jamais eu pour toi que des pensées amicales.

«Oh! je sais bien qu'il a eu d'autres pensées, se dit tristement Scarlett. Je pourrais le dire. Si seulement j'avais eu un peu plus de temps, je serais bien arrivée à lui faire dire... Oh! si seulement les Wilkes n'étaient pas persuadés qu'ils doivent toujours se marier entre cousins!»

Gérald lui prit le bras et le glissa sous le sien.

– Maintenant nous allons rentrer dîner et tout ceci restera entre nous. Je ne vais pas ennuyer ta mère avec ces histoires... et toi non plus. Mouche-toi, ma fille.

Scarlett se moucha avec son mouchoir déchiré et, bras dessus, bras dessous, le père et la fille remontèrent l'allée sombre, suivis du cheval qui avançait à pas lents. À proximité de la maison, Scarlett fut sur le point de se remettre à parler, mais elle aperçut sa mère dans la demi-obscurité de la véranda. Elle portait sa capeline, son châle et ses mitaines et, derrière elle, le visage lourd de menaces comme une nuée d'orage se tenait Mama portant le sac de cuir noir dans lequel Ellen O'Hara rangeait toujours les pansements et les médicaments dont elle se servait pour soigner les esclaves. Mama avait les lèvres fortes et pendantes, et sous l'empire de l'indignation, il lui arrivait de faire atteindre deux fois son volume normal à sa lèvre inférieure. C'était le cas à présent, et Scarlett savait que Mama était en train de ruminer quelque chose qui ne lui plaisait pas.

– Monsieur O'Hara, lança Ellen en voyant arriver le père et la fille.

Ellen appartenait à une génération de gens qui mettaient encore des formes après dix-sept ans de mariage et la venue au monde de six enfants. « Monsieur O'Hara, ça ne va pas chez les Slattery. Le petit d'Emmie est né, mais il se meurt et il faut qu'on le baptise. Je pars avec Mama voir ce que je peux faire. »

Sa voix se fit pressante, comme si la réalisation de son projet dépendait de Gérald. Ce n'était au fond qu'une simple formalité, mais Gérald y attachait un grand prix.

– Au nom du ciel, éclata-t-il, pourquoi des gueux vous feraient-ils sortir de chez vous à l'heure de votre dîner et au moment précis où je voulais vous entretenir de ce qu'on dit de la guerre à Atlanta ! Allez, madame O'Hara. Vous ne dormiriez pas sur vos deux oreilles si vous saviez qu'il y a des gens dans l'embarras et que vous n'êtes pas là pour les aider.

– Ça se'a jamais une façon di do'mi su' ses deux o'eilles d'aller se p'omener la nuit pou' soigner di nèg' et di pauv' blancs qui peuv' pas se soigner tout seuls, monologua Mama en descendant les marches du perron et en se dirigeant vers la voiture qui attendait dans une allée latérale.

– Prends ma place à table, ma chérie, dit Ellen à Scarlett en lui caressant doucement la joue.

Malgré ses larmes qu'elle avait peine à contenir, Scarlett tressaillit sous la caresse de sa mère qui ne manquait jamais de l'émouvoir et, les narines palpitantes, aspira le délicat parfum de citronnelle qui émanait du sachet cousu à sa robe de soie froufroutante. Il y avait en Ellen O'Hara quelque chose qui bouleversait Scarlett, la dépassait, une sorte de miracle qui l'effrayait, la charmait et la calmait tour à tour.

Gérald aida sa femme à monter en voiture et donna l'ordre au cocher de conduire prudemment. Toby, qui depuis vingt ans s'occupait des chevaux de Gérald, fit une moue indignée en s'entendant donner des conseils. Toby et Mama assise à ses côtés offraient une illustration parfaite de la désapprobation chez les noirs d'Afrique.

– Si je n'en avais pas tant fait pour ces misérables Slattery, bougonna Gérald, ils auraient été obligés d'aller tenter leur chance ailleurs. Ils m'auraient vendu leurs quelques arpents de marécage et ils auraient bien débarrassé le comté. (Puis, tout heureux à l'idée qu'il allait pouvoir se livrer à l'une de ses plaisanteries habituelles, il ajouta :) Viens, ma fille, allons dire à Pork qu'au lieu d'acheter Dilcey, je l'ai vendu, lui, à John Wilkes.

Il lança les rênes de son cheval à un petit négrillon et se mit à gravir les degrés du perron. Il avait déjà oublié la douleur de Scarlett et il ne pensait plus qu'à jouer un bon tour à son domestique. Les jambes lourdes, Scarlett monta lentement derrière lui. Elle se disait qu'en somme la bonne entente entre Ashley et elle ne serait pas plus extraordinaire que celle qui existait entre son père et Ellen Robillard O'Hara. Comme toujours elle se demandait comment son père, si vulgaire, si dénué de finesse, s'y était pris pour épouser une femme comme sa mère, car jamais deux êtres n'avaient été plus dissemblables de naissance, d'éducation et de formation intellectuelle.

III

Ellen O'Hara avait trente-deux ans et, pour l'époque, c'était déjà une femme entre deux âges. Elle avait donné le jour à six enfants et en avait enterré trois. Elle était grande et dépassait d'une tête son impétueux mari, mais il y avait tant de grâce paisible dans sa démarche, dans les lents mouvements de sa crinoline qu'on ne remarquait pas sa taille. Son cou, rond et mince, que dégageait le fourreau de taffetas noir de son corsage, était d'un blanc laiteux et semblait toujours légèrement attiré en arrière par le poids de sa chevelure luxuriante emprisonnée dans une résille. De sa mère, une Française dont les parents avaient fui Haïti lors de la révolution de 1791, elle tenait ses yeux noirs fendus en amande et ses cheveux noirs aussi. De son père, un soldat de Napoléon, elle tenait son nez droit et long et sa mâchoire carrée qu'adoucissait l'agréable contour de ses joues arrondies. Mais ce n'était qu'à la vie que le visage d'Ellen avait pu emprunter sa fierté sans morgue, son charme, sa mélancolie et son manque total de gaieté.

Elle eût été une femme d'une beauté surprenante s'il y avait eu le moindre éclat dans ses yeux, la moindre chaleur dans son sourire ou la moindre vivacité dans sa voix dont sa famille ou ses domestiques aimaient cependant le timbre harmonieux. Elle s'exprimait d'un ton traînant et doux comme les Géorgiens du littoral, mouillant les syllabes, appuyant sur les consonnes et avec un imperceptible accent français. Elle n'élevait jamais la voix pour donner un ordre à un domestique ou gronder un enfant, mais à Tara on lui obéissait sur-le-champ, alors qu'on ne prêtait guère attention aux imprécations et aux vociférations de son mari.

Pour Scarlett, aussi loin que pouvaient remonter ses souvenirs, sa mère avait toujours été la même. Elle avait toujours employé le même ton mesuré soit pour prier, soit pour faire des observations : elle avait toujours fait ce qu'il fallait avec la même sérénité, malgré les soucis que lui imposait chaque jour la lourde charge d'une maison comme celle de Gérald O'Hara ; elle avait toujours conservé son calme et ne s'était jamais laissée aller, même à la mort de ses trois jeunes fils. Scarlett n'avait jamais vu sa mère s'appuyer au dossier de sa chaise. Elle ne l'avait jamais vue non plus s'asseoir sans prendre un ouvrage d'aiguille, sauf pendant les repas, quand elle soignait des malades ou qu'elle tenait la comptabilité de la plantation. Si elle recevait, elle prenait un délicat travail de broderie, mais autrement elle raccommodait les chemises déchirées de Gérald, faisait des robes à ses filles ou taillait des habits pour les esclaves. Scarlett ne pouvait pas se représenter les mains de sa mère sans un dé en or. Quand elle pensait à elle, elle entendait le froufrou de sa robe et la voyait parcourant la maison suivie de la petite négresse dont le seul rôle consistait à retirer les fils à bâtir et à porter de chambre en chambre la boîte de couture en palissandre, tandis que sa maîtresse surveillait la cuisine, la lessive et la confection des vêtements destinés à la plantation.

Elle n'avait jamais vu sa mère se départir de son austère tranquillité, non plus que de la plus entière correction, quelle qu'eût été l'heure du jour ou de la nuit. Lorsque Ellen s'apprêtait pour un bal ou pour recevoir ses invités, ou même pour aller à la fête de Jonesboro, il fallait souvent deux heures, deux femmes de chambre et Mama pour qu'elle finît par se trouver à son goût, mais la rapidité avec laquelle elle s'habillait en cas d'urgence était étonnante.

Scarlett, dont la chambre s'ouvrait sur le couloir face à celle de sa mère, connaissait depuis sa plus tendre enfance le bruit furtif que faisaient aux premières heures du jour les nègres en courant pieds nus sur le plancher, les coups hâtifs frappés à la porte de sa mère, les voix étouffées et inquiètes des noirs qui parlaient tout bas de maladies, de naissances ou de morts survenues dans l'une ou l'autre des cases blanches qui leur étaient réservées. Lorsqu'elle était petite, elle s'était souvent levée pour aller coller son œil à la rainure de la porte et, de là, elle avait vu Ellen sortir de sa chambre sombre à la lumière vacillante d'une chandelle, sa boîte à pharmacie sous le bras, les cheveux bien peignés, le corsage bien boutonné, tandis que Gérald, indifférent, continuait de ronfler.

Scarlett s'était toujours sentie apaisée en entendant sa mère traverser le vestibule sur la pointe des pieds et murmurer, pleine de compassion : « Chut ! pas si fort. Vous allez réveiller M. O'Hara. Ils ne sont pas malades au point d'en mourir. »

Oui, c'était bon d'aller se coucher, de savoir qu'Ellen était sortie dans la nuit et que tout était bien ainsi.

Le matin, après avoir passé la nuit au chevet des accouchées ou des mourants, quand les deux docteurs Fontaine, le vieux et le jeune, avaient été appelés auprès de leurs malades et qu'on avait pu les joindre, Ellen présidait comme d'habitude au petit déjeuner. Ses yeux noirs étaient cernés, mais sa voix et ses gestes ne trahissaient aucune fatigue. Sous ces dehors aimables, il y avait en elle quelque chose de dur qui inspirait de la crainte aussi bien à ses domestiques qu'à ses filles et à Gérald, quoique ce dernier eût préféré mourir plutôt que de l'admettre.

Parfois, lorsque Scarlett se dressait sur la pointe des pieds pour embrasser sa mère et lui souhaiter bonne nuit, elle regardait sa bouche à la lèvre supérieure trop pincée, la bouche d'une femme que la vie avait dû blesser. Et elle se demandait si Ellen avait jamais ri sottement comme les autres jeunes filles ou si, le soir, à la veillée elle avait jamais confié ses secrets à ses amies. Mais non, ce n'était pas possible. Sa mère avait toujours été telle qu'elle était maintenant, colonne de force, source de sagesse, la seule personne qui eût réponse à tout.

Mais Scarlett se trompait, car, bien des années auparavant, Ellen Robillard de Savannah avait ri aussi sottement que n'importe quelle jeune fille de quinze ans dans cette charmante ville du littoral et avait passé de longues soirées à échanger des confidences avec ses amies, à leur livrer tous ses secrets sauf un. C'était l'année où Gérald O'Hara, de vingt-huit ans plus vieux qu'elle, était entré dans sa vie, l'année aussi où son jeune cousin, Philippe Robillard, en était sorti. Lorsque Phil, avec ses pétillants yeux noirs et ses manières fougueuses, avait quitté Savannah pour toujours, il avait emporté avec lui tout ce qui brûlait dans le cœur d'Ellen et n'avait plus laissé qu'un charmant coquillage vide au petit Irlandais qui devait épouser sa cousine. Mais Gérald n'en demandait pas plus, déjà comblé par la chance inouïe d'avoir obtenu celle qu'il désirait. Et si Ellen n'était plus la même, il n'eût jamais lieu d'en souffrir. Il était suffisamment intelligent pour comprendre que seul un miracle lui avait permis à lui, un Irlandais sans parents et sans fortune, de conquérir la fille d'une des plus riches et des plus fières familles du littoral. Car Gérald était un parvenu.

Gérald était venu d'Irlande en Amérique à l'âge de vingt et un ans. Ainsi que l'avaient fait ou que le firent plus tard bon nombre d'Irlandais meilleurs ou pires que lui, il avait quitté précipitamment son pays, n'emportant pour tous vêtements que ceux qu'il avait sur le dos. Outre l'argent de son passage il avait deux shillings en poche et sa tête était mise à prix pour une somme qui, selon lui, dépassait de beaucoup l'importance de son délit. Il n'y avait pas de ce côté-ci de l'enfer un seul Orangiste[1] dont le gouvernement anglais ou le diable lui-même eût donné deux cents livres ; mais, puisque le gouvernement se montrait si ému par la mort du régisseur d'un propriétaire anglais absentéiste, il était temps pour Gérald O'Hara de s'en aller, et de s'en aller au plus vite. Bien sûr, il avait traité le régisseur de « bâtard d'Orangiste », mais cela, du point de vue de Gérald, ne conférait pas à cet homme le droit de l'insulter en sifflotant les premières mesures du *Boyne water*[2].

La bataille de la Boyne s'était déroulée plus de cent ans auparavant, mais pour les O'Hara et leurs voisins, elle aurait aussi bien pu avoir lieu la veille, leurs rêves et leurs espérances s'étant évanouis avec leurs terres et leur fortune dans le même nuage de poussière qui avait enveloppé la fuite d'un prince Stuart terrorisé, laissant Guillaume d'Orange et ses soldats détestés aux cocardes orange mettre en pièces les Irlandais partisans des Stuarts.

Pour cette raison et pour d'autres, la famille de Gérald n'aurait guère été disposée à prendre au sérieux l'issue fatale de sa querelle si elle n'avait comporté de graves conséquences. Pendant des années, les O'Hara avaient vécu en mauvais termes avec la police anglaise, qui les suspectait de se livrer à un certain genre d'activité contre le gouvernement, et Gérald n'était pas le premier O'Hara à prendre ses jambes à son cou et à quitter l'Irlande au petit jour. Ses deux frères aînés, James et Andrews, en avaient fait autant. Il se les rappelait à peine. Il se souvenait seulement que c'étaient des jeunes gens fort discrets qui allaient et venaient mystérieusement à n'importe quelle heure de la nuit et s'absentaient parfois des semaines entières tandis que leur mère se rongeait d'inquiétude. Ils étaient partis pour l'Amérique bien des années avant lui, à la suite de la découverte d'un petit arsenal de fusils enfoui sous la porcherie des O'Hara. Maintenant, ils étaient en passe de faire fortune dans le commerce à Savannah, « quoique le bon Dieu sache seul où cela peut être », comme le déclarait toujours leur mère quand elle parlait des deux aînés de ses rejetons mâles. Ce fut donc vers eux qu'on envoya le jeune Gérald.

1. Les Orangistes sont des protestants irlandais qui bataillent contre les catholiques irlandais, indépendantistes. En 1870 à New York, des rixes entre Orangistes et catholiques firent plusieurs morts.

2. Chanson composée en Angleterre après la bataille de la Boyne (1690) où les Orangistes écrasèrent les partisans des Stuarts *(N.d.T.)*.

Il quitta le toit de ses parents, emportant sur sa joue le baiser rapide de sa mère et, dans ses oreilles, ses bénédictions ferventes de catholique et la dernière recommandation de son père: «Rappelle-toi qui tu es, et ne dérobe rien à personne.» Ses cinq frères lui dirent au revoir en le gratifiant de sourires pleins d'admiration, mais un peu protecteurs, car Gérald était le benjamin et le plus petit d'une famille robuste. Son père et ses cinq frères mesuraient plus de six pieds et étaient larges à proportion, mais le petit Gérald, à vingt et un ans, savait que cinq pieds et quatre pouces et demi étaient tout ce que lui allouerait le Seigneur en sa sagesse. Ce fut bien de Gérald de ne jamais se consumer en vains regrets sur sa petite taille et de ne jamais considérer celle-ci comme un obstacle pour acquérir tout ce qu'il désirait. Au contraire, ce fut sa petitesse qui fit de Gérald ce qu'il était, car il avait appris de bonne heure que les hommes petits doivent être audacieux pour subsister parmi les grands. Et Gérald était audacieux.

Ses frères, garçons de haute taille, étaient calmes et moroses. Chez eux, l'ancienne tradition familiale des gloires à jamais éteintes se muait en une haine sourde et se manifestait par des accès de mauvaise humeur. Si Gérald avait été plus vigoureux, il aurait suivi les traces des autres O'Hara et, sans faire de bruit, il aurait imité les rebelles qui complotaient dans l'ombre contre le gouvernement. Mais, ainsi qu'aimait à le répéter sa mère, Gérald «avait la langue bien pendue et faisait le fendant». D'un tempérament bouillant, il était prompt à jouer des poings et avait la tête très près du bonnet. Il se pavanait au milieu des O'Hara avec l'arrogance d'un bantam qui se promène dans un poulailler où il n'y a que des coqs géants de Cochin. Et tous l'aimaient. Ses frères le taquinaient gentiment pour le plaisir de l'entendre hurler et ne tapaient guère plus sur lui qu'il n'était nécessaire pour remettre le benjamin à sa place.

Si Gérald emmena en Amérique un bagage de connaissances plutôt maigre, il ne s'en rendit même pas compte; et, le lui eût-on fait remarquer, il se serait contenté de hausser les épaules. Sa mère lui avait appris à lire et à écrire lisiblement et il était devenu assez fort en calcul. Là se bornait son savoir. En fait de latin, il ne savait que répondre la messe et, en fait d'histoire, il ne connaissait que celle des multiples déboires de l'Irlande. À part les poèmes de Moore, la poésie était pour lui lettre morte et il n'avait jamais entendu d'autre musique que des chansons irlandaises transmises à travers les âges. Tout en éprouvant un vif respect pour les gens plus savants que lui, il n'eut jamais à rougir de son ignorance. Et puis, à quoi auraient pu lui servir toutes ces choses dans un pays neuf où les Irlandais les plus incultes avaient édifié de grosses fortunes ? dans ce pays où l'on demandait uniquement à un homme d'être fort et de ne pas épargner sa peine ?

James et Andrews qui le prirent à leur magasin n'eurent pas davantage à se plaindre de son ignorance. Sa belle écriture, des calculs précis et son habileté en affaires forcèrent leur respect, alors que, si Gérald avait eu des connaissances littéraires et avait goûté la belle musique, ils auraient été les premiers à lui en vouloir et à le mépriser. Durant les premières années du siècle, l'Amérique avait été accueillante aux Irlandais. James et Andrews qui avaient débuté en transportant, dans des chariots bâchés, des marchandises de Savannah aux villes du centre de la Géorgie possédaient maintenant un commerce florissant et Gérald partagea leur prospérité.

Il aima le Sud et ne tarda pas à devenir un Sudiste convaincu. Il y avait bien des choses du Sud et des Sudistes qu'il ne devait jamais arriver à saisir ; mais, grâce à sa nature tout d'une pièce il adopta les idées et les mœurs du pays telles qu'il les comprenait. Il se mit à jouer au poker et aux courses. Il se passionna pour le code en matière de duel, la politique et les droits des États, voua les Yankees aux flammes éternelles, s'avéra partisan de l'esclavage et de la culture intensive du coton, afficha son mépris pour les blancs qui végétaient et se montra un peu trop galant avec les dames. Il apprit même à chiquer. Il n'eut pas besoin d'apprendre à boire du whisky, il savait cela de naissance.

Pourtant Gérald resta lui-même. Son genre de vie et ses idées se modifièrent, mais il ne voulut pas changer sa manière d'être, à supposer qu'il en eût été capable. Il admirait la distinction nonchalante des planteurs de riz ou de coton qui quittaient leurs domaines tapissés de mousse[3] et se rendaient à Savannah montés sur des pur-sang tandis que leurs élégantes épouses les suivaient en voiture et leurs esclaves en chariot. Mais Gérald ne put jamais prétendre à la distinction. Le ton traînant des planteurs chatouillait agréablement son oreille, mais il ne réussit pas à se débarrasser de son fort accent irlandais. Il aimait la façon détachée dont ils traitaient une affaire importante en risquant une fortune, une plantation ou un esclave sur une seule carte, enregistrant leurs pertes avec une bonne humeur insouciante et sans plus de cérémonie que lorsqu'ils distribuaient des sous aux négrillons. Néanmoins Gérald avait connu la

3. L'auteur fera plusieurs fois allusion à cette mousse qui, au sud des États-Unis, recouvre arbres et demeures de longues écharpes gris-vert *(N.d.T.)*.

pauvreté et il ne sut jamais perdre son argent avec bonne grâce ou bonne humeur. Avec leurs voix douces, leurs accès de colère et leur charmante inconsistance, ces Géorgiens du littoral formaient une race agréable, et Gérald les aimait bien. Mais, chez ce jeune Irlandais frais émoulu d'un pays où le vent était humide et froid, où les marais brumeux n'abritaient pas de fièvres, il y avait une ardente vitalité qui le séparait de ces gens policés rendus indolents par un climat semi-tropical et par la malaria.

Il apprit d'eux ce qu'il jugea indispensable et dédaigna le reste. Il trouva que le poker et l'usage du whisky pour ceux qui avaient la tête solide étaient les deux institutions les plus précieuses du Sud, et ce fut son penchant naturel pour les cartes et pour la liqueur d'ambre qui valut à Gérald deux des trois biens auxquels il tenait le plus, son valet et sa plantation. Le troisième était sa femme, et il ne pouvait en attribuer la possession qu'à la mystérieuse bonté du Seigneur.

Pork, son domestique, un nègre du plus beau noir, fort digne et rompu à toutes les pratiques de l'art vestimentaire, était le résultat d'une nuit blanche passée à jouer au poker contre un planteur de l'île Saint-Simons, dont l'audace à bluffer égalait celle de Gérald, mais qui ne résistait pas aussi bien que lui au rhum de La Nouvelle-Orléans. Bien que l'ancien propriétaire de Pork eût offert par la suite de le racheter au double de sa valeur, Gérald refusa obstinément, car la possession de son premier esclave, et d'un esclave qui était « un sacré domestique, le meilleur du littoral », marquait aussi la première étape vers la réalisation de son plus cher désir. Gérald voulait posséder des esclaves et être un gentilhomme terrien.

Il avait décidé de ne pas passer toutes ses journées à marchander comme James et Andrews, ni toutes ses nuits à étudier de longues colonnes de chiffres à la lueur d'une chandelle. À l'encontre de ses frères, il ressentait vivement la flétrissure qui s'attachait à tous ceux qui « faisaient du commerce ». Gérald voulait être un planteur. Avec l'acharnement d'un Irlandais qui avait dû se contenter d'être métayer sur des terres dont sa famille avait jadis été propriétaire, il voulait jouir du spectacle offert par la surface verdoyante de ses propres champs. Animé par cet unique désir, il souhaita inlassablement de posséder une maison, une plantation, des esclaves et des chevaux bien à lui. Et là, dans ce pays neuf, à l'abri du double danger qui pesait sur la patrie qu'il avait quittée, les impôts mangeurs de récoltes et de fermes, et la menace perpétuelle d'une brusque confiscation, il résolut d'arriver à ses fins. Mais, avec le temps, il découvrit que ses ambitions et le moyen de les réaliser n'avaient rien de facile. La Géorgie du littoral était trop jalousement gardée par une aristocratie bien défendue pour qu'il eût jamais l'espoir d'y occuper la place qu'il souhaitait.

Ce fut alors qu'un coup du destin et un coup de poker lui procurèrent la plantation que, par la suite, il appela Tara et, en même temps, l'amenèrent à quitter le littoral pour les Hautes Terres de la Géorgie du Nord. Cela se passa par une tiède soirée de printemps, dans un bar de Savannah, lorsque Gérald surprit la conversation d'un inconnu assis non loin de lui. L'inconnu, un homme de Savannah, venait de rentrer dans sa ville natale après un séjour de douze ans à l'intérieur du pays. Il avait gagné à la loterie foncière organisée par l'État pour partager le vaste territoire de la Géorgie centrale cédé par les Indiens l'année qui avait précédé l'arrivée de Gérald en Amérique. Il y était allé et y avait installé une plantation ; mais sa maison avait été détruite par un incendie et, comme il en avait par-dessus la tête de ce « maudit patelin », il aurait été enchanté de s'en débarrasser.

Gérald, qui ne renonçait pas à l'idée de posséder une plantation, s'arrangea pour être présenté et s'intéressa de plus en plus à l'inconnu quand celui-ci eut raconté que la partie située au nord de l'État se peuplait rapidement de gens venus des Carolines et de la Virginie. Gérald avait vécu assez longtemps à Savannah pour épouser les idées du littoral, où l'on se figurait que tout le reste de l'État se composait de forêts et que derrière chaque fourré, se cachait un Indien à l'affût. Ses affaires pour la maison O'Hara Frères l'avaient déjà amené à Augusta, ville construite à cent milles en avant de Savannah sur la rivière de ce nom, et il avait également parcouru le pays plus à l'ouest, visitant les vieilles cités qui existaient dans cette région. Il savait que celle-ci était aussi tranquille que le littoral, mais, d'après la description de l'inconnu, il conclut que la plantation en question devait se trouver à plus de 250 milles au nord-ouest de Savannah et pas très loin de la rive sud du fleuve Chattahoochee. Gérald n'ignorait pas qu'au nord de ce cours d'eau le pays était toujours aux mains des Cherokees et il fut bien étonné d'entendre l'inconnu éclater de rire quand il parla de démêlés possibles avec les Indiens et raconter sur quel rythme villes et plantations se développaient là-bas.

Une heure plus tard, lorsque la conversation commença à languir, Gérald proposa une partie de cartes avec une fourberie que démentait l'éclat de ses candides yeux bleus. À mesure que la nuit s'avançait, les verres circulaient plus nombreux. Puis vint le moment où, tous les autres joueurs renonçant à suivre le coup, Gérald et l'inconnu se trouvèrent face à face. Gérald relança, l'étranger suivit. Gérald insista, l'inconnu tint bon et sortit son titre de propriété. Gérald n'eut plus qu'à tirer son portefeuille. Si l'argent qu'il contenait appartenait à la maison O'Hara Frères, Gérald ne s'en repentit pas au point d'aller s'en accuser à confesse le lendemain matin. Il savait ce qu'il voulait et, quand Gérald voulait quelque chose, il n'y allait pas par quatre chemins. D'ailleurs il avait une telle confiance en son étoile et en un carré de valets qu'il ne se demanda pas un instant comment il rembourserait l'argent au cas où son adversaire abattrait un jeu supérieur au sien.

– Vous ne faites pas une bien belle affaire, et je suis heureux de ne plus avoir à payer d'impôts pour cette propriété, lui dit celui-ci tout en demandant une plume et de l'encre après avoir abattu un « full aux as ». Le bâtiment principal a brûlé il y a un an. Les champs se transforment en brousse, les pins y poussent à qui mieux mieux, mais tout ça vous appartient.

– Quand on joue au poker, il ne faut jamais s'aventurer à boire du whisky à moins qu'on n'ait pris de l'eau-de-vie irlandaise au biberon, déclara le même soir d'une voix sentencieuse Gérald à Pork qui l'aidait à se coucher.

Et le domestique, plein d'admiration pour son nouveau maître, répondit à celui-ci dans un mélange de geechee[4] et de patois du comté de Meath qui eût stupéfait tout autre que ces deux hommes.

La Flint bourbeuse, coulant silencieusement entre des murailles de pins et de chênes couverts de plantes grimpantes, s'enroulait comme un bras replié autour du nouveau domaine de Gérald et le baignait sur deux côtés. Monté sur le petit tertre où jadis se dressait la maison, Gérald contemplait avec plaisir cette haute barrière verte. Le pied posé sur les fondations noircies de la maison calcinée, il suivait du regard la longue allée plantée d'arbres conduisant à la route. Il n'arrêtait pas de pousser d'énergiques jurons, trop profondément heureux pour remercier Dieu d'une prière. Cette double rangée d'arbres sombres lui appartenait au même titre que la pelouse abandonnée où les herbes folles se jouaient sous les touffes blanches des magnolias sauvages. Semés de pins encore jeunes et couverts de broussailles, déployant à

4. Le geechee, ou gullah, est une langue très marquée par son origine africaine. Elle est encore présente dans les régions côtières de Caroline du Sud et de Géorgie. Plus généralement, la culture geechee / gullah, préservée jusqu'à aujourd'hui en raison de la densité de la population africaine-américaine dans ces régions, a conservé de son héritage africain des savoir-faire artisanaux (vannerie) et des systèmes familiaux spécifiques.

perte de vue leur manteau d'argile rouge, les champs en friche appartenaient à Gérald O'Hara et tout cela à cause de sa caboche d'Irlandais et de son audace à tout risquer sur un coup de poker.

Gérald ferma les yeux et, dans le silence des terres incultes, il eut l'impression d'être enfin chez lui. Là, à l'endroit même où il se tenait, s'élèverait une maison en briques crépies de blanc. De l'autre côté de la route se dresseraient de nouvelles clôtures contre lesquelles se presseraient des bestiaux bien gras et des pur-sang. Et les milles et les milles de terre rouge qui roulaient de la colline vers le vallon fertile se transformeraient en champs de coton blanc et duveteux sous le soleil. L'astre des O'Hara allait de nouveau briller.

Muni de son petit avoir personnel, nanti de ce qu'il avait pu emprunter à ses frères assez peu enthousiastes et d'une somme rondelette qu'il s'était procurée en hypothéquant son domaine, Gérald acheta ses premiers esclaves et s'en vint à Tara habiter tout seul la petite maison du régisseur en attendant que s'élevassent les murs blancs de sa plantation.

Il défricha les champs, y planta du coton et fit de nouveaux emprunts à James et à Andrews pour acheter d'autres esclaves. Les O'Hara avaient l'esprit de clan et se cramponnaient les uns aux autres dans la prospérité comme dans le malheur, non pas en vertu d'une affection exagérée, mais parce qu'ils avaient appris durant les années d'épreuves que, pour survivre, une famille doit affronter le monde avec une cohésion parfaite. Ils prêtèrent à Gérald de l'argent qui, par la suite, leur revint, grossi d'intérêts. Petit à petit, la plantation se développa, Gérald acquit de nouveaux champs attenants à son domaine et, de simple rêve, la demeure blanche devint une réalité.

Les esclaves l'avaient construite eux-mêmes. C'était une lourde bâtisse aux proportions maladroites. Elle couronnait le petit tertre d'où l'on voyait les prés verts descendre vers la rivière. Elle plaisait beaucoup à Gérald, car, même neuve, elle avait déjà l'air patinée par les ans. Les vieux chênes sous lesquels étaient passés les Indiens serraient de près la maison, et leurs frondaisons répandaient sur le toit leur ombre épaisse. Sur la pelouse le trèfle et le chiendent se mirent à pousser dru et Gérald veilla à ce qu'elle fût bien entretenue. Depuis l'allée bordée de cèdres jusqu'à la rangée de cases blanches occupées par les esclaves, il régnait à Tara une atmosphère de solidité, de stabilité et de permanence. Et chaque fois que Gérald, tournant la route au galop de son cheval, voyait son toit surgir à travers les branches vertes, son cœur s'enflait d'orgueil comme si c'était la première fois que pareil spectacle lui était offert.

C'était lui qui avait fait tout cela, le petit Gérald, le bouillant Gérald à la tête solide.

Gérald vivait en excellents termes avec tous ses voisins du comté, sauf avec les MacIntosh dont la propriété touchait à la sienne sur la gauche et avec les Slattery dont le maigre champ flanquait les siens à droite, le long des marécages, entre la rivière et la plantation de John Wilkes.

Les MacIntosh étaient moitié écossais, moitié irlandais, et Orangistes par-dessus le marché. Eussent-ils compté parmi leurs ancêtres tous les saints du calendrier catholique, Gérald ne les en eût pas moins voués à la damnation éternelle. Ils avaient beau avoir passé soixante-dix ans en Géorgie et même avant ce temps avoir vécu dans les Carolines l'espace d'une génération, le premier membre de leur famille qui avait débarqué en Amérique venait de l'Ulster, et il n'en fallait pas plus à Gérald.

C'étaient des gens renfermés et très collet monté. Ils ne voyaient personne et n'épousaient que leurs parents des Carolines. Gérald n'était pas le seul à avoir de l'antipathie pour eux, car, dans le comté, on était accueillant et sociable et on ne supportait guère les gens qui ne déployaient pas ces mêmes qualités. On racontait d'eux qu'ils penchaient pour l'abolitionnisme et cela n'était pas fait pour augmenter leur popularité. Bien que le vieil Angus MacIntosh n'eût jamais affranchi un esclave et eût même commis un manquement impardonnable aux usages en vendant un certain nombre de ses nègres à des marchands d'esclaves en route pour les champs de canne à sucre de la Louisiane, on n'en continuait pas moins à jaser.

« Il n'y a aucun doute, c'est un abolitionniste, confiait parfois Gérald à John Wilkes. Mais, chez un Orangiste, quand un principe se heurte au caractère écossais, le principe est malade. »

Avec les Slattery, c'était une autre affaire. Étant des « pauvres blancs » on ne leur accordait même pas le respect que ses voisins, malgré eux, avaient pour MacIntosh et sa farouche indépendance. Le vieux Slattery, qui s'acharnait sur ses trois malheureux arpents de terrain en dépit des offres répétées de Gérald et de John Wilkes, était un être incapable et se lamentait continuellement. Sa femme, la tignasse toujours embroussaillée, avait un aspect maladif et, à la voir, on ne lui en aurait pas donné pour longtemps à vivre. Elle avait une ribambelle d'enfants hargneux et chafouins dont le nombre grandissait régulièrement chaque année. Tom Slattery ne possédait point d'esclaves. De temps à autre, ses deux aînés et lui besognaient sur leurs quelques arpents de coton, tandis que la femme et les derniers-nés prodiguaient leurs soins à ce qui passait pour un jardin potager. Mais, sans qu'il fût possible de savoir pourquoi, le coton ne venait jamais bien, et en raison des grossesses successives de Mme Slattery le potager ne produisait jamais assez pour nourrir la horde.

La vue de Tom Slattery s'attardant sous les vérandas de ses voisins, mendiant des graines de coton ou une tranche de lard pour «l'aider à tenir le coup», était un spectacle familier à tous. Slattery consacrait le peu d'énergie dont il disposait à haïr ses voisins. Il devinait leur mépris sous leur amabilité et surtout il détestait «les nègres insolents des riches». Les domestiques nègres du comté s'estimaient supérieurs au pauvre hère et leur dédain le piquait au vif d'autant plus qu'il enviait leur situation plus stable que la sienne. Alors qu'il traînait une existence misérable, eux étaient bien nourris, bien habillés et on les soignait quand ils étaient malades ou trop vieux. Ils avaient un soin jaloux de la réputation de leurs maîtres et, pour la plupart, étaient fiers d'appartenir à des gens qui constituaient l'élite du pays.

Tom Slattery aurait pu vendre sa ferme le triple de sa valeur à n'importe quel planteur du comté. Les acheteurs auraient volontiers mis le prix pour débarrasser la communauté de sa bête noire, mais Tom aimait mieux rester et vivre misérablement de ce que lui rapportait l'unique balle de coton de sa récolte annuelle et de la charité de ses voisins.

Dans tout le reste du comté, Gérald ne comptait que des amis ou même des intimes. Les Wilkes, les Calvert, les Tarleton, les Fontaine, tous souriaient de plaisir quand le petit bonhomme, perché sur son gros cheval blanc, remontait leurs allées au galop, tous souriaient et brandissaient les grands verres dans lesquels on avait versé une copieuse rasade de bourbon par-dessus une cuillerée de sucre en poudre et un brin de menthe pilé. Gérald inspirait la sympathie et, à la longue, ses voisins apprirent ce que les enfants, les nègres et les chiens avaient découvert du premier coup, à savoir que sous des dehors braillards et brutaux Gérald cachait un cœur d'or, toujours prêt à s'associer aux malheurs d'autrui, et qu'il ne tenait pas serrés les cordons de sa bourse.

Son arrivée déchaînait toujours un tumulte assourdissant d'aboiements et de clameurs poussées par les négrillons qui se ruaient au-devant de lui et se disputaient sous ses injures bienveillantes le privilège de tenir son cheval. Les enfants des blancs criaient pour qu'il les fît sauter sur ses genoux pendant qu'il dénonçait aux grands les infamies des politiciens yankees; les filles de ses amis lui confiaient leurs petites aventures sentimentales ; et les jeunes gens, redoutant d'avouer une dette d'honneur à leurs pères, trouvaient en lui un ami complaisant. « Alors, tu dois cette somme depuis un mois, jeune nigaud ! hurlait-il. Mais, sacrebleu, pourquoi ne m'as-tu pas demandé cet argent plus tôt ? »

La verdeur de son langage était trop connue pour qu'on s'en offensât, et les jeunes gens n'avaient plus qu'à rire niaisement et à répondre :

– C'est que, monsieur, je ne voulais pas vous importuner et mon père...

– Ton père est un brave homme, je te l'accorde, mais il ne badine pas. Alors, prends-moi ça et n'en parlons plus.

Les femmes des planteurs furent les dernières à capituler. Mais un soir, après le départ de Gérald, lorsque Mme Wilkes, « une grande dame et discrète comme on l'est rarement », suivant la définition même de Gérald, eut dit à son mari : « Il est grossier, mais c'est un gentleman », Gérald fut définitivement un homme arrivé.

Il ne sut pas qu'il avait fallu dix ans pour arriver, car il ne se douta jamais que ses voisins l'avaient d'abord considéré d'un mauvais œil. Dès qu'il eut mis le pied à Tara, il se figura y avoir droit de cité.

Lorsqu'il atteignit quarante-trois ans, Gérald, si replet et si rougeaud qu'on aurait pu le prendre pour un gentilhomme détaché d'une gravure de chasse, commença à se dire que Tara, qui lui était pourtant chère, et ses voisins, qui lui ouvraient à la fois leur cœur et leur porte, ne suffisaient cependant pas. Il voulut prendre femme.

Le besoin d'une maîtresse de maison se faisait impérieusement sentir à Tara. La grosse cuisinière, jadis préposée à la basse-cour et élevée par nécessité à la dignité de cordon-bleu, ne préparait jamais les repas à l'heure ; quant à la femme de chambre, une ancienne esclave attachée aux champs, elle laissait la poussière s'accumuler sur les meubles et semblait ne jamais avoir de linge propre à sa disposition, si bien que l'arrivée des invités s'effectuait toujours au milieu des pleurs et des grincements de dents. Pork, le seul nègre bien stylé de la plantation, avait la haute main sur les domestiques, mais lui-même, après avoir été soumis pendant quelques années aux manières insouciantes de Gérald, était devenu indolent et peu soigneux. En tant que valet, il rangeait la chambre à coucher de Gérald et, en tant que majordome, il servait à table avec beaucoup de dignité ; seulement, par ailleurs, il laissait plutôt les choses aller leur train.

Avec leur infaillible instinct d'Africains, les nègres s'étaient tous aperçus que, si Gérald aboyait fort, il ne mordait pas, et ils profitaient sans vergogne de leur découverte. L'air était toujours saturé de menaces. On parlait constamment de vendre des esclaves à des marchands du Sud ou de châtiments épouvantables, mais, à Tara, on n'avait jamais vendu un esclave et on n'avait administré le fouet qu'une seule fois à un noir qui n'avait pas pansé le cheval favori de Gérald, après une longue journée de chasse à courre.

De ses yeux bleus et pénétrants, Gérald notait la façon impeccable dont étaient tenues les maisons de ses voisins et avec quelle aisance les épouses aux cheveux bien lissés, aux robes de soie bruissantes, faisaient obéir leurs domestiques. Il ignorait que, du matin au soir, ces femmes devaient déployer une activité constante. Il ne savait pas que, sans trêve ni repos, elles étaient obligées de surveiller les cuisinières, les bonnes d'enfants, les couturières et les blanchisseuses. Il ne voyait que des résultats, et ces résultats l'impressionnaient fort.

Un matin qu'il s'habillait pour aller en ville assister à une fête locale, il eut conscience qu'il lui fallait absolument prendre femme. Pork lui apporta sa chemise à ruches préférée. Elle avait été si mal raccommodée par la femme de chambre qu'il ne lui resta plus qu'à en faire cadeau à son valet.

– Missié Gé'ald, dit Pork, radieux, en repliant la chemise tandis que son maître vitupérait, missié Gé'ald, y vous faut une femme, et une femme qui a eu plein de nèg' chez elle.

Gérald réprimanda Pork pour son impertinence, mais il savait qu'il avait raison. Il voulait une femme, il voulait avoir des enfants et, s'il ne se mariait pas, bientôt, il serait trop tard. Mais il ne voulait pas épouser la première venue comme M. Calvert, qui avait pris pour seconde femme la gouvernante yankee de ses enfants. Sa femme devait être une vraie dame, une fille de bonne famille, aussi aimable et distinguée que Mme Wilkes, aussi capable de faire marcher Tara que Mme Wilkes était capable d'administrer son propre domaine.

Mais en voulant s'allier à une des familles du comté, Gérald se heurtait à deux difficultés. D'abord il n'y avait guère de jeunes filles en âge de se marier. Ensuite, et c'était plus grave, Gérald était un « homme nouveau », bien qu'il eût presque dix ans de résidence dans le pays, et un étranger. Personne ne savait à quoi s'en tenir sur sa famille. En Géorgie la société de l'arrière-pays avait beau être moins fermée que l'aristocratie du littoral, aucune famille ne se souciait de s'allier à un homme dont nul n'avait connu le grand-père.

Gérald savait qu'en dépit de la franche sympathie que lui témoignaient les hommes avec lesquels il chassait, buvait et parlait politique, il n'y en avait pour ainsi dire pas un dont il pourrait épouser la fille. Et il ne tenait pas du tout à ce qu'on racontât le soir, à table, que monsieur Untel avait eu le regret de refuser à Gérald O'Hara la permission de courtiser sa fille. Gérald ne se sentit pas pour cela diminué aux yeux de ses voisins. D'ailleurs rien ni personne n'aurait pu lui faire éprouver pareil sentiment. Il s'agissait simplement d'une curieuse coutume du comté qui voulait que les filles s'alliassent à des familles établies dans le Sud depuis bien plus de vingt ans, pourvues de terres et d'esclaves et adonnées depuis ce laps de temps aux seuls vices de bon ton.

– Prépare des bagages, nous partons pour Savannah, déclara Gérald à Pork. Et si j'entends encore une seule fois dire «la ferme» ou «Bon Dieu», je te revends, car il y a des mots que j'emploie rarement moi-même.

James et Andrews pouvaient être de bon conseil sur le chapitre matrimonial et, parmi leurs vieilles relations, il se rencontrerait peut-être des jeunes filles susceptibles à la fois de répondre à ses exigences et de l'agréer pour mari. James et Andrews prêtèrent une oreille patiente à son histoire, mais ils ne l'encouragèrent pas beaucoup dans son projet. Ils n'avaient pas à Savannah de parents auprès de qui trouver une aide ; quant aux filles de leurs amis, il y avait bel âge qu'elles étaient mariées et qu'elles consacraient leurs soins à leurs enfants.

– Tu n'es pas riche et tu n'appartiens pas à une grande famille, dit James.

– J'ai gagné de l'argent, et je suis de taille à me faire une grande famille. D'ailleurs, je ne veux pas épouser n'importe qui.

– Tu vises haut, remarqua sèchement Andrews.

Mais les deux frères firent tout ce qu'ils purent pour Gérald. James et Andrews étaient des hommes d'âge mûr et ils occupaient un certain rang à Savannah. Ils avaient de nombreux amis et, pendant un mois, ils emmenèrent Gérald de visites en dîners, de dîners en sauteries et de sauteries en pique-niques.

– Il n'y en a qu'une qui me plaise, finit par déclarer Gérald, et elle n'était même pas née quand j'ai débarqué ici.

– Et qui est-ce ?

– Mlle Ellen Robillard, dit Gérald en cherchant à s'exprimer d'un air détaché, car les yeux sombres et légèrement bridés d'Ellen Robillard avaient fait plus que l'émouvoir.

Malgré un manque de vivacité surprenant chez une jeune fille de quinze ans, elle l'enchantait. En outre, il y avait en elle quelque chose de désespéré qui lui allait au cœur et le rendait plus affectueux avec elle qu'il ne l'avait jamais été avec quiconque.

– Dire que tu es assez vieux pour être son père !
– Moi, je suis dans la fleur de l'âge, s'écria Gérald, piqué au vif.
– Jerry[5], fit James sans élever le ton, il n'y a pas une jeune fille à Savannah que tu aies moins de chances d'épouser. Son père est un Robillard, et ces Français sont fiers comme Lucifer. Et sa mère, que Dieu ait son âme, c'était une très grande dame !
– Ça m'est égal, dit Gérald en s'échauffant. D'ailleurs, sa mère est morte et le vieux Robillard m'aime bien.
– Comme homme, oui, comme gendre, non.
– En tout cas, la petite ne voudrait pas de toi, intervint Andrews. Voilà un an qu'elle aime sa tête brûlée de cousin Philippe Robillard, bien que sa famille du matin au soir s'efforce de la faire changer d'idée.
– Il est parti pour la Louisiane ce mois-ci, fit Gérald.
– Comment le sais-tu ?
– Je le sais, se contenta de répondre Gérald, qui ne se souciait pas de révéler que Pork lui avait fourni ce renseignement précieux, ni que Philippe était parti pour l'Ouest sur l'ordre exprès de sa famille. Je ne pense pas qu'elle l'ait aimé au point de ne pas l'oublier. Quinze ans, c'est trop jeune pour s'y connaître beaucoup en amour.
– Les Robillard aimeraient encore mieux leur cousin que toi.
James et Andrews furent donc aussi surpris que le reste de la ville quand on apprit que la fille de Pierre Robillard allait épouser le petit Irlandais des hautes terres. Savannah chuchota sous le manteau et se perdit en conjectures sur le départ de Philippe Robillard pour l'Ouest, mais tous ces commérages n'aboutirent à rien. Le mariage de la plus jolie des filles Robillard avec un petit bonhomme braillard et rubicond qui lui arrivait à peine aux oreilles demeura un mystère pour tous.
Gérald lui-même ne sut jamais très bien comment tout cela s'était passé. Il sut seulement qu'un miracle s'était produit. Et, pour une fois dans sa vie, il fut rempli d'humilité quand Ellen, très pâle, mais très calme, posant une main légère sur son bras, lui dit : « Je vous épouserai, monsieur O'Hara. »
Les Robillard, frappés de stupeur, surent en partie à quoi s'en tenir, mais seules Ellen et sa Mama connurent l'histoire complète de cette nuit où la jeune fille avait sangloté jusqu'à l'aube comme une enfant au cœur brisé et s'était réveillée le matin, sa décision prise.

5. Diminutif de Gérald.

Forçant la consigne, Mama avait apporté à sa jeune maîtresse un petit paquet envoyé de La Nouvelle-Orléans par une personne dont l'écriture n'était pas familière. Il contenait une miniature d'Ellen, que celle-ci jeta par terre en poussant un cri, quatre lettres écrites par sa cousine à Philippe Robillard et un billet laconique d'un prêtre de La Nouvelle-Orléans annonçant que Philippe avait trouvé la mort au cours d'une rixe dans un café.

– Ce sont eux qui l'ont chassé, Papa, Pauline et Eulalie. Ils l'ont chassé. Je les déteste. Je les déteste tous, je ne veux plus jamais les revoir. Je veux m'en aller. Je veux m'en aller là où je ne les reverrai jamais plus, où je ne pourrai plus jamais revoir cette ville ni les gens qui me feront me souvenir de... de lui.

Et, vers la fin de la nuit, Mama, qui elle-même avait épanché toutes les larmes de son corps dans la chevelure sombre de sa maîtresse, avait protesté :

– Mais, ché'ie, vous pouvez pas fai' ça.

– Si, je le ferai. Il est très gentil. Je le ferai ou j'entrerai au couvent à Charleston.

En fin de compte, ce fut cette menace du couvent qui arracha son consentement à Pierre Robillard, accablé et meurtri. Bien que sa famille fût catholique, c'était un presbytérien convaincu et l'idée que sa fille pouvait se faire bonne sœur lui semblait pire que celle d'épouser Gérald O'Hara. Après tout, on ne pouvait rien reprocher à ce dernier, sinon son absence de famille.

Ainsi Ellen ayant renoncé à son nom de Robillard tourna le dos à Savannah pour ne plus y revenir et, en compagnie d'un mari entre deux âges, de sa Mama et de vingt serviteurs nègres, elle prit le chemin de Tara.

L'année suivante naquit leur premier enfant. Ils l'appelèrent Katie Scarlett, du nom de la mère de Gérald. Gérald fut déçu, car il aurait voulu un fils ; néanmoins il se réjouit assez de la venue au monde de sa fille aux cheveux noirs pour offrir du rhum à tous les esclaves de Tara et connaître lui-même une ivresse tonitruante.

Si Ellen regretta toujours sa brusque décision, personne ne le sut, en tout cas pas Gérald, qui manquait d'éclater d'orgueil chaque fois qu'il la regardait. Le jour où elle était partie de Savannah, elle avait banni de sa mémoire cette cité maritime, aimable et maniérée, ainsi que les souvenirs qu'elle y avait et, dès son arrivée dans le comté, la Géorgie du Nord devint son foyer.

En quittant à jamais la demeure de son père, elle avait laissé derrière elle une maison aux lignes aussi belles, aussi épanouies que

celles d'un corps de femme, une maison de stuc rose pâle construite dans le style colonial français, dressant très haut sa silhouette élégante, précédée d'un escalier à double révolution à la rampe de fer forgé comme de la dentelle, une maison luxueuse et charmante, mais un peu froide.
Elle avait non seulement quitté cette aimable demeure, mais en même temps tous les raffinements qu'elle abritait, et elle se retrouvait dans un monde aussi étranger, aussi différent que si elle avait traversé un continent.
Là, en Géorgie du Nord, existait une région âpre détenue par de rudes maîtres. Du sommet du plateau dominé par les monts Blue Ridge, Ellen voyait onduler les coteaux rouges au flanc desquels affleuraient d'énormes roches granitiques, et se dresser les sombres bouquets de pins décharnés. Tout paraissait sauvage, indompté, à ses yeux habitués à la mer, à la beauté sereine des îles drapées dans la mousse grise et le vert enchevêtrement de leur jungle, aux longues étendues blanches des plages chauffées par un soleil semi-tropical, aux perspectives uniformes d'une région sablonneuse semée d'aréquiers et de palmiers.
Là, en cette région du Nord, on connaissait la morsure de l'hiver aussi bien que la brûlure de l'été et, chez les habitants, il y avait une vigueur et une énergie étrangères à Ellen. C'étaient des gens aimables, courtois, généreux, remplis de bons sentiments, mais frustes, brutaux et facilement emportés. Les gens du littoral qu'Ellen avait quittés pouvaient se targuer de savoir prendre toutes les affaires, même leurs duels et leurs querelles, avec insouciance ; mais ces Géorgiens du Nord étaient tout imprégnés de violence. Sur la côte, la vie s'était affadie ; là, elle était encore jeune et vigoureuse.
Tous les gens qu'Ellen avait connus à Savannah auraient pu être fondus dans le même moule, tant leurs façons de voir et leurs traditions étaient semblables, mais là, les gens étaient différents. Les colons de la Géorgie du Nord provenaient des endroits les plus variés, des autres parties de la Géorgie, des Carolines et de la Virginie, de l'Europe et du Nord. Certains, tel Gérald, étaient des hommes neufs, résolus à faire fortune. D'autres, comme Ellen, étaient des membres d'une vieille famille qui avaient trouvé la vie intolérable chez eux et qui étaient partis au loin en quête d'un havre de grâce. Un grand nombre n'avait obéi à aucun motif. Ils s'étaient mis en route uniquement parce que coulait encore dans leurs veines le sang des pionniers, leurs ancêtres.

Ces gens venus de tous les coins et dotés de mentalités si différentes conféraient à la vie du comté une simplicité qu'Ellen ignorait, une absence de rigueur à laquelle jamais elle ne s'habitua tout à fait. D'instinct elle savait comment se seraient comportés les habitants du littoral en certaines circonstances. Avec les Géorgiens du Nord, on ne savait jamais quelles seraient leurs réactions.

Et, pour stimuler l'activité du comté, une vague de prospérité déferlait sur le Sud. Le monde entier réclamait du coton, et le sol vierge et fertile du comté en produisait en abondance. Le coton était pour cette région un cœur qui battait; la plantation et la récolte, la diastole et la systole du sol rouge. La richesse naissait des sillons incurvés et, avec elle, un orgueil alimenté par la vue des touffes vertes et des arpents de touffes floconneuses. Si le coton pouvait enrichir les planteurs en une génération, quelle ne serait pas leur richesse à la suivante!

Cette certitude du lendemain donnait du piquant et de l'enthousiasme, et les gens du comté jouissaient de la vie avec un entrain qu'Ellen n'arrivait pas à comprendre. Ils avaient assez d'argent et assez d'esclaves pour prendre du bon temps et ils aimaient cela. Ils ne semblaient jamais assez occupés au point de ne pas abandonner leur ouvrage pour une partie de pêche ou pour une course de chevaux et il ne se passait guère de semaines sans pique-nique ou sans bal.

Ellen ne voulut ou ne put jamais leur ressembler. Elle avait laissé trop d'elle-même à Savannah, mais elle les respectait et, à la longue, elle apprit à admirer la franchise de ces gens sans détour qui jugeaient un homme à sa juste mesure.

Elle devint la femme la plus aimée du comté. C'était une maîtresse de maison accomplie et affable, une bonne mère et une épouse dévouée. Au lieu de consacrer à la religion son cœur brisé et son désintéressement, elle les reporta sur son enfant, sa maison et l'homme qui l'avait emmenée loin de Savannah et de ses souvenirs et qui ne lui avait jamais posé une seule question.

Lorsque Scarlett eut un an, alors que, de l'avis de Mama, elle était plus saine et plus vigoureuse qu'un bébé n'en avait le droit, naquit le second enfant d'Ellen, Susan Ellinor, qu'on appela toujours Suellen, puis, aussitôt après vint Carreen inscrite dans la bible familiale sous le nom de Caroline Irène. Enfin survinrent trois garçons et tous trois moururent avant de savoir marcher… trois garçons qui reposaient désormais sous les cèdres noueux à cent mètres de la maison, dans le cimetière où trois dalles portaient le nom « Gérald O'Hara ».

À partir du jour où Ellen s'établit à Tara, le domaine se transforma. Ellen avait beau n'avoir que quinze ans, elle n'en était pas moins prête à endosser toutes les responsabilités d'une propriétaire de plantation. Avant le mariage, les jeunes filles devaient avant tout être douces, aimables, belles et décoratives, mais on escomptait surtout qu'après le mariage elles seraient en état de diriger des maisons comprenant cent personnes et plus, blanches et noires, et c'était vers ce but que tendait leur éducation.

À l'instar de toutes les jeunes filles bien élevées, Ellen avait donc ainsi été préparée au mariage, mais en outre elle pouvait compter sur Mama, fort capable de galvaniser le plus mou des nègres. Ellen apporta bientôt de l'ordre, de la dignité et de la grâce au foyer de Gérald et elle donna à Tara une beauté qu'elle n'avait jamais eue auparavant. La maison avait été construite sans aucun plan et on y avait adjoint des pièces supplémentaires au hasard des nécessités. Mais, grâce aux soins et aux indications d'Ellen, son charme avait fini par compenser son défaut de proportion. L'allée de cèdres qui conduisait de la route au bâtiment principal, cette allée sans laquelle nulle demeure de planteur géorgien ne serait complète, entretenait une ombre fraîche et sa teinte sombre rehaussait le vert des autres arbres. La glycine qui recouvrait le toit des vérandas se détachait sur la brique crépie de blanc et aidait les touffes de myrte rose plantées près de la porte et les magnolias blancs de la cour à masquer les lignes maladroites du corps de logis.

Au printemps et en été, le chiendent et le trèfle des pelouses prenaient une teinte émeraude d'un si bel effet que les troupeaux d'oies et de dindons cantonnés en principe derrière la maison ne pouvaient résister à la tentation. Continuellement les plus entreprenants du troupeau se risquaient furtivement jusqu'aux abords de la pelouse, attirés par l'herbe verte et la promesse friande des parterres de jasmin et des massifs de zinnias. Pour lutter contre leurs dégâts, une petite sentinelle noire restait en faction auprès de la véranda. Armé d'un torchon en loques, un négrillon, assis sur les marches, faisait partie intégrante du tableau offert par Tara et son rôle était bien triste, car il lui était interdit de frapper les volailles ; il ne pouvait qu'agiter son torchon et pousser des cris pour les effrayer.

Ellen confia à des douzaines de petits gamins noirs ce poste, le premier qui, à Tara, comportât une certaine responsabilité pour un esclave mâle. Lorsque les négrillons avaient dépassé leur dixième année, on les mettait en apprentissage auprès du vieux Pépé, le savetier de la plantation, ou de Phillip, le vacher, ou de Cuffee, le muletier. S'ils ne montraient aucune aptitude pour l'un ou l'autre de ces métiers, on les employait aux travaux des champs et, de l'avis des nègres, ils perdaient du même coup toute prétention à occuper un rang social.

Ellen n'avait la vie ni facile ni heureuse, mais elle ne s'était pas attendue à mener une vie facile et, si son existence n'était pas heureuse, c'était là le lot des femmes. Le monde était fait pour l'homme et elle en acceptait l'ordonnance. L'homme était maître du domaine, la femme l'administrait. L'homme s'attribuait tout le mérite d'une bonne gestion, la femme louait l'habileté qu'il avait déployée. L'homme mugissait comme un taureau quand il s'était enfoncé une écharde dans le doigt, la femme étouffait les plaintes de l'enfantement de peur de le déranger. Les hommes étaient grossiers et s'enivraient souvent. Les femmes ignoraient les écarts de langage et mettaient les ivrognes au lit sans un mot de reproche. Les hommes étaient brutaux et ne cachaient pas leurs sentiments, les femmes étaient toujours aimantes, gracieuses et miséricordieuses.

Ellen avait été élevée dans la tradition des grandes dames qui lui avaient enseigné à porter son fardeau tout en gardant son charme et elle entendait que ses trois filles fussent également de grandes dames. Elle réussit auprès de ses deux filles cadettes ; Suellen était si désireuse de plaire qu'elle prêtait une oreille attentive et docile aux enseignements de sa mère ; Carreen était timide et il était facile d'en faire ce qu'on voulait. Mais Scarlett, digne fille de Gérald, trouvait dur le chemin qui menait à la distinction.

À la grande indignation de Mama, ses camarades de jeux préférés n'étaient point ses sœurs pleines de réserve, ni les petites Wilkes si bien élevées, mais les enfants noirs de la plantation et les garçons du voisinage. Elle savait aussi bien qu'eux grimper aux arbres ou lancer une pierre. Mama était fort troublée de voir que la fille d'Ellen pouvait manifester de telles tendances et elle l'adjurait fréquemment « de se condui' comme une pitite dame ». Mais Ellen considérait la chose d'un œil plus tolérant et plus clairvoyant. Elle savait que les compagnons d'enfance deviennent des soupirants par la suite et que le premier devoir d'une jeune fille était de se marier. Elle se disait que l'enfant débordait simplement de vie et qu'on avait encore le temps de lui enseigner les artifices et les grâces qui séduisent les hommes.

Dans ce but Ellen et Mama joignirent leurs efforts et, à mesure qu'elle grandit, Scarlett se montra excellente élève sur ce chapitre, bien que ce fût au détriment des autres sciences. Malgré de multiples gouvernantes et deux ans passés loin de Tara à l'Académie féminine de Fayetteville, son éducation demeura fragmentaire, mais aucune jeune fille du comté ne dansait avec plus de grâce qu'elle. Elle savait sourire pour creuser ses fossettes, marcher sur la pointe des pieds pour imprimer aux larges cerceaux de sa crinoline de séduisants balancements, regarder un homme bien en face, puis baisser les yeux et battre rapidement des paupières afin de paraître toute frémissante d'émotion. Surtout, elle apprit à cacher aux hommes une intelligence aiguë sous un visage aussi aimable et doux que celui d'un bébé.

Ellen, à force d'affectueuses remontrances, et Mama, à force de criailleries, finirent par lui inculquer les qualités qui feraient d'elle une épouse vraiment désirable.

– Il faut être plus affable, ma chérie, plus calme, apprit Ellen à sa fille. Il ne faut pas interrompre les gentlemen quand ils parlent, même si tu crois en savoir plus qu'eux. Les gentlemen n'aiment pas les jeunes filles qui se mettent en avant.

– Les demoiselles qui font les g'os yeux et qui lèvent li menton et qui disent « Moi, j'veux » et « moi, j'veux pas », eh ben, pou' la plupa't elles t'ouvent pas de ma'is, prophétisa Mama d'un air lugubre. Les demoiselles, elles doivent baisser les yeux, et di' « bien, missié, comme vous voulez, missié ».

À elles deux, elles lui enseignèrent tout ce qu'une jeune fille de qualité devait savoir, mais Scarlett n'apprit que les manifestations extérieures de la bonne éducation. Les apparences suffirent, car elles lui valurent d'être fêtée partout et c'était ce qu'elle désirait. Gérald prétendait qu'elle était la reine de cinq comtés et il n'avait pas tellement tort, puisque presque tous les jeunes gens du voisinage avaient demandé sa main, sans compter ceux d'endroits plus éloignés comme Atlanta et Savannah.

À seize ans, grâce à Mama et à Ellen, Scarlett paraissait douce, charmante et frivole, alors qu'en réalité elle était volontaire, orgueilleuse et têtue. Elle tenait de son père irlandais un tempérament emporté et n'avait de la douceur et de la patience de sa mère qu'un vernis superficiel. Ellen ne se rendit jamais très bien compte de la fragilité de ce vernis, car Scarlett se montrait toujours à sa mère sous son meilleur jour. Elle lui cachait ses escapades, se dominait et faisait tout pour paraître docile en présence d'Ellen, qui pouvait d'un seul regard la faire pleurer de honte.

Mais Mama ne nourrissait aucune illusion sur son compte et s'attendait continuellement à ce que le vernis craquât. Mama avait des yeux plus perçants qu'Ellen, et Scarlett ne se souvenait pas d'avoir pu lui jouer bien longtemps la comédie.

Ces deux tendres mentors ne déploraient pourtant pas l'entrain, la vivacité et la séduction de Scarlett. Au contraire, ces femmes du Sud étaient fières de ces traits de caractère. Mais, ce qui les préoccupait, c'était de retrouver en Scarlett la forte tête et les manières impétueuses de Gérald, et parfois Ellen et Mama redoutaient que Scarlett ne fût incapable de dissimuler ces fâcheuses qualités avant d'avoir trouvé un beau parti. Mais Scarlett voulait se marier et se marier avec Ashley, aussi était-elle toute disposée à se tenir tranquille, à être docile et étourdie si c'était là ce qui plaisait aux hommes. Elle ne savait d'ailleurs pas pourquoi les hommes étaient comme ça. Elle savait simplement que ces méthodes-là réussissaient. La chose ne l'intéressa jamais au point de lui en faire chercher la raison. Elle ignorait tout du fonctionnement de la pensée humaine, même de la sienne. Elle savait seulement que, si elle disait ceci et cela, les hommes ne manqueraient pas de lui adresser les compliments correspondants. C'était comme une formule mathématique et pas plus difficile à appliquer car les mathématiques étaient la seule science que Scarlett avait assimilée sans peine durant son séjour à l'école.

Si elle ne savait pas grand-chose de la mentalité des hommes, elle en savait moins encore de celle des femmes, qui ne l'intéressaient pas. Elle n'avait jamais eu une seule amie et cela ne lui avait jamais manqué. Pour elle, toutes les femmes, y compris ses deux sœurs, étaient des ennemies naturelles lancées à la poursuite de la même proie, l'homme.

Toutes les femmes, à l'exception de sa mère.

Ellen O'Hara était différente et Scarlett la considérait comme un être sacré, étranger à tout le reste de l'humanité. Étant enfant, Scarlett avait confondu sa mère avec la Sainte Vierge, et maintenant qu'elle était plus âgée elle ne voyait pas pourquoi elle changerait d'opinion. Pour elle, Ellen représentait la sécurité totale que seuls le Paradis ou une mère peuvent donner. Elle savait que sa mère était l'incarnation de la justice, de la vérité, de la tendresse aimante, d'une profonde sagesse, bref, qu'elle était une grande dame.

Scarlett souhaitait beaucoup ressembler à sa mère. La seule difficulté était qu'à vouloir être juste, franc, tendre et dévoué on passait à côté de la plupart des plaisirs de l'existence et, à coup sûr, d'un grand nombre de soupirants, et la vie était bien trop courte pour qu'on se privât de ces plaisirs. Un jour, quand elle aurait épousé Ashley et qu'elle serait vieille, un jour qu'elle aurait le temps, elle se promettait de ressembler à Ellen. Mais, en attendant…

IV

Ce soir-là, au dîner, Scarlett, en l'absence de sa mère, s'acquitta de ses fonctions de maîtresse de maison, mais, bouleversée par la terrible nouvelle qu'elle avait apprise au sujet d'Ashley et de Mélanie, elle n'arriva pas à retrouver son calme. La mort dans l'âme, elle attendit que sa mère revînt de chez les Slattery, car, sans elle, elle se sentait seule et désemparée. De quel droit les Slattery et leurs sempiternelles maladies arrachaient-ils Ellen à son foyer au moment précis où elle, Scarlett, avait tant besoin d'elle ?

Tout au long du triste repas, la grosse voix de Gérald gronda à ses oreilles à tel point qu'elle faillit se croire incapable de la supporter davantage. Il avait complètement oublié la conversation qu'il avait eue avec elle vers la fin de l'après-midi et, ponctuant ses propos de coups de poing sur la table et de gestes désordonnés des bras, il ne cessa d'épiloguer tout seul sur les dernières nouvelles du fort Sumter. Pendant les repas, Gérald tenait à diriger la conversation et, d'habitude, Scarlett, plongée dans ses propres pensées, l'entendait à peine ; mais, ce soir-là, elle ne réussissait pas à neutraliser le fond de sa voix en dépit de ses efforts pour surprendre le bruit des roues qui signalerait le retour d'Ellen.

Bien entendu, elle n'avait pas l'intention de confier à sa mère ce qui lui pesait si lourd sur le cœur. Ellen serait choquée et attristée de savoir qu'une de ses filles voulait épouser un homme fiancé à une autre femme. Pourtant, au cœur de la première tragédie avec laquelle elle était aux prises, elle avait besoin du réconfort que lui apporterait sa mère. Elle s'était toujours sentie en sûreté à côté d'Ellen. Par sa seule présence, Ellen en adoucissait les pires chagrins.

Scarlett se leva brusquement de sa chaise en distinguant un grincement de roues dans l'allée, puis elle se rassit. La voiture faisait le tour de la maison pour gagner la cour. Ce ne pouvait être Ellen. Elle serait descendue de voiture devant le perron. Alors, de la cour, monta un murmure confus. Des nègres s'agitaient, parlaient et riaient d'un rire pointu. Scarlett regarda par la fenêtre. Elle vit Pork, qui avait quitté un instant plus tôt la salle à manger, brandir une torche de résine, tandis que des silhouettes indécises se glissaient hors d'une carriole. Bruits agréables, bruits familiers et insouciants, sons gutturaux et doux, voix musicales et criardes, les rires et les propos fusaient et se taisaient tour à tour dans la nuit. On entendit un petit groupe monter à pas traînants l'escalier de la véranda qui donnait sur la cour, s'engager dans le passage menant au logis principal et s'arrêter enfin dans le vestibule juste en face de la salle à manger. Il y eut un bref conciliabule à voix basse et Pork entra. Il avait renoncé à sa dignité habituelle. Il roulait des yeux tout ronds et découvrait ses dents brillantes.

– Missié Gé'ald, annonça-t-il, le souffle court et le visage illuminé d'un orgueil de jeune marié, vot' nouvelle femme est a'ivée !

– Ma nouvelle femme ? Je n'ai pas acheté de nouvelle femme, déclara Gérald en feignant la colère.

– Si donc, missié Gé'ald. Si donc : et la voilà deho' maintenant à vouloi' vous pa'ler, répondit Pork, plein d'émoi, en ricanant et en se tordant les mains.

– Allons, fais venir la mariée, dit Gérald.

Et Pork, se retournant, fit signe à sa femme qui, fraîchement arrivée de chez les Wilkes pour servir à Tara, attendait dans le vestibule. Elle entra, et derrière elle, presque entièrement dissimulée par son ample jupe de calicot, suivait sa fillette âgée de douze ans.

Dilcey était grande et ne perdait pas un pouce de sa taille. Son impassible visage de bronze était si peu ridé qu'on aurait pu lui donner n'importe quel âge entre trente et soixante ans. En elle le sang indien contrebalançait les caractéristiques négroïdes. La couleur rougeâtre de sa peau, son front haut et étroit, ses pommettes saillantes et son nez busqué dont l'extrémité s'aplatissait sur ses lèvres épaisses de négresse indiquaient nettement le mélange de deux races. Elle avait beaucoup de tenue et sa dignité dépassait même celle de Mama, car Mama avait acquis la sienne tandis que celle de Dilcey était innée.

Lorsqu'elle parlait, sa voix n'était pas aussi confuse que celle de la plupart des noirs et elle s'exprimait avec plus de recherche.

– Bonsoi', mes jeunes demoiselles. Missié Gé'ald, moi je suis t'iste de vous dé'anger, mais je voulais veni' vous 'eme'cier de m'avoi' achetée avec l'enfant. Des tas de missiés ils voulaient m'acheter, mais ils voulaient pas acheter ma P'issy pou' m'empêcher d'avoi' du chag'in et je vous 'eme'cie. Moi je fe'ai tout ce que je pou'ai pou' vous et pou' vous mont'er que moi j'oublie pas.

– Hum... hum..., dit Gérald en s'éclaircissant la gorge. Il était fort gêné d'être pris en flagrant délit de bonté.

Dilcey se tourna vers Scarlett et l'ombre d'un sourire plissa le coin de ses paupières.

– Mam'zelle Sca'lett, Po'k m'a dit que vous aviez demandé à missié Gé'ald de m'acheter. Aussi je vais vous donner ma P'issy pou' êt' vot' femme de chamb'.

Elle attira la fillette plus près d'elle et, d'une secousse, la poussa en avant. C'était un petit être tout brun aux jambes grêles comme celles d'un oiseau. La multitude de ses mèches crèpelées soigneusement tressées avec de la ficelle se dressaient toutes raides autour de sa tête. Elle avait des yeux perçants, des yeux malins à qui rien n'échappait, et son visage était empreint d'une expression de bêtise étudiée.

– Merci, Dilcey, répondit Scarlett, mais je crains que Mama n'ait son mot à dire. Elle est à mon service depuis que je suis née.

– Mama se fait vieille, rétorqua Dilcey avec un calme qui eût mis Mama en fureur. C'est une bonne Mama, mais vous voilà une dame maintenant et vous avez besoin d'une bonne femme de chamb' et ma P'issy est la femme de chamb' de Mam'zelle India depuis un an déjà. Elle sait bien coud'e et elle sait coiffer tout comme une g'ande pe'sonne.

Houspillée par sa mère, Prissy fit une brusque révérence et adressa à Scarlett un sourire que celle-ci fut obligée de rendre.

« Une jolie petite peste », pensa Scarlett, qui ajouta tout haut :

– Merci, Dilcey, nous verrons cela quand Mama rentrera.

– Me'ci, mam'zelle. Je vous souhaite la bonne nuit, fit Dilcey en se retirant avec sa fille, tandis que Pork restait au garde-à-vous.

Une fois la table desservie, Gérald reprit le fil de son discours, mais sans en éprouver beaucoup plus de plaisir que son auditoire qui n'en éprouvait aucun. Il avait beau prédire la guerre d'une voix de stentor et employer toutes les fleurs de sa rhétorique pour savoir si le Sud tolérerait plus longtemps d'être insulté par les Yankees, il n'éveillait que de faibles « Oui, papa » et « Non, papa » prononcés d'un ton exaspéré. Assise sur un pouf au-dessous de la grande lampe, Carreen était plongée dans le récit des aventures d'une jeune fille qui avait pris le voile après la mort de celui qu'elle aimait, et tout en versant des larmes silencieuses elle s'imaginait avec délices coiffée de la blanche cornette. Suellen, occupée à broder ce qu'elle appelait en riant « son trousseau », se demandait si le lendemain, au pique-nique, il lui serait possible de détacher Stuart Tarleton de sa sœur et de le subjuguer par les exquises qualités féminines qu'elle possédait et dont Scarlett était dépourvue. Quant à Scarlett, ses pensées tumultueuses revenaient sans cesse vers Ashley.

Comment son père pouvait-il parler du fort Sumter et des Yankees lorsqu'il savait que son cœur se brisait ? Ainsi qu'il arrive toujours chez les êtres très jeunes, elle était stupéfaite que l'égoïsme des gens leur fît oublier sa propre douleur et que la terre continuât de tourner malgré ses tortures.

Il lui semblait qu'un ouragan avait dévasté son esprit et elle trouvait étrange que la salle à manger fût si tranquille, si pareille à ce qu'elle avait toujours été. La table et les buffets d'acajou massif, la lourde argenterie, les tapis aux teintes vives jetés sur le plancher brillant étaient tous à leurs places habituelles comme si rien ne s'était passé. C'était une pièce sympathique et confortable. D'ordinaire Scarlett aimait les heures paisibles que la famille y coulait après le dîner, mais ce soir elle en avait horreur et, si elle n'avait pas craint les questions indiscrètes de son père, elle se serait glissée dehors, aurait traversé le vestibule sombre, gagné le petit bureau d'Ellen et, allongée sur le vieux sofa, elle aurait pleuré tout son soûl.

Ce petit bureau était la pièce préférée de Scarlett. Là, chaque matin, Ellen s'asseyait devant son grand secrétaire pour tenir les comptes de la plantation et écouter les rapports de Jonas Wilkerson, le régisseur. La famille s'y réunissait également pour y flâner tandis que la grosse plume d'Ellen grinçait sur les registres. Gérald prenait le vieux rocking-chair tandis que ses filles s'emparaient des coussins défraîchis du sofa, trop abîmé pour figurer dans les pièces du devant. Maintenant Scarlett brûlait de se trouver seule avec Ellen dans le petit bureau, de poser la tête sur ses genoux et de pleurer tout à loisir. Sa mère n'allait-elle donc jamais rentrer ?

Alors on entendit des roues grincer sur le sable de l'allée et le doux murmure de la voix d'Ellen congédiant le cocher emplit la pièce. Elle entra. Le père et les filles relevèrent vivement la tête. Les cerceaux de sa crinoline se balançaient. Elle avait l'air triste et fatigué. En même temps qu'elle, entra le léger parfum de citronnelle de son sachet, parfum qui semblait toujours monter des plis de sa robe et que Scarlett associa toujours à l'image de sa mère. La trousse de cuir à la main, la lèvre en bataille, le front plissé, Mama suivait à quelques pas. Elle n'arrêtait pas de bougonner et faisait bien attention d'émettre ses réflexions à voix basse pour qu'on ne les entendît pas, mais assez haut cependant pour qu'on remarquât son mécontentement.

– Je suis désolée d'être si en retard, dit Ellen en faisant glisser son châle et en le tendant à Scarlett, dont elle caressa la joue au passage.

Dès l'arrivée de sa femme, le visage de Gérald s'était illuminé comme par magie.

– Le marmot est-il baptisé ? demanda-t-il.
– Oui, et il est mort, le pauvre petit, répondit Ellen. J'ai eu peur qu'Emmie ne mourût elle aussi, mais je crois qu'elle vivra.
Surprises, ses filles se tournèrent vers elle comme pour l'interroger. Gérald, lui, hocha philosophiquement la tête.
– Bah ! ça vaut sûrement mieux qu'il soit mort, pauvre petit bât…
– Il est tard. Si nous faisions nos prières tout de suite, interrompit Ellen avec tant de douceur que, si Scarlett n'avait pas bien connu sa mère, elle ne se serait aperçue de rien.
Il eût pourtant été intéressant de savoir qui était le père du petit d'Emmie Slattery, mais Scarlett savait qu'elle n'apprendrait jamais la vérité à ce sujet, si elle ne comptait que sur sa mère. Scarlett soupçonnait Jonas Wilkerson, qu'elle avait souvent vu descendre la route en compagnie d'Emmie le soir au crépuscule. Jonas était yankee et célibataire et ses fonctions de régisseur le condamnaient à tout jamais à n'avoir aucun rapport avec la société du comté. Il ne pouvait prétendre s'allier à aucune famille convenable et il ne pouvait fréquenter que des gens comme les Slattery ou la racaille de leur espèce. Étant donné que son éducation était de plusieurs coudées au-dessus de la leur, il n'était que trop naturel qu'il ne voulût pas épouser Emmie, en dépit de la fréquence de ses promenades avec elle à la tombée de la nuit.
Scarlett soupira, car elle était fort curieuse. Sa mère était toujours témoin de choses auxquelles elle ne prêtait pas la moindre attention. Ellen avait l'art d'ignorer tout ce qui heurtait son sens des convenances et s'efforçait d'inculquer ses principes à Scarlett, mais sans grand succès.
Ellen s'était approchée de la cheminée sur laquelle était posée la petite cassette de marqueterie qui renfermait son chapelet quand Mama l'arrêta d'un ton énergique.
– Mam' Ellen, il faut manger què'que chose avant de fai' la p'iè'e.
– Merci, Mama, je n'ai pas faim.
– Je vais vous fai' vot' dîner moi-même et vous le p'end'ez, insista Mama d'un air indigné tout en sortant dans le vestibule pour aller à la cuisine.
– Po'k, lança-t-elle, dis à la cuisiniè' de pousser le feu. Mam' Ellen est 'ent'ée.
Tandis que les lames du plancher gémissaient sous son poids, sa voix s'enfla de plus en plus et la famille réunie dans la salle à manger put entendre clairement le petit discours qu'elle se tenait à elle-même depuis son arrivée.

« J'y ai dit comme ça mille fois que ça valait 'ien de s'occuper de ces gueux de blancs. Y sont les plus pi's égoïstes, les plus sans cœu' de tous. Et Mam' Ellen c'est pas son affai'e de s'é'einter à soigner des gens qui s'ils valaient au moins la co'de pou' les pend'e au'aient des nèg' pou' les soigner. Et j'y ai dit… »

Le bruit de sa voix s'estompa. Elle s'était engagée dans le long passage uniquement recouvert d'un toit qui menait à la cuisine. Mama avait une méthode particulière de faire connaître à ses maîtres la nature exacte de ses opinions. Elle savait que leur dignité empêchait les blancs de qualité de prêter la moindre attention aux propos qu'une négresse comme elle marmonnait entre ses dents. Elle savait que, pour conserver cette dignité, les blancs devaient faire la sourde oreille, même si elle s'était presque mise à crier à tue-tête dans une pièce voisine. Elle était ainsi à l'abri de tout reproche et en même temps personne ne pouvait avoir de doute sur la façon dont elle envisageait les divers problèmes de l'existence.

Pork entra dans la salle à manger. Il portait une assiette, de l'argenterie et une serviette. Sur ses talons marchait Jack, un petit noir de dix ans, qui achevait précipitamment de boutonner d'une seule main une veste de toile blanche et qui, de l'autre, tenait un chasse-mouches fait de fines bandes de papier découpées dans des journaux et fixées à une tige de roseau plus grande que lui. Ellen possédait un superbe chasse-mouches en plumes de paon mais on ne s'en servait qu'en des circonstances très spéciales et encore après une lutte épique avec Pork, car la cuisinière et Mama étaient persuadées que les plumes de paon portaient malheur.

Elle s'assit sur la chaise que lui avança Gérald, et aussitôt commença un quadruple assaut de questions.

– Maman, la dentelle de ma nouvelle robe de bal ne tient pas, et je voudrais pourtant bien la porter demain soir aux Douze Chênes. Pourrez-vous me l'arranger, s'il vous plaît ?

– Maman, la nouvelle robe de Scarlett est plus jolie que la mienne et je suis affreuse en rose. Pourquoi ne serait-elle pas en rose ? Moi, je porterais sa robe verte. Le rose lui va très bien.

– Maman, est-ce que je pourrai assister au bal demain soir ? J'ai treize ans maintenant…

– Madame O'Hara, le croiriez-vous ?… Taisez-vous, les petites, sinon gare à ma cravache ! Cade Calvert était à Atlanta ce matin. Il dit… Allez-vous vous tenir tranquilles, on ne s'entend pas… il dit qu'on est sens dessus dessous là-bas, qu'on ne parle que de guerre, d'exercices de la milice, de rassemblement de troupes. Et il dit que, d'après les nouvelles de Charleston, on ne tolérera plus de se laisser insulter par les Yankees.

Au milieu de ce tumulte, Ellen eut un sourire las et répondit d'abord à son mari comme il se devait à une bonne épouse.

– Il y a des gens très bien à Charleston, et s'ils sont de cet avis je suis sûre que nous ne tarderons pas à penser comme eux, déclara-t-elle, car elle avait la conviction profonde qu'en dehors de Savannah, sur tout le continent, on ne rencontrait guère de vraie noblesse ailleurs que dans ce petit port, et les gens de Charleston partageaient largement son point de vue.

– Non, Carreen, l'année prochaine, ma chérie. À ce moment-là, tu pourras aller au bal. Tu porteras des robes de grande personne et quel bon temps prendront mes bonnes petites joues roses ! Ne boude pas, ma chérie. Tu iras au pique-nique, ne l'oublie pas, tu assisteras au dîner aussi, mais pas de bal avant quatorze ans.

« Donne-moi ta robe, Scarlett, j'arrangerai cette dentelle après la prière.

« Suellen, ma chérie, je n'aime pas ce ton-là. Ta robe rose est charmante et te va très bien au teint, exactement comme celle de Scarlett convient au sien. Mais tu pourras porter mon collier de grenats demain soir. »

Derrière le dos de sa mère, Suellen gratifia d'une grimace triomphante Scarlett qui avait projeté de porter le collier. Scarlett lui tira la langue. Suellen était insupportable avec ses pleurnichements et son égoïsme, et, si Ellen n'y avait pas mis le holà, Scarlett lui aurait fréquemment crêpé le chignon.

– Maintenant, monsieur O'Hara, racontez-moi encore ce que M. Calvert vous a dit de Charleston, fit Ellen.

Scarlett savait que sa mère ne s'intéressait nullement à la guerre ni à la politique qu'elle considérait comme des affaires d'hommes inaccessibles à l'intelligence d'une femme. Mais Gérald aimait à exposer ses vues et Ellen cherchait sans cesse à faire plaisir à son mari.

Pendant que Gérald pérorait, Mama disposait devant sa maîtresse des assiettes contenant des biscuits dorés, des blancs de poulet rôti et une igname, ouverte et fumante, ruisselante de beurre fondu. Mama pinçait le petit Jack et il s'appliquait de nouveau à agiter lentement les rubans de papier au-dessus d'Ellen. Mama se tenait à côté de la table et surveillait le trajet de chaque bouchée comme si, au premier signe de relâchement, elle avait eu l'intention de faire manger Ellen de force. Ellen s'appliquait à manger, mais Scarlett s'apercevait qu'elle était trop fatiguée pour savoir ce qu'elle portait à sa bouche. Seul le visage implacable de Mama la contraignait à s'exécuter.

Lorsque le plat fut vide et alors que Gérald en était encore au beau milieu de son développement sur la malhonnêteté des Yankees qui voulaient affranchir les nègres sans verser un sou pour payer leur liberté, Ellen se leva.

– Allons-nous dire les prières ? questionna son mari à contrecœur.

– Oui. Il est si tard... tenez, il est dix heures juste. (Toussotant, ferraillant, l'horloge sonnait ses dix coups.) Carreen devrait être au lit depuis longtemps. La lampe, Pork, je vous prie. Mon livre de prières, Mama.

Sur les injonctions de Mama, Jack posa son chasse-mouches dans un coin et desservit, tandis que Mama fouillait le tiroir d'un buffet pour trouver le vieux livre de prières d'Ellen. Dressé sur la pointe des pieds, Pork atteignit un anneau accroché à la chaîne de la suspension et descendit lentement la lampe jusqu'à ce que le dessus de table fût inondé de lumière et que le plafond se perdît dans les ténèbres. Ellen étala sa jupe et s'agenouilla sur le plancher, posa le livre de prières sur la table en face d'elle, l'ouvrit et joignit les mains. Gérald s'agenouilla à côté d'elle ; de l'autre côté de la table Scarlett et Suellen retrouvèrent leurs places habituelles et ramenèrent sous leurs genoux leurs amples jupons afin de moins sentir le contact du plancher. Carreen, qui était petite pour son âge, ne pouvait pas s'agenouiller confortablement devant la table, aussi s'agenouillait-elle devant une chaise, les coudes appuyés au siège. Elle aimait cette position, car elle manquait rarement de s'endormir pendant les prières et, dans cette posture, sa mère ne s'en apercevait pas.

Les domestiques emplissaient le vestibule du bruit de leurs pas traînants ou d'un frou-frou d'étoffe et venaient s'agenouiller devant le seuil de la pièce. Mama se baissait en gémissant. Pork restait droit comme une baguette de tambour ; gracieuses, Rosa et Teena, les femmes de chambre, étalaient autour d'elles leurs jupes de calicot aux teintes vives, la cuisinière était maigre et jaune sous un madras d'un blanc neigeux et Jack, abruti de sommeil, se tenait aussi loin que possible de Mama pour éviter ses pinçons. Leurs yeux noirs brillaient d'impatience, car, pour eux, prier avec les maîtres était un des événements de la journée. Les phrases antiques et colorées de la litanie aux évocations orientales étaient pour eux vides de sens, mais éveillaient néanmoins quelque chose dans leur cœur, et ils se balançaient toujours de droite et de gauche en chantant les répons : « Seigneur, ayez pitié de nous, Christ, ayez pitié de nous. »

Ellen fermait les yeux et se mettait à prier. Sa voix s'enflait, puis retombait, berçante et apaisante. Les têtes s'inclinaient à l'intérieur du cercle lumineux, et Ellen remerciait Dieu d'accorder santé et bonheur à son foyer, à sa famille et à ses nègres.

Quand elle avait achevé ses prières pour ceux qu'abritait le toit de Tara, pour son père, sa mère, ses sœurs, ses trois enfants morts et «toutes les pauvres âmes du purgatoire», elle serrait son chapelet blanc entre ses longs doigts et commençait le rosaire. Pareilles au souffle d'un vent léger, les voix des noirs et celles des blancs lui répondaient: «Sainte Marie, mère de Dieu, priez pour nous, pauvres pécheurs, maintenant et à l'heure de notre mort.»

Son cœur avait beau lui faire mal, elle avait beau souffrir d'avoir refoulé ses larmes, comme toujours, à cette même heure, Scarlett se sentit envahie par un profond sentiment de calme et de sérénité. Faisant place à l'espérance, ses désillusions de la journée et la terreur qu'elle avait du lendemain s'évanouirent en partie. Ce n'était pas l'élan de son cœur vers Dieu qui lui apportait ce baume, car, pour elle, la religion se bornait à marmonner des prières. C'était la vue du visage serein de sa mère tourné vers le trône de Dieu, vers ses saints et ses anges, d'Ellen priant pour que le Seigneur bénît ceux qu'elle aimait. Quand Ellen intercédait auprès du Ciel, Scarlett était certaine que le Ciel l'entendait.

Ellen acheva de dire son chapelet et Gérald, qui ne trouvait jamais le sien au moment de la prière, se mit à compter furtivement ses dizaines sur ses doigts. Au son de la voix monotone les pensées de Scarlett se mirent à vagabonder malgré elle. Elle savait qu'elle aurait dû faire son examen de conscience. Ellen lui avait appris qu'à la fin de chaque journée elle avait le devoir d'examiner à fond sa conscience, de reconnaître ses fautes nombreuses et d'implorer de Dieu son pardon et la force de ne plus retomber dans ses errements. Mais Scarlett faisait son examen de cœur.

Elle appuya son front sur ses mains jointes de façon que sa mère ne pût voir son visage, et ses pensées la ramenèrent tristement vers Ashley. Comment pouvait-il bien se proposer d'épouser Mélanie quand c'était elle, Scarlett, qu'il aimait? Et surtout quand il savait combien elle l'aimait? Comment pouvait-il délibérément lui briser le cœur?

Tout d'un coup une idée nouvelle lui traversa l'esprit comme une comète.

«Mais, voyons, Ashley ne se doute pas que je l'aime!»

Elle s'attendait si peu à cette découverte qu'elle faillit laisser échapper un soupir. Le souffle lui manqua. Toute vie s'arrêta en elle, puis ses pensées reprirent leur cours précipité.

« Comment pourrait-il le savoir ? Avec lui j'ai toujours tellement joué à la dame et à la sainte-nitouche qu'il se figure sans doute n'être qu'un ami pour moi. Mais oui, c'est pour cela qu'il ne s'est jamais déclaré ! Il s'imagine que son amour est sans espoir. Voilà pourquoi il a eu l'air si... »

Sa mémoire la ramena promptement à ces instants où elle avait surpris son regard posé sur elle d'une manière étrange, où ses yeux gris qui d'ordinaire servaient si bien d'écran à ses pensées avaient semblé se dilater, se dépouiller de tout mystère et ne plus refléter que la souffrance et le désespoir.

« Il a le cœur brisé parce qu'il croit que j'aime Brent, ou Stuart, ou Cade. Et il estime probablement que, ne pouvant m'avoir, il n'a plus qu'à épouser Mélanie pour faire plaisir aux siens. Mais s'il savait que je l'aime... »

Son esprit versatile passa d'un trait de l'abattement le plus complet à un bonheur délirant. Elle venait de trouver la clé des réticences d'Ashley, de sa conduite bizarre. Il ne savait pas ! Sa vanité vola au secours de son désir de croire et transforma sa croyance en certitude. S'il savait qu'elle l'aimait, il courrait la rejoindre. Elle n'avait qu'à...

« Oh ! pensa-t-elle avec ravissement, tout en se labourant le front de ses doigts, faut-il que je sois sotte pour n'avoir pas pensé à cela plus tôt ! Il faut que je trouve le moyen de lui faire connaître mes sentiments. Il n'épousera jamais Mélanie s'il sait que je l'aime. Comment le pourrait-il ? »

Elle sursauta en s'apercevant que Gérald avait terminé son chapelet et que sa mère avait les yeux fixés sur elle. Elle se mit immédiatement à égrener une dizaine comme une automate, mais sa voix était si altérée que Mama ouvrit les yeux et lui décocha un regard soupçonneux. Dès qu'elle eut fini ses dizaines et que Suellen, puis Carreen eurent commencé les leurs, elle laissa son esprit la ramener à la pensée grisante qu'elle avait découverte.

Même maintenant il n'était pas trop tard ! Le comté avait été trop souvent scandalisé par des enlèvements lorsque l'un ou l'autre des participants se trouvait au pied de l'autel en compagnie d'une tierce personne ! Et les fiançailles d'Ashley n'avaient même pas été annoncées ! Mais oui, il était encore temps !

Si Ashley et Mélanie ne s'aimaient pas, s'il n'y avait entre eux qu'une promesse échangée depuis longtemps, ne serait-il donc pas possible qu'il rompît son engagement et épousât Scarlett ? Bien sûr, c'est ce qu'il ferait quand il saurait qu'elle l'aimait. Il fallait qu'elle trouvât le moyen de lui faire connaître ses sentiments. Il le fallait, et alors...

Scarlett s'arracha brusquement à son beau rêve, car elle avait sauté un répons et sa mère la regardait d'un air de reproche. Tout en rattrapant son oubli, elle rouvrit les yeux et jeta un coup d'œil rapide autour de la pièce. Les corps agenouillés, le reflet de la lampe, la pénombre qui enveloppait les nègres aux lents mouvements, même les objets familiers dont la vue une heure auparavant lui avait causé tant d'aversion prirent en un instant la teinte de ses propres émotions et, de nouveau, la salle à manger lui sembla un endroit plein de charme. Elle ne devait jamais oublier ce moment ni cette scène.

«Vierge très fidèle», psalmodia sa mère. Les litanies de la Vierge venaient de commencer et docilement Scarlett répondit: «Priez pour nous» tandis que de sa voix douce de contralto Ellen glorifiait les attributs de la Mère de Dieu.

Comme toujours depuis son enfance c'était pour Scarlett un moment où elle adorait bien plus Ellen que la Vierge. Elle commettait peut-être là un sacrilège, mais au fur et à mesure que tombaient les phrases anciennes, Scarlett, les yeux mi-clos, voyait le visage de sa mère et non celui de la Sainte Vierge. «Santé des Infirmes, Trône de la Sagesse, Refuge des Pécheurs, Rose Mystique...», c'étaient des mots magnifiques parce qu'ils correspondaient aux attributs d'Ellen. Mais ce soir-là, à cause de l'exaltation de son esprit, Scarlett trouva dans le déroulement de la cérémonie, dans les mots prononcés à mi-voix, dans le murmure des répons une beauté qui dépassait tout ce qu'elle avait connu auparavant. Et son cœur monta vers Dieu, sincèrement reconnaissant qu'un sentier se fût ouvert sous ses pas pour lui permettre de sortir de sa détresse et de courir tout droit dans les bras d'Ashley.

Lorsque eut retenti le dernier Amen tous se levèrent, un peu engourdis. Pork prit une longue mèche sur la cheminée, l'alluma à la lampe et gagna le vestibule. En face de l'escalier tournant se dressait un buffet en noyer, trop grand pour être placé dans la salle à manger, et sur lequel étaient rangées plusieurs lampes et toute une théorie de chandelles dans leurs chandeliers. Pork alluma une lampe et trois chandelles et, avec la pompe d'un premier chambellan de la Chambre royale éclairant la marche d'un roi et d'une reine vers leurs appartements, il prit la tête du cortège qui s'engageait dans l'escalier en tenant la lumière très haut au-dessus de sa tête. Au bras de Gérald, Ellen monta derrière lui, suivie de ses trois filles portant chacune un bougeoir.

Scarlett entra dans sa chambre, posa son bougeoir sur une haute commode et alla fouiller à l'aveuglette dans un placard pour y cher-

cher la robe de bal qui avait besoin d'être recousue. Elle la prit sous son bras et traversa le couloir sans se presser. La porte de la chambre de ses parents était entrebâillée et, avant qu'elle y eût frappé, elle entendit parler Ellen d'une voix assourdie, mais sévère.
– Monsieur O'Hara, il faut renvoyer Jonas Wilkerson. Gérald éclata.
– Et où trouverai-je un autre régisseur qui ne me volera pas ?
– Il faut le renvoyer sans délai, demain matin. Le grand Sam est un bon régisseur et il peut le remplacer jusqu'à ce que vous en ayez engagé un autre.
– Ah ! ah ! fit la voix de Gérald. Ça y est, je comprends. Ainsi l'inestimable Jonas a engrossé...
– Il faut le renvoyer.
« C'est donc lui le père du petit d'Emmie Slattery, pensa Scarlett. Eh bien ! que peut-on attendre d'autre d'un Yankee et d'une va-nu-pieds ? » Puis, après une pause discrète qui donna à Gérald le temps de se calmer, Scarlett frappa à la porte et tendit la robe à sa mère.
Dans le temps que Scarlett mit à se déshabiller et à souffler sa chandelle, elle élabora dans les moindres détails un plan pour le lendemain. C'était un plan fort simple, car, en digne fille de Gérald, qui ne s'encombrait pas de vaines considérations, elle ne quittait pas son but des yeux et ne songeait qu'à la manière la plus directe de l'atteindre. D'abord, elle aurait une attitude « fière », ainsi que Gérald l'avait ordonné. Dès son arrivée aux Douze Chênes, elle se montrerait sous son jour le plus gai, le plus spirituel. Personne ne pourrait se douter que son cœur avait été bouleversé à cause d'Ashley et de Mélanie. Elle serait coquette avec tous les hommes qui seraient là. Ce serait cruel pour Ashley, mais il n'en ferait que la désirer davantage. Elle n'écarterait aucun homme en âge de se marier, depuis le vieux Frank Kennedy, le soupirant de Suellen, aux favoris d'un blond roux, jusqu'au timide et rougissant Charles Hamilton, le frère de Mélanie. Ils tourneraient tous autour d'elle comme les abeilles autour d'une ruche et Ashley ne manquerait pas de se détacher de Mélanie pour se joindre au cercle de ses admirateurs. Puis elle s'arrangerait bien pour rester seule quelques minutes avec lui, loin de la foule. Elle espérait que tout marcherait suivant cet ordre, car autrement ça deviendrait plus difficile. En tout cas, si Ashley ne faisait pas les premiers pas, ce serait à elle de les faire.
Lorsqu'ils seraient enfin seuls, Ashley aurait toute fraîche à la mémoire l'image des autres hommes se pressant autour d'elle, il serait encore impressionné à la pensée que tous ces hommes la désiraient et ses yeux auraient de nouveau cette expression de tristesse et

de désespoir. Alors, elle lui rendrait la joie en lui laissant découvrir que, malgré les succès qui pouvaient la griser, elle le préférait à tous. Et une fois qu'elle aurait admis cela avec une grâce pleine de modestie, son attitude serait encore bien plus éloquente. Naturellement elle se conduirait d'un bout à l'autre en femme du monde. Il ne lui venait même pas à l'idée de lui dire crûment qu'elle l'aimait... ce n'était pas une chose à faire. Mais la façon dont elle lui parlerait n'était qu'un accessoire qui ne la troublait pas du tout. Elle s'était déjà sortie de situations analogues et elle s'en sortirait encore.

Allongée sur son lit, baignée par le clair de lune, elle se représenta toute la scène. Elle vit l'expression de surprise et de bonheur qui se peindrait sur le visage d'Ashley quand il se rendrait compte qu'elle l'aimait pour de bon et elle entendit les mots qu'il prononcerait en lui demandant d'être sa femme.

Naturellement il lui faudrait dire alors qu'elle ne pouvait songer à épouser un homme fiancé à une autre jeune fille, mais il insisterait et finalement elle se laisserait persuader. Ensuite ils décideraient de s'enfuir à Jonesboro l'après-midi même et...

Comment! le lendemain à la même heure, elle pourrait être Mme Ashley Wilkes!

Elle s'assit sur son lit, les mains aux genoux, et, pendant un long moment de bonheur, elle «fut» Mme Ashley Wilkes... la femme d'Ashley! Alors un léger froid se glissa dans son cœur. Et si tout ne se passait pas de cette manière? Et si Ashley ne la suppliait pas de s'enfuir avec lui? Résolument elle bannit cette idée de son esprit.

«Je ne veux pas penser à cela maintenant, se dit-elle avec énergie. Si j'y pense maintenant, je serai dans tous mes états. Il n'y a aucune raison pour que les choses ne se passent pas comme je le désire... s'il m'aime. Et je sais qu'il m'aime.»

Elle releva le menton et ses yeux pâles frangés de noir étincelèrent au clair de lune. Ellen ne lui avait jamais dit que le désir et la réussite étaient deux choses bien différentes; la vie ne lui avait pas appris que la course n'était pas gagnée par le plus rapide. Elle reposait dans l'ombre argentée, son courage grandissait et elle formait les projets que forme une jeune fille de seize ans lorsque la vie lui a été si clémente qu'elle ne peut envisager la défaite et qu'une jolie robe et un teint frais sont ses meilleures armes pour forcer le destin!

V

Il était dix heures du matin. Il faisait chaud pour avril et, à travers les rideaux bleus des larges fenêtres, le soleil doré pénétrait à flots dans la chambre de Scarlett. La lumière éclaboussait les murs de couleur crème, les hauts meubles d'acajou avaient des reflets de lie de vin, et sauf aux endroits où les tapis jetaient leurs notes gaies, le plancher miroitait comme du verre.

On pressentait déjà l'été, cet été géorgien qui naît au moment où le printemps, dans tout son éclat, cède à regret devant une température accablante. Un souffle tiède et délicieux, lourd de senteurs aromatiques, tout imprégné du parfum des vergers en fleur, des arbres aux parures neuves, de la terre rouge et humide fraîchement remuée, parcourait la chambre. Par la fenêtre Scarlett voyait la double rangée de jonquilles qui bordait l'allée sablée se livrer à une débauche de couleurs éclatantes et les masses dorées des jasmins étaler sur le sol leurs touffes fleuries et gracieuses comme des crinolines. Poussant des cris stridents, rageurs, roucoulant d'une voix plaintive, les geais et les moqueurs continuaient à se disputer la possession du magnolia sous la fenêtre.

En général, ces matins radieux attiraient Scarlett à sa fenêtre. Elle s'accoudait au large rebord et se laissait imprégner par tous les sons et tous les parfums de Tara. Mais ce jour-là la vue du soleil et du ciel bleu ne lui inspirèrent qu'une pensée hâtive: «Dieu merci, il ne pleut pas!» Soigneusement pliée dans un carton, la robe de soie vert pomme avec ses flocons de dentelle écrue était posée sur le lit et attendait qu'on l'emportât aux Douze Chênes pour que Scarlett la revêtit au moment du bal; mais, après y avoir jeté un coup d'œil, celle-ci haussa les épaules. Si ses plans réussissaient, elle ne porterait pas cette robe-là. Bien avant le commencement du bal, elle et Ashley se dirigeraient vers Jonesboro pour se marier. Une seule question embarrassante se posait: quelle robe porter au pique-nique?

Dans quelle parure serait-elle plus à son avantage et aurait-elle le plus de chance de paraître irrésistible à Ashley? Depuis huit heures elle avait essayé et écarté un certain nombre de robes et, maintenant, elle restait là, découragée, furieuse, en pantalon de dentelle, en cache-corset de toile et la taille ceinte d'un triple jupon de linon et de dentelles. Amas de couleurs vives, rubans épars, les toilettes dont elle n'avait pas voulu gisaient autour d'elle, sur le plancher, sur le lit, sur les sièges. La robe d'organdi rose à la longue ceinture ton sur ton lui allait bien, mais elle l'avait déjà portée l'été dernier lorsque Mélanie était venue aux Douze Chênes. Elle se la rappellerait sûrement et risquait d'être assez mauvaise langue pour le dire. Sa robe de basin noire aux manchettes bouffantes et au col de dentelle princesse mettait admirablement en valeur sa peau blanche, mais elle la vieillissait un peu. Scarlett étudia anxieusement dans une glace son visage comme si elle craignait d'y découvrir des rides et des muscles relâchés. Il ne fallait pour rien au monde faire vieux auprès de Mélanie si jeune. La robe de mousseline aux rayures lavande était magnifique avec ses larges entre-deux de dentelles et de filet, mais elle n'avait jamais convenu à son type. Elle irait à ravir au profil délicat de Carreen et à son expression fade, mais Scarlett estimait que cette robe lui donnait l'air d'une écolière auprès de Mélanie si réservée. La robe de taffetas écossais vert, toute garnie de volants légers dont chacun était bordé d'un ruban gris-vert était des plus seyantes. En fait, c'était sa robe préférée, car elle donnait à ses yeux une teinte plus profonde, une nuance d'émeraude. Malheureusement, au beau milieu du corsage, il y avait une tache de graisse. Bien entendu, Scarlett pouvait épingler sa broche juste au-dessus, mais Mélanie avait le regard perçant. Il ne restait plus que des robes de coton multicolores que Scarlett ne trouvait pas assez habillées, des robes de bal et la robe de mousseline verte à fleurs qu'elle avait portée la veille. Pourtant c'était une robe d'après-midi. On ne pouvait pas la mettre à un pique-nique, elle n'avait que de toutes petites manches bouffantes et elle était assez décolletée pour servir de robe de bal. Mais Scarlett n'avait pas le choix, elle serait bien obligée de la porter. Après tout, elle n'avait honte ni de son cou, ni de ses bras, ni de sa gorge, même s'il n'était pas convenable de les montrer dès le matin. Tout en se campant devant la glace de façon à se voir de profil, elle pensa qu'il n'y avait absolument rien dans son corps qui pût lui faire honte. Son cou était court, mais arrondi, et ses bras potelés étaient agréables à regarder. Ses seins bien soutenus par le corset étaient fort jolis. Jamais, comme la plupart des jeunes filles de seize ans, il ne lui avait fallu coudre de petites ruches de soie dans la doublure de ses corsages pour leur donner le galbe et la plénitude voulus. Elle se réjouissait d'avoir hérité les mains fines et blanches d'Ellen et ses pieds menus. Elle aurait bien voulu être aussi grande qu'Ellen, mais sa propre taille ne lui déplaisait pas du tout. Quel dommage qu'on ne pût montrer ses jambes, songea-t-elle en retroussant ses jupons et en considérant d'un air apitoyé ses mollets aux lignes nettes et renflées sous le pantalon. Elle avait de si jolies jambes. Ses camarades de Fayetteville elles-mêmes avaient été obligées d'en convenir. Quant à sa taille... eh bien! il n'y avait pas une jeune fille à Fayetteville, à Jonesboro ou dans les trois comtés qui en eût une aussi fine.

Ces considérations sur sa taille la ramenèrent aux choses pratiques. La robe de mousseline ne faisait que quarante-trois centimètres de tour de taille et Mama l'avait corsetée pour porter la robe de basin qui faisait quarante-cinq centimètres. Mama n'aurait qu'à la lacer plus serré. Elle ouvrit la porte et distingua dans le vestibule du rez-de-chaussée le pas lourd de la négresse. Nerveuse, elle appela Mama de toutes ses forces. Elle savait qu'elle pouvait crier à sa guise car Ellen était dans la réserve en train de distribuer à la cuisinière des provisions pour la journée.

« Y a des gens qui s'imaginent que j'peux voler », bougonna Mama en montant lourdement l'escalier. Elle entra en soufflant. Elle tenait entre ses grosses mains noires un plateau sur lequel fumaient deux énormes ignames couvertes de beurre, une pile de galettes de blé noir ruisselantes de sirop et une belle tranche de jambon nageant dans la sauce. Avisant le fardeau de Mama, Scarlett changea d'expression. Sa légère irritation fit place à un sentiment plus belliqueux. Dans l'émoi de ses essayages successifs, elle avait oublié les principes inflexibles de Mama, qui voulait absolument qu'avant d'aller à une réception les demoiselles O'Hara fussent si bien gavées chez elles qu'elles se trouvassent dans l'incapacité de manger la moindre friandise au cours de la réunion.

– Rien à faire. Je ne mangerai pas. Tu peux tout remporter à la cuisine.

Mama posa le plateau sur la table et, les poings sur les hanches, se campa devant Scarlett.

– Si, mam'zelle. Vous li mange'ez. Ji tiens pas que ça 'ecommence comme au de'nier pique-nique quand moi j'étais t'op malade pou' vous appo'ter un plateau avant que vous pa'tiez. Vous allez me fai' le plaisi' de tout manger.

– Non! Allons, viens ici, et lace-moi plus serré. Nous sommes déjà en retard. J'ai entendu la voiture.

Mama prit un ton conciliant.

– Voyons, mam'zelle Sca'lett. Soyez gentille, mangez un p'tit mo'ceau. Mam'zelle Ca'een et mam'zelle Suellen ont bien tout mangé.

– Ça ne m'étonne pas, fit Scarlett avec mépris. Elles n'ont pas plus d'idée qu'un lapin. Mais, moi, je ne prendrai rien. Je ne toucherai

plus à ces plateaux, je ne suis pas près d'oublier le jour où j'ai pris tout un plateau et où je suis allée chez les Calvert. Ils avaient apporté des glaces de Savannah et je n'ai pu en prendre qu'une cuillerée. J'ai bien l'intention de m'amuser et de manger tout ce qui me plaira.
Devant un tel défi aux règles établies, Mama, indignée, fronça les sourcils. Pour elle, il y avait autant de différence entre ce qui était permis à une jeune fille et ce qui lui était défendu qu'entre le blanc et le noir. Il n'était pas question de trouver un moyen terme. Entre ses mains puissantes, Suellen et Carreen se laissaient pétrir comme de l'argile et se conformaient respectueusement à ses injonctions. Mais il lui avait toujours fallu lutter pour apprendre à Scarlett que la plupart de ses désirs n'étaient point ceux d'une personne distinguée. Les victoires que Mama avait remportées sur Scarlett ne l'avaient pas été sans mal et représentaient un déploiement de ruses inconnues des blancs.
– Si ça vous est égal, ce qu'ils disent les gens de vot' famille, moi ça me chag'ine, gronda-t-elle. Moi je veux pas entend' tout le monde à la 'éunion di' que vous ne vous tenez pas bien. Je vous ai dit cent fois qu'on peut di' qu'une dame est une v'aie dame quand elle mange comme un oiseau. Et moi, je veux pas vous emmener chez missié Wilkes pou' que vous mangiez comme une esclave des champs et vous gaviez comme un go'et.
– Maman est une dame et elle mange, riposta Scarlett.
– Quand vous se'rez ma'iée, vous pou'ez manger aussi. Quand mam'zelle Ellen avait vot' âge, elle mangeait 'ien chez les aut', ni vot' tante Eulalie, ni vot' tante Pauline. Et elles se sont toutes ma'iées. Les demoiselles qui mangent beaucoup en géné'al elles ne t'ouvent pas de ma'is.
– Je ne le crois pas. À ce pique-nique, quand tu avais été malade et que je n'avais rien pris avant de partir, Ashley Wilkes m'a dit qu'il aimait les jeunes filles qui avaient bon appétit.
Mama secoua la tête d'une façon inquiétante.
– Ce que les missiés y disent et ce qu'ils pensent, ça fait deux. Et j'ai pas 'ema'qué que missié Ashley y vous ait demandé en ma'iage.
Scarlett se renfrogna davantage et fut sur le point de se fâcher, mais elle se reprit. Il était inutile de discuter avec Mama. Devant l'air buté de Scarlett, Mama reprit le plateau et, avec la fourberie aimable, propre à sa race, elle changea de tactique. Tout en se dirigeant vers la porte, elle poussa un soupir.
– Eh bien ! c'est pa'fait, mam'zelle. Je disais à la cuisiniè' pendant qu'elle p'épa'ait ce plateau qu'on pouvait 'econnaît' une dame à ce

qu'elle ne mangeait pas, et je disais à la cuisiniè' : « J'ai jamais vu une dame blanche manger moins que mam'zelle Melly Hamilton la de'niè' fois qu'elle était chez missié Ashley... je veux di' chez mam'zelle India. »

Scarlett lui décocha un regard plein de méfiance, mais le large visage de Mama exprimait seulement l'innocence et le regret que Scarlett ne fût pas une dame comme Mélanie Hamilton.

– Repose ce plateau et viens me corseter, dit Scarlett d'une voix irritée. Après, j'essaierai de manger un peu. Si je mangeais maintenant je ne pourrais pas être lacée assez serré.

Triomphante, mais sans rien en laisser paraître, Mama reposa le plateau.

– Qu'est-ce qui va po'ter, mon petit agneau ?

– Ça, répondit Scarlett en désignant la masse vaporeuse de la mousseline verte à fleurs.

Aussitôt, Mama monta sur ses grands chevaux.

– Non, vous po'te'ez pas ça. C'est pas fait pou' le matin. Vous pouvez pas mont'er vot' go'ge avant t'ois heu' et cet' 'obe elle a ni col ni manches. Et puis, vous allez att'aper des taches de 'ousseur. Moi je tiens pas à ce que vous att'apiez des taches de 'ousseur ap'ès tout le petit lait dont je vous ai enduit' tout l'hive' pou' fai' pa'ti' celles que vous aviez p'ises à Savannah su' la plage. J'vais l' di' à vot' maman.

– Si tu lui dis un seul mot avant que je sois habillée, je ne mangerai rien, dit Scarlett d'un ton glacial. Une fois que je serai habillée, maman n'aura plus le temps de m'envoyer changer de robe.

Se voyant battue, Mama poussa un soupir résigné. Il valait encore mieux que Scarlett portât une robe d'après-midi le matin et ne se gavât point comme un goret.

– Ag'ippez-vous à què'que chose et 'etenez vot' souffle, ordonna-t-elle.

Scarlett obéit. Elle s'empêcha de respirer et se cramponna à l'une des colonnes du lit. Mama tira vigoureusement sur les cordons ; le corselet garni de baleines se rétrécit et, dans les yeux de Mama brilla une lueur de fierté et de tendresse.

– Pe'sonne n'a une taille comme mon p'tit agneau, dit-elle en guise d'approbation. Chaque fois qu'en se'ant mam'zelle Suellen j'a'ive au-dessous de cinquante centimèt'es, elle tou'ne de l'œil.

– Peuh ! haleta Scarlett qui avait peine à parler. Moi, je ne me suis jamais évanouie.

– Ça ne vous fe'ait pas d' mal d'êt' su' le point de vous évanoui' de temps en temps. Vous êtes pa'fois si ha'die, mam'zelle Sca'lett. Je voulais vous di' que c'est pas bien de pas tou'ner de l'œil quand vous voyez des se'pents ou des sou'is. Je veux pas di' quand vous êt' chez vous, mais quand vous êt' en société. Et je voulais vous di'…

– Oh ! presse-toi, ne parle pas tant. Mais oui, je dénicherai bien un mari. Tu verras ça, je n'aurai pas besoin de crier et de m'évanouir. Ça y est, mon corset est serré. Enfile-moi ma robe.

Mama fit glisser avec précaution les dix mètres de mousseline verte par-dessus les volumineux jupons et agrafa dans le dos le corsage ajusté et échancré.

– Vous ga'de'ez vot' châle su' vos épaules quand vous se'ez au soleil, et n'allez pas enlever vot' chapeau quand vous au'ez chaud, recommanda-t-elle. Sans ça, quand vous 'ent'e'ez vous se'ez noi' comme la vieille madame Slattery. Allons, venez manger, mon chou, mais ne mangez pas t'op vit'.

Scarlett s'exécuta et s'assit devant le plateau. Elle se demandait si, après avoir pris la moindre chose, il lui resterait encore assez de place pour respirer. Mama prit une large serviette sur la toilette et la noua autour du cou de Scarlett en ayant soin de bien en étaler les plis blancs sur son giron. Scarlett s'attaqua au jambon parce qu'elle l'aimait et se mit en devoir de l'avaler.

– Oh ! fasse le Ciel que je sois mariée, dit-elle en se servant d'ignames à contrecœur. J'en ai assez de ne jamais être moi-même et de ne jamais faire ce qu'il me plaît. J'en ai assez de faire celle qui mange comme un oiseau, de marcher quand je veux courir et de dire après une valse que la tête me tourne alors que je pourrais danser deux jours sans me lasser. J'en ai assez de dire : « Que vous êtes merveilleux ! » à des imbéciles qui sont moitié moins intelligents que moi et j'en ai assez de prétendre que je ne sais rien pour permettre aux hommes de me raconter des tas de choses et de faire les malins pendant que… Je ne peux plus manger.

– Essayez enco' une galette bien chaude, fit Mama, inexorable.

– Pourquoi faut-il donc qu'une jeune fille soit si bête pour dénicher un mari ?

– Moi, je c'ois c'est pa'ce que les jeunes missiés ils savent pas ce qu'ils veulent. Ils savent juste ce qu'ils c'oient qu'ils veul'. Et de leu' donner ce qu'ils c'oient qu'ils veulent ça sauv' des tas d' femmes de la misè' et ça les empêche de deveni' vieilles filles. Ils c'oient qu'ils veulent des p'tit' filles toutes mignonnes avec des goûts d'oiseaux et pas un g'ain de ce'velle. Ça donne pas envie à un jeune missié d'épouser une dame s'il devine qu'elle est plus maligne que lui.

– Tu ne crois pas qu'après leur mariage les hommes sont tout étonnés de voir que leurs femmes ne sont pas sottes ?

– Eh bien, alo' c'est t'op tâ'. Ils sont mariés. D'ailleu' les missiés ils espè' bien que leu' femmes elles sont pas sottes.
– Un de ces jours, je ferai et je dirai tout ce qui me passera par la tête et si les gens n'aiment pas ça, je m'en moque.
– Non, vous fe'ez pas ça, dit Mama d'un air sombre. Pas tant que je 'espi'e'ai. Mangez vos galettes. T'empez-les dans la sauce, mon chou.
– Je ne pense pas que les jeunes filles yankees soient obligées d'être aussi bêtes. Quand nous étions à Saratoga, l'année dernière, j'en ai vu des quantités qui, même devant les hommes, se comportaient en femmes intelligentes.
Mama ricana.
– Des jeunes filles yankees! Oui, mam'zelle, elles savent peut-êt' fai' de belles ph'ases, mais j'en ai pas vu beaucoup qu'on demandait en ma'iage à Sa'atoga.
– Mais il faut bien que les Yankees se marient. Ils ne poussent pas tout seuls. Ils doivent se marier pour avoir des enfants. Il y en a tant.
– Les hommes épousent les filles yankees pou' leu' a'gent, conclut Mama d'un ton ferme.
Scarlett trempa la galette dans la sauce et la porta à sa bouche. Il y avait peut-être du vrai dans ce que disait Mama. Il devait y avoir du vrai car Ellen disait la même chose en termes différents et plus délicats. En fait, les mères de toutes ses amies inculquaient à leurs filles la nécessité d'être des créatures incapables de se tirer d'affaire toutes seules et d'avoir l'air de biches aux abois. Peut-être avait-elle été trop «garçon»? Il lui était arrivé de discuter avec Ashley et d'exposer librement son opinion. Cela et le goût qu'elle montrait pour la marche et les promenades à cheval l'avaient peut-être détourné d'elle et poussé vers la frêle Mélanie. Peut-être, si elle changeait de tactique… Mais elle sentait que si Ashley succombait à des roueries féminines préméditées, elle n'aurait plus jamais pour lui le même respect que maintenant; tout homme assez sot pour se laisser prendre à un sourire, à un évanouissement et à un «oh! que vous êtes merveilleux» n'était pas digne qu'on l'épousât. Mais ils semblaient tous aimer cela.
Si, dans le passé, elle avait employé une mauvaise tactique avec Ashley… eh bien! c'était le passé, on n'en parlait plus. Aujourd'hui, elle emploierait une autre méthode, la bonne. Elle voulait Ashley et elle ne disposait que de quelques heures pour en venir à ses fins. Si de s'évanouir faisait l'affaire, elle s'évanouirait. Si de sourire, de faire la coquette ou de montrer qu'elle avait une cervelle d'oiseau plaisait à Ashley, elle ferait de bon cœur la coquette et serait encore

plus stupide que Cathleen Calvert. Et si des mesures plus hardies s'imposaient, elle les prendrait. Aujourd'hui, c'était le grand jour!

Il n'y avait personne pour dire à Scarlett que sa personnalité, tout inquiétante qu'elle fût par son débordement de vie, était bien plus séduisante que tous les déguisements qu'elle pourrait revêtir. Si on le lui avait dit, elle en eût été ravie, mais elle n'en aurait rien cru. Et le monde civilisé auquel elle appartenait serait resté sceptique lui aussi, car jamais avant ou depuis on n'avait attaché si peu de prix au naturel chez la femme.

Tandis que la voiture descendait la route rouge qui menait à la plantation des Wilkes, Scarlett éprouvait un sentiment de plaisir coupable à la pensée que ni sa mère ni Mama n'étaient de la partie. Il n'y aurait personne au pique-nique pour contrarier son plan d'action en relevant délicatement les sourcils ou en faisant la moue. Bien entendu, Suellen ne manquerait pas de jaser le lendemain, mais si tout se passait comme Scarlett le souhaitait l'émoi des siens à l'idée qu'elle était fiancée à Ashley ou que celui-ci l'avait enlevée ferait plus que compenser leur mécontentement. Oui, elle était ravie qu'Ellen eût été retenue chez elle.

Ce matin-là Gérald ayant bu un peu trop de cognac avait donné son congé à Jonas Wilkerson et Ellen était restée à Tara pour vérifier les comptes de la plantation avant son départ. Scarlett avait embrassé sa mère dans le petit bureau où elle était assise devant le grand secrétaire aux casiers bourrés de papiers. Le chapeau à la main, le visage jaune et anguleux, Jonas Wilkerson se tenait à côté d'elle. Il avait pensé à dissimuler la haine furieuse qu'il ressentait d'être chassé sans cérémonie du meilleur poste de régisseur du comté. Et tout cela pour s'être amusé un peu. Il n'avait cessé de répéter à Gérald qu'une douzaine d'hommes pouvaient au même titre que lui être le père du petit d'Emmie Slattery – opinion que d'ailleurs Gérald partageait – mais aux yeux d'Ellen son cas était demeuré le même. Jonas détestait tous les Sudistes. Il détestait la courtoisie distante avec laquelle ils le traitaient et leur mépris pour sa condition sociale que recouvrait justement si mal leur politesse. Il détestait par-dessus tout Ellen O'Hara, qui incarnait pour lui tout ce qu'il haïssait chez les Sudistes.

Intendante de la plantation, Mama était restée pour aider Ellen et c'était Dilcey qui, une longue boîte contenant les robes des jeunes filles sur les genoux, avait pris place à côté de Toby. Juché sur son gros cheval, échauffé par le cognac, et ravi d'avoir réglé si vite la désagréable affaire de Wilkerson, Gérald chevauchait à hauteur de la voiture. Il s'était déchargé de toutes ses responsabilités sur Ellen et il ne lui venait même pas à l'idée qu'elle pouvait regretter de ne pas aller au pique-nique où elle eût rencontré des amies. Il faisait une belle journée de printemps, les champs étaient magnifiques, les oiseaux chantaient et il se sentait trop jeune et d'humeur trop folâtre pour songer à quelqu'un d'autre qu'à lui-même. De temps en temps il entonnait *Peg s'en va-t-en voiture* et d'autres chansons irlandaises ou la complainte plus lugubre de Robert Emmet: *Elle est loin de la terre où dort son jeune héros.*

Il était heureux, tout guilleret à la perspective de passer la journée à tonner contre les Yankees et à parler de la guerre. Il était fier de ses trois jolies filles dont bouffaient les crinolines chatoyantes et qu'abritaient d'amusantes petites ombrelles de dentelle. Il ne pensa pas un instant à la conversation de la veille avec Scarlett, car elle lui était complètement sortie de l'esprit. Il pensait seulement qu'elle était jolie, qu'elle lui faisait grand honneur et que, ce jour-là, ses yeux étaient aussi verts que les collines d'Irlande. Cette comparaison portant quelque chose de poétique en soi, il en fut ému et gratifia les jeunes filles d'un *La couleur verte* vibrant et un peu faux.

Scarlett le regarda avec ce mépris affectueux qu'ont les mères pour leurs petits garçons fanfarons et devina qu'à la nuit tombante il serait ivre. Revenant chez lui dans le soir, il voudrait, comme d'habitude, sauter toutes les barrières entre les Douze Chênes et Tara, et Scarlett espérait que, grâce à la Providence divine et au jugement de son cheval, il ne se romprait pas le cou. Il ferait fi du pont, traverserait la rivière à la nage avec son cheval et, vociférant, rentrerait à Tara où Pork qui, en ces occasions, attendait toujours dans le vestibule avec une lampe, irait le coucher sur le sofa du bureau. Son costume neuf, en drap gris, serait perdu et, le lendemain matin, il proférerait d'horribles jurons et raconterait tout au long à Ellen comment, dans l'obscurité, son cheval était tombé du pont. Grâce à ce mensonge qui ne tromperait personne mais que tous accepteraient, il aurait l'impression d'avoir déployé beaucoup d'astuce.

«Papa chéri, pensa Scarlett dans un élan de tendresse pour lui, quel délicieux égoïste vous faites. On ne peut vous tenir rigueur de rien.»

Elle se sentait si émue, si heureuse ce matin-là qu'elle englobait le monde entier dans son affection au même titre que Gérald. Elle était jolie et elle le savait. Elle aurait Ashley pour elle toute seule avant la fin de la journée. Le soleil répandait une chaleur délicieuse et le printemps géorgien déployait ses fastes devant elle. En bordure de la route, les buissons de mûres cachaient sous une parure du vert le plus tendre les ravines rouges creusées par les pluies d'hiver et les blocs de granit qui crevaient le sol rouge drapaient leur nudité dans un manteau tout neuf de roses sauvages et se laissaient cerner par des touffes de violettes délicatement empourprées. De l'autre côté de la rivière, sur les collines couronnées de bois, les fleurs blanches des cornouillers scintillaient comme de la neige qui n'aurait pas voulu fondre au milieu de tout ce vert. Les pommiers s'épanouissaient dans une débauche de teintes allant du blanc le plus diaphane au rose le plus foncé et, sous les arbres où le soleil éclaboussait les aiguilles de pin, le chèvrefeuille étalait son tapis écarlate, orange et rose. La brise était imprégnée d'un parfum discret d'arbrisseaux sauvages et le monde sentait si bon que l'eau en venait à la bouche.

«Je me rappellerai jusqu'à ma mort la beauté de ce jour, se dit Scarlett. Ce sera peut-être le jour de mes noces.»

Et, le cœur battant, elle pensa qu'elle et Ashley ce même après-midi ou cette nuit, au clair de lune, s'en iraient dans cette féerie de fleurs fraîchement écloses et de jeunes pousses vers Jonesboro et vers un pasteur. Bien entendu, il lui faudrait faire bénir son union par un prêtre d'Atlanta, mais ça, c'était l'affaire d'Ellen et de Gérald. Elle trembla un peu en pensant à la honte d'Ellen quand elle apprendrait que sa fille s'était enfuie avec le fiancé d'une autre, mais elle savait qu'Ellen lui pardonnerait quand elle verrait son bonheur. Quant à Gérald, il gronderait et tempêterait, mais malgré tout ce qu'il lui avait dit la veille sur Ashley, il se réjouirait au-delà de toute expression d'une alliance entre sa famille et celle des Wilkes.

«Mais je penserai à tout cela après mon mariage», se dit-elle, bien décidée à écarter toute cause de soucis.

Le soleil tiède, le printemps, les cheminées des Douze Chênes qui commençaient à apparaître sur la colline de l'autre côté de la rivière faisaient qu'il était impossible d'éprouver autre chose qu'une joie débordante.

«Je passerai là toute ma vie. Je verrai une cinquantaine de printemps comme celui-ci, davantage peut-être, et je dirai à mes enfants et à mes petits-enfants combien ce printemps était délicieux, plus beau que ceux qu'ils verront jamais.»

Cette dernière pensée la rendit si heureuse qu'elle reprit le dernier refrain de *La Couleur verte* et s'attira les applaudissements bruyants de Gérald.

– Je ne sais pas pourquoi tu es si heureuse ce matin, fit Suellen de mauvaise humeur, car elle ne cessait de se répéter qu'elle serait bien plus jolie dans la robe verte de Scarlett que sa propriétaire légitime. (Pourquoi Scarlett ne voulait-elle jamais prêter ses affaires ; pourquoi Mama faisait-elle toujours chorus avec elle en déclarant que le vert n'allait pas à Suellen ?) Tu sais aussi bien que moi qu'on annoncera ce soir les fiançailles d'Ashley. Papa l'a dit ce matin. Et moi, je sais que tu lui fais les yeux doux depuis des mois.

– C'est tout ce que tu sais ! répondit Scarlett en tirant la langue à sa sœur.

Elle ne voulait pas laisser entamer sa bonne humeur et songea à la tête que ferait Suellen le lendemain matin à cette même heure.

– Susie[1], tu sais bien que ce n'est pas vrai, protesta Carreen choquée ; c'est à Brent que pense Scarlett.

Scarlett tourna un visage souriant vers sa plus jeune sœur et se demanda comment on pouvait être aussi gentil. Toute la famille savait que l'élu de ce cœur de treize ans était Brent Tarleton, qui n'aurait jamais fait attention à Carreen si elle n'avait été la sœur de Scarlett. Lorsque Ellen n'était pas là, les petites O'Hara la taquinaient au sujet de Brent à l'en faire pleurer.

– Chérie, Brent m'est tout à fait indifférent, déclara Scarlett, assez heureuse de faire preuve de générosité. Et je lui suis tout à fait indifférente aussi. Voyons, il attend que tu grandisses !

Le petit visage rond de Carreen s'empourpra tandis que sa satisfaction essayait de l'emporter sur son incrédulité.

– Oh ! vraiment, Scarlett ?

– Scarlett, tu sais que Mama a dit que Carreen était encore trop petite pour penser aux garçons. Et voilà que tu lui montes la tête.

– Jacasse tant que tu voudras, ça m'est bien égal, riposta Scarlett. Tu veux retenir la petite parce que tu sais que, d'ici un an, elle sera plus jolie que toi.

– Vous allez tâcher de vous tenir correctement aujourd'hui, sans quoi gare à la cravache, avertit Gérald. Maintenant, chut. J'entends bien une voiture ? Ça doit être les Tarleton ou les Fontaine.

Comme ils approchaient de l'endroit où la route rejoignait celle qui descendait de Mimosa et de Fairhill à travers les bois, ils purent distinguer un bruit de sabots et un grincement de roues. Derrière le rideau d'arbres s'élevèrent d'agréables voix de femmes. Gérald se porta en avant, immobilisa son cheval et fit signe à Toby d'arrêter la voiture au croisement de deux routes.

1. Sue et Susie, diminutifs de Suellen.

– Ce sont les dames Tarleton, annonça-t-il à ses filles, le visage rayonnant, car, en dehors d'Ellen, il n'y avait aucune dame dans le comté qu'il aimât mieux que Mme Tarleton, avec ses cheveux rouges. «Et c'est elle qui tient les guides. Ah! ça c'est une femme qui sait conduire les chevaux! Quelles mains! légères comme la plume, fermes comme une cravache et malgré tout cela encore assez belles pour qu'on les embrasse. Grand dommage qu'aucune de vous n'ait ces mains-là, ajouta-t-il en lançant à ses filles un regard affectueux mais chargé de reproches. Carreen a peur des pauvres bêtes, Sue a des mains de beurre dès qu'elle touche une rêne et toi, ma chatte...
– En tout cas, moi, je n'ai jamais été désarçonnée, s'écria Scarlett indignée. Mme Tarleton est jetée à bas de son cheval à chaque chasse à courre.
– Et elle se casse la clavicule en homme, dit Gérald. Pas d'évanouissement, pas de drames. Allons, assez, la voilà!
Il se dressa sur ses étriers et salua d'un geste tandis que débouchait l'attelage conduit par Mme Tarleton en personne comme l'avait dit Gérald et bondé de jeunes filles vêtues de robes brillantes, emmitouflées de voiles flottants et armées d'ombrelles. Avec les quatre demoiselles Tarleton, leur Mama et leurs cartons qui encombraient la voiture, il n'y avait pas de place pour le cocher. D'ailleurs, quand elle n'avait pas un bras en écharpe, Béatrice Tarleton n'aimait guère que l'on conduisît ses chevaux. Menue, les membres grêles, si blanche de peau qu'on eût dit que sa chevelure flamboyante avait accaparé toute la couleur de ses joues, elle n'en possédait pas moins une santé débordante et une énergie inlassable. Elle avait mis au monde huit enfants, aussi rouges de cheveux et aussi exubérants qu'elle-même. On disait dans le comté qu'elle avait fort bien réussi à les élever parce que, malgré sa tendresse, elle avait pratiqué avec eux la même méthode qu'avec ses poulains et les avait laissés pousser en liberté tout en les soumettant à une discipline sévère. «Pliez-les, mais ne les brisez pas», telle était la devise de Mme Tarleton.
Elle aimait les chevaux et en parlait constamment. Elle les comprenait et savait les prendre mieux que n'importe quel homme du comté. Les poulains grouillaient dans l'enclos ménagé sur la prairie, devant la maison, exactement comme les huit enfants grouillaient dans la demeure pleine de coins et de recoins, perchée au sommet de la colline et, quand elle faisait un tour dans la plantation, ses poulains, ses fils, ses filles et ses chiens se précipitaient tous sur ses talons. Elle prétendait que les chevaux, et surtout Nellie, sa jument feu, étaient aussi intelligents que les hommes. Et, si les soucis

domestiques l'empêchaient de sortir à l'heure de sa promenade quotidienne à cheval, elle confiait un sucrier à un petit nègre et disait: «Donnes-en une poignée à Nellie et dis-lui que j'arrive bientôt.»
Sauf en de rares occasions, elle portait toujours son costume de cheval, car, qu'elle montât ou non, elle était toujours prête à sauter en selle; aussi s'habillait-elle en amazone dès son lever. Tous les matins, qu'il pleuve ou qu'il fasse beau, Nellie était harnachée et tournait devant la maison en attendant que Mme Tarleton pût lui consacrer une heure de loisir. Mais la plantation de Fairhill n'était pas commode à diriger et les loisirs y étaient rares. Le plus souvent, Nellie se promenait pendant des heures sans sa cavalière, tandis que Béatrice Tartelon passait sa journée la jupe relevée sur son bras, les jambes emprisonnées jusqu'aux genoux dans des bottes étincelantes.

Ce jour-là, avec sa robe de soie noire unie, étroite et démodée, elle avait encore l'air d'être en costume de cheval tant sa toilette était de coupe sévère, et son petit chapeau noir à longue plume, rabattu sur son œil brillant et sombre, était la réplique du vieux chapeau déformé qu'elle portait à la chasse.

Elle brandit son fouet en voyant Gérald et arrêta ses deux chevaux à robe feu qui caracolaient. Les quatre jeunes filles entassées à l'arrière de la voiture se penchèrent au-dehors et poussèrent de telles clameurs que les bêtes, alarmées, commencèrent à se cabrer. On aurait pu croire que les demoiselles Tarleton n'avaient pas vu les O'Hara depuis des années, alors qu'elles s'étaient encore rencontrées deux jours auparavant. Mais c'étaient des jeunes filles fort sociables et elles aimaient leurs voisins, surtout les petites O'Hara. C'est-à-dire qu'elles aimaient Suellen et Carreen. À l'exception peut-être de l'écervelée Cathleen Calvert, aucune jeune fille du comté n'aimait vraiment Scarlett.

En été, dans le comté, il ne se passait guère de semaines sans un pique-nique et un bal, mais pour les rousses demoiselles Tarleton, qui avaient une énorme capacité d'amusement, chaque pique-nique et chaque bal était un événement comme si c'était le premier auquel elles assistaient. Jolies, bien potelées, elles étaient si entassées toutes les quatre dans la voiture que leurs crinolines et leurs volants débordaient tandis que leurs ombrelles s'entrechoquaient au-dessus de leurs capelines garnies de roses et de rubans de velours noir noués sous le menton. Sous ces chapeaux se jouaient toutes les teintes de cheveux roux: Hetty était franchement rousse, Camille blonde avec des reflets roses, Randa avait des cheveux châtain clair avec des reflets cuivrés et la petite Betsy une tignasse couleur carotte.

– Joli essaim de jeunes filles, madame, dit Gérald avec galanterie en s'approchant de la voiture, mais elles auront bien du mal à battre leur mère.

Mme Tarleton roula les yeux, se mordit comiquement la lèvre inférieure en signe d'appréciation, et les jeunes filles crièrent : « Maman, cessez de faire ces yeux-là ou nous le dirons à papa ! – Parole d'honneur, monsieur O'Hara, elle ne nous laisse jamais la moindre chance, quand il y a un bel homme comme vous auprès d'elle. »

Scarlett rit comme les autres à ces boutades, mais la liberté avec laquelle les Tarleton traitaient leur mère la choquait toujours. Elles se comportaient comme si elle était l'une d'elles et n'avait pas plus de seize ans. À la seule idée qu'elle aurait pu dire de pareilles choses à sa mère, Scarlett avait presque l'impression de commettre un sacrilège. Et pourtant... pourtant... il y avait quelque chose de charmant dans les relations des petites Tarleton avec leur mère et elles l'adoraient pour toutes les critiques, toutes les rebuffades et toutes les taquineries dont elles l'accablaient. Non qu'elle préférerait une mère comme Mme Tarleton à Ellen, s'empressa loyalement de se dire Scarlett, mais enfin ce serait amusant de faire un peu la folle avec sa mère. Elle savait que cette pensée même était un manque de respect envers Ellen et elle en eut honte. Elle savait que les quatre toisons flamboyantes n'avaient jamais abrité de pensées aussi pénibles et, comme toujours, quand elle se sentait différente de ses voisines, elle éprouva une impression de confusion et de gêne.

– Où est Ellen ce matin ? demanda Mme Tarleton.

– Nous avons congédié notre régisseur et elle est restée pour vérifier ses comptes avec lui. Où sont donc votre mari et les garçons ?

– Oh ! ils sont partis pour les Douze Chênes il y a longtemps. Ils voulaient goûter le punch pour voir s'il était assez fort. Ils auront pourtant jusqu'à demain matin pour ça. Je m'en vais demander à John Wilkes de les héberger cette nuit, même s'il doit les faire coucher à l'écurie. Cinq hommes en état d'ébriété, c'est trop pour moi. Jusqu'à trois, je m'en tire très bien, mais...

Gérald s'empressa de changer la conversation. Il devinait le ricanement de ses filles qui se rappelaient dans quel état il était revenu du dernier pique-nique de chez les Wilkes, l'automne précédent.

– Pourquoi n'êtes-vous pas venue à cheval, aujourd'hui, madame Tarleton ? Vous sans Nellie, ce n'est plus vous. Vous êtes un vrai stentor.

– Un stentor ! s'écria Mme Tarleton en imitant son accent irlandais. Vous êtes la crème des ignorants. Vous voulez dire un centaure. Stentor était un homme dont la voix vibrait comme un gong de cuivre.

– Stentor ou centaure, ça n'a pas d'importance, déclara Gérald sans se laisser démonter. Vous pouvez bien être un stentor, votre voix vibre assez, madame, quand vous excitez les chiens à la chasse.

– Attrapez ça, maman, dit Hetty. Je vous ai toujours dit que vous criiez comme un Comanche[2] chaque fois que vous voyez un renard.

– Non, je ne crie pas aussi fort que toi quand Mama te lave les oreilles, riposta Mme Tarleton. Et dire que tu as seize ans. Allons, vous voulez savoir pourquoi je ne suis pas à cheval, eh bien! c'est parce que Nellie a mis bas ce matin, de bonne heure.

– Vraiment! s'exclama Gérald franchement intéressé.

On pouvait lire dans ses yeux brillants sa passion irlandaise pour les chevaux. De nouveau Scarlett compara sa mère à Mme Tarleton et éprouva le même sentiment de gêne.

Pour Ellen, les juments ne mettaient jamais bas, les vaches ne vêlaient pas. C'est à peine si les poules pondaient. Ellen ignorait complètement ce genre de choses, mais Mme Tarleton n'avait pas de telles réticences.

– Est-ce une petite pouliche?

– Non, un beau petit étalon, avec des belles jambes longues. Il faudra venir le voir, monsieur O'Hara. C'est un vrai cheval Tarleton. Il est aussi rouge que les boucles de Hetty.

– Et il a beaucoup de Hetty aussi, dit Camille qui disparut aussitôt en hurlant sous un déluge de jupes, de pantalons et de chapeaux tandis que Hetty, qui avait le visage allongé, se mettait à la pincer.

– Mes pouliches ont pris un peu trop d'avoine ce matin, dit Mme Tarleton. Elles n'ont cessé de faire un raffut de tous les diables depuis qu'elles ont entendu parler d'Ashley et de sa petite cousine d'Atlanta. Comment s'appelle-t-elle? Mélanie. Qu'elle soit heureuse! c'est une brave petite, mais je n'arrive jamais à me rappeler son nom ni son visage. Notre grosse cuisinière est la femme du majordome des Wilkes. Il était chez nous hier soir et il a raconté à Cookie qu'on annoncerait les fiançailles ce soir. Cookie nous l'a répété ce matin. Les petites en font toute une affaire. Je ne vois vraiment pas pourquoi. Tout le monde savait depuis des années qu'Ashley l'épouserait à condition qu'il ne se marie pas avec l'une de ses cousines Burr de Macon. Tout le monde s'attend aussi à ce que Honey Wilkes épouse

2. Indien du Texas *(N.d.T.)*.

Charles, le frère de Mélanie. Voyons, dites-moi, monsieur O'Hara, serait-il défendu aux Wilkes de se marier en dehors de leur famille? Parce que si...

Scarlett n'entendit pas le reste de la phrase qui fut prononcé en riant. Pendant un court moment, il lui sembla que le soleil s'était caché derrière un nuage et que tout s'était obscurci. Les feuilles vert tendre, les cornouillers, les pommiers, d'un si beau rose un instant auparavant, eurent l'air de se flétrir et de perdre leur couleur. Scarlett enfonça les doigts dans le capitonnage de la voiture et son ombrelle vacilla. C'était déjà bien assez de savoir qu'Ashley était fiancé sans entendre les gens en parler d'une manière aussi désinvolte. Puis, tout son courage lui revint, le soleil se remit à briller et le paysage retrouva son éclat. Elle savait qu'Ashley l'aimait. C'était certain. Et elle sourit en pensant à la surprise de Mme Tarleton lorsqu'elle s'apercevrait qu'on n'annonçait pas de fiançailles ce soir-là, à son étonnement s'il y avait un enlèvement. Et elle dirait à ses voisins que Scarlett devait être bien fine mouche pour l'avoir écoutée parler de Mélanie sans broncher tandis qu'elle et Ashley... Cette pensée l'amusa tellement que ses fossettes se creusèrent et que Hetty, qui n'avait cessé de guetter l'effet produit par les paroles de sa mère, se renfonça sur son siège, la mine assez intriguée.

– Vous direz ce que vous voudrez, proclamait Mme Tarleton avec emphase, ça n'a rien de bien ces mariages entre cousins. Ce n'est déjà pas si bien qu'Ashley épouse cette gamine, mais que Honey épouse ce pâlot de Charles Hamilton...

– Honey ne trouvera jamais personne d'autre si elle n'épouse pas Charlie, déclara Randa cruelle et sûre de ses succès. Elle n'a jamais eu d'autres soupirants en dehors de lui. Et ils ont beau être fiancés, il ne s'est jamais montré très empressé avec elle. Scarlett, tu te rappelles comme il a tourné autour de toi à Noël...

– Ne faites pas la sotte, mademoiselle, lui dit sa mère. Des cousins ne devraient pas se marier entre eux, même des cousins issus de germains. Ça affaiblit la race. Ce n'est pas comme avec les chevaux. On peut accoupler une jument et son frère ou un cheval et sa fille et obtenir de bons résultats quand on sait à quelle race ils appartiennent, mais avec les gens, ça ne marche plus. On obtient peut-être de beaux échantillons, mais ils ne sont pas solides. Vous...

– Là, madame, je ne vous suivrai pas! Pouvez-vous me citer des gens mieux que les Wilkes? Et ils se marient entre eux depuis des éternités.

– Il est grand temps qu'ils s'arrêtent, car ça commence à se voir. Oh! pas tellement chez Ashley, c'est un joli garçon, quoique même lui...

mais regardez-moi les deux petites Wilkes. Elles ne tiennent pas debout, les pauvres ! Ce sont de gentilles petites, bien sûr, mais, je le répète, elles ne tiennent pas debout. Et regardez la petite Mélanie. C'est gros comme une rampe d'escalier, c'est si fragile qu'on dirait que le premier coup de vent va l'emporter. Et pas fine, par-dessus le marché ! Aucune idée à elle. « Non, madame. Si, madame ! » C'est tout ce qu'elle sait dire. Vous voyez ce que j'entends par là ! Cette famille a besoin de sang neuf, d'un beau sang riche comme celui de mes têtes rouges ou de votre Scarlett. Voyons, comprenez-moi. Les Wilkes sont des gens très bien dans leur genre et vous savez que je les aime beaucoup, mais soyez franc. N'est-ce pas qu'ils ne sont pas au point ? Ils feraient merveille sur terrain sec, sur une piste rapide, mais, suivez-moi bien, je ne crois pas que les Wilkes puissent courir sur terrain lourd. Je crois que l'éducation a tué tout ce qu'il y avait d'énergique en eux et, en cas de danger, je ne pense pas qu'ils sachent se montrer à la hauteur des circonstances. C'est de la race pour temps sec. Parlez-moi d'un bon cheval capable de courir par tous les temps. À force de se marier entre eux, ils sont devenus différents des gens qui habitent par ici. Toujours à pianoter, toujours plongés dans un livre. Je suis persuadée qu'Ashley aime mieux lire que chasser à courre. Parole d'honneur, monsieur O'Hara, j'en suis certaine ! Et regardez-moi les os qu'ils ont ! C'est bien trop grêle. Ils ont besoin d'un bon croisement.

– Hum, Hum, fit Gérald gêné en se rendant soudain compte que la conversation, si passionnante pour lui, ne serait pas du goût d'Ellen. Il savait qu'elle serait à jamais blessée si elle venait à apprendre que ses filles avaient entendu des propos aussi libres. Mais, comme à l'ordinaire, rien n'arrêtait Mme Tarleton quand elle était lancée sur son sujet favori, l'élevage, que ce fût celui des chevaux ou des êtres humains.

– Je parle en connaissance de cause, parce que j'ai eu des cousins qui se sont mariés entre eux et je vous garantis que leurs enfants ont eu les yeux en boules de loto, les pauvres. Moi, quand mes parents ont voulu me marier à l'un de mes cousins issus de germains, j'ai rué comme un poulain. J'ai dit : « Non, maman. Je ne veux rien savoir. Mes enfants auraient la pousse et les éparvins. » Maman s'est évanouie en m'entendant parler d'éparvins, mais j'ai tenu bon et ma grand-mère était de mon avis. Vous comprenez, elle aussi s'y connaissait en chevaux et elle a dit que j'avais raison. C'est elle qui m'a aidée à partir avec M. Tarleton. Voyez mes enfants. Tous forts et bien portants. Pas un gringalet parmi eux. Quoique Boyd ne mesure qu'un mètre soixante-dix. Les Wilkes, eux...

– Ça ne vous ferait rien de changer de conversation, madame, interrompit Gérald, car il avait remarqué le regard intrigué de Carreen et la curiosité peinte sur le visage de Suellen et il redoutait que ses filles ne posassent à Ellen des questions embarrassantes qui auraient révélé qu'il n'était point un chaperon idéal.
Il fut heureux de constater que sa fille aînée se comportait en dame et semblait avoir l'esprit ailleurs.
Hetty Tarleton l'aida à se tirer d'affaire.
– Grand Dieu, maman, laissez-nous partir ! s'écria-t-elle avec impatience. Ce soleil me cuit et je sens que mon cou se couvre de taches de rousseur.
– Une minute, madame, avant que vous ne vous remettiez en route, dit Gérald. Vous êtes-vous décidée à nous vendre des chevaux pour la troupe ? La guerre peut éclater d'un jour à l'autre et les garçons voudraient bien être fixés. Il s'agit de recrues du comté de Clayton et ce sont des chevaux du comté de Clayton que nous voulons pour elles. Têtue comme vous êtes, vous en êtes encore à refuser de nous vendre vos belles bêtes.
– Il n'y aura peut-être pas de guerre, fit Mme Tarleton pour gagner du temps. Elle avait complètement oublié les Wilkes et leurs étranges coutumes matrimoniales.
– Voyons, madame, vous ne pouvez pas…
– Maman, interrompit de nouveau Hetty, M. O'Hara et vous ne pourriez-vous pas aussi bien parler de chevaux aux Douze Chênes qu'ici ?
– C'est ça, mademoiselle Hetty, dit Gérald, je ne vous retiendrai plus qu'une minute. Nous serons bientôt aux Douze Chênes et là-bas tous les hommes, jeunes ou vieux, voudront savoir à quoi s'en tenir sur ces chevaux. Ça me brise le cœur de voir une dame aussi bien que votre mère être si avare de ses bêtes ! Voyons, madame Tarleton, que faites-vous de votre patriotisme ? La Confédération serait-elle lettre morte pour vous ?
– Maman ! s'écria la petite Betsy, Randa est assise sur ma robe, je vais être toute chiffonnée.
– Eh bien, envoie promener Randa et tais-toi, Betsy. Maintenant, écoutez-moi, monsieur O'Hara, poursuivit-elle en se mettant à battre des paupières, n'allez pas me jeter la Confédération au visage. La Confédération compte autant pour moi que pour vous. Moi, j'ai quatre garçons engagés, vous, vous n'en avez aucun, mais mes garçons sauront se tirer d'affaire tout seuls, pas mes chevaux. Je serais heureuse de donner mes chevaux gratuitement si je savais qu'ils

dussent être montés par des garçons que je connais, par des habitués aux pur-sang. Non, je n'hésiterais pas un instant. Mais laisser monter mes belles bêtes par des forestiers ou des paysans habitués aux mulets, ça, non, monsieur. J'aurais des cauchemars à la pensée que leurs selles pourraient les écorcher ou qu'ils ne seraient pas pansés soigneusement. Croyez-vous que je laisse des novices monter ces petits trésors chéris si sensibles au mors, leur mettre la bouche en sang et les battre jusqu'à les rendre idiots. Tenez, rien que d'y penser, ça me donne la chair de poule. Non, monsieur O'Hara, vous êtes très gentil de penser à mes chevaux, mais vous feriez mieux d'aller acheter des vieilles carnes à Atlanta pour vos rustauds. Ils ne s'apercevront même pas de la différence.

– Maman, je vous en prie, est-ce que nous pouvons nous en aller ? demanda Camille aussi impatiente que ses sœurs. Vous savez très bien que vous finirez quand même par céder vos petits chéris. Quand papa et les garçons se mettront à vous dire que la Confédération a besoin d'eux, vous fondrez en larmes et vous les laisserez partir.

Mme Tarleton fit la grimace et secoua ses guides.

– Je n'en ferai rien, dit-elle en effleurant les chevaux du bout de son fouet.

– C'est une femme merveilleuse, déclara Gérald en remettant son chapeau et en allant reprendre sa place derrière la voiture. En route, Toby. Nous en viendrons à bout et nous aurons les chevaux. Bien sûr, elle a raison. Si un homme n'est pas un monsieur, il n'a rien à voir avec un cheval. Sa place est dans l'infanterie. Mais voilà l'ennui, il n'y a pas assez de fils de planteurs dans le comté pour former un corps entier. Que dis-tu, ma chatte ?

– Papa, marchez derrière nous ou devant nous. Vous soulevez tellement de poussière que nous sommes asphyxiées, répondit Scarlett qui se sentait incapable de continuer à bavarder. Parler la détournait de ses pensées et elle tenait beaucoup à mettre de l'ordre dans ses idées et à se composer un visage charmant avant d'arriver aux Douze Chênes. Gérald obéit. Il éperonna son cheval et détala dans un nuage de poussière rouge à la poursuite de la voiture des Tarleton afin de pouvoir reprendre sa discussion sur les chevaux.

VI

La voiture traversa la rivière et gravit la colline. Avant même d'apercevoir les Douze Chênes, Scarlett vit un nuage de fumée paresseusement accroché à la cime des grands arbres et huma les odeurs confondues d'un feu de bois et des quartiers de porc et de mouton rôtis.

Les foyers creusés à même le sol où, depuis la veille au soir, lentement, se consumaient les bûches de noyer devaient ressembler maintenant à de longues auges remplies de braises au-dessus desquelles tournaient sur des broches les viandes dont le jus s'écoulait goutte à goutte et grésillait en tombant dans le feu. Scarlett savait que ces senteurs portées par la brise légère venaient du petit bois de chênes planté derrière la maison. C'était toujours là que John Wilkes donnait ses pique-niques. On s'installait le long de l'agréable pente qui menait à la roseraie. Il y régnait une ombre délicieuse et on y était bien mieux que chez les Calvert par exemple. Mme Calvert n'aimait pas ce qu'on mangeait aux pique-niques et déclarait qu'après sa maison sentait le graillon pendant plusieurs jours ; aussi les invités allaient-ils étouffer à un quart de mille de chez elle, en un endroit bien plat où il n'y avait pas un pouce d'ombre. Mais John Wilkes, renommé dans tout l'État pour son hospitalité, savait vraiment ce que c'était qu'un pique-nique.

Les longues tables soutenues par des tréteaux et recouvertes de ce que les Wilkes avaient de plus beau en fait de linge étaient toujours dressées là où l'ombre était la plus dense. De chaque côté s'alignaient des bancs sans dossier et, pour ceux qui ne les aimaient point, on disposait au hasard dans la clairière des chaises, des poufs et des coussins. Assez loin de là pour que la fumée ne gênât pas les invités, étaient creusés les foyers où cuisaient les viandes et, auprès d'eux, étaient posées les grosses marmites d'où montaient de succulentes odeurs de sauce et de ragoût. Chez M. Wilkes, il y avait au moins une douzaine de nègres qui, armés de plateaux, ne cessaient d'aller et venir en courant pour servir les convives. Derrière les granges était toujours creusé un autre foyer. Là, les domestiques de la plantation, les cochers et les femmes de chambre des invités se régalaient de galettes, d'ignames, de tripes de porc, ce plat dont les nègres sont si friands et, la saison venue, de pastèques dont ils avaient à profusion.

Les narines palpitantes, Scarlett, gourmande, aspira la bonne odeur de porc frais et croustillant, tout en souhaitant avoir faim lorsqu'il serait cuit à point. Pour le moment, elle avait tellement mangé, elle était si fortement sanglée dans son corset qu'elle avait tout le temps peur d'être malade. Ce serait un désastre, car seuls les vieux messieurs et les vieilles dames pouvaient l'être sans encourir la réprobation des témoins.

La voiture arriva en haut de la côte et la blanche demeure offrit à Scarlett ses proportions parfaites. Ses hautes colonnes, ses larges vérandas, son toit plat lui conféraient une beauté de femme, de femme belle si sûre de son charme qu'elle peut prodiguer à tous sa grâce et sa générosité. Scarlett aimait encore plus les Douze Chênes que Tara, car ils avaient une beauté majestueuse, une dignité douce que ne possédait point la maison de Gérald.

L'allée, qui décrivait une large courbe, était encombrée de chevaux de selle et de voitures. Les invités mettaient pied à terre et interpellaient leurs amis. Des nègres, énervés comme toujours quand il y avait une réception, conduisaient en souriant les bêtes à l'écurie pour leur ôter leurs harnais ou leurs selles. Des nuées d'enfants, blancs et noirs, poussaient des cris, se poursuivaient sur la pelouse au gazon frais poussé, jouaient à la marelle ou aux quatre coins et annonçaient à l'avance les prouesses qu'ils allaient accomplir à table. Le vaste vestibule qui traversait la maison dans toute sa largeur grouillait de gens et, au moment où s'arrêta la voiture des O'Hara, Scarlett vit des jeunes filles en crinoline, chamarrées comme des papillons, monter et descendre l'escalier en se tenant par la taille. Elles s'arrêtaient, se penchaient par-dessus la rampe délicate, riaient aux éclats et appelaient les jeunes gens restés en bas.

Par les baies vitrées larges ouvertes, Scarlett aperçut les dames plus âgées assises au salon. Sérieuses dans leur robe de soie noire, elles jouaient de l'éventail, s'entretenaient de leurs bébés, parlaient de maladies et de mariages. Portant un plateau d'argent, Tom, le majordome des Wilkes, se faufilait entre les groupes, s'inclinait, souriait et présentait de grands verres à des jeunes gens en jaquette mastic et pantalon gris.

Sur le devant de la maison, la véranda ensoleillée était pleine d'invités. Scarlett pensa que tout le comté était là. Les quatre fils Tarleton et leur père étaient appuyés contre les hautes colonnes.

Inséparables comme toujours, les jumeaux, Stuart et Brent, se tenaient côte à côte, Boyd et Tom demeuraient auprès de leur père, James Tarleton. M. Calvert ne quittait pas son épouse yankee qui, même après quinze ans de séjour en Géorgie, ne semblait jamais se trouver bien là où elle était. Tout le monde était très poli et très aimable avec elle parce qu'on la plaignait, mais personne ne pouvait oublier qu'elle avait aggravé le défaut initial de son origine en étant la gouvernante des enfants de M. Calvert. Les deux Calvert, Raiford et Cade, étaient là avec leur sœur, la blonde et sémillante Cathleen, et s'amusaient à taquiner Joe Fontaine, au visage basané, et Sally Munroe, sa jolie fiancée. Alex et Tony Fontaine glissaient à l'oreille de Dimity Munroe des paroles qui soulevaient son hilarité. Des familles avaient fait le voyage de Lovejoy, d'autres de Fayetteville et de Jonesboro, d'autres étaient même venues d'Atlanta et de Macon. La maison semblait trop petite pour ses hôtes. Sans cesse s'élevait et retombait un murmure confus fait de propos hachés, de cris, d'appels et de rires pointus de femmes.

Sur le perron, John Wilkes, la chevelure argentée, la taille bien droite, répandait autour de lui un charme paisible et prodiguait les trésors de son hospitalité comme, en été, le soleil de Géorgie prodigue sa chaleur. À ses côtés, Honey Wilkes se trémoussait et étouffait de petits rires niais en disant bonjour à chacun des nouveaux venus.

Honey affichait un peu trop son besoin maladif de plaire à tous les hommes et son attitude contrastait vivement avec le maintien si parfait de son père. Scarlett pensa qu'après tout il y avait peut-être du vrai dans les paroles de Mme Tarleton. À coup sûr, chez les Wilkes, les hommes étaient bien mieux que les femmes. Les cils dorés et épais qui frangeaient les yeux gris de John Wilkes se retrouvaient clairsemés et décolorés chez Honey et chez sa sœur India. Honey avait un curieux regard de lapin ; quant à India, le seul mot de laide suffisait à la dépeindre.

On ne voyait India nulle part, mais Scarlett savait qu'elle était probablement à la cuisine en train de donner ses dernières instructions aux domestiques. « Pauvre India, pensa Scarlett, elle a eu tant de mal à tenir la maison depuis la mort de sa mère qu'elle n'a jamais pu avoir de soupirant, sauf Stuart Tarleton, et ce n'est certainement pas ma faute s'il m'a trouvée plus jolie qu'elle. »

John Wilkes descendit le perron pour offrir le bras à Scarlett. Au moment précis où elle mettait pied à terre, elle vit Suellen faire des grâces et elle devina que sa sœur avait aperçu Frank Kennedy dans la foule.

« On n'a pas idée de ne pas choisir un soupirant un peu mieux que cette vieille fille en culottes ! » se dit-elle tout en gratifiant John Wilkes d'un sourire de remerciement.

Frank Kennedy accourait vers la voiture pour aider Suellen, qui se rengorgea au point que Scarlett eut envie de la gifler. Frank Kennedy avait beau être le propriétaire le plus riche du comté et avoir fort bon cœur, cela ne l'empêchait pas d'être frêle et nerveux et d'avoir quarante ans, une petite barbiche blond roux et des allures de vieille fille affairée. Néanmoins, Scarlett se rappela son plan. Elle prit sur elle, adressa à Frank Kennedy un tel sourire qu'il s'arrêta court, les bras tendus vers Suellen et, agréablement surpris, se mit à rouler des yeux en regardant Scarlett.

Tout en échangeant de menus propos avec John Wilkes, Scarlett essaya de découvrir Ashley, mais il n'était pas sous la véranda. Une douzaine de voix lui crièrent bonjour et Stuart et Brent Tarleton se portèrent au-devant d'elle. Les petits Munroe se précipitèrent pour admirer bruyamment sa robe et elle fut bientôt le centre d'un cercle de gens qui parlaient tous plus fort les uns que les autres afin de se faire entendre par-dessus le vacarme. Mais où était donc Ashley ? Et Mélanie, et Charles ? Tout en s'efforçant de ne pas se trahir, elle chercha autour d'elle et plongea son regard dans le vestibule où discutait un groupe joyeux.

Tandis qu'elle bavardait, riait et n'arrêtait pas de regarder à la dérobée tantôt à l'intérieur de la maison, tantôt dans la cour, ses yeux se posèrent sur un inconnu. À l'écart, dans un coin du vestibule, il la dévisageait avec une insolence qui lui procura en même temps ce plaisir qu'éprouve toute femme remarquée par un homme et la sensation gênante que sa robe était trop décolletée par-devant. Il avait l'air vieux ; il portait au moins trente-cinq ans. Il était grand, bâti en force. Scarlett pensa qu'elle n'avait jamais vu d'épaules si larges, si musclées qu'elles en étaient presque trop fortes pour appartenir à un homme du monde. Lorsque ses yeux rencontrèrent les siens, il sourit et découvrit des dents dont la blancheur animale était rehaussée par une moustache noire coupée court. Il avait le teint hâlé d'un pirate, le regard conquérant et sombre d'un boucanier jaugeant le galion qu'il va aborder ou la jeune fille qu'il va enlever. Il souriait avec une telle effronterie, sa bouche avait une telle expression d'ironie cynique que Scarlett en eut le souffle coupé. Elle se disait que son attitude aurait dû l'offenser et elle s'en voulait de ne pas ressentir cette offense. Elle ignorait qui il pouvait bien être, mais quelque chose dans son visage indiquait qu'il était de bonne naissance. Cela se voyait dans le nez mince et busqué au-dessus de ses lèvres rouges et pleines, dans le front haut et les yeux bien fendus. Elle détourna les yeux sans lui rendre son sourire et lui-même fit volte-face en entendant appeler « Rhett ! Rhett Butler. Viens ! Je veux te présenter le cœur le plus dur de toute la Géorgie. »

Rhett Butler ? Ce nom disait quelque chose à Scarlett, il s'y mêlait le souvenir d'une histoire scandaleuse et amusante, mais comme elle ne pensait qu'à Ashley, elle passa outre.

– Il faut que je grimpe là-haut pour me redonner un coup de peigne, dit-elle à Stuart et à Brent qui tentaient de l'entraîner hors de la cohue. Vous autres, les garçons, attendez-moi et ne vous avisez pas de filer avec une autre jeune fille, sans quoi je fais une scène.

Elle pouvait voir que Stuart ne serait pas facile à prendre ce jour-là pour peu qu'elle s'avisât de flirter avec quelqu'un d'autre. Il avait bu et Scarlett savait que, quand il avait sa mine arrogante et belliqueuse, les choses risquaient de s'envenimer. Elle s'arrêta dans le vestibule pour parler à des amis et dire bonjour à India qui, la chevelure en désordre, de petites gouttes de sueur au front, sortait de la cuisine. Pauvre India ! C'était déjà bien assez d'avoir les cheveux et les cils filasse et le menton en galoche des caractères têtus, sans avoir, par-dessus le marché, à vingt ans, déjà l'air d'une vieille fille. Elle se demanda si India lui en voulait beaucoup d'avoir détaché Stuart d'elle. Quantité de gens prétendaient qu'elle continuait de l'aimer, mais on ne pouvait jamais dire à quoi pensaient les Wilkes. Si elle lui en voulait, elle n'en laissait jamais rien paraître et traitait Scarlett avec la même réserve et la même affabilité que jadis.

Scarlett échangea quelques mots aimables avec elle et se dirigea vers le grand escalier. Elle ne s'y était pas encore engagée qu'elle s'entendit appeler d'une voix timide et, se retournant, elle vit Charles Hamilton. C'était un joli garçon. Ses cheveux noirs bouclaient en mèches folles sur son front blanc et ses yeux brun foncé étaient francs et doux comme ceux d'un chien de berger écossais. Bien pris dans son pantalon moutarde et sa jaquette noire, il portait une chemise plissée et la plus large et la plus élégante des cravates noires. Il rougit légèrement, car il n'était guère hardi avec les femmes. Pareil à la plupart des timides, il admirait beaucoup les jeunes filles vives et toujours à leur aise comme Scarlett. Jusque-là, celle-ci ne lui avait jamais témoigné qu'une amabilité de commande et il manqua perdre le souffle en voyant son sourire radieux et les deux mains qu'elle lui tendait.

– Tiens ! mais c'est vous, Charles Hamilton, c'est vous ! Je parie que vous avez fait le voyage d'Atlanta rien que pour venir briser mon pauvre cœur ?

Les petites mains tièdes de Scarlett dans les siennes, Charles faillit bafouiller tant il était ému. C'était ainsi que les jeunes filles parlaient aux autres jeunes gens, mais pas à lui. Il ne savait pas pourquoi, mais les jeunes filles le traitaient toujours en frère cadet et, si elles étaient très gentilles, elles ne prenaient jamais la peine de le taquiner. Il souhaitait toujours rencontrer des jeunes filles pour flirter et folâtrer avec lui comme elles le faisaient avec les jeunes gens beaucoup moins bien et moins gâtés par la fortune. Mais les rares fois où cela lui arrivait, il ne savait jamais que dire et sa gaucherie le mettait au supplice. Alors, la nuit, les yeux grands ouverts, il pensait aux galanteries charmantes qu'il aurait dû débiter, mais il n'avait pour ainsi dire jamais l'occasion de placer ses compliments, car les jeunes filles le laissaient tranquille après un ou deux essais.

Même avec Honey, il restait sur la défensive et ne disait rien, et pourtant il était question de les marier à l'automne, quand il aurait atteint sa majorité. Parfois il lui arrivait de nourrir le sentiment peu aimable que les coquetteries d'Honey et sa façon de le traiter avec désinvolture ne s'appliquaient pas spécialement à lui. Elle avait la tête tellement tournée par les hommes qu'elle risquait de se comporter ainsi avec le premier venu pour peu qu'elle en eût l'occasion. Ce projet de mariage ne souriait pas beaucoup à Charles, car Honey ne soulevait en lui aucune de ces émotions qui, à en croire ses livres préférés, étaient le propre des amants passionnés. Il avait toujours rêvé de l'amour d'une créature magnifique, malfaisante et ardente. Et, tout d'un coup, Scarlett O'Hara lui reprochait, pour le taquiner, de vouloir lui briser le cœur !

Il essaya de trouver quelque chose à dire et n'y parvint pas, mais en lui-même il bénit Scarlett d'entretenir toute seule un bavardage qui lui évitait de parler. C'était trop beau pour être vrai.

– Alors, attendez ici que je revienne. Je veux être avec vous au pique-nique. Et n'allez pas faire la cour à une autre, parce que je pourrais bien vous faire une scène de jalousie.

Les lèvres rouges encadrées de leurs fossettes avaient prononcé ces paroles incroyables et les cils noirs s'étaient modestement rabattus sur les yeux verts.

– Non, finit-il par murmurer dans un souffle sans pouvoir se douter que Scarlett trouvait qu'il ressemblait à un veau attendant le boucher.

Elle lui donna sur le bras une petite tape de son éventail et, en se retournant, elle vit l'homme qu'on appelait Rhett Butler. Il se tenait à quelques pas de Charles et il avait dû surprendre toute la conversation car il adressa à Scarlett un sourire malicieux de matou. Et, une fois de plus, il l'enveloppa d'un regard totalement dépourvu du respect auquel elle était habituée.

« Cornebleu ! se dit Scarlett indignée en empruntant le juron favori de Gérald. On dirait... on dirait qu'il m'a déjà vue sans chemise », et, relevant la tête, elle monta l'escalier.

Dans la chambre à coucher où l'on avait déposé les cartons des robes, elle trouva Cathleen Calvert qui se rajustait devant la glace et se mordait les lèvres pour qu'elles parussent plus rouges. Des roses piquées dans sa ceinture rappelaient le teint de ses joues, et ses yeux couleur de bluet brillaient de plaisir.

– Cathleen, lui dit Scarlett en s'efforçant de remonter son corsage, quel est ce vilain monsieur qu'on appelle Butler ?

– Comment, ma chère, tu ne sais pas ? murmura Cathleen en surveillant du coin de l'œil la pièce voisine où Dilcey et la mama des Wilkes papotaient. Je ne crois pas que M. Wilkes ait beaucoup tenu à le recevoir, mais il se trouvait chez M. Kennedy à Jonesboro pour une affaire de coton, je crois, et, bien entendu, M. Kennedy l'a amené avec lui. Il ne pouvait pas venir ici et le laisser tout seul.

– Mais qu'est-ce qu'on lui reproche donc ?

– Ma chère, il n'est pas reçu dans le monde !

– Sérieusement ?

– Je t'assure.

Scarlett se tut et réfléchit. Jamais auparavant elle ne s'était trouvée sous le même toit qu'une personne qu'on ne recevait pas. C'était passionnant.

– Qu'a-t-il donc fait ?

– Oh ! Scarlett. Il a une réputation épouvantable. Il s'appelle Rhett Butler. Il est de Charleston. Ses parents sont parmi les gens les mieux de là-bas, mais ils se refusent même à lui adresser la parole. Caro Rhett m'a parlé de lui l'été dernier. Ils ne sont pas parents, mais elle sait exactement à quoi s'en tenir sur son compte ; tout le monde, d'ailleurs. Il a été mis à la porte de West Point[1]. Pense donc ! Et encore, pour des choses si laides que Caro n'a même pas pu savoir ce que c'était. Et puis il a eu une histoire avec une jeune fille qu'il n'a pas épousée.

– Raconte-moi cela, je t'en prie !

1. Académie militaire des États-Unis *(N.d.T.)*.

– Tu ne sais donc rien, ma chérie ? Caro m'a tout raconté l'été dernier et sa mère en mourrait si elle savait que Caro se doute même de ces choses-là. Eh bien ! ce M. Butler a emmené une jeune fille de Charleston en buggy. Je n'ai jamais su qui c'était, mais je devine. Elle ne devait pas être très comme il faut, sans quoi elle ne serait pas sortie avec lui vers la fin de l'après-midi sans chaperon. Et alors, ma chère, ils ont passé presque toute la nuit dehors. Enfin ils sont rentrés à pied et ils ont prétendu que le cheval s'était emballé, qu'il avait brisé la voiture et qu'ils s'étaient perdus dans les bois. Et devine ce qui s'est passé…

– Je donne ma langue au chat. Continue, fit Scarlett qui, transportée d'aise, s'attendait au pire.

– Il a refusé de l'épouser le lendemain.

– Oh ! fit Scarlett, ses espoirs déçus.

– Il a dit que… heu… qu'il ne lui avait rien fait et qu'il ne voyait pas pourquoi il l'épouserait. Alors, naturellement, le frère est venu lui demander des explications et M. Butler a dit qu'il préférait être tué plutôt que d'épouser une pie stupide. Ils se sont battus en duel et M. Butler a tué d'une balle le frère de la jeune fille. Alors M. Butler a dû quitter Charleston et maintenant personne ne le reçoit, conclut Cathleen, triomphante, à l'instant précis où Dilcey entrait dans la chambre pour surveiller la toilette de Scarlett.

– A-t-elle eu un bébé ? demanda Scarlett à l'oreille de Cathleen.

Cathleen fit un non énergique de la tête, « mais elle a tout de même perdu sa réputation », répondit-elle d'un ton sifflant.

« Je voudrais bien qu'Ashley me compromette, pensa soudain Scarlett. Il serait bien trop homme du monde pour ne pas m'épouser. » Mais, malgré elle, elle ne put se défendre d'un sentiment de respect pour Rhett Butler qui avait refusé de se marier avec une sotte.

Derrière la maison, à l'ombre d'un gros chêne, Scarlett était assise sur une ottomane de palissandre. Les volants et les ruches de sa robe bouillonnaient autour d'elle et découvraient de ses sandales de maroquin vert juste ce qu'une dame pouvait montrer tout en restant une dame. Elle tenait à la main une assiette à laquelle elle avait à peine touché et sept cavaliers l'entouraient. Le pique-nique battait son plein. L'air tiède était tout imprégné de rires et de bavardages, du cliquetis des couverts d'argent contre la porcelaine, des senteurs riches et lourdes des viandes rôties et des sauces. Parfois, lorsque la brise tournait, des bouffées de fumée s'échappaient des foyers et se rabattaient sur l'assistance. Les femmes feignaient d'avoir peur et agitaient violemment leurs éventails en feuilles de palmiste.

La plupart des autres jeunes filles avaient pris place sur les bancs devant les tables, mais Scarlett, comprenant que dans ces conditions il n'était possible d'avoir qu'un seul cavalier de chaque côté de soi, avait cherché une place à l'écart afin de réunir autour d'elle un plus grand nombre d'hommes.

Les femmes mariées s'étaient installées sous la tonnelle où leurs robes sombres mettaient une note grave au milieu de ce déploiement de coloris et de gaieté. Elles formaient toujours un groupe à part, loin des jeunes filles aux yeux brillants, loin des galants et des rires, car, dans le Sud, la coquetterie leur était refusée. De la vieille Mme Fontaine, qui profitait du privilège de l'âge pour cracher à sa guise jusqu'à Alice Munroe qui, à dix-sept ans, luttait contre les nausées d'une première grossesse, elles prenaient toutes part à d'interminables discussions qui roulaient sur la généalogie ou les accouchements et rendaient ces réunions à la fois agréables et instructives.

Scarlett leur lançait des regards méprisants et trouvait qu'elles ressemblaient à une bande de corneilles bien grasses. Les femmes mariées ne s'amusaient jamais. Il ne lui venait même pas à l'idée que, si elle épousait Ashley, elle serait du même coup reléguée aux tonnelles et aux grands salons avec elles, qu'il lui faudrait prendre un air posé, porter des robes ternes et ne plus rire ni faire la folle. Comme la plupart des jeunes filles, son imagination ne la conduisait pas plus loin que l'autel. D'ailleurs, elle était trop malheureuse pour s'abandonner à des pensées abstraites.

Elle avait les yeux rivés sur son assiette et croquait un biscuit avec une élégance et un manque d'appétit qui lui eussent attiré les félicitations de Mama. Elle avait beau avoir plus de soupirants qu'il ne lui en fallait, elle ne s'était jamais sentie aussi désemparée. Sans qu'elle ait pu comprendre pourquoi, les plans qu'elle avait élaborés au cours de la nuit avaient complètement échoué, tout au moins en ce qui concernait Ashley. Elle avait attiré dans ses filets des admirateurs à la douzaine, mais pas Ashley, et toutes ses craintes de la veille lui revenaient. Tour à tour son cœur s'affolait et cessait presque de battre, ses joues s'empourpraient et blêmissaient.

Ashley n'avait point cherché à se joindre à ceux qui faisaient cercle autour d'elle. Du reste, depuis son arrivée elle n'avait pas pu lui dire un seul mot en particulier et même elle ne lui avait pas parlé du tout depuis qu'ils s'étaient dit bonjour. Il était venu au-devant d'elle quand

elle était entrée dans le jardin derrière la maison, mais il donnait le bras à Mélanie, à Mélanie qui lui arrivait à peine à l'épaule.
C'était une jeune fille petite et frêle. Elle faisait penser à une enfant qui se serait déguisée avec l'énorme crinoline de sa mère, illusion que complétait l'expression timide, presque effrayée de ses yeux bruns trop grands. Ses cheveux noirs, bien que flous et ondulés, étaient si impitoyablement serrés dans une résille qu'aucune mèche rebelle ne s'en échappait et la longue pointe qu'ils dessinaient au milieu de son front accentuait la ressemblance de son visage avec un cœur. Les pommettes trop écartées l'une de l'autre, le menton trop pointu, elle avait une figure douce et timide, mais elle n'était pas jolie et n'avait recours à aucune ruse féminine pour faire oublier son manque d'attraits. À la voir, on savait qu'elle était simple comme la terre, bonne comme le pain, limpide comme une eau printanière. Cependant, en dépit de son peu de beauté et de sa petite taille, il y avait dans ses gestes une dignité tranquille et touchante qui lui donnait bien plus que ses dix-sept ans.
Sa robe grise en organdi, avec sa ceinture cerise, dissimulait sous ses volants et ses fronces la minceur enfantine de son corps et son chapeau jaune aux rubans cerise eux aussi avivait l'éclat de sa peau laiteuse. De lourdes boucles d'oreilles à la longue frange d'or se balançaient presque au niveau de ses yeux bruns ; ces yeux dont le reflet paisible faisait penser à une mare l'hiver, en forêt, lorsqu'à travers l'eau calme on voit luire les feuilles brunes.
Elle avait eu un sourire timide et plein de gentillesse pour Scarlett et elle lui avait dit que sa robe verte était jolie, mais Scarlett avait eu bien du mal à lui répondre poliment, tant elle avait envie de parler seule à Ashley. Depuis ce moment-là, Ashley, assis sur un tabouret aux pieds de Mélanie, à l'écart des autres invités, n'avait cessé de bavarder tranquillement avec elle et de sourire de son sourire nonchalant qu'aimait Scarlett. Ce qui aggravait les choses, c'était que son sourire avait allumé une petite flamme dans les yeux de Mélanie et que Scarlett elle-même avait dû reconnaître qu'elle paraissait presque jolie. Quand Mélanie regardait Ashley, son visage s'éclairait comme si un feu intérieur brûlait en elle, et si jamais cœur aimant s'était reflété sur un visage, il se reflétait maintenant sur celui de Mélanie Hamilton.
Scarlett essayait de détacher ses yeux du couple, mais elle n'y parvenait pas, et après chaque regard elle redoublait de gaieté avec ses cavaliers, riait avec eux, tenait des propos risqués, les taquinait, hochait la tête quand ils lui adressaient un compliment et secouait ses

boucles d'oreilles. Elle répéta plusieurs fois «Turlututu», déclara qu'aucun d'eux n'était sincère et jura qu'elle ne croirait jamais ce que les hommes lui raconteraient. Pourtant Ashley ne semblait pas du tout faire attention à elle. Il levait continuellement les yeux vers Mélanie et bavardait tandis que Mélanie abaissait son regard vers lui avec une expression qui révélait à tous qu'elle lui appartenait.

Ainsi, Scarlett était malheureuse.

Pour ceux qui jugeaient d'après les apparences, jamais jeune fille n'avait eu moins sujet de se sentir malheureuse. Elle était incontestablement la reine de la fête, le centre de toutes les attentions. En d'autres temps, l'enthousiasme qu'elle soulevait chez les hommes et la rage qu'elle allumait au cœur des autres jeunes filles lui eussent infiniment plu.

Charles Hamilton, enhardi par son attitude, restait fermement posté à sa droite, malgré les efforts conjugués des jumeaux Tarleton pour le déloger. D'une main il tenait l'éventail de Scarlett, de l'autre l'assiette de viande rôtie à laquelle elle n'avait pas touché et se refusait obstinément à regarder Honey qui semblait sur le point de fondre en larmes. À sa gauche, Cade, allongé avec beaucoup de grâce sur le sol, tirait sur sa robe pour attirer son attention et lançait à Stuart des coups d'œil furibonds. L'air était chargé d'électricité entre lui et les jumeaux et ils avaient déjà échangé des grossièretés. Avec des allures de poule qui a perdu ses poussins, Frank Kennedy n'arrêtait pas de courir entre le chêne et les tables à la recherche de friandises destinées à Scarlett, comme s'il n'y avait pas eu une douzaine de domestiques pour cela. Suellen en oubliait qu'une dame se devait de dissimuler sa rage et regardait Scarlett d'un air menaçant. La petite Carreen avait envie de pleurer, car, malgré les paroles encourageantes de Scarlett, Brent s'était contenté de lui dire: «Bonjour, la mioche» et de faire sauter le ruban qui retenait ses cheveux avant de se consacrer entièrement à sa sœur. D'ordinaire, il était si gentil et avait tant d'égards pour elle qu'elle se sentait soudain plus grande et rêvait en secret au jour où, relevant ses cheveux et allongeant ses robes, elle pourrait lui accorder le titre de soupirant. Et maintenant, il semblait que Scarlett l'avait accaparé. Les petites Munroe ne voulaient pas laisser voir combien elles étaient peinées de la défection des fils Fontaine et n'appréciaient guère la façon dont Tony et Alex cherchaient à se maintenir non loin de Scarlett.

Il leur suffit de relever délicatement les sourcils pour informer Hetty Tarleton qu'elles désapprouvaient la conduite de Scarlett. Avec un ensemble parfait, les trois jeunes personnes brandirent leurs ombrelles de dentelle, dirent qu'elles avaient assez mangé et, posant des doigts légers sur le bras des hommes qui se trouvaient le plus près d'elles, elles demandèrent doucement à visiter la roseraie, la source et le jardin. Cette retraite stratégique en bon ordre n'échappa à aucune des femmes présentes, mais aucun homme n'y prit garde. Scarlett ricana en voyant qu'on voulait mettre trois hommes à l'abri de ses charmes sous le prétexte d'aller explorer les lieux que les jeunes filles connaissaient depuis leur enfance et lança un regard furtif à Ashley pour voir s'il s'était aperçu du manège. Mais il souriait et jouait avec les bouts de la ceinture de Mélanie. Le cœur de Scarlett se serra de douleur. Elle sentit qu'elle aurait plaisir à enfoncer ses dents dans la peau ivoirine de Mélanie jusqu'à ce que le sang coulât. Comme elle détournait la tête, elle surprit le regard de Rhett Butler qui, à l'écart de la foule, devisait avec John Wilkes. Il avait dû l'observer et, quand elle le regarda, il se mit à rire. Scarlett éprouva une sensation de gêne à la pensée que cet homme qu'on ne recevait pas était la seule personne qui sût à quoi s'en tenir sur sa gaieté débordante et qu'il en tirait un plaisir sardonique. Lui aussi, elle l'aurait mordu avec joie.

«Si je peux résister jusqu'à cet après-midi, se dit-elle, toutes les autres jeunes filles monteront faire une sieste afin d'être reposées pour ce soir et moi je resterai en bas et je m'arrangerai pour parler à Ashley. Il a sûrement remarqué le succès que j'avais.» Elle se berça d'un nouvel espoir. «Bien entendu, il faut qu'il s'occupe de Mélanie parce que, en somme, c'est sa cousine et qu'elle n'a aucun succès. S'il ne se consacrait pas à elle, les hommes la laisseraient bien tranquille.»

Ainsi réconfortée, elle redoubla d'attention envers Charles qui la dévorait de ses yeux bruns. C'était une journée merveilleuse pour Charles, une journée de rêve, et il était tombé amoureux de Scarlett sans le moindre effort. Devant ce nouveau sentiment, Honey s'effaça dans une brume confuse. Honey n'était qu'un moineau à la voix pointue, Scarlett un colibri éblouissant. Elle le taquinait, il était son favori. Elle lui posait une foule de questions auxquelles elle répondait elle-même, si bien qu'il paraissait fort spirituel sans avoir à dire un mot. Les autres jeunes gens étaient intrigués et ennuyés de voir l'intérêt qu'elle lui portait, car ils savaient que Charles était trop timide pour prononcer deux paroles à la file et ils étaient obligés de faire appel à toute leur politesse pour cacher leur fureur grandissante. Tous brûlaient d'amour pour elle et, sans Ashley, Scarlett eût connu un véritable triomphe.

Lorsque la dernière bouchée de porc, de poulet et de mouton eut été avalée, Scarlett espéra que l'instant était venu où India se lèverait et proposerait aux dames d'aller se reposer à la maison. Il était deux heures et le soleil était chaud, mais India, fatiguée par trois jours de préparatifs, était trop contente de rester assise sous la tonnelle et de parler à l'oreille d'un vieux monsieur sourd de Fayetteville.
Une torpeur paresseuse s'abattit sur l'assistance. Les nègres, sans se presser, desservirent les longues tables sur lesquelles les mets s'étaient entassés. Les rires diminuèrent, les conversations perdirent de leur entrain, de-ci, de-là, des groupes se turent. Tous attendaient que leur hôtesse signalât la fin de ces premières réjouissances. Les éventails s'agitaient plus mollement et un certain nombre de vieux messieurs, accablés par la chaleur et la chère trop riche, dodelinaient de la tête. Le pique-nique était terminé et tous étaient contents de pouvoir se détendre pendant les heures les plus chaudes de la journée.
Entre les réjouissances de la matinée et le bal, la foule des invités respirait le calme et la paix. Seuls les jeunes gens conservaient cette ardeur qui, peu de temps auparavant, avait animé l'assemblée. Circulant de groupe en groupe, s'exprimant d'une voix douce et traînante, ils étaient aussi beaux que des pur-sang et aussi dangereux. La chaleur de l'après-midi avait vaincu les convives, mais sous cette apparente langueur sommeillaient des passions meurtrières qu'un rien pouvait allumer, qu'un rien pouvait éteindre. Hommes et femmes étaient beaux et sauvages, tous étaient assez primitifs sous leurs dehors aimables et à peine civilisés.
Le soleil devenait de plus en plus chaud et Scarlett et les autres regardèrent de nouveau India. Les conversations se mouraient quand, au beau milieu de l'accalmie, chacun put entendre la voix de Gérald s'élever en accents furieux. Il se tenait à quelque distance des tables desservies et était plongé dans une vive discussion avec John Wilkes.
«Cornebleu, mon vieux! Souhaiter un règlement pacifique avec les Yankees? Après avoir tiré sur ces crapules au fort Sumter? Pacifique? Le Sud devrait montrer les armes à la main qu'il ne se laisse pas insulter et que, s'il quitte l'Union, ce n'est pas grâce à une faveur de l'Union, mais bien parce qu'il est sûr de sa force!»
«Oh! Mon Dieu! pensa Scarlett. Ça y est, il a soulevé ce lièvre! Maintenant nous en avons jusqu'à minuit à rester ici.»
En un instant la foule paresseuse secoua sa somnolence et une sorte de courant électrique se mit à circuler dans l'air. Les hommes se levèrent brusquement de leurs bancs ou de leurs chaises. Des bras

tendus décrivirent de grands gestes, des voix réclamèrent le droit de se faire entendre par-dessus le tumulte. Pendant toute la matinée, personne ne s'était risqué à parler politique ou à faire allusion à la guerre qui menaçait, car M. Wilkes avait demandé qu'on n'importunât point les dames. Mais Gérald venait de lancer le nom de «Fort Sumter» et tous les hommes en oublièrent du même coup la requête de leur hôte.

«Bien sûr, nous nous battrons. – Yankees voleurs… – Nous les écraserons en un mois. – Voyons, un Sudiste vaut vingt Yankees. – Donnez-leur une leçon qu'ils ne soient pas près d'oublier. – Pacifiquement? Ils ne nous laisseront pas partir en paix. – Non, voyez la façon dont M. Lincoln a insulté nos délégués! – Oui, il les a traînés en longueur pendant des semaines… et il avait juré de faire évacuer le fort Sumter! – Ils veulent la guerre, nous les en dégoûterons de la guerre…» Et, dominant toutes les voix, grondait celle de Gérald, qui ne cessait de répéter «les droits des États, bon Dieu!». Gérald s'amusait beaucoup, mais il n'en était pas de même pour sa fille.

La sécession, la guerre… Depuis longtemps, ces mots exaspéraient Scarlett à force d'être prononcés devant elle, mais maintenant elle les exécrait. Les hommes allaient rester là à discuter pendant des heures et il lui serait impossible d'accaparer Ashley. Bien entendu, il n'y aurait pas de guerre et les hommes le savaient tous, mais ils aimaient à parler et à s'écouter parler.

Charles Hamilton ne s'était pas levé comme les autres et, se trouvant relativement seul à côté de Scarlett, il se rapprocha d'elle pour lui glisser un aveu avec la hardiesse d'un amour tout neuf.

– Mademoiselle O'Hara… je… j'ai déjà décidé que si nous devions nous battre, j'irais m'engager en Caroline du Sud. On dit que M. Wade Hampton[2] y organise un corps de cavalerie et naturellement je voudrais bien partir avec lui. C'est un homme merveilleux, c'était le meilleur ami de mon père.

«Que faut-il faire? pensa Scarlett. Battre un ban?» car l'expression de Charles indiquait qu'il lui livrait là les secrets de son cœur. Elle ne trouva rien à dire et se contenta de le regarder en se demandant pourquoi les hommes avaient la sottise de croire que les femmes s'intéressaient à ces choses-là. Il prit son attitude pour une muette approbation et, enhardi, reprit aussitôt:

2. Héroïque officier de cavalerie qui s'illustra encore par son rôle politique après la guerre *(N.d.T.)*.

– Si je partais... en... en auriez-vous du chagrin, mademoiselle O'Hara ?
– J'inonderais tous les soirs mon oreiller de mes larmes, répondit Scarlett pour badiner, mais lui interpréta sa déclaration dans un tout autre sens et rougit de plaisir.
La main de Scarlett était enfouie dans les plis de sa robe et Charles, écrasé par sa propre hardiesse et par la docilité de la jeune fille, s'en empara prudemment et la serra dans la sienne.
– Prierez-vous pour moi ?
« Quel sot ! » songea Scarlett avec amertume en jetant des regards furtifs à droite et à gauche dans l'espoir que quelqu'un viendrait l'arracher à cet entretien.
– Le ferez-vous ?
– Oh !... oui, je le ferai, monsieur Hamilton. Trois rosaires tous les soirs, au moins !
Charles lança un coup d'œil rapide autour de lui et aspira une large bouffée d'air. Scarlett et lui étaient pratiquement seuls. Pareille occasion ne s'offrirait peut-être plus jamais et, même si elle se représentait, il n'aurait peut-être pas le courage d'en profiter.
– Mademoiselle O'Hara... j'ai quelque chose à vous dire. Je... Je vous aime !
– Hein ? fit Scarlett d'un air absent, car, à travers la foule des hommes occupés à discuter, elle cherchait à distinguer l'endroit où Ashley continuait de bavarder aux pieds de Mélanie.
– Oui ! murmura Charles, transporté d'aise en constatant que Scarlett n'avait ni ri, ni crié, qu'elle ne s'était pas évanouie comme il s'était toujours imaginé que le faisaient les jeunes filles en ces circonstances-là. Je vous aime ! Vous êtes la plus... la plus..., et pour la première fois de sa vie il trouva ses mots : La plus belle jeune fille que j'aie jamais connue, la plus douce, la plus gentille. Vous avez les plus exquises manières. Je vous aime de tout mon cœur. Je ne peux pas espérer que vous puissiez aimer une personne comme moi, mais, chère mademoiselle O'Hara, si vous pouvez me donner un encouragement quelconque, je ferai n'importe quoi pour que vous m'aimiez. Je...
Charles s'arrêta. Il ne trouvait rien d'assez difficile à accomplir pour prouver vraiment à Scarlett la profondeur de ses sentiments, alors il dit tout uniment :
– Je veux vous épouser.
Scarlett retomba brusquement sur terre en entendant le mot « épouser ». Elle venait juste de penser au mariage et à Ashley et elle regarda

Charles avec une irritation assez mal contenue. Pourquoi fallait-il que ce nigaud choisît exprès ce jour-là pour se mêler de sa vie sentimentale alors que la douleur était sur le point de la rendre folle? Elle regarda les yeux bruns qui l'imploraient et n'y vit aucune des beautés du premier amour tremblant d'un jeune homme, de l'adoration d'un idéal enfin réalisé, ou du bonheur délicat et de la tendresse qui dévoraient Charles comme une flamme. Scarlett avait l'habitude d'être demandée en mariage par des hommes bien plus séduisants que Charles Hamilton et trop fins pour se déclarer un jour de pique-nique où elle avait bien d'autres choses en tête. Elle ne vit qu'un garçon de vingt ans, rouge comme une tomate et qui avait l'air fort niais. Elle avait bonne envie de lui dire combien il paraissait bête. Mais les mots qu'Ellen lui avait appris à dire dans ces cas-là lui vinrent d'eux-mêmes aux lèvres et, réussissant à baisser les yeux, grâce à une longue pratique, elle murmura:

– Monsieur Hamilton, je n'ignore pas l'honneur que vous me faites en me demandant d'être votre femme, mais tout cela est si imprévu que je ne sais que dire.

C'était là un moyen radical pour rabattre un peu la vanité d'un homme et tenir en même temps celui-ci en haleine. Charles mordit à l'hameçon comme si cette ruse était nouvelle et qu'il fût le premier à s'y laisser prendre.

– Je saurai attendre toute ma vie! Je ne voudrais pas vous épouser à moins que vous ne soyez tout à fait sûre de vos sentiments. Je vous en prie, mademoiselle O'Hara, dites-moi que je peux espérer.

– Hum! fit Scarlett dont les yeux perçants venaient de remarquer qu'Ashley, qui ne s'était pas levé pour prendre part à la discussion sur la guerre, souriait à Mélanie.

Si seulement ce sot qui lui pétrissait la main pouvait se tenir tranquille un instant, peut-être parviendrait-elle à entendre ce que disait le couple. Elle voulait entendre, savoir ce que Mélanie pouvait bien dire à Ashley pour l'intéresser à ce point.

Charles parlait et l'empêchait de suivre la conversation qu'elle s'efforçait de surprendre.

– Oh! chut! lui dit-elle d'un ton méchant en lui pinçant la main sans même le regarder.

Surpris, Charles perdit d'abord contenance et rougit, puis voyant que Scarlett avait les yeux fixés sur sa sœur, il sourit. Scarlett avait peur qu'on n'entendît ce qu'il lui disait. Naturellement elle était gênée, intimidée. Charles éprouva un sentiment de fierté masculine qu'il n'avait jamais connu, car c'était la première fois qu'il intimidait une jeune fille. C'était grisant. Il prit un petit air détaché qu'il crut parfaitement réussi et, à son tour, pinça Scarlett afin de lui montrer qu'il avait assez d'expérience de la vie pour comprendre et accepter son reproche.

Scarlett ne sentit même pas qu'il la pinçait parce que maintenant elle entendait distinctement la voix douce de Mélanie, son plus grand charme. « J'ai peur de ne pouvoir être d'accord avec vous sur les œuvres de M. Thackeray. C'est un cynique. Je crains qu'il ne soit pas aussi homme du monde que M. Dickens. »

« Quelle chose stupide à dire à un homme », pensa Scarlett, prête à ricaner et à pousser un soupir de soulagement. « Allons ! Mélanie n'est qu'un bas-bleu et tout le monde sait ce que les hommes pensent des bas-bleus... Pour éveiller et retenir l'intérêt d'un homme il faut d'abord lui parler de lui-même, puis, peu à peu, amener la conversation sur soi... et ne pas l'en faire dévier. » Scarlett aurait ressenti quelque sujet d'alarme si Mélanie avait dit : « Que vous êtes merveilleux » ou : « Comment pensez-vous donc à toutes ces choses ? Ma pauvre petite tête éclaterait s'il m'arrivait d'y songer ! » Mais quoi ! elle avait un homme à ses pieds et elle lui parlait aussi sérieusement que si elle était à l'église ! L'avenir parut plus brillant à Scarlett, si brillant même qu'elle tourna vers Charles un visage radieux et que la joie la fit sourire. Ravi par cette marque d'affection, Charles s'empara de son éventail et l'agita avec une telle frénésie que les cheveux de Scarlett s'ébouriffèrent.

– Ashley, nous n'avons pas eu le plaisir d'entendre votre opinion, dit Jim Tarleton en se détachant du groupe des hommes qui discutaient.

Ashley s'excusa auprès de sa compagne et se leva. Scarlett remarqua la grâce de sa pose négligée, la façon dont le soleil caressait ses cheveux et sa moustache dorés et songea qu'il était bien le plus bel homme de l'assistance. Les vieux eux-mêmes se turent pour l'écouter.

– Voyons, messieurs, fit-il, si la Géorgie se bat, je me battrai aussi. Pourquoi alors me serais-je engagé ?

Ses yeux gris grands ouverts avaient perdu leur expression alanguie et brillaient avec un éclat que Scarlett ne leur avait jamais vu.

– Mais, comme mon père, j'espère que les Yankees nous laisseront nous retirer en paix et qu'on ne se battra pas...

Il leva la main et sourit en entendant les fils Fontaine et Tarleton se récrier : « Oui, oui, je sais qu'on nous a insultés, qu'on nous a menti... mais si nous nous étions trouvés à la place des Yankees et qu'ils aient essayé de quitter l'Union, comment nous serions-nous comportés ? À peu près comme eux. Nous n'aurions pas beaucoup aimé ça. »

« Ça y est, il recommence, se dit Scarlett. Il veut toujours se mettre à la place des autres. » Pour elle, il n'y avait qu'une opinion qui comptât dans une discussion et il lui arrivait parfois de ne pas comprendre Ashley.

– Ne nous montons pas trop la tête et évitons la guerre. La plupart des malheurs du monde ont été causés par les guerres. Les guerres, personne n'a jamais su pourquoi elles avaient éclaté.

Scarlett fit la grimace. Heureusement pour Ashley, sa réputation de courage était à l'abri de toute attaque, sans quoi les choses auraient pu se gâter. À peine Scarlett avait-elle formulé cette pensée qu'un concert de voix indignées, furieuses, accueillit les propos d'Ashley. Sous la tonnelle, le vieux monsieur sourd de Fayetteville se mit à donner de petits coups à India.

– Qu'est-ce qui se passe ? Que disent-ils ?

– La guerre ! hurla India penchée à son oreille, la main en éventail. Ils veulent se battre contre les Yankees.

– Ah ! oui, la guerre, s'écria-t-il, en cherchant partout sa canne autour de lui.

Puis il s'arracha à son fauteuil avec une énergie qu'il n'avait pas déployée depuis des années.

– Je vais leur en parler de la guerre, moi. J'y suis allé.

Ce n'était pas souvent que M. McRae avait l'occasion de parler de la guerre, étant donné la façon dont les femmes de sa famille lui imposaient silence.

Clopinant, brandissant sa canne, criant à pleins poumons, il rejoignit rapidement le groupe et, comme il ne pouvait entendre ce qu'on disait, il ne tarda pas à s'assurer une maîtrise incontestée du terrain.

– Écoutez-moi, vous autres, jeunes fiers-à-bras. Ne souhaitez donc pas vous battre. Moi, je me suis battu et je sais à quoi m'en tenir. J'ai fait la guerre séminole et j'ai été assez bête pour faire aussi celle du Mexique[3]. Aucun de vous ne sait ce que c'est que la guerre. Vous croyez que ça consiste à monter un beau cheval, à se faire lancer des fleurs par les jeunes filles et à rentrer chez soi comme un héros. Eh bien, ce n'est pas ça. Fichtre, non ! On crève de faim, on attrape la rougeole et la pneumonie, à force de dormir à l'humidité. Et si ce

3. La guerre du Mexique (1846-1848) voit les États-Unis et le Mexique s'affronter à propos de la souveraineté de vastes territoires, s'étendant du Pacifique au golfe du Mexique. Par le traité de Guadalupe Hidalgo, qui conclut la guerre victorieusement pour les États-Unis, ceux-ci annexent la Californie et le Nouveau-Mexique, tandis que le Texas, indépendant depuis 1845, entre définitivement dans le giron américain.

n'est pas la rougeole ou la pneumonie, c'est vos tripes. Oui, messieurs, vous ne savez pas dans quel état la guerre met les boyaux d'un homme... la dysenterie et des choses dans ce goût-là.

Les dames rougissaient. Comme la grand-mère Fontaine, avec ses quintes de toux gênantes, M. McRae rappelait une époque plus fruste, une époque que chacun aurait aimé oublier.

– Cours vite chercher ton grand-père, souffla une des filles du vieux monsieur à une jeune fille qui se trouvait là. Il devient de pis en pis, déclara-t-elle aux jeunes mariées réunies autour d'elle. Croiriez-vous que ce matin il a dit à Mary, et elle n'a que seize ans : « Voyons, ma petite... » et la voix se perdit dans un chuchotement tandis que la petite-fille de M. McRae se faufilait au milieu du groupe pour tâcher de faire comprendre à son grand-père qu'il ferait mieux de revenir prendre sa place à l'ombre.

De tous ces gens qui tournaient en rond sous les arbres, de ces jeunes filles énervées qui souriaient, de tous ces hommes qui échangeaient des propos enflammés, une seule personne semblait conserver son calme. Le regard de Scarlett s'était posé sur Rhett Butler. Adossé à un arbre, les mains enfoncées dans les poches de son pantalon, il était resté seul depuis que M. Wilkes l'avait quitté et il ne s'était pas mêlé à la conversation qui s'animait de plus en plus. Sous sa courte moustache, ses lèvres rouges avaient un pli désabusé et, dans ses yeux noirs, brillait une lueur de mépris comme s'il se fût amusé à écouter des gamins hâbleurs. Il resta silencieux jusqu'à ce que Stuart Tarleton, sa chevelure rouge ébouriffée et l'œil en feu, répétât : « Voyons, nous les écraserons en un mois ! Les messieurs se battent toujours mieux que la canaille. Un mois... pourquoi pas une bataille... »

– Messieurs, dit Rhett Butler avec un accent qui trahissait son origine charlestonienne et sans changer de position ni même ôter les mains de ses poches, puis-je placer un mot ?

Le groupe se retourna vers lui et lui réserva l'accueil poli qu'on doit toujours à un étranger.

– L'un de vous, messieurs, a-t-il jamais songé qu'il n'y avait pas de manufacture de canons au-delà de la ligne Macon-Dixon ? a-t-il songé au petit nombre de fonderies qu'il y a dans le Sud ? au petit nombre de filatures de laine et de coton, au petit nombre de tanneries ? Avez-vous pensé que nous n'aurions pas un seul vaisseau de guerre et que la flotte yankee pourrait faire le blocus de nos ports en une semaine, si bien que nous ne pourrions plus vendre notre coton à l'étranger ? Mais naturellement, messieurs, vous avez pensé à tout cela ?

« Allons, bon, il prend tous les garçons pour une bande d'imbéciles ! » pensa Scarlett dont les joues s'empourprèrent d'indignation. Évidemment elle n'était pas la seule à avoir eu cette idée, car plusieurs jeunes gens se mirent à avancer le menton. John Wilkes vint reprendre sa place auprès de l'orateur comme s'il voulait bien faire comprendre à tous les assistants que cet homme était son hôte et que, de plus, il y avait des dames.

– Ce qui est ennuyeux avec nous autres Sudistes, poursuivit Rhett Butler, c'est soit que nous ne voyageons pas assez, soit que nous ne profitons pas assez de nos voyages. Bien entendu, messieurs, vous avez tous beaucoup voyagé. Mais qu'avez-vous vu ? L'Europe, New York, Philadelphie, et naturellement les dames sont allées à Saratoga[4]. (Il s'inclina légèrement vers le groupe réuni sous la tonnelle.) Vous avez vu les hôtels, les musées, vous êtes allés au bal, dans des cercles, et vous êtes rentrés chez vous convaincus que rien ne valait le Sud. En ce qui me concerne, je suis de Charleston, mais j'ai passé ces dernières années dans le Nord. (Un sourire découvrit ses dents blanches, comme s'il se rendait compte que tout le monde savait pourquoi il n'habitait plus Charleston et comme s'il s'en moquait complètement.) J'y ai vu bien des choses qu'aucun de vous n'a vues. Les milliers d'émigrants qui seraient trop heureux de se battre pour les Yankees contre le vivre et quelques dollars, les usines, les fonderies, les chantiers navals, les mines de fer et de houille… toutes ces choses que nous n'avons pas. Voyons, tout ce que nous avons, c'est du coton, des esclaves et de la morgue. C'est eux qui nous écraseraient en un mois.

Pendant un moment, le silence régna. Rhett Butler sortit de la poche de sa jaquette un fin mouchoir de batiste et épousseta négligemment un grain de poussière sur sa manche. Puis un murmure lourd de menaces s'éleva de la foule et, de la tonnelle monta un bourdonnement aussi caractéristique que celui d'une ruche qu'on vient de déranger. Scarlett avait beau être sous l'empire de la colère, quelque chose dans son esprit lui indiqua que cet homme avait raison et que ses paroles étaient marquées au coin du bon sens. C'était vrai, elle n'avait jamais vu d'usines et ne connaissait personne qui en eût vu. Mais, même si cela était vrai, il fallait ne pas être un homme du monde pour raconter des choses pareilles au cours d'une fête où tout le monde s'amusait.

4. Ville d'eaux à la mode aux États-Unis *(N.d.T.)*.

Stuart Tarleton, les sourcils froncés, s'avança suivi de Brent. Bien entendu, les jumeaux Tarleton étaient trop bien élevés pour faire un éclat à un pique-nique, même si on les avait poussés à bout. Cependant, toutes les dames ressentirent une émotion agréable, car il leur était rarement donné d'assister à une scène ou à une bataille. D'habitude, elles n'en recueillaient que les échos les plus lointains.

– Monsieur, fit Stuart d'une voix puissante, que voulez-vous dire ?

Rhett lui adressa un regard poli, mais moqueur :

– Je veux dire, répondit-il, ce que Napoléon... vous en avez peut-être entendu parler ?... a remarqué un jour : « Dieu est du côté du bataillon le plus fort », puis, se tournant vers John Wilkes, il ajouta avec une courtoisie qui n'était pas feinte : Vous m'avez promis de me montrer votre bibliothèque, monsieur. Serait-ce trop vous demander que d'y aller maintenant ? Je crains d'être obligé de retourner de bonne heure cet après-midi à Jonesboro, où des affaires m'appellent.

Face à la foule, il fit un ou deux pas en avant, claqua les talons et s'inclina comme un maître à danser. Son salut fut plein de grâce pour un homme d'une telle carrure, mais aussi insolent qu'un soufflet en plein visage. Alors, la tête haute, il traversa la pelouse en compagnie de John Wilkes. Les échos de son rire désagréable parvinrent jusqu'à ceux qui étaient restés près des tables.

Il y eut un silence surpris et de nouveau s'éleva le murmure confus des conversations. India, d'un air fatigué, quitta son fauteuil sous la tonnelle et se dirigea vers Stuart Tarleton bouillant de colère. Scarlett ne put entendre ce qu'elle lui dit, mais la façon dont elle le regarda lui causa une sorte de remords. C'était le même regard de possession qu'avait Mélanie quand elle fixait Ashley, seulement Stuart ne s'en aperçut pas. Ainsi, India l'aimait. Scarlett pensa un instant que si, un an auparavant, à cette réunion politique, elle n'avait pas tant flirté avec Stuart il aurait pu l'épouser depuis longtemps. Mais le remords s'effaça devant la pensée réconfortante que ce n'était pas sa faute si les autres jeunes filles ne savaient pas garder les hommes qu'elles avaient choisis.

Stuart finit par sourire malgré lui à India et secoua la tête, en signe d'approbation. India avait probablement obtenu de lui qu'il ne suivît pas M. Butler et ne fît point de scène. On entendit sous les arbres le brouhaha des convives qui se levaient en secouant les miettes de leur giron. Les femmes mariées appelèrent leurs bonnes et leurs petits enfants et réunirent leur progéniture avant de s'en aller. Des groupes de jeunes filles, riant et pérorant, se dirigèrent vers la mai-

son pour papoter dans les chambres à coucher des étages supérieurs et faire la sieste.
Toutes les dames se retirèrent et abandonnèrent aux hommes l'ombre des chênes et de la tonnelle, sauf Mme Tarleton, retenue par Gérald, M. Calvert et ceux qui voulaient obtenir sa réponse au sujet des chevaux destinés à la troupe.
Un sourire pensif et amusé aux lèvres, Ashley s'approcha lentement de l'endroit où se tenaient Scarlett et Charles.
– Quel type arrogant, hein ? remarqua-t-il en suivant des yeux Butler qui s'éloignait. Il ressemble à l'un des Borgia.
Scarlett eut beau faire, elle ne put se rappeler aucune famille du comté, d'Atlanta et de Savannah qui répondît à ce nom.
– Je ne les connais pas. Il est leur parent ? Qui sont ces gens-là ?
Une expression étrange se peignit sur le visage de Charles en qui l'incrédulité et la honte luttaient contre l'amour. L'amour l'emporta quand il comprit qu'il suffisait à une jeune fille d'être gracieuse et belle, et il s'empressa de répondre :
– Les Borgia étaient des Italiens.
– Oh ! fit Scarlett dont l'intérêt diminua aussitôt. Des étrangers !
Elle adressa son plus joli sourire à Ashley, mais, pour on ne sait quelle raison, il ne la regarda pas. Il regardait Charles et l'on voyait sur son visage qu'il comprenait et ressentait un peu de pitié.

Scarlett s'avança sur le palier et se pencha prudemment au-dessus de la rampe pour regarder dans le vestibule. Il était vide. Des chambres à coucher situées à l'étage supérieur s'échappait un murmure continuel de voix assourdies, ponctué d'éclats de rire et de « Allons, ce n'est pas vrai, tu ne l'as pas fait ! » et de « Alors, qu'a-t-il dit ? » Après avoir ôté leur robe et desserré leur corset, les jeunes filles, les cheveux dans le dos, se reposaient sur les lits ou les canapés des six grandes chambres. La sieste était une coutume du pays, jamais plus nécessaire qu'en ces longues réjouissances qui, commençant tôt le matin, se terminaient par un bal. Pendant une demi-heure les jeunes filles allaient rire et bâiller, puis, leurs bonnes tireraient les persiennes et, dans la demi-obscurité moite, les bavardages se transformeraient en chuchotements pour expirer dans un silence rompu seulement par le rythme de respirations calmes et régulières.
Avant de se glisser dans le couloir et de s'engager dans l'escalier, Scarlett s'était assurée que Mélanie reposait sur un lit en compa-

gnie de Honey et de Hetty Tarleton. Par la fenêtre du palier, elle voyait des hommes discuter sous la tonnelle et vider de grands verres, et elle savait qu'ils resteraient là jusque vers la fin de l'après-midi. Elle eut beau chercher, elle ne découvrit pas Ashley parmi eux. Alors, elle prêta l'oreille et reconnut sa voix. Comme elle l'avait espéré, il était encore dans l'allée à dire au revoir aux dames et aux enfants qui s'en allaient.

La gorge serrée, elle descendit rapidement l'escalier. Que se passerait-il si elle rencontrait M. Wilkes ? Quelle excuse invoquerait-elle pour rôder dans la maison alors que toutes les autres jeunes filles faisaient la sieste ? Eh bien ! c'était un risque à courir.

Au moment où elle atteignit le bas de l'escalier, elle entendit dans la salle à manger les domestiques enlever sous les ordres du majordome la table et les chaises pour le bal. De l'autre côté du vestibule, la porte de la bibliothèque était ouverte. À pas rapides et silencieux, Scarlett s'y dirigea. Là elle pourrait attendre qu'Ashley eût fini de dire au revoir, puis elle l'appellerait quand il rentrerait.

Il faisait à peine jour dans la bibliothèque, car on en avait fermé les volets à cause du soleil. La pièce sombre avec ses hauts murs entièrement recouverts de livres l'impressionna. Ce n'était pas l'endroit qu'elle aurait choisi pour un rendez-vous. La vue d'un grand nombre de livres la déprimait toujours, comme la déprimaient les gens qui aimaient beaucoup lire. C'est-à-dire, tous les gens, sauf Ashley. Les meubles massifs semblaient se dresser vers elle dans la demi-clarté, fauteuils au dossier démesuré, au siège profond, aux larges bras, fauteuils à la taille des hommes de chez les Wilkes ; moelleuses petites chaises basses en velours pour les jeunes filles. Tout au fond de la longue pièce, juste en face de la cheminée, l'énorme sofa, le siège préféré d'Ashley, bombait le dos, pareil à quelque gros animal endormi.

Scarlett referma presque la porte et s'efforça d'apaiser les battements de son cœur. Elle essaya de se rappeler ce qu'elle avait projeté de dire à Ashley la nuit précédente, mais elle ne se souvint de rien. Avait-elle pensé à quelque chose qu'elle avait oublié ou bien, dans son plan, était-ce Ashley qui devait lui parler ? Elle n'arrivait pas à savoir et une brusque frayeur s'empara d'elle. Si seulement son cœur cessait de battre, peut-être trouverait-elle ce qu'il fallait dire. Mais le rythme sourd et précipité ne fit que s'accentuer quand Scarlett entendit Ashley lancer un dernier au revoir et pénétrer dans le vestibule.

Elle ne pouvait penser qu'à une chose, c'était qu'elle l'aimait, qu'elle aimait tout en lui, depuis sa façon altière de relever sa tête dorée jusqu'à ses bottes noires et fines, qu'elle aimait son rire, même quand il se moquait d'elle, qu'elle aimait ses silences surpris. Oh ! qu'il entre et vienne la prendre dans ses bras pour lui éviter la peine de parler ! Il devait l'aimer… Peut-être si je priais… elle ferma les yeux et se mit à marmonner précipitamment : « Sainte Marie, pleine de grâce… »

– Tiens ! Scarlett !

La voix d'Ashley couvrit le bourdonnement de ses oreilles et la plongea dans la plus extrême confusion. Par la porte entrebâillée, Ashley la regardait, un sourire railleur aux lèvres.

– Qui fuyez-vous ? Charles ou les Tarleton ?

Elle faillit s'étrangler. Il avait donc remarqué son succès auprès des hommes ! Comme elle le trouvait beau avec ses yeux brillants qui semblaient ne pas voir combien elle était émue. Elle ne put parler, mais elle tendit la main et attira Ashley dans la pièce. Il entra intrigué et intéressé. Il y avait en Scarlett une intensité, dans ses yeux une lueur qu'il n'avait jamais vues auparavant et malgré le demi-jour il s'aperçut qu'elle avait les joues rouges. Machinalement il referma la porte et prit la main de Scarlett.

– Qu'y a-t-il ? fit-il presque à voix basse.

Au contact de sa main, Scarlett se mit à frissonner. Le moment était arrivé. Tout allait se passer comme elle l'avait rêvé. Un millier de pensées incohérentes lui traversaient l'esprit et elle était incapable d'en exprimer une seule. Elle se contentait de trembler et de dévisager Ashley. Pourquoi ne parlait-il pas ?

– Qu'y a-t-il ? répéta-t-il. Vous avez un secret à me confier ?

Brusquement, elle retrouva l'usage de la parole, et tout aussi brusquement il ne resta plus rien de ce qu'on lui avait inculqué pendant des années. L'âme irlandaise, l'esprit sans détours de Gérald parla par la bouche de sa fille.

– Oui… un secret, je vous aime.

Pendant un instant régna un silence si lourd qu'on eût dit que ni Ashley ni elle ne respiraient. Enfin, Scarlett cessa de trembler. La joie et l'orgueil lui inondèrent le cœur. Pourquoi n'avait-elle pas eu recours à ce moyen plus tôt ? C'était tellement plus simple que tous les stratagèmes de femme du monde qu'on lui avait appris. Alors ses yeux cherchèrent ceux d'Ashley.

Ils avaient une expression de consternation, d'incrédulité, il y avait même en eux quelque chose de plus… qu'est-ce que c'était ? Oui, Gérald avait eu cette expression le jour où son cheval favori s'était cassé une jambe et où il avait dû l'abattre. Pourquoi fallait-il qu'elle songeât à cela maintenant ? C'était une pensée si bête. Et pourquoi Ashley avait-il l'air si bizarre et ne disait-il rien ? Alors Ashley se couvrit le visage d'une sorte de masque bien étudié et ébaucha un sourire plein de galanterie.

– Il ne vous suffit donc pas d'avoir séduit tous les autres hommes aujourd'hui, d'avoir moissonné tous les cœurs ? dit-il de sa voix d'autrefois caressante et taquine. Vous voulez qu'il ne vous en manque pas un ? Mais mon cœur vous a toujours appartenu, vous savez. C'est sur lui que vous vous êtes fait les griffes.

Quelque chose n'allait pas... Ce n'était pas là ce qu'elle avait prévu. Parmi tant d'idées qui dansaient une ronde folle dans son esprit, une seule commençait à prendre corps. Elle ne savait pas pourquoi, mais Ashley se comportait comme s'il s'imaginait qu'elle ne faisait que badiner avec lui. Il savait pourtant que ce n'était pas ça.

– Ashley... Ashley... dites-moi... Vous devez... oh ! ne me taquinez pas maintenant ! Votre cœur m'appartient-il ? Oh ! cher, je vous...

Il lui posa vivement la main sur les lèvres. Il avait abandonné son masque.

– Il ne faut pas dire ces choses-là, Scarlett ! Il ne faut pas. Vous ne parlez pas sérieusement. Vous vous en voudrez de les avoir prononcées et vous m'en voudrez de les avoir écoutées !

Elle rejeta la tête en arrière. Elle se sentait emportée par un courant rapide et chaud.

– Je ne pourrais jamais vous en vouloir. Je vous dis que je vous aime et je sais que vous m'aimez parce que...

Elle s'arrêta. Elle n'avait jamais vu un visage aussi bouleversé.

– Ashley, vous m'aimez... vous m'aimez, n'est-ce pas ?

– Oui, dit-il sourdement, je vous aime.

S'il lui avait dit qu'il la détestait, elle n'en eût pas été plus effrayée. Elle lui agrippa le bras, incapable de parler.

– Scarlett, fit-il, séparons-nous et oublions que nous avons prononcé ces mots-là.

– Non, murmura-t-elle, je ne peux pas. Que voulez-vous dire ? Vous ne voulez pas... m'épouser ?

– Je vais épouser Mélanie, répondit-il.

Sans savoir comment, elle se retrouva sur l'une des chaises basses en velours. À ses pieds, assis sur un tabouret, Ashley retenait fermement ses deux mains prisonnières dans les siennes. Il n'arrêtait pas de lui dire des choses... des choses qui n'avaient aucun sens. Son esprit était absolument vide maintenant et les paroles d'Ashley ne lui faisaient pas plus d'effet que la pluie sur le verre. Il avait beau

lui murmurer des mots tendres et pleins de compassion, comme ceux d'un père à son enfant meurtri, elle n'entendait pas.
Dans son inconscience, elle distingua le nom de Mélanie et elle regarda Ashley. Elle surprit dans ses yeux de cristal gris, cette expression lointaine qui l'avait toujours déconcertée.
– Père annoncera nos fiançailles ce soir. Nous devons nous marier bientôt. J'aurais dû vous le dire, mais je croyais que vous étiez au courant. Je croyais que tout le monde le savait... s'en doutait depuis des années. Il ne m'était jamais venu à l'idée que vous... Vous avez tant de soupirants. Je pensais que Stuart...
La vie, la sensibilité, la compréhension commençaient à reprendre possession de Scarlett.
– Mais, vous venez de me dire que vous m'aimiez.
Ses mains moites broyèrent les siennes.
– Chère, voulez-vous me pousser à dire des choses qui vous blesseraient ?
Son silence l'incita à continuer.
– Comment puis-je vous faire comprendre ces choses ? Vous êtes si jeune, si étourdie, que vous ne savez pas ce que signifie le mariage.
– Je sais que je vous aime.
– L'amour ne suffit pas, quand deux êtres sont aussi différents que nous. Vous exigeriez tout d'un homme, Scarlett, son corps, son cœur, son âme, ses pensées... Et si vous ne les aviez pas, vous seriez malheureuse. Moi, je ne pourrais vous donner tout de moi. Je ne pourrais pas tout donner de moi à qui que ce fût. Et moi, je ne réclamerais pas tout votre esprit et toute votre âme. Vous en seriez ulcérée et vous en arriveriez à me haïr... avec quelle âpreté ! Vous auriez en horreur les livres que je lirais et la musique que j'aimerais parce qu'ils m'éloigneraient de vous ne fût-ce qu'un instant. Et moi peut-être... je...
– L'aimez-vous ?
– Elle me ressemble, nous sommes du même sang et nous nous comprenons. Scarlett ! Scarlett ! N'arriverai-je donc pas à vous faire comprendre qu'il ne peut y avoir de sérénité dans le mariage à moins que les deux époux ne se ressemblent.
Quelqu'un d'autre avait dit : « Il ne peut y avoir de bonheur que dans un mariage entre personnes qui se ressemblent. » Qui était-ce donc ? Scarlett avait l'impression d'avoir entendu prononcer cette phrase des milliers d'années auparavant, mais elle n'en comprenait toujours pas le sens.
– Pourtant vous avez dit que vous m'aimiez.

– Je n'aurais pas dû vous le dire.

Quelque part dans son esprit couvait un incendie et la colère commençait à tout balayer devant elle.

– Eh bien ! puisque vous avez été assez mufle pour le dire...

Il blêmit.

– Oui, j'ai été un mufle de le dire puisque je vais épouser Mélanie. Je n'aurais pas dû dire cela, car je savais que vous ne comprendriez pas. Comment pourrais-je m'empêcher de vous aimer... vous qui avez cette passion de la vie que je n'ai pas ? Vous qui pouvez aimer et haïr avec une violence dont je suis incapable. Vous êtes un élément comme le feu, le vent, les choses sauvages, et moi...

Scarlett pensa à Mélanie et revit soudain ses calmes yeux bruns au regard lointain, ses petites mains sages dans leurs mitaines de dentelle noire, ses silences charmants. Alors sa colère éclata, une colère semblable à celle qui avait poussé Gérald au meurtre et ses autres ancêtres irlandais à des actes qui leur avaient valu le gibet. Il ne restait rien en elle des Robillard si bien élevés qu'ils pouvaient supporter en silence n'importe quel affront.

– Pourquoi ne le dites-vous pas, espèce de lâche ! Vous avez peur de m'épouser ! Vous aimez mieux vivre avec cette petite imbécile qui n'ouvre la bouche que pour dire oui et non, vous aimez mieux élever une nichée de mauviettes comme elle ! Allons...

– Vous ne devriez pas parler de Mélanie comme cela !

– Je ne devrais pas ! Voyez-moi ça ! De quel droit m'empêcheriez-vous ? espèce de lâche, de mufle, de... Vous m'avez fait croire que vous alliez m'épouser...

– Soyez sincère, implora-t-il. Ai-je jamais...

Elle ne voulait pas être sincère, bien qu'elle reconnût la justesse de ses paroles. Pas une seule fois il n'avait dépassé avec elle les limites de l'amitié et cette pensée attisa sa colère, la colère de la fierté et de la vanité féminines blessées. Elle avait couru après lui et il la repoussait. Il lui préférait une petite sotte au teint blafard comme Mélanie. Oh ! comme elle eût mieux fait de suivre les préceptes d'Ellen et de Mama et de ne jamais lui révéler qu'elle avait même de la sympathie pour lui. Tout aurait mieux valu que de connaître cette honte cuisante.

Elle se leva d'un bond, les poings serrés. Ashley se leva à son tour. Il la dominait de toute sa taille. Son visage exprimait la douleur muette de quelqu'un qui ne peut se soustraire à la plus triste des réalités.

– Je vous haïrai jusqu'au jour de ma mort, espèce de lâche... être abject... abject...

Quel mot voulait-elle employer ? Elle n'en trouvait pas d'assez laid.
– Je… je vous en prie…
Il tendit la main vers elle, et au même moment elle le frappa de toutes ses forces en pleine figure. Dans la pièce silencieuse, la gifle claqua comme un coup de fouet. Soudain, la rage de Scarlett tomba et la détresse envahit son cœur.
On voyait distinctement la marque rouge sur le visage pâle et défait d'Ashley. Il ne dit rien, mais il prit la main que Scarlett avait laissée retomber, la porta à ses lèvres et la baisa. Puis, sans donner à Scarlett le temps de parler, il s'en alla et referma doucement la porte sur lui.
Elle se rassit brusquement. La colère lui avait coupé les genoux. Ashley était parti et le souvenir de son visage giflé devait la hanter jusqu'à la mort.
Elle entendit décroître le bruit assourdi de ses pas dans le vestibule et elle prit peu à peu conscience de la monstruosité de ce qu'elle avait fait. Elle avait perdu Ashley pour toujours. Désormais il la détesterait et chaque fois qu'il la verrait il se rappellerait la façon dont elle s'était jetée à sa tête alors qu'il ne lui avait donné aucun encouragement.
« Je ne vaux pas mieux que Honey Wilkes », pensa-t-elle tout d'un coup, et elle se rappela combien tout le monde, elle-même plus que les autres, avait tourné en dérision la conduite de Honey avec les garçons auxquels elle essayait de se cramponner. Un nouvel accès de rage s'empara de Scarlett, de rage contre elle-même, contre Ashley, contre le monde entier. Parce qu'elle se détestait, elle détestait tous les autres avec la fureur d'un amour de seize ans qu'on a contrarié et humilié. Un peu de véritable tendresse s'était seulement mêlé à son amour. La vanité, une confiance complaisante en la vertu de son charme en avaient surtout fait le fond. Maintenant elle avait perdu la partie, et par-dessus le sentiment de son échec grandissait la peur de s'être donnée en spectacle. S'était-elle rendue aussi ridicule que Honey ? Est-ce que tout le monde se moquait d'elle ? Son tremblement la reprit.
Elle posa la main sur un guéridon à côté d'elle et se mit à jouer avec un petit vase fragile que surmontaient deux chérubins railleurs. Il régnait un tel calme dans la bibliothèque que Scarlett faillit hurler pour rompre le silence. Il fallait qu'elle fît quelque chose sous peine de devenir folle. Elle prit le vase et le lança rageusement à l'autre extrémité de la pièce. Il effleura le haut dossier du sofa et alla se briser en mille morceaux contre le marbre de la cheminée.
– Ah ! en voilà assez ! déclara une voix montant des profondeurs du sofa.

Jamais Scarlett n'avait connu pareille stupéfaction et pareille terreur. Sa bouche se dessécha au point qu'il lui fut impossible d'articuler le moindre son. Les jambes coupées, elle se cramponna au dossier de sa chaise tandis que Rhett Butler se levait du sofa où il était étendu et la saluait avec une politesse exagérée.
– C'est déjà bien assez d'avoir été arraché à ma sieste par une tirade comme celle que j'ai été forcé d'entendre sans que je laisse mettre mes jours en danger.
C'était bien lui ! ce n'était pas un fantôme ; mais que les saints nous protègent, il avait tout entendu ! Scarlett rallia ses forces pour se composer une attitude à peu près digne.
– Monsieur, vous auriez dû faire savoir que vous étiez là.
– Vraiment ? (Ses dents étincelaient, et il lui décocha un regard moqueur.) Mais, c'était vous l'intruse. J'étais obligé d'attendre M. Kennedy et, estimant que je n'étais peut-être pas persona grata au jardin, j'ai eu l'idée ingénieuse de dissimuler ma fâcheuse présence en cet endroit où j'espérais n'être point dérangé. Mais, hélas !
Il haussa les épaules et se mit à rire doucement.
Scarlett sentit se ranimer sa colère à la pensée que ce personnage grossier et impertinent avait tout entendu... avait entendu des choses dont elle était maintenant si honteuse qu'elle eût préféré être morte plutôt que de les avoir prononcées.
– Vous écoutez aux portes..., commença-t-elle furieuse.
– Ceux qui écoutent aux portes apprennent souvent des choses très divertissantes et très instructives. À force de pratiquer l'art d'écouter aux portes, je...
– Monsieur, vous n'êtes pas un homme du monde !
Il avait l'air de trouver Scarlett très amusante, car il se remit à rire doucement.
– On n'est plus une femme du monde quand on a dit et fait ce que j'ai entendu. Pourtant, les femmes du monde ont rarement beaucoup d'attrait pour moi. Je sais ce qu'elles pensent, mais elles ne sont jamais assez braves ou assez mal élevées pour le dire. Et cela, à la longue, devient insipide. Mais vous, ma chère mademoiselle O'Hara, vous êtes une jeune fille d'un caractère rare, d'un caractère admirable et je vous salue bien bas. Je n'arrive pas à comprendre quel charme peut avoir l'élégant M. Wilkes pour une nature bouillante comme la vôtre. Il devrait remercier Dieu à deux genoux de lui envoyer une jeune fille avec votre... comment a-t-il troussé cela ?... avec votre « passion de la vie », mais comme c'est une pauvre loque...
– Vous n'êtes même pas digne de cirer ses bottes ! éclata Scarlett.

– Tiens, je croyais que vous deviez le haïr toute votre vie !
Il se laissa retomber sur le sofa et Scarlett entendit son rire.
Si elle avait pu le tuer, elle l'aurait fait. Au lieu de cela, elle sortit de la bibliothèque avec toute la dignité dont elle fut capable et claqua la porte.

Elle remonta si vite l'escalier qu'en arrivant sur le palier elle crut qu'elle allait s'évanouir. Elle s'arrêta et se cramponna à la rampe. Son cœur battait si fort sous l'effet de la colère, de l'insulte et des émotions, qu'il lui sembla près d'éclater. Elle essaya de respirer à fond, mais Mama l'avait trop serrée. Si elle allait s'évanouir et qu'on la retrouvât sur le palier, que penserait-on d'elle ? Oh ! que ne penseraient pas Ashley et cet ignoble Butler et ces filles malveillantes qui étaient si jalouses ! Pour une fois dans sa vie, elle souhaita d'avoir des sels comme les autres jeunes filles, mais elle n'avait jamais possédé de flacon. Non, c'était impossible, elle ne pouvait pas s'évanouir maintenant !
Peu à peu le malaise disparut. Dans une minute elle se sentirait tout à fait d'aplomb et se glisserait dans le petit cabinet de toilette attenant à la chambre d'India. Là, elle délacerait son corset et, sur la pointe des pieds, elle irait s'allonger sur un lit entre les jeunes filles endormies. Elle essaya de réprimer les battements de son cœur et de se composer un visage plus calme, car elle savait qu'elle devait avoir l'air d'une folle. Si l'une des jeunes filles était éveillée, elle se douterait que quelque chose n'allait pas, et tout le monde devait ignorer ce qui venait de se passer.
Par la large baie du palier, elle vit les hommes paresseusement assis dans leurs fauteuils à l'ombre des arbres ou de la tonnelle. Comme elle les enviait ! Que c'était donc merveilleux d'être un homme et de n'avoir jamais à connaître les épreuves qu'elle venait de traverser. Tandis qu'elle les contemplait les yeux brûlants et les tempes bourdonnantes, elle entendit le galop rapide d'un cheval, dans l'allée, le crissement du gravier et la voix d'une personne bouleversée qui posait une question à l'un des nègres. Puis le gravier vola de nouveau sous les sabots d'un cheval et elle vit un cavalier traverser la pelouse verte et se diriger vers le petit bois.
Un invité en retard, mais pourquoi coupait-il à travers la pelouse dont India était si fière ? Elle ne pouvait le reconnaître, mais quand il sauta à bas de son cheval et saisit le bras de John Wilkes, elle remarqua que tout son être trahissait l'agitation. Abandonnant leurs

verres et leurs éventails sur les tables, les assistants s'empressèrent autour de lui. Malgré la distance, Scarlett distingua un brouhaha confus et devina la fièvre qui s'emparait des hommes. Alors, dominant le tumulte, Stuart Tarleton poussa un « Iou-là-iou ! » triomphant comme s'il était à la chasse. Et, pour la première fois, Scarlett entendit sans le savoir le cri des rebelles.

Suivis des Fontaine, les quatre Tarleton se détachèrent du groupe et se précipitèrent vers l'écurie en hurlant : « Jeems ! Eh ! Jeems ! selle les chevaux ! »

« Il doit y avoir le feu chez quelqu'un », pensa Scarlett. Mais, incendie ou non, il importait qu'elle rentrât dans la chambre à coucher avant qu'on découvrît son absence.

Maintenant son cœur battait moins fort. Sur la pointe des pieds elle acheva de monter l'escalier et s'engagea dans le couloir silencieux. Une torpeur lourde et moite régnait partout comme si la maison, elle aussi, se reposait en attendant la nuit, la musique et l'éclat des bougies pour resplendir de beauté. Scarlett ouvrit avec précaution la porte du cabinet de toilette et entra. Elle n'avait pas encore lâché la poignée qu'à travers la porte entrebâillée de la chambre à coucher elle entendit Honey Wilkes murmurer quelque chose à voix basse.

« Je trouve que Scarlett s'est on ne peut plus mal tenue aujourd'hui. »

Scarlett sentit son cœur reprendre sa course folle et machinalement elle y porta la main comme s'il lui suffisait d'une pression pour le rendre plus docile. « Ceux qui écoutent aux portes apprennent souvent des choses très instructives », omit de lui redire sa mémoire. Allait-elle sortir de nouveau ? ou bien allait-elle révéler sa présence pour confondre Honey comme elle le méritait ? Mais elle se retint. Une couple de mulets n'aurait pas réussi à la faire changer de place, quand elle reconnut la voix de Mélanie.

– Oh ! Honey, non ! Ne sois pas méchante. Elle est seulement gaie et vive. Moi je la trouve délicieuse.

« Oh ! se dit Scarlett en s'enfonçant les ongles dans son corsage, laisser cette petite chipie prendre ma défense ! »

C'était plus pénible que d'entendre les rosseries de Honey, Scarlett n'avait jamais eu confiance en aucune femme et, à l'exception de sa mère, n'avait jamais prêté aux femmes que des mobiles égoïstes. Mélanie savait qu'Ashley était bien à elle et il ne lui était pas difficile de faire montre de tant de charité chrétienne. Scarlett pensait que c'était bien de Mélanie de faire étalage de sa conquête et en même temps de tirer profit de sa bonté. Scarlett elle-même avait eu souvent recours à ce procédé en parlant aux hommes des autres jeunes filles et les pauvres sots, convaincus de sa bonté et de son désintéressement, s'y étaient toujours laissé prendre.

– Voyons, ma petite, dit Honey, en élevant le ton, il faut que tu sois aveugle.

– Tais-toi, Honey, fit Sally Munroe, on va t'entendre dans toute la maison !

Honey baissa la voix, mais n'en continua pas moins : « Allons, vous avez toutes vu la façon dont elle se comportait avec tous les hommes sur qui elle pouvait mettre la main... même M. Kennedy, et c'est le soupirant de sa sœur ! Je n'ai jamais vu ça ! Et puis elle avait sûrement jeté son dévolu sur Charles, pouffa Honey. Et vous savez, Charles et moi...

– Vous l'êtes pour de bon ? chuchotèrent des voix.

– Ne le dites à personne, mes petites... pas encore.

On rit sous cape. Le lit grinça quand quelqu'un voulut faire taire Honey. Mélanie déclara combien elle serait heureuse d'être la sœur de Honey.

– Eh bien ! moi, je ne serai pas ravie d'avoir Scarlett pour sœur, parce que c'est une dévergondée comme je n'en ai jamais vu, affirma Hetty Tarleton d'un ton agressif. Mais elle est pratiquement fiancée à Stuart. Brent prétend qu'elle se moque pas mal de lui, mais, bien entendu, Brent est fou d'elle, lui aussi.

– Si vous voulez mon avis, fit Honey mystérieuse et importante, il n'y a qu'une personne qui l'intéresse. C'est Ashley !

Tandis que redoublaient les chuchotements, que les questions s'entrecroisaient fébriles, Scarlett fut glacée d'effroi et d'humiliation. Honey était une folle, une imbécile, elle était grotesque avec les hommes, mais avec les femmes elle avait une intuition que Scarlett avait sous-estimée. La blessure d'orgueil qu'Ashley et Rhett Butler lui avaient infligée dans la bibliothèque n'était que piqûre d'épingle à côté de cela. On pouvait se fier aux hommes pour tenir leur langue, même à des hommes comme Butler, mais avec Honey Wilkes, bavarde comme une pie, le comté entier saurait à quoi s'en tenir avant six heures du soir. Et rien que la veille Gérald avait dit qu'il ne voulait pas qu'on se moquât de sa fille dans le comté. Comme les gens allaient se moquer d'elle maintenant ! Des gouttes de sueur froide commencèrent à lui couler des aisselles le long des côtes.

Mesurée, paisible, un peu sévère, la voix de Mélanie s'éleva par-dessus celles des autres jeunes filles.

– Honey, tu sais que ce n'est pas vrai, et c'est si méchant.
– C'est pourtant vrai, Melly, et si tu ne passais pas ton temps à chercher le bien chez des gens qui en sont dépourvus tu t'en apercevrais. Et je suis heureuse qu'il en soit ainsi. C'est bien fait pour elle. Scarlett O'Hara n'a jamais fait que mettre la brouille partout et chercher à chiper les amoureux des autres. Tu sais très bien qu'elle a chipé Stuart à India, et qu'elle ne veut pas de lui. Aujourd'hui, elle a essayé de prendre M. Kennedy, Ashley et Charles...
« Il faut que je rentre à la maison ! pensa Scarlett. Il faut que je rentre. » Si seulement elle pouvait par magie être transportée à Tara, où elle serait en sûreté ! Si seulement elle pouvait se trouver auprès d'Ellen, rien que pour la voir, se blottir dans ses jupes, pleurer et lui confier toute son histoire ! Encore un mot et elle se précipiterait sur Honey, elle lui arracherait à pleines mains sa tignasse pâle, elle cracherait sur Mélanie pour lui montrer ce qu'elle pensait de sa charité. Mais elle avait déjà eu une conduite assez vulgaire comme cela, elle s'était comportée comme ces blancs qu'on méprisait... et c'était là que gisait toute la difficulté.
Elle plaqua ses mains contre ses jupes pour les empêcher de bruire et elle sortit à reculons aussi furtivement qu'un animal. « À la maison, se dit-elle, en suivant d'un pas rapide le couloir, en passant devant les portes fermées des chambres silencieuses, il faut que je rentre à la maison. »
Elle avait déjà atteint la véranda quand une nouvelle pensée la fit s'arrêter brusquement... Elle ne pouvait pas partir chez elle ! Elle ne pouvait pas s'enfuir ! Il lui faudrait assister à toute la fête, supporter toutes les railleries des jeunes filles, supporter sa propre humiliation, rester là le cœur brisé. Se sauver ne ferait que fournir de nouvelles armes à l'ennemi.
Elle martela de ses poings fermés les hauts piliers blancs. Elle aurait voulu être Samson pour renverser les Douze Chênes et détruire tous ceux qui s'y trouvaient. Elle allait leur faire payer cela. Elle allait leur montrer ce dont elle était capable. Elle ne voyait pas très bien comment elle s'y prendrait, mais ça n'avait pas d'importance. Elle allait leur faire plus de mal qu'ils ne lui en avaient fait.
Pour elle, en ce moment, Ashley n'était plus Ashley... Il n'était plus le grand garçon nonchalant qu'elle aimait, mais il faisait partie intégrante des Wilkes, des Douze Chênes, du comté..., elle les avait tous en horreur parce qu'ils se moquaient d'elle. À seize ans, la vanité est plus forte que l'amour, et dans son cœur brûlant il n'y avait place que pour la haine.

« Je ne retournerai pas à la maison, se dit-elle. Je resterai ici et ils me le paieront. Je n'en dirai jamais rien à maman. Non, je n'en dirai jamais rien à personne. »

Elle s'apprêta à rentrer, à remonter l'escalier et à aller s'allonger dans une autre chambre.

Elle se retourna et à l'autre extrémité du long vestibule elle aperçut Charles. Lorsqu'il la vit, il se précipita vers elle. Il avait les cheveux en désordre et, sous le coup de l'émotion, ses joues avaient la teinte des géraniums.

– Savez-vous ce qui arrive ? s'écria-t-il, avant même d'être parvenu jusqu'à elle. Avez-vous entendu ? Paul Wilson vient de nous apporter la nouvelle de...

Arrivé à la hauteur de Scarlett il s'arrêta, hors d'haleine. Scarlett le regarda sans rien dire.

– M. Lincoln a appelé des hommes sous les drapeaux, des soldats... je veux dire des volontaires... Il en a appelé 75 000 !

Encore M. Lincoln ! Les hommes ne pensaient-ils donc jamais à des choses qui en valussent la peine ? le jeune nigaud avait-il donc la prétention de l'émouvoir avec les histoires de M. Lincoln alors qu'elle avait le cœur brisé et qu'elle était pratiquement perdue de réputation ?

Charles la regarda fixement. Elle avait le visage blanc comme une feuille de papier, ses yeux brillaient comme des émeraudes.

– Je suis si maladroit, fit-il. J'aurais dû vous dire cela avec plus de ménagements. Je ne me suis pas souvenu de la sensibilité des femmes. Je suis navré de vous avoir causé cette émotion. Vous n'allez pas vous évanouir, n'est-ce pas ? Faut-il aller vous chercher un verre d'eau ?

– Non, répondit Scarlett en s'efforçant de sourire.

– Voulez-vous que nous nous asseyions sur un banc ? proposa-t-il en lui prenant le bras.

Elle fit oui de la tête. Charles l'aida à descendre les marches du perron. Ils traversèrent la pelouse et s'assirent sur un banc de fer placé sous le plus gros chêne en face de la maison. « Que les femmes sont donc fragiles et délicates, pensa Charles. La seule mention de la guerre et un peu de brutalité les fait s'évanouir. » Il prit de nouveau conscience de sa supériorité d'homme et redoubla de prévenances envers Scarlett. Elle avait une expression si étrange, son visage blême était empreint d'une telle beauté farouche que son cœur se mit à faire des bonds désordonnés. Se pouvait-il qu'elle fût bouleversée à l'idée qu'il risquait de partir à la guerre ? Non, il aurait fallu être trop vaniteux pour y croire. Mais pourquoi le dévisageait-elle ainsi ? Pourquoi ses mains tremblaient-elles tout en froissant son mouchoir de dentelle ? Et ses cils, ses cils qui battaient comme ceux des jeunes filles dans les romans qu'il avait lus, qui battaient de timidité et d'amour. Trois fois il s'éclaircit la gorge pour parler et trois fois il resta muet. Il baissa les yeux pour ne pas voir ces yeux verts qui semblaient le regarder sans le voir.

« Il a beaucoup d'argent, songeait Scarlett, tandis qu'un plan se formait dans son esprit. Il n'a pas de parents pour m'ennuyer et il habite Atlanta. Si je l'épouse tout de suite, ça montrera à Ashley que je me moquais pas mal de lui… que je faisais seulement la coquette. Et Honey en mourra. Elle ne trouvera plus jamais, jamais d'autre soupirant. Tout le monde se tordra de rire en pensant à elle. Cela blessera Mélanie parce qu'elle aime tant Charles. Cela blessera aussi Stuart et Brent. » Scarlett ne savait pas très bien pourquoi elle voulait faire du mal aux jumeaux, si ce n'est parce qu'ils avaient des sœurs méchantes. « Et ils seront tous furieux quand je viendrai ici en visite dans une belle voiture, avec des tas de beaux habits et une maison à moi. Jamais, jamais ils n'oseront se moquer de moi. »

– Bien entendu, nous serons obligés de nous battre, déclara enfin Charles, après plusieurs autres efforts infructueux. Mais, prenez patience, mademoiselle Scarlett, ce sera fini en un mois et nous leur ferons rendre gorge. Oui, parfaitement ! rendre gorge ! Pour rien au monde, je ne voudrais manquer cela. J'ai bien peur qu'on ne danse pas beaucoup ce soir, car la troupe va se rassembler à Jonesboro. Les fils Tarleton sont partis annoncer la nouvelle. Je sais que les dames seront désolées.

– Oh ! fit Scarlett, faute de mieux, mais cela suffit.

Elle recouvrait peu à peu son calme et commençait à mettre de l'ordre dans ses idées. Une sorte de givre semblait recouvrir ses émotions et elle pensa qu'elle ne ressentirait plus jamais aucune chaleur. Pourquoi ne pas prendre pour mari ce joli garçon rougissant ? Il en valait un autre et cela d'ailleurs lui était bien égal. Non, même si elle vivait jusqu'à quatre-vingt-dix ans, plus rien ne compterait pour elle.

– Je ne sais pas encore si je partirai avec la Légion de la Caroline du Sud de M. Wade Hampton ou avec la Garde d'Atlanta.

– Oh ! fit de nouveau Scarlett.

Leurs yeux se rencontrèrent et cette fois ce fut Charles qui battit des cils.

– Attendrez-vous mon retour, mademoiselle Scarlett ? ce… serait divin de savoir que je vous retrouverais quand nous les aurions écrasés !

Retenant son souffle, il guettait ses paroles, il observait la façon dont ses lèvres se retroussaient. Pour la première fois, il remarqua une ombre aux coins de ses lèvres et se demanda ce qui se produirait s'il les embrassait. La main moite de Scarlett se glissa dans la sienne.

– Je ne voudrais pas vous faire attendre, dit-elle, et ses yeux se voilèrent.

La bouche grande ouverte, il tenait la main de Scarlett. Celle-ci l'étudiait, les paupières mi-closes, et se disait qu'il ressemblait à une grenouille. Il bafouilla à plusieurs reprises, ferma la bouche et la rouvrit tandis que ses joues retrouvaient leur teinte géranium.

– Se peut-il que vous m'aimiez ?

Elle ne dit rien, mais elle baissa la tête et de nouveau Charles fut plongé dans l'extase et la perplexité. Un homme ne devait peut-être pas poser une telle question à une jeune fille. Il n'était peut-être pas convenable qu'elle répondît. N'ayant jamais eu assez de courage pour se trouver dans une situation analogue, Charles ne savait plus quel parti prendre. Il aurait voulu crier, chanter, embrasser Scarlett, gambader sur la pelouse et aller dire à tous, blancs et noirs, qu'elle l'aimait. Mais il se contenta de lui presser la main au point de lui enfoncer ses bagues dans la chair.

– Vous m'épouserez bientôt, mademoiselle Scarlett ?

– Hum ! fit-elle en arrangeant un pli de sa robe.

– Nous marierons-nous en même temps que Mel...

– Non, répondit vivement Scarlett en lui décochant un regard menaçant.

Charles comprit qu'il avait commis une nouvelle sottise. Bien entendu, une jeune fille voulait avoir un mariage pour elle toute seule... elle ne voulait pas de gloire partagée. Comme elle était bonne de ne pas s'appesantir sur ses bévues. Si seulement il faisait noir, l'ombre lui donnerait de l'audace, il lui embrasserait la main et lui murmurerait des choses qu'il brûlait de lui dire.

– Quand puis-je parler à votre père ?

– Le plus tôt sera le mieux, dit-elle dans l'espoir qu'il lui lâcherait la main avant que la douleur ne l'obligeât à le lui demander.

Il se leva d'un bond. Scarlett crut qu'il allait faire la cabriole. Il la contempla d'un air radieux. Tout son cœur simple était dans ses yeux. Personne n'avait jamais regardé ainsi Scarlett, et nul homme ne devait plus jamais le faire ; pourtant, elle était si étrangement indifférente à tout qu'elle pensa seulement qu'il ressemblait à un veau.

– Je m'en vais chercher votre père, dit-il le visage illuminé d'un sourire. Je ne peux pas attendre. Voulez-vous m'excuser... chérie ?

Il eut bien du mal à prononcer ce mot tendre, mais une fois qu'il l'eut dit, il le répéta avec une joie évidente.

– Oui, répondit Scarlett. Il fait bon et frais ici.

Il s'éloigna, traversa la pelouse et disparut derrière la maison. Scarlett resta seule sous le chêne bruissant. Des écuries sortait un flot continuel de cavaliers, suivis de domestiques noirs qui galopaient ferme ventre à terre en brandissant leurs chapeaux. Les Fontaine et les Calvert descendirent la route en poussant des cris. Les quatre Tarleton traversèrent la pelouse au grand trot, passèrent à côté de Scarlett et Brent lança : « Maman va nous donner les chevaux ! Iou-là-iou ! » Des mottes de terre volèrent sous les sabots des bêtes. Les Tarleton étaient partis. Scarlett resta de nouveau seule.

La blanche demeure dressait ses hautes colonnes devant Scarlett et semblait s'écarter d'elle avec une réserve pleine de dignité. Désormais ce ne serait jamais sa maison. Jamais elle ne serait la fiancée qu'Ashley porterait dans ses bras pour lui faire franchir son seuil. Oh ! Ashley, Ashley ! Qu'ai-je fait ? Plus fort que sa vanité ou que son égoïsme naissait en elle une émotion de femme. Elle aimait Ashley, elle savait qu'elle l'aimait et elle ne s'en était jamais aussi bien rendu compte qu'au moment où elle avait vu Charles tourner l'allée sablonneuse et disparaître.

VII

Deux semaines après, Scarlett était mariée, deux mois plus tard elle était veuve. Elle fut vite délivrée de liens qu'elle avait noués avec tant de hâte et si peu de réflexion, mais elle ne devait plus jamais connaître l'insouciante liberté du temps où elle était jeune fille. Le veuvage avait suivi de près le mariage, mais, à son grand désespoir, survint aussi la maternité.

Plus tard, lorsqu'elle évoqua ces derniers jours d'avril 1861, Scarlett ne put jamais très bien s'en rappeler les détails. Le temps et les événements se précipitèrent, se confondirent comme dans un cauchemar. Jusqu'au jour de sa mort, elle devait être incapable de donner aux souvenirs de ces journées-là une suite logique. Il ne lui resta de l'époque qui sépara le jour où elle avait agréé la demande de Charles de celui de son mariage qu'une idée confuse. Deux semaines ! D'aussi courtes fiançailles eussent été impossibles en temps de paix. En temps normal, l'étiquette eût exigé un intervalle d'un an ou d'au moins six mois. Mais le brasier de la guerre ravageait le Sud, les événements se déroulaient comme s'ils eussent été chassés par un vent impétueux et la lente cadence des jours anciens était perdue. Ellen s'était tordu les mains et avait conseillé qu'on attendît pour permettre à Scarlett de réfléchir davantage. Mais Scarlett, le visage fermé, demeura sourde à ses prières. Elle voulait se marier ! et tout de suite. En deux semaines. Apprenant que le mariage d'Ashley avait été avancé au premier mai pour permettre au jeune homme de rallier son corps dès qu'il serait appelé, Scarlett désira qu'on célébrât son mariage un jour avant le sien. Ellen protesta, mais Charles plaida la cause de Scarlett avec une éloquence persuasive, car il était impatient de s'en aller en Caroline du Sud rejoindre la Légion de Wade Hampton, et Gérald prit le parti des deux jeunes gens. La fièvre de la guerre s'était emparée de lui et il était ravi que Scarlett eût trouvé un si beau parti ; d'ailleurs, il n'était pas homme à contrarier des amours juvéniles quand il y avait la guerre. Tiraillée des deux côtés, Ellen finit par céder comme cédaient toutes les mères dans le Sud. Leur univers tranquille avait été bouleversé de fond en comble et leurs supplications, leurs prières, leurs conseils ne pouvaient rien contre les forces qui les balayaient.

Le Sud était ivre d'enthousiasme et d'exaltation. Tout le monde savait qu'il suffirait d'une seule bataille pour mettre un terme à la guerre et les jeunes gens se hâtaient de s'enrôler avant que les hostilités prissent fin... ils se hâtaient d'épouser celles qu'ils aimaient avant de se ruer en Virginie pour porter un coup mortel aux Yankees. Dans le comté on célébrait par douzaines les mariages de soldats et l'on n'avait guère le temps de pleurer au moment des adieux, car tous étaient trop occupés, trop exaltés pour nourrir des pensées graves ou verser des larmes. Les femmes confectionnaient des uniformes, tricotaient des chaussettes, roulaient des bandes. Les hommes faisaient l'exercice et s'exerçaient au tir. Chaque jour des trains chargés de troupes traversaient Jonesboro et remontaient vers le Nord, vers Atlanta et la Virginie. Certains détachements arboraient de gais uniformes écarlates et bleu pâle, d'autres, des uniformes verts des sections spéciales de milice. De petits groupes portaient des vareuses grossières et la casquette de raton; d'autres, qui n'étaient point en uniforme, étaient vêtus de drap et de linge fins. Tous, à demi exercés, à demi armés, déliraient d'enthousiasme comme s'ils s'étaient rendus à un pique-nique. La vue de ces hommes sema la panique parmi les jeunes gens du comté; ils eurent peur que la guerre ne fût finie avant leur arrivée en Virginie, et l'on poussa l'entraînement de la troupe en vue de son départ.

Au milieu de cette effervescence se poursuivirent les préparatifs du mariage, et presque avant d'avoir pu s'en rendre compte Scarlett, habillée de la robe et du voile de mariée d'Ellen, descendit le large escalier de Tara au bras de son père et se trouva en présence d'une foule d'invités qui emplissaient la maison. Puis, comme dans un rêve, elle se rappela le reflet des centaines de bougies sur les murs, le visage affectueux, un peu inquiet de sa mère, ses lèvres ébauchant une prière silencieuse pour le bonheur de sa fille, Gérald enflammé par le cognac et l'orgueil de voir sa fille épouser à la fois de la fortune et un nom... enfin, au bas des escaliers, Ashley et Mélanie à son bras.

Quand elle l'aperçut, elle se dit: «Ça ne peut pas être vrai. C'est impossible. C'est un cauchemar. Je vais me réveiller et je verrai bien que ce n'est qu'un cauchemar. Il ne faut pas que j'y pense maintenant sans quoi je vais me mettre à hurler devant tous ces gens. Il ne faut pas que j'y pense. J'y penserai plus tard, quand je serai plus forte...; quand je ne verrai plus ses yeux.»

Ce fut bien comme dans un rêve, ce passage entre deux haies de gens souriants, le visage écarlate de Charles, ses bredouillements, ses propres réponses si claires, si froides. Et ensuite, les félicitations, les embrassements, les discours et le bal... tout cela comme dans un rêve, comme dans un cauchemar. Même le baiser d'Ashley sur sa joue, même ce que lui chuchota doucement Mélanie: «Maintenant nous voilà vraiment sœurs», même l'émotion causée par l'évanouissement de la plantureuse et sensible tante de Charles, Mlle Pittypat Hamilton.

Mais, lorsqu'on eut fini de danser et de porter des toasts, lorsque l'aube pointa, que tous les invités d'Atlanta qu'on avait réussi à entasser à Tara et dans la maison du régisseur furent allés se coucher sur des lits, des sofas ou des matelas posés à même le plancher et que les voisins furent rentrés chez eux afin d'être dispos pour le mariage du lendemain aux Douze Chênes, alors le rêve se brisa comme du cristal et fit place à la réalité. La réalité, ce fut Charles tout rougissant émergeant du cabinet de toilette en chemise de nuit, évitant le regard stupéfait que lui lança Scarlett par-dessus son drap ramené très haut.

Bien entendu, elle savait que les époux partageaient le même lit, mais elle ne s'était jamais arrêtée à cette pensée. Cela lui paraissait tout naturel pour sa mère et pour son père, mais elle n'avait jamais songé qu'elle pourrait se trouver dans ce cas-là. Pour la première fois depuis le jour du pique-nique, elle se rendit compte exactement de ce à quoi elle s'était exposée. L'idée que ce garçon qu'elle connaissait à peine, qu'elle n'avait pas vraiment voulu épouser, allait se glisser dans son lit alors que le regret de son geste hâtif la torturait et qu'elle était désespérée d'avoir perdu Ashley à jamais, fut plus qu'elle n'en put supporter. Comme il hésitait à s'approcher du lit, elle se mit à lui parler d'une voix étouffée:

– Je crie si vous approchez de moi. Je crierai! je crierai de toutes mes forces! Allez-vous-en. N'essayez pas de me toucher!

Ainsi, Charles Hamilton passa sa nuit de noces dans un fauteuil. Il ne fut pas trop malheureux, car il comprenait ou croyait comprendre la délicatesse et la pudeur de sa jeune femme. Il était tout disposé à attendre que ses frayeurs s'apaisassent, seulement... seulement... – et il soupirait en se tournant dans tous les sens afin de trouver une position confortable – il allait si vite partir pour la guerre.

Si le mariage de Scarlett fut pour elle un cauchemar, celui d'Ashley fut encore pire. Dans le salon des Douze Chênes où brillaient des centaines de bougies, où se pressait la même foule que la veille,

Scarlett vêtue de sa robe vert pomme de «lendemain de noces» vit resplendir de beauté le petit visage pour elle insignifiant de Mélanie devenue Mélanie Wilkes. Maintenant Ashley s'était éloigné à jamais. Son Ashley. Non, il n'était plus son Ashley désormais. L'avait-il jamais été ? Tout cela était si confus dans son esprit, et son esprit était si las, si égaré ! Il avait dit qu'il l'aimait, mais qu'est-ce qui avait bien pu les séparer ? Si seulement elle pouvait se souvenir ! En épousant Charles, elle avait empêché le comté de jaser, mais qu'est-ce que cela pouvait bien faire maintenant ? Cette chose qui lui avait paru si importante ne présentait plus du tout d'intérêt. Tout ce qui comptait, c'était Ashley. Maintenant, il était parti et elle avait épousé un homme que non seulement elle n'aimait pas, mais pour lequel elle avait un franc mépris. Oh ! combien elle regrettait tout ce qui s'était passé ! Elle avait entendu dire que les gens étaient souvent les artisans de leur propre malheur, mais jusque-là elle avait cru que cette phrase était une simple figure de rhétorique. Maintenant elle savait ce qu'on entendait par là. Tout en éprouvant un désir frénétique de se débarrasser de Charles et de retourner à Tara reprendre sa vie de jeune fille, elle était forcée de se reconnaître comme la seule coupable.

Ce fut ainsi que, plongée dans une sorte d'hébétude, elle dansa toute la nuit du mariage d'Ashley, parla machinalement, sourit et s'étonna de la bêtise des gens qui la croyaient une jeune mariée heureuse et ne s'apercevaient pas du déchirement de son cœur. Dieu merci, ils ne pourraient s'en apercevoir !

Ce soir-là, après que Mama l'eut aidée à se dévêtir et se fut retirée, après que Charles fut sorti timidement du cabinet de toilette en se demandant s'il allait passer une seconde nuit sur le fauteuil, elle fondit en larmes. Elle pleura jusqu'à ce que Charles se glissât dans le lit à ses côtés et essayât de la consoler. Elle pleura en silence jusqu'à ce qu'elle n'eût plus de larmes, et que, secouée de sanglots, elle posât la tête sur l'épaule de son mari.

Sans la guerre, la semaine se serait passée en visites dans le comté, accompagnées de bals et de pique-niques en l'honneur des deux jeunes ménages, avant leur départ en voyage de noces pour Saratoga ou White Sulphur. Sans la guerre, Scarlett aurait porté différentes toilettes de «lendemain de noces», aux réceptions offertes pour elle par les Fontaine, les Calvert et les Tarleton. Mais il n'était plus question de réceptions ou de voyage de noces. Une semaine après son mariage, Charles partit rejoindre le colonel Wade Hampton, puis, deux semaines plus tard, ce fut au tour d'Ashley, et leur départ laissa tout le comté dans l'affliction.

Durant ces deux semaines, Scarlett ne vit jamais Ashley seul. Même au moment terrible de son départ, quand il s'arrêta à Tara avant de se rendre à la gare, il lui fut impossible d'avoir un entretien particulier avec lui. Coiffée d'une capote, un châle sur les épaules, Mélanie, consciente de sa nouvelle dignité d'épouse, ne lâcha pas le bras de son mari.

Mélanie dit: «Il faut embrasser Scarlett, Ashley. C'est ma sœur, maintenant.» Ashley, le visage crispé, se baissa et lui effleura la joue de ses lèvres glacées. Scarlett put à peine se réjouir de ce baiser qu'avait ordonné Mélanie. En partant Mélanie la serra dans ses bras à l'étouffer.

– Vous viendrez chez moi à Atlanta, vous viendrez aussi chez tante Pittypat, n'est-ce pas? Oh! chérie, nous serons si heureuses de vous voir! Nous voulons faire plus ample connaissance avec la femme de Charles.

Cinq semaines passèrent. De la Caroline du Sud, Charles écrivit des lettres timides, extasiées, aimantes, dans lesquelles il disait son amour, bâtissait des projets d'avenir, exprimait son désir de devenir un héros et sa vénération pour son chef, Wade Hampton. La septième semaine, parvint un télégramme envoyé par le colonel Hampton en personne, puis une lettre de condoléances empreinte de dignité et de délicatesse, Charles était mort. Le colonel aurait télégraphié plus tôt, si Charles, pensant que sa maladie serait bénigne, n'avait refusé d'alarmer les siens. Le malheureux garçon avait été non seulement frustré de l'amour qu'il croyait avoir conquis, mais aussi de l'honneur et de la gloire dont il rêvait de se couvrir sur le champ de bataille. Il était mort lamentablement d'une pneumonie consécutive à une rougeole, sans avoir approché les Yankees.

Le moment venu, le fils de Charles naquit et, comme il était de bon ton de donner aux garçons le nom des officiers sous lesquels servaient leurs pères, on l'appela Wade Hampton Hamilton. Scarlett avait versé des larmes de désespoir et aurait voulu mourir en apprenant qu'elle était enceinte. Cependant, sa grossesse se passa dans les meilleures conditions; elle accoucha sans trop de peine, et se remit si vite que Mama lui déclara que c'était là une façon affreusement vulgaire de se comporter et que les dames devaient souffrir davantage. Elle éprouva peu de tendresse pour son enfant. Elle ne l'avait pas désiré, et elle lui en voulut d'être venu au monde. Il lui semblait impossible qu'il fût d'elle, qu'il fût une partie d'elle-même.

Elle eut beau se remettre très vite de la naissance de Wade, moralement elle n'en resta pas moins déprimée. Elle languissait malgré les efforts de tous ceux qui vivaient à la plantation et qui voulaient lui faire reprendre goût à l'existence. Ellen allait et venait, le front soucieux ; Gérald jurait plus souvent que d'habitude et lui rapportait de Jonesboro d'inutiles cadeaux. Après lui avoir ordonné un reconstituant à base de soufre, de plantes et de mélasse, le vieux docteur Fontaine lui-même dut reconnaître son embarras. Il prit Ellen à part et lui confia que, si Scarlett était à la fois irritable et abattue à ce point, c'était qu'elle avait le cœur brisé. Mais, si Scarlett avait voulu parler, elle aurait révélé qu'elle était atteinte d'un mal bien différent et beaucoup plus complexe. Elle ne dit pas que c'était l'ennui, la stupéfaction d'être mère et surtout l'absence d'Ashley qui la mettaient dans cet état.

Elle s'ennuyait à périr. Depuis le départ des combattants le comté ne connaissait plus aucune distraction, plus la moindre vie mondaine. Partis tous ceux qui lui étaient sympathiques... les quatre Tarleton, les deux Calvert, les Fontaine, les Munroe, et tous ceux de Jonesboro, de Fayetteville et de Lovejoy, tous ceux qui étaient jeunes et séduisants. Seuls restaient les vieillards, les infirmes et les femmes, et tous passaient leur temps à tricoter et à coudre, à cultiver coton et blé, à élever porcs, moutons et vaches pour l'armée. On ne voyait aucun homme digne de ce nom, sauf quand les intendants militaires, sous les ordres de Frank Kennedy, le soupirant de Suellen, venaient chaque mois prendre livraison des fournitures. Les officiers de l'intendance n'étaient pas beaux et la cour timide que Frank faisait à sa sœur exaspérait Scarlett au point qu'il lui était difficile d'être polie avec lui. Si seulement Suellen et lui voulaient se décider !

Même si les officiers de l'intendance avaient été plus intéressants, ils n'auraient pu lui être d'aucun secours. Elle était veuve et son mari avait emporté son cœur dans sa tombe. Tout au moins, tout le monde s'imaginait qu'il en était ainsi et s'attendait à ce qu'elle se conduisît en conséquence. Cela l'agaçait, car elle avait beau faire, elle ne se rappelait de Charles que cette expression de mouton bêlant qu'il avait eue en demandant sa main. Et ce souvenir lui-même s'estompait. Pourtant elle était veuve et elle devait se surveiller. Les amusements des jeunes filles n'étaient plus pour elle. Il fallait qu'elle restât grave. Ellen lui avait expliqué cela tout au long après avoir surpris le lieutenant de Frank poussant Scarlett assise sur la balançoire du jardin et la faisant rire aux éclats. Profondément peinée, Ellen lui avait dit avec quelle facilité une veuve prêtait à la médisance. Une veuve devait se conduire avec deux fois plus de circonspection qu'une femme mariée.

«Et Dieu sait que les femmes mariées n'ont aucune distraction», pensait Scarlett en écoutant d'une oreille docile sa mère lui parler de sa voix douce.

En somme, il aurait mieux valu être morte que veuve. Une veuve devait porter de hideuses robes noires sans la moindre garniture pour les égayer. Elle n'avait droit ni aux fleurs, ni aux rubans, ni aux dentelles, ni même aux bijoux, à l'exception de broches de deuil en onyx ou de colliers faits avec les cheveux du défunt. Et puis il fallait que le voile de crêpe noir fixé à sa capote lui tombât jusqu'aux genoux, et ce n'était qu'au bout de trois ans de veuvage qu'on pouvait le raccourcir et ne le faire descendre qu'à hauteur des épaules. Une veuve ne pouvait jamais bavarder avec entrain ni rire tout haut. Même lorsqu'elle souriait, il lui fallait arborer un sourire triste sinon tragique. Ce qu'il y avait de plus terrible, c'était qu'elle ne pouvait d'aucune manière manifester un intérêt quelconque en compagnie des hommes. Et, si l'un d'eux était assez mal élevé pour montrer qu'il trouvait un intérêt en elle, elle devait le refroidir à l'aide d'une allusion digne mais bien choisie à feu son mari. «Oui, se disait Scarlett tristement, il arrive bien que les veuves se remarient quand elles sont vieilles et racornies. On se demande cependant comment elles s'y prennent avec leurs voisins qui les épient. Et puis, en général, elles épousent un horrible veuf avec une grosse plantation et une douzaine d'enfants.»

Le mariage, ce n'était pas déjà tellement agréable, mais le veuvage... alors, la vie était à jamais finie! Que les gens étaient donc bêtes quand ils lui parlaient du réconfort que serait pour elle le petit Wade Hampton maintenant que Charles était mort. Que c'était donc stupide de prétendre qu'elle avait désormais une raison de vivre! Tout le monde lui disait combien il devait être doux d'avoir ce gage posthume de son amour, et naturellement elle ne détrompait personne. Mais cette pensée était la dernière à laquelle elle s'arrêtait. Elle s'intéressait fort peu à Wade et parfois elle avait du mal à se rappeler qu'il était vraiment son fils.

Tous les matins, après son réveil, elle restait plongée pendant un certain temps dans une demi-torpeur et elle était de nouveau Scarlett O'Hara. Le soleil caressait le magnolia sous sa fenêtre, les oiseaux moqueurs chantaient, la bonne odeur du jambon frit parvenait jusqu'à elle. À nouveau elle était jeune et insouciante. Alors elle entendait les cris rageurs de l'enfant affamé, et elle avait toujours un mouvement de surprise. «Tiens, se disait-elle, mais il y a un bébé dans la maison.» Puis elle se rappelait qu'il était à elle. Tout cela était bien déconcertant.

Et Ashley ! Pour la première fois de sa vie, elle en arrivait à détester Tara, à détester la longue route qui descendait le long du coteau et conduisait à la rivière, à détester les champs rouges où verdissaient les cotonniers. Chaque pouce de terrain, chaque arbre et chaque ruisseau, chaque chemin, chaque sentier cavalier lui rappelait Ashley. Il appartenait à une autre femme et il était parti à la guerre, mais au crépuscule son fantôme continuait de hanter les routes, continuait de lui sourire de ses yeux gris et langoureux dans l'ombre de la véranda. Elle n'entendait jamais le galop d'un cheval sur la route qui venait des Douze Chênes sans penser pendant un instant délicieux… Ashley !

Elle détestait les Douze Chênes maintenant après les avoir tant aimés. Elle les détestait, mais elle y était attirée. Elle pouvait y entendre John Wilkes et ses filles parler de lui… et lire ses lettres de Virginie. Elles lui faisaient mal, mais il fallait qu'elle en entendît la lecture. Elle n'aimait ni India qui était trop guindée, ni Honey qui parlait à tort et à travers, mais elle ne pouvait s'en séparer. Et chaque fois qu'elle rentrait des Douze Chênes elle allait s'étendre sur son lit et refusait de se lever pour le dîner.

C'était ce refus de manger qui ennuyait Ellen et Mama par-dessus tout. Mama avait beau lui apporter des plats appétissants sur son plateau et insinuer que maintenant qu'elle était veuve elle avait le droit de manger autant qu'il lui plaisait, Scarlett n'avait pas faim.

Lorsque le docteur Fontaine dit à Ellen d'un ton grave que les peines de cœur menaient fréquemment les femmes au tombeau, Ellen pâlit, car c'était la crainte qu'elle portait au fond de son cœur.

– N'y a-t-il rien à faire, docteur ?

– Un changement d'atmosphère serait ce qu'il y aurait de mieux pour elle, répondit le praticien trop heureux de se débarrasser d'une malade aussi peu satisfaisante.

Ce fut ainsi que Scarlett, emmenant son enfant, s'en alla sans enthousiasme rendre d'abord visite aux parents des O'Hara et des Robillard à Savannah, puis aux sœurs d'Ellen, Pauline et Eulalie, à Charleston. Pourtant elle rentra à Tara un mois plus tôt qu'Ellen ne s'y attendait et sans fournir d'explication. On avait été fort aimable pour elle à Savannah, mais James et Andrews et leurs femmes étaient vieux et aimaient parler d'un passé qui n'intéressait point Scarlett. Il en était de même chez les Robillard, et Scarlett trouva Charleston une ville épouvantable.

Tante Pauline et son mari, un petit vieillard formaliste et cassant, habitaient une plantation située en bordure d'un fleuve et bien plus isolée que Tara. Leurs voisins les plus proches étaient à une vingtaine de milles de chez eux et pour y aller il fallait emprunter des routes sombres à travers une jungle de cyprès et de chênes dont les pieds baignaient dans des marécages. Les chênes avec leurs rideaux de mousse grise ondulant au vent donnaient la chair de poule à Scarlett et la faisaient immanquablement évoquer les histoires de Gérald sur les fantômes irlandais qui rôdaient dans le brouillard. Il n'y avait rien d'autre à faire qu'à tricoter à longueur de journée et le soir à écouter l'oncle Carey lire à haute voix les œuvres édifiantes de M. Bulwer-Lytton. Dans sa grande demeure de la Batterie, à Charleston, à l'abri des regards indiscrets, Eulalie n'était pas plus gaie. Elle menait une vie plus mondaine que tante Pauline, mais Scarlett n'aimait pas les gens qui venaient la voir avec leurs grands airs, leurs traditions et leur façon de s'appesantir sur les liens de famille. Elle savait parfaitement que tous la considéraient comme l'enfant d'une mésalliance et se demandaient comment une Robillard avait bien pu épouser un Irlandais nouveau venu dans le pays. Scarlett devinait que tante Eulalie s'excusait derrière son dos de l'avoir pour nièce. Cela la mettait en colère car elle n'attachait pas plus d'importance que son père à ces considérations familiales. Elle était fière de Gérald et de ce qu'il avait accompli par la seule force de son esprit matois d'Irlandais.

Et les Charlestoniens étaient si farauds de ce qui s'était passé au fort Sumter! Bonté divine, ne se rendaient-ils donc pas compte que s'ils n'avaient pas été assez sots pour tirer le coup de feu qui avait déclenché la guerre, d'autres eussent été assez fous pour le faire à leur place? Accoutumée au parler rapide de la Haute Géorgie, le ton monotone et traînant des gens des basses terres lui semblait affecté. Elle se dit qu'elle ne pourrait jamais, plus jamais entendre prononcer sans hurler «pâlme» pour «palme», «mâman et pâpa» pour «maman et papa». Cela l'irritait tellement qu'au cours d'une visite elle se mit à imiter l'accent irlandais de Gérald au grand désespoir de sa tante. Puis elle repartit pour Tara. Mieux valait être assaillie par les souvenirs d'Ashley que d'entendre l'accent de Charleston.

Ellen, occupée nuit et jour à doubler les ressources de Tara pour venir en aide à la Confédération, fut terrifiée quand sa fille aînée revint de Charleston maigre, pâle et d'humeur méchante. Elle avait su elle-même ce que c'était que les chagrins d'amour, et, nuit après nuit, étendue à côté de Gérald qui ronflait, elle s'efforça de trouver un remède aux maux de Scarlett. La tante de Charles, Mlle Pittypat Hamilton, lui avait écrit à plusieurs reprises pour lui demander d'autoriser Scarlett à venir passer un assez long moment à Atlanta et, pour la première fois, Ellen envisagea sérieusement cette solution. Mélanie et elle vivaient seules dans une grande maison et, écrivait Mlle Pittypat, sans protection masculine maintenant que ce cher Charlie est parti. «Bien entendu il y a mon frère Henry, mais il n'est pas installé chez nous. Peut-être Scarlett vous a-t-elle parlé d'Henry. La délicatesse m'empêche d'en dire davantage par écrit. Melly et moi nous nous sentirions tellement plus tranquilles, tellement plus en sûreté si Scarlett était avec nous. Trois femmes seules valent mieux que deux. Et peut-être la chère Scarlett trouverait-elle un dérivatif à son chagrin, comme le fait Melly, en soignant nos braves jeunes gens dans les hôpitaux d'ici… et bien entendu Melly et moi nous avons hâte de voir le cher bébé…»

De nouveau, on emplit la malle de Scarlett de vêtements de deuil, et en compagnie de Wade Hampton et de sa nurse Prissy, Scarlett partit pour Atlanta, la tête farcie de recommandations d'Ellen et de Mama, et avec cent dollars en billets des États confédérés que lui avait remis Gérald. Elle ne tenait pas particulièrement à aller à Atlanta. Elle trouvait que tante Pitty était la plus sotte des vieilles dames et l'idée d'habiter sous le même toit que la femme d'Ashley lui était odieuse. Cependant elle avait trop de souvenirs dans le comté qui lui en rendaient le séjour impossible et un changement, quel qu'il fût, était le bienvenu.

DEUXIÈME PARTIE

VIII

En ce matin de mai 1862, tandis que le train roulait vers le Nord, Scarlett se disait qu'Atlanta ne pouvait pas être une ville aussi ennuyeuse que l'avaient été Charleston et Savannah. C'est pourquoi, malgré son aversion, pour Mlle Pittypat et pour Mélanie, elle éprouvait une certaine curiosité envers cette ville qu'elle n'avait pas revue depuis l'hiver avant la déclaration de guerre.

Atlanta l'avait toujours intéressée plus qu'aucune autre ville, car, lorsqu'elle était enfant, Gérald lui avait dit qu'elle et Atlanta avaient exactement le même âge. En grandissant, elle s'était aperçue que Gérald avait un peu triché avec la vérité comme il avait coutume de le faire pour donner plus de sel à ses histoires. Cependant Atlanta n'avait que neuf ans de plus qu'elle et cela ne lui en conférait pas moins une surprenante jeunesse par rapport aux autres villes dont elle avait entendu parler. Savannah et Charleston étaient d'âge respectable. L'une en était à son second siècle d'existence, l'autre allait entrer dans son troisième. Scarlett les avait toujours considérées comme de vieilles grand-mères jouant tranquillement de l'éventail au soleil. Mais Atlanta appartenait à sa génération. Elle avait tout le sans-gêne de la jeunesse, elle était aussi forte tête et aussi impulsive qu'elle-même.

L'histoire que Gérald lui avait racontée était basée sur le fait qu'elle et Atlanta avaient été baptisées la même année. Durant les neuf années qui avaient précédé la naissance de Scarlett, la ville avait d'abord été appelée Terminus, puis Marthasville et n'était devenue Atlanta que l'année où Scarlett avait vu le jour.

Lorsque Gérald était allé s'installer en Géorgie du Nord, Atlanta n'existait pas. À l'endroit où devait s'élever la ville, il n'y avait même pas un semblant de village et le désert s'étendait à perte de vue. Mais l'année suivante, en 1843, l'État avait autorisé la construction d'une voie ferrée nord-ouest à travers le territoire cédé depuis peu par les Cherokees. On savait d'une manière précise que la voie ferrée s'en irait vers le Tennessee et les régions de l'Ouest, mais son point de départ demeura incertain jusqu'à ce que, un an plus tard, un ingénieur enfonçât un poteau dans l'argile pour marquer l'extrémité de la ligne. Atlanta, née Terminus, avait commencé sa carrière.

En ce temps-là, il n'y avait point de chemin de fer en Géorgie du Nord et même fort peu ailleurs. Mais, avant que Gérald épousât Ellen, le minuscule hameau, à vingt-cinq milles au nord de Tara, se transforma peu à peu en village et la voie remonta lentement vers le nord. Ensuite s'ouvrit réellement l'ère des chemins de fer. Une deuxième ligne, partie de l'antique cité d'Augusta, s'allongea vers l'Ouest et traversa l'État pour rejoindre la nouvelle ligne du Tennessee. De la vieille ville de Savannah, on lança un troisième tronçon d'abord jusqu'à Macon, en plein cœur de la Géorgie, puis jusqu'à Atlanta, en passant par le pays de Gérald, pour donner au port de Savannah une voie de pénétration vers l'Ouest. Enfin, de la jeune Atlanta devenue nœud de communications, on construisit une quatrième ligne qui, piquant au Sud, atteignit Montgomery et Mobile. Née d'une ligne de chemins de fer, Atlanta grandit à mesure que se développèrent ses voies ferrées. Les quatre lignes achevées, Atlanta fut reliée à l'Ouest, au Sud, à la côte, et, par Augusta, au Nord et à l'Est, et le petit village s'ouvrit à la vie.

Scarlett avait dix-sept ans et il n'avait guère fallu plus de temps à Atlanta pour, d'un simple pieu fiché en terre, devenir une cité prospère de dix mille habitants et attirer sur elle toute l'attention de l'État. Les villes plus anciennes et plus tranquilles la considéraient avec l'étonnement d'une poule qui a couvé un canard. Pourquoi donc était-elle si différente des autres villes de Géorgie ? Pourquoi avait-elle poussé si vite ? En somme, elle n'avait rien pour elle, à part ses voies ferrées et une poignée de citoyens qui savaient jouer des coudes.

Les gens qui avaient fondé la ville et l'avaient successivement appelée Terminus, Marthasville, puis Atlanta, savaient fort bien jouer des coudes. Gens énergiques, infatigables, venus des parties plus anciennes de la Géorgie et d'États beaucoup plus éloignés, ils avaient été attirés par cette ville qui grandissait autour de ses embranchements. Ils s'y rendirent avec enthousiasme. Ils construisirent des magasins près de la gare, là où se croisaient aussi cinq routes boueuses et rouges. Ils élevèrent leurs belles demeures en bordure des rues Whitehall et Washington, puis tout le long de cette haute levée de terre sur laquelle d'innombrables générations d'Indiens chaussés de mocassins avaient fini par tracer un chemin appelé la Piste du Pêcher. Ils étaient fiers de leur ville, fiers de sa croissance, fiers d'avoir contribué à son développement. Les vieilles villes pouvaient bien traiter Atlanta comme bon leur semblait. Atlanta s'en moquait.

Scarlett avait toujours aimé Atlanta pour les raisons mêmes qui avaient poussé Savannah, Augusta et Macon à la condamner. Comme elle, la ville était un mélange de ce qu'il y avait de vieux et de neuf en Géorgie, mélange dans lequel le vieux en conflit avec le neuf, volontaire et vigoureux, était souvent relégué à la seconde place. D'ailleurs, pour Scarlett, il y avait quelque chose de passionnant dans une ville qui était née, ou tout au moins avait été baptisée l'année même de son propre baptême.

La tempête avait fait rage et il avait plu à torrents toute la nuit, mais, lorsque Scarlett arriva à Atlanta, un chaud soleil brillait et se mettait en devoir de sécher les rues tortueuses, transformées en fleuves de boue rougeâtre. Sur le terre-plein, autour de la gare, le sol avait si bien été labouré et bouleversé par le flux et le reflux incessant du trafic qu'il ressemblait à une énorme bauge. De-ci, de-là, des véhicules étaient embourbés jusqu'au moyeu des roues. Une ligne ininterrompue de fourragères et de voitures d'ambulance amenait des marchandises aux trains, en ramenait des blessés, creusait de nouvelles ornières, s'enlisait, repartait. Les conducteurs juraient, les mules pataugeaient, la boue giclait de tous côtés.

Ravissante dans ses vêtements de deuil, le visage pâle sous son voile de crêpe, Scarlett posa le pied sur la dernière marche du wagon. Peu soucieuse de salir ses mules et le bas de sa jupe, elle hésita et chercha des yeux Mlle Pittypat dans l'inextricable fouillis de fourragères, de buggies et de voitures. Il n'y avait nulle trace de cette personne rose et joufflue et Scarlett, dont l'inquiétude grandissait, allait reprendre ses investigations quand un vieux nègre, à favoris grisonnants, traversa le bourbier et, plein de dignité, se dirigea vers elle, le chapeau à la main.

– C'est ma'ame Sca'lett, n'est-ce pas ? Je suis Pete', le cocher de mam'zelle Pitty. Ne descendez pas dans cette boue, ordonna-t-il d'une voix sévère tandis que Scarlett retroussait déjà sa jupe. Vous valez pas mieux que mam'zelle Pitty, elle est comme un enfant pou' se mouiller les pieds. Laissez-moi vous po'ter.

Il prit Scarlett dans ses bras avec aisance, malgré sa fragilité apparente et son âge, puis, apercevant Prissy qui se tenait sur la plateforme du wagon avec le bébé, il s'arrêta :

– C'est-y la bonne de vot' enfant ? Ma'ame Sca'lett, elle est t'op jeune pou' s'occuper du fils de missié Cha'les. Mais nous ve'ons ça plus ta'. Vous, la petite, suivez-moi et n'allez pas lâcher ce bébé.

Scarlett se laissa faire et accepta humblement les critiques que l'oncle Peter, le brave cocher nègre, avait formulées d'un ton péremptoire sur elle et sur Prissy. Le petit groupe se mit en route dans la boue. Prissy fermait la marche et ne cessait de bougonner. Avant d'atteindre la voiture, Scarlett eut le temps de se rappeler ce que Charles lui avait dit de l'oncle Peter.

« Il a fait toute la campagne du Mexique avec père. Il l'a soigné quand il a été blessé… bref, il lui a sauvé la vie. L'oncle Peter nous a pratiquement élevés, Mélanie et moi, car nous étions très jeunes quand mon père et ma mère sont morts. Vers cette époque-là, tante Pitty s'est brouillée avec son frère, l'oncle Henry, et elle est venue habiter avec nous. C'est l'être le plus incapable qui soit. C'est une grande enfant très gentille et l'oncle Peter ne la considère pas autrement. Si sa vie était en jeu, elle serait hors d'état de prendre la moindre décision, aussi est-ce l'oncle Peter qui prend toutes les décisions à sa place. C'est lui qui a déclaré qu'il fallait me donner plus d'argent de poche quand j'ai eu quinze ans et qui a insisté pour que j'aille faire ma licence à Harvard alors que l'oncle Henry voulait que je continue mes études à l'université. C'est lui qui a décidé que Melly était assez âgée pour relever ses cheveux et aller dans le monde. Il dit à tante Pitty quand il fait trop froid ou trop humide pour rendre des visites et quand elle doit porter un châle… C'est le noir le plus intelligent que j'aie jamais vu et aussi le plus dévoué. Le seul ennui, c'est qu'il nous gouverne tous les trois, corps et âmes, et qu'il le sait. »

Peter monta sur le siège, prit le fouet, et les paroles de Charles furent confirmées.

– Mam'zelle Pitty est dans tous ses états pa'ce qu'elle est pas venue au-devant de vous. Elle a peu' que vous la comp'eniez pas, mais moi je lui ai dit qu'elle et ma'ame Melly, elles se'aient couve'tes de boue et qu'elles abîme'aient leu' nouvelles 'obes, et que moi je vous explique'ais. Ma'ame Sca'lett, vous fe'iez mieux de p'end'e ce petit. Cette petite nég'illonne, elle va le laisser tomber.

Scarlett regarda Prissy et soupira. Prissy n'était pas la bonne d'enfants rêvée. Sa récente promotion lui avait tourné la tête. Elle avait quitté trop vite ses jupes courtes et ses papillotes pour la longue robe de calicot et le turban blanc empesé. Elle n'aurait jamais atteint si tôt cette situation si les exigences de la guerre et celles de l'intendance n'avaient empêché Ellen de se séparer de Mama et de Dilcey et même de Rosa ou de Teena. Prissy ne s'était jamais éloignée des Douze Chênes ni de Tara de plus d'un mille, auparavant, et le voyage en chemin de fer, joint à son élévation au rang de nurse, en était presque trop pour sa petite cervelle enfermée dans son crâne noir. Les vingt milles du trajet de Jonesboro à Atlanta l'avaient énervée au point que Scarlett avait dû s'occuper tout le temps du bébé. La vue d'un si grand nombre de gens et de bâtiments acheva de griser Prissy. Elle n'arrêta pas de regarder à droite et à gauche, de montrer du doigt les objets qui la frappaient, de se trémousser et de secouer si bien le bébé qu'il se mit à crier lamentablement.

Scarlett aurait bien voulu que la vieille Mama le berçât entre ses gros bras. Mama n'avait qu'à toucher un enfant pour qu'il se calmât aussitôt. Mais Mama était à Tara et Scarlett était désarmée. Il était inutile qu'elle enlevât le petit bébé à Prissy. Il criait aussi fort quand c'était elle qui le tenait. D'ailleurs il se serait cramponné aux rubans de son chapeau et sans aucun doute aurait chiffonné sa robe. Aussi Scarlett feignit-elle de n'avoir pas entendu la suggestion de l'oncle Peter.

« Un jour, je saurai peut-être comment m'y prendre avec les enfants, se dit-elle rageusement, tandis que la voiture cahotait et s'arrachait à grand-peine au bourbier. En tout cas, je ne saurai jamais les amuser. » Puis, comme Wade devenait écarlate à force de hurler, elle ajouta à haute voix et cette fois en colère :

– Donne-lui cette sucette en sucre qui est dans ta poche, Prissy. Tout pourvu qu'il se taise. Je sais bien qu'il a faim, mais je ne puis rien pour lui maintenant.

Prissy sortit la sucette que lui avait remise Mama le matin même et le nourrisson s'arrêta de hurler. Son calme recouvré, distraite par un spectacle nouveau, Scarlett se dérida un peu. Lorsque l'oncle Peter eut réussi à sortir la voiture des ornières et à s'engager dans la rue du Pêcher, elle sentit grandir en elle un intérêt qu'elle n'avait pas connu depuis des mois. Comme la ville s'était développée ! Un an à peine s'était écoulé depuis qu'elle y était venue pour la dernière fois, et il lui parut impossible que la petite Atlanta qu'elle se rappelait ait pu changer à ce point.

Pendant cette année-là, Scarlett avait été si absorbée par ses propres chagrins, si exaspérée par tout ce qui se rapportait à la guerre, qu'elle ignorait que, depuis le début des hostilités, Atlanta s'était transformée. Ces mêmes voies ferrées qui en temps de paix avaient fait de la ville un centre commercial, présentaient maintenant une importance stratégique de premier plan. Éloignées du théâtre des opérations, la ville et ses lignes servaient de trait d'union entre les deux armées de la Confédération, l'armée de Virginie et l'armée de Tennessee et de l'Ouest. Pour les mêmes raisons, Atlanta était en outre le point de contact entre les deux armées et le reste du Sud d'où elles tiraient leurs approvisionnements. Afin de faire face aux besoins de la guerre, Atlanta était devenue un centre manufacturier, une base d'hôpitaux et l'un des principaux entrepôts du Sud pour les vivres et le matériel destinés aux armées en campagne.

Scarlett chercha des yeux la petite ville dont elle se souvenait si bien. Elle n'existait plus. La ville qui s'offrait maintenant à sa vue donnait l'impression d'un enfant qui, en l'espace d'une nuit, se serait mué en une sorte de géant débordant de vitalité.

Atlanta bourdonnait comme une ruche. Jalouse du rôle qu'elle jouait auprès de la Confédération, elle travaillait nuit et jour à transformer une région agricole en une région industrielle. Avant la guerre, on ne rencontrait pas beaucoup de filatures de coton ou de laine, d'arsenaux ou d'ateliers de constructions mécaniques au sud du Maryland et tous les Sudistes en étaient fiers. Le Sud donnait naissance à des hommes d'État et à des soldats, à des planteurs et à des docteurs, à des avocats et à des poètes, mais certainement ni à des ingénieurs ni à des mécaniciens. Bon pour les Yankees d'embrasser d'aussi basses professions. Mais maintenant les ports du Sud étaient bloqués par les canonnières yankees. La quantité de produits venus d'Europe malgré le blocus était infime et le Sud essayait par tous les moyens de fabriquer lui-même son matériel de guerre. Le Nord avait à sa disposition les ressources et les soldats du monde entier. Des milliers d'Irlandais et d'Allemands grossissaient les rangs de l'armée de l'Union, attirés par les primes offertes par le Nord. Le Sud ne pouvait compter que sur lui-même.

À Atlanta, les ateliers de constructions mécaniques livraient au ralenti les machines nécessaires à la fabrication du matériel de guerre, et pour cause. Dans le Sud il y avait fort peu de machines sur lesquelles on pût prendre modèle et il fallait faire presque tous les rouages et tous les engrenages en s'inspirant de plans expédiés par l'Angleterre au mépris du blocus. Maintenant on voyait nombre de visages étrangers dans les rues d'Atlanta et les citoyens qui, un an auparavant, eussent dressé l'oreille en reconnaissant un accent de l'Ouest, ne prêtaient plus la moindre attention aux diverses langues parlées par les Européens, qui, forçant le blocus, étaient venus construire des machines à fabriquer des munitions pour les Confédérés. Des hommes habiles, ces Européens ! et sans eux la Confédération aurait eu bien du mal à faire des revolvers, des fusils, des canons et de la poudre.

On aurait presque pu entendre battre le cœur de la cité au travail pour alimenter en armes les deux fronts de bataille. À toute heure du jour et de la nuit, les trains traversaient la ville en grondant. Les usines nouvellement construites déversaient des torrents de suie sur les maisons blanches. La nuit, les fourneaux continuaient de rugir et les marteaux de résonner bien après que les citadins étaient allés se coucher. Là où un an auparavant s'étendaient des terrains vagues s'élevaient maintenant des manufactures de harnais, de selles et de chaussures, des arsenaux d'où sortaient des fusils et des canons, des laminoirs et des fonderies qui produisaient des rails et des fourgons pour remplacer ceux que détruisaient les Yankees, enfin toutes sortes d'industries pour la fabrication des éperons, des mors, des boucles, des tentes, des revolvers et des sabres. Les fonderies commençaient déjà à se ressentir du manque de fer, car le blocus n'en laissait guère passer et les mines de l'Alabama travaillaient au ralenti tandis que les mineurs étaient au front. À Atlanta, on ne trouvait plus ni clôtures de fer, ni serres, ni grilles, ni même de statues sur les pelouses, car tout cela n'avait pas tardé à prendre le chemin des creusets.

Dans la rue du Pêcher et dans les rues adjacentes, les services de l'armée avaient établi leurs quartiers généraux. Les bureaux grouillaient d'hommes en uniformes appartenant à l'intendance, au corps de signalisation, au service des postes, à celui des transports par voies ferrées, à la prévôté. Aux abords de la ville, on avait établi les dépôts de remonte où chevaux et mulets étaient parqués dans de vastes enclos. Enfin, il y avait des hôpitaux. D'après ce que l'oncle Peter lui en dit, Scarlett eut l'impression qu'Atlanta devait être une ville de blessés. On n'y comptait plus les hôpitaux généraux, les hôpitaux de contagieux, les hôpitaux de convalescents, et chaque jour les trains déversaient de nouveaux malades et de nouveaux blessés.

La petite cité n'existait plus et la ville qui prenait rapidement de l'extension était animée d'une énergie et d'une ardeur jamais en défaut. Scarlett, fraîchement arrachée à la vie calme et nonchalante des champs, faillit perdre le souffle à la vue d'une telle effervescence, mais elle n'en fut pas moins charmée. Il régnait dans la ville une atmosphère fiévreuse qui lui fit l'effet d'un véritable coup de fouet.

La voiture avançait avec peine le long de la rue bourbeuse et Scarlett eut le temps de s'intéresser aux constructions et aux visages nouveaux pour elle. Les trottoirs étaient encombrés d'hommes en uniformes portant les insignes de tous les grades et de tous les corps. La rue étroite était remplie de véhicules les plus divers, de voitures, de buggies, d'ambulances, de fourgons militaires dont les conducteurs malhabiles injuriaient les mulets qui piétinaient dans les ornières. Des estafettes vêtues de gris portaient au galop des ordres et des dépêches d'un quartier général à l'autre et faisaient voler la boue sous les sabots de leurs chevaux. Des convalescents généralement encadrés de deux dames charitables se promenaient, appuyés sur des béquilles. Des champs de manœuvres où l'on transformait les recrues en soldats montaient des appels de clairon, des roulements de tambour, des commandements lancés à pleins poumons. Et, la gorge serrée, Scarlett vit pour la première fois l'uniforme yankee quand l'oncle Peter lui eut montré du bout de son fouet un détachement de soldats en tenue bleu marine qu'une escouade de Confédérés, baïonnette au canon, emmenait à la gare prendre le train pour le camp de prisonniers.

« Oh ! pensa Scarlett qui, pour la première fois, depuis le jour du pique-nique, éprouvait une joie véritable, je vais me plaire ici. C'est si vivant, si passionnant. »

Atlanta était encore plus vivante qu'elle ne le croyait, car de nouveaux bars s'y étaient ouverts par douzaines. À la suite de l'armée, les prostituées avaient envahi la ville et les mauvais lieux regorgeaient de jeunesse, à la grande consternation des bien-pensants. Tous les hôtels, toutes les pensions de famille et les maisons particulières étaient bondés de personnes venues à Atlanta pour être auprès de leurs parents blessés soignés dans les hôpitaux. Chaque semaine, il y avait des réunions, des bals, des ventes de charité, d'innombrables mariages de soldats. Les mariés en permission arboraient d'étincelants uniformes gris et or, les mariées d'élégantes toilettes importées malgré le blocus. Les couples passaient sous une voûte d'épées, on buvait du champagne, on se disait adieu en sanglotant. La nuit, les rues plantées d'arbres sombres résonnaient du pas des danseurs, on entendait jouer du piano dans les salons où les voix de soprano se mêlaient à celles des militaires pour chanter des airs charmants et mélancoliques comme *Les Clairons sonnent la trêve* et *Votre lettre est venue, mais elle est venue trop tard,* plaintives ballades qui faisaient pleurer de beaux yeux pourtant peu habitués aux larmes.

La voiture descendait la rue gluante de boue, et Scarlett n'arrêtait pas de poser des questions à Peter, qui, fier d'étaler son savoir, répondait en pointant son fouet à droite et à gauche.

– Ça, c'est l'a'senal. Oui, ma'ame, c'est là qu'y a des canons. Non, ma'ame, c'est pas des magasins, c'est des bu'eaux de blocus. Quoi, ma'ame Sca'lett, vous savez pas ce que c'est ? C'est des bu'eaux où il y a des ét'angers qui nous achètent le coton confédé'é et l'expédient de Cha'ston et de Wilmin'ton et nous 'amènent de la poud'e. Non, ma'ame, je sais pas d'où ils so'tent. Mlle Pitty elle dit qu'ils sont des l'landais, mais pe'sonne il comp'end un mot de ce qui disent. Oui, ma'ame, ça fume fo't et la suie elle abîme les 'ideaux de soie de Mlle Pitty. Ça vient des fond'ies et des laminoi's. Et ce b'uit qu'ils font la nuit. Pe'sonne il peut do'mir. Non, ma'ame, moi je peux pas m'a'êter pou' que vous 'ega'diez, j'ai p'omis à Mlle Pitty de vous 'amener tout d'oit à la maison... Saluez, ma'ame Sca'lett. C'est ma'ame Mé'iwether et ma'ame Elsing qui vous disent bonjou'.

Scarlett se souvint vaguement que deux dames répondant à ces noms étaient venues d'Atlanta à Tara pour assister à son mariage et elle se souvint en même temps que c'étaient les deux meilleures amies de Mlle Pittypat. Elle se tourna vivement vers l'endroit que désignait l'oncle Peter et s'inclina. Les deux dames étaient assises dans une voiture arrêtée devant un magasin de tissus. Les bras chargés de pièces de cotonnades, le propriétaire et deux employés se tenaient sur le trottoir. Mme Merriwether était une femme grande et forte si bien sanglée dans son corset que son buste saillait comme la proue d'un navire. Sa chevelure gris fer était complétée par une fausse frange ondulée qui s'enorgueillissait de sa couleur brune et se souciait fort peu de ne pas être en harmonie avec le reste de la coiffure. Elle avait un visage rond, haut en couleur, qui exprimait à la fois la bonhomie, la finesse et l'habitude de commander. Mme Elsing était plus jeune. C'était une femme menue et frêle. Jadis, elle avait été une beauté et il lui restait encore un certain éclat joint à un air impérieux et distingué.

Avec Mme Whiting, ces deux dames faisaient la pluie et le beau temps à Atlanta. Elles régentaient les trois paroisses auxquelles elles appartenaient, le clergé, les enfants de chœur et les paroissiens. Elles organisaient les ventes de charité, présidaient des comités de couture, servaient de chaperons dans les bals ou les pique-niques, savaient qui était un beau parti et qui ne l'était pas, qui s'enivrait en secret, qui allait avoir un enfant et à quelle date aurait lieu l'événement. Elles faisaient autorité en matière de généalogie, savaient à quoi s'en tenir sur tout ce qui portait un nom en Géorgie, en Caroline du Sud et en Virginie sans s'embarrasser des autres États, car, pour elles, toute personne respectable ne pouvait venir d'ailleurs que de ces trois-là. Elles savaient ce qui était convenable et ce qui ne l'était pas et ne manquaient jamais de faire connaître leur opinion. Mme Merriwether clamait la sienne de toutes ses forces. Mme Elsing exprimait ce qu'elle pensait d'un ton mourant des plus élégants, quant à Mme Whiting, elle prenait un air désespéré et parlait tout bas pour montrer combien elle avait horreur d'aborder de tels sujets. Ces trois dames se détestaient et se méfiaient aussi cordialement l'une de l'autre que les premiers Triumvirs de Rome, et leur étroite alliance procédait sans doute de la même raison.

– J'ai dit à Pitty que je voulais vous avoir à mon hôpital, lança Mme Merriwether avec un sourire. N'allez pas faire de promesses à Mme Meade ou à Mme Whiting.

– Non, non, répondit Scarlett, qui n'avait pas la moindre idée de ce que voulait dire Mme Merriwether, mais qui fut tout émue de voir qu'on l'accueillait si bien et qu'on la recherchait. J'espère vous revoir bientôt.

La voiture poursuivit son chemin et s'arrêta pour laisser passer deux dames qui tenaient dans leurs bras des paniers remplis de pansements. Au même moment le regard de Scarlett fut attiré par une femme qui marchait sur le trottoir. Elle portait une robe de couleurs vives, trop vives pour la rue, et un long châle dont les franges lui descendaient jusqu'aux talons. Grande et belle, elle avait un visage hardi et une masse de cheveux roux, trop rouges pour être naturels. C'était la première fois que Scarlett voyait une femme qui avait, à coup sûr, « fait quelque chose à ses cheveux » et, fascinée, elle la dévora des yeux.

– Oncle Peter, qui est-ce ? murmura-t-elle.

– Moi je sais pas.

– Si, vous le savez, j'en suis persuadée. Qui est-ce ?

– Elle s'appelle Belle Watling, dit l'oncle Peter, qui se mit à faire la moue.

Scarlett remarqua aussitôt qu'il n'avait point fait précéder le nom de la personne en question de « mademoiselle » ou de « madame ».

– Qui est-ce ?

– Ma'ame Sca'lett, répondit Peter d'un air sombre tout en donnant un léger coup de fouet au cheval surpris, mam'zelle Pitty elle aime'a pas que vous posiez des questions qui sont pas vot' affai'. Y a maintenant dans cette ville des tas de 'ien du tout qui valent pas la peine qu'on pa'le d'eux.

« Grands dieux, pensa Scarlett contrainte de garder ses réflexions pour elle, ça doit être une femme de mauvaise vie. »

Elle n'avait jamais vu de femme de mauvaise vie auparavant, et, tournant la tête, elle suivit celle-là des yeux jusqu'à ce qu'elle se fût perdue dans la foule.

Maintenant les magasins et les bâtiments édifiés pour les besoins de la guerre s'espaçaient et étaient séparés par des terrains vagues. Enfin, l'attelage quitta le quartier des affaires et, poursuivant sa course, s'engagea dans la partie la plus élégante de la rue du Pêcher. Là s'élevaient un certain nombre de maisons particulières que Scarlett retrouva comme de vieilles amies. Elle reconnut la demeure digne et imposante des Leyden, celle des Bonnell avec ses petites colonnes blanches et ses volets verts, la maison en briques rouges de la famille McLure. La voiture avait ralenti, car, des vérandas, des jardins et des trottoirs, des dames appelaient Scarlett. Elle en connaissait vaguement quelques-unes, mais la plupart lui étaient totalement étrangères. Pittypat avait à coup sûr annoncé son arrivée à tous les échos. Il fallut mainte et mainte fois tenir le petit Wade à bout de bras afin que les dames pussent s'extasier sur lui. Toutes demandèrent à Scarlett de se joindre à elles pour coudre et tricoter, d'entrer dans leurs comités d'hôpitaux et Scarlett fit à droite et à gauche de téméraires promesses.

Comme la voiture passait devant une maison verte construite tout de guingois, une petite négresse postée sur le perron s'exclama « la voilà ! » et le docteur Meade, sa femme et leur petit garçon de treize ans, Phil, sortirent en poussant des cris joyeux. Scarlett se souvint qu'eux aussi avaient assisté à son mariage. Mme Meade monta sur une borne et allongea le cou pour voir le bébé, mais le docteur, faisant fi de la boue, s'avança en pataugeant jusqu'à la voiture. C'était un homme grand et maigre, avec une barbiche grise en pointe. Ses vêtements flottaient sur son corps décharné comme si une bourrasque les y avait accrochés. On le considérait à Atlanta comme la source de toute force et de toute sagesse, aussi ne fallait-il pas s'étonner qu'il partageât dans une certaine mesure la conviction de ses concitoyens. Pourtant, malgré sa manie de rendre des oracles et ses allures légèrement solennelles, c'était l'homme le plus serviable de la ville.

Après avoir serré la main de Scarlett et avoir pincé le ventre de Wade, le docteur annonça que tante Pittypat avait juré que Scarlett n'entrerait dans aucun autre hôpital ni dans aucun autre comité que ceux de Mme Meade.

– Oh ! mon Dieu ! mais je me suis déjà engagée auprès d'un millier de dames ! fit Scarlett.

– Il y a du Mme Merriwether là-dessous, je parie ! s'écria Mme Meade, indignée. Que la peste soit de cette femme. Je suis sûre qu'elle va à l'arrivée de chaque train.

– Je me suis engagée auprès d'elle parce que je n'avais aucune idée de ce dont il s'agissait, avoua Scarlett. À propos, qu'est-ce que c'est que ces comités d'hôpitaux ?

Le docteur et sa femme parurent tous deux un peu choqués de son ignorance.

– Naturellement, vous étiez enterrée à la campagne, et vous ne pouviez pas savoir, déclara Mme Meade en s'excusant pour elle. Nous avons des comités d'infirmières pour différents hôpitaux. Nous soignons les hommes, nous aidons les médecins, nous faisons des bandes et des vêtements, et lorsque les blessés vont assez bien pour quitter l'hôpital, nous les prenons chez nous en convalescence jusqu'à ce qu'ils soient en état de retourner aux armées. Et puis nous nous occupons des femmes et des familles de ceux qui sont gravement atteints… ou pire que gravement atteints. Le docteur Meade travaille à l'hôpital de l'Institut où fonctionne mon comité et tout le monde dit qu'il fait merveille et…

– Allons, allons, madame Meade, dit le docteur d'un ton affectueux. Ne chantez donc pas mes louanges devant les gens. Je ne rends pas tellement de services, puisque vous n'avez pas voulu que je m'engage.

– Par exemple ! s'exclama Mme Meade. Moi ? C'est la ville qui n'a pas voulu, vous le savez bien. Tenez, Scarlett, quand on a entendu dire qu'il voulait partir pour la Virginie comme chirurgien militaire, toutes les dames ont signé une pétition pour qu'il reste ici. C'est évident, la ville ne pourrait pas se passer de vous.

– Allons, allons, madame Meade, dit le docteur, qui, manifestement, n'était point insensible à cet éloge. Un garçon au front, ça suffit peut-être pour le moment.

– Et moi aussi, j'irai l'année prochaine, s'écria le petit Phil en sautant sur place. Je partirai comme tambour. Je m'exerce maintenant. Voulez-vous m'entendre ? Je vais chercher mon tambour.

– Non, pas maintenant, fit Mme Meade en attirant son fils contre elle, tandis que son visage se crispait brusquement. Tu ne partiras pas l'année prochaine, mon chéri. L'année d'après peut-être.

– Mais la guerre sera finie ! protesta Phil en échappant à l'étreinte de sa mère. Et puis, vous me l'avez promis !

Par-dessus sa tête, les deux parents échangèrent un regard que surprit Scarlett. Darcy Meade était en Virginie, et son père et sa mère s'attachaient davantage au petit garçon qui leur restait.

L'oncle Peter se racla la gorge.

– Mam'zelle Pitty, elle était sens dessus dessous quand je suis pa'ti et si je 'ent'e pas tout de suite elle va s'évanoui'.

– Au revoir. J'irai vous voir cet après-midi, lança Mme Meade. Et dites bien à Pitty que, si vous n'entrez pas dans mon comité, ça ira encore plus mal pour elle.

La voiture repartit et descendit l'avenue boueuse. Scarlett se renversa sur les coussins et sourit. Elle se sentait mieux qu'elle ne s'était sentie depuis des mois. Avec ses foules, son agitation, son atmosphère grisante, Atlanta était bien plus agréable, bien plus gaie, bien plus sympathique que la plantation solitaire des environs de Charleston, où le cri des alligators troublait le calme de la nuit; bien mieux que Savannah, avec ses rues larges bordées d'aréquiers et sa rivière limoneuse. Oui, pour le moment, Atlanta était même préférable à Tara, quelle que fût la place que Tara tenait dans le cœur de Scarlett.

Il y avait quelque chose de captivant dans cette ville aux rues étroites, encerclée par des collines rougeâtres, quelque chose de primitif et de rude qui correspondait chez Scarlett à un fond sauvage qu'Ellen et Mama avaient seulement recouvert d'un beau vernis. Scarlett se rendit compte soudain qu'elle était faite pour vivre là et non pas dans ces vieilles cités tranquilles, paisiblement allongées au bord de leurs eaux jaunâtres.

Maintenant les maisons étaient de plus en plus espacées. Et, se penchant au-dehors, Scarlett aperçut les murs de briques rouges et le toit d'ardoises de la demeure de Mlle Pittypat. C'était presque la dernière maison au nord de la ville. Au-delà, la rue du Pêcher se rétrécissait et serpentait sous de grands arbres avant d'aller se perdre au cœur d'un bois touffu et silencieux. La clôture, bien régulière, venait d'être repeinte en blanc et, en face de la maison, le petit jardin dont elle délimitait le pourtour était tout semé des dernières jonquilles de la saison. Sur le perron se tenaient deux femmes en noir. Derrière elles, les mains à plat sur son tablier, une grosse femme à peau jaune souriait de toutes ses dents. Fort émue, la corpulente Mlle Pittypat se trémoussait sur ses petits pieds et pressait d'une main sa vaste poitrine afin de comprimer les battements de son cœur. Scarlett vit Mélanie à ses côtés et se dit que son plaisir allait être gâché par cette petite femme en robe de deuil qui avait bien tiré ses boucles rebelles pour avoir l'air plus dame et qui l'accueillait par un sourire radieux sur son visage en cœur.

Lorsqu'un Sudiste prenait la peine de faire sa malle et d'accomplir un trajet de vingt milles pour aller rendre une visite, celle-ci ne durait guère moins d'un mois et même en général se prolongeait bien au-delà. Les Sudistes aimaient aussi passionnément à être reçus qu'à recevoir, et il n'y avait rien d'extraordinaire à ce que des gens venus passer la Noël chez des parents demeurassent chez eux jusqu'en juillet. Souvent, lorsque de jeunes mariés accomplissaient la tournée habituelle de visites de noces, ils s'attardaient sous quelque toit accueillant et y restaient jusqu'à la naissance de leur second enfant. Fréquemment, de vieux oncles et de vieilles tantes venus dîner le dimanche chez leurs neveux ne s'en allaient que bien des années plus tard pour être conduits au cimetière. La question des visites ne posait aucun problème, car les maisons étaient spacieuses, les domestiques nombreux et le fait d'avoir à nourrir plusieurs bouches supplémentaires n'entrait pas en ligne de compte sur cette terre d'abondance. Peu importait l'âge ou le sexe. Tout le monde faisait des visites. Jeunes mariés dans leur lune de miel, jeunes mères qui venaient présenter leurs derniers-nés, convalescents, personnes qui se trouvaient trop seules, jeunes filles que leurs parents désiraient soustraire aux dangers d'une union mal assortie, jeunes filles qui avaient coiffé la Sainte-Catherine et qui, espérait-on, finiraient par découvrir un beau parti sous l'égide de parents établis en d'autres lieux. Les visiteurs apportaient du piment et de la variété dans la vie ralentie du Sud et ils étaient toujours les bienvenus.

Ainsi Scarlett était partie pour Atlanta sans savoir combien de temps elle y resterait. Si son séjour menaçait d'être aussi lugubre qu'à Savannah et à Charleston, elle rentrerait chez elle au bout d'un mois. S'il se révélait agréable, elle le prolongerait indéfiniment. Cependant, à peine fut-elle arrivée que tante Pitty et Mélanie se mirent en campagne pour l'inciter à s'établir d'une manière permanente auprès d'elles. Elles lui fournirent tous les arguments possibles et imaginables. Elles tenaient à elle pour elle-même parce qu'elles l'aimaient. Elles vivaient seules et avaient souvent peur la nuit dans leur grande maison, et Scarlett était si brave qu'elle leur donnait du courage. Elle avait tant de charme qu'elle les consolait de leurs chagrins. Maintenant que Charles était mort, sa place et celle de son fils étaient avec les siens. D'ailleurs, d'après les dispositions testamentaires de Charles, la moitié de la maison lui appartenait. Enfin, la Confédération avait besoin de toutes les bonnes volontés pour coudre, tricoter, rouler des bandes et soigner des blessés.

L'oncle de Charles, Henry Hamilton, un célibataire qui habitait à l'hôtel d'Atlanta, près de la gare, aborda lui aussi ce chapitre avec Scarlett. L'oncle Henry était un vieux monsieur trapu et bedonnant, au visage rose, aux longs cheveux argentés. Fort irascible, il ne pouvait pas supporter les femmes craintives et sujettes aux vapeurs. C'était pour cette dernière raison qu'il adressait à peine la parole à sa sœur, Mlle Pittypat. Dès l'enfance ils avaient été aux antipodes l'un de l'autre et le fossé s'était élargi entre eux quand

Henry avait commencé à reprocher à sa sœur la façon dont elle avait élevé Charles... «faisant une sacrée poule mouillée du fils d'un soldat!». Plusieurs années auparavant, il avait gravement offensé Mlle Pitty et la malheureuse ne parlait plus de lui qu'en étouffant de tels soupirs et en faisant de telles réticences qu'un étranger aurait pu se figurer que l'honnête avocat était pour le moins un assassin. Cela s'était passé un jour où Pitty avait voulu prélever cinq cents dollars sur ses biens, dont Henry avait la charge, pour les placer dans une mine d'or qui n'existait pas. Il avait refusé de se prêter à l'opération et avait déclaré avec chaleur que sa sœur n'avait pas plus de cervelle qu'un hanneton et qu'il avait des fourmis dans les jambes quand il passait plus de cinq minutes en sa compagnie. Depuis ce jour, Pitty ne le voyait plus qu'une fois par mois lorsque Peter la conduisait à son bureau retirer l'argent nécessaire à l'entretien de sa maison. À la suite de ces courtes visites, Pitty passait toujours le reste de la journée au lit à pleurer et à respirer des sels. Mélanie et Charles, qui étaient en excellents termes avec leur oncle, lui avaient offert de la délivrer de ce supplice, mais Pitty, pinçant ses lèvres poupines, avait toujours énergiquement refusé. Henry était sa croix et elle avait le devoir de le supporter. Charles et Mélanie en étaient arrivés à conclure qu'elle prenait un vif plaisir à ces émotions renouvelées, les seules de sa monotone existence.

L'oncle Henry éprouva tout de suite de la sympathie pour Scarlett parce que, dit-il, en dépit de ses simagrées stupides, il pouvait voir qu'elle avait quelques grains de bon sens. Il était chargé de gérer non seulement la fortune de Pitty et de Mélanie, mais encore celle que Charles avait laissée à Scarlett. Scarlett eut la surprise de constater qu'elle était désormais une jeune femme fort à l'aise, car, outre la moitié de la maison de tante Pitty, Charles lui avait légué des fermes et des immeubles en ville. Et les magasins et les entrepôts en bordure de la voie ferrée qui faisaient partie de son héritage avaient triplé de valeur depuis le début de la guerre. Ce fut lorsque l'oncle Henry fit avec elle l'inventaire de ses biens qu'il se mit à lui parler de son établissement à Atlanta.

– À sa majorité, Wade Hampton sera riche, déclara-t-il. Au train où se développe Atlanta, ses propriétés vaudront dix fois plus dans vingt ans et il est juste que le garçon soit élevé là où se trouvent ses biens afin d'apprendre à les gérer... oui, à les gérer, et à gérer aussi ceux de Pitty et de Mélanie. D'ici peu il ne restera plus que lui pour porter le nom de Hamilton, car, moi, je ne serai pas éternel.

Quant à Peter, il ne mettait pas en doute que Scarlett était venue s'établir à Atlanta. Il ne pouvait concevoir que le fils unique de Charles fût élevé là où il lui serait impossible de surveiller son éducation. Devant tous ces arguments, Scarlett sourit, mais ne dit rien. Elle ne voulait prendre aucun engagement avant de savoir si elle aimerait Atlanta et la vie en commun avec sa belle-sœur. Elle savait aussi qu'il lui faudrait obtenir l'approbation de Gérald et d'Ellen. De plus, maintenant qu'elle était loin de Tara, la plantation, les champs rouges, les vertes pousses de coton et les silences si doux des crépuscules lui manquaient terriblement. Pour la première fois, elle commençait à se rendre compte de ce qu'avait voulu dire Gérald en lui déclarant qu'il avait l'amour de la terre dans le sang.

Scarlett, déployant toutes ses grâces, évita donc de répondre d'une manière précise aux questions qu'on lui posa sur la durée de son séjour et s'adapta très facilement à la vie de la maison de briques rouges qui s'élevait à l'extrémité de la rue du Pêcher, si calme en cet endroit.

La vie en commun avec les parents de Charles lui permit de mieux comprendre le garçon qui avait fait d'elle une épouse, une veuve et une mère en un si bref espace de temps. Il lui fut facile de découvrir pourquoi il avait été si timide, si peu rompu aux roueries du monde, si idéaliste. En admettant que Charles eût hérité un tant soit peu des qualités de son père, soldat austère, intrépide et emporté, son enfance passée dans une atmosphère de gynécée avait dû se charger de les étouffer. Il s'était dévoué corps et âme à la puérile Pitty et, plus que ne le font les frères, à sa sœur Mélanie, les deux femmes les plus exquises et les moins armées pour l'existence qu'il eût été possible de rencontrer.

Soixante ans auparavant, tante Pittypat avait reçu à son baptême le nom de Sarah Jane Hamilton, mais, depuis le jour lointain où son père qui l'adorait l'avait gratifiée de ce surnom à cause de ses petits pieds toujours en mouvement, personne ne l'avait appelée autrement. Par la suite, les changements qui s'étaient opérés en elle avaient rendu ce surnom comique. De l'enfant remuant qu'elle avait été, il ne restait plus désormais que deux pieds minuscules, sans aucun rapport avec son poids et une propension à rire et à babiller à tout propos. Elle était forte, avec des joues roses et des cheveux argentés. Elle serrait si bien son corset qu'elle était toujours un peu essoufflée et ses petits pieds, emprisonnés dans des chaussures trop étroites, étaient incapables de la porter au-delà des quelques maisons voisines. À la moindre émotion, elle avait des palpitations et, pleine de sollicitude pour son cœur, elle s'évanouissait pour un oui pour un non. Tout le monde savait que ses faiblesses n'étaient en général que simples ruses de femme, mais on l'aimait assez pour s'empêcher de le dire. Tout le monde l'adorait, la gâtait comme une enfant et refusait de la prendre au sérieux... tout le monde excepté son frère Henry.

Elle préférait encore les commérages aux plaisirs de la table et, pendant des heures s'abandonnant à un babillage inoffensif, elle s'entretenait des affaires d'autrui. Elle n'avait ni la mémoire des noms, ni celle des dates ou des lieux et il lui arrivait souvent de confondre les acteurs d'un drame d'Atlanta avec ceux d'un autre, ce qui d'ailleurs ne trompait personne, car personne n'était assez fou pour prendre ses paroles au sérieux. Personne ne lui disait jamais rien de choquant ni de scandaleux, car il fallait respecter son état de vieille fille en dépit même de ses soixante ans, et ses amis conspiraient gentiment pour la préserver du mal et la choyer comme un enfant.

Par bien des côtés, Mélanie ressemblait à sa tante. Elle en avait la timidité, les rougeurs soudaines, mais elle était douée de bon sens... «D'un certain genre, je l'admets», se disait Scarlett à contrecœur. Comme tante Pitty, Mélanie avait le visage d'un enfant candide qui n'avait jamais rencontré que la simplicité et la bienveillance, la franchise et l'amour, d'un enfant qui ignorait le mal et ne le reconnaîtrait pas s'il se trouvait en sa présence. Parce qu'elle avait toujours été heureuse, elle voulait que tout le monde fût heureux autour d'elle, ou tout au moins content de soi. Il n'y avait point de servante, si bornée fût-elle, en qui elle ne trouvait un trait de loyauté ou de bonté, point de jeune fille si laide et si désagréable en qui elle ne découvrait un élément de charme ou de noblesse de caractère, point d'homme si dénué de valeur ou si insipide en qui elle ne voyait ce qu'il pourrait être plutôt que ce qu'il était.

À cause de ces qualités issues spontanément de son cœur généreux, tout le monde l'entourait. Qui peut résister, en effet, à l'attrait de celui ou de celle qui découvre chez autrui d'admirables qualités dont personne n'a même osé rêver pour soi ? Elle avait plus d'amies qu'aucune autre fille de la ville et plus d'amis aussi, bien qu'elle eût fort peu de soupirants, car elle manquait de cet esprit calculateur et de cet égoïsme si utiles pour prendre les hommes au piège.

Ces deux femmes que Charles aimait par-dessus tout ne lui avaient nullement trempé le caractère, ne lui avaient rien appris de la vie et le toit sous lequel il avait atteint l'âge d'homme était un nid douillet, une demeure si tranquille, si vieillotte et si douce par rapport à Tara ! Pour Scarlett, cette maison avait un grand besoin d'être imprégnée des odeurs masculines, du cognac, du tabac et de l'huile de Macassar. Elle eût aimé y entendre proférer quelque juron d'une voix rauque, y trouver des fusils, des selles, des guides et des chiens. Et puis, à Tara, dès qu'Ellen avait le dos tourné, tout le monde se querellait. Mama prenait Pork à partie, Rosa se chamaillait avec Teena, Suellen et elle se disaient des choses désagréables. Gérald grondait et menaçait, et le bruit de ces voix rageuses lui manquait. Il ne fallait pas s'étonner que Charles fût devenu une poule mouillée dans cette demeure où l'on ignorait l'agitation, où chacun se rangeait gentiment à l'opinion des autres, où en fin de compte le despote noir, aux cheveux grisonnants, tirait toutes les ficelles du fond de sa cuisine. Scarlett, qui avait espéré avoir davantage la bride sur le cou en échappant au contrôle de Mama, découvrit avec douleur que Peter avait des idées encore plus strictes que Mama sur la manière dont devait se comporter une dame en général et la veuve de « missié Cha'les » en particulier.

Sous ce toit, Scarlett recouvra son équilibre sans presque s'en apercevoir. Elle n'avait que dix-sept ans. Elle jouissait d'une santé magnifique, débordait d'énergie, et les parents de Charles s'efforçaient de la rendre heureuse. S'ils n'y parvenaient pas tout à fait, ce n'était pas leur faute, car personne ne pouvait arracher du cœur de Scarlett la douleur qui l'étreignait chaque fois qu'on prononçait le nom d'Ashley ! Et Mélanie le prononçait si souvent ! Pourtant Mélanie et Pitty passaient leur temps à chercher un moyen d'adoucir le chagrin dont elles la croyaient rongée. Pour la distraire, elles reléguaient leur propre chagrin au second plan. Elles se donnaient beaucoup de mal pour lui composer des menus, l'obliger à dormir l'après-midi et à faire des promenades en voiture. Non seulement, elles déliraient d'admiration pour elle, pour son entrain, sa taille, ses pieds menus, ses petites mains, sa peau blanche, mais elles le lui disaient fort souvent et ponctuaient leurs appellations affectueuses de caresses et de baisers.

Scarlett se souciait peu des caresses, mais elle ne restait pas insensible aux compliments. Personne à Tara ne lui avait jamais dit d'aussi jolies choses. En fait, Mama n'avait cessé de lutter contre sa suffisance. Le petit Wade n'était plus une gêne, car toute la famille, les noirs et les blancs, ainsi que les voisins, l'idolâtraient et chacun se disputait le plaisir de le prendre sur ses genoux. Mélanie surtout en raffolait. Même au beau milieu des pires accès de rage du bébé, elle disait qu'il était adorable et ajoutait: «Oh! mon petit trésor! Je voudrais tant que tu sois à moi!»

Parfois Scarlett avait bien du mal à masquer ses sentiments. Elle considérait toujours tante Pitty comme la plus sotte des vieilles dames et son inconsistance, ses vapeurs l'irritaient au plus haut point. Elle éprouvait envers Mélanie une aversion jalouse qui grandissait chaque jour et elle était obligée de s'en aller brusquement quand Mélanie, rayonnante d'amour et de fierté, se mettait à parler d'Ashley ou à lire ses lettres à haute voix. Cependant, étant donné les circonstances, la vie était aussi agréable que possible. Atlanta était plus intéressante que Savannah, Charleston ou Tara, et la guerre offrait des passe-temps si imprévus que Scarlett n'avait guère le loisir de réfléchir ou de se laisser aller aux idées noires. Mais, après avoir soufflé sa bougie et s'être enfoui la tête dans l'oreiller, il lui arrivait de soupirer et de songer: «Si seulement Ashley n'était pas marié! Si seulement je n'étais pas infirmière dans ce maudit hôpital! Si seulement je pouvais avoir quelques soupirants!»

Dès le début, Scarlett avait pris en horreur son métier d'infirmière, mais elle n'avait pas la possibilité de se soustraire à ce devoir, car elle faisait partie à la fois du comité de Mme Meade et de celui de Mme Merriwether. Cela se traduisait par quatre matinées passées dans un hôpital étouffant et empesté, avec une serviette sur la tête pour retenir ses cheveux et un tablier épais qui la recouvrait du cou jusqu'aux pieds. Vieilles ou jeunes, toutes les femmes mariées d'Atlanta étaient infirmières et remplissaient leur rôle avec un zèle qui semblait à Scarlett voisin du fanatisme. Ces femmes ne doutaient pas un instant que Scarlett était animée de la même ardeur patriotique et elles eussent été indignées d'apprendre combien peu elle se souciait de la guerre. En dehors de la pensée obsédante qu'Ashley risquait d'être tué, la guerre ne l'intéressait pas du tout et, si elle soignait les malades, c'était uniquement parce qu'elle ne savait pas comment s'y prendre pour ne plus aller à l'hôpital.

Le métier d'infirmière n'avait à coup sûr rien de romantique. On n'entendait que gémir et délirer, on côtoyait la mort, on ne respirait que de mauvaises odeurs. Les hôpitaux étaient remplis d'hommes sales, mal rasés, couverts de vermine, qui sentaient terriblement fort et dont le corps portait des blessures assez hideuses pour chavirer le cœur d'un chrétien. L'atmosphère des hôpitaux était empuantie par l'odeur de la gangrène qui assaillait Scarlett bien avant qu'elle eût atteint les portes des salles, odeur douceâtre, nauséabonde, qui imprégnait ses mains et ses cheveux et la poursuivait dans ses rêves. Des nuées de mouches et de moustiques tournoyaient en bourdonnant au-dessus des lits tandis que les malades, au supplice, juraient et poussaient de faibles sanglots. Tout en grattant ses piqûres de moustiques, Scarlett agitait des éventails en feuilles de palmier jusqu'à en avoir mal à l'épaule et à souhaiter la mort de tous ces hommes.

Par contre, Mélanie ne paraissait pas tenir compte des odeurs, des blessures ni de la vue des corps nus. Et Scarlett trouvait cela étrange pour une personne qui avait toujours été la plus craintive et la plus pudique des femmes. De temps en temps, en passant des cuvettes ou des instruments au docteur Meade, qui tranchait à même les chairs putréfiées, Mélanie devenait très pâle. Et une fois, à la suite de ces opérations, Scarlett la surprit dans la lingerie en train de vomir tranquillement dans une serviette. Mais, tant que les blessés pouvaient la voir, elle conservait sa gentillesse et sa gaieté, aussi les hommes l'appelaient-ils un ange de bonté. Scarlett eût aimé qu'on lui décernât également ce titre, mais il lui aurait fallu toucher des hommes grouillant de poux, promener les doigts sur la gorge de malades évanouis pour voir s'ils n'avaient pas avalé leur chique, panser des moignons et chercher des vers dans les chairs pourries. Non, elle n'aimait pas le métier d'infirmière !

Peut-être l'eût-elle trouvé supportable si on lui avait permis d'exercer ses charmes sur les convalescents dont un grand nombre étaient jolis garçons et de bonne famille, mais son état de veuve l'empêchait de tenir ce rôle. Les jeunes demoiselles de la ville qu'on n'autorisait pas à prodiguer leurs soins de peur qu'elles ne vissent des spectacles inconvenants pour des yeux de vierges avaient pour mission de s'occuper des convalescents. N'étant ni mariées ni veuves, elles avaient toute latitude et faisaient des ravages parmi leurs protégés. Scarlett remarqua, non sans mélancolie, que même les moins séduisantes d'entre elles n'avaient aucune difficulté à trouver un fiancé.

En dehors des mourants et des hommes grièvement blessés, Scarlett ne fréquentait que des femmes et cela lui était fort pénible, car non seulement elle se méfiait des représentantes de son sexe, mais encore elle s'ennuyait à périr en leur compagnie. Cependant, trois après-midi par semaine, il lui fallait se rendre aux cercles de couture et aux comités des amis de Mélanie. Les jeunes filles qui, toutes, avaient connu Charles, étaient très aimables et très prévenantes avec elle, surtout Fanny Elsing et Maybelle Merriwether, les filles des douairières de la ville. Mais elles la traitaient avec déférence en vieille femme dont l'existence eût été finie, et comme elles ne cessaient de parler de réunions dansantes et de leurs soupirants, Scarlett finit par être jalouse de leurs plaisirs que lui interdisait son veuvage. Voyons, elle était trois fois plus séduisante que Fanny et que Maybelle ! Oh ! que la vie était donc injuste ! Comment les gens pouvaient-ils donc croire que son mari avait emporté son cœur avec lui dans la tombe alors que ce n'était pas vrai ? Son cœur était en Virginie, avec Ashley !

Pourtant, en dépit de ces inconvénients, Atlanta lui plaisait beaucoup et, à mesure que les semaines s'écoulaient, son séjour se prolongeait.

IX

Un matin d'été, Scarlett, le cœur gros, regardait de sa fenêtre passer des chariots et des voitures remplis de soldats, de jeunes filles avec leurs chaperons. Tous descendaient joyeusement la rue du Pêcher et s'en allaient dans les bois chercher des branchages pour la vente de charité qui devait avoir lieu ce soir-là au bénéfice des hôpitaux. Les arbres se rejoignaient en berceau au-dessus de la chaussée et l'ombre de leurs feuilles dessinait un damier sur le sol rouge. De leurs sabots, les bêtes, en trottant, soulevaient de petits nuages de poussière rouge aussi. En tête venait un chariot monté par quatre grands nègres armés de haches pour couper les branches. À l'arrière de ce même chariot s'entassaient des bourriches recouvertes de linge blanc, des paniers à provisions et une douzaine de pastèques. Deux des nègres avaient un banjo et un harmonica et interprétaient à leur manière: *Si tu veux prendre du bon temps, engage-toi dans la cavalerie.* À la suite du chariot s'étirait la joyeuse cavalcade. Les jeunes filles en robes de coton à fleurs portaient des écharpes légères, des capelines et des mitaines pour se protéger du soleil et tenaient de petites ombrelles au-dessus de leur tête. De vieilles dames souriaient tranquillement aux plaisanteries qu'on échangeait de voiture à voiture. Des convalescents étaient coincés entre de grosses dames et de frêles jeunes filles aux petits soins pour eux. Des officiers à cheval trottaient sans se presser à la hauteur des attelages. Les roues grinçaient, les éperons cliquetaient, l'or des uniformes scintillait, les ombrelles oscillaient, les éventails s'agitaient, les nègres chantaient. Tout le monde s'en allait cueillir des branchages et déjeuner sur l'herbe. «Tout le monde, se dit Scarlett morose, tout le monde sauf moi!»

En passant devant Scarlett, chacun lui fit signe et lui cria bonjour, et Scarlett s'efforça de répondre avec grâce, mais c'était difficile. Elle sentit une petite douleur lui étreindre le cœur, remonter lentement à sa gorge. Elle savait qu'elle n'allait pas tarder à pleurer. Tout le monde se rendait au pique-nique sauf elle, et tout le monde irait à la vente de charité sauf elle, Pittypat, Mélanie et toutes les autres malheureuses qui étaient en deuil. Mais Melly et Pittypat n'avaient pas

l'air de le regretter. Il ne leur était même pas venu à l'idée d'aller à la fête, tandis que Scarlett avait une envie folle d'y assister.
Ce n'était vraiment pas juste. Elle avait travaillé deux fois plus dur que n'importe quelle autre jeune fille à tricoter des chaussettes, des bonnets d'enfant, des dessus-de-lit et des gants, à faire des mètres et des mètres de dentelle et à peindre divers objets de toilette en porcelaine. Elle avait brodé le drapeau confédéré sur une demi-douzaine de coussins (à vrai dire les étoiles étaient un peu irrégulières, certaines étaient presque rondes, d'autres avaient six ou sept branches, mais l'effet était excellent). La veille, elle s'était épuisée à tendre d'étamine jaune, rose et verte les comptoirs qui s'alignaient le long des murs. Ce n'était pas amusant du tout de peiner sous la direction des dames du comité de son hôpital. D'ailleurs ce n'était jamais drôle de se trouver avec Mmes Merriwether, Elsing et Whiting qui vous menaient comme des nègres, ni de les entendre raconter les succès de leurs filles. Enfin, pour comble de malheur, elle s'était fait deux ampoules aux doigts en aidant Pittypat et la cuisinière à confectionner des gâteaux pour la tombola.
Et maintenant qu'elle avait travaillé comme une esclave des champs, il lui fallait se retirer dans sa dignité juste au moment où l'on allait commencer à s'amuser. Oh ! ce n'était pas juste qu'elle fût veuve, qu'elle eût un bébé qui hurlait dans la pièce voisine, qu'elle fût tenue à l'écart de tout ce qui était agréable. Un peu plus d'un an auparavant, elle portait des robes de couleurs vives au lieu de vêtements de deuil, et elle était pratiquement fiancée à trois garçons. Elle n'avait encore que dix-sept ans et ses pieds ne demandaient qu'à danser. Non, ce n'était pas juste. Au bruit des éperons, au son du banjo, la vie défilait devant elle, le long d'une avenue ombreuse, tout imprégnée de chaleur estivale, la vie en uniformes gris, en robes d'organdi à fleurs. Elle s'efforça de mesurer ses gestes, de ne pas sourire aux hommes qu'elle connaissait le mieux, à ceux qu'elle avait soignés à l'hôpital, mais elle avait bien du mal à empêcher ses fossettes de se creuser, bien du mal à conserver l'attitude d'une femme dont le mari avait emporté son cœur dans la tombe…
Elle s'arrêta brusquement de saluer et de dire bonjour. Essoufflée comme toujours d'avoir monté l'escalier, Pittypat venait d'entrer dans la chambre et de l'arracher au spectacle qui la retenait à la fenêtre.
– Aurais-tu perdu la tête, ma chérie ? On n'a pas idée de faire signe à des hommes par la fenêtre de sa chambre à coucher. Je t'assure, Scarlett, j'en suis choquée ! Que dirait ta mère ?
– Voyons, ils ne savent pas que je suis dans ma chambre…

– Oui, mais ils pourraient s'en douter, et ça n'en est pas mieux. Il ne faut pas faire des choses comme ça, chérie, ou tout le monde va jaser et dire que tu te tiens mal… et puis Mme Merriwether sait bien que c'est ta chambre.
– Et je parie qu'elle va le raconter à tous les garçons, la vieille chipie !
– Chut, mon chou ! Dolly Merriwether est ma meilleure amie !
– Ça ne l'empêche pas d'être une chipie… Oh ! je suis navrée, ma tante, ne pleurez pas ! J'avais oublié que c'était la fenêtre de ma chambre. Je ne le ferai plus ; je… voulais seulement les voir passer. Je voudrais bien y aller.
– Mon chou !
– Oui, c'est vrai. J'en ai assez de rester à la maison.
– Scarlett, promets-moi de ne plus dire de choses pareilles. Les gens en feraient des gorges chaudes. Ils diraient que tu ne sais pas respecter la mémoire du pauvre Charlie…
– Oh ! tante, ne pleurez pas !
– Oh ! voilà que je te fais pleurer aussi ! dit Pittypat entre deux sanglots, tout en cherchant son mouchoir dans la poche de sa jupe.
La petite douleur qu'elle avait déjà ressentie empoignait maintenant Scarlett à la gorge et elle se lamenta tout haut, non pas à cause du pauvre Charles, comme le pensait Pittypat, mais parce qu'on n'entendait déjà presque plus les éclats de rire et le grincement des roues. Mélanie quitta sa chambre dans un bruissement de soie et entra à son tour, une brosse à la main, un pli soucieux au front. Elle ne portait pas sa résille et la masse bouclée de ses cheveux, si bien peignés d'ordinaire, bouffait autour de son visage.
– Que se passe-t-il, mes chéries ?
– Charlie ! sanglota Pittypat en s'abandonnant au plaisir que lui causait son chagrin et en blottissant sa tête contre l'épaule de Melly.
– Oh ! fit celle-ci dont la lèvre se mit à trembler. Sois courageuse, chérie. Ne pleure pas ! Oh ! Scarlett !
Scarlett s'était jetée sur son lit et pleurait toutes les larmes de son corps. Elle pleurait sa jeunesse perdue et les plaisirs qui lui étaient refusés. Elle sanglotait d'indignation avec le désespoir d'une enfant qui, jadis, pouvait obtenir tout ce qu'elle voulait par ses larmes et qui sait que, désormais, ses larmes ne lui serviront plus. La tête enfouie dans l'oreiller, elle pleurait et battait rageusement des pieds son édredon duveteux.
– Autant être morte ! lança-t-elle d'un ton farouche.
Devant un tel déploiement de douleur, Pittypat sécha ses larmes et Melly s'élança au chevet de sa belle-sœur pour la consoler.

– Chérie, ne pleure pas ! Essaie de penser combien Charles t'aimait et que cela te soit un réconfort. Essaie de penser à ton bébé chéri.

Indignée d'être si mal comprise, désespérée d'être tenue à l'écart de tout, Scarlett fut incapable de proférer un son. Ce fut heureux, car, si elle avait pu parler, elle aurait dit tout ce qu'elle avait sur le cœur, à la manière de Gérald, sans mâcher ses mots. Mélanie lui caressa l'épaule et, traversant lourdement la pièce sur la pointe des pieds, Pittypat alla baisser les persiennes.

– Ne faites pas ça ! éclata Scarlett, sortant de l'oreiller un visage cramoisi et boursouflé. Je ne suis pas assez morte pour que vous baissiez les persiennes, quoique je n'en vaille guère mieux. Oh ! allez-vous-en et laissez-moi tranquille !

Elle s'abîma de nouveau dans l'oreiller et, après s'être consultées à voix basse, la tante et la nièce se retirèrent discrètement. Scarlett entendit Mélanie chuchoter quelque chose à Pittypat tandis qu'elles s'engageaient toutes deux dans l'escalier.

– Tante Pitty, je voudrais bien que tu ne lui parles pas de Charles. Tu sais combien ça la bouleverse. La pauvre petite, elle a son regard étrange et je sais qu'elle va prendre sur elle pour ne pas pleurer. Il ne faut pas augmenter son chagrin.

Dans sa rage impuissante, Scarlett continua de battre l'édredon et s'efforça de trouver quelques gros mots à dire.

– Sacrebleu ! s'écria-t-elle enfin, et elle se sentit un peu soulagée.

Comment Mélanie pouvait-elle se contenter de rester à la maison, ne jamais se distraire et continuer à porter le deuil de son frère alors qu'elle n'avait que dix-huit ans ? « Mais elle est si bûche, pensa Scarlett en labourant l'oreiller de ses poings. Et puis, elle n'a jamais eu autant de succès que moi. Les choses qui me manquent ne lui manquent pas. Et… et, d'ailleurs, elle a Ashley, et moi… moi, je n'ai personne ! »

Cette constatation raviva sa douleur et elle se mit à sangloter bruyamment.

Elle resta dans sa chambre jusque vers le milieu de l'après-midi. La vue des promeneurs qui revenaient du pique-nique dans leurs attelages chargés de branches de pin, de plantes grimpantes et de fougères ne la réconforta point. Tout le monde avait l'air fatigué, mais ravi. Scarlett répondit tristement aux saluts qu'on lui adressa. La vie était désespérante et ne valait certainement pas la peine d'être vécue.

Le salut se présenta sous la forme à laquelle elle s'attendait le moins. Alors que toute la maison faisait la sieste, Mme Merriwether et Mme Elsing arrivèrent en voiture. Surprises de recevoir une visite

à pareille heure, Mélanie et tante Pitty se levèrent, agrafèrent leur corsage en hâte, lissèrent leurs cheveux et descendirent au salon.
– Les enfants de Mme Bonnell ont la rougeole, annonça Mme Merriwether à brûle-pourpoint, tout en laissant bien voir qu'elle tenait Mme Bonnell pour personnellement responsable.
– Et les petites McLure ont été appelées en Virginie, dit Mme Elsing de sa voix mourante, tout en s'éventant avec langueur, comme si, pour elle, cet événement ne comptait pas beaucoup plus que le reste. Dallas McLure est blessé.
– C'est terrible, firent leurs hôtesses en chœur. Est-ce que le pauvre Dallas…
– Non. Simplement une balle qui lui a traversé l'épaule, dit Mme Merriwether sèchement. Mais ça ne pouvait pas plus mal tomber. Les petites vont le chercher pour le ramener chez lui. Mais, ciel ! nous n'avons pas le temps de rester à bavarder. Il faut que nous retournions vite à l'arsenal compléter la décoration. Pitty, nous avons besoin de vous et de Melly ce soir pour prendre la place de Mme Bonnell et des petites McLure.
– Oh ! mais, Dolly, nous ne pouvons pas y aller.
– Ne me dites pas à moi qu'« on ne peut pas », Pittypat Hamilton, déclara Mme Merriwether avec force. Nous avons besoin de vous pour surveiller les noirs préposés aux rafraîchissements. C'était le rôle assigné à Mme Bonnell. Quant à toi, Melly, il faut que tu tiennes le comptoir des petites McLure.
– Oh ! mais c'est impossible… avec le pauvre Charles qui est mort il n'y a que…
– Je comprends vos sentiments, mais il n'y a pas de trop grands sacrifices pour la Cause, coupa d'une voix douce Mme Elsing, qui voulait mettre les choses au point.
– Oh ! nous aimerions tant vous aider, mais… pourquoi ne trouveriez-vous pas quelques jolies jeunes filles pour tenir les comptoirs ?
Mme Merriwether eut un rire méprisant.
– Je ne sais pas ce qu'a la jeunesse aujourd'hui. Elle n'a aucun sens des responsabilités. Toutes les jeunes filles qui n'ont pas déjà accepté de tenir un comptoir ont plus d'excuses à leur disposition que vous n'en pourriez inventer. Oh ! je ne m'y laisse pas prendre. Elles veulent tout simplement être libres de tourner autour des officiers. Et puis elles ont peur qu'on ne voie pas leurs robes derrière les comptoirs. Je paierais cher pour que ce forceur de blocus… comment s'appelle-t-il donc ?
– Le capitaine Butler, intervint Mme Elsing, secourable.

– Je voudrais bien qu'il apportât un peu plus de matériel d'hôpital et un peu moins de crinolines et de dentelles. Ce n'est pas une, mais vingt robes importées par lui que j'ai vues aujourd'hui. Le capitaine Butler… j'ai les oreilles rebattues de ce nom-là. Allons, Pitty, je n'ai pas le temps de discuter. Il faut venir. Tout le monde comprendra. Quant à toi, Melly, tu ne seras pas trop en vue. Le comptoir des petites McLure est tout au bout et, comme il n'est pas bien joli, personne ne fera attention à toi.

– Je crois que nous irons, dit Scarlett en s'efforçant de réprimer son impatience et de conserver un visage aussi sérieux que possible. C'est le moins que nous puissions faire pour l'hôpital.

Ni l'une ni l'autre des visiteuses n'avait mentionné son nom. Toutes deux se tournèrent vers elle et lui décochèrent un regard acéré. Même au plus fort de leur embarras elles n'avaient pas envisagé de demander à une veuve d'un an à peine de figurer dans un rôle mondain. Les yeux écarquillés comme ceux d'un enfant, Scarlett soutint leur regard.

– Je crois que nous pourrons aller à la vente et contribuer toutes à en faire un succès. Je crois que je pourrai tenir le comptoir avec Melly parce que… oui, je crois que ce serait mieux d'être deux. Qu'en penses-tu, Melly ?

– Eh bien, commença Melly à court d'arguments.

L'idée de paraître à une réunion mondaine alors qu'elle était en deuil était si extraordinaire qu'elle en était toute désorientée.

– Scarlett a raison, dit Mme Merriwether en observant des signes de fléchissement. (Elle se leva et, d'une secousse, remit sa crinoline en place.) Il faut venir toutes les deux… non, toutes les trois. Allons, Pitty, vous n'allez pas recommencer. Pensez plutôt que l'hôpital a besoin d'argent pour acheter des lits et des médicaments. Et je sais que Charlie sera content que vous aidiez la Cause pour laquelle il est mort.

– Eh bien, murmura Pitty, désarmée comme toujours en présence d'une personnalité plus forte que la sienne, si vous croyez que les gens comprendront…

« Trop beau pour être vrai ! trop beau pour être vrai ! » chantait le cœur ravi de Scarlett quand elle se glissa discrètement derrière le comptoir tendu de rose et de jaune qu'auraient dû occuper les sœurs McLure.

Elle retournait enfin dans le monde ! Après un an de réclusion, de crêpe et de chuchotements étouffés, après avoir failli devenir folle d'ennui, elle assistait enfin à une réunion, à une vraie réunion, la plus grande qu'Atlanta eût jamais connue. Elle voyait des gens, des lumières, elle entendait de la musique, contemplait les belles dentelles, les robes et les jabots que le fameux capitaine Butler avait ramenés avec lui à son dernier voyage en forçant le blocus.

Elle se pelotonna sur l'un des petits tabourets derrière le comptoir et parcourut des yeux la longue salle qui, jusqu'à cet après-midi-là, n'avait été qu'un hangar nu et laid où l'on faisait l'exercice. Comme les dames avaient dû travailler à la dernière minute pour la rendre aussi belle ! C'était ravissant. Toutes les bougies et tous les bougeoirs d'Atlanta devaient se trouver là. Il y avait des chandeliers d'argent à douze branches, des chandeliers de porcelaine ornés de charmantes figurines, de vieux bougeoirs de cuivre, roides et dignes. Tout cela supportait des bougies de toutes tailles et de toutes couleurs, parfumées au laurier. Il y en avait sur les râteliers qui couraient tout au long de la salle, sur les tables couvertes de fleurs, sur les comptoirs, même sur l'appui des fenêtres où le souffle tiède de l'été avait juste assez de force pour en faire vaciller la flamme.

Au milieu de la salle, la grosse lampe hideuse, suspendue au plafond par des chaînes, était complètement transformée sous des touffes de houx et de vigne que, déjà, la chaleur flétrissait. Les murs étaient décorés de branches de pin qui dégageaient des senteurs épicées et formaient, dans les angles, de jolis berceaux de verdure où les vieilles dames pouvaient s'asseoir. De longues et gracieuses guirlandes de houx, de vigne et de liserons dessinaient leurs festons sur les murs, encadraient les fenêtres et les sortes de niches tapissées d'étoffes vives où l'on avait installé les comptoirs. Et partout, au milieu des plantes vertes, sur les drapeaux et les cartouches, flamboyaient, sur fond bleu et rouge, les étoiles de la Confédération.

L'estrade réservée aux musiciens était décorée d'une manière suprêmement artistique. Elle disparaissait sous un amoncellement de plantes vertes et de drapeaux. Scarlett savait que toutes les plantes en pots ou en caisses de la ville étaient là, coleus, géraniums, hortensias, lauriers-roses, bégonias et même les trésors de la serre de Mme Elsing, auxquels on avait réservé la place d'honneur.

En face de l'estrade, à l'autre extrémité de la salle, des dames s'étaient surpassées. Au mur étaient accrochés deux grands tableaux, l'un du président Davis, l'autre du « Petit Alec » Stephens de la Géorgie, vice-président de la Confédération. Au-dessus d'eux pendait un énorme drapeau, au-dessous, sur de longues tables, s'accumulait le butin provenant des jardins de la ville : fougères, monceaux de roses cramoisies, jaunes et blanches, gaines orgueilleuses de glaïeuls dorés, masses de capucines multicolores. Parmi les fleurs, des bougies brûlaient, sereines comme les cierges d'un autel. Les deux portraits contemplaient la scène, visages aussi différents que possible pour des hommes chargés tous deux de guider un pays en un moment redoutable. Davis avait les joues creuses, le regard froid d'un ascète. Ses lèvres minces et fières traçaient une ligne ferme. Stephens avait les yeux sombres et brûlants, profondément enfoncés au creux des orbites, le visage d'un homme qui n'avait jamais connu que la maladie et la douleur, mais qui en avait triomphé grâce à sa volonté et à son énergie.

Les dames les plus âgées du comité, auxquelles on avait confié toute l'organisation de la fête, parcouraient la salle aussi majestueusement que des voiliers toutes voiles dehors. Leurs robes bruissaient, elles poussaient derrière leurs comptoirs les jeunes femmes en retard ou les jeunes filles qui ricanaient. Puis elles s'engouffraient dans des pièces latérales où l'on préparait les rafraîchissements, et tante Pitty, hors d'haleine, se précipitait vers elles.

Les musiciens montèrent sur l'estrade. Noirs, souriants, leurs grosses joues luisant déjà de sueur, ils se mirent à accorder leurs violons et à donner de grands coups d'archet comme pour montrer à l'avance leur importance. Le vieux Levi, le cocher de Mme Merriwether, qui, depuis l'époque où Atlanta s'appelait Marthasville, dirigeait les orchestres à chaque fête de charité et à chaque mariage, frappa son pupitre de son bâton. Il y avait encore fort peu de monde en dehors des dames investies d'un rôle, mais tous les yeux se tournèrent vers lui. Alors, les violons, les violoncelles, les accordéons et les banjos attaquèrent *Lorena*[1] sur un rythme lent, trop lent pour la danse. On danserait plus tard, quand il n'y aurait plus rien sur les comptoirs. Scarlett sentit son cœur battre plus vite en reconnaissant la valse langoureuse :

Les ans coulent lentement, Lorena !
La neige est de nouveau sur l'herbe.
Le soleil est bas à l'horizon, Lorena...

Un, deux, trois – un, deux, trois, trois... tournez... Un, deux, trois... La belle valse ! Scarlett avança légèrement les mains, ferma les yeux

1. *Lorena* (1862) : l'une des chansons d'amour les plus populaires du Sud confédéré.

et suivit, en se balançant, le rythme triste et obsédant. Il y avait dans la mélodie tragique et dans l'amour perdu de Lorena quelque chose qui s'apparentait à ses propres émotions et qui la prit à la gorge.

Alors, comme si la musique les avait attirés, des sons s'élevèrent dans la rue baignée par le clair de lune. On entendit piaffer des chevaux et grincer les roues des voitures. Les rires fusèrent dans l'air tiède, les nègres se querellèrent pour ranger leurs attelages. L'escalier retentit d'un joyeux tumulte. Les voix fraîches des jeunes filles se mêlèrent aux voix graves de leurs cavaliers. On s'interpella gaiement, on poussa des cris de joie en reconnaissant des amis qu'on avait quittés l'après-midi même.

Soudain, la salle déborda de vie et s'emplit de jeunes filles dont les robes à énormes crinolines, sous lesquelles dépassaient des pantalons bordés de dentelle, chatoyaient comme des papillons; jeunes filles montrant leurs petites épaules blanches, rondes et nues, découvrant, sous un feston de dentelle, la naissance de leur gorge doucement renflée, portant négligemment un châle sur le bras et, retenu au poignet par un mince ruban de velours, un éventail pailleté ou peint ou bien un éventail en plumes de cygne ou de paon; jeunes filles aux cheveux noirs ramenés en chignon si lourd qu'elles rejetaient insolemment la tête en arrière; jeunes filles à la nuque encadrée de boucles blondes épousant le rythme de leurs boucles d'oreilles à frange d'or; dentelles, soieries, rubans d'autant plus précieux qu'ils avaient tous été importés en dépit du blocus; parures arborées avec d'autant plus d'orgueil qu'elles étaient un nouvel affront infligé aux Yankees.

Les fleurs de la ville n'avaient pas toutes été offertes en hommage aux chefs de la Confédération. Les jeunes filles s'étaient réservé les plus petites et les plus parfumées: roses thé piquées derrière une oreille, jasmins et boutons de roses tressés en guirlande autour d'une tête bouclée, fleurs d'arbres fruitiers pudiquement enfouies dans l'échancrure d'un corselet de satin, fleurs qui, avant la fin de la nuit, seraient données en souvenir et iraient se cacher dans la poche d'un uniforme gris.

Il y avait tant d'uniformes dans la foule… tant d'uniformes portés par tant d'hommes que Scarlett connaissait, qu'elle avait vus sur un lit d'hôpital, dans la rue ou au champ de manœuvres. Ils étaient superbes, ces uniformes, si élégants avec leurs boutons scintillants, si éblouissants avec leur double rangée de galons dorés au col et aux manches, avec leurs bandes rouges, jaunes ou bleues au pantalon suivant les armes, couleurs qui mettaient si bien le gris en valeur. De-ci, de-là, on découvrait une écharpe écarlate ou dorée : les sabres brillaient et cliquetaient contre les bottes étincelantes, les éperons sonnaient.

De si beaux hommes ! pensa Scarlett, le cœur gonflé d'orgueil tandis que ceux qu'elle admirait faisaient des signes à leurs amies ou s'inclinaient très bas pour baiser la main des dames âgées. Tous paraissaient si jeunes malgré leurs longues moustaches blondes ou leurs barbes noires, si beaux, si hardis avec leurs bras en écharpe ou leurs têtes enveloppées de pansements dont la blancheur contrastait étrangement avec leurs visages bronzés. Certains s'appuyaient sur des béquilles. Que les jeunes filles étaient donc fières de les accompagner ! Avec quelle sollicitude elles ralentissaient le pas pour leur permettre de les suivre en sautillant ! Parmi les hommes en uniforme, un zouave de Louisiane, le bras passé dans une écharpe de soie noire, portait le pantalon bleu bouffant à bandes blanches, les guêtres crème et la petite veste rouge très ajustée. Il tranchait sur le reste de la foule comme un oiseau des tropiques et jetait une note éclatante qui faisait pâlir les robes vives des jeunes filles. C'était un petit homme noiraud, grimaçant comme un singe, le soupirant attitré de Maybelle Merriwether, René Picard. Tous les blessés de l'hôpital devaient être là, du moins tous ceux qui pouvaient marcher, ainsi que tous les soldats en permission ou en congé de convalescence. Il devait y avoir aussi tous les hommes qui, d'Atlanta à Macon, servaient dans les chemins de fer, les postes, l'intendance ou les hôpitaux. Comme les dames du comité allaient être contentes ! Leur hôpital allait recueillir des sommes considérables !

Dans la rue, on entendit un roulement de tambour, le bruit d'une troupe marchant au pas cadencé, les cris d'admiration des cochers. Un clairon sonna et une voix de basse lança l'ordre de rompre les rangs. Un instant après, gardes locaux et miliciens, en brillant uniforme, gravirent l'escalier étroit, puis, s'inclinant, saluant, serrant des mains, se répandirent dans la salle. La garde locale se composait de tout jeunes gens, fiers de jouer au soldat et jurant de se trouver en Virginie l'année suivante, à condition que la guerre durât jusque-là. Elle se composait aussi de vieux à la barbe blanche. Ces derniers auraient bien voulu être plus jeunes, mais ils étaient heureux de se promener en uniforme et d'emprunter un peu de gloire à leurs fils qui étaient au front. Dans la milice, il y avait nombre d'hommes entre deux âges et quelques autres plus vieux encore ; néanmoins ce corps comprenait pas mal de garçons en âge de servir sous les drapeaux et qui n'adoptaient point un air aussi conquérant que leurs aînés ou leurs cadets. Déjà des murmures commençaient à s'élever et on se demandait pourquoi ils n'étaient pas avec Lee.

Comment allaient-ils faire pour tenir tous dans la salle ? Celle-ci avait paru si grande quelques minutes auparavant, et maintenant elle était pleine à craquer. Il faisait chaud. On respirait tous les parfums de la nuit d'été, mêlés à ceux des sachets, de l'eau de Cologne, de la pommade pour les cheveux, des bougies qui dégageaient une odeur de laurier. Les fleurs embaumaient. Une fine poussière s'élevait du plancher vétuste. Le brouhaha empêchait de distinguer quoi que ce fût et, comme s'il eût ressenti la joie et l'émotion de cet instant, le vieux Levi s'arrêta net au beau milieu d'une mesure de *Lorena*, frappa un coup sec de son bâton et l'orchestre attaqua *Le Beau Drapeau bleu*[2].

D'une centaine de poitrines, le chant jaillit comme une acclamation. Le clairon de la garde locale escalada l'estrade et enchaîna avec les musiciens au moment précis où débutait le chœur. Les notes argentines vibrèrent très haut au-dessus de la foule et firent courir des frissons dans le dos des assistants.

Hourra ! Hourra ! pour les droits du Sud, hourra !
Hourra ! pour le beau drapeau bleu
Qui n'a qu'une seule étoile !

Le second vers fut entonné avec encore plus de force que les autres et Scarlett qui chantait comme tout le monde entendit monter derrière elle l'harmonieux soprano de Mélanie, clair, sincère, et émouvant comme les notes du clairon. Elle se retourna et vit que Mélanie avait les mains ramenées sur sa poitrine, les yeux fermés et que de petites larmes perlaient au coin de ses paupières. Quand la musique s'arrêta, elle adressa à Scarlett un petit sourire bizarre et fit la moue pour s'excuser, tout en essuyant ses larmes avec son mouchoir.

– Je suis si heureuse, murmura-t-elle, et si fière des soldats que je ne peux pas m'empêcher de pleurer.

Dans ses yeux brillait une lueur ardente, passionnée, qui, pendant un instant, éclaira son petit visage banal et le rendit magnifique.

Toutes les femmes se tournèrent vers les hommes qu'elles aimaient, les amantes vers leurs amoureux, les mères vers leurs fils, les

2. *Le Beau Drapeau bleu, Bonnie Blue Flag*, chanson sudiste militante.

femmes vers leurs maris ; toutes avaient la même expression sur le visage, les mêmes larmes de fierté sur leurs joues roses ou ridées, le même sourire aux lèvres, la même lueur brûlante dans les yeux. Toutes étaient belles de cette aveugle beauté qui transfigure même la plus laide des femmes quand un homme l'aime et la protège et qu'elle lui rend son amour au centuple.

Elles les aimaient, ces hommes, elles croyaient en eux, elles leur feraient confiance jusqu'à leur dernier souffle. Comment un désastre pourrait-il jamais fondre sur ces femmes quand se dressait entre elles et les Yankees l'héroïque rempart des uniformes gris ? Avait-on jamais vu hommes plus valeureux, plus intrépides, plus nobles, plus tendres, depuis que le monde était monde ? La victoire pouvait-elle faire autrement que sourire à une cause aussi juste, aussi légitime que la leur ? Une cause que ces femmes aimaient autant qu'elles chérissaient leurs hommes, une cause qu'elles servaient de leurs deux mains, de tout leur cœur, une cause à laquelle elles ne cessaient de penser, dont elles rêvaient… une cause à laquelle elles sacrifieraient leurs hommes s'il le fallait, pour laquelle elles porteraient aussi fièrement le deuil que les hommes portaient leurs étendards dans la bataille.

Leurs cœurs étaient gonflés de ferveur et d'orgueil, l'astre de la Confédération était à son zénith, car la victoire finale était proche. Les succès de Stonewall Jackson[3] et la défaite des Yankees après la bataille des Sept Jours autour de Richmond l'indiquaient clairement. Comment pouvait-il en être autrement avec des chefs comme Lee et Jackson ? Encore une victoire et les Yankees, à deux genoux, imploreraient grâce, les hommes rentreraient chez eux à cheval et l'on s'embrasserait et l'on se réjouirait.

Évidemment, il y avait bien des places vides dans les foyers, bien des bébés qui ne connaîtraient jamais leur père, bien des tombes anonymes entre les contreforts des monts de Virginie et dans les montagnes du Tennessee. Pourtant, était-ce donc payer trop cher le triomphe d'une pareille cause ? Les femmes avaient du mal à se procurer de la soie, le thé et le sucre étaient rares, mais c'étaient là sujets de plaisanteries. D'ailleurs, les intrépides forceurs de blocus réussissaient quand même à faire entrer ces marchandises au nez et à la barbe des Yankees furieux. Bientôt Raphaël Semmes et la flotte confédérée allaient se charger des canonnières yankees et les ports

3. Stonewall, qui veut dire « Muraille de pierre », était le surnom donné au général Jackson *(N.d.T.)*.

seraient grands ouverts au commerce. Et puis l'Angleterre était sur le point de venir en aide à la Confédération parce que le manque de coton réduisait ses filatures au chômage et que la noblesse anglaise éprouvait une sympathie naturelle pour les Confédérés, comme il se devait entre aristocrates qui méprisaient la race des Yankees amateurs de dollars.

Le plaisir inaccoutumé de se trouver à une réunion mondaine avait d'abord fait battre le cœur de Scarlett, mais quand elle vit, sans très bien en pénétrer le sens, l'expression reflétée par le visage de ceux qui l'entouraient, sa joie commença à se dissiper. Toutes les femmes manifestaient une émotion qu'elle ne ressentait pas. Elle fut à la fois surprise et consternée. Elle n'aurait su dire pourquoi, mais la salle ne lui semblait plus aussi jolie ni les jeunes filles aussi séduisantes, enfin cet enthousiasme pour la Cause, dont chaque visage était encore empreint lui parut... oui, absolument stupide!

À sa grande stupeur, elle se rendit compte soudain qu'elle ne partageait pas l'orgueil farouche de ces femmes, leur désir de se sacrifier à la Cause. Avant même que sa conscience horrifiée lui eût dit: «Non... non! Il ne faut pas penser des choses pareilles. C'est mal... C'est un péché», elle comprit que la Cause ne signifiait rien pour elle et qu'elle était excédée d'entendre les gens en parler avec ce regard extatique. Pour elle, la Cause n'avait rien de sacré. Pour elle, la guerre n'avait aucun caractère de sainteté. Ce n'était qu'un fléau qui massacrait aveuglément les hommes, qui coûtait cher et rendait difficile l'acquisition des objets de luxe. Elle comprit qu'elle en avait assez de s'abîmer les doigts à tricoter, de rouler des bandes de pansement et de faire de la charpie. Et puis, elle en avait tellement assez de l'hôpital! Elle était écœurée par l'odeur de la gangrène, elle ne pouvait plus supporter les gémissements continuels des blessés, elle avait peur de cette expression que l'approche de la mort peignait sur les visages ravagés.

Craignant qu'on ne pût lire sur son front les pensées impies qui se pressaient dans son esprit, elle regarda furtivement autour d'elle. Oh! pourquoi n'éprouvait-elle donc pas les mêmes sentiments que ces femmes? Elles étaient dévouées corps et âme à la Cause. Tout ce qu'elles disaient était sincère. Et si quelqu'un pouvait jamais se douter qu'elle, Scarlett... non, non, personne ne saurait jamais! Il fallait qu'elle continuât de simuler pour la Cause un enthousiasme et une fierté qu'elle était incapable de ressentir, il fallait qu'elle se conduisît comme la veuve d'un officier confédéré, en femme qui portait stoïquement sa douleur et pour qui la mort de son mari ne comptait pas, puisqu'elle avait contribué au triomphe de la Cause.

Oh! pourquoi était-elle si différente, si éloignée de ces femmes aimantes? Jamais elle ne serait capable d'aimer quelqu'un ou quelque chose avec le même désintéressement qu'elles. À quel point elle prenait conscience d'être délaissée, elle qui jamais auparavant ne s'était sentie seule! Elle essaya d'abord d'étouffer ces pensées, mais sa rude franchise ne le lui permit pas. Alors, tandis que la fête se déroulait et qu'elle et Mélanie servaient les clients arrêtés devant le comptoir, elle s'efforça de se justifier à ses propres yeux, tâche qu'elle avait rarement trouvée difficile.

Les autres femmes étaient tout bonnement stupides et folles avec leurs histoires de patriotisme et avec leur Cause; quant aux hommes, ils ne valaient guère mieux avec leurs histoires de coups décisifs et de droits des États. Elle seule, Scarlett O'Hara Hamilton, était douée de bon sens, d'une solide tête d'Irlandaise. Elle n'avait pas l'intention de se rendre grotesque pour la Cause, mais elle n'avait pas l'intention non plus de se rendre grotesque en révélant sa véritable façon de penser. Elle avait assez de jugement pour envisager la situation sous un angle pratique, et personne ne saurait jamais à quoi s'en tenir sur ses sentiments. Quelle ne serait pas la surprise de l'assistance si l'on savait à quoi elle pensait vraiment! Quelle ne serait pas l'indignation des gens si elle montait sur l'estrade des musiciens pour déclarer qu'à son avis la guerre devait cesser afin que chacun rentrât chez soi pour s'occuper de son coton, et qu'on pût donner de nouvelles réceptions où l'on reverrait quantité de soupirants et de robes vert pâle.

Pendant un instant, convaincue de la justesse de ses vues, elle se sentit réconfortée; pourtant, elle n'en continua pas moins à promener un regard haineux sur la salle. Comme l'avait indiqué Mme Merriwether, le comptoir des petites McLure n'attirait pas beaucoup l'œil et il se passait de longs moments sans que personne n'y vînt. Scarlett, n'ayant rien à faire, avait tout le temps d'observer la foule joyeuse. Mélanie devina sa mauvaise humeur, mais, l'attribuant au chagrin que Scarlett devait ressentir à ne pas avoir Charlie auprès d'elle, elle ne chercha pas à engager la conversation. Au contraire, elle déploya tout son zèle à mettre plus en valeur les objets étalés sur le comptoir, tandis que sa belle-sœur restait assise et regardait d'un air lugubre devant elle. Même les fleurs amoncelées sous les portraits de M. Davis et de M. Stephens déplaisaient à Scarlett.

« On dirait un autel, se dit-elle en ricanant. À la façon dont on se comporte avec ceux-là, on dirait qu'il s'agit de Dieu le Père et de son Fils ! »

Alors, effrayée de son irrévérence, elle voulut faire un signe de la croix pour s'excuser, mais elle se retint à temps.
« Voyons, c'est vrai, continua-t-elle au cours d'un dialogue muet avec sa conscience. Tout le monde les traite comme des saints et ce ne sont que des hommes, et par-dessus le marché ils sont rudement laids. »
Bien entendu, M. Stephens n'y pouvait rien, car toute sa vie il était resté infirme, mais M. Davis... Scarlett étudia le visage altier, aux traits nets comme ceux d'un camée. C'était son bouc qui la contrariait le plus. Pour les hommes, il n'y avait de seyant que le visage rasé, la moustache ou la barbe.
« Cette petite touffe, on dirait qu'il n'a pas pu faire mieux », se dit-elle sans voir sur ce visage le reflet de la ferme intelligence qui supportait tout le poids d'une nation nouvelle.
Non, Scarlett n'était pas heureuse. Elle assistait bien à la fête, mais elle n'y participait pas. Personne ne faisait attention à elle. Elle était la seule jeune femme sans mari qui n'eût point de cavalier. Toute sa vie, elle avait pourtant adoré occuper le centre de la scène. Ce n'était pas juste ! Elle avait dix-sept ans. Ses pieds caressaient le plancher. Ils voulaient sauter, danser. Elle avait dix-sept ans et son mari reposait au cimetière d'Oakland. Son bébé dormait dans son berceau chez tante Pittypat et tout le monde s'imaginait qu'elle devait être satisfaite de son sort. Elle avait la gorge plus blanche, la taille plus fine, le pied plus menu que n'importe laquelle des autres jeunes filles présentes à la fête, mais, pour l'importance que cela avait, mieux eût valu qu'elle fût couchée à côté de Charles sous une dalle portant gravés ces mots : « et son épouse bien-aimée ».
Elle n'était plus une jeune fille pour se permettre de danser et de flirter, et elle n'était plus mariée pour s'asseoir en compagnie des épouses et critiquer les jeunes filles. Elle n'était pas assez âgée pour être veuve. Les veuves devaient être vieilles, si terriblement vieilles qu'elles n'avaient pas envie de danser, de flirter, ou de se faire admirer. Oh ! ce n'était pas juste d'être obligée de rester là, digne et compassée, veuve modèle à dix-sept ans ! Ce n'était pas juste d'être obligée de baisser la voix et les yeux quand de beaux hommes s'arrêtaient à son comptoir.
Toutes les jeunes filles d'Atlanta avaient des hommes pour leur faire la cour. Même les plus laides se comportaient comme des beautés et, ce qui était pire, elles avaient toutes de si jolies toilettes !
Elle, elle avait l'air d'un corbeau dans son épaisse robe de taffetas noir boutonnée jusqu'au cou et jusqu'aux poignets, sans le moindre

ornement, sans le moindre bijou que la broche en onyx d'Ellen. Et elle était condamnée à regarder des jeunes filles maigres comme des coucous se promener au bras de beaux garçons. Tout cela parce que Charles Hamilton avait eu la rougeole et n'avait même pas su mourir en héros pour permettre à sa femme d'en tirer un peu de vanité! Révoltée, Scarlett s'appuya des deux coudes au comptoir. Mama avait eu beau lui répéter cent fois que les coudes se ridaient et devenaient horribles quand on s'appuyait dessus, ça lui était bien égal. Elle n'aurait sans doute plus jamais l'occasion de les montrer. Elle observa rageusement les toilettes qui passaient devant elle : soies jaune paille rehaussées de guirlandes roses ; satins rosés garnis de volants et de petits rubans de velours noir ; taffetas bleu pâle, jupes énormes, cascades de dentelle, gorges découvertes, fleurs pleines d'attraits. Maybelle Merriwether se dirigea vers le comptoir voisin au bras du zouave. Elle portait une robe de tarlatane vert pomme venue de Charleston par le dernier bateau, et Maybelle en était si fière qu'on eût dit que c'était elle et non pas le fameux capitaine Butler qui avait forcé le blocus.

« Comme je serais bien dans cette robe ! » pensa Scarlett, folle de rage et de jalousie. « Maybelle est grosse comme une vache. Ce vert-là, c'est juste ma couleur, mes yeux en paraîtraient... Pourquoi les blondes veulent-elles porter cette couleur ? Ça leur donne une peau verte comme un vieux fromage. Et dire que je ne porterai plus jamais cette couleur, même quand j'aurai quitté le deuil ! Non, même si je m'arrange pour me remarier. Je serai obligée de porter des gris, des marron ou des mauves repoussants. »

Pendant un court moment, Scarlett pensa à l'injustice de tout cela. Qu'il passait donc vite, le temps des plaisirs, des belles toilettes, de la danse et du flirt ! Quelques années seulement, quelques années trop brèves ! Alors, la jeune fille se mariait, portait des robes ternes, avait des enfants qui lui déformaient la taille. Au bal, elle s'asseyait dans un coin en compagnie des autres femmes et ne se levait que pour aller danser avec son mari ou avec de vieux messieurs qui lui marchaient sur les pieds. Si elle ne se conformait pas à ces usages, les autres épouses disaient du mal d'elle, elle était perdue de réputation et sa famille était mise à l'index. Cela semblait si terriblement vain de passer sa jeunesse à apprendre l'art d'être belle et de séduire les hommes, puis à n'user de son savoir que pendant un an ou deux. Scarlett réfléchit à l'éducation qu'Ellen et Mama lui avaient donnée et elle se dit qu'elle avait été excellente et fort complète, puisqu'elle avait fait ses preuves en toutes circonstances. Elle se composait d'un ensemble de règles bien définies et, si on les suivait, on était sûr de voir le succès couronner ses efforts.

Avec les vieilles dames, il s'agissait d'être gentille et naïve, de paraître aussi simple d'esprit que possible, car les vieilles dames avaient l'œil vif et guettaient les jeunes filles comme des chats, toutes prêtes à bondir au moindre écart de langage ou de tenue. Avec les vieux messieurs, il s'agissait d'être hardie, bavarde, un tantinet coquette, afin de chatouiller la vanité de ces vieux fous. Ça les rajeunissait, ils se sentaient tout ragaillardis, alors ils vous pinçaient la joue et déclaraient que vous étiez une coquine. Naturellement, en ces occasions, il fallait toujours rougir, sans quoi ils vous auraient pincée avec plus de plaisir qu'il ne convenait et ils seraient allés raconter à leurs fils que vous étiez une dévergondée.

Avec les jeunes filles et les jeunes femmes, il importait d'être tout miel et d'échanger des baisers chaque fois qu'on les rencontrait, même si c'était dix fois par jour. On les prenait par la taille, on les laissait vous en faire autant, quel que fût l'ennui que cela vous causât. On admirait indifféremment leurs robes ou leurs bébés, on les taquinait sur leurs soupirants, les complimentait sur leurs maris, on riait modestement et l'on déclarait qu'auprès d'elles on était dépourvue de tout charme. Et surtout il fallait faire comme elles et ne jamais dire ce qu'on pensait.

Il fallait aussi rigoureusement ignorer les maris des autres jeunes femmes, même si c'étaient d'anciens soupirants qu'on avait repoussés, même si on les trouvait tout à fait à son goût. Si une jeune fille se montrait trop aimable avec les jeunes maris, leurs femmes disaient qu'elle se tenait mal. La jeune fille avait une mauvaise réputation et elle ne trouvait jamais plus personne pour la courtiser.

Mais avec les jeunes gens... oh! c'était bien différent! On pouvait rire sous cape en les regardant et, quand ils venaient tourner autour de vous pour voir ce qui vous faisait rire, on avait le droit de ne pas le leur dire et d'éclater de rire. Avec ses yeux on pouvait promettre toutes sortes de choses qui incitaient les hommes à manœuvrer pour obtenir un tête-à-tête. Et, quand l'un d'eux était parvenu à ses fins, on pouvait être très, très offensée ou très, très fâchée s'il avait essayé de vous embrasser. On pouvait si gentiment lui pardonner ou l'amener à s'excuser de son impertinence qu'il cherchait par tous les moyens à dérober un second baiser. Parfois, mais pas souvent, on se laissait embrasser. (Ellen et Mama n'avaient pas enseigné cela à Scarlett, mais elle s'était aperçue que ça donnait de bons résultats.) Alors on pleurait et l'on déclarait qu'on ne savait pas ce qui vous avait prise et que le monsieur ne vous respecterait plus jamais. Il séchait lui-même vos larmes et généralement il vous demandait en mariage, rien que pour vous montrer jusqu'où allait son respect pour vous. Et puis il y avait… oh ! il y avait tant de choses à faire avec les jeunes gens, et Scarlett les savait toutes : le long regard de côté, le demi-sourire derrière l'éventail, le balancement des hanches pour que la crinoline prît un mouvement de cloche, les larmes, le rire, la flatterie, la douceur et la compréhension. Oh ! toutes ces ruses qui ne manquaient jamais de réussir… sauf avec Ashley !

Non, ce n'était pas bien d'apprendre toutes ces roueries, de s'en servir si peu de temps et d'y renoncer pour toujours. Que ce serait donc magnifique de ne jamais se marier, mais de toujours rester aussi jolie en robe vert pâle et de toujours se laisser faire la cour par de beaux hommes. Pourtant, si ça durait trop longtemps, on risquait de devenir une vieille fille comme India Wilkes dont tout le monde disait « pauvre petite » avec un air de fausse commisération. Non, en somme, il valait mieux se marier et conserver sa dignité, même si l'on ne devait plus jamais s'amuser.

Oh ! que la vie était donc compliquée ! Pourquoi avait-elle été assez bête pour épouser Charles et avoir sa vie terminée à seize ans ?

Sa rêverie, où entrait autant de révolte que de désespoir, fut interrompue par un brusque remous dans la foule. Les gens se rangèrent le long des murs, les femmes serrèrent précautionneusement leurs crinolines pour éviter qu'un contact maladroit n'en dérangeât l'ordonnance et ne découvrît un peu trop leurs jambes de pantalon. Scarlett se dressa sur la pointe des pieds et vit le capitaine de la milice escalader l'estrade. Il lança quelques ordres brefs, et la moitié de la compagnie se mit en ligne. Pendant quelques minutes, les soldats se livrèrent à un exercice rapide qui fit perler des gouttes de sueur à leur front et souleva les bravos de l'assistance. Scarlett battit des mains comme tout le monde et lorsque, l'exercice terminé, les soldats se furent dirigés vers le comptoir où l'on servait du punch et de la limonade, elle se tourna vers Mélanie, estimant qu'il valait mieux commencer plus tôt que plus tard à feindre l'enthousiasme pour la Cause.

– Ils sont beaux à voir, n'est-ce pas ? dit-elle.

Mélanie était fort occupée à mettre en ordre les objets au tricot entassés sur son comptoir.

– La plupart d'entre eux seraient bien mieux s'ils portaient l'uniforme gris en Virginie, répondit-elle sans prendre la peine de baisser la voix. Un certain nombre de dames, fières d'avoir leurs fils dans la milice, surprirent sa remarque. Mme Guinan devint écarlate, puis pâlit, car son Willie, qui avait vingt-cinq ans, faisait partie de la compagnie. Scarlett fut abasourdie d'entendre Melly proférer de telles paroles.

– Voyons, Melly !

– Tu sais que j'ai raison, Scarlett. Je ne parle pas des tout jeunes gens ni des messieurs âgés, mais des quantités de miliciens seraient fort capables de manier un fusil et c'est ce qu'ils devraient faire en ce moment.

– Mais... mais..., commença Scarlett, qui n'avait jamais réfléchi à cela auparavant. Il faut bien qu'il en reste pour... (Était-ce donc là ce que lui avait dit Willie Guinan pour excuser sa présence à Atlanta ?) Il faut bien que quelqu'un reste ici pour protéger l'État contre les envahisseurs.

– Personne ne nous envahit et personne ne nous envahira, déclara Melly d'un ton froid tout en observant un groupe de miliciens. D'ailleurs le meilleur moyen de nous défendre contre les envahisseurs est d'aller en Virginie écraser les Yankees. Quant à toutes ces histoires sur la nécessité de garder les miliciens ici pour empêcher les nègres de se soulever, eh bien ! c'est la chose la plus bête que j'aie jamais entendue. Pourquoi nos gens se soulèveraient-ils ? C'est une trop belle excuse pour les lâches. Je parie que nous écraserions les Yankees en un mois si tous les miliciens de tous les États étaient envoyés en Virginie. Voilà !

– Voyons, Melly ! s'écria de nouveau Scarlett, stupéfaite.

Les yeux noirs et doux de Melly brillaient de colère.

– Mon mari n'a pas eu peur de partir, le tien non plus. Et j'aimerais mieux les voir morts tous les deux... Oh ! pardon, ma chérie. Je suis cruelle, je ne sais pas ce que je dis.

Elle saisit le bras de Scarlett d'un geste suppliant et Scarlett la regarda fixement, mais ce n'était point à Charles qu'elle pensait. C'était à Ashley. Et s'il allait mourir ? Elle se retourna et sourit machinalement au docteur Meade qui s'approchait du comptoir.

– Eh bien ! mes petites, fit-il, c'est gentil à vous d'être venues. Je sais combien il a dû vous en coûter, mais tout cela, c'est pour la Cause. Et puis, je m'en vais vous confier un secret. J'ai préparé une surprise pour faire gagner encore plus d'argent à l'hôpital, mais je crains que ça ne choque les dames.

Il s'arrêta et pouffa de rire en tirant sur sa barbiche grise.

– Qu'est-ce que c'est ? Dites-le-nous !

– Réflexion faite, je crois que je vais vous laisser deviner. Pourtant, mes petites, il faudra que vous preniez ma défense si les gens bien-pensants veulent me chasser de la ville. Enfin, c'est pour l'hôpital. Vous verrez. On n'a encore jamais rien fait de pareil.

Il s'en alla pompeusement rejoindre un groupe de dames assises dans un coin et, aussitôt après, deux vieux messieurs vinrent demander à haute voix dix mètres de broderie. En somme, pensa Scarlett, mieux valait de vieux messieurs que pas de messieurs du tout et elle se mit en devoir de mesurer la broderie tandis qu'un des acheteurs lui prenait le menton. Les deux vieux compères se ruèrent ensuite vers le buffet et furent remplacés par d'autres. Le comptoir de Scarlett et de Mélanie n'avait pas autant de succès que ceux d'où l'on entendait monter le rire musical de Maybelle Merriwether, les ricanements de Fanny Elsing ou les reparties des sœurs Whiting qui déchaînaient l'hilarité. Melly vendait aux hommes des objets inutiles avec le calme et la sérénité d'une marchande, et Scarlett modelait sa conduite sur celle de sa belle-sœur.

Bavardant, pérorant, achetant sans cesse, les gens s'entassaient devant tous les comptoirs, sauf devant le leur. Les quelques clients qu'elles avaient leur racontaient qu'ils s'étaient trouvés à l'Université avec Ashley, s'extasiaient sur ses vertus militaires, ou parlaient sur un ton plein de respect et de Charles et de la perte que sa mort avait été pour Atlanta.

Alors l'orchestre attaqua *Johnny Booker, aid' moi c'nèg'*, un morceau plein d'entrain et de gaieté. Scarlett eut l'impression qu'elle allait hurler. Elle voulait danser. Elle mourait d'envie de danser. Son pied battit la mesure, ses yeux verts étincelèrent. En face d'elle, de l'autre côté de la salle, un homme qui venait d'arriver se tenait debout auprès de la porte. Il eut un sursaut de surprise en reconnaissant Scarlett et se mit à observer les yeux bridés et le visage renfrogné de la rebelle. Puis il sourit en lui-même, car il venait de surprendre dans ces yeux et sur ce visage l'invite que tout homme pouvait y lire. C'était un homme de haute stature, dominant de la tête les officiers qui l'entouraient. Massif d'épaules, il avait la taille fine, et ses pieds chaussés de souliers vernis étaient ridiculement petits. Sa veste d'habit, noire et sévère, sa fine chemise à jabot, son élégant pantalon à sous-pieds contrastaient curieusement avec son aspect physique et son expression, car, s'il était vêtu avec la plus extrême recherche, ses habits de dandy recouvraient un corps doué d'une force dangereuse, malgré sa grâce nonchalante. Il avait les cheveux d'un noir de jais et, avec sa petite moustache coupée ras, on aurait pu le prendre pour un étranger, surtout auprès des officiers de cavalerie aux moustaches conquérantes. À le voir, on devinait l'homme sensuel, avide de jouissances, et l'on ne se trompait pas. Son assurance avait quelque chose d'insolent et de désagréable. De ses yeux hardis, où brillait une lueur de malice, il fixa Scarlett jusqu'à ce que celle-ci, sentant qu'on l'observait, finît par tourner son regard vers lui.

Au fond de sa mémoire elle entendit tinter la cloche du souvenir, mais pendant un moment elle fut incapable de se rappeler qui était cet homme. Pourtant, comme il avait été le premier depuis des mois à lui témoigner un intérêt quelconque, elle lui adressa un sourire enjoué. Il s'inclina, elle lui répondit par une petite révérence. Il se redressa de toute sa taille et se dirigea vers elle d'une démarche particulièrement souple, pareille à celle des Indiens. Alors, d'un geste horrifié, Scarlett porta la main à sa bouche. Maintenant, elle savait *qui* il était !

Frappée de stupeur, elle demeura paralysée, tandis qu'il se frayait un chemin à travers la foule. Soudain, sans réfléchir, elle s'élança tête baissée. Elle voulait fuir, se cacher dans l'une des salles où l'on servait des rafraîchissements, mais, au passage, sa jupe s'accrocha à un clou du comptoir. Elle se débattit furieusement pour se dégager, déchira le tissu de sa robe et, en un instant, l'homme se trouva près d'elle.

– Permettez-moi, dit-il en se baissant et en détachant le volant retenu par le clou. Je n'espérais guère que vous me reconnaîtriez, mademoiselle O'Hara.

Sa voix, chaude et bien timbrée, la voix d'un homme du monde, son accent de Charleston lent et traînant étaient étrangement agréables à l'oreille.

Rouge de honte au souvenir de la scène de la bibliothèque, Scarlett leva vers lui un regard suppliant et rencontra les yeux les plus noirs qu'elle eût jamais vus, des yeux qui pétillaient d'une gaieté impitoyable. Pourquoi, alors qu'il y avait tant de gens sur terre, fallait-il donc se trouver en présence de cet être redoutable, témoin de cet entretien avec Ashley qui lui donnait encore des cauchemars, de cet odieux individu qui compromettait les jeunes filles et que les gens convenables ne recevaient pas chez eux, de cet être abject qui avait dit, et à juste titre, qu'elle n'était pas une femme du monde ?

Au son de sa voix, Mélanie se retourna et, pour la première fois de sa vie, Scarlett remercia Dieu d'avoir une belle-sœur.

– Mais… c'est… c'est M. Rhett Butler, n'est-ce pas ? fit Mélanie avec un petit sourire, et elle lui tendit la main. Je vous ai rencontré…

– En cet heureux jour où l'on a annoncé vos fiançailles, acheva-t-il en se baissant pour lui baiser la main. C'est fort aimable à vous de vous souvenir de moi.

– Et que faites-vous si loin de Charleston, monsieur Butler ?
– Les affaires, madame Wilkes, et c'est bien fastidieux. Désormais je viendrai souvent dans votre ville. Je m'aperçois qu'il faut non seulement que j'importe des marchandises, mais aussi que j'en surveille la distribution.
– Importer... commença Mélanie le front plissé, puis, soudain, son visage s'illumina. Mais ça... ça doit être vous le célèbre capitaine Butler, celui dont nous avons tant entendu parler... le forceur de blocus. Toutes les jeunes filles portent des robes que vous avez amenées. Scarlett, tu ne trouves pas cela passionnant... que se passe-t-il, ma chérie ? Tu ne te sens pas bien ? Je t'en prie, assieds-toi.
Scarlett s'effondra sur un tabouret. Sa respiration était si précipitée qu'elle eut peur que son corset n'éclatât. Oh ! quelle chose épouvantable ! Elle n'avait jamais pensé qu'elle pourrait, de nouveau, rencontrer cet homme ! Il prit sur le comptoir l'éventail noir de Scarlett et, plein d'une sollicitude manifestement exagérée, il se mit à éventer la malheureuse avec un sérieux que démentaient ses yeux.
– Il fait très chaud ici, dit-il. Ce n'est pas étonnant que Mlle O'Hara se sente mal. Puis-je vous conduire jusqu'à une fenêtre ?
– Non, fit Scarlett si brutalement que Melly en sursauta.
– Elle ne s'appelle plus Mlle O'Hara, expliqua-t-elle. Elle s'appelle Mme Hamilton, elle est ma sœur désormais, et Melly enveloppa Scarlett d'un regard affectueux.
Devant l'expression qui se peignit sur le visage boucané du capitaine Butler, Scarlett pensa étouffer.
– Je suis sûr que c'est là un grand avantage pour deux femmes charmantes, dit-il en s'inclinant légèrement. (Tous les hommes faisaient des remarques de ce genre, mais Scarlett eut l'impression qu'il avait voulu dire tout le contraire.) Je suppose que vos maris sont ici ce soir, en cette heureuse occasion ? Je serai ravi de renouer connaissance avec eux.
– Mon mari est en Virginie, déclara Melly en relevant fièrement la tête. Mais Charles...
Sa voix tomba.
– Il est mort dans un camp, annonça Scarlett d'un ton catégorique et en martelant presque chaque mot.
Cet individu ne s'en irait-il donc jamais ? Melly, étonnée, regarda sa belle-sœur, et le capitaine esquissa un geste de regret.
– Mesdames... comment ai-je pu ? Veuillez me pardonner. Pourtant, permettez à un inconnu de vous dire, pour vous consoler, que mourir pour son pays c'est vivre éternellement.

Mélanie lui sourit à travers ses larmes, mais Scarlett sentit que la colère et une haine impuissante lui dévoraient les entrailles. Il avait fait de nouveau une remarque gracieuse, un compliment analogue à celui que ferait n'importe quel homme bien élevé en pareilles circonstances, mais il n'en pensait pas un mot. Il était en train de se moquer d'elle. Il savait qu'elle n'avait pas aimé Charles ; et Melly était assez sotte pour ne pas lire dans son jeu ! Oh ! que Dieu ait la bonté de ne jamais laisser personne lire dans son jeu ! se dit Scarlett, soudain prise de terreur. Irait-il jusqu'à dire ce qu'il savait ? Naturellement, ce n'était pas un galant homme et l'on ne savait jamais à quoi s'en tenir avec les gens mal élevés. Elle le regarda et vit, à la façon dont il plissait la lèvre inférieure, et même à la façon dont il agitait l'éventail, qu'il s'amusait à feindre la compassion. Quelque chose dans son regard ranima son courage et ses forces lui revinrent dans un sursaut de haine. Elle lui arracha brusquement l'éventail.

– Je vais tout à fait bien, dit-elle d'un ton méchant. C'est inutile de me décoiffer.

– Scarlett, ma chérie ! Capitaine Butler, pardonnez-lui. Elle... elle n'est plus elle-même quand elle entend prononcer le nom du pauvre Charlie... et puis, après tout, nous n'aurions peut-être pas dû venir ici ce soir. Nous sommes encore en deuil, vous le voyez, et c'est un peu trop lui demander... Toute cette gaieté, cette musique, la pauvre petite !

– Je comprends parfaitement, fit-il avec une gravité de commande.

Néanmoins, quand il se tourna pour lancer à Mélanie un regard pénétrant qui descendit jusqu'au fond des yeux doux et tristes de la jeune femme, son expression changea ; malgré lui, on put voir se peindre sur son visage sombre du respect et de la douceur.

– Je crois que vous êtes une vaillante petite femme, madame Wilkes.

« Pas un mot pour moi ! » pensa Scarlett, indignée, tandis que Melly souriait de confusion et répondait :

– Mon Dieu, non, capitaine Butler ! Il fallait bien que le comité de notre hôpital fît appel à nous parce qu'à la dernière minute... Une taie d'oreiller ? En voici une bien jolie avec un drapeau dessus.

Mélanie se tourna vers trois cavaliers qui s'étaient arrêtés devant son étalage. Pendant un moment elle pensa à la gentillesse du capitaine Butler, puis elle se dit qu'elle aimerait bien qu'il y eût quelque chose de plus solide qu'un simple morceau d'étamine entre sa jupe et le crachoir qu'on avait placé juste sous le comptoir, car les cavaliers visaient avec un peu moins de précision quand ils lançaient de longs jets de salive tout jaunis par le tabac que quand ils tiraient avec leurs longs pistolets. Enfin, de nouveaux clients se présentèrent et elle en oublia le capitaine, Scarlett et le crachoir.

Scarlett, assise sur son tabouret, continuait tranquillement à s'éventer, mais elle n'osait pas relever les yeux et souhaitait que le capitaine Butler retournât sur le pont de son bateau qu'il n'aurait jamais dû quitter.

– Votre mari est mort depuis longtemps ?

– Oh ! oui, il y a presque un an.

– Avez-vous été mariés longtemps ? Excusez mes questions, mais j'ai été absent de ces parages pendant un si long moment.

– Deux mois, répondit Scarlett de mauvaise grâce.

– C'est une tragédie pour le moins, continua le capitaine du même ton dégagé.

« Oh ! que le diable l'emporte, pensa Scarlett, folle de rage. Avec n'importe quel autre homme je saurais bien m'y prendre, je le traiterais de haut, je lui ordonnerais de me laisser, mais lui, il est au courant de l'histoire d'Ashley, il sait que je n'aimais pas Charlie. J'ai les mains liées. »

Elle ne dit rien et se contenta de regarder son éventail.

– Et c'est là votre première sortie dans le monde ?

– Je sais, ça paraît bizarre, s'empressa-t-elle d'expliquer ; mais les demoiselles McLure qui devaient tenir ce comptoir ont été appelées au loin et il n'y avait personne d'autre ; alors Mélanie et moi…

– Il n'y a pas de trop grand sacrifice pour la Cause.

Tiens ! mais c'était ce qu'avait dit Mme Elsing, seulement, elle, elle y avait mis un autre accent. Scarlett eut envie d'être grossière, pourtant elle se retint. Après tout, si elle était là, ce n'était pas pour la Cause, mais parce qu'elle en avait assez de rester chez elle.

– J'ai toujours pensé, dit le capitaine d'un air songeur, que cette façon de porter le deuil, d'emprisonner les femmes dans le crêpe pour le restant de leurs jours et de leur interdire toute distraction normale était aussi barbare que la satî hindoue.

– La satire ?

Il rit et Scarlett rougit de son ignorance. Elle avait horreur des gens qui employaient des mots qu'elle ne connaissait pas.

– Aux Indes, lorsqu'un homme meurt, on le brûle au lieu de l'enterrer et sa femme monte toujours sur le bûcher funéraire pour être brûlée avec lui.

– C'est terrible ! Pourquoi fait-on ça ? La police n'intervient donc pas ?

– Mais non, bien sûr. Une épouse qui ne se laisserait pas brûler serait mise au ban de la société. Toutes les dames comme il faut pousseraient les hauts cris parce qu'elle ne se serait pas comportée en dame... Tenez, exactement comme ces respectables personnes là-bas dans le coin pousseraient les hauts cris si vous vous montriez ce soir en robe rouge et si vous conduisiez un quadrille. Je crois que la satî est bien plus humaine que nos charmantes coutumes du Sud qui consistent à enterrer vives les veuves.

– Comment osez-vous prétendre que je suis enterrée vive ?

– Que les femmes se cramponnent donc à leurs chaînes ! Vous trouvez barbare cette coutume hindoue... mais auriez-vous eu le courage de venir ici ce soir si la Confédération ne vous avait pas réclamée ?

Ce genre de discussion embarrassait toujours Scarlett. Elle se sentait d'autant plus gênée qu'elle se disait qu'il y avait du vrai dans tout cela. Mais cette fois il était temps d'en finir avec le capitaine.

– Bien entendu, je ne serais pas venue. Ç'aurait été... voyons, un manque de respect... on aurait pu croire que je n'aim...

Il guettait les mots sur ses lèvres, ses yeux brillaient d'un plaisir cynique et elle fut incapable de continuer. Il savait qu'elle n'avait pas aimé Charlie et il se refuserait à lui attribuer les beaux sentiments qu'elle voulait exprimer. Quelle chose terrible d'avoir affaire à un homme qui n'était pas un homme du monde. Un homme du monde avait toujours l'air de croire une dame, même quand il savait qu'elle mentait. Cela, c'était l'esprit chevaleresque du Sud. Un homme du monde se conformait toujours aux usages, disait ce qu'il fallait, aplanissait les difficultés. Mais cet homme semblait fort peu se soucier des usages et il se complaisait manifestement à parler de choses dont personne ne parlait jamais.

– Je suis suspendu à vos lèvres !

– Vous êtes abominable, dit Scarlett, à bout d'arguments. Et elle baissa les yeux.

Il se pencha sur le comptoir jusqu'à ce que sa bouche fût tout près de l'oreille de la jeune femme et, parodiant les acteurs que l'on voyait à l'Athénée, dans les rôles de traîtres, il murmura :

– Ne craignez rien, belle dame ! Le secret de votre faute est bien gardé par moi !

– Oh ! murmura Scarlett nerveusement, comment pouvez-vous dire des choses pareilles ?

– J'ai seulement voulu vous mettre plus à l'aise. Que voudriez-vous que je vous dise ? « Sois à moi, créature magnifique ou je dis tout. »

Malgré elle, elle rencontra ses yeux et vit qu'ils avaient une lueur espiègle comme ceux d'un jeune garçon. Tout d'un coup, elle se mit à rire. En somme, la situation était tellement bête ! Il rit à son tour, et il rit même si fort qu'un certain nombre de dames assises dans un coin se tournèrent vers eux. Remarquant le bon temps que prenait la veuve de Charles Hamilton avec un parfait inconnu, elles se rapprochèrent les unes des autres et entamèrent une conversation qui ne laissait aucun doute sur leurs sentiments.

On entendit un roulement de tambour, des voix crièrent « chut » et le docteur Meade, montant sur l'estrade, étendit les bras pour réclamer le silence.

– Nous devons tous des remerciements sincères aux charmantes dames dont les efforts inlassables et le patriotisme non seulement ont fait de cette vente de charité un succès financier, mais encore ont transformé cette salle en un séjour enchanteur, en un jardin digne des charmants boutons de rose que je vois autour de moi, dit-il en guise d'exorde.

Tout le monde applaudit.

– Ces dames se sont surpassées, non seulement elles ont donné le meilleur de leur temps, mais elles ont travaillé de leurs mains, et ces objets magnifiques qu'on voit sur les comptoirs sont d'autant plus beaux qu'ils sortent des mains de nos charmantes femmes sudistes.

On applaudit avec encore plus de chaleur, et Rhett Butler, négligemment appuyé au comptoir de Scarlett, chuchota à l'oreille de celle-ci :

– Quel vieux bouc prétentieux, hein !

Horrifiée, d'abord par ce crime de lèse-majesté contre le citoyen le plus vénéré d'Atlanta, Scarlett sursauta et lança un regard chargé de reproches au capitaine, mais, avec sa barbiche et ses côtelettes, le docteur ressemblait bien à un bouc et Scarlett se retint pour ne pas éclater de rire.

– Mais tout cela n'est rien. Les excellentes dames du comité dont les mains fraîches ont apaisé tant de fronts tourmentés par la souffrance, ces dames, qui ont arraché aux griffes de la mort nos nobles soldats blessés pour la plus noble des causes, connaissent nos besoins. Je ne les énumérerai pas. Il nous faut encore plus d'argent pour acheter du matériel sanitaire en Angleterre et, ce soir, nous comptons parmi nous l'intrépide capitaine qui, depuis un an, force avec un si rare bonheur le blocus et le forcera encore pour nous apporter les médicaments que réclame notre hôpital, le capitaine Butler !

Bien que pris au dépourvu, le forceur de blocus fit un salut gracieux, trop gracieux même, se dit Scarlett en essayant de l'analyser. On avait l'impression qu'il exagérait sa révérence par mépris pour l'assistance. Une salve d'applaudissements crépita, les vieilles dames allongèrent le cou pour mieux le voir. C'était donc avec le capitaine Butler que bavardait la veuve du pauvre Charles Hamilton ! Et dire que Charlie était mort depuis un an à peine.

– Nous avons besoin d'or et je m'en vais vous en demander, poursuivit le docteur. Je m'en vais vous demander un sacrifice, mais un sacrifice si petit par rapport aux sacrifices de nos vaillants uniformes gris que vous serez les premières à en rire. Mesdames, je vous demande vos bijoux. Moi ? Non, la Confédération vous demande vos bijoux, la Confédération vous lance cet appel et je sais qu'aucune de vous n'y restera sourde. Que c'est donc joli de voir étinceler une gemme à un joli poignet ! Que c'est donc beau de voir briller l'or des broches sur la poitrine de nos femmes patriotes ! Mais le sacrifice n'est-il pas infiniment plus beau que tout l'or et tous les joyaux des Indes ? L'or sera fondu, les pierres précieuses seront vendues et avec cet argent on achètera des médicaments et du matériel sanitaire. Mesdames, parmi vous vont passer deux de nos héroïques blessés. Ils porteront des corbeilles et..., mais le reste du discours se perdit dans une tempête d'applaudissements et de voix qui criaient bravo !

La première pensée de Scarlett fut de se féliciter que son deuil l'ait empêchée de porter ses précieuses boucles d'oreilles, la lourde chaîne d'or qui avait appartenu à la grand-mère Robillard, son bracelet d'émail noir en or et sa broche en grenats. Elle vit le petit zouave, une corbeille posée sur son bras valide, faire le tour des gens qui se trouvaient de son côté. Elle vit des femmes, vieilles et jeunes, se dépouiller de leurs bracelets en riant, s'acharner sur leurs boucles d'oreilles en simulant la souffrance, s'aider à ouvrir les fermoirs rebelles de leurs colliers, ôter les broches épinglées à leur corsage. On ne cessait d'entendre les bijoux tomber les uns sur les autres avec un petit cliquetis et des voix s'écrier : « Attendez... attendez. Ça y est, je l'ai ! Le voilà ! » Maybelle Merriwether fit glisser les deux adorables bracelets qui lui serraient le bras au-dessus et au-dessous du coude. Fanny Elsing s'écria : « Maman, est-ce que je peux ? » et arracha le diadème en perles et en or massif qui était dans sa famille depuis des générations.

Le petit homme grimaçant s'approcha du comptoir. Sa corbeille était pleine. Rhett Butler, d'un geste nonchalant, y lança un magnifique étui à cigares en or. Lorsque le zouave arriva devant Scarlett, celle-ci secoua la tête et ouvrit les mains pour montrer qu'elle n'avait rien à donner. C'était fort désagréable d'être la seule à ne rien donner. Alors elle vit briller sa grosse alliance en or.

Troublée, elle essaya de se rappeler le visage de Charles, de revoir son mari lui passer cet anneau au doigt. Elle n'y parvint pas ; sa mémoire s'embrouilla comme elle le faisait toujours sous l'empire de la rage qui s'emparait d'elle quand elle évoquait ce souvenir. Charles… c'était à cause de lui que sa vie était finie, à cause de lui qu'elle n'était plus qu'une vieille femme.

Soudain, de toutes ses forces, elle tira sa bague, mais l'anneau résista. Le zouave se dirigeait déjà vers Mélanie.

– Attendez ! lança Scarlett. J'ai quelque chose pour vous !

Elle finit par retirer son alliance et, au moment où elle s'apprêtait à la poser dans la corbeille où s'amoncelaient les chaînes, les montres, les bagues, les épingles de cravate et les bracelets, elle surprit le regard de Rhett. Alors, d'un geste de défi, elle jeta l'anneau dans la corbeille.

– Oh ! ma chérie ! murmura Mélanie en se cramponnant à son bras, les yeux brillants d'amour et de fierté. Ma brave, ma brave petite ! Attendez… attendez, s'il vous plaît, lieutenant Picard. J'ai quelque chose pour vous, moi aussi !

À son tour Mélanie essaya d'ôter son alliance, cette alliance qui n'avait jamais quitté son doigt depuis le jour où Ashley la lui avait passée. Scarlett le savait comme elle savait mieux que quiconque le prix que Mélanie y attachait. Enfin la jeune femme parvint à s'en débarrasser et pendant un instant serra la bague dans sa petite main. Puis elle la posa délicatement sur la pile de bijoux. Scarlett et Mélanie regardèrent le zouave se diriger vers le coin où se tenait le groupe des vieilles dames. Scarlett avait un air de défi, Mélanie était plus émouvante que si elle avait pleuré. Ni l'une ni l'autre de leurs expressions n'échappa à l'homme qui se trouvait auprès d'elles.

– Si tu n'avais pas eu le courage de le faire, je ne l'aurais jamais eu non plus, déclara Mélanie en prenant gentiment Scarlett par la taille.

Scarlett eut bonne envie de se dégager et de lancer un « Bon Dieu ! » retentissant, mais elle surprit de nouveau le regard de Rhett Butler et esquissa un sourire aigre-doux. C'était tout de même bien ennuyeux de voir Melly continuellement se méprendre sur ses intentions… mais ça valait encore beaucoup mieux que de la voir soupçonner la vérité.

– Quel geste magnifique ! dit Rhett Butler d'une voix douce. Ce sont des sacrifices comme le vôtre qui donnent du courage à nos braves troupiers.

Scarlett eut bien du mal à s'empêcher d'être grossière. Tout ce que disait le capitaine était empreint de raillerie. Pourquoi ne s'en allait-il pas ? Elle en avait assez de sa pose nonchalante, elle le détestait de tout son cœur. Pourtant il se dégageait de lui quelque chose de stimulant, quelque chose de chaud et de vivant. Ces yeux noirs qui la provoquaient réveillèrent en Scarlett ses instincts irlandais. Elle décida de faire rabattre à cet homme un peu de sa superbe. Puisqu'il connaissait son secret et que cela lui conférait un avantage sur elle, il fallait chercher un autre moyen de le prendre en défaut. Elle se retint donc pour ne pas lui dire exactement ce qu'elle pensait de lui. Mama lui avait souvent démontré qu'on attrapait plus de mouches avec du miel qu'avec du vinaigre, et elle avait bien l'intention d'attraper celle-là pour ne plus jamais retomber entre ses pattes.

– Merci, répondit-elle d'un ton suave en faisant semblant de ne pas comprendre ce qu'il y avait de sarcastique dans sa remarque. Un compliment comme celui-là a encore plus de valeur quand il vient d'un homme aussi célèbre que le capitaine Butler.

Il renversa la tête en arrière et se mit à rire sans contrainte… « Il aboie plutôt », se dit Scarlett, furieuse, en rougissant de nouveau.

– Pourquoi ne dites-vous pas ce que vous pensez vraiment? demanda-t-il en baissant la voix pour n'être entendu que d'elle seule. Pourquoi ne me dites-vous pas que je suis une belle canaille et que je n'ai rien d'un galant homme ? Dites-moi donc de débarrasser le plancher et ajoutez que si je ne m'exécute pas de bonne grâce vous chargerez l'un de ces héros en gris d'aller me demander des explications dehors.

Scarlett fut sur le point de riposter d'une manière cinglante, mais elle fit appel à tout son courage et parvint à dire :

– Voyons, capitaine Butler ! Qu'allez-vous chercher ? Comme si l'on ne savait pas combien vous êtes célèbre, combien vous êtes brave et quel… quel…

– Vous me décevez, dit-il.

– Vous décevoir ?

– Oui. Lors de notre première rencontre si mouvementée, je m'étais dit que je connaissais enfin une jeune fille non seulement fort belle, mais courageuse. Et maintenant je m'aperçois que vous n'êtes que belle.

– Insinueriez-vous que je suis lâche? interrogea Scarlett hérissée comme une poule.

– Précisément. Vous n'avez pas le courage de dire ce que vous pensez. Quand je vous ai vue pour la première fois, je me suis dit : « Voilà une jeune fille comme il n'y en a pas une sur un million. Elle ne ressemble pas à ces autres petites sottes qui croient tout ce que disent leurs mamas et agissent en conséquence, quels que soient leurs sentiments. Et elles les cachent, leurs sentiments, elles les dissimulent derrière un tas de paroles bien gentilles tout comme leurs désirs et leurs pensées. » Je me suis dit : « Mlle O'Hara est douée d'un caractère comme on en rencontre peu. Elle sait ce qu'elle veut et ça lui est bien égal de dire ce qu'elle a en tête... ou de lancer des vases. »

– Oh ! fit Scarlett qui n'en pouvait plus de colère. Eh bien ! vous allez voir... Je m'en vais vous dire ce que j'ai dans la tête. Si vous étiez un tant soit peu bien élevé vous ne seriez jamais venu ici me parler. Vous auriez dû savoir que je ne voulais plus jamais vous revoir ! Mais vous n'êtes pas un homme du monde ! Vous n'êtes qu'un mufle ! Et vous vous imaginez que, parce que vos sales petits bateaux peuvent narguer les Yankees, vous avez le droit de venir ici vous moquer d'hommes qui sont braves et de femmes qui sacrifient tout à la Cause...

– Assez ! assez ! fit-il en souriant. C'est un très joli début et vous avez dit ce que vous pensiez, mais ne commencez pas à me parler de la Cause. Je suis fatigué d'entendre rabâcher ce sujet et je parie que vous l'êtes aussi...

– Comment avez-vous dev..., murmura Scarlett, décontenancée, mais elle s'arrêta aussitôt.

Elle était folle de rage d'être tombée dans ce piège.

– Avant que vous ne m'aperceviez, j'étais là-bas, près de cette porte, et je vous observais. J'observais aussi les autres jeunes femmes. Leurs visages semblaient tous avoir été coulés dans le même moule. Le vôtre faisait exception. C'est facile de lire sur votre visage. Vous aviez l'esprit ailleurs et je gage que vous ne songiez ni à votre Cause, ni à l'hôpital. Tout votre visage exprimait l'envie de danser, de vous amuser et le regret de ne pouvoir le faire. Et vous étiez dans une belle fureur. Dites la vérité. N'ai-je pas raison ?

– Je n'ai rien d'autre à vous dire, capitaine Butler, fit-elle du ton le plus solennel qu'elle put et en essayant de ramener à elle les restes de sa dignité effondrée. Ce n'est pas parce que vous êtes tout fier d'être le « grand forceur de blocus » qu'il faut vous arroger le droit d'insulter les femmes.

– Le grand forceur de blocus ! C'est une plaisanterie. Je vous en prie, accordez-moi encore une parcelle de votre temps précieux avant de me rejeter dans les ténèbres. Je m'en voudrais qu'une petite patriote aussi charmante conservât une fausse idée de ma contribution à la Cause confédérée.

– Vos fanfaronnades ne m'intéressent nullement.
– Pour moi, forcer le blocus n'est qu'une façon de faire des affaires et de gagner de l'argent. Quand ça ne me rapportera plus rien, je quitterai ce métier. Qu'en dites-vous ?
– Je dis que vous êtes une canaille, un mercenaire... tout comme les Yankees.
– C'est bien cela. Et les Yankees m'aident à gagner de l'argent. Tenez, le mois dernier, je suis entré avec mon bateau en plein port de New York et j'y ai embarqué une cargaison.
– Hein ! s'écria Scarlett, impressionnée malgré elle. On ne vous a pas tiré dessus ?
– Pauvre innocente ! Mais non, naturellement. Il y a quantité de farouches partisans de l'Union qui ne répugnent pas à gagner de l'argent en vendant des marchandises à la Confédération. Je conduis donc mon bateau à New York, j'achète ce qu'il me faut à des maisons de commerce yankees, sous le manteau, bien entendu, et puis je m'en vais. Quand ça devient un peu dangereux, je me rends à Nassau où les mêmes patriotes de l'Union m'ont apporté de la poudre, des obus et des crinolines. C'est plus pratique que d'aller en Angleterre. Parfois il est assez difficile de rallier Charleston ou Wilmington... mais vous seriez surprise des vertus d'une poignée d'or.
– Oh ! je savais que les Yankees étaient des êtres vils, mais je ne savais pas...
– Pourquoi blâmer les Yankees de gagner honnêtement leur vie en vendant des marchandises à la Confédération ? Dans cent ans ça n'aura plus aucune importance. Le résultat sera le même. Ils savent que la Confédération finira par être battue, aussi pourquoi ne profiteraient-ils pas des bonnes occasions ?
– Battus... nous ?
– Bien sûr.
– Voulez-vous me laisser, s'il vous plaît... ou bien faut-il que je demande ma voiture et que je rentre chez moi pour me débarrasser de vous ?
– Vous êtes chauffée à blanc, petite rebelle, dit-il en souriant de nouveau.
Il s'inclina et, sans se presser, quitta Scarlett dont la gorge palpitait de colère et d'indignation. Pourtant elle sentait en elle une sorte de brûlure, un sentiment de regret qu'elle ne pouvait analyser, la déception d'un enfant qui voit ses illusions s'effondrer. Comment le capitaine osait-il dépouiller les forceurs de blocus de leur prestige ? Comment osait-il dire que la Confédération serait battue ? Il méri-

tait d'être fusillé pour cela… fusillé comme un traître. Scarlett chercha des yeux les gens qu'elle connaissait. Ils avaient l'air si certains du succès, si braves, si fervents. Alors, sans en comprendre la cause, elle sentit un petit frisson glacé s'insinuer dans son cœur. Battus ? Ces gens-là… Voyons, ce n'était pas possible, c'était déloyal d'y penser.

– Que chuchotiez-vous donc tous les deux ? demanda Mélanie en se tournant vers Scarlett, tandis que ses acheteurs s'éloignaient. J'ai bien été forcée de remarquer que Mme Merriwether ne te quittait pas des yeux, et, ma chère, tu sais combien elle est bavarde.

– Oh ! cet homme est odieux… c'est un rustre sans aucune éducation. Quant à Mme Merriwether, eh bien ! qu'elle bavarde. J'en ai assez de me conduire comme une bécasse pour lui faire plaisir.

– Voyons, Scarlett, s'écria Mélanie, scandalisée.

– Chut… ut ! fit Scarlett. Le docteur Meade va encore parler.

L'assistance se tut pour écouter le docteur, qui commença par remercier les dames d'avoir donné leurs bijoux de si bon gré.

– Et maintenant, mesdames et messieurs, je vais vous faire une surprise… une innovation qui risque de choquer certains d'entre vous, mais je vous demande de vous rappeler que tout cela n'est que pour notre hôpital et nos petits soldats qui y sont soignés.

Chacun chercha à deviner ce que le brave docteur pouvait bien avoir imaginé de choquant.

– Le bal est sur le point de s'ouvrir et, bien entendu, la première danse sera un quadrille. Puis on jouera une valse. Ensuite on dansera des polkas, des scottishs et des mazurkas qui, toutes, seront précédées de courts quadrilles. Je sais quelle aimable rivalité existe entre les amateurs pour bien conduire un quadrille, aussi…, le docteur s'épongea le front et jeta un regard oblique du côté de sa femme. Messieurs, si vous voulez conduire un quadrille avec la dame de votre choix, il faudra y mettre le prix. C'est moi qui dirigerai les enchères dont le montant ira à l'hôpital.

Les éventails s'arrêtèrent de battre et des murmures s'élevèrent dans la salle. Le coin des chaperons était sens dessus dessous et Mme Meade, désireuse de soutenir son mari alors qu'elle désapprouvait sincèrement son idée, se trouvait en fâcheuse posture. Mme Elsing, Mme Merriwether et Mme Whiting étaient rouges d'indignation. Mais tout à coup les gardes civils poussèrent un hourra auquel s'associèrent immédiatement les autres assistants en uniforme. Les jeunes filles battirent des mains et trépignèrent de joie.

– N'est-ce pas, on dirait... on dirait un peu une vente d'esclaves? murmura Mélanie, les yeux fixés sur le docteur que, jusqu'à ce jour, elle avait trouvé parfait.

Scarlett ne répondit rien, mais son cœur se serra. Si seulement elle n'était pas veuve! Si seulement elle était encore Scarlett O'Hara! Elle porterait sa robe vert pomme garnie de rubans de velours vert foncé qui sautilleraient sur sa poitrine. Elle aurait des tubéreuses dans les cheveux et ce serait elle qui ouvrirait le bal. Oui, sûrement! Une douzaine d'hommes se la disputeraient et donneraient de l'argent au docteur pour la faire danser. Oh! être obligée de rester là! de faire tapisserie! de regarder Fanny ou Maybelle conduire ce premier quadrille en reine d'Atlanta!

Par-dessus le tumulte retentit la voix du petit zouave à l'accent créole fort prononcé: «Si je peux... vingt dollars pour Mlle Maybelle Merriwether.»

Toute rougissante, Maybelle alla blottir sa tête contre l'épaule de Fanny et, tandis qu'on lançait d'autres noms et que les enchères montaient, les deux jeunes filles, se cachant mutuellement le visage, se mirent à rire nerveusement. Dédaigneux des soupirs poussés par les dames du comité, le docteur Meade s'était remis à sourire.

Mme Merriwether avait d'abord commencé à déclarer à haute et intelligible voix que sa Maybelle ne se prêterait jamais à une telle comédie, mais, comme le nom de Maybelle revenait le plus souvent et que les enchères s'élevaient déjà à soixante-quinze dollars, ses protestations perdirent peu à peu de leur vigueur. Scarlett s'appuya des deux coudes au comptoir. Elle était presque fascinée par la foule joyeuse des hommes qui se pressaient en riant autour de l'estrade, les mains pleines de papier-monnaie.

Maintenant tout le monde allait danser sauf elle et les vieilles dames. Tout le monde allait s'amuser sauf elle. Elle vit Rhett Butler. Il se tenait juste au-dessous du docteur. Avant qu'elle ait eu le temps de modifier l'expression de son visage, il l'aperçut, plissa les lèvres et releva les sourcils. Le menton arrogant, Scarlett se détourna et, tout d'un coup, elle entendit son nom... son nom prononcé avec un accent de Charleston sur lequel on ne pouvait se méprendre, son nom qui dominait le tumulte des voix.

– Mme Charles Hamilton... cent cinquante dollars... en or!

À la double mention du nom et de la somme, un silence soudain s'abattit sur l'assistance. Scarlett était si stupéfaite qu'elle ne pouvait pas bouger. Le menton entre les mains, les yeux agrandis par la surprise, elle resta assise sur son tabouret. Tout le monde se détourna pour la regarder. Elle vit le docteur se pencher et glisser quelque chose à l'oreille de Rhett Butler. Il lui disait sans doute qu'elle était en deuil et qu'il lui était impossible de se montrer au milieu des danseurs. Elle vit Rhett hausser négligemment les épaules.

– Une autre de nos belles, peut-être? questionna le docteur assez haut.

– Non, fit Rhett d'une voix nette tout en promenant un regard nonchalant sur la foule, Mme Hamilton.

– Je vous dis que c'est impossible, insista le docteur, Mme Hamilton ne voudra pas...

Scarlett entendit une voix que, tout d'abord, elle ne reconnut pas... sa propre voix!

– Si, je veux!

Elle se dressa d'un bond. Son cœur battait si fort qu'elle eut peur de chanceler. Son cœur battait follement à l'idée d'être de nouveau le centre de tous les regards, d'être la jeune femme la plus désirée et surtout, surtout à l'idée de se remettre à danser.

– Oh! ça m'est égal! ça m'est égal! Qu'ils disent ce qu'ils voudront! murmura-t-elle entre ses lèvres tandis qu'une frénésie délicieuse s'emparait d'elle.

Elle rejeta la tête en arrière, fit le tour du comptoir. Ses talons claquaient sur le plancher comme des castagnettes. Elle déploya le plus largement possible son éventail de soie noire. Elle aperçut dans un éclair le visage incrédule de Mélanie, les vieilles dames abasourdies, les jeunes filles frémissantes, les soldats qui manifestaient leur enthousiasme.

Alors, elle se trouva au milieu de la salle de bal. Fendant la foule, Rhett Butler s'avança vers elle. Il avait toujours son détestable sourire moqueur. Mais tant pis!... ça lui était aussi égal que si elle avait eu affaire à Abe Lincoln en personne! Elle allait danser. Elle allait conduire le quadrille. Elle gratifia son cavalier d'une profonde révérence et d'un sourire radieux. À son tour, il s'inclina, la main posée sur son jabot. Levi, horrifié, sauva aussitôt la situation en hurlant: «Choisissez vos danseuses pour le quadrille de Virginie!»

– Comment osez-vous attirer tous les regards sur moi, capitaine Butler?

– Mais, ma chère madame Hamilton, vous désiriez si manifestement attirer tous les regards sur vous!

– Comment avez-vous pu mentionner mon nom devant tout le monde?

– Vous auriez pu refuser.

– Mais… je me dois à la Cause… je n'avais plus le droit de songer à moi-même quand vous avez offert une telle somme. Cessez de rire, tout le monde nous regarde.
– Quoi que nous fassions, on nous regardera. N'essayez pas d'entamer le couplet de la Cause avec moi. Vous vouliez danser, et je vous en ai fourni l'occasion. Cette marche, c'est bien la dernière figure du quadrille, n'est-ce pas ?
– Oui, c'est vrai. Il va falloir que j'aille me rasseoir, maintenant.
– Pourquoi ? Vous ai-je marché sur les pieds ?
– Non, mais on va jaser.
– Franchement, est-ce que ça vous fait quelque chose… au fond du cœur ?
– C'est-à-dire…
– Vous ne commettrez pas un crime, n'est-ce pas ? Alors, pourquoi ne pas danser la valse avec moi ?
– Mais si ma mère…
– Je vois, vous n'avez pas encore quitté les jupons de votre mama.
– Oh ! c'est horrible, la façon dont vous ridiculisez la vertu !
– Mais la vertu est bête. Vraiment, ça vous ennuie que les gens jasent ?
– Non… mais… allons, n'en parlons plus. Dieu merci ! la valse commence. Les quadrilles, ça m'a toujours coupé le souffle.
– Ne vous dérobez pas à mes questions. L'opinion des autres femmes a-t-elle jamais compté pour vous ?
– Tenez, puisque vous me mettez au pied du mur, non ! Mais une jeune fille est censée y attacher de l'importance. Pourtant, ce soir, je m'en moque.
– Bravo ! Ça y est, vous commencez à réfléchir vous-même au lieu de laisser les autres réfléchir pour vous. C'est le commencement de la sagesse.
– Oh ! mais…
– Quand on aura autant jasé sur vous qu'on a jasé sur moi, vous vous rendrez compte du peu d'importance que ça présente. Songez donc, il n'y a pas une maison à Charleston où je sois reçu. Ma contribution à notre juste et sainte Cause n'a même pas levé l'interdit qui pèse sur moi.
– C'est terrible.
– Pas du tout. Jusqu'à ce qu'on ait perdu sa bonne réputation, on ne comprend ni quel fardeau on avait sur les épaules, ni ce qu'est la liberté.
– Vous tenez des propos scandaleux !
– Scandaleux et véridiques. À condition d'avoir assez de courage… ou assez d'argent… on peut toujours se passer d'une bonne réputation.

– On peut tout acheter avec de l'argent.
– Quelqu'un a dû vous dire ça. Vous n'arriveriez jamais à trouver de telles platitudes vous-même. Et que peut-on acheter avec de l'argent ?
– Eh bien!... je ne sais pas, moi... en tout cas, ni le bonheur, ni l'amour.
– Si, en général. Et quand on n'y parvient pas, avec de l'argent on peut s'acheter quelques-unes des meilleures compensations.
– Vous avez donc tant d'argent, capitaine Butler ?
– Voilà une question qui dénote une personne bien mal élevée, madame Hamilton. Je suis surpris. Mais oui. Pour un homme auquel on a coupé les vivres dans sa prime jeunesse, je n'ai pas trop mal réussi. Et je suis certain de devenir millionnaire avec ce blocus.
– Oh ! non !
– Oh ! si ! La plupart des gens n'ont pas l'air de se rendre compte qu'il y a exactement autant d'argent à tirer du naufrage que de l'édification d'une civilisation.
– Et que veut dire cela ?
– Vos parents, les miens et tous les gens qui sont ici ont gagné leur fortune en créant une civilisation là où il y avait le désert. Cela, ça s'appelle construire un empire. Ça rapporte, la construction des empires, mais le naufrage des empires rapporte encore plus.
– De quel empire parlez-vous ?
– De cet empire où nous vivons... le Sud... la Confédération... le Royaume du Coton... de cet empire qui se disloque, là, sous nos pieds. Seuls les imbéciles ne veulent pas le voir et refusent de profiter de la situation créée par cet écroulement. Moi, je vais tirer une fortune du naufrage.
– Alors, vous croyez pour de bon que nous allons être battus ?
– Oui. Pourquoi faire comme l'autruche ?
– Oh ! mon Dieu, que ça me fatigue des conversations comme celle-ci. Ne vous arrive-t-il donc jamais de dire de jolies choses, capitaine Butler ?
– Cela vous ferait-il plaisir si je vous disais que vos yeux ressemblent à deux vasques où nagent des poissons rouges, deux vasques remplies jusqu'aux bords de l'eau verte la plus limpide et que quand les poissons rouges remontent à la surface, comme ils le font maintenant, vous êtes diablement jolie ?
– Oh ! je n'aime pas ça... Cet air est magnifique n'est-ce pas ? Oh ! je pourrais valser sans jamais m'arrêter. Je ne savais pas que la danse me manquait à ce point.

– Vous êtes la plus belle danseuse que j'aie jamais tenue dans mes bras.
– Capitaine Butler, ne me serrez pas comme ça. Tout le monde nous regarde.
– Si personne ne nous regardait, est-ce que ça vous ennuierait?
– Capitaine Butler, vous dépassez les bornes.
– Non, pas une minute. Comment pourrais-je être grossier quand je vous ai dans mes bras?... Quel est cet air? C'est nouveau?
– Oui. C'est merveilleux, n'est-ce pas? C'est un air que nous avons volé aux Yankees.
– Comment s'appelle cette chanson?
– *Quand cette guerre cruelle aura enfin cessé*[4].
– Quelles sont les paroles? Chantez-les-moi.

Te souviens-tu, mon bien-aimé,
Du dernier rendez-vous
Quand tu me dis à deux genoux
À quel point tu m'aimais?
Oh! que tu étais fier
Sous ton beau dolman gris
Quand tu fis le serment
De ne jamais trahir
Ni moi ni le pays.
Triste et abandonnée,
Je pleure et je m'afflige.
Mes larmes sont bien vaines
Et bien vains mes soupirs!
Quand cette guerre cruelle
Aura enfin cessé
Prie Dieu qu'il nous accorde
Un autre rendez-vous!

– Bien entendu, il était question de «dolman bleu», mais on a changé cela en «dolman gris»... Oh! vous valsez si bien, capitaine Butler. Pourtant, la plupart des hommes grands dansent mal. Et dire qu'il va falloir que j'attende des années et des années avant de danser de nouveau!
– Vous n'allez attendre que quelques minutes. Je m'en vais vous demander de m'accorder le prochain quadrille... et puis le suivant et encore le suivant.

4. *When this cruel war is over*, chanson romantique de 1863.

– Oh ! non ! C’est impossible ! Il ne faut pas. Je serai perdue de réputation.
– Elle est déjà en loques, alors, qu’est-ce que peut bien faire une danse de plus ? Quand j’aurai dansé cinq ou six fois avec vous, je permettrai peut-être aux autres cavaliers de tenter leur chance, mais il faut que vous m’accordiez la dernière danse.
– Eh bien ! c’est entendu. Je sais que je suis folle, mais tant pis. Je me moque pas mal de ce que diront les gens. J’en ai tellement assez de rester à la maison. Je vais danser, danser…
– Et ne plus porter de vêtements noirs. J’ai le crêpe en horreur.
– Oh ! je ne pourrai pas quitter le deuil. Capitaine Butler, ne me serrez pas comme ça. Je vais me mettre en colère.
– Vous êtes splendide quand vous êtes en colère. Tenez, je vous écrase dans mes bras… là… rien que pour voir si vous vous mettrez vraiment en colère. Vous ne pouvez vous imaginer combien vous étiez charmante ce jour-là, aux Douze Chênes, quand vous étiez en colère et que vous lanciez des vases.
– Oh ! voyons… vous n’oublierez donc jamais cela ?
– Non, c’est un des souvenirs auxquels je tiens le plus… le tempérament irlandais perçant sous l’éducation raffinée d’une belle jeune femme du Sud… Vous êtes très irlandaise, n’est-ce pas ?
– Oh ! mon Dieu ! Voilà la fin de la danse et tante Pittypat qui accourt ! Je suis sûre que Mme Merriwether l’a prévenue. Oh ! pour l’amour de Dieu, emmenez-moi jusqu’à une fenêtre. Nous regarderons dehors. Je ne veux pas qu’elle mette la main sur moi maintenant. Elle a les yeux gros comme des soucoupes.

X

Le lendemain matin à l'heure du petit déjeuner, Pittypat larmoyait, Mélanie se taisait et Scarlett était dressée sur ses ergots.
– Ça m'est égal si l'on parle. Je parie que j'ai fait gagner plus d'argent à l'hôpital que n'importe quelle jeune fille... Plus que n'en a rapporté la vente de tout notre vieux bric-à-brac.
– Oh! mon Dieu! Qu'importe l'argent? gémit Pittypat en se tordant les mains. Je n'en pouvais croire mes yeux, et ce pauvre Charlie, mort depuis un an à peine... Et cet horrible capitaine Butler attirant tous les regards sur toi. C'est un être terrible, terrible, Scarlett. La cousine de Mme Whiting, Mme Coleman, dont le mari est de Charleston, m'en a parlé. C'est la brebis galeuse d'une famille charmante... Oh! comment les Butler ont-ils pu donner le jour à une créature pareille? Personne ne le reçoit à Charleston. Il passe pour un noceur et il a eu une histoire avec une jeune fille... c'est si laid que Mme Coleman elle-même ne sait pas de quoi il s'agit.
– Oh! je ne pense pas qu'il soit aussi noir que cela, intervint Mélanie avec sa gentillesse habituelle. Il semble être un parfait homme du monde et quand on songe à sa bravoure, à la façon dont il force le blocus...
– Il n'est pas brave, coupa méchamment Scarlett en versant la moitié du sirop sur ses gaufres. Il fait ça pour gagner de l'argent. C'est lui qui me l'a dit. Il se moque pas mal de la Confédération, et il prétend que nous serons battus. Pourtant, il danse à ravir.
L'horreur rendit muettes ses deux parentes.
– Et puis j'en ai assez de rester à la maison. C'est fini. Si l'on jase sur moi à propos d'hier soir, c'est que je suis déjà perdue de réputation; aussi, tout ce qu'on pourra dire d'autre n'a pas grande importance.
Scarlett ne se rendit pas compte que l'idée émanait de Rhett Butler. Elle lui était venue si à propos et s'adaptait si bien à sa tournure d'esprit!
– Oh! que dira ta mère quand elle saura cela? Que pensera-t-elle de moi?

Le cœur de Scarlett se serra. Un remords l'assaillit en songeant combien Ellen serait peinée si elle venait à apprendre la conduite scandaleuse de sa fille; mais l'idée que Tara était à vingt-cinq milles d'Atlanta la réconforta. Mlle Pitty ne dirait certainement rien à Ellen. Ce serait éclairer d'un bien triste jour son chaperonnage. Et, pourvu que Pitty tînt sa langue, elle était sauvée.

– Je crois... fit Pitty, oui... je crois que je ferais mieux d'écrire une lettre à Henry... encore qu'il m'en coûte énormément... mais il est le seul homme de la famille et il faut qu'il fasse des remontrances au capitaine Butler... Oh ! mon Dieu ! Si seulement Charlie était là... Il ne faut plus jamais, jamais adresser la parole à cet homme, Scarlett.

Jusque-là, Mélanie était restée tranquillement assise les mains croisées sur ses genoux, tandis que ses gaufres refroidissaient. Elle se leva et, passant derrière Scarlett, elle lui entoura le cou de ses bras.

– Ma chérie, dit-elle, ne te mets pas martel en tête. Je te comprends. Tu as fait une chose courageuse hier soir et tu as bien aidé l'hôpital. Et si les gens osent dire le moindre mot contre toi, ils trouveront à qui parler... Tante Pitty, ne pleure pas. C'était dur pour Scarlett de ne jamais sortir. C'est encore une toute petite fille.

De ses doigts elle ne cessait de jouer avec les cheveux de Scarlett.

– Et puis, nous ferions peut-être mieux d'aller de temps en temps dans le monde. Nous avons peut-être été fort égoïstes à rester ici avec notre chagrin. La guerre change tout. Quand je songe à tous ces soldats si loin de chez eux... sans un ami à aller voir le soir... à tous ces blessés dans les hôpitaux, assez bien pour se lever et pas assez guéris pour retourner aux armées, oui, nous avons été égoïstes. En ce moment nous devrions, comme tout le monde, avoir trois convalescents chez nous et tous les dimanches soir nous devrions recevoir quelques soldats à dîner. Allons, Scarlett, ne pleure pas comme ça. Les gens ne diront rien quand ils comprendront. Nous savons que tu aimais Charlie...

Scarlett n'avait nulle envie de pleurer, mais le doux contact des mains de Mélanie l'irritait au plus haut point. Elle aurait voulu pouvoir donner des coups de tête et crier « Parlez toujours ! ». Elle se rappelait encore trop bien la façon dont, la veille au soir, les gardes civils, les miliciens et les soldats de l'hôpital s'étaient disputé le plaisir de danser avec elle. Pour rien au monde elle ne voulait de Mélanie comme défenseur. Elle était bien de taille à se défendre toute seule et si les vieilles chipies poussaient les hauts cris... eh bien ! elle s'en moquait. Il y avait trop de beaux officiers pour qu'elle se souciât des racontars de bonnes femmes.

Pittypat se tamponnait les yeux de son mouchoir tout en écoutant les paroles apaisantes de Mélanie quand Prissy entra avec une lettre volumineuse.
– Pou' vous, ma'ame Melly. C'est un pitit Noi' qui l'a appo'tée.
– Pour moi ? fit Melly, surprise.
Elle déchira l'enveloppe et Scarlett était si occupée à manger ses gaufres qu'il fallut que Melly éclatât en sanglots et que tante Pittypat portât la main à son cœur pour qu'elle remarquât quelque chose.
– Ashley est mort ! hurla Pittypat dont la tête roula en arrière et dont les bras retombèrent inertes.
– Oh ! mon Dieu ! cria Scarlett, qui sentit son sang se glacer dans ses veines.
– Non ! non ! s'exclama Mélanie. Vite ! les sels, Scarlett ! Là, là, ma chérie, tu te sens mieux ? Respire à fond. Non, ce n'est pas Ashley. Je suis désolée de t'avoir fait peur. Je pleurais parce que je suis si heureuse. (Tout d'un coup elle ouvrit la main et embrassa un objet qu'elle y tenait caché.) Je suis si heureuse, et de nouveau elle fondit en larmes.
Scarlett surprit l'éclat fugitif d'un gros anneau d'or.
– Lis, fit Melly en montrant la lettre qu'elle avait laissée tomber par terre. Oh ! qu'il est gentil, qu'il est bon.
Scarlett, intriguée, ramassa la feuille de papier et lut ces lignes tracées d'une main ferme : « La Confédération peut avoir besoin du sang de ses hommes, mais elle ne réclame pas encore le cœur de ses femmes. Acceptez, chère madame, ce gage de mon respect pour votre courage et ne croyez pas que votre sacrifice aura été vain, car cette bague a été rachetée à dix fois sa valeur. Capitaine Rhett Butler. »
Mélanie glissa l'anneau à son doigt et l'enveloppa d'un regard d'adoration.
– Je vous avais bien dit que c'était un galant homme, n'est-ce pas ? fit-elle en tournant vers Pittypat un visage radieux sous ses larmes. Seul un homme du monde pouvait être assez délicat, assez prévenant pour comprendre que ça me brisait le cœur de… J'enverrai ma chaîne d'or à la place. Tante Pittypat, écris-lui et invite-le à dîner dimanche afin que je puisse le remercier.
Au milieu de l'émotion générale, ni Mélanie, ni Pittypat ne semblèrent remarquer que le capitaine Butler n'avait pas renvoyé aussi la bague de Scarlett. Pourtant Scarlett s'en aperçut et cela la contraria. Elle savait que ce n'était pas la délicatesse qui avait dicté son geste au capitaine Butler, mais bien le désir d'être invité chez Pittypat qui lui avait suggéré ce moyen infaillible d'arriver à ses fins.

« J'ai été peinée d'apprendre ta récente conduite », écrivait Ellen, et Scarlett, qui lisait sa lettre à table, se rembrunit. À coup sûr, les mauvaises nouvelles se répandaient vite. Elle avait souvent entendu dire à Charleston et à Savannah que les gens d'Atlanta étaient, de tout le Sud, ceux qui aimaient le mieux faire des commérages, et maintenant elle en était persuadée. La vente de charité avait eu lieu le lundi soir et l'on n'était qu'au jeudi. Laquelle des vieilles chipies avait pris l'initiative d'écrire à Ellen ? Pendant un instant Scarlett soupçonna Pittypat, mais elle rejeta aussitôt cette idée. La pauvre était dans ses petits souliers ! Elle avait une peur bleue qu'on ne la tînt pour responsable des imprudences de Scarlett et elle eût été la dernière à informer Ellen du piètre résultat de sa surveillance. C'était probablement Mme Merriwether. « J'ai peine à imaginer que tu puisses oublier à ce point ton éducation. Je fermerai les yeux sur l'inconvenance que tu as commise en paraissant en public alors que tu étais en deuil, car je me rends compte du désir que tu avais de venir en aide à ton hôpital. Mais danser, et avec un homme comme le capitaine Butler ! J'ai beaucoup entendu parler de lui (qui n'en a entendu parler ?). Et Pauline m'a écrit pas plus tard que la semaine dernière qu'il avait fort mauvaise réputation et qu'à Charleston ses propres parents ne le recevaient même pas, sauf bien entendu sa pauvre mère, dont il a brisé le cœur. C'est un être foncièrement mauvais qui aimerait profiter de ta jeunesse et de ton innocence pour te compromettre et attirer le déshonneur sur toi et ta famille. Comment Mlle Pittypat a-t-elle pu négliger ses devoirs envers toi ? »

Scarlett lança un regard à sa tante par-dessus la table. La vieille demoiselle avait reconnu l'écriture d'Ellen et sa petite bouche aux lèvres charnues dessinait une moue effrayée comme celle d'un bébé qui craint d'être grondé et espère éviter le châtiment en pleurant.

« Je me ronge de chagrin à la pensée que tu peux si vite oublier les principes qui t'ont été inculqués. J'ai eu envie de te rappeler à la maison sur-le-champ, mais je laisserai à ton père le soin de trancher cette question. Il sera à Atlanta vendredi. Il ira parler au capitaine Butler et te ramènera chez nous. Je redoute sa sévérité pour toi malgré mes objurgations. J'espère que seules ta jeunesse et ta légèreté sont causes de ta conduite et je prie le Seigneur qu'il en soit ainsi. Nulle plus que moi ne désire servir notre Cause et je souhaite que mes filles partagent ce sentiment, mais attirer ce déshonneur... »

La lettre continuait longtemps sur ce ton, mais Scarlett ne l'acheva pas. Pour une fois, elle éprouvait une terreur véritable. Sa témérité et son arrogance avaient disparu. Elle se sentait aussi petite, aussi coupable qu'à dix ans, quand, à table, elle avait lancé un gâteau à la tête de Suellen. Dire que sa mère, pourtant si gentille, pouvait lui adresser des reproches aussi cinglants et que son père allait venir parler au capitaine Butler. Elle se rendait de mieux en mieux compte du sérieux de l'affaire. Gérald allait se montrer sévère. Elle savait que, cette fois, elle n'échapperait pas au châtiment en s'asseyant sur ses genoux et en se montrant câline avec lui.

– Ce ne sont pas de mauvaises nouvelles? demanda Pittypat d'une voix chevrotante.

– Papa arrive demain. Il va me sauter dessus comme un canard sur un hanneton, répondit Scarlett douloureusement.

– Prissy, trouve-moi mes sels, bredouilla Pittypat en repoussant son assiette. Je... je sens que... que je m'évanouis.

– Y sont dans la poche de vot' jupe, fit Prissy, qui se réjouissait d'assister à un drame sensationnel.

Voir «Missié Gé'ald» en colère, c'était toujours un beau spectacle, à condition que le courroux du maître ne prît point les joues de Prissy pour objectif. Pitty fouilla dans sa poche et en retira la petite fiole dont elle respira le contenu.

– Il faut que vous preniez toutes deux mon parti, et que vous ne me quittiez pas d'une minute, s'écria Scarlett. Il vous aime toutes les deux. Si vous restez avec moi, il n'osera pas me chercher noise.

– Je ne pourrai pas, dit Pittypat en se levant. Je... je ne me sens pas bien. Il faut que j'aille m'étendre. Je resterai allongée toute la journée de demain. Tu lui présenteras mes excuses.

«Lâche!» pensa Scarlett, les yeux flamboyants.

Melly se rangea à ses côtés bien qu'elle fût toute blanche d'effroi à la perspective d'avoir à affronter le bouillant M. O'Hara.

– Je t'aid... je t'aiderai à expliquer que tu l'as fait pour l'hôpital. Il comprendra sûrement.

– Non! dit Scarlett. Il ne comprendra pas. Oh! si jamais je retourne en disgrâce à Tara, comme me le laisse entrevoir maman, je crois que j'en mourrai.

– Mais tu ne peux pas retourner chez toi! s'exclama Pittypat en fondant en larmes. Si tu t'en allais je serais forcée... oui, forcée de demander à Henry de venir habiter avec nous, et tu sais bien que je ne peux pas vivre avec lui. Avec tous ces étrangers qu'il y a en ville, j'ai si peur la nuit quand je suis seule à la maison avec Melly. Toi, tu es si brave, ça m'est bien égal de vivre ici sans homme !

– Oh ! il ne pourra pas te ramener à Tara, fit Melly qui, elle aussi, semblait sur le point de fondre en larmes. Ici, tu es chez toi maintenant. Que deviendrions-nous sans toi ?

« Vous seriez bien aises de vous passer de moi si vous saviez ce que je pense de vous », se dit Scarlett, qui eût préféré un autre concours que celui de Mélanie pour affronter la colère de Gérald.

– Nous pourrions peut-être décommander le capitaine Butler... commença Mlle Pittypat.

– Ah ! non. C'est impossible, s'écria Mélanie, désespérée. Ce serait la pire des grossièretés !

– Aide-moi à me coucher. Je vais être malade, gémit Pittypat. Oh ! Scarlett, comment as-tu pu m'attirer tous ces ennuis ?

Le lendemain après-midi, quand Gérald arriva, Pittypat malade était couchée. À travers la porte elle lui renouvela maintes fois ses excuses et laissa les deux jeunes femmes effrayées présider au dîner. Gérald observait un silence plein de menaces, bien qu'il eût embrassé Scarlett et qu'il eût pincé la joue de Mélanie en l'appelant « Cousine Melly ». Scarlett aurait mille fois mieux aimé qu'il éclatât en imprécations. Fidèle à sa promesse, Mélanie restait cramponnée à Scarlett comme une petite ombre soyeuse et bruissante, et Gérald était trop bien élevé pour faire une scène à sa fille devant elle. Scarlett fut obligée de reconnaître que Mélanie s'y prenait fort bien. Elle fit celle qui ne savait rien et parvint même à engager la conversation avec Gérald quand le dîner eut été servi.

– Je voudrais savoir ce qui se passe dans le comté, commença-t-elle en adressant à Gérald un sourire délicieux. India et Honey sont de si piètres correspondantes et je sais que vous êtes au courant de tout. Je vous en prie, parlez-nous du mariage de Joe Fontaine.

Touché par le compliment, Gérald raconta que la cérémonie s'était déroulée dans le calme, « pas comme pour vos mariages, mes petites », car Joe n'avait eu que quelques jours de permission. Sally, la petite Munroe, était très jolie. Non, il ne se souvenait pas de sa toilette de mariée ; néanmoins il avait entendu dire qu'elle n'avait pas porté une robe de « lendemain de noces ».

– Non, vraiment ! s'exclamèrent les jeunes femmes, scandalisées.

– Forcément, elle n'a pas eu de lendemain de noces, expliqua Gérald qui se tordit de rire avant de s'apercevoir que de telles remarques n'étaient peut-être pas faites pour des oreilles féminines.

Son rire fit mal à Scarlett et choqua Mélanie.

– Le lendemain, Joe est reparti pour la Virginie, se hâta d'ajouter Gérald. Il n'y a donc eu ni visites, ni bals après le mariage. Les jumeaux Tarleton sont rentrés chez eux.
– Nous avons entendu dire cela. Sont-ils guéris ?
– Ils n'étaient pas très grièvement blessés. Stuart a reçu une balle dans le genou et Brent a eu l'épaule traversée. Saviez-vous aussi qu'ils avaient été cités dans les communiqués pour leur bravoure ?
– Non ! Racontez-nous cela.
– Ce sont des têtes brûlées… tous les deux. Je commence à croire qu'il y a du sang irlandais en eux. J'ai oublié ce qu'ils ont fait, mais, en tout cas, Brent est lieutenant maintenant.
Scarlett se sentit tout heureuse d'entendre célébrer leurs exploits et en éprouva une sorte de satisfaction de propriétaire. Quand elle avait eu un jeune homme pour soupirant, elle conservait toujours l'impression qu'il lui appartenait et que ses hauts faits rejaillissaient sur elle.
– J'ai encore du nouveau à vous apprendre, reprit Gérald. On prétend que Stu va de nouveau faire sa cour aux Douze Chênes.
– Honey ou India ? interrogea Melly tout émue, tandis que Scarlett jetait à son père un regard indigné.
– Oh ! mademoiselle India, bien sûr. Est-ce qu'elle ne lui avait pas fait des avances avant que ma vaurienne de fille ne lui fasse de l'œil ?
– Oh ! dit Mélanie, gênée par la verdeur du langage de Gérald.
– Et bien plus fort que ça, le jeune Brent s'est mis à rôder autour de Tara. Voyez-moi ça !
Scarlett ne pouvait pas parler. La façon dont ses soupirants l'abandonnaient était presque une insulte, surtout quand elle se rappelait avec quelle violence les jumeaux avaient réagi en apprenant qu'elle allait épouser Charles. Stuart avait même été jusqu'à menacer de tuer soit Charles, soit Scarlett, soit lui-même, soit tous les trois. Ç'avait été passionnant.
– Suellen ? risqua Melly avec un sourire. Mais je croyais que M. Kennedy…
– Oh ! lui ! Il fait toujours des tas de chichis, il a peur de son ombre. Je m'en vais lui demander ses intentions un de ces jours s'il ne se déclare pas. Non, c'est ma toute petite.
– Carreen ?
– Mais c'est une enfant ! lança Scarlett, qui avait retrouvé sa langue.
– Elle a à peine un an de moins que vous quand vous vous êtes mariée, petite fille, riposta son père. Est-ce que tu reprocherais par hasard à ta sœur de te prendre ton ancien soupirant ?

Melly rougit. Elle n'était pas habituée à une telle franchise et elle fit signe à Peter de passer l'entremets. Elle fit appel à toutes les ressources de son imagination pour découvrir un sujet de conversation un peu moins personnel qui pût faire oublier à M. O'Hara le but de son voyage. Elle ne trouva rien, mais, une fois lancé, Gérald n'avait plus besoin que d'un auditoire. Il parla des vols commis par l'intendance militaire dont les exigences augmentaient tous les mois, de la bêtise de Jefferson Davis, de la canaillerie des Irlandais qui s'engageaient dans l'armée yankee pour toucher des primes.
Lorsqu'on eut servi le porto et que les deux jeunes femmes se furent levées pour laisser leur hôte boire en paix, Gérald fronça les sourcils et, décochant un coup d'œil sévère à sa fille, il lui ordonna de rester avec lui quelques minutes. Scarlett lança un regard désemparé à Mélanie, qui se mit à tortiller son mouchoir et finit par sortir en refermant doucement sur elle la double porte à glissière.
– Allons, à nous deux, ma petite, glapit Gérald en se versant un verre de porto. Jolie façon de se conduire ! C'est un autre mari que tu cherches à décrocher ? Il n'y a pourtant pas longtemps que tu es veuve !
– Pas si haut, papa, les domestiques…
– Je suis bien sûr qu'ils savent à quoi s'en tenir. Tout le monde sait que tu es déshonorée. Ta pauvre mère en est malade. Elle est au lit. Et moi, je n'ose pas regarder les gens en face. C'est une honte. Non, ma chatte, cette fois-ci il ne faut pas songer à m'attendrir avec des larmes, dit Gérald d'une voix un peu angoissée tandis que Scarlett commençait à battre des paupières et à se contorsionner la bouche. Je te connais. Tu trouverais encore le moyen de flirter à la veillée mortuaire de ton mari. Ne pleure pas. Allons, je n'en dirai pas plus ce soir, car je m'en vais voir ce joli capitaine Butler qui a si peu d'égards pour la réputation de ma fille. Mais demain matin… Allons, ne pleure pas. Ça ne te servira à rien. Ma décision est prise. Demain tu repartiras pour Tara avant d'avoir pu nous déshonorer une fois de plus. Ne pleure pas, ma mignonne. Regarde-moi ce que je t'ai apporté ! N'est-ce pas un beau cadeau ? Mais regarde donc. Comment peux-tu me donner tant de tracas, m'obliger à faire tout ce voyage quand je suis si occupé ? Ne pleure pas voyons !

Mélanie et Pittypat étaient allées se coucher depuis des heures, mais Scarlett, le cœur lourd d'angoisses, veillait dans la pénombre tiède. Quitter Atlanta alors que la vie venait juste de recommencer !

Retourner chez elle et affronter Ellen! Elle aimerait mieux mourir que de revoir sa mère en ce moment. Oui, elle aurait voulu mourir sur-le-champ. Comme ça, tout le monde aurait regretté d'avoir été si méchant pour elle. Elle ne cessait de remuer et de se retourner sur son lit quand, soudain, un bruit lointain vint frapper ses oreilles. Malgré la distance et son imprécision, elle crut le reconnaître. C'était un bruit étrangement familier. Elle se glissa hors de son lit et alla à la fenêtre. Sous un ciel semé d'étoiles, sous la voûte des arbres qui la bordaient, la rue s'allongeait, tranquille et noire. Le bruit se rapprocha. Des roues grincèrent, un cheval martela le sol de ses sabots, des voix s'élevèrent. Et tout d'un coup Scarlett sourit, car une voix qu'elle connaissait bien, une voix empâtée par le whisky et alourdie par un accent irlandais entonna *Peg s'en va-t-en voiture*. On avait beau ne pas être au jour de la fête de Jonesboro, Gérald n'en rentrait pas moins chez lui dans le même état.

Elle vit la masse sombre d'un buggy se ranger devant la maison. Des silhouettes indistinctes descendirent de la voiture. Son père n'était pas seul. Deux personnes s'arrêtèrent devant la grille. Scarlett entendit cliqueter le loquet, et en même temps la voix de Gérald se fit plus nette.

– Maintenant, je m'en vais vous chanter la *Complainte de Robert Emmet*[1]. C'est une chanson que vous devriez savoir, mon garçon.

– Ça me ferait grand plaisir, répondit son compagnon dont le ton traînant laissait percer une légère envie de rire. Mais pas maintenant, monsieur O'Hara.

«Oh! mon Dieu! C'est cet abominable Butler!» se dit d'abord Scarlett. Puis elle reprit courage. Au moins, les deux hommes ne s'étaient pas entre-tués. Et puis, il fallait qu'ils fussent en bons termes pour rentrer à cette heure-là et dans cet état.

– Si, si, je vous la chanterai et vous serez bien obligé de l'écouter, sans ça, je vous tue, espèce d'orangiste.

– Non, je ne suis pas orangiste... je suis charlestonien.

– Ça ne vaut pas mieux. C'est même pire. J'ai deux belles-sœurs à Charleston, et je sais à quoi m'en tenir.

«Il ne va tout de même pas réveiller tous les voisins?» se demanda Scarlett prise de panique tout en cherchant son peignoir. Mais que pouvait-elle faire? Elle ne pouvait pas descendre à cette heure-là de la nuit et faire rentrer son père.

1. Chanson irlandaise saluant la mémoire du héros nationaliste irlandais Robert Emmet, exécuté par les Anglais en 1803.

Sans autre avertissement, Gérald, cramponné à la grille, renversa la tête en arrière et entonna la *Complainte* d'une voix de basse. Les coudes posés sur l'appui de la fenêtre, Scarlett écouta et rit malgré elle. Que cette chanson aurait pu être belle si seulement son père avait été capable de chanter juste. C'était l'une de ses chansons préférées et pendant un moment elle suivit ces vers pleins d'une exquise mélancolie.

Elle est loin de la terre où dort son jeune héros,
Et les amants se pressent autour d'elle en soupirant.

Gérald continua de chanter et Scarlett entendit remuer dans les chambres de Pittypat et de Melly. Les pauvres, elles allaient être toutes bouleversées. Elles n'étaient point habituées à des hommes du tempérament de Gérald. Lorsque la chanson fut achevée, les deux silhouettes se fondirent en une seule, remontèrent l'allée et gravirent le perron. On frappa discrètement à la porte d'entrée.

« Je crois qu'il faut que je descende, se dit Scarlett. Après tout, c'est mon père, et la malheureuse Pitty serait morte avant d'être arrivée en bas. » D'ailleurs, Scarlett ne tenait pas à ce que les domestiques découvrissent l'état de Gérald. Et puis, si Peter essayait de le mettre au lit, il risquait de perdre toute mesure. Pork était le seul qui sût comment s'y prendre.

Elle ferma soigneusement le décolleté de son peignoir à l'aide d'une broche, prit le bougeoir sur sa table de nuit, descendit l'escalier sombre et s'engagea dans le vestibule. Là, elle posa son bougeoir sur une console, tourna le verrou, ouvrit la porte et, à la lueur vacillante de la bougie, elle vit Rhett Butler qui, le jabot impeccable, soutenait son père. La *Complainte* avait été, sans aucun doute, le chant du cygne de Gérald, qui maintenant s'abandonnait complètement entre les bras de son compagnon. Il avait perdu son chapeau, ses longs cheveux bouclés formaient une sorte de crinière blanche ébouriffée, sa cravate lui était remontée sous l'oreille et son plastron de chemise était maculé de taches de liqueurs.

– C'est votre père, je pense ? dit le capitaine Butler, les yeux rieurs.

Il avait tout de suite remarqué que la jeune personne était en tenue légère et Scarlett eut l'impression qu'il voyait à travers son peignoir.

– Rentrez-le, fit-elle sèchement.

Elle se sentait gênée et elle était furieuse contre Gérald de l'avoir mise dans une situation aussi ridicule.

Rhett poussa Gérald en avant.

– Vous aiderai-je à le monter? Vous ne vous en tirerez pas toute seule. Il est lourd.

Scarlett fut frappée de stupeur devant une telle audace. Mieux valait ne pas s'imaginer ce que penseraient Pittypat et Mélanie, tremblantes de peur dans leur lit, si le capitaine Butler montait.

– Sainte Vierge, non! Portez-le sur le canapé du salon.

Le capitaine s'exécuta.

– Là. Allongez-le.

– Faut-il lui retirer ses bottes?

– Non, il a déjà dormi avec.

Scarlett aurait bien voulu rattraper cette remarque, car le capitaine se mit à rire doucement en croisant les jambes de Gérald.

– Je vous en prie, partez maintenant.

Il sortit dans le vestibule sombre et ramassa son chapeau qu'il avait laissé tomber par terre.

– Je vous verrai dimanche soir au dîner, dit-il. Et il s'en alla en refermant avec précaution la porte sur lui.

Scarlett se leva à cinq heures et demie avant que les domestiques eussent quitté le bâtiment où ils logeaient au fond de la cour. Elle descendit l'escalier et arriva au rez-de-chaussée encore plongé dans le silence. Gérald était réveillé. Il se tenait la tête à pleines mains comme s'il eût voulu l'écraser. À l'entrée de sa fille, il releva les yeux, mais ce simple geste lui fit tellement mal qu'il poussa un gémissement.

– Vous avez eu une jolie conduite, papa, commença Scarlett, furieuse, tout en ayant bien soin de ne pas élever la voix. On n'a pas idée de rentrer chez soi à une heure pareille et de réveiller tous les voisins en chantant.

– Moi, j'ai chanté?

– Oui, chanté. Vous avez hurlé à tue-tête la *Complainte.*

– Je ne me souviens de rien.

– Les voisins, eux, s'en souviendront jusqu'au jour de leur mort et Mlle Pittypat et Mélanie aussi.

– Mère de Douleur! se lamenta Gérald, qui passa avec peine sa langue pâteuse sur ses lèvres parcheminées. Je ne me rappelle plus grand-chose après le début de la partie.

– La partie?

– Cette fripouille de Butler a prétendu qu'il était le meilleur joueur de poker de...

– Combien avez-vous perdu?

– Moi? Mais j'ai gagné, naturellement. Un verre ou deux, ça aide à jouer.

– Regardez donc dans votre portefeuille.
Comme si chaque mouvement le mettait au supplice, Gérald tira son portefeuille de sa veste et l'ouvrit. Il était vide et le malheureux le contempla d'un œil hagard.
– Cinq cents dollars, dit-il. C'était pour acheter différentes choses aux forceurs de blocus pour Mme O'Hara. Et maintenant je n'ai même plus de quoi reprendre mon billet pour Tara.
Tandis qu'indignée Scarlett considérait le portefeuille vide, une idée germa dans son esprit et grandit aussitôt.
– Je n'oserai plus regarder les gens en face dans cette ville, commença-t-elle. Vous nous avez tous déshonorés.
– Tiens ta langue, ma chatte. Tu ne vois pas que ma tête va éclater.
– Rentrer chez soi complètement ivre avec un homme comme le capitaine Butler, chanter à pleins poumons pour que tout le monde entende et perdre son argent. C'est du beau !
– Ce type-là joue trop bien aux cartes pour être un homme du monde. Il…
– Que dira mère en apprenant cela ?
Gérald parut frappé d'une angoisse soudaine.
– Tu ne diras rien à ta mère pour ne pas la mettre sens dessus dessous, hein !
Scarlett ne répondit rien, mais elle fit une moue inquiétante.
– Songe au mal que ça lui ferait en ce moment, et elle qui est si bonne.
– Et dire, papa, que pas plus tard qu'hier soir vous m'avez déclaré que j'avais déshonoré la famille ! Moi qui n'ai fait que danser un peu pour permettre à l'hôpital de recueillir plus d'argent. Oh ! j'en pleurerais !
– Non, je t'en prie, supplia Gérald. C'en serait trop pour ma pauvre tête. Elle va sûrement éclater cette fois-ci.
– Et vous avez dit que moi…
– Voyons, ma chatte, voyons, ne sois pas blessée par les paroles de ton pauvre vieux père. Il ne voulait pas te faire de la peine. Il n'a rien compris. Mais oui, j'en suis sûr, tu es une brave petite, tu étais pleine de bonnes intentions.
– Et vous voulez me ramener à la maison pour me punir ?
– Ah ! ma chérie, je ne pourrais pas faire cela. C'était pour te taquiner. Tu ne parleras pas de cet argent à ta mère, qui est déjà dans tous ses états parce qu'elle trouve qu'on dépense trop.
– Non, dit Scarlett avec franchise. Je ne dirai rien si vous me laissez ici et si vous dites à ma mère que toutes ces histoires à mon sujet ne sont que purs commérages d'une bande de vieilles chipies.

Gérald lança à sa fille un regard navré.

– C'est du chantage, ni plus ni moins.

– Et la nuit dernière, ça a été un scandale, ni plus ni moins.

– Allons, nous oublierons tout. Dis-moi, crois-tu qu'une aussi charmante personne que Mlle Pittypat ait du cognac chez elle ?

Scarlett sortit, traversa le vestibule silencieux sur la pointe des pieds et alla dans la salle à manger chercher la bouteille de cognac qu'elle et Mélanie appelaient entre elles « la bouteille aux vapeurs », parce que Pittypat en prenait toujours une petite gorgée quand elle allait s'évanouir… ou faisait semblant. Le visage de Scarlett exprimait le triomphe et non point le remords d'avoir traité Gérald avec si peu de piété filiale. Désormais on calmerait Ellen à l'aide de mensonges au cas où une autre bonne âme lui écrirait. Désormais elle resterait à Atlanta et n'en ferait presque qu'à sa tête étant donné la faiblesse de Pittypat. Elle referma la cave à liqueurs et, pendant un instant, demeura immobile, la bouteille et le verre pressés contre sa poitrine.

Elle vit s'ouvrir devant elle une longue perspective de pique-niques au bord des eaux bondissantes de la rivière du Pêcher, de réceptions et de bals, de matinées dansantes, de promenades en buggy, de soupers froids le dimanche soir. Elle allait se trouver là, en plein cœur de toutes les réjouissances, au beau milieu d'une foule d'hommes. Et les hommes s'éprenaient si facilement quand on leur avait rendu quelques menus services à l'hôpital. Elle n'aurait plus une telle horreur de son métier d'infirmière désormais. Les hommes se laissaient si bien prendre quand ils avaient été malades. Ils tombaient entre les mains des jeunes femmes habiles tout comme tombaient les pêches mûres quand on donnait une petite secousse aux arbres.

Chargée du vivifiant breuvage, elle retourna auprès de son père et, tout en remerciant le Ciel que la fameuse tête des O'Hara eût été incapable de résister à la beuverie de la nuit, elle se demanda soudain jusqu'à quel point Rhett Butler était étranger à tout cela.

XI

Un après-midi de la semaine suivante, Scarlett rentra de l'hôpital fourbue et indignée. Elle était lasse d'être restée debout toute la matinée et elle était de mauvaise humeur parce que Mme Merriwether l'avait vertement réprimandée en la voyant assise sur le lit d'un soldat dont elle était en train de panser le bras. Tante Pitty et Mélanie, habillées de pied en cap, attendaient sous la véranda, avec Wade et Prissy, l'heure de partir pour leur tournée hebdomadaire de visites. Scarlett s'excusa de ne pas les accompagner et monta dans sa chambre. Lorsque le roulement de la voiture se fut évanoui, Scarlett considéra qu'elle était à l'abri des regards indiscrets de la famille, puis, sans se presser, elle s'introduisit dans la chambre de Mélanie et referma la porte à clé. C'était une petite chambre de jeune fille rangée avec un soin méticuleux. Le calme y régnait. Les rayons obliques du soleil de quatre heures y versaient leur chaleur. Le plancher brillait. Il était nu à l'exception de quelques carpettes aux teintes vives. Les murs blancs étaient nus aussi, mais, dans un coin, Mélanie avait arrangé une sorte de reliquaire.

Là, sous le drapeau confédéré aux plis bien disposés, était accroché le sabre à poignée d'or dont le père de Mélanie s'était servi lors de la campagne du Mexique, ce même sabre que Charles avait emporté à la guerre. Pour faire pendant au sabre, Mélanie avait suspendu au mur le baudrier et le ceinturon de Charles sans oublier le revolver dans son étui. Entre le sabre et le revolver était fixé un daguerréotype représentant Charles fier et guindé dans son uniforme gris, ses grands yeux noirs si brillants qu'ils semblaient devoir sauter hors du cadre, un sourire timide aux lèvres.

Scarlett n'adressa même pas un regard au portrait, mais, sans la moindre hésitation, elle traversa la pièce et s'arrêta auprès du lit étroit devant une table de chevet sur laquelle était posé un classeur en palissandre. Elle en sortit un paquet de lettres attachées par un ruban bleu. C'étaient les lettres d'Ashley à Mélanie. Scarlett prit celle du dessus qui était arrivée le matin et l'ouvrit.

Lorsque Scarlett s'était mise à lire ces lettres en cachette, elle avait eu de tels remords et avait eu si peur d'être découverte qu'elle pouvait à peine ouvrir les enveloppes tant elle tremblait. Maintenant, sa conscience qui n'avait jamais été alourdie par les scrupules, s'était apaisée à mesure que la faute se renouvelait et ses craintes elles-mêmes avaient diminué. Parfois, le cœur serré, elle se demandait: «Que dirait Maman si elle savait?» Ellen aimerait certainement mieux la voir morte plutôt que de la savoir coupable d'une pareille infamie. Cela avait d'abord tourmenté Scarlett, qui voulait encore ressembler en tous points à sa mère, mais la tentation de lire ces lettres avait été trop forte et elle avait banni de son esprit la pensée d'Ellen. Ces derniers temps elle était d'ailleurs devenue experte en l'art d'écarter les pensées gênantes. Elle avait appris à se dire: «Non, pas maintenant, je réfléchirai à cela demain.» Le lendemain, en général, ou bien elle ne songeait plus du tout à ce qui l'avait préoccupée, ou bien la pensée avait tellement perdu de sa force dans l'intervalle qu'elle n'avait plus rien d'embarrassant. Ainsi elle en était arrivée à ne plus guère se reprocher de lire les lettres d'Ashley.

Mélanie se montrait toujours généreuse. Elle lisait tout haut certains passages de ses lettres à tante Pitty et à Scarlett. Mais c'étaient les passages qu'elle ne lisait pas qui mettaient Scarlett au supplice, qui la poussaient à lire en cachette le courrier de sa belle-sœur. Elle voulait savoir si Ashley avait appris à aimer sa femme depuis qu'il l'avait épousée, ou s'il faisait semblant de l'aimer. Lui donnait-il des noms tendres? Quels sentiments exprimait-il et avec quelle intensité?

Elle déplia soigneusement la lettre.

Elle dévora des yeux le «ma chère femme» écrit par Ashley de son écriture fine et régulière, puis elle poussa un soupir de soulagement. Il n'appelait pas encore Mélanie «chérie» ou «ma bien-aimée».

«Ma chère femme. Vous m'écrivez pour me dire que vous redoutez que je vous cache mes véritables pensées et vous me demandez ce qui fait l'objet de mes préoccupations ces jours-ci...»

«Sainte Vierge!» se dit Scarlett, frappée d'épouvante. «Il lui cache ses véritables pensées! Se peut-il que Melly ait lu en lui? Se peut-il qu'elle ait lu en moi? Se doute-t-elle que lui et moi...»

Elle rapprocha la lettre de ses yeux. Ses mains tremblaient, mais la lecture du paragraphe suivant la tranquillisa.

«Chère femme, si je vous ai caché quelque chose, c'est parce que je ne voulais point accabler vos épaules d'un nouveau fardeau, ajouter aux soucis de me savoir en danger ceux de me savoir en proie à une grande agitation. Mais je ne puis rien vous dissimuler, car vous me connaissez trop bien. Ne vous alarmez pas! Je ne suis pas blessé. Je n'ai pas été malade. Je mange à ma faim et parfois je dors dans un lit. Un soldat ne peut en exiger davantage. Pourtant, Mélanie, mon cœur abrite de lourdes pensées et je m'en vais vous l'ouvrir.

«En ces nuits d'été je demeure éveillé, bien après que le camp s'est endormi et, fixant les étoiles, je ne cesse de me demander: “Pourquoi es-tu ici, Ashley Wilkes? Pour quelle cause te bats-tu?”

«À coup sûr, ni pour l'honneur ni pour la gloire. La guerre est une chose répugnante et j'ai horreur de ce qui est sale. Je ne suis pas un soldat et je n'ai nul désir de moissonner de vains lauriers sous la gueule des canons. Néanmoins, me voilà à la guerre... moi que Dieu avait destiné à n'être qu'un gentilhomme campagnard appliqué à l'étude. Car, Mélanie, les clairons ne fouettent point mon enthousiasme, les tambours ne me rendent point le pas plus léger et je vois trop clairement que nous avons été trahis, trahis par nous-mêmes, Sudistes prétentieux, qui nous imaginions qu'un seul d'entre nous pouvait venir à bout d'une douzaine de Yankees et que le coton pouvait régenter le monde. Trahis aussi par des mots, par des phrases creuses, des préjugés, des haines, les affirmations des gens haut placés, de ces hommes que nous respections et que nous vénérions... “Le Coton roi, l'Esclavage, les Droits des États, Maudits Yankees!”

« Et alors, quand, allongé sur ma couverture, je regarde les étoiles et je me dis: “Pour quelle cause te bats-tu?” je songe aux droits des États, au coton, aux noirs, aux Yankees qu'on nous a appris à haïr, et je sais que je ne trouverai là aucune des raisons pour lesquelles je me bats. Au contraire, ma rêverie m'emporte, je revois les Douze Chênes et je me rappelle comment la lune se joue en rayons obliques entre les colonnes blanches, je me rappelle l'aspect surnaturel des magnolias s'ouvrant au clair de lune, la véranda que les roses grimpantes protègent des midis les plus chauds. Et je revois ma mère tricotant sous cette véranda comme elle le faisait lorsque j'étais petit. Et j'entends les noirs rentrer des champs le soir au crépuscule. Ils sont fatigués, mais ils chantent et ils ont faim. J'entends grincer le treuil tandis que le seau s'enfonce dans la citerne. Et puis voici le vaste paysage, la route qui descend à la rivière à travers les champs de coton et le brouillard qui monte des bas-fonds à la tombée du jour. Voilà pourquoi je suis ici, moi qui n'aime ni la mort, ni la douleur, ni la gloire, moi qui ne hais personne. L'amour de son foyer et du pays où l'on vit, c'est peut-être cela qu'on appelle le patriotisme. Cependant, Mélanie, c'est un sentiment encore plus profond. Car, Mélanie, ces choses que j'ai nommées ne sont que les symboles de celle pour laquelle je risque ma vie, les symboles du genre d'existence que j'aime. Car je me bats pour les jours d'autrefois, pour les coutumes d'autrefois, que j'aime tant, mais qui, je le crains, sont mortes, quelle que soit la façon dont retomberont les dés. Car, battus ou vainqueurs, nous perdrons quand même. Si nous gagnons cette guerre et que nous ayons le Royaume du Coton de nos rêves, nous aurons encore perdu, car nous deviendrons des gens différents, et les mœurs paisibles de jadis ne seront plus. Le monde se pressera à nos portes réclamant du coton et nous imposerons nos prix. Alors, j'en ai peur, nous deviendrons comme les Yankees dont aujourd'hui nous méprisons le sens des affaires, l'esprit de lucre et la rapacité. Et si nous perdons, Mélanie, si nous perdons !...

« Je ne redoute ni la captivité, ni les blessures, ni même la mort si la mort doit venir, mais je crains par-dessus tout qu'une fois cette guerre terminée nous ne connaissions plus jamais le vieux temps. Et moi, j'appartiens à ce vieux temps. Je n'appartiens pas à ce présent frénétique où l'on tue, et, quels que soient mes efforts, j'ai peur de ne jamais m'adapter à aucun futur. Ni vous non plus, ma chère, car vous et moi nous sommes du même sang. J'ignore ce que nous apportera l'avenir, mais il ne pourra être ni aussi beau, ni aussi satisfaisant que le passé.

« Je reste étendu et je regarde dormir mes camarades autour de moi et je me demande si les jumeaux, ou Alex, ou Cade nourrissent les mêmes pensées. Je me demande s'ils savent qu'ils se battent pour une Cause perdue dès l'instant où l'on a tiré le premier coup de feu. Mais je ne crois pas qu'ils réfléchissent à ces choses-là et c'est heureux pour eux.

« Je ne pensais point à cela quand je vous ai demandé de m'épouser. J'envisageais de mener une existence telle qu'on en avait toujours menée aux Douze Chênes, une vie paisible, facile, sans heurts. Nous nous ressemblons, Mélanie, nous aimons les mêmes choses tranquilles, et je voyais s'étendre devant nous une longue suite de calmes années que nous aurions passées à lire, à écouter de la musique et à rêver. Mais cela ! Que cela puisse nous arriver à tous, ce naufrage du passé, cette boucherie sanglante, cette haine ! Mélanie, rien ne justifie cela... Rien ne justifie ce qui nous arrive et ce qui nous arrivera peut-être, car, si les Yankees nous battent, d'affreuses épreuves nous attendent. Et, ma chère, il se peut qu'ils nous battent !

« Je ne devrais pas écrire ces mots. Je ne devrais même pas me les dire. Mais vous m'avez demandé ce qu'il y avait dans mon cœur et il s'y trouve la peur de la défaite. Vous rappelez-vous qu'au pique-nique, le jour où l'on a annoncé nos fiançailles, un certain Butler, un Charlestonien sans doute d'après son accent, a failli provoquer une bataille par ses réflexions sur l'ignorance des Sudistes ? Vous souvenez-vous que les jumeaux voulaient tirer sur lui parce qu'il disait que nous n'avions guère de fonderies, d'usines, de minoteries, de bateaux ou d'arsenaux ? Vous souvenez-vous qu'il disait que la flotte yankee pourrait si étroitement bloquer nos ports que nous serions hors d'état d'exporter notre coton ? Il avait raison. Nous opposons aux nouveaux fusils yankees des mousquets datant de la Révolution et bientôt le blocus sera si effectif que nous ne pourrons même plus introduire chez nous des médicaments. Nous aurions mieux fait d'écouter des cyniques comme Butler ! Il a dit, en effet, que, pour mener la guerre, le Sud n'avait pour lui que son coton et son arrogance. Notre coton ne nous sert plus à rien et il ne nous reste plus que ce qu'il appelait notre arrogance. Mais, moi, j'appelle cette arrogance un courage inégalable. Si… »

Mais Scarlett, gagnée par l'ennui, replia soigneusement la lettre sans l'achever et la remit dans son enveloppe. Après tout, elle ne lisait pas la correspondance de Mélanie pour savoir à quoi s'en tenir sur les idées biscornues et inintéressantes d'Ashley. C'était déjà bien beau d'avoir eu à l'écouter parler jadis sous la véranda de Tara.

Elle voulait uniquement savoir s'il écrivait des lettres d'amour à sa femme. Elle avait lu toutes les lettres contenues dans le classeur et jusque-là il n'avait rien écrit à Mélanie qu'un frère n'aurait pu écrire à sa sœur. Ses lettres étaient tendres, spirituelles, pleines de longs développements, mais ce n'étaient point là les lettres d'un amant. Scarlett avait reçu bien trop de lettres brûlantes pour ne pas discerner la véritable note de passion là où il y en avait une. Et cette note faisait défaut dans les lettres d'Ashley.

Après avoir lu en cachette le courrier de sa belle-sœur elle éprouvait toujours un sentiment de satisfaction, car elle était renforcée dans la certitude qu'Ashley continuait à l'aimer… Elle se demandait toujours en ricanant comment Mélanie faisait pour ne pas se rendre compte qu'Ashley ne l'aimait qu'en ami. Évidemment Mélanie ne s'apercevait pas qu'il manquait quelque chose aux missives de son mari, mais Mélanie n'avait jamais reçu d'autres lettres d'amour pour les comparer à celles d'Ashley.

« Il écrit des choses si bêtes, se dit Scarlett. Si jamais mon mari s'avisait de m'écrire de pareilles sornettes, il aurait affaire à moi ! Voyons, Charlie lui-même écrivait mieux que cela ! »

Elle reprit la liasse, la feuilleta, regarda les dates, se rappela chaque lettre. Aucune ne contenait de belles descriptions de bivouacs et de charges comme celles que Darcy Meade écrivait à ses parents ou que le pauvre Dallas McLure avait écrites à ses sœurs. Les Meade et les McLure étaient fiers de lire ces lettres à tous leurs voisins, et Scarlett avait souvent ressenti une honte secrète à la pensée que Mélanie n'avait rien d'Ashley qu'elle pût lire à haute voix dans les cercles de couture.

On eût dit qu'en écrivant à Mélanie, Ashley s'efforçait d'ignorer complètement la guerre et cherchait à tracer, autour de sa femme et de lui, un cercle magique où ils vivraient en dehors du temps, en dehors des événements qui s'étaient déroulés depuis l'affaire du fort Sumter. À le lire on aurait pu croire qu'il essayait de se persuader qu'il n'y avait pas de guerre du tout. Il parlait des livres que Mélanie et lui avaient lus, des airs qu'ils avaient chantés, de leurs amis, des endroits qu'il avait vus lors de son Grand Voyage. À travers ses lettres perçait le désir d'être de retour chez lui aux Douze Chênes. Pendant des pages et des pages, il n'était question que de chasse, de longues chevauchées dans la forêt tranquille sous un ciel d'automne, étoilé et froid, de pique-niques, de parties de pêche, de clairs de lune et du charme serein de la vieille demeure.

Scarlett réfléchit à ces mots qu'elle venait de lire: «Mais cela, jamais!» C'était là le cri d'une âme tourmentée aux prises avec une épreuve pour laquelle elle n'était pas faite et qu'il lui faudrait pourtant surmonter. Scarlett était intriguée. S'il ne redoutait ni les blessures ni la mort, de quoi avait-il donc peur? Nullement douée pour l'analyse, elle se débattit avec cette idée complexe.

«La guerre le gêne et il... il n'aime pas ce qui le gêne... Moi, par exemple... Il m'aimait, mais il avait peur de m'épouser parce que... parce qu'il redoutait que je ne vienne jeter le trouble dans sa vie et dans ses pensées. Non, ce n'était pas tout à fait de cela qu'il avait peur. Ashley n'est pas un lâche. C'est impossible, ou alors il n'aurait pas été cité dans les communiqués et le colonel Sloan n'aurait pas écrit cette lettre à Mélanie pour lui signaler la bravoure avec laquelle il avait mené ses hommes à l'assaut. Une fois qu'il s'est décidé, il n'y a pas plus brave, pas plus résolu que lui, mais... Il vit en lui au lieu de vivre dans le monde, et il a horreur de sortir de sa coquille... Oh! je n'arrive pas à comprendre ce que c'est. Si j'avais seulement compris cela autrefois, je sais qu'il m'aurait épousée.»

Scarlett demeura un instant immobile, les lettres pressées contre sa poitrine. Elle pensait à Ashley. Ses sentiments n'avaient pas changé depuis le jour où, de la véranda de Tara, le souffle coupé par l'émotion, elle l'avait vu remonter l'allée à cheval et s'était éprise de lui. Il souriait et, au soleil du matin, ses cheveux avaient des reflets argentés. Son amour n'était encore qu'une naïve adoration de jeune fille pour un homme qu'elle ne comprenait pas, un homme doué de toutes les qualités dont elle était dépourvue, mais qu'elle admirait. Ashley était encore pour elle le beau chevalier des rêves de jeunes filles et le rêve de Scarlett n'exigeait pas plus que l'espoir d'un baiser.

Après avoir lu ces lettres, Scarlett était certaine qu'Ashley l'aimait, bien qu'il eût épousé Mélanie, et cette certitude était à peu près tout ce qu'elle désirait, tant restaient grandes sa jeunesse et son innocence. Si Charles avec sa maladresse et ses caresses empruntées était parvenu à éveiller quelques-unes des ardeurs qui sommeillaient en elle, elle ne se fût point bornée dans ses rêves à souhaiter un baiser. Mais les brèves nuits qu'elle avait passées avec Charles n'avaient pas vraiment fait d'elle une femme. Charles ne lui avait même pas laissé entrevoir ce que pouvaient être les plaisirs de la chair, la tendresse, ou la véritable intimité des corps et des esprits.

Pour elle, les plaisirs de la chair consistaient à se soumettre à l'inexplicable délire de l'homme sans le partager, à accomplir une suite d'actes douloureux et gênants qui aboutissaient infailliblement aux douleurs encore plus grandes de l'enfantement. Que le mariage fût ainsi, cela ne l'étonnait pas. Avant ses noces, Ellen lui avait laissé entendre que, pour supporter le mariage, les femmes devaient s'armer de dignité et de courage, et depuis son mariage les propos qui avaient échappé aux autres femmes mariées l'avaient confirmée dans cette idée. Scarlett était enchantée d'en avoir fini avec les plaisirs de la chair et le mariage.

Elle en avait fini avec le mariage, mais pas avec l'amour, car son amour pour Ashley était bien différent et n'avait rien de commun avec ce qu'apportait le mariage. C'était quelque chose de sacré, de beau, de bouleversant. Son émotion grandissait chaque jour à son insu, se nourrissait du silence qu'elle était obligée d'observer, des souvenirs qu'elle égrenait souvent, des espoirs qu'elle caressait.

Elle soupira et rattacha soigneusement le ruban autour du paquet. Pour la centième fois elle se demanda ce qui, en Ashley, pouvait bien lui échapper ainsi. Elle s'efforça de découvrir une solution satisfaisante, mais comme toujours son esprit se refusa à cette tâche. Elle remit les lettres en place, puis son front se rembrunit. Elle venait de se rappeler le dernier passage qu'elle avait lu, celui où Ashley parlait du capitaine Butler.

Comme c'était étrange qu'Ashley pût se souvenir de ce que cette crapule avait dit un an plus tôt. Mais oui, le capitaine Butler avait beau danser comme un dieu, c'était une crapule. Seule une crapule pouvait dire de la Confédération ce qu'il en avait dit à la vente de charité. Scarlett traversa la pièce, s'approcha de la glace et se lissa les cheveux d'un air approbateur. Sa bonne humeur revint comme toujours quand elle contemplait sa peau blanche et ses yeux verts. Elle sourit pour voir ses fossettes et ne pensa plus du tout au capitaine Butler, car elle se rappelait combien Ashley aimait ces fossettes. Nul remords d'aimer le mari d'une autre femme ou de lire la correspondance de celle-ci ne vint troubler le plaisir qu'elle éprouvait à se sentir jeune et belle, à savoir une fois de plus qu'Ashley l'aimait. Elle tourna la clé dans la serrure, ouvrit la porte et, le cœur léger, s'engagea dans l'escalier. À mi-chemin elle se mit à fredonner *Quand cette guerre cruelle aura enfin cessé.*

XII

Les opérations se poursuivaient, avec succès la plupart du temps, mais les gens avaient perdu l'habitude de dire «Encore une victoire et la guerre est terminée», tout comme ils avaient perdu l'habitude de traiter les Yankees de lâches. Désormais tout le monde se rendait compte que les Yankees étaient loin d'avoir peur et qu'il faudrait plus d'une victoire pour en venir à bout. Pourtant les victoires confédérées remportées dans le Tennessee par le général Morgan et le général Forrest, le triomphe qu'avait été la deuxième bataille de Bull Run étaient des résultats tangibles, visibles comme des scalps de Yankees devant lesquels on aurait pu danser de joie. Mais ces scalps avaient coûté cher. Les hôpitaux regorgeaient de blessés et de malades, un nombre sans cesse croissant de femmes prenait le deuil, chaque jour s'allongeaient les monotones rangées de tombes militaires au cimetière d'Oakland.

L'argent confédéré s'était déprécié d'une manière alarmante, le prix des aliments et des vêtements avait monté en proportion. L'intendance avait de telles exigences que les tables d'Atlanta commençaient à en souffrir. La farine blanche était si rare et si chère que le pain de maïs avait partout remplacé les biscuits, les petits pains et les gaufres. Les boucheries ne vendaient pour ainsi dire plus de bœuf; quant au mouton il y en avait si peu et il coûtait un tel prix que seuls les riches pouvaient s'en offrir. Néanmoins, il y avait encore de la viande de porc en abondance ainsi que des volailles et des légumes.

Les Yankees avaient resserré le blocus des côtes confédérées et les articles de luxe comme le thé, le café, la soie, les corsets baleinés, l'eau de Cologne, les journaux de mode et les livres coûtaient aussi cher qu'ils étaient rares. Même les cotonnades de la dernière qualité avaient atteint des prix astronomiques et, à leur grand regret, les femmes étaient contraintes de porter leurs robes de la saison passée. On avait sorti des greniers des métiers à tisser, couverts d'une poussière amoncelée par les années et dans presque tous les salons on trouvait des pièces d'étoffe qu'on y avait faites. Les soldats, les civils, les femmes, les enfants et les nègres, tout le monde se mettait à porter du tissu confectionné à la maison.

Dans les hôpitaux, on s'inquiétait déjà de la pénurie de quinine, de calomel, d'opium, de chloroforme et d'iode. Les pansements en fil ou en coton étaient désormais bien trop précieux pour qu'on les jetât, aussi toutes les femmes qui étaient infirmières dans les hôpitaux rapportaient-elles chez elles des corbeilles remplies de linges sanglants qu'elles devaient faire laver et repasser afin qu'on pût s'en servir de nouveau.

Cependant pour Scarlett, fraîchement sortie de la chrysalide du veuvage, la guerre n'était pas autre chose qu'une époque où l'on prenait du bon temps. Elle était si heureuse de se retrouver dans le monde qu'elle acceptait de bon cœur les petites privations d'ordre vestimentaire ou alimentaire.

Lorsqu'elle songeait à la façon monotone dont s'était écoulée l'année précédente, il lui semblait que la vie avait adopté un rythme incroyablement plus rapide. Chaque aube nouvelle renfermait la possibilité d'une aventure passionnante, chaque jour elle faisait la connaissance d'hommes qui lui demandaient la permission de venir chez elle, qui lui disaient combien elle était jolie et quel honneur ce serait pour eux de se battre ou peut-être de mourir pour elle. Quoiqu'elle aimât Ashley du plus profond de son cœur, elle faisait tant et si bien que les hommes finissaient par la demander en mariage.

La guerre prêtait aux relations mondaines un agréable laisser-aller, un sans-gêne que les gens d'un certain âge considéraient avec angoisse. Les mères voyaient venir en visite chez leurs filles des hommes étranges qui n'avaient point de lettres d'introduction et dont on ignorait les antécédents. Horrifiées, elles trouvaient leurs filles la main dans la main de ces inconnus. Mme Merriwether, qui n'avait jamais embrassé son mari avant d'être unie à lui, put à peine en croire ses yeux quand elle surprit Maybelle en train d'embrasser le petit zouave, René Picard, et sa consternation fut à son comble quand Maybelle eut refusé d'exprimer ses regrets. René eut beau demander aussitôt la jeune fille en mariage, cela n'arrangea pas les choses. Mme Merriwether estimait que le Sud courait à une complète déchéance morale et elle ne se faisait pas faute de le dire devant d'autres mères, qui l'approuvaient chaudement et en rejetaient tout le blâme sur la guerre.

Mais des hommes qui risquaient de mourir la semaine ou le mois suivant ne pouvaient se permettre d'attendre un an avant de demander à une jeune fille la faveur de les appeler par leur petit nom. Ils n'avaient pas le temps non plus de se conformer aux usages d'avant la guerre, qui exigeaient qu'un homme fît une cour prolongée avant de se déclarer. Ces hommes-là, eux, se déclaraient au bout de trois ou quatre mois et les jeunes filles, qui savaient pertinemment qu'une femme comme il faut devait toujours repousser les trois premières demandes d'un monsieur, accordaient d'emblée leur main la première fois qu'on leur parlait mariage.

Ce laisser-aller rendait la guerre fort amusante pour Scarlett. S'il n'y avait pas eu son rebutant métier d'infirmière et l'obligation fastidieuse de rouler des bandes, ça lui aurait été bien égal que la guerre durât tout le temps. D'ailleurs elle supportait l'hôpital maintenant parce qu'il constituait pour elle un merveilleux terrain de chasse. Les malheureux blessés succombaient sans résistance à ses charmes. Elle n'avait qu'à changer leur pansement, leur laver la figure, remonter leur oreiller ou les éventer pour qu'ils tombassent amoureux d'elle. C'était divin après une année de vie lugubre.

Scarlett était revenue au point où elle se trouvait avant de se marier. On avait l'impression qu'elle n'avait jamais épousé Charles, qu'elle n'avait jamais eu la douleur de le perdre, qu'elle n'avait pas donné le jour à Wade. La guerre, le mariage, la maternité avaient glissé sur elle sans rien éveiller de profond en son cœur et elle était restée la même. Elle avait un enfant, mais il était si bien soigné dans la maison de briques rouges qu'elle pouvait presque l'oublier. Elle était de nouveau Scarlett O'Hara, la reine du comté. Ses pensées et ses occupations étaient les mêmes qu'autrefois, mais le champ de son activité s'était considérablement accru. Sans se soucier d'encourir la désapprobation des amies de tante Pitty, elle se conduisait exactement comme elle s'était conduite avant son mariage, allait à des réunions, dansait, montait à cheval avec des soldats, flirtait, faisait tout ce qu'elle faisait quand elle était jeune fille, mais elle n'avait pas cessé de porter le deuil. Elle savait que cela eût été la goutte d'eau qui aurait fait déborder le vase. Elle était aussi délicieuse, veuve, qu'elle l'avait été jeune fille. Charmante quand on lui laissait la bride sur le cou, serviable aussi longtemps qu'on ne la dérangeait pas, elle était fière de sa beauté et de ses succès.

Maintenant elle nageait dans la joie alors que, quelques semaines auparavant, elle se morfondait. Elle était ravie d'avoir autour d'elle une cour d'admirateurs, ravie d'exercer de nouveau sa séduction sur les hommes. Bref, elle était aussi heureuse qu'elle pouvait l'être sachant qu'Ashley était marié à Mélanie et que sa vie était en danger. Néanmoins, elle trouvait que l'éloignement aidait à supporter l'idée qu'Ashley appartenait à une autre. Ashley était en Virginie, à plusieurs centaines de milles d'Atlanta, et, parfois, il semblait à Scarlett qu'il était autant à elle qu'à Mélanie.

Pour Scarlett, qui, en dehors de ses brèves visites à Tara, consacrait tout son temps à l'hôpital, à la danse, aux promenades ou à la confection des pansements, l'hiver de 1862 passa très vite. Elle revenait toujours déçue de ses visites, car là-bas, elle n'avait guère l'occasion d'avoir avec sa mère les longues conversations dont elle rêvait à Atlanta. Ellen n'avait plus le temps de tirer l'aiguille et Scarlett ne pouvait plus rester assise auprès d'elle à humer le léger parfum de citronnelle qui se dégageait de sa robe de soie ou à tendre sa joue à la main douce et caressante de sa mère.

Ellen avait maigri. Elle était préoccupée. Debout dès l'aube, elle se couchait bien après que tout le monde se fut endormi. Les exigences de l'intendance augmentaient de mois en mois et Ellen avait pour mission de faire rendre à la plantation tout ce qu'elle pouvait. Pour la première fois depuis des années, Gérald avait du travail ! Comme il ne pouvait trouver personne pour remplacer Jonas Wilkerson, l'ancien régisseur, il était bien forcé de surveiller lui-même son domaine et de passer ses journées à parcourir ses champs à cheval. Privée de la compagnie de son père et de sa mère, Scarlett s'ennuyait à périr ! Suellen s'était « mise d'accord » avec Frank Kennedy et chantonnait *Quand cette guerre cruelle* en y mettant une telle méchanceté que Scarlett en était exaspérée. Quant à Carreen, elle était trop plongée dans ses rêves d'amour avec Brent Tarleton pour être d'une société agréable.

Bien que Scarlett partît toujours pour Tara d'un cœur joyeux, elle n'éprouvait jamais aucun chagrin quand arrivaient les lettres de Pitty et de Mélanie qui la suppliaient de revenir. Ellen soupirait. Elle était toujours triste à l'idée que sa fille aînée et son unique petit-enfant allaient la quitter.

– Mais je n'ai pas le droit d'être égoïste et de te retenir ici quand on a besoin de toi comme infirmière à Atlanta, disait-elle. Seulement… seulement, ma chérie, il me semble que je n'ai jamais le temps de bavarder avec toi avant ton départ et de sentir que tu es de nouveau ma petite fille à moi.

– Je suis toujours votre petite fille, répondait Scarlett, prise de remords en blottissant sa tête contre la poitrine d'Ellen.

Elle ne disait pourtant pas à sa mère que c'étaient la danse et ses admirateurs qui la ramenaient à Atlanta et non pas son devoir envers la Confédération. Il y avait bien des choses qu'elle cachait désormais à sa mère, mais ce qu'elle dissimulait surtout c'étaient les fréquentes visites de Rhett Butler chez Pittypat.

Durant les mois qui suivirent la vente de charité, Rhett Butler ne manqua jamais de venir chez Pittypat chaque fois qu'il se trouva à Atlanta. Il emmena Scarlett faire des promenades dans sa voiture, l'accompagna au bal et à des ventes de charité, attendant devant l'hôpital pour la ramener chez elle. Elle n'avait plus peur qu'il révélât son secret, mais elle n'arrivait pas à oublier qu'il l'avait surprise dans un moment où elle était fort à son désavantage et qu'il savait à quoi s'en tenir sur ses sentiments à l'égard d'Ashley. C'était cela qui l'empêchait de dire ce qu'elle pensait quand il l'agaçait, et il l'agaçait souvent.

Rhett était un homme d'environ trente-cinq ans. Scarlett, qui n'avait jamais eu d'admirateurs ou de soupirants de cet âge, était aussi désarmée devant lui qu'un enfant. Rien ne semblait l'étonner, il n'avait jamais l'air de prendre les choses au sérieux, et Scarlett devinait qu'il ne s'amusait jamais autant que lorsqu'il l'avait mise dans une rage muette. Souvent, sous les mille pointes dont il la criblait d'une main experte, elle se laissait emporter par la colère, car, chez elle, le tempérament irlandais de Gérald allait de pair avec cette douceur apparente qu'elle avait héritée d'Ellen. Jusque-là, sauf en présence de sa mère, elle ne s'était jamais donné la peine de prendre sur elle. Maintenant, elle trouvait pénible d'avoir à ravaler les mots qui l'étouffaient, de peur de voir apparaître son sourire ironique. Si seulement il pouvait se mettre quelquefois en colère lui aussi, la partie serait au moins un peu plus égale.

Après des joutes avec Rhett, dont elle sortait rarement victorieuse, Scarlett jurait ses grands dieux qu'il n'était pas fréquentable, que ce n'était pas un gentleman et que désormais elle ne le verrait plus. Mais tôt ou tard il revenait à Atlanta, se présentait chez tante Pitty soi-disant pour rendre visite à la vieille dame, et offrait à Scarlett, avec une galanterie exagérée, une boîte de bonbons qu'il avait rapportée pour elle de Nassau. Ou bien il retenait une place près d'elle au concert, ou il l'invitait à danser et, en général, son impudence amusait tant Scarlett qu'elle riait et en oubliait ses torts passés jusqu'au jour où il commettait de nouvelles incartades.

Malgré tous ses défauts apparents, elle en arrivait à attendre ses visites avec impatience. Il y avait en lui quelque chose d'attirant qu'elle ne parvenait pas à analyser, quelque chose qui le différenciait de tous les hommes qu'elle avait rencontrés. Il y avait en lui un troublant mélange de grâce et de force. Quand il entrait dans une pièce on en éprouvait un brusque choc physique. Dans ses yeux noirs, moqueurs et effrontés, Scarlett lisait un défi et elle entendait bien le relever et montrer à cet homme qu'elle saurait le mater.

«C'est presque comme si j'étais amoureuse de lui! se disait-elle, intriguée. Mais je ne l'aime pas, je n'y comprends plus rien.»

Scarlett n'était pas la seule à avoir d'étranges réactions en sa présence. Chaque fois qu'elle le voyait, tante Pitty était dans tous ses états. Pourtant, elle avait beau savoir qu'Ellen serait fâchée d'apprendre qu'il rendait visite à sa fille et se dire que les gens de Charleston ne lui avaient pas fermé leur porte pour rien, elle ne pouvait pas résister à ses compliments bien tournés et à ses baise-mains. D'ailleurs, la plupart du temps, il lui rapportait de petits présents de Nassau, des épingles et des aiguilles, des boutons, des bobines de soie ou des épingles à cheveux, qu'il prétendait avoir achetés spécialement pour elle et passés à travers le blocus au péril de sa vie. Il était devenu pour ainsi dire presque impossible de se procurer ces menus articles de luxe. Les dames en étaient réduites à porter des épingles à cheveux taillées dans du bois et à recouvrir des glands d'étoffe pour faire des boutons. La pauvre Pitty n'avait pas assez de force morale pour refuser ces cadeaux et, comme elle avait en outre une passion enfantine pour les paquets dont elle ignorait le contenu, elle était incapable de résister au plaisir d'ouvrir ceux que lui apportait le capitaine. Une fois qu'elle les avait ouverts, elle estimait qu'elle ne pouvait plus refuser le cadeau et, ayant accepté celui-ci, elle n'avait pas le courage de dire à Rhett qu'étant donné sa mauvaise réputation il n'avait plus le droit de continuer à fréquenter trois femmes qui n'avaient point d'homme pour les protéger. Lorsque Rhett Butler était chez elle, tante Pitty regrettait toujours de ne pas avoir d'homme pour la protéger.

– Je ne sais pas ce qu'il a, disait-elle en poussant un soupir accablé, mais... eh bien! je le trouverais tout à fait bien, tout à fait séduisant si seulement je sentais... eh bien! qu'au fond, il a du respect pour les femmes.

Depuis que son alliance lui avait été rendue, Mélanie estimait que Rhett était un homme d'une rare délicatesse et ce genre de remarque la choquait. Il était plein de déférence pour elle, mais il l'intimidait un peu; néanmoins cela tenait surtout à ce qu'elle ne s'était jamais sentie à l'aise auprès des hommes qu'elle ne connaissait pas depuis son enfance. Elle le plaignait en secret, ce qui l'eût bien amusé s'il avait pu s'en douter. Elle était persuadée qu'un amour malheureux avait brisé sa vie, l'avait rendu méchant et amer, et qu'il avait besoin de la tendresse d'une femme. Elle avait vécu à l'abri du mal et pouvait à peine en soupçonner l'existence, et lorsqu'elle entendait des commères raconter l'histoire de Rhett et de la jeune fille de Charleston, elle était indignée et n'en croyait pas un mot. Au lieu de se détourner de lui, elle redoublait de gentillesse malgré sa timidité, car elle s'imaginait qu'il était victime d'une monstrueuse injustice.

Scarlett se taisait, mais elle partageait l'opinion de tante Pitty. Elle aussi trouvait que Rhett n'avait de respect pour aucune femme, sauf peut-être pour Mélanie. Chaque fois qu'il l'examinait de la tête aux pieds, elle avait l'impression d'être nue devant lui. Si encore il lui avait tenu des propos inconvenants, elle l'aurait remis vertement à sa place, mais elle ne pouvait rien contre ces yeux effrontés, contre cette insolence d'homme qui avait l'air de s'approprier toutes les femmes pour en tirer son plaisir à sa fantaisie. Il n'y avait que Mélanie qu'il ne regardait pas ainsi. Devant Melly, ses yeux perdaient leur expression moqueuse et quand il lui adressait la parole, sa voix avait une intonation particulière, courtoise et respectueuse.

– Je ne comprends pas pourquoi vous êtes beaucoup plus gentil avec elle qu'avec moi, lui dit Scarlett un après-midi qu'elle était restée seule avec lui après le départ de Pitty et de Mélanie, montées faire leur sieste.

Pendant une heure elle avait regardé Rhett tenir l'écheveau que Mélanie dévidait, elle avait remarqué son air figé et impénétrable quand Mélanie lui avait parlé avec fierté d'Ashley et du nouveau grade qu'il avait obtenu. Scarlett savait que Rhett n'avait pas une trop haute opinion d'Ashley et se souciait fort peu qu'il fût passé commandant; cela ne l'avait pas empêché de répondre ce qu'il fallait et de murmurer des choses très bien sur la bravoure d'Ashley.

« Et moi, avait pensé Scarlett en colère, si j'ai le malheur de prononcer le nom d'Ashley, il relève les sourcils et il sourit de son méchant sourire entendu. »

– Je suis bien mieux qu'elle, poursuivit-elle, et je me demande parfois pourquoi vous êtes plus gentil avec elle.

– Oserais-je espérer que vous êtes jalouse ?

– Oh ! ne faites pas le fat.

– Allons bon ! un nouvel espoir qui s'en va. Si je suis plus « gentil » avec Mme Wilkes, c'est qu'elle le mérite. Elle est l'une des très rares femmes bonnes, sincères et dénuées d'égoïsme que j'aie jamais connues. Mais, vous ne vous êtes peut-être pas aperçue de ses qua-

lités. De plus, en dépit de sa jeunesse, elle est l'une des très rares grandes dames que j'aie jamais eu le privilège d'approcher.
– Voudriez-vous dire que vous ne me considérez pas, moi aussi, comme une grande dame ?
– Je crois que, lors de notre première entrevue, nous avons convenu que vous n'aviez rien d'une dame.
– Oh ! vous n'allez tout de même pas recommencer. Comment pouvez-vous encore me faire grief d'un geste de colère enfantine ? Il y a si longtemps de cela. J'ai grandi depuis, et j'aurais tout oublié si vous n'étiez pas là à me ressasser tout le temps cette histoire.
– Je ne pense pas qu'il se soit agi d'un geste de colère enfantine, et je ne pense pas non plus que vous ayez changé. Vous seriez encore fort capable de lancer des vases à la tête des gens si on ne vous laissait pas en faire à votre tête. Mais maintenant vous n'en faites en général qu'à votre tête, aussi est-ce inutile de briser du matériel.
– Oh ! vous êtes… je voudrais être un homme. Je me battrais en duel avec vous… et…
– Et vous seriez tuée pour votre peine. Je fais mouche à cinquante mètres. Tenez-vous-en donc aux armes dont vous disposez… les fossettes, les vases et le reste.
– Vous n'êtes qu'un malappris.
– Auriez-vous la prétention de me mettre en colère en me disant cela ? Je suis navré de vous décevoir. Vous ne me ferez pas sortir de mes gonds en me gratifiant de noms dont je reconnais la justesse. Mais certainement, je suis une fripouille, et pourquoi pas ? Nous vivons dans un pays libre et un homme peut bien être une fripouille s'il en a envie. Il n'y a que les hypocrites comme vous, chère madame, il n'y a que les gens dont l'âme est aussi noire que la vôtre pour prendre la mouche quand on leur dit leurs vérités.
Son sourire placide, ses remarques prononcées sur un ton traînant la réduisaient à l'impuissance. Jamais elle n'avait rencontré un homme aussi invulnérable. Le mépris, la froideur, l'insulte, toutes les armes s'émoussaient contre lui. Scarlett savait par expérience que les menteurs étaient les plus acharnés à défendre leur franchise, les poltrons leur courage, les mal élevés leur bonne éducation, les goujats leur honneur. Mais il n'en allait pas de même avec Rhett. Il reconnaissait sans fard tout ce qu'elle lui reprochait, il riait et l'incitait à en dire davantage.
Au cours de ces mois-là il apparut et disparut à plusieurs reprises. Il arrivait sans prévenir et s'en allait sans prendre congé. Scarlett ne découvrit jamais quel genre d'affaires l'amenait au juste à Atlanta,

car bien peu de forceurs de blocus jugeaient à propos de s'éloigner à ce point de la côte. Ils débarquaient leurs cargaisons à Wilmington ou à Charleston où ils étaient accueillis par des nuées de trafiquants et de spéculateurs venus de tous les points du Sud pour acquérir aux enchères les marchandises introduites en dépit des Yankees. Scarlett eût été ravie de pouvoir se dire qu'il faisait ces voyages exprès pour la voir, mais sa vanité démesurée elle-même se refusait à y croire. Si seulement il lui avait fait un peu la cour, s'ils s'était montré jaloux des hommes qui se pressaient autour d'elle, s'il avait essayé de lui prendre la main ou s'il lui avait demandé un portrait ou un mouchoir en souvenir d'elle, elle aurait pu chanter victoire et se dire qu'il avait succombé à ses charmes ; mais il n'avait rien d'un homme épris et le pire c'était qu'il semblait fort bien se rendre compte qu'elle manœuvrait pour le séduire.

Lorsqu'il arrivait à Atlanta, l'émoi régnait parmi les femmes. Non seulement il était tout auréolé de cette gloire romantique qui s'attachait aux intrépides forceurs de blocus, mais il apportait avec lui un élément de perversité et le parfum capiteux des choses défendues. Il avait si mauvaise réputation ! Et puis, chaque fois que les dames respectables se réunissaient, il était si malmené que son prestige auprès des jeunes filles ne faisait que grandir. D'ailleurs, comme ces dernières étaient fort innocentes pour la plupart, elles savaient uniquement qu'il était « très entreprenant avec les femmes », mais quant à savoir au juste en quoi cela consistait, c'était une autre affaire. Elles avaient entendu dire qu'aucune jeune fille n'était en sûreté avec lui. C'était étrange qu'avec une telle réputation il n'eût même pas baisé la main d'une jeune fille depuis qu'il s'était montré à Atlanta pour la première fois ; mais cela ne faisait que le rendre plus mystérieux et plus attirant.

En dehors des gloires militaires de la ville, c'était l'homme dont on parlait le plus à Atlanta. Tout le monde savait qu'on l'avait chassé de West Point pour ivresse et pour « une histoire de femmes ». L'abominable scandale qu'il avait causé en compromettant une jeune fille de Charleston et en tuant le frère de celle-ci était de notoriété publique. On tenait de bonne source qu'à vingt ans il avait été renvoyé de chez lui sans un sou par son père, un vieux monsieur charmant, mais qui ne badinait pas et était même allé jusqu'à rayer le nom de son fils de la bible de la famille. À la suite de cela, il était parti pour la Californie, où il avait pris part à la ruée vers l'or en 1849. Puis il avait gagné l'Amérique du Sud et Cuba, et l'on racontait qu'il n'y avait pas laissé un bien bon souvenir. Il était revenu aux oreilles des gens d'Atlanta que sa carrière avait été émaillée d'aventures fâcheuses avec des femmes, d'un certain nombre de coups de feu, de trafic d'armes pour les révolutionnaires de l'Amérique centrale et, ce qui était plus grave, on prétendait qu'il avait joué pour gagner sa vie.

En Géorgie, il n'y avait guère de familles dont un représentant masculin n'eût perdu au jeu des terres, des maisons ou des esclaves. Mais c'était différent. Un homme pouvait se ruiner aux cartes, il n'en restait pas moins un monsieur. Tandis qu'un joueur professionnel n'était pas autre chose qu'un paria.

Sans les bouleversements apportés par la guerre et les services qu'il rendait au gouvernement confédéré, Rhett Butler n'aurait jamais été reçu à Atlanta. Mais maintenant les gens les plus collet monté estimaient que le patriotisme leur imposait d'avoir des idées plus larges. Les gens les plus sentimentaux inclinaient à penser que la brebis galeuse de la famille Butler était prise de remords et s'efforçait de faire oublier ses péchés. Les femmes trouvaient qu'elles avaient le devoir de faire un effort en faveur d'un homme qui forçait le blocus avec tant de hardiesse. Tout le monde savait désormais que le sort de la Confédération dépendait autant des marins et de leur habileté à éviter la flotte yankee que des soldats au front.

Le bruit courait que le capitaine Butler était un des meilleurs pilotes du Sud et qu'il était doué d'une audace folle et d'un sang-froid à toute épreuve. Élevé à Charleston, il connaissait tous les îlots, toutes les criques, tous les hauts-fonds et tous les récifs de la côte de Caroline dans les parages de ce port, il connaissait également à merveille la côte aux alentours de Wilmington. Il n'avait jamais perdu un bateau ni même été obligé de jeter sa cargaison par-dessus bord. Au début des hostilités, il était sorti de l'ombre avec de l'argent en suffisance pour acheter un petit bateau rapide, et maintenant que les marchandises introduites en dépit du blocus rapportaient du deux mille pour cent, il en possédait quatre. Il avait de bons pilotes et les payait bien. Par nuit noire, ses bâtiments sortaient de Charleston ou de Wilmington et s'en allaient porter du coton à Nassau, en Angleterre et au Canada. Comme les filatures anglaises étaient réduites au chômage et que leurs ouvriers mouraient de faim, les forceurs de blocus qui parvenaient à dépister la flotte yankee imposaient leurs prix à Liverpool. Les navires de Rhett avaient un rare bonheur et portaient le coton confédéré à l'étranger sans plus d'encombres qu'ils ramenaient le matériel de guerre dont le Sud avait grand besoin. Oui, les femmes avaient l'impression qu'elles étaient en droit de pardonner bien des choses à un homme aussi intrépide. Nulle part il ne pouvait passer inaperçu, et l'on se retournait sur lui dans la rue. Il dépensait sans compter, caracolait sur un fougueux étalon noir, était toujours vêtu à la dernière mode. Ses vêtements de coupe impeccable auraient suffi à le faire remarquer, car les soldats ne portaient plus que des uniformes sales et usés, et les civils, même en tenue de gala, des habits soigneusement rapiécés et reprisés. Scarlett se disait qu'elle n'avait jamais rien vu de plus élégant que ses pantalons mastic, écossais ou à petits carreaux noirs et blancs. Quant à ses gilets, leur beauté défiait toute description, surtout son gilet de soie blanche semé de petits boutons de roses brodés à la main. Et il portait la toilette avec d'autant plus d'élégance qu'il avait l'air d'ignorer la splendeur de sa mise.

Fort peu de femmes pouvaient lui résister quand il voulait bien se mettre en frais, et Mme Merriwether elle-même finit par céder et l'invita à dîner chez elle un dimanche.

Maybelle Merriwether attendait la prochaine permission de son petit zouave pour l'épouser et elle ne cessait de se lamenter, car elle avait décidé de se marier en satin blanc, et il n'y avait plus de satin blanc dans la Confédération. Il lui était également impossible d'emprunter une robe, car les toilettes de mariée d'autrefois avaient toutes servi à faire des drapeaux. La patriotique Mme Merriwether essaya en pure perte de démontrer à sa fille qu'une mariée confédérée se devait de porter une toilette dont l'étoffe aurait été tissée chez elle. Maybelle voulait du satin. Elle était libre de sortir sans épingles à cheveux, sans boutons, sans chaussures fines, et de se passer de bonbons et de thé pour le bien de la Cause, mais elle voulait à tout prix se marier en satin blanc.

Rhett, ayant appris son désir par Mélanie, lui rapporta d'Angleterre des mètres et des mètres de satin blanc brillant ainsi qu'un voile de dentelle et les lui offrit en cadeau de noces. Il s'y prit de telle sorte que nul ne songea à lui demander combien on lui devait et que Maybelle faillit lui sauter au cou. Mme Merriwether savait qu'il était indécent d'offrir un cadeau de ce genre et de ce prix, mais il lui fut impossible de refuser lorsque Rhett lui eut déclaré dans un langage des plus fleuris que rien n'était trop beau pour parer la fiancée d'un héros. Il ne resta donc plus à Mme Merriwether qu'à l'inviter à dîner tout en estimant que cette concession compensait largement la valeur du présent.

Rhett apporta non seulement le satin à Maybelle, mais il fut en mesure de donner d'excellents conseils pour la confection de la robe de mariée. À Paris, les crinolines se portaient plus larges et les robes plus courtes cette saison-là, découvrant des jupons à soutache. Il dit aussi qu'il n'avait pas vu de pantalons dans les rues et qu'il en concluait qu'ils étaient «finis». Par la suite, Mme Merriwether confia à Mme Elsing que, si elle avait un peu insisté, il lui aurait décrit par le menu les dessous des Parisiennes.

S'il avait été moins courageux, on lui aurait reproché d'être bassement efféminé tant il excellait à se rappeler les détails d'une robe, d'une capote ou d'une coiffure. Les femmes se sentaient toujours un peu drôles quand elles le harcelaient de questions sur ce qui se portait, mais ça ne les arrêtait pas. Elles étaient aussi isolées du monde des élégances que des marins naufragés, car il ne passait guère de journaux de mode à travers le blocus. Les Françaises auraient pu se raser la tête et porter des casquettes de raton qu'elles n'en auraient rien su, aussi, à défaut du *Journal des Dames*, la mémoire de Rhett pour les falbalas était-elle d'un secours précieux. Il notait toutes sortes de détails chers au cœur des femmes et, chaque fois qu'il revenait de l'étranger, on le trouvait au milieu d'un groupe de dames auxquelles il racontait que cette année-là on portait les capotes plus petites et plus en arrière, qu'elles étaient garnies de plumes et non pas de fleurs, que l'impératrice, en France, avait renoncé au chignon pour aller en soirée et ramenait ses cheveux presque sur le sommet de sa tête, que sa nouvelle coiffure lui dégageait entièrement les oreilles, enfin que les robes de bal étaient de nouveau décolletées d'une manière indécente.

Pendant quelques mois, malgré sa fâcheuse réputation, malgré qu'on commençât à chuchoter qu'il ne se contentait pas de forcer le blocus mais qu'il spéculait, il fut l'homme le plus fêté et le personnage le plus marquant de la ville. Ceux qui ne l'aimaient pas prétendaient qu'après chacun de ses voyages à Atlanta les prix montaient de cinq dollars. Pourtant, en dépit des bruits qui circulaient sous le manteau, il aurait pu conserver ses relations s'il avait estimé qu'elles en valaient la peine. Au contraire, on avait l'impression, qu'après avoir goûté la compagnie des citoyens guindés et patriotes, après avoir forcé leur respect et gagné leur sympathie, le côté pervers de sa nature le poussait à changer d'attitude, à braver les gens, à leur montrer que sa conduite n'avait été qu'une mascarade qui ne l'amusait plus.

On eût dit qu'il méprisait sans distinction tout ce qui se rattachait au Sud, mais surtout la Confédération, et il ne prenait pas la peine de dissimuler ses sentiments. Ce furent ses réflexions sur la Confédération qui amenèrent les gens d'Atlanta à lui témoigner d'abord de la surprise, puis de la tiédeur, enfin de la colère. Avant même que 1862 eût cédé la place à 1863, les hommes se mirent à le saluer avec une froideur affectée et les mères à rappeler leurs filles près d'elles quand il paraissait dans une réunion.

Il semblait prendre plaisir non seulement à ridiculiser l'esprit foncièrement loyaliste des habitants d'Atlanta, mais aussi à se présenter sous le jour le plus défavorable. Lorsqu'on le complimentait sur sa bravoure, il répondait qu'en face du danger il avait toujours aussi peur que les braves qui se battaient au front. Comme tout le monde savait bien qu'il n'y avait jamais eu un poltron parmi les soldats confédérés, on trouvait ce genre de réponse particulièrement irritant. Il ne parlait jamais des soldats sans les appeler « nos braves » ou « nos héros en gris », mais dans sa bouche ces qualificatifs sonnaient plutôt comme une injure. Lorsque des jeunes femmes qui avaient envie d'engager un flirt avec lui le remerciaient d'être un de ces héros qui se battaient pour elles, il s'inclinait et déclarait que ce n'était pas son cas, car il ferait la même chose pour des femmes yankees à condition que ça lui rapportât autant d'argent.

Il n'avait cessé de tenir à Scarlett des propos de ce genre depuis le soir où il l'avait revue à la vente de charité, mais maintenant c'était avec tout le monde qu'il s'exprimait sur ce ton d'ironie à peine voilée. Si l'on vantait les services qu'il rendait à la Confédération, il répondait invariablement que le blocus était pour lui le seul moyen de faire des affaires. Il avait coutume de dire, en cherchant des yeux parmi ses auditeurs ceux qui avaient passé marché avec le gouvernement, que s'il pouvait gagner autant d'argent à livrer des fournitures aux autorités, il renoncerait certainement aux risques du blocus et ne ferait que vendre à la Confédération du drap de mauvaise qualité, de la cassonade, de la farine avariée et du cuir pourri.

Il était en général impossible de lui répondre, ce qui aggravait la portée de ses remarques. De petits scandales avaient déjà éclaté à propos des marchés de fournitures. Du front, les hommes ne cessaient de se plaindre dans leurs lettres. C'étaient des chaussures qui s'usaient au bout d'une semaine, de la poudre qui ne s'enflammait pas, des harnais qui cédaient au moindre effort, de la viande pourrie, de la farine pleine de charançons. Les gens d'Atlanta essayaient de se persuader que les hommes qui avaient l'audace de livrer pareille camelote au gouvernement devaient être des adjudicataires de l'Alabama, de la Virginie ou du Tennessee, mais pas des Géorgiens. Les fournisseurs géorgiens ne comprenaient-ils pas des hommes appartenant aux meilleures familles ? N'étaient-ils pas les premiers à verser des fonds pour les hôpitaux et à secourir les orphelins laissés par les soldats ? N'étaient-ils pas les premiers à applaudir *Dixie*[1] et n'étaient-ils pas, en paroles tout au moins, les plus assoiffés du sang yankee ? La colère contre les profiteurs était encore loin d'avoir atteint son paroxysme, et l'on imputait les réflexions de Rhett uniquement à sa mauvaise éducation.

Non seulement il se mettait la ville à dos en accusant de vénalité les hommes les plus haut placés et en faisant des restrictions sur le courage des combattants, mais il prenait un malin plaisir à jouer de bons tours aux dignes citoyens et à les plonger dans l'embarras et la confusion. Il ne pouvait pas plus résister au besoin de rabattre l'amour-propre et le patriotisme cocardier de ceux qui l'entouraient qu'un gamin ne peut résister à l'envie d'enfoncer une épingle dans un ballon. Il ne manquait jamais de démasquer les hypocrites, les ignorants et les bigots, et il s'y prenait avec tant de finesse, il attirait si sûrement ses victimes dans le piège que les malheureux ne savaient jamais très bien de quoi il en retournait jusqu'au moment où ils se voyaient exposés à tous les regards et se sentaient légèrement ridicules.

Pendant les mois où la ville lui avait fait bon accueil, Scarlett n'avait nourri aucune illusion sur son compte. Elle savait que toutes ses galanteries, tous ses beaux discours dissimulaient une arrière-pensée. Elle savait qu'il ne jouait le rôle de l'intrépide et patriote forceur de blocus que parce que cela l'amusait. Parfois il lui rappelait les garçons du comté avec lesquels elle avait été élevée, les fougueux jumeaux Tarleton, obsédés par l'idée d'attraper les gens, les Fontaine, de vrais démons, taquins, malfaisants, les Calvert, capables de passer une nuit entière à monter une mystification. Mais ce n'était pas la même chose, car sous la légèreté apparente de Rhett il y avait quelque chose de méchant, de sinistre et de brutal.

Scarlett avait beau savoir à quoi s'en tenir sur son manque de sincérité, elle le préférait de beaucoup dans son rôle romantique de forceur de blocus, rôle qui rendait ses rapports avec lui bien plus faciles qu'ils n'avaient été au début. Elle fût donc extrêmement ennuyée quand il leva le masque et entreprit de gaieté de cœur une campagne pour s'aliéner toute la sympathie d'Atlanta. Cela la contraria d'une part parce qu'elle trouvait sa conduite insensée,

1. *Dixie*, chanson écrite en 1859 par un Nordiste, Daniel Emmett, mais qui devient surtout populaire dans le Sud confédéré, qui l'adopte comme « hymne officiel » dès 1861.

d'autre part parce qu'un certain nombre de reproches adressés à Rhett rejaillissaient sur elle.

Ce fut lors du concert donné par Mme Elsing au bénéfice des convalescents que Rhett acheva d'attirer sur lui l'ostracisme d'Atlanta. Cet après-midi-là, la demeure des Elsing était pleine de soldats en permission, de blessés, de membres de la garde locale et de la milice, de mères de famille, de veuves et de jeunes filles. Toutes les chaises étaient prises et le long escalier lui-même était encombré de gens. Deux fois la large coupe de verre que tenait le majordome des Elsing avait été vidée de son contenu de pièces d'argent. Cela suffisait en soi pour assurer le succès de cette fête, car désormais un dollar en argent valait soixante dollars en papier confédéré.

Toutes les jeunes femmes passant pour avoir du talent avaient chanté ou joué du piano et les tableaux vivants avaient été accueillis par des applaudissements flatteurs. Scarlett était fort contente d'elle. Non seulement elle avait chanté avec Mélanie un touchant duo : *Lorsque la rosée recouvre la fleur* qu'on avait bissé, mais elle avait été choisie pour représenter le génie de la Confédération dans le dernier tableau.

Drapée dans une sorte de péplum blanc, à ceinture rouge et bleu, tenant d'une main des étoiles et les barres symboliques, brandissant de l'autre le sabre à poignée d'or qui avait appartenu à Charles et à son père, tandis que le capitaine Carey Ashburn de l'Alabama était agenouillé devant elle, elle avait soulevé l'enthousiasme de l'assistance.

Le tableau terminé, elle ne put s'empêcher de chercher Rhett des yeux pour voir s'il avait apprécié le beau spectacle qu'elle venait d'offrir. Furieuse, elle s'aperçut qu'il discutait et que probablement il n'avait même pas dû la remarquer. À en juger par l'expression des gens qui l'entouraient, elle devina que les choses tournaient mal.

Elle s'approcha du groupe et, grâce à l'un de ces étranges silences qui s'abattent parfois sur les assemblées, elle entendit un milicien, Willie Guinan, lui demander :

– Dois-je comprendre, monsieur, que, d'après vous, la Cause pour laquelle nos héros sont morts n'est pas sacrée ?

– Si vous étiez écrasé par un train, votre mort ne sanctifierait pas la compagnie de chemins de fer, n'est-ce pas ? rétorqua Butler dont la voix sonnait comme s'il avait prié son interlocuteur de lui fournir un renseignement.

– Monsieur, fit Willie, un tremblement dans la gorge, si nous n'étions pas sous ce toit...

– Je tremble à l'idée de ce qui pourrait arriver, dit Butler, car on connaît trop bien votre bravoure.

Willie devint écarlate et tout le monde se tut. Chacun se sentait gêné. Sain et vigoureux, Willie était de plus en âge de faire un soldat et pourtant il n'était pas au front. Naturellement, sa mère n'avait que lui comme fils et, après tout, il fallait bien que quelqu'un restât dans la milice pour protéger l'État. Seulement, lorsque Rhett eut parlé de bravoure, quelques officiers en convalescence ne purent s'empêcher de ricaner.

« Oh ! il ne peut donc pas se taire ! pensa Scarlett, indignée. Il est en train de gâcher toute cette fête. »

Le docteur Meade fronça les sourcils d'une manière menaçante.

– Il se peut que rien ne soit sacré pour vous, jeune homme, dit-il de la voix dont il se servait toujours pour faire un discours, mais il y a beaucoup de choses qui sont sacrées pour les patriotes du Sud. Libérer notre patrie de l'usurpateur, en voici une. Les droits des États, en voici une autre. La...

Rhett avait adopté son air nonchalant. « Toutes les guerres sont sacrées, fit-il d'un ton sous lequel perçait une note d'agacement. Elles sont toutes sacrées pour ceux qui doivent se battre. Si les gens qui les ont déclenchées ne leur donnaient pas ce caractère, qui serait assez fou pour combattre ? Mais peu importent les cris de ralliement que lancent les orateurs aux idiots qui prennent les armes, peu importent les nobles fins qu'ils assignent aux guerres, les guerres n'obéissent jamais qu'à une seule cause, à l'argent. En réalité, toutes les guerres ne sont que des querelles d'argent. Mais il y a si peu de gens qui s'en rendent compte. Les clairons, les tambours, les belles paroles des orateurs qui ne partiront pas résonnent trop bien à leurs oreilles. Parfois on donne comme cri de ralliement : « Arrachez le tombeau du Christ aux infidèles ! » Parfois : « À bas le papisme ! » parfois « Liberté », parfois « le Coton, l'Esclavage, les Droits des États ». »

« Que diable le pape et le tombeau du Christ viennent-ils faire dans tout cela ? » se demanda Scarlett.

Mais, comme elle se précipitait vers le groupe échauffé, elle vit Rhett saluer d'un air dégagé, fendre la foule et se diriger vers la porte. Elle voulut courir après lui, mais Mme Elsing la retint par sa jupe.

– Laissez-le partir, fit-elle d'une voix claironnante qui vibra à travers la pièce où régnait un silence inquiétant. Laissez-le partir. C'est un traître, un spéculateur ! C'est une vipère que nous avons réchauffée dans notre sein !

Rhett était déjà dans le vestibule, le chapeau à la main. Il entendit ces paroles qui, d'ailleurs, lui étaient destinées. Alors il se retourna, examina un instant l'assistance, puis ses yeux fixèrent la poitrine plate de Mme Elsing, il sourit brusquement, salua et s'en alla.

Pour rentrer chez elle, Mme Merriwether emprunta la voiture de Pittypat. À peine les quatre dames furent-elles assises qu'elle éclata.

– Allons, Pittypat Hamilton ! J'espère que vous voilà satisfaite maintenant !

– Satisfaite de quoi ? s'écria Pittypat avec appréhension.

– De la conduite de cette canaille de Butler que vous avez hébergé.

Pittypat rougit. Elle était trop bouleversée par cette accusation pour se rappeler que Mme Merriwether avait, elle aussi, reçu Rhett Butler à plusieurs reprises. Scarlett et Mélanie y pensèrent bien, mais élevées dans le respect des personnes plus âgées elles gardèrent leurs réflexions pour elles et se mirent à examiner leurs mitaines.

– Il nous a insultés ainsi que la Confédération, reprit Mme Merriwether tandis que son buste opulent palpitait sous les passementeries brillantes qui garnissaient son corsage. Prétendre que nous nous battons pour de l'argent ! Prétendre que nos chefs nous ont menti ! On devrait le mettre en prison. Oui, on devrait. Il faudra que j'en parle au docteur Meade. Si seulement M. Merriwether était encore de ce monde, il se chargerait vite de lui ! Voyons, Pitty Hamilton, écoutez-moi. Il ne faut plus jamais recevoir ce mufle chez vous.

– Oh ! marmotta Pitty désemparée qui, après un regard suppliant aux deux jeunes femmes, sentit son espoir renaître en fixant le dos bien droit de l'oncle Peter.

Elle savait qu'il ne perdait pas un mot de ce qu'on disait et elle souhaitait qu'il se retournât et prît part à la conversation comme il le faisait souvent. Elle espérait qu'il allait dire : « Voyons, ma'ame Dolly, laissez mam'zelle Pitty fai'e ce qu'elle veut ! » mais Peter ne broncha pas. Il avait Rhett Butler en horreur et la pauvre Pitty ne l'ignorait point. Elle soupira et dit :

– Eh bien ! Dolly, si vous croyez...

– J'en suis sûre, rétorqua Mme Merriwether avec vigueur. Je me demande ce qui a bien pu vous prendre d'être la première à l'inviter. En tout cas, à partir d'aujourd'hui, on ne le recevra plus dans aucune maison respectable. Arrangez-vous comme vous pouvez, mais interdisez-lui votre porte.

Elle lança un coup d'œil acéré aux deux jeunes femmes.

– J'espère que vous faites bien attention toutes les deux à ce que je dis, poursuivit-elle. Tout cela, c'est en partie votre faute. Vous avez été trop gentilles pour lui. Faites-lui entendre poliment mais fermement que sa présence et ses propos déloyaux sont indésirables chez nous.

Scarlett bouillait. Elle était prête à ruer comme un cheval qui sent une main étrangère et brutale tirer sur ses guides. Mais elle redoutait de parler. Elle ne voulait pas s'exposer à ce que Mme Merriwether écrivît une seconde lettre à sa mère.

«Espèce de vieux bison! pensa-t-elle, le visage cramoisi à force de contenir sa rage. Ce serait divin de pouvoir te dire ce que je pense de toi et de tes airs de gendarme!»

– Je n'aurais jamais pensé qu'il fût possible de parler en termes pareils de notre Cause, reprit Mme Merriwether en proie à une colère légitime. Tout homme qui ne considère pas notre Cause comme juste et sainte devrait être pendu! Vous, mes petites, je ne veux pas entendre dire que vous lui adressez encore la parole... au nom du Ciel, Melly, qu'as-tu? Es-tu souffrante?

Mélanie était blême. Ses yeux semblaient hagards.

– Si, je continuerai de lui parler, fit-elle d'une voix assourdie. Je ne serai pas grossière avec lui. Je ne lui interdirai pas la maison.

Mme Merriwether perdit le souffle comme si elle avait reçu un coup de poing en pleine poitrine. Les lèvres charnues de tante Pitty s'entrouvrirent. L'oncle Peter se retourna.

«C'est moi qui aurais dû trouver ça, songea Scarlett en qui se mêlaient la jalousie et l'admiration. Comment cette petite fouine a-t-elle assez de cran pour se dresser contre la vieille Mme Merriwether?»

Mélanie tremblait, mais elle se hâta de continuer comme si elle avait craint de perdre courage en s'arrêtant.

– Je n'ai pas à lui en vouloir de ce qu'il a dit... il a eu tort de dire tout haut ce qu'il pensait... ce n'était pas une chose à faire, mais c'est... mais Ashley pense comme lui. Et je ne peux pas interdire ma maison à un homme qui pense comme mon mari. Ce serait injuste.

Mme Merriwether avait repris haleine et elle avait passé à l'attaque.

– Melly Hamilton, de ma vie, je n'ai entendu pareil mensonge. Chez les Wilkes, il n'y a jamais eu de lâche...

– Je n'ai jamais dit qu'Ashley était un lâche, riposta Mélanie dont les yeux étincelaient. J'ai dit qu'Ashley était du même avis que le capitaine Butler, seulement il s'exprime en d'autres termes. Et j'espère bien qu'il n'irait pas raconter cela à un concert, mais c'est ce qu'il m'a écrit.

Scarlett éprouva un remords, cependant elle n'en chercha pas moins à se rappeler ce qu'avait bien pu écrire Ashley pour permettre à Mélanie de faire une pareille sortie. Quand elle avait lu les lettres d'Ashley, elle s'empressait d'oublier le contenu de la plupart de celles qu'elle avait parcourues et elle en fut réduite à se dire que Mélanie avait dû perdre la tête.

– Ashley m'a dit que nous ne devrions pas nous battre contre les Yankees. Il m'a écrit que nous avions été trahis par des hommes d'État, par des orateurs qui faisaient des phrases ronflantes, déclara Melly tout d'une traite. Il a dit que rien ne justifiait le mal que cette guerre allait nous faire. Il a dit que ça n'avait rien de glorieux… que ce n'étaient que misères et horreurs.

« Oh ! cette lettre, pensa Scarlett. Était-ce bien cela qu'il voulait dire ? »

– Je n'en crois pas un mot, trancha Mme Merriwether d'un ton ferme.

– Je ne me trompe jamais quand il s'agit d'Ashley, je le comprends parfaitement, répondit posément Mélanie malgré le tremblement de ses lèvres. Je sais qu'il a voulu dire exactement la même chose que le capitaine Butler, mais lui, il n'a pas été grossier.

– Tu devrais avoir honte. On n'a pas idée de comparer un homme comme Ashley Wilkes à une crapule comme ce capitaine Butler ! Je suppose que, pour toi aussi, la Cause n'est rien !

– Je… je ne sais pas ! commença Mélanie. Elle perdait pied, sa franchise l'épouvantait. – Je… je mourrais pour la Cause, tout comme Ashley. Mais… je… je veux dire… je laisse aux hommes le soin de réfléchir, ils sont bien plus intelligents.

– Je n'ai jamais entendu chose pareille, ricana Mme Merriwether. Arrêtez, oncle Peter. Vous avez dépassé ma maison.

Tout à la conversation, l'oncle Peter avait effectivement été trop loin et il fit reculer le cheval. Mme Merriwether descendit. Les rubans de sa capote battaient comme des voiles dans une tempête.

– Tu le regretteras, dit-elle.

L'oncle Peter fouetta la bête.

– Vous dev'iez avoi' honte, mes petites madames, de met' mam'zelle Pitty dans cet état-là, déclara-t-il sur un ton de reproche.

– Mais ça va très bien, dit Pitty dont la remarque surprit tout le monde, car souvent elle s'était évanouie pour bien moins que cela. Melly, mon chou, je savais que tu faisais ça pour prendre ma défense et vraiment je n'ai pas été fâchée de voir quelqu'un remettre Dolly à sa place. Elle aime tant commander. Comment as-tu eu ce courage ? Mais crois-tu que tu aurais dû dire cela d'Ashley ?

– Mais c'est la vérité, répondit Mélanie qui se mit à pleurer doucement. Je n'ai pas honte qu'il pense ainsi. Il estime que la guerre est injuste, seulement il est prêt à se battre et à mourir quand même, et il faut beaucoup plus de courage pour se battre dans ces conditions-là que lorsqu'une cause vous paraît juste.

– Mon Dieu, ma'ame Melly, n'allez pas pleu'er ici dans la 'ue du Pêcher, grommela l'oncle Peter en pressant son cheval. Les gens y vont di'e qu'y a un scandale. Attendez qu'on soit 'ent'é.

Scarlett se taisait. Elle ne serra même pas la main que Mélanie avait glissée sous la sienne. Elle n'avait lu les lettres d'Ashley que dans un seul but… s'assurer qu'il l'aimait encore. Maintenant Mélanie venait d'éclairer d'un jour nouveau les passages auxquels Scarlett s'était à peine arrêtée. Elle était choquée de penser qu'un être aussi accompli qu'Ashley pût avoir les mêmes idées qu'un paria comme Rhett Butler. « Ils voient tous deux ce qu'il y a de vrai dans cette guerre, se dit-elle, mais Ashley est disposé à mourir tandis que Rhett ne l'est pas. Je crois que ça prouve le bon sens de Rhett. » Elle s'arrêta un instant de réfléchir, horrifiée d'avoir eu une telle pensée envers Ashley. « Ils voient tous deux la même vérité déplaisante, mais Rhett aime à la regarder en face et à mettre les gens hors d'eux en en parlant… tandis qu'Ashley peut à peine en supporter la vue. »

XIII

À l'instigation de Mme Merriwether, le docteur Meade passa à l'action et adressa une lettre au journal local dans laquelle, sans mentionner le nom de Rhett, il prenait nettement position. Flairant un drame mondain, le rédacteur en chef inséra la lettre en deuxième page, ce qui, en plus, était une innovation sensationnelle, car les deux premières pages du journal étaient toujours réservées aux annonces d'esclaves, de mulets, de charrues, de cercueils, de maisons à vendre ou à louer, aux réclames de traitements pour maladies honteuses, de drogues pour faire avorter ou pour reconstituer les forces perdues.

La lettre du docteur fut le prélude d'un concert d'imprécations qui n'allaient pas tarder à s'élever dans tout le Sud contre les spéculateurs, les profiteurs et les fournisseurs du gouvernement. À Wilmington, le port sudiste le plus actif, maintenant que Charleston était pratiquement fermé par les canonnières yankees, les choses avaient pris la proportion d'un véritable scandale. Wilmington était infesté de spéculateurs, et comme ceux-ci avaient de l'argent liquide ils raflaient toutes les cargaisons et attendaient la hausse des cours pour les revendre. La hausse se produisait toujours car les objets de première nécessité se faisaient de plus en plus rares et les prix augmentaient de mois en mois. La population civile était obligée soit de restreindre ses besoins, soit d'acheter au prix fixé par les spéculateurs. Les pauvres et les gens ne disposant que de faibles ressources avaient à supporter des épreuves de plus en plus pénibles. À mesure que les prix montaient, l'argent confédéré se dépréciait et sa chute rapide semblait entraîner une folie de luxe. Les forceurs de blocus avaient reçu l'ordre de ramener tout le matériel indispensable et accessoirement on leur avait permis de se livrer au commerce des articles de luxe, mais maintenant ces articles qui rapportaient davantage composaient seuls la cargaison de leurs navires à l'exclusion des marchandises dont la Confédération avait un besoin vital. On se ruait sur ces objets de luxe, on dépensait pour les acquérir tout l'argent qu'on avait le jour même dans la crainte que, le lendemain, les prix ne montassent et que l'argent ne se dépréciât davantage.

Il y avait plus grave encore. Wilmington n'était relié à Richmond que par une seule ligne et, tandis que des milliers de barils de farine et de caisses de lard pourrissaient dans les gares intermédiaires faute de wagons pour les transporter, les spéculateurs en vins, en taffetas, en café trouvaient toujours le moyen de livrer leurs marchandises à Richmond deux jours après leur débarquement à Wilmington.

Désormais, on ne se gênait plus pour dire que non seulement Rhett Butler revendait les cargaisons de ses quatre bateaux à des prix fabuleux, mais qu'il accaparait les chargements des autres navires et attendait la hausse des cours pour s'en défaire. On prétendait qu'il était à la tête d'une entreprise au capital d'un million de dollars qui, ayant Wilmington pour centre d'opérations, acquérait sur place les marchandises introduites en dépit du blocus. On racontait que la société possédait une douzaine d'entrepôts, tant à Wilmington qu'à Richmond, et que ses magasins regorgeaient de vivres et de vêtements. Les militaires et les civils commençaient à en avoir assez et les murmures contre lui et les spéculateurs de son espèce se faisaient de plus en plus violents.

« Il y a beaucoup d'hommes et de patriotes parmi les marins auxquels la Confédération a confié le soin de forcer le blocus, écrivait le docteur, beaucoup d'hommes désintéressés qui risquent leur vie et leur fortune pour que survive la Confédération. Leur nom est gravé dans le cœur de tous les Sudistes loyaux et personne ne leur fait grief de tirer un bénéfice pécuniaire des dangers auxquels ils s'exposent. Ces hommes-là, nous les respectons, d'ailleurs ce n'est pas d'eux que je veux parler.

« Mais il y en a d'autres, des canailles qui s'affublent d'un manteau de forceur de blocus pour s'enrichir. J'appelle le juste courroux et la juste vengeance d'un peuple qui se bat pour la plus juste des causes sur ces vautours qui introduisent dans le pays du satin et de la dentelle quand nos hommes meurent par manque de quinine, qui remplissent leurs bateaux de thé et de vins quand nos héros se tordent de douleur par manque de morphine. J'exècre ces vampires qui sucent le sang des hommes rangés derrière Robert Lee… J'exècre ces individus qui font du nom même de forceur de blocus un objet de répulsion pour tous les patriotes. Comment pouvons-nous supporter que ces êtres méprisables se pavanent parmi nous en bottes vernies pendant que nos enfants pataugent, pieds nus, dans la boue des batailles ? Comment pouvons-nous tolérer qu'ils boivent du champagne et mangent des pâtés de Strasbourg pendant que nos soldats grelottent autour des feux de camp et se nourrissent de lard pourri. J'en appelle à tous les loyaux confédérés pour les chasser.»

Les citoyens d'Atlanta lurent la lettre, comprirent que l'oracle s'était prononcé et, en loyaux confédérés, s'empressèrent de chasser Rhett. De toutes les personnes qui l'avaient reçu au cours de l'automne 1862, Mlle Pittypat restait, en 1863, presque la seule à lui ouvrir sa porte. Et, sans Mélanie, elle n'en eût probablement rien fait. Lorsqu'on signalait la présence de Rhett en ville, tante Pitty était sens dessus dessous. Elle savait parfaitement ce que disaient ses amies quand elle lui permettait de venir chez elle, mais elle n'avait pas encore le courage de lui dire qu'il était indésirable. Chaque fois qu'il arrivait à Atlanta, elle pinçait les lèvres, puis déclarait aux jeunes femmes qu'elle le recevrait devant sa porte et lui interdirait d'entrer. Et chaque fois elle devait s'avouer vaincue, car il arrivait un petit paquet à la main et la complimentait sur son charme et sa beauté.

– Je ne sais pas que faire, gémissait-elle. Il me regarde et je... j'ai une peur bleue de ce qu'il me ferait si je le lui disais. Il a si mauvaise réputation. Croyez-vous qu'il irait jusqu'à me frapper... ou, ou... Oh ! là ! là ! si seulement nous avions Charlie ! Scarlett, il faut que tu lui dises de ne plus se montrer ici. Tourne-lui cela gentiment. Oh ! mon Dieu ! je suis sûre que tu l'encourages à venir, et toute la ville qui jase ! Si ta mère arrive à le savoir, que pensera-t-elle de moi ? Melly, ne sois pas aussi gentille avec lui. Sois froide, sois distante, il comprendra. Oh ! Melly, crois-tu qu'il faille que j'écrive un mot à Henry pour lui demander de parler au capitaine Butler ?

– Non, je ne crois pas, répondit Mélanie. En tout cas, je me refuse à être grossière avec lui. Je suis persuadée que tout le monde se monte la tête à son sujet. Il n'est sûrement pas aussi mauvais que le docteur Meade et Mme Merriwether veulent bien le prétendre. Il est incapable de laisser les gens mourir de faim en accaparant les vivres. Voyons, il m'a donné cent dollars pour les orphelins. On ne m'ôtera pas de l'idée qu'il est aussi patriote que n'importe lequel d'entre nous, seulement il est trop fier pour se défendre. Tu sais combien les hommes sont entêtés quand ils sont en colère.

Tante Pitty ignorait tout des hommes, qu'ils fussent en colère ou autrement, et elle ne savait que battre désespérément l'air de ses petites mains grassouillettes. Quant à Scarlett, elle s'était résignée depuis longtemps à la manie qu'avait Melly de voir le bien partout. Mélanie était une sotte, mais personne n'y pouvait rien.

Scarlett savait que Rhett n'était pas patriote et, bien qu'elle eût mieux aimé mourir que de l'avouer, ça lui était absolument égal. Seuls comptaient pour elle les petits présents que Rhett lui apportait de Nassau. Étant donné la hausse des prix, où diable aurait-elle pu se procurer des aiguilles, des bonbons et des épingles à cheveux, si elle lui avait consigné sa porte ? Non, il était plus facile de rejeter toutes les responsabilités sur tante Pitty qui, en somme, dirigeait la maison, était le chaperon de ses nièces et leur censeur. Scarlett savait bien que les visites de Rhett faisaient jaser et qu'elle-même n'était pas à l'abri des critiques, mais elle savait également qu'aux yeux d'Atlanta Mélanie Wilkes était incapable de faire le mal et que, si Mélanie défendait Rhett, ses visites étaient empreintes d'une note de respectabilité.

Néanmoins, la vie eût été bien plus agréable si Rhett avait abjuré ses hérésies. Cela lui eût épargné l'ennui de voir les gens tourner délibérément la tête quand elle descendait la rue du Pêcher en sa compagnie.

– Même si vous pensez ces choses-là, pourquoi les dites-vous ? demandait-elle sur un ton de reproche. Pensez ce que vous voudrez, mais taisez-vous. Cela n'en ira que beaucoup mieux.

– C'est votre système, hein, ma petite fourbe aux yeux verts ? Scarlett ! Scarlett ! J'attendais de vous une conduite plus courageuse. Je croyais que les Irlandais ne cachaient pas leur façon de penser. Dites-moi franchement, vous n'êtes jamais sur le point d'éclater à force de vous taire ?

– Eh bien !... si, avouait Scarlett à contrecœur. J'en ai plein le dos d'entendre parler de la Confédération du matin au soir. Mais, bonté divine, Rhett Butler, si je racontais cela, personne ne voudrait plus m'adresser la parole et je ne trouverais plus de danseurs !

– Ah ! je vois ! Et l'on veut danser coûte que coûte. Allons, j'admire votre maîtrise, mais je suis forcé de reconnaître que je ne m'en sens pas capable. Quel que soit le bénéfice que je pourrais en tirer, je ne veux pas endosser comme ça le manteau romantique du patriote. Il y a bien assez de patriotes imbéciles qui risquent jusqu'à leur dernier centime dans le blocus et qui sortiront ruinés de cette guerre. Il est inutile que je me joigne à eux, soit pour battre le record du patriotisme, soit pour allonger la liste des pauvres. À eux les lauriers. Ils les méritent – et pour une fois je suis sincère – et puis d'ailleurs les lauriers, c'est tout ce qu'il leur restera dans un an ou deux.

– Je trouve que vous êtes ignoble d'insinuer des choses pareilles quand vous savez fort bien que l'Angleterre et la France se joindront à nous d'ici peu et...

– Voyons, Scarlett ! Vous avez encore dû lire un journal ! Vous me surprenez. Ne recommencez pas. Cela fausse l'esprit des femmes. Pour votre gouverne, il n'y a pas un mois j'étais en Angleterre, et je m'en vais vous dire ceci. L'Angleterre n'aidera jamais la Confédération. L'Angleterre ne mise jamais sur le mauvais cheval. C'est cela qui fait d'elle l'Angleterre. En outre, la grosse Hollandaise qui est assise sur le trône de Grande-Bretagne craint Dieu et n'approuve point l'esclavage. Que les ouvriers anglais du textile meurent de faim, parce qu'ils ne peuvent plus travailler notre coton, mais qu'on ne rompe jamais une lance en faveur de l'esclavagisme. Quant à la France, cette pâle imitation de Napoléon qui la gouverne est bien trop occupée au Mexique pour se soucier de nous. En fait, l'empereur se félicite de cette guerre qui nous accapare trop pour mettre ses troupes à la porte du Mexique… Non, Scarlett, l'intervention étrangère n'est qu'une invention de journalistes pour remonter le moral du Sud. La Confédération est vouée à l'échec. En ce moment, elle imite le chameau, elle vit sur ses réserves, mais les réserves les plus importantes ne sont pas inépuisables. Je me donne encore six mois de blocus, après ça, je me retire, ce serait trop dangereux. Je revendrai mes bateaux à quelque Anglais sans jugement qui s'imaginera pouvoir encore passer à travers les mailles du filet, mais je ne me ferai pas de bile pour si peu. J'ai gagné assez d'argent comme ça. J'ai déposé mes fonds dans une banque anglaise, et je les ai convertis en or. Moi, je ne veux plus entendre parler de ce papier sans valeur.

Comme toujours lorsqu'il parlait, ce qu'il disait paraissait fort plausible. D'aucuns auraient pu prétendre que ses déclarations étaient forgées de toutes pièces, mais pour Scarlett elles avaient toujours l'air marquées au coin du bon sens et de la vérité. Pourtant elle savait que tout cela était faux, qu'elle aurait dû protester et se fâcher. Au fond, elle n'en avait nulle envie, mais elle faisait semblant pour se sentir plus respectable.

– Je crois que ce que le docteur Meade a écrit de vous était exact, capitaine Butler. Le seul moyen de vous racheter, ce sera de vous engager quand vous aurez revendu vos bateaux. Vous avez fait l'école de West Point et…

– Vous parlez comme un prédicateur baptiste, en mal de prosélytisme. Et si je ne voulais pas me racheter ? Pourquoi combattrais-je pour défendre un système qui m'a banni ?

– Je n'ai jamais entendu parler d'aucun système.

– Non ? Et cependant vous en faites partie, tout comme j'en faisais partie. Et je mettrais ma main au feu que vous ne l'aimez pas plus que moi. Voyons, pourquoi suis-je la brebis galeuse de la famille Butler ? Pour une seule raison, parce que je n'ai pas pu me conformer aux usages de Charleston. Et Charleston, c'est le Sud en plus exagéré. Je me demande si vous vous rendez bien compte des inconvénients que ça représente ? Tant de choses qu'il faut faire parce qu'on les a toujours faites, tant de choses absolument inoffensives qu'il ne faut pas faire pour le même motif, tant de choses qui m'exaspéraient par leur bêtise. Mon refus d'épouser la jeune personne dont vous avez sans doute entendu parler a été la goutte d'eau qui a fait déborder le vase. Pourquoi aurais-je épousé une petite oie insipide pour la seule raison qu'un accident m'avait empêché de la ramener chez elle avant la nuit ? Pourquoi aurais-je permis à son frère, qui avait les yeux hagards, de me tirer dessus et de me tuer alors que je visais mieux ? Oh ! bien sûr, si j'avais été un homme du monde, je l'aurais laissé me tuer et ça aurait lavé la tache de l'écusson des Butler. Mais… j'aime la vie. Alors j'ai vécu et j'ai pris du bon temps… Lorsque je songe à mon frère qui vit au milieu des vaches sacrées de Charleston et qui est plein de respect pour elles, lorsque je me rappelle sa massive épouse, ses bals de la Sainte-Cécile, ses rizières toujours les mêmes… eh bien ! je sais ce que j'ai gagné en brisant avec ce système. Scarlett, le genre de vie que nous menons dans le Sud est aussi désuet que le système féodal. Ce qui est étonnant, c'est qu'il ait duré aussi longtemps. Il fallait bien qu'il disparût un jour et c'est maintenant qu'il s'en va. Et vous voudriez que j'écoute des orateurs comme le docteur Meade me dire que notre cause est juste et sainte. Vous voudriez que les roulements de tambour m'enivrent au point que j'empoigne un mousquet et que je coure verser mon sang en Virginie ? Pour qui me prenez-vous ? pour un imbécile ? Baiser le fouet qui me cingle, ce n'est pas mon genre. Le Sud et moi, nous sommes quittes à présent. Autrefois le Sud m'a rejeté. J'aurais pu mourir de faim, je ne suis pas mort et j'entends bien tirer assez d'argent de l'agonie du Sud pour compenser la perte de mon droit d'aînesse.

– Je crois que vous êtes un être méprisable et vénal, disait Scarlett, pas très convaincue.

– Vénal, moi ? Non, je suis seulement prévoyant. C'est peut-être cela d'ailleurs qu'on appelle de la vénalité. En tout cas, c'est ce que ne manqueront pas de dire les gens qui n'auront pas vu aussi clair que moi. Tout honnête confédéré disposant d'un millier de dollars en 1861 aurait pu faire comme moi, mais combien ont été assez vénaux pour profiter de l'occasion qui s'offrait à eux ? Tenez, juste après la chute du fort Sumter et avant que le blocus fût établi, j'ai acheté plusieurs milliers de balles de coton pour une bouchée de pain et je les ai fait passer en Angleterre. Elles sont encore entreposées à Liverpool. Je n'en ai pas vendu une seule. Je les garde jusqu'à ce que les filatures anglaises aient un tel besoin de coton qu'elles acceptent mes prix. Je ne serais pas surpris d'obtenir un dollar par livre.

– Vous obtiendrez un dollar par livre quand les poules auront des dents !

– Je ne crois pas. Le coton est déjà à soixante-douze cents la livre. À la fin de cette guerre, Scarlett, je serai riche, parce que j'aurai été prévoyant… pardon, parce que j'aurai été vénal. Je vous ai déjà dit que, pour faire fortune, il fallait ou bien contribuer au développement d'un pays ou bien participer à sa ruine. Cela va lentement dans le premier cas, dans le second, cela n'est pas long. Souvenez-vous de ce que je vous dis. Cela vous servira peut-être un jour.

– J'aime tant les bons conseils, disait Scarlett avec toute l'ironie dont elle était capable. Mais je me passerai fort bien des vôtres. Prendriez-vous papa pour un gueux ? Il aura toujours assez d'argent pour subvenir à mes besoins, du reste je possède ce que m'a laissé Charles.

– J'imagine que les aristocrates français se sont dit à peu près la même chose jusqu'au jour où on les a fait monter dans des charrettes.

Rhett s'efforçait souvent de démontrer à Scarlett combien il était contradictoire de porter des vêtements de deuil et de mener une vie mondaine. Il aimait les couleurs vives, et les robes funèbres de Scarlett ainsi que son voile de crêpe qui lui descendait jusqu'aux talons l'amusaient et le choquaient tour à tour. Néanmoins, Scarlett ne voulait renoncer ni à ses robes ni à son voile. Elle savait que, si elle se mettait à porter des couleurs claires, sans attendre encore quelques années, la ville serait déchaînée contre elle. Et puis, comment expliquer ce changement à sa mère ?

Rhett lui déclara un beau jour que son voile de crêpe la faisait ressembler à un corbeau et que ses robes noires la vieillissaient de dix ans. Sous l'effet de ce compliment à rebours, Scarlett se précipita devant un miroir pour voir si elle ne portait réellement pas vingt-huit ans au lieu de dix-huit.

– Je pensais que vous placiez votre fierté ailleurs et que vous n'aspiriez pas à ressembler à Mme Merriwether, railla-t-il. J'espérais que vous aviez plus de tact que cela et que vous ne teniez pas à porter ce voile pour afficher un chagrin que, j'en suis sûr, vous n'avez jamais ressenti. Tenez, je vous fais un pari. Dans deux mois, vous aurez remplacé cette capeline et ce voile par une création de Paris.

– Certainement pas et abandonnons ce sujet, fit Scarlett, ennuyée par l'allusion à Charles.

Rhett, qui était sur le point de se rendre à Wilmington pour préparer un nouveau voyage à l'étranger, s'en alla, un sourire aux lèvres. Quelques semaines plus tard, par une radieuse matinée d'été, il revint avec un élégant carton qu'il ouvrit après s'être aperçu que Scarlett était seule. « Oh ! l'amour de chose ! » s'écria celle-ci en sortant un chapeau de son enveloppe de soie. Scarlett était plus privée de ne pas voir de nouveautés que de n'en pas porter, et ce modèle lui parut la création la plus exquise qu'elle eût jamais contemplée. C'était une capeline de taffetas vert foncé doublée de soie jade clair. Les rubans destinés à être noués sous le menton étaient vert pâle et larges comme la main. Enfin le bord en était garni de plumes d'autruche vertes qui frisaient de l'air le plus impertinent du monde.

– Essayez-la, dit Rhett en souriant.

Scarlett fila comme une flèche vers la glace, enfonça la capeline sur sa tête, ramena ses cheveux en arrière pour dégager ses boucles d'oreilles et attacha les rubans sous son menton.

– Elle me va ? lança-t-elle en pirouettant sur ses talons pour se montrer à Rhett et en relevant la tête d'un geste qui fit danser les plumes. Mais, avant même d'en avoir lu la confirmation dans ses yeux, elle savait qu'elle était ravissante. Elle avait un air délicieusement effronté, ses yeux auxquels le vert de la doublure donnait une teinte émeraude foncé pétillaient.

– Oh ! Rhett ! À qui appartient cette capeline ? Je veux l'acheter. Je vous donnerai jusqu'à mon dernier cent pour l'avoir.

– Elle est à vous. À qui, en dehors de vous, pourrait aller cette teinte de vert ? Croyez-vous donc que je ne sais pas me rappeler la couleur de vos yeux ?

– Vraiment ? Vous l'avez commandée pour moi ?

– Oui, et il y a marqué « rue de la Paix » sur le carton, est-ce que cela éveille quelque chose en vous ?

Ce nom n'éveillait rien en elle. Elle était bien trop occupée à sourire à l'image que lui renvoyait la glace. Pour le moment rien ne comptait, sinon qu'elle se trouvait tout à fait à son goût et que c'était le premier joli chapeau qu'elle portait depuis deux ans. Que ne pourrait-elle pas faire avec ce chapeau ? Alors son sourire s'effaça.

– Vous ne l'aimez pas.

– Oh ! si, il est ravissant, mais… quelle horreur, il va falloir recouvrir ce beau vert de crêpe et teindre les plumes en noir.

En un clin d'œil Rhett fut auprès d'elle et, de ses doigts habiles, se mit à défaire le nœud du ruban. Quelques secondes plus tard le chapeau avait réintégré son carton.

– Que faites-vous ? Vous avez dit qu'il était à moi !

– Oui, mais je ne veux pas qu'on en fasse un chapeau de deuil. Je saurai bien trouver une autre charmante femme aux yeux verts pour apprécier mon bon goût.

– Oh ! vous ne ferez pas cela ! J'en mourrais ! Oh ! Rhett, je vous en supplie, ne soyez pas méchant. Laissez-le-moi.

– Pour que vous en fassiez un épouvantail à moineaux comme vos autres chapeaux ! Non.

Scarlett se cramponna au carton. Donner à une autre femme cette chose exquise qui la rendait si jeune, si séduisante. Oh ! jamais ! Pendant un instant elle pensa au sentiment d'horreur qu'éprouveraient Pitty et Mélanie. Elle pensa à Ellen et à ce qu'elle dirait et elle frissonna. Pourtant, la vanité fut la plus forte.

– Je n'y toucherai pas. Je vous le promets. Maintenant, donnez-le-moi.

Rhett lui abandonna le carton et, un sourire ironique aux lèvres, la regarda essayer de nouveau le chapeau et faire la roue.

– Combien vous dois-je ? demanda soudain Scarlett, le visage altéré. Je n'ai que cinquante dollars, mais le mois prochain…

– Il reviendrait à environ deux mille dollars en argent confédéré, fit Rhett, amusé par son air pitoyable.

– Oh ! mon Dieu ! Allons, si je vous donnais mes cinquante dollars maintenant et quand j'aurai…

– Je ne veux rien accepter. C'est un cadeau.

Scarlett en resta bouche bée. La limite était si bien tracée qu'il ne fallait pas dépasser lorsqu'il s'agissait d'accepter des cadeaux offerts par des hommes.

– Des bonbons et des fleurs, ma chérie, avait répété Ellen mainte et mainte fois. Peut-être un recueil de poèmes, un album, ou un petit flacon d'eau de Floride, c'est là tout ce qu'une femme peut accepter d'un homme. Jamais, jamais de cadeaux coûteux, même de ton fiancé. Et jamais de bijoux ou de choses qui se portent, pas même des gants ou des mouchoirs. Si tu acceptais des cadeaux de ce genre, les hommes se diraient que tu n'es pas une dame et essaieraient de prendre certaines libertés avec toi.

« Oh ! mon Dieu ! se dit Scarlett en se mirant d'abord dans la glace, puis en regardant Rhett dont le visage était impénétrable. Je ne peux pourtant pas lui dire que je n'en veux pas. Il est si joli… Je… j'aimerais encore mieux qu'il prenne quelques privautés avec moi, à condition que ça n'aille pas loin du tout. »

Alors épouvantée d'avoir pu nourrir pareille pensée, elle devint écarlate.

– Je... vous donnerai ces cinquante dollars...
– Si vous faites ça, je les jette au ruisseau. Non, je ferai dire des messes pour le salut de votre âme. Je suis sûr que votre âme s'accommoderait fort bien de quelques messes.
Scarlett eut un rire embarrassé.
– Où voulez-vous en venir avec moi ?
– J'essaie de vous séduire par de beaux cadeaux afin d'étouffer en vous tous vos scrupules de petite fille et de vous avoir un jour à ma merci. « N'accepte des hommes que des bonbons et des fleurs, ma chérie », fit-il en parodiant le ton d'une mère inculquant de bonnes manières à sa fille.
Et Scarlett pouffa de rire.
– Vous êtes une canaille, Rhett Butler, vous avez l'âme bien noire, mais vous êtes malin et vous savez parfaitement que cette capeline est trop jolie pour que je refuse.
– Bien entendu, vous pouvez dire à Mlle Pitty que vous m'aviez donné un échantillon de taffetas et de soie verte, que vous aviez fait un croquis de la capeline et que j'ai réussi à vous extorquer cinquante dollars pour vous la procurer.
– Non. Je dirai que vous m'avez pris cent dollars et Pitty ira le raconter à tout le monde. Les gens en feront une jaunisse et n'arrêteront pas de parler de mon extravagance. Seulement, Rhett, il ne faut plus me rapporter des choses aussi coûteuses. Vous êtes excessivement gentil, mais, croyez-moi, je ne pourrai plus rien accepter.
– Vraiment ? Eh bien ! cela ne m'empêchera pas de vous faire des cadeaux tant que j'en aurai envie et tant que je trouverai des objets qui rehausseront votre beauté. Je vous rapporterai de la soie vert foncé pour aller avec la capeline. Et je vous préviens que je ne suis pas gentil du tout. Je continuerai à vous tenter avec des capelines et des bijoux pour mieux vous prendre au piège. Rappelez-vous bien que je ne fais rien sans obéir à une raison précise et que je ne donne rien sans espérer quelque chose en retour. D'ailleurs, j'ai toujours obtenu satisfaction.
Les yeux noirs de Rhett se posèrent sur les lèvres de Scarlett qui, troublée, battit des cils. C'était maintenant qu'il allait prendre quelques libertés ainsi qu'Ellen l'avait prédit. Il allait l'embrasser ou essayer de l'embrasser, dans son émoi, elle ne savait pas au juste. Si elle le repoussait il pourrait très bien lui arracher la capeline et la donner à une autre femme. D'un autre côté, si elle permettait un baiser, il lui rapporterait peut-être d'autres jolis cadeaux dans l'espoir d'en obtenir un autre. Les hommes attachaient un tel prix aux bai-

sers. Dieu seul du reste savait pourquoi. Et, très souvent, après un baiser, ils s'éprenaient pour de bon d'une femme et se laissaient mener par le bout du nez pourvu que la femme fût adroite et avare de ses baisers après le premier. Ce serait si passionnant de rendre Rhett amoureux, de le lui faire avouer, de le voir implorer un baiser ou un sourire. Oui, elle voulait bien qu'il l'embrassât.

Pourtant, il ne fit aucun geste pour l'embrasser. Scarlett lui coula un long regard oblique et murmura pour l'encourager :

– Ainsi, vous avez toujours obtenu satisfaction, n'est-ce pas ? Et qu'espérez-vous obtenir de moi ?

– Cela reste à voir.

– Eh bien ! si vous vous figurez que je vais vous épouser pour vous remercier, vous vous trompez, dit-elle d'un ton provocant.

Les dents blanches de Rhett étincelèrent sous sa petite moustache.

– Vous vous flattez, madame. Je n'ai nulle envie de me marier avec vous ni avec une autre. Je ne suis pas fait pour le mariage.

– Vraiment ! s'exclama Scarlett qui, prise au dépourvu, n'en était pas moins décidée à permettre à Rhett certaines privautés. Je n'ai même pas envie de vous embrasser.

– Alors, pourquoi votre bouche dessine-t-elle cette moue ridicule ?

– Oh ! fit Scarlett en remarquant dans la glace que ses lèvres rouges semblaient évidemment inviter au baiser. Oh ! s'écria-t-elle de nouveau en tapant du pied. Vous êtes l'homme le plus épouvantable que j'aie jamais rencontré et cela me serait bien égal de ne plus jamais vous revoir.

– Moi, si c'étaient là mes véritables sentiments, j'écrabouillerais ce chapeau. Sapristi, vous voilà dans une belle colère. D'ailleurs, ça vous va fort bien, comme vous le savez sans doute. Allons, Scarlett, foulez donc ce chapeau aux pieds pour me montrer ce que vous pensez de moi et de mes cadeaux.

– N'essayez pas de toucher à cette capeline, dit Scarlett en battant en retraite, les mains crispées sur les rubans de sa coiffure.

Rhett la rejoignit. Il riait doucement. Il lui prit les mains.

– Oh ! Scarlett ! Vous êtes si jeune, vous me fendez le cœur, fit-il. Je vous embrasserai puisque vous avez l'air de le désirer.

Alors, se penchant nonchalamment, il lui effleura la joue de sa moustache.

– Bon, maintenant, allez-vous me gifler pour me rappeler aux convenances ?

La lèvre mutine, elle le regarda droit dans les yeux et lut en lui tant de gaieté qu'elle éclata de rire. Qu'il était donc agaçant ! S'il ne voulait pas l'épouser, s'il ne voulait même pas l'embrasser, que diable cherchait-il ? S'il n'était pas amoureux d'elle, pourquoi venait-il si souvent et lui apportait-il des cadeaux ?

– Voyez-vous, Scarlett, commença-t-il, j'ai une mauvaise influence sur vous et, si vous êtes un tant soit peu raisonnable, vous me flanquerez à la porte… si vous pouvez. On ne se débarrasse pas de moi comme cela. Mais mon commerce ne vous vaut rien.

– Comment ?

– Vous ne le voyez pas ? Depuis que je vous ai retrouvée à cette vente de charité, vous vous êtes conduite on ne peut plus mal et c'est moi qui en suis responsable. Qui vous a poussée à danser ? Qui vous a forcée à reconnaître que vous ne trouviez notre glorieuse Cause ni glorieuse ni sacrée ? Qui vous a fait admettre que vous jugiez les hommes bien bêtes de mourir pour des principes ronflants ? Qui vous a aidée à fournir aux vieilles dames d'innombrables sujets de conversation ? Qui va vous mener à quitter le deuil plusieurs années avant les délais normaux ? Enfin, qui vous a tentée au point d'accepter un cadeau qu'aucune femme ne peut accepter tout en restant honnête ?

– Vous vous flattez, capitaine Butler. Je n'ai rien fait de tellement scandaleux et, en tout cas, j'aurais pu faire tout ce que vous venez de dire sans vous.

– J'en doute, déclara-t-il le visage subitement assombri. Vous seriez encore la veuve inconsolable de Charles Hamilton et l'on vanterait vos mérites d'infirmière ! Néanmoins, il se pourrait…

Mais Scarlett n'écoutait plus, car, de nouveau, elle s'admirait dans la glace tout en projetant d'aller l'après-midi à l'hôpital avec sa nouvelle coiffure et de porter des fleurs aux officiers convalescents.

Qu'il y eût du vrai dans les dernières paroles de Rhett, elle ne s'en était même pas aperçue. Elle ne se rendait pas compte que Rhett lui avait ouvert les portes de la prison du veuvage et lui avait permis d'éclipser les jeunes filles alors que l'époque de ses succès aurait dû être passée depuis longtemps. Elle ne se rendait pas compte non plus que, sous son influence, elle s'était fort éloignée de l'enseignement d'Ellen. Le changement s'était opéré peu à peu. Sans se douter que Rhett en était la cause, elle avait fait des entorses successives à de petites conventions sans importance qui semblaient n'avoir aucun lien entre elles. Elle ne comprenait pas du tout que, poussée par lui, elle avait négligé un grand nombre de principes rigides inculqués par sa mère et qu'elle avait oublié le mal qu'Ellen s'était donné pour faire d'elle une dame.

Elle se rendait seulement compte que la capeline était la plus seyante de celles qu'elle avait jamais eues, qu'elle ne lui avait rien coûté et que Rhett, qu'il l'admît ou non, était amoureux d'elle. Et elle était bien décidée à trouver le moyen de le lui faire admettre.

Le lendemain, campée devant la glace, un peigne à la main et la bouche pleine d'épingles à cheveux, Scarlett essayait une nouvelle coiffure qui, au dire de Maybelle, faisait rage dans la capitale. Cette coiffure, intitulée «les chats, les rats et les souris», présentait maintes difficultés. Les cheveux étaient séparés en deux et disposés de chaque côté de la tête en trois rouleaux de taille décroissante. Le rouleau le plus près de la raie était le plus gros et s'appelait «le chat». «Le chat» et «le rat» étaient faciles à faire, mais «la souris» était exaspérante et ne se laissait jamais emprisonner par les épingles. Néanmoins Scarlett était résolue à se coiffer ainsi, car Rhett devait venir dîner et il remarquait toujours en la commentant une innovation de robe ou de coiffure.

Tandis que, le front couvert de sueur, elle se battait avec ses mèches épaisses et rebelles, elle entendit en bas quelqu'un traverser le vestibule d'un pas léger et se dit que Mélanie était rentrée de l'hôpital. Puis, s'apercevant que sa belle-sœur montait les marches de l'escalier deux par deux, elle demeura un instant immobile. Il y avait certainement quelque chose d'anormal, car, en général, Mélanie se déplaçait avec la gravité d'une douairière. Elle alla ouvrir la porte et Mélanie entra en coup de vent, le visage rouge et effrayé comme celui d'un enfant qui a fait une bêtise.

Ses joues étaient mouillées de larmes. Sa capote rejetée en arrière ne tenait plus que par ses brides. Sa crinoline avait de violents soubresauts. Elle tenait un objet fortement serré dans sa main et, en même temps qu'elle, l'odeur lourde d'un parfum bon marché pénétra dans la chambre.

– Oh! Scarlett! s'écria-t-elle en refermant la porte et en allant se jeter sur le lit. Tantine est-elle rentrée? Non. Oh! Dieu merci! Scarlett, j'ai tellement honte, j'en mourrai! J'ai failli m'évanouir et l'oncle Peter m'a menacée de tout raconter à tante Pitty.

– Raconter quoi?

– Que j'ai parlé à cette... à mademoiselle... madame... (Mélanie s'éventa avec son mouchoir.) Cette femme aux cheveux roux qui s'appelle Belle Watling.

– Voyons, Melly! s'exclama Scarlett, si choquée qu'elle ne pouvait que regarder fixement sa belle-sœur.

Belle Watling était cette rousse que Scarlett avait vue dans la rue le jour de son arrivée à Atlanta et qui, depuis ce temps, était devenue la femme la plus célèbre de la ville. À la suite des armées, une nuée de prostituées s'était abattue sur Atlanta, mais Belle se distinguait d'elles toutes par sa chevelure flamboyante et ses robes trop élégantes. On la voyait rarement dans la rue du Pêcher ou dans les quartiers comme il faut, mais, lorsqu'elle y faisait son apparition, les dames respectables s'empressaient de changer de trottoir afin de ne pas se trouver près d'elle. Et Mélanie lui avait adressé la parole. Il ne fallait pas s'étonner que l'oncle Peter fût indigné !

– Si tante Pitty le sait, j'en mourrai ! Tu comprends, elle fondra en larmes, elle ira raconter cela à tout le monde et je serai déshonorée, sanglota Mélanie. Mais ce n'était pas ma faute. Je... je ne pouvais pas me mettre à courir pour échapper à cette femme. C'eût été trop grossier. Scarlett, je... j'ai tellement de chagrin pour elle. Crois-tu que j'aie tort de penser ainsi ?

Mais la solution du problème laissait Scarlett indifférente. Pareille à la plupart des femmes innocentes et bien élevées, elle était dévorée par la curiosité d'en connaître davantage sur les prostituées.

– Que voulait-elle ? Comment t'a-t-elle parlé ?

– Oh ! elle a fait d'horribles fautes de grammaire, mais je voyais si bien qu'elle faisait de son mieux pour paraître distinguée, la pauvre. Je sortais de l'hôpital et l'oncle Peter n'était pas encore là avec la voiture, alors j'ai pensé rentrer à pied à la maison. Juste comme je passais devant le jardin des Emerson, elle était là, cachée derrière une haie. Oh ! Dieu merci, les Emerson sont à Macon ! Alors elle m'a dit : « S'il vous plaît, madame Wilkes, voulez-vous m'accorder une minute de conversation. » Je ne sais pas comment elle a appris mon nom. Je sais que j'aurais dû m'enfuir à toutes jambes, mais, tu comprends, Scarlett, elle avait l'air si triste et... en somme elle me suppliait. Et puis elle portait une robe et une capote noires. Elle n'était pas maquillée du tout et, sans ses cheveux rouges, elle aurait paru très convenable. Alors, avant que j'aie pu répondre, elle a dit : « Je sais bien que je ne devrais pas vous parler, mais j'ai essayé de parler à cette vieille dinde de Mme Elsing, et elle m'a fichue à la porte de l'hôpital. »

– Elle l'a vraiment traitée de dinde ? demanda Scarlett mise en joie.

– Oh ! ne ris pas. Ce n'est pas drôle. Il paraît que cette demoiselle... cette femme voulait faire quelque chose pour l'hôpital... peux-tu imaginer cela ? Elle a proposé de venir soigner les malades tous les matins et, bien entendu, rien qu'à cette idée Mme Elsing a dû sentir les affres de la mort et elle a donné l'ordre de la reconduire dehors. Alors, elle m'a dit : « Je veux pourtant faire quelque chose. Est-ce que je ne suis pas aussi bonne confédérée que vous ? » Et, tu comprends,

Scarlett, son offre m'a été droit au cœur. Elle ne peut tout de même pas être si mauvaise que ça, puisqu'elle veut aider la Cause ! Crois-tu que j'aie eu tort de penser ainsi ?

– Pour l'amour de Dieu, Melly, qu'est-ce que ça peut bien faire que tu aies raison ou non ? Que t'a-t-elle dit encore ?

– Elle m'a dit qu'elle avait regardé les dames aller à l'hôpital et qu'elle avait pensé que j'avais une... figure sympathique et que c'était pour ça qu'elle m'avait arrêtée. Elle avait préparé de l'argent et elle a voulu que je le prenne pour l'hôpital sans dire à personne d'où il venait. Elle a dit que Mme Elsing refuserait cet argent si elle en connaissait la provenance. La provenance ! C'est en pensant à cela que j'ai failli m'évanouir ! J'étais tellement bouleversée, j'avais tellement hâte de m'en aller que je lui ai juste répondu : « Oh ! oui vraiment, comme vous êtes gentille », ou quelque chose d'aussi idiot. Alors elle a souri et elle a dit : « Vous êtes une vraie chrétienne » et elle m'a mis de force ce mouchoir sale dans la main. Pouah ! sens-moi ce parfum ! – Mélanie exhiba un mouchoir d'homme maculé de taches dans lequel étaient enfermées quelques pièces de monnaie. – Elle était en train de me remercier et de m'annoncer qu'elle m'apporterait un peu d'argent toutes les semaines quand l'oncle Peter est arrivé et m'a aperçue ! – Melly éclata en sanglots, posa la tête sur l'oreiller. – Et quand il a vu avec qui j'étais, il... oh ! Scarlett, il m'a parlé sur un tel ton... Personne ne m'avait encore parlé sur ce ton. Il m'a littéralement crié : « Vous allez monter tout de suite, dans cet' voitu' ! » Naturellement je lui ai obéi et, tout le long du chemin, il n'a cessé de me maudire sans vouloir entendre mes explications et de dire qu'il raconterait tout à tante Pitty. Scarlett, je t'en prie, descends et va le supplier de ne pas le faire. Il t'écoutera peut-être. Cela tuerait Tantine de savoir que j'ai seulement regardé cette femme en face. Veux-tu ?

– Oui, je veux bien. Mais voyons un peu combien il y a d'argent là-dedans. Cela paraît lourd.

Mélanie défit les nœuds du mouchoir et une poignée de pièces d'or roula sur le lit.

– Scarlett, il y a cinquante dollars ! et en or ! s'exclama Mélanie, stupéfaite. Dis-moi, penses-tu qu'on ait le droit d'employer pour nos malades de l'argent... voyons, de l'argent gagné de cette façon ? Tu ne crois pas que Dieu comprendra peut-être que cette femme a voulu faire le bien et que ça lui sera égal que cet argent soit souillé ? Quand je pense à tout ce dont l'hôpital a besoin.

Mais Scarlett n'écoutait plus. Envahie par la rage et l'humiliation, elle avait les yeux rivés sur le mouchoir sale dont un des coins était marqué aux initiales «R.K.B.». Dans le premier tiroir de la commode de Scarlett, il y avait un mouchoir exactement pareil à celui-là, un mouchoir que Rhett Butler lui avait prêté la veille pour lier les tiges des fleurs sauvages qu'ils avaient cueillies ensemble et qu'elle comptait lui rendre le soir même, quand il viendrait dîner.

Ainsi Rhett voyait cette rien du tout et lui donnait de l'argent. C'était donc de là que provenait le don de l'hôpital. De l'or du blocus. Et dire que Rhett avait encore l'aplomb de regarder une honnête femme en face après avoir passé son temps avec cette créature! Et dire qu'elle s'imaginait qu'il était amoureux d'elle!

Les femmes de mauvaise vie et tout ce qui les entourait appartenaient à un domaine mystérieux dont la pensée révoltait Scarlett. Elle savait que les hommes fréquentaient ces femmes pour des raisons auxquelles une femme comme il faut ne devait jamais faire allusion… ou bien dont elle ne devait parler qu'à demi-mot. Scarlett avait toujours pensé que seuls les hommes vulgaires recherchaient la compagnie de ces femmes. Mais, jusque-là, il ne lui était jamais venu à l'esprit que des hommes bien, c'est-à-dire ceux qu'elle rencontrait chez les gens bien et avec qui elle dansait, fussent capables de faire des choses pareilles. Cela ouvrait un champ entièrement nouveau à ses réflexions et elle en était horrifiée. Tous les hommes se comportaient peut-être de cette manière! C'était déjà bien assez qu'ils contraignissent leurs épouses à se livrer à des actes aussi indécents sans aller chercher des femmes de bas étage et les payer pour cela! Oh! les hommes étaient si répugnants et Rhett Butler était le pire de tous!

Il allait voir ça! Elle lui jetterait son mouchoir à la figure, elle lui montrerait la porte et jamais, jamais plus elle ne lui adresserait la parole. Mais non, naturellement, elle ne pouvait pas faire cela. Il ne fallait pour rien au monde lui laisser entendre qu'elle savait qu'il existait des femmes de mauvaise vie et encore moins qu'il les fréquentait. Une dame ne pouvait pas se permettre cela.

«Oh! pensa-t-elle en colère. Si je n'étais pas une femme du monde, qu'est-ce que je ne dirais pas à cette vermine!»

Alors, froissant le mouchoir dans sa main, elle descendit l'escalier pour aller chercher l'oncle Peter à la cuisine. En passant devant le fourneau elle lança le mouchoir dans le feu et, en proie à une rage impuissante, elle le regarda brûler.

XIV

Au début de l'été 1863, l'espérance fleurissait dans tous les cœurs sudistes. Malgré les privations et les épreuves, malgré les spéculateurs et les divers fléaux du même genre, malgré la mort, la maladie et la souffrance qui avaient frappé la plupart des familles, le Sud disait de nouveau : « Encore une victoire, et la guerre est finie », et il le disait même avec plus d'entrain et plus d'assurance que l'été précédent. Les Yankees se montraient coriaces, mais ils étaient à bout de souffle.

La Noël 1862 avait été un jour de fête pour Atlanta et pour le Sud tout entier. La Confédération avait remporté une victoire éclatante à Fredericksburg et l'on comptait par milliers les morts et les blessés yankees. Tout le monde avait profité de cette période de vacances pour s'amuser et se féliciter de la tournure des événements. L'armée avait pris maintenant ses quartiers d'hiver, mais comme ses généraux avaient donné des preuves de leur mérite, tout le monde savait que, lorsque les hostilités reprendraient au printemps, les Yankees seraient écrasés une fois pour toutes.

Le printemps vint et la bataille recommença. En mai, la Confédération remporta une autre grande victoire à Chancellorsville. Le Sud trépigna de joie.

En Géorgie même, un raid de la cavalerie de l'Union s'était transformé en triomphe pour les Confédérés. Les gens en riaient encore et se donnaient de vigoureuses tapes dans le dos en disant : « Oui, monsieur ! Dès l'instant que le vieux Nathan Bedford Forrest s'est lancé à leurs trousses, ils ont été fichus. » Vers la fin du mois d'avril, le colonel Streight, à la tête de 1 800 cavaliers yankees, était entré en Géorgie et avait voulu tenter un coup de main sur Rome, petite ville à soixante milles au nord d'Atlanta. Il avait eu la prétention de couper la voie ferrée d'importance vitale qui reliait Atlanta au Tennessee, puis de pousser une pointe jusqu'à Atlanta et de détruire les usines de guerre et les magasins concentrés dans cette ville considérée comme la clé de la Confédération.

C'était un coup hardi et qui, sans Forrest, eût coûté cher au Sud. Forrest s'était lancé à la poursuite des Yankees, les avait rejoints avant qu'ils eussent atteint Rome, les avait harcelés nuit et jour et avait fini par les faire tous prisonniers.

L'annonce de ce succès parvint à Atlanta presque en même temps que la nouvelle de la victoire de Chancellorsville, et la ville, exultant, s'était laissée aller à une douce hilarité. Chancellorsville était peut-être une victoire plus importante, mais la capture des cavaliers de Streight rendait les Yankees positivement ridicules.

« Non, non, ils auraient mieux fait de ne pas se frotter au vieux Forrest », ne cessait-on de répéter à Atlanta en se tordant de rire.

Évidemment les Yankees de Grant assiégeaient Vicksburg depuis le milieu du mois de mai. Évidemment le Sud avait subi une perte sensible avec Stonewall Jackson, mortellement blessé à Chancellorsville. Évidemment la Géorgie avait perdu l'un de ses fils les plus braves et les plus brillants avec le général T.R.R. Cobb, tué à Fredericksburg. Pourtant les Yankees n'étaient plus en état de supporter une défaite comme Fredericksburg ou comme Chancellorsville. Ils seraient bien forcés de céder, et cette guerre cruelle pourrait enfin cesser.

Les premiers jours de juillet arrivèrent et bientôt circula le bruit, plus tard confirmé par les dépêches, que Lee avait envahi la Pennsylvanie. Lee en territoire ennemi ! Lee forçant la victoire ! C'était le dernier combat de la guerre !

Atlanta ne se sentait plus de joie et brûlait d'une ardente soif de vengeance. Désormais les Yankees allaient savoir ce que c'était que d'avoir la guerre chez soi. À leur tour leurs champs ravagés, leurs chevaux et leur bétail volés, leurs maisons incendiées, leurs vieillards et leurs jeunes gens jetés en prison, leurs femmes et leurs enfants réduits à la famine.

Tout le monde savait ce que les Yankees avaient fait au Missouri, au Kentucky, au Tennessee et en Virginie. Les petits enfants eux-mêmes, pleins de haine et d'effroi, pouvaient raconter les horreurs que les Yankees avaient commises en territoire conquis. Atlanta était déjà envahie par les réfugiés du Tennessee de l'Est et avait appris de première main quel genre de souffrances ils avaient enduré. Dans cette région les partisans de la Confédération étaient en minorité et le poids de la guerre était lourdement retombé sur eux comme cela se produisait dans tous les États frontières où le voisin dénonçait son voisin, où le frère tuait son frère. Ces réfugiés ne demandaient qu'à voir la Pennsylvanie à feu et à sang et cette perspective semblait procurer une joie farouche même aux vieilles dames les plus tranquilles.

Cependant, lorsqu'on apprit que Lee avait interdit de toucher aux biens des particuliers en Pennsylvanie, qu'il avait décrété que tout acte de pillage serait puni de mort et que l'armée verserait une indemnité pour chaque chose réquisitionnée, il fallait tout le prestige qu'avait acquis le général pour que celui-ci conservât sa popularité. Empêcher les hommes de piller les riches entrepôts de cet État florissant ! Où le général Lee avait-il donc la tête ? Et nos petits soldats qui avaient si faim, qui avaient tant besoin de chaussures, de vêtements et de chevaux !

Un billet hâtif de Darcy Meade au docteur, le seul renseignement de source sûre que reçut Atlanta durant ces premiers jours de juillet, passa de main en main et souleva une indignation croissante. « Papa, pouvez-vous vous arranger pour me trouver une paire de bottes ? Je suis pieds nus depuis deux semaines et je ne vois guère comment je m'en procurerais une. Si je n'avais pas d'aussi grands pieds, je ferais comme les camarades, j'en prendrais aux Yankees morts, mais jusqu'ici je n'ai pas encore trouvé un Yankee qui eût des pieds comme les miens. Si vous trouvez des bottes, ne me les expédiez pas par la poste. On me les volerait en route et je ne pourrais pas en tenir rigueur au voleur. Mettez Phil dans le train et envoyez-le-moi avec les bottes. Je vous écrirai sous peu où je serai. Pour le moment, je ne sais rien si ce n'est que nous marchons vers le Nord. Nous sommes au Maryland et tout le monde dit que nous allons entrer en Pennsylvanie...

« Papa, j'espérais que nous aurions un peu fait goûter aux Yankees notre misère, mais le général dit non, et quant à moi je n'ai aucune envie de me faire tuer pour le plaisir de brûler une maison yankee. Papa, aujourd'hui, nous traversons les plus vastes champs de maïs que j'aie jamais vus. Nous n'avons pas de maïs comme ça chez nous. Je suis bien forcé d'avouer que nous avons fait quelques petits ravages dans ce maïs, car nous avions tous joliment faim, et ce que le général ne sait pas ne peut pas lui faire de peine. Mais ce maïs vert ne nous a pas fait grand bien. Tous les camarades ont la dysenterie et le maïs a aggravé leur état. Papa, essayez de me trouver des bottes. Maintenant, je suis capitaine et un capitaine se doit d'avoir des bottes, même s'il n'a ni uniforme neuf ni épaulettes. »

Néanmoins, l'armée était en Pennsylvanie, et c'était ce qui importait. Encore une victoire et la guerre serait finie. Darcy Meade pourrait avoir toutes les bottes qu'il voudrait, les hommes rentreraient dans leur foyer et de nouveau tout le monde serait heureux. Mme Meade avait les larmes aux yeux à la pensée que son soldat, son fils, allait enfin rentrer chez lui, chez lui pour ne plus en partir.

Le 3 juillet, un silence soudain s'abattit sur la ligne télégraphique du Nord, un silence qui dura jusqu'au lendemain midi, heure à laquelle des nouvelles fragmentaires et tronquées commencèrent à arriver à l'état-major d'Atlanta. Il y avait eu un violent combat en Pennsylvanie, près d'une petite ville appelée Gettysburg, une grande bataille à laquelle avait pris part toute l'armée de Lee. On manquait de précisions, les transmissions étaient lentes, car le combat s'était déroulé en territoire ennemi et les rapports venus du Maryland passaient par Richmond pour être expédiés de là à Atlanta.

L'incertitude grandit et l'angoisse s'empara peu à peu de la ville. Rien n'était aussi terrible que de ne pas savoir à quoi s'en tenir. Les familles dont les fils étaient au front priaient avec ferveur que leurs enfants ne fussent point en Pennsylvanie, mais ceux qui savaient que leurs parents étaient dans le même régiment que Darcy Meade se raidissaient et déclaraient que c'était un grand honneur de participer à la bataille où les Yankees seraient définitivement écrasés.

Chez tante Pitty, les trois femmes se regardaient sans parvenir à dissimuler leur inquiétude. Ashley et Darcy étaient dans le même régiment.

Le 5, de mauvaises nouvelles arrivèrent non point du Nord, mais de l'Ouest. Vicksburg était tombé après un siège long et pénible et, de Saint-Louis à La Nouvelle-Orléans, tout le Mississippi était pratiquement aux mains des Yankees. La Confédération était coupée en deux. À tout autre moment, l'annonce de ce désastre eût plongé Atlanta dans la crainte et la consternation, mais maintenant les habitants de la ville n'avaient guère le loisir de songer à Vicksburg. Ils songeaient à Lee qui, en Pennsylvanie, forçait la victoire. La perte de Vicksburg ne serait pas une catastrophe si Lee triomphait dans l'Est. L'Est, c'était Philadelphie, New York, Washington. La prise de ces cités paralyserait le Nord et ferait mieux que compenser la défaite sur le Mississippi.

Les heures passaient et l'ombre noire des calamités s'étendait sur la ville, obscurcissant le soleil au point que les gens levaient la tête et s'étonnaient de voir au-dessus d'eux un ciel clair et bleu au lieu d'un ciel sombre et chargé de nuages. Partout, sous les vérandas, sur les trottoirs, ou même au milieu de la rue, les femmes se rassemblaient, se groupaient, se disaient que le manque de nouvelles était bon signe, cherchaient à se rassurer, essayaient de se montrer braves. Mais, pareils à des chauves-souris parcourant la rue de leur vol rapide, d'horribles bruits se répandaient. On racontait que Lee était tué, la bataille perdue, qu'on allait recevoir une énorme liste de morts et de blessés. Partout les gens qui, cependant, s'efforçaient de ne pas croire au désastre, se laissaient gagner par la panique, se ruaient vers le centre de la ville, vers les journaux, vers les états-majors et réclamaient des nouvelles, n'importe quelles nouvelles, même des mauvaises.

La foule se massait devant la gare dans l'espoir que les trains attendus apporteraient des renseignements, devant le bureau du télégraphe, devant les quartiers généraux harcelés de demandes, devant la porte fermée des journaux. C'était une foule étrangement calme, une foule qui, sans heurt, grossissait de minute en minute. Personne ne parlait. De temps en temps, un vieillard implorait des nouvelles d'une voix de fausset, et la foule, au lieu de s'énerver, ne faisait qu'observer un silence plus intense chaque fois qu'elle s'entendait répéter: «On n'a encore reçu aucune dépêche du Nord, on sait seulement qu'il y a eu une bataille.» La file des femmes venues à pied ou en voiture s'allongeait de plus en plus. La chaleur dégagée par tous ces corps serrés les uns contre les autres et la poussière soulevée par tous ces gens qui piétinaient le sol devenaient intolérables. Les femmes se taisaient, mais leurs visages pâles, graves, plaidaient leur cause avec une éloquence muette plus émouvante qu'un gémissement.

Il n'y avait guère de maisons d'où un fils, un frère, un père, un fiancé ou un mari ne fût parti pour prendre part à cette bataille. Toutes ces femmes étaient prêtes à apprendre que la mort était venue chez elles. Toutes s'y attendaient. Aucune ne s'attendait à la défaite. Cette pensée, elles la chassaient de leur esprit. En ce moment, leurs hommes râlaient peut-être sur l'herbe brûlée par le soleil des collines de Pennsylvanie. Les rangs sudistes s'abattaient peut-être comme des récoltes sous un orage de grêle, mais la Cause pour laquelle ils luttaient ne sombrerait jamais. Ils mourraient peut-être par milliers, mais des milliers d'hommes vêtus de gris surgiraient du sol et prendraient leur place en poussant le cri des rebelles. D'où viendraient ces hommes, nulle ne le savait. Elles savaient seulement, et c'était pour elles une chose aussi certaine que la présence dans les cieux d'un Dieu juste, que Lee était prodigieux et l'armée de Virginie invincible.

La voiture avait fait halte devant les bureaux du *Bulletin quotidien* et, comme la capote était baissée, Scarlett, Mélanie et Mlle Pittypat avaient dû ouvrir leurs ombrelles. Scarlett tremblait tellement que son ombrelle oscillait au-dessus de sa tête. Pitty était si émue que son nez frémissait au milieu de sa figure ronde, comme celui d'un lapin, mais Mélanie, les yeux de plus en plus hagards à mesure que le temps passait, observait une immobilité de statue. En deux heures, elle ne desserra les dents qu'au moment où, sortant un flacon de sels

de son réticule, elle le tendit à sa tante et, pour la première fois de sa vie, s'adressa à la vieille demoiselle sur un ton dénué de tendresse :
– Prends ceci, ma tante, tu t'en serviras, si tu sens que tu vas t'évanouir. Je te préviens que, si ça ne va pas, il faudra seulement compter sur l'oncle Peter pour te ramener à la maison, car je n'ai pas l'intention de m'en aller avant d'avoir appris… avant d'avoir appris quelque chose. Et puis, je n'ai pas l'intention non plus de me séparer de Scarlett.
Scarlett n'avait nulle envie de partir, nulle envie d'être ailleurs que là où elle pourrait avoir des nouvelles d'Ashley. Non, même si Mlle Pittypat rendait l'âme, elle ne s'en irait pas. Ashley se battait sûrement quelque part, peut-être était-il en train de mourir, et le bureau du journal était le seul endroit où elle pouvait apprendre la vérité.
Elle parcourut la foule des yeux, reconnut des amies, des voisines : Mme Meade avec sa capote tout de travers et le bras passé sous celui de Phil, son garçon de quinze ans ; les demoiselles McLure s'évertuant à masquer d'une lèvre tremblante leurs dents qui avançaient ; Mme Elsing, raide comme une mère spartiate et dont seules les mèches grises échappées de son chignon trahissaient l'agitation intérieure, enfin Fanny Elsing, pâle comme un linge. Ce n'était sûrement pas pour son frère Hugh que Fanny était si inquiète ! Avait-elle donc au front un soupirant sans qu'on s'en doutât ? Mme Merriwether, assise dans sa voiture, caressait la main de Maybelle. La grossesse de Maybelle était si avancée que c'en était une honte de s'exhiber dans cet état, même avec un châle soigneusement drapé autour de soi. Pourquoi se faisait-elle tant de tracas ? Personne n'avait entendu dire que les troupes de Louisiane étaient en Pennsylvanie. Son petit zouave poilu devait être bien en sûreté à Richmond.
Il y eut un remous dans la foule et l'on se recula pour laisser passer Rhett Butler qui, à cheval, se frayait lentement un chemin vers la voiture de tante Pitty. « Il a du courage de venir ici en ce moment », se dit Scarlett. « Il suffirait d'un rien pour que la populace le mette en pièces parce qu'il n'est pas en uniforme », et elle pensa aussi qu'elle serait volontiers la première à lui faire un mauvais parti. Comment osait-il se pavaner sur ce beau cheval, en bottes vernies dans un élégant costume de toile blanche, avec sa mine florissante et son cigare à la bouche, quand Ashley et tous les autres garçons se battaient contre les Yankees, pieds nus, couverts de sueur, morts de faim, les entrailles rongées par la maladie ?
Accompagné de regards haineux, il avançait avec précaution. Des vieillards grommelaient dans leurs barbes et Mme Merriwether, qui

n'avait peur de rien, se souleva un peu sur son siège et, d'une voix claire, lança la plus cinglante et la plus venimeuse des injures : « spéculateur ». Rhett sembla ne remarquer personne, mais il salua Melly et tante Pitty, puis, se portant du côté de Scarlett, il se pencha et chuchota :
– Vous ne trouvez pas que ce serait le moment pour le docteur Meade de nous gratifier d'un de ses discours coutumiers où il est question de la victoire venue se poser comme un aigle sur nos drapeaux ?
Les nerfs tendus par l'émotion, Scarlett se retourna avec la prestesse d'un chat en colère. Elle était sur le point de l'injurier, mais il la retint d'un geste.
– Je suis venu vous dire, mesdames, que j'arrive du quartier général et qu'on a reçu les premières listes de morts et de blessés, annonça-t-il à haute voix.
Un murmure s'éleva parmi les gens assez près pour avoir entendu sa remarque et la foule s'agita avant de faire demi-tour et de se ruer dans la rue de Whitehall pour aller au quartier général.
– Ne bougez pas ! cria Rhett dressé sur sa selle, la main tendue. On a envoyé la liste aux deux journaux. On est en train de l'imprimer. Restez où vous êtes !
– Oh ! Capitaine Butler ! s'exclama Melly en se tournant vers lui, les larmes aux yeux. Comme vous êtes bon d'être venu nous prévenir. Quand va-t-on afficher ces listes ?
– D'une minute à l'autre, madame. Elles ont été distribuées aux journaux depuis une demi-heure, seulement l'officier qui s'occupe de cela n'a pas voulu qu'on le sache de peur que la foule ne saccage les bureaux, en essayant d'avoir des nouvelles. Tenez ! Regardez !
Une des fenêtres du journal s'ouvrit. Une main apparut, brandissant une liasse d'épreuves longues et étroites, barbouillées de taches d'encre fraîche et couvertes de noms serrés les uns contre les autres. Les gens se les arrachaient. Ceux qui en avaient obtenu essayaient de reculer pour lire, ceux qui étaient derrière poussaient en criant « laissez-moi passer ! ».
– Tenez mon cheval, dit Rhett qui venait de sauter à terre et avait jeté la bride à l'oncle Peter.
Par-dessus la foule, on vit ses épaules massives tandis qu'il se frayait un chemin en écartant brutalement les gens autour de lui. Au bout d'un instant, il revint, tenant une demi-douzaine d'épreuves à la main. Il en lança une à Mélanie et distribua le reste aux femmes qui se trouvaient dans les voitures les plus proches, les demoiselles McLure, Mme Meade, Mme Merriwether, Mme Elsing.

– Vite, Melly, s'écria Scarlett, la gorge serrée.
La rage la gagnait de voir que Melly tremblait au point d'être incapable de lire.
– Prends-la, murmura Melly, et Scarlett s'empara de la feuille.
Les W. Où étaient les W? Là! dans le bas, tout souillés d'encre. «White», elle lisait d'une voix brisée, «Wilkins... Wim... Zebulon... Oh! Melly, il n'y est pas! Il n'y est pas! Oh! tante, pour l'amour de Dieu! Melly, les sels! Retiens-la, Melly.»
Melly, pleurant de joie devant tout le monde, souleva la tête de Pitty qui était retombée sur son épaule et porta le flacon de sels à son nez. De son côté, Scarlett, le cœur inondé de bonheur, soutenait la vieille et plantureuse demoiselle. Ashley était vivant! Il n'était même pas blessé. Que Dieu était bon de ne pas l'avoir rappelé à lui! Que...
Elle entendit un gémissement étouffé. Elle se retourna et vit Fanny Elsing poser la tête sur la poitrine de sa mère, elle vit la liste des morts et des blessés tournoyer et retomber sur le plancher de la voiture, elle vit trembler les lèvres minces de Mme Elsing, qui prit sa fille dans ses bras et dit à son cocher d'une voix calme: «À la maison! Vite!» Scarlett parcourut rapidement la liste. Hugh Elsing n'y figurait pas. Fanny devait être fiancée et maintenant son fiancé était mort. La foule s'écarta en silence pour laisser passer la voiture des Elsing, que suivit le petit cabriolet en osier des demoiselles McLure. Mlle Confiance conduisait, le visage durci comme un roc et, pour une fois, ses lèvres lui recouvraient les dents. Mlle Espérance, la mort peinte sur le visage, la main crispée sur la jupe de sa sœur, se raidissait à côté d'elle. On les eût prises pour de très vieilles femmes. Elles adoraient leur jeune frère Dallas, le seul parent que les deux vieilles filles eussent au monde. Dallas n'était plus.
– Melly! Melly! lança Maybelle d'un ton joyeux. René est sain et sauf! et Ashley aussi! Oh! que Dieu soit béni! – Le châle avait glissé de ses épaules et son état était encore plus apparent, mais, pour une fois, ni elle ni Mme Merriwether ne s'en soucièrent.
– Oh! madame Meade! René... (Sa voix s'altéra.) Melly, regarde!... Madame Meade, je vous en prie! Darcy n'est pas...?
Mme Meade baissait obstinément la tête et ne bougea pas quand on l'appela, mais le visage du petit Phil était un livre grand ouvert que tous pouvaient lire.
– Voyons, voyons, maman, dit-il désemparé.
Mme Meade releva la tête. Ses yeux croisèrent ceux de Mélanie.
– Il n'aura plus besoin de ses bottes maintenant, fit-elle.
– Oh! ma chérie, s'écria Melly en sanglotant.

Elle repoussa tante Pitty vers Scarlett, descendit de sa voiture et se dirigea vers celle de la femme du docteur.

– Maman, vous m'avez encore, murmura Phil dans un effort désespéré pour consoler la femme aux traits décomposés qu'il avait près de lui. Et, si vous me laissez, j'irai tuer tous les Yank...

Mme Meade se cramponna à son bras comme si elle voulait le retenir. « Non ! » fit-elle d'une voix étouffée. « Phil Meade, tu vas te taire ! » ordonna Mélanie, qui monta s'asseoir près de Mme Meade et la prit dans ses bras. « Tu te figures que cela servira à ta mère que tu ailles te faire tuer, toi aussi ? Je n'ai jamais rien entendu de plus bête. Allons, dépêche-toi. Ramène-nous chez toi. »

Elle se tourna vers Scarlett tandis que Phil prenait les guides.

– Dès que tu auras reconduit tante à la maison, viens me rejoindre chez Mme Meade. Capitaine Butler, vous ne pourriez pas aller prévenir le docteur ? Il est à l'hôpital.

La voiture avança au milieu de la foule qui se dispersait. Quelques femmes pleuraient de joie, mais la plupart paraissaient trop hébétées pour se rendre compte du coup terrible qui s'était abattu sur elles. Scarlett se pencha sur les listes maculées pour y relever des noms d'amis. Maintenant qu'Ashley était sain et sauf, elle pouvait songer aux autres. Oh ! que la liste était longue ! Qu'il était lourd, le tribut payé par Atlanta, par la Géorgie tout entière.

Grand Dieu ! « Calvert, Raiford, lieutenant Raif ! » Soudain Scarlett se rappela le jour, il y avait si longtemps, où ils s'étaient sauvés tous les deux, mais où, la nuit, ils avaient décidé de rentrer parce qu'ils avaient faim et que le noir leur faisait peur.

« Fontaine, Joseph K., simple soldat. » Le petit Joe, qui avait si mauvais caractère ! Et Sally à peine relevée de ses couches !

« Munroe... LaFayette, capitaine. » Lafe, le fiancé de Cathleen Calvert. Pauvre Cathleen ! Perdre en même temps un frère et un fiancé. Mais Sally, elle, avait perdu un frère et un mari.

Oh ! c'était trop affreux. Scarlett redoutait presque de continuer. Sur son épaule, tante Pitty soufflait et soupirait, alors, sans plus de façon, Scarlett la repoussa dans un coin de la voiture et reprit sa lecture.

Voyons... voyons... il ne pouvait tout de même pas y avoir trois fois le nom de « Tarleton » sur cette liste. Peut-être l'imprimeur, dans sa hâte, avait-il répété le nom par erreur. Mais non. C'étaient bien eux. « Tarleton Brenton, lieutenant. » « Tarleton Stuart, caporal. » « Tarleton Thomas, simple soldat. » Et Boyd, mort dès la première année de la guerre, était enterré, Dieu seul savait où, en Virginie. Tous les Tarleton disparus. Tom et les jumeaux avec leurs longues jambes, leur non-

chalance, leur amour des potins et des plaisanteries absurdes, et Boyd qui avait la grâce d'un maître-à-danser et une langue de vipère.
Scarlett ne pouvait plus lire. Elle ne voulut plus savoir s'il y avait sur cette liste d'autres jeunes gens avec lesquels elle avait grandi, dansé, flirté, qu'elle avait embrassés. Elle aurait voulu pleurer, faire n'importe quoi pour desserrer cette griffe qui s'enfonçait dans sa gorge.
– Je suis désolé, Scarlett, fit Rhett.
Elle le regarda. Elle avait oublié qu'il était encore là.
– Il y a beaucoup de vos amis.
Elle hocha la tête et essaya de parler.
– Presque toutes les familles du comté… et les… les trois Tarleton.
Il avait le visage calme, un peu assombri. Ses yeux avaient perdu leur expression narquoise.
– Et ce n'est pas fini, reprit-il. Ce ne sont que les premières listes et elles sont incomplètes. Demain il y en aura une plus longue. (Il baissa la voix afin que ceux qui se trouvaient dans les voitures voisines n'entendissent pas.) Scarlett, le général Lee doit avoir perdu la bataille. J'ai entendu dire au quartier général qu'il avait battu en retraite dans le Maryland.
Scarlett leva vers lui des yeux effrayés, mais sa crainte ne provenait point de la défaite de Lee. Demain, il y aurait une plus longue liste ! Demain ! Elle n'avait pas pensé au lendemain, tant elle avait été heureuse qu'Ashley ne se trouvât pas sur cette première liste. Demain ! Comment ! il était peut-être mort et elle n'en saurait rien avant le lendemain ou même avant une semaine.
– Oh ! Rhett ! pourquoi faut-il donc qu'il y ait des guerres ? Il aurait tellement mieux valu que les Yankees consentent à nous dédommager pour les nègres… ou même que nous leur ayons donné les nègres gratuitement plutôt que d'assister à cela.
– Il ne s'agit pas des nègres, Scarlett. Ils ne sont que le prétexte. Il y aura toujours des guerres parce que les hommes aiment la guerre. Les femmes ne l'aiment pas, mais les hommes l'adorent… oui-da ! ils la font encore passer avant l'amour des femmes.
Il ébaucha un sourire. Son visage avait perdu sa gravité. Il souleva son large panama.
– Au revoir. Je m'en vais à la recherche du docteur Meade. J'imagine que, sur le moment, il ne goûtera pas l'ironie de se faire annoncer la mort de son fils par moi. Mais, plus tard, il sera sans doute fou de rage à la pensée qu'un spéculateur est venu lui apporter la nouvelle de la mort d'un héros.

Scarlett coucha Mlle Pitty, laissa la cuisinière et Prissy à son chevet, puis se rendit chez les Meade. Mme Meade était au premier en compagnie de Phil et attendait le retour de son mari. En bas, dans le salon, Mélanie discutait à voix basse avec un groupe de voisins venus marquer leur sympathie à la famille plongée dans l'affliction. À coups d'aiguille et de ciseaux, elle retouchait une robe de deuil prêtée par Mme Elsing à Mme Meade. Déjà la maison était tout imprégnée de l'odeur âcre des vêtements qui bouillaient à la cuisine dans l'énorme lessiveuse remplie d'un bain de teinture noire où la cuisinière brassait en sanglotant les robes de Mme Meade.

– Comment va-t-elle ? interrogea doucement Scarlett.

– Pas une larme, fit Mélanie. C'est terrible quand les femmes n'arrivent pas à pleurer. Je me demande comment font les hommes pour supporter une douleur sans pleurer. Je crois que c'est parce qu'ils sont plus forts et plus braves que les femmes. Elle dit qu'elle ira elle-même en Pennsylvanie pour le ramener ici. Le docteur ne peut pas abandonner l'hôpital.

– Ce sera épouvantable pour elle. Pourquoi Phil n'irait-il pas ?

– Elle a peur qu'il ne s'engage si elle n'a plus les yeux sur lui. Il est grand pour son âge, tu sais, et maintenant on les prend à seize ans.

Un à un, les voisins se retirèrent, peu disposés à être là quand le docteur rentrerait chez lui. Scarlett et Mélanie restèrent seules à coudre dans le salon. Mélanie avait l'air triste, mais bien que ses larmes coulassent sur son ouvrage elle respirait le calme. Évidemment elle était à cent lieues de se douter que la bataille continuait peut-être et qu'à ce moment même Ashley pouvait être tué. Le cœur serré d'angoisse, Scarlett ne savait pas s'il fallait répéter à Mélanie les paroles de Rhett et obtenir un réconfort relatif à sa détresse ou bien s'il fallait les garder pour elle. Elle se décida enfin à ne rien dire. Ce n'était pas la peine que Mélanie se rendît compte que le sort d'Ashley la tourmentait à ce point. Elle remercia Dieu de ce que, ce matin-là, tout le monde, y compris Melly et Pitty, eût été trop préoccupé pour remarquer son attitude.

Après avoir cousu un certain temps en silence, Scarlett et Mélanie entendirent du bruit dans la rue. Elles écartèrent les rideaux et virent le docteur Meade descendre de cheval. Les épaules voûtées, il baissait tellement la tête que sa barbe grise s'étalait en éventail sur sa poitrine. Il entra lentement, posa par terre son chapeau sans mot dire, puis il gravit l'escalier d'un pas fatigué. Au bout d'un instant, Phil descendit. Tout en jambes et en bras, il avait des gestes balourds. Les deux jeunes femmes voulaient l'inviter à se joindre à elles, mais il passa sous la véranda et, s'asseyant sur la première marche du perron, il se prit la tête à deux mains.

Melly soupira.

– Il est furieux parce qu'on ne veut pas qu'il aille se battre contre les Yankees. Quinze ans ! Oh ! Scarlett, ce serait merveilleux d'avoir un fils comme ça !

– Pour qu'il soit tué ? demanda Scarlett, qui pensait à Darcy.

– Il vaudrait mieux avoir un fils, même pour qu'il soit tué que de ne jamais en avoir, fit Mélanie d'une voix coupée par l'émotion. Tu ne peux pas comprendre, Scarlett, parce que tu as le petit Wade, mais moi... Oh ! Scarlett ! je voudrais tant avoir un bébé. Tu dois trouver honteux que je l'avoue si crûment, mais c'est vrai et c'est là ce que veulent toutes les femmes, tu le sais bien.

Scarlett se retint pour ne pas ricaner.

– Si Dieu veut que... s'il rappelle Ashley à lui, je pense que j'aurai la force de surmonter cette épreuve, et pourtant s'il mourait j'aimerais mieux mourir aussi. Mais Dieu me donnerait le courage nécessaire. En tout cas, je ne pourrais pas supporter sa mort si... si je n'avais pas un enfant de lui pour me consoler. Oh ! Scarlett, comme tu as de la chance ! Tu as beau avoir perdu Charlie, tu as un fils. Et si Ashley s'en va, je n'aurai rien. Scarlett, pardonne-moi, mais il m'est arrivé d'être jalouse de toi.

– Jalouse... de moi ? s'écria Scarlett qui, brusquement, se sentit coupable.

– Parce que tu as un fils et pas moi. Parfois, je suis même allée jusqu'à traiter Wade comme s'il était à moi, tant c'est affreux de ne pas avoir d'enfant.

– Pffft ! fit Scarlett, soulagée.

Elle jeta un regard rapide à la petite femme menue et rougissante, penchée sur son ouvrage. Mélanie pouvait bien désirer des enfants, mais elle n'était certainement pas faite pour en porter. Elle était à peine plus grande qu'une gamine de douze ans, elle avait les hanches étroites comme celles d'un enfant et elle était très plate de poitrine. Scarlett ne voulut même pas s'arrêter à l'idée que Mélanie pourrait avoir un enfant. Si Mélanie avait un enfant d'Ashley, ce serait comme si on lui enlevait quelque chose qui n'appartenait qu'à elle seule.

– Ne m'en veuille pas de ce que je t'ai dit au sujet de Wade. Je l'aime tant. Tu n'es pas fâchée contre moi, au moins ?

– Ne fais pas la sotte, déclara sèchement Scarlett. Va donc plutôt sous la véranda t'occuper de Phil. Il pleure.

X V

Repoussée en Virginie, l'armée, une armée harassée, épuisée par la défaite de Gettysburg, établit ses quartiers d'hiver sur le Rapidan et, comme la Noël approchait, Ashley revint chez lui en permission. Scarlett, qui ne l'avait pas vu depuis deux ans, fut effrayée par la violence de ses propres sentiments. Lorsque, dans le grand salon des Douze Chênes, elle avait assisté à son mariage avec Mélanie, elle avait pensé que jamais son cœur brisé ne pourrait l'aimer avec plus d'intensité. Mais maintenant elle savait que les sentiments qu'elle avait éprouvés au cours de cette soirée lointaine étaient ceux d'une enfant gâtée à qui l'on confisque un jouet. Maintenant elle aimait d'un amour aiguisé par ses longues rêveries, décuplé par le silence qu'elle avait été forcée d'observer.

Dans son uniforme passé, rapiécé, avec ses cheveux blonds auxquels le soleil d'été avait donné une teinte filasse, Ashley Wilkes était un homme bien différent de l'indolent garçon aux yeux langoureux qu'elle avait éperdument aimé avant la guerre, et il était mille fois plus séduisant. Il avait maigri, il était bronzé et sa longue moustache blonde dont les pointes retombaient selon la mode en vigueur chez les officiers de cavalerie achevait de faire de lui le type parfait du soldat.

Portant son uniforme usé avec une raideur toute militaire, un vieil étui à revolver au côté, le fourreau cabossé de son sabre battant fièrement contre ses hautes bottes, les éperons ternis, tel était le commandant Ashley Wilkes de l'armée confédérée. L'habitude de commander lui avait donné un air de tranquille assurance et d'autorité. De petits plis sévères commençaient à se dessiner aux coins de ses lèvres. Il y avait quelque chose de nouveau, d'inattendu dans sa carrure et dans le froid reflet de ses yeux brillants. Sa lenteur et son indolence d'autrefois avaient fait place à une vivacité de chat aux aguets, à l'inquiète vigilance de quelqu'un dont les nerfs sont perpétuellement tendus comme des cordes de violon. Dans ses yeux une expression de lassitude trahissait ses préoccupations et l'ossature délicate de son visage saillait sous sa peau hâlée… C'était bien son bel Ashley, mais si différent!

Scarlett avait projeté de passer la Noël à Tara. Cependant, après le télégramme d'Ashley, nulle force au monde, pas même une invitation directe d'Ellen, déçue, ne put l'arracher à Atlanta. Si Ashley avait eu l'intention de se rendre aux Douze Chênes, elle se serait précipitée à Tara pour être près de lui, mais il avait écrit à sa famille de venir le rejoindre à Atlanta, et M. Wilkes, Honey et India étaient déjà arrivés. Aller à Tara et ne pas le voir après deux si longues années ! Ne pas entendre le son de sa voix, ne pas lire dans ses yeux qu'il ne l'avait pas oubliée ? Jamais ! Pas même pour toutes les mères du monde !

Ashley revint chez lui quatre jours avant la Noël avec un groupe de garçons du comté eux aussi en permission, groupe tristement réduit depuis Gettysburg. Cade Calvert, maigre, décharné, avec une toux qui ne le quittait pas, en faisait partie ainsi que deux des fils Munroe, fous de joie d'être enfin permissionnaires depuis 1861, et Alex et Tony Fontaine magnifiquement ivres, bruyants et d'humeur querelleuse. Le groupe avait deux heures à tuer avant son train et, comme les membres sobres de la bande étaient obligés d'user à chaque instant de diplomatie pour empêcher les Fontaine de se battre dans la gare avec des inconnus, Ashley les emmena tous chez tante Pittypat.

– On dirait qu'ils ne se sont pas battus en Virginie, remarqua Cade d'un ton amer en regardant les deux frères qui se hérissaient comme des coqs et se disputaient l'honneur d'être le premier à embrasser tante Pitty, à la fois inquiète et flattée. Mais non. Ils boivent et se disputent depuis notre arrivée à Richmond. Les gendarmes les ont pincés et, sans Ashley qui est un malin, ils auraient passé leur Noël en prison.

Mais Scarlett n'entendait pour ainsi dire rien, tant elle était heureuse d'être de nouveau dans la même pièce qu'Ashley. Comment, au cours de ces deux années, avait-elle pu trouver d'autres hommes aimables, beaux ou séduisants ! Comment même avait-elle pu supporter qu'ils lui fissent la cour alors qu'Ashley existait ? Il était de retour chez lui. Seule la largeur du tapis du salon les séparait. Il lui fallait toute son énergie pour ne pas fondre en larmes chaque fois qu'il la regardait du sofa où il était assis entre Melly et India, tandis que Honey, passée par-derrière, s'appuyait sur son épaule. Si seulement elle avait le droit d'aller s'asseoir là, le bras passé sous le sien ! Si seulement elle pouvait caresser sa manche pour s'assurer qu'il était bien là, lui tenir la main, se servir de son mouchoir pour essuyer des larmes de joie. Mélanie, elle, se permettait tout cela et elle n'avait pas honte. Son bonheur avait eu raison de sa timidité et de sa réserve. Elle était blottie contre son mari et, dans ses yeux, dans ses sourires, dans ses larmes chacun pouvait lire qu'elle l'adorait. Et Scarlett était trop contente pour en prendre ombrage, trop heureuse pour être jalouse. Ashley était enfin de retour !

De temps en temps elle portait la main à sa joue, là où il l'avait embrassée. Elle sentait de nouveau l'émotion que lui avait communiquée le contact de ses lèvres et, à ce souvenir, elle lui adressa un sourire. Bien entendu, ce n'était pas elle qu'il avait embrassée la première. Melly s'était jetée dans ses bras en tenant des propos incohérents et s'était cramponnée à lui comme si elle n'allait plus jamais le laisser partir. Après l'avoir presque arraché à l'étreinte de Mélanie, India et Honey l'avaient serré contre elles. Ensuite il avait embrassé son père avec une dignité et une ferveur qui indiquaient combien était forte la sereine affection de ces deux hommes. Puis ç'avait été le tour de tante Pitty, qui sautillait d'émotion sur ses petits pieds. Enfin il s'était tourné vers elle, entourée par tous les garçons qui réclamaient un baiser, et il avait dit: « Oh ! Scarlett, ma jolie, ma jolie ! » Et il l'avait embrassée sur la joue. Avec ce baiser tout ce qu'elle avait eu l'intention de lui dire s'était envolé à tire-d'aile. Ce ne fut que plusieurs heures plus tard qu'elle se rappela qu'il ne l'avait pas embrassée sur la bouche. Alors elle se demanda anxieusement ce qui se serait passé s'ils s'étaient trouvés seuls, s'il se serait penché vers elle, s'il l'aurait tenue longuement contre lui. Et, comme cela la rendait heureuse, elle s'imagina que c'était ce qu'il ferait. Mais chaque chose viendrait en son temps, ils avaient toute une semaine devant eux. D'ailleurs elle découvrirait certainement un moyen d'avoir un tête-à-tête avec lui et de lui dire: « Vous rappelez-vous les promenades à cheval que nous faisions le long de ces sentiers connus de nous seuls ? Vous rappelez-vous comme la lune nous regardait ce soir où nous étions assis sur les marches de Tara et où vous m'avez récité ce poème ? (Grand Dieu ! comment s'appelait-il, ce poème ?) Vous rappelez-vous cet après-midi où je me suis foulé la cheville et où vous m'avez portée dans vos bras jusqu'à la maison tandis que la nuit tombait ? »

Oh ! il y avait tant de phrases qu'elle pourrait commencer par « Vous rappelez-vous ? », tant de chers souvenirs qui lui feraient évoquer ces jours exquis où ils parcouraient le comté comme des enfants insouciants, le temps où Mélanie Hamilton n'était pas encore entrée en scène. Et, pendant qu'ils bavardaient, elle lirait peut-être dans ses yeux un aveu, elle devinerait peut-être qu'en dépit de la barrière dressée par son affection conjugale pour Mélanie il continuait de l'aimer, de l'aimer aussi passionnément qu'en ce jour du pique-nique où il avait laissé échapper la vérité. Elle ne songea même pas à envisager ce qu'ils feraient tous deux au cas où Ashley lui déclarerait sa flamme. Elle se contenterait déjà de savoir qu'il l'aimait… Oui, elle pouvait attendre, elle pouvait laisser Mélanie se blottir contre Ashley

et pleurer de bonheur. Son heure viendrait. En somme, qu'est-ce qu'une petite comme Mélanie connaissait de l'amour?
– Chéri, vous voilà accoutré comme un voleur, remarqua Mélanie lorsque l'émotion générale se fut un peu calmée. Qui a raccommodé votre uniforme et pourquoi l'a-t-on rapiécé avec du tissu bleu?
– Moi qui me croyais suprêmement élégant, répondit Ashley en jetant un regard sur sa tenue. Faites-donc un peu la comparaison avec ces canailles-là et vous me trouverez plus à votre goût. C'est Mose qui a raccommodé mon uniforme et je pensais qu'il s'y était fort bien pris, étant donné qu'il n'avait jamais tenu l'aiguille avant la guerre. Quant aux pièces bleues, lorsqu'il s'agit de choisir entre porter une culotte avec des trous ou la ravauder avec des morceaux d'un uniforme pris à un Yankee, eh bien! ça ne s'appelle même pas avoir le choix. Enfin pour ce qui est du reste, vous devriez vous estimer heureuse de ne pas avoir vu votre mari rentrer chez lui pieds nus. La semaine dernière mes vieilles bottes m'ont quitté et je serais revenu avec de la toile à sac ficelée autour de mes pieds si nous n'avions pas eu la bonne fortune de tuer deux éclaireurs yankees. Les bottes de l'un m'allaient à merveille.
Il étendit ses longues jambes pour faire admirer ses bottes dont le cuir était écorché.
– Malheureusement les bottes de l'autre éclaireur ne me vont pas du tout, fit Cade. Elles sont de deux pointures trop petites et je souffre le martyre en ce moment. Cela ne m'empêchera pourtant pas de revenir chez moi sur mon trente et un.
– Et dire que cet immonde égoïste ne veut pas les passer à l'un de nous, intervint Tony. Quand je pense qu'elles iraient si bien à nos petits pieds d'aristocrates. J'ai honte de me présenter devant Maman avec ces godillots. Avant la guerre, elle n'en aurait même pas voulu pour nos négros.
– Ne te tracasse pas, dit Alex en lorgnant les bottes de Cade. On les lui retirera dans le train. Moi ça m'est égal pour Maman, mais, nom de… enfin je ne tiens pas à ce que Dimity Munroe voie mes doigts de pied sortir de mes chaussures.
– Eh! là, ce sont mes bottes. C'est moi qui les ai revendiquées le premier, s'écria Tony en regardant son frère de travers.
Alors Mélanie, tout émue à l'idée que les frères Fontaine étaient capables de donner un échantillon de leurs célèbres disputes, s'interposa et rétablit la paix.
– J'avais un beau collier de barbe à vous montrer, mes petites, annonça Ashley en se frottant tristement le menton où des entailles faites par un barbier maladroit achevaient de se cicatriser. C'était

une barbe magnifique et je maintiens que ni Jeb Stuart[1], ni Nathan Bedford Forrest n'en ont eu de pareille. Mais quand nous sommes arrivés à Richmond, les deux Fontaine, ces animaux, ont décidé de supprimer leur barbe et, par la même occasion, d'anéantir la mienne. Ils m'ont jeté par terre et ils m'ont rasé de force. C'est miracle que ma tête ne soit pas venue avec la barbe. Ma moustache n'a été sauvée que par l'intervention d'Evan et de Cade.

– Ne l'écoutez pas, madame Wilkes! Vous devriez nous remercier. Vous ne l'auriez pas reconnu et vous ne l'auriez jamais laissé entrer chez vous, fit Alex. Nous avons fait cela pour lui montrer combien nous lui étions reconnaissants d'avoir empêché les gendarmes de nous mettre en prison. Quant à toi, ajouta-t-il en se tournant vers Ashley, encore un mot et nous supprimons ta moustache séance tenante.

– Oh! non, merci! s'empressa de dire Mélanie en se cramponnant d'un air effrayé au bras d'Ashley, car les deux petits hommes boucanés semblaient fort capables de se livrer à n'importe quel acte de violence. Je trouve qu'il est charmant comme ça.

– Ça, c'est de l'amour, déclarèrent les Fontaine en échangeant un salut plein de gravité.

Lorsque Ashley sortit dans la rue froide pour aller reconduire les jeunes gens à la gare dans la voiture de tante Pitty, Mélanie saisit Scarlett par le bras.

– Son uniforme est dans un état épouvantable, hein? Tu ne crois pas que ma tunique sera une surprise? Oh! si seulement j'avais assez de tissu pour la culotte!

La tunique destinée à Ashley était un sujet douloureux pour Scarlett, car elle aurait tant voulu que ce fût elle et non pas Mélanie qui lui en fît cadeau pour son Noël. Le tissu de laine grise pour uniformes en était littéralement arrivé à valoir plus cher que les rubis, et Ashley, comme tous ses camarades, portait une étoffe grossière tissée sur des métiers à tisser à main. Encore cette étoffe n'était-elle pas tellement courante et nombre de soldats arboraient des uniformes yankees teints au brou de noix. Cependant Mélanie avait eu le rare bonheur d'entrer en possession d'une pièce de drap gris suffisante pour y tailler une tunique… une tunique plutôt courte, mais enfin une tunique tout de même. Elle avait soigné à l'hôpital un garçon de Charleston et lorsque celui-ci était mort elle avait envoyé à sa mère une mèche de ses cheveux accompagnée du maigre contenu de ses poches et d'un récit émouvant de ses

1. Général confédéré plein d'entrain et de brio, célèbre par une plume d'autruche noire qu'il portait à son chapeau *(N.d.T.)*.

dernières heures dans lequel elle s'était bien gardée de mentionner les souffrances qu'il avait endurées. Une correspondance s'était établie entre les deux femmes et la mère du jeune homme, apprenant que Mélanie avait un mari au front, lui avait envoyé le drap gris et les boutons de cuivre qu'elle avait achetés pour son fils. C'était une magnifique étoffe, épaisse, chaude et légèrement brillante. Elle provenait à coup sûr du blocus, et avait dû coûter fort cher. Mélanie l'avait confiée à un tailleur qu'elle harcelait pour que la veste fût prête le matin de Noël. Scarlett aurait donné n'importe quoi pour compléter l'uniforme, mais il était absolument impossible de se procurer à Atlanta le tissu nécessaire. Elle avait bien préparé un cadeau de Noël pour Ashley ; malheureusement il était par trop insignifiant à côté de la splendide tunique grise de Mélanie. C'était une petite « ménagère » en flanelle dans laquelle elle avait mis le précieux paquet d'aiguilles que Rhett lui avait rapporté de Nassau, trois de ses mouchoirs de batiste provenant de la même source, deux bobines de fil et une paire de petits ciseaux. Mais elle désirait lui offrir quelque chose de plus personnel, quelque chose qu'une femme aurait pu offrir à son mari, une chemise, par exemple, ou une paire de gants à crispin, ou un chapeau. Oui, il lui fallait à tout prix un chapeau. Ce petit bonnet de police à fond plat que portait Ashley avait l'air ridicule. Scarlett avait toujours eu horreur de ces calots. Qu'importait que Stonewall Jackson les eût préférés aux feutres mous ? Ils n'en étaient pas plus jolis pour cela. Malheureusement, les seuls chapeaux qu'on pouvait se procurer à Atlanta étaient en laine rugueuse et semblaient encore plus laids que les bonnets de police déjà tout juste bons pour affubler des singes.

Le problème du chapeau amenait toujours Scarlett à penser à Rhett Butler. Il avait tant de larges panamas pour l'été, de hauts-de-forme de castor pour les cérémonies, de chapeaux de chasse, de feutres marron, noirs ou bleus. Pourquoi avait-il besoin de tant de chapeaux alors que son Ashley chéri marchait sous la pluie, trempé par les gouttes qui lui ruisselaient dans le cou ?

« Je vais m'arranger pour que Rhett me donne son nouveau chapeau de feutre noir, décida-t-elle. Je le garnirai d'un ruban gris et je coudrai dessus les insignes d'Ashley. Ce sera ravissant. »

Elle s'arrêta et réfléchit qu'il serait peut-être bien difficile d'obtenir le chapeau sans fournir quelques explications. Elle ne pouvait pourtant pas dire à Rhett qu'elle voulait son chapeau pour le donner à Ashley. Il la regarderait, relèverait les sourcils de cette manière odieuse qu'il adoptait chaque fois qu'elle prononçait le nom d'Ashley et il finirait par refuser. Eh bien ! tant pis, elle inventerait une histoire émouvante et lui raconterait qu'un soldat de l'hôpital avait le plus grand besoin de son chapeau. Après tout, Rhett n'était pas forcé de savoir la vérité.

Tout cet après-midi elle manœuvra pour se trouver seule avec Ashley, ne fût-ce que quelques instants, mais Mélanie ne le quitta pas d'une semelle et India et Honey, dont brillaient les yeux pâles et dépourvus de cils, les suivirent partout dans la maison. John Wilkes lui-même, qui visiblement était fier de son fils, fut dans l'impossibilité d'avoir avec lui un entretien.

Il en alla de même au dîner où tous l'assaillirent de questions sur la guerre. La guerre! Qui se souciait de la guerre? Scarlett pensa qu'Ashley, lui non plus, ne tenait pas outre mesure à aborder ce sujet. Néanmoins il ne cessa de parler, riant souvent, menant la conversation avec encore plus de brio qu'autrefois, mais malgré cela il semblait en dire fort peu. Il raconta des blagues de soldats, des anecdotes amusantes, plaisanta sur les moyens de fortune auxquels avaient recours les hommes, évita de dramatiser les souffrances dues à la faim et aux longues marches sous la pluie, et brossa un portrait détaillé du général Lee passant à cheval auprès de son bataillon pendant la retraite de Gettysburg et criant aux soldats: «Messieurs, faites-vous partie des troupes de Géorgie? Eh bien! les Géorgiens, nous ne pouvons pas nous passer de vous...»

Scarlett avait l'impression qu'il parlait sans arrêt pour empêcher qu'on ne lui posât des questions auxquelles il ne voulait pas répondre. Lorsqu'elle le vit baisser les yeux sous le long regard troublé de son père, elle se demanda avec inquiétude ce qu'Ashley pouvait bien cacher au fond de son cœur. Mais cela passa vite, car en elle il n'y avait place que pour un bonheur radieux et un désir effréné de se trouver seule avec lui.

Ce bonheur persista jusqu'à ce que la famille réunie en cercle autour du feu se mît à bâiller et que M. Wilkes et ses filles se levassent pour regagner leur hôtel. Alors, tandis qu'Ashley, Mélanie, Pittypat et Scarlett éclairés par l'oncle Peter s'engageaient dans l'escalier, Scarlett sentit son âme se glacer. Jusqu'à ce moment-là, Ashley lui avait appartenu, n'avait appartenu qu'à elle seule, bien que de tout l'après-midi elle eût été incapable d'avoir le moindre tête-à-tête avec lui. Mais maintenant qu'il fallait se dire bonne nuit, elle voyait trembler Mélanie devenue cramoisie. Elle avait beau ne pas quitter le tapis des yeux et avoir l'air d'être en proie à une terreur indéfinissable, on devinait que sa joie l'emportait sur sa timidité. Elle ne releva même pas les yeux lorsque Ashley ouvrit la porte de la chambre à coucher où elle entra précipitamment. Ashley brusqua les adieux et n'adressa pas un regard à Scarlett.

La porte se referma sur eux. Bouche bée, Scarlett éprouva soudain une impression d'effondrement. Ashley ne lui appartenait plus, il appartenait à Mélanie. Et tant que Mélanie vivrait, elle aurait le droit d'entrer dans une chambre avec Ashley et de refermer la porte... de s'isoler avec lui du reste du monde.

Maintenant Ashley était sur le point de repartir, de repartir pour la Virginie, de s'en aller retrouver les longues marches sous la pluie, les bivouacs sans pain dans la neige, de s'en aller exposer sa belle tête dorée et son corps mince et fin au risque de disparaître de la surface de la terre comme une fourmi écrasée par une roue insouciante.
La semaine avait passé avec une rapidité de rêve, de rêve tout imprégné du parfum des branches de sapin et des arbres de Noël, tout illuminé par le reflet des petites bougies et l'éclat des ornements faits à la maison, un rêve où chaque minute s'était enfuie aussi vite que les battements du cœur. Semaine trépidante au cours de laquelle un sentiment entremêlé de douleur et de plaisir avait poussé Scarlett à peupler, à surcharger les minutes d'incidents qu'elle se rappellerait après le départ d'Ashley, qu'elle pourrait examiner à loisir pendant les longs mois à venir, d'événements dans lesquels elle puiserait la moindre parcelle de réconfort... elle avait dansé, chanté, elle avait ri, elle s'était mise en quatre pour Ashley, elle avait prévenu tous ses désirs, souri quand il avait souri, s'était tue quand il avait parlé, elle ne l'avait pas quitté des yeux afin que le moindre détail de sa silhouette bien dégagée, le moindre froncement de ses sourcils, le moindre plissement de ses lèvres restât gravé en elle d'une manière indélébile... elle avait glané le plus de souvenirs possible, car une semaine passe si vite et la guerre ne finit jamais.
Assise sur le divan du salon, son cadeau d'adieu posé sur les genoux, elle attendait qu'il eût fini de dire au revoir à Mélanie et priait le Ciel qu'il fût seul lorsqu'il descendrait l'escalier et qu'elle pût lui parler un peu sans témoins. L'oreille tendue, elle cherchait à entendre ce qui se passait en haut, mais la maison était étrangement calme, si calme qu'elle avait l'impression de respirer trop fort. Tante Pitty, enfermée chez elle, inondait son oreiller de ses larmes, car Ashley avait pris congé d'elle une demi-heure auparavant. Pas un murmure, pas un sanglot ne passait à travers la porte de la chambre de Mélanie. Il semblait à Scarlett qu'Ashley était dans cette chambre depuis des heures. Elle pensait à tout ce qu'elle avait eu l'intention de lui dire. Mais elle n'avait pas eu l'occasion de lui parler à son gré et maintenant elle savait que cette occasion ne se présenterait peut-être plus jamais.

Elle avait tant de petites choses bien bêtes à lui dire : « Ashley, vous serez très prudent, n'est-ce pas ? – Je vous en prie, évitez d'avoir les pieds mouillés. Vous vous enrhumez si facilement. N'oubliez pas de vous mettre un journal sur la poitrine. Cela protège si bien du vent. » Mais il y avait aussi tant de choses plus importantes qu'elle aurait voulu lui confier ou lui entendre dire, tant de choses qu'elle aurait voulu lire dans ses yeux à défaut de les lui entendre prononcer.

Tant de choses que maintenant elle n'avait plus le temps de dire. Même les quelques minutes qui lui restaient, Mélanie pouvait les lui ravir en accompagnant son mari jusqu'à la porte, jusqu'à la voiture. Pourquoi donc n'avait-elle pas su trouver une occasion favorable au cours de la semaine qui venait de s'écouler ? Pourquoi ? Mais Mélanie ne l'avait pas quitté, n'avait pas cessé de le couver des yeux. La maison avait toujours été remplie d'amis, de voisins, de parents. Du matin au soir Ashley n'était jamais resté seul. Et puis, chaque soir la porte de la chambre à coucher s'était refermée sur Mélanie et sur lui. Pas une fois durant ces derniers jours le moindre de ses regards, la moindre de ses paroles n'avait permis à Scarlett de soupçonner qu'il nourrissait pour elle autre chose que l'affection d'un frère envers sa sœur ou d'un ami envers une amie de toujours.

Elle ne pouvait pas le laisser partir, pour toujours peut-être, sans savoir s'il l'aimait encore. Alors, même s'il mourait, il lui resterait jusqu'à la fin de ses jours la chaude consolation de l'amour qu'il lui avait porté en secret.

Après une attente qui lui parut une éternité, elle entendit le bruit de ses bottes dans la chambre au-dessus. La porte s'ouvrit et se referma. Elle l'entendit descendre l'escalier. Seul ! Béni soit Dieu ! Mélanie devait être trop anéantie par le chagrin pour sortir de sa chambre. Elle allait l'avoir à elle seule pendant quelques précieuses minutes.

Il descendait lentement les marches. Ses éperons sonnaient. Son sabre battait contre ses hautes bottes. Il entra dans le salon, le regard assombri. Il s'efforçait de sourire, mais son visage était aussi livide, aussi décomposé que celui d'un homme dont saigne une blessure invisible. Scarlett se leva. Elle pensait avec une fierté de propriétaire qu'elle n'avait jamais vu plus beau soldat. Bien astiqués par l'industrieux oncle Peter, son étui à revolver et son ceinturon brillaient, ses éperons et le fourreau de son sabre étincelaient. Sa nouvelle tunique n'allait pas très bien, car le tailleur s'était trop pressé et un certain nombre de coutures étaient de travers. Le luisant du drap tout neuf contrastait piteusement avec la culotte rapiécée et les bottes éraflées, mais même s'il avait porté une armure d'argent, Scarlett n'aurait pas trouvé plus beau son Ashley.

– Ashley, fit-elle brusquement, puis-je vous accompagner au train ?
– Non, je vous en prie, Père et les petites y seront. D'ailleurs, je préfère que nous nous disions au revoir ici plutôt qu'à la gare où vous grelotteriez de froid.
Aussitôt, Scarlett renonça à son projet. Si India et Honey, qui la détestaient tant, assistaient aux adieux, elle n'aurait aucune chance d'avoir là-bas un tête-à-tête avec lui.
– Eh bien ! je n'irai pas, fit-elle. Tenez, Ashley ! J'ai un autre cadeau pour vous.
Un peu intimidée maintenant que le moment était venu de le lui offrir, elle ouvrit le paquet. C'était une longue écharpe d'officier en soie de Chine jaune et garnie d'une lourde frange. Plusieurs mois auparavant, Rhett Butler lui avait rapporté de La Havane un châle jaune aux somptueuses broderies bleu et rouge représentant des oiseaux et des fleurs. Pendant toute la semaine elle avait eu la patience de défaire les broderies puis, taillant à même le carré de soie, elle l'avait transformé en écharpe.
– Scarlett, c'est splendide ! C'est vous qui l'avez faite ? Alors je n'y attacherai que plus de valeur. Mettez-la-moi, ma chère. Les camarades vont pâlir de jalousie quand ils me verront dans toute la gloire de ma tunique neuve et de mon écharpe.
Elle lui ceignit la taille juste au-dessous du ceinturon et noua amoureusement les bouts de l'étoffe chatoyante. Mélanie pouvait bien lui avoir donné sa tunique neuve, elle, elle lui avait fait cadeau de cette écharpe pour qu'il la portât dans les combats et se souvînt d'elle chaque fois qu'il la regarderait. Elle se recula et le contempla avec orgueil en se disant que Jeb Stuart lui-même, avec sa plume et sa superbe écharpe, ne pouvait pas rivaliser d'élégance avec son cavalier.
– C'est splendide, répéta Ashley en jouant avec la frange. Mais je suis certain que vous avez coupé une robe ou un châle pour la faire. Vous n'auriez pas dû, Scarlett. On a trop de mal à se procurer de jolies choses aujourd'hui.
– Oh ! Ashley, je coupe…
Elle avait failli s'écrier : « Je couperais mon cœur en deux pour vous le donner à porter si vous le vouliez », mais elle se reprit et dit :
– Je ferais n'importe quoi pour vous.
– Vraiment ? (Et son visage s'éclaira un peu.) Alors, voici quelque chose que vous pouvez faire pour moi, Scarlett. Quelque chose qui me rassurera quand je serai parti.
– Qu'est-ce que c'est ? demanda-t-elle d'un ton joyeux, toute prête à promettre monts et merveilles.

– Scarlett, veillerez-vous sur Mélanie pour moi ?
« Veiller sur Mélanie ? »
Son cœur se serra. Elle était cruellement déçue. C'était donc sa dernière requête, alors qu'elle brûlait de promettre quelque chose de magnifique, de grandiose. Alors elle s'emporta. Elle n'avait que cet instant à consacrer à Ashley et quoique Mélanie fût absente, son ombre falote trouvait le moyen de se glisser entre eux. Comment pouvait-il prononcer son nom au moment de leurs adieux ? Comment pouvait-il lui demander une chose pareille ?
Ashley ne remarqua point la déception qui se peignait sur ses traits. Comme autrefois, il la fixait de son regard lointain, la regardait sans la voir.
– Oui, surveillez-la, prenez soin d'elle. Elle est si fragile, et elle ne s'en rend pas compte. Elle va s'épuiser à soigner les malades et à tirer l'aiguille. Elle est si gentille, si timide. En dehors de tante Pittypat, de l'oncle Henry et de vous, elle n'a pas de proches parents, sauf les Burr de Macon et encore ils sont cousins au troisième degré. Quant à tante Pitty... Vous savez bien, Scarlett, c'est une enfant. L'oncle Henry, lui, est vieux. Mélanie vous aime tant, non pas seulement parce que vous étiez la femme de Charles, mais parce que... eh bien ! parce que c'est vous et qu'elle vous aime comme une sœur. Scarlett, j'en ai des cauchemars quand je pense à ce qu'elle deviendrait si j'étais tué et si elle n'avait personne vers qui se retourner. Voulez-vous me le promettre ?
Elle n'entendit même pas qu'il renouvelait sa requête tant elle était épouvantée par ces mots de mauvais augure : « Si j'étais tué. » Chaque jour, la gorge serrée, elle avait lu la liste des morts sachant fort bien que ce serait la fin de tout s'il lui arrivait quelque chose. Mais toujours, au fond d'elle-même, elle avait pensé que, même si l'armée confédérée était anéantie, Ashley serait épargné. Et maintenant, il venait de prononcer les mots redoutables. Elle en eut la chair de poule et elle fut envahie par une frayeur superstitieuse que sa raison était impuissante à combattre. Elle avait assez de sang irlandais dans les veines pour croire aux présages, aux signes qui annoncent la mort, et, dans les yeux d'Ashley, elle lisait une profonde tristesse qui, pour elle, ne pouvait être que le reflet de la douleur d'un homme qui a senti les doigts glacés sur son épaule et a entendu le gémissement de la fée Banshee[2].

2. La fée Banshee, du folklore irlandais, dont les cris annoncent un décès prochain *(N.d.T.)*.

– Vous n'avez pas le droit de dire cela. Vous n'avez pas le droit d'y penser. Cela porte malheur de parler de la mort. Oh ! vite, dites une prière.
– Vous la direz pour moi. Et vous ferez également brûler des cierges, dit Ashley en souriant de son ton angoissé.
Mais Scarlett ne pouvait pas répondre tant elle était impressionnée par la vision que son imagination lui offrait, d'Ashley gisant loin d'elle, dans les neiges de Virginie. Il continua de parler et sa voix était empreinte d'une tristesse et d'une résignation qui accrurent son angoisse jusqu'à ce que toute trace de colère ou de désappointement eût disparu.
– Je vous demande cela, Scarlett, pour la bonne raison que je suis incapable de dire ce qui m'arrivera ou ce qui arrivera à l'un quelconque d'entre nous. Lorsque la fin surviendra, même si je suis en vie, il se peut que je sois fort loin d'ici, trop loin pour m'occuper de Mélanie.
– La... la fin ?
– La fin de la guerre... et la fin du monde.
– Mais, Ashley, vous ne croyez sûrement pas que les Yankees vont nous battre ? Pendant toute cette semaine, vous avez montré combien le général Lee était...
– J'ai menti toute la semaine, menti comme tous les hommes qui viennent en permission. À quoi bon avoir effrayé Mélanie et tante Pitty avant que ce soit nécessaire ? Si, Scarlett, je crois que les Yankees nous tiennent. Gettysburg a été le commencement de la fin. Les gens de l'arrière ne le savent pas encore. Ils ne se rendent pas compte de ce qui se passe chez nous... Tenez, Scarlett, en ce moment-ci, un certain nombre de mes hommes marchent pieds nus dans la neige, et la neige est épaisse en Virginie. Quand je vois leurs pauvres pieds enveloppés dans des guenilles et de vieux sacs, quand je vois les traînées sanglantes qu'ils laissent sur la neige et que je sais que moi j'ai une vraie paire de bottes... eh bien ! je me dis que je devrais les jeter et marcher pieds nus moi aussi.
– Oh ! Ashley, promettez-moi de ne pas jeter vos bottes !
– Quand je vois des choses pareilles et que je regarde du côté des Yankees... je sens que tout s'écroule... Voyons, Scarlett, les Yankees achètent des soldats en Europe par milliers ! La plupart des prisonniers que nous avons faits ces temps derniers ne savent même pas l'anglais. Ce sont des Allemands, des Polonais, de farouches Irlandais qui parlent le gaélique. Mais nous, quand nous perdons un homme, nous ne pouvons pas le remplacer. Quand nos chaussures sont usées, nous n'en avons pas d'autres. Nous sommes bloqués, Scarlett, nous ne pouvons pas lutter contre le monde entier.

«Que la Confédération s'effondre dans la poussière, se dit Scarlett avec frénésie. Que ce soit la fin du monde, mais qu'il ne meure pas! Je ne pourrais pas survivre à sa mort!»

– J'espère que vous ne répéterez pas ce que je vous ai dit, Scarlett. Je ne veux pas alarmer les autres. Et puis, ma chère, je ne vous aurais point alarmée en vous parlant de ces choses si je ne m'étais vu obligé de vous expliquer pourquoi je vous ai demandé de veiller sur Mélanie. Elle est si frêle, si faible, et vous, vous êtes si forte, Scarlett. Ce sera un réconfort pour moi de savoir que vous serez toutes les deux si jamais il m'arrive quoi que ce soit. Vous me le promettez, n'est-ce pas?

– Oh! oui! s'écria Scarlett, car à ce moment elle voyait la mort se pencher sur lui et elle aurait promis n'importe quoi. Ashley! Ashley! Je ne veux pas que vous partiez! Je n'en aurai pas le courage.

– Il faut être brave, fit-il, un changement subtil dans le ton.

Il s'exprimait maintenant d'une voix mieux timbrée, plus chaude, et ses mots tombaient rapides comme s'il avait été poussé par quelque élan du cœur.

– Il faut être brave, sans quoi comment résisterai-je?

Elle le regarda transportée et se demanda s'il avait voulu dire que la séparation lui brisait le cœur tout comme elle brisait le sien. Son visage était aussi défait que lorsqu'il était descendu après avoir dit au revoir à Mélanie, mais elle ne put rien lire dans ses yeux. Il se pencha, lui prit le visage à deux mains et lui posa un baiser léger sur le front.

– Scarlett! Scarlett! Vous êtes si parfaite, si forte, si bonne. Si belle, ma chère, et ce n'est pas seulement votre doux visage qui est beau, mais vous tout entière, votre corps, votre esprit, votre âme.

– Oh! Ashley, murmura-t-elle, inondée de bonheur et grisée autant par ses paroles que par le contact de ses mains. Personne d'autre que vous n'a jamais...

– J'ai la prétention de vous connaître mieux que la plupart des gens et de voir au fond de vous-même des choses magnifiques que les autres sont trop négligents et trop pressés pour remarquer.

Il se tut. Ses mains retombèrent, mais ses yeux étaient toujours rivés aux siens. Le souffle coupé, elle attendit un moment qu'il continuât et se dressa sur la pointe des pieds pour l'entendre prononcer les paroles magiques. Mais elles ne vinrent pas. Les lèvres frémissantes, elle scruta son visage, le regarda comme une folle, car elle devinait qu'il n'avait plus rien à dire.

Ce second écroulement de ses espérances fut plus que son cœur n'en put supporter et, poussant un soupir d'enfant, elle se rassit, les larmes aux yeux. Alors elle entendit dans l'allée un bruit sinistre, un bruit qui lui rappela encore plus cruellement que le reste le départ d'Ashley. L'oncle Peter, emmitouflé dans un couvre-pieds, arrivait avec la voiture pour conduire Ashley au train.

Ashley dit «au revoir» d'une voix très douce, ramassa sur la table le large feutre que Scarlett avait obtenu par ruse de Rhett et sortit dans le vestibule. La main sur le bouton de la porte, il se retourna et lança à Scarlett un long regard douloureux comme s'il avait voulu emporter avec lui le moindre détail de son visage et de son corps. À travers les larmes qui l'aveuglaient, elle le vit et, la gorge broyée comme dans un étau, elle comprit qu'il s'en allait loin d'elle, loin de l'abri sûr de cette maison, qu'il sortait de sa vie, pour toujours peut-être, qu'il partait sans avoir prononcé les mots qu'elle avait un tel désir de lui entendre dire. Le temps s'enfuyait comme l'eau qui saute le barrage d'un moulin et maintenant il était trop tard. Elle courut après lui, en trébuchant, traversa le salon, le rejoignit et s'agrippa à son écharpe.

– Embrassez-moi, murmura-t-elle, embrassez-moi pour me dire au revoir.

Il la prit doucement dans ses bras et s'inclina vers son visage. Dès que ses lèvres eurent effleuré les siennes, elle lui étreignit le cou à l'étrangler. Pendant un instant il la pressa contre lui. Alors elle sentit soudain qu'il la repoussait de toutes ses forces. Il laissa tomber son chapeau par terre et, les mains libres, il détacha de son cou les bras de Scarlett.

– Non, Scarlett, non, fit-il, à voix basse tout en lui meurtrissant les poignets.

– Je vous aime, dit-elle d'une voix étouffée. Je vous ai toujours aimé. Je n'ai jamais aimé personne d'autre. J'ai juste épousé Charlie pour… pour essayer de vous faire du mal. Oh! Ashley, je vous aime tant que j'irais à pied jusqu'en Virginie pour être près de vous! Je vous ferais à manger, je cirerais vos bottes, je soignerais votre cheval… Ashley, dites-moi que vous m'aimez! Ça me suffira pour le reste de ma vie!

Il se baissa brusquement pour ramasser son chapeau et Scarlett entrevit son visage. Jamais elle n'avait vu visage plus malheureux, plus éloquent. Sur ce visage étaient peints son amour pour elle, la joie de savoir qu'elle l'aimait, mais on y reconnaissait aussi les traces du combat que leur livraient la honte et le désespoir.

– Au revoir, dit-il d'un ton rauque.

La porte s'ouvrit avec un bruit sec. Une bouffée de vent froid s'engouffra dans la maison et souleva les rideaux. Scarlett toute frissonnante le regarda descendre l'allée au pas de course et gagner la voiture. Son sabre brillait au pâle soleil d'hiver. La frange de son écharpe dansait allégrement.

XVI

Janvier et février 1864 passèrent. La pluie froide, les bourrasques firent rage. Le découragement s'empara des esprits comme de sombres nuages s'emparaient du ciel. En plus des défaites de Gettysburg et de Vicksburg, les lignes sudistes avaient été enfoncées au centre. Après de farouches combats, le Tennessee presque tout entier était tombé aux mains des troupes de l'Union. Mais, en dépit de cette perte venue s'ajouter aux autres, le Sud n'avait point perdu courage. Quoique les espérances les plus justifiées eussent cédé la face à une tragique volonté de résistance, les gens voyaient encore une lueur argentée franger le nuage noir qui planait sur leur tête. Les Yankees avaient été énergiquement repoussés, lorsque, désireux d'exploiter leur succès au Tennessee, ils s'étaient avancés en Géorgie.

Pour la première fois depuis le début de la guerre, on s'était battu en territoire géorgien, à Chickamauga, localité située à l'extrémité Nord-Ouest de l'État. Les Yankees s'étaient emparés de Chattanooga, puis, s'aventurant dans la montagne, ils avaient franchi les cols et s'étaient engagés plus avant en Géorgie, seulement ils en avaient été chassés avec de lourdes pertes.

Atlanta et ses voies ferrées avaient contribué pour une bonne part à transformer Chickamauga en une grande victoire sudiste. Empruntant les voies qui conduisaient de Virginie à Atlanta, puis de là au Tennessee, les troupes du général Longstreet s'étaient portées en toute hâte sur le théâtre des opérations. Sur un parcours de plusieurs centaines de milles on avait dégagé les voies et l'on avait mobilisé tout le matériel roulant du Sud-Est pour participer au mouvement.

Pendant des heures, Atlanta avait vu passer des files de wagons de voyageurs ou de marchandises chargés d'hommes vociférant. Ils s'étaient embarqués sans avoir mangé ni dormi. Ils n'avaient avec eux ni chevaux, ni ambulances, ni convois de vivres et, sans avoir pris le temps de se reposer, ils étaient descendus du train pour se lancer dans la mêlée. Et les Yankees, chassés de Géorgie, avaient été repoussés dans le Tennessee.

C'était le plus bel exploit de la guerre et Atlanta s'enorgueillissait et se réjouissait à la pensée que ses chemins de fer avaient rendu la victoire possible.

Cependant le Sud avait eu grand besoin de Chickamauga pour passer l'hiver sans se laisser aller au désespoir. Maintenant tout le monde reconnaissait que les Yankees savaient se battre et qu'ils avaient enfin de bons généraux. Grant avait beau être un boucher qui se souciait fort peu du nombre d'hommes massacrés, il entendait bien remporter la victoire. Le seul nom de Sheridan semait l'effroi dans les cœurs sudistes. Et puis, il y avait un certain général Sherman dont on parlait de plus en plus. Il s'était mis en vedette lors des campagnes du Tennessee et dans l'Ouest, et sa réputation d'adversaire impitoyable grandissait de jour en jour.

Bien entendu, aucun de ces hommes ne pouvait soutenir la comparaison avec le général Lee. Le général et l'armée jouissaient toujours de la confiance de tous. On continuait d'avoir foi en la victoire finale. Mais la guerre traînait tellement en longueur. Il y avait tant de morts, tant de blessés et de mutilés, tant de veuves et d'orphelins. Et l'on avait encore devant soi la perspective d'une lutte longue et âpre qui se traduirait par de nouveaux morts, de nouveaux blessés, de nouvelles veuves, de nouveaux orphelins.

Pour comble de malheur, une vague méfiance à l'égard des personnes haut placées commençait à se répandre dans la population civile. De nombreux journaux prenaient ouvertement à partie le général Davis lui-même et critiquaient la façon dont il menait la guerre. La mésentente régnait au sein du cabinet confédéré, des discussions s'élevaient entre le président Davis et ses généraux. L'argent se dépréciait rapidement. Les souliers et les vêtements pour l'armée étaient rares, les fournitures militaires et les médicaments encore plus rares. Il aurait fallu de nouveaux wagons de chemin de fer pour remplacer les anciens, de nouveaux rails pour rétablir les lignes détruites par les Yankees. Les généraux des unités combattantes réclamaient des troupes fraîches à cor et à cri et il leur était de plus en plus difficile d'en obtenir. Enfin, ce qui était pire, certains gouverneurs d'États, parmi lesquels Brown, le gouverneur de Géorgie, refusaient de fournir à l'armée, qui en avait un tel besoin, des armes ou des miliciens. Bien qu'il y eût dans les milices des milliers d'hommes en état de faire d'excellents soldats, le gouvernement était impuissant à en obtenir le départ pour le front.

À mesure que l'argent se dépréciait, les prix s'enflaient. Le bœuf et le porc, ainsi que le beurre coûtaient 35 dollars la livre, la farine 1400 dollars le baril, la soude 100 dollars la livre, le thé 500 dollars. Les vêtements chauds, lorsqu'on pouvait s'en procurer, avaient atteint des prix tellement prohibitifs que les dames d'Atlanta doublaient leurs vieilles robes avec des chiffons et les renforçaient avec des journaux pour se protéger contre le vent. Les chaussures coûtaient de 200 à 800 dollars la paire, selon qu'elles étaient en «carton» ou en cuir véritable. Les dames portaient désormais des guêtres confectionnées à l'aide de leurs vieux châles ou découpées dans des tapis. On ne marchait plus que sur des semelles de bois.

La vérité était que le Nord tenait virtuellement le Sud en état de siège, quoiqu'un grand nombre de gens ne s'en rendissent pas compte. Les canonnières yankees avaient resserré le blocus devant les ports et bien peu de bateaux réussissaient à se faufiler entre les mailles du filet.

Le Sud avait toujours vécu de la vente de son coton, contre lequel il achetait ce qu'il ne produisait pas, mais désormais il ne pouvait plus ni vendre ni acheter. À Tara, sous le hangar près du cellier, Gérald O'Hara avait entassé la récolte de trois années, mais tout ce coton ne lui servait pas à grand-chose. À Liverpool, il en eût tiré 150 000 dollars, seulement il ne fallait pas songer à l'expédier à Liverpool. D'homme riche, Gérald s'était mué en un homme qui se demandait comment il allait pouvoir nourrir sa famille et ses nègres au cours de l'hiver.

Dans tout le Sud la plupart des planteurs étaient logés à la même enseigne. Avec le blocus, qui se faisait de plus en plus étroit, il n'y avait pas moyen de vendre son coton sur le marché anglais, pas moyen de faire venir les marchandises indispensables qu'on se procurait naguère à l'aide des bénéfices réalisés. Et le Sud agricole, en guerre contre le Nord industriel avait besoin de tant de choses, de choses qu'il n'avait jamais eu l'idée d'acheter en temps de paix.

On ne pouvait rêver conditions plus favorables pour les spéculateurs et les profiteurs, et certains hommes ne se faisaient pas faute d'en tirer parti. À mesure que les denrées alimentaires et les vêtements devenaient plus rares et que les prix montaient, les protestations du public contre les spéculateurs redoublaient d'intensité et de violence. En ce début de 1864, il était impossible d'ouvrir un journal sans tomber sur un article de tête dénonçant les spéculateurs en termes cinglants, les traitant de vautours, de sangsues altérées et exigeant du gouvernement qu'il n'hésitât pas à mettre un terme à leurs agissements. Le gouvernement faisait de son mieux, mais n'aboutissait à rien, car trop de problèmes l'accablaient en même temps.

Personne n'excitait plus la haine que Rhett Butler. Il s'était débarrassé de ses navires lorsque courir le blocus était devenu trop périlleux et, maintenant, il spéculait sur les produits alimentaires au vu et au su de tout le monde. On racontait sur lui des histoires qui faisaient frémir de honte ceux qui, à une autre époque, l'avaient reçu chez eux.

Malgré toutes ces épreuves et ces tribulations, Atlanta avait doublé le chiffre de sa population, passée de dix mille âmes à vingt mille. Même le blocus avait continué à augmenter le prestige de la ville. De temps immémoriaux, les cités du littoral avaient dominé le Sud sous tous les rapports, y compris celui du commerce. Mais, maintenant, comme les ports qui n'étaient pas pris ou assiégés étaient soumis à un blocus en règle, le Sud ne devait plus chercher son salut qu'en lui-même. Si le Sud voulait gagner la guerre, il ne devait plus compter que sur l'intérieur, et Atlanta en était devenu le grand centre. Ses habitants enduraient mille souffrances, mille privations, la maladie et la mort les frappaient aussi sévèrement que le reste de la Confédération, mais Atlanta, en tant que ville, avait plutôt bénéficié de la guerre. Ce cœur solide de la Confédération battait sur un rythme puissant tandis que, pareilles à des artères, les voies ferrées charriaient un flot incessant d'hommes, de munitions et de matériel.

En d'autres temps, Scarlett se fût lamentée sur ses robes en guenilles et ses chaussures éculées, mais maintenant ça lui était égal, car la seule personne qui comptât pour elle n'était pas là pour les voir. Au cours de ces deux mois, elle connut un bonheur qu'elle n'avait pas éprouvé depuis des années. N'avait-elle pas senti battre plus vite le cœur d'Ashley lorsqu'elle lui avait entouré le cou de ses bras ? N'avait-elle pas vu sur son visage cette expression de désespoir, aveu plus éloquent que n'importe quel mot ? Il l'aimait. Elle en était sûre désormais, et cette certitude était si agréable qu'elle en trouvait même le moyen d'être plus aimable avec sa belle-sœur. Il lui arrivait de plaindre Mélanie, de s'apitoyer, non sans un peu de mépris, sur son aveuglement et sa stupidité. « Quand la guerre sera finie ! se disait-elle. Quand ce sera fini… alors… » Parfois il lui arrivait de se dire avec une légère angoisse : « Alors que se passera-t-il ? » mais elle chassait aussitôt cette pensée de son esprit. Quand la guerre serait finie, il faudrait bien que tout s'arrangeât d'une manière ou d'une autre. Si Ashley l'aimait, ce serait simple, il ne pourrait pas continuer à vivre avec Mélanie.

Pourtant, il ne fallait pas songer au divorce. Fervents catholiques, comme ils l'étaient, Ellen et Gérald ne permettraient jamais à leur fille d'épouser un divorcé ! Alors, il faudrait donc quitter le sein de l'Église ! Scarlett réfléchit et décida qu'entre l'Église et Ashley, elle choisirait Ashley. Oui, mais ça ferait un tel scandale ! Les divorcés étaient mis au ban non seulement de l'Église, mais de la société. Personne ne recevait les gens divorcés. Néanmoins, pour Ashley, elle consentirait à aller jusque-là. Pour Ashley, elle sacrifierait n'importe quoi!

Elle eût été incapable de dire pourquoi, mais elle était persuadée qu'à la fin de la guerre tout irait pour le mieux. Si Ashley l'aimait tant, il saurait bien découvrir une solution. Elle lui en ferait trouver une. Et chaque jour qui passait la renforçait dans la certitude qu'Ashley l'adorait et qu'il réglerait au mieux les questions épineuses quand les Yankees seraient battus. Naturellement, il avait dit que les Yankees «tenaient» le Sud, Scarlett pensa que ce n'était là qu'une réflexion en l'air. Ashley devait être fatigué et troublé quand il l'avait faite. D'ailleurs peu lui importait que les Yankees fussent ou ne fussent pas vainqueurs. Ce qui comptait, c'était que la guerre prît fin rapidement et qu'Ashley rentrât chez lui.

Alors, tandis que les giboulées de mars obligeaient tout le monde à rester chez soi, Scarlett apprit l'affreuse nouvelle. Les yeux brillants de joie, baissant la tête pour dissimuler sa fierté, Mélanie lui annonça qu'elle allait avoir un enfant.

– Le docteur Meade m'a dit que ce serait pour la fin d'août ou le début de septembre, fit-elle. J'en avais bien l'impression... Mais jusqu'à aujourd'hui je n'en étais pas sûre. Oh! Scarlett, n'est-ce pas merveilleux? J'étais si jalouse de ton Wade, je voulais tant avoir un enfant. J'avais si peur de ne pas pouvoir et, ma chérie, j'en veux une douzaine!

Scarlett était en train de se peigner avant de se coucher quand Mélanie lui apprit l'événement. Elle s'arrêta, le bras à demi levé.

– Mon Dieu! s'exclama-t-elle.

Et pendant un moment elle ne comprit pas très bien ce que cela signifiait. Enfin elle revit brusquement se fermer la porte de la chambre à coucher de Mélanie et elle eut l'impression d'avoir reçu un coup de poignard. Elle éprouvait une peine aussi déchirante que si Ashley avait été son propre mari et qu'il l'eût trahie! Un enfant! l'enfant d'Ashley! Oh! comment avait-il pu, quand c'était elle qu'il aimait et non pas Mélanie?

– Je sais que ça t'étonne, reprit Mélanie, le souffle court. N'est-ce pas trop beau? Oh! Scarlett, je me demande comment je pourrai l'écrire à Ashley! Ce ne serait pas aussi gênant si je pouvais le lui dire ou... ou... Tiens, ne rien dire du tout, mais simplement lui laisser remarquer petit à petit, enfin tu sais...

– Mon Dieu! répéta Scarlett, presque dans un sanglot.

Elle lâcha le peigne et s'appuya au-dessus du marbre de la coiffeuse.

– Ma chérie, ne fais pas cette tête-là. Ça n'a rien de laid d'avoir un enfant. Tu l'as dit toi-même. Et puis, ne te tracasse pas pour moi.

Oh ! je sais bien, tu es si bonne que tu vas te mettre martel en tête. Naturellement, le docteur Meade a dit que j'étais... que j'étais..., bafouilla Mélanie en rougissant, que j'étais très étroite, mais que peut-être je n'aurais pas d'ennuis, et... Scarlett, dis-moi, as-tu écrit à Charlie quand tu as su pour Wade, ou bien est-ce ta mère ou M. O'Hara qui ont écrit pour toi ? Oh ! chérie, si seulement j'avais ma mère ce serait elle qui écrirait. Moi, je ne vois pas du tout...

– Tais-toi ! lança Scarlett avec violence. Tais-toi !

– Oh ! Scarlett, je suis bête. Je suis désolée. Je crois que tous les gens sont égoïstes. J'avais oublié, Charlie... le...

– Tais-toi ! lança de nouveau Scarlett en s'efforçant de ne pas trahir son émotion.

Pour rien au monde Mélanie ne devait voir ou deviner ce qui se passait en elle.

Mélanie, la plus délicate des femmes, pleurait de sa propre méchanceté. Comment avait-elle pu faire évoquer à Scarlett d'aussi terribles souvenirs, lui rappeler que Wade était né des mois après la mort du pauvre Charlie. Comment avait-elle pu être étourdie à ce point ?

– Laisse-moi t'aider à te déshabiller, ma chérie, demanda-t-elle d'un ton humble. Je te masserai la tête.

– Laisse-moi tranquille, fit Scarlett, le visage durci.

Honteuse de sa maladresse, Mélanie éclata en sanglots et quitta la chambre précipitamment. Restée seule, Scarlett, jalouse, déçue, blessée dans son orgueil, se mit au lit sans une larme.

Elle pensa qu'il lui serait impossible de vivre plus longtemps sous le même toit que la femme grosse de l'enfant d'Ashley. Elle se dit qu'elle allait retourner chez elle à Tara, dans ce foyer qui était le sien. Elle ne voyait pas comment elle pourrait se trouver de nouveau en présence de Mélanie sans trahir son secret. Et le lendemain matin elle se leva avec la ferme intention de faire ses malles aussitôt après le petit déjeuner. Mais tandis que Scarlett, sombre et silencieuse, Pitty intriguée et Mélanie désespérée étaient assises autour de la table, on apporta un télégramme. Il était signé de Mose, l'ordonnance d'Ashley, et était adressé à Mélanie.

« Ai cherché partout. N'ai pu le trouver. Faut-il venir ? »

Personne ne savait ce que ça voulait dire, mais les trois femmes se regardèrent, les yeux agrandis par la peur, et Scarlett en oublia du même coup son désir de rentrer chez elle. Sans achever leur repas, elles se firent conduire en ville pour télégraphier au colonel d'Ashley. Mais ce fut inutile, car, au bureau de poste, elles trouvèrent un télégramme de cet officier.

«Regret vous informer commandant Wilkes porté manquant depuis reconnaissance il y a trois jours. Vous tiendrai au courant.»

Le retour fut lugubre, tante Pitty sanglotait dans son mouchoir. Mélanie, livide, se raidissait. Scarlett, effondrée dans un coin de la voiture, demeurait hébétée. Arrivée à la maison, Scarlett monta l'escalier d'un pas mal assuré, pénétra dans sa chambre, puis, prenant son rosaire sur la table, elle tomba à genoux et s'efforça de prier. Mais les prières ne venaient pas. Il n'y avait place en elle que pour une terreur démesurée. Elle devinait confusément que Dieu s'était détourné d'elle, à cause de son péché. Elle avait aimé un homme marié, elle avait essayé de le ravir à sa femme et Dieu l'avait punie en tuant cet homme. Elle voulait prier, mais elle ne pouvait pas lever les yeux vers le ciel. Elle voulait pleurer, mais les larmes ne venaient pas. Elle sentait monter en elle le flot des larmes chaudes qui lui brûlaient la poitrine, mais elles se refusaient à couler.

La porte s'ouvrit et Mélanie entra. Son visage ressemblait à un cœur qu'on eût découpé dans une feuille de papier blanc et encadré de cheveux noirs. Elle avait les yeux hagards comme ceux d'un enfant perdu dans l'obscurité.

– Scarlett, fit-elle en tendant les mains. Pardonne-moi ce que je t'ai dit hier, car tu es... tu es tout ce qui me reste maintenant. Oh! Scarlett, je le sais, mon Ashley chéri est mort!

Alors, sans savoir comment, Mélanie se retrouva dans les bras de Scarlett, ses seins menus soulevés par les sanglots et les deux belles-sœurs s'étendirent sur le lit, blotties l'une contre l'autre, les larmes de l'une mouillant les joues de l'autre, car Scarlett pleurait aussi, le visage pressé contre celui de Mélanie. Cela faisait si atrocement mal de pleurer, mais c'était encore moins douloureux que de ne pas pouvoir. «Ashley est mort... mort, se dit-elle, et mon amour l'a tué!» Elle fut secouée d'une nouvelle crise de larmes et Mélanie, puisant une sorte de réconfort dans ses pleurs, serra davantage ses bras autour de son cou.

– Au moins, murmura-t-elle, j'ai... j'ai son enfant.

«Et moi, pensa Scarlett trop cruellement atteinte pour nourrir un sentiment aussi mesquin que la jalousie, et moi, je n'ai rien... rien... rien que l'expression de son visage quand il m'a dit au revoir.»

Les premiers rapports mentionnèrent « disparu – considéré comme tué », et ainsi le nom d'Ashley figura à la liste des morts. Mélanie télégraphia une douzaine de fois au colonel Sloan pour finir par recevoir une lettre de condoléances dans laquelle son chef expliquait qu'Ashley et une escouade de cavaliers étaient partis faire une reconnaissance et n'étaient point revenus. On signalait qu'il y avait eu une brève escarmouche à l'intérieur des lignes yankees, et Mose, fou de douleur, avait risqué sa vie pour chercher le corps d'Ashley, mais n'avait rien trouvé. Mélanie, étrangement calme maintenant, pria Mose de venir la voir et lui envoya un mandat télégraphique.

Lorsqu'on apprit par un nouveau bulletin qu'Ashley était considéré comme prisonnier, la joie et l'espérance renaquirent dans la triste demeure. On pouvait à grand-peine arracher Mélanie du bureau du télégraphe et elle allait à l'arrivée de chaque train dans l'espoir de recevoir une lettre. Sa santé laissait fort à désirer, sa grossesse se manifestait par de nombreux inconvénients, mais elle refusait de suivre les instructions du docteur Meade et de rester couchée. Possédée par une énergie fiévreuse, elle ne voulait pas se reposer et, la nuit, longtemps après s'être couchée, Scarlett l'entendait arpenter sa chambre.

Un après-midi, elle revint de la ville conduite par l'oncle Peter, effrayé, et soutenue par Rhett Butler. Elle s'était évanouie au bureau du télégraphe. Rhett passait justement par là et, comme la foule s'était attroupée, il s'était approché et avait raccompagné Mélanie chez elle. Il la porta jusque dans sa chambre à coucher et, tandis que la maisonnée alarmée s'affairait pour trouver des briques chaudes, des couvertures et du whisky, il la déposa lui-même sur son lit.

– Madame Wilkes, demanda-t-il à brûle-pourpoint, vous allez avoir un bébé, n'est-ce pas ?

Moins souffrante, le cœur moins chaviré, Mélanie se fût écroulée en entendant pareille question. Même en présence de ses amies, elle était gênée lorsqu'on parlait de son état et ses visites au docteur Meade étaient un véritable supplice pour elle. En temps normal, il ne lui serait même pas venu à l'idée qu'un homme, et surtout Rhett Butler, ait pu lui poser pareille question. Mais, allongée sans force sur son lit, elle se contenta d'un signe d'approbation. Après qu'elle eut fait oui de la tête, Rhett eut l'air si gentil, si ému, que la chose ne lui sembla plus aussi terrible.

– Alors, il faut être plus prudente ; toutes ces courses, tous ces tracas ne vous serviront à rien et risquent de nuire au bébé. Si vous me permettez, madame Wilkes, j'userai de mon influence à Washington pour savoir ce qu'est devenu M. Wilkes. S'il est prisonnier, son nom doit être porté sur les listes fédérales, et s'il ne l'est pas... allons, rien n'est pire que l'incertitude. Mais il faut que j'obtienne votre promesse. Soyez prudente, sans quoi, je le jure devant Dieu, je ne lèverai pas le petit doigt.

– Oh! vous êtes si gentil, s'écria Mélanie. Comment les gens peuvent-ils raconter des choses si horribles sur votre compte?

Alors, accablée par son manque de tact et horrifiée soudain de s'être entretenue de son état avec un homme, elle se mit à pleurer faiblement. Et Scarlett qui venait de monter l'escalier quatre à quatre avec une brique chaude enveloppée de flanelle trouva Rhett occupé à lui caresser la main.

Il tint parole. Les trois femmes ne surent jamais quelle ficelle il tira et n'osèrent pas l'interroger de peur qu'il ne fût amené à reconnaître qu'il entretenait des rapports trop étroits avec les Yankees. Il leur fallut attendre un mois avant que Rhett obtînt des nouvelles qui, au premier abord, les transportèrent d'aise, mais qui, par la suite, leur rongèrent le cœur d'inquiétude.

Ashley n'était pas mort! Il avait été blessé et fait prisonnier, et les rapports indiquaient qu'il se trouvait à Rock Island, un camp de prisonniers dans l'Illinois. Dans leur joie de savoir Ashley vivant, les trois femmes n'avaient pas pensé à autre chose, mais lorsqu'elles eurent un peu recouvré leur calme, elles se regardèrent et dirent «Rock Island» du même ton qu'elles eussent dit «en enfer!». Car, si les Nordistes avaient un haut-le-corps chaque fois qu'on prononçait le nom d'Andersonville, le seul nom de Rock Island inspirait la terreur à tous les Sudistes.

Lorsque Lincoln eut refusé d'échanger les prisonniers en s'imaginant que d'imposer à la Confédération l'entretien et la garde des prisonniers de l'Union hâterait la fin de la guerre, des milliers d'uniformes bleus furent réunis à Andersonville, en Géorgie. Les Confédérés étaient à la portion congrue et n'avaient pratiquement ni médicaments ni pansements pour leurs propres malades ou leurs blessés. Ils n'avaient pas grand-chose à partager avec leurs prisonniers auxquels ils donnaient à manger, tout comme à leurs soldats, du lard et des pois séchés. À ce régime, les Yankees mouraient comme mouches, parfois au rythme d'une centaine par jour. Exaspérés par les renseignements qui leur parvenaient, les Nordistes appliquaient un traitement encore plus sévère aux prisonniers confédérés et nulle part ailleurs les conditions d'existence n'étaient pires qu'à Rock Island. La nourriture était à peine suffisante, trois hommes devaient se partager la même couverture, et la variole, la pneumonie et la typhoïde y faisaient d'effroyables ravages. Les trois quarts des hommes qui y furent envoyés n'en revinrent pas.

Et Ashley se trouvait dans cet horrible camp ! Ashley vivait, mais il était blessé, il était à Rock Island et la neige avait dû tomber dru en Illinois quand on l'y avait transporté. N'était-il pas mort de sa blessure depuis que Rhett avait eu de ses nouvelles ? N'avait-il pas succombé à la variole ? N'était-il pas atteint de pneumonie ? N'était-il pas en train de délirer sans couverture pour le protéger ?

– Oh ! capitaine Butler, n'y a-t-il pas un moyen… ne pouvez-vous pas user de votre influence et obtenir qu'il soit échangé ? s'écria Mélanie.

– M. Lincoln, le juste, le miséricordieux, qui a versé de grosses larmes sur les cinq fils de Mme Bixby, ne peut en accorder aux milliers de Yankees qui se meurent à Andersonville, fit Rhett avec une moue railleuse. Ça lui est bien égal qu'ils meurent tous. L'ordre est formel. Pas d'échange de prisonniers. Je… je ne vous l'avais pas dit plus tôt, madame Wilkes, votre mari a eu l'occasion de quitter le camp, mais il a refusé.

– Oh ! non ! s'exclama Mélanie incrédule.

– Si, c'est vrai. Les Yankees recrutent des hommes pour se battre à la frontière contre les Indiens et ils les recrutent parmi les prisonniers confédérés. Tout prisonnier qui prête serment et s'enrôle pour deux ans est relâché et envoyé dans l'Ouest. M. Wilkes a refusé.

– Oh ! comment a-t-il pu ? fit Scarlett. Pourquoi n'a-t-il pas prêté serment et n'a-t-il pas déserté pour rentrer chez lui dès sa sortie de prison ?

Mélanie se tourna vers Scarlett comme une petite furie.

– Comment peux-tu même suggérer qu'il ferait une chose pareille ? Trahir sa Confédération en prêtant ce serment dégradant, puis trahir la parole qu'il aurait donnée aux Yankees ! J'aimerais mieux qu'il fût mort à Rock Island plutôt que d'apprendre qu'il a prêté ce serment. Je serais fière de lui s'il mourait en prison. Mais s'il faisait cela, je ne le reverrais jamais. Jamais ! Mais bien sûr, il a refusé.

Lorsque Scarlett alla reconduire Rhett à la porte, elle lui demanda avec indignation :

– À sa place, ne vous seriez-vous pas enrôlé pour ne pas mourir là-bas, et ensuite n'auriez-vous pas déserté ?

– Mais si, naturellement, dit Rhett dont les dents étincelèrent sous sa petite moustache.

– Alors pourquoi Ashley ne l'a-t-il pas fait ?

– C'est un galant homme, répondit Rhett, et Scarlett se demanda s'il était possible de mettre plus de cynisme et de mépris dans cet honorable qualificatif.

TROISIÈME PARTIE

XVII

Le mois de mai arriva, un mois de mai chaud et sec qui flétrissait les boutons de fleurs, et les Yankees, sous les ordres du général Sherman, étaient de nouveau en Géorgie, au-dessus de Dalton, à cent milles au nord-ouest d'Atlanta. Le bruit circulait qu'une grande bataille était imminente de ce côté, le long de la frontière de la Géorgie et du Tennessee. Les Yankees concentraient leurs effectifs en vue d'une attaque contre la ligne Ouest-Atlantique, celle qui reliait Atlanta au Tennessee, puis contre celle de l'Ouest, que les troupes sudistes avaient empruntée l'automne précédent pour courir à la victoire de Chickamauga.

Néanmoins, la perspective d'une bataille aux environs de Dalton n'impressionnait pas outre mesure les habitants d'Atlanta. Le point de ralliement des Yankees se trouvait seulement à quelques milles au sud-est du champ de bataille de Chickamauga. Ils avaient déjà été repoussés, lorsqu'ils avaient tenté de franchir les cols de cette région montagneuse et ils seraient à coup sûr repoussés une fois encore.

Atlanta et toute la Géorgie avec elle savaient que la Confédération attachait bien trop d'importance à cet État pour que le général Joe Johnston laissât les Yankees s'y éterniser. Le vieux Joe et son armée ne tolèreraient même pas qu'un seul Yankee s'aventurât au sud de Dalton, car il était indispensable que les Sudistes eussent leurs coudées franches en Géorgie. Cet État qui n'avait point souffert de la guerre était le grenier, l'atelier et l'entrepôt de la Confédération. C'était lui qui fabriquait en grande partie la poudre et les armes dont se servait l'armée, ainsi que la plupart des tissus de coton ou de laine. Entre Atlanta et Dalton s'élevait la ville de Rome avec sa fonderie de canons et ses autres industries et les villes d'Etowah et d'Allatoona avec les plus grandes aciéries au sud de Richmond. Enfin, à Atlanta même étaient groupés non seulement des usines où l'on fabriquait des revolvers et des selles, des tentes et des munitions, mais aussi les laminoirs les plus importants de tout le Sud, les ateliers des principales compagnies de chemin de fer et de gigantesques hôpitaux. Et c'était à Atlanta que se croisaient quatre lignes dont dépendait l'existence même du Sud.

Ainsi personne ne prenait les choses au tragique. Après tout, Dalton était loin, là-haut du côté du Tennessee. On s'était battu pendant trois ans dans le Tennessee et les gens s'étaient habitués à considérer cet État comme un champ de bataille éloigné, presque aussi éloigné que la Virginie ou le Mississippi. D'ailleurs, entre les Yankees et Atlanta, le vieux Joe et ses hommes faisaient rempart et tout le monde savait qu'après le général Lee il n'y avait pas de plus grand général que Johnston, maintenant que Stonewall Jackson était mort.

Par une chaude soirée de mai, le docteur Meade, assis sous la véranda de tante Pitty, résuma le point de vue de la population civile, en déclarant qu'Atlanta n'avait rien à redouter, car le général Johnston se dressait dans les montagnes comme un bastion de fer. Son auditoire l'écouta avec des sentiments divers, car tous ceux qui, réunis sous cette véranda, se balançaient tranquillement dans leur rocking-chair et suivaient dans le crépuscule le vol magique des premières lucioles de la saison nourrissaient de lourdes pensées. La main posée sur le bras de Phil, Mme Meade souhaitait que son mari eût raison. Elle savait que Phil serait obligé de partir si la zone de combat se rapprochait. Il avait seize ans maintenant et on l'avait enrôlé dans la garde locale. Fanny Elsing, pâle et les yeux cernés depuis Gettysburg, essayait de repousser loin d'elle l'image déchirante qui l'obsédait depuis plusieurs mois, l'image du lieutenant Dallas McLure agonisant sous la pluie, pendant la longue et terrible retraite du Maryland, dans une charrette cahotante tirée par un bœuf.

Le capitaine Carey Ashburn souffrait de son bras invalide et broyait du noir en constatant une fois de plus que la cour qu'il faisait à Scarlett en était au point mort. Il en était ainsi depuis qu'on avait appris qu'Ashley Wilkes était prisonnier, mais il ne venait pas à l'idée du capitaine d'établir un rapprochement entre les deux événements. Scarlett et Mélanie songeaient toutes deux à Ashley comme elles le faisaient toujours quand des devoirs urgents ou la nécessité d'entretenir la conversation ne les détournaient pas de leur rêverie. « Il doit être mort, sans quoi nous aurions eu de ses nouvelles », se disait douloureusement Scarlett. « Il ne peut pas être mort. Je le saurais... je sentirais bien en moi s'il était mort », ne cessait de se répéter Mélanie, qui luttait désespérément contre la peur. Ses longues jambes nonchalamment croisées comme pour mieux montrer ses bottes élégantes, Rhett Butler, le visage impénétrable, se prélassait dans l'ombre. Pelotonné dans ses bras, Wade sommeillait tout en serrant entre ses petits doigts une aile de volaille bien grattée. Scarlett autorisait toujours Wade à se coucher tard quand Rhett venait, car le timide enfant raffolait de lui et Rhett – qui eût dit? – semblait raffoler de Wade. D'ordinaire, la présence de l'enfant importunait Scarlett, mais dans les bras de Rhett il était d'une sagesse exemplaire. Quant à tante Pitty, elle avait grand-peine à étouffer un hoquet, car le coq qu'on avait servi au dîner était un vieil oiseau coriace.

Ce matin-là, tante Pitty avait décidé à regret qu'il valait mieux tuer le patriarche avant qu'il mourût de vieillesse ou s'ennuyât trop de son harem mangé depuis longtemps. Depuis des jours il se promenait la crête basse dans le poulailler désert, et bien trop abattu pour avoir la force de chanter. Après que l'oncle Peter lui eut tordu le cou, tante Pitty, prise de remords à la pensée qu'elle allait se régaler en famille alors que tant de ses amis n'avaient pas mangé de poulet depuis des semaines, proposa de lancer des invitations à dîner. Mélanie, qui en était maintenant à son cinquième mois de grossesse et avait depuis des semaines renoncé à se montrer ou à recevoir, fut horrifiée de ce projet. Mais, pour une fois, tante Pitty déploya de l'énergie. Ce serait tout de même trop égoïste de manger seules le coq et, pour peu que Mélanie voulût bien remonter légèrement l'arceau supérieur de sa crinoline, on ne remarquerait rien du tout, d'autant moins que Mélanie était fort plate de poitrine.

– Mais voyons, tante, je ne veux voir personne quand Ashley...

– Ce n'est pas comme si Ashley était... avait disparu, fit tante Pitty d'une voix chevrotante, car, en elle-même, elle était certaine de la mort d'Ashley. Il respire aussi bien que toi et ça ne te fera pas de mal de voir du monde. Tiens, je m'en vais inviter Fanny Elsing. Mme Elsing m'a suppliée de faire quelque chose pour la distraire un peu et lui faire voir des gens...

– Mais, tante, c'est cruel de la forcer à sortir, alors que le pauvre Dallas n'est mort que depuis...

– Voyons, Mélanie, tu vas me vexer, je vais pleurer si tu te mets à discuter avec moi. Je suis ta tante et je sais ce que je veux. J'entends donner une réception.

Ainsi tante Pitty donna sa réception et, à la dernière minute, se présenta un invité sur lequel elle ne comptait point et qu'elle ne désirait pas davantage. Au moment précis où l'odeur du coq rôti se répandait dans la maison, Rhett Butler, de retour d'un de ses mystérieux voyages, frappa à la porte, une grosse boîte de bonbons sous le bras et la bouche pleine de compliments à l'adresse de tante Pitty. Il ne restait plus qu'à l'inviter, et pourtant la vieille demoiselle savait ce que le docteur et Mme Meade pensaient de lui et combien Fanny en voulait à tous ceux qui ne portaient pas l'uniforme. Ni les Meade ni les Elsing ne lui eussent adressé la parole dans la rue, mais dans une maison amie ils étaient contraints d'être polis avec lui. D'ailleurs, il se trouvait plus que jamais sous la protection de la fragile Mélanie. Après qu'il se fut employé à obtenir des nouvelles d'Ashley, elle avait annoncé à tout le monde qu'elle le recevrait chez elle jusqu'à la fin de ses jours, et quoi qu'on pût lui reprocher.

Les appréhensions de tante Pitty s'apaisèrent quand elle s'aperçut que Rhett était dans un bon jour. Il entoura Fanny de tant de prévenances délicates que la jeune fille finit par lui sourire ; et le dîner se passa fort bien. Ce fut un repas princier. Carey Ashburn avait apporté un peu de thé qu'il avait trouvé dans la blague à tabac d'un prisonnier yankee, et tout le monde en but une tasse légèrement imprégnée d'un arrière-goût de nicotine. Chacun mangea un petit morceau du vieil oiseau coriace qu'entourait une garniture fort honnête de maïs et d'oignons et eut un bol de pois séchés, du riz et de la sauce en abondance, quoique celle-ci fût restée trop claire faute de farine pour la lier. Au dessert on servit une charlotte de patates douces que suivirent les bonbons apportés par Rhett et, lorsque Rhett eut offert aux messieurs de véritables cigares de La Havane qu'ils se mirent à fumer tout en dégustant un verre de vin de mûres, tout le monde convint que c'était là un festin digne de Lucullus.

Après que les messieurs eurent rejoint les dames sous la véranda, on se mit à parler de la guerre. Désormais on ne faisait plus que parler de la guerre. Quels que fussent les sujets de conversation, il était toujours question de la guerre, de la guerre sous tous les aspects qu'elle revêtait : idylles, mariages, décès dans les hôpitaux, morts sur le champ de bataille, incidents survenus dans les champs, pendant les marches ou en plein combat, actes de bravoure ou de lâcheté, gaieté, tristesse, privations, espoirs. L'espoir, toujours l'espoir. L'espoir ferme, inébranlable malgré les défaites de l'été passé.

Lorsque le capitaine Ashburn eut annoncé que, sur sa demande, on lui avait accordé la permission de rejoindre l'armée à Dalton, les dames contemplèrent son bras ankylosé avec des regards extasiés et dissimulèrent leur fierté d'avoir pour ami un homme aussi brave en déclarant qu'il ne pouvait pas partir, sans quoi elles n'auraient plus personne pour chevalier servant.

– Bah ! il ne sera pas absent longtemps, fit le docteur Meade en prenant le jeune Carey par l'épaule. Une petite escarmouche et les Yankees s'enfuiront à la débandade dans le Tennessee. Et, une fois là-bas, le général Forrest se chargera d'eux. Vous, mesdames, n'ayez aucune crainte, le général Johnston et son armée se dressent dans les montagnes comme un rempart de fer. Oui, comme un rempart de fer, répéta-t-il en savourant sa phrase. Sherman ne passera jamais. Il ne pourra jamais déloger le vieux Joe.

Les dames sourirent en signe d'approbation, car la moindre des affirmations du docteur Meade passait pour vérité incontestable. Après tout, les hommes s'entendaient bien mieux à ces questions-là que les femmes et, s'il disait que le général Johnston était un rempart de fer, ce devait être exact. Seul Rhett prit la parole, il n'avait rien dit depuis le dîner, et, assis dans la pénombre, il s'était contenté de suivre la conversation tandis que l'enfant dormait contre son épaule.

– Ne dit-on pas que Sherman dispose de plus de cent mille hommes maintenant qu'il a reçu ses renforts ?

Le docteur lui répondit sèchement. Depuis qu'il s'était vu obligé de dîner avec cet homme pour lequel il avait une farouche antipathie, sa patience était soumise à rude épreuve. Sans le respect qu'il devait à tante Pittypat, il n'aurait pas pris la peine de déguiser ses sentiments.

– Eh bien, monsieur ?

– Je crois que le capitaine Ashburn a dit il y a un instant que le général Johnston n'avait que quarante mille hommes, y compris les déserteurs que la dernière victoire a incités à reprendre du service.

– Monsieur ! s'exclama Mme Meade, indignée. Il n'y a pas de déserteurs dans l'armée confédérée.

– Je vous prie de m'excuser, dit Rhett avec une feinte humilité. Je voulais parler de ces milliers de permissionnaires qui ont oublié de rejoindre leurs régiments et de ceux qui, guéris de leurs blessures depuis six mois, sont restés chez eux à s'occuper de leurs affaires ou à faire les labours de printemps.

Ses yeux étincelaient et Mme Meade se mordit la lèvre. Scarlett eut envie de rire de sa mine déconfite et de la façon dont Rhett lui avait rabattu le caquet. Des centaines d'hommes cachés dans les marais et dans les montagnes échappaient à la prévôté. C'étaient ceux qui prétendaient que la guerre était déclarée par les riches mais faite par les pauvres. Mais, encore bien plus nombreux étaient ceux qui, bien que figurant comme déserteurs aux rôles des compagnies, n'avaient pas l'intention de déserter d'une manière permanente.

C'étaient ceux qui avaient attendu en vain une permission depuis trois ans et qui recevaient de chez eux des lettres remplies de fautes d'orthographe : « On a fin. Y aura pas de récolte cet année… Y a personne pour charruer. On a fin… Les hommes de l'intendance y z'ont pris les cochons de lait… On n'a pas eu d'argent de toi depuis des moi… On mange que des pois sec. »
Le chœur se faisait plus insistant : « Nous avons faim, ta femme, tes enfants, tes parents ont faim. Quand cela finira-t-il ? Quand rentreras-tu ? Nous avons faim, nous avons faim. » Lorsqu'on refusait aux soldats de partir en permission, de quitter les rangs de l'armée qui s'éclaircissaient rapidement, les hommes se passaient d'autorisation et rentraient chez eux labourer leur lopin de terre, planter leur récolte, réparer leur maison, relever leurs clôtures. Lorsque leurs officiers, qui comprenaient la situation, prévoyaient une bataille sérieuse, ils leur écrivaient et leur demandaient de rejoindre leur compagnie tout en promettant de ne pas les inquiéter. En général, les hommes revenaient quand ils s'étaient assurés que leur famille ne mourrait pas de faim pendant quelques mois encore. Les « permissions de labours » n'étaient pas considérées du même œil que la désertion en face de l'ennemi, mais elles n'en affaiblissaient pas moins l'armée.
Le docteur Meade, sur un ton glacial, mit un terme au silence gênant.
– Capitaine Butler, la différence numérique entre nos troupes et les troupes yankees n'est jamais entrée en ligne de compte. Un Confédéré vaut douze Yankees.
Les dames approuvèrent de la tête. Tout le monde savait cela.
– C'était exact au début des hostilités, remarqua Rhett. Il se peut que ce soit encore vrai à condition que les soldats confédérés aient des cartouches, des chaussures et le ventre plein. Qu'en pensez-vous, capitaine Ashburn ?
Sa voix restait douce et conservait son accent d'humilité. Carey Ashburn avait l'air bien malheureux. Lui aussi avait une profonde antipathie pour Rhett Butler, et il eût bien volontiers épousé la cause du docteur, mais il ne pouvait pas mentir. La raison pour laquelle il avait demandé son transfert au front, malgré son bras estropié, c'était qu'à l'encontre de la population civile, il comprenait fort bien la gravité de la situation. Bon nombre d'hommes clopinant sur un pilon de bois, bon nombre de borgnes, d'amputés d'un bras ou de plusieurs doigts quittaient sans bruit les services d'intendance, les hôpitaux, les chemins de fer ou les postes pour rejoindre leurs anciennes unités combattantes. Ils savaient que le vieux Joe avait besoin du concours de tous.

Carey Ashburn se tut et le docteur Meade, perdant son sang-froid, gronda: «Nos hommes ont déjà combattu sans chaussures et le ventre vide et ils ont remporté des victoires! Ils continuent de se battre et de remporter des victoires! Je vous le dis. On ne peut déloger le général Johnston. Depuis les temps les plus reculés, les montagnes ont toujours été le refuge et les forteresses des peuples envahis. Pensez-y... Pensez aux Thermopyles!»
Scarlett eut beau réfléchir, le nom des Thermopyles n'évoqua rien en elle.
– N'ont-ils pas péri jusqu'au dernier, aux Thermopyles, docteur? questionna Rhett avec une moue qui trahissait une forte envie de rire.
– Est-ce une insulte, jeune homme?
– Docteur! Je vous en prie! Vous ne me comprenez pas. Je cherchais simplement à me renseigner. Mes souvenirs d'histoire ancienne sont plutôt vagues.
– S'il le faut, notre armée périra jusqu'au dernier homme avant de permettre aux Yankees de pénétrer plus loin en Géorgie, dit le docteur d'un ton aigre. Mais ce ne sera pas nécessaire. Une escarmouche, et nos soldats les balaieront hors de Géorgie.
Tante Pitty se leva en hâte et demanda à Scarlett de vouloir bien chanter quelque chose. Elle voyait que la conversation prenait rapidement une tournure orageuse. En invitant Rhett à dîner, elle s'était bien doutée que les choses se gâteraient. Les choses se gâtaient toujours quand il était là. Mon Dieu! Mon Dieu! Mais qu'est-ce que Scarlett pouvait bien trouver d'attirant chez cet homme? Comment la chère petite Melly pouvait-elle bien prendre sa défense?
Tandis que Scarlett, docile, se dirigeait vers le salon, le silence s'abattit sous la véranda. À travers ce silence on sentait une lourde hostilité contre Rhett. Comment pouvait-on ne pas croire de tout son cœur, de toute son âme à l'invincibilité du général Johnston et de ses hommes? Croire était un devoir sacré. Et ceux qui étaient assez traîtres pour ne pas croire devaient au moins avoir la décence de se taire.
Scarlett plaqua quelques accords sur le piano et d'une voix douce et triste, se mit à chanter les couplets d'une chanson populaire:

Dans la salle blanche d'un hôpital de guerre
Où gisent sur le dos les morts et les mourants
Blessés par une balle ou l'éclat d'un obus,
Un jour, on apporta l'amoureux d'une femme.

L'amoureux d'une femme ! Si vaillant et si jeune !
Il avait sur le front, sur son visage pâle
Que bientôt voilerait la poudre du tombeau
Le reflet attardé de sa grâce enfantine[1].

«Les boucles d'or s'emmêlent et se trempent de sueur», larmoya Scarlett de sa voix de soprano mal assurée. Fanny se leva à demi et murmura d'un ton plaintif: «Chantez-nous autre chose!»

Le piano se tut brusquement. Puis, Scarlett, revenue de sa gêne et de sa surprise, entonna les premières mesures de *La Tunique grise* et s'arrêta sur une fausse note en se rappelant que ce morceau était lugubre lui aussi. Elle ne savait que jouer. Dans tout son répertoire, il n'était question que de mort, d'adieux et de larmes.

Rhett se dressa d'un bond, posa Wade sur les genoux de Fanny et passa au salon.

– Jouez-nous *Mon vieux pays de Kentucky*[2], proposa-t-il, et Scarlett, reconnaissante, ne se fit pas prier.

Accompagnée par l'excellente basse de Rhett, elle attaqua le premier couplet, et ceux qui étaient sous la véranda se sentirent soulagés, bien que ce chant ne fût pas particulièrement gai lui non plus.

La prédiction du docteur Meade se réalisa... dans une certaine mesure. Johnston se dressa bien comme un rempart de fer dans les montagnes au-dessus de Dalton. Il résista avec tant de fermeté, il s'opposa si farouchement au désir de Sherman de déboucher dans la vallée qui menait vers Atlanta qu'enfin les Yankees se retirèrent et se concertèrent. Comme ils ne pouvaient songer à forcer les lignes grises en les attaquant de front, ils se déployèrent en éventail et franchirent les cols à la faveur de la nuit dans l'espoir de prendre Johnston à revers et de couper la voie ferrée derrière lui à Resaca, localité à quinze milles au-dessous de Dalton.

Le précieux ruban d'acier était en danger. Les Confédérés abandonnèrent les positions auxquelles ils s'étaient désespérément accrochés et, à la lueur des étoiles, gagnèrent Resaca à marches forcées par la route la plus directe. Lorsque les Yankees, dévalant les collines, fondirent sur eux, les Sudistes les attendaient. Ils avaient eu le

1. *Somebody's Darling*: chanson écrite par Marie Ravenal de la Coste.
2. Célèbre chanson américaine composée par Stephen C. Foster *(N.d.T.)*.

temps de se retrancher derrière des parapets hâtivement construits, leurs batteries étaient en place, leurs baïonnettes luisaient tout comme elles avaient lui à Dalton.

Quand les premiers blessés de Dalton arrivèrent et annoncèrent d'une manière pas toujours cohérente que le vieux Joe avait battu en retraite sur Resaca, Atlanta fut surprise et un peu troublée. On eût dit qu'un petit nuage venait d'apparaître au Nord-Ouest, un nuage noir, signe avant-coureur d'un orage d'été. Où le général avait-il donc la tête ? Comment pouvait-il laisser les Yankees avancer encore de dix-huit milles en Géorgie ? Ainsi que l'avait dit le docteur Meade, les montagnes étaient une forteresse naturelle. Pourquoi le vieux Joe n'y avait-il pas retenu les Yankees ?

Johnston se battit comme un lion à Resaca et repoussa une fois de plus les Yankees, mais Sherman, employant le même mouvement tournant, déploya son armée en demi-cercle, traversa l'Oostanaula, prit de nouveau les Confédérés de flanc et atteignit la voie ferrée. Les soldats gris abandonnèrent les trous qu'ils avaient creusés à même la terre rouge et volèrent au secours de leur chemin de fer. Épuisés par le manque de sommeil, harassés par les marches et les combats, le ventre creux, toujours le ventre creux, ils descendirent la vallée le plus vite qu'ils purent. Ils atteignirent la petite ville de Calhoun, à six milles au-dessous de Resaca, avant les Yankees, s'y retranchèrent et furent de nouveau en état de subir leur assaut quand les ennemis se présentèrent. On se battit. Il y eut de farouches engagements. Les Yankees furent repoussés. Les Confédérés n'en pouvaient plus. Ils imploraient qu'on leur laissât un peu de répit, un peu de repos. Mais il n'y eut point de trêve. Inexorable, Sherman avançait toujours. Son armée dessinait une large courbe autour de l'armée confédérée. Pas à pas Sherman avançait, obligeant encore les Sudistes à battre en retraite pour défendre la voie ferrée derrière eux.

Les Confédérés dormaient en marchant. La plupart étaient trop anéantis par la fatigue pour avoir la force de penser, mais, lorsqu'ils pensaient, ils faisaient confiance au vieux Joe. Ils savaient bien qu'ils battaient en retraite, mais ils savaient qu'ils n'avaient pas essuyé de défaite. Ils manquaient tout simplement d'hommes pour maintenir leurs positions et empêcher le mouvement tournant de Sherman. Ils avaient le dessus chaque fois que les Yankees acceptaient le combat. Comment se finirait cette retraite, ils n'en savaient rien. Mais le vieux Joe, lui, savait ce qu'il faisait et cela leur suffisait. Il avait effectué sa retraite de main de maître, car ils n'avaient pas perdu beaucoup d'hommes et les pertes des Yankees en tués et en prisonniers atteignaient un chiffre élevé. Ils n'avaient même pas perdu un fourgon et n'avaient dû abandonner que quatre canons. Et puis ils avaient toujours le chemin de fer derrière eux, ils ne l'avaient pas encore perdu. Malgré toutes ses attaques de front, ses charges de cavalerie et ses mouvements tournants, Sherman n'avait pas réussi à mettre la main dessus.

Le chemin de fer! Il était encore à eux, ce mince ruban d'acier qui serpentait le long de la vallée ensoleillée et descendait vers Atlanta. Là où les hommes se couchaient pour dormir un peu ils voyaient luire faiblement les rails à la clarté des étoiles. Là où les hommes se couchaient pour mourir dans la buée de chaleur qui montait autour d'eux, leurs yeux hagards apercevaient avant de se refermer les rails étincelants sous le soleil implacable.

À mesure qu'ils reculaient dans la vallée, ils entraînaient dans leur marche une armée de réfugiés. Planteurs et fermiers, riches et pauvres, blancs et noirs, femmes et enfants, vieillards, moribonds, infirmes, blessés, femmes à la veille d'accoucher, tous refluaient vers Atlanta, en train, à pied, à cheval, dans des voitures et des chariots où s'entassaient les malles, les meubles et les ustensiles de ménage. Précédant de cinq milles l'armée en retraite, les réfugiés firent halte à Resaca, à Calhoun, à Kingston, espérant à chacune de ces étapes apprendre qu'on avait repoussé les Yankees et qu'ils pourraient retourner chez eux. Mais il n'était pas question de reprendre en sens inverse la route ensoleillée. Les troupes grises passaient devant des maisons vides, des fermes désertes, des cases abandonnées dont les portes étaient entrebâillées… De-ci de-là, des femmes demeurées chez elles avec une poignée d'esclaves effrayés s'avançaient sur la route pour encourager les soldats, apporter des seaux d'eau tirée du puits à ceux qui avaient soif, panser les blessés, enterrer les morts dans la sépulture de famille. Mais la vallée ensoleillée était entièrement abandonnée, désolée, et les récoltes privées de soins se desséchaient dans les champs.

De nouveau pris de flanc à Calhoun, Johnston se replia sur Adairsville, où il y eut de vifs engagements, puis sur Cassville, puis au sud de Cartersville. Et l'ennemi, parti de Dalton, avait ainsi fait un bond de cinquante-cinq milles. À New Hope Church, à quinze milles au-delà, le long de la route chaudement disputée, les soldats gris, bien décidés à résister, se mirent à creuser des retranchements. Sans trêve ni repos, pareilles à un serpent monstrueux déroulant ses anneaux et jetant son venin, les lignes bleues se lancèrent à l'assaut et frappèrent, frappèrent, au mépris des files de blessés qu'elles étaient obligées d'évacuer. Pendant onze jours, à New Hope Church, on ne cessa de se battre avec l'énergie du désespoir. Tous les assauts yankees furent repoussés avec des pertes sanglantes. Pourtant Johnston, une fois encore pris de flanc, retira à quelques milles en arrière ses troupes qui s'amenuisaient.

Les Confédérés perdirent beaucoup d'hommes à New Hope Church. Des trains entiers déversèrent à Atlanta leurs chargements de blessés et la ville fut épouvantée. Jamais, même après la bataille de Chickamauga, la ville n'avait vu tant de blessés. Les hôpitaux étaient combles et l'on entassait les hommes à même le plancher dans les boutiques vides ou sur des balles de coton dans les entrepôts. Les hôtels, les pensions de famille, les maisons particulières étaient remplis de malades. Tante Pitty avait beau protester qu'il était inconvenant d'héberger des inconnus chez elle alors que Mélanie était dans une position délicate et que la vue de toutes ces misères risquait de faire accoucher sa nièce avant terme, elle dut faire comme tout le monde. Mélanie remonta un peu le dernier arceau de sa crinoline pour dissimuler sa taille qui s'alourdissait et les blessés envahirent la maison de briques. Pendant des heures et des heures on cuisina, on souleva les hommes sur leur lit, on les changea de place, on les éventa. Pendant des heures et des heures, on enroula des bandes, on fit de la charpie ; les nuits moites se succédèrent sans qu'il fût possible de dormir à cause des hommes qu'on entendait délirer. Finalement, la ville qui étouffait se trouva dans l'impossibilité de soigner un plus grand nombre de blessés dont le surplus fut dirigé sur les hôpitaux de Macon et d'Augusta.

Cette avalanche de blessés qui ramenaient de mauvaises nouvelles, le flot grandissant de réfugiés qui se répandait dans une ville déjà surpeuplée mirent le comble à l'effervescence d'Atlanta. Le petit nuage noir à l'horizon n'avait pas tardé à se transformer en un gros nuage lugubre, annonciateur d'un orage prochain.

Personne n'avait perdu sa foi en l'invincibilité des troupes, mais les civils tout au moins avaient perdu confiance dans le général. New Hope Church n'était qu'à trente-cinq milles d'Atlanta. En trois semaines le général avait dû reculer de trente-cinq milles. Pourquoi ne résistait-il pas aux Yankees au lieu de battre continuellement en retraite ? C'était un fou, pire qu'un fou. Les vieux barbons de la garde locale et les membres de la milice, bien en sûreté à Atlanta, déclaraient avec force qu'ils auraient beaucoup mieux mené la campagne et, à l'appui de leurs dires, dessinaient des cartes sur les nappes. Comme ses rangs se clairsemaient et qu'il était contraint de reculer encore, le général lança un appel pathétique au gouverneur Brown pour lui demander ces mêmes hommes, mais les troupes de l'État n'eurent pas lieu de s'alarmer. Après tout, le gouverneur avait refusé ses hommes à Jeff Davis, pourquoi donnerait-il satisfaction au général ?

Se battre, reculer ! Se battre, reculer ! Pendant vingt-cinq jours et sur une distance de soixante-dix milles, les Confédérés s'étaient battus presque sans arrêt. Maintenant les troupes grises tournaient le dos à New Hope Church, souvenir noyé dans une brume hallucinante de souvenirs analogues : chaleur, poussière, faim, fatigue, clac-clac des pas sur les routes aux ornières rouges, floc-floc des pas dans la boue rouge, retraite, retranchement, bataille… bataille, retranchement, bataille. New Hope Church fut une vision d'enfer ainsi que Big Shanty où les Confédérés firent front aux Yankees et luttèrent comme des démons. Mais on avait beau combattre les Yankees jusqu'à ce que les champs fussent bleus de morts, il y avait toujours d'autres Yankees, de nouveaux Yankees ; au sud-est, les lignes bleues dessinaient toujours cette courbe sinistre qui menaçait l'arrière-garde confédérée, la voie ferrée et Atlanta !

De Big Shanty, les troupes exténuées et privées de sommeil se replièrent vers les monts Kennesaw, non loin de la petite ville de Marietta et là, sur un front de dix milles, se déployèrent en demi-cercle. Le long des pentes abruptes du mont, elles creusèrent des trous pour les fantassins, et établirent leurs batteries sur la hauteur. Jurant, sacrant, les hommes en nage hissèrent les lourds canons au sommet de précipices que les mules ne pouvaient remonter. Des courriers et des blessés apportèrent des nouvelles rassurantes aux habitants d'Atlanta saisis de peur. Les hauts de Kennesaw étaient imprenables. Il en allait de même pour le mont du Pin et le mont Perdu, qu'on avait également fortifiés. Les Yankees ne pourraient pas déloger les hommes du vieux Joe et il leur serait presque impossible maintenant de les prendre de flanc, car les batteries postées sur les montagnes commandaient toutes les routes dans un rayon de plusieurs milles. Atlanta respira, mais…

Mais les monts Kennesaw n'étaient qu'à vingt-deux milles.

Le jour où les premiers blessés des monts Kennesaw arrivèrent à Atlanta, la voiture de Mme Merriwether s'arrêta devant la maison de tante Pitty à l'heure inouïe de sept heures du matin, et le noir oncle Levi fit dire à Scarlett de s'habiller immédiatement pour se rendre à l'hôpital. Fanny Elsing et les sœurs Bonnell, tirées d'un sommeil bienfaisant, bâillaient sur la banquette arrière et la mama des Elsing, un panier de bandes fraîchement lavées sur les genoux, était assise près du cocher et bougonnait. Scarlett se leva de mauvaise grâce. Elle avait dansé jusqu'à l'aube au bal de la Garde locale et ses pieds étaient las. Elle maudit en silence l'infatigable Mme Merriwether, les blessés, la Confédération du Sud en entier, tandis que Prissy boutonnait sur elle sa robe de calicot la plus vieille et la plus délabrée, celle qu'elle portait pour travailler à l'hôpital. Après avoir avalé l'amer brouet de maïs et les patates douces séchées qui tenaient lieu de petit déjeuner, elle descendit et alla rejoindre les jeunes femmes.

Scarlett en avait par-dessus la tête de soigner les malades. Ce jour-là, sans plus tarder, elle dirait à Mme Merriwether qu'Ellen lui avait écrit de venir la voir. Peine perdue, car cette estimable dame, les manches retroussées, sa plantureuse personne drapée dans un vaste tablier, lui décocha un regard sévère et dit :

– Je ne veux plus entendre ces sornettes, Scarlett Hamilton. Je vais écrire aujourd'hui à votre mère et je lui dirai combien nous avons besoin de vous. Je suis sûre qu'elle comprendra et qu'elle vous permettra de rester. Maintenant, mettez-moi ce tablier et filez chez le docteur Meade. Il lui faut quelqu'un pour l'aider à faire les pansements.

« Oh ! mon Dieu ! pensa tristement Scarlett, voilà bien ce qui me tracasse. Maman va vouloir que je reste ici et je mourrai à renifler plus longtemps ces puanteurs. Je voudrais bien être une vieille dame pour pouvoir tyranniser les jeunes femmes au lieu de me laisser tyranniser… et pour dire à ces vieilles chipies comme Mme Merriwether d'aller au diable ! »

Oui, elle en avait par-dessus la tête de l'hôpital, des odeurs écœurantes, des poux, des souffrances, des corps mal lavés. Si jamais son métier d'infirmière avait eu pour elle l'attrait de la nouveauté et un certain charme romanesque, depuis un an elle en avait rabattu. D'ailleurs, les blessés de la retraite n'étaient point aussi séduisants que les autres. Ils ne lui prêtaient pas la moindre attention et n'avaient pas grand-chose à dire en dehors de : « Quelles sont les nouvelles du front ? Que fait le vieux Joe maintenant ? Un type rudement malin, le vieux Joe. » Elle, elle ne trouvait pas le vieux Joe un type rudement malin. Tout ce qu'il avait su faire, c'était de laisser les Yankees s'enfoncer à quatre-vingt-huit milles en Géorgie. Non, ces blessés n'étaient pas bien appétissants. Et puis, bon nombre d'entre eux mouraient et mouraient vite, silencieusement, avec le peu de forces qui leur restait pour combattre l'empoisonnement du sang, la gangrène, la fièvre typhoïde et la pneumonie, tous ces maux contractés avant qu'ils eussent atteint Atlanta et vu un docteur.

La journée était chaude et, par les fenêtres, entraient des essaims de mouches, de grosses mouches paresseuses qui avaient raison de la résistance des hommes alors que, sur eux, la douleur n'avait pas prise. Comme une marée montante, les odeurs, les souffrances assaillirent Scarlett et la serrèrent de plus en plus près. Une cuvette à la main, elle suivit le docteur Meade autour des lits, et la sueur se mit à traverser sa robe fraîchement amidonnée.

Qu'elle était donc dégoûtée de rester près du docteur, de prendre sur elle pour ne pas vomir quand le bistouri à la lame brillante entaillait les chairs gangrenées. Que c'était donc horrible d'entendre les hurlements monter de la salle d'opération où l'on amputait. Et cet écœurant sentiment de pitié dont on ne pouvait se défendre devant les visages blêmes et crispés des hommes aux corps déchiquetés, de ces hommes qui guettaient le docteur et attendaient les paroles terribles : « Désolé, mon garçon, mais il va falloir enlever cette main. Oui, oui, je sais ; mais regarde-moi ça. Tu vois ces marques rouges, hein ? Il va bien falloir en passer par là. »

Le chloroforme était devenu si rare qu'on n'y avait plus recours que pour les pires amputations, et l'opium était si précieux qu'on ne s'en servait que pour rendre plus douces les agonies, mais non point les souffrances. Il n'y avait ni iode, ni quinine. Oui, Scarlett en avait par-dessus la tête de tout cela et, ce matin-là, à l'exemple de Mélanie, elle eût bien voulu invoquer une grossesse. En ces jours, c'était à peu près la seule excuse valable pour ne plus aller à l'hôpital.

Vers midi, Scarlett enleva son tablier et s'esquiva en profitant de ce que Mme Merriwether était occupée à écrire une lettre pour un montagnard illettré. Scarlett était à bout de nerfs. Soigner était pour elle une véritable punition, et elle savait qu'après l'arrivée du train de blessés de midi elle aurait probablement du travail jusqu'au soir, sans même trouver le temps de manger quelque chose.

Elle remonta la rue du Pêcher d'un pas rapide et respira l'air pur aussi profondément que le lui permettait son corset. Elle s'arrêta au coin d'une rue pour réfléchir à ce qu'elle allait faire. Elle avait honte de rentrer chez tante Pitty, mais elle ne voulait pas retourner à l'hôpital. Elle en était là de ses réflexions quand Rhett arrêta sa voiture à sa hauteur.

– Vous avez l'air d'un enfant de chiffonnier, remarqua-t-il en examinant la robe de calicot lavande reprisée en maints endroits, maculée de sueur et tachée par les éclaboussures de la cuvette qu'avait tenue Scarlett. La gêne et l'humiliation mirent la jeune femme hors d'elle. Pourquoi donc Rhett faisait-il toujours attention à la toilette des femmes et avait-il la grossièreté de faire allusion au négligé de la sienne ?

– Abstenez-vous de m'adresser la parole. Descendez donc plutôt, aidez-moi à monter et conduisez-moi quelque part où personne ne puisse me voir. Dût-on me pendre, je ne retournerai pas à l'hôpital. Sapristi, ce n'est tout de même pas moi qui ai entrepris cette guerre, et je ne vois pas pourquoi je me crèverais à la tâche, du reste…

– Vous trahissez notre Cause glorieuse !

– Tant va la cruche… Aidez-moi à monter. Peu importe où vous alliez. Emmenez-moi faire une promenade.

Il sauta sur le sol et brusquement Scarlett pensa combien il était agréable de voir un homme qui n'était ni aveugle, ni amputé, dont le visage n'était pas blêmi par la souffrance, ni jauni par la malaria, un homme qui avait l'air sain et bien nourri. Et puis, il était si bien habillé ! Sa veste et son pantalon étaient coupés dans le même tissu et, ni trop larges, ni trop ajustés, lui allaient à la perfection. Enfin ils étaient neufs et n'avaient pas de ces trous à travers lesquels on apercevait un morceau de chair tuméfiée ou des jambes poilues. On eût dit qu'il n'avait aucune préoccupation et, alors que tant d'hommes paraissaient soucieux et renfrognés, ce seul fait était extraordinaire. Son visage hâlé était empreint d'une expression débonnaire et, lorsqu'il aida Scarlett à monter, la bouche sensuelle, aux lèvres rouges et d'un modelé presque féminin, esquissa un sourire nonchalant.

Lorsqu'il monta à son tour et s'assit à côté d'elle, Scarlett vit saillir ses muscles sous l'étoffe et, comme toujours, elle éprouva une sorte de choc en devinant son extrême vigueur.

Fascinée, troublée, un peu effrayée, elle suivit le contour de ses épaules puissantes. Il devait avoir le corps aussi ferme et aussi dur que l'esprit. Et puis, sa force avait tant de grâce. Il avait une nonchalance de panthère qui s'étire au soleil, une souplesse de panthère qui va bondir et frapper.

– Petite masque ! lui dit-il après un claquement de langue à l'adresse de son cheval. Vous avez passé la nuit à danser avec des soldats, à leur donner des roses et des rubans, à leur raconter que vous voudriez mourir pour la Cause et, quand il s'agit de panser quelques blessures et d'ôter quelques poux, ouste, vous décampez !

– Vous ne pourriez pas changer de conversation et conduire un peu plus vite ? Ce serait bien de ma veine que le grand-papa Merriwether sorte de cette boutique. Il me verrait et s'en irait le raconter à la vieille… je veux dire à Mme Merriwether.

Rhett toucha la jument du bout de son fouet. La bête se mit à trotter et traversa à bonne allure la voie ferrée qui coupait la ville en deux. Le train de blessés était déjà en gare et, sous le soleil brûlant, les brancardiers hissaient les blessés dans les voitures d'ambulance et dans les fourragères bâchées. En les voyant, Scarlett n'eut aucun remords, bien au contraire elle éprouva un immense soulagement à l'idée de s'être enfuie.

– J'en ai par-dessus la tête de ce maudit hôpital, fit-elle en étalant sa crinoline et en resserrant les brides de sa capote. Chaque jour il y a de plus en plus de blessés. Tout ça c'est la faute du général Johnston. S'il avait tenu les Yankees en échec à Dalton, ils n'auraient…

– Mais il les a tenus en échec, pauvre enfant ignorante ! Seulement, s'il était resté sur ses positions, Sherman l'aurait pris de flanc et l'aurait écrasé entre les deux ailes de son armée. Enfin, il aurait perdu le contrôle de la voie ferrée et c'est pour elle que Johnston se bat.

– Oui, oui, reprit Scarlett, absolument inaccessible à la stratégie, n'empêche que c'est sa faute. Il aurait dû s'y prendre d'une autre façon et je trouve qu'on devrait le relever de son commandement. Pourquoi n'a-t-il pas résisté au lieu de battre en retraite ?

– Vous êtes comme les autres. Vous hurlez : « Qu'on lui coupe la tête » parce qu'il n'a pas pu faire l'impossible. À Dalton, il a été Jésus le Sauveur. Aux monts Kennesaw, le voilà Judas le Traître. Tout cela en six semaines. Pourtant il lui suffirait de repousser les Yankees de vingt milles pour être de nouveau Jésus. Mon enfant, Sherman a deux fois plus d'hommes que Johnston, et il peut se permettre de sacrifier deux hommes à chacune de nos courageuses dames. Johnston, lui, n'a pas un seul homme à perdre. De plus, il a fichtrement besoin de renforts et que va-t-on lui envoyer ? Les petits chouchous de Joe Brown. Joli renfort !

– C'est vrai, on va envoyer la milice au front ? et la Garde locale aussi ? Je n'en ai pas entendu parler. Comment le savez-vous ?

– Il en est fortement question. Le bruit en a couru ce matin après l'arrivée du train de Milledgeville. La milice et la Garde locale iront renforcer les troupes du général Johnston. Oui, les petits chéris du gouverneur Brown vont enfin respirer l'odeur de la poudre et j'imagine que la plupart seront bien étonnés. Ils ne s'attendaient sûrement pas à prendre part aux opérations. Le gouverneur le leur avait promis. La plaisanterie n'est pas mauvaise! Ils se croyaient à l'abri des bombes parce que le gouverneur avait résisté à Jeff Davis lui-même et avait refusé de les expédier en Virginie. Il prétendait qu'il avait besoin d'eux pour défendre son État. Qui aurait pu se figurer qu'on allait se battre dans la cour de leur maison et qu'ils seraient pour de bon obligés de défendre leur État?

– Comment pouvez-vous rire? Vous êtes cruel. Songez aux vieux messieurs et aux jeunes garçons de la Garde locale. Mais voyons! Le petit Phil Meade va partir et le vieux Merriwether et l'oncle Henry Hamilton aussi!

– Je ne parle pas des garçonnets ou des vétérans de la guerre du Mexique. Je parle de ces braves jeunes gens comme Willie Guinan qui aiment à porter de beaux uniformes et à brandir un sabre...

– Et vous?

– Ma chère, ça me laisse froid. Je ne porte pas d'uniforme, je ne brandis pas de sabre et le sort de la Confédération m'est absolument égal. D'ailleurs, je n'ai nulle envie d'être compté parmi les morts soit dans la Garde locale, soit dans les rangs d'une autre armée. Les choses militaires, à West Point, j'en ai eu assez pour le restant de mes jours... Allons, je souhaite bonne chance au vieux Joe. Le général Lee ne peut lui être d'aucun secours, parce que les Yankees le retiennent en Virginie. C'est pour cela que les troupes de l'État de Géorgie sont les seuls renforts dont il puisse disposer. Il mérite mieux, car c'est un grand stratège. Il s'arrange toujours pour se trouver au bon endroit avant les Yankees. Néanmoins, il sera forcé de battre encore en retraite s'il veut protéger la voie ferrée. Et, retenez bien mes paroles, quand les Yankees l'auront délogé des montagnes et l'auront amené près d'ici en terrain plat, ce sera une boucherie.

– Près d'ici? s'écria Scarlett. Vous savez très bien que les Yankees n'avanceront pas jusqu'ici.

– Les monts Kennesaw ne sont qu'à vingt-deux milles et je vous parie...

– Rhett, regardez là-bas, au bout de la rue! Cette foule d'hommes! Ce ne sont pas des soldats. Ça par exemple... mais ce sont des noirs!

Un gros nuage de poussière rouge remontait la rue et, du nuage, s'élevait le bruit d'innombrables pieds martelant le sol et les voix basses, nonchalantes, d'une centaine de nègres chantant un hymne, Rhett rangea la voiture le long du trottoir et Scarlett regarda avec curiosité les nègres en sueur qui, pelle et pioche sur l'épaule, étaient encadrés par un officier et un peloton d'hommes revêtus des insignes du génie.

– Ça, par exemple..., fit de nouveau Scarlett.

Alors ses yeux se posèrent sur un grand gaillard noir au premier rang. Dépassant presque six pieds six pouces, c'était une sorte de géant couleur d'ébène. Il marchait avec la grâce souple d'un animal puissant et l'on voyait étinceler ses dents blanches, tandis qu'il chantait à pleins poumons *Descends, Moïse*[3], pour entraîner ses camarades. À l'exception de Big Sam, le contremaître de Tara, il n'y avait sûrement aucun nègre au monde qui fût aussi grand et eût pareille voix. Mais que pouvait bien faire là Big Sam, si loin de la maison, surtout en ce moment où, à défaut de régisseur, il était le bras droit de Gérald ?

Comme Scarlett se soulevait de son siège pour mieux voir, le géant l'aperçut, la reconnut et un rire joyeux fendit son visage en deux. Il s'arrêta, laissa tomber sa pelle, puis se dirigea vers Scarlett en appelant les nègres les plus près de lui : « Dieu tout-puissant ! C'est ma'ame Sca'lett ! Hé, Élisée ! Hé, l'Apôt' ! Hé, le P'ophète : c'est ma'ame Sca'lett ! »

La confusion régna dans les rangs. La troupe s'arrêta, ne sachant plus que faire. Grimaçant, Big Sam traversa la route, suivi de trois autres grands nègres aux trousses desquels l'officier se lança en vociférant :

– Rentrez dans les rangs, les gars ! Rentrez, je vous dis, sans ça... Tiens, mais c'est Mme Hamilton. Bonjour, madame, bonjour, monsieur. Comment, vous voilà en train d'inciter mes hommes à l'indiscipline ! Vous voulez donc fomenter une mutinerie ? Dieu sait pourtant si j'en ai du mal avec ces chenapans depuis ce matin.

– Oh ! capitaine Randall, ne les punissez pas. Ce sont nos gens. Celui-là, c'est Big Sam, notre contremaître, et voici Élisée, l'Apôtre et le Prophète. Ils sont tous de Tara. Voyons, ils ne pouvaient pas faire autrement que de venir me dire bonjour. Comment ça va, mes amis ?

Scarlett serra les mains qui se tendaient autour d'elle. Sa petite main blanche disparut dans les grosses pattes noires, et les quatre nègres,

3. *Go Down Moses* : célèbre Spiritual, musique religieuse chantée par les esclaves.

ravis de cette rencontre et tout farauds de montrer à leurs camarades quelle jeune et jolie maîtresse ils avaient, se mirent à gambader comme des fous.

– Que faites-vous si loin de Tara? Vous vous êtes sûrement sauvés, j'en mettrais ma main au feu. Vous ne savez donc pas que les gendarmes vont vous attraper?

Ce badinage les combla d'aise et ils rirent bruyamment.

– Sauvés? répondit Big Sam. Non, ma'ame, nous, on s'est pas sauvés. Ils nous ont envoyé ché'cher, à cause que c'est nous les plus g'ands et les plus fo'ts à Ta'a. C'est moi su'tout qu'ils voulaient, à cause que je chante si bien. Oui, ma'ame, missié F'ank Kennedy, il est venu nous ché'cher.

– Mais pourquoi, Big Sam?

– Seigneu', ma'ame Sca'lett. Vous savez pas? Nous aut' on va c'euser des fossés pou' que les missiés blancs s'y cachent dedans quand les Yankees ils viend'ont.

Le capitaine Randall et les occupants de la voiture réprimèrent un sourire en entendant cette naïve définition des tranchées.

– Pou' sû', missié Gé'ald il a failli avoi' une attaque quand ils m'ont emmené, et il a dit qu'il pouvait pas fai' ma'cher la plantation sans moi. Mais ma'ame Ellen elle a dit: «Emmenez-le, missié Kennedy. La Confédé'ation, elle a plus besoin de Big Sam que nous.» Et elle m'a donné un dolla' et elle m'a dit de fai' tout ce que les missiés blancs ils nous di'ont. Alo' on est venu ici.

– Que signifie tout ceci, capitaine Randall?

– Oh! c'est fort simple. Nous avons besoin de creuser plusieurs milles de tranchées nouvelles pour renforcer la défense d'Atlanta, et le général n'a pas un homme à distraire du front. Alors nous avons réquisitionné les nègres les plus solides pour effectuer ce travail.

– Mais...

Le cœur de Scarlett se serra sous l'empire d'une peur froide et insidieuse. Plusieurs milles de tranchées nouvelles! Pour quoi faire? Dans le courant de l'année précédente on avait construit tout autour d'Atlanta une série de larges redoutes en terre avec des emplacements pour les canons. Ces grands ouvrages étaient reliés entre eux par des tranchées qui encerclaient complètement la ville. De nouvelles tranchées?

– Mais... pourquoi fortifier plus que nous ne le sommes déjà? Nous ne nous servirons même pas de ce que nous avons. Le général ne laissera sûrement pas...

– Nos fortifications actuelles ne se trouvent qu'à un mille de la ville, dit le capitaine Randall. C'est trop près. On construira celles-ci beaucoup plus loin. Vous comprenez, il se peut qu'une nouvelle retraite amène les nôtres à Atlanta.

Aussitôt il regretta sa dernière remarque en voyant les yeux de Scarlett agrandis par la crainte.

– Bien entendu, il n'y aura pas de nouvelle retraite, s'empressa-t-il d'ajouter. Les lignes du Kennesaw sont imprenables. Les batteries sont établies au sommet des montagnes et commandent les routes. Il est impossible que les Yankees puissent passer.

Mais Scarlett vit le capitaine baisser les yeux devant le regard lent et pénétrant que lui adressa Rhett, et elle fut effrayée. Elle se rappela la remarque de Rhett. « Quand les Yankees l'auront amené par ici, en terrain plat, ce sera une boucherie. »

– Oh ! capitaine, pensez-vous que...

– Mais non, bien sûr. Ne vous mettez pas martel en tête. Le vieux Joe aime seulement à prendre ses précautions. C'est l'unique raison pour laquelle nous nous mettons à creuser de nouveaux retranchements... Allons, il est temps que je vous quitte. Ç'a été un plaisir pour moi de bavarder avec vous... Dites au revoir à votre maîtresse, les gars, et en route.

– Au revoir, mes amis, si vous êtes malades, ou si vous avez des ennuis, faites-le-moi savoir. J'habite juste au bas de la rue du Pêcher, presque la dernière maison de la ville. Attendez une minute... (Elle fouilla dans son réticule.) Oh ! mon Dieu, je n'ai pas un cent. Rhett, donnez-moi un peu d'argent. Tiens, Big Sam, achète du tabac pour toi et tes camarades. Et puis, soyez gentils et faites ce que le capitaine Randall vous dira.

Les rangs disloqués se reformèrent et le nuage de poussière rouge s'éleva de nouveau tandis que les nègres se remettaient en marche, entraînés par Big Sam qui chantait :

De-escends, Mo-oïse ! De-escends en Égy-ipte
Et dis au vieux Pha'a-on
De laisser pa'ati' mon peu-peuple !

– Rhett, le capitaine Randall m'a menti... comme tous les hommes nous mentent à nous autres femmes de peur que nous ne nous évanouissions. Oh ! Rhett, s'il n'y a aucun danger, pourquoi creuse-t-on ces nouveaux retranchements ? L'armée est-elle donc si à court d'hommes qu'on est obligé d'employer des noirs ?

Rhett claqua la langue et la jument partit.
– Oui, l'armée est diablement à court d'hommes, sans quoi on ne ferait pas appel à la Garde locale. Quant à la question des retranchements, eh bien! on attribue une certaine valeur aux fortifications en cas de siège. Le général se prépare à livrer ici son ultime bataille.
– Un siège! Oh! faites demi-tour. Je rentre chez moi, chez moi à Tara, tout de suite!
– Qu'est-ce qui vous prend?
– Un siège! Oh! mon Dieu, un siège! J'en ai entendu parler. Papa a assisté à un siège, à moins que ce ne soit son père, et papa m'a dit…
– Quel siège?
– Le siège de Drogheda lorsque Cromwell a battu les Irlandais. Ils n'avaient rien à manger. Papa m'a dit qu'ils mouraient de faim dans la rue et qu'ils ont fini par manger des chats et des rats et même des cancrelats. Et il m'a dit qu'avant de se rendre ils se sont mangés entre eux. Il est vrai que je n'ai jamais su s'il fallait croire ça ou non. Et quand Cromwell a pris la ville, toutes les femmes ont été… Un siège! Sainte Vierge!
– Vous êtes la jeune personne la plus affreusement ignorante que j'aie jamais vue. Le siège de Drogheda a eu lieu en seize cent et quelque chose et M. O'Hara ne pouvait pas être né à cette époque-là. D'ailleurs Sherman n'est pas Cromwell…
– Non, mais il est pire. On dit…
– Quand aux viandes que les Irlandais ont mangées pendant le siège… pour ma part je préférerais un rat bien juteux aux victuailles qu'on m'a servies récemment à l'hôtel. Je crois que je vais être obligé de retourner à Richmond. On mange bien là-bas, à condition d'y mettre le prix.
On voyait dans ses yeux qu'il se moquait de la frayeur peinte sur le visage de sa compagne.
Vexée d'avoir montré son trouble, Scarlett s'écria:
– Je ne vois pas pourquoi vous restez ici! Vous ne pensez qu'à votre confort, qu'à manger et… et aux choses du même ordre.
– Je ne connais pas de façon plus agréable de passer le temps que de manger et, hum… les choses du même ordre. Maintenant, si vous voulez savoir pourquoi je reste, eh bien! j'ai lu pas mal d'histoires sur les sièges, mais je n'en ai pas vu un seul. Aussi, je pense que je resterai ici en curieux. N'étant pas combattant, je ne risque guère d'être blessé, du reste je tiens à tenter cette expérience. Il ne faut jamais refuser une expérience, Scarlett, ça enrichit l'esprit.
– J'ai l'esprit assez riche comme ça.

– Vous savez peut-être mieux que moi à quoi vous en tenir sur ce point, mais… mais non, je ne dirai rien, ce ne serait pas galant. Je reste peut-être aussi pour voler à votre secours quand le siège aura commencé. Je n'ai encore jamais sauvé de jeune femme en péril. Ça aussi, ce sera une nouvelle expérience.

Scarlett savait qu'il la taquinait, mais elle devina qu'au fond il parlait sérieusement. Elle hocha la tête.

– Je n'aurai pas besoin de vous pour me sauver. Merci, je suis assez grande pour me tirer d'affaire toute seule.

– Ne dites pas cela, Scarlett. Pensez-le si ça vous fait plaisir, mais ne le dites jamais à un homme ! C'est ça qui est agaçant chez les jeunes filles yankees. Elles seraient délicieuses si elles ne passaient pas leur temps à vous dire merci et à ajouter qu'elles sont assez grandes pour se tirer d'affaire toutes seules. En général elles disent vrai, Dieu leur vient en aide. Aussi les hommes les laissaient-ils se débrouiller toutes seules.

– Vous avez une façon d'arranger les choses, fit Scarlett sèchement, car il n'y avait pas pire insulte que d'être comparée à une jeune fille yankee. Je suis persuadée que vous mentez à propos du siège. Vous savez très bien que les Yankees n'arriveront pas jusqu'à Atlanta.

– Je vous parie qu'ils seront ici avant un mois. Je vous parie une boîte de bonbons contre… (Ses yeux sombres errèrent jusqu'à ses lèvres.) Contre un baiser.

Quelques instants auparavant, la crainte d'une invasion yankee lui avait étreint le cœur, mais au mot « baiser » Scarlett s'empressa d'oublier tout cela. Elle se retrouvait sur un terrain familier, bien plus intéressant que celui des opérations militaires. Elle eut peine à réprimer un sourire de satisfaction. Depuis le jour où il lui avait offert la capeline verte, Rhett ne lui avait fait aucune avance. Malgré les efforts qu'elle avait déployés, il avait toujours évité les sujets personnels, mais maintenant, sans qu'elle eût déployé le moindre artifice, il se mettait à parler de baiser.

– Je n'aime pas beaucoup ce genre de conversations, fit-elle d'un ton froid tout en l'accompagnant d'un froncement de sourcils. D'ailleurs j'aimerais encore mieux embrasser un porc.

– Les goûts ne se discutent pas et j'ai toujours entendu dire que les Irlandais avaient un faible pour les cochons, qu'ils allaient même jusqu'à les faire coucher sous leur lit. Pourtant, Scarlett, vous avez grand besoin qu'on vous embrasse. C'est là que le bât vous blesse. Tous vos soupirants ont eu trop de respect pour vous, Dieu seul sait pourquoi. Ou bien ils ont eu trop peur de vous pour faire ce qu'il fallait. Le résultat, c'est que vous êtes d'une arrogance insupportable. Il faudrait que vous soyez embrassée par quelqu'un qui sache s'y prendre.

La conversation ne prenait pas du tout la tournure que Scarlett avait souhaitée. Il en était toujours ainsi quand elle se trouvait avec Rhett. C'était toujours un duel dans lequel elle avait le dessous.

– Et je suppose que vous vous figurez être la personne qu'il me faut? railla-t-elle, bien qu'elle eût du mal à se contenir.

– Oui, si je voulais m'en donner la peine, fit-il avec indolence. On prétend que j'embrasse fort bien.

– Oh! commença-t-elle, indignée par cet affront à ses charmes. Comment, vous..., mais, dans sa confusion, elle s'arrêta court.

Rhett souriait et cependant, au fond de ses yeux, une petite flamme dure avait lui pour s'éteindre aussitôt.

– Bien entendu, vous vous êtes sans doute demandé pourquoi je n'avais pas essayé de profiter de mon avantage après le chaste baiser dont je vous ai gratifiée le jour où je vous ai apporté cette capeline.

– Je ne me suis jamais...

– Eh bien! vous n'êtes pas gentille, Scarlett, et je suis navré de l'apprendre. Toutes les jeunes personnes vraiment gentilles s'étonnent quand les hommes n'essaient pas de les embrasser. Elles savent qu'elles ne devraient pas désirer qu'on les embrasse et qu'elles doivent jouer l'indignation si on le fait, mais enfin, elles souhaitent que les hommes les embrassent... Allons, ma chère, du courage. Un de ces jours, je vous embrasserai et ça vous fera plaisir. Mais pas maintenant, aussi vous prierai-je de ne pas vous impatienter.

Scarlett savait qu'il la taquinait, mais comme toujours ses taquineries la mettaient hors d'elle. Il y avait toujours trop de vrai dans ce qu'il disait. En tout cas, il ne fallait pas qu'il songeât aller plus loin. Si jamais il était assez mal élevé pour essayer de prendre des libertés avec elle, elle lui montrerait de quel bois elle se chauffait.

– Seriez-vous assez aimable pour faire demi-tour, capitaine Butler? J'aimerais retourner à l'hôpital.

– Vraiment, mon ange de charité? Les poux et les eaux sales valent donc ma conversation? Allons, loin de moi la pensée d'empêcher une paire de mains bénévoles de travailler pour notre glorieuse Cause.

Il fit faire demi-tour au cheval et la voiture repartit vers le passage à niveau.

– Maintenant, poursuivit-il d'un ton suave, comme si Scarlett ne lui avait pas signifié que le sujet était clos, si vous voulez savoir pour-

quoi je n'ai pas profité de la situation, c'est parce que j'attends que vous ayez encore un peu grandi. Vous comprenez, ce ne serait pas très drôle pour moi de vous embrasser en ce moment, et je suis très égoïste dans mes plaisirs. Embrasser des enfants ne m'a jamais rien dit.
Du coin de l'œil il vit la poitrine de Scarlett se soulever sous l'empire d'une rage contenue et il réprima un sourire.
– Et puis, continua-t-il d'une voix douce, j'attendais aussi que s'effaçât le souvenir de l'estimable Ashley Wilkes.
Au nom d'Ashley, Scarlett se sentit traversée par une douleur subite et des larmes brûlantes lui montèrent aux yeux. S'effacer? Le souvenir d'Ashley ne s'effacerait jamais, même s'il était mort depuis un millier d'années. Elle pensa à Ashley. Elle le vit blessé; il se mourait loin d'elle, dans une geôle yankee; il n'avait pas de couvertures pour se réchauffer; personne n'était là pour lui tenir la main. Scarlett éprouva une haine violente pour l'homme repu assis à ses côtés, pour cet homme dont le sarcasme perçait sous un ton doucereux.
Elle était trop en colère pour parler et, pendant un certain temps, ils roulèrent en silence.
– Maintenant, reprit Rhett, je lis à peu près clairement votre jeu à vous et à Ashley. J'ai commencé à comprendre le jour de la scène peu élégante que vous avez faite aux Douze Chênes, et depuis j'ai glané bien des choses en ouvrant les yeux. Quelles sont ces choses? Eh bien! que vous continuez de nourrir pour lui une passion romantique de collégienne et qu'il vous rend la pareille dans la mesure où le lui permet son honorable nature. Que Mme Wilkes ne sait rien et qu'en cela, à vous deux, vous lui avez joué un joli tour. Je comprends pratiquement tout, sauf une chose et qui pique ma curiosité. L'honorable Ashley a-t-il jamais exposé son âme immortelle en vous embrassant?
Pour toute réponse, Scarlett détourna la tête.
– Oh! c'est parfait, alors, il vous a embrassée. Je suppose que ça s'est passé lorsqu'il était en permission. Et maintenant qu'il est probablement mort vous vous repaissez de ce baiser. Mais j'ai la conviction que vous prendrez le dessus et, quand vous aurez oublié ce baiser, je...
Scarlett se retourna, furieuse.
– Vous, vous... allez au diable! dit-elle avec violence, ses yeux verts brillants de rage. Laissez-moi descendre de cette voiture avant que je saute sur les roues. Je ne veux plus vous adresser la parole.
Rhett arrêta la voiture, mais avant qu'il ait pu sauter à terre pour l'aider à descendre, Scarlett s'élança. Sa crinoline s'accrocha à la roue

et, pendant un moment, les passants aperçurent un flot de jupons et de jambes de pantalons. Alors Rhett intervint et dégagea rapidement la jupe. Scarlett s'éloigna sans un mot, sans même se retourner. Rhett se mit à rire doucement et, d'un claquement de langue, fit repartir son cheval.

XVIII

Pour la première fois depuis le début de la guerre, Atlanta entendit le bruit de la bataille. Au petit matin, avant que la ville s'éveillât, on distingua dans le lointain, du côté des monts Kennesaw, un faible grondement, le roulement sourd du canon qu'on aurait pu prendre pour le roulement du tonnerre en été. Vers midi, le bruit fut parfois assez fort pour dominer la rumeur du trafic. Les gens essayèrent de ne pas écouter, s'efforcèrent de bavarder, de rire, de vaquer à leurs occupations, comme si les Yankees n'étaient pas à vingt-deux milles, mais, sans cesse, le canon revenait bourdonner à leurs oreilles. La ville entière avait un aspect inquiet. Tout le monde écoutait le cœur battant. Le grondement augmentait-il d'intensité ? ou bien n'était-ce qu'un effet de l'imagination ? Le général Johnston les tiendrait-il en échec cette fois-ci ? Résisterait-il ?

Il s'en fallait de peu que la ville ne fût prise de panique. Les nerfs qui, chaque jour depuis la retraite, se tendaient davantage, menaçaient de céder. Personne n'exprimait ses craintes. C'était là un sujet tabou, mais la tension nerveuse se manifestait dans les critiques qu'on n'épargnait pas au général. L'opinion était fiévreuse. Sherman, en somme, était aux portes d'Atlanta. Un autre repli et les Confédérés seraient en ville.

– Donnez-nous un général qui ne recule pas ! Donnez-nous un homme qui résistera et se battra !

Au son lointain du canon, la milice, « les chouchous de Joe Brown », et la Garde locale sortirent d'Atlanta pour défendre les ponts et les gués et la rivière Chattahoochee dans le dos de Johnston. Il faisait un temps lourd et gris, et lorsque les troupes eurent dépassé les Cinq Fourches et quitté l'avenue Marietta une grosse pluie se mit à tomber. Toute la ville était dehors pour les voir passer et maintenant, serrés les uns contre les autres, sous les auvents de bois des boutiques de la rue du Pêcher, les gens essayaient de manifester leur enthousiasme.

Scarlett et Maybelle Merriwether Picard avaient obtenu la permission de quitter l'hôpital et d'assister au départ des hommes parce que l'oncle Henry Hamilton et le grand-père Merriwether faisaient partie de la Garde locale et, en compagnie de Mme Meade, elles se laissaient écraser par la foule et se dressaient sur la pointe des pieds pour mieux voir. Bien qu'elle éprouvât, comme tout le Sud, le désir de n'envisager le développement de la bataille que sous l'angle le plus favorable et le plus rassurant, Scarlett eut froid dans le dos en regardant défiler devant elle les rangs bigarrés. Il fallait vraiment que la situation fût désespérée pour qu'on fît appel à ce ramassis de vieux et de gamins. Évidemment, on découvrait, parmi eux, un certain nombre d'hommes jeunes et bien portants, qui, sous l'uniforme étincelant de la milice, arboraient plumes et écharpes. Mais il y avait tant de vieillards et de jeunes garçons et, en les voyant, Scarlett sentit son cœur se serrer de pitié et de peur. Au son des fifres et des tambours, des hommes à la barbe grise, plus âgés que son père, essayaient de marcher au pas sous la pluie drue. Le meilleur châle de Mme Merriwether sur les épaules pour se protéger de l'averse, le grand-papa Merriwether s'avançait au premier rang et adressa un sourire aux jeunes femmes. Celles-ci agitèrent leurs mouchoirs et lui crièrent au revoir ; mais Maybelle se cramponna au bras de Scarlett et murmura : « Oh ! le pauvre ! Encore une averse et ce sera la fin ! Son lumbago... » Le col de son long manteau noir remonté jusqu'aux oreilles, deux pistolets datant de la guerre du Mexique passés à la ceinture, un sac de voyage en tapisserie à la main, l'oncle Henry Hamilton emboîtait le pas au grand-papa Merriwether. À ses côtés marchait un domestique, presque aussi vieux que lui, et le nègre brandissait un parapluie grand ouvert au-dessus de leur tête à tous deux. Épaule contre épaule avec leurs aînés venaient les jeunes. Aucun d'eux ne semblait avoir plus de seize ans... Beaucoup d'entre eux s'étaient sauvés de l'école pour s'engager. De-ci, de-là, on remarquait des groupes de jeunes gens portant l'uniforme des cadets des académies militaires. Leurs casquettes grises trempées s'ornaient d'une plume de coq noire, et un baudrier bien blanc barrait leur poitrine. Au milieu d'eux Phil Meade, le chapeau crânement incliné sur l'oreille, exhibait le sabre de son frère mort et ses pistolets de cavalier. Jusqu'à ce qu'il fût passé Mme Meade sourit et lui fit signe de la main, puis, pendant un moment, elle appuya sa tête sur l'épaule de Scarlett comme si ses forces l'avaient soudain trahie.

Un grand nombre d'hommes étaient sans armes, car la Confédération n'avait eu ni fusils ni munitions à leur remettre. Ils espéraient s'équiper en dépouillant les Yankees tués ou prisonniers. Beaucoup avaient glissé un coutelas dans leur botte et tenaient à la main de longues perches terminées par une pointe de fer qu'on appelait « les

piques de Joe Brown». Ceux que le sort avait favorisés portaient en bandoulière de vieux mousquets à pierre et des poires à poudre accrochées à leur ceinture.
Johnston avait perdu environ dix mille hommes au cours de la retraite. Il avait besoin de dix mille hommes de troupes fraîches. «Et voilà ce qu'on lui envoie!» se dit Scarlett, épouvantée.
Comme l'artillerie passait dans un bruit de tonnerre en faisant gicler la boue sur les spectateurs, Scarlett aperçut un nègre qui cheminait sur une mule auprès d'un canon. C'était un jeune nègre à visage grave dont la peau avait une couleur de harnais. «C'est Mose! Le Mose d'Ashley! Que peut-il bien faire ici?» Elle se fraya un chemin à travers la foule, arriva au bord du trottoir et lança: «Mose! Arrête!»
Le jeune homme la vit et s'apprêta à mettre pied à terre. Un sergent ruisselant de pluie l'interpella:
– Eh! reste sur ta mule, mon gars, sans ça je te mets le feu quelque part. Va tout de même falloir qu'on y arrive à ces montagnes.
Mose ne savait plus que faire et regardait alternativement le sergent et Scarlett. Alors, la jeune femme, pataugeant dans la boue, évitant les roues des canons, s'avança et empoigna la courroie de l'étrier de Mose.
– Oh! une petite minute, sergent. Ne descends pas, Mose. Que peux-tu bien faire ici?
– Mais j'y vais enco' à la gué' ! Ma'ame Sca'lett! Mais cet' fois avec le vieux missié John au lieu de missié Ashley!
– M. Wilkes!
Scarlett n'en pouvait croire ses oreilles. M. Wilkes approchait de soixante-dix ans.
– Où est-il?
– Dé'ié, avec le de'nier canon, ma'ame Sca'lett. Là-bas.
– Excusez, madame. Allons, avance, mon gars!
Scarlett resta un moment immobile, enfoncée dans la boue jusqu'à la cheville tandis que les canons continuaient de cahoter sur la chaussée. «Oh! non! pensa-t-elle, ce n'est pas possible. Il est trop vieux! Et il n'aime pas plus la guerre qu'Ashley.» Elle recula de quelques pas vers le bord du trottoir et dévisagea tous les hommes qui passaient. Alors, comme le dernier caisson et le dernier canon arrivaient dans un fracas de roues et un déluge de boue, elle vit M. Wilkes. Mince, élancé, ses longs cheveux argentés sur le cou, il montait avec désinvolture une petite jument qui, de fondrière en fondrière, choisissait son chemin avec une grâce de dame portant robe de satin.

– Mais… cette jument, c'est Nellie ! La Nellie de Mme Tarleton ! Le petit trésor de Béatrice Tarleton !
Lorsque John Wilkes aperçut Scarlett, il arrêta sa monture, mit pied à terre et se dirigea vers la jeune femme un sourire aux lèvres.
– J'espérais bien te voir, Scarlett. Tes parents m'ont chargé de tant de choses pour toi. Mais je n'ai pas eu le temps. Nous sommes arrivés ce matin et aussitôt on nous a fait partir, comme tu le vois.
– Oh ! monsieur Wilkes ! s'écria Scarlett sans lui lâcher la main. Ne partez pas ! Pourquoi faut-il que vous partiez ?
– Alors tu me trouves trop vieux ! (Il sourit. C'était le sourire d'Ashley sur un visage plus vieux.) Je suis peut-être trop vieux pour accomplir des marches, mais pas pour monter à cheval ou pour tirer. Et comme Mme Tarleton a été assez aimable pour me prêter Nellie, me voilà bien monté. J'espère qu'il n'arrivera rien à Nellie, car, s'il lui arrivait quelque chose, je ne pourrais plus me présenter chez Mme Tarleton. Nellie était le dernier cheval qui lui restait.
Il riait maintenant et son rire dissipait les craintes de Scarlett.
– Ta mère, ton père et les petites vont bien. Ils t'envoient tous leur souvenir affectueux. Ton père a failli venir avec nous aujourd'hui !
– Oh ! non, pas papa ! s'écria Scarlett, terrorisée. Papa, papa ! Il ne va pas partir à la guerre, n'est-ce pas ?
– Non, mais il s'en est fallu de peu. Naturellement il ne peut pas aller bien loin, avec son genou ankylosé, mais il voulait à toutes forces partir à cheval avec nous. Ta mère a accepté à condition qu'il soit capable de sauter la clôture du champ, car, a-t-elle dit, à l'armée, il y aura des moments durs pour les cavaliers. Ton père pensait que c'était facile, mais… le croirais-tu ? Lorsque son cheval s'est présenté devant la barrière, il s'est arrêté pile et ton père est passé pardessus sa tête. C'est miracle qu'il ne se soit pas rompu le cou ! Tu sais comme il est entêté. Il s'est relevé et a essayé de nouveau. Eh bien ! Scarlett, il s'y est repris à trois fois avant que Mme O'Hara et Pork l'emmènent se coucher. Il était dans une belle colère. Il jurait que ta mère avait jeté un sort au cheval. Non, Scarlett, il n'est pas bon pour le service armé. Ça n'a rien de honteux, tu sais. Après tout, il faut bien que quelqu'un reste chez soi à faire pousser les récoltes pour l'armée.
Scarlett n'éprouvait pas la moindre honte, elle ne ressentait qu'un immense soulagement.
– J'ai envoyé India et Honey à Macon, chez les Burr, et M. O'Hara s'occupera à la fois des Douze Chênes et de Tara… Il faut que je m'en aille, ma chère. Laisse-moi embrasser ta jolie frimousse.

La gorge serrée, Scarlett lui rendit son baiser. Elle aimait tant M. Wilkes. Autrefois, il y avait bien longtemps, elle avait espéré devenir sa belle-fille.

– Et tu embrasseras Pittypat et Mélanie pour moi, ajouta-t-il en posant deux autres baisers légers sur les joues de Scarlett. Comment va Mélanie ?

– Elle va bien.

– Ah !

Ses yeux se posèrent sur elle, mais sans s'arrêter, comme s'ils la traversaient, comme si les yeux gris et rêveurs pareils à ceux d'Ashley fixaient un autre monde.

– J'aurais pourtant bien aimé voir mon premier petit enfant ! Au revoir, ma chère petite.

Il sauta en selle et s'éloigna au trot, le chapeau à la main, sa chevelure argentée offerte à la pluie. Scarlett avait rejoint Maybelle et Mme Meade avant d'avoir saisi la portée des dernières paroles de M. Wilkes. Alors, ayant soudain compris, elle se signa avec une frayeur superstitieuse et s'efforça de prier. Il avait parlé de la mort, tout comme Ashley l'avait fait, et maintenant Ashley... personne ne devrait jamais parler de la mort ! C'était tenter la Providence. Tandis que, sous la pluie, les trois jeunes femmes reprenaient en silence le chemin de l'hôpital, Scarlett disait une prière : « Épargnez-le, mon Dieu ! Épargnez-les, lui et Ashley ! »

La retraite de Dalton aux monts Kennesaw avait duré du début de mai à la mi-juin, et comme le mois de juin s'écoulait chaud et pluvieux et que Sherman n'arrivait pas à déloger les Confédérés des hauteurs abruptes, l'espoir renaissait. Tout le monde reprenait courage et parlait en meilleurs termes du général Johnston. L'humide mois de juin céda la place à un mois de juillet plus humide encore. Désespérément accrochés à leurs retranchements, les Confédérés tenaient toujours Sherman en échec. Alors, Atlanta fut prise d'un accès de folie joyeuse. L'espérance montait à la tête des gens comme du champagne. Hourra ! Hourra ! Nous les tenons ! Une épidémie de réceptions et de bals éclata. Chaque fois que des hommes descendaient en groupes des lignes et venaient passer la nuit en ville, on donnait en leur honneur des dîners suivis de sauteries et les jeunes filles, dix fois plus nombreuses qu'eux, se les arrachaient et se battaient pour danser avec eux.

Atlanta était encombrée de visiteurs, de réfugiés, de parents des blessés soignés dans les hôpitaux, de femmes et de mères qui souhaitaient être au chevet de leurs maris ou de leurs fils s'ils étaient blessés dans les montagnes. Enfin, de tous les comtés environnants où il ne restait plus que des hommes au-dessous de seize ans ou au-dessus de soixante, des nuées de jeunes filles s'abattaient sur la ville. Tante Pitty désapprouvait hautement cet état de choses, car, d'après elle, ces personnes ne venaient à Atlanta que pour y décrocher un mari et, en constatant ce manque de pudeur, elle se demandait à quel abîme courait le monde. Scarlett partageait sa façon de voir. Elle ne se souciait guère de la concurrence des tendrons de seize ans dont les joues fraîches et les belles couleurs faisaient oublier que leurs robes avaient été retournées deux fois et que leurs chaussures étaient rapiécées. Elle-même possédait des toilettes plus neuves et plus jolies que la plupart d'entre elles, grâce aux étoffes que Rhett lui avait rapportées à son dernier voyage ; mais, en somme, elle avait dix-neuf ans, elle prenait de l'âge, et les hommes avaient une prédilection marquée pour la chasse aux oies blanches.

Elle se disait qu'une veuve avec un enfant était désavantagée auprès de ces aguichantes péronnelles. Pourtant, en ces jours de fièvre, son veuvage et sa maternité pesaient moins lourd qu'auparavant. Entre son service à l'hôpital, où elle se rendait dans la journée, et les réceptions le soir, elle ne voyait presque jamais Wade. Parfois, elle en arrivait à oublier pendant un certain temps qu'elle avait un enfant !

Dans la moiteur des nuits d'été, les demeures d'Atlanta restaient ouvertes aux soldats, aux défenseurs de la ville. Les grandes maisons qui s'étendaient de la rue Washington à la rue du Pêcher resplendissaient de lumières. C'était là qu'on fêtait les combattants arrachés pour un moment à la boue des tranchées. La brise nocturne emportait au loin le bruit des banjos et des violons, le martèlement du pas des danseurs. Des groupes se formaient autour des pianos et chantaient avec conviction les tristes paroles de *Ta lettre est venue, mais elle est venue trop tard* tandis que des galants en loques faisaient les yeux doux à des jeunes filles qui minaudaient derrière des éventails en plumes de paon et les suppliaient de ne point attendre qu'il fût trop tard. Aucune jeune fille n'attendait. Emportées par la vague de plaisirs qui déferlait sur la ville, elles se ruaient vers le mariage. Pendant le mois que dura la résistance de Johnston sur les hauts de Kennesaw, on célébra d'innombrables unions où la mariée, parée de fanfreluches empruntées à une douzaine d'amies, rougissait de bonheur, où le fiancé portait un sabre qui battait contre les jambes rapiécées de sa culotte. On s'amusa tant, il y eut tant de réunions, tant de minutes émouvantes ! Hourra ! Johnston résiste aux Yankees à vingt-deux milles d'Atlanta !

Oui, les lignes établies autour des monts Kennesaw étaient imprenables. Après vingt-cinq jours de combat, Sherman lui-même en eut la certitude, car ses pertes étaient énormes. Au lieu de s'acharner à attaquer de front, il déploya de nouveau son armée en un large cercle et essaya de s'insinuer entre les Confédérés et Atlanta. Une fois de plus la manœuvre réussit. Johnston fut contraint d'abandonner les hauteurs où il avait opposé une si belle résistance afin de protéger ses derrières. Il avait perdu un tiers de ses effectifs au cours de cette bataille et le reste de ses hommes fatigués se dirigea sous la pluie vers les rives de Chattahoochee. Les Confédérés ne pouvaient plus compter sur de nouveaux renforts, tandis que les Yankees, qui contrôlaient désormais la voie ferrée du Tennessee méridional jusqu'au front, recevaient chaque jour des troupes fraîches et des vivres. Ainsi, les soldats gris, reculant à travers les champs boueux, se replièrent sur Atlanta.

Lorsqu'on apprit l'abandon des positions supposées imprenables, une seconde vague de terreur balaya la ville. Pendant vingt-cinq jours de liesse, les gens s'étaient persuadés que la chose ne pourrait pas se produire. Et maintenant, elle s'était produite ! Mais, sans aucun doute, le général s'établirait sur l'autre rive et s'opposerait à l'avance des Yankees. Pourtant Dieu savait que la rivière n'était pas loin de la ville ; à sept milles !

Mais Sherman de nouveau prit les Confédérés de flanc, passa la rivière en amont d'eux et les troupes grises, exténuées, durent traverser en hâte les eaux jaunâtres pour se placer une fois de plus entre les envahisseurs et Atlanta. Elles s'empressèrent de creuser des abris précaires au nord de la ville dans la vallée de la petite rivière du Pêcher. Atlanta, prise de panique, était à l'agonie.

Se battre, reculer ! Se battre, reculer ! À chaque repli les Yankees se rapprochaient de la ville. La rivière du Pêcher n'était qu'à cinq milles ! Où le général avait-il donc la tête ?

Les cris de « Donnez-nous un homme qui résiste et qui se batte ! » furent entendus de Richmond. Richmond savait que, Atlanta perdue, la guerre serait perdue et, après que l'armée eut traversé le Chattahoochee, le général Johnston fut relevé de son commandement. Le général Hood, un de ses subalternes, prit l'armée en main et Atlanta respira un peu. Hood, lui, ne battrait pas en retraite ! Non, ce n'était pas cet homme du Kentucky, ce grand gaillard à la barbe flottante et aux yeux de braise qui reculerait. Il passait pour être méchant comme un dogue. Il repousserait les Yankees au-delà de la rivière, oui, il la leur ferait repasser et, mille par mille, il reprendrait tout le terrain jusqu'à Dalton. Mais l'armée s'écriait : « Rendez-nous le vieux Joe ! » car les soldats n'avaient pas quitté le vieux Joe depuis Dalton et, à l'encontre des civils, ils savaient à quoi s'en tenir.

Sherman n'attendit pas que Hood fût prêt à prendre l'offensive. Un jour après le changement de commandement, le général yankee fondit sur la petite ville de Decatur, à six milles d'Atlanta, s'en empara et coupa la voie ferrée. C'était précisément cette voie-là qui reliait Atlanta à Augusta, à Charleston, à Wilmington et à la Virginie. Sherman avait porté un coup redoutable à la Confédération. Il était temps d'agir ! Atlanta réclamait à cor et à cri qu'on fît quelque chose !

Alors, par un étouffant après-midi de juillet, les vœux d'Atlanta furent exaucés. Le général Hood fit mieux que résister et se battre. Entraînant ses hommes hors de leurs retranchements, les lançant contre les lignes bleues, contre les soldats de Sherman deux fois plus nombreux, il livra un assaut furieux aux Yankees du côté de la rivière du Pêcher.

Épouvantés, priant pour que Hood parvînt à repousser les Yankees, les habitants d'Atlanta écoutèrent gronder le canon et crépiter les milliers de fusils qui faisaient un tel vacarme que, malgré la distance, on aurait pu croire que le combat se déroulait en pleine ville. On pouvait entendre le fracas des batteries, voir la fumée raser la cime des arbres comme des nuages, mais pendant des heures personne ne sut quelle tournure prenait la bataille.

Vers la fin de l'après-midi, les premières nouvelles arrivèrent. Elles étaient alarmantes, mais comme elles émanaient d'hommes blessés aux premières heures du combat, elles se contredisaient et n'offraient aucune certitude. Seuls ou par groupes, les moins gravement atteints soutenant ceux qui boitaient ou qui chancelaient, les blessés commencèrent à pénétrer en ville. Bientôt leur flot se mit à couler sans arrêt. Ils cherchaient péniblement à gagner les hôpitaux. La face noircie par la poudre, ils étaient couverts de boue et de sueur. Le sang se caillait sur leurs blessures à nu. Les mouches tourbillonnaient autour d'eux.

La maison de tante Pitty fut une des premières qu'atteignirent les blessés entrant en ville par le Nord. Un à un ils trébuchèrent devant la grille, s'affaissèrent sur le gazon vert et gémirent : « De l'eau. »

Tout au long de ce brûlant après-midi, tante Pitty et les siens, blancs et noirs, restèrent en plein soleil à verser à boire et à panser des blessures, jusqu'à ce que les bandes fussent épuisées et qu'on ne trouvât plus dans la maison ni draps ni serviettes à déchirer. Tante Pitty oublia complètement qu'elle s'évanouissait toujours à la vue du sang et ne cessa de travailler qu'au moment où ses petits pieds, chaussés de souliers trop étroits, enflèrent et refusèrent de la supporter davantage. Mélanie elle-même dont la grossesse était fort avancée oublia sa pudeur naturelle et, les traits aussi tirés que ceux des blessés, se dépensa fiévreusement aux côtés de Prissy, de Cookie et de Scarlett. Lorsque, n'en pouvant plus, elle s'évanouit, on ne trouva que la table de la cuisine pour la coucher, car tous les lits, toutes les chaises, tous les sofas de la maison étaient occupés par les blessés.

Oublié au milieu de l'agitation, le petit Wade, pelotonné derrière la balustrade de la véranda, hoquetait en suçant son pouce et, les yeux agrandis par l'épouvante, regardait la pelouse comme un lapin apeuré regarde à travers les barreaux de sa cage. Scarlett l'aperçut et lui cria d'un ton sec «Wade Hampton, va jouer dans la cour!» mais il était trop effrayé, trop fasciné par le spectacle qui s'offrait à lui pour obéir.

La pelouse était couverte d'hommes anéantis, trop épuisés pour aller plus loin, trop affaiblis par leurs blessures pour faire un mouvement. Ceux-là, l'oncle Peter les chargeait dans la voiture et les emmenait à l'hôpital au pas du vieux cheval fourbu et couvert d'écume à force d'effectuer le trajet. Mme Meade et Mme Merriwether envoyèrent leurs voitures, qui s'éloignèrent, les ressorts pliés sous le poids des blessés.

Plus tard, dans la tiédeur du long crépuscule d'été, les ambulances et les fourgons de l'intendance aux bâches maculées de boue revinrent du champ de bataille et dévalèrent la route avec un bruit de tonnerre. Puis ce furent des charrettes de ferme, des tombereaux traînés par des bœufs et même des voitures particulières réquisitionnées par le corps médical. Cahotant sur la chaussée défoncée, pleins à craquer de blessés et de moribonds, laissant couler le sang dans la poussière rouge, tous ces attelages passèrent devant chez tante Pitty. À la vue des femmes avec des seaux et des louches, les conducteurs firent halte et aussitôt s'élevèrent les cris et les murmures: «De l'eau!»

Scarlett soutint des têtes inertes afin de faire boire des hommes aux lèvres desséchées, elle versa des seaux d'eau sur des corps couverts de poussière, rongés par la fièvre. Elle en versa à même des blessures afin de procurer aux hommes un bref instant de répit. Elle se hissa sur la pointe des pieds et tendit à boire aux conducteurs d'ambulance, demandant à chacun d'eux, la gorge serrée :

– Quoi de nouveau ? Quoi de nouveau ?

De chacun elle obtint la même réponse. « On n' sait encore rien, ma p'tite dame. C'est encore trop tôt. »

La nuit vint, suffocante. On ne sentait pas le moindre souffle d'air et les torches de sapin tenues par les nègres rendaient l'atmosphère encore plus lourde. La poussière collait aux narines de Scarlett, lui desséchait les lèvres. Sa robe de calicot lavande, si propre et si bien amidonnée le matin, était souillée de sang, de crasse et de sueur. C'était bien cela qu'Ashley avait voulu dire en écrivant que la guerre n'avait rien de glorieux, qu'elle n'était que saleté et souffrances.

La fatigue ajoutait une touche d'irréalité, de cauchemar à la scène. Non, ça ne pouvait être vrai… ou alors, si c'était vrai, le monde était devenu fou. Pourquoi, en effet, se trouverait-elle là, au milieu du paisible jardin de tante Pitty, en pleine nuit, à la lueur vacillante des torches, à donner à boire à tant de moribonds encore épris d'elle. Car, parmi les blessés, elle avait d'innombrables soupirants qui souriaient en la voyant. Parmi les hommes que les voitures cahotaient le long de la route noire et poussiéreuse, il y en avait tant qu'elle connaissait. Parmi les hommes qui agonisaient sous ses yeux, leur face sanglante dévorée par les moustiques, il y en avait tant avec lesquels elle avait dansé et échangé des plaisanteries, fait de la musique ou chanté des romances, tant qu'elle avait taquinés, auxquels elle avait remonté le moral, qu'elle avait aimés… un petit peu.

Elle découvrit Carey Ashburn sous un tas de blessés dans une charrette à bœufs. Il avait reçu une balle dans la tête et respirait à peine. Comme Scarlett ne pouvait pas le sortir de sa position sans déranger six autres blessés, elle le laissa partir pour l'hôpital. Plus tard, elle apprit qu'il était mort avant d'avoir été examiné par un médecin et qu'on l'avait enterré quelque part, personne ne savait exactement où. Ce mois-là, au cimetière d'Oakland, on avait enterré tellement d'hommes dans de maigres fosses, hâtivement creusées ! Mélanie fut profondément peinée de savoir qu'on n'avait même pas pu couper une mèche de cheveux à Carey pour l'envoyer à sa mère dans l'Alabama.

La nuit chaude s'avançait, la fatigue meurtrissait le dos et les genoux de Scarlett et de Pitty, mais les deux femmes ne cessaient de demander à chaque nouvel arrivant : « Quoi de nouveau ? Quoi de nouveau ? » Et, à mesure que les longues heures s'écoulaient, elles recevaient des réponses qui les faisaient blêmir.

« Nous reculons. » « Nous avons dû reculer. » « Ils sont des milliers de plus que nous. » « Les Yankees ont cerné les cavaliers de Wheeler près de Decatur. Il faut que nous allions à leur secours. » « Les nôtres seront bientôt en ville. »

Scarlett et Pitty se blottirent l'une contre l'autre.

– Est-ce que… est-ce que les Yankees arrivent ?

– Oui, ils arrivent, mais ils n'iront pas loin, ma p'tite dame. – Vous en faites pas, ils pourront pas prendre Atlanta. – Non, m'dame, il y a des milles et des milles de retranchements autour de la ville. – J'ai entendu moi-même le vieux Joe dire : « Je peux tenir indéfiniment dans Atlanta. » Mais voilà, nous n'avons plus le vieux Joe avec nous… – Ta gueule, imbécile ! Tu veux donc fiche la frousse aux dames ? – Les Yankees ne prendront jamais la place, m'dame. – Mesdames, pourquoi n'iriez-vous pas à Macon ou dans un endroit plus sûr ? Vous n'avez pas de parents, là-bas ? – D'accord, les Yankees, ils prendront pas Atlanta, mais quand ils essaieront, il y fera pas trop bon pour les dames. – Ça tombera dur, les obus.

Le lendemain, sous une pluie chaude, dans une atmosphère d'étuve, l'armée vaincue fit son entrée à Atlanta. Les hommes étaient épuisés par la faim, la fatigue et soixante-seize jours de lutte et de retraite. Les chevaux squelettiques ressemblaient à des épouvantails. Les canons et les camions étaient attelés avec n'importe quoi, des bouts de cordes ou des lanières de cuir. Mais ce n'était pas là une foule indisciplinée, en pleine déroute. Portant crânement leurs haillons, les loques rouges de leurs fanions déployées sous la pluie, les hommes défilaient en bon ordre. Le vieux Joe leur avait appris à se replier, le vieux Joe qui avait fait de la retraite un chef-d'œuvre de stratégie. Marchant au pas cadencé, les combattants hirsutes, déguenillés, descendirent la rue du Pêcher aux accents de *Maryland ! Mon Maryland !*[1] et tous les gens sortirent de chez eux pour les admirer. Vainqueurs ou vaincus, ces soldats étaient les leurs.

Les miliciens qui avaient quitté la ville si peu de temps auparavant dans des uniformes flambant neufs se différenciaient à peine du reste des troupes régulières tant ils étaient sales et en lambeaux. Dans leurs yeux brillait une flamme nouvelle. Ils avaient effacé d'un seul coup trois années passées à se dérober, à expliquer pourquoi ils n'étaient pas au front. Ils avaient troqué la sécurité de l'arrière contre les rigueurs du combat. Nombre d'entre eux avaient troqué une vie facile

1. *Maryland, My Maryland*, chanson de 1861 appelant le Maryland à rejoindre la Confédération. Elle se chante sur l'air de *Mon beau sapin*.

contre la mort. Désormais ils étaient des vétérans, des vétérans sans états de service bien longs, mais des vétérans tout de même, et ils s'étaient honorablement comportés. Ils cherchaient des visages amis dans la foule et adressaient un regard conquérant aux gens qu'ils connaissaient. Maintenant, ils avaient le droit de relever la tête.

Vieux et jeunes, les gardes locaux défilèrent à leur tour. Les vieux à la barbe grisonnante avaient à peine la force de lever les pieds, les jeunes avaient des figures fatiguées d'enfants auxquels on a soumis des problèmes de grandes personnes. Scarlett aperçut Phil Meade et eut du mal à le reconnaître tant son visage était noirci par la poudre et par la crasse, tant ses traits étaient tirés. Sans chapeau sous la pluie, la tête passée dans un trou pratiqué au milieu d'une vieille toile cirée, l'oncle Henry avançait en traînant la jambe. Ses pieds nus entourés de lambeaux d'édredon, le vieux monsieur Merriwether était juché sur un affût de canon. Cependant, malgré ses efforts, Scarlett ne réussit pas à découvrir John Wilkes.

Quant aux vétérans de Johnston, ils trouvaient encore le moyen de marcher de cette allure dégagée qui avait été la leur pendant trois ans, de sourire aux jolies filles et de décocher des traits grossiers aux hommes en civil. Ils s'en allaient occuper les retranchements établis autour de la ville. Ce n'étaient plus des tranchées hâtivement creusées qui les attendaient, mais de solides ouvrages de terre avec des parapets à hauteur de poitrine renforcés par des sacs de sable et surmontés de pieux de bois terminés en pointe. Failles rouges couronnées de monticules rouges, mille après mille, les tranchées encerclaient la ville.

La foule acclamait les troupes comme elle les eût acclamées dans la victoire. La crainte régnait au fond de chaque cœur, mais maintenant qu'on savait à quoi s'en tenir, maintenant que le pire s'était produit et que la guerre était aux portes, la ville avait changé d'esprit. Il n'était plus question de panique, de folie collective. Quel que fût le sentiment de chacun, personne ne se trahissait. Tout le monde voulait paraître gai même au prix d'acclamations forcées. Chacun prenait sur soi pour se montrer brave et confiant en face des troupes. Tout le monde répétait ce qu'avait dit le vieux Joe juste avant d'être relevé de son commandement: «Je peux tenir indéfiniment dans Atlanta.»

Maintenant que Hood avait dû battre en retraite, un certain nombre de gens souhaitaient à l'exemple des soldats qu'on leur rendît le vieux Joe, mais ils évitaient de manifester leur opinion et prenaient courage en se répétant la remarque du vieux Joe: «Je peux tenir indéfiniment dans Atlanta.»

La prudente tactique du général Johnston n'était point faite pour Hood. Il attaqua les Yankees à l'Est, il les attaqua à l'Ouest. Pareil à un lutteur cherchant une nouvelle prise, Sherman encerclait la ville et Hood n'entendait pas rester derrière ses retranchements à attendre l'assaut des Yankees. Il fit plusieurs sorties téméraires et se lança sur eux à corps perdu. En l'espace de quelques jours, eurent lieu les batailles d'Atlanta et d'Ezra Church, engagements si importants qu'à côté d'elles le combat livré au bord de la rivière du Pêcher passa pour une simple escarmouche.

Pourtant les Yankees n'en accentuèrent pas moins leur pression. Ils avaient subi de lourdes pertes, mais ils pouvaient se permettre cela. Et, sans arrêt, leurs batteries canonnèrent Atlanta, tuant des gens chez eux, décapitant les maisons, creusant de vastes cratères dans les rues. Les habitants s'abritaient tant bien que mal dans les caves, dans les trous, dans des tunnels peu profonds creusés au flanc des tranchées du chemin de fer. Atlanta était assiégée.

Onze jours après avoir pris le commandement, le général Hood avait perdu presque autant d'hommes que Johnston en soixante-quatre jours de bataille et de retraite, enfin Atlanta était investie sur trois côtés.

La voie ferrée d'Atlanta au Tennessee était désormais au pouvoir de Sherman sur toute sa longueur. Son armée barrait la ligne de l'est et il avait coupé la ligne qui s'en allait vers l'Alabama en direction du sud-ouest. Seule la ligne du sud, celle de Macon et de Savannah, était encore libre. La ville regorgeait de soldats couverts de blessures et de réfugiés, aussi cette unique voie était-elle insuffisante pour les besoins de la cité aux abois. Toutefois, tant qu'on pourrait tenir cette ligne, Atlanta résisterait.

Scarlett fut terrifiée quand elle se rendit compte de l'importance prise par cette voie ferrée, et quand elle comprit avec quel acharnement Sherman lutterait pour s'en emparer, avec quelle rage désespérée Hood se battrait pour la défendre. Car c'était la ligne qui traversait le comté, qui passait par Jonesboro. Et Tara n'était qu'à cinq milles de Jonesboro. Tara semblait un havre de grâce par comparaison avec l'enfer d'Atlanta, mais Tara n'était qu'à cinq milles de Jonesboro.

Le jour de la bataille d'Atlanta, Scarlett et un certain nombre d'autres dames, protégées du soleil par leurs minuscules ombrelles, s'installèrent sur les toits des magasins et suivirent les péripéties du combat. Mais lorsque les obus se mirent à tomber dans les rues pour la première fois, elles descendirent précipitamment à la cave, et ce même soir commença l'exode des femmes, des enfants et des vieillards. Ils se dirigèrent tous sur Macon. Parmi ceux qui prirent le train ce soir-là, un grand nombre avaient suivi la retraite de Johnston depuis Dalton et en étaient déjà à leur cinquième et sixième lieu de refuge. Maintenant ils étaient moins chargés qu'en arrivant à Atlanta. La plupart ne portaient qu'un sac en tapisserie et un casse-croûte enveloppé dans un mouchoir de couleur. Par-ci, par-là, des domestiques effrayés serraient contre eux de la vaisselle d'argent, des couteaux, des fourchettes ou un portrait de famille sauvés lors du premier départ.

Mme Merriwether et Mme Elsing refusèrent de s'en aller. On avait besoin d'elles à l'hôpital et d'ailleurs, déclarèrent-elles fièrement, elles n'avaient pas peur et ce n'étaient pas les Yankees qui les mettraient à la porte de chez elles. Néanmoins, Maybelle et son bébé partirent pour Macon avec Fanny Elsing. Pour la première fois, Mme Meade désobéit à son mari et refusa catégoriquement de céder au docteur qui lui ordonnait de prendre le train. Elle argua que le docteur ne pouvait se passer d'elle et qu'elle voulait rester là près de Phil au cas où, dans les tranchées...

Mais Mme Whiting partit et, avec elle, beaucoup de dames parmi les relations de Scarlett. Après avoir été la première à flétrir la pusillanimité du vieux Joe, tante Pitty fut une des premières à faire ses malles. Elle prétendit qu'elle avait les nerfs fragiles et qu'elle ne pouvait supporter le bruit. Elle craignait de s'évanouir en entendant une explosion et d'être incapable de se réfugier à la cave. Non, elle n'avait pas peur, disait-elle en essayant en vain d'imprimer à sa bouche un contour martial ! Elle irait à Macon chez sa cousine, la vieille Mme Burr, et les jeunes femmes l'accompagneraient.

Scarlett ne voulait pas aller à Macon. Malgré sa crainte du bombardement elle aimait encore mieux rester à Atlanta que de se réfugier à Macon, car elle détestait cordialement la vieille Mme Burr. Quelques années auparavant, celle-ci l'avait traitée de « dévergondée » après l'avoir surprise en train d'embrasser son fils Willie à une réception donnée par les Wilkes.

– Non, dit-elle à tante Pitty, j'irai chez moi à Tara et Melly pourra aller avec vous à Macon.

Sur ce, Mélanie fondit en larmes comme une femme que rien ne peut consoler. Lorsque tante Pitty se fut précipitée chez le docteur Meade, Mélanie prit les mains de Scarlett dans les siennes et dit d'un ton suppliant :

– Chérie, ne t'en va pas à Tara, ne me laisse pas seule ! Je me sentirais si désemparée sans toi. Oh ! Scarlett, si tu n'es pas là à la naissance de mon petit, je mourrai. Oui... oui, je sais bien, j'ai tante Pitty et elle est charmante. Mais quoi, elle n'a jamais eu d'enfants, et parfois elle me porte tellement sur les nerfs que j'ai envie de hurler. Ne m'abandonne pas, chérie. Tu as été une vraie sœur pour moi, et puis ajouta-t-elle avec un faible sourire, tu as promis à Ashley de veiller sur moi. Il m'a dit qu'il allait te le demander.

Stupéfaite, Scarlett considéra sa belle-sœur. Comment Melly pouvait-elle l'aimer à ce point, alors qu'elle-même avait tant de mal à dissimuler son antipathie pour cette femme ? Comment Melly pouvait-elle être stupide au point de ne pas pénétrer le secret de son amour pour Ashley ? Au cours de ces mois torturants, où elle guettait des nouvelles d'Ashley, elle s'était trahie une centaine de fois. Mais Mélanie ne voyait rien, Mélanie ne voyait que ce qu'il y avait de bon chez ceux qu'elle aimait... Oui, elle avait promis à Ashley de veiller sur Mélanie. « Oh ! Ashley ! Ashley ! Tu dois être mort depuis des mois et c'est maintenant que je suis tenue par ma promesse ! »

– Allons, fit-elle sèchement. Je lui ai promis de veiller sur toi et je ne reviens pas sur ce que j'ai promis. Mais je n'irai pas à Macon chez cette vieille chipie de Burr. Je lui arracherais les yeux au bout de quelques minutes. Je veux aller à Tara. Tu peux m'accompagner. Maman sera heureuse de t'avoir près d'elle.

– Oh ! comme ça me ferait plaisir ! Ta mère est si gentille, mais tu sais bien que ce serait un coup mortel pour Tantine si elle n'était pas auprès de moi quand j'aurai mon enfant, et je sais qu'elle ne voudra pas aller à Tara. C'est trop près du champ de bataille et Tantine tient à être en sûreté.

Le docteur Meade arriva hors d'haleine. Tante Pitty lui avait paru tellement affolée qu'il s'attendait pour le moins à trouver Mélanie en train d'accoucher prématurément. Ainsi, en présence de la réalité, son indignation fut-elle grande et il ne se fit pas faute de la montrer. Enfin, lorsqu'on lui eut appris la cause de tout ce tohubohu, il trancha le problème avec des arguments qui ne laissaient pas place à la réplique.

– La question d'aller à Macon ne se pose pas pour vous, ma petite Melly. Si vous bougez, je ne réponds pas de vous. Les trains sont pleins à craquer. On ne sait pas quand ils partent et, si jamais on en a besoin pour transporter des blessés, des troupes ou du matériel, on n'hésitera pas à débarquer les voyageurs dans les bois. Dans votre état...

– Mais si je vais à Tara avec Scarlett...

– Je vous dis que je vous interdis de bouger. Pour aller à Tara on prend le train de Macon, par conséquent les conditions sont les mêmes. Du reste, personne ne sait exactement où se trouvent les Yankees, mais il y en a partout. Votre train pourrait fort bien être capturé. Enfin, même si vous atteigniez Jonesboro, vous auriez encore à faire cinq milles sur une mauvaise route avant d'arriver à Tara. Ce n'est pas un voyage pour une femme dans une situation délicate. Et puis, tenez, depuis que le vieux docteur Fontaine est parti aux armées, il n'y a plus de médecin dans le comté.
– Mais il y a des sages-femmes.
– J'ai dit un médecin, répondit le docteur avec brusquerie en posant machinalement les yeux sur le corps frêle de Mélanie. Je ne veux pas que vous bougiez. Ça pourrait être dangereux. Vous ne tenez pas à avoir votre enfant dans le train ou dans un buggy, hein ?
Cette franchise toute médicale réduisit les dames au silence.
– Il faut rester ici, où je pourrai vous suivre, et demeurer au lit. Vous allez me faire le plaisir de ne plus passer votre temps à dégringoler et à grimper l'escalier de la cave. Non, même si les obus entrent par la fenêtre. Après tout, on ne court pas tellement de risque ici. Nous allons repousser les Yankees sous peu… Allons, mademoiselle Pitty, vous allez filer à Macon et laisser les jeunes dames ici.
– Sans chaperon ? s'exclama la vieille demoiselle, affolée.
– Ce sont des femmes mariées, fit le docteur, agacé, et Mme Meade habite à deux maisons plus loin. En tout cas, étant donné l'état de Melly, elles ne vont pas s'amuser à recevoir des messieurs. Grands dieux, mademoiselle Pitty, nous sommes en temps de guerre. Nous ne pouvons plus penser aux convenances. Il faut avant tout penser à Melly.
Il quitta la chambre d'un pas nerveux et attendit Scarlett sous la véranda.
– Je vais vous parler franchement, madame Scarlett, commença-t-il en tiraillant sa barbe grise. Vous me paraissez douée de bon sens, aussi faites-moi la grâce de ne pas piquer un fard. Je ne veux plus entendre parler du départ de Melly. Je doute qu'elle soit en mesure de supporter un voyage. Elle va au-devant d'une épreuve pénible… même si tout se passe pour le mieux. Comme vous le savez, elle est très étroite de hanches. On sera peut-être obligé d'employer les fers pour la délivrer, aussi je ne veux pour rien au monde qu'elle soit entre les mains d'une sage-femme nègre. Les femmes comme elle ne devraient jamais avoir d'enfants, mais… En tout cas, bouclez la malle de Mlle Pitty et expédiez votre tante à Macon. Elle a une telle

peur qu'elle impressionnera Melly et ça ne donnera rien de bon. Et maintenant, madame – il posa sur Scarlett un regard perçant –, je ne veux pas entendre parler non plus de votre retour chez vos parents. Vous resterez auprès de Melly jusqu'à la naissance du bébé. Vous n'avez pas peur, n'est-ce pas ?

– Oh ! non ! mentit vaillamment Scarlett.

– Vous êtes une courageuse petite femme. Mme Meade vous servira de chaperon autant que vous voudrez et je vous enverrai notre vieille Betsy pour vous faire la cuisine si Mlle Pitty veut emmener ses domestiques. Ça ne devrait pas tarder. Le bébé devrait être ici dans cinq semaines, mais on ne peut rien dire quand il s'agit d'un premier et, avec tout ce bombardement, l'enfant peut venir d'un jour à l'autre.

Ainsi tante Pitty partit pour Macon dans un déluge de larmes et emmena avec elle l'oncle Peter et Cookie. Dans un élan de patriotisme qu'elle regretta aussitôt et qui lui causa une nouvelle crise de larmes, elle fit cadeau à l'hôpital de sa voiture et de son cheval. Scarlett et Mélanie restèrent seules avec Wade et Prissy dans une maison infiniment plus calme malgré la canonnade persistante.

XIX

En ces premiers jours du siège, alors que les Yankees allaient s'écraser en différents endroits contre les défenses de la cité, Scarlett était si effrayée par l'éclatement des obus qu'elle ne pouvait que bosser du dos et se coller les mains aux oreilles en s'attendant d'un moment à l'autre à être lancée dans l'éternité. Quand elle entendait le sifflement qui signalait l'arrivée des projectiles, elle se précipitait dans la chambre de Mélanie, se jetait sur son lit à côté d'elle, et les deux jeunes femmes s'enfouissaient la tête dans l'oreiller en criant: «Oh! oh!» Prissy et Wade se réfugiaient à la cave tendue de toiles d'araignée et se pelotonnaient dans l'obscurité. Prissy hurlait à pleins poumons, Wade sanglotait et hoquetait.

Suffoquée par l'oreiller de plumes tandis que la mort passait au-dessus de sa tête, Scarlett maudissait en elle-même Mélanie de la tenir éloignée des régions plus sûres de la maison. Mais le docteur avait interdit à Mélanie de se lever, et Scarlett était obligée de rester auprès d'elle. À sa terreur d'être volatilisée s'ajoutait celle de voir arriver à l'improviste le bébé de Mélanie. Chaque fois que cette idée lui effleurait l'esprit, elle se sentait inondée d'une sueur froide. Que ferait-elle si le bébé avait des velléités de naître? Elle savait qu'elle aimerait mieux laisser mourir Mélanie plutôt que de sortir dans la rue pour chercher le docteur sous des obus qui tombaient dru comme une pluie d'avril. Et elle savait aussi qu'on pourrait fouetter Prissy jusqu'à ce que mort s'ensuivît avant de lui faire mettre le nez dehors. Que ferait-elle si le bébé venait?

Un soir, elle discuta la question à voix basse avec Prissy pendant qu'elles préparaient toutes deux le plateau de Mélanie et, d'une manière assez inattendue, Prissy calma les craintes de sa maîtresse.

– Ma'ame Sca'lett même si nous pouvons pas t'ouver le docteu' quand ça viendra pou' ma'ame Melly, vous f'appez pas. Moi je peux m'a'anger. Je sais y fai' pou' les accouchements. Ma maman elle est une sage-femme, pas? Et elle m'a élevée pou' que je sois une sage-femme aussi, pas? Alo' ayez confiance en moi.

Scarlett se sentit soulagée de savoir qu'elle avait sous la main une personne experte, mais elle n'en souhaita pas moins d'être arrivée au bout de cette épreuve. Elle avait une envie folle de se sauver là où les obus n'exploseraient plus, elle aspirait désespérément à se retrouver au calme à Tara et, tous les soirs, elle demandait au Ciel que le bébé arrivât le lendemain afin d'être déliée de son serment et de pouvoir quitter Atlanta. Tara lui paraissait un asile si sûr, à l'abri de toute misère humaine.

Scarlett avait une impatience de revoir sa mère et son foyer qu'elle n'avait jamais éprouvée auparavant. Auprès d'Ellen, et quoi qu'il arrivât, elle n'aurait pas peur. Chaque soir, après avoir eu toute la journée les oreilles déchirées par les obus, elle allait se coucher, bien décidée à déclarer le lendemain matin à Mélanie qu'elle ne resterait pas à Atlanta un jour de plus, qu'elle repartirait chez elle et que Mélanie n'aurait qu'à aller chez Mme Meade. Mais, lorsqu'elle avait posé sa tête sur l'oreiller, elle revoyait Ashley tel qu'il lui était apparu pour la dernière fois, les traits tirés comme sous l'effet d'une douleur intérieure, mais un petit sourire aux lèvres: «Vous veillerez sur Mélanie, n'est-ce pas? Vous êtes si forte... promettez-moi.» Et elle avait promis. Quelque part Ashley gisait en terre. Où qu'il fût, il l'observait, il la ramenait à sa promesse. Vivant ou mort, elle ne pouvait le décevoir, quoi qu'il lui en coûtât. Et ainsi, jour après jour, elle resta.

En réponse à Ellen qui la suppliait de revenir, elle écrivit des lettres dans lesquelles elle atténuait les dangers du siège, expliquait la mauvaise santé de Mélanie et promettait de revenir dès que l'enfant serait né. Sensible à tout ce qui touchait les liens de famille, Ellen répondit le cœur gros qu'elle comprenait les raisons de Scarlett, mais qu'elle demandait qu'on lui envoyât aussitôt Wade et Prissy. Cette suggestion rencontra l'approbation complète de Prissy que le moindre bruit suspect rendait folle de terreur. Elle passait la majeure partie de son temps dans la cave, si bien que les jeunes femmes eussent été fort gênées sans la vieille Betsy des Meade.

Scarlett tenait autant que sa mère à ce que Wade quittât Atlanta, non seulement pour la sécurité de l'enfant, mais encore parce que ses frayeurs continuelles l'irritaient. Le bombardement causait une telle peur à Wade qu'il ne pouvait plus parler, et même pendant les accalmies il restait cramponné aux jupes de Scarlett, trop épouvanté pour pleurer. Le soir, il avait peur d'aller au lit, peur de l'obscurité, peur de s'endormir et d'être enlevé la nuit par les Yankees, et Scarlett n'en pouvait plus de l'entendre geindre nerveusement quand il était couché. En secret, elle était aussi effrayée que lui, mais le visage angoissé, les traits tirés de l'enfant la mettaient hors d'elle. Oui, Tara était bien ce qu'il fallait à Wade. Prissy l'y conduirait et reviendrait immédiatement afin d'être là pour la naissance du bébé.

Cependant, avant que Scarlett eût fait partir la bonne et l'enfant, on apprit que les Yankees avaient progressé au sud et escarmouchaient le long de la voie ferrée entre Atlanta et Jonesboro. Et si les Yankees s'emparaient du train où seraient Wade et Prissy... à cette seule pensée Scarlett et Mélanie blêmirent, car tout le monde savait que les atrocités auxquelles se livraient les Yankees sur les enfants sans défense étaient encore plus effroyables que celles auxquelles ils se livraient sur les femmes. Scarlett redouta donc d'envoyer son fils chez elle et il resta à Atlanta, petite ombre silencieuse et apeurée, trottant partout derrière sa mère dans la crainte de lâcher sa jupe un seul instant.

Les chaudes journées de juillet virent la continuation du siège, journées assourdissantes qui succédaient aux nuits lugubres pleines d'un silence de mauvais augure. Et la ville commençait à se faire au siège. On eût dit que, le pire s'étant produit, les habitants n'avaient plus rien à craindre. Ils avaient redouté un siège et maintenant ils l'avaient et ce n'était pas si terrible. L'existence était la même. Les gens savaient qu'ils vivaient sur un volcan, mais jusqu'à ce que le volcan fît éruption, il n'y avait rien à faire. Alors, à quoi bon se tracasser ? Et puis, le volcan ne ferait probablement jamais éruption. Il n'y avait qu'à voir la façon dont Hood tenait les Yankees en respect hors de la cité. Et la cavalerie ne lâchait pas la ligne de Macon ! Sherman ne s'en emparerait jamais.

Pourtant on avait beau feindre l'insouciance devant les obus et les rations de plus en plus maigres, on avait beau ignorer que les Yankees étaient à un demi-mille et avoir une confiance illimitée dans les lignes grises de soldats en loques terrés au fond de leurs abris, l'incertitude du lendemain mettait les nerfs d'Atlanta à fleur de peau. L'attente, l'inquiétude, les chagrins, la faim, le supplice sans cesse renouvelé de l'espoir qui renaissait pour s'évanouir et renaître encore usaient la résistance nerveuse de la ville.

Petit à petit, Scarlett puisa du courage dans l'attitude résolue de ses amies et dans cet état de grâce que la nature clémente inspire aux gens quand il faut supporter ce qui ne peut guérir. Évidemment le bruit des explosions la faisait encore sursauter, mais elle ne courait plus s'enfouir la tête dans l'oreiller de Mélanie. Maintenant elle avalait sa salive et disait d'une voix faible : « Celui-là n'est pas tombé bien loin, n'est-ce pas ? »

Elle avait également moins peur parce que la vie avait pris une allure de rêve, de rêve trop effrayant pour être vrai. C'était impossible qu'elle, Scarlett O'Hara, se trouvât en aussi dangereuse posture, exposée à être frappée d'une minute à l'autre par la mort qui rôdait. C'était impossible que le rythme calme de l'existence se fût transformé aussi radicalement en un si bref espace de temps !

Ça ne pouvait pas être vrai, c'était grotesque que le ciel d'un bleu si tendre à l'aube naissante fût profané par la fumée des canons qui flottait sur la ville comme une nuée d'orage. C'était grotesque que l'heure chaude de midi tout imprégnée de l'odeur pénétrante du chèvrefeuille et des roses grimpantes fût rendue aussi terrible par les obus qui sifflaient dans les rues, éclataient dans un fracas de jugement dernier, projetaient au loin leurs éclats métalliques, déchiquetaient bêtes et gens.

Bien que parfois s'apaisât le tumulte de la bataille, il avait fallu renoncer aux siestes paisibles de l'après-midi, car la rue du Pêcher connaissait à toute heure une animation intense. Des canons et des voitures d'ambulance passaient dans un grondement de tonnerre, des blessés se traînaient vers les hôpitaux, des régiments quittant leurs retranchements s'en allaient au pas de gymnastique défendre, à l'autre extrémité de la ville, une redoute menacée par l'ennemi. Des estafettes dévalaient la rue ventre à terre et se ruaient vers les états-majors comme si le sort de la Confédération eût été entre leurs mains.

Les nuits tièdes apportaient un calme relatif mais sinistre. Lorsque la nuit était tranquille, elle était trop tranquille… comme si les rainettes, les sauterelles et les moqueurs étaient trop effrayés pour mêler leurs voix au chœur habituel des nuits d'été. De temps en temps le calme était brusquement rompu par le crépitement d'un feu de mousquet en première ligne.

Souvent, dans les dernières heures de la nuit, alors que les lampes ne brûlaient plus, que Mélanie reposait et qu'un silence de mort pesait sur la ville, Scarlett, éveillée, entendait cliqueter le loquet de la grille et frapper à petits coups étouffés contre la porte d'entrée.

C'étaient toujours des soldats dont on ne pouvait distinguer le visage. Ils se postaient sous la véranda et leurs voix épousaient les accents les plus divers. Parfois montait de l'ombre une voix distinguée : « Madame, je vous fais mille excuses pour vous déranger à pareille heure, mais pourrais-je avoir de l'eau pour moi-même et pour mon cheval ? » Parfois c'était le parler dur et confus d'un montagnard, parfois le timbre étrange d'un homme de l'extrême sud qui semblait parler du nez, parfois la voix chantante du littoral qui rappelait celle d'Ellen et faisait battre le cœur de Scarlett.

« Mam'zelle, j'ai un copain qui disait comme ça qu' voulait aller à l'hôpital, mais j' pense bien qui pourra pas aller jusque-là. Vous pouvez pas l' prendre chez vous ? »

« M'dame, sûr que j' boufferais bien quèque chose. Sûr que j' m'arrangerais bien d'un bout d' maïs si ça vous fait pas faute. »

« Madame, excusez mon intrusion, mais… pourrais-je passer la nuit sous votre véranda ? J'ai vu les roses, j'ai senti l'odeur du chèvrefeuille et ça m'a tellement rappelé la maison, que j'ai eu la hardiesse… »

Non, ces nuits n'avaient rien de réel ! C'étaient des cauchemars et les hommes entraient dans ce cauchemar, des hommes sans corps ni visages, seulement des voix qui s'élevaient de l'obscurité moite. Puiser de l'eau, donner à manger, étendre des oreillers sous la véranda, panser des blessures, tenir les têtes sales des mourants. Non, ce n'était pas possible !

Une fois, vers la fin du mois de juillet, ce fut l'oncle Hamilton qui vint frapper en pleine nuit. L'oncle Henry n'avait plus ni parapluie ni sac de voyage en tapisserie et sa bedaine avait également disparu. La peau de ses joues autrefois grasses et roses pendait comme les bajoues d'un bouledogue et sa longue chevelure blanche était d'une malpropreté incroyable. Il était presque pieds nus, grouillant de poux, mourant de faim, mais son caractère n'avait pas changé et restait toujours aussi emporté.

Malgré sa remarque : « C'est une guerre insensée quand on envoie de vieux fous comme moi tripoter des canons », les jeunes femmes eurent l'impression que l'oncle Henry ne trouvait pas la chose désagréable. On avait besoin de lui, tout comme d'un jeune homme, et il abattait une besogne de jeune homme. D'ailleurs il se montrait à la hauteur des jeunes et, ainsi qu'il le déclara avec allégresse, c'était bien plus que n'en pouvait faire le vieux M. Merriwether. Le grand-père avait toutes sortes d'ennuis avec son lumbago et le capitaine voulait se débarrasser de lui, mais le grand-père refusait. Il avouait franchement qu'il préférait les jurons et les brimades du capitaine aux prévenances de sa bru, qui n'arrêtait pas de lui demander de renoncer à chiquer et de se nettoyer la barbe tous les jours.

La visite de l'oncle Henry fut courte, car il n'avait qu'une permission de quatre heures dont il était obligé de consacrer la moitié au trajet aller et retour de son retranchement à la maison.

– Mes petites, je ne vais pas vous voir pendant un moment, annonça-t-il une fois qu'il fut entré dans la chambre à coucher de Mélanie et qu'il eut trempé voluptueusement ses pieds meurtris

dans une bassine d'eau froide préparée par Scarlett. Notre compagnie s'en va dans la matinée.
– Où cela ? interrogea Mélanie en se cramponnant à son bras.
– Ne me touche pas, fit l'oncle Henry furieux, je suis couvert de poux. Sans les poux et la dysenterie, la guerre serait une partie de campagne. Où je vais ? Eh bien ! on ne me l'a pas dit, mais je m'en doute. Nous mettons cap au sud, en direction de Jonesboro, à moins que je ne me trompe grossièrement.
– Oh ! pourquoi en direction de Jonesboro ?
– Parce que ça va chauffer de ce côté-là, ma petite. Les Yankees vont essayer de s'emparer de la ligne de chemin de fer et, s'ils la prennent, adieu Atlanta !
– Oh ! oncle Henry, pensez-vous qu'ils la prendront ?
– Fi, mesdames ! Comment voulez-vous qu'ils y arrivent quand, moi, je serai là ? L'oncle Henry sourit de leurs mines effrayées, puis, redevenant sérieux : Ça sera dur là-bas, mes petites. Il faut que nous soyons vainqueurs. Vous savez, bien entendu, que les Yankees sont maîtres de toutes les voies ferrées excepté celle qui va à Macon, mais ce n'est pas tout ce qu'ils ont en leur pouvoir. Vous ne le savez peut-être pas, mes petites, mais ils tiennent toutes les routes, tous les chemins carrossables, toutes les sentes cavalières, sauf la route McDonough. Atlanta est au fond d'un sac et c'est à Jonesboro que s'en trouvent les ficelles. Si les Yankees parviennent à s'emparer de la voie ferrée là-bas, ils pourraient tirer les ficelles du sac et nous attraper comme dans une souricière. Vous comprenez donc que nous n'avons pas l'intention de leur laisser prendre cette ligne. Je pourrais bien être absent un certain temps, mes petites. Je suis venu simplement pour vous dire au revoir et m'assurer que Scarlett était encore auprès de toi, Melly.
– Bien sûr, elle reste auprès de moi, dit Mélanie dans un élan de tendresse. Ne vous faites pas de soucis pour nous, oncle Henry, et soyez prudent.
L'oncle Henry s'essuya les pieds à la carpette et gémit en enfilant ses chaussures délabrées.
– Il faut que je m'en aille, dit-il. J'ai cinq milles à faire. Scarlett, préparez-moi quelque chose à manger. N'importe quoi.
Après avoir embrassé Mélanie, il descendit à la cuisine où Scarlett enveloppait un épi de maïs et quelques pommes dans une serviette.
– Oncle Henry, est-ce... est-ce... aussi grave que ça ?
– Grave ! Fichtre oui ! Ne faites pas la sotte. Nous sommes au bord du fossé.
– Croyez-vous qu'ils arriveront jusqu'à Tara ?

– Allons… commença l'oncle Henry irrité par cette manie qu'ont les femmes de ne penser qu'à ce qui les touche quand il va se passer des événements d'une importance capitale.

Puis, voyant le visage terrifié et pitoyable de Scarlett, il se radoucit.

– Mais non, ils n'arriveront pas jusque-là. Tara est à cinq milles de la voie ferrée et c'est elle qu'ils veulent. Vous n'avez pas plus de cervelle qu'un hanneton, ma petite. (Il détourna brusquement le cours de la conversation.) Je n'ai pas fait tout ce chemin ce soir uniquement pour vous dire au revoir. Je suis venu apporter de mauvaises nouvelles à Melly, mais, au moment de parler, je n'ai pas pu. Alors, je vous laisse ce soin.

– Ashley n'est pas… vous n'avez pas entendu dire… que…, qu'il est mort ?

– Voyons, comment aurais-je pu entendre parler d'Ashley quand je passe ma vie dans des trous à patauger dans la boue jusqu'aux cuisses ? demanda le vieux monsieur avec aigreur. Non, il s'agit de son père. John Wilkes est mort.

Scarlett s'assit sur le premier siège venu.

– Je voulais prévenir Melly… mais je n'ai pas pu. Ça va être à vous de le faire. Et vous lui donnerez ceci.

Il sortit de sa poche une lourde montre en or, une petite miniature de Mme Wilkes morte depuis longtemps et une paire de boutons de manchettes massifs. Devant la montre qu'elle avait vue si souvent entre les mains de John Wilkes, Scarlett finit par comprendre enfin que le père d'Ashley était bien mort. Elle demeura inerte, trop accablée pour pleurer ou parler. L'oncle Henry, ne sachant plus quelle contenance adopter, toussa, mais évita de regarder Scarlett de peur d'apercevoir des larmes qui l'eussent bouleversé.

– Il était brave, Scarlett. Dites-le à Melly. Dites-lui de l'écrire aux petites. C'était un bon soldat, malgré son âge. Il a été atteint par un obus. C'est tombé en plein sur lui et sur son cheval. Le cheval était… je l'ai achevée moi-même, la pauvre bête. Une belle petite jument. Écrivez donc à Mme Tarleton pour la prévenir. Elle était folle de cette jument. Finissez d'envelopper mon casse-croûte, mon enfant. Il faut que je m'en aille. Allons, ma petite, n'ayez pas tant de chagrin. Connaissez-vous plus belle mort pour un vieux que de tomber en accomplissant une besogne de jeune homme ?

– Oh ! il n'aurait pas dû mourir ! Il n'aurait jamais dû aller à la guerre. Il aurait dû vivre pour voir grandir son petit-fils et alors il serait mort tranquillement dans son lit. Oh ! pourquoi est-il parti ? Il n'avait pas foi en la sécession. Il avait horreur de la guerre et…

– Parmi nous, il y en a des quantités qui pensent ainsi, mais qu'y pouvons-nous ? (L'oncle Henry se moucha d'un air bourru.) Croyez-vous que ça me fasse plaisir, à mon âge, de servir de cible aux tireurs yankees ? Mais aujourd'hui un gentleman n'a pas le choix. Embrassez-moi, mon enfant, et ne vous tracassez pas pour moi. Je sortirai sain et sauf de cette guerre.

Scarlett l'embrassa, l'entendit descendre les degrés du perron dans l'obscurité, entendit cliqueter le loquet de la grille. Elle demeura un instant immobile à contempler les souvenirs de John Wilkes qu'elle tenait à la main, puis elle remonta annoncer la nouvelle à Mélanie.

À la fin de juillet, la mauvaise nouvelle prédite par l'oncle Henry se répandit. Les Yankees avaient de nouveau attaqué en direction de Jonesboro. Ils avaient coupé la ligne sur une longueur de quatre milles, mais la cavalerie confédérée les avait repoussés, et les hommes du génie, ruisselants de sueur sous un soleil cuisant, avaient réparé la voie.

Scarlett était folle d'anxiété. Pendant trois jours elle attendit, le cœur de plus en plus serré par la peur. Enfin elle reçut une lettre rassurante de son père. L'ennemi n'avait pas poussé jusqu'à Tara d'où l'on avait bien entendu le bruit de la bataille, mais où l'on n'avait pas vu de Yankees.

La lettre de Gérald était si pleine de rodomontades, et racontait avec un tel luxe de détails la façon dont les Yankees avaient perdu le contrôle de la voie ferrée qu'on aurait pu croire que Gérald avait accompli cet exploit à lui tout seul. Il avait consacré trois pages à décrire la bravoure des troupes et, dans un petit paragraphe à la fin de sa lettre, il annonçait que Carreen était malade. D'après Mme O'Hara, c'était la fièvre typhoïde. Ça n'était pas bien grave et Scarlett ne devait pas s'alarmer, mais il ne fallait, sous aucun prétexte, qu'elle vînt en ce moment, même si le voyage ne présentait plus de risques. Mme O'Hara se réjouissait maintenant que Scarlett et Wade ne se fussent point réfugiés à Tara au début du siège. Mme O'Hara faisait dire à Scarlett d'aller à l'église réciter quelques rosaires pour la guérison de Carreen.

En lisant cela, Scarlett fut prise de remords, car elle n'était pas allée à l'église depuis des mois. Jadis elle aurait considéré cette omission comme un péché mortel, mais maintenant, sans savoir pourquoi, elle ne trouvait plus la chose tellement répréhensible. Néanmoins, elle obéit à sa mère et monta dans sa chambre égrener rapidement son chapelet. Lorsqu'elle se releva, elle n'éprouva pas le sentiment de réconfort qu'elle éprouvait autrefois après avoir prié. Depuis quelque temps, elle se disait qu'en dépit des millions de prières qui, chaque jour, montaient vers Lui, Dieu se désintéressait d'elle, des Confédérés et du Sud.

Ce soir-là, elle s'assit sous la véranda après avoir glissé la lettre de Gérald dans son corsage afin de pouvoir de temps en temps la toucher et se sentir ainsi plus près de Tara et d'Ellen. Une lampe brûlait au salon et, par la fenêtre ouverte, se répandaient d'étranges lueurs dorées sous la véranda tapissée de feuillages. Autour de Scarlett, les touffes emmêlées du chèvrefeuille et des rosiers grimpants dressaient leur muraille odorante. La nuit était absolument silencieuse. Depuis le coucher du soleil on n'avait même pas entendu claquer un coup de fusil et le monde entier semblait se perdre au loin. Scarlett se laissait aller au balancement de son fauteuil. Depuis qu'elle avait lu la lettre de Tara, elle se sentait abandonnée, désemparée. Elle aurait voulu que quelqu'un, n'importe qui, même Mme Merriwether, lui tînt compagnie. Mais Mme Merriwether accomplissait son service la nuit à l'hôpital, Mme Meade était chez elle à dorloter Phil, revenu du front, et Mélanie dormait. Il ne fallait pas espérer la moindre visite. Au cours de cette dernière semaine, les visites étaient réduites à néant, car tous les hommes en état de marcher étaient retenus dans les tranchées ou occupés à faire la chasse aux Yankees du côté de Jonesboro.

Il arrivait rarement à Scarlett de se trouver aussi seule, et elle n'aimait pas cela. Lorsqu'elle était seule, elle était obligée de réfléchir et, en ces jours, les pensées ne prenaient pas un tour trop agréable. Comme tout le monde, elle s'était mise à évoquer le passé, à songer à ceux qui étaient morts.

Ce soir-là, tandis qu'Atlanta reposait dans un silence si complet, elle ferma les yeux, s'imagina qu'elle goûtait de nouveau le calme agreste de Tara et que la vie n'avait pas changé. Mais elle savait que la vie dans le comté ne serait plus jamais la même. Elle pensa aux quatre Tarleton, aux jumeaux aux cheveux rouges, à Tom, à Boyd, et une bouffée de chagrin la prit à la gorge. Stu ou Brent aurait pu être son mari. Mais maintenant, quand la guerre serait finie et qu'elle se retrouverait de nouveau à Tara, elle ne les entendrait plus jamais crier en remontant l'allée de cèdres au triple galop. Et Raiford Calvert qui dansait divinement. Jamais plus il ne la choisirait pour cavalière. Et les fils Munroe, et le petit Joe Fontaine, et... «Oh!

Ashley! fit-elle dans un sanglot en enfouissant la tête dans ses mains. Je ne m'habituerai jamais à te savoir parti!»

Elle entendit grincer la porte de la grille, releva vivement la tête et s'essuya les yeux d'un revers de la main. Elle se leva et vit Rhett Butler remonter l'allée, son large panama à la main. Elle ne l'avait pas revu depuis le jour où elle avait quitté si précipitamment sa voiture et, ce jour-là, elle avait exprimé le désir de ne plus jamais le rencontrer. Cependant, elle était si heureuse d'avoir quelqu'un à qui parler, quelqu'un qui l'empêcherait de penser à Ashley, qu'elle s'empressa de chasser tous ses souvenirs de son esprit. Rhett avait dû oublier leur querelle, ou tout au moins il feignait de l'avoir oubliée, car il s'assit sur la dernière marche, aux pieds de Scarlett, comme si rien ne s'était passé.

– Alors, vous ne vous êtes pas réfugiée à Macon! J'ai entendu dire que Mlle Pittypat avait battu en retraite, et naturellement je pensais que vous l'aviez imitée. C'est pourquoi, quand j'ai vu votre lampe, je suis venu aux renseignements. Pourquoi êtes-vous restée?

– Pour tenir compagnie à Mélanie. Vous comprenez, elle... eh bien! elle ne peut pas s'en aller en ce moment.

– C'est ahurissant, dit-il, et, à la lueur de la lampe, Scarlett vit qu'il fronçait les sourcils. Vous voulez dire que Mme Wilkes est ici? Je n'ai jamais entendu pareille imbécillité. C'est très dangereux, dans son état.

Scarlett observa un silence gêné. L'état de Mélanie n'était point un sujet qu'elle pouvait discuter avec un homme. Elle était également gênée que Rhett sût à quoi s'en tenir sur les dangers courus par Mélanie. Cette science était de mauvais aloi chez un célibataire.

– Ce n'est pas très galant de votre part de ne pas penser que, moi aussi, je pourrais être blessée, fit-elle sèchement.

Il sourit.

– Vous, allons donc, je parie qu'un de ces jours c'est vous qui donnerez du fil à retordre aux Yankees.

– Je ne crois pas que ce soit là un compliment, déclara Scarlett d'un ton évasif.

– Non, ce n'en est pas un. Dites-moi, quand aurez-vous fini de chercher un compliment dans tout ce que disent les hommes?

– Quand je serai sur mon lit de mort, répliqua Scarlett, qui sourit en songeant qu'il y aurait toujours des hommes pour lui adresser des compliments, à défaut de Rhett.

– Vanité des vanités, dit-il. Vous avez au moins le mérite d'être franche.

Il ouvrit son étui et en sortit un cigare dont il aspira l'arôme. Une allumette flamba. Rhett s'appuya à la balustrade, puis, croisant les mains autour de ses genoux, il fuma un moment en silence. Scarlett se remit à se balancer sur son fauteuil et l'obscurité sereine de la nuit tiède les enveloppa plus complètement. Le moqueur, qui avait son nid au beau milieu des roses et du chèvrefeuille, sortit de sa torpeur et lança une note timide. Puis, comme s'il avait changé d'avis, il se tut.

De l'ombre de la véranda, on entendit soudain monter le rire de Rhett, un rire grave et doux.

– Alors, vous êtes restée pour tenir compagnie à Mme Wilkes ! C'est la situation la plus extraordinaire que j'aie jamais rencontrée !

– Je ne vois rien d'extraordinaire là-dedans, répondit Scarlett aussitôt sur le qui-vive.

– Non ? Mais alors, vous êtes incapable d'avoir un point de vue objectif. Depuis quelque temps j'avais l'impression que vous pouviez à peine tolérer Mme Wilkes. Vous la trouvez bête et stupide, ses sentiments patriotiques vous assomment. Vous manquez rarement l'occasion de glisser une remarque désobligeante à son endroit, il est donc tout naturel que je sois surpris de vous voir adopter cette attitude désintéressée et rester avec elle pendant le bombardement. Allons, pourquoi avez-vous fait ça ?

– Parce qu'elle est la sœur de Charlie... qu'elle est comme une sœur pour moi, répondit Scarlett avec toute la dignité dont elle était capable malgré le rouge qui commençait à lui monter aux joues.

– Vous voulez dire parce qu'elle est la veuve d'Ashley Wilkes.

Scarlett se dressa d'un bond. Elle avait du mal à retenir sa colère.

– J'étais sur le point de vous pardonner votre conduite grossière de la dernière fois, mais maintenant c'en est trop. Je ne vous aurais jamais laissé vous introduire sous cette véranda si je n'avais pas tant broyé de noir et...

– Asseyez-vous et lissez votre fourrure ébouriffée, dit Rhett sur un ton tout différent. Il se souleva à demi, saisit la main de Scarlett et força la jeune femme à se rasseoir. Pourquoi broyez-vous du noir ?

– Oh ! j'ai reçu une lettre de Tara aujourd'hui. Les Yankees sont tout près de chez moi et ma petite sœur a la fièvre typhoïde et... et... maintenant, même si je voulais retourner à la maison comme j'en ai envie, maman ne me le permettrait pas de peur que je n'attrape la fièvre typhoïde, moi aussi. Oh ! mon Dieu, j'ai tant envie de retourner à la maison !

– Voyons, ne pleurez pas, fit Rhett d'une voix plus affectueuse. Vous êtes bien plus en sûreté à Atlanta, même si les Yankees arrivent, que

vous ne le seriez à Tara. Les Yankees ne vous feront pas de mal, tandis que la fièvre typhoïde ne vous vaudrait rien.
– Les Yankees ne me feront pas de mal ! Comment pouvez-vous dire pareil mensonge ?
– Ma chère petite, les Yankees ne sont pas des démons. Ils n'ont ni cornes ni sabots comme vous semblez le croire. Ils ressemblent beaucoup aux Sudistes... si ce n'est qu'ils sont moins bien élevés, naturellement, et qu'ils ont un accent épouvantable.
– Voyons, les Yankees me...
– Vous violeront ? Je ne le pense pas. Pourtant, ce n'est pas l'envie qui leur en manquera.
– Si vous vous mettez à dire des horreurs, je rentre, s'écria Scarlett, heureuse que l'obscurité dissimulât son visage cramoisi.
– Soyez franche. N'était-ce pas à cela que vous pensiez ?
– Oh ! sûrement pas !
– Oh ! mais si ! Inutile de vous mettre dans tous vos états parce que je déchiffre vos pensées. C'est ce à quoi songent toutes nos dames sudistes si pures et si bien élevées. Elles ne pensent qu'à cela. Je parierais que même les douairières du genre de Mme Merriwether...
Scarlett ravala sa malice sans mot dire et se rappela qu'en ces tristes jours, chaque fois que deux ou plusieurs femmes mariées se réunissaient, elles abordaient ce sujet en catimini et racontaient toujours ce qui se passait en Virginie, au Tennessee, en Louisiane, mais jamais plus près de chez elles. Les Yankees violaient les femmes, transperçaient les enfants à coups de baïonnettes, incendiaient les maisons où ils avaient enfermé les vieillards. Tout le monde savait qu'on avait beau ne pas crier cela sur les toits, c'était quand même la pure vérité. Et puis, si Rhett avait un tant soit peu de pudeur, il ne parlerait pas de ces choses et se rendrait compte qu'elles ne prêtaient point à se gausser.
Scarlett pouvait l'entendre rire sous cape. Parfois il était odieux. En fait, il était odieux presque tout le temps. C'était horrible pour un homme de savoir ce que pensaient les femmes et ce qu'elles racontaient. On avait l'impression d'être nue devant lui. Et jamais les hommes ne tenaient ce savoir des femmes respectables. Scarlett était indignée que Rhett eût lu en elle. Elle aimait à se figurer qu'elle était un objet mystérieux pour les hommes, mais elle savait que, pour Rhett, elle était transparente comme du verre.
– Puisque nous sommes sur ce chapitre, continua-t-il, avez-vous un protecteur ou un chaperon dans cette maison ? L'admirable Mme Merriwether ou Mme Meade, par exemple ? Elles me regardent toujours comme si je venais ici faire un mauvais coup.

– En général, Mme Meade vient nous voir le soir, répondit Scarlett, heureuse de changer de conversation. Mais, aujourd'hui, elle n'a pas pu. Phil, son fils, est là.

– Quelle chance de vous trouver seule, fit Rhett d'une voix douce.

Quelque chose dans son intonation accéléra agréablement les battements de son cœur et Scarlett sentit son visage s'empourprer. Elle avait assez souvent entendu cette intonation dans la voix des hommes pour savoir qu'elle était le prélude à une déclaration d'amour. Oh ! que c'était donc amusant ! Si seulement il pouvait lui dire qu'il l'aimait, comme elle saurait le faire souffrir et lui faire payer toutes les remarques sarcastiques dont il l'avait accablée depuis trois ans. Elle lui mènerait la vie dure jusqu'à ce qu'elle fût pleinement vengée de l'effroyable humiliation qu'il lui avait infligée le jour où il l'avait vue gifler Ashley. Et puis, elle lui déclarerait d'un ton suave qu'elle ne pouvait être qu'une sœur pour lui et elle se retirerait avec tous les honneurs de la guerre. Devant une perspective aussi charmante, elle fut prise d'un petit rire nerveux.

– Ne ricanez pas sottement, lui dit Rhett, et après s'être emparé de sa main il la retourna et en pressa la paume de ses lèvres.

Au contact de sa bouche tiède, quelque chose de vivant, d'électrique se transmit de lui à elle, quelque chose qui émut le corps de la jeune femme comme une caresse. Les lèvres de Rhett remontèrent à son poignet et Scarlett devina qu'il sentait battre son pouls tant son cœur s'affolait pendant qu'elle cherchait à retirer sa main. Elle n'avait pas prévu l'attaque de ce flot chaud et traître qui lui donnait envie de passer la main dans les cheveux de Rhett, de sentir ses lèvres se coller à sa bouche.

Dans son émoi, elle se disait qu'elle n'aimait pas Rhett, que c'était Ashley qu'elle aimait ; mais comment expliquer cette sensation, ce froid au creux de l'estomac, ses mains tremblantes.

Il rit doucement.

– Ne vous sauvez pas ! Je ne vous ferai pas de mal !

– Me faire mal ! Je n'ai pas peur de vous, Rhett Butler. Je n'ai peur d'aucun homme, s'écria-t-elle, furieuse de constater que sa voix tremblait elle aussi.

– Voilà de bien beaux sentiments, mais je vous en prie, parlez plus bas, Mme Wilkes pourrait nous entendre. De grâce, remettez-vous.

À l'entendre, on eût dit que le trouble de Scarlett l'enchantait.

– Scarlett, vous m'aimez, n'est-ce pas ?

Cela était bien plus dans la note de ce qu'elle attendait.

– Eh bien ! oui, de temps en temps, répondit-elle prudemment. Lorsque vous ne vous comportez pas comme une fripouille.

Il rit de nouveau et appuya la paume de sa main contre sa joue dure.
– Je crois que vous m'aimez parce que je suis une fripouille. Vous avez rencontré si peu de fripouilles bon teint au cours de votre vie calfeutrée que vous trouvez un charme étrange dans le contraste que j'offre.
La conversation ne prenait pas du tout le tour qu'elle avait escompté et Scarlett, de nouveau, tenta vainement de dégager sa main.
– Ce n'est pas vrai ! J'aime les hommes comme il faut... ceux dont on est sûr qu'ils se conduiront en gens bien élevés.
– Vous entendez par là ceux que vous pouvez tourmenter à votre guise. Ce n'est qu'une question de définition. Mais peu importe.
Il lui embrassa de nouveau le creux de la main et de nouveau Scarlett éprouva un chatouillement délicieux derrière la nuque.
– Mais vous m'aimez. Seriez-vous capable de m'aimer toujours, Scarlett ?
« Ah ! pensa-t-elle, triomphante. Maintenant, je le tiens ! » et elle répondit avec une froideur étudiée :
– À vrai dire, non... à moins que vous ne modifiez considérablement votre manière d'être.
– Et je n'ai nullement l'intention de la modifier. Ainsi vous vous sentez incapable de m'aimer ? C'est bien ce que j'espérais. Car, j'ai beau avoir une immense sympathie pour vous, je ne vous aime pas et ce serait tragique que vous soyez deux fois la victime d'un amour non partagé, n'est-ce pas, chérie ? Puis-je vous appeler « chérie », madame Hamilton ? D'ailleurs, je vous appellerai « chérie » que vous le vouliez ou non, mais enfin il faut observer les convenances.
– Vous ne m'aimez pas ?
– Non, franchement. L'espériez-vous ?
– Ne soyez pas aussi présomptueux.
– Si, vous l'espériez ! Hélas ! il me faut ruiner vos espérances. Je devrais vous aimer, car vous êtes charmante et vous possédez maints talents qui ne servent à rien ; mais tant de femmes ont du charme et des talents et sont tout aussi inutiles que vous. Non, je ne vous aime pas. Mais j'ai une sympathie folle pour vous... pour l'élasticité de votre conscience, pour l'égoïsme que vous prenez rarement la peine de dissimuler, pour votre esprit retors et votre sens pratique que vous avez hérités, je le crains, de quelque paysan irlandais, un ancêtre pas tellement éloigné.
Paysan ! Mais il était en train de l'insulter ! Elle se mit à bredouiller d'une manière incompréhensible.

– Ne m'interrompez pas, fit-il en lui écrasant la main. J'ai de la sympathie pour vous parce que je possède quelques-unes de ces qualités et que j'aime assortir ce qui se ressemble. Je me rends compte que vous chérissez encore le souvenir de ce dieu à la tête de bois, de ce M. Wilkes qui est sans doute en terre depuis six mois. Mais il doit y avoir de la place pour moi dans votre cœur. Cessez de vous tortiller comme un ver. Je vous fais une déclaration d'amour. Je vous ai désirée dès que je vous ai vue pour la première fois, dans le vestibule des Douze Chênes, lorsque vous étiez en train d'ensorceler le pauvre Charlie Hamilton. Je vous désire plus que je n'ai jamais désiré une autre femme… et, pour vous, j'ai attendu plus longtemps que je n'ai jamais attendu pour une autre femme.

La surprise lui coupa le souffle. Malgré toutes ses injures, il l'aimait, mais il était si mauvaise tête qu'il ne voulait pas le reconnaître franchement et qu'il n'osait pas parler de peur qu'elle n'éclatât de rire. Eh bien ! elle allait lui montrer de quel bois elle se chauffait, et ça n'allait pas tarder.

– Est-ce une demande en mariage ?

Il lui lâcha la main et rit si fort que Scarlett se recroquevilla dans son fauteuil.

– Grands dieux, non ! Ne vous ai-je pas dit que je n'étais pas fait pour le mariage ?

– Mais… mais… que…

Il se leva et, la main sur le cœur, il fit une révérence comique.

– Chérie, déclara-t-il d'un ton placide, je m'en vais rendre hommage à votre intelligence en vous demandant d'être ma maîtresse sans vous avoir séduite au préalable.

Sa maîtresse !

Le mot retentit en elle comme une injure. Pourtant, au premier abord, elle n'eut pas l'impression d'avoir été insultée. Elle n'éprouva qu'une furieuse bouffée d'indignation à l'idée qu'il avait pu la croire aussi bête. Il fallait vraiment qu'il la considérât comme bien bête pour lui faire pareille proposition, au lieu de la demander en mariage comme elle l'avait escompté. La rage, l'orgueil piqué au vif, la déception lui firent perdre la tête, et avant même d'avoir songé à se placer sur un plan hautement moral pour accabler Rhett de reproches, elle laissa échapper les premiers mots qui lui vinrent aux lèvres…

– Votre maîtresse ? Quel bénéfice en tirerais-je, en dehors d'une nichée de marmots ?

Alors, bouche bée, elle se rendit compte de l'horreur de ses paroles. Rhett se tordit de rire à en étouffer et, dans l'ombre, regarda fixement Scarlett qui se rasseyait, frappée de stupeur, en pressant son mouchoir contre sa bouche.

– Voilà pourquoi j'ai de la sympathie pour vous. Vous êtes la seule femme sincère que je connaisse, la seule femme qui envisage les choses par le côté pratique, sans tout embrouiller par ses petites réflexions sur le péché et la morale. N'importe quelle femme aurait d'abord eu une faiblesse, puis m'aurait montré la porte.

Scarlett se dressa d'un bond, le visage rouge de honte. Comment avait-elle pu dire pareille énormité ? Comment, elle, la fille d'Ellen, avec l'éducation qu'elle avait reçue, avait-elle pu prêter l'oreille à des propos aussi dégradants et faire une réponse aussi honteuse ? Elle aurait dû crier. Elle aurait dû s'évanouir. Elle aurait dû tourner les talons d'un air digne et quitter la véranda sans rien dire. Maintenant, il était trop tard.

– Je m'en vais vous la montrer, la porte ! s'exclama-t-elle sans se soucier si Mélanie ou les Meade, un peu plus bas dans la rue, pouvaient l'entendre. Sortez ! Comment osez-vous me dire des choses pareilles à moi ? Qu'ai-je donc fait pour vous inciter... pour vous faire supposer... Sortez et ne remettez plus jamais les pieds ici. Cette fois, c'est pour de bon. Ne revenez plus jamais ici avec vos épingles et vos rubans en vous figurant que, grâce à eux, je vous pardonnerai. Je... je le dirai à mon père, et il vous tuera !

Il ramassa son chapeau, s'inclina et, au reflet de la lampe, Scarlett vit ses dents briller sous sa moustache. Il n'avait pas honte du tout, il s'amusait de ce qu'elle avait dit et il l'observait avec un intérêt enjoué.

Oh ! qu'il était exécrable ! Scarlett tourna les talons et rentra dans la maison. Au passage, elle voulut claquer la porte sur elle, mais celle-ci était retenue par un lourd crochet. Haletante, elle s'y attaqua sans succès.

– Puis-je vous aider ? demanda Rhett.

Sentant qu'elle aurait une crise de nerfs si elle restait une minute de plus, Scarlett s'engouffra dans l'escalier. En arrivant au premier, elle entendit Rhett claquer obligeamment la porte pour elle.

XX

Alors que les chaudes et bruyantes journées d'août touchaient à leur fin, le bombardement cessa d'un seul coup. Le calme qui s'abattit sur la ville fut saisissant. Les gens sortirent sur le pas de leur porte et se mirent à échanger de longs regards inquiets, comme s'ils redoutaient ce qui allait se passer. Après le tumulte des jours précédents, cette tranquillité, au lieu d'apaiser les esprits, les excita davantage. Personne ne savait pourquoi les batteries yankees s'étaient tues. On n'avait aucune nouvelle de l'armée. On savait seulement qu'on avait dégarni les redoutes autour de la ville et qu'on avait dirigé de nombreux contingents vers le sud afin de défendre la voie ferrée. Personne ne savait où l'on se battait, à condition toutefois qu'il y eût combat, ni même si l'on se battait réellement.

En dehors des rumeurs qui circulaient de bouche en bouche, on n'avait absolument aucune nouvelle. Privés de papiers, d'encre et de personnel, les journaux avaient suspendu leur publication depuis le début du siège et les bruits les plus extravagants se répandaient à travers la ville. Au milieu de ce calme angoissant, la foule, avide de renseignements, assiégeait le quartier général de Hood, se massait devant le bureau du télégraphe ou autour de la gare dans l'espoir d'obtenir des nouvelles, de bonnes nouvelles, car tout le monde espérait que le silence des canons de Sherman signifiait que les Yankees étaient en pleine déroute et que les Confédérés leur donnaient la chasse sur la route de Dalton. Mais aucune nouvelle n'arrivait. Les fils du télégraphe restaient muets, aucun train venu du Sud par l'unique voie demeurée libre n'entrait en gare et le service postal était interrompu.

Précédé d'une chaleur accablante, l'automne poussiéreux approchait à grands pas et menaçait d'étouffer la ville, infligeant aux cœurs déjà las et oppressés un surcroît d'épreuves. Bien qu'elle s'efforçât de conserver un visage stoïque, Scarlett était folle d'inquiétude de ne pas avoir de nouvelles de Tara, et il lui semblait que le siège durait depuis une éternité, qu'elle avait toute sa vie entendu vibrer à ses oreilles le bruit du canon jusqu'au jour où ce silence lugubre s'était brusquement abattu sur Atlanta. Et pourtant le siège ne durait que depuis trente jours ! Trente jours de siège ! Trente jours que les retranchements creusés à même l'argile rouge enserraient la ville et que, sans relâche, grondait la canonnade monotone. Trente jours que les longues théories de voitures d'ambulance et de chariots traînés par des bœufs éclaboussaient de sang les rues poudreuses qui menaient aux hôpitaux. Trente jours que les escouades de fossoyeurs accablés de besogne ramassaient les cadavres à peine refroidis, pareils à des souches, et les alignaient sans fin dans des fosses hâtivement ouvertes. Trente jours seulement !

La ville, à bout de nerfs, reçut enfin des nouvelles du Sud, des nouvelles alarmantes, surtout pour Scarlett. De nouveau, le général Sherman s'attaquait au quatrième côté de la ville et portait ses efforts sur la voie ferrée à Jonesboro. Désormais les Yankees, en masses compactes, menaçaient ce quatrième côté. Il ne s'agissait plus de petites unités de tirailleurs ou de détachements de cavalerie, mais bien du gros des forces yankees. On avait dégarni les défenses immédiates de la ville pour lancer contre l'ennemi des milliers d'hommes qui les occupaient, et cela expliquait le brusque silence.

« Pourquoi Jonesboro ? se dit Scarlett, le cœur serré d'angoisse à la pensée que Tara était si près du champ de bataille. Pourquoi s'en prennent-ils toujours à Jonesboro ? Ils ne sont donc pas capables de trouver un autre endroit pour attaquer la voie ferrée ? »

Pendant une semaine elle n'avait rien reçu de Tara et le dernier billet laconique de Gérald n'avait fait qu'augmenter ses frayeurs. L'état de Carreen s'était aggravé et la petite était très, très malade. Maintenant, il lui faudrait attendre des jours et des jours avant que le courrier réussît à franchir les lignes, des jours et des jours avant de savoir si Carreen était morte ou vivante. Oh ! si seulement elle était retournée chez elle dès le début du siège, avec ou sans Mélanie.

On se battait à Jonesboro... là se bornait le savoir d'Atlanta. Personne n'aurait su dire quelle tournure prenaient les événements et les bruits les plus abracadabrants mettaient la ville au supplice. Un messager venu de Jonesboro finit tout de même par apporter la nouvelle que les Yankees avaient été repoussés. Toutefois, avant de battre en retraite, ils avaient réussi un coup de main sur Jonesboro, incendié la gare, coupé les fils télégraphiques et démoli la voie sur une longueur de trois milles. Les hommes du génie travaillaient comme des forcenés à tout remettre en état, mais il leur faudrait un certain temps, car les Yankees avaient arraché les traverses, en avaient fait des bûchers sur lesquels ils avaient entassé les rails tordus, puis, lorsque ceux-ci avaient été portés au rouge, ils les avaient enroulés autour des poteaux télégraphiques qu'on aurait pu prendre ainsi pour des tire-bouchons géants. Et il était si difficile de remplacer les rails, de remplacer tous les objets de fer.

Non, les Yankees n'étaient pas arrivés jusqu'à Tara. Le courrier qui avait apporté des dépêches au général Hood en donna lui-même l'assurance à Scarlett. Il avait rencontré Gérald à Jonesboro après la bataille, juste au moment où il s'apprêtait à partir pour Atlanta, et Gérald l'avait prié de remettre une lettre à sa fille.

«Mais qu'est-ce que papa faisait donc à Jonesboro?» Le jeune messager parut gêné de répondre. Gérald était à la recherche d'un médecin militaire qu'il voulait ramener à Tara avec lui.

Debout, en plein soleil sous la véranda, Scarlett remercia le jeune homme et sentit ses jambes flageoler. Il fallait que Carreen fût à l'agonie pour que la science d'Ellen fût prise en défaut et que Gérald recherchât un médecin! Tandis que le messager s'éloignait en soulevant derrière lui un petit nuage de poussière rouge, Scarlett décacheta la lettre de Gérald d'une main tremblante. La pénurie de papier était si grande à l'intérieur de la Confédération que Gérald avait écrit entre les lignes de la dernière lettre que lui avait envoyée sa fille et la lecture en était rendue malaisée.

«Ma chère fille. Ta mère et les deux petites ont la typhoïde. Elles sont très malades, mais il faut espérer qu'elles s'en tireront. Lorsque ta mère s'est alitée, elle m'a prié de t'écrire que, sous aucun prétexte, tu ne devais venir à la maison exposer Wade et toi-même à la contagion. Elle t'envoie son souvenir affectueux et te demande de prier pour elle.»

«Prier pour elle!» Scarlett monta quatre à quatre dans sa chambre et, tombant à genoux au pied de son lit, elle pria comme elle n'avait jamais prié auparavant. Renonçant aux rosaires trop conventionnels, elle ne cessa de répéter les mêmes mots. «Mère de Dieu, ne la laissez pas mourir! Vous seriez si bonne de ne pas la laisser mourir! Je vous en supplie, ne permettez pas qu'elle meure!»

Guettant le courrier, sursautant chaque fois qu'elle entendait le pas d'un cheval, se précipitant la nuit dans l'escalier sombre lorsqu'un soldat frappait à la porte, Scarlett, toute la semaine qui suivit, erra dans la maison comme une bête traquée, et rien ne venait de Tara. Ce n'étaient pas vingt-cinq milles de route poussiéreuse qui la séparaient de chez elle, mais l'étendue de tout un continent.

Les services postaux ne fonctionnaient toujours pas, personne ne savait où étaient les Confédérés ni ce que les Yankees préparaient. On ne savait rien, si ce n'est que des milliers de soldats gris et bleus se trouvaient quelque part entre Atlanta et Jonesboro. En une semaine, pas le moindre mot de Tara.

Scarlett avait vu assez de typhoïdes à l'hôpital pour savoir l'importance d'une semaine dans cette redoutable maladie. Ellen était malade, elle se mourait peut-être et Scarlett, pieds et poings liés, restait là, à Atlanta, au chevet d'une femme sur le point d'accoucher tandis que deux armées se dressaient entre elle et son foyer. Elle était malade... elle se mourait peut-être. Mais non. Ellen ne pouvait pas être malade. Elle n'avait jamais été malade. Cette seule pensée dépassait l'entendement, frappait à la base tout ce qui représentait un élément de sécurité dans la vie de Scarlett. Tout le monde tombait malade un jour ou l'autre, mais pas Ellen. Elle soignait les malades et les guérissait. Elle ne pouvait être atteinte à son tour. Scarlett voulait retourner chez elle. Elle voulait retrouver Tara avec le désir forcené d'un enfant pris de peur qui ne songe qu'au seul refuge qu'il ait jamais connu !

Sa maison ! La blanche demeure aux blancs rideaux palpitants, la pelouse au trèfle épais où butinaient les abeilles, le petit négrillon posté sur le perron empêchant par ses cris les canards et les dindons de piller les massifs de fleurs, les champs rouges empreints de sérénité et les milles et les milles de coton blanchissant au soleil ! Sa maison !

Si seulement elle était rentrée chez elle au commencement du siège, alors que tout le monde s'enfuyait ! Elle aurait même pu emmener Mélanie avec elle sans aucun risque.

« Oh ! cette maudite Mélanie ! se dit-elle mille fois. Pourquoi n'est-elle donc pas partie pour Macon avec tante Pitty ? Elle est faite pour y vivre avec ceux de sa race, elle n'est pas faite pour vivre avec moi. Moi, je ne suis pas de son sang. Pourquoi se cramponne-t-elle si dur à moi ? Si seulement elle était partie pour Macon, j'aurais pu retourner auprès de Maman. Même maintenant... même maintenant, j'essayerais bien de rentrer à la maison malgré les Yankees, s'il n'y avait pas son bébé. Le général Hood me donnerait peut-être une escorte. C'est un homme charmant, le général Hood, et je sais que je parviendrais à obtenir de lui une escorte et un drapeau blanc pour franchir les lignes. Mais il faut attendre ce bébé... Oh ! Maman, Maman. Ne meurs pas !... pourquoi ce bébé n'arrive-t-il donc pas ? Je vais aller voir le docteur Meade aujourd'hui et je lui demanderai s'il n'y a pas moyen de hâter la venue des bébés... comme ça je pourrai rentrer chez moi... si j'obtiens une escorte. Le docteur Meade a dit que ça serait pénible. Mon Dieu, et si elle en mourait ! Mélanie morte. Mélanie morte. Et Ashley !... Non, il ne faut pas que je pense à cela, ce n'est pas beau. Mais Ashley... Non, il ne faut pas que je pense à cela parce qu'Ashley est probablement mort. C'est un péché. Et j'ai promis au bon Dieu d'être gentille s'il empêchait Maman de mourir. Oh ! si seulement le bébé arrivait. Si seulement je pouvais m'en aller d'ici... être à la maison... être n'importe où, mais pas ici. »

Après l'avoir tant aimée, Scarlett avait pris en horreur la ville plongée désormais dans un silence de mauvais augure. Atlanta n'avait plus rien de commun avec la ville follement gaie qu'elle avait chérie. C'était une ville horrible comme une cité frappée par la peste, et calme, si effroyablement calme, après le vacarme du siège. Dans le fracas et les dangers du bombardement, il y avait eu quelque chose de stimulant. Dans le calme qui avait suivi, il ne restait place que pour l'épouvante. Les gens avaient le visage anxieux et les rares soldats que voyait Scarlett avaient cet aspect exténué de coureurs ralliant le reste de leurs forces pour franchir les derniers mètres d'une course perdue d'avance.

La fin du mois d'août arriva et en même temps le bruit courut avec persistance que se déroulait le combat le plus furieux depuis la bataille d'Atlanta. Cela se passait quelque part au Sud. Dans l'attente de l'issue de la bataille, Atlanta n'essaya même plus de rire ou de plaisanter. Tout le monde savait maintenant ce que les soldats savaient depuis des semaines. Atlanta était acculée au bord du fossé. Si la voie ferrée de Macon tombait aux mains de l'ennemi, Atlanta y tomberait aussi.

Le premier septembre au matin, Scarlett s'éveilla en proie à un sentiment de crainte qu'elle avait déjà éprouvé la veille en se mettant au lit. « Qu'est-ce qui n'allait donc pas hier soir quand je me suis couchée, se demanda-t-elle, encore tout engourdie par le sommeil. Ah ! oui, j'y suis, la bataille. Hier on se battait quelque part. Oh ! qui a gagné ? » Elle se dressa sur son séant, se frotta les yeux et son cœur angoissé reprit le fardeau légué par le jour précédent.

En dépit de l'heure matinale, l'atmosphère était étouffante et annonçait déjà les ardeurs du ciel bleu de midi et le soleil implacable. La rue était silencieuse. Nul grincement de roue. Nulle troupe en marche ne venait soulever la poussière rougeâtre. Des cuisines environnantes on n'entendait point monter la voix paresseuse des nègres, on n'entendait pas non plus les bruits agréables qui accompagnent les préparatifs des petits déjeuners, car, à l'exception de Mme Meade et de Mme Merriwether, tous les voisins s'étaient réfugiés à Macon. Plus loin, vers le bas de la rue, le quartier des affaires était mort. Bon nombre de magasins et de bureaux restaient fermés tandis que leurs occupants se trouvaient quelque part, à la campagne, un fusil à la main.

Le calme qui accueillit Scarlett lui parut encore plus lugubre ce matin-là que les autres jours de la semaine étrangement paisible qui venait de s'écouler. Renonçant à s'étirer comme elle le faisait d'ordinaire, elle se leva précipitamment et gagna la fenêtre dans l'espoir d'apercevoir le visage d'un voisin ou quelque spectacle réconfortant. Mais la rue était déserte. Scarlett remarqua que les feuilles des arbres avaient conservé leur teinte vert foncé mais qu'elles étaient desséchées et couvertes d'une large couche de poussière rouge. Elle remarqua aussi combien les fleurs du jardin, privées de soins, paraissaient tristes.

Comme elle demeurait là, accoudée à la fenêtre, elle distingua au loin une rumeur sourde et sinistre comme les premiers coups de tonnerre d'un orage qui approche.

«La pluie», pensa-t-elle d'abord, et son esprit de campagnarde ajouta: «Nous en avons bien besoin.» Mais aussitôt elle se corrigea: «La pluie? Non! pas la pluie! le canon!»

Le cœur battant, elle se pencha au-dehors. L'oreille aux aguets, elle s'efforça de découvrir de quelle direction venait le bruit du canon. Mais le grondement était si confus, si lointain, que, pendant un moment, elle fut incapable de le dire. «Seigneur, pria-t-elle, faites que ce bruit vienne de Marietta, ou de Decatur, ou de la rivière du Pêcher, mais pas du Sud! Non! Pas du Sud!» Elle serra plus fort l'appui de la fenêtre, écouta de toutes ses oreilles et la rumeur parut augmenter d'intensité. Elle venait du sud.

On tirait le canon au sud. Et au sud, c'était Jonesboro, et Tara... et Ellen.

Les Yankees étaient peut-être à Tara en ce moment, à cette minute même! Scarlett écouta de nouveau, mais le sang affluant à ses oreilles brouillait le son de la canonnade. Non, les Yankees ne pouvaient pas être déjà à Jonesboro. S'ils étaient aussi loin que cela, on entendrait moins bien, moins distinctement. Mais ils devaient être au moins à dix milles de Jonesboro, probablement près du petit hameau de Rough and Ready.

On tirait le canon au sud, et les artilleurs sonnaient peut-être le glas d'Atlanta. Mais, pour Scarlett, dévorée d'inquiétude en songeant à Ellen, se battre au sud, c'était se battre près de Tara. Elle se mit à arpenter la chambre, se tordit les mains et pour la première fois elle eut pleinement conscience que les troupes grises risquaient d'être battues. La pensée que les troupes de Sherman étaient si près de Tara la ramena chez elle, lui fit mesurer toute l'horreur de la guerre mieux que ne l'avaient jamais fait le fracas du canon ébranlant les vitres, les privations de toutes sortes, les interminables rangées de mourants. L'armée de Sherman à quelques milles de Tara ! Et même si les Yankees essuyaient une défaite, ils pouvaient fort bien se rabattre sur la route de Tara. Et, avec ses trois malades, Gérald serait incapable de se mettre hors de leur portée.

Oh ! si seulement elle était à Tara, avec ou sans les Yankees. Elle marchait pieds nus, sa chemise de nuit plaquée contre les jambes et, plus elle allait, plus sa nervosité grandissait. Elle aurait voulu être chez elle, au chevet d'Ellen.

De la cuisine lui parvint un bruit de vaisselle, mais elle n'entendit point la Betsy des Meade. Prissy préparait le petit déjeuner en chantonnant d'une voix pointue et mélancolique : « Quelques jou's enco' à po'ter la lou'de cha'ge... » Scarlett grinça des dents. La chanson était triste et le sens de ses paroles l'effrayait. Elle enfila un peignoir, sortit sur le palier, se pencha au-dessus de l'escalier de service et lança : « Assez chanté comme ça, Prissy ! »

Un maussade « Oui, ma'ame » monta jusqu'à elle et Scarlett poussa un profond soupir de soulagement tout en ayant brusquement honte de son attitude.

– Où est Betsy ?

– J' sais pas. Elle est pas venue.

Scarlett s'approcha de la porte de Mélanie et l'entrouvrit juste assez pour jeter un regard dans la pièce inondée de soleil. Les yeux fermés et cerclés de noir, le visage bouffi, son corps frêle, hideux et déformé, Mélanie reposait sur son lit en chemise de nuit. Scarlett souhaita méchamment qu'Ashley pût la voir en ce moment. Elle était plus effrayante que toutes les femmes enceintes qu'elle avait rencontrées. Tandis qu'elle la regardait ainsi, Mélanie ouvrit les yeux et un sourire doux et chaud illumina son visage.

– Entre donc, invita-t-elle tout en se tournant avec maladresse sur le côté. Je suis réveillée depuis l'aube. Je réfléchis et, Scarlett, je voudrais te dire quelque chose.

Scarlett entra et s'assit sur le lit qui renvoyait toute la lumière du soleil cuisant.

Mélanie allongea le bras et s'empara de la main de Scarlett qu'elle serra dans un geste plein de confiance.

– Ma chérie, dit-elle, cette canonnade me fait de la peine. Ça se passe du côté de Jonesboro, n'est-ce pas ?

Scarlett fit « hum », et son cœur se mit à battre la charge.

– Je sais combien tu es inquiète. Je sais que, sans moi, tu serais retournée chez toi la semaine dernière quand tu as eu de mauvaises nouvelles de ta mère. C'est vrai, n'est-ce pas ?

– Oui, répondit Scarlett sans aménité.

– Scarlett, ma chérie, tu as été si bonne pour moi. Une sœur n'aurait su être ni plus douce ni plus courageuse. C'est pour cela que je t'aime. Je m'en veux d'être une telle gêne pour toi.

Scarlett sursauta. Elle l'aimait pour de bon ? Quelle imbécile !

– Et puis, Scarlett, je passe mon temps sur mon lit à réfléchir et je voudrais te demander une grande faveur. (Son étreinte se resserra.) Si je meurs, prendras-tu soin de mon enfant ?

Dans les yeux agrandis et brillants de Mélanie se lisait un appel plein de tendresse.

– Le feras-tu ?

Scarlett se dégagea d'une secousse. La peur s'emparait d'elle, la peur lui fit répondre d'un ton rauque :

– Oh ! ne fais pas la sotte, Melly. Tu ne vas pas mourir. À leur premier enfant, toutes les femmes s'imaginent qu'elles vont rendre l'âme. Je sais que j'en ai fait autant.

– Non, ce n'est pas vrai. Tu n'as jamais eu peur de rien. Tu dis cela uniquement pour me remonter le moral. Je n'ai pas peur de mourir, mais j'ai si peur de laisser l'enfant, si Ashley est… Scarlett, promets-moi de te charger de mon bébé si je meurs. Comme ça, je n'aurai plus peur. Tante Pitty est trop vieille pour élever un enfant. Honey et India sont bien gentilles, mais… je veux que ce soit toi qui aies mon enfant. Promets-le-moi, Scarlett. Si c'est un garçon, élève-le comme l'a été Ashley, et si c'est une fille… ma chérie, j'aimerais beaucoup qu'elle te ressemblât.

– Sacrebleu ! s'écria Scarlett en sautant à bas du lit. Tu trouves qu'on n'a pas assez de sujets d'inquiétude ? Il faut que, par-dessus le marché, tu viennes parler de ta mort !

– Excuse-moi, ma chérie. Mais promets-le-moi. Je crois que c'est pour aujourd'hui. J'en suis persuadée. Je t'en supplie, promets-le-moi.

– Eh bien ! oui, ça va. Je te le promets, dit Scarlett, médusée.

Mélanie était-elle donc bête au point d'ignorer son penchant pour Ashley ? Ou bien savait-elle à quoi s'en tenir et considérait-elle qu'en raison même de son amour Scarlett prendrait un soin jaloux de l'enfant d'Ashley ? Scarlett éprouva une envie irrésistible de poser une

foule de questions qui, pourtant, expirèrent sur ses lèvres quand Mélanie, reprenant possession de sa main, la tint un instant contre sa joue. Ses yeux avaient recouvré leur expression de sérénité.
– Qu'est-ce qui te fait penser que c'est pour aujourd'hui, Melly ?
– Je ressens des douleurs depuis l'aube... mais ce n'est pas bien pénible.
– Tu souffres ? Mais voyons, pourquoi ne m'as-tu pas appelée ? Je vais envoyer Prissy chercher le docteur Meade.
– Non, pas encore, Scarlett. Tu sais combien il est pris, combien tout le monde est sur les dents. Mets-lui seulement un mot pour lui dire que nous aurons besoin de son concours aujourd'hui. Envoie quelqu'un chez Mme Meade et fais-lui demander de venir me garder. Elle saura quand il faudra prévenir son mari.
– Oh ! quand auras-tu fini de penser aux autres ? Tu sais très bien que tu as autant besoin d'un docteur que n'importe quel malade à l'hôpital. Je vais le faire chercher tout de suite.
– Non, je t'en prie. Il faut quelquefois attendre un jour entier avant d'être délivrée et je ne peux tout de même pas garder le docteur près de moi pendant des heures quand tous ces pauvres diables le réclament avec tant d'insistance. Envoie chercher Mme Meade. Elle saura comment s'y prendre.
– Eh bien ! c'est entendu, fit Scarlett.

ATLANTA

TENNESSEE HOU
GEORGIA

XXI

Après avoir fait monter son plateau à Mélanie, Scarlett envoya Prissy chercher Mme Meade et s'assit avec Wade pour prendre son petit déjeuner. Pour une fois, elle n'avait pas faim. Entre les affres qu'elle éprouvait en songeant que l'accouchement de Mélanie approchait et les efforts inconscients qu'elle faisait pour distinguer le bruit de la canonnade, elle pouvait à peine manger. Son cœur se comportait d'une manière bizarre. Pendant quelques minutes, il battait avec la plus grande régularité, puis, soudain, il se mettait à sauter si fort et si vite que Scarlett en avait presque la nausée. L'épaisse bouillie de maïs lui collait au palais et jamais elle n'avait trouvé plus répugnante la mixture de maïs séché et d'igname moulue qui tenait lieu de café. Sans sucre ni lait, c'était amer comme chicotin, car le sorgho dont on se servait pour «adoucir» le goût ne donnait guère de résultats. Après en avoir avalé une gorgée, elle repoussa la tasse. Si elle n'avait pas eu d'autres motifs de haine, elle aurait détesté les Yankees pour la seule raison qu'ils l'empêchaient d'avoir du vrai café au lait bien sucré.

Wade était plus tranquille que d'ordinaire et ne se mettait pas, comme tous les matins, à récriminer contre la bouillie dont il avait, lui aussi, horreur. Il ingurgitait en silence les cuillerées que Scarlett portait à sa bouche et les aidait à passer à grand renfort d'eau qu'il avalait bruyamment. Larges et ronds comme des pièces d'un dollar, ses yeux bruns et doux suivaient tous les mouvements de sa mère et reflétaient une angoisse enfantine comme si les craintes secrètes de Scarlett s'étaient communiquées à son fils. Lorsqu'il eut fini, Scarlett l'envoya jouer au jardin et le vit avec soulagement s'engager en trébuchant sur la pelouse mal entretenue.

Elle se leva et resta au pied de l'escalier sans savoir que faire. Elle aurait dû remonter s'asseoir auprès de Mélanie et détourner son esprit des épreuves prochaines, mais elle ne s'en sentait pas le courage. Pourquoi, parmi tant de journées, Mélanie avait-elle juste choisi celle-ci pour accoucher? Pourquoi aussi avait-elle choisi celle-là pour parler de sa mort?

Scarlett s'assit sur la dernière marche et essaya de mettre de l'ordre dans ses idées. Elle se demanda comment avait bien pu se passer la

bataille de la veille et comment pouvait bien se passer celle de ce jour-là. Comme c'était étrange qu'une grande bataille se déroulât à quelques milles de soi et d'ignorer complètement la tournure que prenaient les événements ! Comme il était étrange le calme de cette extrémité déserte de la ville par rapport au jour du combat de la rivière du Pêcher ! La maison de tante Pitty était l'une des dernières construites au nord d'Atlanta et comme on livrait bataille là-bas, quelque part vers le Sud, on ne voyait passer ni renforts marchant au pas gymnastique, ni voitures d'ambulance, ni longues files de blessés titubants. Scarlett se demanda si l'on assistait à de pareilles scènes au sud de la ville et se réjouit de ne pas habiter de ce côté-là. Si seulement, à l'exception des Meade et des Merriwether, tous les habitants du quartier ne s'étaient pas enfuis ! Scarlett se sentait tellement seule, tellement abandonnée. Elle aurait tant aimé que l'oncle Peter fût là. Au moins, elle aurait pu l'envoyer aux nouvelles. Sans Mélanie elle serait allée en ville sur-le-champ pour essayer de savoir quelque chose, mais elle ne pouvait pas partir avant l'arrivée de Mme Meade. Mme Meade ? Pourquoi ne venait-elle pas ? Et où était donc Prissy ?
Scarlett se leva, passa sous la véranda et regarda du côté de chez les Meade. Au bout d'un long moment, Prissy apparut seule. Elle ne se pressait pas, prenait son temps comme si la journée entière lui avait appartenu, faisait danser ses jupes et regardait par-dessus son épaule pour mieux en observer l'effet.

– Je t'enverrai chercher la mort ! éclata Scarlett lorsque Prissy ouvrit la grille. Qu'est-ce qu'a dit Mme Meade ? Dans combien de temps viendra-t-elle ?

– Elle était pas là, fit Prissy.

– Où est-elle ? Quand rentrera-t-elle ?

– Vous savez, ma'ame, répondit Prissy en prenant plaisir à étirer chaque mot pour donner plus de poids à son message, la Cookie elle a dit que ma'ame Meade elle était so'tie de bonne heu'e ce matin à cause que le jeune missié Phil il a été blessé et ma'ame Meade elle a p'is la voitu' et le vieux Talbot et Betsy et ils sont allés le che'cher pour' le 'amener à la maison. Cookie elle dit comme ça qu'il est bien blessé et que ma'ame Meade elle a pas l'intention de veni' ici.

Scarlett lança un regard foudroyant à Prissy et eut une bonne envie de la rosser. Les nègres étaient toujours si fiers de jouer les messagers du malheur.

– Allons, ne reste pas plantée là comme une gourde. Va chez Mme Merriwether... Tu lui demanderas de venir ou d'envoyer sa mama. Allons, ouste !

– Elles sont pas là, ma'ame Sca'lett. J'ai passé un moment avec leu' mama en 'evenant. Elles sont pas là. Tout est fe'mé chez elles. Je suppose qu'elles sont à l'hôpital.
– Ah ! c'est pour ça que tu as été si longue ! Quand je t'enverrai faire une commission, tu tâcheras d'aller là où je te dis et de ne pas « passer un moment » avec quelqu'un. Va chez...
Scarlett s'arrêta net et se mit à réfléchir. Parmi les gens qu'elle connaissait et qui étaient restés à Atlanta, qui pourrait bien lui rendre service ? Il y avait Mme Elsing. Naturellement, Mme Elsing ne la portait pas dans son cœur, mais elle avait toujours eu tant d'amitié pour Mélanie.
– Va chez Mme Elsing. Tu lui expliqueras tout en détail et tu lui demanderas d'être assez bonne pour venir. Et puis, Prissy, écoute-moi bien. Mme Melly est sur le point d'accoucher et elle peut avoir besoin de toi d'une minute à l'autre. Tu vas me faire le plaisir de te dépêcher et de revenir le plus tôt possible.
– Oui, ma'ame, répondit Prissy qui fit demi-tour et redescendit l'allée d'un train de sénateur.
– Presse-toi donc, espèce de lanterne !
– Oui, ma'ame.
Prissy modifia à peine son allure et Scarlett rentra dans la maison. Elle hésita de nouveau à monter auprès de Mélanie. Il lui faudrait expliquer à sa belle-sœur pourquoi Mme Meade ne pouvait pas venir et cela risquait de lui porter un mauvais coup. Tant pis, elle lui raconterait un mensonge.
Scarlett entra dans la chambre de Mélanie et vit que celle-ci n'avait pas touché à son plateau. Le visage blafard, elle était étendue sur le côté.
– Mme Meade est retenue à l'hôpital, annonça Scarlett, mais Mme Elsing va venir. Ça ne va pas ?
– Pas très bien, répondit Mélanie, en dissimulant la vérité. Scarlett, combien de temps ça a-t-il duré pour Wade ?
– Ça n'a pas traîné, fit Scarlett avec une gaieté qu'elle était loin d'éprouver. J'étais au jardin et j'ai eu à peine le temps de rentrer. Mama a dit que c'était un scandale, que je m'étais conduite en négresse.
– J'espère que, moi aussi, je me conduirai comme une négresse, dit Mélanie avec un sourire forcé qu'une grimace de douleur effaça aussitôt.
Scarlett examina sans grand optimisme les hanches étroites de Mélanie, mais n'en déclara pas moins d'un ton rassurant :
– Allons, ça ne se passera pas si mal.

– Non, je le sais. Je crains d'être un peu lâche. Est-ce que… Est-ce que Mme Elsing va venir bientôt ?
– Mais oui, fit Scarlett. Tiens, je vais descendre chercher de l'eau fraîche pour te faire un brin de toilette. Il fait si chaud aujourd'hui.
Scarlett resta absente aussi longtemps qu'elle put. À chaque instant elle interrompait sa besogne et se précipitait à la porte pour voir si Prissy ne revenait pas. Puis, comme il n'y avait nulle trace de Prissy, elle remonta, épongea le corps moite de Mélanie et peigna la longue chevelure brune.
Une heure plus tard, elle reconnut dans la rue le pas traînant d'une négresse. Elle se pencha à la fenêtre et vit Prissy qui s'en revenait lentement. Sa jupe oscillait de droite et de gauche et elle en suivait le balancement avec de petits airs distingués comme si un nombreux public s'intéressait à ses simagrées…
« Un de ces jours, j'administrerai une fameuse correction à cette petite vaurienne », se dit Scarlett tout en dégringolant l'escalier pour aller à sa rencontre.
– Ma'ame Elsing elle est à l'hôpital. La Cookie elle a vu des tas de blessés veni' pa' le t'ain du matin. Elle fait de la soupe pou' tout ce monde-là. Elle a dit…
– Je me fiche pas mal de ce qu'elle a dit, coupa Scarlett, le cœur serré. Mets-moi un tablier propre. Je veux que tu ailles à l'hôpital. Je vais te donner un mot pour le docteur Meade. S'il n'est pas là, tu le remettras au docteur Jones ou à n'importe quel autre médecin. Et si tu traînasses en revenant, je t'écorche vive.
– Oui, ma'ame.
– Et tu n'oublieras pas de demander à l'un de ces messieurs si l'on a des nouvelles de la bataille. S'ils ne savent rien, tu iras du côté de la gare et tu te renseigneras auprès des mécaniciens qui ont amené les blessés. Tu demanderas si l'on se bat à Jonesboro ou aux environs.
– Seigneu' Dieu, ma'ame Sca'lett ! (Une frayeur soudaine se peignit sur le visage noir de Prissy.) Les Yankees y sont pas à Ta'a, hein ?
– Je n'en sais rien. Je te dis de demander des renseignements.
– Seigneu' Dieu, ma'ame Sca'lett, qu'est-ce qu'ils vont fai' à maman ?
Prissy se mit brusquement à se lamenter si fort que le son de sa voix augmenta le trouble de Scarlett.
– Finis de brailler ! Mme Mélanie va t'entendre. Allons, va changer de tablier en vitesse.
Ainsi aiguillonnée, Prissy galopa vers l'office tandis que Scarlett griffonnait un mot hâtif dans la marge de la dernière lettre qu'elle avait

reçue de Gérald... le seul morceau de papier qui restât dans la maison. En pliant son message, elle surprit les mots tracés par Gérald: «Ta mère... typhoïde... sous aucun prétexte... venir à la maison.» Elle faillit sangloter. Sans Mélanie elle fût partie chez elle, séance tenante, même s'il lui avait fallu faire tout le chemin à pied.

Prissy s'en alla au grand trot, la lettre à la main, et Scarlett remonta tout en s'efforçant de découvrir un mensonge plausible, pour expliquer la non-venue de Mme Elsing. Mais Mélanie ne demanda rien. Elle reposait sur le dos, le visage détendu et charmant, et ce spectacle apaisa Scarlett pour un moment.

Elle s'assit et essaya de parler de choses sans importance, mais ses pensées la ramenaient cruellement à Tara et à une défaite possible des Confédérés. Elle voyait Ellen à l'agonie et elle se représentait les Yankees entrant à Atlanta, incendiant tout, massacrant tout le monde. Et le bruit sourd de la canonnade lointaine continuait, battait à ses oreilles comme un ressac, roulait jusqu'à elle ses vagues angoissantes. À la fin il lui devint impossible de parler et elle alla à la fenêtre regarder la rue brûlante et calme, les feuilles poussiéreuses qui pendaient immobiles aux branches des arbres. Mélanie se taisait, elle aussi, mais par moments son visage se crispait sous l'effet de la douleur. Chaque fois elle disait: «Oh! ça n'a vraiment pas été terrible», et Scarlett savait qu'elle mentait.

Une heure passa ainsi, puis une autre. Midi vint. Le soleil plus haut dans le ciel se fit plus chaud encore. Aucun souffle n'agitait les feuilles poussiéreuses. Mélanie souffrait davantage. Ses longs cheveux étaient trempés de sueur, sa chemise collait par plaques à son corps. Scarlett lui épongeait le front en silence, mais la crainte lui rongeait le cœur. Dieu du Ciel! et si l'enfant arrivait avant la venue du docteur! Que ferait-elle? Elle ignorait tout de l'obstétrique. C'était précisément cela qu'elle redoutait depuis des semaines. Elle avait compté sur Prissy pour arranger les choses au cas où elle serait obligée de se passer de docteur. Prissy était très au courant de ces choses-là. Elle l'avait dit et redit tant de fois. Mais où était Prissy? Pourquoi ne revenait-elle pas? Pourquoi le docteur ne venait-il pas? Elle se pencha pour la centième fois à la fenêtre. Elle écouta de toutes ses oreilles et soudain elle se demanda si c'était un effet de son imagination ou si le bruit de la canonnade s'était éloigné. Si le bruit s'était éloigné, cela voulait dire que le combat s'était rapproché de Jonesboro et que...

Enfin, Scarlett aperçut Prissy qui descendait la rue en courant. Prissy releva la tête, vit sa maîtresse et ouvrit la bouche pour crier. Remarquant l'émoi peint sur le petit visage noir et craignant que Mélanie ne s'alarmât en entendant lancer de mauvaises nouvelles, Scarlett s'empressa de porter un doigt à ses lèvres et quitta la fenêtre.

– Je m'en vais chercher un peu d'eau fraîche, dit-elle en plongeant son regard dans les yeux cerclés de noir de Mélanie et en s'efforçant de sourire. Puis elle s'en alla et referma soigneusement la porte sur elle.

Assise sur la dernière marche de l'escalier, Prissy haletait.

– On se bat à Jonesbo'o, ma'ame Sca'lett. Ils disent que nos missiés ils sont battus. Oh ! mon Dieu, ma'ame Sca'lett ! Qu'est-ce qui va a'iver à ma maman et à Po'k ? Oh ! mon Dieu, ma'ame Sca'lett ! Qu'est-ce qui va nous a'iver quand les Yankees ils se'ont là ? Oh ! mon Dieu…

– Au nom du Ciel, tais-toi !

Oui, qu'arriverait-il quand les Yankees seraient là ? Qu'arriverait-il à Tara ? De toute son énergie elle repoussa cette pensée. Pour peu qu'elle réfléchît à ces choses-là, elle se mettrait à gémir et à se lamenter comme Prissy. Il fallait d'abord faire face au plus pressé.

– Où est le docteur Meade ? Quand vient-il ?

– J'ai pas pu le voi', m'ame Sca'lett.

– Quoi ?

– Non, il est pas à l'hôpital, ma'ame Me'iwethe' et ma'ame Elsing elles y sont pas non plus. Un homme il m'a dit que le docteu' il était à la ga'e avec les soldats qui sont venus de Jonesbo'o, mais, ma'ame Sca'lett, j'avais t'op peu' d'y aller… tout le monde meu' là-bas…

– Et les autres médecins ?

– Ma'ame Sca'lett, pou' l'amou' de Dieu, j'suis pas a'ivée à en t'ouver un pou' li' la lett'. Ils tou'nent dans l'hôpital comme s'ils étaient devenus fous. Il y a un docteu' qui m'a dit : « Fous le camp ! T'amuse pas à m'ennuyer avec des enfants quand il y a un tas d'hommes qui c'èvent ici. T'ouve une femme pou' t'aider. » Alo' j'suis allée pa'tout pou' avoi' des nouvelles comme vous aviez dit, et ils m'ont dit qu'on se bas à Jonesbo'o, et je…

– Tu dis que le docteur Meade est à la gare ?

– Oui, ma'ame, il…

– Allons, écoute-moi bien. Je vais chercher le docteur Meade. Toi, tu resteras auprès de Mme Mélanie et tu feras tout ce qu'elle te dira. Et si jamais tu lui racontes où on se bat, je te vends à des marchands du Sud, aussi sûr que deux et deux font quatre. Et puis, ne t'amuse pas à lui dire que les autres docteurs ne veulent pas venir. M'entends-tu ?

– Oui, ma'ame.

– Essuie-toi les yeux, remplis le broc avec de l'eau fraîche et monte. Rafraîchis Mme Mélanie avec l'éponge. Dis-lui que je suis partie chercher le docteur Meade.
– Est-ce qu'elle est su' le point d'accoucher, ma'ame Sca'lett?
– Je n'en sais rien. Je le crains, mais je ne sais pas. Toi, tu devrais le savoir. Allons grimpe.
Scarlett attrapa sa grande capeline de paille sur une console et l'enfonça sur sa tête. Elle se regarda dans la glace et, d'un geste machinal, rentra quelques mèches de cheveux à l'intérieur du chapeau. Pareille à une risée, de petits frissons de peur lui partaient du creux de l'estomac, s'irradiaient, lui gagnaient le bout des doigts qui étaient glacés bien que le reste de son corps ruisselât de sueur. Elle sortit précipitamment de la maison et se trouva en pleine chaleur. La réverbération était aveuglante. Scarlett descendit la rue du Pêcher en courant, les tempes serrées. Elle étouffait. Au bas de la rue, elle entendit monter une rumeur faite de centaines de voix. Arrivée en vue de chez les Leyden, elle fut sur le point de chanceler tant son corset la serrait, mais elle ne ralentit pas son allure. Le grondement des voix se faisait plus distinct.
De chez les Leyden jusqu'aux Cinq Fourches, la rue avait une activité de fourmilière qu'on vient de détruire. Des nègres couraient de tous les côtés, le visage crispé par l'effroi. Sous les vérandas, des enfants blafards criaient sans qu'on se souciât d'eux. La chaussée était encombrée de fourgons de l'armée, d'ambulances remplies de blessés, de voitures où s'entassaient les valises et les meubles. Des hommes à cheval débouchaient des rues latérales et descendaient pêle-mêle vers le quartier général de Hood. Devant chez les Bonnell, le vieil Amos retenait son cheval par la bride. En voyant Scarlett il se mit à rouler de gros yeux.
– Vous pa'tez pas enco', ma'ame Sca'lett. Nous on s'en va tout de suite. La vieille ma'ame elle fait sa valise.
– Partir ? Où ?
– Dieu seul le sait, ma'ame. Quèque pa'. Les Yankees y' a'ivent.
Scarlett reprit sa course sans même dire au revoir au vieux nègre. Les Yankees arrivaient ! Devant la chapelle wesleyenne elle s'arrêta pour reprendre son souffle et permettre à son cœur affolé de se calmer. Si elle ne prenait pas sur elle, elle allait sûrement s'évanouir. Tandis qu'elle restait là, cramponnée à un réverbère, elle vit un officier à cheval qui, venant des Cinq Fourches, remontait la rue du Pêcher ventre à terre. Sans réfléchir, elle s'élança au milieu de la chaussée et fit signe au cavalier.

– Oh ! arrêtez ! Je vous en prie, arrêtez !
L'homme tira si brusquement sur ses rênes que le cheval se cabra et battit l'air de ses pattes de devant. La fatigue burinait ses traits, mais d'un geste prompt il enleva son chapeau gris tout abîmé.
– Madame ?
– Dites-moi, est-ce vrai ? Est-ce que les Yankees arrivent ?
– Je le crains.
– Vous en êtes certain ?
– Oui, madame. Il y a une demi-heure, au quartier général, nous avons reçu une dépêche de Jonesboro où se déroule la bataille.
– Jonesboro ? Vous êtes sûr ?
– J'en suis sûr. L'heure n'est plus aux aimables mensonges, madame. Le message émanait du général Hardee. Il disait : « Ai perdu la bataille, suis en pleine retraite. »
– Oh ! mon Dieu !
L'homme au visage bronzé et las congédia Scarlett sans la moindre émotion. Il remit son chapeau.
– Oh ! monsieur, juste une minute. Qu'allons-nous faire ?
– Madame, je ne saurais vous le dire. L'armée va bientôt évacuer Atlanta.
– Elle s'en va ? elle nous laisse avec les Yankees ?
– Je le crains.
Le cheval éperonné bondit comme s'il avait été mû par un ressort, et Scarlett demeura au milieu de la chaussée, les pieds enfoncés jusqu'aux chevilles dans la poussière rouge.
Les Yankees arrivaient ! L'armée s'en allait. Les Yankees arrivaient ! Qu'allait-elle faire ? De quel côté allait-elle s'enfuir ? Mais non, elle ne pouvait pas s'enfuir. Elle ne pouvait pas laisser derrière elle Mélanie, qui attendait son enfant d'une minute à l'autre. Oh ! pourquoi les femmes avaient-elles des enfants ? Sans Mélanie, elle pourrait emmener Wade et Prissy. Elle irait se cacher dans les bois où les Yankees ne les trouveraient jamais. Mais elle ne pouvait pas emmener Mélanie dans les bois. Non, pas maintenant. Oh ! si seulement Mélanie avait eu son enfant plus tôt, même hier, elles auraient peut-être pu obtenir une ambulance. Elle l'aurait emmenée se cacher quelque part. Mais maintenant… il fallait trouver le docteur Meade… et le ramener avec elle. Peut-être serait-il en mesure de hâter la naissance de l'enfant.
Elle retroussa ses jupes et continua de descendre la rue en courant. Ses pieds semblaient scander : « Les Yankees arrivent ! Les Yankees arrivent ! » Les Cinq Fourches étaient noires de gens qui couraient à

l'aveuglette dans tous les sens. La chaussée était embouteillée par des fourgons, des ambulances, des chariots à bœufs, des voitures chargées de blessés. De la foule montait un grondement continu pareil à celui des vagues brisant sur des roches.

Alors un spectacle invraisemblable s'offrit aux yeux de Scarlett. Une multitude de femmes portant des jambons sur les épaules remontaient la rue et semblaient venir des abords de la gare. Des petits enfants se pressaient à leurs côtés et ployaient sous des seaux de mélasse. De jeunes garçons traînaient des sacs de maïs et de pommes de terre. Un vieux poussait péniblement une brouette sur laquelle était posé un petit baril de farine. Hommes, femmes, blancs, noirs, tous avaient le visage tiré et se pressaient, se pressaient, chargés de paquets, de sacs, de caisses contenant des vivres... plus de vivres que Scarlett n'en avait vu en un an. Soudain la foule s'écarta pour livrer passage à une voiture qui donnait dangereusement de la bande et par ce chemin improvisé se faufila la frêle et élégante Mme Elsing, debout sur le siège de sa victoria, les rênes d'une main, le fouet de l'autre. Elle n'avait pas de chapeau. Son visage était blafard et, tandis qu'elle fouettait son cheval comme une furie, ses longs cheveux gris lui tombaient en cascade dans le dos. Ballottée sur la banquette, sa mama, la noire Melissey, serrait contre elle un morceau de lard graisseux, tandis que de sa main libre et de ses deux pieds elle essayait de retenir les caisses et les sacs entassés autour d'elle. Un sac de pois séchés avait crevé et son contenu s'éparpillait dans la rue. Scarlett appela Mme Elsing de toutes ses forces, mais le vacarme de la foule couvrit sa voix et l'attelage poursuivit en bringuebalant sa course effrénée.

Pendant un moment Scarlett fut incapable de comprendre ce que tout cela signifiait, puis, se rappelant que les entrepôts militaires s'élevaient du côté de la voie ferrée, elle devina que les autorités les avaient ouverts afin que la population sauvât ce qu'elle pouvait avant l'arrivée des Yankees.

Scarlett joua des coudes, se fraya un chemin dans la foule énervée qui inondait le vaste terre-plein des Cinq Fourches et se dirigea le plus vite possible vers la gare. À travers l'enchevêtrement des voitures d'ambulance et les nuages de poussière, elle arriva à distinguer les médecins et les brancardiers qui n'arrêtaient pas de se baisser, de soulever des civières, de s'éloigner en hâte avec leur fardeau. Dieu soit loué! elle n'allait pas tarder à trouver le docteur Meade. Après avoir tourné la rue, au coin de l'hôtel d'Atlanta, elle vit la gare et les voies sur toute leur longueur. Alors elle s'arrêta, épouvantée.

Gisant épaule contre épaule, tête contre pieds sous le soleil implacable, des centaines de blessés étaient alignés à même les voies, les quais et les trottoirs. Certains demeuraient immobiles, mais un grand nombre se tordaient en gémissant. Partout des nuées de mouches harcelaient les hommes, recouvraient leurs visages d'essaims bourdonnants. Partout on voyait du sang et des pansements souillés. Partout on entendait hurler et jurer les hommes qu'emportaient les brancardiers. L'odeur du sang, de la sueur, des corps sales et des excréments montait en vagues fétides. Les infirmiers couraient çà et là au milieu des hommes prostrés et marchaient souvent sur des blessés tant les rangs étaient serrés. Ceux qu'on piétinait ainsi levaient passivement les yeux et attendaient que vînt leur tour d'être emmenés.

La main collée à la bouche, Scarlett recula. Il lui semblait qu'elle allait vomir. Elle ne pouvait aller plus loin. Elle avait vu quantité de blessés à l'hôpital, quantité de blessés sur la pelouse de tante Pitty après la bataille de la Rivière, mais elle n'avait jamais rien vu de pire. Elle n'avait jamais rien vu de comparable à ces corps puants et sanglants qui brûlaient sous un soleil féroce. C'était un enfer de souffrances, d'odeurs nauséabondes, de cris... et vite, vite, vite. Les Yankees arrivent! les Yankees sont là!

Creusant les épaules, les yeux écarquillés pour reconnaître le docteur Meade parmi les hommes qui se tenaient debout, elle s'engagea au milieu des blessés. Mais elle s'aperçut qu'elle ne pouvait continuer à regarder devant elle, car, si elle n'y prêtait pas attention, elle risquait de marcher sur quelque pauvre soldat. Elle retroussa ses jupes et s'efforça de s'approcher d'un groupe de personnages qui dirigeaient les mouvements des brancardiers.

Tandis qu'elle avançait, des mains fiévreuses la tiraient par le bas de sa robe, des voix marmonnaient: «Madame, de l'eau!... S'il vous plaît, madame, de l'eau! Pour l'amour du Christ, de l'eau!»

Elle se dégageait comme elle pouvait. La sueur ruisselait sur son visage. Si par malheur elle mettait le pied sur l'un de ces hommes, elle pousserait un hurlement et s'évanouirait. Elle enjamba des morts, des hommes qui gisaient les yeux vides, les mains crispées sur des ventres où le sang séché avait collé les uniformes aux lèvres des plaies, des hommes dont les poils de barbe étaient raidis par le sang, dont les mâchoires fracassées laissaient échapper un son qui devait signifier: «De l'eau! de l'eau!»

Si elle ne trouvait pas le docteur Meade, elle allait se mettre à crier, elle allait devenir folle. Elle fixa le groupe qu'elle avait remarqué et lança du plus fort qu'elle put:

– Docteur Meade! Est-ce que le docteur Meade est là?

Un homme se détacha du groupe et regarda de son côté. C'était le docteur. Il était en bras de chemise et avait relevé ses manches jusqu'aux épaules. Sa chemise et son pantalon étaient aussi rouges que des vêtements de boucher et même le bout de sa barbe gris fer était maculé de sang. Son visage était celui d'un homme ivre de fatigue, de rage impuissante et de pitié. Ses joues couvertes de poussière avaient pris une teinte grise et la sueur y avait tracé de longues rigoles. Pourtant, lorsqu'il appela Scarlett, celle-ci fut frappée de son ton calme et résolu.

– Dieu merci, vous voilà. J'ai de quoi employer tous les bras disponibles.

Pendant un moment, Scarlett le regarda, éberluée; puis, d'un geste pudique, elle rabaissa ses jupes. Elles tombèrent sur le visage sale d'un blessé qui essaya de détourner la tête afin de ne pas être étouffé sous leurs plis. Que voulait bien dire le docteur? La poussière sèche soulevée par les ambulances collait au visage de Scarlett, les odeurs ignobles lui emplissaient le nez comme un liquide infect.

– Pressez-vous, mon enfant! Par ici!

Retroussant de nouveau ses jupes, elle s'élança vers le docteur parmi les rangées de corps. Elle lui posa la main sur le bras et sentit qu'il tremblait de fatigue bien que son visage ne révélât aucun signe de faiblesse.

– Oh! docteur! s'écria-t-elle. Il faut que vous veniez. Mélanie est en train d'accoucher.

Il la regarda comme si ces mots n'éveillaient rien en lui. Aux pieds de Scarlett un homme étendu à même le sol, la tête sur sa cantine, eut un sourire plein de compassion.

– Ils vont arranger ça, fit-il d'un ton encourageant.

Scarlett ne fit même pas attention à lui et secoua le bras du docteur.

– C'est Mélanie. L'enfant. Docteur, il faut que vous veniez. Elle… le…

L'heure n'était pas aux formules délicates, mais il était pénible de prononcer ces mots devant des centaines d'hommes qui écoutaient.

– Les douleurs sont plus fortes. Je vous en prie, docteur!

– Un enfant! Bonté divine! rugit le docteur, et son visage se tordit soudain sous l'empire de la haine et de la colère, d'une colère qui n'était point dirigée contre Scarlett ou quelqu'un d'autre, mais contre un monde où de telles choses pouvaient se produire.

«Vous n'êtes pas folle? Je ne peux pas quitter ces hommes. Ils se meurent, ils se meurent par centaines… Je ne peux tout de même pas les laisser pour un maudit bébé. Tâchez de trouver une femme pour vous aider. Ma femme, par exemple.»

Scarlett ouvrit la bouche pour lui dire pourquoi Mme Meade ne pouvait pas venir, mais elle la referma brusquement. Le docteur ne savait pas que son propre fils était blessé ! Elle se demanda ce qu'il ferait s'il savait et quelque chose lui dit que même si Phil était à l'agonie le docteur ne s'en irait pas et resterait à prodiguer ses soins à tous ces blessés au lieu d'un seul.

– Non, il faut que vous veniez, docteur. Vous savez bien, vous avez dit vous-même que ça n'irait pas tout seul...

Était-ce bien elle, Scarlett, qui prononçait tout haut ces paroles terriblement choquantes au milieu de cet enfer brûlant et gémissant ?

– Elle va mourir si vous ne venez pas.

Le docteur se dégagea sans ménagement et répondit comme s'il n'avait pas entendu Scarlett, comme s'il savait à peine de quoi il s'agissait.

– Mourir ? Oui, ils mourront tous... tous ces hommes. Pas de pansements, pas de remèdes, pas de quinine, pas de chloroforme. Oh ! mon Dieu, si l'on pouvait avoir un peu de morphine, juste un tout petit peu de morphine pour ceux qui souffrent le plus. Un tout petit peu de chloroforme. Que Dieu maudisse les Yankees ! Que Dieu maudisse les Yankees !

– Qu'ils soient voués à tous les diables, docteur ! fit l'homme étendu sur le sol en découvrant ses dents au milieu de sa barbe.

Scarlett se mit à trembler. Des larmes d'effroi lui brûlaient les yeux. Le docteur n'allait pas revenir avec elle. Mélanie allait mourir.

– Au nom du Ciel, docteur, je vous en supplie !

Le docteur Meade se mordit la lèvre et avança le menton tandis que son visage s'apaisait.

– Mon petit, je vais essayer. Je ne peux rien vous promettre, mais je vais essayer. Quand ces hommes seront pansés. Les Yankees arrivent et les troupes quittent la ville. Je ne sais pas ce qu'on va faire des blessés. Il n'y a pas de train. La ligne de Macon a été prise... mais je vais essayer. Allez-vous-en, maintenant. Ne me gênez pas. Il n'y a pas grand-chose à faire quand un bébé vient au monde. Il n'y a qu'à nouer le cord...

Un planton venait de toucher le bras du docteur qui se retourna et commença à donner ses instructions d'une voix tonnante et à désigner du doigt un blessé, puis un autre. L'homme à terre adressa à Scarlett un regard plein de pitié. Alors la jeune femme fit demi-tour, car le docteur l'avait oubliée.

Elle se faufila rapidement le long des rangées de blessés et regagna la rue du Pêcher. Le docteur ne venait pas. Elle allait être obligée de tout faire par elle-même. Dieu merci, Prissy s'y connaissait en accouchements. La chaleur lui donnait la migraine et son corsage, trempé de sueur, lui collait au corps. Pareilles à son cerveau, ses jambes s'engourdissaient, s'engourdissaient comme dans ces cauchemars où l'on essaie de s'enfuir sans pouvoir bouger. Elle songea à la traite qu'elle avait à accomplir avant de rentrer chez elle et cela lui parut au-dessus de ses forces.

Alors elle entendit de nouveau le terrible refrain « les Yankees arrivent ». Son cœur reprit sa course et un sang nouveau circula dans ses veines. Parvenue aux Cinq Fourches, elle se plongea au cœur de la foule si dense maintenant qu'il n'y avait plus de place sur les trottoirs et qu'elle fut obligée de marcher sur la chaussée. Couverts de poussière, recrus de fatigue, des soldats passaient en files interminables. On eût dit qu'il y en avait des milliers et des milliers. Barbus, crasseux, le fusil en bandoulière, ils allaient vite et marchaient au pas de route. Des canons passaient aussi, emmenés par des servants qui fouettaient les mules étiques avec de longues cravaches. Des fourgons de l'intendance aux bâches déchirées cahotaient dans les ornières. Des cavaliers défilaient sans arrêt en soulevant d'étouffants nuages de poussière. Jamais auparavant Scarlett n'avait vu tant de soldats réunis. La retraite ! La retraite ! L'armée quittait la ville.

Les bataillons pressés l'obligèrent à remonter sur le trottoir plein de gens et elle put sentir l'odeur du whisky bon marché. Du côté de la rue de Decatur, elle distingua dans la populace des femmes trop parées et trop fardées qui jetaient une note discordante de jour de fête. La plupart étaient ivres et les soldats au bras desquels elles se cramponnaient l'étaient encore plus. Elle entrevit un monceau de boucles rousses et aperçut cette créature, Belle Watling. Elle entendit son rire aigu de femme soûle et remarqua qu'elle s'appuyait à un soldat manchot qui faisait des entrechats et titubait.

Lorsque, après avoir suffisamment joué des coudes, elle eut réussi à s'éloigner un peu des Cinq Fourches, la foule s'éclaircit et, prenant ses jupes à pleines mains, elle se remit à courir. Lorsqu'elle arriva devant la chapelle wesleyenne elle était hors d'haleine, la tête lui tournait et elle avait mal au cœur. Elle s'effondra sur les marches du temple et resta ainsi, la tête enfouie dans les mains, jusqu'à ce qu'elle eût en partie repris son souffle. Si seulement elle pouvait respirer à fond. Si seulement son cœur voulait bien ne plus faire des bonds désordonnés. Si seulement il y avait encore quelqu'un, en cette ville prise de folie, à qui elle pût demander assistance.

Voyons, elle n'avait jamais rien fait par elle-même. Il s'était toujours trouvé quelqu'un pour agir à sa place, pour prendre soin d'elle, pour lui fournir un gîte, pour la protéger, pour la gâter. C'était invraisemblable qu'elle fût dans une telle impasse ! Pas un ami, pas un voisin pour l'aider. Elle avait toujours eu des amis, des voisins, des esclaves habiles et pleins de zèle. Et maintenant, alors qu'elle n'avait jamais eu tant besoin d'aide, il n'y avait personne. C'était invraisemblable qu'elle pût rester si complètement seule, elle qui avait si peur, qui était si loin de chez elle.

Chez elle ! Si seulement elle était chez elle, avec ou sans les Yankees. Chez elle, même si Ellen était malade. Elle aurait tant voulu contempler le doux visage d'Ellen, tant voulu sentir les bras robustes de Mama autour d'elle.

Elle se releva. Elle avait le vertige, mais elle se remit en route. Lorsqu'elle arriva en vue de la maison, elle aperçut Wade qui se balançait sur la grille. Quand l'enfant la vit à son tour, son visage grimaça et il commença à pleurer en tendant un petit doigt tout sale et meurtri.

– Me suis fait mal ! dit-il en sanglotant. Me suis fait mal !

– Tais-toi ! Tais-toi ! Tais-toi, sans quoi je te donne le fouet. Retourne au jardin faire des pâtés et n'en bouge plus.

– Wade a faim, continua-t-il sur le même ton, et il se mit à sucer son doigt blessé.

– Ça m'est égal. Va au jardin et…

Elle releva la tête et vit Prissy penchée à une fenêtre du premier, l'inquiétude peinte sur le visage. Mais en un instant, soulagée de savoir sa maîtresse revenue, elle changea d'expression. Scarlett lui fit signe de descendre et entra dans la maison. Comme il faisait bon dans le vestibule ! Elle dénoua sa capeline, la lança sur une table et s'épongea le front de son bras. Elle entendit s'ouvrir une porte et perçut un gémissement étouffé, arraché aux profondeurs de l'agonie. Prissy descendit l'escalier quatre à quatre.

– Le docteu' il vient ?

– Non, il ne peut pas.

– Mon Dieu, ma'ame Sca'lett. Ma'ame Melly elle va pas bien du tout.

– Le docteur ne peut pas venir. Personne ne peut venir. Il va falloir que tu mettes le bébé au monde. Moi, je t'aiderai.

Prissy demeura bouche bée tandis que sa langue se trémoussait, incapable d'articuler un mot. Elle se mit à regarder Scarlett à la dérobée, tout en frottant le sol de son pied et en tortillant son corps fluet.

– Ne prends donc pas un air aussi niais, s'écria Scarlett rendue furieuse par son expression stupide. Qu'est-ce qui se passe ?

Prissy recula vers l'escalier.

– Pou' l'amou' de Dieu, ma'ame Sca…

Elle roulait de gros yeux qui exprimaient en même temps la honte et l'effroi.

– Eh bien ?

– Pou' l'amou' de Dieu, ma'ame Sca'lett ! Va falloi' qu'on ait un docteu'. Je… je… ma'ame Sca'lett, je sais pas du tout met' au monde les bébés. Ma maman elle a jamais voulu que je voie les gens qui allaient en avoi'.

Avant que la rage s'emparât d'elle, Scarlett poussa un soupir épouvanté qui chassa tout l'air hors de ses poumons. Bossant du dos, Prissy voulut s'enfuir, mais Scarlett l'empoigna par sa robe.

– Espèce de petite négresse menteuse… que veux-tu dire ? Tu m'as dit que tu savais tout ce qu'il fallait faire pour mettre au monde les enfants. Où est la vérité ? Dis-le-moi.

Elle secoua Prissy jusqu'à ce que la petite tête en forme d'œuf roulât de droite et de gauche comme celle d'un ivrogne.

– J'mentais, ma'ame Sca'lett ! J'sais pas comment j'ai pu fai' pa'eil mensonge. J'ai juste assisté à une seule naissance et ma maman elle a voulu me batt' pou' avoi' 'ega'dé.

Scarlett foudroya du regard la petite, qui se recroquevilla tout en cherchant à se dégager. Pendant un instant, elle se refusa à accepter la vérité. Mais quand elle eut fini par se rendre compte qu'en fait d'accouchements Prissy n'en savait pas plus qu'elle-même, la colère brûla en elle comme un incendie. Elle n'avait jamais frappé un esclave, mais cette fois elle gifla la joue noire de toute la force dont était capable son bras fatigué. Prissy hurla, bien plus de terreur que de mal, et commença à sautiller sur place et à se démener dans tous les sens pour échapper à Scarlett.

Alors, tandis qu'elle criait, Mélanie cessa de gémir et, un moment plus tard, d'une voix faible et tremblante, appela : « Scarlett ? c'est toi ? Viens, je t'en prie ! je t'en prie ! »

Scarlett lâcha le bras de Prissy et la petite vaurienne s'effondra sur les marches en pleurnichant. Scarlett resta un instant immobile à écouter les gémissements qui avaient repris. Il lui semblait qu'on venait de poser un joug sur sa nuque, qu'on y attachait par des harnais un pesant fardeau, une charge dont elle sentirait tout le poids dès qu'elle ferait un pas.

Elle essaya de se remémorer tout ce que Mama et Ellen avaient fait pour elle lors de la naissance de Wade, mais les douleurs de l'enfantement sont clémentes, elles s'oublient et recouvrent presque tout d'un voile obscur. Scarlett se rappela quelques détails et, aussitôt, elle s'adressa à Prissy d'un ton autoritaire :

– Allume le fourneau et veille à ce qu'il y ait toujours de l'eau bouillante dans le chaudron. Réunis toutes les serviettes que tu pourras. Trouve-moi cette pelote de ficelle, ainsi que les ciseaux. Ne t'avise pas de venir me dire que tu ne sais pas où ils sont. Apporte-les-moi et vite. Maintenant, dépêche-toi.

Elle releva Prissy d'une secousse et l'expédia vers la cuisine. Puis elle bomba la poitrine et commença à gravir l'escalier. Ça n'allait pas être facile d'annoncer à Mélanie qu'elle et Prissy en étaient réduites à l'accoucher elles-mêmes.

XXII

Jamais il ne devait y avoir d'après-midi plus long, plus chaud, plus bourdonnant de mouches insolentes. Malgré l'éventail que Scarlett ne cessait d'agiter, elles harcelaient Mélanie de leur troupe compacte. Scarlett avait le bras tout endolori à force de secouer la large feuille de palmier et cependant tous ses efforts paraissaient vains, car, à mesure qu'elle réussissait à chasser les mouches du visage ruisselant de Mélanie, celles-ci prenaient possession des pieds et des jambes moites de la jeune femme et lui arrachaient de faibles cris accompagnés de légers soubresauts : « Oh ! s'il te plaît, évente-moi les pieds. »

La pièce était plongée dans une demi-obscurité. Scarlett avait baissé les stores pour empêcher la chaleur et la réverbération de passer. Quelques points lumineux gros comme des têtes d'épingles révélaient d'imperceptibles trous dans l'étoffe et une frange ensoleillée encadrait les stores. À l'intérieur de la pièce il régnait une température d'étuve et, au lieu de sécher, les vêtements de Scarlett, déjà trempés de sueur, devenaient d'heure en heure plus collants. Prissy, pelotonnée dans un coin, suait elle aussi à grosses gouttes et dégageait une odeur si nauséabonde que Scarlett l'eût mise dehors si elle n'avait pas craint que la petite ne déguerpît une fois que sa maîtresse l'aurait perdue de vue. Mélanie gisait sur son lit à même le drap qu'elle avait noirci à force de transpirer et qui était couvert de taches humides là où Scarlett avait laissé tomber de l'eau. Mélanie n'arrêtait pas de se tourner sur un côté, puis sur un autre, à gauche, à droite, pour recommencer de nouveau.

Parfois elle essayait de s'asseoir, retombait et reprenait son manège. Elle s'était d'abord efforcée de lutter contre ses larmes en se mordant les lèvres jusqu'au sang et Scarlett, dont les nerfs étaient aussi à vif que les lèvres de sa belle-sœur, lui avait dit d'un ton sec : « Melly, pour l'amour de Dieu, ne fais pas la brave ! Hurle si tu en as envie. Il n'y a que nous pour t'entendre. »

Vers la fin de l'après-midi, Mélanie ne se piquait plus d'héroïsme et gémissait et poussait même parfois un cri déchirant. Lorsque cela lui arrivait, Scarlett se prenait la tête à deux mains, se bouchait les oreilles, se trémoussait dans tous les sens et souhaitait la mort. N'importe quoi valait mieux que de rester là, pieds et poings liés, à attendre un bébé qui mettait si longtemps à venir. Attendre, quand, d'après ce qu'elle savait, les Yankees étaient déjà aux Cinq Fourches !

Elle se repentit de tout son cœur de ne pas avoir suivi d'une oreille plus attentive les conversations que les femmes mariées échangeaient à voix basse sur le chapitre de la maternité. Si seulement elle avait écouté ! Si seulement ces choses-là l'avaient intéressée davantage, elle saurait si Mélanie en avait encore pour longtemps. Elle se rappelait vaguement avoir entendu tante Pitty parler d'une de ses amies qui, après avoir souffert pendant deux jours les douleurs de l'enfantement, était morte sans même avoir accouché ! Et si Mélanie restait dans cet état pendant deux jours ! Mais Mélanie était si fragile ! Elle serait incapable de supporter deux journées de souffrances. Si le bébé ne se pressait pas, elle n'allait pas tarder à mourir. Et comment elle, Scarlett, pourrait-elle se retrouver en présence d'Ashley, à condition qu'il fût encore en vie, et lui apprendre que Mélanie était morte... Après lui avoir promis de veiller sur elle ?

Lorsque la douleur s'était faite trop aiguë, Mélanie avait d'abord voulu tenir la main de Scarlett, mais elle l'avait si bien pétrie dans la sienne qu'elle en avait presque broyé les os. Au bout d'une heure de ce supplice, Scarlett avait eu les mains si enflées et si meurtries qu'elle pouvait à peine remuer les doigts. Alors l'idée lui était venue de nouer deux longues serviettes l'une à l'autre, de les attacher toutes deux au pied du lit et de donner à Mélanie la partie qui formait un nœud. Mélanie se cramponnait aux serviettes comme à une ligne de sauvetage, y usait sa force, tirait dessus à les faire craquer, relâchait son étreinte, essayait de les déchirer. Tout au long de l'après-midi, sa voix s'éleva comme celle d'un animal mourant au fond d'une trappe. De temps en temps, elle abandonnait les serviettes, se frottait les mains l'une contre l'autre d'un geste las, et fixait sur Scarlett des yeux dilatés par la douleur.

– Parle-moi, je t'en prie, murmurait-elle, et Scarlett parlait à tort et à travers jusqu'à ce que Mélanie agrippât les serviettes et reprît ses contorsions.

La chambre obscure n'était plus que moiteur, souffrances et mouches bourdonnantes. Le temps s'avançait à pas si lents que Scarlett en arrivait à perdre le souvenir de la matinée. Elle avait l'impression de n'avoir jamais quitté cette sombre étuve où l'on ruisselait de sueur. Chaque fois que Mélanie poussait un hurlement, elle avait grande envie de l'imiter, et ce n'était qu'en se mordant les lèvres jusqu'au sang qu'elle parvenait à se dominer et à ne pas sombrer dans un accès de folie.

Wade monta l'escalier sur la pointe des pieds, et blotti de l'autre côté de la porte, se mit à gémir.

– Wade a faim !

Scarlett se leva, mais Mélanie lui dit d'une voix étouffée :

– Ne me quitte pas, je t'en supplie. Quand tu n'es pas là, je n'y tiens plus.

Alors Scarlett envoya Prissy à la cuisine préparer la bouillie de maïs de Wade et faire manger l'enfant. Quant à elle, il lui sembla qu'à la suite de cet après-midi elle n'aurait plus jamais d'appétit.

La pendule placée sur la cheminée ne marchait plus et Scarlett avait perdu la notion de l'heure. Cependant, comme il faisait moins chaud dans la chambre et que les petits points lumineux brillaient d'un éclat moins vif elle souleva le coin du store. Elle fut surprise de constater que la journée tirait à sa fin et que le soleil, pareil à un ballon cramoisi, était déjà fort bas sur l'horizon. Elle n'aurait pas su dire pourquoi, mais elle s'était imaginé que désormais il ferait toujours une température aussi accablante qu'en plein midi.

Elle se demanda désespérément ce qui pouvait bien se passer en ville. Les troupes avaient-elles déjà toutes quitté la place ? Les Yankees étaient-ils arrivés ? Les Confédérés se retiraient-ils sans même livrer combat ? Alors elle se rappela avec une crispation douloureuse combien il y avait peu de Confédérés à opposer aux hommes de Sherman par ailleurs si bien nourris. Sherman ! Le nom même de Satan lui faisait moitié moins peur. Mais elle n'avait guère le loisir de réfléchir. Mélanie avait soif, elle voulait une serviette froide sur le front, elle voulait qu'on l'éventât, qu'on chassât les mouches qui lui couvraient le visage.

Après que le crépuscule fut venu et que Prissy, surgissant comme un noir fantôme, eut allumé une lampe, Mélanie se sentit plus faible. Sans relâche elle appelait Ashley. Elle semblait en proie au délire, et Scarlett finit par éprouver un désir féroce d'étouffer son horrible et morne appel sous un oreiller. Tout de même, le docteur allait peut-être venir. Si seulement il pouvait se presser. L'espérance refleurissait en elle et Scarlett se tournant vers Prissy lui ordonna de courir chez Mme Meade voir si le docteur ou sa femme étaient là.

– Et si le docteur n'est pas là, demande à Mme Meade ou à Cookie ce qu'il faut faire. Supplie-les de venir.

Prissy sortit bruyamment et Scarlett la regarda descendre la rue en courant. Au bout d'un long moment, elle revint seule.

– Le docteu' il n'a pas été chez lui de toute la jou'née. Il a dû s'en aller avec les soldats. Ma'ame Sca'lett, missié Phil il est mo'.

– Mort?

– Oui, ma'ame, fit Prissy, toute gonflée d'importance. Talbot, leu' cocher, il me l'a dit à moi. Il a 'eçu une balle…

– Ça m'est égal.

– J'ai pas vu ma'ame Meade. Cookie elle dit comme ça que ma'ame Meade elle est en t'ain de le laver et de l'a'anger pou' l'ente'er avant que les Yankees ils soyent ici. Cookie elle m'a dit que si le mal il est t'op fo' il faut met' un couteau sous le lit de ma'ame Melly pou' couper le mal en deux.

Scarlett eut bonne envie de gifler Prissy pour ce précieux renseignement, mais Mélanie à ce moment ouvrit les yeux, de grands yeux tout écarquillés, et murmura:

– Chérie… est-ce que les Yankees arrivent?

– Non, fit énergiquement Scarlett. Prissy est une menteuse.

– Oui, ma'ame, j'en suis une, pou' sû' ! acquiesça Prissy avec ferveur.

– Ils arrivent, chuchota Mélanie et elle s'enfouit le visage dans son oreiller d'où sa voix continua de monter étouffée: Mon pauvre petit! mon pauvre petit! – et, après un long silence: Oh! Scarlett, il ne faut pas que tu restes ici. Va-t'en, emporte Wade.

Les paroles de Mélanie ne faisaient que traduire les pensées de Scarlett, mais elles eurent le don d'exaspérer la jeune femme qui, de plus, avait honte comme si sa lâcheté était peinte sur son visage.

– Ne sois donc pas stupide. Je n'ai pas peur. Tu sais pertinemment que je ne t'abandonnerai pas.

– Tu ferais aussi bien. Je vais mourir.

Et Mélanie se remit à gémir.

Tâtonnant comme une vieille femme, cramponnée à la rampe de peur de tomber, Scarlett descendit à pas lents l'escalier enténébré. Les jambes lourdes, tremblante de fatigue, le corps trempé de sueur froide, elle frissonnait. Elle s'avança sans forces jusque sous la véranda et s'assit sur la première marche. Elle s'adossa contre un pilier et d'une main tremblante dégrafa à demi son corsage. La nuit était moite et Scarlett, hébétée, laissa son regard errer dans l'obscurité.

Tout était terminé, Mélanie n'était pas morte et le petit garçon qui miaulait comme un jeune chat recevait son premier bain des mains de Prissy. Mélanie dormait. Comment pouvait-elle dormir après ce cauchemar, ces tortures, ces hurlements, ces soins ignorants qui augmentaient plus la douleur qu'ils n'étaient utiles ? Pourquoi n'était-elle pas morte ? Scarlett savait qu'à sa place elle aurait succombé. Mais, lorsque tout avait été fini, Mélanie avait chuchoté quelque chose à voix basse, si basse que Scarlett avait dû se pencher pour l'entendre dire : « Merci. » Et alors elle s'était assoupie. Comment pouvait-elle s'être endormie ? Scarlett oubliait qu'elle aussi s'était endormie après la naissance de Wade. Elle oubliait tout. Elle avait l'esprit absolument vide. Le monde lui-même n'était que vide. La vie n'avait pas existé avant cette interminable journée et n'existerait plus après... il n'y avait plus que la nuit lourde et chaude, que son souffle rauque et épuisé, que la sueur froide ruisselant de ses aisselles jusqu'à sa ceinture, de ses hanches à ses genoux, que la sueur visqueuse, collante et froide.

Elle entendit son souffle passer d'un rythme pesant et uniforme à un rythme haché, scandé par les sanglots, mais ses yeux restaient secs et brûlants comme s'ils ne devaient plus jamais s'emplir de larmes. Lentement, péniblement, elle se redressa et retroussa sa lourde jupe jusqu'aux cuisses. Tour à tour elle éprouvait une impression de chaleur et de froid, il lui semblait que tout son corps collait. L'air de la nuit sur ses membres la rafraîchit. Elle songea obscurément à ce que tante Pitty dirait, si elle pouvait la voir ainsi les jupes relevées sous la véranda, mais ça lui était bien égal. Tout lui était égal. Le temps avait suspendu sa marche. Le crépuscule venait peut-être de s'achever, il était peut-être minuit passé. Scarlett n'en savait rien et ne s'en souciait point.

Elle entendit marcher au premier étage, et se dit : « Maudite soit Prissy. » Alors ses yeux se fermèrent et quelque chose qui ressemblait au sommeil s'appesantit sur elle. Puis, au bout d'un long moment d'obscurité complète, Prissy vint la rejoindre, pleine d'exubérance.

– Nous avons fait du beau travail, ma'ame Sca'lett. Je suis sû' que ma maman elle s'y se'ait pas mieux p'ise !...

Scarlett la regarda dans l'ombre, trop lasse pour l'abreuver d'injures, trop lasse pour lui adresser des reproches, trop lasse pour énumérer les griefs qu'elle avait contre elle... sa façon d'afficher un savoir qu'elle ne possédait pas, son effroi, sa maladresse, son manque total d'utilité dans les moments critiques ; les ciseaux qu'elle avait placés au mauvais endroit, la cuvette d'eau qu'elle avait renversée sur le lit, le nouveau-né qu'elle avait laissé tomber. Et maintenant elle venait chanter ses propres louanges ! Et dire que les Yankees voulaient affranchir les nègres ! Grand bien leur fasse !

Sans mot dire elle reprit sa position contre le pilier et Prissy, devinant son humeur, disparut sur la pointe des pieds. Après un long intervalle au cours duquel son souffle et son esprit finirent par s'apaiser, Scarlett entendit monter de la rue un bruit de voix assourdies, le piétinement d'une troupe nombreuse venant du Nord. Des soldats ! Scarlett se releva lentement et abaissa ses jupes bien qu'elle sût que personne ne pouvait la voir dans l'obscurité. Tandis que, trop nombreux pour être comptés, ils passaient devant la maison, défilaient comme des ombres, Scarlett les interpella.

– Oh ! s'il vous plaît !

Une ombre se détacha de la masse et s'approcha de la grille.

– Vous vous en allez ? Vous nous quittez ?

L'ombre parut soulever son chapeau et une voix calme s'éleva.

– Oui, m'dame. C'est bien ça. Nous sommes le restant des défenseurs du bastion à un mille environ au Nord.

– Oui, m'dame. Vous comprenez, les Yankees arrivent.

– Vous... l'armée bat vraiment en retraite ?

Les Yankees arrivent ! Scarlett l'avait oublié. Sa gorge se serra brusquement et elle fut incapable d'en dire davantage. L'ombre s'éloigna, se fondit avec les autres ombres et le piétinement s'atténua peu à peu dans la nuit. « Les Yankees arrivent ! Les Yankees arrivent ! » Voilà ce que scandaient les soldats sur la route, ce qu'à chaque pulsation répétait sourdement son cœur affolé. « Les Yankees arrivent ! »

– Les Yankees ils a'ivent ! brailla Prissy qui accourut se blottir contre Scarlett. Oh ! ma'ame Sca'lett, ils vont tous nous tuer. Ils vont planter leu'baïonnettes dans nos vent'. Ils vont...

– Tais-toi !

C'était déjà bien assez terrifiant de se représenter ces choses-là sans se les entendre exposer d'une voix chevrotante. Elle fut prise d'un nouvel accès de terreur. Que pourrait-elle faire ? Comment pourrait-elle s'enfuir ? De quel côté chercher du secours ? Tous ses amis l'avaient abandonnée.

Soudain elle songea à Rhett Butler, et ses frayeurs se dissipèrent. Pourquoi n'avait-elle pas pensé à lui le matin au lieu de courir dans tous les sens comme une poule à laquelle on a coupé le cou ? Elle le détestait, mais il était fort, il était intelligent, et il n'avait pas peur des Yankees. Et puis il était encore en ville. Naturellement, elle lui en voulait à mort. Lors de leur dernière rencontre il lui avait dit des choses qu'on ne pardonne pas. Mais en un pareil moment elle pouvait bien passer là-dessus. Et puis, il avait aussi un cheval et une voiture. Oh ! pourquoi n'avait-elle pas pensé à lui plus tôt ? Il pourrait les emmener tous loin de cet endroit maudit, les emmener loin des Yankees, quelque part, n'importe où.

Elle se tourna vers Prissy et lui parla d'un ton fiévreux.

– Tu sais où habite le capitaine Butler… à l'hôtel d'Atlanta ?

– Oui, ma'ame, mais…

– Il n'y a pas de mais, vas-y tout de suite. Cours aussi vite que tu pourras et dis-lui que j'ai besoin de lui. Je veux qu'il vienne immédiatement avec son cheval et sa voiture ou une ambulance s'il peut en trouver une. Parle-lui du bébé. Dis-lui que je veux qu'il nous fasse sortir d'ici. Allez, va. Presse-toi.

Elle se redressa de toute sa taille et donna une bourrade à Prissy pour lui imprimer plus d'élan.

– Seigneu' tout-puissant, ma'ame Sca'lett ! J'ai la f'ousse d'aller me p'omener dans le noi'. Et si les Yankees ils m'att'apent !

– Si tu cours assez vite tu pourras rejoindre les soldats qui viennent de passer et ils ne laisseront pas les Yankees t'attraper. Dépêche-toi.

– J'ai la f'ousse. Et si le capitaine Butle' il est pas à l'hôtel ?

– Tu demanderas où il est. Tu ne sais donc pas te débrouiller. S'il n'est pas à l'hôtel, va le chercher dans les bars de la rue de Decatur. Va chez Belle Watling. Cherche-le partout. Imbécile, tu ne comprends donc pas que si tu ne te presses pas et ne le trouves pas les Yankees vont sûrement tous nous attraper.

– Ma'ame Sca'lett, ma maman elle me tue'a à g'ands coups de tige de cotonnier si je vais dans un café ou dans une vilaine maison.

– Si tu n'y vas pas, c'est moi qui te tuerai. Tu n'as qu'à rester dans la rue et à l'appeler. Ou tu n'as qu'à demander à quelqu'un s'il est là. Allez, va, va vite.

Comme Prissy continuait à se montrer récalcitrante et paraissait clouée au sol, Scarlett lui donna une seconde bourrade qui faillit lui faire dégringoler les marches de l'escalier la tête la première.

– Tu vas tâcher d'y aller sans quoi je te vends à des marchands de Louisiane. Tu ne reverras plus jamais ta mère, plus jamais ceux que tu connais et je m'arrangerai pour qu'on te fasse travailler aux champs. Allons, file !

– Seigneu' tout-puissant, ma'ame Sca'lett…

Mais, sous la vigoureuse poussée de sa maîtresse, elle fut bien forcée de descendre l'escalier. La porte cliqueta et Scarlett cria : « Cours donc, imbécile ! »

Elle entendit Prissy prendre son galop et le bruit de ses pas mourut sur la terre molle.

XXIII

Après le départ de Prissy, Scarlett rentra dans le vestibule et alluma une lampe. À l'intérieur de la maison régnait une atmosphère d'étuve, comme si les murs avaient gardé toute la chaleur de midi. Scarlett était un peu sortie de son hébétude et son estomac criait sa faim. Elle se rappela qu'elle n'avait rien mangé depuis la veille au soir en dehors d'une cuillerée de bouillie de maïs et, s'emparant de la lampe, elle alla à la cuisine. Le fourneau était éteint, mais la pièce était étouffante. Scarlett découvrit un morceau de pain de maïs rassis et y mordit à belles dents tout en cherchant des yeux autre chose à manger. Dans un bol il restait un peu de bouillie et, à l'aide d'une grosse cuiller de cuisine, Scarlett se jeta dessus sans prendre la peine de la verser dans une assiette. La bouillie avait grand besoin de sel, mais Scarlett était trop affamée pour en chercher. Au bout de quatre cuillerées, la chaleur de la pièce devint insupportable et Scarlett, prenant la lampe d'une main et le quignon de pain de l'autre, sortit dans le vestibule.

Elle savait qu'elle aurait dû monter s'asseoir au chevet de Mélanie. Au cas où elle aurait besoin d'aide. Mélanie serait trop faible pour appeler. Mais elle répugnait à l'idée de retourner dans cette chambre où elle avait passé tant d'heures de cauchemar. Même si Mélanie se mourait, elle n'aurait pas le courage de remonter. Elle souhaitait ne plus jamais revoir cette chambre. Elle posa la lampe sur une planchette fixée à cet effet auprès de la fenêtre et retourna sous la véranda. Il y faisait tellement plus frais malgré les moiteurs amollissantes de la nuit. Elle s'assit sur les marches à l'intérieur du cercle de lumière diffuse projetée par la lampe et continua de mastiquer son pain.

Lorsqu'elle l'eut achevé, ses forces revinrent dans une certaine mesure et, en même temps, renaquirent ses terreurs. À l'autre extrémité de la rue elle pouvait distinguer un bruit confus, mais elle ignorait ce que cela présageait. Elle ne distinguait rien d'autre qu'un murmure dont l'ampleur croissait et décroissait tour à tour. Elle se pencha en avant pour mieux entendre et ne tarda pas à s'apercevoir que ses muscles étaient tout endoloris par l'effort. Ce qu'elle désirait par-dessus tout, c'était entendre un bruit de sabots de chevaux et voir Rhett, nonchalant, plein d'assurance, avec ses yeux qui riraient de ses terreurs. Rhett emmènerait toute la maisonnée au loin. Elle ne savait pas où, ça lui était égal.

Tandis qu'elle restait là, l'oreille tendue, une faible lueur apparut au-dessus des arbres. Intriguée, Scarlett se mit à l'observer et la vit devenir plus brillante. Le ciel sombre tourna au rose, puis au rouge, et brusquement, dépassant la cime des arbres, Scarlett vit une énorme langue de feu darder vers le firmament. Elle se releva d'un bond. Son cœur s'était repris à battre dans sa poitrine à grands coups assourdissants.

Les Yankees étaient arrivés ! Elle savait qu'ils étaient là et qu'ils mettaient le feu à la ville. Les flammes semblaient provenir du quartier situé à l'est de la ville. Elles bondissaient, de plus en plus haut et, devant ses yeux horrifiés, le foyer de l'incendie s'élargissait rapidement en un immense scintillement rouge. Tout un pâté de maisons devait brûler. Une brise légère et tiède s'était levée et apportait à Scarlett l'odeur de la fumée.

Elle grimpa l'escalier d'une traite, gagna sa chambre et se pencha à la fenêtre pour mieux voir. Le ciel avait revêtu une teinte tragique. De grosses volutes de fumée noire s'élevaient pour flotter ensuite comme des nuages au-dessus des flammes. L'odeur de la fumée devenait plus forte.

Frappé d'incohérence, l'esprit de Scarlett menait une course folle. Scarlett se demandait combien de temps il faudrait aux flammes pour atteindre la maison, aux Yankees pour se jeter sur elle. Elle s'interrogeait pour savoir où aller, pour savoir que faire. Tous les démons de l'enfer semblaient lui hurler aux oreilles et, sous l'empire de l'égarement et de la panique, la tête lui tourna tellement qu'elle dut se retenir à l'appui de la fenêtre.

« Il faut que je réfléchisse, ne cessait-elle de répéter. Il faut que je réfléchisse. »

Mais les pensées lui échappaient, lui traversaient l'esprit comme des oiseaux-mouches effrayés. Tandis qu'elle demeurait cramponnée à l'appui de la fenêtre, elle entendit le fracas assourdissant d'une explosion, plus forte que tous les coups de canon qu'elle avait entendus. Une flamme gigantesque balaya le ciel. Puis d'autres explosions retentirent… Le sol trembla, les carreaux tombèrent tout autour de Scarlett.

Les explosions succédaient aux explosions, déchiraient l'air, dans un enfer de feu et de bruit. Des torrents d'étincelles jaillissaient vers

le ciel pour redescendre lentement, paresseusement, à travers des nuages de fumée couleur de sang. Scarlett pensa entendre un faible appel venant de la chambre voisine, mais elle n'y prit pas garde. Elle n'avait pas le temps de s'occuper de Mélanie. Elle était accaparée tout entière par cette peur qui se glissait le long de ses veines aussi vite que les flammes. C'était une enfant, une enfant folle de terreur qui aurait voulu enfouir sa tête dans les jupes de sa mère et ne plus rien voir. Si seulement elle était chez elle ! chez elle avec sa mère !
Malgré les explosions continuelles qui lui mettaient les nerfs à vif, elle distingua un autre bruit, le bruit de quelqu'un montant l'escalier quatre à quatre, elle entendit une voix, comme celle d'un chien hurlant à la mort. Prissy fit irruption dans la chambre et, se précipitant sur Scarlett, lui agrippa si fort le bras que la jeune femme pensa qu'on lui arrachait des lambeaux de chair.
– Les Yankees... cria Scarlett.
– Non, ma'ame, c'est nos missiés ! lança Prissy à bout de souffle tout en enfonçant ses ongles dans le bras de Scarlett. Ils font sauter la fonde'ie, les dépôts de munitions, les ent'epôts, et, ma'ame Sca'lett, ils font sauter soixante-dix camions d'obus et de poud' et, seigneu' Jésus, nous allons tous sauter avec !
Elle recommença à crier de sa voix pointue et pinça si fort Scarlett que celle-ci, hurlant de douleur et de rage, se dégagea d'une secousse.
Les Yankees n'étaient pas encore arrivés ! Il était encore temps de s'enfuir ! Surmontant sa terreur, Scarlett rallia ses forces.
« Si je ne prends pas sur moi, se dit-elle, je vais me mettre à hurler comme un chat échaudé. » Et le spectacle de l'abjecte terreur de Prissy l'aida à se ressaisir. Elle empoigna la négresse par les épaules et la secoua tant qu'elle put.
– Assez de cette comédie. Tâche de dire des choses sensées. Les Yankees ne sont pas encore là, imbécile ! As-tu vu le capitaine Butler ? Qu'a-t-il dit ? Est-ce qu'il vient ?
Prissy cessa de hurler, mais ses dents s'entrechoquaient.
– Oui, ma'ame. J'ai fini pa' le t'ouver. Dans un café, comme vous l'aviez dit. Il...
– Je me fiche pas mal de l'endroit où tu l'as trouvé. Est-ce qu'il vient ? Lui as-tu demandé d'amener son cheval ?
– Seigneu' Dieu, ma'ame Sca'lett, il m'a dit comme ça que nos missiés ils lui avaient p'is son cheval et sa voitu' pou' une ambulance.
– Oh ! mon Dieu !
– Mais il vient...
– Qu'est-ce qu'il a dit ?

Prissy avait repris son souffle et s'était un peu calmée, mais elle roulait toujours des yeux effarés.

– Eh bien! ma'ame, comme vous l'aviez dit, je l'ai t'ouvé dans un café. Je suis 'estée deho' et j'ai c'ié ap'ès lui et il est so'ti. Et puis il m'a vue tout de suite et j'ai commencé à lui 'aconter, mais les soldats ils ont mis le feu à un ent'epôt du côté de la 'ue de Decatu' et ça a flambé, et il m'a dit de veni' et il m'a p'ise pa' le b'as et on a cou'u jusqu'aux Cinq Fou'ches, et alo' il m'a dit: «Qu'est-ce qu'il y a? Pa'le vite.» Et je lui ai dit que vous aviez dit, capitaine Butle', venez vite et amenez vot' cheval et vot' voitu'. Ma'ame Melly a eu un enfant et il faut que vous l'emmeniez. Et il a dit: «C'est elle qu'a eu cette idée de pa'ti' ? » Alo' j'y ai dit: «J'sais pas, pou' sû', mais il faut que vous pa'tiez avant que les Yankees ils a'ivent et elle veut pa'ti' avec vous.» Alo' il a 'i et il a dit qu'on avait emmené son cheval.

Le cœur de Scarlett se serra tandis que son dernier espoir l'abandonnait. Insensée qu'elle était, comment n'avait-elle donc pas songé que l'armée en retraite réquisitionnerait tous les animaux et tous les véhicules qui restaient? Pendant un moment elle fut trop accablée pour écouter ce que disait Prissy, mais elle se domina et voulut entendre la fin de l'histoire.

– Et il a dit: «Dites à ma'ame Sca'lett de ne pas s'inquiéter. Je vais voler un cheval pou' elle, même s'il en 'este plus», et il a dit: «Jusqu'à ce soi' j'avais jamais volé de chevaux. Dites-lui que je lui amène'ai un cheval même si on m'ti'e dessus.» Alo' il a 'i enco' et il a dit: «Rent' chez toi pa' le plus cou' chemin.» Alo' au moment où je pa'tais il y a eu un boum, un b'uit épouvantable. Moi je voulais plus m'en aller, mais il m'a dit que c'était 'ien que le dépôt de munitions que nos missiés ils faisaient sauter, pou' que les Yankees le p'ennent pas et...

– Est-ce qu'il vient? Est-ce qu'il amène un cheval?

– Il me l'a dit.

Scarlett poussa un long soupir de soulagement. S'il existait un moyen quelconque de se procurer un cheval, Rhett Butler y aurait recours. Quel homme intelligent, ce Rhett! Elle lui pardonnerait tout s'il arrivait à les sortir de ce mauvais pas. S'enfuir! et avec Rhett elle n'aurait pas peur. Rhett les protégerait. Dieu soit loué, Rhett était là. La perspective d'échapper enfin au danger rendit à Scarlett son sens pratique.

– Va réveiller Wade. Habille-le et prépare des vêtements pour nous tous. Mets-les dans une petite malle. Surtout ne dis pas à Mme Mélanie que nous partons. Non, pas encore. Pourtant, tu emmailloteras le bébé dans deux grosses serviettes et n'oublie pas de préparer aussi ses affaires.

Prissy ne lâchait toujours pas la robe de sa maîtresse et de ses yeux on ne voyait guère que le blanc. Scarlett lui donna une bourrade et se dégagea.

– File ! s'écria-t-elle, et Prissy détala comme un lapin.

Scarlett se disait qu'elle devrait bien monter apaiser les craintes de Mélanie. Elle savait que sa belle-sœur devait être folle de terreur d'entendre les détonations, qui se succédaient sans arrêt avec un bruit de tonnerre et de voir cette lueur qui illuminait le ciel. On eût dit en effet que la fin du monde était arrivée. Néanmoins, elle ne pouvait se résoudre encore à retourner dans cette chambre. Elle eut d'abord l'idée d'aller emballer la vaisselle de Mlle Pittypat et le peu d'argenterie qu'elle avait laissé en s'enfuyant à Macon, mais une fois dans la salle à manger ses mains tremblaient à un point tel qu'elle laissa échapper trois assiettes qui se brisèrent. Elle sortit sous la véranda pour écouter le bruit des explosions et revint en courant dans la salle à manger où elle laissa tomber l'argenterie sur le plancher. Elle faisait tomber tout ce qu'elle touchait. Dans sa précipitation elle glissa sur la carpette, tomba lourdement, mais se releva si vite qu'elle ne prit même pas garde à la douleur. Au-dessus de sa tête elle pouvait entendre Prissy qui galopait dans tous les sens comme un animal affolé et ce bruit l'exaspérait, car elle aussi galopait de la même manière.

Pour la douzième fois elle sortit sous la véranda, mais cette fois-là elle ne rentra pas pour vaquer à ses vaines occupations. Elle s'assit. Il était tout simplement impossible de continuer à faire des paquets. Impossible de faire quoi que ce fût. Il n'y avait qu'à rester là, le cœur battant à grands coups et à attendre Rhett. À l'autre bout de la rue, elle distingua la plainte désagréable d'une paire d'essieux mal huilés et le pas lent et inégal d'un cheval. Pourquoi ne se pressait-il pas ? Pourquoi ne faisait-il pas prendre le trot à son cheval ?

Le bruit se rapprocha. Scarlett se leva et lança le nom de Rhett. Alors elle le vit confusément descendre d'une petite charrette et elle entendit cliqueter la grille. Enfin, à la lueur de la lampe, elle put le voir très distinctement. Il était habillé avec autant de recherche que s'il était allé à un bal. Sa veste et son pantalon bien coupés étaient en fine toile blanche. Il portait un gilet de soie gris perle. Un jabot discret bouffait sur son plastron. Son large panama était crânement incliné sur le côté et, à sa ceinture, étaient passés deux longs pistolets de duel à poignée d'ivoire. Les poches de sa veste étaient déformées par le poids des balles qu'elles contenaient.

Il remonta l'allée d'une démarche élastique de sauvage et avec sa belle tête rejetée en arrière il avait une grâce de prince païen. Les dangers de la nuit qui avaient terrorisé Scarlett avaient produit sur lui l'effet d'un breuvage grisant. Son visage sombre exprimait une férocité soigneusement contenue, une cruauté qui eût épouvanté Scarlett si elle avait été à même de la remarquer.

Ses yeux noirs pétillaient comme si tout ce drame l'eût amusé, comme si les bruits qui déchiraient l'air et l'horrible reflet du ciel n'eussent été que plaisanteries pour faire peur aux enfants. Il gravit le perron et Scarlett se tourna vers lui, le visage blême, une flamme ardente au fond de ses yeux verts.

– Bonsoir, dit-il de sa voix traînante tout en enlevant son chapeau d'un geste large. Il fait beau, cette nuit. J'ai entendu dire que vous alliez partir en voyage.

– Si vous vous mettez à faire de l'esprit, je ne vous parlerai plus jamais de ma vie, répondit Scarlett d'un ton haché.

– Ne venez pas me raconter que vous avez peur.

Il feignit la surprise et esquissa un sourire qui donna à Scarlett une envie folle de le pousser au bas de l'escalier.

– Si, j'ai peur. Je suis morte de peur, et si vous aviez seulement autant de jugeote que Dieu en donne à une chèvre, vous auriez peur, vous aussi. Mais nous n'avons pas le temps de discuter. Il faut sortir d'ici.

– À votre service, madame. Mais où avez-vous l'intention de porter vos pas ? Je suis venu jusqu'ici par simple curiosité et uniquement pour savoir où vous comptiez vous rendre. Vous ne pouvez aller ni au Nord, ni à l'Est, ni au Sud, ni à l'Ouest. Les Yankees sont partout. Il n'y a qu'une route pour sortir de la ville que les Yankees ne tiennent pas encore et dont l'armée se sert pour battre en retraite. Et cette route ne restera pas libre bien longtemps. La cavalerie du général Steve Lee livre combat à Rough and Ready pour conserver le passage libre jusqu'à ce que l'armée ait passé. Si vous suivez l'armée sur la route McDonough, les soldats vous prendront votre cheval qui, quoique ne valant pas cher, m'a donné bien du mal à voler. Voyons, où voulez-vous aller ?

Scarlett demeurait là, toute tremblante, écoutant ce que disait Rhett et l'entendant à peine. Mais, devant cette question précise, elle sut tout d'un coup où elle voulait aller, elle se rendit compte qu'au cours de toute cette sinistre journée elle avait su où elle voulait aller.

– Je veux aller chez moi, fit-elle.

– Chez vous ? Vous voulez dire à Tara ?

– Oui, oui ! à Tara ! Oh ! Rhett, il faut nous presser.

Il la regarda comme si elle avait perdu la raison.

– Tara ! Dieu tout-puissant, Scarlett ! Vous ne savez donc pas qu'on s'est battu toute la journée à Jonesboro ? On s'est battu sur un front de dix milles, on s'est même battu dans les rues de Jonesboro. Les Yankees doivent occuper Tara à l'heure qu'il est, ils doivent occuper tout le comté. Personne ne sait où ils sont, mais ils se trouvent de ce côté-là. Vous ne pouvez pas retourner chez vous ! Vous ne pouvez tout de même pas passer au travers de l'armée yankee.

– J'irai chez moi ! s'écria Scarlett. J'irai ! J'irai.

– Petite folle, et la voix de Rhett se fit impérieuse et dure. Vous ne pouvez pas aller de ce côté-là. Même si vous ne tombez pas sur les Yankees, les bois sont pleins de traînards et de déserteurs des deux armées, et il y a encore des quantités de soldats qui battent en retraite de Jonesboro. Ils auront aussi vite fait de vous prendre votre cheval que les Yankees. La seule chance qui s'offre à vous est de suivre les troupes sur la route de McDonough et de prier Dieu qu'on ne vous voie pas dans le noir. Vous ne pouvez pas aller à Tara. Même si vous y parvenez, vous trouverez probablement tout en cendres. Je ne veux pas vous laisser repartir chez vous ! C'est de la folie furieuse.

– J'irai chez moi ! s'exclama Scarlett dont la voix se brisa et monta comme un cri déchirant. J'irai chez moi ! Vous ne pouvez pas m'en empêcher ! J'irai chez moi ! Je veux voir ma mère ! Je vous tuerai si vous essayez de m'en empêcher. J'irai chez moi !

À bout de nerfs, possédée par la terreur et la colère, elle se mit à pleurer. Elle se martela la poitrine de ses poings et cria de nouveau d'une voix perçante :

– J'irai ! même si je dois faire la route à pied !

Tout d'un coup, elle se retrouva dans les bras de Rhett. Cramponnées à lui, ses mains ne battaient plus, sa joue mouillée de pleurs s'écrasait contre le plastron empesé. Rhett caressa d'une main douce et apaisante ses cheveux ébouriffés ; et il lui parla d'une voix douce aussi. Si douce, si tranquille, si dénuée de raillerie, qu'on n'eût pas dit la voix de Rhett Butler, mais celle de quelque inconnu charitable et fort, qui fleurait le cognac, le tabac et les chevaux, odeurs réconfortantes, car elles faisaient songer à Gérald.

– Allons, allons, ma chérie. Ne pleurez pas. Vous irez chez vous, ma courageuse petite fille. Vous irez chez vous. Ne pleurez pas.

Scarlett sentit une nouvelle caresse sur ses cheveux et se demanda vaguement à travers son trouble si ce n'étaient pas les lèvres de Rhett. Il était si tendre, il savait si bien consoler, qu'elle aurait voulu toujours rester dans ses bras. Entre des bras si robustes, il ne pouvait sûrement rien lui arriver de mal.

Rhett fouilla dans sa poche, en tira un mouchoir et tamponna les yeux de Scarlett.
– Maintenant, mouchez-vous comme un enfant sage, ordonna-t-il, une lueur souriante dans les yeux, et puis dites-moi ce qu'il faut faire. Il faut nous presser.
Obéissante, Scarlett se moucha, mais elle fut incapable de donner un conseil. Voyant que ses lèvres tremblaient et qu'elle levait sur lui un regard désespéré, Rhett prit l'initiative des opérations.
– Mme Wilkes a eu son enfant? Ce serait dangereux pour elle de bouger... dangereux de faire vingt-cinq milles dans cette voiture disloquée. Nous ferions mieux de la laisser chez Mme Meade.
– Les Meade ne sont pas chez eux. Je ne peux pas l'abandonner.
– Parfait. Alors, nous l'emmenons. Où est cette petite péronnelle sans cervelle?
– Elle est là-haut à faire la malle.
– La malle? Vous ne pouvez pas prendre une malle dans cette guimbarde. Elle est presque trop petite pour vous toutes et elle ne demande qu'à perdre ses roues. Appelez la négrillonne et dites-lui de trouver le plus petit lit de plumes de la maison et de le mettre dans la voiture.
Scarlett était toujours hors d'état de faire un mouvement. Rhett lui saisit le bras d'une main ferme et il sembla qu'une partie de son énergie se transmettait à elle. Si seulement elle avait pu avoir son sang-froid! Il la poussa dans le vestibule, mais elle continua de lui jeter les mêmes regards suppliants. Sa lèvre s'abaissa en un pli moqueur: «Se peut-il que ce soit là l'héroïque jeune femme qui m'assurait qu'elle ne craignait ni Dieu, ni les hommes?»
Il éclata soudain de rire et lui lâcha les bras. Piquée au vif, Scarlett lui décocha un coup d'œil chargé de haine.
– Je n'ai pas peur, dit-elle.
– Si, vous avez peur. Dans quelques instants, vous allez tourner de l'œil et je n'ai pas de sels sur moi.
Faute de mieux, Scarlett tapa rageusement du pied et, sans un mot, elle saisit la lampe et s'engouffra dans l'escalier. Rhett la suivait de près et elle pouvait l'entendre rire doucement sous cape. Elle se raidit, entra dans la chambre de Wade et le trouva à demi habillé, dans les bras de Prissy. Il avait le hoquet, Prissy pleurnichait. Le matelas de plume du lit de Wade était petit et Scarlett ordonna à Prissy de le porter dans la voiture. Prissy déposa l'enfant par terre et obéit. Wade l'accompagna jusqu'au bas de l'escalier. Son hoquet avait presque cessé tant il était intéressé par tout ce remue-ménage.

– Venez ! fit Scarlett en se dirigeant vers la porte de Mélanie, et Rhett la suivit, le chapeau à la main.

Mélanie reposait calmement, son drap ramené jusqu'au menton. Elle était d'une pâleur de mort, mais ses yeux creusés et cerclés de noir avaient une expression de sérénité. Elle ne manifesta aucune surprise en voyant Rhett entrer dans sa chambre. Elle ébaucha un faible sourire qui expira sur ses lèvres.

– Nous partons pour Tara, expliqua Scarlett d'une seule traite. Les Yankees arrivent. Rhett nous emmène. C'est notre seule ressource, Melly.

Mélanie essaya de faire oui de la tête et désigna l'enfant. Scarlett prit le petit bébé dans ses bras, l'enveloppa rapidement dans une serviette épaisse, Rhett s'approcha du lit.

– Je vais tâcher de ne pas vous faire de mal, dit-il tranquillement, en enroulant le drap autour de Mélanie. Regardez si vous pouvez me prendre par le cou.

Mélanie fit un effort, mais retomba inerte. Rhett se pencha, glissa un bras sous ses épaules, un autre sous ses genoux, et la souleva doucement. Mélanie ne dit rien, mais Scarlett vit qu'elle se mordait la lèvre et pâlissait davantage. Scarlett leva la lampe pour éclairer Rhett. Elle allait se diriger vers la porte quand Mélanie indiqua le mur d'un geste faible.

– Qu'y a-t-il ? demanda Rhett.

– Je vous en prie, murmura Mélanie en essayant d'indiquer du doigt un objet. Charles.

Rhett la regarda comme s'il la croyait en proie au délire, mais Scarlett comprit et faillit se fâcher. Elle savait que Mélanie voulait emporter le daguerréotype de Charles pendu au mur au-dessous du sabre et du revolver de son frère.

– Je vous en prie, murmura de nouveau Mélanie, le sabre.

– Oh ! c'est entendu, dit Scarlett et, après avoir éclairé Rhett pendant qu'il descendait l'escalier avec précaution, elle revint dans la chambre et décrocha le sabre, le pistolet et le ceinturon.

Ça allait être gai d'avoir à les porter en même temps que le bébé et la lampe. C'était bien de Mélanie ! ça lui était bien égal d'être presque à l'article de la mort et d'avoir les Yankees à ses trousses, mais il fallait qu'elle se fît du mauvais sang pour les affaires de Charles !

En décrochant le daguerréotype, Scarlett aperçut le visage de Charles. Les grands yeux marron du jeune homme rencontrèrent les siens et elle resta un moment à observer le tableau avec curiosité. Cet homme avait été son mari, il avait passé quelques nuits à côté d'elle, il lui avait donné un fils qui avait les yeux aussi doux et aussi bruns que les siens ; et elle arrivait à peine à se souvenir de lui.

Calé dans ses bras, le bébé miaulait et brandissait ses petits poings. Scarlett le regarda à son tour. Pour la première fois, elle se rendit compte que c'était l'enfant d'Ashley et soudain, avec tout ce qui lui restait de forces, elle souhaita que ce fût son enfant, le sien et celui d'Ashley.

Prissy grimpa l'escalier en quelques bonds et Scarlett lui tendit l'enfant. Toutes deux descendirent à la lueur de la lampe qui projetait contre le mur des ombres incertaines. Dans le vestibule, Scarlett vit une capote, s'en coiffa et en noua hâtivement les brides sous son menton. C'était le bonnet de deuil de Mélanie et il n'allait pas à Scarlett, mais la jeune femme était incapable de se rappeler où elle avait mis son chapeau.

Elle sortit et descendit les marches du perron, la lampe à la main, tout en s'efforçant d'empêcher le sabre de lui battre les jambes. Mélanie était étendue de tout son long à l'arrière de la charrette et, à côté d'elle, on avait placé Wade et le bébé langé dans une serviette. Prissy monta et prit le bébé dans ses bras.

La voiture était très petite et les planches qui la garnissaient étaient fort basses. Les roues s'inclinaient vers l'intérieur comme si, au premier tour, elles allaient se détacher. Scarlett jeta un coup d'œil au cheval, et son cœur se serra. C'était une bête squelettique et de taille dérisoire. Elle baissait la tête d'un air découragé, presque jusqu'à toucher ses jambes de devant. L'échine à vif et couverte de plaies là où les harnais avaient frotté, elle respirait d'une manière qu'un cheval bien portant ne se fût point permise.

– La carne ne vaut pas cher, fit Rhett avec un sourire moqueur. On dirait qu'elle va expirer entre les brancards. Mais je n'ai pas pu faire mieux. Un de ces jours, je vous raconterai avec des fioritures où et comment je l'ai volée et combien il s'en est fallu de peu qu'on ne me tuât d'un coup de feu. À ce stade de ma carrière, il a fallu rien de moins que mon dévouement à votre cause pour faire de moi un voleur de cheval… et de quel cheval ! Laissez-moi vous aider à monter.

Il prit la lampe des mains de Scarlett et la posa sur le sol. Le siège de devant était uniquement constitué par une planche étroite qui reliait les deux côtés de la charrette. Rhett saisit hardiment Scarlett à bras-le-corps et la jucha sur le siège. Que c'était beau un homme, et un homme doué de la force de Rhett, se dit-elle en ramenant contre elle sa jupe évasée. Avec Rhett à côté d'elle, elle ne craignait rien, ni le feu, ni le bruit, ni les Yankees.

Rhett s'installa sur le siège à son côté et prit les guides.
– Oh ! attendez, s'écria Scarlett. J'ai oublié de fermer la porte d'entrée à clé.
Il fut pris d'un accès de rire tonitruant et fouetta le dos du cheval avec les guides.
– De quoi riez-vous ?
– À l'idée que… que vous allez fermer la porte à clé pour empêcher les Yankees d'entrer, dit-il, et le cheval se mit en marche lentement, et comme à contrecœur.
Sur le trottoir, la lampe continuait de brûler, traçant un petit cercle de lumière jaune qui se rétrécit de plus en plus à mesure que la voiture s'éloigna.

Rhett tourna le dos à la rue du Pêcher et fit prendre au cheval la direction de l'Ouest. L'attelage se mit à cahoter sur le chemin défoncé avec une violence qui arracha à Mélanie un gémissement vite étouffé. Des arbres sombres emmêlaient leurs rameaux au-dessus de la tête des fugitifs. Des maisons se profilaient de chaque côté de la voiture et les pieux bleus des palissades, semblables à une rangée de stèles funéraires, renvoyaient une faible lumière. On se serait cru sous un tunnel, mais à travers la voûte feuillue pénétrait l'horrible clarté rouge du ciel et, au bout de la rue, des ombres se pourchassaient comme des fantômes en délire. L'odeur de la fumée devenait de plus en plus forte et, du centre de la ville, montaient, portés par la brise tiède, un bruit infernal, des hurlements, le roulement sourd des fourgons militaires, le piétinement incessant d'une foule en marche. Au moment où Rhett faisait obliquer le cheval dans une autre rue, une nouvelle explosion assourdissante déchira l'air et une monstrueuse gerbe de flammes jaillit vers l'Ouest.
– Ça doit être le dernier train de munitions, dit Rhett avec calme. Pourquoi ne les ont-ils pas fait partir ce matin, les imbéciles ? Ils avaient bien le temps. Allons, tant pis pour nous. Je pensais qu'en tournant autour du centre de la ville nous aurions pu éviter l'incendie et cette foule d'ivrognes qui encombre la rue de Decatur et gagner sans encombre les quartiers Sud-Ouest. Mais nous allons être forcés de traverser la rue Marietta quelque part, et si cette explosion n'était pas du côté de la rue Marietta, je veux bien être pendu.
– Forcés… forcés de passer à travers l'incendie ? balbutia Scarlett.
– Pas si nous nous pressons, répondit Rhett et, sautant à bas de la charrette, il disparut dans l'obscurité d'un jardin.

Lorsqu'il revint il tenait à la main une petite badine arrachée à un arbre et il en fouetta sans pitié le dos pelé du cheval. L'animal se mit au trot. Ses pattes avaient peine à le porter, il haletait et la voiture faisait de telles embardées que les voyageurs étaient secoués comme graines dans un tamis. Le bébé geignait, Wade et Prissy pleuraient, tout le monde se meurtrissait contre les parois de la voiture. Cependant Mélanie demeurait silencieuse.

Comme l'attelage approchait de la rue Marietta, les arbres se clairsemèrent et les hautes flammes qui couronnaient en ronflant le toit des édifices éclaboussèrent la rue et les maisons d'une clarté plus brillante que celle du jour, jetèrent des ombres monstrueuses qui se tordaient frénétiquement comme des voiles arrachées par un ouragan à un navire naufragé.

Scarlett claquait des dents, mais sa terreur était telle qu'elle ne s'en apercevait même pas. Elle avait froid et elle grelottait, bien qu'on pût déjà sentir la chaleur des flammes. C'était l'enfer, elle s'y trouvait pour de bon maintenant. Si seulement elle avait pu empêcher ses genoux de s'entrechoquer, elle aurait sauté à bas de la charrette, elle aurait pris ses jambes à son cou et aurait remonté en hurlant la rue sombre pour aller se réfugier chez tante Pitty. Elle se blottit contre Rhett. Elle lui serra le bras de ses doigts tremblants et leva son regard vers lui. Elle aurait voulu qu'il lui parlât, qu'il lui dît n'importe quoi pour la rassurer. Sur ce fond cramoisi, dans cette lueur maléfique qui les inondait, son beau profil cruel se découpait avec une netteté de médaille antique de la décadence. Il se tourna vers Scarlett et ses yeux avaient un reflet aussi effrayant que celui de l'incendie. Scarlett eut l'impression qu'il tirait un vif plaisir de la situation où ils se trouvaient, qu'il était ravi à la perspective d'entrer dans cet enfer dont ils approchaient.

– Tenez, fit-il en caressant l'un des deux longs pistolets passés à sa ceinture, si quelqu'un, blanc ou noir, se glisse du côté où vous êtes et s'avise de mettre la main sur le cheval, tirez dessus et nous lui demanderons plus tard quelles étaient ses intentions. Seulement, pour l'amour de Dieu, n'allez pas tuer la haridelle dans votre émoi…

– J'ai… j'ai un pistolet, fit-elle en serrant l'arme posée dans le creux de sa robe.

Mais, en même temps, elle était absolument sûre que si la mort la regardait dans le blanc des yeux elle aurait trop peur pour presser la détente.

– Vous en avez un ? Où l'avez-vous trouvé ?

– C'est celui de Charles.

– De Charles ?
– Oui, de Charles... mon mari.
– Avez-vous jamais eu un mari pour de bon, ma chère ? murmura Rhett, puis il se mit à rire doucement.
– Comment pensez-vous donc que j'aie eu mon fils ? s'écria Scarlett d'un ton farouche.
– Oh ! il n'y a pas que les maris pour...
– Allez-vous vous taire ? Pressez-vous, voyons ! Vite ! Vite !
Vite ! Scarlett n'avait que ce seul mot en tête. Vite ! Vite !
Mais au moment où la voiture allait déboucher dans la rue Marietta, Rhett tira brutalement sur les guides et s'arrêta dans l'ombre d'un entrepôt encore épargné par les flammes.
– Des soldats, fit Rhett.
Le détachement descendait la rue Marietta entre deux rangées de bâtiments en flammes. Exténués, la tête basse, tenant leur fusil n'importe comment, les soldats marchaient au pas de route, trop las pour aller plus vite, trop las pour faire attention aux poutres qui s'effondraient à droite et à gauche, à la fumée qui tourbillonnait autour d'eux. Ils étaient tous en haillons et si déguenillés qu'on ne pouvait distinguer les officiers de leurs hommes. De temps en temps, cependant, on voyait un chapeau déchiré auquel étaient épinglées les trois lettres entrelacées « C.S.A.[1] ». Bon nombre marchaient pieds nus et, de-ci, de-là, un pansement sale enveloppait une tête ou un bras. Ils passaient, ne regardant ni à droite, ni à gauche, tellement silencieux que, sans le martèlement de leurs pieds sur le sol, on aurait pu les prendre pour des fantômes.
– Regardez-les bien, dit Rhett d'un ton railleur, regardez-les afin de pouvoir dire à vos petits-enfants que vous avez vu battre en retraite l'arrière-garde de la Cause Glorieuse.
Tout d'un coup Scarlett se prit à détester Rhett avec une violence qui, sur le moment, subjugua sa terreur. Elle savait que son sort et celui de tous ceux qui s'entassaient à l'arrière de la charrette dépendaient de Rhett et de lui seul, mais elle le haïssait de pouvoir se moquer des soldats en loques. Elle pensa à Charles qui était mort, à Ashley qui était peut-être mort lui aussi, à tous ces jeunes gens joyeux et braves qui pourrissaient dans des tombes hâtivement creusées et elle oublia qu'elle aussi les avait un jour considérés comme des fous. Elle était hors d'état de parler, mais

1. *Confederated States Army*, insigne que les officiers de l'armée du Sud portaient à leur chapeau *(N.d.T.)*.

les yeux brûlants de haine et de mépris, elle adressa à Rhett un regard féroce.

Comme le reste des soldats défilait, une petite silhouette au dernier rang hésita, s'arrêta et tourna vers ceux qui s'éloignaient un visage sale et si fatigué et si hagard qu'on aurait pu prendre cet homme pour un somnambule. Il était aussi petit que Scarlett, si petit que son fusil était presque aussi grand que lui, et ses joues, barbouillées de crasse, étaient imberbes. « Il a seize ans au plus, se dit Scarlett. Il doit faire partie de la Garde locale, à moins qu'il ne se soit sauvé de l'école. »

Tandis qu'elle l'observait, le garçon s'affaissa lentement et s'allongea dans la poussière. Sans rien dire, deux hommes se détachèrent du dernier rang et rebroussèrent chemin jusqu'à lui. L'un d'eux, un grand diable tout maigre avec une barbe qui lui descendait jusqu'au ceinturon, tendit son fusil et celui du garçon à son compagnon. Puis il se baissa et balança le jeune homme sur ses épaules avec une aisance qui semblait tenir de la prestidigitation. Lentement, l'échine ployée sous son fardeau, il se mit en marche pour rejoindre la colonne tandis que le garçon, faible et furieux, comme un enfant que taquinent ses aînés, se mettait à hurler : « Pose-moi par terre, bon Dieu ! Pose-moi par terre ! J'peux bien marcher ! »

L'homme barbu ne répondit rien et, poursuivant sa course laborieuse, il disparut au coin de la rue.

Rhett demeurait immobile. Dans sa main les guides pendaient, inertes, et son visage basané était empreint d'une curieuse expression de mauvaise humeur. Soudain, non loin de la voiture, des madriers s'effondrèrent avec fracas et Scarlett vit une mince langue de flamme courir sur le toit de l'entrepôt devant lequel les fugitifs s'étaient arrêtés. Alors, pareilles à des étendards et à des bannières, les flammes triomphantes jaillirent vers le ciel au-dessus de leurs têtes. La fumée chaude emplit les narines de Scarlett. Wade et Prissy se mirent à tousser. Le bébé éternua à petits coups.

– Oh ! Rhett ! au nom du Ciel, êtes-vous fou ? Vite ! Vite !

Rhett ne répondit rien, mais cingla le dos du cheval avec tant de force que la bête fit un bond en avant. De toute la vitesse dont le cheval était capable, les voyageurs traversèrent en cahotant la rue Marietta. Devant eux s'ouvrait un tunnel de feu. De chaque côté de la rue courte et étroite qui conduisait à la voie ferrée, des maisons étaient la proie des flammes. Ils s'y enfoncèrent. Une lueur plus étincelante que celle d'une douzaine de soleils les aveugla. Une chaleur cuisante leur dessécha la peau. Le ronflement et le crépitement des flammes, les craquements de toutes sortes vinrent battre à leurs oreilles en vagues douloureuses. Ils eurent l'impression de subir ce supplice pendant une éternité, puis, brusquement, ils se retrouvèrent dans une demi-obscurité.

Ils dévalèrent la rue à fond de train, bondirent sur les rails du chemin de fer et Rhett ne cessait de fouetter le cheval d'un geste machinal. Il avait un air renfermé, absent, comme s'il avait oublié où il était. Il penchait en avant son large buste et son menton saillait comme si les pensées qui lui traversaient l'esprit n'étaient pas des plus agréables. La chaleur du brasier avait enduit de sueur son front et ses joues, mais il n'y prenait pas garde.

La voiture s'engagea dans une rue latérale, puis dans une autre, tourna d'une rue étroite dans une seconde et ainsi de suite jusqu'à ce que Scarlett fût complètement perdue et que le ronflement de l'incendie s'apaisât peu à peu. Rhett ne desserrait toujours pas les dents. Il se contentait d'administrer à intervalles réguliers de grands coups de fouet au cheval. Maintenant le reflet rouge du ciel s'estompait et la route devenait si sombre, si terrifiante que Scarlett aurait aimé entendre Rhett prononcer n'importe quels mots, même pour se moquer d'elle, même pour l'insulter ou la blesser. Mais Rhett ne desserrait toujours pas les dents.

Qu'il parlât ou qu'il se tût, Scarlett n'en remerciait pas moins le Ciel du réconfort que lui procurait sa présence. Elle trouvait cela si bon d'avoir un homme à côté d'elle, de s'appuyer contre lui, de sentir la dure saillie de son bras, de savoir qu'il se dressait entre elle et les dangers qu'elle n'aurait pas osé nommer.

– Oh ! Rhett, murmura Scarlett en se cramponnant à son bras, que serions-nous devenus sans vous ? Je suis si heureuse que vous ne soyez pas à vous battre.

Il détourna la tête et décocha un tel regard à Scarlett que celle-ci lâcha son bras et s'écarta de lui en se recroquevillant. Désormais ses yeux ne conservaient plus rien de leur expression moqueuse. Ils étaient à nu, et l'on pouvait y lire de la colère mêlée d'un certain étonnement. Sa lèvre inférieure se plissa, retomba et il se retourna. Pendant un long moment la voiture poursuivit sa course heurtée au milieu d'un silence que rompaient seuls les faibles vagissements du bébé et les reniflements de Prissy. Lorsque Scarlett en eut assez d'entendre la petite négresse, elle se retourna et la pinça méchamment, lui fournissant ainsi l'occasion de crier pour une raison valable avant de retomber dans un silence angoissé.

Enfin Rhett fit tourner le cheval à angle droit et, au bout d'un certain temps, la voiture s'engagea sur une route plus large et plus lisse. Les

maisons aux formes confuses s'espacèrent et de chaque côté les bois se profilèrent comme des murs contre le ciel sombre.
– Nous voilà sortis de la ville, fit Rhett laconiquement tout en tirant sur les guides. Nous sommes sur la grand-route de Rough and Ready.
– Vite ! Ne vous arrêtez pas !
– Laissez donc un peu souffler le cheval. Puis, se tournant vers Scarlett, il lui demanda d'une voix lente : Scarlett, êtes-vous toujours décidée à faire cette folie ?
– Faire quoi ?
– Vous tenez toujours à essayer de gagner Tara ? C'est du suicide. La cavalerie de Steve Lee et l'armée yankee vous barrent la route.
– Oh ! mon Dieu ! Allait-il lui refuser de la conduire chez elle après toutes les épreuves qu'elle avait endurées au cours de cette terrible journée ?
– Oh ! si, si ! Je vous en prie, Rhett, pressons-nous. Le cheval n'est pas fatigué.
– Une minute. Par ici vous ne pouvez pas aller à Jonesboro. Vous ne pouvez pas non plus suivre la voie ferrée. On s'y est battu toute la journée entre Rough and Ready et Jonesboro. Connaissez-vous d'autres routes, pistes ou sentiers qui ne passent pas par Rough and Ready ou Jonesboro ?
– Oh ! oui, s'écria Scarlett, soulagée. Si nous pouvons arriver tout près de Rough and Ready, je connais une piste qui se détache de la grand-route de Jonesboro et serpente pendant des milles à travers le pays. Papa et moi nous y passions quand nous montions à cheval. Elle débouche tout près de chez les MacIntosh, et de là on n'est guère qu'à un mille de Tara.
– Parfait. Vous pourrez peut-être atteindre Rough and Ready. Le général Steve Lee y était cet après-midi pour couvrir la retraite. Les Yankees y sont peut-être encore. Vous réussirez peut-être à passer si les hommes de Lee ne font pas main basse sur votre cheval.
– Moi… moi, je pourrai peut-être passer ?
– Oui, « vous ». La voix de Rhett se fit dure.
– Mais. Rhett. Vous… vous n'allez donc pas nous conduire ?
– Non, je vous laisse ici.
Scarlett jeta autour d'elle un regard éperdu. Elle regarda le ciel livide derrière elle, les arbres noirs qui, de chaque côté, cernaient les fugitifs comme les murs d'une prison, les silhouettes effrayées entassées à l'arrière de la charrette, enfin elle regarda Rhett. Avait-il donc perdu la tête ? N'entendait-elle donc pas bien ?

Maintenant il souriait. Elle voyait luire ses dents, et ses yeux avaient repris leur ancienne expression railleuse.

– Nous quitter ? Où… où allez-vous ?

– Mais ma chère petite, je m'en vais me battre.

Moitié soulagée, moitié en colère, Scarlett poussa un soupir. Pourquoi fallait-il qu'il trouvât encore le moyen de plaisanter en un pareil moment ? Rhett, se battre ! Après tout ce qu'il avait dit sur les insensés qu'un roulement de tambour ou les belles paroles des orateurs poussaient à faire le sacrifice de leur vie… sur les imbéciles qui s'entretuaient pour que les gens raisonnables emplissent leurs poches !

– Oh ! je vous étranglerais volontiers de m'avoir fait si peur ! Allons, repartons !

– Je ne plaisante pas, ma chère. Et je suis froissé, Scarlett, que vous preniez mon héroïque sacrifice sur ce ton. Où donc est votre patriotisme, votre amour de la Glorieuse Cause ? Voilà le moment ou jamais de me dire si vous voulez que je revienne avec mon bouclier ou allongé dessus. Mais parlez vite, car je veux avoir le temps de faire un beau discours avant d'aller me battre.

Sa voix traînante l'exaspérait. Il était en train de se payer sa tête et, pourtant, quelque chose en elle lui disait qu'il se moquait également de lui-même. De quoi parlait-il ? De patriotisme, de bouclier, de beau discours ? Ce n'était pas possible qu'il parlât pour de bon. Non, ce n'était pas concevable. Il ne pouvait tout de même pas parler de gaieté de cœur de l'abandonner au milieu de cette route sombre avec une femme qui se mourait peut-être, un nouveau-né, une petite moricaude sans cervelle et un enfant épouvanté. Il ne pouvait songer à la laisser piloter, seule, tout ce monde à travers les champs de bataille, au milieu des traînards, des Yankees, des incendies, et de Dieu sait quoi.

Un jour, alors qu'elle avait six ans, elle était tombée d'un arbre à plat sur le ventre. Elle se rappelait encore ce moment qui s'était écoulé avant qu'elle ait pu reprendre son souffle. Hébétée, la respiration coupée, le cœur chaviré, elle éprouvait en regardant Rhett les mêmes impressions que celles qu'elle avait éprouvées alors.

– Rhett, vous vous amusez ?

Elle lui saisit le bras et sentit que ses larmes s'écrasaient sur le poignet de son compagnon. Il lui prit la main et la baisa d'un geste frivole.

– Égoïste jusqu'au bout, n'est-ce pas, ma chère ? Vous ne pensez qu'à mettre en sûreté votre précieuse personne et vous oubliez complètement l'héroïque Confédération. Songez combien nos troupes vont être réconfortées par mon apparition de la onzième heure.

Sa voix était empreinte d'une malicieuse tendresse.

– Oh ! Rhett, gémit Scarlett, comment pouvez-vous me faire ça, à moi ? Pourquoi me quittez-vous ?
– Pourquoi ? C'est peut-être à cause de cette sentimentalité traîtresse qui se cache en chacun de nous autres Sudistes. Peut-être parce que j'ai honte. Qui sait ?
– Honte ? Vous devriez mourir de honte. Nous abandonner ici, toutes seules, sans défense…
– Chère Scarlett ! Vous n'êtes pas sans défense. Quiconque possède votre égoïsme et votre esprit de décision n'est jamais sans défense. Que Dieu protège les Yankees si jamais ils ont affaire à vous.
Il descendit brusquement de la charrette et en fit le tour pour passer du côté de Scarlett qui, pétrifiée, le regardait faire.
– Descendez, ordonna-t-il.
Elle ne bougea pas. D'un geste brutal, il la saisit sous les bras et la déposa sur le sol à côté de lui, puis, sans la lâcher, il l'attira à quelques pas de la voiture. Scarlett sentit la poussière et le gravier entrer dans ses mules et lui meurtrir les pieds. Les ténèbres encore chaudes l'enveloppaient comme dans un rêve.
– Je ne vous demande pas de me comprendre ou de me pardonner. Je me moque complètement de ce que vous ferez, car moi-même je n'arriverai jamais à comprendre cette imbécillité ni à me la pardonner. Je suis ennuyé de découvrir que tant de don-quichottisme demeure encore en moi. Mais notre beau pays du Sud a besoin de tous ses hommes. Notre héroïque gouverneur Brown ne l'a-t-il pas déclaré ? Peu importe. Je m'en vais à la guerre.
Tout d'un coup il se mit à rire d'un rire claironnant qui éveilla les échos des bois.
– « Je ne saurais autant t'aimer, chérie, si je n'aimais autant l'honneur. » Voilà une citation qui s'impose, n'est-ce pas ? Ça vaut sûrement mieux que ce que je pourrais trouver moi-même pour le moment. Car je vous aime, Scarlett, malgré ce que je vous ai dit le mois dernier, un soir, sous la véranda.
Sa voix traînante se faisait caressante et ses mains, des mains fortes et chaudes, remontaient le long des bras nus de la jeune femme.
– Je vous aime, Scarlett, parce que nous nous ressemblons tant. Nous sommes tous deux des renégats, ma chérie, et d'égoïstes canailles. Vous et moi, nous nous soucions fort peu que le monde s'écroule pourvu que nous soyons à l'abri et que nous ayons nos aises.
Sa voix montait dans l'obscurité et Scarlett entendait des mots, mais ils n'avaient aucun sens pour elle. Son esprit épuisé essayait de se représenter l'âpre vérité, de comprendre que Rhett allait la laisser

seule affronter les Yankees. Son esprit avait beau lui répéter: «Il m'abandonne, il m'abandonne», cette pensée n'arrivait pas à faire naître en elle la moindre émotion.
Alors Rhett lui entoura la taille et les épaules de ses bras. Elle sentit contre son corps les muscles durs de ses cuisses, contre sa poitrine les boutons de sa veste. Une vague chaude la souleva, malgré son étonnement et sa frayeur, chassa de son esprit la notion du temps, de l'espace et des circonstances. Elle se sentait aussi molle qu'une poupée de chiffons. Elle avait chaud, ses forces la trahissaient, elle était sans défense, et c'était si bon de s'abandonner dans ses bras.
– Vous ne voulez pas changer d'avis sur ce que j'ai dit le mois dernier? Il n'y a rien de tel que le danger et la mort pour donner ou ajouter du piment aux choses. Soyez patriote, Scarlett. Songez que vous enverriez un soldat à la mort avec de bien beaux souvenirs.
Maintenant il l'embrassait et sa moustache lui chatouillait la bouche. Il l'embrassait lentement de ses lèvres chaudes qui prenaient tout leur temps comme si la nuit entière lui eût appartenu. Charles ne l'avait jamais embrassée ainsi. Jamais les baisers des fils Tarleton ou des Calvert ne l'avaient fait trembler de la sorte. Il ploya en arrière son corps, et ses lèvres se mirent à errer sur sa gorge, descendirent jusqu'à l'endroit où un camée fermait son corsage.
– Douce, murmura-t-il, ma douce.
Elle distingua vaguement dans le noir les contours de la charrette et elle entendit la petite voix aiguë de Wade:
– Maman! Wade a peur!
Bien que tout s'obscurcît et tournât en elle, elle recouvra d'un seul coup sa présence d'esprit, son sang-froid, et elle se rappela ce qu'elle avait un instant oublié. Oui, elle aussi avait peur et Rhett la laissait, l'abandonnait, le sale mufle. Et par-dessus le marché il avait le toupet de rester là au milieu de la route à l'insulter avec ses propositions infâmes. La rage et la colère l'envahirent. Elle se ressaisit et d'une seule détente s'arracha aux bras de Rhett.
– Oh! espèce de mufle! s'écria-t-elle, et elle se mit à fouiller sa mémoire pour découvrir d'autres jurons à lui lancer, des injures beaucoup plus fortes, du genre de celles dont se servait Gérald quand il s'emportait contre M. Lincoln, les MacIntosh ou des mules rétives. Mais les mots ne lui venaient pas. «Espèce d'être lâche, ignoble et puant!» Et, comme elle n'arrivait pas à trouver quelque chose d'assez cinglant, de toute la force qui lui restait, elle le frappa en plein sur la bouche. Il recula d'un pas en portant la main à son visage.

– Ah ! fit-il tranquillement, et pendant un instant ils restèrent face à face dans l'obscurité.

Scarlett pouvait l'entendre respirer péniblement, tandis qu'elle-même respirait d'une manière saccadée comme si elle avait couru très vite.

– Ils avaient bien raison, tout le monde avait raison. Vous n'êtes pas un homme du monde.

– Ma chère petite, fit-il, ce n'est vraiment pas le moment.

Elle savait qu'il riait et cette pensée la poussa à bout.

– Allez-vous-en ! Allez-vous-en maintenant ! Et puis tâchez de vous presser. Je ne veux plus jamais vous revoir. J'espère qu'un boulet de canon s'écrasera en plein sur vous. J'espère que vous serez réduit en mille morceaux. Je...

– Je vous fais grâce du reste. Je suis très bien votre idée générale. Lorsque je serai mort sur l'autel de ma patrie, j'espère que votre conscience vous tourmentera.

Elle l'entendit rire et devina qu'il retournait vers la charrette. Elle l'entendit parler, et comme toujours quand il s'adressait à Mélanie, il s'exprimait sur un ton différent et plein de respect.

– Madame Wilkes ?

La voix effrayée de Prissy lui répondit de l'intérieur de la voiture.

– Dieu tout-puissant, capitaine Butle', ma'ame Melly elle s'est évanouie il y a déjà longtemps.

– Elle n'est pas morte, au moins ? Respire-t-elle ?

– Oui, missié, elle 'espi' !

– Dans ce cas, il vaut probablement mieux qu'elle reste ainsi. Si elle était consciente, je doute qu'elle puisse supporter la douleur. Veille bien sur elle, Prissy. Tiens, voici quelque chose pour toi. Tâche de ne pas te rendre plus bête que tu n'es.

– Oui, missié. Me'ci, missié.

– Au revoir, Scarlett.

Elle savait qu'il s'était tourné et qu'il regardait de son côté, mais elle ne dit rien. La haine lui ôtait l'usage de la parole. Le gravier de la route se mit à crisser sous les pieds de Rhett et pendant un moment Scarlett vit ses épaules massives se découper dans l'obscurité. Alors, il disparut. Elle entendit un instant encore le bruit de ses pas, puis ce bruit s'éteignit à son tour. Elle revint lentement vers la charrette. Ses genoux tremblaient.

Pourquoi était-il parti, s'était-il enfoncé dans le noir, lancé dans la guerre, dans une cause perdue d'avance, dans un monde devenu fou ? Pourquoi était-il parti, lui, Rhett, qui aimait les plaisirs que procurent les femmes et les liqueurs, la bonne chère et les lits moelleux, le linge fin et le beau cuir, lui qui détestait le Sud et tournait en dérision les fous qui se battaient pour lui ? Désormais il allait fouler de ses bottes vernies une route pleine d'amertume que la faim parcourait sans relâche, où les blessures, la fatigue et le chagrin s'en donnaient à cœur joie comme des loups glapissants. Et, au bout de cette route, il y avait la mort. Il n'avait pas besoin de partir. Il l'avait laissée seule dans une nuit noire comme la nuit des aveugles, seule avec l'armée yankee qui lui barrait le chemin de chez elle.

Maintenant elle se rappelait toutes les injures dont elle avait voulu l'abreuver, mais il était trop tard. Elle appuya la tête contre l'encolure du cheval et se mit à pleurer.

XXIV

La lumière éclatante du soleil matinal ruisselant à travers les arbres réveilla Scarlett. Pendant un moment, encore tout engourdie par la position fatigante dans laquelle elle avait dormi, elle ne put se rappeler où elle était. Le soleil l'aveuglait. Le plancher rugueux de la charrette lui meurtrissait le corps et une lourde masse pesait en travers de ses jambes. Elle essaya de s'asseoir et découvrit que cette masse n'était autre que Wade qui sommeillait la tête posée sur ses genoux. Les pieds nus de Mélanie lui effleuraient le visage et, sous la banquette, Prissy était pelotonnée comme un chat noir avec le bébé entre elle et Wade.

Alors Scarlett se rappela tout. D'un effort, elle réussit à se redresser et regarda hâtivement autour d'elle. Dieu merci, il n'y avait pas de Yankees en vue ! On n'avait pas découvert leur cachette pendant la nuit. Désormais elle se souvenait de tout : la randonnée infernale après que les pas de Rhett se furent évanouis, la nuit qui n'en finissait pas, la route toute noire et pleine d'ornières et de grosses pierres contre lesquelles la voiture avait buté, les fossés dans lesquels elle avait glissé, l'énergie, cette énergie du désespoir qu'elle et Prissy avaient dû déployer pour sortir les roues de l'attelage de ces mêmes fossés. Elle se rappelait en frissonnant toutes les fois qu'elle avait entraîné le cheval récalcitrant à travers champs ou à travers bois lorsque, entendant des soldats approcher, elle ne savait pas si c'étaient des amis ou des ennemis… Oui, elle se souvenait combien elle avait eu peur qu'une toux, un éternuement ou le hoquet de Wade ne vînt les trahir.

Oh ! cette route sombre où les hommes marchaient dans un silence que rompaient seulement le bruit des pas étouffés dans la poussière molle, le faible cliquetis des gourmettes et le grincement des harnais de cuir. Et ce moment terrible où le cheval épuisé avait refusé d'avancer tandis que, dans l'ombre, passaient la cavalerie et l'artillerie légère, passaient si près de l'endroit où les fugitifs immobiles retenaient leur souffle que Scarlett aurait presque pu toucher les hommes, si près qu'elle pouvait sentir l'odeur de sueur de tous ces corps mal lavés ?

Enfin, lorsqu'elles étaient arrivées à proximité de Rough and Ready, quelques feux de camp brillaient encore çà et là où le reste de l'arrière-garde du général Steve Lee attendait l'ordre de se replier. Scarlett avait décrit un cercle d'un mille environ à travers un champ labouré, jusqu'à ce que le reflet des feux de bivouac se fût éteint derrière elle. Et alors elle s'était perdue au milieu de l'obscurité et avait pleuré à chaudes larmes en ne retrouvant pas le sentier qu'elle connaissait si bien. Tout de même, elle avait fini par le retrouver, mais, à ce moment, le cheval s'était affaissé entre les brancards et avait refusé de bouger et de se relever, même quand Prissy était venue le tirer par la bride.

Scarlett avait dételé et, abrutie par la fatigue, elle s'était glissée à l'arrière de la charrette et avait enfin allongé ses jambes qui lui faisaient mal. Elle se rappelait vaguement que, au moment même où le sommeil était venu lui fermer les paupières, Mélanie lui avait demandé d'une voix qui s'excusait et implorait tout à la fois : « Scarlett, puis-je avoir un peu d'eau ; s'il te plaît ? »

Elle avait répondu : « Il n'y en a pas », et s'était endormie avant même que les mots fussent sortis de sa bouche.

Maintenant, c'était le matin et le monde entier, calme et serein, endossait sa parure verte sous la moucheture dorée du soleil. Nulle part on ne voyait de soldats. Scarlett avait faim, et la soif lui desséchait le gosier. Elle avait mal partout et était toute courbatue. Remplie de stupeur, elle se demandait comment elle, Scarlett O'Hara, qui ne reposait jamais bien qu'entre deux draps de toile fine et sur le plus moelleux des lits de plume, avait bien pu dormir sur des planches comme une esclave employée aux champs.

Éblouis par le soleil, ses yeux se posèrent sur Mélanie et, horrifiée, elle sentit le souffle lui manquer. Mélanie était si rigide et si pâle que Scarlett la crut morte. Avec son visage ravagé et ses cheveux épars qui y traçaient de noires arabesques, on l'eût prise pour une vieille femme morte. Alors Scarlett vit avec soulagement se soulever sa poitrine creuse et elle comprit que Mélanie avait survécu à la nuit.

Scarlett mit sa main en écran devant ses yeux et promena son regard autour d'elle. Les fugitifs avaient sans aucun doute passé la nuit sous les arbres d'un jardin, car une allée sablée décrivait une courbe avant d'aller se perdre sous une rangée de cèdres.

« Mais voyons, nous sommes chez les Mallory ! » pensa Scarlett le cœur battant de joie à la pensée qu'elle allait trouver des amis et de l'aide.

Cependant, un silence de mort pesait sur la plantation. Les massifs et le gazon de la pelouse avaient été arrachés, anéantis par les roues, les chevaux et les hommes qui s'étaient livrés là à des mouvements si furieux que le sol en était retourné. Scarlett regarda du côté de la maison et, à la place de la vieille bâtisse en bois blanc qu'elle connaissait si bien, elle ne vit plus qu'un long rectangle de soubassements en granit et deux hautes cheminées de briques noircies par la fumée qui se dressaient au milieu des feuilles calcinées des arbres paisibles.

Elle poussa un long soupir et fut parcourue d'un frisson. Allait-elle retrouver Tara dans cet état, rasée jusqu'au sol, silencieuse comme une morte ?

« Non, il ne faut pas que je pense à cela maintenant, se dit-elle en hâte. Il ne faut pas que je me laisse entraîner sur cette pente. Si j'y pense, toutes mes terreurs vont renaître. » Mais malgré elle, son cœur se mit à battre sur un rythme précipité et, à chaque battement, il lui sembla entendre, comme dans un roulement de tonnerre : « Vite, reviens chez toi ! Vite, reviens chez toi ! »

Il fallait se remettre en route, mais il fallait d'abord trouver de quoi manger et de quoi boire, de l'eau, surtout de l'eau. Elle secoua Prissy pour la réveiller. La négrillonne la regarda avec de grands yeux égarés.

– Mon Dieu, ma'ame Sca'lett, je comptais pas me 'éveiller sinon dans la te' p'omise.

– Tu en es loin, lui dit Scarlett en essayant de remettre un peu d'ordre dans sa coiffure.

Elle avait la figure moite et son corps était déjà trempé de sueur. Elle se sentait sale, visqueuse. Elle avait l'impression de sentir mauvais. Comme elle ne s'était pas déshabillée pour dormir, ses vêtements étaient tout froissés. Jamais elle n'avait éprouvé pareille fatigue, pareille sensation de malaise. Des muscles dont elle ne soupçonnait pas l'existence lui rappelaient douloureusement les efforts qu'elle avait fournis la nuit précédente et chaque mouvement lui causait une souffrance aiguë.

Elle regarda Mélanie et vit qu'elle avait ouvert les yeux. Elle avait des yeux de malade, brillants de fièvre et cernés de noir. Elle entrouvrit des lèvres gercées et murmura d'une voix implorante : « De l'eau. »

– Lève-toi, Prissy, ordonna Scarlett. Nous irons au puits et nous tirerons un peu d'eau.

– Mais, ma'ame Sca'lett, il doit y avoi' des fantômes pa' là. Et si quelqu'un est mo' pa' là ?

– Je m'en vais te changer en fantôme si tu ne sors pas de cette charrette, fit Scarlett qui n'était point en veine de discuter.

Elle-même descendit gauchement de la voiture et alors elle pensa au cheval. Grand Dieu ! Et s'il était mort pendant la nuit ! Lorsqu'elle l'avait dételé, il semblait sur le point de trépasser. Elle fit en courant le tour de la voiture et vit la bête étendue sur le flanc. Si jamais elle était morte, elle maudirait Dieu et mourrait elle aussi. Quelqu'un dans la Bible avait fait cela. Maudire Dieu et mourir. Elle savait exactement ce que cette personne avait dû ressentir. Mais le cheval était en vie. Il respirait avec peine, ses yeux malades à demi fermés, mais quoi ! il vivait encore. Allons, à lui aussi un peu d'eau ferait du bien.

Prissy sortit à contrecœur de la charrette tout en s'accompagnant de force gémissements et, pas trop rassurée, remonta l'allée à la suite de Scarlett. Derrière les ruines, les cases des esclaves, passées au lait de chaux, s'alignaient désertes et silencieuses sous les arbres. Entre les cases et les soubassements de la maison noircis par la fumée, elles trouvèrent le puits dont le treuil et son support étaient intacts. Le seau était descendu presque jusqu'au fond. À elles deux elles le remontèrent et lorsque, tout rempli d'une eau fraîche et scintillante, il émergea du trou sombre, Scarlett l'inclina sur ses lèvres et but à longs traits bruyants tout en s'éclaboussant.

Elle but jusqu'à ce qu'un impétueux : « Eh ben ! moi aussi j'ai soif » de Prissy lui rappelât l'existence des autres.

– Défais le nœud, porte le seau à la charrette et donne-leur un peu d'eau. Tu donneras le reste au cheval. Tu ne penses pas que Mme Mélanie devrait donner à téter au bébé ? Il doit mourir de faim.

– Seigneu' ! Ma'ame Melly elle a pas de lait, ma'ame Sca'lett, et… elle en au'a pas.

– Comment le sais-tu ?

– J'en ai t'op vu comme elle.

– Allons, ne fais donc pas d'embarras avec moi. Hier, tu n'étais pas tellement calée en fait de bébés. Presse-toi maintenant. Moi, je vais essayer de trouver quelque chose à manger.

À force de recherches, Scarlett finit par découvrir quelques pommes dans le verger. Les soldats étaient passés par là avant elle et il n'en restait plus sur les arbres. Celles qu'elle ramassa sur le sol étaient en partie pourries. Elle choisit les meilleures, en remplit un pan de sa jupe et fit demi-tour. La terre était molle et de petits cailloux pénétraient à l'intérieur de ses mules. Pourquoi diable n'avait-elle pas pensé à mettre des chaussures plus résistantes, la veille au soir ? Pourquoi n'avait-elle pas pris son chapeau de paille pour se protéger du soleil ? Pourquoi n'avait-elle pas emporté à manger ? Elle s'était comportée comme une insensée. Mais, bien entendu, elle avait cru que Rhett se serait occupé de tout.

Rhett! Elle cracha sur le sol, tant ce seul nom lui faisait horreur. Comme elle le détestait! Quelle conduite méprisable il avait eue! Et dire qu'elle était restée là au milieu de la route, à se laisser embrasser par lui et qu'elle avait failli trouver cela agréable. Elle avait dû avoir un accès de folie la nuit dernière. Quel être abject!

Lorsqu'elle revint, elle partagea les pommes en trois et jeta le reste dans la charrette. Le cheval s'était relevé, mais l'eau ne semblait guère l'avoir rafraîchi. En plein jour il offrait un spectacle plus affligeant encore que pendant la nuit. Ses hanches saillaient comme celles d'une vache usée par l'âge, ses côtes faisaient penser à une planche à laver, son dos n'était plus qu'une plaie. En l'attelant, Scarlett ne put s'empêcher de reculer de dégoût chaque fois qu'elle le toucha. Lorsqu'elle lui passa le mors, elle s'aperçut qu'il n'avait pratiquement plus de dents. Il était aussi vieux que les montagnes! Tant qu'à voler un cheval, Rhett aurait bien pu en voler un bon!

Elle grimpa sur le siège et frappa le dos de la bête de sa badine de noyer. Le cheval souffla et se mit en marche, mais une fois sur la route il avança si lentement que Scarlett pensa qu'elle n'aurait aucune peine à aller plus vite à pied! Oh! si seulement elle n'avait pas à s'occuper de Mélanie, de Wade, du bébé et de Prissy! Elle prendrait ses jambes à son cou et ne serait pas longue à rentrer chez elle! Mais oui, elle courrait tout le long du chemin et chaque pas la rapprocherait de Tara et de sa mère.

Tara ne devait pas être à plus d'une quinzaine de milles, mais au train où allait cette vieille haridelle, le voyage durerait bien toute la journée, car il faudrait s'arrêter fréquemment pour permettre au cheval de se reposer. Toute la journée! Elle parcourut du regard la route rouge qui scintillait entre les profondes ornières que les canons et les voitures d'ambulance avaient creusées. Il lui faudrait attendre des heures avant de savoir si Tara était encore debout et si Ellen y était toujours. Des heures avant de terminer sa randonnée sous le soleil de septembre.

Elle se retourna pour regarder Mélanie qui, allongée sur le dos, fermait ses yeux meurtris pour ne pas être aveuglée par le soleil. Alors Scarlett dénoua les brides de sa capeline et la lança à Prissy.

– Mets-lui ça sur la figure. Ça lui protégera les yeux, puis comme elle commençait déjà à sentir sur elle la morsure du soleil elle se dit: «Avant la fin de la journée j'aurai tellement de taches de rousseur que je ressemblerai à un œuf de pintade.»

Jamais auparavant elle ne s'était exposée au soleil sans chapeau ou sans voile, jamais elle n'avait manié les rênes ou les guides d'un cheval sans avoir enfilé une paire de gants pour protéger la peau blanche de ses mains creusées de petites fossettes. Et pourtant, elle était là en plein soleil, dans une charrette délabrée tirée par un cheval étique. Elle était sale, elle ruisselait de sueur, elle avait faim, elle était condamnée sans appel à cheminer péniblement comme une tortue à travers une campagne déserte. Il y avait à peine quelques semaines, elle menait une existence paisible, à l'abri de tout danger. Si peu de temps s'était écoulé depuis qu'elle-même, à l'exemple de chacun, avait pensé qu'Atlanta ne tomberait jamais, que la Géorgie ne serait jamais envahie. Mais le petit nuage qui, quelques mois plus tôt, s'était formé au Nord-Ouest, avait engendré une violente tempête, puis déchaîné un ouragan qui avait balayé tout ce qui constituait son univers, qui l'avait arrachée elle-même à sa vie douillette et l'avait laissée retomber au milieu de ce pays figé, désolé, hanté par des spectres.

Tara était-elle toujours debout? ou bien avait-elle été emportée, elle aussi, par le vent qui avait soufflé sur la Géorgie?

Elle fouetta le cheval épuisé et essaya de le faire aller plus vite. Les roues avaient du jeu et renvoyaient les fugitifs d'un côté à l'autre de la charrette comme des gens ivres.

La mort rôdait par là. En cette fin d'après-midi, sous les rayons du soleil déclinant, tous les champs, tous les bosquets dont Scarlett se souvenait si bien verdoyaient dans une immobilité, dans un calme sinistre qui remplissait de terreur le cœur de la jeune femme. Chaque maison vide, chaque demeure criblée d'obus devant lesquelles les fugitifs étaient passés ce jour-là, chaque cheminée lugubre dressée comme une sentinelle au-dessus de ruines noircies avaient augmenté ses terreurs. Depuis la nuit précédente, elle n'avait vu ni un être humain, ni un animal en vie. Des hommes et des chevaux morts, tous gisant au bord de la route, enflés, couverts de mouches, mais elle n'avait rien vu de vivant. Point de bestiaux couchés au loin dans les prés. Les oiseaux eux-mêmes ne chantaient pas, le vent n'agitait pas les arbres. Seuls le clic-clac épuisé du cheval et les faibles vagissements du bébé de Mélanie venaient rompre le silence.

La campagne semblait être sous l'empire d'un redoutable enchantement. Ou pire encore, pensa Scarlett en frissonnant. Elle évoquait le visage familier et chéri d'une mère qui, après les affres de l'agonie, a enfin retrouvé dans la mort sa beauté et sa sérénité. Elle eut l'impression que les bois jadis si amis étaient peuplés de fantômes. Des milliers d'hommes étaient tombés au cours de la bataille de Jonesboro. Ils étaient là dans ces bois hantés, où le soleil oblique de l'après-midi luisait d'un éclat surnaturel à travers les feuilles immobiles, amis et ennemis pêle-mêle, ils l'observaient dans sa charrette disloquée, ils la regardaient de leurs yeux aveuglés par le sang et la poussière rouge..., de leurs yeux vitreux, de leurs yeux horribles.

« Maman ! maman ! » murmura-t-elle. Si seulement elle pouvait parvenir jusqu'à Ellen ! Si seulement, par un miracle de Dieu, Tara était encore debout ! Elle remonterait la longue avenue plantée d'arbres, elle entrerait dans la maison, elle verrait le tendre visage de sa mère, elle sentirait de nouveau la caresse de ses mains douces et capables qui chassaient les frayeurs, elle se cramponnerait aux jupes d'Ellen, y enfouirait son visage. Sa mère saurait bien ce qu'il fallait faire. Elle empêcherait de mourir Mélanie et son bébé. Elle éloignerait tous les fantômes et les terreurs, rien qu'en faisant : « Chut ! chut ! » de sa voix tranquille. Mais sa mère était malade, elle se mourait peut-être.

Scarlett cingla la croupe du cheval. Il fallait aller plus vite ! Toute la journée la voiture s'était traînée le long de cette route qui n'en finissait pas. La nuit n'allait pas tarder à venir. Les fugitifs allaient rester seuls au milieu de cette désolation pareille à la mort. Scarlett serra les guides de ses mains pleines d'ampoules et en fouetta sauvagement le dos de la bête jusqu'à s'en faire mal au bras.

Si seulement elle pouvait atteindre Tara, se réfugier dans les bras d'Ellen, déposer son fardeau bien trop pesant pour ses jeunes épaules – cette femme qui agonisait, le bébé qui s'éteignait lentement, son garçon à elle presque mort de faim, la négresse apeurée, qui tous attendaient d'elle la force, le salut, tous lisaient sur son dos raidi un courage qu'elle ne possédait pas, une vigueur qui l'avait abandonnée depuis longtemps.

Le cheval harassé ne réagissait plus ni au fouet, ni aux guides, mais il se traînait, butait contre de gros cailloux et oscillait comme s'il allait tomber sur les genoux. Pourtant, à l'heure du crépuscule, les voyageurs entamèrent la dernière étape du voyage. Quittant le chemin qu'ils avaient emprunté jusqu'alors, ils tournèrent et s'engagèrent sur la grand-route. Tara n'était plus qu'à un mille !

On pouvait déjà voir se profiler la masse sombre de la haie de seringas qui indiquait le commencement de la propriété des MacIntosh. Un petit peu plus loin, Scarlett arrêta l'attelage en face de la longue avenue de chênes qui menait de la route à la demeure du vieil Angus MacIntosh. L'ombre s'épaississait et Scarlett eut beau fouiller du regard la double rangée d'arbres, elle ne distingua rien. Tout était noir. Pas une seule lumière ne brillait dans la maison ou dans les communs. À force d'écarquiller les yeux, elle finit cependant par entrevoir un spectacle qui lui était familier au cours de cette terrible journée. Pareilles à de gigantesques stèles funéraires, deux hautes cheminées dominaient le second étage en ruine et, au premier, des fenêtres qu'aucune lampe n'éclairait trouaient les murs comme des yeux vides.

– Eh là ! lança-t-elle de toutes ses forces. Eh là !

Folle de terreur, Prissy se cramponna à elle, et Scarlett, en se retournant, vit que ses yeux roulaient dans leurs orbites.

– N'appelez plus, ma'ame Sca'lett ! S'il vous plaît, n'appelez plus, murmura-t-elle d'une voix brisée. On sait pas ce qui va nous répond'.

« Mon Dieu, pensa Scarlett qu'un frisson parcourut. Mon Dieu, elle a raison. On ne sait pas ce qui peut sortir de cette maison. »

Elle secoua les guides, et l'attelage s'ébranla de nouveau. La vue de la demeure des MacIntosh avait anéanti le dernier espoir qui lui restait. La maison incendiée, en ruine, était aussi abandonnée que toutes les plantations devant lesquelles elle était passée ce jour-là. Tara ne s'élevait qu'à un demi-mille de là, sur la même route, en plein sur le chemin des armées. Tara devait être rasée jusqu'au sol, elle aussi ! Scarlett n'allait plus trouver que des briques noircies. Elle allait voir briller les étoiles à travers les décombres des murs. Ellen, Gérald, les petites, Mama, les nègres, tout le monde serait parti, parti Dieu seul savait où, et ce calme effrayant planerait sur ce qui restait de la plantation.

Pourquoi s'était-elle lancée dans cette expédition insensée ? C'était un défi à la raison, surtout avec Mélanie et son enfant. Il eût mieux valu mourir à Atlanta plutôt que de venir mourir au milieu des ruines muettes de Tara après avoir subi les tortures du soleil et d'un voyage dans une voiture démantibulée.

Mais Ashley lui avait confié Mélanie : « Veillez sur elle. » Oh ! ce jour merveilleux et déchirant où il l'avait embrassée avant de s'en aller à jamais. « Vous veillerez sur elle, n'est-ce pas ? C'est promis ? » Et elle avait promis. Pourquoi s'était-elle engagée ainsi, doublement liée maintenant qu'Ashley était parti ? Malgré son épuisement elle trouvait encore la force de haïr Mélanie, de détester le petit miaulement de son enfant, qui, de plus en plus faible, perçait encore le silence. Mais elle avait promis et désormais Mélanie et son fils dépendaient d'elle, au même titre que Wade et Prissy, et il fallait qu'elle luttât et se défendît pour eux jusqu'à ses dernières forces, jusqu'à son dernier souffle. Elle aurait pu les laisser à Atlanta, mettre Mélanie à l'hôpital et l'abandonner. Mais, si elle avait fait cela, elle n'aurait jamais pu se retrouver en présence d'Ashley, soit dans ce monde, soit dans l'autre, et lui dire qu'elle avait laissé sa femme et son fils mourir parmi des inconnus.

Oh ! Ashley ! Où était-il à cette heure-là, pendant qu'elle suivait avec tant de mal cette route hantée en compagnie de sa femme et de son enfant ? Était-il en vie ? Pensait-il à elle derrière les barreaux de sa prison de Rock Island ? Était-il mort de la variole depuis plusieurs mois ? Était-il en train de pourrir dans une longue fosse parmi des centaines de Confédérés ?

Les nerfs trop tendus de Scarlett faillirent céder lorsqu'elle perçut un bruit dans les broussailles non loin d'elle. Prissy poussa un hurlement et s'aplatit sur le plancher de la charrette sans égards pour le bébé. Mélanie s'agita faiblement et chercha son enfant de la main. Quant à Wade, trop épouvanté pour crier, il se mit à trembler de tous ses membres. Alors les buissons s'écartèrent en craquant sous le poids d'un animal massif et l'on entendit un sourd gémissement plaintif.

– Ce n'est qu'une vache, dit Scarlett d'une voix blanche. Trêve de sottises, Prissy. Tu as écrasé le bébé et tu as fait peur à Mme Melly et à Wade.

– C'est un fantôme, larmoya Prissy en se tortillant. Pivotant sur son siège, Scarlett brandit le rameau dont elle s'était servie en guise de fouet et en donna un coup sur le dos de Prissy. Elle était trop lasse, trop abattue par la peur pour tolérer la moindre faiblesse chez les autres.

– Relève-toi donc, imbécile, avant que je brise cette badine sur tes épaules, fit-elle.

Éperdue, Prissy releva la tête et, regardant par-dessus le rebord de la charrette, vit que c'était une vache, une bête blanche et rousse qui contemplait les voyageurs d'un air effrayé et suppliant. La vache poussa un nouveau gémissement comme si elle souffrait.

– Serait-elle blessée ? fit Scarlett. Elle ne beugle pas comme les autres vaches.

– Moi, j' c'ois qu'elle a t'op de lait et qu'elle voud'ait qu'on la t'aie, annonça Prissy, en recouvrant peu à peu son sang-froid. J' c'ois que c'en est une du t'oupeau des MacIntosh que les nèg' ils ont emmenée dans les bois et que les Yankees ils ont pas p'ise.

– Nous allons l'emmener avec nous, décida Scarlett sur-le-champ. Comme ça, nous aurons un peu de lait pour le bébé.

– Comment est-ce qu'on va emmener une vache avec nous aut', ma'ame Sca'lett ? Nous pouvons pas emmener de vache avec nous. Et puis, les vaches, quand on a t'op attendu pou' les t'ai', leu' mamelles elles enflent et elles éclatent. C'est pou' ça que celle-ci elle beugle.

– Puisque tu t'y connais si bien, tu vas retirer ton jupon. Tu le déchireras en deux et tu t'en serviras pour attacher la vache à l'arrière de la voiture.

– Ma'ame Sca'lett, vous savez bien que j'ai plus de jupon depuis un mois, et puis, si j'en avais un je voud'ais pou' 'ien au monde le donner à la vache. J'ai jamais aimé les vaches. J'ai une peu' bleue de ces bêtes-là.

Scarlett lâcha les guides et retroussa sa jupe. Son jupon garni de dentelles était la dernière parure élégante et intacte qu'elle possédât. Elle dénoua le cordon qui le serrait à la taille et fit glisser le jupon sur ses chevilles en tirant à pleines mains l'étoffe douce au toucher. Rhett lui avait apporté cette toile et ces dentelles de Nassau à bord du dernier bateau avec lequel il avait forcé le blocus, et il avait fallu à Scarlett une semaine entière pour confectionner ce vêtement de dessous. Elle l'empoigna résolument par l'ourlet, tira, secoua, mordit, jusqu'à ce que le tissu cédât et se déchirât sur toute la longueur. Elle poursuivit son œuvre avec acharnement et, après avoir transformé le jupon en plusieurs bandes, les noua bout à bout de ses doigts qui saignaient et tremblaient de fatigue.

– Passe-lui cela autour des cornes, ordonna-t-elle.

Mais Prissy se rebiffa.

– J'ai peu' des vaches, ma'ame Sca'lett. Je me suis jamais occupée des vaches. Moi je suis pas une nég'esse de fe'me. Moi je suis pou' se'vi' dans la maison.

– Tu n'es qu'une abrutie de négresse, voilà! et papa n'a jamais fait plus mauvais travail que le jour où il t'a achetée, déclara Scarlett d'un ton calme, trop épuisée pour se mettre en colère. Si jamais je peux encore me servir de mon bras, je te casserai mon fouet sur le dos.

Roulant de grands yeux, Prissy regarda d'abord sa maîtresse, puis la vache qui beuglait plaintivement. Scarlett lui paraissait la moins dangereuse des deux, elle se cramponna au rebord de la charrette et ne bougea pas.

Scarlett descendit maladroitement de son siège. À chacun de ses mouvements, ses muscles endoloris lui causaient une véritable torture. Prissy n'était pas la seule à avoir une «peu' bleue» des vaches. Les vaches, même les plus douces, lui avaient toujours paru redoutables, mais ce n'était pas le moment de se laisser aller à de petites frayeurs lorsque tant de dangers s'amoncelaient au-dessus de sa tête. Par bonheur, la vache était sociable. La douleur l'avait incitée à rechercher la compagnie des hommes et elle n'eut aucun geste menaçant quand Scarlett noua autour d'une de ses cornes l'extrémité du jupon déchiré. Elle fixa l'autre bout à l'arrière de la voiture du mieux que le lui permirent ses doigts meurtris. Alors, tandis qu'elle s'apprêtait à reprendre place sur le siège, une immense dépression l'assaillit et elle fut prise d'un étourdissement. Elle dut se retenir à un montant de la charrette pour ne pas tomber.

Mélanie ouvrit les yeux et, voyant Scarlett tout près d'elle, elle murmura : « Chérie... sommes-nous chez toi ? »

Chez toi ! Ce mot arracha à Scarlett des larmes brûlantes. Chez elle ! Mélanie ne savait pas qu'elles n'avaient plus de toit, qu'elles étaient toutes deux seules et abandonnées, au milieu d'un monde désolé, et frappé de folie.

– Pas encore, fit-elle d'une voix aussi douce que le lui permit sa gorge serrée à étouffer. Mais nous arriverons bientôt. Je viens de trouver une vache et nous n'allons pas tarder à avoir du lait pour toi et le bébé.

– Pauvre petit, fit Mélanie en essayant d'atteindre l'enfant.

Il fallut que Scarlett fît appel à toute son énergie pour remonter dans la voiture, mais enfin elle y parvint et reprit ses guides. Le cheval, la tête lamentablement baissée, refusa d'avancer. Scarlett le frappa sans aucune pitié. Elle se dit que Dieu lui pardonnerait de rosser un animal épuisé, et puis, s'Il ne lui pardonnait pas, ce serait le même prix ! Après tout, Tara n'était plus guère qu'à un quart de mille et, une fois arrivé, le cheval pourrait s'effondrer entre les brancards si le cœur lui en disait.

Finalement, la bête se remit lentement en route en traînant la voiture qui grinçait et la vache qui, à chaque pas, mugissait à fendre l'âme. Ses beuglements répétés crispèrent Scarlett au point qu'elle eut envie de s'arrêter et de rendre sa liberté à la malheureuse. Après tout, à quoi lui servirait une vache s'il n'y avait personne à Tara ? Elle était incapable de la traire et, même si elle y réussissait, l'animal enverrait sans doute des coups de pied à quiconque s'aviserait de toucher à ses pis douloureux. Mais elle avait la vache et elle pouvait aussi bien la garder. Désormais sa compagnie se réduisait à si peu de chose.

Lorsque les voyageurs atteignirent enfin le bas d'une petite côte, les yeux de Scarlett s'embuèrent de larmes. Là-haut, au sommet de la pente, c'était Tara. Alors son cœur se serra. Le cheval décrépit n'aurait jamais la force de remonter le coteau. Et dire qu'au temps où elle galopait sur sa jument légère elle s'était toujours ri de cette côte. Il lui semblait impossible qu'elle fût devenue si raide depuis la dernière fois qu'elle l'avait vue. Chargée comme était la voiture, le cheval ne parviendrait jamais jusqu'en haut.

Brisée de fatigue, elle mit pied à terre et tira la bête par la bride.
– Descends, Prissy, ordonna-t-elle. Prends Wade. Porte-le ou fais-le marcher. Laisse le bébé auprès de Mme Mélanie.
Wade éclata en sanglots et, au milieu de ses gémissements, Scarlett ne distingua seulement que quelques mots hachés : « Noir… noir… Wade a peur ! »
– Ma'ame Sca'lett, je peux pas ma'cher. Mes pieds ils ont des ampoules et ils passent à t'ave' mes souliers, et puis Wade il pèse t'o lou', et…
– Descends avant que je te fasse sortir de la charrette par la peau du cou. Et si c'est moi qui te sors, je te laisse ici toute seule dans le noir. Allons, vite.
Prissy n'arrêtait pas de se lamenter. Les yeux fixes, elle regardait les arbres sombres qui encadraient la route de chaque côté, les arbres qui risquaient de l'atteindre et de s'emparer d'elle pour peu qu'elle quittât le refuge de la charrette. Néanmoins elle allongea le bébé tout contre Mélanie, descendit à son tour et sortit Wade de la voiture. Le petit garçon sanglotait, cramponné à sa bonne.
– Fais-le taire. Je ne peux pas supporter ses cris, dit Scarlett en tirant le cheval par la bride et en le forçant à avancer malgré lui. Allons, Wade, sois un petit homme. Cesse de pleurer sans quoi je te donne une claque.
« Pourquoi Dieu a-t-il donc inventé les enfants ? pensa Scarlett qui, au même moment, faillit se tordre la cheville. Ils ne servent à rien, pleurent sans arrêt, ennuient tout le monde. Il faut sans cesse s'occuper d'eux. On les a tout le temps dans les jambes. » Elle était si épuisée qu'elle était incapable d'éprouver la moindre compassion pour l'enfant terrorisé qui trottinait à côté de Prissy tout en la tirant par la main et en reniflant.
– Ma'ame Sca'lett, chuchota Prissy après s'être agrippée au bras de sa maîtresse. Faut pas aller à Ta'a. Ils sont pas là. Ils sont tous pa'tis. Peut-êt' ils sont mo'… ma maman et tout le monde.
Furieuse d'entendre là l'écho de ses propres pensées, Scarlett se dégagea.
– Alors, donne-moi la main de Wade. Tu peux t'asseoir ici et y rester.
– Non, ma'ame ! Non, ma'ame !
– Alors, tais-toi !
Que le cheval avançait donc lentement ! L'écume de sa bouche coulait sur la main de Scarlett. Du fond de sa mémoire montèrent quelques bribes d'une chanson qu'elle avait jadis chantée avec Rhett… elle ne pouvait se rappeler la suite :

Quelques jours encore à ployer sous la lourde charge.

« Quelques pas encore, ne put-elle s'empêcher de fredonner, quelques pas encore à faire sous la lourde charge. »

Alors les voyageurs arrivèrent au sommet de la pente et, devant eux, se dressa la masse sombre des chênes de Tara. Scarlett chercha avidement une lumière des yeux. Il n'y en avait pas !

« Ils sont partis, se dit-elle, le cœur glacé. Partis. »

Tirant le cheval par la bride elle s'engagea dans l'avenue, et les cèdres, joignant leurs branches au-dessus des fugitifs, les aidèrent à se fondre dans les ténèbres de la mi-nuit. Fouillant le long tunnel obscur, les yeux brûlants à force de scruter l'ombre, Scarlett vit devant elle... mais voyait-elle réellement ? Ses yeux fatigués ne la trompaient-ils pas ?... elle vit, ternes et indistinctes, les briques blanches de Tara. Sa maison ! Sa maison ! Les chers murs blancs, les fenêtres aux rideaux palpitants, les larges vérandas... était-ce bien tout cela qu'elle distinguait devant elle, là-bas dans l'obscurité ? Ou bien la nuit charitable lui cachait-elle l'horrible spectacle que lui avait offert la plantation des MacIntosh ?

L'avenue de cèdres semblait n'en plus finir, et le cheval avançait de moins en moins vite. Scarlett fouillait éperdument les ténèbres. Le toit avait l'air intact. Était-ce possible... était-ce possible... ? Non, ce n'était pas possible. La guerre ne respectait rien, pas même Tara, construite pour durer cinq cents ans. Elle ne pouvait pas avoir épargné Tara.

Alors les contours noyés d'ombres se précisèrent. Scarlett tira plus fort sur la bride du cheval. On voyait maintenant les murs blancs. La fumée ne les avait pas noircis. Tara était épargnée ! Sa maison. Scarlett lâcha la bride et franchit en courant les derniers mètres qui la séparaient de chez elle. Elle bondit. Elle aurait voulu serrer les murs blancs entre ses bras. Tout d'un coup, elle vit une forme confuse émerger de l'obscurité et s'approcher des marches de la véranda. Tara n'était pas déserte. Il y avait quelqu'un chez elle !

Un cri de joie allait lui échapper, mais il s'étrangla dans sa gorge. La maison était si sombre, si calme et la silhouette sous la véranda demeurait immobile. Que se passait-il donc ? Tara était intacte, pourtant elle semblait elle aussi être drapée dans ce linceul qui recouvrait de son calme sinistre la campagne frappée de mort. Alors la silhouette bougea. Lentement, péniblement, un homme descendit les marches de la véranda.

– Papa ? interrogea Scarlett d'une voix enrouée par l'émotion, car elle ne savait même plus si c'était bien son père. C'est moi... Katie Scarlett. Me voilà revenue.

Traînant avec difficulté sa jambe raide, Gérald, muet, comme un somnambule, se dirigea vers Scarlett. Il arriva tout près d'elle, la regarda d'un air hébété comme s'il la voyait en rêve. Puis il lui posa la main sur l'épaule. Scarlett sentit trembler ses doigts comme si l'on venait d'arracher Gérald à un cauchemar et qu'il n'eût pas tout à fait conscience de la réalité.

– Ma fille, dit-il avec un effort. Ma fille.

Alors il se tut.

« Mais… Mais, c'est un vieillard ! » pensa Scarlett.

Sur son visage qu'elle distinguait confusément, il n'y avait plus rien de cette virilité, de cette vitalité débordante qui, jadis, faisaient Gérald, et ses yeux avaient presque la même expression d'épouvante que ceux de Wade. Gérald n'était plus qu'un petit vieux cassé, aux épaules tombantes.

Et maintenant, la crainte de l'inconnu s'emparait de Scarlett, se jetait sur elle comme si elle s'était tapie dans l'obscurité et l'avait guettée. Incapable de faire un geste, Scarlett se contentait de regarder fixement son père. Ses lèvres retenaient prisonnier le flot de questions qu'elle aurait voulu poser.

De la charrette monta de nouveau le faible vagissement du bébé et Gérald parut sortir de sa torpeur au prix d'un grand effort.

– C'est Mélanie et son petit, murmura Scarlett. Mélanie est très malade… je l'ai ramenée à la maison.

Gérald retira la main de l'épaule de sa fille et se redressa un peu. Tandis qu'il s'approchait à pas lents de la voiture, on aurait pu le prendre pour le fantôme de l'ancien maître de maison de Tara se portant au-devant de ses invités. Et, quand il parla, on eût dit qu'il empruntait ses mots à des souvenirs obscurcis par le temps.

– Cousine Mélanie !

Mélanie bredouilla quelque chose qu'on n'entendit pas.

– Cousine Mélanie, vous êtes ici chez vous. Les Douze Chênes sont en cendre. Vous allez être obligée d'habiter avec nous.

À la pensée du long martyre qu'endurait Mélanie, Scarlett retrouva toute son activité. Elle était de nouveau aux prises avec le présent, avec la nécessité de coucher Mélanie et son enfant dans un bon lit, de faire pour eux deux ces mille choses qui étaient nécessaires.

– Il faut la porter. Elle ne peut pas marcher.

On entendit un bruit de pas précipités et une forme sombre se profila sous la véranda enténébrée. Pork descendit l'escalier en courant.

– Ma'ame Sca'lett ! Ma'ame Sca'lett ! s'écria-t-il.

Scarlett le prit par les deux bras. Pork, ce Pork qui faisait partie intégrante de Tara, qui était aussi cher à Scarlett que les briques des murs et les couloirs frais. Elle sentit ses larmes couler sur ses mains et il n'arrêtait pas de lui donner de petites tapes maladroites dans le dos et de s'écrier : « Pou' sû', j' suis heu'eux que vous soyez 'evenue ! Pou' sû'... »

Prissy éclata en sanglots et se mit à marmonner des phrases incohérentes. « Po'k ! Po'k ! mon ché'i. » Alors, le petit Wade, encouragé par la faiblesse de ses aînés, commença à dire en reniflant : « Wade a soif ! »

Enfin Scarlett prit tout son monde en main.

– Mme Mélanie est dans la charrette avec son bébé. Pork, tu vas la monter au premier avec beaucoup de précautions et tu la coucheras dans la chambre d'amis qui donne sur le jardin derrière. Prissy, prends le bébé, fais rentrer Wade et donne-lui un verre d'eau. Est-ce que Mama est là, Pork ? Dis-lui que j'ai besoin d'elle.

Galvanisé par le ton autoritaire de Scarlett, Pork s'approcha de la charrette et, après avoir tâtonné quelques instants, rabattit le dossier. Mélanie laissa échapper un gémissement au moment où Pork l'assit à demi pour la soulever du matelas sur lequel elle avait passé tant d'heures. Alors elle se retrouva dans les bras solides du nègre, la tête posée sur son épaule comme un enfant. Prissy portant le bébé et tirant Wade par la main monta avec eux l'escalier et disparut dans le vestibule obscur.

De ses doigts en sang, Scarlett chercha fiévreusement la main de son père.

– Vont-elles bien, papa ?

– Les petites se remettent.

Le silence retomba et une idée trop monstrueuse pour se traduire par des mots commença à s'ébaucher dans l'esprit de Scarlett. Non, elle ne pouvait pas exprimer cette pensée, les paroles n'auraient pas franchi ses lèvres. Elle essaya quand même, mais on eût dit que les parois de sa gorge s'étaient subitement desséchées et collées l'une contre l'autre. Était-ce donc là l'explication de l'effrayante énigme du silence de Tara ? Comme s'il avait voulu répondre à la question qui la hantait, Gérald se mit à parler.

– Ta mère... fit-il, et il s'arrêta.

– Et... maman ?

– Ta mère est morte hier.

Le bras de son père étroitement serré sous le sien, Scarlett traversa le large vestibule qui, malgré l'obscurité, lui était aussi familier que ses propres pensées. Elle évita les chaises au dossier élevé, le râtelier vide de fusils, le vieux buffet dont les pieds en forme de pattes griffues saillaient dangereusement et, d'instinct, elle se sentit attirée vers le petit bureau où Ellen passait son temps à faire des comptes. Lorsqu'elle entrerait, sa mère serait sûrement assise devant son secrétaire. Elle relèverait la tête, poserait sa grosse plume d'oie et quitterait sa chaise pour aller au-devant de sa fille épuisée dans un frou-frou de jupes discrètement parfumées. Ellen ne pouvait pas être morte malgré ce que papa n'avait cessé de répéter comme un perroquet qui ne sait qu'une seule phrase:
«Ellen est morte hier… elle est morte hier.»
Elle était surprise de n'éprouver aucune émotion, de ne rien ressentir en dehors d'une fatigue qui lui paralysait les membres comme de lourdes chaînes de fer et d'une fringale qui lui faisait trembler les genoux. Elle penserait à sa mère plus tard. Pour le moment, il fallait coûte que coûte qu'elle bannît Ellen de son esprit sans quoi elle allait se mettre à bredouiller stupidement comme Gérald ou à sangloter sans arrêt comme Wade.
Pork descendit l'escalier dans le noir et rejoignit le père et la fille. Pareil à un animal transi qui recherche un bon feu, il avait hâte de se retrouver tout près de Scarlett.
– On ne peut donc pas avoir de lumière? interrogea celle-ci. Pourquoi fait-il aussi sombre dans la maison. Pork? Apportez les bougies.
– Ils ont p'is toutes les bougies, ma'ame Sca'lett, toutes sauf une dont on s'est se'vi pou' s'éclai'er un peu et elle est p'esque finie. Mama elle s'est se'vie d'un bout de chiffon t'empé dans de la g'aisse de cochon pou' soigner mam'zelle Ca'een et mam'zelle Suellen.
– Apporte ce qui reste de la bougie, ordonna Scarlett. Apporte-la dans le bureau de maman… oui, dans le bureau.
Pork passa dans la salle à manger et Scarlett, avançant à tâtons, pénétra dans la petite pièce toute noire où elle alla se jeter sur le sofa. Son père ne lui avait pas lâché le bras. À la pression de sa main implorante et confiante, comme seules savent l'être les mains des êtres très jeunes ou très vieux, elle devinait sa détresse.
«C'est un vieillard, un vieillard fatigué», se dit-elle de nouveau tout en s'étonnant de prendre la chose avec tant d'indifférence.
Pork entra avec une bougie à demi consumée, fichée sur une soucoupe, et une clarté vacillante emplit la pièce. Tout parut renaître à la vie. Le vieux sofa affaissé sur lequel Gérald et Scarlett étaient

assis, le grand secrétaire, le fauteuil d'Ellen, finement travaillé, les rangées de casiers encore remplis de papiers portant trace de sa belle écriture, le tapis usé... tout était bien là, sauf Ellen, Ellen avec son léger parfum de citronnelle et le doux regard de ses yeux un peu bridés. Scarlett ressentit une douleur sourde au cœur, comme si ses nerfs, engourdis sous le coup d'une blessure trop vive, s'efforçaient peu à peu de reprendre leur rôle. Il ne fallait pour rien au monde qu'elle les laissât faire, elle avait toute la vie devant elle pour souffrir. Mais pas maintenant! «Mon Dieu, je vous en prie, pas maintenant!»

Elle regarda Gérald dont le visage, jadis vermeil, avait pris une teinte mastic et, pour la première fois, elle vit les joues de son père couvertes de poils argentés qu'il n'avait pas pris soin de raser. Pork plaça la bougie dans un chandelier et s'approcha de Scarlett. La jeune femme eut l'impression que s'il avait été un chien il serait venu poser son museau sur ses genoux et aurait jappé jusqu'à ce qu'elle lui caressât la tête.

– Pork, combien y a-t-il de noirs ici?

– Ma'ame Sca'lett, mes maudits nèg' ils se sont sauvés et quelques-uns ils sont pa'tis avec les Yankees et...

– Combien en reste-t-il?

– Y a moi, ma'ame Sca'lett, et puis Mama. Elle a soigné les jeunes demoiselles toute la jou'née. Y a Dilcey aussi. Maintenant, elle est aup'ès de ces demoiselles. Y a nous t'ois, ma'ame Sca'lett.

«Nous trois», alors qu'autrefois il y en avait une centaine. Scarlett eut du mal à relever la tête tant son cœur lui faisait mal. Il ne fallait pas que sa voix trahît son émotion. Elle prit sur elle, mais à sa grande surprise, elle parla d'un ton aussi détaché, aussi naturel que s'il n'y avait pas eu de guerre, qu'elle n'eût à faire qu'un simple geste de la main pour voir accourir auprès d'elle une dizaine de serviteurs.

– Pork, je meurs de faim. Y a-t-il quelque chose à manger?

– Non, ma'ame. Ils ont tout empo'té.

– Mais le jardin?

– Ils ont lâché leu' chevaux dedans.

– Il n'y a même plus d'ignames?

Une sorte de sourire amusé se dessina sur les lèvres charnues du noir.

– Ma'ame Sca'lett. J'oublie pas les ignames, j'espè' qu'il y en a toujou'. Ces Yankees de maleu' ils en ont jamais vu et ils s' figu' que ce sont juste des 'acines et...

– La lune va bientôt se lever. Tu iras nous en chercher et tu les feras rôtir. Il n'y a pas de maïs? Pas de pois secs? Pas de poulets?

– Non, ma'ame. Non. Les poulets qu'ils ont pas mangés ils les ont empo'tés su' leu' selle.

« Ils... ils... ils... », il n'y avait donc pas de terme à leurs méfaits ? Ça ne leur suffisait donc pas d'incendier et de tuer ? Leur fallait-il donc laisser périr de faim des femmes, des enfants et des nègres sans défense dans un pays qu'ils avaient dévasté ?

– Ma'ame Sca'lett, j'ai aussi des pommes que Mama a ente'ées sous la maison. C'est de ça qu'on a vécu aujou'd'hui.

– Apporte-les avant d'aller chercher les ignames. Et puis, Pork... je... je me sens si faible, est-ce qu'il y a encore du vin dans la cave ?

– Oh ! ma'ame Sca'lett, la cave, c'est le premier end'oit où ils sont allés.

La faim, le manque de sommeil, l'épuisement, tous les chocs qu'elle avait reçus contribuèrent soudain à donner à Scarlett une violente nausée. Instinctivement, elle se cramponna à l'accoudoir du sofa qui représentait des roses sculptées à même le bois.

– Pas de vin, dit-elle d'une voix sourde en se rappelant les interminables rangées de bouteilles dans la cave.

Alors un autre souvenir lui revint.

– Pork, et ce whisky de maïs que papa a enterré dans un fût de chêne sous l'orme ?

De nouveau l'ombre d'un sourire éclaira le visage noir qui prit une expression d'admiration respectueuse.

– Ma'ame Sca'lett, vous en avez une mémoi' ! Moi non plus j'oublie pas le fût. Mais ma'ame Sca'lett, ce whisky il est pas bon. Il est là que depuis un an et puis d'ailleu' le whisky c'est pas bon pou' les dames.

Que les nègres étaient donc stupides ! Ils ne pensaient à rien par eux-mêmes. Il fallait toujours leur mettre les points sur les i. Et dire que les Yankees voulaient les affranchir !

– Je m'en contenterai et papa aussi. Allons vite, Pork. Déterre cette barrique, apporte-nous deux verres, de la menthe et du sucre et je vais préparer un julep[1].

– Mais, ma'ame Sca'lett, fit Pork sur un ton de reproche, vous savez y a plus de suc' à Ta'a depuis longtemps. Et puis, leu' chevaux ils ont mangé toute la menthe et eux ils ont cassé tous les ve'.

« Si Pork dit encore une fois "Ils" je me mets à crier, ce sera plus fort que moi », se dit Scarlett ; puis, à haute voix, elle poursuivit : « Allons vite, va nous chercher ce whisky. Nous le boirons tel quel. » Enfin, comme le domestique tournait les talons, elle ajouta : « Attends, Pork. J'ai beau ne pas avoir l'air d'y penser, il y a tant de choses à faire...

1. Breuvage très populaire au Sud des États-Unis *(N.d.T.)*.

Oh ! si. J'ai ramené un cheval et une vache. La vache a grand besoin qu'on la traie. Tu dételleras aussi le cheval et tu lui donneras à boire. Va dire à Mama de s'occuper de la vache. Dis-lui qu'il faut absolument qu'elle la traie. Le petit de Mme Mélanie va mourir si on ne lui donne rien à manger et…

– Ma'ame Melly elle… elle a pas de… ?

Pork s'arrêta par délicatesse.

– Non, Mme Mélanie n'a pas de lait.

Quelle conversation, mon Dieu ! Si sa mère l'avait entendue, elle se serait sûrement évanouie !

– Eh bien ! ma'ame Sca'lett, Dilcey elle va pouvoi' allaiter l'enfant de ma'ame Melly. Dilcey elle vient d'avoi' un aut' enfant et elle au'a bien assez de lait pou' deux.

– Tu as un autre enfant, Pork ?

Des enfants, des enfants, toujours des enfants. Pourquoi le bon Dieu en faisait-il tant ? Mais non, ce n'était pas le bon Dieu qui en faisait, c'étaient les imbéciles.

– Oui, ma'ame, un g'os ga'çon tout noi'. Il…

– Va dire à Dilcey de laisser les petites. Je m'en chargerai. Dis-lui de s'occuper du bébé de Mme Mélanie et de faire tout ce qu'elle pourra pour Mme Melly. Va dire à Mama de s'occuper de la vache et de conduire ce pauvre cheval à l'écurie.

– Y a plus d'écu'ie, ma'ame Sca'lett. Ils l'ont démolie pou' fai' du feu.

– Cesse de me raconter ce qu'« ils » ont fait. Tu m'entends ? Allons, Pork, va nous chercher ce whisky et des ignames.

– Mais ma'ame Sca'lett, j'ai pas de lumiè' pou' c'euser la tè'.

– Tu peux te servir d'une torche, voyons ?

– Y a plus de to'ches, ils…

– Fais quelque chose… n'importe quoi, je m'en moque. Mais arrache-moi ces ignames et en vitesse. Allez, ouste…

Pork s'esquiva. La fille et le père restèrent seuls. Scarlett posa doucement la main sur la jambe de Gérald. Elle remarqua combien ses cuisses jadis si musclées par le cheval avaient maigri. Il fallait absolument qu'elle trouvât un moyen de le sortir de son apathie… en tout cas, elle ne pouvait pas l'interroger sur sa mère. Cela viendrait plus tard, quand elle en aurait la force.

– Pourquoi n'ont-ils pas brûlé Tara ?

Gérald regarda fixement, comme s'il n'entendait pas et elle dut répéter sa question.

– Pourquoi… ? (Il chercha ses mots.) Ils avaient établi leur quartier général ici.

– Des Yankees… dans cette maison ?
Elle eut l'impression qu'on avait profané ces murs qu'elle aimait tant. Cette maison, devenue sacrée, parce qu'Ellen y avait vécu, et ces gens-là… ces gens-là y habitant.
– C'est bien ça, ma fille, ils sont venus s'installer ici. Avant leur arrivée, nous avons vu brûler les Douze Chênes, par-delà la rivière, mais comme Mlle Honey et Mlle India s'étaient réfugiées à Macon avec quelques nègres, nous ne nous sommes pas fait trop de mauvais sang. Malheureusement, nous, nous ne pouvions pas aller à Macon… Les petites étaient si malades… ta mère… nous ne pouvions pas partir. Les nègres ont pris la clé des champs… Je ne sais pas où ils sont allés. Ils ont volé les charrettes et les mules. Mama, Dilcey et Pork… eux, ne se sont pas sauvés. Les petites… ta mère… ils ne voulaient pas.
« Non, non. » Il ne fallait pas qu'il lui parlât de sa mère. N'importe quoi, mais pas ça. Il pouvait même lui raconter que le général Sherman s'était servi du petit bureau d'Ellen, mais il ne fallait pas qu'il se mît à parler d'elle.
– Les Yankees se rendaient à Jonesboro pour couper la ligne du chemin de fer. Ils sont venus de la vallée, ils ont monté la route… des milliers et des milliers… et des canons et des chevaux… des milliers. Je les ai attendus sous la véranda.
« Oh ! l'héroïque petit Gérald ! » se dit Scarlett le cœur gonflé par l'émotion. Gérald se portant au-devant de l'ennemi, l'attendant au haut du perron de Tara comme s'il avait toute une armée derrière lui.
– Ils m'ont donné l'ordre de m'en aller, parce qu'ils allaient incendier la maison. Alors je leur ai dit qu'il faudrait me brûler avec. Nous ne pouvions pas partir… les petites… ta mère étaient…
– Et alors ?
Fallait-il donc qu'il revînt toujours à Ellen ?
– Je leur ai dit que nous avions des malades… la fièvre typhoïde… que ce serait leur mort si on les levait. Qu'ils mettent le feu à la maison avec nous dedans, mais rien ne me ferait partir… quitter Tara…
La dernière syllabe traîna, sa voix s'éteignit. Il parcourut les murs d'un air absent et Scarlett comprit. Trop d'ancêtres irlandais se pressaient derrière Gérald, trop d'hommes qui étaient morts sur quelques arpents de terre, qui s'étaient battus jusqu'à leur dernier souffle plutôt que de quitter la maison où ils avaient vécu, où ils avaient aimé, où ils avaient vu naître leurs fils.
– Je leur ai dit que, s'ils brûlaient la maison, ils brûleraient en même temps trois femmes qui se mouraient. Mais nous ne partirions pas. Le jeune officier était… oui, c'était un gentleman.

– Un gentleman, un Yankee ? Voyons, papa !
– Un gentleman. Il a fait faire demi-tour à son cheval, il est parti au galop et il n'a pas tardé à revenir avec un capitaine, un chirurgien, qui a examiné les petites… et ta mère.
– Vous avez laissé un sale Yankee entrer dans leur chambre ?
– Il avait de l'opium. Nous, nous n'en avions pas. Il a sauvé tes sœurs. Suellen avait une hémorragie. Il a fait tout ce qui était en son pouvoir. Quand il a dit à ses chefs qu'il y avait des… des malades… ils n'ont pas brûlé la maison. Un général est venu s'installer ici avec ses officiers… beaucoup de monde. Ils ont rempli toutes les chambres, sauf celles des malades. Et les soldats…
Il s'arrêta de nouveau comme s'il était trop fatigué pour continuer. Son menton couvert d'une barbe de plusieurs jours retomba lourdement sur sa poitrine. Puis il se remit à parler avec effort.
– Ils ont campé tout autour de la maison, partout, dans les champs de coton, dans les champs de maïs. Les prés étaient bleuis par leurs uniformes. Cette nuit-là on vit briller un millier de feux de bivouac. Ils ont abattu les clôtures, ils les ont brûlées pour faire la cuisine, ils ont brûlé aussi les étables et les écuries. Ils ont tué les vaches, les cochons, les poulets… même les pintades. (Les précieuses pintades de Gérald.) Ils ont emporté des tas de choses, même les tableaux… quelques meubles… la vaisselle…
– L'argenterie ?
– Pork et Mama avaient dû s'occuper de l'argenterie… la mettre dans le puits… mais je ne me rappelle plus. Alors, c'est d'ici qu'ils sont partis se battre… de Tara… ça faisait tant de bruit… les galopades de chevaux, les hommes qui allaient et venaient. Et plus tard le canon à Jonesboro… on aurait dit le tonnerre… même les petites pouvaient l'entendre, malades comme elles étaient, et elles n'arrêtaient pas de me demander : « Papa, faites donc cesser le tonnerre. »
– Et… et maman ? Savait-elle qu'il y avait des Yankees dans la maison ?
– Elle… elle n'a rien su.
« Dieu soit loué, pensa Scarlett. Cette épreuve a été épargnée à maman. Maman n'a jamais su, n'a jamais entendu les ennemis dans les chambres du bas, elle n'a jamais entendu tonner le canon à Jonesboro, elle n'a jamais appris que la terre qui lui tenait tant au cœur était sous la botte des Yankees. »
– Je n'en ai pas vu beaucoup, car je restais tout le temps en haut avec les petites et avec ta mère. J'ai vu surtout le jeune chirurgien. Il a été gentil, si gentil, Scarlett. Après avoir travaillé toute la journée auprès des blessés, il venait s'asseoir au chevet de nos malades. Il

nous a même laissé quelques médicaments. Au moment du départ, il m'a dit que les petites se rétabliraient, mais que ta mère... il m'a dit qu'elle était si fragile... trop fragile pour résister au mal. Il m'a dit qu'elle avait miné ses forces...

Au milieu du silence qui suivit, Scarlett évoqua sa mère telle qu'elle avait dû être au cours des dernières semaines de sa vie... s'épuisant à la tâche, soignant, travaillant, se privant de sommeil et de nourriture afin que les autres pussent manger et dormir.

– Et alors ils sont partis. Oui, ils sont partis.

Il se tut pendant un long moment et chercha la main de sa fille.

– C'est moi qui suis heureux que tu sois revenue, fit-il simplement.

On entendit une sorte de grattement à l'arrière de la maison. Entraîné depuis quarante ans à essuyer ses pieds avant d'entrer, Pork n'oubliait pas ses bonnes habitudes. Il entra, précédé d'une forte odeur d'alcool. À la main, il tenait deux gourdes.

– J'en ai 'enve'sé beaucoup, ma'ame Sca'lett. C'est 'udement du' de 'empli' une gou'de au t'ou d'un tonneau.

– Ça n'a aucune importance, Pork, merci.

Elle prit l'une des gourdes toute mouillée et, les narines frémissantes, elle renifla l'odeur qui l'écœurait.

– Buvez cela, père, dit-elle.

Gérald obéit comme un enfant et se mit à boire à longs traits bruyants. Scarlett demanda à Pork la seconde gourde qui contenait de l'eau et la tendit à Gérald, mais celui-ci secoua la tête.

À son tour elle porta la gourde de whisky à ses lèvres. Gérald suivit son geste. Scarlett comprit qu'il était un peu choqué.

– Je sais bien que les dames ne boivent pas d'alcool, fit-elle, mais ce soir je ne suis pas une femme comme il faut, papa, et j'ai encore beaucoup à faire.

Elle poussa un soupir et but une rapide gorgée. Elle sentit une brûlure à la gorge, puis à l'estomac. Elle étouffa, des larmes lui montèrent aux yeux. Elle poussa un nouveau soupir et recommença à boire.

– Katie Scarlett, fit Gérald, en voilà assez.

C'était la première fois depuis son retour que Scarlett l'entendait parler d'un ton autoritaire.

– Tu n'es pas habituée à l'alcool, ça va te griser.

– Griser ? (Elle rit d'un rire qui lui parut horrible.) Griser ? J'espère que ça va m'enivrer. Je voudrais m'enivrer et oublier tout.

Elle continua de boire. Une douce chaleur se répandit bientôt dans ses veines, dans tout son corps, allant même jusqu'à lui faire éprouver un léger picotement au bout des doigts. Qu'il était bon ce feu qui s'allumait en elle, quelle sensation exquise il procurait. Il semblait pénétrer son cœur enfermé pourtant dans une carapace glacée. Ses forces revenaient au galop. Devant l'expression intriguée et gênée de Gérald, Scarlett caressa de nouveau le genou de son père et s'efforça de retrouver le sourire mutin qu'il aimait jadis.

– Comment est-ce que ça me rendrait grise, papa ? Je suis votre fille. N'ai-je pas hérité la tête la plus solide du comté de Clayton ?

Un semblant de sourire éclaira le visage las. Le whisky agissait également sur Gérald. Scarlett lui rendit la gourde.

– Buvez encore un peu, puis nous monterons et j'irai vous mettre au lit.

Elle s'arrêta net. Voyons, c'était exactement de cette façon qu'elle parlait à Wade... elle n'avait pas le droit de s'adresser ainsi à son père. C'était un manque de respect. Mais Gérald était suspendu à ses lèvres.

– Oui, j'irai vous mettre au lit, reprit Scarlett d'un ton badin. Je vous donnerai encore à boire... peut-être le reste de la gourde, et vous vous endormirez. Vous avez besoin de sommeil et Katie Scarlett est là. Ne vous occupez pas de moi. Buvez.

Il obéit. Alors, passant son bras sous le sien, Scarlett l'aida à se relever.

– Pork...

Pork prit la gourde d'une main et le bras de Gérald de l'autre. Scarlett s'empara de la chandelle dont la flamme vacillait et tous trois, après avoir traversé le vestibule obscur, s'engagèrent dans l'escalier.

La chambre où Suellen et Carreen se tournaient et se retournaient sur le même lit était empuantie par l'odeur du chiffon tortillé en forme de mèche qui baignait dans une soucoupe de graisse de porc et constituait la seule lumière de la pièce. Lorsqu'elle ouvrit la porte, Scarlett faillit s'évanouir tant l'atmosphère lourde de la chambre, dont toutes les fenêtres se trouvaient fermées, était viciée non seulement par les énormes relents de graisse, mais par toutes les senteurs et les odeurs de médicaments qui flottent autour des malades. Les docteurs avaient beau déclarer qu'il ne fallait jamais renouveler l'air dans une chambre de malade sous peine de s'exposer aux plus graves dangers, Scarlett se dit que s'il lui fallait rester là elle aurait de l'air frais ou bien elle rendrait l'âme. Elle ouvrit les trois fenêtres et aussitôt elle sentit le parfum du sol et des feuilles de chêne, mais un peu d'air frais ne pouvait guère dissiper les odeurs nauséabondes qui s'étaient accumulées pendant des semaines dans la chambre calfeutrée.

Émaciées et blafardes, Carreen et Suellen dormaient d'un sommeil agité. Elles se réveillèrent soudain, ouvrirent de grands yeux effarés et se mirent à marmonner des phrases incohérentes. Elles étaient toutes deux allongées dans le grand lit à baldaquin où elles s'étaient jadis raconté tant de choses en des jours plus heureux. Dans un coin de la pièce se dressait un lit vide, un lit de style Empire qu'Ellen avait apporté de Savannah. C'était là qu'on avait couché Ellen.

Scarlett s'assit au chevet des deux petites qu'elle contempla d'un œil stupide. Le whisky tombant sur son estomac trop longtemps à jeun se mettait à lui jouer des tours. Parfois ses sœurs semblaient se reculer très loin, devenir minuscules et leurs propos incohérents montaient jusqu'à elle comme un bourdonnement d'insectes. Parfois elles grandissaient à vue d'œil et se précipitaient sur elle à une vitesse de bolide. Elle était fatiguée, fatiguée à en mourir. Elle se sentait capable de se poser n'importe où et de dormir pendant des jours.

Si seulement elle pouvait s'étendre et dormir, puis s'éveiller tandis qu'Ellen lui secouerait gentiment le bras et dirait: «Il est tard, Scarlett. Il ne faut pas être aussi paresseuse.» Mais cela n'arriverait plus jamais. Si seulement Ellen était là, ou même quelqu'un de plus âgé qu'elle, une personne plus raisonnable et moins lasse, avec qui elle pourrait s'abandonner. Quelqu'un… des genoux pour poser sa tête, des épaules pour se décharger de son fardeau.

La porte s'ouvrit doucement et Dilcey entra, serrant le bébé de Mélanie sur sa poitrine, la gourde de whisky à la main. À la lueur fumeuse et incertaine de la lampe improvisée, elle parut à Scarlett plus mince que lorsqu'elle l'avait vue pour la dernière fois et sur son visage se lisait plus distinctement l'ascendance indienne. Les pommettes saillaient davantage, le nez en bec d'aigle était plus busqué et la peau couleur de cuivre avait un reflet plus vif. Le corsage de sa robe de calicot déteint était ouvert et l'on voyait nue sa grosse poitrine bronzée. Tout contre elle l'enfant de Mélanie pressait goulûment ses lèvres pâles comme un bouton de rose contre le mamelon noir, et, pareil à un jeune chat blotti dans la fourrure tiède du ventre de sa mère, il tétait en grattant de ses petits doigts la peau douce du sein.

Scarlett se releva d'un geste mal assuré et posa la main sur le bras de Dilcey.

– C'est bien de nous être restée, Dilcey.

– Comment j'aurais pu m'en aller avec ces sales nèg', ma'ame Sca'lett, ap'ès que vot' papa il a eu la bonté de nous acheter, ma P'issy et moi, et que vot' maman elle a été si gentille ?
– Assieds-toi, Dilcey. Le bébé peut bien téter comme ça, n'est-ce pas ? Comment va Mme Mélanie ?
– Pou' l'enfant, y a 'ien de g'ave, sauf qu'il a faim et moi j'ai ce qui faut pou' un enfant affamé. Non, ma'ame, ma'ame Mélanie elle va t'ès bien. Elle va pas mou'i', ma'ame Sca'lett. Faut pas vous fai' de tou'ment. J'en ai t'op vu comme ça des blanches et des noi' ! Elle est bien fatiguée, et ne'veuse et elle a peu' pou' son bébé. Moi je l'ai calmée et je lui ai donné un peu de ce qui 'estait dans la gou'de, alo' elle s'est endo'mie.
Ainsi le whisky de maïs avait servi à toute la famille. Scarlett se demanda si elle n'aurait pas dû en donner un peu à Wade pour voir si ça arrêterait son hoquet... et Mélanie ne mourrait pas. Ses pensées continuaient de mener une danse effrénée. Et quand Ashley reviendrait... si jamais il revenait... Non, elle réfléchirait à tout cela plus tard. Elle aurait à penser à tant de choses... plus tard ! Elle aurait à débrouiller tant d'affaires... à prendre tant de décisions. Soudain, elle sursauta. Un craquement auquel succéda un bruit régulier de poulie venait de rompre le silence de la nuit.
– C'est Mama qui ti' de l'eau pou' les jeunes demoiselles. Elles p'ennent des tas de bains, expliqua Dilcey en posant la gourde sur la table entre un verre et des bouteilles de médicaments.
Scarlett éclata brusquement de rire. Il fallait vraiment que ses nerfs fussent bien mal en point pour qu'elle eût peur du grincement du puits, d'un bruit auquel elle était accoutumée depuis sa plus tendre enfance. Dilcey la regarda rire, le visage impassible et digne, mais Scarlett eut l'impression que la négresse la comprenait. Elle se renversa sur sa chaise. Si seulement elle pouvait ôter son corset, desserrer ce col qui l'étouffait, retirer ses mules remplies de sable et d'un menu gravier qui lui blessait les pieds.
À chaque nouveau grincement du treuil, la corde s'enroulait d'un tour et amenait le seau plus près de l'orifice. Mama n'allait pas tarder à être là... la mama d'Ellen, sa mama. Scarlett se taisait, l'esprit vide. Le bébé, déjà gorgé de lait, pleurnichait parce qu'il avait perdu le bout du sein qu'il aimait. Dilcey guida silencieusement la bouche de l'enfant vers le mamelon qu'il reprit, apaisé, tandis que Scarlett écoutait dans la cour le pas lent et traînant de Mama. Comme la nuit était calme, le moindre son lui faisait l'effet d'un grondement.
Mama s'approcha de la porte, et le couloir sombre sembla trembler sous son poids. Alors Mama entra. Mama, les épaules tirées par

deux lourds seaux d'eau, son visage bienveillant assombri par l'incompréhensible tristesse dont sont empreints les visages des singes. À la vue de Scarlett ses yeux s'éclairèrent et ses dents étincelèrent. Elle se débarrassa de ses seaux. Scarlett se précipita vers elle et blottit sa tête contre la lourde poitrine tombante sur laquelle tant de têtes blanches et noires s'étaient posées. « Enfin, pensa Scarlett, voilà quelqu'un sur qui je vais pouvoir compter, un être qui me rappellera la vie d'autrefois. » Mais les premières paroles de Mama dissipèrent ses illusions.

– Le petit enfant de Mama est 'evenu ! Oh ! ma'ame Sca'lett, maintenant que ma'ame Ellen elle est dans la tombe, qu'est-ce qu'on va deveni' ? Oh ! ma'ame Sca'lett, il vaud'ait mieux que je soye à côté de ma'ame Ellen ! Je peux 'ien fai' sans ma'ame Ellen. Il nous 'este plus 'ien que la misè'. Plus que de lou'des cha'ges, ma ché'ie, que de lou'des cha'ges !

Tandis que Scarlett demeurait immobile, la tête contre la poitrine de Mama, deux mots frappèrent son attention : « lou'des cha'ges ». C'étaient les mots qu'elle avait eus constamment en tête au cours de l'après-midi, qui étaient revenus avec une telle assiduité qu'elle avait cru en devenir folle. Maintenant elle se rappelait le reste de la chanson et son cœur se fendait :

Quelques jours encore à porter la lourde charge
Qu'importe, jamais elle ne sera légère !
Quelques jours encore avant de trébucher sur la route…

« Qu'importe, jamais elle ne sera légère… » Elle appliqua les paroles à son propre cas. Il lui faudrait donc toujours ployer sous le faix. En revenant à Tara elle ne jouirait donc pas d'un répit bienfaisant ? Il lui faudrait donc prendre sur ses épaules un fardeau encore plus lourd ? Elle échappa à l'étreinte de Mama et, des deux mains, se mit à caresser le visage noir.

– Ché'ie, vos mains !

Mama prit dans les siennes les petites mains couvertes d'ampoules et les regarda d'un air horrifié.

– Ma'ame Sca'lett, je vous ai donc pas 'edit cent fois qu'on pouvait di' qu'une femme était une dame 'ien qu'en 'ega'dant ses mains… et puis v'là que vot' figu' a des coups de soleil aussi !

La pauvre Mama, la guerre et la mort avaient beau l'avoir frôlée, elle n'en continuait pas moins de monter sur ses grands chevaux pour de pareilles peccadilles. Un instant encore et elle allait dire qu'en général les jeunes personnes qui avaient des ampoules aux mains et des taches de rousseur sur le visage n'arrivaient pas à se marier, mais Scarlett prévint sa remarque.

– Mama, je voudrais que tu me parles de maman. C'est plus fort que moi, mais je ne peux pas entendre papa parler d'elle.

Les yeux soudain remplis de larmes, Mama se baissa pour prendre les deux seaux. Sans mot dire, elle les porta jusqu'au pied du lit, puis, après avoir soulevé le drap, elle se remit à remonter les chemises de nuit de Suellen et de Carreen. Scarlett, qui observait ses sœurs à la demi-clarté de la lampe de fortune, remarqua que Carreen portait une chemise propre mais en loques et que Suellen était enveloppée dans un vieux peignoir marron alourdi par des motifs de dentelles au point d'Irlande. Mama pleurait silencieusement tout en promenant son éponge sur les deux corps décharnés et en se servant d'un tablier usé en guise de serviette.

– Ma'ame Sca'lett, ce sont les Slatte'y, ces gueux, ces p'op' à 'ien, ces pauv' blancs de Slatte'y qui ont tué ma'ame Ellen. Je lui avais dit des centaines de fois que ça se'vait à 'ien de se donner du mal pou' des gueux, mais ma'ame Ellen elle était si têtue dans son gen' et elle avait si bon cœur' qu'elle voulait jamais admet' qu'y avait des gens qui pouvaient se passer d'elle.

– Les Slattery ? interrogea Scarlett, intriguée. Qu'ont-ils donc fait ?

– Ils avaient att'apé la maladie, fit Mama, tout en essuyant de son chiffon les deux jeunes filles nues qui ruisselaient d'eau et trempaient leur drap. Emmie, la fille de la vieille ma'ame Slatte'y, elle est montée ici à toute vitesse che'cher ma'ame Ellen comme elle faisait toujou' quand què'que chose ça allait pas. Elle pouvait donc pas soigner sa fille toute seule ? D'autant que ma'ame Ellen elle en avait plus qu'elle pouvait en fai'. Mais, ma'ame Ellen, elle est descendue quand même et elle a soigné Emmie. Et ma'ame Ellen elle-même n'était pas bien vaillante, ma'ame Sca'lett. Vot' maman elle allait pas bien depuis longtemps. On avait pas g'and-chose à manger pa' ici, avec tous ces hommes de l'intendance qui nous volaient tout ce qui poussait. D'ailleu' ma'ame Ellen elle mangeait comme un oiseau. Je lui avais dit cent fois de laisser les gueux t'anquilles, mais elle se moquait de ce que j'y disais. Eh bien ! ma'ame Sca'lett, quand Emmie elle a eu l'ai' d'aller mieux, v'là mam'zelle Ca'een qui tombe malade aussi. Oui, ma'ame, la mouche à typhoï' qu'avait 'emonté la 'oute jusqu'ici et qu'avait piqué mam'zelle Ca'een. Et puis, ça a été le tou' de mam'zelle Suellen. Alo' ma'ame Ellen, elle s'est mise à les soigner toutes les deux.

« Avec toute cette bataille et les Yankees de l'aut' côté de l'eau, et nous qui savions pas ce qui allait se passer et les cultivateu' qui se sauvaient tous les soi', moi j'ai pensé que j'allais deveni' folle. Mais ma'ame Ellen elle se faisait pas plus de mauvais sang qu'un concomb'. Sauf évidemment qu'elle se faisait bien du tou'ment pa'ce que les petites demoiselles elles avaient ni médicaments ni 'ien. Un soi', elle m'a dit ap'ès qu'on avait passé plus de dix fois l'éponge su' les jeunes demoiselles, elle m'a dit : « Mama, si je pouvais vend' mon âme, je la vend'ais pou' met' un peu de glace su' la tête de mes petites. »

« Elle voulait pas laisser ent'er ici missié Gé'ald, ni 'osa, ni Teena, pe'sonne sauf moi, pa'ce que j'avais déjà eu la typhoï'. Et puis ça l'a p'ise elle aussi, ma'ame Sca'lett, et j'ai vu tout de suite qu'y avait 'ien à fai'. »

Mama se redressa et, prenant son tablier, elle essuya ses yeux en larmes.

– Ça a été vite, ma'ame Sca'lett, et même ce gentil docteu' yankee il a 'ien pu pou' elle. Elle 'econnaissait 'ien du tout. Je l'appelais et je lui pa'lais, mais elle 'econnaissait pas sa Mama.

– A-t-elle… a-t-elle prononcé mon nom… m'a-t-elle appelée ?

– Non, ché'ie. Elle c'oyait qu'elle était enco' petite fille à Savannah. Elle a appelé pe'sonne pa' son nom.

Dilcey remua et posa le bébé sur ses genoux.

– Si, ma'ame, elle a appelé quelqu'un.

– Tu vas la fe'mer, toi, espèce de nég'esse indienne ! s'exclama Mama avec violence en se tournant vers Dilcey d'un air menaçant.

– Tais-toi, Mama ! Qui a-t-elle appelé, Dilcey ? Papa ?

– Non, ma'ame. Pas vot' papa. C'était le soi' que le coton y b'ûlait…

– Il n'y a plus de coton !… allons, dis-moi vite !

– Non, ma'ame. Il a tout b'ûlé. Les soldats, ils ont so'ti les balles du hanga' et ils les ont fait 'ouler dans la cou' et ils ont dit : « Allons-y, ce se'a le plus g'and feu de joie de Geo'gie. »

Trois récoltes de coton… cent cinquante mille dollars en flammes !

– Et le feu il éclai'ait comme si on avait été en plein jou'… nous on avait une peu' bleue que la maison elle b'ûle aussi et il faisait si clai' ici dans la chamb' qu'on au'ait p'esque pu 'amasser une épingle su' le plancher. Et quand la lumiè' elle a illuminé la fenêt' on au'ait pu c'oi' que ça avait 'éveillé ma'ame Ellen. Et elle s'est assise su' son lit et elle a c'ié plusieu' fois tout haut : « Philippe ! Philippe ! » Moi j'avais jamais entendu un nom comme ça, mais c'était quand même le nom de quelqu'un qu'elle appelait.

Mama semblait pétrifiée et ne quittait pas Dilcey des yeux. Scarlett enfouit la tête dans ses mains. Philippe… qui était-ce ? Qu'est-ce que cet homme avait donc été pour sa mère pour qu'elle mourût en l'appelant ?

La longue route d'Atlanta à Tara était terminée, terminée au fond d'une impasse, elle qui devait s'achever dans les bras d'Ellen. Jamais plus Scarlett ne pourrait s'endormir comme une enfant en sûreté sous le toit de son père, enveloppée douillettement dans l'amour tutélaire de sa mère comme dans un édredon de plumes. Pour elle, plus de sécurité, plus de havre où se réfugier. Elle aurait beau se démener, se retourner dans tous les sens, rien ne l'aiderait à sortir de cette impasse où elle avait abouti. Il n'y avait personne à qui elle pût confier son fardeau. Son père était vieux et diminué, ses sœurs malades, Mélanie faible et fragile, les enfants ne comptaient pas, les nègres levaient vers elle des yeux animés d'une joie enfantine et se cramponnaient à ses basques en se disant que, de la fille d'Ellen, viendrait le salut comme il était toujours venu d'Ellen.

Par la fenêtre, elle voyait Tara qu'éclairait le pâle reflet de la lune naissante. Les nègres étaient partis, les champs s'étendaient, ravagés, les granges étaient incendiées. Tara gisait sous ses yeux comme un corps ensanglanté, comme son propre corps qui saignait goutte à goutte. C'était cela qui l'attendait à la fin de la route ; la vieillesse chevrotante, la maladie, des bouches affamées, des mains impuissantes cramponnées à sa jupe. À la fin de cette route, il n'y avait rien, rien que Scarlett O'Hara Hamilton, une femme de dix-neuf ans, veuve avec un enfant.

Qu'allait-elle faire ? Tante Pitty et les Burr pourraient prendre Mélanie et son bébé à Macon. Si les petites guérissaient, il faudrait bien que la famille d'Ellen les hébergeât, bon gré mal gré. Quant à elle et à Gérald, ils pourraient demander assistance à l'oncle Jones et à l'oncle Andrews. Elle considéra les formes menues qui s'agitaient sous le drap mouillé par l'eau qui avait giclé. Elle n'aimait point Suellen. Elle s'en rendit compte avec une soudaine netteté. Elle ne l'avait jamais aimée. Elle n'avait pas une affection particulière pour Carreen… il lui était impossible d'aimer des êtres faibles. Mais les deux petites étaient du même sang qu'elle, elles faisaient partie de Tara. Non, elle ne pouvait pas les laisser mener une vie de parentes pauvres sous le toit de leurs tantes. Une O'Hara vivant d'humiliations et du pain qu'on voudrait bien lui donner par charité ! Oh ! non, jamais !

N'y avait-il donc aucun moyen de sortir de cette impasse ? Son esprit fatigué avait des réactions si lentes. Elle porta les mains à sa tête d'un geste aussi las que si ses bras avaient eu à fendre un liquide et non pas de l'air. Elle prit la gourde et regarda à l'intérieur. Il restait un peu de whisky au fond, elle n'aurait su dire quelle quantité exacte, car il faisait trop sombre. Elle constata avec surprise que maintenant l'odeur violente ne lui causait aucune répulsion. Elle but lentement, mais cette fois elle n'éprouva aucune sensation de brûlure, seulement une impression de chaleur engourdissante.

Elle reposa la gourde vide entre le verre et la bouteille de médicament, puis elle promena son regard autour d'elle. Elle rêvait, c'était bien dans un rêve qu'elle voyait cette chambre obscure et remplie de fumée, les petites étendues sur le lit, Mama énorme, informe, Dilcey, bronze immobile avec ce petit bout de chair rose pressé contre sa poitrine noire… un rêve au réveil duquel elle respirerait l'odeur du bacon en train de frire à la cuisine, elle entendrait rire les nègres et grincer les charrettes en route vers les champs, elle sentirait Ellen la secouer gentiment pour la réveiller.

Alors elle s'aperçut qu'elle était dans sa propre chambre, couchée sur son lit. Le clair de lune luttait sans vigueur contre l'obscurité, Mama et Dilcey la déshabillaient. Les baleines de son corset ne la torturaient plus et elle pouvait maintenant se dilater les poumons à sa guise et respirer à fond. Elle sentit qu'on lui retirait ses bas avec précaution et entendit Mama lui murmurer des paroles consolantes tout en lui baignant ses pieds couverts de cloques. Que l'eau était fraîche, que c'était bon de rester allongée là comme un enfant, sur un matelas moelleux. Elle poussa un soupir, son corps s'abandonna et, après un moment dont elle fut incapable d'apprécier la durée, elle se retrouva seule dans la chambre qui lui parut mieux éclairée, car les rayons de la lune filtraient maintenant jusqu'à son lit.

Elle ne savait pas qu'elle était ivre, ivre de fatigue et de whisky. Elle savait seulement qu'elle avait quitté son corps et qu'elle flottait quelque part dans un monde où l'on ignorait la douleur et la lassitude. Son esprit voyait tout avec une clarté surhumaine.

Elle considérait les choses d'un œil nouveau, car elle avait laissé derrière elle, sur la longue route de Tara, ce qui faisait encore d'elle une enfant. Elle n'était plus une argile plastique sur laquelle chaque événement nouveau laissait son empreinte. L'argile avait durci au cours de cette journée, qui avait bien duré un millier d'années. C'était la dernière fois ce soir-là qu'elle se laisserait dorloter comme une petite fille. Désormais elle était une femme, sa jeunesse s'était enfuie.

Non, elle ne devait pas, elle ne voulait pas demander assistance à la famille de Gérald ou à celle d'Ellen. Les O'Hara ne demandaient pas la charité. Les O'Hara se tiraient eux-mêmes d'affaire. Il lui était échu un lourd fardeau, mais les fardeaux étaient destinés aux épaules assez fortes pour les porter. Elle ne manifesta pas la moindre surprise en constatant que ses épaules seraient bien assez fortes pour supporter n'importe quelle charge, maintenant qu'elle avait reçu le coup le plus rude qu'elle pourrait jamais recevoir. Elle ne devait pas abandonner Tara. Elle appartenait aux rouges arpents bien plus qu'ils ne pourraient jamais lui appartenir ; tout comme un pied de coton elle était profondément enracinée dans cette terre couleur de sang, elle y puisait la vie. Elle resterait à Tara, elle la ferait vivre comme elle pourrait et il faudrait bien aussi qu'elle fasse vivre son père et ses sœurs, Mélanie et l'enfant d'Ashley, les nègres. Demain… oh ! demain ! Demain elle ajusterait le joug à son cou. Demain il y aurait tant de choses à faire. Aller aux Douze Chênes et chez les MacIntosh pour voir s'il ne restait rien dans les jardins déserts, aller du côté de la rivière, dans les marécages, pour voir si l'on n'y retrouverait pas des porcs et des poules égarés, aller à Jonesboro et à Lovejoy avec les bijoux d'Ellen… il devait bien rester quelqu'un qui lui vendrait de quoi manger. Demain… demain… son esprit battait de plus en plus lentement, comme une pendule qui va s'arrêter, mais la clarté de la vision persistait.

Tout d'un coup les histoires de famille qu'elle avait si souvent entendu raconter depuis sa plus tendre enfance, ces histoires qui l'agaçaient et qu'elle avait écoutées sans guère les comprendre, devenaient limpides comme le cristal. Gérald, sans un sou, avait relevé Tara. Ellen avait triomphé d'un chagrin mystérieux. Le grand-père Robillard, survivant au naufrage du trône de Napoléon, avait rétabli sa fortune sur la côte fertile de Géorgie. L'arrière-grand-père Prudhomme s'était taillé un petit royaume en pleine jungle d'Haïti et, après l'avoir perdu, il avait assez vécu pour voir son nom honoré à Savannah. Il y avait aussi les Scarlett qui avaient combattu pour une Irlande libre dans les rangs des volontaires irlandais et pour leur peine avaient été pendus ; et puis les O'Hara qui étaient morts à la bataille de la Boyne en luttant jusqu'au bout pour défendre leur bien.

Tous avaient subi des épreuves qui eussent abattu la plupart des gens, et ils ne s'étaient pas laissés abattre. Ils n'avaient pas sombré dans l'écroulement des empires ; ni les révoltes d'esclaves, ni les guerres, ni les révolutions ne leur avaient fait mordre la poussière. La destinée maligne leur avait peut-être tordu le cou, mais n'avait jamais pu entamer leur cœur. Ils n'avaient pas pleurniché, ils avaient lutté. Les fantômes de tous ces gens dont le sang coulait dans ses veines semblaient se mouvoir tranquillement au milieu de la pièce inondée par le clair de lune. Et Scarlett n'éprouvait aucun étonnement à voir ainsi ceux de sa race qui, à force d'énergie, avaient dompté la fortune la plus rebelle. Tara était sa destinée, le combat de sa vie, la lutte qu'elle devait remporter.

À moitié endormie, elle se tourna sur le côté. Peu à peu son esprit s'enveloppa de ténèbres. Étaient-ils bien là, ces fantômes ? lui glissaient-ils bien à l'oreille des paroles d'encouragement, ou n'était-ce qu'un simple rêve ?

« Peu importe que vous soyez vraiment là ou non, murmura-t-elle en s'endormant, bonne nuit… et merci. »

XXV

Le lendemain matin, Scarlett était si courbatue et si meurtrie par le long voyage dans la charrette cahotante que chacun de ses gestes lui infligeait une véritable torture. Son visage était rougi par les coups de soleil, et la paume de ses mains était à vif. Elle avait la langue pâteuse et le gosier desséché et, plus elle buvait d'eau, moins elle arrivait à étancher sa soif. Il lui semblait que sa tête enflait et le seul fait de remuer les yeux la faisait aussitôt tressaillir de douleur. L'estomac chaviré comme au temps de sa grossesse, elle ne pouvait même pas supporter l'odeur du plat d'ignames posé sur la table du petit déjeuner. Gérald aurait pu lui dire qu'elle subissait le contrecoup normal d'un premier excès de whisky, mais Gérald ne remarquait rien du tout. Ce n'était plus qu'un vieillard grisonnant qui occupait le haut bout de la table. Fixant la porte de ses yeux éteints, il tendait légèrement le cou comme s'il avait voulu surprendre le frou-frou de la jupe d'Ellen ou deviner l'odeur du sachet de citronnelle.

Lorsque Scarlett s'assit, il marmotta: «Nous allons attendre Mme O'Hara. Elle est en retard.» Malgré la souffrance que ce geste lui causait, Scarlett releva la tête. Elle n'en pouvait croire ses oreilles, mais elle croisa le regard suppliant de Mama qui se tenait debout, derrière la chaise de Gérald. Elle se leva gauchement et, la main à la gorge, elle examina son père qu'éclairait la lumière du matin. Il lui jeta un bref coup d'œil et Scarlett vit que ses mains tremblaient, que sa tête branlait un peu.

Jusqu'alors elle n'avait pas compris jusqu'à quel point elle avait compté sur Gérald pour tout diriger, pour lui dire ce qu'il fallait faire, et maintenant... mais voyons, la veille au soir il lui avait paru presque lui-même. Évidemment on ne trouvait plus trace chez lui de sa jactance et de sa vitalité d'autrefois; en tout cas il avait été en mesure de raconter une histoire qui se tenait; cependant, maintenant... maintenant il ne se rappelait même plus qu'Ellen était morte. L'arrivée des Yankees et la mort de sa femme lui avaient porté un coup dont il ne s'était pas remis. Scarlett allait parler quand Mama secoua violemment la tête et prit son tablier pour en tamponner ses yeux rougis.

« Oh ! papa aurait-il donc perdu la raison ? » se dit Scarlett, et elle eut l'impression que sa tête allait éclater sous l'effet de ce nouveau chagrin. « Non, non, il est déprimé. C'est tout. C'est comme s'il était malade. Il va prendre le dessus. Il le faut. Que ferais-je sans ça ?... J'aime mieux ne pas y songer. Pour le moment, je ne veux penser ni à lui, ni à maman, ni à toutes ces horribles choses. Non, je veux attendre d'en avoir la force. Et puis il faut absolument que je réfléchisse à beaucoup d'autres choses, à des questions qu'on ne peut résoudre sans moi. »

Elle quitta la salle à manger sans rien prendre et passa sous la véranda de derrière où elle trouva Pork. Pieds nus, vêtu de sa plus belle livrée en loques, il était assis sur les marches et décortiquait des cacahuètes. Scarlett avait des bourdonnements d'oreilles et des élancements dans la tête. Le soleil l'aveuglait, lui meurtrissait les yeux. Rien que pour tenir sa tête droite, il lui fallait déployer un grand effort de volonté. Elle se mit à parler aussi laconiquement que possible, évitant de recourir aux formules ordinaires de politesse dont sa mère lui avait toujours recommandé l'emploi avec les nègres.

Elle posa des questions d'un ton si brusque, donna des ordres d'une voix si impérieuse, que Pork releva les sourcils et la regarda comme s'il s'agissait d'une plaisanterie. Jamais Mme Ellen ne parlait si sèchement aux gens, même pas quand elle les surprenait en train de voler des poulets ou des pastèques. Elle continua de demander une foule de renseignements sur l'état des champs, des jardins, des bêtes, et ses yeux verts avaient un éclat dur et brillant que Pork ne leur avait jamais vu auparavant.

– Oui, ma'ame, ce cheval il est mo't, là où je l'avais attaché. Il est mo't le nez dans le seau d'eau qu'il a 'enve'sé. Non, ma'ame, la vache elle est pas mo'te, elle. Vous saviez pas ? Elle a eu un veau cette nuit. C'est pou' ça qu'elle beuglait si fo'.

– Ça fera une jolie sage-femme, votre Prissy, remarqua Scarlett d'un ton caustique. Elle prétendait que la vache beuglait parce qu'elle avait trop de lait.

– Vous savez, ma'ame, P'issy elle a pas l'intention d'êt' une sage-femme pou' les vaches, déclara Pork avec tact. Et puis, c'est pas la peine de se fai' de la bile pou' ça, ce veau ça veut di' que la vache elle au'a plein de lait pou' les jeunes demoiselles tout comme ce docteu' yankee il a dit qu'il leu' en fallait.

– Allons, tant mieux. Continue. Est-ce qu'il reste des bêtes ?

– Non, ma'ame, il 'este 'ien, sauf une vieille t'uie et ses petits. Quand les Yankees ils sont venus, j'ai conduit les cochons dans le ma'écage,

mais le Seigneu' seul il sait comment on va les 'et'ouver. Elle est mauvaise cette t'uie.
– Bon, on finira bien par mettre la main dessus. Prissy et toi vous pouvez vous en aller tout de suite à sa recherche.
Pork était à la fois stupéfait et indigné.
– Mais, ma'ame Sca'lett, c'est un t'avail de paysans. Moi j'ai toujou' se'vi dans la maison.
Les yeux de Scarlett étincelèrent.
– Vous allez m'attraper cette truie tous les deux… sans quoi vous filerez d'ici, comme l'ont fait les nègres qui travaillaient aux champs.
Les yeux de Pork se mouillèrent de larmes. Oh! si seulement Mme Ellen était là! Elle comprenait si bien tous ces petits raffinements et elle se rendait parfaitement compte du gouffre qui existait entre les attributions d'un cultivateur et d'un domestique noir.
– Filer, ma'ame Sca'lett! Mais où voulez-vous que je m'en aille, ma'ame Sca'lett?
– Je n'en sais rien, et ça m'est égal. Seulement, tous ceux qui ne voudront pas travailler ici à Tara pourront aller rejoindre les Yankees. Tu pourras dire ça aux autres.
– Oui, ma'ame.
– Maintenant, Pork, parle-moi du coton et du maïs.
– Le maïs! Seigneu' Dieu, ma'ame Sca'lett, ils ont lâché leu' chevaux dans le maïs et ils ont empo'té ce que les chevaux ils avaient pas mangé ou abîmé. Et puis ils ont fait passer leu' canons et leu' fou'gons dans les champs de coton jusqu'à ce qu'il 'este plus 'ien, sauf què'ques a'pents du côté de la 'iviè'. Ils avaient pas dû les 'ema'quer. Mais vous savez, on au'a pas de quoi s'amuser avec le coton qui pousse là-bas pa'ce que ces champs-là ils doivent pas donner plus de t'ois balles.
Trois balles! Scarlett pensa aux innombrables balles que Tara produisait chaque année et son mal de tête augmenta d'intensité. Trois balles! Ce n'était guère plus que ce que récoltaient les misérables Slattery. Enfin, pour comble de malheur, il y avait la question des impôts. Le gouvernement confédéré prenait du coton au lieu de demander de l'argent, mais trois balles ne suffiraient jamais à payer les impôts. D'ailleurs, ça n'avait plus grande importance puisque tous les cultivateurs étaient partis et qu'il ne restait plus personne pour faire la cueillette.
« Allons, je penserai à cela plus tard, se dit-elle en elle-même. Les impôts, après tout, ça ne regarde pas les femmes. Papa devrait bien s'occuper de ces affaires-là, mais papa… non, je ne veux pas penser

à lui en ce moment. La Confédération peut toujours courir après ses impôts. Ce qu'il nous faut maintenant, c'est trouver de quoi manger.»
– Pork, l'un d'entre vous est-il allé aux Douze Chênes ou chez les MacIntosh pour voir s'il ne restait rien dans les jardins?
– Non, ma'ame! Nous on n'a pas quitté Ta'a. Les Yankees ils au'aient pu nous att'aper.
– J'enverrai Dilcey chez les MacIntosh. Elle y trouvera peut-être quelque chose. Moi, j'irai aux Douze Chênes.
– Avec qui, mon enfant?
– Toute seule. Mama ne peut pas quitter les petites et M. Gérald ne peut pas...
Pork poussa un cri de réprobation qui eut pour effet d'exaspérer Scarlett. Il risquait d'y avoir des Yankees ou des rôdeurs nègres aux Douze Chênes. Elle ne devait pas y aller seule.
– En voilà assez, Pork. Dis à Dilcey de partir immédiatement. Toi et Prissy vous tâcherez de me ramener la truie et ses petits, conclut-elle en pivotant sur ses talons.
La vieille capeline déteinte mais propre dont Mama se servait pour se protéger du soleil était accrochée à une patère sous la véranda. Scarlett s'en coiffa et se rappela, comme si ce souvenir appartenait à un autre monde, le chapeau à plumes vertes que Rhett lui avait apporté de Paris. Elle se munit d'un large panier à provisions et se mit à descendre les marches de la véranda. À chacun de ses pas elle éprouvait une sorte d'ébranlement dans la tête et elle finit par avoir l'impression que sa colonne vertébrale allait lui défoncer le crâne et sortir par là.
La route qui menait à la rivière ressemblait à une balafre rouge coupant en deux les champs de coton ravagés. Il n'y avait pas un arbre pour projeter son ombre, et le soleil traversait la capeline de Mama comme si elle avait été en tarlatane et non pas en gros calicot rembourré. La poussière lui emplissait le nez et lui desséchait la gorge. De véritables sillons, des ornières profondes coupaient la route là où des chevaux étaient passés, traînant derrière eux de lourdes pièces d'artillerie et, de chaque côté de la chaussée, les roues des canons avaient profondément labouré les rigoles rouges. Les cavaliers et les fantassins, chassés par l'artillerie de la route étroite, avaient brisé et écrasé les pieds de coton, s'étaient frayé un chemin à travers les touffes vertes qu'ils avaient déchiquetées ou enfoncées dans le sol. De-ci, de-là, sur la route, dans les champs, on apercevait des bouts de harnais, des bidons aplatis par les sabots des chevaux et les roues des caissons, des boutons, des képis bleus, des chaussettes percées,

des haillons ensanglantés, tous les déchets qu'une armée en marche laisse derrière elle.

Scarlett passa devant le bouquet de cèdres et le mur de brique qui marquait l'emplacement du cimetière familial. Elle s'efforça de ne pas penser à la tombe qu'on venait de creuser auprès des trois modestes tertres sous lesquels reposaient ses trois petits frères. Oh ! Ellen...

Traînant la jambe, elle descendit la colline poussiéreuse, passa devant le tas de cendres et la cheminée trapue, seuls vestiges de la demeure des Slattery, et elle regretta férocement que toute la tribu n'ait pas péri au milieu des flammes. Sans les Slattery... sans cette sale petite Emmie à qui le régisseur de Tara avait fait un bâtard... Ellen ne serait pas morte.

Un caillou entailla son pied déjà couvert d'ampoules et elle poussa un gémissement. Comment se faisait-il donc qu'elle, Scarlett O'Hara, la reine du comté, la fierté de Tara, fût en train de peiner, les pieds presque nus, sur cette route raboteuse ? Ses pieds menus étaient faits pour la danse, et la voilà qui boitait ! Ses petites mules étaient faites pour dépasser effrontément le bas d'une jupe chatoyante, et les voilà qui ramassaient la poussière et des cailloux pointus ! Née pour être choyée et servie, elle était là, malade, en guenilles, poussée par la faim, à aller fouiller les jardins de ses voisins pour trouver de quoi manger.

Au bas du coteau coulait la rivière. Comme ils prodiguaient une ombre bienfaisante, les arbres tranquilles qui mêlaient leurs ramures au-dessus de l'eau ! Elle s'assit sur la berge basse et, retirant ses mules et ses bas en lambeaux, elle trempa ses pieds brûlants dans l'eau fraîche. Ce serait si bon d'échapper à la surveillance de Tara, de rester assise toute la journée, dans cet endroit où seuls le bruissement des feuilles et le murmure de l'eau calme rompaient le silence. Pourtant il lui fallut à contrecœur remettre bas et souliers et suivre la berge moussue à l'ombre des arbres. Les Yankees avaient incendié le pont, mais, une centaine de mètres plus bas, là où le cours de la rivière se rétrécissait, elle connaissait un tronc d'arbre qui reliait les deux rives. Elle s'y engagea avec toutes sortes de précautions et se mit en devoir de gravir sous le soleil la route qui menait aux Douze Chênes.

Les Douze Chênes, qui avaient donné leur nom à la plantation, se dressaient là comme au temps des Indiens, mais le feu avait roussi leurs feuilles et attaqué leurs branches. Ils formaient un ccrclc au milieu duquel s'amoncelaient les ruines de la maison de John

Wilkes, de cette demeure altière qui jadis couronnait le coteau de ses colonnes blanches. Une profonde excavation sur l'emplacement de la cave, des fondations noircies et deux cheminées imposantes témoignaient seules de l'existence de la maison. Une longue colonne à demi consumée s'était abattue en travers de la pelouse, écrasant sous son poids les buissons de jasmin[1].

Scarlett s'assit sur la colonne, trop affligée par ce spectacle pour aller plus loin. La vue de ces ruines lui broyait le cœur. Tout ce qui faisait la fierté des Wilkes gisait à ses pieds dans la poussière. C'était la fin de cette demeure aimable et distinguée où elle avait chimériquement espéré régner un jour en maîtresse. Là elle avait dansé, soupé, flirté, elle avait observé d'un œil jaloux la façon dont Mélanie souriait à Ashley; là aussi, à l'ombre fraîche d'une charmille, Charles Hamilton, enivré d'amour, s'était emparé de sa main lorsqu'elle lui avait dit qu'elle voulait bien l'épouser.

« Oh ! Ashley, pensa-t-elle. J'espère que tu es mort. Je n'aurai jamais la force de te laisser voir tout cela ! »

C'était là qu'Ashley avait épousé sa femme, mais son fils et le fils de son fils n'y conduiraient jamais leurs épouses. On ne célébrerait plus jamais d'unions, il n'y aurait plus jamais de naissances sous ce toit qu'elle avait tant aimé. La maison était morte et, pour Scarlett, c'était absolument comme si tous les Wilkes avaient eux aussi trouvé la mort au milieu de ces cendres.

« Je ne veux pas penser à cela pour le moment. Je n'y résisterais pas. J'y penserai plus tard », dit-elle tout haut en détournant les yeux.

Elle contourna laborieusement les ruines, passa devant les massifs de roses auxquels les petits Wilkes avaient prodigué tant de soins, traversa la cour et se fraya un chemin parmi les décombres des étables et des poulaillers. La clôture qui entourait le jardin potager n'existait plus et les plants de légumes bien verts, autrefois si bien alignés, avaient subi le même traitement que ceux de Tara. Les sabots des chevaux, les lourdes roues avaient labouré la terre molle, et les légumes avaient été écrasés et enfoncés dans le sol. Il n'y avait rien pour Scarlett dans le potager.

Elle regarda la cour et prit le chemin qui conduisait aux cases blanches des nègres. De temps en temps elle criait : « Eh là ! » mais aucune voix ne lui répondait. Elle n'entendit même pas aboyer un chien. Évidemment les nègres des Wilkes s'étaient enfuis ou avaient

1. Il ne faut pas oublier que la plupart de ces demeures de campagne aux États-Unis étaient construites en bois *(N.d.T.)*.

suivi les Yankees. Elle savait que chaque esclave possédait un petit bout de jardin et, en arrivant aux cases, elle espéra que ces jardinets avaient été épargnés.

Ses recherches furent récompensées, mais elle était trop fatiguée pour se réjouir à la vue des navets et des choux qui, bien que tout flétris par suite du manque d'eau, n'en étaient pas moins aussi bons à cueillir que les chevriers et les pois chiches dont les gousses jaunissaient. Elle s'assit par terre et, d'une main tremblante, se mit à arracher les plants de légumes et à remplir lentement son panier. On ferait un bon repas ce soir à Tara malgré l'absence de viande; d'ailleurs on pourrait peut-être relever le goût des légumes avec un peu de cette graisse de porc dont Dilcey se servait pour l'éclairage. Il ne fallait pas oublier de dire à Dilcey d'employer des torches de résine et de garder la graisse pour la cuisine.

Derrière une case, elle découvrit un petit rang de radis, et une fringale l'assaillit brusquement. Un radis bien épicé, bien amer, voilà exactement ce que son estomac réclamait. Prenant à peine le temps de frotter le radis contre sa jupe pour en enlever la terre, elle en croqua la moitié d'un seul coup et l'engloutit. C'était un vieux radis, très dur et si poivré que les larmes lui montèrent aux yeux. À peine eut-elle avalé le morceau que son estomac vide se révolta et qu'il lui fallut s'allonger dans la poussière où elle fut prise d'un vomissement.

L'odeur de nègre qui s'échappait de la case augmenta son mal de cœur, et, sans force pour réagir, elle eut plusieurs nausées coup sur coup tandis que les cases et les arbres semblaient tourner rapidement autour d'elle.

Au bout d'un long moment, elle se retrouva allongée face contre terre. Sous elle, le sol était doux et moelleux comme un oreiller de plume et son esprit vagabondait de-ci, de-là.

Comme elle restait prostrée, trop épuisée pour réagir, ses souvenirs et ses tourments se précipitèrent sur elle, se mirent à danser autour d'elle une ronde frénétique comme des busards attirés par la mort. Elle n'avait plus la force de dire: «Je penserai plus tard à maman, à papa, à Ashley, à toutes ces ruines... oui, plus tard, quand j'en aurai le courage.» Elle n'en avait plus le courage mais, bon gré mal gré, elle y était ramenée. Les pensées traçaient des cercles autour d'elle, se rapprochaient, fonçaient, lui plantaient dans le cerveau des ongles et des becs cruels. Pendant un temps impossible à évaluer, elle demeura inerte, la face dans la poussière, exposée en plein soleil, à évoquer des choses et des gens qui avaient disparu, à se rap-

peler un genre de vie auquel il fallait renoncer à jamais, à envisager le sombre avenir qui déroulait devant elle de tristes perspectives.
Lorsqu'elle se releva enfin et contempla de nouveau les ruines noircies des Douze Chênes, elle portait haut la tête, et son visage avait perdu à jamais un peu de sa jeunesse, de sa beauté, de cette réserve de tendresse qu'on y lisait jadis. Le passé n'était que le passé. Les morts étaient bien morts. Le luxe indolent des jours d'antan était parti pour ne plus revenir. Et, d'un geste qui traduisait bien la façon dont elle entendait se conduire désormais, elle affermit l'anse du lourd panier sur son bras.

Comme il était impossible de revenir en arrière, elle se portait résolument en avant.

Dans tout le Sud, il allait y avoir pendant cinquante ans des femmes qui jetteraient un œil amer sur le passé mort, sur les hommes morts, qui évoqueraient en vain des souvenirs douloureux, qui draperaient leur pauvreté dans un manteau d'orgueil blessé. Mais Scarlett ne devait jamais regarder derrière elle.

Elle demeura longtemps les yeux fixés sur les pierres noircies et revit pour la dernière fois les Douze Chênes tels qu'ils étaient autrefois, opulents et fiers, symbole d'une race et d'un genre de vie. Puis elle redescendit la route de Tara. Le panier pesant lui meurtrissait la chair.

La faim la tenailla de nouveau et elle dit tout haut: «J'en prends Dieu à témoin, j'en prends Dieu à témoin, les Yankees ne m'auront pas. Je tiendrai bon, et, quand j'aurai surmonté tout cela, je n'aurai plus jamais le ventre creux. Non, ni moi ni les miens. Même si je dois voler ou tuer, tant pis, j'en prends Dieu à témoin, je n'aurai plus jamais le ventre creux.»

Pendant les jours qui suivirent, Tara aurait fort bien pu passer pour l'île déserte de Robinson Crusoé, tant elle était calme, tant elle était isolée du reste du monde. Le monde en fait n'était qu'à quelques milles plus loin, mais des millions de rouleaux de vagues eussent séparé Tara de Jonesboro, de Fayetteville, de Lovejoy, ou même des plantations voisines que ça n'eût rien changé. Le vieux cheval étant mort, le seul mode de transport des habitants de Tara avait disparu, et ils n'avaient ni le temps, ni la force de se traîner pendant des milles et des milles le long des chemins rouges.

Parfois, lorsqu'elle accomplissait une besogne écrasante ou s'ingéniait à trouver de quoi manger ou prodiguait encore des soins incessants aux trois malades, Scarlett se surprenait, l'oreille aux aguets, cherchant à distinguer des bruits familiers, le rire pointu des petits nègres jouant devant les cases, le grincement des charrettes revenant des champs, le galop sourd du cheval de Gérald traversant le pré, le crissement des roues sur le gravier de l'allée, la voix grave des voisins venus papoter au milieu de l'après-midi. Mais elle écoutait en vain. La route demeurait silencieuse et déserte, aucun nuage de poussière rouge ne signalait jamais l'approche de visiteurs. Tara était une île au milieu d'une mer de collines vertes et de champs rouges.

Quelque part existait un monde, où des familles mangeaient et dormaient en toute quiétude sous leur propre toit. Quelque part, des jeunes filles vêtues de robes à triple tournure flirtaient et chantaient : « Lorsque cette guerre cruelle aura pris fin », tout comme elle l'avait fait quelques semaines auparavant. Quelque part se déroulait une guerre, le canon tonnait, des villes brûlaient, des hommes se décomposaient dans des hôpitaux au milieu d'odeurs nauséabondes. Quelque part une armée, pieds nus, marchait, se battait, dormait, se mourait de faim, ressentait cet épuisement que l'on éprouve après avoir perdu tout espoir. Quelque part enfin, les monts de Géorgie étaient bleus de Yankees, de Yankees bien nourris, montés sur des chevaux gavés de maïs.

Au-delà de Tara, c'était la guerre, c'était le monde. Mais sur la plantation, la guerre et le monde n'existaient plus qu'à titre de souvenirs qu'il fallait chasser bien vite lorsqu'ils profitaient d'un moment de dépression pour se lancer à l'assaut. Le monde était bien peu de chose à côté des exigences de tant d'estomacs vides ou à moitié vides, et la vie elle-même se ramenait à deux propositions étroitement liées, manger et trouver de quoi manger.

Manger ! Manger ! Pourquoi donc les estomacs avaient-ils meilleure mémoire que l'esprit ? Scarlett arrivait fort bien à faire taire sa douleur, mais sa faim, c'était impossible, et chaque matin, dans un demi-sommeil, avant que sa mémoire vînt lui rappeler la guerre et la famine, elle se pelotonnait dans son lit et savourait à l'avance l'odeur délicieuse du jambon frit et des petits pains chauds. Et chaque matin elle y mettait tant d'ardeur qu'elle finissait par se réveiller tout à fait.

Il y avait des pommes, des ignames, des cacahuètes et du lait sur la table de Tara, mais même ces aliments primitifs n'étaient jamais en quantité suffisante. Trois fois par jour on en servait et, à leur vue, Scarlett se reportait par la pensée au bon vieux temps, aux repas d'autrefois, à la table qu'éclairaient les bougies, au parfum que répandaient les plats.

On faisait si peu attention à la nourriture à cette époque-là, on était si prodigue, on gâchait tout. Des petits pains, des galettes de maïs, des gâteaux secs, des gaufres, tout cela ruisselant de beurre, tout cela au même repas ! Du jambon à un bout de la table, du poulet froid à l'autre, des monceaux de légumes verts, dans des plats de porcelaine décorés de fleurs vives, des courages frites, des carottes accompagnées d'une sauce à la crème épaisse à couper au couteau. Et trois desserts, de façon que chacun pût choisir, du gâteau au chocolat, de la meringue à la vanille, du quatre-quarts recouvert de crème fouettée. Le souvenir de ces repas exquis avait le don de faire pleurer Scarlett, alors que la mort et la guerre n'y avaient pas réussi, chavirait son estomac jamais satisfait. Car cet appétit que Mama avait toujours déploré, ce robuste appétit d'une femme de dix-neuf ans était décuplé par les rudes et multiples besognes auxquelles Scarlett était désormais obligée de se livrer.

D'ailleurs, à Tara, son appétit n'était pas le seul à faire des siennes, car, de quelque côté qu'elle se tournât, ses yeux ne rencontraient que des visages affamés, blancs ou noirs. Bientôt Carreen et Suellen allaient ressentir cette faim insatiable des gens qui relèvent d'une typhoïde. Déjà le petit Wade ne cessait de dire en pleurnichant : « Wade aime pas les ignames. Wade a faim. »

Les autres grommelaient aussi.

– Ma'ame Sca'lett, si j'ai pas assez à manger, je pou'ai plus donner à téter aux enfants. – M'ame Sca'lett, si j'en ai pas plus dans le vent', je pou'ai plus fend' du bois ! – Mon agneau, j'ai une envie folle de manger que'que chose de solide ! – Ma fille, nous en serons donc toujours réduits à manger des ignames.

Seule Mélanie ne se plaignait pas, Mélanie dont le visage s'amenuisait, pâlissait, se contractait de douleur même pendant le sommeil.

– Je n'ai pas faim, Scarlett. Donne ma part de lait à Dilcey. Elle en a besoin pour nourrir les petits. Les malades n'ont jamais faim.

Son courage, plein de gentillesse, irritait encore plus Scarlett que les criailleries et les gémissements des autres qu'elle arrivait toujours à mater à force de sarcasmes, mais devant le désintéressement de Mélanie elle se trouvait désarmée et en éprouvait de la rancune. Gérald, les nègres et Wade s'attachaient de plus en plus à Mélanie, car, en dépit de sa faiblesse, elle restait affable et compatissante, qualités qui faisaient totalement défaut à Scarlett en ces jours-ci.

Wade surtout ne quittait guère la chambre de Mélanie. Wade avait certainement quelque chose qui n'allait pas, mais Scarlett n'avait pas le temps de chercher à savoir ce que c'était. Elle se rangea à l'avis de Mama, qui déclara que l'enfant devait avoir des vers et elle lui administra une mixture d'herbes séchées et d'écorce dont Ellen se servait toujours pour purger les petits négrillons. Mais le vermifuge eut seulement pour effet d'augmenter la pâleur de Wade. Scarlett avait peine à considérer son fils comme un être vivant. Pour elle, Wade n'était qu'un souci de plus, une autre bouche à nourrir. Un jour, quand elle aurait plus de loisirs, elle s'amuserait avec lui, elle lui raconterait des histoires et lui apprendrait ses lettres, mais maintenant elle n'en avait ni le temps ni le goût. Et, comme elle l'avait toujours dans les jambes lorsqu'elle était le plus fatiguée et le plus préoccupée, elle lui parlait souvent d'un ton sec.

Elle était agacée de voir la frayeur extrême qui se lisait dans les yeux de Wade lorsqu'elle le réprimandait, car la peur lui donnait l'air d'un enfant inintelligent. Elle ne se rendait pas compte que le petit garçon vivait dans une atmosphère de terreur qui échappait à la compréhension d'un adulte. La peur habitait Wade, une peur qui ébranlait son âme et qui, la nuit, lui faisait pousser de faibles cris. Au moindre bruit inattendu, au moindre mot dur, il se mettait à trembler, car, dans son esprit, les bruits et les paroles brutales étaient inextricablement associés à l'idée des Yankees et il avait encore plus peur de ceux-ci que des fantômes de Prissy.

Jusqu'à ce que le siège eût commencé dans un fracas de tonnerre, il n'avait rien connu d'autre qu'une vie heureuse, placide, douillette, il n'avait entendu que des paroles affectueuses et puis, une nuit, brusquement arraché au sommeil, il avait trouvé un ciel embrasé et l'air tout rempli du vacarme d'explosions assourdissantes. Cette nuit-là, sa mère l'avait giflé pour la première fois et lui avait parlé d'un ton dur. La vie qu'il menait dans l'agréable demeure de la rue du Pêcher, la seule existence qu'il connût, avait pris fin au cours de cette même nuit et il ne devait jamais se remettre de cette perte. En fuyant Atlanta, il n'avait rien compris sinon que les Yankees le poursuivaient et maintenant encore il vivait dans la crainte d'être pris et mis en pièces par les Yankees. Chaque fois que Scarlett prenait sa grosse voix pour lui adresser un reproche, la crainte lui ôtait toute force et sa mémoire incertaine d'enfant lui rappelait les horreurs de cette nuit où, pour la première fois, sa mère lui avait parlé si durement. Désormais les Yankees et un ton courroucé étaient pour toujours associés dans son esprit, et il avait peur de sa mère.

Scarlett ne pouvait pas s'empêcher de remarquer que l'enfant commençait à l'éviter et, dans les rares moments où ses devoirs incessants lui laissaient le loisir d'y réfléchir, elle en éprouvait une profonde contrariété. C'était même pire que d'avoir tout le temps Wade dans ses jupes et elle était fâchée de voir que l'enfant se réfugiait sur le lit de Mélanie où il s'amusait tranquillement à des jeux que sa tante lui suggérait, où il écoutait les histoires que celle-ci lui racontait. Wade adorait «Tantie», qui avait une voix si douce, qui souriait toujours et ne disait jamais: «Tais-toi, Wade! Tu me donnes la migraine» ou: «Pour l'amour de Dieu, Wade, ne remue pas comme ça.»

Scarlett n'avait ni le temps ni le désir de le cajoler, mais elle était jalouse que Mélanie prît sa place. Un jour qu'elle trouva Wade en train de faire de l'équilibre sur le lit de Mélanie et qu'elle le vit retomber sur sa tante, elle lui donna une gifle.

– Tu ne peux donc pas faire attention à ne pas secouer comme ça Tantie qui est malade! Allez, ouste, file jouer dans le jardin et ne reviens pas ici.

Cependant Mélanie étendit son bras maigre et attira l'enfant auprès d'elle.

– Allons, allons, Wade. Tu ne voulais pas me faire de mal, n'est-ce pas? Il ne me gêne pas, Scarlett. Laisse-le-moi. Laisse-moi m'occuper de lui. C'est tout ce que je puis faire en attendant d'être rétablie, et tu as assez d'ouvrage comme ça sans avoir à le surveiller par-dessus le marché.

– Ne fais pas la sotte, Melly, dit Scarlett sèchement. Tu ne te remets pas comme tu devrais et ce n'est pas de laisser Wade te sauter sur le ventre qui te fera du bien. Quant à toi, Wade, si jamais je te reprends sur le lit de ta tante, je te flanquerai une bonne raclée. Allons, cesse de renifler comme ça. Tu renifles tout le temps. Tâche d'être un petit homme.

Wade s'enfuit en sanglotant se cacher dans un coin de la maison. Mélanie se mordit la lèvre, et des larmes lui montèrent aux yeux. Mama, qui assistait à la scène, du couloir, fronça les sourcils et poussa un profond soupir. Mais ce jour-là et les jours qui suivirent, personne ne s'avisa de tenir tête à Scarlett. Tout le monde avait peur de sa langue acérée, tout le monde redoutait le nouveau personnage qu'elle était en passe de devenir.

Désormais Scarlett régnait en maîtresse absolue sur Tara et, comme chez tous ceux qui sont brusquement investis de l'autorité, tous ses instincts tyranniques reprenaient le dessus. Ce n'était pas qu'elle fût foncièrement méchante. Cela tenait à ce qu'ayant peur et n'étant pas sûre d'elle-même elle se montrait dure afin qu'on ne découvrît point son manque d'aptitudes et qu'on ne refusât pas de lui obéir. En outre, elle éprouvait un certain plaisir à crier fort et à savoir qu'on la redoutait. Enfin, elle s'aperçut que cela soulageait ses nerfs trop tendus. Elle n'était pas sans se rendre compte qu'elle changeait de personnalité. Parfois, lorsqu'elle donnait un ordre d'un ton si sec que Pork faisait la moue et que Mama murmurait entre ses dents: «Y a des gens qui se donnent de bien g'ands ai' aujou'd'hui», elle se demandait où ses bonnes manières avaient bien pu s'en aller. Toute la courtoisie, toute l'aménité qu'Ellen s'était donné tant de mal à lui inculquer s'étaient détachées d'elle aussi vite que les feuilles se détachent des arbres au premier souffle froid de l'automne.

Ellen n'avait cessé de lui répéter: «Sois ferme mais gentille avec les inférieurs, surtout avec les noirs», seulement si elle se montrait gentille, les nègres ne manqueraient pas de passer toute la journée assis dans la cuisine à parler sans fin du bon vieux temps où les noirs attachés au service des maîtres n'en étaient pas réduits à faire une besogne de cultivateur.

«Aime et soigne tes sœurs. Sois bonne pour les affligés, disait Ellen. Prodigue ta tendresse à ceux qui sont dans le chagrin et dans la peine.»

En ce moment il lui était impossible d'aimer ses sœurs. Elles n'étaient ni plus ni moins qu'un poids mort sur ses épaules. Quant à bien les soigner, ne leur donnait-elle pas leur bain, ne les peignait-elle pas, ne les nourrissait-elle pas, quitte même à marcher pendant des milles et des milles chaque jour pour trouver des légumes? N'apprenait-elle pas à traire la vache bien qu'elle eût toujours la gorge serrée quand l'animal redoutable semblait la menacer de ses cornes? Enfin la bonté que sa mère lui préconisait, c'était tout simplement une perte de temps. Si elle exagérait sa bonté envers ses sœurs, celles-ci ne feraient sans doute que prolonger leur séjour au lit, et elle avait besoin qu'elles fussent sur pied le plus tôt possible.

Leur convalescence traînait en longueur, elles ne reprenaient pas de forces et restaient plongées dans une sorte de prostration. Le monde avait changé pendant qu'elles gisaient inconscientes dans leur lit. Les Yankees étaient venus, les nègres s'étaient enfuis, leur mère était morte. Trois événements incroyables que leur esprit se refusait à admettre. Il leur arrivait parfois de penser qu'elles déliraient encore et que rien de tout cela ne s'était produit. Scarlett avait tellement changé qu'il était impossible que ce fût elle. Lorsqu'elle s'approchait d'elles et leur esquissait à grands traits le genre de travail qu'elle comptait leur demander, elles la regardaient comme si elles avaient eu un lutin devant elles. Le fait qu'elles n'avaient plus une centaine d'esclaves pour accomplir toute la besogne dépassait leur entendement. Elles ne pouvaient imaginer qu'une dame O'Hara en fût réduite à se servir de ses dix doigts.

– Mais, petite sœur, disait Carreen, son doux visage enfantin tout assombri par la consternation, je ne pourrai jamais fendre du bois pour le feu ! Je m'abîmerai les mains !

– Regarde donc les miennes, répondait Scarlett avec un sourire inquiétant en approchant d'elle ses paumes calleuses et couvertes d'ampoules.

– C'est odieux de nous parler comme ça à bébé et à moi, s'écriait Suellen. Je suis sûre que tu mens et que tu essaies de nous faire peur. Si seulement maman était là, elle ne te laisserait pas nous parler sur ce ton ! Fendre du bois ! Ah ! oui, parlons-en !

Persuadée que Scarlett n'agissait ainsi que par méchanceté, Suellen, dans sa faiblesse, trouvait encore la force de détester sa sœur aînée. Suellen avait failli mourir. Elle avait perdu sa mère, elle se sentait seule, elle avait peur, elle avait besoin de tendresse et elle aurait voulu qu'on fût aux petits soins pour elle. Au lieu de cela, Scarlett s'arrêtait chaque jour au pied du lit de ses sœurs et, une lueur haineuse dans ses yeux verts, elle cherchait à voir si elles allaient mieux et se mettait à parler de lits à faire, de plats à préparer, de seaux d'eau à porter, de bois à fendre. Et l'on eût dit qu'elle prenait un malin plaisir à détailler ces horribles besognes.

En fait, Scarlett y prenait un malin plaisir. Elle tyrannisait les nègres et mettait ses sœurs au supplice non seulement parce qu'elle était trop préoccupée et trop épuisée pour faire autrement, mais parce que ça l'aidait à oublier l'amertume qu'elle ressentait, en constatant que tout ce que sa mère lui avait dit de la vie était faux.

Rien de ce que sa mère lui avait enseigné n'avait plus la moindre valeur et Scarlett en souffrait autant qu'elle en était indignée. Il ne lui venait pas à l'idée qu'Ellen avait été incapable de prévoir l'effondrement de la civilisation au milieu de laquelle elle avait élevé ses filles, qu'elle n'avait pu se douter de la disparition des rangs sociaux qu'elle leur avait si bien appris à tenir. Il ne lui venait même pas à l'idée qu'en lui apprenant à être aimable et gracieuse, honnête et bonne, modeste et franche, Ellen avait envisagé une longue perspective d'années paisibles, toutes pareilles aux années sans heurts de sa propre existence. Lorsque les femmes avaient bien retenu ces choses, la vie se montrait clémente envers elles, prétendait Ellen !

Désespérée, Scarlett se disait: «Non, rien, rien de ce qu'elle m'a appris ne me sert à quoi que ce soit! À quoi me servirait d'être bonne, maintenant? Quelle valeur a la gentillesse? J'aurais mieux fait d'apprendre à labourer ou à cueillir le coton comme une négresse! Oh! maman, vous vous trompiez!»

Elle ne prenait pas le temps de penser que le monde bien ordonné d'Ellen n'existait plus et qu'un monde brutal avait pris sa place, un monde où toute forme, toute valeur étaient changées. Elle comprenait seulement, ou croyait comprendre, que sa mère s'était trompée, et elle se transformait rapidement pour s'adapter à une vie nouvelle à laquelle elle n'avait pas été préparée.

Seuls ses sentiments envers Tara ne s'étaient pas modifiés! Jamais, alors que, harassée, elle rentrait à travers champs, elle n'avait vu la blanche demeure sans sentir son cœur se gonfler de joie et d'amour à la pensée qu'elle arrivait chez elle. Jamais, penchée à sa fenêtre, elle ne contemplait les pâturages verts, les champs rouges et les arbres touffus poussant au nord des marécages sans se sentir pénétrée par un sentiment de beauté. Son amour pour cette terre qui déroulait doucement ses collines rouges et brillantes, pour ce beau sol couleur de sang, de grenat, de brique ou de vermillon, qui si miraculeusement donnait naissance à des buissons verts étoilés de touffes blanches, son amour ne changeait pas alors que tout changeait en elle. Nulle part ailleurs il n'y avait terre semblable à celle-là.

Lorsqu'elle regardait Tara, elle comprenait en partie pourquoi on se faisait la guerre. Rhett avait tort quand il prétendait que les hommes se battaient pour l'argent. Non, ils se battaient pour des arpents de terrain tout bosselés de sillons, pour des pâturages verdis par l'herbe que la faux a couchée, pour des rivières jaunes et indolentes, pour des maisons blanches bien fraîches parmi les magnolias. C'étaient là les seules choses qui valussent la peine de se battre pour elles, la terre rouge qui appartenait aux hommes, qui appartiendrait à leurs fils, la terre rouge qui donnerait du coton à leurs fils et aux fils de leurs fils.

Maintenant que sa mère et Ashley n'étaient plus, maintenant que le malheur avait fait retomber Gérald en enfance, que l'argent, les nègres, sa tranquillité, son rang avaient disparu en une nuit, les champs ravagés de Tara étaient tout ce qui lui restait. Comme si elle l'avait entendue dans un autre monde, elle se rappela une conversation qu'elle avait eue avec son père au sujet de la terre. Elle s'étonna que sa jeunesse et son ignorance l'eussent empêchée de le comprendre lorsqu'il avait dit que la terre était la seule chose qui valût la peine qu'on se batte pour elle.

« Car c'est la seule chose au monde qui dure… et pour tous ceux qui ont une goutte de sang irlandais dans les veines, la terre sur laquelle ils vivent est comme leur mère… c'est la seule chose pour laquelle cela vaille la peine de travailler, de lutter et de mourir. »

Oui, Tara valait la peine qu'on luttât pour elle et Scarlett acceptait la lutte sans discuter. Personne ne lui arracherait Tara ! Personne ne réussirait à la faire vivre, elle et les siens, aux crochets des parents qui lui restaient. Elle garderait Tara, dût-elle pour cela briser les reins à tous ceux qui y demeuraient.

XXVI

Il y avait déjà deux semaines que Scarlett était revenue d'Atlanta à Tara quand la plus grosse des écorchures qu'elle s'était faites au pied s'envenima et enfla si bien qu'il lui fut impossible de mettre sa chaussure et qu'elle en fut réduite à clopiner en marchant sur le talon. À la vue de son gros orteil enflammé, elle fut prise d'un immense désespoir. Et si la plaie allait se gangrener comme les blessures des soldats? Et si elle allait mourir loin de tout docteur? Malgré son amertume, elle n'avait nulle envie de quitter la vie. Et puis, qui s'occuperait de Tara si elle venait à disparaître?

Lors de son retour chez elle, elle avait caressé l'espoir que Gérald redeviendrait ce qu'il était autrefois, et qu'il assumerait toutes les responsabilités, mais, durant ces deux semaines, cet espoir s'était évanoui. Elle savait désormais que, bon gré mal gré, c'était entre ses mains inexpérimentées que reposait le sort de la plantation et de ses habitants, car Gérald, si gentil, si terriblement absent de Tara, passait ses journées immobile comme un homme perdu dans un rêve. Lorsque Scarlett le suppliait de lui donner un conseil, il se contentait de répondre: «Fais ce que tu estimes le meilleur, ma fille», ou encore, ce qui était pire: «Demande l'avis de ta mère, ma chatte.»

Il ne changerait plus jamais, et maintenant Scarlett voyait la vérité en face et l'acceptait telle quelle. Elle savait que, jusqu'à sa mort, Gérald continuerait d'attendre le retour d'Ellen et guetterait sans cesse le bruit de ses pas. Il vivait dans quelque pays aux frontières incertaines où le temps était aboli et il lui semblait qu'Ellen se trouvait toujours dans la pièce voisine. Le ressort de toute son existence s'était brisé à la mort de sa femme et avec lui avaient disparu son assurance, son audace et sa vitalité débordante. Ellen avait été l'assistance devant laquelle s'était joué le drame ronflant de Gérald O'Hara. Maintenant on avait tiré le rideau pour toujours, on avait soufflé les quinquets de la rampe, et l'assistance s'était brusquement évanouie tandis que le vieux comédien, frappé de stupeur, restait sur la scène à attendre ses répliques.

Ce matin-là, la maison était silencieuse, car tout le monde, à l'exception de Scarlett, de Wade et des trois malades, était en train de traquer la truie dans les marécages. Gérald lui-même était un peu sorti de sa torpeur et, traînant la jambe de sillon en sillon, se promenait dans les champs en tenant Pork par l'épaule et en balançant un rouleau de corde de sa main libre. À force de pleurer, Suellen et Carreen s'étaient endormies. Cela leur arrivait au moins deux fois par semaine lorsqu'elles pensaient à Ellen et que les larmes de chagrin et de faiblesse inondaient leurs joues creuses. Mélanie, pour la première fois depuis son accouchement, avait été autorisée à s'asseoir dans son lit. Les jambes recouvertes d'un drap reprisé, elle tenait un bébé au creux de chaque bras, le sien dont la tête blonde dodelinait, celui de Dilcey dont les cheveux noirs semblaient frisés au petit fer.

Pour Scarlett, le silence de Tara était intolérable, car il lui rappelait trop vivement le silence de mort de la campagne désolée qu'elle avait traversée en revenant d'Atlanta. Il y avait des heures que la vache et son veau n'avaient fait le moindre bruit. Nul oiseau ne chantait et la bruyante famille de moqueurs qui, depuis des générations, vivait au milieu des feuilles bruissantes du magnolia s'était tue. Scarlett avait attiré une chaise basse tout contre la fenêtre ouverte de sa chambre à coucher et laissait son regard errer sur l'allée en face de la maison, sur la pelouse et sur les pâturages déserts de l'autre côté de la route. Elle avait relevé ses jupes bien au-dessus du genou et elle demeurait ainsi, le menton posé sur ses bras eux-mêmes appuyés au rebord de la fenêtre. Auprès d'elle, sur le plancher, était posé un seau d'eau tirée du puits et, de temps en temps, elle y trempait son pied meurtri en faisant une grimace de douleur.

Agacée, elle enfonça le menton au creux de son bras. C'était précisément au moment où elle avait le plus besoin de ses forces que son orteil s'était infecté. Ces imbéciles-là n'arriveraient jamais à attraper la truie. Il leur avait fallu une semaine pour capturer les porcelets un à un et maintenant, au bout de deux semaines, la truie était toujours en liberté. Scarlett savait que s'il lui était possible de rejoindre les chasseurs dans les marais, elle retrousserait ses jupes, s'emparerait de la corde et prendrait la truie au lasso avant qu'on eût le temps de dire ouf!

Mais en admettant qu'on arrivât à attraper la truie? Que se passerait-il une fois qu'on l'aurait mangée, elle et ses petits? La vie suivrait son cours et les appétits en feraient autant. L'hiver approchait et l'on n'aurait rien à se mettre sous la dent, pas même les misérables restes des jardins potagers du voisinage. On ne pouvait pourtant pas se passer de pois secs, de sorgho, de farine de maïs, de riz et... et... de tant d'autres choses. Il fallait des graines de maïs et de coton pour les semailles de printemps, sans parler des vêtements. D'où tirer tout cela et comment le payer?

En secret, Scarlett avait fait l'inventaire des poches de Gérald et du coffret où il mettait son argent. Au cours de ses investigations elle n'avait trouvé que des piles de bons de la Confédération et trois mille dollars en billets confédérés. «À peu près de quoi nous offrir un bon repas, maintenant que l'argent confédéré vaut presque moins que rien», se dit Scarlett ironiquement. Mais, à supposer qu'elle eût de l'argent et qu'elle trouvât de quoi manger, comment rapporter ces provisions à Tara? Pourquoi le bon Dieu avait-il laissé mourir le vieux cheval? Même la misérable bête que Rhett avait volée changerait le problème du tout au tout. Oh! ces jolies mules pleines de vie qui lançaient des ruades dans les prés, de l'autre côté de la route, les beaux chevaux qu'on attelait à la voiture, sa petite jument, les poneys des petites, le gros étalon de Gérald qui traversait la pelouse comme une flèche en arrachant le gazon... Oh! posséder l'un d'entre eux, même la mule la plus ombrageuse!

Mais, tant pis... lorsque sa blessure serait guérie, elle irait à pied à Jonesboro. Ce serait la plus longue marche de sa vie, mais elle irait. Même si les Yankees avaient brûlé la ville de fond en comble, elle trouverait certainement quelqu'un pour lui dire où l'on pouvait découvrir de quoi manger. Elle vit devant elle le petit visage renfrogné de Wade. Elle savait bien que son fils n'aimait pas les ignames. Il ne cessait de le répéter et de dire: «Je veux une cuisse de poulet, du riz et de la sauce.»

Le soleil qui éclairait brillamment le jardin s'assombrit soudain, ses larmes lui brouillèrent l'image des arbres. Scarlett laissa retomber la tête sur son bras replié et s'efforça de ne pas pleurer. Les larmes servaient à si peu de chose désormais. D'ailleurs, elles n'étaient vraiment utiles que quand on voulait obtenir une faveur d'un homme. Tandis qu'elle essayait de refouler ses larmes en serrant fortement ses paupières l'une contre l'autre, elle distingua le bruit d'un cheval au trot. Pourtant elle ne releva pas la tête. Nuit et jour, au cours des deux dernières semaines, il lui avait semblé entendre trotter un cheval tout comme il lui avait semblé entendre le froufrou de la robe d'Ellen. Avant qu'elle eût le temps de se dire: «Allons, ne sois pas stupide!» son cœur se mit à battre à coups précipités ainsi qu'il le faisait toujours en pareils moments.

Mais, à sa grande surprise, le cheval passa fort naturellement du trot au pas et elle entendit le crissement régulier des sabots enfonçant dans le sable de l'allée. C'était bien un cheval… Les Tarleton, les Fontaine ! Elle releva vivement la tête. C'était un cavalier yankee !
Machinalement elle se blottit derrière le rideau et, fascinée, regarda l'homme à travers l'étoffe transparente. La stupeur lui coupait le souffle, vidait l'air de ses poumons.
C'était un individu massif, à mine patibulaire. On eût dit qu'il écrasait sa selle sous son poids, et sa barbe noire, mal soignée, s'éparpillait dans tous les sens sur sa veste bleue déboutonnée. Il avait de petits yeux rapprochés qui étudiaient calmement la maison sous la visière de la casquette bleue très ajustée. Il descendit de cheval sans se presser et l'attacha à un montant de bois aménagé à cet effet. Alors Scarlett reprit son souffle, mais brutalement, douloureusement, comme après un coup à l'estomac. Un Yankee, un Yankee avec un long pistolet sur la hanche ! Et elle était seule dans la maison, seule avec trois femmes malades et deux bébés !
Tandis que l'homme remontait l'allée sans se presser, la main sur l'étui de son pistolet, ses petits yeux ronds furetant à droite et à gauche, une foule d'images confuses se formèrent dans le cerveau de Scarlett comme elles se forment dans un kaléidoscope. Elle se rappela tout ce que tante Pittypat lui avait raconté à voix basse, ces histoires de femmes attaquées, de gorges tranchées, de maisons incendiées, d'enfants transpercés à coups de baïonnette parce qu'ils pleuraient, toutes ces horreurs inexprimables contenues dans le seul mot de « Yankee » !
Sous l'empire de la terreur son premier mouvement fut d'aller se cacher dans un placard. Puis elle pensa à se glisser sous son lit ; enfin elle eut une envie folle de se précipiter dans l'escalier de service et de s'enfuir en hurlant vers les marais. N'importe quoi, mais échapper à cet homme. Alors elle l'entendit gravir d'un pas prudent les marches du perron, puis pénétrer dans le vestibule et, à ce moment, elle comprit que la retraite lui était coupée. Trop terrorisée pour faire un seul geste, elle entendit l'homme passer d'une pièce dans l'autre. À mesure qu'il avançait, il se rendait mieux compte que la maison était vide et son pas se faisait plus lourd, plus hardi. Maintenant il était dans la salle à manger, dans un moment il serait dans la cuisine.
À l'idée qu'il allait entrer dans la cuisine, une rage soudaine gonfla la poitrine de Scarlett, une rage si brutale qu'elle en ressentit comme un coup de poignard au cœur et que son épouvante céda aussitôt le

pas à sa fureur. La cuisine ! Sur le fourneau il y avait deux marmites, l'une était remplie de pommes qui cuisaient, l'autre de différents légumes ramenés à grand-peine des Douze Chênes et de chez les MacIntosh. Dîner à peine suffisant pour deux personnes, c'était là tout ce qui attendait neuf ventres affamés. Depuis des heures Scarlett prenait sur elle pour ne pas descendre à la cuisine avant le retour des autres et, à l'idée que le Yankee allait manger le maigre repas, elle se mit à trembler de colère.

Que le diable les emporte tous ! Ils s'abattaient comme des sauterelles et s'en allaient laissant la famine derrière eux, et les voilà qui revenaient voler le peu qui restait. L'estomac vide de Scarlett se contracta. Bon Dieu, ce Yankee-là au moins n'aurait plus l'occasion de voler !

Elle retira sa chaussure éculée et, pieds nus, elle se glissa rapidement jusqu'à son secrétaire sans même sentir sa blessure. Elle ouvrit sans bruit le tiroir du dessus, en tira le lourd pistolet qu'elle avait rapporté d'Atlanta, ce même pistolet dont Charles ne s'était jamais servi. Elle fouilla dans l'étui de cuir pendu au mur à côté du sabre et en sortit une amorce qu'elle mit en place d'une main qui ne tremblait pas. Silencieuse et rapide, elle traversa le couloir et descendit l'escalier, en s'appuyant d'une main à la rampe et en tenant de l'autre le pistolet bien serré contre sa cuisse afin de le dissimuler dans les plis de sa jupe.

– Qui est là ? cria le Yankee d'une voix nasillarde.

Et Scarlett s'arrêta au beau milieu de l'escalier, le sang battant si fort à ses oreilles qu'elle l'entendit à peine : « Halte ou je tire ! » fit la voix.

L'homme se tenait sur le seuil de la salle à manger, ramassé sur lui-même, comme prêt à bondir. D'une main il tenait son pistolet, de l'autre la petite boîte de couture en palissandre qui contenait un dé en or, des ciseaux à manche d'or et un minuscule porte-aiguilles en or. Scarlett sentit ses jambes se glacer jusqu'aux genoux, mais la rage lui brûla le visage. La boîte à ouvrage d'Ellen dans la main de cet individu. Elle voulut crier : « Lâchez ça ! Lâchez ça, espèce de sale… », mais les mots refusèrent de sortir. Elle ne put que regarder fixement l'homme par-dessus la rampe de l'escalier et observer le changement qui s'opéra sur son visage dont l'expression tendue, la dureté firent place à un sourire moitié méprisant, moitié engageant.

– Alors, comme ça, y a du monde, fit-il en remettant son pistolet dans son étui et en s'approchant jusqu'à se trouver au-dessous de Scarlett. Toute seule, ma petite dame ?

Prompte comme l'éclair, Scarlett brandit son revolver par-dessus la rampe et le braqua en plein sur le visage barbu et stupéfait. Avant que l'homme ait pu porter la main à son ceinturon, elle pressa la détente. Le recul la fit chanceler, en même temps que le fracas de l'explosion emplissait ses oreilles et que l'odeur âcre de la poudre lui piquait les narines. L'homme tomba à la renverse et s'étala dans la salle à manger avec une violence qui fit trembler le mobilier. La boîte lui échappa des mains, éparpillant son contenu autour de lui. Sans guère se rendre compte de ce qu'elle faisait, Scarlett descendit l'escalier, se pencha sur l'homme et se mit à considérer ce qui restait du visage au-dessus de la barbe : un trou sanglant à l'endroit du nez, deux yeux vitreux brûlés par la poudre.

Tandis qu'elle le regardait ainsi, deux filets de sang se mirent à couler sur le plancher brillant. L'un venait du visage, l'autre de derrière sa tête !

Oui, il était mort. Ça ne faisait aucun doute. Elle avait tué un homme !

La fumée monta en volutes jusqu'au plafond et les petits ruisseaux rouges grossirent à ses pieds. Pendant un temps qu'il lui fut impossible d'évaluer, elle resta là sans bouger, et dans le silence chaud et paisible de ce matin d'été tous les sons, tous les parfums semblaient prendre une importance exagérée, les battements déréglés de son cœur, le léger bruissement des feuilles du magnolia, le son lointain d'un oiseau des marais, l'odeur exquise des fleurs qui arrivait par la fenêtre.

Elle avait tué un homme, elle qui évitait toujours d'assister à l'hallali lorsqu'elle chassait à courre, elle qui ne pouvait supporter le hurlement des gorets qu'on égorge ou le cri d'un lapin pris au piège. « Un meurtre ! pensa-t-elle confusément. J'ai commis un meurtre ! Oh ! il est impossible que ça me soit arrivé à moi ! » Ses yeux se posèrent par terre sur la main poilue qui se trouvait si près de la boîte de couture et soudain elle reprit conscience de la vie, elle fut envahie d'une joie féroce de tigresse. Pour un peu elle eût enfoncé le talon dans la blessure béante et eût éprouvé un plaisir exquis à sentir le sang tiède contre son pied nu. Elle avait commencé à venger Tara… et à venger Ellen.

Au premier on entendit un bruit de pas précipités et incertains. Puis il y eut une pause, et le bruit de pas reprit, mais cette fois affaibli, moins rapide et ponctué par le cliquetis d'un objet métallique. Scarlett releva la tête et vit Mélanie en haut de l'escalier. Pour tout vêtement elle portait la chemise de jour en loques qui lui tenait lieu de chemise de nuit et, de son bras faible, elle avait bien du mal à porter le sabre de Charles. D'un seul coup d'œil Mélanie embrassa toute la scène dans ses moindres détails, aperçut le cadavre vêtu de bleu allongé dans une mare rouge, la boîte de couture, Scarlett pieds nus, le visage terreux, le long pistolet à la main.

Elle ne dit pas un mot, mais ses yeux rencontrèrent ceux de Scarlett. Son visage d'ordinaire si doux était empreint d'un orgueil farouche, son sourire exprimait une approbation et une joie féroce qui s'apparentaient étroitement aux sentiments tumultueux allumés dans le cœur de Scarlett.

« Mais... mais... elle me ressemble ! Elle comprend ce que j'éprouve ! se dit Scarlett. Elle aurait fait la même chose. »

Bouleversée, elle regarda la jeune femme frêle et vacillante pour laquelle elle n'avait jamais eu qu'aversion et mépris. Maintenant naissait en elle un sentiment d'admiration et de camaraderie qui luttait contre sa haine pour la femme d'Ashley. Dans un instant de clairvoyance que n'altéra nulle émotion mesquine, elle vit que sous le ton aimable et le regard de tourterelle de Mélanie il y avait autre chose, une mince lame d'acier que rien ne pouvait briser et elle comprit également que, dans les veines de Mélanie, pouvait aussi bien couler un sang héroïque.

« Scarlett ! Scarlett ! » hurlèrent Suellen et Carreen d'une voix faible qu'étouffait davantage la porte de leur chambre, et Wade hurla à son tour : « Tantie ! Tantie ! » Mélanie mit aussitôt un doigt sur sa bouche, puis, posant le sabre sur la dernière marche, elle traversa péniblement le couloir du premier et ouvrit la porte de la chambre des malades. « N'ayez pas peur, mes mignonnes ! dit-elle d'un ton taquin et assez haut pour qu'on l'entendît d'en bas. Votre grande sœur a essayé d'enlever la rouille du pistolet de Charles et le coup est parti. Elle a failli en mourir de peur... Voyons, Wade Hampton, ta maman vient seulement de faire partir le pistolet de ton cher papa ! Quand tu seras grand, elle te laissera tirer avec. »

« Quelle fière menteuse ! pensa Scarlett avec admiration. Je n'aurais jamais trouvé cela aussi vite. Mais à quoi bon mentir ! Il faudra bien que tout le monde sache ce que j'ai fait. »

Elle examina de nouveau le cadavre et, comme sa rage et sa fureur se dissipaient, elle fut saisie d'horreur et ses genoux se mirent à trembler. Mélanie reparut en haut de l'escalier qu'elle se mit en devoir de descendre en se retenant à la rampe.

– Va te recoucher, petite sotte, tu vas te tuer ! lança Scarlett, mais la jeune femme, à demi nue, mordant à pleines dents ses lèvres décolorées, trébucha de marche en marche et finit par atteindre le vestibule.

– Scarlett, murmura-t-elle, il faut l'emmener. Il faut l'enterrer. Il n'est peut-être pas seul et si on le trouve ici...

Elle s'appuya au bras de Scarlett.
– Il doit être seul, fit cette dernière. Je n'ai vu personne d'autre par la fenêtre. Ça doit être un déserteur.
– Même s'il est seul, il faut que personne ne sache ce qui s'est passé. Les nègres pourraient jaser et alors on viendrait t'arrêter. Scarlett, il faut que nous le cachions quelque part avant que nos gens reviennent des marais.
Stimulée par le ton angoissé de Mélanie, Scarlett se prit à réfléchir.
– Je pourrais l'enterrer dans un coin du jardin, sous l'ormeau… là où Pork a enfoui le tonneau de whisky ; la terre est molle à cet endroit. Mais comment ferais-je pour le porter jusque-là ?
– Nous le tirerons chacune par une jambe, déclara Mélanie avec énergie.
Malgré elle, Scarlett ne put s'empêcher d'admirer encore plus sa belle-sœur.
– Tu n'aurais même pas la force de porter un chat. C'est moi qui le tirerai jusque-là, fit-elle d'un ton bourru. Retourne te coucher. Tu vas te tuer. Ne t'avise pas de me donner un coup de main, sans ça j'irai te porter moi-même au lit.
Le visage blême de Mélanie s'éclaira d'un sourire charmant.
– Tu es très gentille, Scarlett, dit-elle, et ses lèvres effleurèrent doucement la joue de la jeune femme. Avant que celle-ci fût revenue de sa surprise, Mélanie poursuivit : – Si tu peux l'emmener, moi je vais essuyer… je vais remettre tout en ordre avant le retour de nos gens, et puis, Scarlett…
– Oui ?
– Penses-tu que ce serait malhonnête de fouiller dans sa musette ? Il a peut-être quelque chose à manger ?
– Je ne crois pas, répliqua Scarlett, vexée de n'avoir pas songé à cela elle-même. Prends-lui sa musette, moi je fouille ses poches.
Penchée avec dégoût sur le cadavre, elle défit les boutons de sa veste et se livra à un inventaire en règle de ses poches.
– Mon Dieu, soupira-t-elle en exhibant un portefeuille volumineux enveloppé dans un chiffon. Mélanie… Melly, je crois que c'est plein d'argent.
Mélanie ne répondit rien, mais s'assit brusquement par terre, le dos appuyé au mur.
– Regarde, Melly… mais regarde donc !
Mélanie obéit et ses yeux parurent s'agrandir. On distinguait une masse de billets de banque, des billets des États-Unis à dos vert, pêle-mêle avec des billets confédérés et au milieu d'eux, jetant un

faible reflet, une pièce d'or de dix dollars et deux pièces de cinq dollars en or également.

– Ne t'amuse pas à les compter maintenant, conseilla Mélanie à Scarlett, qui commençait à faire glisser les coupures sous son doigt. Nous n'avons pas le temps…

– Te rends-tu compte, Mélanie, que tout cet argent signifie que nous allons manger ?

– Mais oui, ma chérie, je le sais, mais nous n'avons pas le temps maintenant. Examine ses autres poches. Moi, je m'occupe de sa musette.

Scarlett répugnait à abandonner le portefeuille. De brillantes perspectives s'ouvraient devant elle… du vrai argent, le cheval du Yankee, de quoi manger ! En somme il y avait un Dieu, un Dieu qui pourvoyait aux besoins des humains quand bien même il avait recours à d'étranges moyens pour cela. Elle s'assit et regarda le portefeuille en souriant. De quoi manger ! Mélanie le lui arracha des mains.

– Presse-toi ! dit-elle.

Les poches du pantalon ne contenaient rien en dehors d'un bout de chandelle, d'un mauvais couteau, d'une carotte de tabac et d'un morceau de ficelle. Mélanie sortit de la musette un petit paquet de café qu'elle huma comme s'il s'agissait du parfum le plus exquis. Le visage altéré, elle extirpa du sac une miniature de fillette sertie de petites perles, une broche en grenats, deux gros bracelets d'or garnis de chaînettes d'or, un dé en or, une timbale d'enfant, des ciseaux à broder en or, un solitaire en diamant et une paire de boucles d'oreilles terminées chacune par un diamant en forme de poire que les deux jeunes femmes, malgré leur manque d'expérience, estimèrent devoir dépasser un carat chacun.

– Un voleur ! s'exclama Mélanie d'une voix étouffée tout en s'écartant du corps immobile. Scarlett, il a sûrement volé tout cela !

– Bien sûr ! Et en venant ici, il espérait bien nous voler encore quelque chose.

– Je suis heureuse que tu l'aies tué, déclara Mélanie, les yeux durs. Maintenant, presse-toi, ma chérie, emporte-le.

Scarlett se pencha, saisit le mort par ses bottes et tira de toutes ses forces. Comme il était lourd et comme elle se sentit faible tout d'un coup ! Et si elle était incapable de le déplacer ? Tournant le dos au cadavre, elle prit une lourde botte sous chaque bras et se pencha en avant. Le mort remua et Scarlett s'arc-bouta. Dans la fièvre de l'action, elle avait oublié son pied malade, mais un cruel élancement la ramena à la réalité. Elle grinça des dents et s'appuya de tout son poids sur son talon. Tirant, peinant, la sueur lui inondant le front, elle fit traverser tout le vestibule au cadavre qui laissait derrière lui une traînée sanglante.

– S'il saigne dans la cour, nous ne pourrons pas faire partir les taches, dit-elle le souffle court. Donne-moi ta chemise, Melly, je vais lui en envelopper la tête.

Mélanie devint cramoisie.

– Ne fais pas la sotte. Je ne te regarderai pas, annonça Scarlett. Si j'avais un jupon ou un pantalon, je m'en servirais.

Recroquevillée contre le mur, Mélanie fit passer ses haillons par-dessus sa tête et, après les avoir lancés sans mot dire à Scarlett, elle masqua du mieux qu'elle put sa nudité.

«Dieu merci, je n'ai pas de ces pudeurs», pensa Scarlett qui sentit plutôt qu'elle ne vit la gêne de Mélanie tandis qu'elle entourait le visage mutilé avec la chemise en guenille.

Procédant par bonds successifs, autant que le lui permettait son pied, elle finit par atteindre la véranda qui donnait sur la cour et là, tout en s'arrêtant pour s'éponger le front du revers de la main, elle se retourna et vit Mélanie qui, assise le dos au mur, ramenait désespérément ses genoux frêles contre ses seins nus. «Que Mélanie est donc bête de faire tant d'histoires en un moment pareil», se dit Scarlett, agacée. C'était bien ce côté sainte-nitouche qu'elle avait toujours méprisé chez elle. Alors elle eut honte. Après tout… après tout Mélanie s'était levée si tôt après son accouchement, et elle avait même trouvé le moyen de venir à son secours avec une arme trop lourde pour elle. Il avait fallu du courage pour cela, cette sorte de courage que Scarlett savait bien ne pas avoir, ce courage de bonne trempe que Mélanie avait déployé lors de la nuit terrible où Atlanta était tombée, lors du long voyage de retour. C'était ce même courage inébranlable, sans éclat, dont tous les Wilkes étaient dotés, qualité que Scarlett ne comprenait pas, mais à laquelle elle rendait hommage à contrecœur.

– Monte te recoucher! lança-t-elle par-dessus son épaule. Tu vas mourir si tu ne remontes pas. Je nettoierai tout quand je l'aurai enterré.

– Je vais nettoyer avec l'une des carpettes, répondit Mélanie d'une voix éteinte en considérant la masse de sang avec répulsion.

– Eh bien, attrape la mort, moi je m'en fiche! Si nos gens reviennent avant que j'aie fini, retiens-les dans la maison et raconte-leur que le cheval est venu comme ça, on ne sait pas d'où.

Le soleil matinal éclairait Mélanie qui grelottait, et lorsque la tête du mort se mit à heurter une par une les marches de la véranda, la jeune femme se boucha les oreilles pour ne pas entendre l'horrible bruit qu'elle faisait.

Personne ne demanda d'où était venu le cheval. Il sautait aux yeux qu'il s'était perdu après la dernière bataille et tout le monde fut trop heureux de l'avoir. Le Yankee fut couché dans le trou que Scarlett avait creusé au-dessous de l'ormeau. Les supports qui retenaient les branches épaisses étaient pourris et, cette nuit-là, Scarlett les entailla si bien avec un couteau de cuisine que les rameaux s'effondrèrent en désordre au-dessus de la tombe. Scarlett n'exigea point qu'on les relevât et si jamais les nègres surent pourquoi, ils n'en soufflèrent mot.

Nul fantôme ne sortit de cette tombe sommaire pour venir hanter les longues nuits de Scarlett qui restait éveillée, trop lasse pour trouver le sommeil. Nul sentiment d'horreur, nul remords ne vint l'assaillir au souvenir du cadavre. Elle s'en étonna, car elle savait que, même un mois auparavant, elle eût été incapable d'une telle action. La toute jeune Mme Hamilton, avec ses fossettes, ses boucles d'oreilles qu'elle faisait tinter et ses petits airs effarouchés, réduire en bouillie le visage d'un homme et enterrer celui-ci dans un trou hâtivement creusé par elle ! Scarlett ne pouvait se défendre d'un sourire un peu sinistre en pensant à la consternation que pareille idée provoquerait chez ceux qui la connaissaient.

« Je n'y penserai plus, déclara-t-elle un jour. C'est fini et bien fini et j'aurais été ridicule de ne pas le tuer. Tout de même… j'ai dû un peu changer depuis mon retour, sans ça je ne l'aurais pas fait. »

Elle ne chercha pas à approfondir, mais, au fond de sa conscience, chaque fois qu'elle avait à résoudre un problème ennuyeux et difficile, elle se disait, pour se donner du courage : « Ma foi, j'ai commis un meurtre, aussi je peux faire ça. »

Elle avait beaucoup plus changé qu'elle ne le pensait et cette petite croûte dure qui avait commencé à se former en elle le jour où elle était restée face contre terre dans le jardin des esclaves aux Douze Chênes commençait lentement à s'épaissir.

Maintenant qu'elle possédait un cheval, Scarlett allait pouvoir découvrir ce qu'étaient devenus ses voisins. Depuis son retour, elle s'était demandé plus de mille fois, la mort dans l'âme : « Sommes-nous les seules personnes qui restent dans le comté ? Tous les autres ont-ils péri dans l'incendie de leur maison ? Se sont-ils tous réfugiés à Macon ? » Elle redoutait presque de savoir la vérité, tant était encore présent à son esprit le souvenir des ruines accumulées aux Douze Chênes, chez les MacIntosh ou même chez les Slattery.

Pourtant il valait encore mieux apprendre le pire que de passer son temps à se poser des questions. Elle décida de se rendre d'abord chez les Fontaine, non pas qu'ils fussent ses voisins les plus proches, mais parce qu'elle y trouverait peut-être le vieux docteur. Mélanie avait besoin d'un docteur. Elle ne se remettait pas comme elle l'aurait dû et sa faiblesse et sa pâleur inquiétaient Scarlett.

Aussi, dès que son pied fut en assez bon état pour supporter une pantoufle, elle monta sur le cheval du Yankee. Un pied passé dans l'étrier qu'elle avait raccourci, son autre jambe ramenée sur la selle, un peu comme si elle montait en amazone, elle s'en alla à travers champs vers la plantation de Mimosas, persuadée qu'elle la trouverait en cendre.

À sa grande surprise et à son grand plaisir, elle vit la vieille maison en stuc jaunâtre apparaître, comme elle avait toujours apparu, au milieu d'un bosquet de mimosas. Une tiède bouffée de bonheur, qui faillit la faire pleurer, l'envahit quand les trois dames Fontaine sortirent de la maison pour l'accueillir avec force baisers et cris de joie. Cependant, lorsqu'on eut fini de s'exclamer et d'échanger des paroles affectueuses et que tout le monde se fut assis dans la salle à manger, Scarlett sentit un frisson la parcourir. Les Yankees n'avaient pas poussé jusqu'à Mimosas parce que la plantation était trop éloignée de la grand-route, aussi les Fontaine avaient-ils conservé leurs bêtes et leurs provisions, mais Mimosas était enveloppée par ce même silence étrange qui pesait sur Tara et sur toute la campagne environnante. À l'exception de quatre femmes employées aux travaux domestiques, tous les esclaves s'étaient sauvés, effrayés par l'approche des Yankees. On n'y rencontrait pas un homme, à moins que Joe, le petit garçon de Sally, à peine sorti du maillot, ne pût passer pour tel. Seules dans la grande maison habitaient la grand-mère Fontaine, qui avait dépassé ses soixante-dix ans, sa bru, qui toute sa vie se ferait appeler «Mme Jeune», bien qu'elle eût dépassé la cinquantaine, et Sally, qui avait tout juste dépassé ses vingt ans. Toutes ces femmes vivaient fort éloignées de leurs voisins et personne ne les protégeait, mais si elles avaient peur, elles ne le montraient pas. «C'est sans doute parce que Sally et Mme Jeune ont trop peur de la vieille grand-mère pour oser se laisser aller», pensa Scarlett. Scarlett elle-même craignait la vieille dame, car celle-ci avait l'œil vif et la langue encore plus pointue, et jadis Scarlett en avait su quelque chose.

Quoiqu'elles ne fussent point unies par les liens du sang et qu'une grande différence d'âge les séparât, une communauté d'esprit et d'épreuves rapprochait ces femmes l'une de l'autre. Toutes trois portaient des vêtements de deuil teints à la maison, toutes trois étaient usées, tristes, préoccupées, toutes trois recelaient une amertume qui ne leur faisait ni montrer un visage trop morose, ni se plaindre, mais qui néanmoins perçait sous leurs sourires et leurs paroles de bienvenue. Cela s'expliquait d'ailleurs. Leurs esclaves s'étaient enfuis, leur argent ne valait plus rien, Joe, le mari de Sally, était mort à Gettysburg, et Mme Jeune, elle aussi, était veuve, car le second docteur Fontaine était mort de la dysenterie à Vicksburg. Les deux autres garçons, Alex et Tony, étaient quelque part en Virginie et nul ne savait s'ils étaient morts ou vivants. Quant au vieux docteur Fontaine, il s'en était allé avec la cavalerie de Wheeler.

– Et le vieux fou a soixante-treize ans, bien qu'il s'escrime à faire le jeune homme. Et puis, il est aussi couvert de rhumatismes qu'un verrat est couvert de mouches, dit la grand-mère, la lueur de ses yeux trahissant sa fierté malgré ses paroles acerbes.

– Savez-vous un peu ce qui se passe à Atlanta ? demanda Scarlett lorsque tout le monde se fut confortablement installé. À Tara, nous sommes complètement enterrés.

– C'est la loi commune, mon enfant, déclara la vieille dame en prenant en main la conversation selon son habitude. Nous sommes logés à la même enseigne que vous. Nous ne savons rien si ce n'est que Sherman a fini par s'emparer de la ville.

– Alors il y est arrivé ? Que fait-il maintenant ? Où se bat-on ?

– Comment trois femmes seules au fin fond de la campagne sauraient-elles à quoi s'en tenir sur la guerre quand nous n'avons eu ici ni journaux, ni lettres depuis des semaines ? fit la vieille dame d'un ton revêche. Une de nos négresses a parlé à un nègre qui avait vu un autre nègre qui était allé à Jonesboro et, en dehors de cela, nous n'avons rien entendu raconter. On prétend que les Yankees ne sont restés à Atlanta que pour permettre à leurs hommes et à leurs chevaux de se reposer, mais est-ce vrai, n'est-ce pas vrai, vous êtes aussi bien placée que moi pour le savoir. Oh ! ce n'est pas qu'ils n'aient pas eu besoin de repos après le combat que nous leur avons livré.

– Dire que vous avez été à Tara tout ce temps-là, et que nous ne le savions pas ! interrompit Mme Jeune. Oh ! je m'en veux de ne pas être allée vous voir à cheval ! Mais il y a eu tant à faire ici, avec presque tous nos nègres qui sont partis, que je n'ai pas pu m'absenter. J'aurais pourtant dû trouver le temps d'aller vous voir. Je ne me suis pas conduite en bonne voisine. Mais aussi nous pensions que les Yankees avaient brûlé Tara comme ils l'avaient fait des Douze

Chênes et de la maison des MacIntosh et que vos parents étaient partis pour Macon. Nous n'aurions jamais pu penser non plus que vous étiez revenue chez vous, Scarlett.
– Voyons, il était bien difficile de penser autrement quand les nègres de M. O'Hara sont venus ici, les yeux hagards, nous dire que les Yankees allaient incendier Tara ! trancha la grand-mère.
– Et nous pouvions croire que..., commença Sally.
– Laisse-moi parler, s'il te plaît, coupa la vieille dame. Oui, ils nous ont dit que les Yankees avaient établi leur campement tout autour de Tara et que vos parents s'apprêtaient à partir pour Macon. Et puis, ce soir-là, nous avons vu une lueur du côté de Tara. Ça a duré pendant des heures et nos imbéciles de nègres ont eu une telle frousse qu'ils ont tous pris la clé des champs. Qu'est-ce qui a brûlé ?
– Tout notre coton... il y en avait pour cent cinquante mille dollars, fit Scarlett d'un ton amer.
– Réjouissez-vous que ça n'ait pas été votre maison, déclara la grand-mère, le menton appuyé sur sa canne. Vous pouvez toujours faire pousser d'autre coton, mais, votre maison, vous n'auriez pas pu la rebâtir. À propos, avez-vous commencé la cueillette du coton ?
– Non, d'ailleurs la plupart de nos champs sont ravagés. Je ne pense pas qu'il nous reste assez de coton pour faire plus de trois balles et même s'il y en avait davantage, à quoi cela nous servirait-il ? Tous nos esclaves sont partis et il n'y a plus personne pour la cueillette.
– Juste Ciel, tous vos esclaves sont partis et il n'y a personne pour la cueillette ! répéta la grand-mère en imitant Scarlett tout en glissant à celle-ci un regard moqueur. Et que faites-vous donc de vos jolies petites pattes, ma mignonne, et de celles de vos sœurs ?
– Moi ? Cueillir le coton ? s'exclama Scarlett horrifiée comme si la vieille dame lui avait suggéré un crime monstrueux. Comme une esclave des champs ? Comme l'un de ces gueux blancs ? Comme les femmes Slattery ?
– Des gueux ! Vous en parlez bien ! Décidément, cette génération est trop molle, les femmes y jouent trop aux grandes dames ! Laissez-moi vous dire, ma petite, que quand j'étais jeune fille mon père a perdu tout son argent. Je n'ai pas rougi de me servir honnêtement de mes mains, de travailler aux champs jusqu'à ce que père ait mis assez de côté pour racheter des esclaves. J'ai manié la houe, j'ai fait la cueillette du coton et je recommencerais si c'était nécessaire. Du reste, j'ai bien l'impression que ce sera encore nécessaire. Des gueux ! voyez-vous ça !

– Oh ! maman Fontaine ! intervint sa belle-fille en jetant un regard implorant aux deux jeunes femmes pour qu'elles l'aidassent à apaiser la vieille dame. Il y a si longtemps de cela. Les conditions d'existence n'étaient pas du tout les mêmes. Les temps ont changé.
– Les temps ne changent jamais quand il s'agit d'abattre honnêtement sa besogne, déclara d'un ton péremptoire la vieille dame, qui ne désarmait point. J'en ai honte pour votre mère, Scarlett, de vous entendre dire que le travail honnête rabaisse les gens comme il faut. Lorsque Adam bêchait la terre et qu'Ève filait…
Afin de détourner le cours de la conversation, Scarlett s'empressa de demander :
– Et les Tarleton et les Calvert ? A-t-on brûlé leur maison ? Se sont-ils réfugiés à Macon ?
– Les Yankees n'ont pas poussé jusque chez les Tarleton. Comme nous, ils sont trop éloignés de la grand-route, mais ils sont allés chez les Calvert. Ils ont volé tout leur bétail, toutes leurs volailles et ont fait partir tous les nègres avec eux…, commença Sally.
La grand-mère l'interrompit.
– Baste ! Ils ont promis à toutes ces canailles de négresses des robes de soie et des boucles d'oreilles en or. Cathleen Calvert m'a raconté que certains soldats étaient partis avec ces folles en croupe. Enfin, tout ce qu'elles en tireront, ce seront des bébés jaunes et je n'irai pas jusqu'à dire que le sang yankee améliorera la race.
– Oh ! maman Fontaine !
– Ne fais pas cette tête-là, Jane ! Nous sommes toutes des femmes mariées, n'est-ce pas, et Dieu sait si nous en avons vu des petits mulâtres avant cela.
– Pourquoi n'ont-ils pas brûlé la maison des Calvert ?
– Leur maison a été épargnée grâce aux supplications combinées de la seconde Mme Calvert et de Hilton, son espèce de régisseur yankee, fit la vieille dame qui continuait d'appeler l'ex-gouvernante « la seconde Mme Calvert » bien que la première fût morte depuis vingt ans.
– Nous sommes de fermes partisans de l'Union, railla la vieille dame. Cathleen prétend que tous deux ont juré leurs grands dieux que toute la nichée des Calvert était yankee. Et M. Calvert qui est mort pour la Cause ! et Raiford qui a été tué à Gettysburg, et Cade qui est en Virginie avec l'armée ! Cathleen prétend qu'elle était si mortifiée qu'elle aurait préféré qu'on brûlât la maison. Elle a dit que Cade ferait un éclat quand il rentrerait chez lui et qu'il apprendrait la chose. Mais, que voulez-vous, voilà ce qui arrive quand un homme épouse une Yankee… pas

de fierté, pas de décence… elles pensent toujours à sauver leur peau… Comment se fait-il qu'on n'ait pas brûlé Tara, Scarlett?

Scarlett se recueillit un instant avant de répondre. Elle savait que la prochaine question serait: «Comment vont vos parents? Comment va votre chère maman?» Elle savait qu'elle ne pourrait pas dire à ces femmes qu'Ellen était morte. Elle savait que, si elle leur apprenait la nouvelle, elles compatiraient à sa douleur, et elle aurait une crise de larmes, elle pleurerait jusqu'à s'en rendre malade. Et elle ne pouvait pas se permettre de pleurer. Elle n'avait pas vraiment pleuré depuis son retour chez elle et elle savait qu'une fois les écluses ouvertes, son courage, soigneusement entretenu, l'abandonnerait d'un seul coup. Mais, en jetant un regard éperdu aux visages amis qui l'entouraient, elle savait aussi que, si elle taisait la mort d'Ellen, les Fontaine ne le lui pardonneraient jamais. La grand-mère en particulier avait une adoration pour Ellen, et il y avait fort peu de gens dans le comté pour qui la vieille se fût donné la peine de lever son petit doigt décharné.

– Allons, parlez, fit la grand-mère qui ne la quittait pas des yeux. Vous n'avez donc rien à nous dire, ma petite?

– Eh bien! vous comprenez, je ne suis rentrée à la maison que le lendemain de la bataille. Les Yankees étaient tous partis. Papa… papa m'a dit que… qu'il avait obtenu d'eux qu'ils ne brûlent pas la maison parce que Suellen et Carreen étaient si malades de la typhoïde qu'on ne pouvait pas les transporter.

– C'est la première fois que j'entends dire des Yankees qu'ils ont fait quelque chose de convenable, déclara la grand-mère comme si elle regrettait d'entendre parler en bons termes des envahisseurs. Et comment vont les petites maintenant?

– Oh! elles vont mieux. Elles sont presque rétablies, mais elles sont encore très faibles, répondit Scarlett, puis, voyant les lèvres de la vieille dame ébaucher la question qu'elle redoutait, elle aborda résolument un autre sujet de conversation… Je… je me demande si vous ne pourriez pas nous prêter quelque chose à manger? Les Yankees ont tout détruit comme une nuée de sauterelles. Mais si vous en êtes réduites à la portion congrue, dites-le-moi franchement et…

– Envoyez-nous Pork avec une charrette et vous aurez la moitié de ce que nous possédons en fait de riz, de farine et de lard. Nous y ajouterons aussi quelques poulets, dit la vieille dame en décochant à Scarlett un coup d'œil perçant.

– Oh! c'est trop! Vraiment je…

– Pas un mot! Je ne veux rien entendre. Alors à quoi servirait d'être voisins?

– Vous êtes si bonne que je ne peux… mais il faut que je m'en aille maintenant. On va s'inquiéter de mon absence.

La grand-mère se leva brusquement et prit Scarlett par le bras.

– Restez ici, vous deux, ordonna-t-elle en poussant Scarlett vers la véranda qui s'ouvrait sur le derrière de la maison. J'ai deux mots à dire à cette enfant. Aidez-moi à descendre les marches, Scarlett.

Mme Jeune et Sally dirent au revoir à la visiteuse et promirent d'aller la voir bientôt. Elles brûlaient de savoir ce que la grand-mère avait à dire à Scarlett, mais elles ne le sauraient jamais à moins qu'il ne prît fantaisie à la vieille dame de le leur apprendre elle-même. «Les vieilles dames sont si difficiles à vivre», chuchota Mme Jeune à Sally lorsqu'elles eurent repris leurs travaux de couture.

Scarlett tenait déjà son cheval par la bride et se sentait vaguement angoissée.

– Voyons, fit la grand-mère plantant ses yeux droit dans les siens, qu'est-ce qui ne va pas à Tara ? Que cachez-vous derrière votre tête ?

Scarlett croisa le regard perçant de la vieille dame et comprit qu'elle pourrait dire la vérité sans verser une seule larme. Personne ne pouvait pleurer en présence de la grand-mère Fontaine sans sa permission expresse.

– Maman est morte, fit-elle simplement.

La vieille dame lui serra le bras jusqu'à lui en faire mal et ses paupières ridées battirent sur ses yeux aux reflets jaunes.

– Ce sont les Yankees qui l'ont tuée ?

– Elle est morte de la typhoïde. Morte… la veille de mon retour à la maison.

– N'y pensez plus, dit la grand-mère d'un ton autoritaire, et Scarlett vit sa gorge se contracter :

– Et votre papa ?

– Papa est… papa n'est plus le même.

– Que voulez-vous dire ? Allons parlez. Est-il malade ?

– La commotion… il est si bizarre… il n'est pas…

– Ne venez pas me raconter qu'il n'est plus le même. Vous voulez dire qu'il a le cerveau détraqué ?

C'était un soulagement que d'entendre exposer la vérité en termes aussi crus. Comme la vieille dame était bonne de ne pas lui prodiguer une sympathie qui lui eût arraché des larmes !

– Oui, fit-elle brusquement, il a perdu l'esprit. Il se conduit comme un homme halluciné et parfois il semble ne plus se rappeler du tout que maman est morte. Oh ! madame, c'en est trop pour moi de le voir attendre si patiemment le retour de maman, lui qui jadis n'avait pas plus de patience qu'un enfant. De temps en temps, après être resté aux écoutes, il se dresse d'un bond, sort de la maison, et s'en va au cimetière. Alors, il en revient en se traînant, le visage inondé de larmes, et il ne cesse de me répéter jusqu'à ce que j'aie envie de hurler: «Katie Scarlett, Mme O'Hara est morte. Ta mère est morte», et c'est absolument comme si je l'entendais me dire cela pour la première fois. Parfois aussi, tard dans la soirée, je l'entends appeler maman. Je me lève, je vais le trouver et je lui dis qu'elle est au chevet d'un nègre malade. Et il se met en colère parce qu'elle s'épuise à toujours vouloir soigner les autres. C'est si dur de le faire se recoucher. Il est comme un enfant. Oh! je voudrais tant que le docteur Fontaine fût là! Je sais qu'il pourrait faire quelque chose pour papa! Et puis, Mélanie aussi a besoin d'un docteur. Elle ne se remet pas de ses couches comme elle devrait...

– Melly, un bébé? Et elle est chez vous?

– Oui.

– Qu'est-ce que Melly peut bien faire chez vous? Comment, elle n'est pas à Macon avec sa tante et ses autres parents? Je n'aurais pas pu penser que vous l'aimiez à ce point, ma petite, bien qu'elle soit la sœur de Charles. Allons, racontez-moi tout cela.

– C'est une longue histoire, madame. Vous ne voulez pas rentrer vous asseoir?

– Je peux très bien rester debout. D'ailleurs, si vous vous mettez à raconter votre histoire devant les autres, elles vont se lamenter et vous faire du chagrin. Allez-y, je vous écoute.

D'une voix haletante, Scarlett commença son récit par le siège et la grossesse de Mélanie, mais à mesure qu'elle poursuivait sous le regard pénétrant de la vieille dame, qui ne la quittait pas des yeux, elle trouva des mots, les mots dont elle avait besoin pour rendre l'intensité et l'horreur des événements auxquels elle avait été mêlée. Tout lui revenait à l'esprit, la chaleur mortelle du jour où l'enfant était né, son angoisse torturante, la fuite, la désertion de Rhett. Elle parla de l'obscurité affolante de la nuit, des feux de bivouac, qui pouvaient indiquer aussi bien la présence d'amis que d'ennemis, des cheminées lugubres qu'elle avait aperçues au soleil levant, des hommes et des chevaux morts en bordure de la route, de la faim, de la désolation, de sa crainte que Tara ne fût incendiée.

– Je croyais que si je réussissais à rentrer à la maison auprès de maman, maman veillerait à tout et que je pourrais me décharger de mon fardeau. En chemin, je pensais que j'avais connu le pire de ce

qui pouvait m'arriver, mais, en apprenant sa mort, j'ai su pour de bon ce qui s'appelait le pire.
Elle baissa les yeux et attendit que la grand-mère parlât à son tour. Le silence dura si longtemps qu'elle se demanda si Mme Fontaine avait bien compris dans quel état de détresse elle se trouvait. Enfin la voix de la vieille femme s'éleva, pleine de douceur, plus douce que Scarlett ne l'avait jamais entendue.
– Mon enfant, c'est très mauvais pour une femme de connaître le pire de ce qui peut lui arriver, car, après cela, elle n'a plus grand-chose à redouter. Et c'est très mauvais pour une femme de ne plus rien craindre. Vous vous figurez que je ne comprends pas ce que vous m'avez raconté… les épreuves par lesquelles vous êtes passée ? Mais si, je les comprends parfaitement. Lorsque j'avais à peu près votre âge, j'ai été prise dans la révolte des Creek, juste après le massacre du fort Mims… oui, fit-elle d'une voix lointaine. Je devais avoir à peu près votre âge, car il y a environ une cinquantaine d'années de cela. Oui, j'ai réussi à me cacher dans des fourrés et là, sans bouger, j'ai vu incendier notre maison, j'ai vu les Indiens scalper mes frères et mes sœurs. Je n'avais qu'une ressource, me tenir tranquille et prier pour que la lueur du brasier n'éclaire pas l'endroit où je m'étais réfugiée. Alors, ils se sont emparés de ma mère et ils l'ont tuée à une quinzaine de mètres de moi. Ils l'ont scalpée aussi. Et pour être bien sûr qu'elle était morte, un Indien est retourné auprès d'elle, et lui a enfoncé de nouveau son tomahawk dans le crâne. Je… j'étais l'enfant préféré de ma mère et il m'a fallu assister à tout cela. Au matin, je me suis mise en route vers l'établissement le plus proche. Il y avait une trentaine de milles à faire. Ça m'a pris trois jours pour y aller, à travers des marécages et des bandes d'Indiens. Après on a cru que j'allais devenir folle… C'est là que j'ai rencontré le docteur Fontaine. Il m'a soignée… eh bien ! voyez-vous, il y a cinquante ans de cela comme je l'ai dit et depuis ce temps je n'ai jamais eu peur de rien ni de personne, car j'avais connu tout ce qui pouvait m'arriver de pire. Cette absence de peur m'a attiré pas mal d'ennuis et m'a coûté une bonne part de bonheur. Dieu veut que les femmes soient des créatures timides et apeurées, et il y a quelque chose de pas naturel chez une femme qui n'a pas peur… Scarlett, gardez toujours quelque chose à craindre, exactement comme vous gardez quelque chose à aimer…
Sa voix tomba et elle se tut, le regard revenu à un demi-siècle en arrière, au jour où elle avait eu peur. Scarlett donna des signes d'impatience. Elle avait cru que la grand-mère allait lui montrer

qu'elle comprenait et peut-être lui indiquer un moyen de résoudre les problèmes avec lesquels elle était aux prises. Mais, à l'exemple de toutes les vieilles gens, elle s'était mise à parler de choses qui s'étaient passées bien avant la naissance de ceux qui l'écoutaient, de choses qui n'intéressaient personne. Scarlett s'en voulait de lui avoir fait des confidences.

– Allons, rentrez chez vous, mon enfant, on va s'inquiéter, dit-elle soudain. Envoyez-moi Pork avec une charrette, cet après-midi… Et n'allez pas vous imaginer que vous pourrez jamais vous débarrasser de votre fardeau. Ce sera impossible, je le sais.

L'été de la Saint-Martin se prolongea jusqu'à fin novembre cette année-là et ce furent de belles journées pour ceux de Tara. Le plus dur était passé. Désormais ils possédaient un cheval et ils pouvaient s'en servir au lieu de marcher. Ils avaient des œufs frits au petit déjeuner et du lard frit au dîner pour rompre la monotonie des ignames, des cacahuètes et des pommes séchées, et même, en une grande occasion, ils allèrent jusqu'à manger du poulet rôti. On finit par rattraper la vieille truie qui, en compagnie de sa nichée, prit de joyeux ébats dans l'enclos qu'on lui avait ménagé contre la maison. Il arrivait parfois aux petits cochons de pousser des grognements si aigus qu'on ne s'entendait plus, mais en somme c'était là un bruit agréable. Lorsque viendrait l'hiver, il y aurait du porc frais pour les blancs et des tripes pour les nègres. Durant toute la saison froide, il y aurait de la viande à manger.

Sa visite aux Fontaine avait remonté le moral de Scarlett plus qu'elle ne pensait. Le seul fait de savoir qu'elle avait des voisins, qu'un certain nombre d'amis de la famille avaient survécu à la tourmente suffit à effacer cette terrible sensation d'abandon et de solitude qui l'avait oppressée pendant les premières semaines de son retour à Tara. Et puis les Fontaine et les Tarleton dont les plantations s'étaient trouvées en dehors du chemin des armées s'étaient montrés on ne peut plus généreux en partageant le peu qu'ils avaient. La tradition du comté voulait qu'on s'entraidât entre voisins et ils ne voulurent jamais accepter un sou de Scarlett. Ils lui dirent qu'elle en eût certainement fait de même pour eux et qu'elle les rembourserait en nature l'an prochain lorsque Tara se mettrait à produire de nouveau.

Désormais Scarlett avait donc de quoi nourrir la maisonnée. Elle possédait un cheval, elle avait l'argent et les bijoux pris au déserteur yankee, mais ce dont elle avait un besoin extrême, c'était de vêtements. Elle savait que ce serait très risqué d'envoyer Pork au sud acheter des vêtements, car le cheval avait de fortes chances d'être la proie soit des Yankees, soit des Confédérés. Mais en tout cas elle avait l'argent nécessaire pour acheter de quoi se vêtir, un cheval et une charrette pour faire le voyage, et Pork ne serait peut-être pas forcément arrêté en route. Oui, le plus dur était passé.

Tous les matins en se levant, Scarlett remerciait Dieu du ciel bleu pâle et du soleil tiède, car chaque journée de beau temps retardait le moment inévitable où il faudrait se vêtir chaudement. Et chaque journée de chaleur voyait s'entasser un peu plus de coton dans les cases vides d'esclaves, le seul endroit qui restât pour rentrer la récolter. Les champs produisaient plus que Scarlett ou Pork n'avaient estimé. On ferait probablement quatre balles et les cases n'allaient pas tarder à être pleines.

Même après la remarque cinglante de la grand-mère Fontaine, Scarlett n'avait nullement songé à se livrer elle-même à la cueillette du coton. C'était inimaginable qu'elle, une dame O'Hara, désormais la maîtresse de Tara, s'en allât travailler aux champs. Cela la ravalait au rang de cette Mme Slattery si mal peignée et de sa fille Emmie. Elle s'était mis en tête d'employer les nègres à la cueillette tandis qu'elle-même et les convalescents vaqueraient aux soins du ménage. Mais elle se heurta à un sentiment de caste encore plus fort que le sien. Pork, Mama et Prissy poussèrent les hauts cris à la seule idée de travailler aux champs. Ils répétèrent sur tous les tons qu'ils étaient des domestiques et non point des cultivateurs. Mama en particulier déclara avec véhémence qu'elle avait reçu son éducation dans la grande maison des Robillard, dans la chambre de la vieille Madame, et qu'elle dormait sur une paillasse au pied du lit de celle-ci. Seule Dilcey ne souffla mot, mais elle fixa sa Prissy avec une telle intensité que la petite en fut gênée.

Scarlett fit la sourde oreille à leurs jérémiades et les envoya tous aux champs de coton. Mais Mama et Pork travaillèrent si lentement et se plaignirent à tel point que Scarlett renvoya Mama à ses fourneaux et expédia Pork dans les bois et au bord de la rivière avec des pièges pour les lapins et les opossums et des lignes pour les poissons. Cueillir le coton n'était pas digne de Pork, mais chasser et pêcher lui allaient à merveille.

À la suite de cela, Scarlett avait essayé d'employer ses sœurs et Mélanie, mais ça n'avait pas mieux marché. Pendant une heure en plein soleil Mélanie, pleine de zèle, avait travaillé avec beaucoup de rapidité et de précision, mais au bout de ce temps, elle s'était évanouie tranquillement et avait dû rester huit jours au lit. Suellen, hargneuse et pleurnichante, avait fait semblant de s'évanouir elle aussi, mais avait vite repris ses esprits et s'était mise à cracher comme un chat en colère lorsque Scarlett lui avait lancé une gourde d'eau fraîche à la figure. En fin de compte, elle avait catégoriquement refusé de continuer.

– Je ne veux pas travailler dans les champs comme une négresse ! Tu ne peux pas m'y obliger ! Songe donc, si nos amis savaient cela et si... si M. Kennedy venait à l'apprendre. Oh ! si maman voyait tout cela...

– Prononce encore une fois le nom de maman, Suellen O'Hara, et je t'aplatis comme une galette, s'écria Scarlett. Maman travaillait plus dur que n'importe quel nègre de la plantation et tu le sais très bien, mademoiselle qui prend de grands airs.

– Ce n'est pas vrai. En tout cas, elle ne travaillait pas dans les champs et tu ne m'y obligeras pas, moi. Je dirai à papa ce que tu fais et il m'empêchera de travailler.

– Ne t'avise pas d'aller ennuyer papa avec tes petites histoires, s'écria Scarlett, partagée entre l'indignation et la crainte d'un éclat de Gérald.

– Moi, je vais t'aider, petite sœur, intervint Carreen gentiment. Je travaillerai pour deux. Tu comprends, Sue n'est pas bien encore et elle ne peut pas s'exposer au soleil.

– Merci, mon petit bout de sucre, lui dit Scarlett reconnaissante, mais en même temps elle enveloppa sa cadette d'un regard inquiet. Carreen, dont le teint avait toujours eu la fraîcheur rose et blanche des fleurs d'arbres fruitiers qu'emporte sur son aile le vent du printemps, n'avait plus une seule trace de rose aux joues, mais son visage réfléchi conservait encore une grâce de bourgeon épanoui. Elle était restée fort silencieuse et un peu éberluée depuis que, revenue à la conscience des choses d'ici-bas, elle s'était rendu compte qu'Ellen n'était pas là, que Scarlett s'était transformée en mégère, que le monde avait changé et que seul un travail acharné était à l'ordre du jour. La nature délicate de Carreen n'était pas faite pour s'adapter aux changements. Elle n'arrivait pas à comprendre ce qui était arrivé ; elle marchait comme une somnambule et faisait exactement tout ce qu'on lui demandait. Elle paraissait très frêle et l'était réellement, mais elle déployait beaucoup de bonne volonté et se montrait à la fois obéissante et serviable. Lorsque Scarlett lui laissait un peu de répit, elle passait son temps à égrener son chapelet et à prier pour sa mère et pour Brent Tarleton. Scarlett ne se doutait pas que Carreen avait pris aussi sérieusement la mort de Brent et que son chagrin était loin d'être apaisé. Pour elle, Carreen était toujours la « petite sœur », beaucoup trop jeune pour avoir une affaire de cœur digne de ce nom.

Le dos brisé à force de se baisser, les mains durcies par les graines séchées, Scarlett aurait bien voulu avoir une sœur qui eût allié l'énergie de Suellen au bon caractère de Carreen. Carreen en effet prenait son ouvrage au sérieux et travaillait d'arrache-pied, mais au bout d'une heure d'efforts il sautait aux yeux que c'était elle et non pas Suellen qui n'était pas taillée pour pareille besogne. Scarlett en fut réduite à renvoyer également Carreen à la maison.

Entre les longues rangées d'arbustes, il ne restait plus maintenant avec elle que Dilcey et Prissy. Prissy travaillait par à-coups. Elle lambinait et se plaignait toujours de ses pieds, de son dos, de ses misères internes, de son épuisement total, jusqu'à ce que sa mère s'emparât d'une tige de cotonnier et la rossât à l'en faire hurler. Après quoi elle travaillait un peu mieux, tout en prenant bien garde de ne pas rester à portée de sa mère.

Dilcey, elle, travaillait sans arrêt, silencieusement, comme une machine, et Scarlett, le dos douloureux, les épaules à vif à force de porter le sac où elle jetait le coton, se disait que Dilcey valait son pesant d'or.

– Dilcey, fit-elle un jour, quand le bon temps reviendra, je n'oublierai pas ce que tu as fait. Tu as été rudement à la hauteur.

La géante ne se mit pas à sourire ou à se tortiller comme le faisaient les autres nègres quand on leur adressait des compliments. Elle tourna vers Scarlett un visage immobile et elle lui dit d'un ton digne :

– Me'ci, ma'ame. Mais missié Gé'ald et ma'ame Ellen ils ont été bons pou' moi. Missié Gé'ald il a acheté ma petite P'issy pou' que j'aie pas de chag'in et, ça, je l'oublie pas... Je suis à moitié indienne et les Indiens ils oublient pas ceux qui sont bons pou' eux. Je reg'ette pou' ma P'issy. Elle vaut pas g'and-chose. Elle a l'ai' d'êt' une v'aie nég'esse comme son papa. Son papa il était 'udement pa'esseux.

Malgré tout le mal qu'elle avait à se faire aider par les autres et bien qu'elle s'épuisât à travailler elle-même, le courage revenait à Scarlett à mesure que le coton lentement ramené des champs emplissait les cases. Du coton se dégageait quelque chose qui rassurait, qui rendait plus fort. C'était le coton qui avait fait la prospérité de Tara aussi bien que celle du Sud tout entier, et Scarlett, en vraie Sudiste, pensait que des champs rouges sortirait le salut de Tara et du Sud.

Bien entendu, le peu de coton qu'elle avait récolté ne représentait pas grand-chose, mais ça comptait tout de même. Ça rapporterait un peu d'argent confédéré et cette petite somme l'aiderait à garder en réserve les billets verts et l'or enfouis dans le portefeuille du Yankee jusqu'à ce qu'on fût obligé d'y faire appel. Au printemps prochain, elle essaierait d'obtenir du gouvernement confédéré qu'on lui rendît le grand Sam et les autres nègres réquisitionnés et, au cas où le gouvernement refuserait de les laisser partir, elle se servirait de l'argent des Yankees pour louer des esclaves à ses voisins. Au printemps prochain, elle planterait ceci et puis cela... Elle redressa son dos fatigué et, regardant les champs que brunissait l'automne, elle vit pousser dru et verdir la récolte de l'an prochain.

Le printemps prochain ! À cette époque-là la guerre serait peut-être terminée et le bon temps reviendrait. Que la Confédération eût remporté ou non la victoire, les temps seraient certainement meilleurs. Tout valait mieux que d'être constamment exposé à subir un raid de l'une ou l'autre armée. Lorsque la guerre serait terminée, une plantation permettrait de gagner honnêtement sa vie. Oh ! si seulement la guerre était finie, on pourrait alors semer avec la certitude de faire la récolte.

Désormais on était en droit d'avoir de l'espoir. La guerre ne durerait pas éternellement. Scarlett avait un peu de coton, elle avait de quoi manger, elle possédait un cheval et un petit trésor. Oui, le plus dur était passé.

XXVII

À midi, vers la mi-novembre, ils étaient tous réunis autour de la table et achevaient de manger le dessert que Mama avait préparé en mélangeant des airelles séchées avec de la farine de maïs et du sorgho pour en adoucir le goût. Un souffle froid passait dans l'air, le premier de l'année, et Pork, debout derrière la chaise de Scarlett, se frotta les mains de plaisir et demanda :

– Il va pas bientôt êt' temps de tuer le cochon, ma'ame Sca'lett ?

– Tu en as déjà l'eau à la bouche, hein ? fit Scarlett avec un sourire. Eh bien ! j'avoue que ça me dit quelque chose à moi aussi. Si le temps se maintient encore quelques jours, nous...

Mélanie l'interrompit, la cuiller à mi-chemin entre ses lèvres et son assiette.

– Écoute, ma chérie ! Voilà quelqu'un qui vient !

– C'est quelqu'un qui nous appelle, renchérit Pork très mal à l'aise.

L'atmosphère très pure permettait d'entendre distinctement le bruit sourd d'un cheval qui martelait le sol à coups précipités comme les battements d'un cœur effrayé et une voix de femme qui hurlait : « Scarlett ! Scarlett ! »

Tous se regardèrent avant de repousser leur chaise et de se dresser d'un bond. Malgré son timbre altéré par l'angoisse, tous avaient reconnu la voix de Sally Fontaine qui, une heure plus tôt, s'était arrêtée à Tara pour faire un brin de causette avant de se rendre à Jonesboro. Tandis qu'ils se précipitaient en désordre vers la porte d'entrée, ils virent la jeune femme remonter l'allée comme une trombe sur un cheval couvert d'écume. Ses cheveux flottaient derrière elle, sa capote ne tenait plus que par les brides. Elle ne retint pas les rênes mais fonça comme une folle sur le petit groupe, le bras tendu en arrière dans la direction d'où elle venait.

– Les Yankees arrivent ! Je les ai vus ! Ils sont au bas de la route ! Les Yankees...

Elle tira sauvagement sur la bouche du cheval juste à temps pour l'empêcher de gravir les marches du perron. Il tourna court, franchit une plate-bande en trois bonds et Sally l'enleva par-dessus une haie comme si elle avait été à la chasse. On entendit la bête traverser pesamment la cour, puis descendre le chemin étroit qui séparait les cases et couper aussitôt à travers champs pour rejoindre Mimosas.

Pendant un moment, ils restèrent tous paralysés, puis Suellen et Carreen se mirent à sangloter et à se serrer l'une contre l'autre. Tremblant, incapable de parler, le petit Wade ne bougeait pas. Ce qu'il redoutait depuis la nuit où il avait quitté Atlanta allait se produire. Les Yankees arrivaient pour le prendre.

– Les Yankees ? fit Gérald d'un ton incertain. Mais les Yankees sont déjà venus ici ?

– Sainte Vierge ! s'exclama Scarlett qui venait de croiser le regard effrayé de Mélanie.

Pendant un court instant, elle revécut les horreurs de sa dernière nuit à Atlanta, elle revit les maisons en ruine dont la campagne était parsemée, elle se rappela toutes sortes d'histoires de viols, de tortures et de meurtres. Elle évoqua l'image du soldat yankee se tenant dans le vestibule, la boîte à ouvrage d'Ellen à la main. « J'en mourrai, se dit-elle. J'en mourrai. Moi qui pensais que nous en avions fini avec tout cela. J'en mourrai, je n'aurai pas la force de supporter une nouvelle épreuve de ce genre. »

Alors ses yeux se posèrent sur le cheval sellé qui attendait que Pork s'en allât faire une course chez les Tarleton. Son cheval ! Son unique cheval ! Les Yankees allaient le prendre ainsi que la vache et son veau. Et la truie et ses petits... oh ! combien d'heures pénibles n'avait-il pas fallu pour capturer la truie et sa leste nichée ! Et ils prendraient aussi le coq, les poules pondeuses et les canards que les Fontaine avaient donnés à ceux de Tara. Et les pommes et les ignames dans la resserre. Et la farine et le riz et les pois secs. Et l'argent du Yankee. Ils allaient faire main basse sur tout et laisser la famine derrière eux.

– Ils ne les auront pas ! s'écria-t-elle, et tous la regardèrent, stupéfaits, et craignirent un moment que son cerveau n'eût pas résisté à ce nouveau choc. Je ne veux plus mourir de faim. Ils ne les auront pas !

– Qu'y a-t-il, Scarlett ? Qu'est-ce qui se passe ?

– Le cheval ! La vache ! Les cochons ! Ils ne les auront pas ! Je ne veux pas qu'ils les prennent !

Elle se tourna vivement vers les quatre nègres serrés les uns contre les autres dans l'entrée et dont les visages noirs étaient devenus couleur de cendres.

– Les marais, fit-elle.

– Quels marais ?

– Les marais au bord de la rivière, imbéciles! Emmenez les cochons dans les marais. Allez-y tous, et vite. Pork, toi et Prissy vous vous glisserez dans l'enclos et vous en ferez sortir les cochons. Suellen, toi et Carreen vous mettrez tout ce que vous pourrez dans des paniers à provisions et vous irez vous cacher dans les bois. Mama, va remettre l'argenterie dans le puits. Et toi, Pork, écoute donc, ne reste pas figé comme ça. Emmène papa avec toi. Ne me demande pas pourquoi! N'importe où. Allez avec Pork, papa. Oui, vous êtes un bon petit papa!

Au milieu de son affolement, elle trouvait le moyen de penser à ce que risquait d'être la vue des uniformes bleus pour l'esprit chancelant de Gérald. Elle s'arrêta et se tordit les mains, et les sanglots angoissés du petit Wade qui se cramponnait aux jupes de Mélanie vinrent ajouter à sa panique.

– Que dois-je faire, Scarlett?

Au milieu des gémissements, des sanglots et des galopades éperdues, Mélanie conservait son calme. Bien qu'elle fût blanche comme un linge et que tout son corps tremblât, la tranquillité même de sa voix apaisa Scarlett et lui montra que tous attendaient d'elle des ordres et la prenaient pour guide.

– La vache et le veau, répondit-elle aussitôt. Ils sont dans l'ancien pré. Prends le cheval et emmène-les dans les marais et...

Avant qu'elle eût achevé sa phrase, Mélanie se débarrassa de Wade et descendit le perron. Puis elle se mit à courir vers le cheval en retroussant sa robe. À peine Scarlett eut-elle le temps d'apercevoir une paire de jambes grêles, un flot de jupes et de jupons que Mélanie était déjà à califourchon sur la selle dont les étriers étaient placés beaucoup trop bas pour elle. Elle secoua les rênes et battit de ses talons le flanc de l'animal, puis brusquement elle l'arrêta, le visage convulsé par l'épouvante.

– Mon enfant! s'écria-t-elle. Oh! mon petit bébé. Les Yankees vont le tuer. Donne-le-moi!

La main sur le pommeau de la selle, elle se disposait à se laisser glisser par terre quand Scarlett lança à pleins poumons: «Va-t'en! Va-t'en! Emmène la vache! Moi je m'occupe du bébé. Va-t'en, je te dis! Tu te figures que je vais leur permettre de toucher à l'enfant d'Ashley! Va-t'en.»

Melly jeta un regard désespéré derrière elle, mais elle n'en laboura pas moins sa monture de coups de pied, et, dans une volée de graviers, elle dévala l'allée qui conduisait au pré.

– Je ne me serais jamais attendue à voir Melly Hamilton monter en homme, se dit Scarlett, qui aussitôt s'engouffra dans la maison.

Wade courait sur ses talons en sanglotant et s'efforçait d'attraper un pan de sa jupe. Tout en grimpant l'escalier quatre à quatre, elle vit Suellen et Carreen qui, un panier à provisions sous chaque bras, se précipitaient vers la resserre. Elle aperçut également Pork qui tirait Gérald par le bras sans trop de ménagements et cherchait à l'entraîner. Gérald ne cessait de maugréer et résistait comme un enfant. De la cour elle entendit s'élever la voix stridente de Mama : « Allons, P'issy, faufile-toi dans cet enclos et déloge-moi ces cochons ! Tu sais t'ès bien que je suis t'op g'osse pou' me glisser ent' ces lattes. Dilcey, viens ici me fai' ma'cher cette maudite gamine de 'ien du tout... »

« Et moi qui étais si fière d'avoir enfermé les cochons là-dedans afin que personne ne pût les voler, se dit Scarlett en se précipitant dans sa chambre. Mais enfin, pourquoi ne leur ai-je pas fait construire un enclos dans les marais ? »

Elle ouvrit brutalement le premier tiroir de sa commode et fouilla à même son linge jusqu'à ce qu'elle eût trouvé le portefeuille du Yankee. Dans sa boîte à ouvrage où elle les avait cachés elle prit le solitaire et les boucles d'oreilles qu'elle fit entrer dans le portefeuille. Mais où cacher celui-ci ? Dans le matelas ? Dans la cheminée ? Fallait-il le jeter dans le puits ? L'enfouir dans son corsage ? Non, surtout pas là. Le portefeuille risquait de faire une bosse et si les Yankees s'en apercevaient, ils n'hésiteraient pas à la déshabiller pour la fouiller.

« Et j'en mourrais ! » se dit-elle farouchement.

En bas, c'était un concert infernal de galopades et de gémissements. Scarlett aurait bien voulu avoir Mélanie auprès d'elle, Melly avec sa voix tranquille, Melly qui s'était montrée si brave le jour où elle avait tué le Yankee. Melly en valait trois des autres. Melly... mais qu'est-ce que Melly avait donc dit ? Ah ! oui, le bébé !

Le portefeuille serré contre elle, Scarlett traversa le couloir en courant et entra dans la chambre où le petit Beau sommeillait dans son berceau improvisé. Elle le souleva sans douceur et le prit dans ses bras, tandis que, réveillé en sursaut, il brandissait ses petits poings et inondait son bavoir.

Elle entendit Suellen crier : « Viens, Carreen ! Viens ! Viens ! Nous en avons assez pris comme ça ! Oh ! viens, ma petite, presse-toi ! » De la cour montèrent des glapissements et des grognements farouches accompagnés de protestations indignées ; alors Scarlett courut à la fenêtre et vit Mama traverser lourdement un champ de coton, un jeune pourceau gigotant sous chaque bras. Derrière elle venait

Pork, qui portait également deux cochons et poussait Gérald devant lui. Gérald avait bien du mal à franchir les sillons et battait l'air de sa canne.

Penchée dans le vide, Scarlett cria de toutes ses forces : « Emmène la truie, Dilcey. Oblige Prissy à la faire sortir. Tu n'auras qu'à la chasser dans les champs. »

Dilcey leva vers Scarlett un visage fatigué. Dans son tablier s'entassait une pile d'argenterie. Elle désigna l'enclos.

– La t'uie elle a mo'du P'issy et elle veut plus la laisser so'ti'.

« Bravo pour la truie ! » pensa Scarlett et elle retourna à la commode où elle tira de leur cachette les bracelets, la broche, la miniature et la timbale qu'elle avait trouvés sur le Yankee. Mais où diable cacher tout cela ? Elle ne pouvait tout de même pas tenir Beau d'une main et le portefeuille et les colifichets de l'autre. Elle s'apprêta à poser le bébé sur le lit, mais, sentant qu'on le lâchait, Beau poussa un vagissement et Scarlett eut une idée merveilleuse. Quelle meilleure cachette pouvait-il y avoir que le lange d'un bébé ? Elle retourna aussitôt le petit sur le ventre, remonta sa robe et enfonça le portefeuille dans son lange. Ce traitement valut à Scarlett une recrudescence de cris, mais elle n'en tint pas compte et resserra la couche triangulaire entre les jambes de Beau qui se débattait.

« Maintenant, se dit-elle en poussant un profond soupir, allons vers les marais ! »

Prenant sous son bras le bébé hurlant, serrant contre elle les bijoux de sa main libre, elle traversa le couloir du premier. Soudain, elle s'arrêta en pleine course, la peur lui glaça les jambes. Comme la maison était silencieuse ! Comme elle était terriblement calme ! Ils étaient donc tous partis ? Ils l'avaient donc tous abandonnée ! Par les temps qui couraient, n'importe quoi pouvait arriver à une femme seule et avec les Yankees...

Un léger bruit la fit sursauter. Elle se retourna et vit, pelotonné contre la rampe de l'escalier, son fils qu'elle avait oublié. Les yeux dilatés par la peur, il essaya de parler, mais seule sa gorge convulsée remua silencieusement.

– Lève-toi, Wade Hampton, lui enjoignit Scarlett. Lève-toi et marche. Maman ne peut pas te porter en ce moment.

L'enfant s'élança vers Scarlett comme un animal épouvanté et empoignant sa large jupe y enfouit son visage. À travers les plis de l'étoffe, Scarlett sentit ses petites mains chercher ses jambes. Elle se mit en devoir de descendre l'escalier. Chacun de ses pas était alourdi par Wade qui se cramponnait à elle : « Lâche-moi, Wade ! lui dit-elle d'un ton féroce. Lâche-moi et marche !» mais l'enfant ne faisait que resserrer son étreinte.

Arrivée au rez-de-chaussée, il lui sembla que tout ce qui composait cette partie de la maison venait à sa rencontre. Les meubles qu'elle aimait tant semblaient lui murmurer : «Adieu ! Adieu !» Un sanglot lui monta à la gorge. La porte du petit bureau où Ellen avait passé tant d'heures à travailler était ouverte et Scarlett pouvait apercevoir un coin du vieux secrétaire. Il y avait la salle à manger avec ses chaises en désordre et ses assiettes encore pleines. Sur le plancher s'étalaient les carpettes qu'Ellen avait tissées et teintes elle-même. Au mur était accroché le portrait de la grand-mère Robillard, la gorge à demi nue, les cheveux ramenés très haut sur le dessus de la tête, le nez pincé comme si l'artiste avait voulu conférer pour toujours à son visage un petit air moqueur et de bon ton. Tout ce qui se rattachait aux premiers souvenirs de Scarlett, tout ce qui correspondait à ce qu'il y avait de plus profond en elle semblait lui dire : «Adieu ! Adieu ! Scarlett O'Hara.»

Les Yankees allaient brûler tout cela... tout !

C'était la dernière vision qu'elle emportait de chez elle, la dernière en dehors de celle qui lui serait offerte lorsque, à couvert dans les bois ou dans les marécages, elle verrait les hautes cheminées s'envelopper de fumée et le toit s'effondrer au milieu du brasier.

«Je ne peux pas vous quitter, pensa-t-elle, et ses dents s'entrechoquèrent sous l'effet de la peur. Je ne peux pas vous quitter. Père, lui, ne vous abandonnerait pas. Il a dit aux Yankees qu'il faudrait le brûler avec la maison. Alors, vous serez brûlés en même temps que moi, car, moi non plus, je ne peux pas vous quitter. Vous êtes tout ce qui me reste.»

Cette décision dissipa en partie ses terreurs et elle n'éprouva plus qu'un grand froid au milieu de la poitrine comme si toutes ses espérances et toutes ses craintes s'étaient brusquement gelées. Alors, tandis qu'elle demeurait là sans bouger, elle entendit monter de l'avenue le bruit d'un grand nombre de chevaux qu'accompagnaient le cliquetis des gourmettes et celui des sabres dans les fourreaux. Une voix dure commanda : «Pied à terre !»

Scarlett se baissa rapidement vers l'enfant cramponné à ses côtés et d'une voix terne, mais étrangement douce, lui dit :

– Lâche-moi, Wade, mon tout petit. Descends vite le perron, traverse la cour et va jusqu'au marais. Tu y trouveras Mama et tante Melly. Va vite, mon chéri, et n'aie pas peur.

Surpris par le changement de ton de sa mère, l'enfant releva la tête, et Scarlett fut épouvantée de l'expression de ses yeux qui faisaient

penser à ceux d'un lapin se débattant dans un collet. « Oh ! Sainte Vierge ! pria Scarlett. Faites qu'il ne soit pas pris de convulsions. Non... pas devant les Yankees. Il ne faut pas qu'ils sachent que nous avons peur. » Et comme l'enfant se blottissait davantage contre elle, elle ajouta distinctement : « Sois un vrai petit homme, Wade. Ce n'est qu'une bande de sales Yankees ! »
Et elle descendit le perron pour aller au-devant d'eux.

Sherman effectuait alors sa marche à travers la Géorgie[1], d'Atlanta à la mer. Derrière lui, les ruines fumantes de la ville qui avait flambé en même temps que les troupes bleues en sortaient. Devant lui, trois cents milles de territoires pratiquement sans défenseurs, à l'exception de quelques miliciens, des vieillards et des jeunes gens de la Garde locale. L'État fertile était tout émaillé de plantations qui abritaient des femmes et des enfants, des gens très vieux et des nègres. Sur quatre-vingts milles de large, les Yankees pillaient et incendiaient. Des centaines de demeures étaient la proie des flammes, des centaines de foyers résonnaient du bruit de leurs pas. Cependant, pour Scarlett qui regardait les uniformes bleus envahir le vestibule, il ne s'agissait point d'une affaire qui intéressait le pays tout entier. Non, c'était une affaire strictement personnelle, une action malfaisante dirigée contre elle et contre les siens.
Elle restait là au pied de l'escalier, le bébé sur les bras, Wade blotti contre elle et la tête enfouie dans ses jupes, tandis que les Yankees se répandaient dans toute la maison, la bousculaient pour monter, tiraient les meubles sur la véranda, crevaient les sièges à coups de couteaux ou de baïonnettes pour voir si l'on n'y avait rien dissimulé de précieux. En haut ils éventraient matelas et édredons, si bien que la cage de l'escalier s'emplissait de plumes qui se posaient lentement sur la tête de Scarlett. Une rage impuissante étouffait ses dernières frayeurs, mais elle ne pouvait rien faire d'autre que regarder les Yankees piller, voler et saccager.
Le sergent qui commandait le détachement avait les jambes arquées. C'était un petit bonhomme grisonnant dont la joue était déformée par une grosse chique de tabac. Il fut le premier à s'approcher de Scarlett et, crachant abondamment sur le plancher et sur la robe de la jeune femme, il déclara sans ambages :

1. Cette marche de Sherman est restée célèbre aux États-Unis, tant par l'exploit militaire qu'elle sembla constituer sur le moment que par les cruautés dont elle fut marquée *(N.d.T.)*.

– Passez-moi c' que vous avez dans la main, ma p'tite dame.

Scarlett avait oublié les colifichets qu'elle se proposait de cacher et, avec un sourire méprisant qui, espéra-t-elle, en disait aussi long que celui de la grand-mère Robillard, elle les jeta par terre et s'amusa presque de la bousculade cupide qui s'ensuivit.

– Va falloir que j'vous ennuie avec c'te bague et ces boucles d'oreilles que vous avez.

Scarlett cala le bébé sous son bras et, tandis que l'enfant, la tête en bas, s'empourprait et hurlait, elle se débarrassa des boucles d'oreilles en grenat que Gérald avait offertes à Ellen en cadeau de noces. Puis elle ôta de son doigt le solitaire en saphir, la bague de fiançailles de Charles.

– Les j'tez pas par terre. Passez-les-moi, dit le sergent en tendant les mains. Les salauds en ont assez comme ça. Qu'est-ce que vous avez encore d'autre ?

Ses yeux se posèrent sur le corsage de Scarlett.

Pendant un moment celle-ci crut qu'elle allait s'évanouir. Elle sentait déjà les mains brutales se poser sur sa poitrine ou remonter vers sa jarretelle.

– C'est tout, mais je suppose que vous avez l'habitude de déshabiller vos victimes.

– Oh ! j'vous crois sur parole, fit le sergent avec bonne humeur.

Puis il cracha de nouveau par terre et fit demi-tour. La main posée sur l'endroit du lange où elle avait caché le portefeuille, Scarlett remit le bébé d'aplomb et essaya de le calmer tout en remerciant Dieu que Mélanie eût un enfant et que cet enfant eût un lange.

En haut elle entendait le lourd piétinement des bottes, le grincement des meubles qu'on traînait sur le plancher, le fracas des vases et des glaces qui se brisaient, les jurons lancés par les soldats quand ils ne trouvaient rien de précieux. De la cour montaient de grands cris : « Coupez-leur le cou ! Les laissez pas se sauver ! » et le cot-cot éperdu des poules accompagné du couac-couac des canards et des oies. Un hurlement d'agonie brusquement interrompu par un coup de pistolet lui glaça les os et elle comprit que la truie était morte. Maudite Prissy ! Elle s'était sauvée et ne s'en était pas occupée ! Pourvu que les cochonnets fussent en sûreté ! Pourvu que la famille eût atteint les marécages sans encombre ! Mais il n'y avait aucun moyen de le savoir.

Elle se tenait tranquillement au bas de l'escalier tandis que les soldats, vociférant et jurant, s'agitaient autour d'elle. Le petit Wade, terrorisé, ne lâchait pas sa robe. Elle le sentait trembler de la tête aux pieds, mais elle n'avait pas la force de lui dire quelque chose pour le rassurer. Elle n'avait pas la force non plus de dire un seul mot aux Yankees, soit pour les supplier, soit pour protester, soit pour leur exprimer sa colère. Il lui restait seulement la force de remercier Dieu que ses jambes pussent encore la soutenir, que son cou lui permît de garder la tête droite. Mais lorsqu'elle vit un groupe d'hommes barbus descendre gauchement l'escalier sous le poids des objets volés et qu'elle reconnut le sabre de Charles, elle poussa un grand cri.

Ce sabre appartenait à Wade. Il avait appartenu à son père et à son grand-père, et Scarlett en avait fait cadeau au petit garçon pour son dernier anniversaire. À cette occasion, il y avait eu toute une cérémonie. Mélanie avait versé des larmes d'orgueil et de chagrin, elle avait embrassé Wade et lui avait dit qu'il fallait grandir pour devenir un soldat comme son père et son grand-père. Wade était très fier de son sabre et montait souvent sur la table au-dessus de laquelle il était accroché pour le caresser. Scarlett à la rigueur pouvait encore supporter de voir ses propres affaires emmenées par des mains étrangères et détestées, mais pas cela… pas la fierté de son petit garçon. Wade ayant entendu le cri de sa mère risqua un œil hors de sa cachette et, avec un gros sanglot, retrouva sa langue et son courage. Il tendit une main et s'écria :

– C'est à moi !

– Vous ne pouvez pas emporter cela ! dit Scarlett aussitôt en tendant la main à son tour.

– J' peux pas, hein ? répliqua le petit soldat qui tenait le sabre, et il éclata d'un rire impudent. Eh ben, j' me gênerai pas ! C'est un sabre de rebelle.

– Non… non, ce n'est pas vrai ! C'est un sabre qui date de la guerre du Mexique. Vous ne pouvez pas l'emporter. Il appartient à mon petit garçon. C'était le sabre de son père. Oh ! capitaine, s'exclama-t-elle en se tournant vers le sergent, je vous en prie, dites-lui de me le rendre.

Le sergent, ravi de cet avancement, s'approcha de quelques pas.

– Fais voir ce sabre, Bub, dit-il.

Le petit troupier le lui remit de mauvaise grâce. « Il a une poignée en or massif », remarqua-t-il.

Le sergent le retourna entre ses mains et présenta la poignée à la lumière pour lire l'inscription qui y était gravée.

« Au colonel William R. HAMILTON, déchiffra-t-il, de la part des officiers. Pour sa bravoure, BUENA VISTA. 1847. »

– Oh ! ça, ma p'tite dame, s'exclama-t-il, moi aussi j'y étais à Buena Vista.

– Vraiment ? fit Scarlett d'un ton glacial.

– Si j'y étais ? Ça chauffait dur, j'aime mieux vous l'dire. J'ai pas encore vu s'battre dans c'te guerre comme on s'est battu dans l'autre. Alors le sabre il appartient au grand-père du gosse ?
– Oui.
– Eh ben, gardez-le, dit le sergent qui n'était point mécontent des bijoux et des colifichets serrés dans son mouchoir.
– Moi, j' te dis qu'il a une poignée en or massif, insista le petit troupier.
– On va lui laisser ça pour qu'elle s' souvienne de nous, fit le sergent en souriant.
Scarlett prit le sabre sans même remercier. Pourquoi remercierait-elle ces voleurs de lui rendre ce qui lui appartenait ? Elle serra le sabre contre elle tandis que le cavalier discutait et se disputait avec son sergent.
– Bon Dieu, j'm'en vais donner à ces sales rebelles quelque chose dont ils se souviendront, finit par crier le soldat après que le sergent se fut échauffé et l'eut envoyé au diable.
Le petit homme s'éloigna en courant vers le fond de la maison et Scarlett se sentit plus à l'aise. Les Yankees n'avaient pas parlé de brûler la maison. Ils ne lui avaient pas dit de s'en aller pour pouvoir y mettre le feu. Peut-être... peut-être... Les hommes descendus du premier, ou sortis des autres pièces du rez-de-chaussée, se regroupèrent un à un dans le vestibule.
– Alors on a trouvé quelque chose ? interrogea le sergent.
– Un cochon, des poules et des canards.
– Un peu de maïs, quelques ignames et des haricots. Cette espèce de sorcière qu'on a vue à cheval a dû donner l'alarme.
– Alors, on s'en va ?
– Y a pas grand-chose ici, sergent. Vous avez les bijoux ? Filons avant que tout le comté soit sur ses gardes.
– Vous avez fouillé dans le fumoir ? C'est en général là-d'dans qu'ils enterrent leurs affaires ?
– Y a pas d'fumoir.
– T'as creusé dans les cases des nègres ?
– Y avait qu' du coton. On y a mis le feu.
Pendant un bref instant, Scarlett évoqua les longues journées de chaleur passées dans les champs de coton, elle sentit de nouveau la terrible douleur dans le dos, la brûlure de ses épaules à vif. Tout cela en pure perte. Il ne restait plus de coton.
– En fait, vous n'avez pas grand-chose, ma p'tite dame !
– Votre armée est déjà passée par ici, répondit sèchement Scarlett.

– Ça, c'est vrai. Nous sommes venus de ce côté en septembre, dit l'un des hommes en retournant un objet entre ses doigts. J'avais oublié.

Scarlett reconnut le dé à coudre en or d'Ellen. Combien de fois n'en avait-elle pas surpris l'éclat alors que sa mère se livrait à quelque ouvrage de dame ? Cette vue lui rappela quantité de souvenirs cruels. Elle évoqua la main fine de celle qui avait porté ce dé, et maintenant celui-ci se trouvait dans la paume sale et calleuse d'un étranger. Il n'allait pas tarder à gagner le Nord, à orner le doigt de quelque femme yankee qui serait fière d'exhiber un objet volé. Le dé d'Ellen !

Scarlett baissa la tête afin que l'ennemi ne pût la voir pleurer et ses larmes coulèrent une à une sur la tête du bébé. À travers ses pleurs, elle vit les hommes se diriger vers la porte. Elle entendit le sergent lancer des ordres d'une voix dure et forte. Ils partaient et Tara était sauvée, mais elle pouvait à peine s'en réjouir tant était douloureux le souvenir d'Ellen. Le cliquetis des sabres, le pas des chevaux ne lui procurèrent qu'une maigre satisfaction et, prise d'une faiblesse soudaine, les nerfs brisés, elle demeura inerte tandis que les Yankees descendaient l'allée chargés de rapines, de vêtements, de couvertures, de tableaux, et emmenant dans leur butin les poules, les canards et la truie.

Alors une odeur âcre parvint jusqu'à elle. Trop épuisée par l'effort pour se soucier du coton qui brûlait, elle se retourna et, par les fenêtres ouvertes de la salle à manger, elle vit des flots de fumée sortir nonchalamment des cases jadis occupées par les nègres. Ainsi s'en allait le coton, l'argent pour payer les impôts et une partie de l'argent qui eût aidé ceux de Tara à passer l'hiver. Il n'y avait rien à faire qu'à regarder. Scarlett avait déjà vu brûler du coton et elle savait combien il était difficile de l'éteindre, même quand on disposait de beaucoup d'hommes. Dieu merci, les cases étaient loin de la maison ! Dieu merci, le vent ne soufflait pas ce jour-là pour faire retomber des flammèches sur le toit de Tara.

Soudain, Scarlett fit volte-face, se raidit comme un chien en arrêt, et ses yeux horrifiés se portèrent à l'extrémité du vestibule, au fond du passage couvert qui menait à la cuisine. Il s'en échappait un nuage de fumée !

Scarlett posa le bébé par terre, dans un coin du passage. Elle plaqua Wade contre le mur, se débarrassa de lui, puis fit irruption dans la cuisine remplie de fumée, mais, toussant, pleurant, elle fut forcée de battre en retraite. Elle releva un pan de sa jupe pour se protéger le nez et revint à la charge.

La pièce, éclairée seulement par une fenêtre étroite, était sombre et si pleine de fumée que Scarlett en était aveuglée, mais elle pouvait entendre siffler et pétiller les flammes. La main en écran devant les yeux, elle finit par apercevoir de fines languettes de feu qui couraient par terre et allaient, se rapprochant des murs. Quelqu'un avait répandu dans toute la pièce les bûches qui flambaient dans le fourneau, et le plancher de sapin, sec comme de l'amadou, buvait les flammes, s'en laissait imprégner comme si ça avait été de l'eau.

Scarlett rebroussa chemin, se rua dans la salle à manger et s'empara d'une carpette non sans renverser deux chaises.

« Je n'arriverai jamais à éteindre le feu... jamais ! Oh ! mon Dieu, si seulement j'avais quelqu'un pour m'aider ! Tara est perdue... perdue. Oh ! mon Dieu ! C'est ce petit misérable. Il avait bien dit qu'il allait me laisser quelque chose dont je me souviendrais. Oh ! j'aurais bien dû lui abandonner le sabre ! »

Dans le couloir elle passa devant son fils qui gisait dans un coin à côté de son sabre. Il avait les yeux fermés et son visage avait une expression apaisée qui n'appartenait point à ce monde.

« Mon Dieu, il est mort ! Ils lui ont fait tellement peur qu'il en est mort ! » pensa Scarlett au comble de l'angoisse. Mais elle poursuivit son chemin et se précipita sur le seau d'eau potable qu'on laissait toujours dans le couloir auprès de la porte de la cuisine.

Elle trempa un bout de la carpette dans le seau, et, aspirant une profonde bouffée d'air, elle s'élança de nouveau dans la pièce remplie de fumée dont elle referma violemment la porte sur elle. Pendant une éternité elle tituba de droite et de gauche. Elle n'arrêtait pas de tousser et de donner des coups de carpette sur les languettes de feu qui lui échappaient. À deux reprises, sa longue jupe prit feu et elle fut obligée de s'administrer des tapes vigoureuses pour l'éteindre. Elle perdait ses épingles, ses cheveux lui retombaient sur les épaules et elle en sentait l'écœurante odeur de roussi. Les flammes lui échappaient toujours, gagnaient les murs, se tordaient, relevaient la tête comme des serpents. Scarlett s'épuisait et se rendait compte de l'inanité de ses efforts.

Alors la porte s'ouvrit et le courant d'air activa les flammes. Puis, une main la referma brutalement et, au milieu des volutes de fumée, Scarlett, à demi aveuglée, aperçut Mélanie qui piétinait les flammes et brandissait un objet sombre et lourd. Elle la vit chanceler, elle l'entendit tousser, elle aperçut dans un éclair son visage blême et son corps menu, courbé en deux tandis qu'elle faisait aller et venir le tapis dont elle s'était munie. Pendant une autre éternité, les deux jeunes femmes luttèrent côte à côte et Scarlett finit par se rendre compte que les flammes diminuaient. Tout d'un coup, Mélanie se tourna vers elle et, poussant un cri, elle lui assena de toutes ses forces un coup en travers des épaules. Tout s'assombrit autour de Scarlett qui s'affaissa dans un tourbillon de fumée.

Lorsqu'elle rouvrit les yeux, elle était étendue sous la véranda qui dominait la cour. Sa tête reposait confortablement sur les genoux de Mélanie et le soleil de l'après-midi l'éclairait en plein visage. Les brûlures de ses mains, de sa figure et de ses épaules lui causaient des souffrances intolérables. La fumée continuait à sortir des cases en nuages épais, et l'odeur du coton brûlé était encore très forte. Scarlett vit de minces filets de fumée s'échapper de la cuisine et elle se débattit frénétiquement pour se relever.

Mais Mélanie la retint et lui dit d'une voix calme :

– Reste tranquille, ma chérie. Le feu est éteint.

Elle demeura immobile pendant un moment, ferma les yeux et poussa un soupir de soulagement. À côté d'elle le bébé bavait bruyamment et, rassurée, elle reconnut le hoquet de Wade. Il n'était donc pas mort, Dieu merci ! Elle rouvrit les yeux et regarda Mélanie. Ses boucles étaient un peu roussies, son visage était noir de suie, mais ses yeux brillaient et elle souriait.

– Tu as l'air d'une négresse, murmura Scarlett en appuyant davantage la tête contre son mol oreiller.

– Et toi, tu as l'air d'une saltimbanque déguisée en nègre, répliqua Mélanie.

– Pourquoi as-tu été obligée de me frapper ?

– Parce que tu avais le dos en feu, ma chérie. Je n'aurais pas cru que tu allais t'évanouir. Pourtant, Dieu sait si tu en as eu assez pour te tuer aujourd'hui... Je suis revenue aussitôt après avoir caché les bêtes dans les bois. J'ai failli mourir d'inquiétude en pensant que tu étais seule avec le bébé. Est-ce que... Les Yankees ne t'ont rien fait ?

– Si tu veux dire par là qu'ils m'ont violée, eh bien ! non, dit Scarlett. Elle voulut s'asseoir et retint un gémissement. Bien que les genoux de Mélanie fussent très doux, le sol de la véranda l'était infiniment moins. « Mais ils ont tout volé, tout, reprit-elle. Nous avons tout perdu... mais, voyons, il n'y a pas de quoi avoir l'air ravi.

– Nous n'avons pas été séparées l'une de l'autre, il nous reste nos enfants et nous avons encore un toit au-dessus de la tête, fit Mélanie avec quelque chose de radieux dans la voix. C'est tout ce que nous pouvons souhaiter de mieux en ce moment... Grand Dieu ! Beau est trempé ! Je suppose que les Yankees ont volé également ses langes de rechange. Il… Scarlett, que diable y a-t-il dans son lange ? »

Mélanie glissa une main inquiète le long du dos de l'enfant et sortit le portefeuille. Pendant un instant il sembla qu'elle ne l'avait jamais vu auparavant, et puis, elle éclata de rire, d'un rire franc qui n'avait rien de nerveux.

– Il n'y a que toi pour penser à des choses pareilles, s'exclama-t-elle, et, jetant les bras autour du cou de Scarlett, elle l'embrassa. Tu es la crème des sœurs.

Scarlett toléra ses baisers parce qu'elle était trop faible pour se défendre, parce que les louanges de Mélanie lui mettaient du baume sur le cœur, parce qu'enfin, dans la cuisine remplie de fumée, étaient nés en elle un plus grand respect, un sentiment plus étroit de camaraderie pour sa belle-sœur.

« C'est une justice à lui rendre, se dit-elle sans enthousiasme, elle est toujours là quand on a besoin d'elle. »

XXVIII

Accompagné d'une gelée meurtrière, le froid se mit brutalement à sévir. Un vent glacial passait sous les portes et secouait les fenêtres disjointes avec un bruit monotone. Les dernières feuilles tombaient des arbres dépouillés et seuls les pins, sombres et transis contre le ciel pâle, conservèrent leur parure. Les routes, aux rouges ornières, étaient gelées et dures comme du ciment. La bise semait la famine en Géorgie.

Scarlett se rappelait avec amertume sa conversation avec la grand-mère Fontaine. Cet après-midi-là. Il y avait de cela deux mois, deux mois qui lui semblaient remonter à des années, elle avait dit à la vieille dame que le plus dur était passé, et elle avait ainsi exprimé sa conviction profonde. Maintenant cette remarque sonnait comme une vantardise d'écolière. Avant le second passage des hommes de Sherman à Tara, elle possédait un petit trésor en argent et en provisions, elle avait des voisins mieux partagés qu'elle et assez de coton pour lui permettre d'attendre le printemps. Désormais, elle n'avait plus ni coton ni provisions. Son argent ne lui servait à rien, car il n'y avait rien à acheter, et ses voisins étaient dans une situation encore pire que la sienne. Elle au moins, elle avait une vache et un veau, quelques cochons et un cheval, tandis qu'il ne restait plus à ses voisins que le peu qu'ils avaient réussi à cacher dans les bois ou à enfouir dans le sol.

Joli Coteau, la résidence des Tarleton, était brûlé jusqu'aux fondations et Mme Tarleton et ses quatre filles se logeaient dans la maison du régisseur. La demeure des Munroe, près de Lovejoy, elle aussi, était rasée jusqu'au sol. À Mimosas, l'aile construite en bois avait été incendiée, et seuls le stuc résistant du corps de logis principal et les efforts acharnés des dames Fontaine et de leurs esclaves armés de couvertures mouillées avaient préservé l'habitation entière. Grâce à l'intervention de Hilton, le régisseur yankee, la plantation de Calvert avait été de nouveau épargnée, mais on n'y trouvait plus ni une tête de bétail, ni une volaille, ni un épi de maïs. À Tara et dans tout le comté, la question de la nourriture primait toutes les autres. La plupart des familles ne possédaient plus rien en dehors de ce qui leur restait de leur récolte d'ignames et de cacahuètes et du gibier qui voulait bien se laisser prendre dans le bois. Ainsi qu'on le faisait jadis en des temps plus prospères, chacun partageait ce qu'il avait avec des voisins moins heureux, mais l'époque ne tarda pas à venir où il n'y eut plus rien à partager.

À Tara, on mangeait du lapin, de l'opossum et du poisson quand la chance souriait à Pork. Les autres jours, il fallait se contenter d'un peu de lait, de noix d'hickory, de glands rôtis et d'ignames. Les appétits n'étaient jamais satisfaits. À chaque fois qu'elle se retournait, Scarlett avait l'impression de voir des mains se tendre vers elle, des regards l'implorer. Elle avait peur d'en devenir folle, car elle avait aussi faim que les autres.

Elle donna l'ordre d'abattre le veau parce qu'il buvait trop du précieux lait et, ce soir-là, chacun mangea tant de veau frais que tout le monde fut malade. Scarlett savait qu'elle devait faire tuer l'un des cochons, mais elle remettait l'exécution de jour en jour dans l'espoir que les cochons atteindraient leur plein développement. Ils étaient si petits. Ils donneraient si peu de viande si on les tuait maintenant; ils en donneraient tellement plus si l'on pouvait patienter un peu. Le soir, elle discutait avec Mélanie l'opportunité d'expédier Pork à cheval avec quelques billets verts pour essayer d'acheter de quoi manger. Cependant, la crainte qu'on ne s'emparât du cheval et qu'on ne soulageât Pork de son argent les retenait. Elles ignoraient où se trouvaient les Yankees. Ils pouvaient aussi bien être à un millier de milles plus loin ou simplement de l'autre côté de la rivière. Un jour Scarlett, n'en pouvant plus, se disposa à aller elle-même chercher de la nourriture, mais les jérémiades de toute la famille terrorisée à l'idée des Yankees l'obligèrent à renoncer à son projet.

Pork s'en allait marauder fort loin. Il lui arrivait de passer toute la nuit dehors et, à son retour, Scarlett évitait de l'interroger. Parfois il rapportait du gibier, parfois quelques épis de maïs ou un sac de pois secs. Un jour il revint même avec un coq, qu'il prétendit avoir découvert dans les bois. La famille entière s'en régala, mais n'en éprouva pas moins un sentiment de culpabilité parce que tous savaient pertinemment que Pork l'avait volé comme il avait volé le maïs et les pois. Peu de temps après cet exploit, une nuit que la maison dormait depuis de longues heures, il vint frapper à la porte de Scarlett et exhiba timidement une jambe criblée de petits plombs. Tandis que sa maîtresse le pansait, il expliqua d'un ton embarrassé qu'on l'avait découvert au moment où il essayait de s'introduire dans un poulailler à Fayetteville. Scarlett ne lui demanda point à qui appartenait ce poulailler, mais, les larmes aux yeux, elle lui donna une petite tape affectueuse sur l'épaule. Les nègres étaient quelquefois exaspérants, stupides et paresseux, mais ils portaient en eux une loyauté qu'aucune somme ne pouvait corrompre, un sentiment de ne faire qu'un avec leurs maîtres blancs qui les poussait à risquer leur vie pour qu'il y eût toujours de quoi manger sur la table.

En d'autres temps, les larcins de Pork eussent été chose très grave et sa conduite lui eût sans doute valu le fouet. En d'autres temps, Scarlett se serait vue au moins dans l'obligation de le réprimander sévèrement : « Rappelle-toi toujours, ma chérie, avait dit Ellen, que tu es responsable aussi bien de la santé morale que de la santé physique des noirs que Dieu a confiés à tes soins. Il faut que tu comprennes bien qu'ils sont comme des enfants et, comme des enfants, il faut les garder d'eux-mêmes. Aussi, pour cela, dois-tu toujours donner le bon exemple. »

Mais, pour le moment, Scarlett relégua ces sages préceptes au fin fond de sa mémoire. Elle ne considérait plus du tout comme un problème de conscience le fait d'encourager le vol et de l'encourager peut-être au détriment de gens dans une situation encore pire que la sienne. L'aspect moral de la question ne la préoccupait guère. Au lieu de songer à punir ou à faire des reproches, elle regrettait seulement qu'on eût tiré sur Pork.

– Il faudra être plus prudent, Pork. Nous ne tenons pas à te perdre. Que deviendrions-nous sans toi ? Tu as été rudement gentil et fidèle. Quand nous aurons de nouveau de l'argent, je t'achèterai une grosse montre en or et j'y ferai graver quelque chose de la Bible. « C'est bien, brave et loyal serviteur. »

Pork exulta et frotta sa jambe bandée avec précaution.

– Ça se'a magnifique, ma'ame Sca'lett. Quand pensez-vous l'avoi', cet a'gent ?

– Je n'en sais rien, Pork, mais je m'arrangerai pour l'avoir. (Elle abaissa sur lui un regard si rempli d'amertume qu'il en fut gêné.) Un de ces jours, quand cette guerre sera finie, j'aurai des tas d'argent et je n'aurai plus jamais ni froid ni faim. Aucun de nous n'aura plus jamais ni froid ni faim. Nous porterons de beaux habits, nous mangerons tous les jours du poulet rôti… et…

Elle s'arrêta. La règle la plus stricte en vigueur à Tara, règle qu'elle-même avait établie et qu'elle appliquait rigoureusement, exigeait que personne ne parlât jamais des bons repas qu'on faisait autrefois, ou qu'on ferait volontiers maintenant si l'on en avait l'occasion.

Pork profita de ce que Scarlett avait les yeux perdus dans le vague pour se glisser hors de la chambre. Dans le bon vieux temps, désormais bien mort, la vie avait été si complexe, si riche en problèmes embrouillés. Il y avait eu le problème qui consistait à gagner l'amour d'Ashley tout en essayant de tenir en haleine une douzaine d'autres soupirants morfondus. Il y avait eu de petits écarts de conduite à cacher aux aînés, des jeunes filles jalouses à bafouer ou à se concilier, des robes et des étoffes à choisir, des coiffures différentes à essayer et tant d'autres questions à résoudre ! Maintenant l'existence était d'une simplicité surprenante. Maintenant la seule chose qui importât c'était d'avoir assez à manger pour ne pas mourir de faim, assez de vêtements pour ne pas être gelé, d'avoir au-dessus de sa tête un toit qui ne laissât pas trop passer la pluie.

Ce fut au cours des nuits qui suivirent que Scarlett eut à maintes reprises le cauchemar qui devait la hanter pendant des années. C'était toujours le même rêve. Les détails n'en variaient pas, mais la terreur qu'il lui inspirait grandissait chaque fois, et la crainte de le refaire la poursuivait même lorsqu'elle était réveillée. Elle se rappelait si bien les incidents qui avaient marqué le jour où elle avait eu ce cauchemar pour la première fois !

Pendant des jours et des jours, une pluie froide était tombée et l'on gelait à l'intérieur de la maison humide parcourue par des courants d'air. Dans la cheminée, les bûches mouillées fumaient beaucoup, mais ne donnaient pas grande chaleur. Depuis le petit déjeuner il n'y avait rien eu à prendre que du lait, et Pork avait tendu en vain ses pièges et ses lignes. Si l'on voulait avoir quelque chose à se mettre sous la dent le lendemain il faudrait égorger l'un des petits cochons. Scarlett voyait autour d'elle des visages blancs et noirs tirés par la faim qui lui demandaient silencieusement de trouver de la nourriture. Il allait falloir risquer de perdre le cheval et envoyer Pork acheter de quoi manger. Enfin, pour comble de malheur, Wade était au lit avec une angine et une forte fièvre et il n'y avait ni docteur ni médicaments pour lui.

Affamée, épuisée à force de veiller son enfant, Scarlett le confia à Mélanie et s'en alla faire un somme dans sa chambre. Les pieds glacés, incapable de s'endormir, écrasée par la peur et le désespoir, elle se retournait dans tous les sens. Elle n'arrêtait pas de se dire : « Que vais-je faire ? De quel côté m'adresser ? Il n'y a donc personne au monde pour m'aider ? » Où était donc tout ce qui constituait un élément de sécurité dans la vie ? Pourquoi n'y avait-il pas quelqu'un de fort et de raisonnable pour la décharger de son fardeau ? Elle n'était pas faite pour lui. Elle ne savait pas comment le porter. Alors elle s'enfonça peu à peu dans un sommeil agité.

Elle se trouvait dans une contrée étrange où le brouillard formait des tourbillons si épais qu'elle ne pouvait voir sa main devant elle. Sous ses pieds, le sol se dérobait. C'était un pays hanté, il y régnait un calme terrible et elle était perdue, perdue et terrorisée comme un enfant dans la nuit. Elle souffrait cruellement du froid et de la faim et elle avait si peur de ce qui se dissimulait derrière le rideau de brume qu'elle essaya de crier, mais elle en fut incapable. Quelque chose se mouvait dans le brouillard, des doigts se tendaient pour agripper sa robe, pour l'attirer dans une crevasse de la terre qui tremblait, des mains silencieuses, impitoyables, des mains de spectre. Alors, elle devina qu'au-delà des ténèbres opaques il y avait un abri, du secours, un havre où elle serait en sûreté, où elle aurait chaud. Mais où était-ce ? Pourrait-elle l'atteindre avant que les mains se refermassent sur elle et qu'elles l'eussent entraînée vers des sables mouvants ?

Soudain elle se mit à courir, à courir comme une folle dans le brouillard. Elle pleurait, elle hurlait, elle tendait les bras en avant pour ne saisir que du vent et le brouillard humide. Où était ce refuge ? Elle n'arrivait pas à le découvrir, mais il était là, il existait, il était caché quelque part. Si seulement elle parvenait à l'atteindre, elle serait sauvée ! Mais la peur lui paralysait les jambes, la faim la faisait défaillir. Elle poussa un cri de désespoir et se réveilla tandis que Mélanie, penchée sur elle, le visage inquiet, la secouait tant qu'elle pouvait.

Chaque fois qu'elle se coucha l'estomac vide elle refit ce rêve. Et cela lui arriva assez souvent. Il l'effrayait à tel point qu'elle avait peur de dormir, bien qu'elle ne cessât de se répéter qu'il n'y avait vraiment rien d'effrayant dans un rêve pareil. Non, rien… pourtant elle était si épouvantée à l'idée de se retrouver dans cette contrée remplie de brouillard qu'elle commença à prendre l'habitude de coucher avec Mélanie, qui avait pour mission de la réveiller lorsque ses gémissements et ses soubresauts indiqueraient qu'elle était de nouveau en proie à son cauchemar.

La tension nerveuse la fit pâlir et maigrir. Les rondeurs charmantes de ses joues disparurent et ses pommettes saillirent, accentuant la forme bridée de ses yeux verts, lui donnant l'air d'un chat affamé en quête de quelque chose à voler.

« La journée ressemble déjà assez à un cauchemar comme cela sans que j'aille me mettre à rêver la nuit », se dit-elle avec désespoir, et elle se mit à manger juste avant de se coucher ce à quoi elle avait droit chaque jour.

Au moment de Noël, Frank Kennedy et un petit détachement de soldats de l'intendance poussèrent une pointe jusqu'à Tara dans l'espoir bien vain d'y réquisitionner du grain et des bêtes pour l'armée. Ils étaient en loques et on aurait pu les prendre pour des voleurs de grand chemin. Ils avaient des chevaux boiteux et poussifs qui manifestement étaient en trop mauvais état pour un service actif. Comme leurs montures, les hommes avaient été renvoyés à l'arrière pour cause de blessures et tous, à l'exception de Frank, avaient un bras ou un œil en moins ou une articulation bloquée. La plupart d'entre eux portaient des capotes bleues prises aux Yankees et, pendant un court instant, les habitants de Tara épouvantés s'imaginèrent que les hommes de Sherman revenaient.

Ils passèrent la nuit à la plantation, couchés par terre dans le salon et ravis de s'allonger sur le tapis de velours, car il y avait des semaines qu'ils n'avaient pas dormi sous un toit et ne s'étaient pas couchés ailleurs que sur des aiguilles de pin ou sur le sol dur. Malgré leurs barbes luisantes et leurs haillons, ils étaient tous bien élevés, n'arrêtaient pas de raconter des anecdotes amusantes, faisaient force plaisanteries, distribuaient des compliments et manifestaient hautement la joie de passer le réveillon dans une grande maison, au milieu de jolies femmes tout comme ils y étaient habitués jadis, il y avait bien longtemps de cela. Ils se refusèrent à prendre la guerre au tragique, mentirent outrageusement pour faire rire les dames et jetèrent dans la maison nue et saccagée une note de gaieté et de fête qui n'y avait pas résonné depuis de nombreux jours.

« C'est presque comme autrefois quand nous donnions des réceptions, n'est-ce pas ? » murmura Suellen à Scarlett d'une voix joyeuse. Suellen était transportée d'aise d'avoir enfin un soupirant et elle ne quittait pour ainsi dire pas Frank Kennedy des yeux. Scarlett s'étonnait de constater que Suellen était presque jolie malgré la maigreur dont elle n'avait pu triompher depuis sa maladie. Elle avait les joues rouges et dans ses yeux il y avait quelque chose de doux et de lumineux.

« Elle doit l'aimer pour de bon, se dit Scarlett avec mépris. Je parie qu'elle sera presque sortable si jamais elle décroche un mari, même si c'est ce vieux maniaque de Frank. »

Carreen avait, elle aussi, meilleure mine et n'avait pas trop l'air d'une somnambule. Elle avait découvert que l'un des hommes était un camarade de Brent Tarleton et s'était trouvé à ses côtés le jour où il avait été tué. Elle se promettait bien d'avoir un long entretien avec lui après le dîner.

Au dîner, Mélanie surprit tous les siens en se forçant à sortir de sa timidité et en se montrant presque gaie. Elle rit et plaisanta et faillit même flirter avec un soldat borgne qui la paya joyeusement de retour en lui débitant d'ahurissantes galanteries. Scarlett savait quel effort physique et moral cela impliquait de la part de Mélanie que la présence des hommes mettait toujours au supplice. Par ailleurs, elle était loin d'aller bien. Elle avait beau prétendre qu'elle était solide et travailler encore plus que Dilcey, Scarlett se rendait compte qu'elle était malade. Lorsqu'elle soulevait quelque chose, son visage blêmissait et, après un effort quelconque, elle s'asseyait brusquement comme si ses jambes n'avaient plus la force de la supporter. Mais, ce soir-là, à l'exemple de Suellen et de Carreen, elle faisait tout son possible pour que les soldats eussent un réveillon agréable. Seule Scarlett n'éprouvait aucun plaisir à recevoir des invités.

Les soldats avaient ajouté leurs rations de maïs séché et de déchets de viande aux pois secs, aux pommes séchées cuites au four et aux cacahuètes que Mama avait posées devant eux et, d'un commun accord, ils déclarèrent que c'était leur meilleur repas depuis des mois. Scarlett les regardait manger et se sentait mal à l'aise. Non seulement elle leur reprochait chaque bouchée qu'ils avalaient, mais encore elle était sur des charbons ardents dans la crainte qu'ils ne découvrissent que Pork avait égorgé un des cochons la veille. La bête était maintenant pendue dans la resserre et Scarlett avait promis d'un ton farouche à tous les siens qu'elle arracherait les yeux de celui ou de celle qui parlerait aux invités du cochon mort ou de ses frères et sœurs en sûreté dans un enclos qu'on leur avait fait construire au milieu des marais. Ces hommes affamés étaient fort capables de dévorer le cochon tout entier à un seul repas, et, s'ils apprenaient l'existence des autres, ils risquaient de les réquisitionner pour l'armée. Scarlett était également dans les transes pour la vache et le cheval et elle aurait bien voulu qu'on les eût cachés dans les marais au lieu de les attacher dans le bois au bas du pré. Si jamais l'intendance prenait le reste du bétail, il serait impossible à ceux de Tara de passer l'hiver, car il n'y aurait pas moyen de remplacer les bêtes emmenées. Quant à la façon dont l'armée se nourrissait, Scarlett ne s'en souciait pas du tout. Que l'armée nourrisse l'armée… à elle de se débrouiller. Scarlett avait déjà bien assez de mal comme ça à nourrir son monde.

Au dessert, les hommes sortirent de leur musette quelques « petits pains de baguette » et pour la première fois Scarlett vit ce produit alimentaire confédéré sur lequel il existait autant de plaisanteries que sur les poux. Selon toute apparence, c'étaient des morceaux de bois calcinés et roulés en spirales. Les hommes la mirent au défi d'en manger, et lorsqu'elle s'exécuta elle s'aperçut que sous une croûte noircie par la fumée se cachait un pain de maïs sans sel. Les soldats délayaient leur ration de farine de maïs avec de l'eau, y ajoutaient du sel quand ils en trouvaient, enduisaient la baguette de leur fusil de cette pâte épaisse et faisaient cuire le tout à la flamme des feux de camp. C'était dur comme du caillou et ça n'avait pas plus de goût que la sciure de bois. Après en avoir mangé un morceau, Scarlett s'empressa de rendre son «petit pain» au soldat au milieu d'une tempête de rires. Ses yeux croisèrent ceux de Mélanie et la même pensée put se lire sur le visage des deux jeunes femmes: «Comment peuvent-ils bien continuer à se battre s'ils n'ont que cela à manger?»

Le repas fut assez gai et Gérald lui-même, qui présidait d'un air absent au haut de la table, s'arrangea pour extraire de sa mémoire obscurcie quelques-unes de ses anciennes manières de maître de maison et un sourire incertain. Les hommes bavardaient, les femmes souriaient... Mais Scarlett s'étant brusquement tournée vers Frank Kennedy pour lui demander des nouvelles de Miss Pittypat, surprit sur son visage une expression qui lui fit oublier ce qu'elle voulait dire.

Les yeux de Frank ne regardaient plus Suellen. Ils erraient dans la pièce, se posaient tour à tour sur Gérald qui avait l'air d'un enfant étonné, sur le plancher sans tapis, sur le dessus de la cheminée dépouillé de ses ornements, sur les sièges éventrés par les Yankees à coups de baïonnette, sur les murs où des rectangles de couleur plus vive indiquaient l'ancien emplacement d'un tableau. Ses yeux se posaient sur la table chichement servie, sur les robes propres mais vieilles et rapiécées des femmes, sur le sac de farine dont on avait fait une sorte de jupe pour Wade.

Frank se rappela la Tara qu'il avait connue avant la guerre et son visage exprimait à la fois le chagrin et une rage impuissante. Il aimait Suellen, il avait de la sympathie pour ses sœurs, du respect pour Gérald et une véritable adoration pour la plantation. Depuis que Sherman avait balayé la Géorgie, Frank avait vu bien des spectacles effroyables en parcourant l'État à cheval pour essayer de rassembler des vivres, mais rien ne l'avait bouleversé comme le bouleversait Tara en ce moment. Il aurait voulu faire quelque chose pour les O'Hara, surtout pour Suellen, mais il ne pouvait rien. Lorsque Scarlett surprit son regard, il était en train de hocher inconsciemment sa tête encadrée de favoris et de claquer doucement la langue contre ses dents. Il vit luire dans les yeux de Scarlett une flamme de fierté indignée et, gêné, piqua aussitôt du nez dans son assiette.

Les dames brûlaient d'avoir des nouvelles. Depuis la chute d'Atlanta, c'est-à-dire depuis déjà quatre mois passés, le service postal n'avait pas fonctionné et elles ignoraient complètement où se trouvaient les Yankees, comment se comportait l'armée confédérée, ce qu'étaient devenus Atlanta et leurs anciens amis. Frank, que ses fonctions obligeaient à parcourir l'État en tous sens, valait encore mieux que n'importe quel journal, car, étant apparenté à quantité de gens et connaissant presque tout le monde entre Macon et Atlanta, il était en mesure de fournir d'intéressants détails personnels que la presse passait toujours sous silence. Pour dissimuler son embarras d'avoir été surpris par Scarlett, il se lança aussitôt dans la conversation.

– Les Confédérés, déclara-t-il, avaient repris Atlanta, après le départ de Sherman, mais c'était une conquête sans valeur parce que le général yankee avait incendié la ville de fond en comble.

– Mais je croyais qu'Atlanta avait brûlé la nuit de notre départ, s'écria Scarlett, stupéfaite. Je croyais que c'étaient les nôtres qui y avaient mis le feu !

– Oh ! non, madame Scarlett, protesta Frank choqué. Nous n'avons jamais brûlé une seule de nos villes quand nos compatriotes y étaient encore ! Ce que vous avez vu brûler, c'étaient les entrepôts que nous ne voulions pas laisser prendre par les Yankees ainsi que les fonderies et les dépôts de munitions. Mais ça s'est borné là. Lorsque Sherman s'est emparé de la ville, les magasins et les maisons étaient encore intacts et il y a cantonné ses hommes.

– Mais que sont devenus les habitants ? Est-ce… est-ce qu'il les a tués ?

– Il en a tué quelques-uns… mais pas à coups de fusil, déclara le soldat borgne d'un air confus. Dès son arrivée à Atlanta il a déclaré au maire que tous les habitants devaient évacuer la place. Et il y avait des tas de gens âgés incapables de supporter le voyage, des femmes qui… enfin des dames qui n'étaient pas en état de se déplacer non plus. Il les a quand même forcés à s'en aller par centaines et par centaines, sous la plus forte pluie qu'on ait jamais vue. Il les a tous abandonnés dans les bois près de Rough and Ready et a demandé par écrit au général Hood de venir les recueillir. Quantité d'entre eux sont morts de pneumonie ou faute de pouvoir résister à pareil traitement.

– Oh ! mais pourquoi a-t-il fait cela ? Ils n'auraient certainement rien pu lui faire de mal, s'exclama Mélanie.

– Il a dit qu'il avait besoin de la ville pour permettre à ses hommes et à ses chevaux de se reposer, répondit Frank. Et en effet il les y a laissés se reposer jusqu'à la mi-novembre, date à laquelle il a repris son avance. En partant il a allumé des foyers d'incendie dans tous les coins et a brûlé tout ce qui pouvait brûler.

– Oh ! sûrement pas tout ! s'écrièrent les jeunes femmes, consternées. Elles n'arrivaient pas à s'imaginer que la ville animée qu'elles avaient connue si peuplée, si remplie de soldats, n'existait plus. Toutes ces jolies maisons ombragées par les arbres, tous ces grands magasins, tous ces beaux hôtels... tout cela ne pouvait certainement pas être détruit ! Mélanie semblait prête à fondre en larmes, car c'était là qu'elle avait été élevée et elle n'avait pas d'autre foyer. Le cœur de Scarlett se serra parce qu'après Tara c'était l'endroit qu'elle préférait.

– Enfin, presque tout a brûlé, se hâta de corriger Frank, ému par l'expression des deux belles-sœurs.

Il s'efforça d'adopter un ton enjoué, car il n'aimait pas faire de peine aux dames. Devant une femme bouleversée, il perdait tous ses moyens, aussi n'éprouvait-il aucune envie de raconter à ses hôtesses les choses horribles auxquelles il avait assisté. À elles de trouver quelqu'un d'autre si elles voulaient savoir à quoi s'en tenir.

Il ne pouvait pas leur décrire ce que l'armée avait vu en reprenant possession d'Atlanta ; les centaines de cheminées noircies dressées au-dessus des cendres, l'amas de décombres à demi calcinés, les monceaux de briques croulants qui encombraient les rues, les vieux arbres auxquels l'incendie avait porté le coup de grâce et dont le vent froid détachait les rameaux carbonisés. Il se rappelait l'impression effroyable que lui avait causée ce spectacle, il entendait encore les jurons prononcés par les Confédérés lorsqu'ils avaient vu ce qui restait de la ville. Il souhaitait que les dames n'entendissent jamais parler des horreurs qui avaient marqué le sac du cimetière, car c'en serait trop pour elles. Charlie Hamilton et la mère et le père de Mélanie y étaient enterrés. Le souvenir de ce cimetière pillé continuait de donner des cauchemars à Frank. Dans l'espoir de trouver des bijoux sur les morts, les soldats yankees avaient forcé les caveaux et ouvert les tombes. Ils avaient dépouillé les cadavres, arraché aux cercueils leurs plaques d'or et d'argent, leurs ornements et leurs poignées d'argent. Les squelettes et les corps lancés pêle-mêle parmi les débris de cercueils restaient misérablement exposés à tous les vents.

Et Frank ne pouvait parler non plus ni des chiens ni des chats. Les dames attachaient tant de prix à ces petites bêtes. Mais la vue des milliers d'animaux faméliques restés sans abri après l'évacuation si brutale de leurs maîtres l'avait affecté presque autant que celle du cimetière, car Frank aimait les chats et les chiens. Les bêtes erraient, craintives, transies, affamées, presque aussi sauvages que les bêtes des forêts. Les forts attaquaient les faibles, les faibles guettaient la mort des plus faibles encore pour pouvoir les manger. Et, au-dessus de la ville en ruine, les busards sinistres sillonnaient le ciel hivernal de leur vol gracieux.

Frank fouilla les recoins de sa mémoire pour y découvrir des détails qui atténueraient l'effet produit et tranquilliseraient les dames.

– Il y a encore quelques maisons debout, annonça-t-il, des maisons construites très à l'écart des autres et que le feu n'a pu gagner. Les églises et la loge maçonnique sont également intactes. Il y a aussi un petit nombre de magasins. Mais tout le quartier des affaires, tout le quartier en bordure de la voie ferrée... eh bien! mesdames, cette partie de la ville est rasée jusqu'au sol.

– Mais alors, s'écria Scarlett avec amertume, cet entrepôt que Charlie m'a laissé du côté de la voie ferrée, il est détruit lui aussi?

– S'il se trouvait là, il ne doit plus exister mais... (Tout d'un coup Frank sourit. Pourquoi n'y avait-il pas songé plus tôt?) Allons, mesdames, reprenez courage! La maison de votre tante Pitty est toujours debout. Elle est un peu endommagée, mais elle a résisté.

– Oh! comment a-t-elle pu échapper à l'incendie?

– Eh bien! elle est en brique, et comme elle était à peu près la seule d'Atlanta à être couverte d'ardoises, ça a empêché les flammèches d'y mettre le feu. Du moins, c'est mon avis. Et puis, elle est l'une des dernières construites du côté du Nord et l'incendie n'a pas fait autant de ravages dans ce quartier-là. Bien entendu, les Yankees qui y avaient leur cantonnement se sont livrés à toutes sortes de dégradations. Ils sont même allés jusqu'à brûler les plinthes et la rampe d'escalier en acajou pour faire du feu, mais qu'importe! La maison est encore en parfait état. Lorsque j'ai vu Mlle Pitty, la semaine dernière à Macon...

– Vous l'avez vue? Comment va-t-elle?

– À merveille. À merveille. Lorsque je lui ai dit que sa maison était intacte, elle s'est mis en tête d'y retourner sur-le-champ. C'est-à-dire... si ce vieux nègre, Peter, veut bien la laisser partir. Quantité de gens d'Atlanta sont déjà revenus chez eux parce qu'ils commençaient à en avoir assez de Macon. Sherman n'a pas pris Macon, mais tout le monde craint que Wilson ne vienne y faire une descente et il est encore pire que Sherman.

– Mais qu'ils sont donc stupides d'être revenus, puisqu'il ne reste plus de maisons ! Où logent-ils ?
– Madame Scarlett, ils s'abritent sous des tentes, dans des huttes, dans des cabanes en planches. Ils s'entassent à six ou sept familles dans les quelques habitations qui restent. Et ils essaient de reconstruire. Allons, madame, ne les traitez pas d'imbéciles. Vous connaissez les gens d'Atlanta aussi bien que moi. Ils sont entichés de cette ville autant que les habitants de Charleston de la leur et il leur faudra autre chose que des Yankees et un incendie pour les en chasser définitivement. Les gens d'Atlanta… sauf votre respect, madame Melly, sont têtus comme des mules quand il s'agit de leur ville. Je ne vois d'ailleurs pas pourquoi j'ai toujours considéré qu'on y jouait rudement des coudes et qu'on y allait un peu trop de l'avant. Mais, moi, je suis de la campagne et je n'aime pas les villes. En tout cas, je vous prie de croire, les premiers à revenir sont les plus malins. Ceux qui arriveront après ne trouveront plus ni un morceau de bois, ni une pierre, ni une brique, de leur maison, parce que l'on récupère les matériaux dans toute la ville pour reconstruire. Tenez, rien qu'avant-hier j'ai vu Mme Merriwether, Mlle Maybelle et leur vieille négresse entasser des briques dans une brouette. Et Mme Meade m'a dit qu'elle pensait construire une cabane en planches quand le docteur serait de retour pour l'aider. Elle m'a raconté qu'elle vivait déjà dans une cabane en planches lorsque Atlanta s'appelait encore Marthasville et que ça ne la gênerait pas le moins du monde de recommencer. Bien entendu, c'était pour plaisanter, mais enfin ça vous montre la mentalité des gens.
– Je trouve qu'ils ne manquent pas de courage, déclara Mélanie avec fierté. Ne trouves-tu pas, Scarlett ?
Scarlett approuva de la tête. Elle était contente et fière de sa ville d'adoption. Comme l'avait dit Frank, c'était un endroit où l'on jouait des coudes, où l'on allait de l'avant, et c'était pour cela qu'elle l'aimait. On n'y sentait pas le renfermé, on n'y menait pas une vie casanière comme dans les villes plus anciennes, et les gens y faisaient montre d'une exubérance qui correspondait à la sienne. « Je suis comme Atlanta, pensa-t-elle, et il me faut autre chose que des Yankees et un incendie pour m'abattre. »
– Si tante Pitty revient à Atlanta nous ferions mieux de retourner chez elle, Scarlett, fit Mélanie interrompant le cours des pensées de sa belle-sœur. Toute seule, elle va mourir de peur.
– Voyons, comment puis-je quitter Tara, Melly ? demanda Scarlett, une pointe de colère dans la voix. Si tu as tellement envie d'y aller, vas-y. Je ne te retiendrai pas.

– Oh ! ce n'est pas cela que j'ai voulu dire, ma chérie, s'écria Mélanie en rougissant. Comme je suis étourdie ! Naturellement, tu ne peux pas quitter Tara et… et je crois que l'oncle Peter et Cookie pourront s'occuper de Tantine.
– Rien ne t'empêche d'y aller, déclara sèchement Scarlett.
– Tu sais bien que je ne voudrais pas te laisser, répondit Mélanie, et je… sans toi, je mourrais de peur.
– À ton gré ! D'ailleurs, tu ne me feras pas retourner à Atlanta. Dès qu'on y aura rebâti quelques maisons, Sherman reviendra et brûlera tout de nouveau.
– Il ne reviendra pas, déclara Frank et, malgré ses efforts, il baissa la tête. Il a traversé tout l'État jusqu'à la côte. Savannah est tombée cette semaine et l'on dit que les Yankees sont entrés en Caroline du Sud.
– Savannah prise !
– Oui… mais voyons, mesdames, il ne pouvait pas en être autrement. La ville n'avait pas assez d'hommes pour la défendre… et pourtant on avait appelé tous ceux qui étaient encore capables de mettre un pied devant l'autre. Savez-vous que, lorsque les Yankees marchaient sur Milledgeville, on a armé tous les cadets des académies militaires sans se soucier de leur âge et que l'on a même ouvert le pénitencier d'État pour avoir des troupes fraîches ? Pafaitement, on a libéré tous les bagnards qui voulaient bien se battre et on leur a promis leur grâce s'ils s'en tiraient. Ça m'en a donné le frisson de voir ces petits cadets dans les rangs avec des voleurs et des assassins.
– On a libéré les bagnards ? Mais ils vont venir nous attaquer !
– Allons, madame, ne vous alarmez pas. Ça se passe très loin d'ici et d'ailleurs ces hommes-là font d'excellents soldats. À mon avis, rien n'empêche qu'un voleur fasse un bon soldat, n'est-ce pas vrai ?
– Je trouve cela magnifique, dit Mélanie d'une voix douce.
– Eh bien ! pas moi, riposta Scarlett. Il y a assez de voleurs comme ça à rôder dans le pays entre les Yankees et… elle s'arrêta à temps, mais les hommes se mirent à rire.
– Entre les Yankees et les soldats de l'intendance ?
Ils achevèrent sa phrase pour elle et elle rougit jusqu'aux oreilles.
– Mais où est l'armée du général Hood ? s'empressa d'intervenir Mélanie. Il aurait sûrement pu défendre Savannah.
– Voyons, madame Mélanie ! protesta Frank sur un ton de reproche. Le général n'est jamais descendu de ce côté-là. Il se battait là-haut dans le Tennessee pour essayer de faire sortir les Yankees de Géorgie.
– Et son joli petit plan a bien réussi ! s'écria Scarlett. Parlons-en. Il a laissé ces sacrés Yankees traverser notre pays et, pour nous pro-

téger, il ne leur a opposé que des collégiens, des bagnards et des gardes locaux.
– Ma fille, tu blasphèmes, fit soudain Gérald en s'arrachant à sa torpeur. Ta mère sera peinée de l'apprendre.
– Sacrés, oui, sacrés Yankees, je le répète. Je ne les appellerai jamais autrement.
Scarlett était déchaînée.
En entendant prononcer le nom d'Ellen, chacun éprouva une sensation étrange et la conversation tomba d'un seul coup. De nouveau Mélanie s'interposa.
– Lorsque vous étiez à Macon, avez-vous vu India et Honey Wilkes ? Ont-elles… ont-elles des nouvelles d'Ashley ?
– Voyons, madame Mélanie, vous savez très bien que si j'avais eu des nouvelles d'Ashley je serais venu tout de suite de Macon vous les apporter. Non, elles n'ont pas eu de nouvelles… Allons, ne vous mettez pas martel en tête pour Ashley. Je sais bien, il y a longtemps que vous n'avez pas entendu parler de lui, mais il ne faut guère compter entendre parler d'un homme quand il est en prison. Vous êtes bien de mon avis, hein ? Et dans les prisons yankees, la vie n'est pas aussi dure que dans les nôtres. En somme les Yankees ont des vivres en abondance et ils ne manquent ni de couvertures, ni de médicaments. Ce n'est pas comme nous… qui ne mangeons pas à notre faim ; alors, vous comprenez, nos prisonniers…
– Oui, les Yankees ont tout ce qu'il leur faut, s'écria Mélanie d'un ton pathétique, mais ils ne donnent rien à leurs prisonniers. Vous le savez très bien, monsieur Kennedy. Vous dites cela pour me rassurer. Vous savez très bien que nos hommes meurent de faim et de froid là-bas, qu'ils meurent sans médecin et sans médicaments, uniquement parce que les Yankees nous exècrent. Oh ! si seulement on pouvait débarrasser la surface du globe de tous les Yankees. Oh ! je sais qu'Ashley est…
– Tais-toi ! fit Scarlett, la gorge serrée.
Tant que personne ne dirait qu'Ashley était mort, elle conserverait au fond du cœur le faible espoir qu'il vivait, mais elle s'imaginait que si elle entendait prononcer le mot fatal, Ashley mourrait au même moment.
– Voyons, madame Wilkes, ne vous tracassez pas pour votre mari, intervint le borgne. Moi, j'ai été fait prisonnier après la première bataille de Manassas et l'on m'a échangé plus tard. Quand j'étais en prison, on me donnait tout ce qu'il y avait de mieux dans le pays : du poulet rôti, des gâteaux…

– J'ai l'impression que vous mentez, dit Mélanie avec un faible sourire. Qu'en pensez-vous ?
– Moi aussi j'ai cette impression, reconnut le borgne qui éclata de rire et se donna une tape sur la cuisse.
– Si vous voulez bien tous passer au salon, je m'en vais vous chanter des chansons de Noël, dit Mélanie trop heureuse de changer de sujet. Les Yankees n'ont pas pu emporter le piano. Il est terriblement désaccordé, n'est-ce pas, Suellen ?
– Horriblement, répondit Suellen qui regardait Frank en souriant.
Cependant, tandis que les convives quittaient la salle à manger, Frank resta en arrière et retint Scarlett par la manche.
– Puis-je avoir un entretien avec vous ?
Scarlett trembla que Frank ne voulût lui parler de ses bêtes et elle s'apprêta à forger un beau mensonge.
Lorsqu'il ne resta plus personne dans la pièce, Frank et Scarlett s'approchèrent du feu. La fausse gaieté qui avait animé le visage de Frank en présence des autres disparut et Scarlett s'aperçut qu'il faisait vieux. Sa peau était sèche et brune comme les feuilles qui tourbillonnaient au vent sur la pelouse de Tara. Ses favoris d'un blond roux étaient semés de poils gris. Sans y penser, il se mit à mâchonner l'un d'eux et, avant de prendre la parole, il se racla la gorge d'une manière désagréable.
– J'ai beaucoup de chagrin pour votre maman, madame Scarlett.
– Je vous en prie, ne parlez pas de ça.
– Et votre papa… il est comme ça depuis…
– Oui… il… il n'est pas lui-même, comme vous pouvez le constater.
– Il était sûrement très attaché à votre mère…
– Oh ! je vous en supplie, monsieur Kennedy, ne parlons pas de…
– Je m'excuse, madame Scarlett. (Et Frank se dandina nerveusement d'un pied sur l'autre.) À vrai dire, je voulais soumettre un projet à votre papa, mais maintenant je vois que ce serait peine perdue.
– Je puis peut-être vous aider, monsieur Kennedy. Vous comprenez… c'est moi qui dirige la maison désormais.
– Eh bien ! je… commença Frank, et, sous l'empire de l'émotion, il se remit à mâchonner l'un de ses favoris. À vrai dire, je… eh bien, madame Scarlett, j'avais l'intention de demander à votre père la main de Mlle Suellen.
– Comment ! Vous voulez dire que vous n'avez pas encore demandé la main de Suellen à papa ? s'écria Scarlett à la fois étonnée et amusée. Et vous lui faites la cour depuis des années !
Il rougit, sourit gauchement et eut l'air d'un homme très timide et très lourdaud.

– Eh bien ! je… je ne savais pas si elle voudrait de moi. Je suis tellement plus âgé qu'elle et… et il y avait tant de beaux jeunes gens à tourner autour de Tara…

« Hum ! se dit Scarlett. C'était autour de moi qu'ils tournaient, ce n'était pas autour de Suellen. »

– Et je ne sais pas encore si elle voudra de moi. Je ne le lui ai jamais demandé, mais elle doit connaître mes sentiments. Je… je crois que je devrais demander la permission à M. O'Hara et lui dire la vérité. Madame Scarlett, je n'ai pas un sou vaillant en ce moment. Autrefois, j'avais beaucoup d'argent, vous m'excuserez d'en parler, mais aujourd'hui je ne possède plus que mon cheval et les vêtements que j'ai sur le dos. Vous comprenez, quand je me suis engagé, j'ai vendu la plupart de mes terres et j'ai placé mon argent en fonds confédérés. Vous savez ce que ça vaut maintenant. Moins encore que le papier sur lequel les bons sont imprimés. Et puis je ne les ai même plus, car ils ont brûlé avec la maison de ma sœur. Je sais que j'ai de l'audace de demander la main de Mlle Suellen maintenant que je n'ai plus un sou, mais… c'est comme ça. Moi, du reste, j'ai bien l'impression que nous ne pouvons pas prévoir ce qui va sortir de cette guerre. Ça me fait l'effet d'être la fin du monde. On ne peut tabler sur rien… et j'ai pensé que ce serait un fameux réconfort pour moi, et peut-être pour Mlle Suellen, si nous étions fiancés. Ce serait au moins quelque chose de sûr. Je ne demanderai pas à l'épouser tant que je n'aurai pas de quoi la faire vivre, madame Scarlett, et j'ignore quand cela arrivera, mais enfin, si vous attachez quelque prix à un amour sincère, eh bien ! vous pouvez être certaine que Mlle Suellen sera riche de ce côté-là si elle ne l'est pas par ailleurs.

Il prononça ces derniers mots avec une dignité simple qui émut Scarlett bien qu'elle se divertît fort. Cela la dépassait que quelqu'un pût avoir de l'amour pour Suellen. Sa sœur lui apparaissait comme un monstre d'égoïsme qui ne savait qu'ennuyer les autres et passait son temps à récriminer.

– Allons, monsieur Kennedy, fit-elle d'un ton aimable. Tout est pour le mieux. Je suis sûre d'avoir le droit de parler au nom de papa. Il a toujours fait si grand cas de vous et il a toujours compté que Suellen vous épouserait un jour.

– Vraiment ! s'exclama Frank, radieux.

– Oui, je vous assure, répondit Scarlett tout en réprimant son envie de rire, car elle se rappelait la façon cavalière dont Gérald interpellait jadis Suellen d'un bout de la table à l'autre : « Alors, petite dame ?

Ton amoureux fringant n'a pas encore lâché le mot? Va-t-il falloir que je lui demande ses intentions?»
– Je vais lui faire ma déclaration ce soir même, dit Frank, un tremblement aux joues. (Il s'empara de la main de Scarlett et la serra à la briser.) Vous êtes si bonne, madame Scarlett.
– Je vais vous envoyer Suellen, déclara Scarlett en se dirigeant vers le salon, un sourire aux lèvres.
Mélanie s'était mise à jouer. Le piano était lamentablement faux, mais quelques notes avaient encore une belle sonorité et Mélanie élevait la voix pour entraîner les autres à chanter *Écoutez chanter l'Ange de l'Annonciation.*
En entendant ce vieux et charmant cantique de Noël, Scarlett s'arrêta net. Il lui semblait impossible que la guerre fût passée deux fois par là, qu'elle vécût avec les siens dans un pays dévasté, à la limite de la famine. Elle se retourna brusquement vers Frank.
– Que vouliez-vous dire quand m'avez déclaré que ça vous faisait l'effet d'être la fin du monde?
– Je vais vous parler à cœur ouvert, fit-il lentement. Mais je ne voudrais pas que vous alarmiez les autres dames en leur rapportant mes propos. La guerre ne peut plus durer longtemps. Il n'y a plus d'hommes pour combler les vides dans les rangs et le nombre des déserteurs s'élève sans cesse. Vous comprenez, les hommes ne supportent pas d'être éloignés de leurs familles quand ils savent que celles-ci meurent de faim. Alors ils rentrent chez eux pour tâcher de les nourrir. Je ne peux pas les blâmer, mais ça affaiblit l'armée. Et puis les soldats ne peuvent pas se battre sans manger, et il n'y a plus rien à manger. Je suis bien placé pour le savoir, puisque mon métier c'est de ramasser les vivres. Depuis que nous avons repris Atlanta, j'ai parcouru cette région du haut en bas et je n'y ai même pas trouvé de quoi nourrir un geai. C'est la même chose jusqu'à Savannah, à trois cents milles au sud. Les gens meurent de faim, les voies ferrées n'existent plus, il n'y a plus de fusils de rechange, les munitions s'épuisent, il n'y a plus de cuir pour les chaussures... Dans ces conditions, vous comprenez, c'est presque la fin.
Mais les espoirs chancelants de la Confédération pesaient beaucoup moins lourd aux yeux de Scarlett que les remarques de Frank sur le manque de nourriture. Elle avait eu l'intention de confier ses pièces d'or et ses billets verts à Pork et d'envoyer celui-ci avec la voiture et le cheval faire des provisions dans le pays et chercher de quoi confectionner des vêtements. Mais, si ce que Frank disait était vrai... Pourtant Macon n'était pas tombé. Il devait bien y avoir des provi-

sions à Macon. Dès que les hommes de l'intendance seraient assez loin, elle enverrait Pork à Macon au risque de faire réquisitionner son précieux cheval par l'armée.

– Allons, ne parlons plus de ces tristes choses, ce soir, monsieur Kennedy, fit Scarlett. Allez vous asseoir dans le petit bureau de maman. Je vous y enverrai Suellen. Comme ça vous pourrez... enfin, vous serez un peu plus tranquilles tous les deux.

Souriant, rougissant, Frank se glissa hors de la pièce et Scarlett le regarda s'éloigner.

«Quel dommage qu'il ne puisse pas l'épouser tout de suite, se dit-elle. Ça ferait une bouche de moins à nourrir.»

XXIX

Au mois d'avril de l'année suivante, le général Johnston, auquel on avait rendu les misérables restes de son ancienne armée, se rendit à l'ennemi, en Caroline du Nord, et la guerre prit fin. Cependant, la nouvelle n'en parvint à Tara que deux semaines plus tard. Il y avait bien trop à faire à Tara pour qu'on perdît son temps en déplacements et en palabres et, comme les voisins eux aussi étaient fort occupés, on n'échangeait guère de visites et les nouvelles se répandaient lentement.

On était en pleins labours de printemps et l'on semait le coton et les graines potagères que Pork avait rapportés de Macon. Pork était si fier d'être revenu sans encombre avec sa charrette remplie de vêtements, de graines, de volailles, de jambons, de quartiers de viande et de farine, qu'il ne faisait pratiquement plus rien. Il n'arrêtait pas de raconter les multiples péripéties de son voyage et les dangers auxquels il avait échappé de justesse. Il se complaisait à décrire les chemins de traverse et les sentiers qu'il avait empruntés pour rentrer à Tara, les routes sur lesquelles personne d'autre que lui n'était passé, les anciennes pistes, les sentes cavalières. Pendant les cinq semaines qu'avait duré son absence, Scarlett avait été au supplice, mais à son retour elle ne lui adressa aucun reproche. Elle était trop heureuse qu'il eût réussi et qu'il eût rapporté tant d'argent sur la somme qu'elle lui avait confiée. D'ailleurs, elle le soupçonnait fort de n'avoir acheté ni les volailles ni les quartiers de viande, ce qui expliquait à merveille qu'il eût réalisé de telles économies. En fait, Pork s'en serait voulu de dépenser l'argent de sa maîtresse alors qu'il y avait le long de la route tant de poules en liberté et tant de fumoirs qui n'attendaient qu'une visite.

Maintenant qu'ils n'étaient plus à court de provisions, les habitants de Tara s'efforçaient de redonner à la vie un aspect normal. Il y avait du travail pour chacun, trop de travail, un travail de tous les instants. Il fallait arracher les tiges desséchées des cotonniers de l'année précédente pour faire place à la prochaine récolte, et le cheval, qui n'était pas habitué à tirer la charrue, se laissait conduire de mauvaise grâce. Il fallait débarrasser le jardin potager des herbes qui l'encombraient, semer des graines, couper du bois pour le feu, commencer à relever les enclos et à remplacer les milles de clôture que les Yankees avaient brûlés avec tant de désinvolture. Deux fois par jour il fallait visiter les pièges à lapins de Pork et amorcer les lignes. Il fallait faire les lits, balayer, faire la cuisine et la vaisselle, donner à manger aux cochons et aux poulets, ramasser les œufs. Il fallait traire la vache, l'emmener paître près des marais et, dans la crainte que les Yankees ou les hommes de Frank Kennedy ne revinssent, il fallait que quelqu'un la surveillât toute la journée. Le petit Wade lui-même avait du travail. Chaque matin, un panier sous le bras, il s'en allait d'un air important ramasser du petit bois ou des brindilles pour allumer le feu.

Ce furent les fils Fontaine, les premiers hommes du comté rentrés dans leurs foyers, qui apportèrent la nouvelle de la reddition de Johnston. Alex, qui avait encore les bottes, allait à pied, tandis que Tony, pieds nus, cheminait sans selle sur le dos d'une mule. Tony s'était toujours arrangé pour être le mieux servi de la famille. Après avoir passé quatre ans exposés au soleil et à la tempête, ils étaient plus basanés que jamais, plus minces aussi, plus secs et, avec les grandes barbes noires qu'ils rapportaient de la guerre, on avait peine à les reconnaître.

Pressés de rentrer chez eux à Mimosas, ils passèrent par Tara, mais ne firent que s'y arrêter un instant pour embrasser les jeunes femmes et leur annoncer la reddition de l'armée. Tout était fini, terminé, dirent-ils, mais ils n'avaient pas l'air d'y attacher beaucoup d'importance. La seule chose qui les préoccupât, c'était de savoir si Mimosas avait brûlé. Sur le chemin du retour, ils n'avaient vu que des cheminées noircies là où autrefois s'élevaient des maisons amies, et ils n'osaient plus espérer que la leur eût été épargnée. Ils poussèrent un soupir de soulagement en apprenant que Mimosas était encore debout et ils se donnèrent des tapes sur les cuisses en entendant Scarlett leur raconter la folle chevauchée de Sally et la façon impeccable dont elle avait sauté la haie.

– C'est une fille qui a du cran, déclara Tony. Quelle déveine pour elle que Joe ait été tué. Auriez-vous par hasard du tabac à chiquer, Scarlett ?

– Non, nous n'avons plus que du tabac à lapins. Papa en fume dans un épi de maïs.

– Je ne suis pas encore tombé aussi bas, fit Tony, mais ça viendra probablement.

– Dimity Munroe va bien ? demanda Alex un peu gêné, et Scarlett se rappela qu'il ne déplaisait pas à la sœur cadette de Sally.

– Oh ! oui. Elle vit maintenant chez sa tante à Fayetteville. Vous savez que leur maison de Lovejoy a brûlé. Le reste de la famille est à Macon.

– Ce n'est pas ça qui l'intéresse. Il voudrait savoir si Dimity a épousé un de ces héroïques colonels de la Garde locale, railla Tony à qui Alex décocha un regard furibond.

– Mais non, elle n'est pas mariée, répondit Scarlett mise en gaieté.

– Ça vaudrait peut-être mieux pour elle, déclara Alex d'un air sombre. Nom de..., pardon, Scarlett, mais comment voulez-vous qu'un homme demande une jeune fille en mariage quand tous ses esclaves ont été affranchis, que tout son bétail a disparu et qu'il n'a plus un sou en poche ?

– Vous savez bien que ça sera égal à Dimity, fit Scarlett.

Elle pouvait se permettre d'être magnanime envers Dimity et de dire du bien d'elle, car Alex Fontaine n'avait jamais été l'un de ses soupirants.

– Sacré nom de..., allons, je vous demande encore pardon. Il va tout de même falloir que je perde l'habitude de jurer, sans quoi grand-mère va sûrement me tanner le cuir. Je ne peux pas demander à une jeune fille d'épouser un gueux. Ça lui serait peut-être égal, mais pas à moi.

Tandis que Scarlett bavardait avec les jeunes gens sous la véranda, Mélanie, Suellen et Carreen étaient rentrées silencieusement dans la maison après avoir appris la nouvelle de la reddition. Quand les Fontaine furent partis, Scarlett rentra à son tour et entendit les jeunes femmes sangloter sur le sofa du petit bureau d'Ellen. Tout était terminé. C'était la fin du beau rêve pour lequel elles avaient vécu, la fin de cette Cause qui leur avait pris leurs amis, leurs amoureux, leur mari, qui avait ruiné leur famille. Cette Cause dont elles n'avaient jamais mis en doute l'invincibilité était à jamais perdue.

Scarlett cependant trouvait qu'il n'y avait pas de quoi se morfondre. En apprenant la nouvelle, elle s'était dit : « Dieu soit loué ! Plus de danger qu'on vole la vache. Le cheval aussi est sauvé. On va pouvoir sortir l'argenterie du puits et tout le monde aura un couteau et une fourchette. Je n'aurai plus peur de parcourir le pays pour chercher de quoi manger. »

Quel soulagement ! Jamais plus elle ne sursauterait en reconnaissant le pas d'un cheval. Jamais plus elle ne se réveillerait la nuit, retenant son souffle pour mieux écouter, se demandant si elle rêvait ou si c'était bien un bruit de gourmettes, le piaffement de chevaux, des voix dures de Yankees qu'on entendait dans la cour. Enfin, Tara était sauvée! C'était surtout cela qui comptait. Désormais elle ne redoutait plus de se trouver un jour au milieu de la pelouse à regarder des volutes de fumée s'échapper de la maison adorée, à écouter gronder les flammes qui dévoreraient le toit.

Oui, la Cause était perdue, mais la guerre lui avait toujours paru une chose insensée et la paix valait mieux. Elle ne s'était jamais extasiée quand on avait hissé sous ses yeux le drapeau confédéré et ne s'était jamais senti froid dans le dos en écoutant jouer *Dixie*. Cet attachement désespéré au triomphe de la Cause, ce fanatisme qui avait soutenu les autres femmes ne l'avaient pas aidée à supporter les privations, ses répugnants devoirs d'infirmière, ses terreurs pendant le siège, la faim dont elle avait souffert au cours des derniers mois. Tout était fini, bien fini, et ce n'était pas elle qui allait se mettre à pleurer pour cela.

Tout était terminé. Terminée cette guerre qui paraissait ne devoir jamais finir, cette guerre qu'elle n'avait pas souhaitée, qui avait tranché sa vie en deux d'une coupure si nette qu'elle avait peine à se souvenir des jours faciles d'autrefois. Elle pouvait se pencher sur le passé et regarder sans émotion la jolie Scarlett avec ses mules fragiles de maroquin vert et ses volants tout imprégnés d'un parfum de lavande, mais elle se demandait si c'était bien elle qu'elle revoyait ainsi. Oui, elle, Scarlett O'Hara, elle qui avait tout le comté à ses pieds, qui possédait une centaine d'esclaves prêts à répondre au moindre geste, elle qui s'appuyait aux richesses de Tara comme à un rempart, elle dont les parents affectueux ne rêvaient que de lui faire plaisir. Elle, la jolie Scarlett, gâtée, adulée, insouciante, dont tous les désirs s'étaient réalisés, sauf en ce qui concernait Ashley.

Quelque part, sur le long ruban de route qui serpentait à travers quatre années, la jeune fille parfumée, chaussée de mules légères, s'était effacée, avait cédé la place à une femme aux yeux verts et durs qui comptait son argent et s'abaissait à des travaux serviles, une femme à laquelle le naufrage n'avait rien laissé en dehors de l'indestructible sol rouge sur lequel elle vivait.

Tout en restant dans le vestibule à écouter sangloter les jeunes femmes, elle ne cessait d'échafauder des plans. «Nous sèmerons beaucoup plus de coton. Demain, j'enverrai Pork à Macon acheter d'autres graines. Désormais les Yankees ne brûleront plus mon coton et nos troupes n'en auront plus besoin. Bonté divine! Mais le coton va valoir des prix fous, cet automne!»

Elle entra dans le petit bureau et, sans un regard pour les jeunes femmes en larmes sur le sofa, elle s'assit devant le secrétaire et prit une longue plume d'oie pour calculer ce qui lui resterait quand elle aurait acheté d'autres graines de coton.

«La guerre est finie?» se dit-elle. Et soudain, envahie par un flot de bonheur, elle posa sa plume. La guerre était finie et Ashley... si toutefois il était encore en vie... Ashley allait revenir! Elle se demanda si Mélanie avait seulement pensé à cela tant elle éprouvait de chagrin pour la Cause perdue. «Bientôt, nous aurons une lettre... non, pas de lettre. Il n'y a pas de courrier. Mais bientôt... d'une façon ou d'une autre, il nous donnera signe de vie!»

Pourtant, les jours et les semaines passèrent sans nouvelles d'Ashley. Dans le Sud, le service postal fonctionnait d'une manière précaire et à la campagne il n'y avait ni levées ni distributions de lettres. Parfois un voyageur d'Atlanta apportait un mot éploré de tante Pitty qui suppliait les jeunes femmes de revenir chez elle, mais il n'y avait aucune nouvelle d'Ashley.

Après la reddition de l'armée, un conflit latent opposa Scarlett à Suellen au sujet du cheval. Maintenant que les Yankees n'étaient plus à craindre, Suellen voulait aller rendre des visites aux voisins. Elle se sentait seule et regrettait l'agréable vie mondaine du bon vieux temps. Elle avait envie de voir des amies et désirait également s'assurer que, dans le reste du comté, on vivait aussi mal qu'à Tara. Mais Scarlett demeurait inflexible. Le cheval servait à aller chercher des bûches dans les bois, à tirer la charrue, à emmener Pork faire des provisions et, le dimanche, il avait bien gagné le droit de paître à son aise et de se reposer. Si Suellen voulait rendre visite à ses amies, elle n'avait qu'à aller à pied.

Jusqu'à l'année précédente, Suellen n'avait jamais fait plus de cent mètres à pied dans sa vie, et la perspective d'entreprendre de longues marches était moins que séduisante. Elle resta donc chez elle à se morfondre et à pleurer et répéta un peu trop souvent «Oh! si seulement Maman était là!» À la fin, Scarlett lui donna la gifle qu'elle lui avait promise depuis longtemps et la frappa même si fort qu'elle s'effondra sur son lit en hurlant, ce qui causa une grande consternation dans toute la maison. À la suite de cela, Suellen mit une sourdine à ses lamentations, tout au moins en présence de Scarlett.

Scarlett ne mentait point en disant qu'elle voulait laisser le cheval se reposer le dimanche, mais en fait ce n'était qu'à moitié vrai. Au cours du mois qui avait suivi la reddition de l'armée, elle avait fait une tournée de visites dans le comté, et la vue de ses anciens amis et des anciennes plantations avait ébranlé son courage plus qu'elle ne se plaisait à le reconnaître.

C'était encore les Fontaine qui, grâce à l'endurance de Sally, se trouvaient les mieux partagés, mais leur situation ne semblait surtout florissante que par comparaison avec la situation tragique des autres voisins. La grand-mère Fontaine ne s'était jamais bien remise de la crise cardiaque qu'elle avait eue le jour où elle avait aidé à éteindre l'incendie et à sauver la maison. Le vieux docteur Fontaine se rétablissait lentement après avoir subi l'amputation d'un bras. Alex et Tony maniaient sans aucune habileté la houe et la charrue. Lorsque Scarlett vint leur rendre visite, ils se penchèrent par-dessus une clôture pour lui serrer la main et, l'œil amer, ils se moquèrent de sa charrette délabrée. Elle leur demanda de lui céder des graines de maïs, ce qu'ils lui promirent, et tous trois commencèrent à discuter des problèmes de ferme. Les Fontaine possédaient douze poulets, deux vaches, cinq cochons et la mule qu'ils avaient ramenée de la guerre. Un des cochons venait de mourir et ils craignaient que les autres ne suivissent son exemple. En entendant parler ainsi ces ex-dandies dont jadis l'unique préoccupation était de savoir ce qui se faisait de mieux en fait de cravate, Scarlett elle aussi fut prise d'un rire amer. À Mimosas, tous l'avaient accueillie à bras ouverts et avaient insisté pour lui donner et non pas lui vendre les graines de maïs. Lorsqu'elle avait posé un billet vert sur la table, le caractère emporté des Fontaine s'était donné libre cours et ses amis avaient refusé net son argent. Scarlett prit les graines et glissa en secret un billet d'un dollar dans la main de Sally. Depuis la première visite de Scarlett, huit mois auparavant, Sally avait beaucoup changé. À cette époque-là, bien qu'elle fût pâle et triste, on sentait en elle une grande énergie, mais maintenant cette énergie avait disparu comme si la reddition de l'armée eût anéanti ses dernières espérances.

– Scarlett, murmura-t-elle en refermant la main sur le billet, à quoi a servi tout cela ? Pourquoi nous sommes-nous battus ? Oh ! mon pauvre Joe. Oh ! mon pauvre petit garçon !

– J'ignore pourquoi nous nous sommes battus, et je ne veux pas le savoir, fit Scarlett. Cela ne m'intéresse pas. Cela ne m'a jamais intéressée. La guerre, c'est l'affaire des hommes, ce n'est pas celle des femmes. Maintenant, tout ce qui m'intéresse, c'est de faire une bonne récolte de coton. Allons, Sally, prenez ce dollar et achetez une robe au petit Joe. Dieu sait s'il en a besoin. Je ne veux pas profiter de la politesse d'Alex et de Tony pour vous dépouiller de votre maïs.

Les jeunes gens la raccompagnèrent jusqu'à sa charrette et l'aidèrent à y monter. Hommes du monde malgré leurs loques, ils trouvaient encore le moyen de déployer cette gaieté légère propre aux Fontaine, mais en s'éloignant de Mimosas Scarlett ne put réprimer un frisson à la pensée de leur déchéance. Elle en avait tellement assez de la pauvreté et des privations. Que ce serait donc agréable de connaître des gens riches pour lesquels la question des repas ne serait point un problème !

Cade Calvert était chez lui, à Pin Fleuri, et tout en gravissant le perron de la vieille demeure où elle avait dansé tant de fois en des jours plus heureux, Scarlett vit la mort peinte sur les traits du jeune homme. Il avait les joues creuses et, allongé au soleil sur une chaise longue, un châle sur les genoux, il ne cessait de tousser. Cependant, lorsqu'il vit Scarlett, son visage s'illumina. Rien qu'un petit rhume qui lui était tombé sur la poitrine, expliqua-t-il en essayant de se lever pour dire bonjour à sa visiteuse. Il avait attrapé cela en dormant trop souvent sous la pluie. Mais ça ne durerait pas, et quand il serait sur pied il pourrait se remettre au travail.

Cathleen Calvert sortit de la maison et Scarlett, croisant son regard par-dessus la tête de son frère, put lire dans ses yeux un profond chagrin. Cade ne savait peut-être pas à quoi s'en tenir, mais Cathleen ne se faisait pas d'illusions. Encombrée par ses mauvaises herbes, la plantation paraissait à l'abandon. De jeunes pousses de pin commençaient à grandir au milieu des champs et, dans la maison mal entretenue, régnait le plus grand désordre. Cathleen était hâve et décharnée.

Cathleen et son frère vivaient dans la demeure silencieuse en compagnie de leur belle-mère yankee, de leurs quatre demi-sœurs et de Hilton, le régisseur yankee. Scarlett n'avait jamais beaucoup plus aimé Hilton que Jonas Wilkerson, l'ancien régisseur de Tara, et elle éprouva encore moins de sympathie pour lui lorsqu'il s'approcha d'elle d'un air détaché et la traita d'égal à égal. Jadis il possédait le même mélange de servilité et d'impertinence que Wilkerson, mais maintenant que M. Calvert et Raiford étaient morts à la guerre et que Cade était malade, toute son humilité avait disparu. La seconde Mme Calvert n'avait jamais su en imposer à ses domestiques noirs et il ne fallait pas s'attendre à ce qu'elle se fît respecter d'un homme blanc.

– M. Hilton a été si bon de ne pas nous quitter pendant ces temps difficiles, dit Mme Calvert d'un ton emprunté tout en jetant de furtifs coups d'œil du côté de sa belle-fille. Oui, si bon. J'espère que vous avez appris la façon dont il a sauvé à deux reprises notre maison quand Sherman est venu par ici ? Je me demande comment nous aurions fait sans lui alors que nous n'avions pas un sou et que Cade...

Une rougeur subite couvrit le visage blafard de Cade, et Cathleen ferma ses yeux frangés de longs cils. Scarlett devinait que le frère et la sœur étaient au supplice d'avoir des obligations envers leur régisseur yankee. Mme Calvert semblait être sur le point de pleurer. Sans s'en rendre compte, elle venait de commettre un impair. Elle passait son temps à faire des gaffes. Bien qu'elle eût vécu pendant une vingtaine d'années en Géorgie, elle n'arrivait pas à comprendre les Sudistes. Elle ne savait jamais sur quel ton s'adresser aux enfants de son mari qui, pourtant, lui témoignaient toujours une exquise politesse. Au fond de son âme, elle souhaitait ardemment de retourner vivre dans le Nord, d'y emmener ses enfants et de quitter ces étrangers bizarrement guindés.

Après ces quelques visites, Scarlett n'éprouva plus aucun désir d'aller voir les Tarleton. Maintenant que les quatre fils n'étaient plus, que la plantation avait brûlé et que le reste de la famille s'entassait dans la petite maison du régisseur, elle ne pouvait se résoudre à pousser jusqu'à Joli Coteau. Mais Suellen et Carreen supplièrent leur sœur, et Mélanie déclara que ça ne serait pas bien de ne pas aller rendre visite à M. Tarleton, qui revenait de la guerre ; bref, un beau dimanche, elles se mirent toutes les quatre en route.

Ce fut l'épreuve la plus pénible.

Tandis que la charrette remontait l'allée et passait devant les ruines de la maison, les jeunes femmes aperçurent Béatrice Tarleton. Vêtue d'un vieux costume d'amazone, une cravache sous le bras, elle était juchée sur une barrière de l'enclos réservé aux chevaux et, la mine renfrognée, regardait dans le vide. À côté d'elle, l'air aussi lugubre que sa maîtresse, était assis le petit nègre aux jambes arquées qui avait dressé tous ses chevaux. L'enclos, jadis rempli de poulains gambadant et de juments placides, ne contenait plus qu'une mule, celle sur laquelle M. Tarleton était revenu de la guerre.

– Je vous jure que je ne sais plus que faire de ma personne, maintenant que mes petits chéris sont partis, déclara Mme Tarleton en se laissant glisser à terre.

À l'entendre on aurait pu croire qu'elle faisait allusion à ses quatre fils morts, mais les jeunes femmes savaient très bien qu'elle ne pensait qu'à ses chevaux.

– Tous mes beaux chevaux qui sont morts. Et ma pauvre Nellie ! Si encore il me restait Nellie ! Eh ! non, il ne me reste plus qu'une satanée mule. Oui, une satanée bourrique, répéta-t-elle en lançant un regard indigné à l'animal pelé. C'est une insulte à la mémoire de mes petits chéris si racés que de voir une mule dans leur enclos. Les mules ne sont jamais que des produits bâtards, ça devrait être interdit de les élever.

Méconnaissable sous sa barbe en broussaille, Jim Tarleton sortit de la maison du régisseur pour venir embrasser les jeunes femmes, et ses quatre filles aux cheveux rouges, toutes vêtues de robes rapiécées, sortirent à leur tour en bousculant une douzaine de gros chiens noir et feu qui s'étaient mis à aboyer en entendant des voix qu'ils ne connaissaient pas. La famille respirait un air de gaieté factice qui glaça encore plus Scarlett que l'amertume des Fontaine à Mimosas et l'angoisse de Cathleen à Pin Fleuri.

Les Tarleton insistèrent pour garder les jeunes personnes à dîner. Ils recevaient si peu de visites qu'ils voulaient profiter de la leur et leur faire raconter tout ce qu'elles savaient. Scarlett avait hâte de s'en aller tant l'atmosphère de la maison l'oppressait, mais Mélanie et ses deux sœurs voulaient rester davantage et Scarlett, quoi qu'elle en eût, fut bien obligée de faire honneur aux déchets de viande et aux pois séchés qu'on servit à table. D'ailleurs la maigre chère fut prétexte à moqueries, et la bonne humeur augmenta quand les petites Tarleton décrivirent, comme s'il se fût agi d'excellentes plaisanteries, les expédients auxquels elles avaient recours pour s'habiller. Mélanie renchérit et surprit Scarlett en racontant avec une vivacité inattendue les dures journées de Tara et en se riant des privations qu'on y devait subir. Scarlett avait à peine le courage de parler. La pièce lui semblait si vide sans les quatre fils Tarleton, avec leurs airs nonchalants, leurs cigares et leurs taquineries. Et si la pièce lui paraissait vide quelle impression ne devaient pas ressentir les Tarleton qui offraient à leurs invités un visage souriant ?

Carreen n'avait pas dit grand-chose au cours du dîner, mais quand il fut fini, elle se glissa auprès de Mme Tarleton et lui chuchota quelques mots à l'oreille. Le visage de Mme Tarleton s'altéra, son sourire s'effaça et de son bras elle entoura la taille menue de Carreen. Toutes deux sortirent et Scarlett, qui n'y tenait plus, leur emboîta le pas. Elles traversèrent le jardin et Scarlett se rendit compte qu'elles se dirigeaient vers le cimetière familial. Allons, elle ne pouvait plus les quitter maintenant ! Ce serait trop grossier d'aller retrouver les autres. Mais pourquoi diable Carreen voulait-elle à toutes forces emmener Mme Tarleton sur la tombe de ses fils alors que Béatrice se donnait tant de mal pour rester brave ?

Sous les cèdres funéraires, entre les quatre murs de brique de l'enclos, on apercevait deux stèles de marbre toutes neuves, si neuves que la pluie n'avait pas eu le temps de les éclabousser de poussière rouge.
– Nous les avons depuis la semaine dernière, annonça Mme Tarleton avec fierté. M. Tarleton est allé à Macon et les a ramenées dans la charrette.
Des stèles! Que n'avaient-elles pas dû coûter! Tout à coup la situation des Tarleton n'inspira plus le même chagrin à Scarlett qu'au début. Des gens capables de dépenser leur bon argent en stèles funéraires alors que la nourriture coûtait des prix fous ne valaient pas qu'on s'intéressât à leurs malheurs. Et, par-dessus le marché, sur chacune d'elles étaient gravées plusieurs lignes d'inscriptions. Plus il y avait d'inscriptions, plus ça coûtait cher! Ils devaient tous avoir perdu la tête. Et ça avait dû coûter cher également de ramener les corps des trois garçons... oui, des trois seulement, car on n'avait jamais retrouvé la moindre trace de Boyd.
Entre les tombes de Brent et de Stuart se dressait une stèle sur laquelle on lisait: «Beaux et charmants dans la vie, ils ne furent pas séparés dans la mort.»
Sur l'autre stèle étaient inscrits les noms de Boyd et de Tom, ainsi que quelque chose en latin qui commençait par *Dulce et...* mais Scarlett n'y comprit rien pour avoir résolument tourné le dos aux études latines quand elle était à l'Académie de Fayetteville.
Tout cet argent-là pour des stèles! Mais les Tarleton devaient être maboules! Scarlett était aussi indignée que si c'était son propre argent que l'on avait gaspillé.
Les yeux de Carreen brillaient d'un feu étrange.
– Je trouve cela très joli, murmura-t-elle en désignant la première stèle.
Évidemment, Carreen trouvait ça joli, tout ce qui avait un caractère sentimental l'émouvait.
– Oui, fit Mme Tarleton d'une voix douce, nous avons pensé que ça irait très bien... ils sont morts presque en même temps. Stuart a été tué le premier. Brent a ramassé le drapeau que son frère avait laissé tomber et il a été tué à son tour.
Tandis que les jeunes femmes regagnaient Tara en voiture, Scarlett se mit à réfléchir à ce qu'elle avait vu chez ses différents voisins et ne put s'empêcher d'évoquer les anciens fastes du comté alors que les demeures spacieuses regorgeaient d'invités et que l'argent coulait à flots, que les nègres se pressaient dans les cases et que les champs bien entretenus étalaient somptueusement leur récolte de coton.

« Encore un an et tous ces champs seront envahis par les jeunes pousses de pins, se dit-elle, et, promenant son regard sur la forêt toute proche, elle frissonna. Sans nègres, nous pourrons tout juste subsister. Sans nègres, personne ne peut faire marcher une grande plantation. D'innombrables champs vont rester en friche et les bois vont regagner du terrain. Personne ne pourra cultiver beaucoup de coton et alors que deviendrons-nous ? Que deviendront les gens qui habitent la campagne ? En ville, on se débrouille toujours. On s'y est toujours débrouillé. Mais nous autres, gens de la campagne, nous allons revenir cent ans en arrière, au temps où les pionniers crevaient dans des cabanes, grattaient quelques arpents de terre et vivaient misérablement. »

« Non, se dit farouchement Scarlett. Ça ne se passera pas comme ça à Tara, même si je dois moi-même pousser la charrue. Que ce comté, que l'État tout entier se laissent envahir par les bois si ça leur plaît, mais moi je ne lâcherai pas Tara. Je n'ai nulle envie de gaspiller mon argent en dalles funéraires ou de passer mon temps à gémir sur les malheurs de la guerre. Nous trouverons bien un moyen de nous en sortir. Je sais bien que nous nous en sortirions si tous les hommes n'étaient pas morts à la guerre. La perte des nègres, ce n'est pas ce qu'il y a de pire : c'est la perte de tous ces hommes, de tous ces hommes jeunes. » Scarlett songea de nouveau aux quatre Tarleton, à Joe Fontaine, à Raiford Calvert, aux frères Munroe, à tous les jeunes gens de Fayetteville et de Jonesboro dont elle avait lu les noms sur les listes des morts. « Si seulement il en restait assez, nous pourrions encore nous en sortir, mais... »

Une nouvelle pensée lui traversa l'esprit... et si jamais elle avait envie de se remarier. Bien entendu, elle n'y tenait pas. Une fois, ça suffisait. D'ailleurs le seul homme qu'elle eût aimé épouser, c'était Ashley, et il était marié, en admettant qu'il fût encore en vie. Mais enfin, si la fantaisie la prenait de se remarier ? Qui trouverait-elle pour l'épouser ? Mieux valait ne pas y penser, c'était épouvantable.

– Melly, fit-elle, que vont devenir les jeunes filles du Sud ?

– Que veux-tu dire ?

– Rien d'autre. Que vont-elles devenir ? Il n'y a plus personne pour les épouser. Voyons, Melly, avec ces milliers de morts, il y aura des milliers de femmes dans tout le Sud qui vont mourir vieilles filles.

– Et qui n'auront jamais d'enfants, ajouta Mélanie pour qui c'était la chose la plus importante.

Évidemment, Suellen qui était assise à l'arrière de la voiture n'avait pas été sans réfléchir à cela, car elle se mit soudain à pleurer. Depuis

Noël, elle était sans nouvelles de Frank Kennedy. Elle ignorait si cela tenait à l'absence de service postal ou simplement au fait que Frank s'était joué de ses sentiments et l'avait oubliée. Ou alors, il avait peut-être été tué dans les derniers jours de la guerre ! Cela eût infiniment mieux valu que d'être abandonnée par lui. Il y avait au moins quelque chose de digne dans un amour brisé par la mort comme celui de Carreen ou celui d'India Wilkes, mais dans la désertion d'un fiancé...
– Oh ! pour l'amour de Dieu, tais-toi, fit Scarlett.
– Oh ! tu as beau jeu, sanglota Suellen. Au moins tu as été mariée et tu as un bébé, et puis tout le monde sait que d'autres hommes ont tourné autour de toi. Mais moi ! Et il faut encore que tu sois rosse avec moi, que tu me reproches de ne pas me marier alors que ce n'est pas ma faute. Tu es odieuse.
– Oh ! tais-toi. Tu sais bien que j'ai horreur des gens qui geignent tout le temps. Tu sais très bien aussi que ton vieux à côtelettes n'est pas mort et qu'il reviendra pour t'épouser. Tout s'arrangera, mais en ce qui me concerne, j'aimerais mieux rester vieille fille que de devenir sa femme.
Suellen se tut et Carreen, prenant sa sœur dans ses bras, la réconforta de son mieux tout en pensant à autre chose. Elle était bien loin de toutes ces préoccupations du moment, elle se revoyait trois ans plus tôt chevauchant dans la campagne aux côtés de Brent Tarleton. Ses yeux brillants trahissaient son exaltation.
– Ah ! fit Mélanie tristement, à quoi va ressembler notre Sud sans tous nos beaux jeunes gens ? Que serait devenu le Sud s'ils avaient vécu ? Nous aurions pu mettre à profit leur courage, leur énergie et leur intelligence. Scarlett, nous qui avons des petits garçons, il faudra les élever pour qu'ils remplacent un jour les hommes qui sont partis, pour qu'ils soient braves comme eux.
– Il n'y aura plus jamais d'hommes comme eux, dit Carreen d'une voix douce. Personne ne pourra les remplacer.
Les jeunes femmes accomplirent le reste du trajet en silence.

Peu de temps après la visite aux Tarleton, Cathleen Calvert vint un jour à Tara au moment où le soleil se couchait. Elle avait sanglé sa selle d'amazone sur le dos de la plus triste mule qu'eût jamais vue Scarlett, une malheureuse bête qui boitait et portait bas l'oreille. Cathleen d'ailleurs n'était guère plus fringante que sa monture. Elle était vêtue d'une robe de guingan déteinte du genre de celles dont s'habillaient naguère les servantes nègres, et sa capeline était rete-

nue sous son menton par un bout de ficelle. Elle s'arrêta en face du perron, mais resta sur sa mule. Scarlett et Mélanie qui étaient en train d'admirer le coucher du soleil descendirent les marches et s'avancèrent jusqu'à elle. Cathleen était aussi pâle et aussi défaite que Cade le jour de la visite de Scarlett. Néanmoins elle se tenait droite et ce fut la tête haute qu'elle dit bonjour à ses amies.
– Non, merci, je ne veux pas descendre, fit-elle. Je venais seulement vous dire que je vais me marier.
– Quoi ?
– Avec qui ?
– Mais, Cathy, c'est merveilleux !
– Quand ?
– Demain, répondit Cathleen très calme.
Au son de sa voix, le sourire des deux belles-sœurs se figea sur leurs lèvres.
– Oui, je suis venue vous dire que j'allais me marier demain à Jonesboro… et que je ne tiens pas du tout à ce que vous assistiez à la cérémonie.
Scarlett et Mélanie, intriguées, accueillirent cette déclaration sans mot dire, puis Mélanie demanda :
– C'est quelqu'un que nous connaissons, ma chérie ?
– Oui, dit sèchement Cathleen. C'est M. Hilton.
– M. Hilton ?
– Oui, M. Hilton, notre régisseur.
Scarlett ne fut même pas capable de faire « Oh ! », mais Cathleen, braquant les yeux sur Mélanie, déclara d'un ton farouche :
– Si vous pleurez, Melly, ce sera trop pour moi. J'en mourrai !
Mélanie baissa la tête et effleura le pied chaussé d'un sabot grossièrement taillé qui dépassait de l'étrier.
– Et ne me touchez pas ! Je ne pourrais pas supporter ça non plus !
Mélanie laissa retomber sa main.
– Allons, il faut que je m'en aille. J'étais venue uniquement pour vous dire cela.
Cathleen reprit son masque douloureux. Elle tira sur les rênes.
– Comment va Cade ? demanda Scarlett pour rompre l'horrible silence qui s'était abattu.
– Il se meurt, répondit Cathleen d'une voix blanche, et je ferai tout mon possible pour qu'il meure tranquille, sans avoir à se tourmenter de mon avenir. Vous comprenez, ma belle-mère et les enfants partent demain pour le Nord, où ils resteront définitivement. Allons, il faut que je m'en aille.

Mélanie releva la tête et croisa le regard dur de Cathleen. Les yeux de Mélanie étaient embués de larmes et l'on y pouvait lire qu'elle comprenait. Cathleen ébaucha une sorte de sourire, ou mieux une moue pareille à celle que font les enfants courageux qui ne veulent pas pleurer. Scarlett, stupéfaite, n'arrivait pas à comprendre que Cathleen allait épouser un régisseur… Cathleen, la fille d'un riche planteur, Cathleen qui, elle-même exceptée, avait eu plus de soupirants qu'aucune autre jeune fille du comté.

Cathleen se pencha et Mélanie se haussa sur la pointe des pieds. Elles s'embrassèrent. Alors Cathleen secoua nerveusement les rênes sur le dos de la bête et la mule se mit en route.

Le visage ruisselant de pleurs, Mélanie la regarda s'éloigner. Scarlett, abasourdie, en fit autant.

– Melly, est-ce qu'elle est folle ? C'est impossible qu'elle soit éprise de lui, tu sais.

– Éprise ? Oh ! Scarlett, comment peux-tu insinuer une chose aussi horrible. Oh ! pauvre Cathleen ! Pauvre Cade !

– Oh ! et puis ça va ! s'écria Scarlett, qui commençait à perdre patience.

Ça devenait ennuyeux à la fin de voir Mélanie toujours tout prendre au tragique. Cathleen lui semblait se trouver dans une situation beaucoup plus curieuse que catastrophique. Bien entendu, ça n'avait rien d'agréable d'épouser un Yankee sans le sou, mais après tout une jeune fille ne pouvait pas diriger toute seule une plantation. Il fallait bien qu'elle eût un mari pour l'aider.

– Melly, c'est bien ce que je disais l'autre jour. Il n'y a plus personne pour épouser les jeunes filles, et pourtant elles ont besoin d'un mari.

– Oh ! mais non, elles peuvent s'en passer ! Il n'y a rien de honteux à être une vieille fille. Regarde tante Pitty. Oh ! j'aimerais mieux voir Cathleen morte ! Je sais que Cade aimerait mieux ça. C'est la fin des Calvert. Pense donc à ce que seront ses… oui, à ce que seront ses enfants. Oh ! Scarlett, dis vite à Pork de seller le cheval. Cours après Cathleen et dis-lui de venir habiter avec nous !

– Bonté divine ! s'exclama Scarlett, choquée par la désinvolture avec laquelle Mélanie offrait le refuge de Tara.

Scarlett ne tenait pas du tout à avoir une bouche de plus à nourrir. Elle allait le dire lorsque quelque chose dans le visage bouleversé de Mélanie l'arrêta.

– Elle ne voudra pas venir, Melly, se contenta-t-elle de déclarer. Tu le sais bien. Elle est trop fière et elle se figure que nous lui faisons la charité.

– C'est vrai, c'est vrai, murmura Mélanie d'un air absent tout en regardant le petit nuage de poussière rouge disparaître au bas de la route.

« Te voilà ici depuis des mois, pensa Scarlett les yeux fixés sur sa belle-sœur, et il ne t'est jamais venu à l'idée que tu vivais à nos crochets. Du reste, je parie que ça ne te viendra jamais à l'idée. Tu es une de ces personnes que la guerre n'a pas changées et tu poursuis ton petit bonhomme de chemin comme si de rien n'était... comme si nous étions encore riches comme Crésus, comme si nous avions des provisions à ne savoir qu'en faire et qu'un invité de plus ou de moins, ça ne comptait pas. J'ai bien l'impression que je t'aurai toute ma vie sur les bras, mais je ne veux pas avoir en plus Cathleen à ma charge. »

XXX

Au cours du chaud été qui suivit la paix, Tara fut brusquement tirée de son isolement. Pendant des mois un flot incessant d'épouvantails à moineaux, d'hommes barbus, déguenillés et toujours affamés gravit péniblement le rouge coteau. Ils venaient à Tara reposer leurs pieds meurtris. Ils s'asseyaient sur les marches ombragées du perron et demandaient à manger et à passer la nuit. C'étaient des soldats confédérés qui rentraient dans leurs foyers. Les trains avaient ramené de la Caroline du Nord à Atlanta les débris de l'armée de Johnston et de là les soldats commençaient à pied leur lent pèlerinage. Lorsque la marée des hommes de Johnston eut passé, les vétérans épuisés de l'armée de Virginie arrivèrent, puis les combattants du front occidental. Ils se dirigeaient tous vers le Sud pour retrouver des maisons qui n'existaient peut-être plus, et des familles peut-être mortes ou dispersées. La plupart allaient à pied. Quelques-uns, plus heureux, montaient des chevaux ou des mules squelettiques qu'on leur avait permis de conserver aux termes de la reddition – lugubres animaux dont un profane lui-même eût dit qu'ils n'atteindraient jamais la Floride lointaine ou le sud de la Géorgie.

Rentrer chez soi ! Rentrer chez soi ! Les soldats n'avaient que cette pensée en tête. Certains étaient tristes et silencieux, d'autres étaient gais et riaient des souffrances endurées, mais la pensée que tout cela était fini et qu'ils rentraient chez eux était la seule chose qui leur permît de poursuivre leur route. Ils n'étaient que peu nombreux à manifester des regrets. Ils laissaient cela à leurs femmes ou à leurs vieux parents. Ils avaient vaillamment lutté, ils avaient eu le dessous, et leur unique désir était qu'on les laissât tranquillement reprendre la charrue sous le drapeau qu'ils avaient combattu.

Rentrer chez soi ! Rentrer chez soi ! Ils n'avaient pas d'autre sujet de conversation. Ils ne parlaient ni des batailles qu'ils avaient livrées, ni de leurs blessures, ni de leur captivité, ni de leur avenir. Plus tard, ils évoqueraient leurs luttes et raconteraient à leurs enfants et à leurs petits-enfants les bons tours qu'ils avaient joués à l'ennemi, ils parleraient de coups de main, de charges, de disette, de marches forcées, de blessures, mais pas maintenant. À certains il manquait un bras ou une jambe ou un œil. Beaucoup avaient reçu des blessures qui les feraient souffrir quand le temps se mettrait à la pluie, mais toutes ces misères paraissaient bien peu de chose pour le moment. Jeunes et vieux, bavards et taciturnes, riches planteurs ou pauvres paysans, ils avaient tous en commun les poux et la dysenterie. Le soldat confédéré était si accoutumé à la vermine qu'il n'y pensait plus et se grattait même en présence des dames. Quant à la dysenterie – «l'écoulement sanguin», comme l'appelaient les dames délicates – elle semblait n'avoir épargné personne, du simple troupier au général. Quatre années de sous-alimentation, quatre années passées à se nourrir de produits grossiers trop verts ou à moitié pourris avaient accompli leur œuvre, et tous les soldats qui s'arrêtaient à Tara ou bien venaient à peine de se relever d'une dysenterie ou bien étaient encore en pleine crise.

– Ils ont pas les boyaux en bon état, dans l'a'mée de la Confédé'ation, observa Mama qui, le visage en sueur, était penchée sur son fourneau et préparait une amère tisane de racines de mûrier, remède souverain d'Ellen contre ce genre d'affliction. Pou' moi, c'est pas les Yankees qui ont battu nos missiés, c'est c'qui s'ont dans le vent'. Des missiés ils peuvent pas se batt' quand leu' boyaux ils tou'nent en eau.

À tous sans exception Mama administrait sa tisane sans perdre de temps à les interroger sur l'état de leurs organes et tous sans exception se soumettaient humblement en faisant la grimace et en se rappelant peut-être d'autres visages noirs et sévères, d'autres mains noires et inexorables qui, jadis, leur tendaient une cuiller à potion.

Mama ne transigeait pas non plus sur la question des «habitants». Aucun soldat couvert de poux n'entrerait à Tara. Elle conduisait les hommes derrière un buisson épais, les débarrassait de leur uniforme, leur donnait une bassine d'eau, un bon morceau de savon à la potasse pour frotter et distribuait en outre des édredons et des couvertures afin de dissimuler leur nudité pendant qu'elle faisait bouillir leurs effets dans sa grande lessiveuse. Les jeunes femmes avaient beau lui remontrer avec force qu'«une telle attitude humiliait les soldats», Mama leur répliquait qu'elles-mêmes seraient encore beaucoup plus humiliées de découvrir des poux sur elles.

Lorsque de nouveaux soldats se mirent à arriver presque chaque jour, Mama s'indigna qu'on leur permît d'occuper les chambres à coucher. Elle tremblait toujours qu'un pou n'eût échappé à sa surveillance. Renonçant à discuter, Scarlett transforma en dortoir le grand salon au tapis de velours rouge. Mama poussa également les hauts cris et déclara que c'était un sacrilège de laisser les soldats dormir sur le tapis de Mme Ellen, mais Scarlett tint bon. Il fallait bien que les hommes couchassent quelque part. Or, quelques mois après la reddition, la peluche épaisse et douce commença à donner des signes de fatigue et, là où les hommes négligents avaient frotté leurs talons et leurs bottes chaussées d'éperons, on finit par apercevoir la chaîne et la trame en grosse corde.

À chaque soldat, Scarlett et Mélanie demandaient des nouvelles d'Ashley ; quant à Suellen, elle prenait un petit air pincé et s'enquérait du sort de M. Kennedy. Mais aucun des soldats n'avait entendu parler d'eux ; de plus les hommes ne semblaient guère disposés à parler des absents. C'était déjà bien beau qu'eux-mêmes fussent encore de ce monde, et ils ne tenaient pas à songer aux milliers de leurs camarades enterrés dans des tombes anonymes.

À chaque nouvelle désillusion, la famille tout entière s'ingéniait à remonter le moral de Mélanie. Bien entendu, Ashley n'était pas mort en prison. Dans ce cas, on aurait forcément reçu une lettre de quelque prêtre yankee. Il allait revenir, mais l'endroit où on l'avait emprisonné était si loin de Tara ! Voyons, rien qu'en chemin de fer il fallait des jours pour accomplir le voyage, et si Ashley allait à pied comme ces hommes... Pourquoi il n'avait pas écrit ? Eh bien ! ma chérie, tu sais comment fonctionne la poste en ce moment... Mais supposez... supposez qu'il soit mort sur le chemin du retour ! Voyons, Mélanie, nous aurions sûrement été prévenus par une femme yankee... Les femmes yankees ! Bah !... Melly, *il y en a* de gentilles. Oh ! mais si. Dieu n'aurait pas pu créer une nation sans y mettre aussi de bonnes âmes ! Scarlett, tu te rappelles, nous avons fait la connaissance d'une femme yankee très bien à Saratoga la dernière fois que... Scarlett, raconte cela à Melly.

– Très bien, parlons-en, répliqua Scarlett. Elle m'a demandé combien de chiens de chasse nous avions pour courir après nos nègres ? Je suis de l'avis de Melly. Pas plus chez les hommes que chez les femmes il n'y a personne de bien chez les Yankees. Mais ne pleure pas, Melly. Ashley va revenir. Il a beaucoup de chemin à faire et peut-être... peut-être qu'il n'a pas de bottes.

Alors, à la pensée qu'Ashley marchait peut-être pieds nus, Scarlett faillit pleurer. Que les autres soldats se traînent en haillons, les pieds ficelés dans des sacs ou des bouts de tapis, mais pas Ashley. Il allait revenir caracolant sur un cheval, portant de beaux habits, des bottes vernies et la plume au chapeau. Pour elle, c'était le comble de la dégradation de penser qu'Ashley à son retour serait dans le même état que ces misérables soldats.

Un après-midi de juin, alors que tous ceux de Tara étaient réunis sous la véranda qui dominait la cour et regardaient attentivement Pork découper la première pastèque, on entendit le pas d'un cheval dans l'allée semée de gravier. Prissy s'en alla sans se presser ouvrir la porte d'entrée, laissant les autres discuter âprement pour savoir s'il fallait cacher la pastèque ou la garder pour le dîner au cas où le visiteur serait un soldat.

Mélanie et Carreen déclarèrent timidement que le soldat devrait avoir sa part, mais Scarlett, soutenue par Suellen et Mama, intima à Pork l'ordre de cacher sur-le-champ l'objet du litige.

– Ne soyez donc pas aussi bêtes, mes petites ! Il n'y en a déjà pas assez pour nous et, si ce sont deux ou trois soldats affamés, nous n'en aurons même pas une bouchée chacun, dit Scarlett.

Tandis que Pork, ne sachant quel parti prendre, serrait la petite pastèque contre lui, Prissy lança de toutes ses forces :

– Seigneu' Dieu, ma'ame Sca'lett. Ma'ame Melly. Venez vite.

– Que se passe-t-il ? s'exclama Scarlett, qui se leva d'un bond et traversa le vestibule au pas de course suivie de Melly et du reste de la maisonnée.

« Ashley ! pensa-t-elle. Oh ! peut-être... »

– C'est l'oncle Peter ! L'oncle Peter de Mlle Pittypat !

Ils se précipitèrent tous sous la véranda et virent le vieux despote grisonnant descendre d'un bidet à queue de rat sur lequel on avait sanglé un morceau d'édredon. Sur son large et noir visage sa dignité habituelle et la joie de revoir de vieux amis se livraient un rude combat, si bien que tout en fronçant les sourcils et en plissant le front il ouvrait une grande bouche édentée comme un vieux chien heureux.

Tout le monde dégringola le perron pour aller au-devant de lui. Noirs et blancs pêle-mêle lui serrèrent la main et l'assaillirent de questions, mais la voix de Mélanie finit par dominer le brouhaha.

– Tantine n'est pas malade, j'espère ?

– Non, ma'ame. Elle se po'te comme un cha'me. Dieu me'ci, répondit Peter en décochant un regard si sévère à Mélanie, puis à Scarlett, que les deux jeunes femmes se sentirent brusquement coupables sans savoir pourquoi. Elle va comme un cha'me, mais sans vous mes jeunes dames, elle se 'onge les sangs et si vous voulez tout savoi', eh bien, moi aussi !

– Voyons, oncle Peter. Comment diable...

– C'est pas la peine de vous excuser, mam'zelle Pitty elle vous a pas éc'it de 'eveni' ? Je l'ai vue éc'i' sa lett' et je l'ai vue pleu'er quand vous avez 'épondu que vous aviez t'op d'ouv' age dans cet' vieille fe'me pou' 'eveni'.

– Mais, oncle Peter…

– Comment vous pouvez-t-il laisser mam'zelle Pitty toute seule comme ça quand elle a si peu' ? Vous savez aussi bien que moi que mam'zelle elle a jamais vécu toute seule et qu'elle passe son temps à t'embler, dans ses petits souliers depuis son 'etou' de Macon. Elle m'a dit de vous di' comme ça bien en face qu'elle pouvait pas comp'end' que vous l'abandonniez comme ça quand elle avait besoin de vous.

– Allons, tais-toi, dit Mama d'un ton acerbe, car elle avait été vexée d'entendre traiter Tara de « vieille ferme ».

Ces nègres bornés qui habitaient les villes n'étaient même pas capables de faire la différence entre une ferme et une plantation.

– Et nous alo' on a pas besoin de ma'ame Sca'lett et de ma'ame Melly ? On a ficht'ement besoin ! Comment ça se fait que mam'zelle Pitty elle se fasse pas aider pa' son f'è'e, elle a donc pas besoin de lui ?

L'oncle Peter parut gêné.

– Elle a 'ien à voi' avec missié Hen'y depuis des années, et maintenant ils sont t'op vieux tous les deux pou' commencer. (Il se retourna vers les jeunes femmes qui avaient bien du mal à ne pas rire.) Vous, mes jeunes dames, vous dev'iez avoi' honte de laisser la pauv' mam'zelle Pitty toute seule avec la moitié de ses amis mo'ts, l'aut' moitié à Macon, et Atlanta pleine de soldats yankees et de sales nèg' aff' anchis.

Les deux belles-sœurs avaient écouté sans broncher la mercuriale de Peter, mais à l'idée que tante Pitty leur avait envoyé le vieux tyran pour leur prêcher la morale et les ramener dare-dare à Atlanta, elles furent incapables de garder plus longtemps leur sérieux. Elles éclatèrent de rire et se retinrent l'une à l'autre pour ne pas perdre l'équilibre. Comme de juste, Pork, Dilcey et Mama furent secoués d'un gros rire en voyant ridiculiser le détracteur de leur Tara bien-aimée. Suellen et Carreen pouffèrent et Gérald lui-même esquissa un vague sourire. Tout le monde se tordait, à l'exception de Peter qui se dandinait sur ses gros pieds tandis que montait son indignation.

– Qu'est-ce qui va pas, mon nèg' ? s'enquit Mama en grimaçant. C'est-y que tu deviens t'op vieux pou' p'otéger ta maît'esse ?

Peter était outré.

– T'op vieux ! Moi, t'op vieux ! Non, ma'ame moi je peux enco' p'otéger mam'zelle Pitty comme je l'ai toujou' fait. Je l'ai pas p'otégée peut-êt' quand on s'est 'éfugié à Macon ? Je l'ai pas p'otégée non plus quand les Yankees ils sont venus à Macon et qu'elle avait si peu' qu'elle tou'nait tout le temps de l'œil? Et c'est pas moi qu'ai déniché ce bidet pou' la 'amener à Atlanta et qui l'ai p'otégée tout le long de la 'oute avec l'a'gente'ie de son papa?

Tout en assouvissant sa rancune, Peter prenait bien soin de se montrer sous le jour le plus favorable.

– Et pis, je pa'le pas de p'otéger, je pa'le de quoi ça a l'ai' ?

– De quoi ça a l'air?

– Oui, je pa'le de quoi ça a l'ai' pou' les gens de voi' mam'zelle Pitty habiter toute seule. Les gens y disent des choses scandaleuses su' les vieilles filles qui vivent toutes seules, poursuivit Peter, et il ne faisait aucun doute pour ses auditeurs qu'à ses yeux Pittypat était encore une accorte et grassouillette personne de seize ans qu'il fallait défendre contre les mauvaises langues. Et moi je peux pas suppo'ter qu'on dise du mal d'elle. Non, ma'ame… et je peux pas la laisser p'end'e n'impo'te qui pou' lui teni' compagnie. Je lui ai dit comme ça: «Vous p'end'ez pe'sonne d'aut' tant que vous au'ez la chai' de vot' chai' et le sang de vot' sang pou' veni' chez vous.» Oui, je lui ai dit ça. Et voilà-t-y pas la chai' de sa chai' et le sang de son sang qui la 'enient! Mam'zelle Pitty est qu'une enfant et…

Scarlett et Mélanie n'en pouvaient plus et durent s'asseoir sur les marches du perron. Enfin Melly reprit un peu de son sérieux et s'essuya les yeux.

– Pauvre oncle Peter! Je suis navrée de rire. Vrai de vrai. Allons. Pardonne-moi! Mme Scarlett et moi ne pouvons pas retourner à la maison en ce moment. Je viendrai peut-être en septembre après la cueillette du coton. Est-ce que tante Pitty t'a fait faire tout ce chemin uniquement pour nous ramener chez elle sur ce sac d'os?

À cette occasion, Peter demeura bouche bée, le remords et la consternation peints sur son visage ridé.

– Ma'ame Melly, finit-il par bredouiller, je c'ois que je me fais vieux. J'avais complètement oublié pou'quoi mam'zelle elle m'a envoyé, et c'est impo'tant. J'ai une lett' pou' vous. Mam'zelle Pitty elle a pas voulu la confier à la poste, ni à pe'sonne d'aut' qu'à moi et…

– Une lettre? Pour moi? De qui?

– Eh bien! voilà ma'ame, c'est… mam'zelle Pitty elle m'a dit comme ça: «Toi, Pete', tu donne'as ça avec ménagements à ma'ame Melly, et j'ai dit…»

Melly se leva de la marche sur laquelle elle était assise et porta la main à son cœur.

– Ashley! Ashley! Il est mort!

– Non, ma'ame. Non, ma'ame ! s'écria Peter d'une voix stridente tout en fouillant dans la poche intérieure de sa veste délabrée. Il est vivant ! C'est une lett' de lui. Il rent'. Il... Dieu tout-puissant, 'etiens-la, Mama. Laisse-moi...

– La touche pas, espèce de vieil imbécile ! gronda Mama qui avait recueilli Mélanie évanouie dans ses bras. Espèce de vieux singe, tu donne'as ça avec ménagements ! Ah oui ! Toi, Po'k, p'ends-la pa' les pieds. Mam'zelle Ca'een, tenez-lui la tête, Allons l'étend' su' le sofa du salon.

À l'exception de Scarlett, tout le monde s'empressa autour de Mélanie. On se bousculait, on se lamentait, on se précipitait à l'intérieur pour chercher de l'eau et des oreillers, et un instant plus tard Scarlett et l'oncle Peter restèrent seuls dans l'allée. Clouée sur place, incapable de bouger, Scarlett regardait fixement le vieillard agiter une lettre. Il avait perdu toute sa dignité, et son visage usé faisait penser à celui d'un enfant grondé par sa mère.

Bien qu'en elle une voix claironnante ne cessât de lui répéter « Il n'est pas mort ! Il va revenir », Scarlett n'éprouvait ni joie, ni émotion. Elle était anéantie, pétrifiée ! Il lui sembla dans le lointain entendre parler l'oncle Peter d'un ton plaintif et humble.

– Missié Willie Bu' de Macon, qui est pa'ent à vous, il a appo'té la lett' à mam'zelle Pitty. Missié Willie il était dans le même camp de p'isonniers que missié Ashley. Missié Willie il a un cheval et il se' a là bientôt, mais missié Ashley il a que ses jambes et...

Scarlett arracha la lettre à l'oncle Peter. Elle portait le nom de Melly écrit de la main de Mlle Pitty, mais Scarlett n'hésita pas un instant. Elle déchira l'enveloppe et le petit mot de tante Pitty tomba par terre. À l'intérieur de l'enveloppe, il y avait un morceau de papier plié en quatre, tout sali par le contact de la poche dans laquelle il avait séjourné, tout froissé et déchiré aux angles. Ashley lui-même avait tracé le nom de la destinataire : « Mme George Ashley Wilkes. – Aux bons soins de Mlle Sarah Jane Hamilton. – Atlanta ou aux Douze Chênes. – Jonesboro. – Géorgie. »

Les doigts tremblants, Scarlett déplia le papier et lut : « Mon aimée, je reviens près de vous... »

Des larmes commencèrent à inonder son visage. Il lui fut impossible de poursuivre sa lecture. Son cœur se dilata et elle crut qu'elle ne pourrait pas supporter cet excès de bonheur. Serrant la lettre contre elle, elle monta le perron comme une flèche, traversa le vestibule, passa devant le salon où tous les habitants de Tara s'affairaient autour de Mélanie évanouie et pénétra dans le petit bureau

d'Ellen. Elle repoussa la porte sur elle, donna un tour de clé, et, pleurant, riant, embrassant la lettre, elle se jeta à plat ventre sur le vieux sofa.
« Mon aimée, murmura-t-elle, je reviens près de vous... »

À moins que des ailes n'eussent poussé à Ashley, le bon sens voulait qu'il mît des semaines, voire des mois, à faire le voyage d'Illinois en Géorgie, mais à Tara, chaque fois qu'un soldat débouchait de l'allée de cèdres, les cœurs bondissaient et battaient à se rompre. L'un ou l'autre de ces épouvantails barbus pouvait fort bien être Ashley. Et si ce n'était pas lui, le soldat qui arrivait avait peut-être de ses nouvelles ou apportait une lettre de tante Pitty à son sujet. Blancs et noirs, ils se précipitaient tous sous la véranda chaque fois qu'ils entendaient un bruit de pas. La vue d'un uniforme suffisait pour que tout le monde abandonnât le tas de bois, le pré ou le champ de coton. Pendant un mois, le travail resta à peu près au point mort. Personne ne voulait manquer l'arrivée d'Ashley. Scarlett moins qu'une autre, et il lui était bien difficile de demander à ses compagnons d'accomplir leur besogne alors qu'elle-même négligeait tant la sienne.
Mais lorsque les semaines eurent lentement passé sans nouvelles d'Ashley, la vie reprit son train ordinaire. Les cœurs impatients avaient tout juste la force de supporter une attente aussi longue. Une terreur insidieuse se glissait en Scarlett. Elle redoutait que quelque chose ne fût arrivé à Ashley en route. Rock Island était si loin et Ashley était peut-être très affaibli, sinon malade, en sortant de prison. Et puis, il n'avait pas d'argent, et il avait à traverser un pays où l'on détestait les Confédérés. Si seulement elle savait où il était, elle lui enverrait de l'argent afin qu'il prît le train et revînt plus vite, elle lui enverrait jusqu'à son dernier sou, quitte à laisser la maisonnée mourir de faim.
« Mon aimée, je reviens près de vous. »
Sur le moment, sa joie avait été si grande qu'en lisant ces mots elle s'était imaginé qu'Ashley revenait près d'elle. Maintenant que son esprit était moins échauffé, elle se rendait trop bien compte que c'était auprès de Mélanie qu'il revenait, auprès de Mélanie dont les chants emplissaient la maison. Parfois Scarlett se demandait avec amertume pourquoi Mélanie n'était pas morte en couches. Ça aurait si bien arrangé les choses. Après avoir sacrifié à la décence pendant un certain temps, elle aurait épousé Ashley et serait devenue une excellente belle-mère pour le petit Beau. Lorsqu'il lui arrivait de nourrir de telles

pensées, elle ne s'empressait plus de prier Dieu et de Lui dire que c'était involontaire. Dieu ne lui faisait plus peur du tout.

Les soldats continuaient d'arriver un à un, deux par deux ou par douzaines, et ils avaient toujours faim. Scarlett était au désespoir et eût encore mieux aimé voir une nuée de sauterelles s'abattre sur Tara. Elle tempêtait contre les vieilles lois de l'hospitalité qui avaient fleuri à une époque d'abondance, coutumes qui n'eussent pas permis qu'un voyageur, humble ou puissant, poursuivît son chemin sans qu'on lui eût offert avec la plus extrême courtoisie le gîte pour la nuit et de quoi manger pour lui et son cheval. Scarlett savait que cette époque était à jamais passée, mais les autres habitants de Tara ainsi que les soldats l'ignoraient encore et chaque visiteur était accueilli à bras ouverts comme un invité que l'on attend depuis longtemps.

À mesure que défilait l'interminable cortège, le cœur de Scarlett se faisait plus sec. Ces hommes mangeaient les provisions destinées à nourrir ceux de Tara et les légumes qu'elle avait soignés elle-même au prix de tant de courbatures. On avait si grand mal à trouver de quoi manger, et l'argent du Yankee ne durerait pas éternellement. Il ne lui restait plus que quelques billets verts et les deux pièces d'or. Pourquoi était-elle obligée de nourrir cette horde d'hommes affamés ? La guerre était terminée. Plus jamais ils ne lui feraient un rempart de leur corps. Elle finit par ordonner à Pork de réduire le menu chaque fois qu'il y avait des soldats à table. La consigne fut appliquée jusqu'à ce que Scarlett s'aperçût que Mélanie qui, depuis la naissance de Beau, n'avait jamais été bien résistante, incitait Pork à ne lui servir que des morceaux minuscules et à donner sa part aux soldats.

– Tu vas me faire le plaisir de ne plus jouer à ce petit jeu, Mélanie, lui déclara Scarlett. Tu es à moitié malade, et si tu ne manges pas davantage tu vas être obligée de te coucher et il faudra que nous te soignions. Laisse donc ces hommes repartir sans avoir mangé à leur faim. Ils sont assez forts pour ça. Ils sont à ce régime depuis quatre ans et ça ne leur fera pas de mal d'y rester un petit peu plus longtemps.

Mélanie se tourna vers elle et, pour la première fois, Scarlett surprit dans ses yeux sereins une émotion qu'elle ne cherchait pas à cacher.

– Oh ! Scarlett ! ne me gronde pas ! Laisse-moi faire. Tu ne sais pas combien ça me réconforte. Chaque fois que je donne ma part à l'un de ces pauvres hommes, il me semble que peut-être, quelque part dans le Nord, une femme est en train de donner à mon Ashley une part de son dîner et que ça l'aide à se remettre en route pour me rejoindre !

« Mon Ashley ! »

« Mon aimée, je reviens près de vous. »

Scarlett s'éloigna, incapable d'articuler un son. À la suite de cela, Mélanie remarqua que la table était mieux servie quand il y avait des invités.

Lorsque des soldats étaient trop malades pour repartir, et cela se produisait fréquemment, Scarlett les mettait au lit de fort mauvaise grâce. Chaque malade représentait une bouche de plus à nourrir. Il fallait que quelqu'un lui prodiguât ses soins et cela faisait un travailleur de moins à relever les clôtures, à manier la houe, à semer, à pousser la charrue.

Un soldat à cheval qui se rendait à Fayetteville déposa un jour sous la véranda un jeune garçon au visage couvert d'un fin duvet blond. Le cavalier l'avait trouvé évanoui sur le bord de la route, l'avait chargé en travers de sa selle et l'avait conduit à Tara, la maison la plus proche. Les jeunes femmes pensèrent qu'il devait faire partie des cadets qu'on avait recrutés dans les écoles militaires lorsque Sherman s'était approché de Milledgeville, mais elles ne le surent jamais. Il mourut sans avoir repris connaissance et l'examen de ses poches ne fournit aucun renseignement. C'était un joli garçon, à coup sûr de bonne famille, et quelque part dans le Sud une femme devait scruter la route et se demander où il était et quand il reviendrait. On enterra le cadet dans le cimetière de famille à côté des trois petits O'Hara et, tandis que Pork refermait la tombe, Mélanie fondit en larmes tout en se demandant au fond de son cœur si des inconnus n'étaient pas en train, eux aussi, de recouvrir de terre le long corps d'Ashley.

Tout comme le jeune cadet, Will Benteen arriva évanoui sur la selle d'un camarade. Will était très malade. Il avait une pneumonie, et quand les jeunes femmes le mirent au lit elles craignirent qu'il ne tardât pas à rejoindre le cadet au cimetière.

Il avait le visage osseux des paysans de la Géorgie du Sud que ronge la malaria, des cheveux d'un roux très pâle et des yeux bleus presque décolorés, qui, même lorsqu'il délirait, conservaient une expression résignée et douce. L'une de ses jambes était coupée audessus du genou et à son moignon était fixé un pilon de bois grossièrement taillé. Il n'y avait pas à s'y tromper, c'était un paysan, tout comme le cadet devait être un fils de planteur. Les jeunes femmes eussent d'ailleurs été bien en peine d'expliquer leur conviction. Will n'était certainement ni plus sale, ni plus poilu, ni moins couvert de poux que bien des beaux messieurs qui avaient fait halte à Tara. Les expressions dont il se servait dans son délire n'étaient certainement pas moins grammaticales que celles des deux jumeaux Tarleton.

Mais leur instinct disait aux jeunes femmes que Will n'appartenait pas à leur classe, tout comme il leur permettait de distinguer un pur-sang d'un autre cheval. Néanmoins cette certitude ne les empêcha pas de déployer tous leurs efforts pour le sauver.

Amaigri par une année de captivité chez les Yankees, épuisé par une longue marche sur son pilon de bois mal ajusté, il ne lui restait plus beaucoup de forces pour combattre la pneumonie et, pendant des jours, gémissant, essayant de se lever, revivant les batailles auxquelles il avait pris part, il demeura couché sur son lit. Pas une seule fois il n'appela une mère, une femme, une sœur ou une fiancée, et cela préoccupa Carreen.

– N'importe qui a bien quelques parents, fit-elle, mais lui on dirait qu'il ne connaît pas une âme au monde.

Malgré sa maigreur il était robuste et les bons soins l'aidèrent à prendre le dessus. Le jour arriva où, parfaitement conscient de ce qui l'entourait, il posa ses yeux bleus sur Carreen. La jeune fille était assise à son chevet et, tandis qu'elle égrenait son chapelet, le soleil matinal se jouait dans ses cheveux dorés.

– Alors, en somme, vous n'étiez pas un rêve, dit-il d'une voix dont nul accent ne venait rehausser le timbre. J'espère que je ne vous ai pas donné trop de mal, m'dame.

Sa convalescence dura longtemps et il resta tranquillement allongé à regarder les magnolias par la fenêtre. Il se faisait le moins gênant possible. Carreen avait de la sympathie pour lui à cause de ses silences qu'il ne cherchait point à rompre. Durant les longs et chauds après-midi, elle demeurait près de lui et l'éventait sans rien dire.

Fragile et délicate, Carreen allait et venait, pareille à une ombre. Elle n'avait pas grand-chose à dire aux autres et vaquait silencieusement aux travaux que ses forces lui permettaient. Elle priait beaucoup. Quand Scarlett entrait dans sa chambre sans frapper, elle la trouvait toujours à genoux devant son lit. Ce spectacle ne manquait jamais de l'agacer, car elle estimait que le temps des prières était passé. Si Dieu avait jugé bon de punir ainsi les hommes, il n'avait que faire des prières. Chez Scarlett la religion avait toujours revêtu la forme d'un marchandage. En échange de ses faveurs, Scarlett promettait à Dieu de bien se conduire. Or, à son avis, le bon Dieu avait à maintes reprises renié ses engagements, et Scarlett trouvait que, désormais, elle ne lui devait plus rien du tout. Aussi, chaque fois qu'elle surprenait Carreen à genoux alors qu'elle aurait dû faire la sieste ou repriser du linge, elle avait l'impression que sa sœur se dérobait à une partie de sa tâche.

Un après-midi que Will Benteen avait enfin pu quitter son lit pour un fauteuil, Scarlett lui fit part de ses réflexions et fut bien étonnée quand Will lui répondit de son ton monotone :
– Laissez-la, madame Scarlett. C'est son réconfort.
– Son réconfort ?
– Oui, elle prie pour votre maman et pour lui.
– Qui cela, lui ?
Will la regarda sans surprise de ses yeux bleus fanés que frangeaient des cils couleur de sable. Rien ne semblait le surprendre ni l'émouvoir. Peut-être avait-il vu trop de ces choses qui confondent les hommes pour être capable de s'étonner encore. Que Scarlett ignorât ce qui se passait dans le cœur de sa sœur ne lui paraissait pas extraordinaire. Il trouvait cela aussi naturel que d'entendre Carreen se confier à lui, un étranger.
– Eh bien, son galant, ce Brent qui a été tué à Gettysburg.
– Son galant ? fit Scarlett sèchement. Allons donc ! Son frère et lui me faisaient la cour.
– Oui, elle m'a dit ça. On dirait que presque tous les garçons du comté avaient un faible pour vous. Mais ça n'empêche pas qu'il s'est épris d'elle quand vous l'avez laissé tomber. Lorsqu'il est revenu chez lui à sa dernière permission, ils se sont fiancés. Elle m'a dit que c'était le seul homme qu'elle aimerait jamais. Et, dame, ça la console un peu de prier pour lui.
– Grand bien lui fasse ! murmura Scarlett, une pointe de jalousie au cœur.
Elle lança un regard intrigué à cet homme décharné, aux maigres épaules voûtées, aux cheveux roussâtres, aux yeux tranquilles. Ainsi il était au courant d'événements familiaux qu'elle ne s'était pas même donné la peine de connaître. C'était donc pour cela que Carreen était toujours dans la lune et priait tout le temps. Allons, ça lui passerait. Des tas d'autres femmes avaient fini par oublier leur fiancé mort, oui, et même leur mari. Elle-même avait bien oublié Charles. Elle connaissait également une femme d'Atlanta que la guerre avait rendue trois fois veuve et qui trouvait encore le moyen de faire attention aux hommes. Elle raconta cela à Will, mais il secoua la tête.
– Pas Mlle Carreen ! déclara-t-il d'un ton définitif.
C'était très agréable de bavarder avec Will. Il n'avait pas grand-chose à dire, et comprenait tout. Scarlett l'entretint de questions qui intéressaient les semis, le binage, le plantage, l'engraissement des porcs, l'élevage des vaches, et il se montrait toujours de bon conseil,

car il avait jadis possédé une petite ferme et deux nègres dans le sud de la Géorgie. Il savait que ses nègres étaient affranchis et que désormais sur sa terre ne poussaient plus que des mauvaises herbes et de jeunes pins. Sa sœur, son unique parente, avait suivi son mari au Texas bien des années auparavant et il était seul au monde. Néanmoins, rien de tout cela ne paraissait le préoccuper beaucoup plus que la jambe qu'il avait laissée en Virginie.

Oui, lorsque les nègres avaient un peu trop grommelé, que Suellen avait un peu trop criaillé et pleurniché, que Gérald avait trop souvent demandé où était Ellen, Scarlett aimait à venir se retremper auprès de Will. Elle pouvait tout lui dire. Elle alla même jusqu'à lui raconter qu'elle avait tué le Yankee et ses yeux brillèrent de fierté quand Will eut commenté l'événement d'un bref: «Ça c'est du beau travail!»

À la longue, toute la famille finit par connaître le chemin de la chambre de Will, à qui chacun venait exposer ses petites misères... même Mama, qui d'abord lui avait manifesté une certaine froideur parce que ce n'était pas un monsieur et qu'il n'avait possédé que deux esclaves.

Lorsqu'il fut en état de clopiner dans la maison, il se mit à fabriquer des paniers à provisions et à raccommoder les meubles détériorés par les Yankees. Il était très adroit de ses mains et Wade ne le quittait jamais, car il lui taillait des jouets au couteau, les seuls jouets dont disposât l'enfant. Avec Will dans la maison on pouvait laisser Wade et les deux bébés sans arrière-pensée et s'en aller travailler aux champs. Will savait aussi bien s'y prendre que Mama avec les enfants et seule Melly réussissait mieux que lui à calmer le bébé blanc et le bébé noir lorsqu'ils hurlaient.

– Vous avez été rudement bonne pour moi, madame Scarlett, dit-il, et moi je ne suis qu'un étranger, je ne suis rien du tout pour vous. Je vous ai causé des tas de soucis et d'ennuis, mais si vous n'y voyez pas d'inconvénients, je resterai ici à vous aider et à travailler jusqu'à ce que je vous aie dédommagée de toutes vos peines. Je ne pourrai d'ailleurs jamais m'acquitter complètement envers vous, car un homme n'est jamais quitte envers ceux qui lui ont sauvé la vie.

Ainsi Will resta et, peu à peu, sans en avoir l'air, une grosse partie du fardeau de Tara passa des épaules de Scarlett sur les épaules décharnées de Will Benteen.

·

On était au mois de septembre et le moment de faire la cueillette du coton était venu. Le soleil de l'après-midi chauffait agréablement les marches du perron sur lesquelles Will Benteen s'était assis juste aux pieds de Scarlett. De sa voix lente et monotone, il parlait des prix exorbitants que l'on exigeait pour traiter le coton au nouvel égrenoir construit près de Fayetteville. Néanmoins il avait appris le jour même à Fayetteville qu'il pourrait réduire ces dépenses d'un quart en prêtant le cheval et la charrette pendant deux semaines au propriétaire de l'égreneuse à coton. En tout cas, il n'avait pas voulu conclure le marché sans en avoir référé à Scarlett.

La jeune femme examina son compagnon efflanqué qui mâchonnait une paille. Sans aucun doute, ainsi que l'avait souvent déclaré Mama, Will était un don de la Providence, et Scarlett s'était demandé à plusieurs reprises ce que serait devenue Tara sans lui au cours des derniers mois. Will n'avait jamais grand-chose à dire, ne semblait jamais déployer la moindre énergie, ne paraissait jamais s'intéresser à ce qui se passait autour de lui et pourtant il était au courant de tout ce qui touchait aux gens de Tara. Et puis il agissait. Silencieusement, patiemment, en homme qui s'y connaît, il abattait sa besogne. Bien qu'il n'eût qu'une jambe, il travaillait plus vite que Pork. Il en arrivait même à faire travailler Pork, et Scarlett considérait cela comme un miracle. Lorsque la vache fut prise de coliques, et que le cheval fut atteint d'un mal mystérieux qui menaça de l'emporter, Will passa ses nuits à les soigner et leur sauva la vie. Son sens des affaires lui valut le respect de Scarlett. Il partait le matin avec un ou deux boisseaux de pommes, d'ignames ou d'autres légumes et s'en revenait avec des graines, du drap, de la farine ou d'autres articles indispensables. Scarlett avait beau s'y entendre elle-même très bien en affaires, elle savait qu'elle n'aurait jamais acquis les mêmes résultats que lui.

Il s'était peu à peu haussé au rang de membre de la famille et on lui avait ménagé un lit dans le cabinet de toilette attenant à la chambre de Gérald. Il ne parlait pas de quitter Tara, et Scarlett évitait soigneusement d'aborder cette question de peur qu'il ne s'en allât. Parfois elle se disait que, s'il avait eu un peu de cœur au ventre, il serait rentré dans son pays, mais ça ne l'empêchait pas de souhaiter de toutes ses forces qu'il se fixât à Tara. C'était si commode d'avoir un homme dans la maison.

Scarlett se disait également que si Carreen avait pour deux sous d'intelligence, elle se rendrait compte que Will avait un faible pour elle. Scarlett eût été éternellement reconnaissante à Will de lui demander la main de Carreen. Bien entendu, avant la guerre, Will n'aurait jamais pu constituer un parti présentable. Il n'avait rien de commun avec la classe des planteurs, bien qu'il n'appartînt pas à la catégorie des «pauvres blancs». Ce n'était qu'un simple paysan, un petit fermier à demi éduqué, enclin à commettre de lourdes erreurs grammaticales et dépourvu de toutes les belles manières que les O'Hara étaient habitués à rencontrer chez les messieurs de leur connaissance. En fait, Scarlett se demanda si l'on pouvait le considérer comme un monsieur et elle finit par décider que c'était impossible. Mélanie prenait chaudement son parti et déclarait que quiconque avait aussi bon cœur que Will et pensait autant aux autres était de bonne naissance. Scarlett savait qu'Ellen se fût évanouie à l'idée que l'une de ses filles pourrait épouser un tel homme, mais la nécessité avait entraîné Scarlett trop loin des préceptes d'Ellen pour qu'elle s'arrêtât à cela. Les hommes étaient rares, les filles devaient se marier, et Tara avait besoin d'un homme. Cependant, de plus en plus plongée dans ses livres de prières, Carreen perdait de plus en plus contact avec le monde des réalités et traitait Will aussi gentiment qu'un frère.

«Si Carreen m'était un tant soit peu reconnaissante de ce que j'ai fait pour elle, elle l'épouserait et ne le laisserait pas partir d'ici, se disait Scarlett avec indignation. Mais non, il faut qu'elle passe son temps à rêvasser, à se faire des illusions sur un pauvre sot qui n'a sans doute jamais pensé sérieusement à elle.»

Will resta donc à Tara. Pourquoi ne s'en allait-il pas? Scarlett n'en savait rien mais ça lui était égal. Elle aimait et appréciait la façon dont il la traitait. Il semblait la considérer comme un homme et se plaisait à discuter affaires avec elle. Il se montrait grave et déférent envers l'inconsistant Gérald, pourtant c'était toujours à Scarlett qu'il s'adressait comme au véritable chef de la maison.

Scarlett approuva son projet de louer le cheval, bien que cela condamnât la famille à être privée pendant un temps de moyen de transport. Suellen surtout ne serait pas contente. Son plus grand plaisir était d'accompagner Will à Jonesboro ou à Fayetteville quand il s'y rendait pour affaires. Parée des plus beaux atours de la famille, elle rendait visite à des amis, prêtait une oreille attentive aux potins du comté et se sentait de nouveau une demoiselle O'Hara de Tara. Suellen ne manquait jamais une occasion de quitter la plantation et d'aller faire la roue chez des gens qui ne savaient pas qu'elle cultivait le jardin et faisait les lits.

«Mademoiselle Regardez-moi-donc va être obligée d'interrompre ses balades pendant deux semaines, se dit Scarlett, et nous, nous allons être obligés de supporter ses criailleries et ses lamentations.»

Mélanie vint s'installer sous la véranda avec son bébé. Elle étala par terre une vieille couverture et laissa le petit Beau se traîner dessus à loisir. Depuis la lettre d'Ashley, Mélanie passait son temps à chanter pour manifester le bonheur dont elle débordait ou à se ronger d'anxiété. Mais, heureuse ou abattue, elle était encore beaucoup trop maigre et beaucoup trop pâle. Elle accomplissait son ouvrage sans se plaindre, mais elle n'allait pas bien. Le vieux docteur Fontaine diagnostiqua une maladie de femme et se trouva d'accord avec le docteur Meade pour déclarer qu'elle n'aurait jamais dû avoir Beau. Enfin, il ne se fit pas faute de dire qu'une seconde grossesse la tuerait.

– Quand j'étais à Fayetteville, aujourd'hui, fit Will, j'ai trouvé quelque chose de très joli. J'ai pensé que ça vous intéresserait, mesdames, et je vous l'ai rapporté.

Il fouilla dans les poches de son pantalon et en tira le portefeuille de calicot et d'écorce que Carreen lui avait confectionné. Il l'ouvrit et sortit un billet de banque confédéré.

– Si vous trouvez ça joli, l'argent confédéré, Will, eh bien ! pas moi, déclara Scarlett, qui écumait de rage chaque fois qu'elle en voyait. Il y en a pour trois mille dollars dans le coffre de papa, et Mama me tarabuste tout le temps pour que je lui donne les billets. Elle voudrait s'en servir pour boucher les trous dans le mur des mansardes afin que les courants d'air ne passent plus. Je crois que je vais les lui donner. Ça servira au moins à quelque chose.

– Orgueilleux César, par la mort en argile transformé[1], dit Mélanie avec un sourire triste. Ne fais pas cela, Scarlett, garde les billets pour Wade, un jour il en sera fier.

– Allons, je ne sais pas ce que vous voulez dire avec votre orgueilleux César, déclara Will, mais ce que j'ai là, c'est dans le genre de ce que vous venez de dire, madame Melly. On a collé un poème au dos de ce billet. Je sais que Mme Scarlett n'est pas très portée sur la poésie, mais j'ai pensé que ça l'intéresserait peut-être.

Il retourna le billet. Au dos était collé un morceau de papier d'emballage couvert de caractères tracés d'une encre pâle. Will s'éclaircit la gorge et se mit à lire péniblement.

– Ça s'appelle *Vers au dos d'un billet confédéré*[2], dit-il, puis il continua :

Ça ne représente plus rien que la terre du bon Dieu,
Plus rien dans les eaux qui la baignent…

1. Citation du *Jules César* de Shakespeare *(N.d.T.)*.
2. « Lines of the back of a confederate note » : poème écrit en avril 1865 par l'officier confédéré Sidney Alroy Jonas après la reddition sudiste.

En gage d'une nation trépassée
Garde-le, ami cher, et montre-le quand même.
Montre-le à ceux qui voudront écouter
Ce brimborion raconter l'histoire
de la liberté, issue du rêve des patriotes,
D'une nation qui mourut, arrachée à son berceau.

– Oh ! comme c'est beau, comme c'est touchant ! s'exclama Mélanie. Tu ne vas pas donner tes dollars à Mama pour boucher les trous des mansardes. C'est autre chose que du papier… C'est, comme le dit le poème, le gage d'une nation trépassée.

– Oh ! Melly, ne sois pas sentimentale ! Le papier, ce n'est jamais que du papier, et nous n'en avons pas tellement. Et puis, j'en ai par-dessus la tête d'entendre Mama se plaindre des lézardes qu'il y a dans les murs des soupentes. J'espère que, quand Wade sera grand, j'aurai des tas de billets verts à lui donner au lieu de cette camelote confédérée.

Will, qui au cours de la discussion s'était amusé avec le petit Beau, releva la tête, et, la main en écran, regarda vers l'allée.

– Voilà de la compagnie, fit-il. C'est un soldat.

Scarlett suivit son regard et aperçut un spectacle familier. Un homme barbu, vêtu de lambeaux d'uniformes gris et bleus, remontait lentement l'allée de cèdres. Il baissait la tête d'un air las et traînait les pieds.

– Moi qui croyais que nous n'aurions plus guère de soldats, dit Scarlett. J'espère que celui-ci n'aura pas trop d'appétit.

– Si, il aura faim, déclara Will laconiquement.

Mélanie se leva.

– Je m'en vais dire à Dilcey de mettre un couvert de plus, fit-elle. Je dirai aussi à Mama de ne pas débarrasser trop brusquement le pauvre diable de ses habits et…

Elle s'arrêta si court que Scarlett se retourna vers elle. Mélanie porta sa main fine à sa gorge comme si elle avait mal. Sous sa peau blanche on voyait battre ses veines à coups précipités. Son visage devint encore plus pâle qu'il n'était, ses yeux s'agrandirent démesurément.

« Elle va s'évanouir », pensa Scarlett en se dressant d'un bond et en l'attrapant par le bras.

Mais, en un clin d'œil, Mélanie se dégagea, s'élança au bas du perron. Les bras tendus, sa jupe déteinte flottant derrière elle, elle descendit en courant l'allée semée de graviers avec la légèreté d'un oiseau. Alors Scarlett eut l'impression de recevoir un coup violent, et aussitôt elle comprit ce qui se passait. Elle recula et s'appuya à un montant de la véranda. L'homme montrait son visage envahi par une barbe blonde et sale. Il s'arrêta et regarda du côté de la maison comme s'il était trop épuisé pour faire un pas de plus. Le cœur de Scarlett bondit, se crispa, reprit sa course. Poussant des cris inarticulés, Melly se jeta dans les bras du soldat dont la tête se pencha vers celle de la jeune femme. Transportée de joie, Scarlett prit son élan, mais Will l'empoigna par la jupe et la retint.

– Ne leur gâchez pas cet instant, dit-il de son ton tranquille.

– Lâchez-moi, imbécile ! Lâchez-moi donc ! C'est Ashley !

Will ne desserra pas son étreinte.

– Après tout, c'est son mari, pas vrai ? fit-il calmement, et Scarlett, enivrée de bonheur et furieuse à la fois, abaissa son regard sur Will et lut dans les profondeurs paisibles de ses yeux de la compréhension et de la pitié.

QUATRIÈME PARTIE

XXXI

Par un froid après-midi de janvier 1866, Scarlett était assise dans le petit bureau et écrivait à tante Pitty une lettre dans laquelle elle expliquait pour la dixième fois par le menu pourquoi ni elle, ni Mélanie, ni Ashley ne pouvaient revenir chez elle, à Atlanta. Elle était de mauvaise humeur parce qu'elle savait que tante Pitty n'irait pas plus loin que les premières lignes et lui répondrait aussitôt d'un ton larmoyant: «Mais j'ai peur de vivre toute seule!»

Elle avait les mains glacées. Elle s'arrêta un instant pour les frotter l'une contre l'autre et enfoncer ses pieds plus avant dans le vieux bout d'édredon dont elle les avait entourés. Les semelles de ses mules n'existaient pratiquement plus et ce qui en restait était consolidé par des morceaux de tapis. Or si le tapis empêchait tout contact direct avec le sol, il ne tenait guère chaud. Ce matin-là, Will était allé à Jonesboro faire mettre des fers au cheval. Scarlett songea avec amertume qu'elle vivait à une époque bien décevante où les chevaux portaient des fers tandis que les gens marchaient pieds nus.

Elle reprit sa plume pour continuer sa lettre, mais elle la posa de nouveau lorsqu'elle entendit Will entrer par la porte de derrière. Elle reconnut le clac-clac de son pilon de bois contre le plancher du vestibule. Il s'arrêta devant la porte du bureau. Scarlett attendit, et comprenant qu'il n'osait pas la déranger, elle l'appela. Il entra, les oreilles rougies par le froid, les cheveux en désordre et, un petit sourire amusé aux lèvres, demanda:

– Madame Scarlett, combien vous reste-t-il exactement en caisse?

– Auriez-vous l'intention de m'épouser pour mon argent? fit Scarlett un peu fâchée.

– Non, m'dame, mais je voulais savoir.

Scarlett le regarda, intriguée. Will n'avait pas l'air sérieux, mais il était toujours comme ça, et Scarlett devinait que quelque chose n'allait pas.

– J'ai dix dollars en or, fit-elle. C'est tout ce qui reste de l'argent du Yankee.

– Eh bien! m'dame, ça ne suffira pas.

– Ça ne suffira pas à quoi?

– À payer les impôts, répondit-il, et, clopinant jusqu'à la cheminée, il se baissa et tendit ses mains rougies à la flamme.
– Les impôts ! répéta Scarlett. Mais sapristi, Will, nous les avons déjà payés, nos impôts.
– C'est exact, m'dame, mais on prétend que vous n'avez pas versé assez. J'ai entendu parler de ça aujourd'hui à Jonesboro.
– Mais Will, je ne comprends pas. Que voulez-vous dire ?
– Madame Scarlett, ça m'est bien pénible de vous causer de nouveaux soucis alors que vous en avez assez eu comme ça, mais il faut que je vous parle. On dit que vous auriez dû payer infiniment plus d'impôts que vous ne l'avez fait. On est en train de fixer la cote immobilière de Tara à des hauteurs vertigineuses… je parie que c'est vous qui serez la plus imposée du comté.
– Mais on ne peut pas encore me faire payer des impôts puisque je l'ai déjà fait.
– Madame Scarlett, vous n'allez pas souvent à Jonesboro et je m'en réjouis pour vous. Par les temps qui courent, ce n'est plus un endroit pour une dame comme il faut. Mais, si vous y alliez autant que moi, vous sauriez que depuis peu il y a une rudement sale bande de Scallawags, de Républicains et de Carpetbaggers[1] qui ont mis la haute main sur les affaires de la ville. C'est à en devenir fou. On y voit aussi des nègres bousculer des blancs et les obliger à leur céder le trottoir et…
– Voyons, quel rapport tout cela a-t-il avec nos impôts.
– J'y arrive, madame Scarlett. Ce n'est pas pour rien que ces crapules-là ont imposé Tara comme si c'était une plantation capable de donner mille balles de coton par an. Dès que j'ai eu vent de cela, je suis allé faire un tour dans les cafés pour écouter ce qu'on disait et j'ai découvert qu'au cas où vous ne pourriez pas payer vos impôts, quelqu'un était tout prêt à racheter Tara pour une bouchée de pain quand le shérif la vendrait aux enchères. Or tout le monde sait très bien que vous ne pourrez pas vous libérer. Je n'ai pas encore trouvé qui avait l'intention d'acquérir la propriété, mais j'ai l'impression que ce type louche, cet Hilton qui a épousé Mlle Cathleen, doit savoir à quoi s'en tenir, car il a eu un sale rire quand j'ai essayé de lui tirer les vers du nez.
Will s'assit sur le sofa et se mit à frotter son moignon. Lorsque le temps était froid, sa jambe amputée lui faisait mal et son pilon de

1. Ces mots : *Scallawags* et *Carpetbaggers* paraîtront étranges au lecteur. S'ils signifient le premier « renégat du Sud », le second « politicien étranger à la circonscription », leur pittoresque est intraduisible et nous les garderons tels que les Américains les ont forgés *(N.d.T.)*.

bois, mal rembourré, n'était guère doux. Scarlett lui décocha un regard furibond. Ça n'avait vraiment pas l'air de beaucoup l'émouvoir de sonner lui-même le glas de Tara ! Vendre Tara aux enchères ! mais où iraient-ils tous se réfugier ? Tara aux mains de quelqu'un d'autre ! Non, ça dépassait l'entendement !

Scarlett s'était mise à exploiter Tara avec un tel acharnement qu'elle n'avait guère prêté attention à ce qui se passait au-dehors. Maintenant qu'elle avait Will et Ashley pour traiter ses affaires à Jonesboro ou à Fayetteville elle quittait rarement la plantation. Et de même qu'elle s'était toujours refusée à écouter parler son père dans les jours qui avaient précédé la guerre, de même elle faisait la sourde oreille quand, le soir, autour de la table, Will et Ashley s'entretenaient de la façon dont était menée la Reconstruction.

Oh ! bien entendu, elle était au courant des agissements des Scallawags, ces Sudistes passés aux Républicains pour leur plus grand profit, et des Carpetbaggers, ces Yankees qui, après la reddition, avaient fondu sur le Sud comme des busards avec, pour unique bagage, un sac de voyage en tapisserie[2]. Elle avait eu également maille à partir avec le Bureau des Affranchis et elle avait entendu dire qu'un certain nombre de nègres émancipés étaient devenus fort insolents ; ce qu'elle avait d'ailleurs eu bien du mal à croire, car jamais de sa vie elle n'avait rencontré un seul nègre arrogant.

Mais il y avait bon nombre de choses que Will et Ashley s'étaient arrangés pour lui taire. Au fléau de la guerre avait succédé un fléau pire encore, celui de la Reconstruction. Seulement les deux hommes étaient tombés d'accord pour passer sous silence les détails les plus alarmants chaque fois qu'ils avaient abordé ce sujet à la maison. Et, lorsque Scarlett voulait bien se donner la peine de les écouter, la majeure partie de ce qu'ils disaient lui entrait par une oreille et sortait par l'autre.

Elle avait entendu dire à Ashley qu'on était en train de traiter le Sud en pays conquis, et que la politique des vainqueurs était surtout inspirée par la haine. Mais ce genre de remarques laissait Scarlett complètement froide. La politique était l'affaire des hommes. Will avait déclaré devant elle que, pour lui, le Nord ne donnait pas du tout l'impression de vouloir laisser le Sud se relever. « Allons, avait pensé Scarlett, il faut toujours que les hommes se fassent de la bile pour des insanités ! » En ce qui la concernait, les Yankees ne l'avaient pas

2. Ce fut de leur sac de voyage en tapisserie que ces politiciens véreux tirèrent leur nom *(N.d.T.)*.

eue et ce n'était pas maintenant qu'ils allaient l'avoir. La seule chose à faire, c'était de travailler d'arrache-pied et de ne pas s'occuper du gouvernement yankee. Après tout, la guerre était finie.

Scarlett ne se rendait pas compte qu'on avait modifié les règles du jeu et qu'un labeur honnête ne pouvait plus recevoir sa juste récompense. Désormais, la Géorgie était pratiquement sous la loi martiale. Les soldats yankees tenaient garnison dans tout le pays et le Bureau des Affranchis régissait absolument tout et n'en faisait qu'à sa tête.

Créé par le gouvernement fédéral pour veiller sur les anciens esclaves désœuvrés et excités, ce Bureau arrachait par milliers les nègres aux plantations et les rassemblait dans les villages et dans les villes. Il les entretenait à ne rien faire et les dressait contre leurs anciens maîtres. Jonas Wilkerson, l'ex-régisseur de Gérald, dirigeait le bureau local et avait pour assistant Hilton, le mari de Cathleen Calvert. Les deux compères faisaient astucieusement courir le bruit que les Sudistes et les Démocrates guettaient l'instant propice pour rétablir l'esclavage et laissaient entendre que, pour les nègres, le seul espoir d'échapper à ce destin était de se mettre sous la protection du Bureau et du parti républicain.

Wilkerson et Hilton allaient même jusqu'à déclarer aux nègres qu'ils étaient les égaux des blancs sur tous les points et qu'en conséquence non seulement on autoriserait les mariages entre blancs et noirs, mais on partagerait les domaines des anciens maîtres, et chaque nègre recevrait quarante arpents et une mule en pleine propriété. Ils tenaient les nègres en haleine en leur faisant le récit des cruautés perpétrées par les blancs et, dans une région réputée depuis longtemps pour les relations affectueuses qui existaient entre les esclaves et leurs maîtres, la haine et la suspicion commençaient à se développer.

Le Bureau était soutenu par les soldats et ceux-ci avaient fait édicter de multiples règlements contradictoires relatifs à la conduite des vaincus. Il était facile de se faire arrêter, même pour avoir remis à sa place un fonctionnaire du Bureau. On avait promulgué des instructions militaires sur l'enseignement dans les écoles, l'hygiène, le genre de boutons qu'on avait le droit de porter, la vente des articles de nécessité courante, bref, sur presque tout. Wilkerson et Hilton avaient le pouvoir d'intervenir dans toutes les opérations commerciales auxquelles Scarlett était à même de se livrer et de fixer un prix à tout ce qu'elle vendait ou échangeait.

Par bonheur, Scarlett n'avait guère été en rapport avec les deux compères, car Will l'avait persuadée de le laisser traiter les affaires à sa place tandis qu'elle se consacrait à la plantation. Grâce à son bon caractère, Will avait aplani un certain nombre de difficultés, mais n'en avait pas parlé. Le cas échéant, Will arrivait à s'entendre avec les Carpetbaggers et les Yankees. Cependant, le problème qui venait de se poser était au-dessus de ses forces. Il fallait mettre sans plus tarder Scarlett au courant du supplément d'impôts à payer et du danger qu'elle courait de perdre Tara.

Elle regarda Will, les yeux flamboyants.

– Oh ! les damnés Yankees ! s'écria-t-elle. Ça ne leur suffit donc pas de nous avoir écrasés et de nous avoir ruinés ? Ils veulent maintenant lancer des crapules contre nous !

La guerre était finie. On avait conclu la paix, mais les Yankees pourraient encore la dépouiller, la réduire à la famine, la chasser hors de chez elle. Et, sotte qu'elle était, elle avait cru pendant des mois et des mois que, si elle réussissait à tenir jusqu'au printemps, tout serait sauvé ! Cette nouvelle écrasante venant par-dessus une année de labeurs épuisants et d'espoirs sans cesse remis, c'était la goutte d'eau qui faisait déborder le vase.

– Oh ! Will, et dire que j'ai pensé que nos ennuis allaient prendre fin avec la guerre.

– Non, m'dame, nos ennuis ne font que commencer, fit Will en relevant sa tête paysanne aux joues creuses et en posant sur Scarlett un long regard soutenu.

– Quel supplément d'impôts veut-on nous faire payer ?

– Trois cents dollars.

Pendant un instant, Scarlett resta muette de stupeur. Trois cents dollars ! Pourquoi pas trois mille ?

– Allons, bredouilla-t-elle, allons… allons, il va falloir trouver ces trois cents dollars.

– Oui, m'dame… et puis faudra aussi décrocher la lune.

– Oh ! mais, Will ! Ils ne peuvent tout de même pas faire vendre Tara. Voyons…

Les yeux doux et pâles de Will exprimèrent plus de haine et d'amertume que Scarlett n'en croyait son compagnon capable.

– Ah ! non ? Eh bien ! si, ils le peuvent et ils le feront. Ils en ont fameusement envie. Madame Scarlett, ce pays est foutu, si vous me passez l'expression. Ces Carpetbaggers et ces Scallawags ont le droit de vote qui nous est refusé à presque tous, nous autres les démocrates. Dans cet État aucun démocrate ne peut voter si, en 1865, il était inscrit au registre des impôts pour un revenu supérieur à deux mille dollars. Ça évince des gens comme votre papa et M. Tarleton, comme les McRaes et les fils Fontaine. Personne ne peut voter s'il a eu le grade de colonel ou un grade supérieur pendant la guerre et, madame Scarlett, je parie que cet État a fourni plus de colonels que n'importe quel autre État de la Confédération. Aucune des personnes qui ont exercé une fonction publique sous le gouvernement confédéré ne peut voter et ça évince tout le monde, depuis les notaires jusqu'aux magistrats, d'ailleurs les bois sont remplis de gens comme ça. En fait, étant donné la façon dont les Yankees ont arrangé le serment d'amnistie, tous ceux qui étaient quelqu'un avant la guerre ont perdu le droit de vote. Ni les gens intelligents, ni les gens honnêtes, ni les gens riches ne votent.

« Ouais ! moi je pourrais voter si j'avais voulu prêter leur sale serment. J'avais pas un sou en 65 et pour sûr j'étais pas colonel pendant la guerre ni rien de bien extraordinaire. Mais je n'ai pas envie de prêter serment ! Ah ! non, alors ! Si les Yankees avaient fait ce qu'ils devaient, je leur aurais prêté serment d'allégeance, mais maintenant ils peuvent se fouiller. Je ne leur prêterai pas serment, même si je ne dois plus jamais voter... mais des raclures comme cet Hilton, ça vote. Des fripouilles comme Jonas Wilkerson, des pauvres blancs comme les Slattery, des rien du tout comme les MacIntosh, ça vote aussi. Et c'est eux qui mènent la danse maintenant. Et si jamais il leur prend fantaisie de vous faire payer un supplément d'impôts, ils peuvent y aller, douze fois si ça leur plaît. C'est comme les nègres. Ils peuvent bien tuer un blanc, on ne les pendra pas. Ils peuvent... »

Il s'arrêta, gêné, et Scarlett et lui se rappelèrent en même temps ce qui était arrivé à une femme blanche qui vivait seule dans une ferme isolée du côté de Lovejoy.

– Ces nègres peuvent nous faire tout ce qu'ils veulent, ils auront toujours derrière eux le Bureau des Affranchis, des soldats et des canons, nous on n'aura même pas le droit de voter pour se défendre.

– Voter ! s'écria Scarlett. Que diable le vote vient-il faire dans tout cela, Will ? Nous sommes en train de parler d'impôts... Will, tout le monde sait que Tara est une bonne plantation. Nous pourrions l'hypothéquer et payer nos impôts.

– Madame Scarlett, vous n'êtes pas folle, mais quelquefois vous parlez comme si vous l'étiez. Qui est-ce qui a de l'argent pour vous en prêter sur cette propriété ? Qui en a en dehors des Carpetbaggers qui voudraient justement vous dépouiller de Tara ?

– Will, j'ai ces pendants d'oreilles en diamant que j'ai pris au Yankee. Nous pourrions les vendre.

– Madame Scarlett, voyons ! Connaissez-vous quelqu'un par ici qui ait assez d'argent pour acheter des boucles d'oreilles en diamant ? Les gens n'ont même pas de quoi acheter de la viande. Laissez donc toutes ces babioles tranquilles. Du reste, si vous en tiriez dix dollars en or, j'vous jure que ça représenterait plus que la fortune de la plupart des gens.

Ils se turent et Scarlett eut l'impression de se heurter la tête à un mur de pierre. Elle s'était heurtée à tant de murs de pierre au cours de l'année précédente.

– Qu'allons-nous faire, madame Scarlett ?

– Je n'en sais rien, répondit Scarlett d'un ton morne.

Elle se sentit soudain si abattue qu'elle en eut mal. À quoi bon travailler, se débattre, s'user ? Il semblait que la défaite l'attendait à l'issue de chaque combat pour la narguer.

– Je n'en sais rien, répéta-t-elle, mais n'en parlez pas à papa. Ça risquerait de lui faire quelque chose.

– Je ne lui en parlerai pas.

– En avez-vous parlé à quelqu'un ?

– Non, je suis venu vous avertir directement.

« Oui, se dit-elle, tout le monde vient m'annoncer directement les mauvaises nouvelles », et elle commençait à en avoir assez.

– Où est M. Wilkes ? Il nous donnera peut-être une idée ?

Will la regarda et, ainsi que le jour du retour d'Ashley, Scarlett lut dans ses yeux qu'il savait tout.

– Il est dans le jardin potager en train de tailler des pieux. J'ai entendu le bruit de sa hache quand j'ai remisé le cheval. Mais il n'a pas plus d'argent que vous et moi.

– Si j'ai envie de lui en parler, j'en ai le droit, je suppose ? fit Scarlett d'un ton cassant tout en se levant et en se débarrassant de son morceau d'édredon.

Will ne se vexa pas et continua tranquillement à se frotter les mains devant le feu.

– Vous devriez prendre votre châle, madame Scarlett. Ça pique, dehors.

Pourtant Scarlett sortit sans son châle, car il était au premier et elle avait trop grande hâte d'aller confier ses soucis à Ashley.

Quelle chance ce serait de le trouver seul ! Depuis son retour elle n'avait jamais pu avoir le moindre tête-à-tête avec lui. Il y avait toujours quelqu'un autour de lui. Mélanie ne le quittait pas d'une semelle et le prenait de temps en temps par la manche pour s'assurer qu'il était bien là. La vue de ce geste de possession heureuse avait réveillé en Scarlett toute la jalousie et l'animosité qui s'étaient assoupies pendant les mois où elle avait cru qu'Ashley était mort. Maintenant elle était bien décidée à le voir seul et cette fois elle ne laisserait personne s'interposer entre elle et lui.

Scarlett traversa le verger aux branches dépouillées. L'herbe était humide et la jeune femme avait les pieds trempés. Elle entendait Ashley débiter à grands coups de hache les billes de bois qu'on avait remontées des marais. Remplacer les clôtures dont les Yankees avaient si joyeusement fait du feu était un long et rude travail.

« Tout n'est que long et rude travail », se dit Scarlett avec lassitude, et elle en eut assez de cette existence qui l'écœurait, qui la dégoûtait. Si seulement Ashley était son mari, comme ce serait bon d'aller poser la tête sur son épaule, de pleurer, de se décharger sur lui de toutes ses responsabilités et de le laisser se tirer d'affaire tout seul.

Elle contourna un massif de grenadiers dont le vent froid secouait les rameaux dénudés et elle aperçut enfin Ashley. Appuyé sur sa hache il s'essuyait le front d'un revers de la main. Il portait une vieille culotte militaire en loques et une chemise de Gérald trop courte pour lui ; une belle chemise à jabot qu'en des temps meilleurs son ancien possesseur revêtait les jours de gala. Il avait accroché sa veste à une branche, car il avait chaud et, tandis que Scarlett approchait, il demeura immobile à se reposer.

À la vue d'Ashley en haillons, Scarlett sentit monter en elle une bouffée d'amour et de rage contre la destinée. Ashley en guenilles, travaillant comme un homme de peine, son bel Ashley, toujours impeccable, c'en était trop pour elle. Ses mains n'étaient pas faites pour le travail, son corps n'était pas fait pour supporter autre chose que du drap ou du linge fins. Dieu l'avait créé pour la vie luxueuse d'une riche demeure, pour s'entretenir avec des gens agréables, pour jouer du piano et écrire des choses aux belles sonorités et qui ne voulaient rien dire du tout. Ça ne lui faisait rien de voir son propre fils affublé de jupes taillées dans des sacs ou ses sœurs se promener avec de vieilles robes de guingan ; ça ne lui faisait rien non plus de voir Will peiner plus dur que n'importe quel cultivateur, mais Ashley, ce n'était pas pareil. Il était trop exceptionnel pour être exposé à toutes ces misères, et Scarlett le chérissait infiniment trop pour cela. Elle aurait encore mieux aimé manier elle-même la hache que de le voir faire cette besogne.

– On prétend qu'Abe Lincoln a commencé par tailler des pieux, dit-il, tandis que Scarlett arrivait à sa hauteur. Quels sommets ne vais-je pas atteindre, pensez donc ?

Scarlett fronça les sourcils. Il adoptait toujours ce ton badin quand il parlait des souffrances qu'on endurait à Tara. Pour elle, au contraire, c'était des questions de vie ou de mort et parfois les remarques d'Ashley avaient le don de l'exaspérer.
Sans préambule, elle rapporta à Ashley la nouvelle que Will lui avait apprise. Elle s'exprimait sèchement, laconiquement, et à mesure qu'elle parlait elle se sentait plus à l'aise. Ashley allait à coup sûr lui donner un conseil utile. Il ne dit rien, mais, remarquant qu'elle frissonnait, il prit sa veste et la lui jeta sur les épaules.
– Allons, fit-elle enfin, vous n'avez pas l'impression qu'il va falloir trouver cet argent-là quelque part?
– Oui, mais où?
– C'est ce que je voudrais savoir, répondit-elle, agacée.
Même si Ashley ne pouvait rien faire, pourquoi ne lui disait-il pas quelque chose de réconfortant?
Il sourit.
– Depuis des mois que je suis revenu, fit-il, je n'ai entendu parler que d'une seule personne qui eût de l'argent, c'est Rhett Butler.
Tante Pittypat avait écrit à Mélanie la semaine précédente que Rhett Butler avait fait sa réapparition à Atlanta avec une voiture, deux beaux chevaux et les poches remplies de billets verts. Elle avait cependant laissé entendre qu'il n'avait point acquis cet argent par des voies honnêtes. Tante Pitty avait une théorie que partageait une bonne partie d'Atlanta. D'après elle, Rhett s'était arrangé pour prendre le large avec les millions mythiques du trésor de la Confédération.
– Ne parlons pas de lui, déclara catégoriquement Scarlett. C'est une crapule comme il n'y en a jamais eu. Qu'allons-nous devenir tous?
Ashley posa sa hache par terre, regarda au loin et ses yeux semblèrent se perdre dans une région inaccessible où Scarlett ne pouvait pas le suivre.
– Je me le demande, dit-il. Oui, je me demande non seulement ce que nous allons devenir nous autres à Tara, mais encore ce que vont devenir tous les gens du Sud?
Scarlett eut bonne envie de lancer: «Au diable tous les gens du Sud! C'est de nous qu'il s'agit.» Mais elle se tut parce qu'elle se sentait plus découragée que jamais. Elle ne trouverait pas le moindre secours auprès d'Ashley.
– En fin de compte il arrivera ce qui est arrivé chaque fois qu'une civilisation s'est effondrée. Les gens intelligents et courageux prendront le dessus et les autres seront éliminés. En tout cas, ç'aura été intéressant d'assister à un *Götterdämmerung*.

– À un quoi ?

– À un crépuscule des dieux. Par malheur, nous autres, Sudistes, nous nous sommes pris pour des dieux.

– Pour l'amour du Ciel, Ashley Wilkes ! Ne restez pas comme ça à me débiter des âneries quand c'est nous qui sommes en passe d'être éliminés !

L'abattement, l'exaspération de Scarlett semblèrent soudain trouver un écho en lui, arracher son esprit à ses vagabondages. D'un geste plein de tendresse il prit les mains de Scarlett, les retourna et en examina les paumes calleuses.

– Ce sont les plus belles mains que je connaisse, dit-il avant d'y déposer un baiser furtif. Elles sont belles parce qu'elles sont fortes. Chaque callosité est une médaille, Scarlett, chaque écorchure un brevet de courage et de désintéressement. C'est pour nous tous qu'elles se sont durcies, pour votre père, pour les petites, pour Mélanie, pour le bébé, pour les nègres et pour moi. Chère, je sais ce que vous pensez. Vous êtes en train de vous dire : « Écoutez-moi donc cet incapable, ce rêveur, ce fou raconter des sornettes sur les dieux morts quand des êtres vivants sont en danger. » N'est-ce pas vrai ?

Scarlett fit non de la tête. Elle aurait voulu qu'Ashley gardât pour toujours ses mains dans les siennes, mais il les laissa retomber.

– Et vous êtes venue me trouver dans l'espoir que je pourrais vous aider. Eh bien ! Je ne le peux pas.

Il jeta un coup d'œil à sa hache et au tas de bois, et l'expression de ses yeux devint plus amère.

– Je n'ai plus de foyer et toute ma fortune a été engloutie. Je ne suis plus bon à rien ici-bas, car le monde auquel j'appartenais a disparu. La seule façon que j'aie de vous venir en aide, Scarlett, c'est d'apprendre avec la meilleure volonté possible à devenir un fermier malhabile. Et ce n'est pas cela qui vous permettra de faire marcher Tara. Croyez-vous donc que je ne comprends pas ce qu'il y a de pénible dans notre situation. Je sais, nous vivons à vos crochets… si, Scarlett, à vos crochets. Malgré toute ma tendresse pour vous je serai incapable de vous rendre ce que vous avez fait pour moi et pour les miens. Chaque jour, je m'en aperçois avec plus de netteté. Chaque jour, je mesure davantage mon incapacité à me mettre à la hauteur des événements qui se sont abattus sur nous tous… Chaque jour, ce don funeste que j'ai de me soustraire à la réalité m'empêche un peu plus d'affronter la vie telle qu'elle est. Comprenez-vous ce que je veux dire ?

Elle inclina la tête en signe d'approbation. Elle n'avait pas une idée bien précise de ce qu'il voulait dire, mais, le souffle court, elle buvait ses paroles. Alors qu'il semblait si loin d'elle, il lui confiait ses pensées pour la première fois. Elle était émue comme si elle allait faire une découverte.

– C'est une malédiction, cette inaptitude à regarder en face la vérité toute nue. Jusqu'à la guerre, la vie n'avait jamais été pour moi beaucoup plus réelle que des ombres chinoises projetées sur un rideau. Et je la préférais ainsi. Je n'aime pas les contours accusés. Je les aime agréablement estompés, un peu flous.

Il s'arrêta, sourit faiblement et frissonna sous le vent froid qui traversait sa chemise légère.

– En d'autres termes, Scarlett, je suis un lâche.

Scarlett ne comprenait rien du tout à cette dissertation sur les ombres chinoises et les contours estompés mais la dernière phrase d'Ashley était à sa portée. Il en avait menti ! Ce n'était pas un lâche. Tout en lui rappelait l'héritier de générations d'hommes braves et courageux, et Scarlett connaissait par cœur ses états de service pendant la guerre.

– Voyons ! ça, ce n'est pas vrai ! Un lâche serait-il monté sur un canon à Gettysburg pour rallier ses hommes ? Le général aurait-il écrit lui-même à Mélanie pour lui parler d'un lâche ? et...

– Ça, ce n'est pas du courage, dit Ashley d'un ton las. La lutte, c'est comme le champagne. Ça grise les lâches aussi vite que les héros. N'importe quel imbécile peut faire acte de bravoure sur un champ de bataille où l'on n'a pas le choix entre le courage et la mort. Je parle de quelque chose d'autre. Mon genre de lâcheté est infiniment plus grave que si je m'étais enfui en entendant le canon pour la première fois.

Ashley s'exprimait lentement et avec difficulté, comme si chaque mot lui causait une souffrance. Il donnait l'impression d'avoir reculé de quelques pas et de contempler d'un œil douloureux ce qu'il venait de dire.

Qu'un autre homme lui eût parlé ainsi, Scarlett l'aurait traité par le mépris et aurait pris ses déclarations pour de la fausse modestie et un moyen détourné de s'attirer des compliments. Mais Ashley paraissait sincère et son regard exprimait un sentiment qu'elle n'arrivait pas à comprendre. Ce n'était ni de la crainte ni du remords, mais le reflet des efforts qu'il faisait pour résister à un courant qui l'entraînait irrésistiblement. Le vent hivernal glaçait les chevilles mouillées de Scarlett et la jeune femme frissonna de nouveau, mais son frisson provenait moins du vent froid que de la crainte qu'éveillaient en son cœur les paroles d'Ashley.

– Mais voyons, Ashley, de quoi avez-vous peur ?

– Oh! de choses qui ne s'expriment pas, de choses qui paraissent très sottes quand on cherche à les définir par des mots. J'ai surtout peur que la vie ne prenne soudain un aspect trop réel, peur de me trouver personnellement, trop personnellement, aux prises avec l'un de ces faits si simples de l'existence. Ça m'est égal d'être ici à tailler du bois dans la boue, mais je ne veux pas rester indifférent à ce que ça représente. Je regrette énormément la beauté enfuie de cette vie d'autrefois que j'aimais. Scarlett, avant la guerre, la vie était magnifique. Elle avait un charme, une perfection, une plénitude et une symétrie qui l'apparentaient à l'art grec. Peut-être tout le monde ne pensait-il pas comme moi, je m'en rends compte maintenant, mais, pour moi qui vivais aux Douze Chênes, la vie était douée d'une véritable beauté. J'étais fait pour cette vie, j'y étais intégré. Et maintenant que cette vie n'est plus, je ne suis plus à ma place dans celle que nous menons aujourd'hui et j'ai peur. Je sais qu'autrefois j'assistais à une représentation d'ombres chinoises, j'évitais tout ce qui n'était pas jeu d'ombres, je m'écartais des gens et des situations trop réels, trop près de la vie. Je n'aimais pas que l'on s'introduisît dans mon domaine. J'ai essayé également de m'écarter de vous, Scarlett. Il y avait trop de vitalité, trop de réalité en vous et je me suis montré assez lâche pour préférer les ombres et mes rêves.

– Mais... Melly ?

– Mélanie est le plus aimable des rêves et fait partie de ma rêverie. Et si la guerre n'avait pas surgi, j'aurais coulé des jours heureux, enseveli aux Douze Chênes, et j'aurais pris mon plaisir à regarder la vie s'enfuir sans jamais m'y mêler. Mais, lorsque la guerre a éclaté, la vie telle qu'elle est réellement m'a sauté à la gorge. Lorsque j'ai reçu le baptême du feu, c'était à Bull Run, vous vous en souvenez. J'ai vu réduire en miettes des camarades de mon âge, j'ai entendu les cris d'agonie des chevaux, j'ai éprouvé une sensation horrible et répugnante en voyant se tordre de douleur et cracher le sang les hommes sur qui je venais de tirer. Mais ce n'est pas là ce qu'il y a de pire dans la guerre. Le pire, Scarlett, ça a été les gens avec lesquels j'étais obligé de vivre.

« Toute ma vie je m'étais défendu contre les autres. J'avais choisi mes amis avec soin, mais la guerre m'a enseigné que je m'étais créé un monde à part, peuplé de créatures idéales. Elle m'a appris ce que les gens étaient pour de bon, mais elle ne m'a pas appris comment il fallait me comporter avec eux. Et je crains bien de ne jamais l'apprendre. Aujourd'hui, je sais que pour faire vivre ma femme et mon enfant je vais être forcé de me tailler un chemin au milieu de gens avec lesquels je n'ai rien de commun. Vous, Scarlett, vous empoignez la vie par les cornes et vous la soumettez à votre volonté. Mais moi, par quel moyen puis-je m'attaquer à la vie ? Quand je vous dis que j'ai peur ! »

Il s'exprimait d'une voix basse et bien timbrée, tout imprégnée d'un sentiment que Scarlett n'arrivait pas à comprendre. Par-ci, par-là, elle saisissait un mot et s'efforçait d'en pénétrer le sens. Mais les mots lui échappaient comme des oiseaux effarouchés. Ashley était entraîné, fouaillé par un cruel aiguillon, mais Scarlett ignorait quelle était la force qui le poussait ainsi.

– Scarlett, je ne sais pas exactement quand la triste réalité m'est apparue, quand j'ai compris pour la première fois que je ne me donnerais plus jamais de représentations sur mon théâtre d'ombres. Ça a peut-être été pendant les cinq premières minutes de la bataille de Bull Run, lorsque j'ai vu s'écrouler le premier homme que j'avais tué. Pourtant, je savais que c'était fini, que je ne pourrais plus être un spectateur. Non, brusquement, je me suis retrouvé sur la scène. C'était moi qui jouais, qui prenais des attitudes et gesticulais sans but. Mon petit monde intérieur n'existait plus. Il était envahi par une foule de gens dont les pensées n'étaient pas les miennes, dont les actes étaient aussi étrangers aux miens que ceux d'un hottentot. De leurs chaussures couvertes de boue, ils saccageaient mon domaine ; il ne me restait plus un endroit où me réfugier. En prison, je me disais : « Lorsque la guerre sera finie, je retrouverai ma bonne vie d'antan et mes rêveries d'alors, je verrai de nouveau jouer les ombres. » Mais, Scarlett, on ne revient pas en arrière. Et ce qui nous attend tous désormais est pire que la guerre, pire que la prison, et, pour moi, pire que la mort… Vous voyez bien, Scarlett, que mes frayeurs vont m'attirer une punition.

– Mais, Ashley, commença Scarlett, qui pataugeait, si vous avez peur que nous mourions tous de faim, voyons, voyons… Oh ! Ashley, nous trouverons bien le moyen de nous en sortir. J'en suis sûre.

Pendant un moment ses grands yeux de cristal gris revinrent se poser sur elle et l'on y lisait un sentiment d'admiration. Puis brusquement ils reprirent leur expression lointaine et Scarlett, le cœur serré, comprit qu'Ashley pensait à autre chose. Elle et Ashley étaient toujours comme deux personnes qui s'efforcent de soutenir une conversation tout en ne parlant pas la même langue. Cependant, elle l'aimait à tel point que, quand il lui échappait comme il venait de le faire, elle ressentait la même impression que si le soleil s'était couché et que la chaleur du jour eût fait place à la froide rosée du crépuscule. Elle avait envie de le prendre par les épaules, de l'attirer à elle, de l'obliger à comprendre qu'elle était un être de chair et de sang et non point un personnage détaché d'un de ses romans ou de ses rêves.

– Mourir de faim n'a rien d'agréable, dit-il. Je le sais par expérience, mais ce n'est pas cela qui me fait peur. Je redoute d'affronter une existence dépouillée de la lente beauté de notre monde d'autrefois.

Scarlett était au désespoir et se disait que Mélanie saurait sûrement ce qu'Ashley entendait par là. Melly et lui n'arrêtaient pas de raconter des âneries de ce genre, parlaient sans cesse de poésie, de livres, de rêves, de rayons de lune et de poussière d'étoiles. Ashley ne partageait pas du tout les mêmes craintes qu'elle. Il ne craignait ni la révolte d'un estomac torturé par la faim, ni la morsure de la bise, ni la perte de Tara. Il avait peur de quelque chose qu'elle ignorait et qu'elle ne pouvait pas se représenter. Enfin, grands dieux! qu'y avait-il donc à redouter dans ce naufrage d'un monde en dehors de la faim, du froid et de la perte de sa maison?

– Oh! fit-elle d'un ton déçu, comme une enfant qui après avoir défait un paquet superbement emballé l'ouvre et s'aperçoit qu'il est vide.

Ashley eut un petit sourire triste.

– Pardonnez-moi, Scarlett, de parler à tort et à travers. Je ne parviendrai jamais à vous faire comprendre ce que je ressens parce que vous ne savez pas ce que c'est que la peur. Vous avez un cœur de lion et vous manquez totalement d'imagination. J'avoue que je vous envie l'une et l'autre de ces qualités. Vous, ça vous sera toujours bien égal d'être aux prises avec la réalité et vous n'aurez jamais envie de vous dérober comme moi, de fuir.

«Fuir!» On eût dit que c'était le seul mot intelligent qu'il eût prononcé. Comme elle, Ashley était fatigué de lutter et il voulait fuir. Elle respira plus vite.

– Oh! Ashley, s'écria-t-elle, vous vous trompez. Moi aussi, je voudrais fuir. J'en ai tellement assez de tout cela.

Ashley releva les sourcils en signe d'incrédulité. Scarlett lui posa la main sur le bras, une main fiévreuse, insistante.

– Écoutez-moi, commença-t-elle avec volubilité. Je vous dis que j'en ai assez. J'en ai par-dessus la tête, je suis à bout. J'ai lutté pour me procurer de la nourriture et de l'argent. J'ai semé, j'ai manié la houe, j'ai fait la cueillette du coton. J'ai même poussé la charrue jusqu'à ce que je n'en puisse plus. Je vous le dis, Ashley, le Sud est mort! Il est mort! Il est entre les mains des Yankees, des nègres affranchis et des Carpetbaggers et il ne reste plus rien pour nous. Ashley, enfuyons-nous!

Après avoir baissé la tête pour mieux voir son visage qui s'était coloré sous l'empire de l'émotion, il enveloppa Scarlett d'un regard pénétrant.

– Oui, enfuyons-nous… abandonnons-les tous ! J'en ai assez de travailler pour les autres. Quelqu'un s'occupera d'eux. Il y a toujours quelqu'un pour s'occuper des gens qui ne peuvent pas se tirer d'affaire tout seuls. Oh ! Ashley enfuyons-nous, vous et moi. Nous pouvons aller au Mexique… l'armée mexicaine a besoin d'officiers. Nous pourrions être si heureux, là-bas. Je travaillerai pour vous, Ashley. Je ferai n'importe quoi pour vous. Vous savez bien que vous n'aimez pas Mélanie…

Il voulut parler, mais Scarlett avait trop à dire pour le laisser faire.

– Ce jour-là, vous m'avez dit que vous m'aimiez mieux qu'elle… Oh ! vous souvenez-vous de ce jour-là ? Et je sais que vous n'avez pas changé. Je peux le dire, vous n'avez pas changé. Et vous venez de déclarer qu'elle n'était qu'un rêve… Oh ! Ashley, partons loin d'ici ! Je saurai vous rendre si heureux. De toute manière, ajouta-t-elle avec fiel, Mélanie ne peut pas vous rendre heureux… Le docteur Fontaine a dit qu'elle ne pourrait plus avoir d'enfants, tandis que moi je pourrai vous en donner…

Ashley l'avait empoignée par les épaules et la serrait si fort qu'il lui faisait mal. Elle s'arrêta à bout de souffle.

– Nous devions oublier ce qui s'est passé ce jour-là aux Douze Chênes.

– Pensez-vous que je pourrai jamais l'oublier ? L'avez-vous oublié, vous ? En toute franchise, pouvez-vous dire que vous ne m'aimez pas ?

Il poussa un profond soupir et répondit précipitamment :

– Non, je ne vous aime pas !

– C'est un mensonge.

– Même si c'est un mensonge, fit Ashley d'une voix étrangement calme, la question ne se pose pas.

– Vous voulez dire que…

– Croyez-vous que je pourrais m'en aller ainsi et abandonner Mélanie et le bébé même si je les avais tous les deux en horreur ? Croyez-vous que je pourrais briser le cœur de Mélanie ? laisser ma femme et mon fils à la charge d'amis de notre famille ? Êtes-vous folle, Scarlett ? Auriez-vous donc perdu tout sens moral ? D'ailleurs, vous ne pourriez pas abandonner votre père et vos sœurs. Vous avez un devoir envers eux tout comme j'en ai un envers Mélanie et Beau. Que vous en ayez assez ou non, ils existent et il faut que vous les aidiez à vivre.

– Si, je pourrais très bien les abandonner… je ne peux plus les voir… j'en ai par-dessus la tête…

Il se pencha vers elle et pendant un instant Scarlett, le cœur palpitant, crut qu'il allait la prendre dans ses bras. Mais au lieu de cela il lui donna une petite tape affectueuse sur le bras et se mit à lui parler comme à un enfant que l'on veut consoler.

– Oui, je sais que vous en avez par-dessus la tête, que vous êtes dégoûtée. C'est pour cela que vous parlez comme vous venez de le faire. Vous avez supporté le fardeau de trois hommes. Mais je m'en vais vous aider… je ne serai pas toujours aussi maladroit de mes mains…

– Vous n'avez qu'une seule façon de m'aider, dit Scarlett, éperdue, c'est de m'emmener loin d'ici, de m'emmener refaire ma vie avec vous n'importe où, d'essayer d'être heureux ensemble. Rien ne nous retient ici.

– Non, rien, fit tranquillement Ashley, rien… sauf l'honneur.

Trompée dans son attente, elle le regarda et vit comme pour la première fois combien la couleur de ses cils se rapprochait de la teinte chaude et dorée du blé mûr. Elle remarqua la façon altière dont sa tête reposait sur son cou nu, et combien, malgré les guenilles grotesques qui l'affublaient, son corps mince et droit était racé et conservait de noblesse. Ses yeux rencontrèrent les siens, les yeux de Scarlett éloquents, suppliants, les yeux d'Ashley incertains comme des lacs de montagne sous un ciel gris.

Elle lut en eux la condamnation de ses rêves et de ses désirs insensés. Le chagrin et le découragement l'envahirent. Elle enfouit la tête dans ses mains et se mit à pleurer. Ashley ne l'avait jamais vue pleurer. Il ne lui était jamais venu à l'idée que des femmes aussi fortement trempées que Scarlett pouvaient se laisser aller aux larmes et il fut pris pour elle d'un grand élan de tendresse auquel se mêlait du remords. Aussitôt il se rapprocha d'elle et, la serrant entre ses bras, il la berça comme un enfant, lui appuya la tête contre son cœur et murmura :

– Chérie ! Ma courageuse petite… non, non ! Il ne faut pas pleurer !

À peine l'eut-il attirée contre lui qu'il la sentit se transformer sous son étreinte. Dans ses yeux verts, il y avait quelque chose de délirant qui opérait comme un charme magique. Le triste hiver n'existait plus. Pour Ashley, c'était de nouveau le printemps, ce printemps embaumé dont il avait à demi perdu le souvenir, ce printemps accompagné de murmures et du bruissement des feuilles vertes. Il revivait les journées insouciantes d'autrefois, du temps où ses désirs de jeunesse n'avaient point perdu leur chaleur. Il en oublia les années d'amertume qu'il avait connues depuis lors et, voyant palpiter les lèvres rouges qui se tendaient vers lui, il embrassa Scarlett.

Scarlett perçut une étrange et sourde rumeur comme si elle avait porté à son oreille une conque marine et elle distingua confusément les battements étouffés de son cœur affolé. Il lui sembla que son corps se fondait dans celui d'Ashley. Perdant toute notion du temps, ils restèrent ainsi soudés l'un à l'autre, Ashley lui baisait avidement les lèvres comme s'il ne devait jamais en être rassasié.

Lorsqu'il relâcha brusquement son étreinte, Scarlett eut l'impression qu'elle allait perdre l'équilibre et elle se retint à la barrière. Elle leva vers Ashley des yeux brillants d'amour et de triomphe.

– Vous m'aimez ! Vous m'aimez ! Dites-le-moi... Dites-le !

Il l'avait reprise par les épaules. Elle sentit ses mains trembler et elle aima le frisson qui les parcourait. Elle se rapprocha de lui d'un geste plein de fougue, mais il la repoussa et la regarda de ses yeux angoissés, torturés par le désespoir et la lutte qui se livrait en lui.

– Non ! dit-il. Non ! Si vous m'approchez, je vous prends ici, tout de suite.

Elle répondit par un sourire radieux, montrant que, pour elle, l'instant, le lieu, tout était aboli, sauf le souvenir des lèvres d'Ashley sur les siennes.

Soudain, il se mit à la secouer jusqu'à ce que la masse brune de ses cheveux se défît et se répandît sur ses épaules, à la secouer comme s'il était en proie à un furieux accès de rage contre elle... et contre lui.

– Nous n'avons pas le droit de faire ça ! s'écria-t-il. Je vous dis que nous n'avons pas le droit !

Il lui sembla que son cou se briserait s'il recommençait à la secouer. Ses cheveux l'aveuglaient, l'attitude d'Ashley la stupéfiait. Elle se dégagea d'une secousse, recula et considéra fixement Ashley. De petites gouttes de sueur perlaient à son front. Il serrait les poings comme s'il avait mal.

– C'est ma faute, dit-il... Vous n'avez rien à vous reprocher et ça ne se reproduira pas, parce que je vais m'en aller avec Mélanie et le bébé.

– Vous en aller ? s'écria-t-elle, affolée. Non !

– Si ! Bon Dieu, je m'en irai ! Vous imaginez-vous que je pourrai rester ici après ce qui vient de se passer... alors que ça pourrait nous arriver encore...

– Mais Ashley, vous ne pouvez pas partir. Où irez-vous ? Vous m'aimez...

– Vous tenez à ce que je vous le dise ? Eh bien je vais le faire. Je vous aime.

Il se pencha vers elle avec une brusquerie farouche qui la fit se pelotonner contre la barrière.

– Je vous aime. J'aime votre courage, votre obstination, le feu qu'il y a en vous, votre absence totale de pitié. À quel point je vous aime ? Eh bien ! je vous aime tellement qu'il y a un instant j'allais profaner l'hospitalité de cette maison qui nous a recueillis, moi et les miens.

J'allais oublier la meilleure des épouses qu'homme ait jamais eue… oui, je vous aime assez pour avoir failli vous prendre ici, dans la boue, comme une…

Scarlett se débattait au milieu d'un chaos de pensées. Son cœur était transi comme si une aiguille de glace l'avait transpercé. Elle dit, le souffle court :

– Si vous en aviez envie… et que vous ne m'avez pas prise… c'est que vous ne m'aimez pas.

– Je n'arriverai jamais à vous faire comprendre.

Ils se turent et se regardèrent. Tout à coup, Scarlett frissonna et, comme au retour d'un long voyage, s'aperçut que c'était l'hiver, que les champs étaient nus sous leur manteau de chaume dru et qu'elle avait très froid. Elle s'aperçut également que le visage d'Ashley avait repris son expression lointaine qu'elle connaissait si bien et que, pour lui aussi, l'hiver était revenu sur les traces du remords.

Si elle n'avait pas été trop épuisée pour remuer, elle serait partie, elle aurait laissé Ashley seul et serait allée cacher sa peine dans la maison, mais il lui en coûtait même de parler.

– Il ne me reste rien, dit-elle enfin. Rien. Rien à aimer, rien à défendre. Je vous ai perdu et je vais perdre Tara.

Il la regarda un long moment en silence, puis il se baissa et détacha du sol une petite motte d'argile rouge.

– Si, il vous reste encore quelque chose, fit-il, et sur ses lèvres erra l'ombre de son sourire d'antan. Quelque chose que vous aimez mieux que moi, quoique vous ne le sachiez peut-être pas. Vous n'avez pas encore perdu Tara.

Il prit sa main molle, y posa le morceau d'argile humide et lui referma les doigts. La fièvre ne lui brûlait plus les mains, celles de Scarlett aussi étaient froides. Scarlett fixa un instant la motte de terre rouge, puis elle regarda Ashley et devina obscurément que son esprit formait un bloc que ses mains amoureuses ne réussiraient pas à désagréger.

Dût-il en périr, il n'abandonnerait jamais Mélanie. Dût-il brûler d'amour pour Scarlett jusqu'à la fin de ses jours, elle ne serait jamais sienne et il lutterait pour la tenir à distance. Jamais plus elle ne trouverait le joint de cette armure. Pour lui, les mots hospitalité, loyauté, honneur avaient plus de sens que pour elle.

La motte d'argile était froide, elle la regarda de nouveau.

– Oui, fit-elle, il me reste encore cela.

Sur le moment, ces paroles n'éveillèrent rien en elle et le morceau d'argile resta une motte de terre rouge. Puis, sans avoir rien fait pour cela, elle revit en pensée le rouge océan de boue qui entourait Tara et elle se dit combien elle y tenait et combien elle avait lutté pour le conserver, combien serait rude le combat qu'elle aurait à livrer si elle ne voulait pas l'abandonner à d'autres mains. Elle regarda de nouveau Ashley et se demanda vers quels rivages s'en était allée déferler la vague brûlante qui l'avait soulevée un moment auparavant. Elle était capable de réfléchir, mais elle ne ressentait plus rien. Elle était vidée de toute émotion.

– Vous n'avez pas besoin de vous en aller, dit-elle d'une voix nette. Je n'ai pas du tout l'intention de vous laisser mourir tous de faim parce que je me suis jetée dans vos bras. Ça n'arrivera plus.

Elle tourna les talons et reprit le chemin de la maison tout en ramenant ses cheveux en chignon sur sa nuque. Ashley la regarda s'éloigner et la vit redresser ses frêles épaules. Ce seul geste trouva plus sûrement le chemin de son cœur que tous les mots qu'elle avait prononcés.

XXXII

Lorsqu'elle monta les marches du perron, Scarlett tenait encore la motte d'argile rouge dans le creux de sa main. Elle avait pris la précaution de faire le tour de la maison, car, si elle était passée devant la cuisine, Mama, de son œil averti, n'aurait pas manqué de s'apercevoir qu'il était arrivé quelque chose de sérieux. D'ailleurs Scarlett ne tenait à voir personne. Elle n'éprouvait plus ni honte, ni déception, ni rancœur, mais elle avait les jambes coupées et la tête vide. Elle serra si fortement la motte d'argile dans son poing fermé que la terre s'échappa entre ses doigts. Alors Scarlett se mit à répéter comme un perroquet: «Oui, il me reste encore ça. Oui, il me reste encore ça.»

Elle ne possédait plus rien, plus rien en dehors de cette terre rouge dont, quelques minutes auparavant, elle se fût volontiers débarrassée comme on se débarrasse d'un mouchoir en lambeaux. Maintenant, elle sentait de nouveau combien elle était attachée à cette terre, et elle se demandait confusément par quel coup de folie elle avait pu en faire si peu de cas. Si Ashley avait cédé, elle serait partie avec lui et aurait abandonné les siens sans même se retourner, et pourtant, malgré le vide de son esprit, elle savait ce qu'il lui en aurait coûté de quitter ces collines rouges qu'elle aimait, ces pins noirs et décharnés. Jusqu'au jour de sa mort, elle y aurait pensé, en aurait ardemment évoqué le souvenir. Ashley lui-même ne serait pas parvenu à combler le vide laissé par Tara dans son cœur. Comme Ashley était sage et comme il la connaissait bien! Il n'avait eu qu'à lui mettre une poignée de terre humide dans la main pour la ramener à la raison.

Elle était sur le point de refermer la porte d'entrée quand elle entendit le bruit d'une voiture. Poussée par la curiosité, elle regarda du côté de l'allée. Des visites en un pareil moment! C'en était trop. Elle allait vite monter dans sa chambre et prétexterait une migraine.

Toutefois, lorsque l'attelage se fut rapproché, la stupeur la cloua sur place, l'arrêtant net dans sa fuite. C'était une voiture toute neuve, étincelante sous son vernis. Les harnais, semés de clous de cuivre bien astiqués, étaient tout neufs eux aussi. Des étrangers, à coup sûr.

Scarlett ne connaissait personne d'assez riche pour se promener en un tel équipage.

Elle resta sur le seuil à regarder. Le vent froid plaquait ses jupes contre ses jambes. Enfin, la voiture s'arrêta devant la maison et Jonas Wilkerson en descendit. À la vue de l'ancien régisseur de Tara drapé dans une somptueuse houppelande, Scarlett fut tellement surprise qu'elle n'en put croire ses yeux. Will lui avait pourtant raconté que Jonas paraissait se trouver dans une situation florissante depuis qu'il avait obtenu son poste au Bureau des Affranchis. Will lui avait expliqué qu'il avait dû gagner beaucoup d'argent en escroquant tour à tour les nègres et le gouvernement ou en confisquant des récoltes de coton sous prétexte qu'elles appartenaient à l'État. Étant donné la dureté des temps, il n'avait certainement pas pu gagner tout cet argent par des moyens honnêtes.

Et le voilà qui sortait d'une voiture élégante et aidait à en descendre une femme habillée avec la plus grande recherche. Du premier coup d'œil, Scarlett se rendit compte que la toilette de l'inconnue était trop voyante et frisait la vulgarité, mais elle n'en étudia pas moins tous les détails avec avidité. Il y avait si longtemps qu'elle n'avait vu des vêtements à la mode. « Tiens, on porte donc les crinolines moins larges, cette année », se dit-elle en examinant la jupe à carreaux écossais rouges. « Comme les jaquettes sont courtes », poursuivit-elle en elle-même, les yeux fixés sur le manteau de velours noir. « Quel drôle de chapeau ! Les capotes ne doivent plus se faire ! » En effet, la tête de la femme était surmontée d'une ridicule coiffure de velours rouge, plate comme une galette durcie, dont les rubans ne s'attachaient pas sous le menton comme ceux des capotes, mais étaient noués par-derrière sous un épais chignon bouclé. Scarlett ne put s'empêcher de remarquer que les boucles n'étaient pas de la même couleur que le reste des cheveux.

Après avoir mis un pied à terre, la femme regarda du côté de la maison et Scarlett s'aperçut qu'elle avait déjà vu quelque part ce visage de lapin barbouillé de poudre blanche.

– Mais c'est Emmie Slattery ! fit-elle tout haut, tant elle était surprise.

– Oui, m'dame, c'est moi, répondit Emmie avec un sourire engageant, et elle se dirigea vers le perron.

Emmie Slattery ! Cette sale petite traînée aux cheveux filasse dont Ellen avait baptisé le bâtard, Emmie qui avait tué Ellen, en lui donnant la typhoïde. Cette sale petite gueuse, avec ses vêtements tapageurs, avait le toupet de monter les marches de Tara en se dandinant et en minaudant comme si elle était chez elle. Scarlett pensa à Ellen et une rage meurtrière l'envahit si brusquement qu'elle se mit à trembler comme dans un accès de fièvre.

– Descendez, espèce de gueuse ! s'écria-t-elle. Sortez de cette propriété ! Sortez !

Emmie resta bouche bée et se tourna vers Jonas qui arrivait, les sourcils froncés. Malgré sa colère, il prit sur lui pour conserver sa dignité.

– Vous ne devriez pas parler comme ça à ma femme, dit-il.

– Votre femme ! riposta Scarlett, qui éclata d'un rire méprisant. Il était grand temps d'en faire votre femme. Qui a baptisé vos autres gosses depuis qu'elle a tué ma mère ?

– Oh ! fit Emmie, et elle descendit précipitamment les marches dans l'intention de regagner la voiture, mais Jonas, lui empoignant le bras, l'arrêta dans sa fuite.

– Nous étions venus vous rendre visite… une visite amicale, dit-il d'un ton hargneux. Oui, nous voulions parler un peu affaires avec de vieux amis…

– Des amis ? (La voix de Scarlett était cinglante comme un coup de fouet.) Quand est-ce que nous avons été amis avec des gens comme vous ? Les Slattery vivaient à nos crochets et nous ont rendu nos bienfaits en tuant ma mère… et vous… vous… Papa vous a renvoyé parce que vous aviez fait un enfant à Emmie. Vous le savez très bien. Des amis ? Fichez-moi le camp avant que j'appelle M. Benteen et M. Wilkes.

En entendant ces mots, Emmie échappa à l'étreinte de son mari et s'enfuit vers la voiture aussi vite que pouvaient la porter ses chaussures vernies à tige et à pompons d'un rouge criard. Quant à Jonas, son visage blême s'empourpra soudain sous l'effet d'une colère au moins égale à celle de Scarlett.

– Vous crânez toujours, hein ? Vous avez toujours vos grands airs. Ce n'est pas la peine, je sais à quoi m'en tenir sur votre compte. Je sais que vous n'avez pas même de chaussures à vous mettre aux pieds. Je sais que votre père est devenu gâteux…

– Fichez-moi le camp !

– Oh ! vous n'allez pas me chanter cette chanson-là longtemps. Je sais que vous êtes à la côte. Je sais que vous ne pouvez même pas payer vos impôts. J'étais venu vous proposer d'acheter cette propriété… je voulais vous en offrir un rudement bon prix. Emmie a très envie de venir habiter ici. Mais, bon Dieu, maintenant, je ne vous en donnerai pas un sou. Espèce de mijaurée d'Irlandaise, vous verrez qui fait la loi ici quand le fisc se chargera de vendre vos terres. Et c'est moi qui l'achèterai, cette propriété. J'achèterai tout ce qu'il y a chez vous, y compris le mobilier, et je viendrai m'installer ici.

Ainsi c'était Jonas Wilkerson qui voulait se rendre acquéreur de Tara... Jonas et Emmie qui songeaient à venger par un moyen détourné les affronts reçus dans le passé en venant habiter là où on leur avait fait sentir leur indignité. Les nerfs de Scarlett vibraient de rage, tout comme ils avaient vibré le jour où, braquant son pistolet sur le Yankee barbu, elle avait tiré. Elle regretta de ne pas avoir son arme sur elle.

– Je démolirai cette maison pierre par pierre, j'y mettrai le feu, je jetterai du sel partout sur les champs avant que vous franchissiez ce seuil. Fichez-moi le camp, je vous dis. Fichez-moi le camp.

Les yeux de Jonas lançaient des éclairs. L'ancien régisseur s'apprêta à répondre, puis, changeant d'idée, il se dirigea vers la voiture. Il monta s'asseoir auprès de sa femme qui pleurnichait et fouetta le cheval. Tandis que Jonas et Emmie s'éloignaient, Scarlett cracha dans leur direction. Elle savait que c'était un geste à la fois vulgaire et enfantin, mais ça lui fit du bien.

Ces damnés défenseurs des nègres, venir ici la narguer, se moquer de sa pauvreté! Ce chien n'avait jamais eu l'intention de lui faire une offre pour Tara. Il s'était servi de ce prétexte pour venir se pavaner devant elle avec sa femme. Ces immondes Scallawags, ces misérables gueux, avoir la prétention de s'installer à Tara!

Alors, une terreur soudain s'empara d'elle et sa colère fondit. Ventredieu! Mais oui, ils allaient venir s'installer ici! Elle ne pouvait rien faire pour les empêcher d'acheter Tara, rien pour les empêcher de se rendre acquéreurs de toutes les glaces, de toutes les tables, des lits, des meubles en acajou et en palissandre qui avaient appartenu à Ellen et auxquels Scarlett tenait tant, malgré les injures que leur avaient fait subir les Yankees. Et l'argenterie des Robillard aussi. «Non, je ne les laisserai pas faire ça, se dit Scarlett avec violence. Non, dussé-je incendier moi-même la maison, Emmie Slattery ne posera jamais le pied sur un seul pouce de parquet où maman a marché!»

Elle referma la porte, s'y adossa et elle eut grand-peur. Elle eut encore plus peur que le jour où les hommes de Sherman avaient envahi la maison. Ce jour-là, le pire qu'elle avait eu à redouter, c'était qu'on ne brûlât Tara et elle avec... mais cela c'était encore plus terrible... Ces êtres vils, habiter cette maison! se vanter auprès d'amis de leur acabit de la façon dont ils avaient flanqué les fiers O'Hara à la porte! Ils iraient même peut-être jusqu'à inviter des nègres à dîner et à passer la nuit. Will lui avait raconté que Jonas se complaisait à traiter les nègres d'égal à égal, qu'il mangeait avec eux, leur rendait visite, les emmenait se promener dans sa voiture, les prenait par l'épaule.

Lorsqu'elle envisagea la possibilité d'infliger cet ultime outrage à Tara, son cœur se mit à battre si fort qu'elle eut du mal à respirer. Elle essaya d'étudier le problème sous toutes ses faces, s'efforça de découvrir un moyen de se tirer d'affaire, mais chaque fois qu'elle essayait d'y voir clair, c'était la même chose, la rage et l'épouvante la faisaient trembler des pieds à la tête. Il devait pourtant bien y avoir un moyen de s'en sortir, quelqu'un qui avait de l'argent et à qui elle pourrait emprunter. L'argent ne s'était tout de même pas volatilisé comme ça. Il fallait bien que quelqu'un en eût encore. Alors elle se rappela les mots qu'Ashley avait prononcés en riant.

« Une seule personne, Rhett Butler... qui a de l'argent. »

Rhett Butler. Scarlett se dirigea aussitôt vers le salon dont elle referma la porte sur elle. Les volets étaient fermés, la nuit hivernale était proche, l'ombre enveloppait la jeune femme. Personne n'aurait l'idée de venir la chercher dans cette pièce et elle voulait prendre son temps pour méditer sans être dérangée. Elle venait d'avoir une idée tellement simple qu'elle se demandait comment elle avait fait pour ne pas avoir songé à cela plus tôt.

« C'est Rhett qui me donnera cet argent. Je lui vendrai les boucles d'oreilles, ou bien je lui emprunterai de l'argent et il gardera les boucles jusqu'à ce que je puisse le rembourser. »

Pendant un moment, elle se sentit délivrée d'un si grand poids qu'elle en eut comme une faiblesse. Oui, elle paierait ses impôts et s'offrirait le plaisir de rire au nez de Jonas Wilkerson. Mais cette pensée agréable fit place à l'implacable vérité.

« Ce n'est pas seulement cette année que j'aurai besoin d'argent pour m'acquitter de mes impôts. Ça recommencera l'année prochaine et ainsi de suite tous les ans, jusqu'à la fin de mes jours. Si j'arrive à me mettre en règle avec le fisc cette année, la prochaine fois on augmentera mes impôts et on arrivera bien à me faire quitter Tara. Si je fais une bonne récolte de coton, on m'imposera tellement qu'il ne me restera plus rien ou bien on me la confisquera sous prétexte que c'est du coton confédéré. Les Yankees et les crapules qui leur donnent la main finiront bien par me faire passer par où ils veulent. Toute ma vie, je vivrai dans la crainte qu'ils n'en arrivent à leurs fins d'une façon ou d'une autre. Toute ma vie, je me débattrai pour avoir de l'argent, je me tuerai de travail, et tout cela pour rien, pour voir voler mon coton... Emprunter trois cents dollars pour payer mes impôts, ça ne sera jamais qu'un palliatif. Ce que je veux, c'est sortir une fois pour toutes de ce pétrin... je veux pouvoir m'endormir le soir sans avoir à m'inquiéter de ce qui m'arrivera le lendemain, le mois suivant ou l'année prochaine.»

Son esprit fonctionnait sans heurt. Froidement, logiquement, une idée grandissait en elle. Elle pensait à Rhett, revoyait une rangée de dents blanches étincelantes, une peau basanée, des yeux noirs et moqueurs qui la caressaient. Elle se rappelait une nuit tiède à Atlanta. Le siège touchait à sa fin. Elle était assise sous la véranda de tante Pitty. Les ténèbres la cachaient à demi. Elle sentait de nouveau la chaleur de sa main quand il lui avait pris le bras et lui avait dit: «Je vous désire plus que je n'ai jamais désiré aucune femme... et j'ai attendu pour vous plus longtemps que je n'ai jamais attendu pour une autre femme.»

«Je vais l'épouser, se dit-elle avec calme. Comme ça, je n'aurai plus jamais de soucis d'argent.»

Oh! pensée bénie, plus douce que l'espérance du Paradis; ne plus jamais avoir de soucis d'argent, savoir que Tara est sauvée, que la famille a de quoi se nourrir et se vêtir, qu'elle-même ne se heurtera jamais plus la tête contre un mur de pierres.

Elle se sentit très vieille. Les événements de l'après-midi lui avaient ôté toute faculté d'émotion, sans cela quelque chose en elle se fût insurgé contre le plan qui se formait dans son esprit, car elle détestait Rhett plus que toute autre personne au monde. Mais rien ne pouvait plus l'émouvoir. Elle n'avait plus que la force de réfléchir et ses pensées revêtaient un aspect fort pratique.

«Je lui ai dit des choses épouvantables la nuit où il nous a abandonnées au milieu de la route, mais je m'arrangerai pour lui faire oublier ça. Ce n'est pas lui qui me fera perdre mes manchettes. Je lui raconterai que je l'ai toujours aimé et que, si je lui ai parlé comme ça, c'est parce que j'étais folle de peur. Bah! les hommes sont tellement fats qu'ils croient tout ce qui les flatte... Il ne faudra pour rien au monde que je lui laisse soupçonner où nous en sommes réduits, non, pas tant que je n'aurai pas eu gain de cause avec lui. Je me tiendrai à carreau. Si jamais il se doutait à quel point nous sommes dans la misère, il devinerait tout de suite que c'est à son argent et non pas à lui que je tiens. Du reste, il n'y a aucune raison pour qu'il sache à quoi s'en tenir. Tante Pitty elle-même ne sait pas tout. Quand je l'aurai épousé, il faudra bien qu'il nous vienne en aide à tous. Il ne pourra pas laisser mourir de faim la famille de sa femme.»

Sa femme! Mme Rhett Butler! Elle sentit au fond d'elle-même se raviver puis s'éteindre aussitôt un obscur sentiment de répulsion.

Elle se rappela les événements gênants et répugnants de sa courte lune de miel avec Charles, les mains fureteuses de son mari, sa gaucherie, ses émois incompréhensibles… et Wade Hampton.
«Ne pensons pas à cela pour le moment. Il sera toujours temps quand je l'aurai épousé…»
Quand elle l'aurait épousé. Un autre souvenir lui revint. Elle en eut froid dans le dos. Elle évoqua de nouveau cette nuit tiède sous la véranda de tante Pitty. Elle se souvint d'avoir demandé à Rhett s'il avait l'intention de l'épouser et elle se rappela également la façon odieuse dont il avait ri et lui avait répondu:
«Ma chère, je ne suis pas fait pour le mariage!»
Et s'il continuait à ne pas vouloir se marier! Et si malgré toutes ses ruses et tous ses artifices il se refusait à l'épouser! Plus terrible encore… s'il avait complètement oublié Scarlett et qu'il courût après une autre femme!
«Je vous désire plus que je n'ai jamais désiré aucune femme…»
Scarlett serra les poings et ses ongles s'enfoncèrent dans sa chair.
«S'il m'a oubliée, je l'obligerai à se souvenir de moi. Je m'arrangerai pour qu'il me désire encore.»
Et puis, à supposer qu'il ne voulût point l'épouser, mais qu'il la désirât encore, elle connaissait un moyen d'obtenir de l'argent de lui. En somme, il lui avait demandé une fois de devenir sa maîtresse.
Dans la demi-obscurité du salon elle livra un assaut rapide et décisif aux trois plus fortes attaches de son âme: le souvenir d'Ellen, les principes de sa religion et son amour pour Ashley. Elle savait que, même du Paradis où elle était sûrement, Ellen ne manquerait pas de trouver ignoble ce qui se tramait dans son esprit. Elle savait que la fornication était un péché mortel, et elle savait aussi qu'aimant Ashley comme elle l'aimait son projet était une double prostitution. Mais tous ces scrupules s'effondraient devant la rigueur de son raisonnement et le coup d'aiguillon du désespoir. Ellen était morte et la mort permettait peut-être de tout comprendre. La religion interdisait la fornication sous peine du feu éternel, mais si l'Église se figurait qu'elle n'allait pas user de tous les moyens pour sauver Tara et empêcher sa famille de mourir de faim… Eh bien! tant pis pour elle. Et Ashley qui ne voulait pas d'elle. Si, il la désirait. Le souvenir de ses lèvres brûlantes le lui disait assez, mais il ne s'enfuirait jamais avec elle. Comme c'était curieux. S'enfuir avec Ashley n'avait pas l'air d'être un péché, tandis qu'avec Rhett…
Dans la lumière confuse du crépuscule d'hiver, Scarlett arrivait au bout du long chemin qui avait commencé la nuit de la chute d'Atlanta.

Lorsqu'elle s'était mise en route, elle n'était qu'une jeune femme gâtée, égoïste, sans expérience, un être plein de jeunesse, aux sentiments tout frais, capable de trouver encore maints sujets d'étonnement dans la vie. Désormais, il ne restait plus rien de cette jeune femme. La faim, les travaux accablants, la peur, ses nerfs perpétuellement tendus, les affres de la guerre et de la Reconstruction lui avaient pris tout ce qu'elle avait de chaleur, de jeunesse et de douceur. Au tréfonds de son être, une dure carapace s'était formée et, peu à peu, couche après couche, s'était épaissie au long des mois interminables.

Cependant, jusqu'à ce jour, un double espoir l'avait soutenue. Elle avait espéré qu'une fois la guerre terminée la vie allait reprendre petit à petit son aspect d'antan. Elle avait espéré également que le retour d'Ashley redonnerait une raison d'être à son existence. Maintenant ces deux espoirs étaient détruits. La vue de Jonas Wilkerson dans l'allée centrale de Tara lui avait fait comprendre que, pour elle et pour tout le Sud, la guerre ne prendrait jamais fin. La lutte la plus âpre, l'ère des vengeances les plus brutales ne faisaient que commencer. Et Ashley était à jamais prisonnier de formules plus résistantes que n'importe quel barreau de cellule.

Le même jour elle avait appris qu'elle ne pourrait compter ni sur la paix, ni sur Ashley. Sa carapace n'avait plus de fissure, la dernière couche avait durci. Scarlett était devenue ce que la grand-mère Fontaine lui avait conseillé de ne jamais devenir, une femme qui avait connu le pire et à laquelle il ne restait plus rien à redouter. Elle n'avait plus à craindre ni la vie, ni sa mère, ni la perte de son amour, ni l'opinion publique. Elle n'avait plus peur que de deux choses : souffrir de la faim et refaire le cauchemar qui l'assaillait chaque fois qu'elle avait le ventre creux.

Maintenant qu'elle avait achevé de barder son cœur contre tout ce qui la rattachait au passé et à la Scarlett d'autrefois, elle se sentait étrangement libre et légère. Elle avait pris une décision et, Dieu merci, ça ne lui faisait pas peur. Elle n'avait rien à perdre et elle était bien résolue à mener l'expérience jusqu'au bout.

Si seulement elle arrivait à enjôler Rhett et à obtenir qu'il l'épousât, tout serait pour le mieux. Dans le cas contraire… eh bien ! elle aurait quand même son argent. Pendant un moment elle se demanda avec beaucoup d'objectivité ce qu'on pouvait attendre d'une maîtresse. Rhett exigerait-il qu'elle demeurât à Atlanta où il l'entretiendrait comme on prétendait qu'il entretenait la Watling ? Si jamais il l'obligeait à vivre à Atlanta, il saurait ce que ça lui coûterait… il faudrait qu'il se montrât généreux pour compenser ce qu'elle perdrait en n'étant plus à Tara. Scarlett était fort ignorante de l'aspect caché de l'existence des hommes et elle n'avait aucun moyen de savoir ce que comporterait un arrangement entre elle et Rhett. Elle se demanda aussi si elle aurait un enfant. Ça, ce serait effroyable.

« N'y pensons pas pour le moment », et elle relégua la fâcheuse pensée au fin fond de sa conscience, de peur qu'elle n'ébranlât sa résolution. Elle se proposa d'annoncer le même soir aux siens qu'elle irait à Atlanta pour essayer d'emprunter de l'argent ou d'hypothéquer la propriété si c'était nécessaire. C'était tout ce qu'ils avaient besoin de savoir jusqu'au jour néfaste où ils découvriraient qu'il s'agissait d'autre chose.

Bien décidée à agir, elle releva la tête et redressa le buste. Elle savait pourtant qu'elle n'aurait pas la partie facile. Autrefois c'était Rhett qui lui demandait ses faveurs, et elle qui détenait le pouvoir de les accorder. Maintenant, c'était elle qui venait en mendiante et en mendiante qui n'avait point à dicter ses conditions.

« Non, je n'irai pas à lui comme une mendiante. J'irai comme une reine qui accorde ses bonnes grâces. Il ne saura jamais à quoi s'en tenir. »

Elle s'approcha d'un long trumeau scellé dans le mur et se regarda de bas en haut. Le miroir au cadre d'or craquelé lui envoya l'image d'une étrangère. C'était comme si elle ne s'était pas regardée dans une glace depuis un an. Chaque matin, après avoir fait sa toilette, elle s'était regardée pour se rendre compte si elle était bien débarbouillée et si ses cheveux étaient bien peignés. Cependant elle avait toujours eu trop de choses à faire pour réellement se voir. Mais cette étrangère, cette inconnue ! Voyons, cette femme aux joues creuses ne pouvait sûrement pas être Scarlett O'Hara ! Scarlett O'Hara avait un joli petit minois espiègle et gai. Ce visage qu'elle examinait n'était pas joli du tout et ne possédait plus aucun des attraits qu'elle se rappelait si bien. Il était pâle et défait. Les sourcils noirs épousaient la ligne oblique des yeux et se détachaient étrangement sur la peau blanche comme les ailes d'un oiseau effrayé. Il y avait en lui quelque chose de dur et d'anxieux.

« Je ne suis pas assez jolie pour réussir auprès de lui, se dit Scarlett, reprise de désespoir. Je suis maigre… oh ! je suis terriblement maigre. »

Elle se caressa les joues, puis se tâta fiévreusement les os qu'elle sentait saillir à travers son corsage. Et ses seins étaient si petits, presque aussi petits que ceux de Mélanie. Il fallait qu'elle rembourrât son corsage pour faire croire qu'ils étaient plus gros, et dire qu'elle s'était toujours moquée des jeunes filles qui avaient recours à de tels artifices. Rembourrer son corsage ! Cela la fit penser à autre chose. Ses vêtements. Elle regarda sa jupe dont elle étala les plis reprisés. Rhett aimait les femmes bien habillées. Fallait-il donc qu'elle soit bête pour s'être imaginée que Rhett la demanderait en mariage avec son cou décharné, ses yeux de chat affamé et ses robes en loques ! Si l'histoire de tante Pitty était vraie, Rhett devait être l'homme le plus riche d'Atlanta et il n'avait probablement qu'à faire son choix parmi toutes les jolies femmes, les femmes du monde comme les autres. « Allons, pensa Scarlett, j'ai quelque chose que la plupart des jolies femmes n'ont pas... c'est une idée bien arrêtée. Et si seulement j'avais une jolie robe... »

Il n'y avait pas une seule robe convenable à Tara, pas une seule robe qui n'eût été retournée deux fois et raccommodée.

« C'est comme ça », se dit Scarlett. Elle était inconsolable et gardait les yeux obstinément rivés au sol. Elle voyait le tapis de couleur mousse, le beau tapis d'Ellen, usé, taché, déchiré par les innombrables hommes qui avaient couché dessus et ce spectacle la déprima encore plus, car elle se rendit compte que Tara était dans un état aussi pitoyable qu'elle-même. L'ombre s'épaississait et elle se sentait mal à l'aise. Elle se dirigea vers la fenêtre, releva le store, ouvrit les volets et laissa pénétrer dans la pièce les dernières clartés du crépuscule d'hiver. Elle referma la fenêtre et appuya la tête contre les rideaux de velours. Par-delà le morne pâturage, son regard alla se poser sur les cèdres du cimetière de famille.

Elle sentit sur sa joue le doux picotement des rideaux de velours vert et elle s'y frotta le visage comme un chat. Soudain, elle les examina fixement.

Une minute plus tard, elle traversait la pièce en poussant une lourde table à dessus de marbre dont les roulettes grinçaient en signe de protestation. Elle amena la table jusque sous la fenêtre, retroussa ses jupes, monta et, dressée sur la pointe des pieds, essaya de décrocher la grosse tringle à rideaux. Scarlett n'était pas tout à fait assez grande et, à force de tirer dessus chaque fois qu'elle réussissait à l'atteindre, elle finit par arracher les clous, et les rideaux, la tringle et les supports dégringolèrent par terre avec fracas.

Comme par enchantement, la porte du salon s'ouvrit et la grosse figure noire de Mama apparut. La plus vive curiosité se lisait sur ses traits. Elle lança un coup d'œil désapprobateur à Scarlett qui, les jupes relevées au-dessus du genou, s'apprêtait à sauter par terre. Sur le visage de la jeune femme une expression de triomphe incita Mama à la plus grande méfiance.

– Qu'est-ce que vous faites là avec les tentu' de ma'ame Ellen ? demanda la négresse.

– Qu'est-ce que tu fais là à écouter aux portes, fit Scarlett en sautant avec souplesse et en prenant à pleines mains un des rideaux poussiéreux.
– Moi j'écoute jamais aux po'tes, riposta Mama toute prête à engager la lutte. Et je vous dis que vous avez 'ien à fai' avec les tentu' de ma'ame Ellen. On n'a pas idée d'a'acher les t'ingles et de laisser tomber les tentu' pa' tè' comme ça dans la poussiè'.
Scarlett braqua sur Mama une paire d'yeux verts luisants de plaisir comme dans le bon vieux temps, lorsque, petite fille méchante, elle arrachait de gros soupirs à Mama.
– Grimpe vite au grenier chercher ma boîte de patrons, s'exclama Scarlett en donnant une légère bourrade à Mama. Je vais me faire une robe neuve.
Mama était indignée à la seule idée de monter au grenier avec ses deux cents livres et en même temps un horrible soupçon prenait naissance en elle. D'un geste prompt elle s'empara du rideau que tenait Scarlett et en couvrit sa monumentale et flasque poitrine comme s'il s'agissait de reliques sacrées.
– Vous so'ti'ez pas d'ici les tentu' de ma'ame Ellen pou' vous en fai' une 'obe neuve, si c'est ça que vous avez dans l'idée. Non, vous le fe'ez pas tant que j'au'ai enco' un souffle dans le co'ps.
Mama s'aperçut alors que sa jeune maîtresse prenait ce qu'elle avait coutume d'appeler son «air bison» qui, d'ailleurs, fit bientôt place à un sourire auquel la vieille femme avait bien du mal à résister. Néanmoins Mama ne se laissa pas fléchir. Elle savait que Mme Scarlett souriait uniquement pour l'amadouer et, en l'occurrence, elle n'avait pas l'intention de céder.
– Mama, sois gentille, je vais aller à Atlanta pour emprunter un peu d'argent et j'ai besoin d'une robe neuve.
– Vous n'avez pas besoin du tout d'une 'obe neuve. Les aut' dames elles ont pas de 'obes neuves. Elles po'tent leu' vieilles affai' et elles en sont fiè'. L'enfant de ma'ame Ellen elle peut t'ès bien se p'omener en guenilles si ça lui fait plaisi' et tout le monde la 'espect'a quand même tout comme si elle était habillée en soie.
Petit à petit, Scarlett se renfrogna et l'«air bison» revint:
«Seigneu', pensa Mama, c'est d'ôle comme ma'ame Scarlett en vieillissant elle 'essemble de plus en plus à missié Gé'ald et de moins en moins à ma'ame Ellen.»
– Voyons, Mama, tu sais que tante Pitty nous a écrit que Mlle Fanny Elsing se mariait samedi prochain et, bien entendu, j'irai à son mariage. J'ai besoin d'une robe neuve pour y assister.

– Celle que vous po'tez maintenant elle se'a tout aussi jolie que la 'obe de ma'iée de mam'zelle Fanny. Mam'zelle Pitty a éc'it que les Elsing ils étaient 'udement pauv'.
– Mais il me faut une robe neuve ! Mama, tu ne sais pas à quel point nous avons besoin d'argent. Les impôts...
– Si, ma'ame, je sais à quoi m'en teni' pou' les impôts, mais...
– Tu es au courant ?
– Eh bien ! ma'ame, le bon Dieu il m'a donné des o'eilles et elles sont pas bouchées, su'tout quand missié Will il se donne pas la peine de fe'mer sa po'te.
Y avait-il en fait une seule conversation que Mama ne surprenait pas. Scarlett se demanda comment ce gros corps qui ébranlait les planchers s'y prenait pour se déplacer avec autant de discrétion quand Mama voulait écouter aux portes.
– Eh bien ! si tu as tout entendu, tu dois savoir également que Jonas Wilkerson et cette Emmie...
– Oui, ma'ame, fit Mama les yeux étincelants.
– Alors, ne fais pas la mule, Mama. Tu ne comprends donc pas qu'il faut que j'aille à Atlanta trouver de l'argent pour payer les impôts ? Il faut absolument que je trouve de l'argent. Il le faut ! Au nom du Ciel, Mama ! Tu ne comprends donc pas qu'ils vont nous jeter à la porte ? Et alors, où irons-nous ? Tu veux t'amuser à discuter avec moi pour une petite histoire de rideaux quand cette gueuse d'Emmie Slattery qui a tué maman se prépare à emménager ici et à venir coucher dans le lit de maman ?
Mama se dandinait d'un pied sur l'autre comme un gros éléphant rétif. Elle avait vaguement conscience qu'elle finirait par céder.
– Non, ma'ame, je tiens pas à voi' ces gueux dans la maison de ma'ame Ellen et nous aut' su' le pavé, mais... (Elle lança soudain à Scarlett un regard lourd de reproches.) À qui donc avez-vous l'intention d'emp'unter cet a'gent pou' avoi' besoin d'une 'obe neuve ?
– Ça, c'est mon affaire, répondit Scarlett prise au dépourvu.
Scarlett baissa les yeux malgré elle comme elle le faisait quand elle était petite et qu'elle essayait de se disculper à l'aide d'un mensonge.
– Alo's vous avez besoin d'une belle 'obe neuve pou' emp'unter de l'a'gent ? Ça m'a l'ai' louche, cette histoi'-là. Et vous avez pas dit où vous t'ouve'ez cet a'gent ?
– Je n'ai rien à dire, déclara Scarlett, indignée. Ça ne regarde que moi. Vas-tu oui ou non me donner ce rideau et m'aider à en faire une robe ?
– Oui, ma'ame, répondit Mama en capitulant avec une soudaineté qui éveilla les soupçons de Scarlett. Je m'en vais vous aider à la fai'

cette 'obe et j'espè' que vous allez vous tailler un jupon, dans la doublu' en satin des tentu' et aussi une pai' de pantalons avec les 'ideaux de dentelle.

Elle tendit le rideau à Scarlett et un sourire rusé éclaira son visage.

– Ma'ame Melly, elle va avec vous à Atlanta, ma'ame Sca'lett?

– Non, fit Scarlett d'un ton sec tout en commençant à deviner ce qui allait se passer. J'y vais toute seule.

– C'est vous qui le dites, déclara Mama avec fermeté. Mais moi je vous accompagne toutes les deux, vous et cette 'obe neuve. Oui, ma'ame, je vous quitte'ai pas d'une semelle.

Scarlett essaya de se représenter son voyage à Atlanta et sa conversation avec Rhett sous l'œil tutélaire de Mama qui se tiendrait à l'arrière-plan comme un gros Cerbère noir. Elle sourit de nouveau et prit Mama par l'épaule.

– Mama chérie, tu es très gentille de vouloir venir avec moi, mais comment s'en tirera-t-on ici sans toi? Tu sais bien qu'au fond c'est toi qui fais marcher Tara?

– Oou! fit Mama, vos belles pa'oles vous se'vi'ont à 'ien, ma'ame Sca'lett. Je vous connais depuis que je vous ai mis vot' p'emier lange. J'ai dit que j'i'ai à Atlanta avec vous et j'i'ai. Ma'ame Ellen elle en f'émi'ait dans sa tombe à l'idée que vous allez toute seule à Atlanta, dans cette ville pleine de Yankees, de nèg' aff'anchis et de f'ipouilles de cet acabit.

– Mais je descendrai chez tante Pittypat, annonça Scarlett à bout d'arguments.

– Mam'zelle Pittypat est une femme t'ès bien, mais elle se figu'e qu'elle voit tout et elle voit 'ien, fit Mama comme pour clore la discussion.

Elle pivota majestueusement sur ses talons et passa dans le vestibule dont le plancher grinça sous son poids. «P'issy, ma petite, lança-t-elle à pleins poumons. Monte là-haut, dans le g'enier che'cher la boîte à pat'ons de ma'ame Sca'lett et tâche aussi de t'ouver les ciseaux avant demain matin.»

«C'est du joli, pensa Scarlett avec désespoir. Mieux vaudrait avoir un chien policier à mes trousses.»

Après qu'on eut desservi, Scarlett et Mama étalèrent des patrons sur la table de la salle à manger tandis que Suellen et Carreen décousaient la doublure de satin des rideaux et que Mélanie brossait le velours avec une brosse à cheveux qu'on avait nettoyée pour l'occasion. Gérald, Will et Ashley, assis sur des chaises, fumaient et s'amusaient de cette agitation féminine. Une agréable excitation, dont personne ne comprenait la cause, semblait émaner de Scarlett et se communiquer à tous. Scarlett avait les joues rouges et les yeux brillants. Elle riait beaucoup et son rire réjouissait tout le monde, car il y avait des mois qu'on ne l'avait entendue rire pour de bon. Son rire faisait surtout plaisir à Gérald. Il avait le regard moins vague que de coutume. Il suivait tous les mouvements de sa fille qu'il gratifiait d'une petite caresse encourageante chaque fois qu'elle passait à portée de sa main. Les jeunes femmes étaient aussi énervées que si elles devaient se rendre à un bal et elles taillaient, prenaient des mesures comme si elles préparaient leur propre robe de mariée.

Scarlett partait pour Atlanta emprunter de l'argent ou même hypothéquer Tara si c'était nécessaire. Mais en somme en quoi consistait une hypothèque ? Scarlett prétendait qu'on pourrait facilement se libérer grâce à la prochaine récolte de coton et ajoutait qu'il resterait encore une certaine somme à mettre de côté. Elle était si affirmative dans ses déclarations que personne ne s'avisa de lui poser des questions. Lorsqu'on lui demanda à qui elle se proposait d'emprunter, elle répondit : « Il y a toujours de bonnes poires à taper » avec tant d'espièglerie que tous éclatèrent de rire et la plaisantèrent sur ses belles relations.

« Ça doit être le capitaine Butler », dit Mélanie non sans finesse, et l'on se mit à rire de plus belle à cette absurdité, car toute la famille savait que Scarlett le haïssait et ne manquait jamais de dire : « Rhett Butler, cette crapule », chaque fois qu'on parlait de lui.

Mais Scarlett ne rit pas avec les autres et Ashley s'arrêta net en surprenant le coup d'œil circonspect que Mama décocha à sa maîtresse. Dans un élan de générosité dû à l'atmosphère qui régnait, Suellen alla chercher son col d'irlande toujours joli bien qu'un peu défraîchi et Carreen insista pour que Scarlett emportât ses mules, les moins abîmées de la maison. Mélanie supplia Mama de lui laisser assez de velours pour recouvrir sa vieille capote et souleva une tempête de rires en annonçant que si le seul coq de la basse-cour ne prenait pas immédiatement le large, il lui faudrait se séparer de sa superbe queue verte et mordorée.

Scarlett, qui regardait les femmes coudre d'un doigt agile, entendit les rires et promena autour d'elle un regard amer et méprisant.

« Ils n'ont aucune idée de ce qui m'attend vraiment, aucune idée de ce qui les attend eux-mêmes ou de ce qui guette le Sud. En dépit de tout ce qu'ils savent, ils s'imaginent encore qu'il ne leur arrivera rien de véritablement terrible parce qu'ils sont des O'Hara, des Wilkes, des Hamilton. Les nègres eux-mêmes partagent leurs sentiments. Oh! les imbéciles! Ils ne se rendront jamais compte de rien. Ils continueront à penser et à vivre comme ils l'ont toujours fait et rien ne les changera. Melly peut bien porter des haillons, cueillir du coton ou même m'aider à assassiner un homme, elle ne changera pas. Elle restera toujours la parfaite Mme Wilkes, la femme du monde accomplie. Ashley, lui, il peut frôler la mort de près, être blessé, croupir en prison, rentrer chez lui plus pauvre que Job, il restera toujours l'homme du monde qu'il était quand il avait les Douze Chênes derrière lui. Will, c'est différent. Il sait de quoi il en retourne, mais lui il n'a jamais eu grand-chose à perdre. Quant à Suellen et à Carreen, elles se figurent que tout cela ne durera pas. Elles ne veulent pas changer pour s'adapter aux conditions nouvelles parce qu'elles sont persuadées que ça va bientôt finir. Elles s'imaginent que Dieu va accomplir un miracle spécialement pour elles. Mais il ne fera rien du tout. Le seul miracle qui va s'accomplir, c'est celui que je m'en vais réaliser avec Rhett Butler... Non, ils ne changeront pas. Ils ne peuvent peut-être pas changer. Je suis la seule qui ait changé... et je ne l'aurais pas fait si j'avais pu m'arranger autrement.»

Au bout d'un certain temps, Mama mit les hommes dehors afin qu'on pût commencer l'essayage. Pork aida Gérald à monter se coucher. Ashley et Will restèrent seuls dans le salon éclairé par une lampe. Ils demeurèrent un moment sans échanger un mot. Will mastiquait sa chique comme un paisible ruminant.

– Je n'aime pas beaucoup ce voyage à Atlanta, dit-il enfin d'une voix lente. Non, ça ne m' plaît pas du tout.

Ashley regarda Will, puis détourna les yeux. Il ne répondit rien, mais il se demanda si Will nourrissait le même affreux soupçon que celui qui le rongeait. Mais c'était impossible. Will ignorait ce qui s'était passé dans le jardin potager ce même après-midi. Il ne pouvait pas savoir que Scarlett avait fort bien pu être amenée à prendre une résolution désespérée. Will n'avait pas pu remarquer l'expression de Mama quand on avait prononcé le nom de Rhett Butler; d'ailleurs Will ne savait pas à quoi s'en tenir sur la fortune de Rhett ou sa triste réputation. Tout au moins, Ashley ne pensait pas qu'il fût au courant. Cependant, depuis son retour à Tara, Ashley se rendait compte qu'à l'exemple de Mama, Will semblait être informé d'une foule de choses qu'on ne lui avait pas apprises et qu'il lui arrivait de pressentir les événements avant leur réalisation. Il y avait une menace dans l'air. Laquelle ? Ashley n'aurait pu le dire, mais il se sentait impuissant à y soustraire Scarlett. Pas une seule fois au cours de la soirée ses yeux n'avaient rencontré les siens et la gaieté qu'elle avait manifestée lui faisait peur. Les doutes qui le déchiraient étaient trop effrayants pour être traduits en paroles. Du reste, il ne se reconnaissait pas le droit de demander à Scarlett s'ils étaient fondés. Il serra les poings. Ce même après-midi il avait à jamais perdu le droit de contrôler la conduite de Scarlett. Il ne pouvait pas non plus lui venir en aide. Mais, au souvenir de la mine farouchement décidée que faisait Mama en taillant le rideau, il se sentit un peu rassuré. Que Scarlett le voulût ou non, Mama veillerait sur elle.

« C'est moi qui suis cause de tout cela, se dit-il au comble du désespoir. C'est moi qui ai réduit Scarlett à cela. »

Il se rappela la façon dont elle avait redressé les épaules en le quittant cet après-midi-là. Son cœur se mit à battre pour elle. Il l'admirait et en même temps il était accablé par le sentiment de sa propre impuissance. Il savait que Scarlett n'avait pas de place dans son vocabulaire pour le mot héroïsme. Il savait qu'elle eût ouvert de grands yeux s'il lui avait dit qu'il ne connaissait pas d'âme plus héroïque que la sienne. Il savait qu'elle prenait la vie comme elle se présentait, qu'elle opposait à tous les obstacles une volonté dure comme le cœur du chêne, qu'elle luttait avec une opiniâtreté ignorante de la défaite, qu'elle continuerait de lutter malgré un sort contraire.

Pourtant, pendant quatre années, il avait vu d'autres êtres ignorer la défaite, des hommes qui couraient tête baissée au-devant du désastre uniquement parce qu'ils étaient braves. Et ceux-là avaient quand même connu la défaite.

Tout en regardant Will, il pensa qu'il n'avait jamais vu héroïsme comparable à celui de Scarlett O'Hara s'en allant conquérir le monde avec une robe taillée dans les rideaux de velours de sa mère et les plumes d'un vieux coq.

XXXIII

Le lendemain après-midi, lorsque Scarlett et Mama descendirent du train à Atlanta, la bise soufflait et chassait les nuages couleur d'ardoise. Depuis l'incendie de la ville, on n'avait pas encore rebâti la gare et le convoi s'étant arrêté assez loin des ruines noircies de l'édifice, les deux jeunes femmes furent obligées de se frayer un chemin entre les flaques de boue et des tas de mâchefer. Poussée par la force de l'habitude, Scarlett chercha des yeux l'oncle Peter qui était toujours venu au-devant d'elle avec la voiture de tante Pitty quand elle faisait le voyage de Tara à Atlanta pendant la guerre. Puis, reprenant une plus juste notion des choses, elle haussa les épaules. Naturellement, l'oncle Peter ne pouvait pas être là, puisqu'elle n'avait même pas prévenu tante Pitty de son arrivée et, d'autre part, elle se souvint que, dans une de ses lettres, la vieille demoiselle avait décrit sur le mode larmoyant la mort du pauvre bidet que l'oncle Peter s'était «procuré» à Macon pour ramener sa maîtresse à Atlanta.

Son regard erra sur le terre-plein défoncé et coupé d'ornières autour de la gare et elle essaya de découvrir une voiture d'amis pour se faire conduire chez sa tante, mais elle n'en vit aucune. Ses anciennes relations ne possédaient probablement plus de voitures. Les temps étaient si durs, il était si difficile de trouver de quoi manger. La plupart des amis de Pitty devaient faire comme elle, ils allaient à pied.

On voyait quelques camions rangés le long des wagons de marchandises et plusieurs buggies couverts de boue conduits par des inconnus à mine patibulaire, mais il n'y avait en tout et pour tout que deux voitures de maîtres. L'une d'elles était fermée, l'autre était ouverte et occupée par une femme élégante et un officier yankee. Bien que tante Pitty eût écrit que les troupes yankees tenaient garnison à Atlanta et que les rues grouillaient de soldats, Scarlett ne put réprimer un sursaut de frayeur en reconnaissant l'uniforme bleu. Elle avait peine à se rappeler que la guerre était terminée et que cet homme ne se lancerait pas à sa poursuite pour la voler ou l'insulter.

Tandis qu'elle restait là à regarder devant elle, un vieux nègre couleur de basane approcha avec la voiture fermée et se pencha hors de son siège pour demander:

– Une voitu', ma'ame ? Deux p'tites pièces pour aller où vous voud'ez dans Atlanta.

Mama le foudroya du regard.

– Une voitu' de louage ! grommela-t-elle. Dites donc, le nèg', pou' qui vous p'enez-vous ?

Mama était une campagnarde, mais elle n'avait pas toujours vécu à la campagne et elle savait qu'une femme honnête n'empruntait jamais une voiture de louage, encore moins une voiture fermée, sans être accompagnée d'un représentant mâle de sa famille. Même la présence d'une domestique noire n'aurait pas suffi à assurer le respect des convenances.

– Venez pa' ici, ma'ame Sca'lett ! Une voitu' de louage et un nèg' aff'anchi ! Ça va bien ensemble.

– J' suis pas un aff'anchi, déclara le nègre avec chaleur. J'suis au se'vice de la vieille ma'ame Talbot, et c'est sa voitu', et c'est moi qui la conduis pou' gagner un peu d'a'gent pou' elle.

– Qui est-ce, cette madame Talbot ?

– Ma'ame Suzannah Talbot, de Milledgeville. On est venu s'installer ici ap'ès que le vieux missié il a été tué.

– Vous la connaissez, ma'ame Sca'lett ?

– Non, dit Scarlett à regret. Je connais si peu de monde à Milledgeville.

– Alo', allons à pied, déclara Mama d'un air sévère. Vous pouvez disposer, le nèg'.

Elle empoigna le sac de voyage en tapisserie qui contenait la nouvelle robe de Scarlett, sa capote et sa chemise de nuit, et passant sous son bras le balluchon dans lequel elle avait mis ses propres affaires elle obligea sa jeune maîtresse à traverser derrière elle le large terre-plein trempé par les pluies. Scarlett ne protesta pas, car elle ne tenait pas du tout à se quereller avec Mama. Depuis le moment où celle-ci l'avait surprise en train de décrocher les rideaux, son regard était resté empreint d'une expression soupçonneuse qui ne plaisait pas à Scarlett. Ça n'allait pas être commode d'échapper à sa surveillance, et Scarlett ne voulait pas réveiller les instincts combatifs de Mama alors que ça ne s'imposait pas.

Tandis que les deux femmes se dirigeaient vers la rue du Pêcher en suivant l'étroit trottoir, Scarlett se sentit triste et découragée. Atlanta paraissait si dévastée, si différente de ce qu'elle avait connu. Elles longèrent les murs noircis de l'hôtel d'Atlanta, seuls vestiges de cette élégante hôtellerie où avaient habité Rhett et l'oncle Henry. Les entrepôts qui s'étendaient jadis en bordure de la voie ferrée sur plus d'un demi-mille et qui contenaient des tonnes de vivres pour l'armée n'avaient pas été reconstruits et leurs fondations rectangulaires offraient un aspect lugubre sous le ciel sombre. Quelque part au milieu des ruines, Scarlett aurait pu retrouver l'emplacement de l'entrepôt que Charles lui avait légué. L'année passée, l'oncle Henry en avait payé les impôts pour elle. C'était une somme qu'il lui faudrait rembourser un jour. Nouveau souci en perspective.

Comme les deux femmes débouchaient dans la rue du Pêcher, Scarlett regarda du côté des Cinq Fourches et ne put retenir une exclamation de stupeur. Malgré tout ce que Frank lui avait raconté, elle ne s'était jamais représenté à quel point Atlanta pouvait être détruite. Or cette rue du Pêcher qui s'offrait à son regard avait tellement souffert, était si changée, qu'elle ne la reconnut pas et eut envie de pleurer.

Quoique depuis le jour où Sherman avait quitté la ville en flammes bon nombre de bâtisses eussent surgi du sol, il y avait encore de grands espaces vides autour des Cinq Fourches où se dressaient des monceaux de briques, où s'entassaient des décombres de toutes sortes. Des murs éventrés que ne surmontait plus aucun toit, des fenêtres béantes, des cheminées solitaires, c'était tout ce qui restait des maisons que Scarlett avait connues. De-ci, de-là, la jeune femme découvrait un magasin qui avait survécu à l'incendie et au bombardement et dont les murs couleur de suie rehaussaient la teinte rouge vif des briques neuves. Sur la devanture des nouvelles boutiques, sur les fenêtres des nouveaux bureaux, la jeune femme lisait avec plaisir des noms familiers, mais la plupart du temps elle n'en reconnaissait aucun, surtout quand il s'agissait de noms de médecins, d'avocats ou de négociants en coton. Jadis elle se piquait de connaître presque tout le monde à Atlanta, et la lecture de tant de noms étrangers la mettait mal à l'aise. Heureusement elle avait pour la réconforter le spectacle des bâtiments qu'on était en train d'édifier de chaque côté de la rue.

Il y en avait des douzaines et plusieurs d'entre eux étaient à trois étages ! Partout on construisait. Tandis que Scarlett regardait de droite à gauche et s'efforçait de s'adapter à la nouvelle Atlanta, elle entendait le son joyeux des marteaux et des scies, elle remarquait les échafaudages qui grandissaient, elle voyait les hommes monter aux échelles avec un chargement de briques sur les épaules. Elle parcourut du regard la rue qu'elle aimait tant et ses yeux s'embuèrent.

« Ils t'ont incendiée, pensa-t-elle, ils t'ont rasée jusqu'au sol, mais ils n'ont pas remporté la victoire sur toi. Ils ne le pouvaient pas. Tu vas redevenir telle que tu étais ! »

Tout en remontant la rue du Pêcher, suivie maintenant par Mama qui se dandinait, Scarlett s'aperçut que les trottoirs étaient aussi encombrés qu'en pleine guerre. De la cité renaissante se dégageait la même atmosphère d'activité et d'affairement qui l'avait empoignée lorsqu'elle était venue pour la première fois chez tante Pitty. Il y avait autant de véhicules qu'autrefois à brimbaler d'ornière en ornière, autant de chevaux et de mules arrêtés devant les auvents de bois des boutiques. Mais Scarlett remarquait une foule de visages étrangers, de nouveaux venus, d'hommes à l'allure peu recommandable et de femmes au goût criard. Les rues étaient pleines de nègres désœuvrés qui restaient adossés aux murs ou assis sur le rebord du trottoir à regarder passer les voitures avec la curiosité naïve d'enfants qu'on a emmenés au cirque.

– Des paysans nèg' aff'anchis, ricana Mama. Ils ont jamais vu une voitu' convenable de leu' vie. Et 'ega'dez-moi cet ai' a'ogant qu'ils ont!

Scarlett tomba d'accord avec Mama sur ce point, car les nègres la dévisageaient avec insolence, mais elle les oublia vite au spectacle des uniformes bleus. La ville était remplie de soldats yankees, à pied, à cheval, en voitures militaires. Ils flânaient dans les rues et sortaient en titubant des cafés.

« Je ne pourrai jamais m'habituer à les voir, se dit Scarlett en serrant les poings. Jamais ! » et, se retournant, elle lança tout haut par-dessus son épaule :

– Presse-toi, Mama, sortons vite de cette cohue.

Elles se risquèrent toutes deux sur les dalles glissantes qui permettaient de traverser le fleuve boueux de la rue de Decatur, puis elles continuèrent de remonter la rue du Pêcher au milieu d'une foule de moins en moins dense. Lorsqu'elles parvinrent à la hauteur de la chapelle wesleyenne sur les marches de laquelle Scarlett s'était assise pour reprendre haleine le jour où elle avait couru chercher le docteur Meade, la jeune femme éclata d'un rire sinistre. Mama lui lança un coup d'œil soupçonneux et interrogateur, mais elle en fut pour ses frais de curiosité. Scarlett riait d'elle-même au souvenir de la terreur qu'elle avait ressentie ce jour-là. La peur avait fait d'elle une chiffe molle, elle était terrorisée par les Yankees, terrorisée par l'approche de la naissance de Beau. Maintenant, elle se demandait comment elle avait bien pu grelotter de peur comme un enfant qui a entendu un grand bruit. Quelle enfant elle avait été de s'imaginer que les Yankees, l'incendie, la défaite étaient le pire de ce qui pouvait lui arriver ! Que tout cela était donc mesquin à côté de la mort d'Ellen, de la décrépitude de Gérald, à côté des souffrances de la faim, du froid, du labeur écrasant, du vivant cauchemar de l'insécurité. Comme il lui serait facile maintenant de se montrer brave devant une armée d'envahisseurs, mais comme il lui serait dur de faire face au danger qui menaçait Tara. Non, dorénavant elle n'aurait plus jamais peur de rien que de la pauvreté.

Une voiture fermée remontait la rue et Scarlett s'approcha vivement du bord du trottoir pour voir si elle connaissait la personne qui se trouvait à l'intérieur. La maison de tante Pitty était encore à plusieurs rues de là. Lorsque la voiture arriva à leur hauteur, Mama et sa jeune maîtresse se penchèrent en avant et Scarlett, le sourire aux lèvres, faillit lancer un joyeux appel lorsqu'une tête de femme se détacha dans l'encadrement de la portière, une tête trop rouge sous une toque de fourrure. Scarlett recula d'un pas. Les deux femmes s'étaient reconnues. C'était Belle Watling, et avant que cette dernière se fût renfoncée dans l'encoignure de son coupé Scarlett eut le temps de la voir faire la grimace. Bizarre tout de même que Belle fût le premier visage connu qu'elle rencontrait!

– Qui est-ce? interrogea Mama toujours aux aguets. Elle vous a 'econnue, mais elle vous a pas saluée. J'ai jamais vu cette couleu' de cheveux, même pas chez les Ta'leton. J'ai l'imp'ession... eh bien! oui, j'ai l'imp'ession que ces cheveux-là ils ont été teints.

– C'est exact, fit Scarlett tout en pressant le pas.

– Vous connaissez donc une femme qui a les cheveux teints? Je vous demande qui c'est?

– C'est le mauvais ange de la ville, répondit laconiquement Scarlett. Je te donne ma parole que je ne la connais pas. Alors tais-toi.

– Seigneu' tout-puissant! soupira Mama, bouche bée, tout en regardant s'éloigner la voiture avec une intense curiosité.

Depuis qu'elle avait quitté Savannah, plus de vingt ans auparavant, en compagnie d'Ellen, elle n'avait pas vu de femme de mauvaise vie et elle regrettait amèrement de ne pas avoir examiné Belle de plus près.

– Pou' sû' elle a une belle toilette et une belle voitu' et un beau cocher aussi, murmura-t-elle. Je sais pas à quoi pense le Seigneu' pou' laisser de mauvaises femmes comme ça à s'eng'aisser quand nous aut' b'aves gens on meu' de faim et on va pieds nus.

– Il y a beau temps que le Seigneur ne pense plus à nous en tout cas, fit Scarlett d'un ton farouche. Et ne t'avise pas de me raconter que maman en frémit dans sa tombe quand elle m'entend dire ça, hein?

Scarlett aurait bien voulu se sentir supérieure à Belle et plus vertueuse qu'elle, mais elle ne le pouvait pas. Si ses plans réussissaient, elle risquait de se trouver sur le même plan que Belle et serait entretenue par le même homme. Pour ne pas réfléchir à toutes ces questions-là maintenant, elle se mit à marcher plus vite.

Les deux femmes passèrent devant l'ancienne demeure des Meade dont il ne restait plus que deux marches abandonnées au haut d'une allée qui ne menait nulle part. Sur l'emplacement de la maison des Whiting, il ne restait plus rien que le sol nu. On avait même enlevé les fondations de pierres et les cheminées de briques et l'on distinguait des traces de roues là où l'on avait chargé les tombereaux qui avaient emporté les décombres. La maison de briques des Elsing était encore debout. On en avait reconstruit le second étage et l'on avait refait la toiture. La maison des Bonnell, grossièrement réparée et recouverte de planches mal équarries en guise de bardeaux, paraissait encore habitable malgré son aspect délabré. Mais ni dans l'une ni dans l'autre de ces maisons on n'apercevait de visages derrière les fenêtres ou de silhouettes sous les vérandas, et Scarlett s'en réjouissait. Pour le moment, elle n'avait envie de parler à personne.

Enfin la maison de tante Pitty apparut avec son toit d'ardoises tout neuf et ses murs de briques rouges. Le cœur de Scarlett se mit à battre plus fort. Comme le Seigneur était bon d'avoir permis qu'on pût encore la réparer ! Un panier à provisions sous le bras, l'oncle Peter sortait juste du jardin et, lorsqu'il reconnut Scarlett et Mama, un large sourire d'incrédulité fendit en deux son visage noir.

« Je suis si heureuse de le voir, ce vieux fou, que je m'en vais l'embrasser », pensa Scarlett et elle lança de toutes ses forces : « Va chercher le flacon de sels de ma tante, Peter ! C'est bien moi qui arrive ! »

Ce soir-là, on servit sur la table de tante Pitty l'inévitable bouillie de maïs accompagnée des inévitables pois secs et, tout en les avalant, Scarlett se fit le serment que ces deux plats ne figureraient jamais à son menu lorsqu'elle serait redevenue riche. Et, coûte que coûte, elle allait redevenir riche et posséder plus d'argent qu'il ne lui en fallait pour payer les impôts de Tara. Oui, un jour ou l'autre, elle finirait par rouler sur l'or, dût-elle assassiner quelqu'un pour cela.

À la clarté jaunâtre de la lampe de la salle à manger, elle interrogea tante Pitty sur l'état de ses finances. Elle espérait contre toute espérance que la famille de Charles serait peut-être en mesure de lui prêter la somme dont elle avait besoin. Les questions qu'elle posait ne péchaient pas par excès de délicatesse, mais tante Pitty, trop heureuse de pouvoir bavarder avec quelqu'un de sa famille, ne s'apercevait même pas du sans-gêne avec lequel Scarlett menait l'entretien. Les yeux emplis de larmes, elle se lança dans un récit détaillé de ses malheurs. Elle ignorait absolument comment ses fermes, les immeubles qu'elle possédait en ville et son argent avaient disparu, mais tout s'était bel et bien évanoui. Du moins, c'était ce que son frère Henry lui avait déclaré ; lui-même avait été hors d'état de payer au fisc ce que sa sœur devait sur ses propriétés. Tout avait disparu sauf la maison où elle vivait. À ce sujet, il ne venait même pas à l'idée de Pitty que cette maison ne lui appartenait pas, mais qu'elle était la copropriété de Scarlett et de Mélanie. Son frère Henry, qui avait bien du mal à payer les impôts sur cette maison, lui versait tous les mois un petit quelque chose qu'elle était forcée d'accepter quoi qu'il en coûtât à son amour-propre.

– Mon frère Henry prétend qu'il ne sait pas comment il arrivera à joindre les deux bouts avec toutes les charges qu'il a sur le dos et l'augmentation des impôts, mais naturellement il ne doit pas dire la vérité, et je suis sûre qu'il a des tas d'argent bien qu'il ne me donne presque rien.

Scarlett savait que l'oncle Henry ne mentait pas. Les quelques lettres qu'il lui avait écrites au sujet des biens laissés par Charles l'indiquaient assez. Le vieil homme de loi luttait courageusement pour défendre la maison et le terrain où jadis s'élevait l'entrepôt afin que Wade et Scarlett pussent sauver quelque chose de la catastrophe. Scarlett n'ignorait pas les sacrifices qu'il s'imposait pour acquitter les impôts dont étaient frappés et la maison et le terrain.

« Bien entendu, il n'a pas d'argent devant lui, pensa Scarlett. Alors rayons-le de notre liste ainsi que tante Pitty. Il ne reste plus personne en dehors de Rhett. Il va falloir que j'en passe par là. Il le faut. Mais nous y penserons plus tard… Il faut que j'amène la conversation sur Rhett, comme ça, sans avoir l'air d'y toucher ; je pourrais suggérer à Pitty de l'inviter à venir lui rendre visite demain. »

Elle sourit et s'empara des mains grassouillettes de sa tante.

– Ma petite tante chérie, fit-elle, ne parlons plus de choses tristes. Oublions tout cela et abordons un sujet un peu plus gai. Allons, donnez-moi donc des nouvelles de tous nos vieux amis. Comment vont Mme Merriwether et Maybelle ? J'ai entendu dire que le petit créole de Maybelle était rentré chez lui sain et sauf. Et les Elsing ? Et le docteur et Mme Meade ?

Le visage poupin de Pittypat s'illumina et ses larmes se tarirent. Elle s'étendit complaisamment sur ce que faisaient ou disaient ses anciens voisins, sur leur façon de se nourrir et de se vêtir. Elle raconta avec des accents horrifiés qu'avant le retour de René Picard Mme Merriwether et sa fille avaient réussi à se tirer d'affaire en cuisant des pâtés qu'elles vendaient aux soldats yankees. « Pense un peu, Scarlett. » Parfois deux douzaines de Yankees attendaient dans la cour des Merriwether qu'on sortît les pâtés du four ! Maintenant que René était là, il se rendait chaque jour au camp yankee avec une vieille guimbarde et il vendait aux soldats des gâteaux, des pâtés et des biscuits. Mme Merriwether déclarait que, lorsqu'elle aurait mis un peu d'argent de côté, elle ouvrirait une pâtisserie en ville. Pitty n'y trouvait rien à redire, mais tout de même... À son point de vue, elle aimerait encore mieux mourir de faim que de faire du commerce avec les Yankees. Elle mettait un point d'honneur à toiser du regard tous les soldats qu'elle rencontrait et à changer de trottoir bien que cela offrît de graves inconvénients par temps de pluie.

Mme Meade et le docteur n'avaient plus de maison depuis que les Yankees avaient incendié la ville, et, sans parler de la gêne dans laquelle ils se trouvaient, ils n'avaient pas le courage de la faire rebâtir maintenant que Phil et Darcy étaient morts. Les Meade vivaient très retirés, bien qu'ils fussent allés habiter chez les Elsing, qui avaient réparé leur demeure. M. et Mme Whiting habitaient également chez eux, dans une seule pièce, et Mme Bonnell parlait d'y transporter ses pénates si elle avait la chance de louer sa maison à un officier yankee et à sa famille.

– Mais comment font-ils pour s'entasser tous là-dedans ? s'exclama Scarlett. Il y a déjà Mme Elsing et Fanny et Hugh...

– Mme Elsing et Fanny couchent dans le salon et Hugh dans le grenier, expliqua Pittypat, qui était au courant de tous les arrangements domestiques de ses amis. Ma chérie, je suis navrée de te l'apprendre, mais... bref, Mme Elsing les considère comme des « hôtes payants », n'empêche que, et Pitty baissa la voix, ils ne sont ni plus ni moins que ses pensionnaires. En somme, Mme Elsing tient une pension de famille ! N'est-ce pas épouvantable ?

– Je trouve cela merveilleux, déclara Scarlett d'un ton sec. Je regrette seulement que nous n'ayons pas eu d'« hôtes payants » à Tara l'année dernière au lieu d'avoir des invités. Nous ne serions peut-être pas aussi pauvres aujourd'hui.

– Scarlett ! comment peux-tu dire des choses pareilles ? Ta pauvre mère doit frémir dans sa tombe à l'idée que tu pourrais monnayer l'hospitalité que tu offres à Tara ! Bien entendu, Mme Elsing n'a pas pu faire autrement. Elle avait beau se livrer à des travaux de couture pendant que Fanny décorait des assiettes de porcelaine et que Hugh vendait du bois de chauffage, ils n'arrivaient pas à joindre les deux bouts. Imagine-toi ça. Le beau petit Hugh forcé de vendre du bois au détail! Et dire qu'il était en passe de devenir un brillant avocat! Ça me donne envie de pleurer de voir où en sont réduits nos jeunes gens!

Scarlett évoqua les champs de Tara où les cotonniers s'alignaient sous un soleil de feu. Elle se rappela les souffrances qu'elle avait endurées pendant la cueillette. Elle sentait encore contre ses paumes gercées le rude contact de la charrue qu'elle manœuvrait d'une main malhabile et elle estima que Hugh Elsing ne méritait pas qu'on s'apitoyât tellement sur son sort. Malgré les ruines amoncelées autour d'elle, Pitty n'avait pas changé.

– Si ça ne lui plaît pas de vendre du bois, pourquoi n'exerce-t-il pas son métier d'avocat? On ne plaide donc plus à Atlanta?

– Oh! que si, ma chérie! Au contraire, on n'arrête pas. Par les temps qui courent, presque tout le monde est en procès. Tu penses, tout a été brûlé de fond en comble, et personne ne s'y reconnaît plus. Mais on peut toujours poursuivre, on n'obtient jamais d'indemnité, car personne n'a d'argent. C'est pour ça que Hugh continue à vendre son bois... Oh! j'allais oublier! Je ne te l'ai donc pas écrit? Fanny Elsing se marie demain soir et naturellement il faut que tu assistes à son mariage. Mme Elsing se fera un plaisir de t'inviter quand elle saura que tu es ici. J'espère que tu as une autre robe à te mettre. Non pas que celle-ci ne soit pas très jolie, ma chérie, mais... enfin, elle a l'air un peu fatiguée. Oh! tu as une robe neuve! Je suis si contente, parce que ça va être le premier vrai mariage que nous aurons depuis la chute de la ville. Il y aura des gâteaux, du vin et une sauterie. Pourtant, je me demande comment les Elsing s'arrangeront, ils sont si pauvres!

– Avec qui Fanny se marie-t-elle? J'avais cru qu'après la mort de Dallas McLure...

– Chérie, il ne faut pas blâmer Fanny. Tout le monde n'est pas aussi fidèle à la mémoire des morts que toi à celle du pauvre Charlie. Voyons. Comment s'appelle-t-il? Je n'arrive jamais à me rappeler les noms... Tom quelque chose. Je connaissais très bien sa mère. Nous étions ensemble au collège féminin de La Grange. C'était une Tomlinson de La Grange et sa mère une... voyons... Perkins? Parkins. Parkinson! C'est ça! Une Parkinson de Sparta. Excellente famille, mais tout de même... allons, je ne devrais pas le dire, mais je ne comprends pas que Fanny puisse se résoudre à l'épouser.

– Est-ce qu'il boit ou...

– Oh! mon Dieu! Non, il ne boit pas. Il est d'une moralité parfaite, mais, tu comprends, il a été gravement blessé par un éclat d'obus et ça lui a donné quelque chose aux jambes... il a les jambes... eh bien ! je n'aime pas ces mots-là, mais il a les jambes écartées et ça lui donne une démarche très vulgaire... enfin, quoi, il n'est pas très beau à voir. Je ne comprends pas qu'elle l'épouse.

– Il faut bien que les jeunes filles finissent par épouser quelqu'un.

– Ça n'est pas forcé du tout, fit Pitty en se dressant sur ses ergots. Moi, je n'ai pas été obligée de faire une fin.

– Voyons, tante chérie, ce n'est pas à vous que je faisais allusion. Tout le monde sait que vous aviez beaucoup de succès et que vous en avez encore ! Tenez, le vieux juge Carlton vous a couvée des yeux jusqu'à ce que je...

– Veux-tu bien te taire, Scarlett ! Ce vieux fou ! pouffa tante Pitty, dont la bonne humeur était revenue. Mais après tout, Fanny avait tellement de succès qu'elle aurait pu faire un bien plus beau mariage et par ailleurs je ne crois pas qu'elle aime ce Tom machin chose. Je ne pense pas qu'elle soit encore consolée de la mort de Dallas McLure, mais elle n'est pas comme toi, ma chérie. Tu es restée si fidèle à ce cher Charles et pourtant tu aurais pu te remarier des douzaines de fois. Melly et moi, nous avons souvent dit combien tu étais fidèle à son souvenir alors que tout le monde prétendait que tu n'étais qu'une coquette sans cœur.

Scarlett glissa sur cette confidence inopportune et entraîna habilement Pitty à passer en revue toutes leurs connaissances. Cependant, bien qu'elle brûlât d'amener la conversation sur Rhett, elle ne voulait pas parler de lui la première, surtout si peu de temps après son arrivée. Cela risquait d'engager l'esprit de la vieille demoiselle sur des sentiers qu'il valait mieux qu'il n'empruntât point. Les soupçons de tante Pitty seraient toujours éveillés assez tôt si Rhett refusait d'épouser Scarlett.

Tante Pitty continua de babiller gaiement, ravie comme un enfant d'avoir quelqu'un pour l'écouter. Elle raconta que les agissements ignobles des Républicains avaient mis Atlanta dans une situation épouvantable. Il n'y avait aucune raison pour que cet état de choses cessât et, d'après elle, le pire, c'était que les politiciens montaient la tête aux nègres.

– Ma chérie, ils veulent laisser voter les noirs ! As-tu jamais entendu chose plus sotte ? Et pourtant, quand j'y pense, l'oncle Peter a bien plus de bon sens que n'importe quel Républicain, et il a de bien meilleures manières, mais naturellement l'oncle Peter est beaucoup trop bien élevé pour avoir envie de voter. N'empêche que c'est avec des idées comme ça qu'on pourrit les nègres. Et puis, ils deviennent d'une insolence. Les nuits, les rues ne sont pas sûres et même en plein jour on voit des noirs obliger des dames à descendre du trottoir et à marcher dans la boue. Si jamais un monsieur s'avise de protester, on l'arrête et..., ma chérie, t'ai-je dit que le capitaine Butler était en prison ?

– Rhett Butler ?

Malgré cette nouvelle alarmante, Scarlett savait gré à tante Pitty de lui avoir évité de prononcer la première le nom de Rhett.

– Oui, c'est vrai. (Le visage de tante Pitty s'anima, ses joues se colorèrent et la vieille demoiselle se redressa sur son siège.) En ce moment-ci, il est en prison pour avoir tué un nègre et on va peut-être bien le pendre ! Te représentes-tu ça ? Le capitaine Butler pendu !

Scarlett sentit le souffle lui manquer et elle ne put que regarder avec de grands yeux la grosse demoiselle manifestement enchantée de l'effet produit par sa déclaration.

– On n'a pas encore de preuves contre lui, mais quelqu'un a bel et bien tué ce nègre qui avait insulté une femme blanche. Les Yankees sont affolés parce que ces derniers temps il y en a eu un grand nombre de tués dans ces conditions-là. Comme je viens de le dire, on n'a pas de preuves contre le capitaine Butler, mais, selon l'expression du docteur Meade, les Yankees veulent faire un exemple. Le docteur dit que, s'ils le pendent, ce sera la première chose propre qu'ils aient jamais faite, mais ma foi je n'en sais rien... Et dire que le capitaine Butler était ici il y a juste une semaine ! Songe qu'il est venu m'offrir la plus belle caille que j'aie jamais vue et qu'il n'a pas cessé de demander de tes nouvelles. Il m'a dit qu'il avait peur de t'avoir offensée pendant le siège et que tu ne le lui pardonnes jamais.

– Combien de temps restera-t-il en prison ?

– Personne ne sait. Il y restera peut-être jusqu'à ce qu'on le pende, mais d'un autre côté on n'arrivera peut-être pas à prouver qu'il est l'auteur du crime. En tout cas, pourvu qu'ils aient quelqu'un à pendre, ça ne paraît pas beaucoup gêner les Yankees qu'on soit coupable ou non. Ils sont sur les dents... Pitty baissa la voix d'un air mystérieux... oui, à cause du Ku-Klux-Klan. Est-ce que vous avez une section du Klan dans votre comté ? Moi, j'en suis sûre et je suis bien persuadée qu'Ashley est au courant, mais qu'il ne vous en parle pas parce que vous êtes des femmes. Les membres du Klan ne doivent pas parler. Ils s'habillent comme des revenants et s'en vont la nuit à cheval frapper chez les Carpetbaggers coupables de vol et chez les noirs qui font trop les fiers. Parfois ils se contentent de les effrayer et de leur intimer l'ordre de quitter Atlanta, mais quand la conduite de ces gens-là ne leur plaît pas, ils les fouettent et parfois... Pitty baissa encore la voix... parfois ils les tuent et, après avoir épinglé sur eux la carte du Ku-Klux-Klan, ils les laissent là où on pourra facilement les retrouver... Et les Yankees sont furieux de tout cela. Ils veulent faire un exemple... Mais Hugh Elsing m'a dit que, d'après lui, ils ne pendraient pas le capitaine Butler parce que les Yankees pensent qu'il sait où se trouve l'argent et qu'il se refuse à parler. Ils sont en train d'essayer de le faire avouer.

– Quel argent?

– Tu ne sais donc pas? Je ne te l'ai donc pas écrit? Mais enfin, ma chère, tu étais absolument enterrée à Tara. Toute la ville a été sens dessus dessous quand le capitaine Butler est revenu ici avec un beau cheval, une voiture et les poches pleines d'argent, tandis que nous autres nous en étions réduits à nous demander de quoi serait fait notre prochain repas. Tout le monde a été fou de rage qu'un ancien spéculateur, qui disait toujours des horreurs sur la Confédération, eût tant d'argent alors que nous étions tous si pauvres. Tout le monde se creusait la cervelle pour savoir comment il s'y était pris pour mettre sa fortune à l'abri, mais personne n'a eu le courage de le lui demander... sauf moi, et il s'est contenté de me répondre en riant: «Pas par des moyens honnêtes, vous pouvez en être sûre.» Tu sais combien il est difficile d'obtenir de lui quelque chose de sensé.

– Mais, voyons, il a gagné de l'argent pendant le blocus.

– Oui, c'est entendu, mon chou, mais il n'y a pas que ça. Comparativement à tout ce que cet homme possède, ce n'est qu'une goutte d'eau dans la mer. Y compris les Yankees, tout le monde est persuadé qu'il a fait main basse sur des millions de dollars en or appartenant au gouvernement confédéré et qu'il est allé les cacher quelque part.

– Des millions... en or?

– Voyons, mon chou, où donc s'en est allé tout notre or confédéré? Certaines personnes se le sont sûrement approprié et le capitaine Butler doit être du nombre. Les Yankees s'imaginaient que le président Davis l'avait emmené avec lui en quittant Richmond, mais lorsqu'ils l'ont capturé ils se sont rendu compte que le pauvre homme avait à peine un sou vaillant. Lorsque la guerre a pris fin, le trésor était vide et tout le monde pense que certains forceurs de blocus l'ont escamoté et conservent jalousement leur secret.

– Des millions... en or! Mais comment...

– Est-ce que le capitaine Butler n'a pas emmené des milliers de balles de coton en Angleterre et à Nassau afin de les vendre pour le compte du gouvernement confédéré ? fit Pitty d'un air triomphant. Et puis, il n'a pas vendu que du coton confédéré, il a vendu également du coton qui lui appartenait. Tu sais les cours qu'atteignait le coton en Angleterre pendant la guerre. On pouvait en demander tout ce qu'on voulait ! Le gouvernement lui avait laissé les mains libres à condition qu'il vendît du coton et achetât en échange des canons qu'il avait pour mission de ramener à bon port. Eh bien ! quand le blocus s'est resserré, il a dû renoncer à acheter des canons puisqu'on ne pouvait pas les débarquer, et comme d'autre part la vente du coton lui rapportait de telles sommes qu'il n'en a certainement pas dépensé la centième partie, on suppose donc que le capitaine Butler et d'autres forceurs de blocus ont déposé dans les banques anglaises des millions de dollars en attendant le moment favorable pour passer avec leurs cargaisons. Et ne viens pas me dire qu'ils ont déposé cet argent au nom de la Confédération. Ils l'ont bel et bien déposé à leur nom et il y est encore... tout le monde ne parle que de ça depuis la reddition et l'on blâme sévèrement les forceurs de blocus. Lorsque les Yankees ont arrêté le capitaine Butler pour le meurtre de ce nègre, ils avaient dû avoir vent de cette histoire, car, depuis qu'ils ont mis la main sur lui, ils essaient de lui faire dire où se trouve l'argent. Tu comprends, tous nos fonds confédérés appartiennent désormais aux Yankees... du moins, c'est ce que prétendent les Yankees. Cependant, le capitaine Butler déclare qu'il ne sait rien... Le docteur Meade, lui, est d'avis que de toute façon on devrait le pendre, bien que la pendaison soit encore un genre de mort trop doux pour un voleur et un profiteur... Mon Dieu, tu en fais une tête ? Tu ne te sens pas bien ? Ça t'a impressionnée ce que je viens de raconter ? Je sais bien que le capitaine t'a fait la cour autrefois, mais je pensais que c'était de l'histoire ancienne. Pour ma part, il ne m'a jamais beaucoup plu. Il est si mauvais sujet...

– Moi non plus, je n'ai aucune amitié pour lui, dit Scarlett en prenant sur elle. Nous nous sommes querellés pendant le siège après votre départ pour Macon. Où... où l'a-t-on mis ?

– À la caserne des pompiers, tout près du jardin public.

– À la caserne des pompiers ?

La tante Pitty pouffa de rire.

– Oui, à la caserne des pompiers. Les Yankees l'ont transformée en prison militaire. Les Yankees campent dans des baraquements qu'ils ont établis dans les jardins publics tout autour de la mairie, et la caserne des pompiers est juste de ce côté-là, au bas de la rue. Oh ! Scarlett, hier, j'ai entendu raconter une histoire du plus haut comique sur le capitaine Butler. J'avais oublié de te dire ça. Tu sais qu'il était toujours tiré à quatre épingles. Oui, c'est un vrai dandy… eh bien ! comme on ne lui laissait pas prendre de bain, il est revenu chaque jour à la charge et, de guerre lasse, on a fini par le sortir de sa cellule pour le conduire au milieu du jardin où il y avait une grande auge dans laquelle s'était ébroué tout le régiment ! Comme on lui disait qu'il pouvait s'y baigner, il a répondu non et a déclaré qu'il aimait encore mieux sa crasse de Sudiste que la crasse des Yankees, et…

Tante Pitty continua de babiller sans arrêt. Scarlett l'entendait, mais elle ne prêtait aucune attention à ce qu'elle disait. Dans son esprit, il n'y avait place que pour deux idées : Rhett était plus riche qu'elle n'eût osé l'espérer et il était en prison. Le fait qu'il était en prison et qu'il risquait d'être pendu changeait quelque peu la face des choses et ouvrait même de brillantes perspectives. Que Rhett fût pendu, ça lui était à peu près égal. Elle avait un besoin trop pressant d'argent pour se soucier du destin qui le guettait. En outre, elle partageait dans une certaine mesure l'opinion du docteur Meade et trouvait que la pendaison était une mort encore trop douce pour lui. Un homme capable d'abandonner en pleine nuit une femme au milieu de deux armées, uniquement pour voler au secours d'une cause déjà perdue, méritait bien d'être pendu… Si elle pouvait s'arranger pour l'épouser pendant qu'il était en prison, tous ces millions lui reviendraient, lui appartiendraient à elle seule, à condition que Rhett fût exécuté. Et si elle ne pouvait pas l'épouser peut-être pourrait-elle obtenir qu'il lui prêtât de l'argent en lui promettant de devenir sa femme quand il serait libéré ou en lui promettant… oh ! en lui promettant n'importe quoi ! Et si jamais on le pendait, eh bien ! elle serait quitte de sa dette.

Pendant un moment son imagination s'enflamma à la pensée qu'elle pourrait devenir veuve grâce à l'obligeante intervention du gouvernement yankee. Des millions en or ! Elle réparerait Tara, elle embaucherait des ouvriers agricoles, elle planterait des milles et des milles de coton. Et puis elle aurait de jolies robes et mangerait tout ce qui lui plairait. Elle n'oublierait ni Suellen, ni Carreen ; quant à Wade, il ferait de la suralimentation pour remplumer ses petites joues pâlottes, il aurait des vêtements chauds, elle lui donnerait une gouvernante et plus tard il irait à l'Université… Il aurait enfin des chaussures à se mettre aux pieds et il deviendrait autre chose qu'un petit garçon ignorant comme le dernier des rustres. Elle confierait Gérald à un bon docteur et Ashley… que ne ferait-elle pas pour Ashley ?

Le monologue de tante Pitty s'interrompit brusquement sur un « Oui, Mama ? » interrogatif et Scarlett, arrachée à ses rêves, aperçut Mama immobile sur le seuil de la pièce, les mains sur son tablier, le regard vif et pénétrant. Elle se demanda depuis combien de temps Mama était là à écouter et à observer. À en juger par l'éclat de ses yeux, elle avait probablement tout entendu.

– Ma'ame Sca'lett elle a l'ai' fatigué. Il vaud'ait mieux qu'elle aille se coucher.

– Oui, je me sens fatiguée, dit Scarlett en se levant et en adressant à Mama un regard d'enfant qui a besoin d'aide. J'ai peur aussi d'avoir attrapé un rhume. Ça ne vous ennuiera pas, tante Pitty, si je reste au lit demain et si je ne vais pas faire de visites avec vous. J'ai tout le temps devant moi pour vous accompagner chez nos amis et j'ai tellement envie d'assister demain soir au mariage de Fanny. Vous comprenez, si mon rhume s'aggrave, je ne pourrai pas m'y rendre. Un jour au lit, ce sera la meilleure façon de me soigner.

Mama tâta la main de Scarlett et eut l'air préoccupé. Scarlett n'allait sûrement pas bien. L'excitation de son cerveau était soudain tombée, la laissant pâle et tremblante.

– Vot' main elle est f'oi'de comme un glaçon, mon chou. Venez vous coucher. Je vais vous p'épa'er une infusion de sassaf'as et je fe'ai chauffer une b'ique pou' que vous t'anspi'iez.

– Où ai-je donc la tête ? s'exclama la vieille demoiselle en sautant à bas de sa chaise et en caressant le bras de Scarlett. Je n'arrête pas de jacasser et je ne pense même pas à toi. Ma chérie, tu resteras au lit demain toute la journée et nous pourrons bavarder ensemble. Oh ! Grand Dieu, mais non ! Ce sera impossible. J'ai promis à Mme Bonnell de passer la journée auprès d'elle. Elle est couchée avec la grippe ainsi que sa cuisinière. Mama, je suis si contente que tu sois ici. Tu pourras venir avec moi demain matin chez Mme Bonnell, il y aura de quoi faire.

Mama poussa Scarlett dans l'escalier enténébré tout en se livrant à de graves considérations sur les mains froides et les chaussures à semelles fines. Scarlett avait adopté un petit air soumis et se félicitait de la tournure des événements. Si seulement elle pouvait continuer à endormir la méfiance de Mama et trouver le moyen de la faire sortir dans la matinée, tout serait pour le mieux. Elle irait voir Rhett à la prison. Tandis qu'elle montait l'escalier, le grondement sourd du tonnerre commença à se faire entendre et Scarlett pensa combien il ressemblait au bruit de la canonnade, pendant le siège. Dans son esprit, le bruit du tonnerre devait à tout jamais être symbole de canonnade et de guerre.

XXXIV

Le lendemain matin, le soleil brillait par intermittence et la bourrasque qui lui soufflait au visage de gros nuages noirs secouait les vitres et remplissait la maison de faibles gémissements. Scarlett adressa de brèves actions de grâces au Seigneur pour le remercier d'avoir fait cesser la pluie de la nuit précédente qu'elle avait écoutée tomber en pensant que ce serait la perte de sa robe de velours et de sa capote neuve. Maintenant qu'elle surprenait de furtives échappées de ciel bleu, son moral se relevait. Elle eut bien du mal à rester au lit, à conserver son air dolent et à tousser à fendre l'âme jusqu'à ce que tante Pitty, Mama et l'oncle Peter fussent partis en procession chez Mme Bonnell. Lorsqu'elle entendit se refermer la grille et qu'elle se trouva seule dans la maison, à l'exception de Cookie, qui chantait dans la cuisine, elle sauta à bas de son lit et sortit ses vêtements neufs de la penderie.

Elle avait puisé dans le sommeil des forces fraîches et, du fin fond de son cœur endurci, elle tira le courage dont elle avait besoin. Dans la perspective de se mesurer avec un homme, avec n'importe quel homme, il y avait quelque chose qui stimulait son énergie, et, après des mois et des mois de lutte contre d'innombrables déboires, elle éprouvait une sensation grisante à l'idée d'affronter enfin un adversaire précis sur lequel elle arriverait peut-être à prendre le dessus grâce à ses seules ressources.

S'habiller toute seule ne fut pas une petite affaire ; néanmoins elle y réussit et, après s'être coiffée de sa capote aux plumes provocantes, elle se précipita dans la chambre de tante Pitty pour vérifier sa toilette dans la haute psyché. Comme elle était jolie ! Les plumes de coq lui donnaient un petit air effronté et le velours vert mat de la capote rehaussait singulièrement l'éclat de ses yeux qui en prenaient presque une teinte d'émeraude. Quant à la robe, elle n'avait pas sa pareille pour le luxe, l'élégance et en même temps le bon ton ! C'était merveilleux d'avoir de nouveau une belle robe. C'était si agréable de se sentir jolie et désirable. Scarlett se pencha en avant, embrassa son image dans la glace, puis se mit à rire de son enfantillage. Elle ramassa le châle d'Ellen qu'elle avait laissé tomber pour mieux se regarder et voulut s'en envelopper, mais les couleurs en étaient fanées et juraient avec le vert de la robe. Scarlett ouvrit l'armoire de tante Pitty, en sortit une large mante de drap fin que Pitty ne portait que le dimanche et elle s'en couvrit les épaules. Elle passa à ses oreilles les boucles en diamant qu'elle avait apportées de Tara et rejeta la tête en arrière pour juger de l'effet produit. Les boucles cliquetèrent d'une manière fort satisfaisante et Scarlett se dit qu'une fois en présence de Rhett il ne faudrait pas qu'elle oublie de rejeter souvent la tête en arrière. Le mouvement des boucles d'oreilles séduisait toujours les hommes et donnait aux jeunes femmes un air tellement spirituel.

Quel dommage que tante Pitty n'eût pas d'autres gants que ceux qu'elle portait en ce moment ! Sans gants, une femme ne pouvait pas se sentir distinguée, mais Scarlett n'en avait plus depuis qu'elle avait quitté Atlanta. Et les rudes besognes auxquelles elle s'était livrée à Tara lui avaient rendu les mains si calleuses qu'elles n'étaient vraiment pas belles à voir. Allons, elle n'y pouvait rien. Elle allait emprunter le petit manchon en phoque de tante Pitty et y cacherait ses mains. Scarlett estima que ce manchon ajoutait la dernière touche élégante à sa tenue. En la voyant, personne ne pourrait se douter qu'elle était pauvre et même réduite aux abois.

Il importait tant que Rhett ne se doutât de rien. Il fallait absolument lui faire croire que seuls de tendres motifs avaient inspiré sa visite.

Scarlett descendit l'escalier sur la pointe des pieds et sortit de la maison sans éveiller l'attention de Cookie, qui continuait son concert dans la cuisine. Afin d'échapper aux regards des voisins, elle emprunta la rue du Boulanger et, lorsqu'elle eut atteint la rue aux Houx, elle alla s'asseoir sur une borne en face d'une maison en cendres dans l'espoir qu'une voiture ou une charrette complaisante voudrait bien la rapprocher du but de son expédition.

Le soleil jouait à cache-cache avec les nuages échevelés et brillait d'un éclat trompeur. Le vent s'amusait avec les dentelles du pantalon de Scarlett, qui se mit à frissonner et s'emmitoufla d'un geste impatient dans la cape de tante Pitty. Au moment où elle allait se résigner à se rendre à pied au camp yankee, elle vit venir vers elle une carriole délabrée traînée par une mule flegmatique. Sur le siège était assise une vieille à la lèvre barbouillée de tabac à priser, au visage tanné par la vie au grand air. Elle se rendait du côté de la mairie et accepta de mauvaise grâce que Scarlett s'installât auprès d'elle. À coup sûr, la toilette de la jeune femme, sa capote, son manchon, n'avaient point ses faveurs.

« Elle me prend pour une gourgandine, pensa Scarlett, et, ma foi, elle n'a peut-être pas tort. »

Lorsque la carriole atteignit enfin le jardin public, Scarlett remercia, descendit et regarda s'éloigner la vieille paysanne. Puis, après s'être assurée que personne ne pouvait la voir, elle se pinça les joues pour leur redonner de la couleur, et se mordit les lèvres pour les rendre plus rouges. Elle rajusta sa capote, se lissa les cheveux et promena les yeux autour d'elle. La mairie en brique rouge avait échappé à l'incendie de la ville, mais, sous le ciel gris, elle paraissait abandonnée. Tout autour du bâtiment et sur toute l'étendue des jardins dont il était le centre s'alignaient des baraquements militaires sales et couverts de boue. On voyait partout flâner des soldats yankees et Scarlett sentit une partie de son courage l'abandonner. Comment allait-elle s'y prendre pour joindre Rhett au milieu de ce camp d'ennemis ?

Elle regarda du côté de la caserne des pompiers et remarqua que les grands porches voûtés étaient fermés et garnis de lourds panneaux. De chaque côté du bâtiment passaient et repassaient des sentinelles. Rhett était là. Mais qu'allait-elle dire aux soldats yankees ? Et eux, qu'allaient-ils lui dire ? Elle redressa les épaules. Quand on avait eu le courage de tuer un Yankee on n'allait tout de même pas avoir peur pour si peu.

Scarlett traversa tant bien que mal la rue boueuse et marcha droit devant elle jusqu'à ce qu'elle fût arrêtée par une sentinelle sanglée dans une capote bleue.

– Qu'est-ce que vous voulez, m'dame ?

Il avait beau nasiller d'une manière bizarre comme les gens du Middle West, il ne s'en exprimait pas moins d'un ton poli et déférent.

– Je voudrais voir un homme qui est ici... un prisonnier.

– Ça, j'pourrais pas vous dire, fit la sentinelle en se grattant la tête. Ils sont rudement durs pour les visites et... (Il s'arrêta net.) Bon Dieu, m'dame. Faut pas pleurer ! Allez donc au quartier général demander la permission aux officiers. J'parie qu'ils vous laisseront passer.

Scarlett, qui n'avait nullement envie de pleurer, gratifia l'homme d'un sourire radieux. Il se tourna vers une autre sentinelle : « Eh ! Bill. Ramène-toi. »

La seconde sentinelle, un gros homme doté d'horribles moustaches noires qui émergeaient du col relevé de sa capote, s'approcha en pataugeant dans la boue.

– Conduis-moi donc cette dame au quartier général.

Scarlett remercia et suivit son guide.
– Faites attention à ne pas vous tordre la cheville sur ces dalles, dit le soldat en la prenant par le bras. Et puis, vous feriez mieux de retrousser un peu votre jupe, à cause de la boue.
Il avait lui aussi une voix nasillarde, mais il était très aimable et très respectueux. Allons, les Yankees n'avaient rien de terrible.
– Il fait un temps bougrement froid pour une dame, dit la sentinelle. Vous venez de loin ?
– Oh ! oui, de l'autre bout de la ville, répondit Scarlett, tout heureuse de l'amabilité de cet homme.
– C'est pas un temps pour se promener, insista le soldat, avec toute cette grippe qui court dans l'air. Nous voilà arrivés au bureau des officiers, madame… Qu'est-ce qui ne va pas ?
– Cette maison… c'est ça votre quartier général ?
Scarlett contempla la ravissante et vieille demeure qui donnait sur le jardin public et elle eut envie de pleurer. Elle y avait assisté à tant de réunions pendant la guerre. On s'y amusait si bien jadis, et maintenant on y voyait flotter un grand drapeau des États-Unis.
– Qu'est-ce qui se passe ?
– Rien… seulement… seulement je connaissais les gens qui habitaient là.
– Allons, c'est dommage. M'est avis qu'ils ne s'y reconnaîtraient plus aujourd'hui. Tout est sens dessus dessous à l'intérieur. Allons, m'dame, vous n'avez plus qu'à entrer. Vous demanderez le capitaine.
Scarlett gravit le perron en caressant la rampe blanche et poussa la porte. Dans le vestibule, il faisait sombre et froid comme dans une cave. Une sentinelle transie était en faction devant la porte de la pièce qui jadis servait de salle à manger.
– Je désirerais voir le capitaine, dit Scarlett.
Le factionnaire ouvrit la porte et Scarlett entra, le cœur battant, le visage empourpré par la gêne et l'émotion. À l'intérieur régnait une forte odeur de renfermé. Cela sentait le feu qui tire mal, le tabac, le cuir, l'uniforme mouillé et la crasse des corps mal lavés. Scarlett distingua confusément des murs nus aux papiers déchirés, des rangées de capotes bleues et de chapeaux de feutre accrochés à des clous, une longue table couverte de paperasses et un groupe d'officiers en vestes bleues ornées de boutons de cuivre.
Elle avala sa salive et s'éclaircit la gorge. Elle ne voulait pas montrer à ces Yankees qu'elle avait peur et tenait en même temps à produire la meilleure impression possible.
– Le capitaine ?

– C'est moi l'un des capitaines, répondit un homme replet dont la veste était déboutonnée.
– Je voudrais voir un prisonnier, le capitaine Rhett Butler.
– Encore ce Butler ? Il en a du succès, cet homme, déclara le capitaine, qui ôta un cigare mâchonné de sa bouche et se mit à rire. Vous êtes une de ses parentes, madame ?
– Oui... sa... sa sœur.
L'officier rit de nouveau.
– Il en a des sœurs. Il en est déjà venu une hier.
Scarlett rougit. Il s'agissait sûrement d'une de ces créatures que Rhett fréquentait, la Watling sans doute. Et ces Yankees allaient s'imaginer un tas de choses sur son compte. Ce n'était pas tenable. Même pour Tara elle ne resterait pas une minute de plus à se laisser insulter. Elle recula vers la porte, en saisit la poignée d'un geste rageur, mais un autre officier s'approcha d'elle. Jeune et rasé de frais, il avait un air gai et aimable.
– Une minute, madame. Vous ne voulez pas vous asseoir près du feu pour vous réchauffer ? Je vais aller voir ce que je peux faire pour vous. Comment vous appelez-vous ? Vous comprenez, le prisonnier a refusé de recevoir la... hum, la dame qui est venue hier.
Scarlett s'assit sur la chaise qu'on lui offrait, lança un coup d'œil au gros capitaine tout penaud et déclina son identité. Le jeune officier enfila sa capote et sortit tandis que ses camarades se retiraient à l'autre extrémité de la pièce où ils se mirent à discuter à voix basse tout en compulsant des papiers.
Au bout d'un certain temps on entendit un murmure de voix derrière la porte et Scarlett reconnut le rire de Rhett. La porte s'ouvrit, un courant d'air froid balaya la pièce et Rhett apparut, tête nue, une longue cape jetée négligemment sur l'épaule. Il était sale et mal rasé. Il ne portait pas de cravate, mais, en dépit de sa tenue négligée, il avait encore son petit air conquérant et ses yeux pétillèrent de joie en apercevant la jeune femme.
– Scarlett !
Il prit ses deux mains dans les siennes, et comme toujours de leur étreinte se dégageait quelque chose de tiède et d'émouvant. Avant même que Scarlett ait eu le temps de se rendre compte de ce qu'il allait faire, il se pencha vers elle et l'embrassa sur la joue. Comme elle se reculait instinctivement, il la prit par les épaules et s'écria en souriant : « Ma petite sœur chérie ! » Scarlett ne put s'empêcher de lui rendre son sourire. Quelle canaille ! La prison ne l'avait pas changé.

– Tout à fait contre les règlements, bougonna le gros capitaine en s'adressant au jeune officier. Il n'aurait pas dû quitter la caserne. Vous connaissez la consigne.
– Oh ! je vous en prie, Henry ! La dame va mourir de froid dans cette grange.
– Ça va, ça va. Vous prenez ça sous votre responsabilité ?
– Croyez-moi, messieurs, fit Rhett en se tournant vers les officiers sans lâcher les épaules de Scarlett, ma... ma sœur ne m'a apporté ni scie à métaux, ni lime pour m'aider à m'évader.
Tous se mirent à rire, Scarlett jeta un regard éperdu autour d'elle. Juste Ciel ! allait-elle être obligée de parler à Rhett en présence de six officiers yankees ! Était-il donc un prisonnier si dangereux qu'ils ne voulaient pas le perdre de vue un seul instant ? Le jeune et aimable officier devina son anxiété. Il ouvrit une porte et murmura quelques mots à deux simples soldats qui se levèrent pour le saluer. Ils prirent leurs fusils et passèrent dans le vestibule après avoir refermé la porte derrière eux.
– Si le cœur vous en dit, vous pouvez aller vous asseoir dans la pièce réservée aux plantons, déclara le jeune capitaine. Seulement n'essayez pas de prendre la poudre d'escampette. Mes deux hommes montent la garde dehors.
– Tu vois, Scarlett, la réputation que j'ai, dit Rhett. Merci, mon capitaine. C'est fort aimable à vous.
Il s'inclina avec beaucoup de grâce et, prenant Scarlett par le bras, il la fit entrer dans la pièce en désordre. Scarlett ne devait jamais se rappeler le moindre détail de cette pièce, si ce n'est qu'elle était petite, qu'il y faisait sombre et pas trop chaud, qu'aux murs étaient épinglés des ordres écrits à la main et qu'on y avait placé des chaises dont le siège en cuir de vache conservait encore ses poils.
Lorsqu'il eut refermé la porte, Rhett s'approcha de Scarlett et se pencha vers elle. Devinant ce qu'il désirait, la jeune femme détourna vivement la tête, mais du coin de l'œil décocha à son compagnon un sourire provocant.
– Je n'ai pas le droit de vous embrasser pour de bon, maintenant ?
– Si, sur le front, en bon frère.
– Fichtre non, grand merci. Je préfère attendre quelque chose de mieux.
Les yeux de Rhett se portèrent sur ses lèvres et s'y arrêtèrent un moment.
– Mais comme vous êtes bonne d'être venue me voir, Scarlett ! Vous êtes la première personne respectable qui m'ait demandé depuis

qu'on m'a incarcéré, et je vous assure qu'on apprécie l'amitié lorsqu'on est en prison. Quand êtes-vous arrivée en ville ?

– Hier après-midi.

– Et vous êtes venue dès ce matin ! Mais, ma chère, c'est encore mieux que de la bonté.

Il lui sourit et, pour la première fois, elle lut sur son visage une expression de plaisir sincère. Scarlett s'en réjouit intérieurement et baissa la tête comme si elle était gênée.

– Bien entendu, je suis venue tout de suite. Tante Pitty m'a parlé de vous hier soir et je… je n'ai pas pu fermer l'œil de la nuit tellement je trouve ça affreux. Rhett, je suis malheureuse.

– Voyons, Scarlett !

Rhett s'exprimait d'une voix douce qui avait pourtant d'étranges vibrations. Elle leva les yeux sur lui et s'étonna de ne plus trouver trace de ce scepticisme, de cet humour cinglant qu'elle connaissait si bien. Cette fois, elle se sentit gênée pour de bon. Les choses prenaient encore meilleure tournure qu'elle n'avait espéré.

– Ça vaut la peine d'être en prison rien que pour vous revoir et vous entendre dire des choses comme ça. Quand on m'a transmis votre nom, je ne pouvais pas en croire mes oreilles. Vous comprenez, je n'escomptais pas que vous me pardonneriez la conduite patriotique dont j'avais fait preuve cette nuit-là sur la route de Rough and Ready. Dois-je interpréter cette visite comme un signe de pardon ?

Au souvenir de cet événement pourtant lointain, Scarlett sentit monter sa colère, mais elle se domina et secoua la tête de droite et de gauche jusqu'à ce qu'elle eût entendu tinter ses boucles d'oreilles.

– Non, je ne vous ai pas pardonné, dit-elle en faisant la moue.

– Allons, un autre espoir qui s'effondre. Et dire que je me suis offert en holocauste à ma patrie, que je me suis battu pieds nus dans la neige à Franklin et qu'en échange de mes souffrances j'ai attrapé le plus beau cas de dysenterie dont vous ayez jamais entendu parler.

– Je ne tiens pas à entendre parler de vos… souffrances, dit-elle en continuant de faire la moue, mais en même temps ses yeux bridés souriaient à Rhett. Je pense toujours que vous vous êtes montré odieux cette nuit-là et je ne crois pas que je vous pardonnerai jamais. Me laisser seule, comme cela, alors qu'il pouvait m'arriver n'importe quoi !

– Mais il ne vous est rien arrivé du tout. Vous voyez bien que ma confiance en vous était justifiée. Je savais que vous rentreriez chez vous saine et sauve et que Dieu vous viendrait en aide contre tous les Yankees qui se trouveraient sur votre chemin !

– Rhett, pourquoi diable avez-vous commis pareille sottise… vous engager à la dernière minute quand vous saviez que nous allions être écrasés ? Après tout ce que vous aviez dit sur les imbéciles qui allaient se faire tuer !

– Scarlett, épargnez-moi ! Chaque fois que j'y pense, je me sens accablé de honte.

– Allons, je suis ravie d'apprendre que vous avez honte de la façon dont vous vous êtes conduit avec moi !

– Vous ne me comprenez pas. J'ai le regret de dire que ma conscience ne m'a nullement reproché de vous avoir abandonnée. Mais en ce qui concerne le reste… quand je pense que j'ai rejoint l'armée en bottes vernies, en complet de toile blanche, avec pour seules armes une paire de pistolets de duel… quand je pense aux longues marches que j'ai faites dans la neige après que mes bottes furent devenues inutilisables… oui, quand je pense que je n'avais pas de pardessus, que je n'avais rien à me mettre sous la dent… eh bien ! je n'arrive pas à comprendre comment je n'ai pas déserté. Tout cela a été de la pure folie. Mais quoi, on a ça dans le sang. Les Sudistes ne peuvent jamais résister à l'appel d'une cause perdue. Enfin, peu importent mes arguments. Il me suffit d'être pardonné.

– Vous ne l'êtes pas. Je trouve toujours que vous vous êtes comporté comme un être ignoble.

Scarlett s'attarda si bien sur ce dernier mot, le prononça d'une voix si caressante qu'il sonna presque comme un mot d'amour.

– N'essayez pas de me donner le change. Vous m'avez pardonné. Les jeunes femmes n'ont pas coutume d'affronter les sentinelles yankees pour aller voir un prisonnier uniquement par bonté d'âme et, dans ces cas-là, elles ne portent ni robes de velours, ni plumes, ni manchon en peau de phoque. Scarlett, comme vous êtes jolie ! Dieu merci, vous n'êtes ni en guenilles, ni en deuil ! J'en ai assez des femmes mal fagotées avec leurs vieilles robes et leurs éternels voiles de crêpe. Vous me faites penser à la rue de la Paix. Tournez-vous, ma chère, laissez-moi vous regarder.

Il avait donc remarqué sa robe. Naturellement, il ne serait pas Rhett s'il ne remarquait pas ces choses-là. Elle rit, pivota sur les talons, étendit les bras, fit remonter les cerceaux de sa crinoline pour découvrir les jambes de son pantalon garni de dentelles. Aucun détail de sa toilette n'échappa au regard de Rhett, à ce regard impudent qui semblait déshabiller les femmes et donnait toujours la chair de poule à Scarlett.

– Vous me semblez être en pleine prospérité. Vous paraissez très, très à point. Pour un peu, on vous croquerait. S'il n'y avait pas de Yankees de l'autre côté de la porte... mais vous êtes en sûreté, ma chère. Asseyez-vous. Je n'abuserai pas de ma force comme la dernière fois que je vous ai vue. (Il se frotta la joue avec une douleur feinte.) En toute franchise, Scarlett, vous ne trouvez pas que vous avez été un peu égoïste cette nuit-là ? Songez à tout ce que j'avais fait pour vous, songez que j'avais risqué ma vie en volant un cheval, et quel cheval ! Et puis, ne courais-je pas au secours de notre glorieuse Cause ? Qu'ai-je obtenu pour me dédommager de mes peines ? Quelques mots durs et une bonne gifle.

Scarlett s'assit. La conversation ne s'engageait pas tout à fait sur la voie qu'elle avait espérée. Rhett avait paru si gentil sur le moment, si sincèrement heureux de la voir. Il avait presque donné l'impression d'être devenu une créature humaine, de ne plus être l'individu pervers qu'elle connaissait si bien.

– Vous faut-il donc toujours quelque chose en dédommagement de vos peines ?

– Mais bien sûr ! Je suis un monstre d'égoïsme, comme vous devriez le savoir. Quand je donne quelque chose, je caresse toujours l'espoir d'être payé de retour.

Scarlett sentit un petit frisson la parcourir, mais elle réagit et secoua ses boucles d'oreilles.

– Oh ! vous n'êtes pas aussi foncièrement mauvais que cela, Rhett. Vous voulez simplement vous en donner l'air.

– Ma parole, mais vous avez changé, dit-il en souriant. Qui donc a fait de vous une chrétienne ? Grâce à Mlle Pittypat je me suis tenu au courant de vos faits et gestes, mais la brave demoiselle ne m'avait point laissé entendre que vous aviez acquis une douceur toute féminine. Parlez-moi un peu plus de vous, Scarlett. Qu'avez-vous fait depuis la dernière fois que nous nous sommes vus ?

Scarlett sentait se réveiller en elle le vieil antagonisme qu'elle avait toujours éprouvé contre Rhett, et elle aurait bien voulu lui répondre par des paroles méchantes, mais au lieu de cela elle sourit et une fossette lui creusa la joue. Rhett avait attiré une chaise tout contre la sienne. Elle se pencha en avant et, sans avoir l'air d'y penser, elle lui posa affectueusement la main sur le bras.

– Oh ! moi, je me porte à merveille, et à Tara maintenant tout marche à souhait. Bien entendu, nous avons connu des heures épouvantables lorsque Sherman est passé par là, mais, après tout, il n'a pas incendié la maison et les noirs ont sauvé presque toutes les bêtes en les lâchant dans les marais. Et puis, nous avons eu une bonne récolte cette année, vingt balles. Oh! bien sûr, ce n'est pratiquement rien par rapport à ce que Tara peut produire, mais nous manquons de main-d'œuvre. Papa dit que nous ferons mieux l'année prochaine. Mais, Rhett, on s'ennuie tellement à la campagne, désormais. Figurez-vous qu'il n'y a plus ni bals, ni pique-niques et que les garçons ne savent plus parler que de la dureté des temps! Bonté divine, j'en ai par-dessus la tête. La semaine dernière j'ai fini par être tellement excédée que papa m'a conseillé d'aller faire un petit voyage et de m'amuser. Je suis donc venue ici me commander quelques robes et ensuite je me rendrai à Charleston chez ma tante. Ça va être délicieux de retourner au bal.

« Allons, se dit Scarlett avec fierté, je lui ai raconté ma petite histoire tout à fait comme il fallait, sans me faire passer pour trop riche ni pour trop pauvre! »

– Vous êtes ravissante en robe de bal, ma chère, et vous le savez, voilà le malheur! D'après moi, la véritable raison de votre voyage, c'est que les bergers de votre comté n'ont plus d'attraits pour vous et que vous désirez chasser sur d'autres terres.

Scarlett se félicita que Rhett ne fût revenu que depuis peu à Atlanta après une absence de plusieurs mois. Sans cela il n'eût jamais émis une hypothèse aussi ridicule. Elle accorda une brève pensée aux bergers du comté, aux petits Fontaine qui rongeaient leur frein sous leurs haillons, aux fils Munroe qui traînaient une existence misérable, aux jeunes gens de Jonesboro et de Fayetteville si occupés à charruer, à couper du bois, à soigner de vieilles bêtes malades qu'ils en avaient perdu le souvenir des bals et des flirts agréables. Mais Scarlett écarta ce souvenir et ricana d'un petit air satisfait comme si elle reconnaissait le bien-fondé des suppositions de Rhett.

– Vous n'avez pas de cœur, Scarlett, mais c'est peut-être ce qui fait une partie de votre charme.

Rhett sourit comme autrefois, un pli moqueur au coin de la bouche, mais Scarlett n'en comprit pas moins qu'il venait de lui adresser un compliment.

– Naturellement, poursuivit-il, vous n'ignorez pas que vous avez plus de charme qu'il ne devrait être permis. Moi-même, si endurci que je sois, j'en ai subi les effets. Je me suis souvent demandé ce qu'il pouvait bien y avoir en vous pour que je n'arrive pas à vous oublier. Enfin, j'ai connu pas mal de dames plus jolies que vous et, à coup sûr, plus habiles, sans parler de leur incontestable supériorité morale. Mais, quoi que je fasse, mes pensées reviennent toujours vers vous. Tenez, après la reddition, quand j'étais en France et en Angleterre, je ne vous avais pas revue, je n'avais aucune nouvelle de vous et j'entretenais des relations fort agréables avec un grand nombre de jolies femmes, eh bien ! je pensais quand même à vous et je me demandais ce que vous deveniez.

Pendant un instant, Scarlett fut indignée. Comment ! il osait dire qu'il connaissait des femmes plus jolies, plus habiles ou meilleures qu'elle. Pourtant ce désagrément fut compensé par le plaisir qu'elle éprouvait en constatant que Rhett ne l'avait pas oubliée. Cela allait lui faciliter la tâche. Et son attitude était si gentille, il se conduisait presque comme n'importe quel homme du monde l'aurait fait en pareilles circonstances. Maintenant il ne restait plus à Scarlett qu'à amener la conversation sur lui-même afin de lui faire entendre qu'elle non plus ne l'avait pas oublié et alors...

Elle lui secoua gentiment le bras et une nouvelle fossette lui creusa la joue.

– Oh ! Rhett, comme vous y allez ! Taquiner une petite paysanne comme moi ! Je sais pertinemment que vous n'avez pas pensé un seul instant à moi après m'avoir abandonnée. Ne venez pas me dire que vous avez pensé à moi au milieu de toutes ces jolies Françaises et Anglaises. Cependant, je ne suis pas venue jusqu'ici pour vous entendre me raconter des sornettes. Je suis venue... venue... parce que.

– Parce que quoi ?

– Oh ! Rhett, je me fais tant de soucis pour vous ! J'ai si peur pour vous ! Quand vous laissera-t-on sortir de cette terrible prison ?

Il immobilisa la main de Scarlett dans la sienne et la maintint serrée contre son bras.

– Votre chagrin vous fait honneur. Il n'est pas question de me laisser sortir. Je ne sais pas pour ma part quand ce sera. Peut-être quand on aura allongé un peu plus la corde.

– La corde ?

– Oui, je m'attends à sortir d'ici au bout d'une corde.

– On ne va tout de même pas vous pendre ?

– On le fera si on arrive à réunir d'autres preuves contre moi.

– Oh ! Rhett ! s'écria Scarlett, la main sur le cœur.

– Ça vous ferait de la peine ? Si vous avez suffisamment de chagrin, je vous mettrai sur mon testament.

Son testament ! Scarlett baissa vite les yeux pour ne pas se trahir, mais pas assez, car, dans le regard de Rhett, s'alluma soudain une lueur de curiosité.

– D'après les Yankees, je devrais en avoir un beau testament ! En ce moment, les gens ont l'air de s'intéresser diablement à mes finances. Chaque jour on me traîne de commission d'enquête en commission d'enquête et l'on me harcèle de questions abracadabrantes. Le bruit court que j'ai pris le large avec l'or mythique de la Confédération.
– Eh bien ! est-ce vrai ?
– Ça, c'est une question directe au moins ! Vous savez aussi bien que moi que la Confédération faisait marcher la planche à billets au lieu de fabriquer des pièces d'or.
– Mais d'où tirez-vous tout votre argent ? Vous avez spéculé ? Tante Pitty prétend...
– En voilà des preuves !
Que le diable l'emporte ! Mais bien sûr, c'était lui qui l'avait, l'argent de la Confédération. Elle était si agitée qu'il lui devenait difficile de conserver un ton aimable.
– Rhett, ça me met dans un tel état de vous savoir ici. Pensez-vous avoir une chance de vous tirer d'affaire ?
– *Nihil desperandum*, telle est ma devise.
– Qu'est-ce que ça veut dire ?
– Ça veut dire « peut-être », ma charmante ignorante.
Elle battit des cils, regarda Rhett, puis baissa de nouveau les yeux.
– Oh ! vous êtes trop intelligent pour vous laisser pendre. Vous allez bien trouver le moyen de rouler les Yankees et de sortir d'ici. Quand vous serez libre...
– Quand je serai libre ? demanda-t-il d'une voix douce en se rapprochant de Scarlett.
– Eh bien je... alors, Scarlett prit un joli petit air confus et se mit à rougir. (Rougir ne lui fut pas difficile, car elle avait la respiration coupée et son cœur battait comme un tambour.) Rhett, je regrette tellement ce... ce que j'ai dit cette nuit-là... vous savez... près de Rough and Ready. J'avais... oh ! j'avais si peur, j'étais si bouleversée et vous, vous étiez si... si... (Elle aperçut la main brune de Rhett qui retenait les siennes prisonnières.) Et... je... je croyais que je ne vous pardonnerais jamais, jamais ! Mais hier, quand tante Pitty m'a dit que vous... que vous risquiez d'être pendu... j'ai senti brusquement quelque chose en moi et je... je... (Elle lui adressa un regard implorant dans lequel on aurait pu lire toutes les souffrances d'un cœur torturé.) Oh ! Rhett ! Si l'on vous pend, j'en mourrai. Je ne pourrai pas m'en remettre ! Vous comprenez, je... et comme elle n'avait plus la force de supporter l'éclat brûlant des yeux de Rhett, elle baissa les paupières.

« Dans une minute, je vais pleurer, se dit-elle au comble de l'étonnement et de l'agitation. Faut-il retenir mes larmes ? Est-ce que ça aura l'air plus naturel si je pleure ? »

– Mon Dieu, Scarlett, fit Rhett, vous ne voulez pas entendre par là…

Et il étreignit si fort les mains de la jeune fille qu'il lui fit mal.

Les paupières serrées, elle s'efforçait de faire venir les larmes, mais en même temps elle eut la présence d'esprit de tourner légèrement la tête pour que Rhett pût l'embrasser sans difficulté. Oui, il allait l'embrasser sur la bouche, elle allait sentir contre les siennes ses lèvres fermes et insistantes dont elle se rappela soudain le contact avec une netteté qui la laissa pantelante. Mais il ne l'embrassa pas. Déçue, elle entrouvrit les yeux et regarda Rhett à la dérobée. Sa tête noire était penchée sur ses mains et, tandis qu'elle l'observait il porta l'une d'elles à ses lèvres, puis s'empara de l'autre et l'appuya un instant contre sa joue. Scarlett s'attendait à un geste violent, aussi, devant cette manifestation de tendresse, demeura-t-elle stupide. Elle aurait pourtant toujours bien voulu étudier le visage de Rhett, mais elle dut y renoncer car il tenait toujours la tête baissée.

Elle referma les yeux de peur que Rhett en se redressant brusquement n'y surprît une expression de triomphe trop visible. Il allait la demander en mariage… ou du moins il allait lui dire qu'il l'aimait et puis… Elle continuait de l'observer, les cils mi-clos. Il voulut lui embrasser le creux de la main et soudain il poussa un bref soupir. Alors, pour la première fois depuis un an, Scarlett vit la paume de sa main telle qu'elle était pour de bon, et elle se sentit glacée de terreur. C'était la paume de quelqu'un d'autre, ce n'était pas la paume douce et blanche de Scarlett O'Hara. Le travail avait durci cette main-là, le soleil l'avait tannée, elle était couverte de taches de rousseur. Les ongles en étaient cassés et la paume calleuse. Une coupure à demi cicatrisée balafrait le pouce. La brûlure qu'elle s'était faite le mois précédent avec de la graisse bouillante était hideuse. Elle la regarda horrifiée et, sans y penser, elle serra vivement le poing.

Rhett ne relevait toujours pas la tête. Scarlett ne pouvait toujours pas voir son visage. Il lui ouvrit la main d'un geste impitoyable, s'empara de l'autre et les examina toutes les deux en silence.

– Regardez-moi, dit-il enfin d'un ton très calme tout en se redressant. Quittez cet air de sainte-nitouche.

Elle se tourna vers lui de mauvaise grâce et lui présenta un visage à la fois provocant et bouleversé. Rhett fronçait les sourcils, ses yeux noirs étincelaient.

– Alors, tout marche à souhait à Tara, hein? On y récolte tellement de coton que vous pouvez vous offrir des voyages. Qu'avez-vous donc fait avec vos mains... vous avez poussé la charrue?

Scarlett essaya de se dégager, mais Rhett la tenait ferme.

– Ce ne sont pas des mains de femme du monde, dit-il en les lâchant tout d'un coup.

– Oh! taisez-vous! s'exclama Scarlett qui, sur le moment, éprouva un soulagement intense à pouvoir exprimer librement ses sentiments. Est-ce que ça vous regarde ce que je fais de mes mains?

«Quelle imbécile je suis!» se dit-elle dans un accès de rage contre elle-même. «J'aurais dû emprunter ou voler les gants de tante Pitty. Mais quoi, je ne me rendais pas compte que mes mains étaient dans cet état. C'était forcé qu'on les remarque. Et voilà que je me suis mise en colère et que j'ai peut-être tout gâché. Oh! en arriver là au moment où il était sur le point de me faire une déclaration.»

– Évidemment, ça ne me regarde pas, déclara Rhett d'un ton glacial tout en s'appuyant nonchalamment au dossier de son siège.

Ainsi il voulait faire la forte tête. Eh bien! si elle tenait à faire de cette débâcle une victoire, elle n'avait plus qu'à filer doux comme un agneau, quoi qu'il lui en coûtât. Peut-être qu'en lui parlant gentiment...

– Vous n'êtes vraiment pas chic avec mes pauvres mains. Tout cela parce que je suis montée à cheval la semaine dernière sans mes gants et...

– Monter à cheval, elle est bien bonne! Vous avez peiné comme une négresse avec ces mains-là. Qu'avez-vous à répondre? Pourquoi êtes-vous venue me raconter des mensonges sur Tara?

– Voyons, Rhett...

– Si nous en venions droit au fait. Quel est le véritable motif de votre visite? À voir la façon dont vous minaudiez, j'ai failli croire que vous aviez un peu de tendresse pour moi et que vous regrettiez ce qui m'arrivait.

– Oh! mais si, je suis navrée! Je...

– Non, ce n'est pas vrai. On peut bien me pendre plus haut qu'Aman, pour ce que ça vous fera! Ça se voit sur votre visage aussi nettement que sur vos mains les marques d'un travail pénible. Vous vouliez obtenir quelque chose de moi, quelque chose dont vous aviez si grand besoin que vous avez monté toute cette petite comédie. Pourquoi n'êtes-vous pas venue me dire tout de go de quoi il s'agissait? Vous auriez eu beaucoup plus de chances d'obtenir gain de cause, car s'il y a une qualité que j'apprécie chez les femmes c'est bien la franchise. Mais non, il a fallu que vous veniez ici agiter vos boucles d'oreilles, minauder et vous tortiller comme une prostituée qui veut séduire un homme.

Il prononça ces derniers mots sans même élever la voix et pourtant ils sifflèrent aux oreilles de Scarlett comme un coup de fouet. C'était la ruine de toutes ses espérances. Après cela, il ne pouvait plus la demander en mariage. S'il avait laissé éclater sa colère ou s'il l'avait accablée de reproches, elle aurait encore su comment le prendre. Mais le calme redoutable de sa voix l'effrayait et lui ôtait tous ses moyens. Il avait beau être prisonnier, Scarlett se rendait compte que c'était dangereux de se payer la tête d'un homme de la trempe de Rhett Butler.

– Allons, c'est à ma mémoire qu'il faut que je m'en prenne. J'aurais dû me rappeler que vous me ressemblez et que vous n'entreprenez jamais rien sans y avoir été poussée par un motif quelconque. Voyons un peu, quelle idée pouviez-vous bien avoir derrière la tête, madame Hamilton. Est-il possible que vous vous soyez méprise au point de vous imaginer que j'allais vous demander en mariage ?

Scarlett rougit jusqu'aux oreilles et ne répondit pas.

– Je vous ai pourtant répété assez souvent que je n'étais pas fait pour le mariage. Vous ne pouvez pas l'avoir oublié.

Devant son mutisme, il dit avec une violence soudaine :

– Vous n'aviez pas oublié, hein ? Répondez-moi.

– Non, je n'avais pas oublié, bredouilla Scarlett, désemparée.

– Quelle joueuse vous faites, Scarlett ! Vous aimez tenter la chance. Vous vous étiez livrée au petit calcul suivant : « Il est prisonnier, il ne voit pas de femmes. Ça a dû le mettre dans un tel état que lorsque je viendrai lui rendre visite il se jettera sur moi comme une truite sur un ver. »

« Et c'est bien ce que vous avez fait, pensa Scarlett avec colère. Sans mes mains... »

– Maintenant nous connaissons à peu près toute la vérité, mais il nous manque encore le motif auquel vous avez obéi. Voyons si vous pouvez me dire exactement pour quelle raison vous vouliez m'enfermer dans les liens du mariage ?

Il y avait quelque chose de doucereux et de taquin dans la voix de Rhett, et Scarlett reprit courage. En somme, tout n'était pas forcément perdu. Bien entendu, il n'était plus question de mariage, mais avec de l'adresse et en faisant appel à leurs souvenirs communs, elle réussirait peut-être à se faire prêter de l'argent.

– Oh ! Rhett, fit-elle en prenant une expression enfantine, vous pourriez me rendre un si grand service... si vous vouliez seulement être gentil.

– Rien ne me plaît autant que d'être… gentil.
– Rhett, au nom de notre vieille amitié, je voudrais que vous m'accordiez une grande faveur.
– Allons, la dame aux mains calleuses en arrive enfin au but de sa mission. Je craignais bien aussi que ce rôle de bonne âme qui « rend visite aux malades et aux prisonniers » ne fût point dans vos cordes. Que désirez-vous ? de l'argent ?
La rudesse de la question détruisit en Scarlett tout espoir d'en arriver à ses fins à l'aide de subterfuges ou d'arguments d'ordre sentimental.
– Ne soyez pas méchant, Rhett, dit-elle d'un ton câlin. J'ai besoin d'argent. Je voudrais que vous me prêtiez trois cents dollars.
– Enfin, la vérité. On dit des mots tendres et on pense à son argent. Comme c'est bien femme ! Vous avez très grand besoin de cet argent ?
– Oh ! oui… c'est-à-dire pas tellement, mais ça m'est nécessaire.
– Trois cents dollars ! C'est une grosse somme. Pour quoi est-ce faire ?
– Pour payer les impôts de Tara.
– Alors vous voulez m'emprunter de l'argent. Eh bien ! puisque vous êtes si femme d'affaires, moi aussi je vais me montrer homme d'affaires. Qu'avez-vous à m'offrir en nantissement ?
– En quoi ?
– En nantissement. Qu'avez-vous à me donner en garantie ? Ça tombe sous le sens, je ne tiens pas à perdre tout cet argent.
– Mes boucles d'oreilles.
– Ça ne m'intéresse pas.
– Je vous consentirai une hypothèque sur Tara.
– Que ferais-je d'une ferme ?
– Eh bien ! vous pourriez… vous pourriez… c'est une bonne plantation. Vous n'y perdriez pas. D'ailleurs je vous rembourserais sur la prochaine récolte.
– Je n'en suis pas sûr. (Il se renversa en arrière et enfonça les mains dans ses poches.) Les cours du coton dégringolent. Les temps sont durs et l'argent est cher.
– Oh ! Rhett, vous me taquinez ! Vous savez bien que vous avez des millions !
Les yeux de Rhett pétillèrent de malice.
– Ainsi donc, tout marche à souhait pour vous et vous n'avez pas tellement besoin de cet argent. Eh bien ! ça me fait plaisir. J'aime à savoir que tout va très bien chez mes vieux amis.
– Oh ! Rhett, pour l'amour de Dieu… commença Scarlett dont le courage et l'assurance faiblissaient.

– Plus bas, s'il vous plaît. Vous ne voulez pas que les Yankees vous entendent, je suppose. On ne vous a jamais dit que vous aviez des yeux de chat… de chat dans l'obscurité ?
– Rhett, je vous en prie ! Je vous dirai tout. J'ai le plus grand besoin de cet argent. Je… j'ai menti en vous racontant que tout marchait bien. Tout va aussi mal que possible. Père n'est… n'est plus… lui-même. Depuis la mort de ma mère il est devenu bizarre et il ne m'est d'aucune aide. C'est un vrai enfant. Nous n'avons personne pour s'occuper du coton et nous sommes tant de bouches à nourrir, treize à table tous les jours. Et les impôts… ils sont si élevés. Rhett, je vais tout vous dire. Pendant plus d'un an nous avons été sur le point de mourir de faim. Oh ! vous ne savez pas, vous ne pouvez pas savoir ! Nous n'avons jamais mangé à notre faim et c'est terrible de se réveiller ou d'aller se coucher le ventre creux. Nous n'avons rien de chaud à nous mettre sur le dos. Les enfants ont toujours froid, ils sont toujours malades et…
– Où avez-vous trouvé cette belle robe ?
– On l'a taillée dans l'un des rideaux du salon de ma mère, répondit Scarlett trop désemparée pour avoir honte de cet aveu. J'arrivais encore à résister à la faim et au froid, mais maintenant… maintenant les Carpetbaggers ont augmenté nos impôts. Il faut payer, on ne peut pas faire autrement et je ne possède qu'une pièce de cinq dollars en or. Il me faut cet argent ! Vous ne comprenez donc pas ? Si je ne paie pas mes impôts, je… nous perdrons Tara. Ce n'est pas possible. Non, je ne veux pas laisser vendre Tara.
– Pourquoi ne m'avez-vous pas dit cela sur-le-champ au lieu de vous attaquer à mon pauvre cœur sensible, toujours si faible quand il s'agit de jolies femmes ? Non, Scarlett, ne pleurez pas. Vous avez eu recours à toutes les ruses sauf à celle-ci. Ça ne prendrait pas. Je suis trop profondément ulcéré de constater que c'était à mon argent et non à ma charmante personne que vous en aviez.
Scarlett se rappela qu'il disait souvent la vérité lorsqu'il avait le plus l'air de se moquer de lui-même ou des autres. L'avait-elle réellement blessé dans ses sentiments ? Avait-il vraiment de l'inclination pour elle ? Avait-il été sur le point de la demander en mariage ? ou bien avait-il eu simplement l'intention de lui renouveler l'ignoble proposition qu'il lui avait déjà faite deux fois auparavant ? S'il tenait à elle, elle trouverait peut-être le moyen de l'amener à composition. Cependant Rhett la fouillait du regard et il se mit à rire doucement.
– Ce genre de nantissement ne me plaît pas. Je ne suis pas un planteur. Qu'avez-vous d'autre à m'offrir ?

Allons, le moment était venu ! Scarlett poussa un profond soupir et regarda Rhett bien en face.
– Moi-même.
– Oui ?
Elle serra les dents, ses yeux prirent une teinte d'émeraude.
– Vous vous souvenez de cette nuit sous la véranda de tante Pitty ? C'était pendant le siège. Vous m'avez dit... vous m'aviez dit que vous me désiriez...
Rhett se renversa nonchalamment en arrière et, impassible, étudia le visage tendu de Scarlett. Au fond de ses yeux une petite flamme jaillit, mais il se tut.
– Vous m'avez dit que... que... vous n'aviez jamais désiré une femme autant que moi. Si vous me désirez encore, vous pouvez me prendre, Rhett, je ferai tout ce que vous voudrez, mais pour l'amour de Dieu, signez-moi une traite. Je tiendrai parole. Je vous le jure. Je ne me dédierai pas. Je vous signerai un écrit si vous y tenez.
Il la regardait d'une manière étrange. Son visage demeurait impénétrable et Scarlett, tout en poursuivant, se demanda si elle l'amusait ou si elle l'écœurait. Si seulement il voulait dire quelque chose, n'importe quoi ! Elle avait les joues en feu.
– Il me faut cet argent le plus tôt possible, Rhett. Ils vont nous mettre dehors et ce maudit régisseur deviendra propriétaire de...
– Une minute ! Qu'est-ce qui vous fait croire que je vous désire encore ? Qu'est-ce qui vous fait croire que vous valez trois cents dollars ? La plupart des femmes n'ont pas de telles exigences.
Scarlett rougit jusqu'à la racine des cheveux. Son humiliation était complète.
– Pourquoi faites-vous cela ? Pourquoi ne renoncez-vous pas à votre ferme et n'allez-vous pas vivre chez Mlle Pittypat ? Vous êtes copropriétaire de la maison.
– Au nom du Ciel, s'exclama Scarlett. Êtes-vous fou ? Je ne peux pas renoncer à Tara. C'est mon foyer. Je ne m'en dessaisirai pas tant qu'il me restera un souffle de vie.
– Les Irlandais, fit Rhett en retirant les mains de ses poches, c'est la pire des races. Ils attachent tant d'importance à des choses qui n'en valent pas la peine. La terre, par exemple. N'importe quel lopin de terre en vaut un autre. Maintenant, mettons les choses au point, Scarlett. Vous êtes venue me proposer une affaire, bon. Je vous donnerai trois cents dollars et vous deviendrez ma maîtresse.
– Oui.

Maintenant que le mot répugnant était prononcé, elle se sentait un peu plus à l'aise et l'espoir lui revenait. Il avait dit: «Je vous donnerai.» Il y avait dans ses yeux une lueur diabolique comme si quelque chose l'amusait beaucoup.

– Et dire que lorsque j'ai eu l'imprudence de vous faire la même proposition, vous m'avez mis à la porte. Vous m'avez également traité d'un tas de noms malsonnants sans oublier de déclarer en passant que vous ne teniez pas à «avoir une nichée de marmots». Non, ma chère, je ne m'arrête pas à ces considérations. Ce qui m'intéresse, ce sont les bizarreries de votre esprit. Vous ne vouliez pas être ma maîtresse, mais vous allez m'appartenir par nécessité! Cela me renforce dans mon opinion que la vertu est uniquement une question de gros sous.

– Oh! Rhett, comme vous y allez! Si vous voulez m'insulter, ne vous gênez pas, mais donnez-moi l'argent. Elle releva la tête: Allez-vous me le donner? fit-elle.

Il la regarda et d'une voix à la fois douce et brutale:

– Non, je ne vous le donnerai pas.

Pendant un instant, Scarlett eut du mal à comprendre sa réponse.

– Même si j'en avais envie, je ne pourrais pas vous le donner. Je n'ai pas un sou sur moi. Pas un sou à Atlanta. J'ai de l'argent, c'est exact, mais pas ici. Et je ne suis pas plus disposé à dire où il se trouve qu'à dire combien j'en ai. Mais si j'essayais de tirer une traite sur les sommes déposées à mon nom, les Yankees me sauteraient dessus comme un canard sur un hanneton et ni vous ni moi n'en verrions la couleur. Que pensez-vous de cela?

Scarlett blêmit, verdit, des taches de rousseur apparurent sur son nez et sa bouche se tordit comme celle de Gérald quand il avait un accès de colère meurtrière. Elle se dressa d'un bond en poussant un cri inarticulé qui interrompit brusquement le murmure des voix dans la pièce voisine. Vif comme une panthère, Rhett bondit sur Scarlett, lui plaqua sa lourde main contre la bouche et lui passa les bras autour de la taille. Elle se débattit comme une folle, essaya de le mordre, de lui donner des coups de pied dans les jambes, de hurler de rage, de désespoir, de haine et d'amour-propre blessé à mort. Elle se plia en deux, chercha par tous les moyens à échapper au bras de fer qui la serrait. Son cœur était près d'éclater, son corset lui coupait la respiration. Rhett la tenait si fort, si brutalement qu'il lui faisait mal et sa main qui la bâillonnait lui labourait cruellement le menton. Il avait pâli sous son hâle. Le regard dur et inquiet, il arracha Scarlett du sol, la ramena contre sa poitrine, se rassit et maintint sur ses genoux la jeune femme qui continuait à se démener.

– Chérie, pour l'amour de Dieu ! Arrêtez ! Taisez-vous ! Ne criez pas. Ils vont venir s'ils vous entendent. Calmez-vous. Vous voulez donc que les Yankees vous voient dans cet état-là ?

Scarlett se souciait fort peu qu'on la vît. Elle n'éprouvait plus qu'un féroce désir de tuer Rhett, mais la tête se mettait à lui tourner. Elle ne pouvait plus respirer. La main de Rhett l'étouffait. Son corset la serrait de plus en plus fort. Elle avait beau se démener, le bras de Rhett la paralysait. Alors, tout devint trouble, s'effaça dans un brouillard de plus en plus dense… elle ne vit plus rien.

Lorsqu'elle revint à elle, elle se sentit brisée, morte de fatigue. Elle était nu-tête et Rhett, les yeux anxieusement fixés sur elle, lui tapotait le poignet. Le jeune et aimable capitaine s'efforçait de lui faire avaler un peu de cognac dont il lui avait versé quelques gouttes dans le cou. Les autres officiers tournaient autour d'elle, gesticulant et chuchotant.

– Je… je crois que j'ai dû m'évanouir, dit-elle, et le son de sa voix lui parut venir de si loin qu'elle en eut peur.

– Bois ceci, fit Rhett en prenant le verre et en l'introduisant entre ses lèvres.

Maintenant elle se rappelait confusément ce qui était arrivé et son œil s'alluma lorsqu'elle reconnut Rhett, mais elle était trop faible pour se remettre en colère.

– Je t'en prie, bois pour moi.

Elle avala quelques gouttes, s'étrangla, se mit à tousser, mais Rhett ne se tint pas pour battu et revint à la charge. Elle but une longue gorgée et le liquide brûlant lui incendia brusquement le gosier.

– Je pense qu'elle va aller mieux, messieurs, dit Rhett. Je vous remercie beaucoup. Quand elle a su qu'on allait m'exécuter, c'en a été trop pour elle.

Les officiers parurent fort gênés et finirent par se retirer. Le jeune capitaine s'arrêta sur le seuil de la pièce.

– S'il y a encore quelque chose que je puisse faire…

– Non, merci.

Il referma la porte derrière lui.

– Buvez encore, dit Rhett.

– Non.

– Buvez.

Scarlett avala une autre gorgée qui la réchauffa et redonna lentement des forces à ses jambes tremblantes. Elle repoussa le verre et essaya de se relever, mais Rhett la fit se rasseoir de force.

– Ne me touchez pas. Je m'en vais.

– Pas encore. Attendez un instant. Vous risqueriez de vous évanouir de nouveau.
– J'aime encore mieux tomber au milieu de la route que de rester ici avec vous.
– Je n'ai tout de même pas envie que vous vous évanouissiez au milieu de la route.
– Laissez-moi partir. Je vous hais.
Rhett eut un léger sourire.
– Ça, ça vous ressemble davantage. Vous devez vous sentir mieux.
Scarlett resta tranquille quelques minutes. Elle essaya de réveiller sa colère et de rallier ses forces. Mais elle était trop lasse, trop épuisée pour haïr ou pour se soucier de quoi que ce fût. La défaite l'écrasait comme une chape de plomb. Elle avait joué tout ce qu'elle avait à jouer et elle avait tout perdu. Il ne lui restait plus d'orgueil. C'était la ruine irrémédiable de son dernier espoir. C'était la fin de Tara, la fin pour eux tous. Pendant un long moment elle demeura ainsi appuyée au dossier de sa chaise. Elle avait fermé les yeux. Tout près d'elle elle entendait la respiration saccadée de Rhett. Petit à petit, le cognac lui communiquait une vigueur et une chaleur factices. Lorsqu'elle rouvrit enfin les yeux et vit Rhett en face d'elle, elle sentit de nouveau monter sa colère. Son front se plissa, elle fronça les sourcils et Rhett se mit à sourire comme il le faisait jadis.
– Allons, à en juger par votre mine renfrognée, ça doit aller mieux, maintenant.
– Naturellement, ça va très bien. Rhett Butler, vous êtes odieux, vous êtes un être ignoble, la dernière des crapules. Dès que j'ai ouvert la bouche, vous saviez très bien ce que j'allais dire et vous saviez que vous me refuseriez l'argent. Et vous m'avez laissée parler. Vous auriez pu m'épargner…
– C'est cela, vous arrêter en route et perdre une si belle occasion d'entendre tout ce que vous m'avez raconté ? Jamais de la vie ! J'ai si peu de distractions ici. Je ne me rappelle pas avoir jamais vécu une scène plus divertissante !
Il éclata de son rire ironique. Scarlett se leva d'un bond et s'empara de sa capote. Rhett la saisit brusquement par les épaules.
– Ce n'est pas encore fini. Vous sentez-vous assez bien pour me parler raisonnablement ?
– Laissez-moi partir.
– Bon, je vois, ça ira. Alors, répondez-moi. Étais-je la seule corde à votre arc ?

Rhett ne lâchait pas Scarlett des yeux et guettait son moindre changement d'expression.
– Que voulez-vous dire ?
– Étais-je le seul homme auquel vous vous proposiez de jouer cette petite comédie ?
– Ça vous regarde ?
– Plus que vous ne le pensez. Avez-vous d'autres hommes en réserve ? Dites-le-moi.
– Non.
– Ça me dépasse. Non, non, je ne peux pas croire que vous n'en ayez pas cinq ou six sur lesquels vous avez jeté votre dévolu. J'en suis tellement persuadé que je m'en vais vous donner un petit conseil.
– Je n'ai pas besoin de vos conseils.
– Ça m'est égal, je passerai outre. J'ai l'impression qu'en ce moment je ne peux guère vous donner autre chose que des conseils. Écoutez celui-ci, il est bon. Quand vous essayez d'obtenir quelque chose d'un homme, ne découvrez pas vos batteries d'un seul coup comme vous l'avez fait avec moi. Essayez d'être plus subtile, plus enjôleuse. Ça donne de meilleurs résultats. Autrefois, vous étiez parfaite sur ce point. Mais aujourd'hui, lorsque vous m'avez offert votre... hum... votre nantissement, vous paraissiez dure comme la pierre. J'ai déjà vu des yeux comme les vôtres, à vingt pas de moi, dans un duel au pistolet, et ce n'est pas un spectacle bien réjouissant. Ça n'éveille aucune ardeur dans la poitrine d'un mâle. Ce n'est pas une façon de s'y prendre avec les hommes, ma chère, jadis vous sembliez promettre davantage.
– Je n'ai pas de conseils à recevoir de vous sur la façon de me conduire, fit Scarlett en remettant sa capote d'un geste las.
Elle se demandait comment Rhett pouvait avoir le cœur de plaisanter. Ça ne lui faisait donc rien de la voir réduite à une telle extrémité ? Ça lui était donc égal d'être pendu ? Elle ne remarqua même pas qu'il avait enfoncé les mains dans ses poches et qu'il serrait les poings comme pour dompter le sort contraire.
– Du courage, dit-il à Scarlett en nouant les brides de sa capote. Vous pourrez assister à mon supplice. Ça vous fera beaucoup de bien. Vous réglerez du même coup toutes vos vieilles dettes envers moi... même celle-ci. Et je ne vous oublierai pas dans mon testament.
– Merci, mais vous risquez d'être pendu quand il sera trop tard pour payer mes impôts, répondit Scarlett avec une ironie égale à celle de Rhett, et c'était bien le fond de sa pensée qu'elle exprimait ainsi.

XXXV

Lorsque Scarlett sortit de prison, il pleuvait et le ciel avait la couleur terne du mastic. Les soldats qui flânaient dans le jardin s'étaient réfugiés à l'intérieur de leurs baraquements. Les rues étaient désertes. Il n'y avait pas un véhicule en vue et Scarlett savait qu'elle aurait à faire tout le long chemin à pied pour rentrer chez sa tante.

À mesure qu'elle avançait, l'ardeur allumée en elle par le cognac s'éteignait. Elle frissonnait sous la morsure du vent froid. Les gouttes de pluie la cinglaient, la piquaient au visage comme autant de coups d'épingles. Le mince vêtement de tante Pitty fut vite transpercé et se mit à pendre lamentablement autour de la jeune femme. La robe de velours n'allait pas pouvoir résister bien longtemps à pareil traitement. Quant aux plumes de coq de la capote, elles avaient un aspect aussi peu glorieux qu'aux jours où leur ancien possesseur se pavanait dans le poulailler détrempé de Tara. Les briques du trottoir étaient cassées et, sur de longs intervalles, faisaient complètement défaut. Là, on enfonçait jusqu'aux chevilles dans la boue qui adhérait aux chaussures comme de la colle. Par moments, Scarlett laissait l'une de ses mules dans le bourbier et, tandis qu'elle se baissait pour l'en extirper, le bas de sa robe balayait la fange. Elle n'essayait même pas d'éviter les flaques d'eau. Elle s'y engageait machinalement, traînant derrière elle ses jupes alourdies. Son jupon était mouillé, son pantalon trempé lui glaçait les jambes, mais que lui importait la ruine de la toilette sur laquelle elle avait tant misé. Transie, désespérée, elle n'avait plus aucun courage.

Comment pourrait-elle retourner à Tara après avoir fait preuve d'une telle assurance ? Comment pourrait-elle dire à tous ceux de Tara qu'il leur fallait s'en aller ? Comment pourrait-elle abandonner les champs rouges, les grands pins, les basses terres marécageuses, le calme cimetière de famille où Ellen reposait à l'ombre dense des cèdres ?

Sa haine pour Rhett Butler lui brûlait le cœur. Quel être ignoble ! Elle espérait bien qu'on le pendrait et qu'elle ne se trouverait plus jamais en présence de cet homme qui l'avait vue s'humilier et s'avilir. Naturellement, s'il l'avait voulu, il aurait pu lui procurer cet argent. Oh ! la pendaison, c'était encore une mort trop douce pour lui ! Dieu merci, il ne pouvait pas la voir maintenant avec ses vêtements ruisselants, ses cheveux défaits et ses dents qui claquaient. Comme elle devait être laide à regarder ! Comme il se moquerait d'elle.

Les nègres qu'elle croisait se détournaient en riant d'un air insolent et la regardaient trébucher ou glisser dans la boue. Tantôt elle pressait le pas, tantôt elle s'arrêtait pour reprendre haleine ou pour remettre ses mules. Comment osaient-ils rire, ces gorilles noirs ? Comment osaient-ils se moquer d'elle, Scarlett O'Hara de Tara ! Elle aurait aimé donner l'ordre de les fouetter jusqu'à ce que le sang ruisselât de leur dos. Il fallait que les Yankees fussent des suppôts de Satan pour les affranchir et les laisser insulter les blancs.

Arrivée à la rue Washington, le paysage qui s'offrit à elle devint aussi lugubre que ses propres pensées. On n'y retrouvait rien de l'animation et de la vie qui avaient frappé Scarlett dans la rue du Pêcher. De nombreuses maisons particulières s'y élevaient jadis, mais on n'avait reconstruit qu'un fort petit nombre de ces jolies demeures. On y rencontrait avec une fréquence déprimante des fondations noircies par la fumée et des cheminées isolées connues désormais sous le nom de « sentinelles de Sherman ». Des allées encombrées par les mauvaises herbes conduisaient là où il y avait eu des maisons. Rien ne poussait plus dans les jardins. C'était le domaine du vent froid et de la pluie, de la boue et des arbres nus, du silence et de la désolation. Comme la maison de tante Pitty était loin !

Scarlett entendit derrière elle le bruit d'un cheval qui pataugeait et elle recula à l'extrémité de l'étroit trottoir pour épargner de nouvelles éclaboussures à la mante de tante Pitty. Un buggy descendait lentement la rue. Bien décidée à demander assistance au conducteur si c'était un blanc, Scarlett se retourna. La pluie lui brouillait la vue, mais lorsque l'attelage arriva à sa hauteur elle distingua un homme qui la regardait par-dessus une bâche ramenée jusqu'à son menton. Scarlett eut l'impression d'avoir déjà aperçu ce visage quelque part. Elle descendit sur la chaussée pour mieux voir. L'homme toussota d'un petit air gêné et s'écria avec un accent joyeux mêlé de surprise :

– Mais voyons, ce n'est sûrement pas Mme Scarlett !

– Oh ! monsieur Kennedy ! s'exclama celle-ci en s'approchant et en s'appuyant à la roue dégoulinante de boue sans se soucier d'abîmer un peu plus sa parure. Je n'ai jamais été aussi heureuse de rencontrer quelqu'un !...

Frank rougit de plaisir en entendant ces mots dont on ne pouvait manifestement pas mettre en doute la sincérité, puis, après s'être tourné pour lancer un long jet de salive jaunie par le tabac, il sauta légèrement à bas de la voiture. Il secoua les mains de Scarlett avec enthousiasme, souleva la bâche et aida la jeune femme à monter.

– Madame Scarlett, que faites-vous toute seule dans ce quartier ? Vous ne savez donc pas que c'est dangereux ? Et vous êtes trempée de la tête aux pieds. Tenez, enveloppez-vous les jambes dans cette couverture.

Tandis que Frank se mettait en frais et gloussait comme une poule, Scarlett s'abandonna au plaisir de se laisser choyer. C'était si bon d'être grondée et dorlotée par un homme, même quand ce n'était que Frank Kennedy, cette vieille fille en pantalons. Quel contraste bienfaisant avec le traitement brutal de Rhett. Que ça faisait du bien de voir quelqu'un du comté quand on était si loin de chez soi ! Scarlett remarqua que Frank était bien habillé et que son buggy était neuf. Le cheval paraissait jeune et bien soigné, mais Frank portait beaucoup plus que son âge. Le visage ravagé, l'œil humide et enfoncé au fond d'une poche de chair molle, il avait énormément maigri et vieilli depuis cette veille de Noël où il était venu à Tara avec ses hommes. Sa barbe blond roux, maculée de jus de tabac, était de plus en plus rare et désordonnée comme s'il ne cessait pas de la malmener. Cependant, par comparaison avec les gens tristes et préoccupés que Scarlett rencontrait partout, il respirait la prospérité et la bonne humeur.

– C'est un plaisir de vous voir, dit-il avec chaleur. Je ne savais pas que vous étiez en ville. J'ai encore vu Mlle Pittypat la semaine dernière et elle ne m'a pas dit que vous veniez. Est-ce que… heu… est-ce que quelqu'un de Tara vous a accompagnée ?

Il pensait à Suellen, ce vieil imbécile !

– Non, répondit Scarlett en s'emmitouflant dans sa chaude couverture. Je suis venue seule. Je n'ai pas averti tante Pitty de mon arrivée.

Frank sifflota et le cheval repartit à pas prudents.

– Tout le monde va bien, à Tara ?

– Oui, comme ci, comme ça.

Il fallait absolument trouver un sujet de conversation, mais c'était si pénible de parler. L'esprit paralysé par la défaite, Scarlett souhaitait uniquement rester bien au chaud sous la couverture et de ne pas penser à Tara. Si seulement elle pouvait lancer Frank sur un sujet qui l'occuperait pendant tout le trajet, elle n'aurait plus qu'à murmurer de temps en temps : « Comme c'est bien » et « Vous avez fait preuve de beaucoup d'intelligence ».

– Monsieur Kennedy, je suis tellement surprise de vous voir. Je sais que ça n'a pas été gentil de ma part de ne pas rester en relation avec nos vieux amis, mais je ne croyais pas que vous étiez à Atlanta. Il me semble bien que quelqu'un m'a dit que vous étiez à Marietta.

– Je fais des affaires à Marietta, des tas d'affaires. Mlle Suellen ne vous a donc pas raconté que je m'étais installé à Atlanta ? Elle ne vous a pas parlé de mon magasin ?
Scarlett se rappela vaguement avoir entendu Suellen parler de Frank et d'un magasin, mais elle ne faisait jamais très attention à ce que disait Suellen. Il lui suffisait d'ailleurs de savoir que Frank était en vie et la débarrasserait un jour de sa sœur.
– Non, elle ne m'en a pas dit un mot, fit-elle carrément. Vous avez un magasin ? Faut-il que vous ayez bien su vous y prendre !
Frank parut un peu vexé d'apprendre que Suellen n'avait pas trompeté la nouvelle autour d'elle, mais le compliment lui alla droit au cœur.
– Oui, j'ai un magasin, et un beau magasin, ma foi. Les gens ne cessent de me dire que j'ai la bosse du commerce.
Satisfait de lui-même, il rit de son petit rire étouffé que Scarlett trouvait si désagréable.
« Vieux fou prétentieux », pensa-t-elle.
– Oh ! vous n'avez qu'à entreprendre quelque chose pour réussir, monsieur Kennedy. Mais comment diable avez-vous monté un magasin ? Lorsque je vous ai vu à Noël, il y a deux ans, vous m'avez dit que vous n'aviez pas un sou vaillant.
Frank se racla la gorge, mordilla ses favoris et sourit de son petit air timide.
– C'est une longue histoire, madame Scarlett.
« Dieu soit loué ! pensa la jeune femme. Ça va peut-être lui donner le temps d'arriver à la maison ! » Et, tout haut, elle ajouta :
– Je vous en prie, racontez-la-moi.
– Vous souvenez-vous de la dernière fois que nous sommes venus à Tara pour réquisitionner des vivres ? Eh bien ! peu de temps après j'ai pris du service actif. Je veux dire que j'ai fait la guerre pour de bon. Finie l'intendance ! Que voulez-vous, on n'avait plus tellement besoin d'intendants militaires, puisqu'on ne trouvait presque plus rien à prendre pour l'armée, et j'ai pensé qu'un homme bien constitué avait sa place toute trouvée en première ligne. Alors j'ai combattu un certain temps dans les rangs de la cavalerie jusqu'à ce que je reçoive une petite balle de rien dans l'épaule.
Frank parut très fier et Scarlett s'écria :
– C'est terrible.
– Oh ! ça n'avait rien de grave, poursuivit-il d'un ton condescendant, une blessure superficielle seulement. On m'a envoyé dans un hôpital du Sud et j'étais sur le point d'en sortir quand les Yankees sont

venus faire un raid de ce côté. Saperlipopette, ça a chauffé ! Nous avions à peine le temps devant nous. Tous ceux qui étaient en état de marcher ont aidé à déménager les entrepôts militaires et l'hôpital. On a tout transporté à la gare. Nous venions de charger un train quand les Yankees sont entrés par un bout de la ville. Il ne nous est plus resté qu'à nous sauver par l'autre le plus vite possible. Saperlipopette, c'était rudement triste d'être assis sur le toit d'un wagon et de regarder les Yankees brûler ce que nous avions été obligés de laisser à la gare. Songez, madame Scarlett, ils ont brûlé tout ce que nous avions entassé là sur près d'un demi-mille. Quant à nous, nous l'avons échappé belle !
– C'est terrible.
– Oui, terrible, c'est le mot. Comme les nôtres avaient repris Atlanta, on y a expédié notre train. Voyez-vous, madame Scarlett, ça se passait peu de temps avant la fin de la guerre et… voyez-vous, il y avait des tas de vaisselle, de lits, de matelas et de couvertures que personne ne réclamait. Logiquement, je suppose que ça appartenait aux Yankees. C'est bien dans cet esprit-là qu'on a fixé les termes de la reddition, n'est-ce pas ?
– Heu… heu…, répondit Scarlett d'un air absent.
Elle se réchauffait et commençait à s'assoupir.
– Je ne sais pas encore si j'ai eu raison, poursuivit Frank avec une certaine aigreur, mais je me suis dit que les Yankees ne feraient rien de toute cette marchandise. Ils y auraient sans doute mis le feu. Or, nous autres, nous l'avions payée en belles espèces sonnantes, et je me suis dit qu'au fond ça revenait de droit à la Confédération ou aux confédérés. Voyez-vous ce que je veux dire ?
– Heu, heu.
– Je suis heureux que vous soyez de mon avis, madame Scarlett. Dans un certain sens, je n'ai pas la conscience tranquille. Des tas de gens m'ont dit : « Oh ! n'y pensez plus, Frank », mais c'est plus fort que moi. Croyez-vous que j'aie eu raison ?
– Bien sûr, répondit Scarlett tout en se demandant ce que le vieux fou avait bien pu lui raconter.
Un conflit avec sa conscience ! Allons, lorsqu'un homme était arrivé à l'âge de Frank, il devait savoir faire la part des choses. Mais lui, il faisait toujours tellement d'histoires, il était si tatillon, si vieille fille.
– Je suis heureux de vous l'entendre dire. Après la reddition, j'avais environ dix dollars en argent. C'est tout ce que je possédais au monde. Vous savez ce que les Yankees ont fait de Jonesboro, de ma maison et de mon magasin. Je ne savais pas de quel côté me retour-

ner. Alors, avec mes dix dollars, j'ai fait recouvrir un vieux magasin du côté des Cinq Fourches, j'y ai fait transporter tout le matériel d'hôpital et je me suis mis à le vendre. Tout le monde avait besoin de vaisselle, de lits et de matelas. Je vendais bon marché parce que j'avais l'impression que toutes ces marchandises appartenaient presque autant aux autres qu'à moi. Pourtant, ça m'a permis de mettre un peu d'argent de côté. J'ai acheté d'autres articles et j'ai fait de bonnes affaires. Si la situation s'améliore, je crois que je vais gagner beaucoup d'argent.

Au mot « argent », Scarlett dressa l'oreille et sortit de sa torpeur.

– Vous dites que vous avez gagné de l'argent ?

Frank était visiblement enchanté de l'intérêt que lui manifestait Scarlett. En dehors de Suellen, fort peu de femmes lui avaient jamais accordé autre chose qu'une attention de commande et il était très flatté de voir l'ancienne reine du comté suspendue à ses lèvres. Il ralentit son cheval afin de terminer son histoire avant d'arriver à destination.

– Je ne suis pas un millionnaire, madame Scarlett, et par rapport à ce que j'avais autrefois, ce que je possède aujourd'hui paraît bien mesquin. Mais, cette année, j'ai tout de même gagné un millier de dollars. Naturellement j'en ai consacré la moitié à réparer mon magasin, à renouveler mon stock et à payer mon loyer. Néanmoins, j'ai réalisé un bénéfice net de cinq cents dollars et, comme la situation est en bonne voie de redressement, l'année prochaine, je devrais faire un bénéfice net de deux mille dollars. J'en trouverai sûrement l'emploi, car, voyez-vous, j'ai une autre corde à mon arc.

La tournure que prenait la conversation éveilla subitement la curiosité de Scarlett. Elle battit des cils et se rapprocha de Frank.

– Qu'entendez-vous par là, monsieur Kennedy ?

Il rit et secoua les guides sur le dos du cheval.

– Je parie que ça vous ennuie de m'entendre parler affaires, madame Scarlett. Une jolie petite femme comme vous n'a rien à voir avec le commerce.

Quel vieux sot !

– Oh ! je sais que je n'y connais rien, mais ça m'intéresse tant ! Racontez-moi tout, je vous en prie, et vous m'expliquerez ce que je ne comprendrai pas.

– Eh bien ! l'autre corde que j'ai à mon arc, c'est une scierie.

– Une quoi ?

– Une sorte d'usine où l'on débite des planches et où on les équarrit. Je ne l'ai pas encore achetée, mais ça ne va pas tarder. Je connais un dénommé Johnson qui en possède une du côté de la route du Pêcher et qui a grande envie de la vendre. Il a un besoin urgent d'argent liquide. Si nous faisons affaire, il dirigera la scierie pour moi et je le paierai à la semaine. C'est une des seules qui restent debout, madame Scarlett. Les Yankees les ont presque toutes détruites. Une scierie, c'est une mine d'or. On peut vendre les planches à n'importe quel prix. Les Yankees ont brûlé tellement de maisons qu'il n'y en a pas assez pour tout le monde. Par ailleurs, les gens semblent avoir été pris de la rage de reconstruire. Ils n'arrivent pas à se procurer assez de bois et on ne leur en livre jamais assez vite. La population d'Atlanta augmente à vue d'œil. Les gens de la campagne n'arrivent plus à s'en sortir, maintenant qu'ils n'ont plus de nègres et que les Yankees et les Carpetbaggers qui infestent le pays essaient de nous dépouiller davantage. Alors, ils viennent tous ici. D'ici peu, Atlanta deviendra une grande ville. Il va falloir beaucoup de planches pour reconstruire les maisons, aussi, j'achèterai cette scierie dès que… eh bien ! dès qu'on m'aura payé quelques-unes des notes qu'on me doit. L'année prochaine, à cette époque-ci, je devrais être plus à l'aise. Je… j'espère que vous savez pourquoi je tiens tant à gagner de l'argent ?

Il rougit et se mit à glousser. « Le voilà qui pense à Suellen » se dit Scarlett avec dégoût.

Pendant un moment, elle songea à lui demander de lui prêter trois cents dollars, mais elle repoussa cette idée. Il serait gêné, il bafouillerait, il se confondrait en excuses, mais il ne les lui prêterait pas. Il avait travaillé dur pour mettre cet argent de côté afin de pouvoir épouser Suellen au printemps, et s'il s'en dessaisissait son mariage serait renvoyé aux calendes. Même si elle réussissait à obtenir de lui une promesse après avoir éveillé sa compassion et lui avoir montré qu'il s'agissait d'un devoir envers sa future famille, elle savait que Suellen s'opposerait toujours à ce projet. Suellen craignait de plus en plus de rester vieille fille et elle remuerait ciel et terre pour empêcher que son mariage fût retardé.

Qu'y avait-il donc chez cette jeune fille grincheuse et pleurnicharde pour inciter ce vieux fou à lui donner un nid douillet ? Suellen ne méritait ni d'avoir un mari aimant, ni de partager avec lui les bénéfices d'un magasin et d'une scierie. Dès l'instant où Sue entrerait en possession d'un peu d'argent elle deviendrait insupportable et ne donnerait pas un sou pour participer aux dépenses de Tara. Pourvu qu'elle fût bien habillée et qu'on l'appelât « madame », ça lui serait bien égal que Tara fût vendue par le fisc ou rasée jusqu'au sol.

En comparant la vie tranquille qui attendait Suellen à l'existence précaire qu'il lui faudrait mener, Scarlett sentit monter sa colère

contre l'injustice du sort. Elle se hâta de détourner la tête de peur que Frank ne surprît son expression. Elle allait perdre tout ce qu'elle avait, tandis que Sue… Brusquement elle prit une décision.
Suellen n'aurait ni Frank, ni son magasin, ni sa scierie !
Suellen ne les méritait pas. C'était elle qui les aurait. Elle pensa à Tara et revit Jonas Wilkerson, venimeux comme un serpent, au bas du perron. Elle s'accrocha à la dernière épave du naufrage de la vie. Rhett avait été une déception, mais le Seigneur lui avait envoyé Frank.
Mais comment arriver à ses fins ? Les yeux absents, elle regarda tomber la pluie et serra les poings. « Parviendrai-je à lui faire oublier Sue et à obtenir assez tôt de lui une déclaration en règle ? Tout de même, si j'ai failli réussir auprès de Rhett, il n'y a pas de raisons pour que je ne réussisse pas auprès de Frank. » Elle battit des paupières et posa le regard sur son compagnon. « Ce n'est certainement pas une beauté, se dit-elle avec calme. Il a les dents gâtées, son haleine sent mauvais et il est assez vieux pour être mon père. De plus, il est nerveux et timide et il est rempli de bonnes intentions. Je ne connais pas de pires qualités pour un homme. En tout cas, c'est un homme du monde, et je crois que j'arriverai à m'entendre mieux avec lui qu'avec Rhett. Je pourrai sûrement le mener plus facilement. Et puis, quoi, les mendiants n'ont pas le choix. »
Que Frank fût le fiancé de Suellen ne causait aucun remords à Scarlett. Après le complet effondrement moral qui l'avait poussée à se rendre auprès de Rhett, s'approprier l'homme promis à sa sœur ne lui paraissait plus qu'une question de second plan, dont elle aurait eu tort de s'embarrasser.
Cette nouvelle espérance lui redonna confiance et elle en oublia qu'elle avait froid aux pieds. Elle regarda Frank avec tant d'insistance qu'il en manifesta quelque émoi. Scarlett se rappela les paroles de Rhett et baissa rapidement les yeux. « J'ai vu des yeux comme les vôtres dans un duel au pistolet… Ça n'éveille aucune ardeur dans la poitrine d'un mâle. »
– Qu'y a-t-il, madame Scarlett ? Vous avez froid ?
– Oui, répondit-elle au hasard. Puis elle ajouta d'un air hésitant et timide : Ça ne vous ferait rien… Ça ne vous ferait rien que je mette la main dans la poche de votre manteau. Il fait si froid et mon manchon est trempé à l'intérieur.
– Mais… mais non… voyons ! Et vous n'avez pas de gants. Saperlipopette. Quelle brute je suis ! Je parle à tort et à travers alors que vous devez geler et que vous avez besoin d'un bon feu. Allez, hue, Sally ! À propos, madame Scarlett, j'avais la tête tellement farcie de

mes petites histoires que je ne vous ai pas demandé ce que vous faisiez dans ce quartier par un temps pareil ?

– Je suis allée au quartier général yankee, répondit-elle sans réfléchir.

Intrigué, Frank releva ses sourcils couleur de sable.

– Mais, madame Scarlett ! Les soldats... voyons...

« Marie, Mère de Dieu, faites que je trouve un beau petit mensonge », implora-t-elle en hâte. Il ne fallait pour rien au monde que Frank se doutât qu'elle était allée voir Rhett. Frank considérait Rhett comme la plus sombre des crapules et pensait qu'il était dangereux pour une honnête jeune femme de lui adresser la parole.

– Je suis allée... Je suis allée là pour voir si... si des officiers ne m'achèteraient pas des ouvrages de dames pour envoyer à leurs femmes. Je brode très bien.

Frank se renfonça sur son siège. Il était médusé. La perplexité et l'indignation se livraient en lui un combat acharné.

– Vous êtes allée chez les Yankees... mais voyons, madame Scarlett, vous n'auriez pas dû. Voyons... voyons... votre père ne le sait sûrement pas. Mlle Pittypat...

– Oh ! j'en mourrai si vous le dites à tante ! s'écria Scarlett qui, véritablement inquiète, fondit en larmes.

Les larmes lui venaient facilement, car elle avait froid et se sentait malheureuse ; néanmoins l'effet fut surprenant. Frank n'eût été ni plus gêné ni plus désemparé si Scarlett s'était mise tout à coup à retirer sa robe. À plusieurs reprises il claqua la langue contre ses dents et murmura « Saperlipopette » tout en faisant de grands gestes inutiles. Une pensée audacieuse lui traversa l'esprit. Il eut envie d'attirer la tête de Scarlett contre son épaule et de la caresser, mais il n'avait jamais fait cela à aucune femme et il ne savait guère comment s'y prendre. Scarlett O'Hara, si jolie, si gaie, pleurant là, dans sa voiture. Scarlett O'Hara, la plus fière parmi les plus fières, essayant de vendre des ouvrages de dames aux Yankees ! Son cœur se fendit.

Scarlett n'arrêtait pas de sangloter. De temps en temps elle laissait échapper quelques mots et Frank commença à se dire que tout n'allait pas pour le mieux à Tara. M. O'Hara continuait à n'être pas « lui-même du tout ». Il n'y avait pas assez à manger pour tant de personnes. Elle avait dû venir à Atlanta pour essayer de gagner un peu d'argent pour elle et son fils. Frank claqua de nouveau la langue et s'aperçut tout à coup que Scarlett appuyait la tête sur son épaule. Il ne savait pas très bien comment cela s'était produit. Ce n'était certainement pas lui qui avait attiré Scarlett, mais la tête était là et la jeune femme sanglotait éperdument contre sa frêle poitrine, nouvelle et troublante sensation pour lui. Il se contenta d'abord d'effleurer l'épaule de Scarlett, puis il s'enhardit et la caressa d'une main ferme. Qu'elle était délicieuse cette pauvre petite femme sans appui ! Quelle folie et quel courage d'essayer de gagner un peu d'argent grâce à son aiguille. Mais avoir affaire aux Yankees… cela dépassait les bornes.

– Je ne dirai rien à Mlle Pittypat, mais il faut me promettre, madame Scarlett, que vous ne recommencerez plus. La pensée que la fille de votre père…

Les yeux verts de Scarlett étaient désespérément rivés aux siens.

– Mais, monsieur Kennedy, il faut bien que je fasse quelque chose. Il faut bien que je nourrisse mon petit garçon. Il n'y a plus personne pour s'occuper de nous maintenant.

– Vous êtes une petite femme courageuse, mais je ne veux pas que vous fassiez des choses comme ça. Votre famille en mourrait de honte.

– Alors, que dois-je faire ?

Les yeux verts tout embués de larmes cherchèrent de nouveau ceux de Frank comme si Scarlett était persuadée qu'il connaissait le remède à tous ses maux.

– Eh bien ! je ne saurais encore vous dire, mais je tâcherai de trouver quelque chose.

– Oh ! je sais que vous trouverez ! Vous êtes si intelligent… Frank !

Jamais auparavant Scarlett ne l'avait appelé par son prénom et cela lui causa une agréable surprise. La pauvre petite était sans doute si bouleversée qu'elle n'avait même pas remarqué sa bévue. Frank débordait de bienveillance à son égard et sentait qu'il avait mission de la protéger. Il ferait tout ce qui serait en son pouvoir pour la sœur de Suellen O'Hara. Il tira de sa poche un mouchoir rouge et le tendit à Scarlett, qui se tamponna les yeux et se mit à sourire, les lèvres tremblantes.

– Je suis stupide, fit-elle pour s'excuser. Je vous en prie, pardonnez-moi.

– Vous n'êtes pas stupide du tout. Vous êtes une petite femme très courageuse qui essaie de porter un fardeau trop lourd pour ses épaules. Je crains que Mlle Pittypat ne vous soit pas d'un grand secours. J'ai entendu dire qu'elle avait perdu la majeure partie de ses biens. Quant à M. Henry Hamilton, il n'est pas dans une situation bien brillante. J'aimerais tant avoir un foyer pour vous y offrir l'hospitalité. Mais, madame Scarlett, rappelez-vous bien ceci, quand Mlle Suellen et moi nous serons mariés, il y aura toujours sous notre toit une place pour vous et pour Wade Hampton.

C'était le moment ! Les saints et les anges du Paradis devaient certainement la protéger pour lui fournir pareille occasion. Elle joua

l'étonnement et la gêne, ouvrit la bouche comme pour dire quelque chose, puis la referma aussitôt.
– Ne venez pas me raconter que vous ne saviez pas que j'allais devenir votre beau-frère au printemps prochain, dit Frank avec une volubilité qui cachait mal sa nervosité.
Voyant alors les yeux de Scarlett s'emplir de larmes, il demanda d'une voix angoissée :
– Que se passe-t-il ? Mlle Sue n'est pas malade, n'est-ce pas ?
– Oh ! non ! Oh ! non !
– Qu'est-ce qui ne va pas ? Il faut me le dire.
– Oh ! je ne peux pas ! Je ne savais pas. J'étais persuadée qu'elle vous avait écrit... oh ! comme c'est mal !
– Madame Scarlett, de quoi s'agit-il ?
– Oh ! Frank, je n'avais pas l'intention de vous le dire, mais bien entendu je croyais que vous étiez au courant... Je pensais qu'elle vous avait écrit...
– Qu'elle m'avait écrit quoi ?
Frank tremblait.
– Oh ! faire cela à un homme comme vous !
– Qu'a-t-elle fait ?
– Elle ne vous l'a pas écrit ? Oh ! je vois, elle avait trop honte. Elle peut bien avoir honte. Oh ! avoir une sœur aussi vile !
Frank la laissait parler. Il n'avait même plus la force de l'interroger. Les traits décomposés, il regardait fixement Scarlett. Les rênes pendaient, inertes, dans ses mains.
– Elle va épouser Tony Fontaine le mois prochain. Oh ! je suis désolée, Frank. Je suis si triste de vous avoir appris la nouvelle. Que voulez-vous, elle en avait assez d'attendre et elle a eu peur de rester vieille fille.

Mama se trouvait sous la véranda lorsque Frank aida Scarlett à descendre du buggy. Selon toute apparence, elle s'y tenait depuis un certain temps, car son madras était trempé et son vieux châle était mouillé par endroits. Son visage ridé exprimait à la fois la colère et l'angoisse, et sa lèvre inférieure saillait comme Scarlett ne l'avait jamais vue saillir. Elle décocha un coup d'œil acéré à Frank et, quand elle le reconnut, elle changea aussitôt d'attitude. Elle descendit le perron, se dirigea vers lui en se dandinant et serra avec force sourires la main qu'il lui tendit.
– C'est si bon de voi' des gens du pays, dit-elle. Comment ça va, missié F'ank ? Sap'isti, vous avez une mine magnifique ! Si j'avais su que

ma'ame Sca'lett elle était so'tie avec vous, je me se'ais pas t'acassée comme ça. Quand je suis 'ent'ée et que j'ai vu qu'elle était pas là, j'étais comme une poule à qui on a coupé le cou, je pouvais pas me fai' à l'idée qu'elle se p'omenait toute seule en ville avec tous ces sales nèg' aff'anchis dans les rues. Comment ça se fait que vous m'avez pas dit que vous so'tiez, mon chou ? Quand je pense que vous avez un 'hume !
Scarlett lança un coup d'œil furtif à Frank et celui-ci, malgré son chagrin, sourit et cligna de l'œil en signe de complicité.
– Monte vite me préparer des vêtements secs, et du thé chaud, Mama, fit Scarlett.
– Seigneu', vot' 'obe elle est pe'due, bougonna Mama. Il va falloi' que j'en passe un temps à la sécher et à la b'osser pou' que vous puissiez la met' à la noce de ce soi'.
Elle entra dans la maison, et Scarlett, se penchant tout contre Frank, lui murmura :
– Je vous en prie, venez dîner ici ce soir. Nous sommes si seules. Après nous irons au mariage. Je vous en prie, venez-y avec nous. Et puis pas un mot à tante Pitty au sujet de… de Suellen. Ça la mettrait dans un tel état et je ne veux pas qu'elle sache que ma sœur…
– Oh ! je ne dirai rien, rien ! s'empressa de déclarer Frank en frémissant à la pensée de ce qui lui arrivait.
– Vous avez été gentil pour moi aujourd'hui. Vous m'avez fait tant de bien. Grâce à vous je reprends courage.
Elle lui serra longuement la main et pointa sur lui les batteries de ses yeux.
Mama, qui attendait derrière la porte, enveloppa Scarlett d'un regard impénétrable et monta avec elle dans sa chambre à coucher. Sans mot dire elle l'aida à se dépouiller de ses vêtements trempés qu'elle étendit sur des chaises et la mit au lit. Lorsqu'elle eut apporté une tasse de thé brûlant et une brique chaude enroulée dans un morceau de flanelle, elle se pencha sur Scarlett et lui dit avec une humilité que la jeune femme ne lui connaissait pas :
– Mon agneau, comment ça se fait que vous ayez pas dit à vot' Mama ce que vous aviez dans la tête ? Alo' j'au'ai pas fait tout ce voyage jusqu'à Atlanta. Je suis t'op vieille et t'op g'osse pour me 'emuer comme ça.
– Que veux-tu dire ?
– Mon chou, faut pas essayer de me tromper. Je vous connais et j'ai bien vu aussi la figu' de missié F'ank et la vot' aussi et je peux li' su' la vot' comme un cu'é il peut li' dans la Bible. Et j'ai entendu ce que

vous lui disiez tout bas su' mam'zelle Suellen. Si j'avais su que c'était de missié F'ank qu'il s'agissait, je se'ais 'estée à la maison que j'au'ais jamais dû quitter.

– Eh bien ! fit Scarlett qui se pelotonna sous les couvertures et se rendit compte qu'il était inutile de donner le change à Mama, de qui pensais-tu qu'il s'agissait ?

– Mon enfant, je savais pas, mais j'aimais pas beaucoup vot' figu' hie'. Et je me souviens que mam'zelle Pittypat elle avait éc'it à ma'ame Melly que ce voyou de Butler il avait des tas d'a'gent et moi j'oublie pas ce que j'entends. Mais missié F'ank, c'est un v'ai missié, même s'il n'est pas bien beau.

Scarlett adressa à Mama un regard pénétrant que la vieille négresse lui retourna avec le calme d'une personne qui sait à quoi s'en tenir.

– Alors, que vas-tu faire ? Tu iras tout raconter à Suellen ?

– Moi, je fe'ai tout ce que je pou'ai pou' vous aider aup'ès de missié F'ank, répondit Mama en bordant la couverture de Scarlett.

Scarlett resta tranquille pendant un bon moment tandis que Mama allait et venait dans la pièce. Elle était ravie que tout se fût passé entre elles deux sans paroles inutiles, sans explications, sans reproches. Mama comprenait et se taisait. Scarlett avait rencontré en elle une réaliste encore plus intransigeante qu'elle-même. Les yeux réfléchis de la vieille négresse voyaient net et clair, comme ceux d'un sauvage ou d'un enfant, et lorsqu'un danger menaçait sa préférée, sa conscience ne lui obscurcissait point la vue. Scarlett était son enfant, et ce que son enfant désirait, même si ça appartenait à quelqu'un d'autre, Mama ne demandait pas mieux que de l'aider à l'obtenir. Pour elle, les droits de Suellen et de Frank Kennedy n'entraient pas un instant en ligne de compte. Scarlett avait des ennuis et s'efforçait d'en sortir et Scarlett était la fille de Mme Ellen. Mama épousait sa cause sans l'ombre d'une hésitation.

Scarlett devina l'approbation tacite de la négresse et, comme la brique qu'elle avait aux pieds lui communiquait sa chaleur, la petite lueur tremblotante qui s'était allumée en elle pendant son retour en voiture se transforma en une belle flamme d'espérance. Ses forces lui revenaient, accompagnées d'une folle exaltation qui lui donnait envie de rire tout haut. « Non, je ne suis pas encore battue », se dit-elle avec allégresse.

– Passe-moi le miroir, Mama.

– Ne vous découv'ez pas les épaules, fit Mama en tendant la glace à Scarlett avec un sourire sur ses grosses lèvres.

Scarlett se regarda.

– J'ai une figure de papier mâché et mes cheveux font penser à une queue de cheval.

– Vous êtes pas aussi jolie que vous dev'iez.

– Hum… Est-ce qu'il pleut très fort ?

– Vous savez bien que ça tombe à ve'se.

– Tant pis, il faudra quand même que tu ailles faire une course en ville.

– Pas avec cette pluie, j'i'ai pas.

– Si, tu iras, ou bien j'irai moi-même.

– Qu'est-ce que vous avez donc à fai' qui peut pas attend' ? J'ai pou'tant l'imp'ession que vous en avez assez pou' aujourd'hui ?

– Je veux une bouteille d'eau de Cologne, annonça Scarlett sans cesser de se regarder. Tu me laveras la tête et tu me feras une friction à l'eau de Cologne. Tu m'achèteras aussi de la gelée de coing pour faire tenir les cheveux bien à plat.

– Pou' sû' je vous lave'ai pas la tête de ce temps-là et vous vous mett'ez pas non plus de Cologne dans les cheveux comme une gou'gandine. Non, vous le fe'ez pas tant qu'il me 'este un souffle de vie.

– Si, je le ferai. Cherche mon porte-monnaie, prends-y cette pièce de cinq dollars en or et va-t'en en ville. Et puis… Mama… heu… pendant que tu y seras, achète-moi aussi un… un… pot de rouge.

– Qu'est-ce que c'est ? interrogea Mama d'un air méfiant.

– Ça n'a pas d'importance. Tu n'auras qu'à demander un pot de rouge.

– J'achète 'ien quand je sais pas ce que c'est.

– Eh bien ! c'est de la peinture, puisque tu es si curieuse. De la peinture qu'on se met sur le visage. Ne reste pas là à t'enfler comme un crapaud. Va-t'en donc.

– De la peintu' ! s'indigna Mama. De la peintu' pou' la figu' ! Non, mais vous êtes pas enco' assez g'ande pou' que je vous donne pas le fouet ! J'ai jamais été aussi scandalisée ! Vous pe'dez la tête ! Ma'ame Ellen elle doit en f'émi' dans sa tombe ! Vous peind' la figu' comme une…

– Tu sais très bien que grand-mère Robillard se fardait et…

– Oui, ma'ame, et elle po'tait qu'un jupon et il était bien collant pou' mont'er la fo'me de ses jambes, mais ça veut pas di' que vous en fe'ez autant ! Quand la vieille ma'ame elle était jeune, on menait une vie scandaleuse mais les temps ils ont changé et…

– Au nom du Ciel ! s'exclama Scarlett qui perdit patience et rejeta ses couvertures. Tu n'as qu'à retourner tout droit à Tara !

– Vous pouvez pas me fai' 'ent'er à Ta'a si j'en ai pas envie. Je suis lib', déclara Mama avec chaleur. Et je m'en i'ai pas d'ici. 'emontez dans vot' lit tout de suite ! Vous voulez att'aper une pneumonie, peut-êt' ? Laissez ce co'set t'anquille. Laissez-le, mon chou! Voyons, ma'ame Sca'lett, vous allez pas so'ti' pa' ce temps-là? Seigneu' Dieu! Vous êtes tellement comme vot' papa, 'emontez dans vot' lit... je peux pas acheter de la peintu'. J'en mou'ai de honte! Tout le monde il sau'a que c'est pou' mon enfant. Ma'ame Sca'lett, vous êtes si mignonne, si jolie comme ça, vous avez pas besoin de peintu'. Mon chou, il y a que les mauvaises femmes qui se se'vent de ça.

– Et elles obtiennent des résultats, hein?

– Jésus, écoutez-la! Mon agneau, dites pas des vilaines choses comme ça! Laissez ces bas mouillés, mon chou. Je veux pas que vous alliez acheter ça vous-même. Ma'ame Ellen elle viend'ait me le 'ep'ocher la nuit. 'etournez au lit. J'y vais. Je t'ouve'ai peut-êt' un magasin où on ne vous connaît pas.

Ce soir-là, chez Mme Elsing, lorsque le mariage de Fanny eut été dûment célébré et que le vieux Lévi et les autres musiciens eurent accordé leurs instruments, Scarlett promena un regard joyeux autour d'elle. C'était si agréable d'assister de nouveau à une réunion mondaine. Elle était heureuse également de la chaleur avec laquelle on l'avait accueillie. En la voyant entrer au bras de Frank, tout le monde s'était précipité vers elle avec des cris de joie pour l'embrasser, lui serrer la main, lui dire qu'on l'avait terriblement regrettée et qu'elle ne devait plus jamais retourner à Tara. Les hommes semblaient avoir eu la galanterie d'oublier qu'elle avait jadis essayé de leur briser le cœur, et les jeunes filles, paraissaient ne plus se souvenir qu'elle avait tout fait pour détourner d'elles leurs soupirants.

Mme Merriwether, Mme Whiting et Mme Meade, ainsi que les autres douairières qui l'avaient traitée avec tant de froideur vers la fin de la guerre avaient oublié elles aussi sa conduite volage et se rappelaient seulement qu'elle avait eu à souffrir de leur défaite commune et qu'elle était la nièce de Pitty et la veuve de Charles. Elles l'embrassèrent et, les larmes aux yeux, lui parlèrent gentiment de sa chère maman et lui posèrent une foule de questions sur son père et sur ses sœurs. Chacun lui demanda des nouvelles de Mélanie et d'Ashley et voulut savoir pourquoi ils ne l'avaient pas accompagnée à Atlanta.

Malgré le plaisir que lui avait causé cet accueil, Scarlett éprouvait une gêne légère qu'elle s'efforça de dissimuler. Tout le mal venait de sa robe de velours. Elle était encore mouillée aux genoux et l'ourlet conservait un certain nombre de taches qui avaient résisté aux efforts frénétiques de Mama et de Cookie armées d'un chaudron d'eau bouillante et d'une brosse à cheveux bien propre. Scarlett redoutait que quelqu'un ne remarquât le manque de fraîcheur de sa toilette et n'en conclût que c'était sa seule robe élégante. Néanmoins, elle puisait un peu de réconfort dans le fait que la plupart des autres femmes portaient des robes bien plus abîmées que la sienne. Toutes ces robes étaient si vieilles, si minutieusement reprisées et repassées ! La sienne, en somme, était neuve et intacte ; d'ailleurs, à l'exception de la robe de mariée en satin blanc de Fanny, c'était la seule parure neuve de l'assemblée.

Elle se rappela ce que tante Pitty lui avait dit au sujet de la situation financière des Elsing, et elle se demanda où ils avaient pu trouver de quoi payer la robe de satin, les rafraîchissements et la décoration de leur maison, sans parler des musiciens. Ils devaient en avoir pour une jolie somme. Ils avaient sans doute emprunté, à moins que toute la tribu des Elsing n'eût contribué à offrir à Fanny cette coûteuse cérémonie. Étant donné la dureté des temps, Scarlett considérait un tel mariage comme une extravagance comparable à celle commise par les Tarleton pour les tombes de leurs fils et elle éprouva une irritation analogue à celle qu'elle avait ressentie lors de sa visite à Joli Coteau. Ce n'était plus le moment de jeter l'argent par les fenêtres. Pourquoi tous ces gens-là persistaient-ils à se conduire comme dans le bon vieux temps alors que le bon vieux temps n'était plus ?

Cependant, Scarlett réagit contre cet ennui passager. Il ne s'agissait pas de son argent et elle ne tenait pas à gâcher sa soirée parce que les autres faisaient des folies.

Elle découvrit qu'elle connaissait fort bien Tommy Wellburn, le mari de Fanny. Il était de Sparta et elle l'avait soigné en 1863, lorsqu'il avait été blessé à l'épaule. C'était autrefois un beau garçon de six pieds qui avait abandonné ses études de médecine pour entrer dans la cavalerie. Maintenant il avait l'air d'un petit vieux, tant sa blessure à la hanche l'avait cassé en deux. Il marchait avec difficulté et, ainsi que tante Pitty l'avait remarqué, il marchait d'une façon très vulgaire. Toutefois, il semblait ne pas se rendre compte du tout de son état, ou tout au moins ne pas s'en soucier, et il se comportait en homme qui n'a rien à envier aux autres. Ayant renoncé à poursuivre ses études de médecine, il était devenu entrepreneur et dirigeait une équipe de maçons irlandais qui construisaient le nouvel hôtel. Scarlett se demanda comment il s'y prenait pour exercer un métier aussi pénible, mais elle ne chercha pas à le savoir, car elle commençait à se rendre compte que presque tout était possible quand la nécessité s'en faisait sentir.

Tommy et Hugh Elsing et le petit René Picard, qui ressemblait à un singe, vinrent bavarder avec elle pendant qu'on repoussait les chaises et les meubles contre le mur pour laisser la place aux danseurs. Hugh n'avait pas changé depuis que Scarlett l'avait vu pour la dernière fois en 1862. C'était toujours le même garçon mince et sensible, avec la même boucle de cheveux châtain clair sur le front. Par contre, René avait changé depuis qu'il avait épousé Maybelle Merriwether au cours de sa dernière permission. Il avait toujours cette petite flamme gauloise au fond de ses yeux noirs et conservait sa bonne humeur créole, mais son visage avait acquis quelque chose de dur qui ne s'y trouvait pas au début de la guerre. Enfin, il n'avait plus rien de cette élégance hautaine qui le caractérisait sous son brillant uniforme de zouave.

– Joues de rose, yeux d'émeraude, dit-il en baisant la main de Scarlett. Vous êtes aussi jolie que lorsque je vous ai vue pour la première fois à la vente de charité. Vous vous souvenez ? Je n'oublierai jamais la façon dont vous avez lancé votre alliance dans ma corbeille. Ah ! ça, c'était du courage ! Mais je n'aurais jamais cru non plus que vous attendriez si longtemps pour en porter une autre !

Ses yeux pétillèrent de malice et il donna un coup de coude à Hugh.

– Et moi, je n'aurais jamais cru que vous vendriez des pâtés dans une voiture, René Picard ! riposta Scarlett.

Au lieu de rougir de honte devant cette allusion à son métier peu reluisant, il parut enchanté, rit aux éclats et administra une grande tape dans le dos de Hugh.

– Touché ! s'écria-t-il. Ma belle-mère, Mme Merriwether, m'a fait travailler pour la première fois de ma vie, moi, René Picard, qui devais partager mon temps entre l'élevage des chevaux et les joies du violon ! Maintenant, je conduis ma charrette remplie de pâtés et ça me plaît. Ma belle-mère peut faire faire n'importe quoi à un homme. Si on l'avait nommée général, elle aurait gagné la guerre, n'est-ce pas, Tommy ?

« Allons ! pensa Scarlett, en arriver à aimer conduire sa charrette quand ses parents avaient une propriété de dix milles en bordure du Mississippi et une grande maison à La Nouvelle-Orléans ! »

– Si nous avions eu nos belles-mères avec nous, nous aurions battu les Yankees en huit jours, approuva Tommy en regardant du côté de sa nouvelle belle-mère. La seule raison pour laquelle nous avons tenu comme nous l'avons fait, c'est que les dames que nous avions laissées à l'arrière ne voulaient pas s'avouer vaincues.

– Ne voudront jamais s'avouer vaincues, corrigea Hugh avec un sourire contraint. Il n'y a pas une dame ici qui se soit rendue quoi que nous autres hommes ayons pu faire à Appomatox[1]. C'est pire que ça ne l'a jamais été pour nous. Nous, au moins, nous nous sommes battus.

– Et elles, elles ont couvé leur haine, acheva Tommy. N'est-ce pas, Scarlett ? Ça ennuie bien plus les dames que nous de voir où nous en sommes réduits. Hugh devait devenir magistrat, René était destiné à jouer du violon devant les têtes couronnées d'Europe… il se baissa pour éviter le coup que lui destinait René… Moi, je devais être médecin et maintenant…

– Laisse-nous le temps, s'exclama René. Moi, je deviendrai le roi du pâté dans le Sud ! Mon brave Hugh sera le roi du bois de chauffage et toi, mon vieux Tommy, tu auras des esclaves irlandais au lieu d'avoir des esclaves nègres. Quel changement… On va bien s'amuser. Et vous autres, madame Scarlett et madame Melly, que faites-vous ? Vous trayez les vaches ? vous ramassez le coton ?

– Grand Dieu ! non, répondit Scarlett incapable de comprendre la bonne humeur avec laquelle René acceptait son sort. Nos nègres s'en chargent.

– J'ai entendu dire que Mme Melly avait appelé son fils « Beauregard ». Vous lui en ferez mon compliment et vous lui direz de ma part qu'après le nom de « Jésus » il n'y en a pas de plus beau.

Et ses yeux brillaient de fierté au souvenir du fougueux héros de la Louisiane[2].

– Allons, il y a aussi celui de « Robert Edward Lee », remarqua Tommy, et j'ai beau ne pas vouloir porter atteinte à la réputation de ce brave Beauregard, mon premier fils ne s'en appellera pas moins « Bob Lee Weelburn ».

René rit et haussa les épaules.

– Je m'en vais te raconter une histoire qui a l'air d'une blague, mais qui est arrivée. Tu vas voir ce que les créoles pensent de notre brave Beauregard et de votre général Lee. Dans le train, non loin de La Nouvelle-Orléans, un homme de Virginie, un soldat du général Lee, fait la connaissance d'un créole qui sert sous Beauregard. Le Virginien parle sans arrêt de Lee. « Et le général Lee a fait ceci, et le général Lee a dit cela. » Le créole prend un air poli, plisse le front comme pour se

1. Ce fut au village d'Appomatox, le 10 avril 1865, que le général R. E. Lee, commandant en chef des troupes sudistes, fit sa reddition au général Grant, commandant les forces du Nord *(N.d.T.)*.

2. Le général Beauregard, Français d'origine, commanda les « Lignes de Louisiane ». Ses hommes, qui portaient l'uniforme des zouaves, l'adoraient *(N.d.T.)*.

rappeler quelque chose et tout d'un coup il sourit et s'écrie : « Le général Lee ! Ah ! oui. Maintenant j'y suis. Le général Lee ! C'est l'homme dont le général Beauregard parle en bons termes ! »
Scarlett essaya poliment de participer à l'hilarité générale, mais elle ne voyait rien de drôle dans cette histoire-là, si ce n'est que les créoles s'y montraient aussi prétentieux que les gens de Charleston et de Savannah. De plus, elle avait toujours pensé qu'on aurait dû donner au fils d'Ashley le nom de son père.
Après avoir achevé d'accorder leurs instruments les musiciens attaquèrent *Le Vieux Dan Tucker*[3] et Tommy se tourna vers Scarlett.
– Voulez-vous danser, Scarlett ? Moi, je ne peux pas vous inviter, mais Hugh ou René...
– Non, je vous remercie, je suis toujours en deuil de ma mère. Mais je ne veux pas les retenir, s'empressa-t-elle d'ajouter.
Tandis que les trois hommes s'éloignaient, elle chercha Frank Kennedy des yeux et, lorsqu'elle l'eut découvert auprès de Mme Elsing, elle lui fit signe de venir la rejoindre. « Si vous voulez bien m'apporter de quoi me rafraîchir, j'irai m'asseoir dans ce coin, lui dit-elle en désignant une sorte d'alcôve. Nous pourrons bavarder à notre guise. »
Lorsque Frank fut parti lui chercher un verre de vin et une mince tranche de cake enveloppée dans du papier, Scarlett alla s'asseoir dans l'alcôve à l'extrémité du salon et arrangea soigneusement sa jupe de façon à dissimuler les plus grosses taches. Elle était trop heureuse de voir du monde et d'entendre de la musique pour penser à l'humiliation que Rhett lui avait infligée dans la matinée. Demain elle penserait à la conduite de Rhett, à la honte dont elle s'était couverte. Demain, elle s'interrogerait pour savoir si elle avait fait impression sur le cœur meurtri et effaré de Frank. Mais pas ce soir. Ce soir, elle se sentait vivre jusqu'au bout des ongles, l'espoir décuplait ses facultés, ses yeux pétillaient.
Elle promena son regard sur le vaste salon et observa les danseurs. Elle se rappelait combien cette pièce était belle lorsqu'elle était venue pour la première fois à Atlanta pendant la guerre. À cette époque-là, le plancher en bois dur brillait comme un miroir. Le lustre aux mille pendeloques de cristal s'irisait sous les innombrables bougies dont il réfléchissait la moindre lueur avec des scintillements de diamant, de flamme et de saphir. Les vieux portraits accrochés au mur avaient un aspect digne et charmant et sem-

3. Fameuse chanson d'esclaves (voix et banjo) composée en l'honneur du révérend virginien Daniel Tucker (1740-1818), qui mena des actions charitables pour les esclaves.

blaient sourire aux invités. Les sofas de palissandre aux coussins moelleux invitaient au repos et l'un d'eux, le plus grand, occupait la place d'honneur au fond de cette même alcôve où Scarlett se trouvait. De là, elle pouvait voir en enfilade le salon et la salle à manger, la table ovale en acajou où vingt convives tenaient à l'aise, les vingt chaises graciles rangées avec modestie le long des murs, la console et le buffet massifs surchargés d'argenterie pesante, de chandeliers à sept branches, de timbales, d'huiliers, de carafons et de petits verres brillants. Scarlett s'était si souvent assise sur ce sofa pendant les premières années de la guerre en compagnie d'un bel officier pour écouter jouer du violon, du violoncelle, de l'accordéon et du banjo ou écouter seulement le bruit enivrant que faisaient les danseurs en glissant sur le parquet ciré.

Maintenant, le lustre était éteint. Il pendait de côté et la plupart des pendeloques étaient brisées comme si les Yankees qui avaient couché dans la maison s'étaient amusés à les abattre à coups de bottes. Seules une lampe à huile et quelques bougies éclairaient la pièce dont la principale source de lumière provenait surtout du feu qui ronflait dans la grande cheminée. Le reflet dansant des flammes permettait de mieux voir les balafres et les entailles du vieux parquet terni. Des rectangles plus foncés se détachant sur le papier fané des murs indiquaient l'emplacement des portraits de famille et de longues lézardes rappelaient que, pendant le siège, une bombe avait éclaté sur la maison dont elle avait arraché le toit et détruit le second étage. La lourde table d'acajou sur laquelle était dressé le buffet continuait de trôner au milieu de la salle à manger, mais elle était tout abîmée et ses pieds portaient des traces de réparations maladroites. Le buffet, l'argenterie et les chaises aux pieds fuselés avaient disparu. Les tentures de damas couleur d'or mat qui encadraient les portes-fenêtres à l'extrémité de la pièce n'existaient plus et seuls subsistaient les restes des rideaux de dentelle, fort propres, mais soigneusement raccommodés.

Un banc rien moins que confortable avait remplacé le sofa de prédilection de Scarlett. Elle s'y assit avec la meilleure grâce possible tout en souhaitant que sa robe fût assez bien taillée pour lui permettre de danser. Ce serait si bon de danser. Mais elle avait bien plus de chances d'obtenir un résultat avec Frank dans ce coin retiré, où elle pourrait le manœuvrer à sa guise, qu'en dansant avec lui un quadrille échevelé.

Cependant la musique était bien tentante. Du bout de sa mule, Scarlett battait impatiemment la mesure tout comme le vieux Lévi qui annonçait les figures du quadrille en grattant un banjo criard. Les danseurs sur deux rangs se rapprochaient, reculaient, tourbillonnaient, faisaient des ailes de pigeon; les pieds glissaient avec un bruit feutré, raclaient en martelant le plancher.

Le vieux Dan Tucker il est iv'
(Faites sauter vos danseuses!)
Il est tombé dans un champ,
Il en fait un boucan!
(Allons, sautez, mesdames!)

Après les mois lugubres et épuisants de Tara, c'était bon d'entendre de la musique, d'écouter le pas des danseurs. C'était bon de voir sourire des visages familiers à la clarté indécise des bougies, de voir des amis se mettre en frais, de les entendre se taquiner ou échanger de vieilles plaisanteries. On eût dit que la vie d'autrefois renaissait. Scarlett avait l'impression que les jours fastueux étaient presque revenus. En fermant les yeux pour ne pas voir les robes usées, les bottes et les chaussures éculées, et en essayant de ne pas se rappeler le visage des jeunes gens qui ne prenaient pas part au quadrille, Scarlett en arrivait presque à s'imaginer que rien n'avait changé. Mais lorsqu'elle regardait du côté des hommes d'âge réunis autour de la table de la salle à manger, ou du côté des dames qui, alignées contre le mur, bavardaient en agitant leurs mains jadis habituées au jeu de l'éventail, lorsqu'elle suivait des yeux les évolutions des jeunes danseurs, elle sentait brusquement un frisson glacé la parcourir, elle avait peur et se disait au contraire que tout avait changé au point de donner à ces silhouettes familières un aspect fantomatique.

Tous ces gens semblaient être les mêmes et pourtant ils étaient différents. À quoi cela tenait-il? Au seul fait qu'ils avaient cinq années de plus? Non, cela ne tenait pas uniquement à la marche du temps. Ils avaient perdu quelque chose, leur univers avait perdu l'un de ses éléments. Cinq années auparavant, ils baignaient dans une atmosphère de sécurité qui leur avait permis de s'épanouir en toute quiétude sans même en soupçonner la présence tant elle était subtile. Désormais cette atmosphère n'existait plus et avec elle avaient disparu l'ardeur d'autrefois, la sensation qu'au détour du chemin quelque chose d'exquis et d'enivrant guettait le voyageur, le charme qui s'attachait à la vie de ces gens.

Scarlett savait bien qu'elle aussi avait changé, mais elle n'avait pas changé dans le même sens qu'eux et cela l'intriguait. Elle les observait de sa place et elle se sentait une étrangère parmi eux. Elle se sentait aussi dépaysée, aussi seule que si elle était venue d'un autre continent et qu'elle n'eût point compris leur langue. Alors elle se rendit compte que c'était là un sentiment analogue à celui qu'elle éprouvait auprès d'Ashley. Avec lui et avec ses pareils – et c'étaient eux qui pour la plupart composaient son entourage – il lui semblait être tenue à l'écart de quelque chose qu'elle ne pouvait comprendre. Le visage de ses anciens amis n'avait guère changé et leurs manières pas du tout, mais Scarlett avait l'impression que c'était tout ce qui leur restait de jadis. Ils avaient de la race et jusqu'à leur mort conserveraient leur élégance et leur dignité, mais en même temps ils emporteraient au tombeau une amertume indélébile, une amertume trop profonde pour être exprimée par des mots. Ces gens affables représentaient un peuple généreux que la défaite avait épuisé, mais ne voulaient pas s'avouer vaincus. On leur avait fait mordre la poussière et pourtant ils relevaient la tête. Citoyens de provinces conquises, ils étaient réduits à l'impuissance. Ils voyaient l'ennemi fouler aux pieds l'État qu'ils chérissaient, la canaille tourner en dérision la loi, leurs anciens esclaves devenir menaçants tandis qu'on dépouillait les hommes de leurs droits et qu'on insultait les femmes. Enfin, ils avaient le souvenir de leurs morts.

Tout ce qui composait leur univers avait changé. Seules les formes avaient subsisté. Ils continuaient de suivre les usages d'autrefois, et il le fallait bien, car il ne leur restait que cela. Ils demeuraient étroitement attachés aux choses qu'ils avaient le mieux connues et le mieux aimées dans le passé ; les manières nonchalantes, la courtoisie, une agréable désinvolture dans leurs rapports avec les êtres humains et surtout l'attitude protectrice des hommes envers les femmes. Fidèles à la tradition dans laquelle ils avaient été élevés, les hommes se montraient galants et affectueux et arrivaient presque à créer autour des femmes une atmosphère qui les mettait à l'abri de tout ce qui n'était pas fait pour leurs yeux. Selon Scarlett, c'était là le comble de l'absurdité car, depuis cinq ans, il n'y avait guère d'épreuves que la femme la plus cloîtrée n'eût subies. Les femmes avaient soigné les blessés, elles avaient fermé les yeux aux morts, enduré la guerre, le feu, la dévastation, elles avaient connu la peur, l'exode et les tortures de la faim.

Cependant, malgré ce que ces gens avaient vu, malgré les travaux serviles qu'ils avaient accomplis ou auraient à accomplir, ils restaient des hommes et des femmes du monde, rois et reines en exil. Ils étaient amers et se tenaient sur la défensive. Ils n'avaient point de curiosité. Généreux les uns envers les autres, ils avaient à la fois la dureté du diamant et la fragilité du lustre de cristal aux pendeloques brisées. Le bon vieux temps n'existait plus, mais ces gens continuaient de vivre comme s'il n'en était rien. Ils étaient charmants, ils prenaient leur temps, bien décidés à ne pas se bousculer comme les Yankees, à ne pas courir comme eux après l'argent, bien décidés aussi à ne pas se départir d'une seule de leurs habitudes.

Scarlett savait qu'elle aussi avait beaucoup changé, sans quoi elle n'aurait pas pu faire ce qu'elle avait fait depuis le jour où elle avait fui Atlanta, et n'aurait pas non plus élaboré le plan dont elle souhaitait si désespérément la réussite. Mais il y avait une différence entre son endurcissement et le leur, bien que, pour le moment, elle fût incapable de dire en quoi elle consistait. Peut-être cela tenait-il au fait qu'elle se sentait capable de tout alors qu'il existait tant de choses que ces gens n'eussent jamais consenti à faire, même sous peine de mort. Peut-être cela tenait-il au fait qu'ils avaient perdu toute illusion, mais qu'ils n'en continuaient pas moins à sourire à la vie, à faire des grâces et à fermer les yeux sur tout. Cela, Scarlett ne l'aurait jamais pu.

Il lui était impossible de ne pas regarder la réalité en face. La vie qu'elle devait mener était trop brutale, trop hostile pour qu'elle essayât même d'en sourire. Scarlett ne comprenait rien à la douceur, au courage et à l'indomptable fierté de ses amis. Elle ne voyait en eux que des gens intransigeants qui se contentaient d'observer les faits en souriant, mais se refusaient à en tirer une leçon.

Tout en suivant de l'œil les danseurs échauffés par le quadrille, elle se demanda si les événements les avaient marqués comme elle-même l'avait été. La mort d'un amant, un mari inutile, des enfants affamés, des domaines morcelés, des foyers profanés par des étrangers, quelle influence cela avait-il eu sur ces hommes et sur ces femmes ? Bien sûr, eux aussi avaient subi la loi commune. Leur vie n'avait guère de secrets pour Scarlett. Leurs pertes avaient été les siennes de même que leurs privations et les problèmes qu'ils avaient eu à résoudre. Cependant ils n'avaient pas réagi comme elle. Les visages qu'elle voyait autour d'elle n'étaient point des visages, mais des masques qu'aucune main ne baisserait jamais.

Mais si ces gens souffraient comme elle de la rigueur des temps – et ils en souffraient à coup sûr – comment faisaient-ils pour conserver leur bonne humeur ? Était-ce bien de leur part une attitude voulue ? Cela dépassait Scarlett et lui causait une sourde irritation. Elle ne pouvait pas suivre leur exemple. Il lui était impossible d'assister à l'effondrement d'un monde avec cet air désinvolte. Elle ressemblait à un renard traqué qui, à bout de souffle, cherche à atteindre un terrier avant d'être rattrapé par la meute.

Brusquement elle se prit à détester tous ces gens parce qu'ils étaient différents d'elle, parce qu'ils adoptaient dans l'adversité une attitude qu'elle ne pourrait jamais imiter, qu'elle ne chercherait jamais à imiter. Comme elle les détestait, ces gens souriants, ces sots vaniteux qui semblaient s'enorgueillir des dommages qu'ils avaient subis ! Ces femmes avaient beau s'abaisser chaque jour à des besognes serviles, elles avaient beau ne pas savoir si elles pourraient remplacer leur robe défraîchie, elles conservaient leurs allures de grandes dames. Malgré sa robe de velours et sa chevelure parfumée, malgré la fierté qu'elle tirait de son origine et de la fortune qu'elle avait jadis possédée, Scarlett n'arrivait plus à se sentir une grande dame. Au rude contact du sol rouge de Tara, elle avait perdu toutes ses bonnes manières et elle savait qu'elle ne se considérerait de nouveau comme une grande dame, comme une femme du monde que le jour où, sur sa table, brilleraient l'argenterie et les cristaux et fumeraient les plats recherchés, que le jour où, dans ses remises et dans ses écuries, elle aurait des voitures et des chevaux à elle, que le jour où des nègres et non point des blancs cultiveraient les champs de coton de Tara.

« Ah ! se dit-elle avec rage, voilà ce qui fait la différence. Elles ont beau être dans la misère, elles se sentent encore femmes du monde, mais pas moi ! Les pauvres sottes, elles ne se rendent pas compte que, sans argent, on ne saurait être une grande dame. »

Et pourtant, en dépit de ce jugement hâtif qu'elle venait de porter, Scarlett comprenait que l'attitude de ces femmes était la bonne sous ses apparences ridicules. Ellen eût été de cet avis. Cela la troubla. Elle savait qu'elle aurait dû partager les sentiments de ces femmes, mais ça lui était impossible. Elle savait qu'à leur exemple elle aurait dû croire dur comme fer qu'une grande dame reste toujours une grande dame, même si elle en est réduite à la pauvreté ! Mais pour le moment elle n'arrivait pas à se pénétrer de cette idée.

Toute sa vie, elle avait entendu accabler de sarcasmes les Yankees parce que leurs prétentions à la distinction reposaient sur la fortune et non pas sur la naissance. Néanmoins, si peu orthodoxe que ce fût, elle ne pouvait s'empêcher de penser que les Yankees avaient raison sur ce point, même s'ils avaient tort sur les autres. Il fallait de l'argent pour être une femme du monde. Elle savait qu'Ellen se serait évanouie d'entendre sa fille faire une telle profession de foi. Au plus creux de la misère, Ellen n'aurait jamais éprouvé le moindre sentiment de honte. De la honte ! C'était bien cela que Scarlett ressentait. Elle avait honte d'être pauvre, de vivre d'expédients, d'accomplir une besogne réservée à des nègres.

Elle haussa les épaules d'un geste irrité. Ces gens avaient peut-être raison contre elle, mais malgré tout, ces vaniteux imbéciles n'avaient pas comme elle les yeux tournés vers l'avenir. Ce n'étaient pas eux qui, toutes les fibres tendues, s'efforçaient de reconquérir ce qu'ils avaient perdu au risque même d'y sacrifier leur honneur et leur réputation. Bon nombre d'entre eux s'estimaient trop dignes pour participer à cette foire d'empoigne qu'était désormais la vie. Les temps étaient durs, il fallait lutter ferme pour prendre le dessus. Scarlett savait que les traditions familiales empêcheraient beaucoup de ces gens de se lancer dans la mêlée dont le but avoué était de gagner de l'argent. Tous estimaient que gagner ouvertement de l'argent ou même parler d'argent était le comble de la vulgarité. Bien entendu, il y avait des exceptions. Mme Merriwether confectionnait des pâtés que René s'en allait vendre dans sa charrette. Hugh Elsing coupait du bois et en faisait le commerce. Tommy était entrepreneur. Frank avait eu le cran de monter un magasin. Mais les autres, le gros de la troupe ? Les planteurs allaient végéter sur quelques arpents de terre. Les avocats et les docteurs allaient se remettre à exercer et attendraient des clients qui ne viendraient jamais. Quant au reste, à ceux qui vivaient autrefois de leurs rentes, qu'allaient-ils devenir ?

Mais elle, elle n'avait pas l'intention de rester pauvre toute sa vie. Elle n'avait pas l'intention de rester assise et d'attendre patiemment un miracle. Elle allait se jeter au beau milieu de la mêlée et en retirer ce qu'elle pourrait. Son père avait d'abord été un jeune émigrant sans sou ni maille et avait fini par acquérir le vaste domaine de Tara. Ce qu'il avait fait, sa fille le ferait bien aussi. Elle ne ressemblait pas à ces gens qui avaient tout misé sur une cause et à qui suffisait l'orgueil d'avoir perdu cette cause parce qu'elle était digne de tous les sacrifices. Ils puisaient leur courage dans le passé. Elle, elle puiserait le sien dans l'avenir. Désormais c'était Frank Kennedy son avenir. Si elle réussissait à l'épouser et à mettre la main sur son argent, ce serait une année de gagnée pour Tara. Après cela… Il fallait que Frank achetât cette scierie. Elle pouvait constater par elle-même sur quel rythme on reconstruisait la ville. Quiconque monterait une affaire de bois en ce moment où la concurrence ne jouait pas encore posséderait une mine d'or.

Alors, du fin fond de sa mémoire lui revint une phrase que Rhett lui avait dite au début de la guerre, le jour où il lui avait parlé de l'argent qu'il gagnait grâce au blocus. À cette époque, elle n'avait pas cherché à comprendre, mais maintenant cette phrase lui paraissait parfaitement claire et elle se demandait si c'était simplement sa jeunesse ou sa stupidité qui l'avait empêchée d'en apprécier le sens.

«Ça rapporte, la construction des empires, mais le naufrage des empires rapporte encore plus.»

«Voilà bien le naufrage qu'il avait prévu, songea-t-elle, et il avait raison. Il y a encore beaucoup d'argent à gagner pour qui ne craint pas sa peine… ou sa conscience.»

Elle aperçut Frank qui traversait la pièce, un verre de vin de mûres d'une main, un morceau de cake sur une assiette de l'autre, et elle se composa une expression souriante. Il ne lui vint même pas à l'esprit de s'interroger pour savoir si Tara valait qu'elle épousât Frank. Elle en avait la certitude.

Elle sourit à Frank tout en buvant son vin à petites gorgées. Elle savait que ses joues étaient plus roses et plus attirantes que celles de n'importe quelle danseuse. Elle arrangea sa jupe de façon à faire une place auprès d'elle et agita nonchalamment son mouchoir pour que Frank pût respirer la légère odeur d'eau de Cologne qui s'en dégageait. Elle était fière de son parfum, car personne d'autre n'en usait et son compagnon l'avait remarqué. Dans un moment d'audace, il lui avait murmuré à l'oreille qu'elle avait la couleur et le parfum d'une rose.

Si seulement il n'était pas aussi timide. Il lui faisait penser à un vieux lapin de garenne effarouché. Si seulement il avait l'élégance et la fougue des fils Tarleton, ou même l'impudence grossière de Rhett Butler. Mais, s'il avait possédé ces qualités, il aurait eu sans doute assez de finesse pour déceler le sentiment d'angoisse qui se lisait au fond de ses yeux ; or il ne connaissait pas suffisamment les femmes pour soupçonner ce que tramait Scarlett. Celle-ci ne pouvait que s'en féliciter, mais ce n'était pas fait pour augmenter son respect pour Frank.

XXXVI

Après deux semaines d'une cour menée tambour battant, Scarlett, toute rougissante, avoua à Frank Kennedy qu'elle n'avait plus la force de s'opposer à son ardeur et l'épousa.

Frank ignorait que, pendant ces deux semaines, Scarlett avait passé les nuits à arpenter sa chambre, rongeant son frein et priant Dieu qu'une lettre inopportune de Suellen ne vînt pas ruiner ses plans. Elle remerciait le Ciel de ce que sa sœur fût la pire des correspondantes, ravie de recevoir des lettres, épouvantée à l'idée d'en écrire. Mais, tout en allant et venant sur le plancher froid, le châle fané d'Ellen jeté sur sa chemise de nuit, Scarlett se disait qu'il suffisait d'un hasard. Frank ne savait pas non plus que Will lui avait écrit un mot laconique pour lui apprendre que Jonas Wilkerson était monté une seconde fois à Tara et que, furieux de l'absence de Scarlett, il n'avait cessé de tempêter jusqu'à ce que Will et Ashley l'eussent envoyé promener sans ménagements. La lettre de Will n'avait fait que lui rappeler cruellement ce qu'elle connaissait déjà trop bien. Le temps pressait de plus en plus. La date à laquelle il fallait payer les impôts approchait à grands pas. À mesure que les jours s'enfuyaient, son désespoir augmentait. Elle aurait voulu étreindre le sablier dans sa main et empêcher le sable de couler.

Pourtant, elle dissimula si bien ses sentiments, elle joua si bien son rôle, que Frank ne se douta de rien. Il ne vit en elle que la jolie veuve sans défense de Charles Hamilton, la malheureuse jeune femme qui l'accueillait chaque soir dans le salon de Mlle Pittypat et, béate d'admiration, l'écoutait raconter ses projets pour le magasin et se livrer au calcul des bénéfices qu'il tirerait de sa scierie quand il l'aurait achetée. La tendre compréhension de Scarlett, ses yeux qui s'allumaient à ses moindres paroles étaient du baume sur la blessure infligée par le soi-disant abandon de Suellen. Il souffrait et s'étonnait de la conduite de Suellen et son amour-propre timide et pointilleux de vieux garçon qui avait conscience de ne point plaire aux femmes était profondément ulcéré. Il lui était impossible d'écrire à Suellen pour lui reprocher son manque de loyauté. Cette seule pensée le faisait frémir. Mais il éprouvait un véritable soulagement auprès de sa sœur. Scarlett trouvait le moyen de montrer à Frank combien elle était peinée pour lui et combien il méritait d'être entouré par une femme qui saurait vraiment l'apprécier.

La petite Mme Hamilton avait tant de charme avec ses joues roses. Elle passait tour à tour de la mélancolie au rire gai et musical comme une sonnerie de clochettes argentines, selon qu'elle songeait à son triste sort ou s'amusait aux plaisanteries innocentes que faisait Frank pour lui remonter le moral. Sa robe verte, devenue impeccable grâce aux soins de Mama, dégageait à ravir sa silhouette mince et ses seins menus et qu'il était donc ensorcelant le parfum léger de son mouchoir et de sa chevelure. Quelle misère de voir une si gentille petite femme seule et sans défense dans un monde si rude qu'elle n'en comprenait pas la rudesse. Ni mari ni frère, pas même un père pour la protéger. Frank estimait que la vie était trop pénible pour une femme seule et, sur ce point, Scarlett partageait facilement son avis.

Frank venait tous les soirs, car l'atmosphère qui régnait chez tante Pitty était agréable et réconfortante. Sur le seuil, Mama l'accueillait avec le sourire réservé aux gens de qualité. Pitty lui servait du café additionné de cognac et s'empressait autour de lui. Scarlett était suspendue à ses lèvres. Parfois, dans l'après-midi, il emmenait Scarlett en voiture, lorsqu'il avait à traiter une affaire aux environs. Ces promenades étaient pour lui de vraies parties de plaisir, tant sa compagne lui posait de questions absurdes : « C'est bien d'une femme », ne cessait-il de se répéter. Il ne pouvait s'empêcher de se moquer de son ignorance en affaires et Scarlett en riait de bon cœur, elle aussi, tout en disant : « Voyons, vous ne voudriez tout de même pas qu'une petite sotte comme moi s'y connaisse ! »

Il commençait à prendre conscience que Dieu avait fait de lui un homme exceptionnel, l'avait coulé dans un métal plus pur que ses frères, pour protéger les faibles femmes.

Lorsque arriva enfin l'heure du mariage et que Scarlett, les yeux baissés, lui abandonna sa petite main confiante, il ignorait encore comment tout cela s'était produit. Il savait seulement que, pour la première fois au cours de sa vie de vieux garçon, il avait fait quelque chose de romanesque et de passionnant. C'était grisant !

Ni amis, ni parents n'assistaient au mariage. Les témoins étaient des étrangers, rencontrés dans la rue. Scarlett était demeurée inflexible sur ce point et Frank avait cédé, bien qu'il eût aimé avoir à ses côtés sa sœur et son beau-frère de Jonesboro. C'eût été également une joie pour lui d'offrir une réception chez Mlle Pitty et d'entendre porter des toasts à la jeune mariée au milieu d'une foule d'amis. Mais Scarlett n'avait même pas voulu que tante Pitty les accompagnât.

– Rien que nous deux, Frank, implora-t-elle en lui secouant le bras. Comme dans un enlèvement. J'ai toujours eu envie de m'enfuir et de me marier ensuite ! Je vous en prie, mon chéri, faites ça pour moi !

Ce fut ce mot tendre, encore si nouveau à ses oreilles, et les yeux vert pâle de Scarlett tout embués de larmes qui triomphèrent de sa résistance. Après tout, un homme devait bien quelques concessions à sa fiancée, surtout lorsqu'il s'agissait de leur mariage. Les femmes attachaient tant d'importance à ces questions d'ordre sentimental. Et Frank fut marié avant même de savoir ce qui lui arrivait.

Cédant aux tendres instances de Scarlett, Frank lui donna les 300 dollars. Au début, il s'était fait tirer l'oreille, car il lui en coûtait de renoncer pour le moment à acheter la scierie, mais il ne pouvait pas laisser mettre à la porte la famille de sa femme. D'ailleurs, sa déception ne dura pas longtemps devant le bonheur radieux de Scarlett et les soins amoureux dont elle l'entoura, en remerciement de sa générosité. Frank n'avait jamais été « entouré » par une femme et il en vint à penser qu'en somme son argent n'avait pas été si mal employé.

Scarlett dépêcha aussitôt Mama à Tara, dans le triple but de remettre l'argent à Will, d'annoncer son mariage et de ramener Wade. Deux jours plus tard, elle reçut de Will un court billet, qu'elle lut et relut avec une joie croissante. Will lui écrivait que les impôts étaient payés et qu'en apprenant la nouvelle Jonas Wilkerson « avait fait une drôle de comédie », mais que, jusque-là, il ne s'était pas livré à de nouvelles menaces. Will terminait en souhaitant à Scarlett d'être heureuse, formule laconique qui ne l'engageait à rien. Elle savait pourtant que Will comprenait son geste et les mobiles qui l'avaient inspiré et elle était persuadée que sans l'en féliciter il ne lui en tenait nullement rigueur : « Mais que doit penser Ashley ? se demandait-elle avec angoisse. Que doit-il penser de moi, après ce que je lui ai dit, il y a si peu de temps, dans le jardin potager ? »

Elle reçut également une lettre de Suellen, bourrée de fautes d'orthographe, violente, injurieuse, maculée de larmes, lettre si pleine de venin et d'observations exactes sur le caractère de sa sœur que celle-ci ne devait jamais en oublier les termes, ni pardonner à l'expéditrice. Cependant, la lettre de Suellen ne réussit même pas à altérer le bonheur qu'elle éprouvait à la pensée que Tara était sauvée, tout au moins pour un certain temps.

Scarlett avait peine à s'imaginer que désormais son foyer n'était plus à Tara, mais à Atlanta. Elle n'avait eu qu'une pensée en tête, sauver Tara, et même au moment de son mariage, il ne lui était pas venu à l'idée qu'en sauvant sa propriété elle se condamnait à en être exilée d'une manière permanente. Maintenant, elle s'en rendait parfaitement compte et elle en souffrait. Mais elle se trouvait en présence du fait accompli et, ayant conclu une sorte de marché, elle entendait en respecter les termes. D'autre part, elle était si reconnaissante à Frank d'avoir sauvé Tara, qu'elle en ressentait une vive affection pour lui et était bien décidée à ne jamais lui faire regretter de l'avoir épousée.

Les dames d'Atlanta étaient presque aussi bien informées de ce qui se passait chez leurs voisins que chez elles et cela les intéressait beaucoup plus. Elles savaient toutes que, depuis des années, Frank Kennedy et Suellen O'Hara étaient « d'accord ». Au reste, Frank ne s'était pas privé d'annoncer partout qu'il allait se marier au printemps. Il ne fallut donc point s'étonner du bruit que causa son mariage sans tambour ni trompette avec Scarlett. Les commérages allèrent bon train. Chacun se perdit en conjectures et tout le monde accueillit l'événement avec la plus grande méfiance. Mme Merriwether, qui n'aimait point à en être pour ses frais de curiosité, aborda Frank et lui demanda à brûle-pourpoint ce que cela signifiait d'épouser une sœur, quand on était promis à l'autre. Elle raconta à Mme Elsing que, pour toute réponse, elle n'avait obtenu de lui qu'un regard hébété. Quant à Scarlett, Mme Merriwether elle-même, malgré son intrépidité, n'osa pas l'interroger sur ce chapitre. Elle avait beau arborer un petit air doux et plein de modestie, ses yeux avaient une expression conquérante qui ennuyait les gens et, en outre, elle ne donnait pas du tout l'impression de vouloir se laisser marcher sur les pieds.

Elle savait que la ville jasait, mais ça lui était bien égal. En somme, il n'y avait rien d'immoral dans le fait d'épouser un homme. Tara était sauvée. Que les gens bavardent tout leur soûl. Elle avait bien d'autres préoccupations. Avant tout, il fallait trouver le moyen de faire comprendre à Frank, en y mettant les formes, que son magasin devait lui rapporter davantage. Après l'alerte de Jonas Wilkerson, elle ne serait tranquille que lorsqu'elle et Frank auraient un peu d'argent de côté. Et même, sans parler de nouveaux coups à parer, il était indispensable que Frank augmentât ses bénéfices pour payer les prochains impôts. De plus, Scarlett retournait sans cesse dans sa tête ce que son mari lui avait dit au sujet de la scierie. En achetant une scierie, Frank pouvait faire une fortune. Avec les prix outranciers qu'atteignait le bois de charpente, c'était à la portée de tout le monde. Au fond d'elle-même, Scarlett était furieuse que Frank n'eût pas assez d'argent pour payer les impôts de Tara et acheter la scierie. Elle décida qu'il devait s'arranger d'une manière ou d'une autre pour gagner plus d'argent avec son magasin, et il ne fallait pas que ça traînât, afin de pouvoir acheter la scierie pendant qu'elle était encore à vendre. C'était vraiment un marché que Scarlett avait conclu.

Si elle avait été un homme, elle aurait acheté cette scierie, même si elle avait dû hypothéquer le magasin pour trouver l'argent nécessaire. Mais, lorsqu'elle suggéra cette solution avec beaucoup de tact le lendemain de leur mariage, il sourit et lui dit d'épargner à sa jolie petite tête les soucis d'ordre commercial.

Il avait été fort surpris de constater que sa femme savait à quoi s'en tenir sur le chapitre des hypothèques et, sur le moment, ça l'avait amusé, mais ce sentiment s'effaça vite et fit place à une sorte de gêne, qui s'installa en lui dès le début de leur union. Une fois, sans y prendre garde, il avait raconté à Scarlett que « certaines gens » (il avait soin de ne jamais citer de nom) lui devaient de l'argent et que, bien entendu, il se refusait à presser de vieux amis ou des gens de qualité. Par la suite, il regretta de lui avoir parlé de cela, car, à plusieurs reprises, elle revint sur cette question. Elle l'interrogeait de l'air le plus adorablement enfantin et prétendait qu'elle voulait seulement savoir qui lui devait de l'argent et combien. Frank demeurait évasif, toussait nerveusement, agitait les bras et renouvelait ses remarques fastidieuses sur la jolie petite tête de sa femme.

Il ne tarda pas à constater que cette jolie petite tête était fort bien douée pour le calcul et même beaucoup mieux douée que la sienne, ce qui n'avait rien de rassurant. Il fut sidéré de découvrir que Scarlett pouvait faire rapidement de tête une longue addition, alors qu'il lui fallait un crayon et du papier dès qu'il avait plus de trois chiffres à ajouter. Quant aux fractions, elles ne présentaient aucune difficulté pour elle. Il estimait qu'il y avait quelque chose d'inconvenant pour une femme à comprendre les fractions et à s'y connaître en affaires. D'après lui, quand une femme avait le malheur de posséder un don si peu distingué, elle faisait mieux de ne pas s'en vanter. Maintenant, il avait horreur de parler affaires devant Scarlett, alors qu'il y avait pris tant de plaisir avant leur mariage. À ce moment-là, il pensait que ces problèmes étaient trop compliqués pour elle et il ne lui était pas désagréable de les mettre à sa portée. Désormais, il s'apercevait au contraire qu'elle comprenait tout beaucoup trop bien et, comme tous les hommes, il s'indignait de la duplicité des femmes. Comme tous les hommes aussi, il était déçu de constater que sa femme était intelligente.

Personne ne sut jamais à quelle époque de sa vie conjugale Frank apprit le tour que Scarlett lui avait joué pour l'épouser. La vérité se fit peut-être jour en lui lorsque Tony Fontaine, apparemment libre de tout lien, vint pour affaires à Atlanta. Peut-être eut-il les yeux ouverts par les lettres que sa sœur, suffoquée par son mariage, lui envoya de Jonesboro. En tout cas, Suellen ne se chargea jamais de lui fournir elle-même des explications. Elle ne lui écrivait jamais et, bien entendu, il ne pouvait pas entrer en correspondance avec elle pour se disculper. D'ailleurs, à quoi bon s'expliquer maintenant qu'il était marié ? Il frémissait intérieurement à la pensée que Suellen ne saurait jamais à quoi s'en tenir et l'accuserait toujours de l'avoir évincée sans motif plausible. Tout le monde devait lui reprocher sa conduite et cela le mettait dans une situation déplorable. Il n'avait aucun moyen de prouver son innocence, car un homme ne pouvait pas aller crier sur les toits qu'une femme lui avait fait perdre la tête… et un galant homme ne pouvait pas non plus raconter que son épouse l'avait pris au piège grâce à un mensonge.

Scarlett était sa femme et une femme était en droit de compter sur la loyauté de son mari. De plus, il lui était impossible de se figurer que Scarlett l'avait épousé de sang-froid sans éprouver pour lui la moindre affection. Sa vanité masculine ne lui aurait pas permis de s'arrêter bien longtemps à cette hypothèse. Il était bien plus agréable de penser que Scarlett s'était éprise de lui si brusquement qu'elle avait délibérément menti, pour en arriver à ses fins. Mais tout cela n'en restait pas moins fort troublant. Il savait qu'il n'était pas une bien belle conquête pour une jolie femme deux fois moins âgée que lui, mais Frank était un homme du monde et il garda son trouble pour lui. Scarlett était sa femme et il ne pouvait pas l'offenser en lui faisant d'odieuses questions qui, d'ailleurs, n'arrangeraient point les choses.

Au demeurant, Frank ne tenait pas tellement à arranger les choses, car son mariage s'annonçait sous d'heureux auspices. Scarlett était la plus charmante, la plus séduisante des épouses et il la trouvait parfaite sous tous les rapports, sauf lorsqu'elle faisait la forte tête. Tant que Scarlett avait la bride sur le cou, la vie était très agréable, mais quand on lui résistait… Le mariage se chargea vite d'apprendre cette vérité à Frank. Quand on la laissait agir à sa guise, Scarlett était gaie comme un enfant, elle riait beaucoup, se livrait à mille petites folies, s'asseyait sur les genoux de son mari et lui tiraillait la barbe, jusqu'à ce qu'il se sentît rajeuni de vingt ans. Elle avait des attentions délicieuses, mettait ses pantoufles à chauffer devant le feu quand il rentrait le soir, s'empressait affectueusement autour de lui, veillait à ce qu'il n'eût pas les pieds mouillés, soignait ses interminables rhumes de cerveau, se rappelait qu'il aimait le gésier de poulet et qu'il lui fallait trois cuillerées de sucre dans son café. Oui, tant qu'on lui laissait la bride sur le cou, la vie était délicieuse aux côtés de Scarlett.

Au bout de deux semaines de mariage, Frank attrapa la grippe et le docteur Meade lui ordonna de s'aliter. Pendant la première année de la guerre, Frank avait passé deux mois à l'hôpital avec une pneumonie et, depuis lors, il vivait dans la crainte d'une rechute. Il fut donc trop heureux de rester à transpirer sous une triple épaisseur de couvertures et de boire les tisanes brûlantes que Mama et tante Pitty lui apportaient toutes les heures.

La maladie s'éternisa et, à mesure que le temps passait, Frank se faisait de plus en plus de soucis pour son magasin. Il en avait confié la direction à son commis qui, chaque soir, venait lui rendre compte des opérations de la journée, mais cela ne le satisfaisait point. Il se mit martel en tête jusqu'à ce que Scarlett, qui guettait l'occasion, lui posât une main fraîche sur le front et dît : « Voyons, mon chéri, je vais me fâcher si vous continuez à vous tracasser comme ça. Je vais aller en ville voir ce qui se passe au magasin. »

Et elle y alla. Pendant les trois semaines de son nouveau mariage, elle avait brûlé du désir de se plonger dans les livres de comptes de son mari, afin de découvrir où il en était au point de vue financier. Quelle chance que Frank dût garder le lit !

Le magasin était situé non loin des Cinq Fourches. Son toit tout neuf scintillait au faîte des vieux murs noircis par la fumée. Des auvents de bois protégeaient le trottoir et s'avançaient jusqu'à la chaussée. Ils étaient supportés par des piliers reliés entre eux par des barres de fer auxquelles étaient attachés des mules et des chevaux. Les bêtes, des couvertures déchirées ou des morceaux d'édredon sur le dos, baissaient la tête pour mieux se défendre contre la bruine glacée. À l'intérieur, on se serait cru chez Bullard à Jonesboro, moins les flâneurs postés devant le poêle qui ronflait et les reflets de salive jaunie par le tabac dans les crachoirs remplis de sable. Le magasin de Frank était plus grand et plus sombre que celui de Bullard. Les auvents interceptaient presque entièrement la lumière du jour et seules d'étroites fenêtres pratiquées dans les murs latéraux et salies par les mouches laissaient filtrer d'en haut une clarté diffuse. Le plancher était saupoudré de sciure de bois. Il y avait partout de la poussière et de la crasse. Dans le magasin même, où sur de longues étagères s'empilaient des pièces d'étoffes voyantes, de la vaisselle, des ustensiles de cuisine et de menus objets, régnait un semblant d'ordre, mais dans l'arrière-boutique c'était le chaos.

Là, il n'y avait point de plancher et les objets les plus hétéroclites s'entassaient pêle-mêle sur la terre battue. Dans la demi-obscurité, Scarlett distingua des boîtes et des ballots de marchandises, des charrues et des harnais, des selles et de grossiers cercueils en sapin. Des meubles d'occasion, allant des bois les plus vulgaires à l'acajou ou au palissandre, s'empilaient dans l'ombre que tranchait parfois le reflet incongru d'un siège tendu d'un riche brocart ou d'une tapisserie chatoyante. Des vases de nuit, des cruches et des cuvettes jonchaient le sol. Dans les coins se dressaient de grands coffres et il faisait si sombre que Scarlett dut en approcher une lampe pour s'apercevoir qu'ils contenaient des graines, des clous, des verrous et des outils de menuiserie.

« J'aurais cru qu'un homme aussi tatillon et aussi vieille fille que Frank aurait eu plus d'ordre, pensa-t-elle en essuyant ses mains sales à son mouchoir. On se croirait dans une écurie. Quelle façon de tenir un magasin. Si seulement il voulait se donner la peine d'épousseter tout ce bazar et de l'exposer là où les gens pourraient le voir, il s'en débarrasserait bien plus vite. »

« À en juger par ce que je vois, dans quel état vais-je trouver ses livres de comptes ! poursuivit intérieurement Scarlett. Allons, jetons un coup d'œil sur son grand livre ! » Elle prit la lampe et passa dans l'autre partie du magasin. Willie, le commis, lui donna à contrecœur le gros registre crasseux. Il était évident que, malgré sa jeunesse, il partageait l'avis de Frank et estimait que les femmes n'avaient rien à voir aux affaires. Mais Scarlett lui rabattit le caquet d'un mot bien senti et l'envoya chercher son déjeuner. Lorsqu'il fut parti, elle se sentit plus à l'aise, car son attitude l'agaçait. Elle approcha du poêle une chaise dont le fond était fendu, s'y assit, ramena une jambe sous elle et posa le livre sur ses genoux. C'était l'heure du déjeuner et la rue était déserte. Les clients ne risquaient guère de venir la déranger et elle avait tout le poêle pour elle.

Elle tourna lentement les pages, épluchant les rangées de noms et les colonnes de chiffres tracées de la main minutieuse de Frank. C'était exactement ce à quoi elle s'attendait et elle fronça les sourcils en découvrant une nouvelle preuve du manque de sens commercial de son mari. En regard des noms qu'elle connaissait fort bien, entre autres ceux des Merriwether et des Elsing, figuraient des sommes dont le montant s'élevait au moins à cinq cents dollars. Cinq cents dollars prêtés, des dettes vieilles parfois de plusieurs mois ! D'après les remarques de Frank sur l'argent que «certaines gens» lui devaient, Scarlett s'était imaginé qu'il s'agissait d'une somme peu importante. Mais cela!

«S'ils ne peuvent pas payer, pourquoi continuent-ils à acheter? se dit-elle avec colère. Et s'il sait qu'ils ne peuvent pas payer, pourquoi continue-t-il à leur vendre? La plupart d'entre eux le rembourseraient, s'il savait s'y prendre. Les Elsing pourraient certainement, puisqu'ils ont bien pu offrir à Fanny une robe de satin et un mariage coûteux. Frank a trop bon cœur, les gens en profitent. Voyons, s'il était rentré dans la moitié de ses fonds, il aurait pu acheter la scierie et il ne se serait pas fait prier pour me donner l'argent des impôts.»

«Quand je pense qu'il a la prétention de faire marcher une scierie, s'indigna soudain Scarlett. Cornebleu! S'il transforme ce magasin en institution charitable, comment peut-on espérer qu'il gagnera de l'argent en vendant du bois? Le shérif vendra sa scierie au bout d'un mois. Voyons, mais je ferais marcher sa boutique bien mieux que lui! J'ai beau ne pas m'y connaître en bois, je parie que je saurais encore mieux faire marcher une scierie que lui!»

C'était pour le moins une pensée surprenante. Une femme plus compétente qu'un homme en affaires! Pensée révolutionnaire pour Scarlett qui avait été bercée dans la tradition que les hommes étaient conscients et que les femmes n'étaient pas trop intelligentes. Bien entendu, elle s'était rendu compte que ce n'était pas vrai du tout, mais elle avait encore l'esprit tout imprégné de cette agréable fiction. Jamais auparavant il ne lui était arrivé d'exprimer par des mots cette idée remarquable. Immobile, le livre épais sur les genoux, la bouche légèrement entrouverte par la surprise, elle songeait qu'au cours des mois de disette elle avait abattu à Tara une besogne d'homme et qu'elle s'en était tirée à son honneur. Dès sa jeunesse, on lui avait inculqué la notion qu'une femme seule ne pouvait rien faire et pourtant, jusqu'à l'arrivée de Will, elle avait dirigé la plantation sans l'aide d'aucun homme.

«Tiens, tiens, se dit-elle, précisant sa pensée, mais j'ai l'impression que les femmes pourraient faire n'importe quoi sans le secours d'un homme... sauf avoir des enfants, et Dieu sait qu'aucune femme saine d'esprit n'aurait d'enfants si elle pouvait faire autrement.»

À l'idée qu'elle était aussi capable qu'un homme, elle sentit monter en elle une brusque bouffée d'orgueil et éprouva un violent désir de faire ses preuves, de gagner de l'argent pour elle, comme les hommes en gagnaient pour eux. Oui, de l'argent qui lui appartiendrait en propre, pour lequel elle n'aurait de comptes à rendre à personne.

« Je voudrais avoir assez d'argent pour acheter moi-même cette scierie, fit-elle tout haut, et elle soupira. Je suis sûre qu'avec moi ça ronflerait et l'on n'obtiendrait pas de moi un seul copeau à crédit. »
Elle soupira de nouveau. Elle ne pouvait s'adresser nulle part pour trouver de l'argent. La question ne se posait donc pas. Frank n'avait plus qu'à essayer de se faire rembourser et à acheter la scierie. C'était en somme un moyen assez sûr d'avoir de l'argent et, quand il serait propriétaire de la scierie, elle trouverait bien le moyen de le rendre un peu plus homme d'affaires qu'il ne s'était montré pour la gestion de son magasin.
Scarlett déchira une des dernières pages du livre et commença à copier la liste des débiteurs qui n'avaient rien versé depuis plusieurs mois. Dès son retour à la maison, elle aborderait ce sujet avec Frank. Elle lui ferait comprendre que ces gens étaient tenus de payer leurs dettes, quand bien même ils étaient de vieux amis, quand bien même cela le gênait de les mettre en demeure. Frank en serait probablement bouleversé, car il était timide et voulait à tout prix jouir de l'estime de ses voisins. Il était si susceptible qu'il aimerait encore mieux perdre son argent plutôt que d'en réclamer le remboursement.
Il allait sans doute déclarer que personne n'avait d'argent pour le payer. Après tout, c'était peut-être vrai, mais presque tout le monde possédait encore un peu d'argenterie ou quelques bijoux ou même un bout de terrain ou une maison. Frank pouvait s'en contenter, à défaut de paiement en espèces.
Scarlett s'imaginait sans peine les lamentations de son mari lorsqu'elle émettrait une telle idée devant lui. Prendre les bijoux ou les immeubles de ses amis ! « Eh bien ! qu'il se lamente tant qu'il voudra, pensa-t-elle en haussant les épaules, je m'en vais lui dire qu'il peut rester pauvre pour faire plaisir à ses amis si le cœur lui en dit, mais que moi je n'y tiens pas. Frank n'arrivera jamais à rien s'il n'a pas un peu plus de nerf. Et il faut qu'il arrive ! Il faut qu'il gagne de l'argent, même si c'est moi qui dois porter la culotte dans le ménage pour le faire filer droit. »
Le visage contracté, la langue entre les dents, elle était fort occupée à recopier sa liste lorsque la porte d'entrée s'ouvrit et qu'un violent courant d'air froid s'engouffra dans le magasin. Un homme de haute taille traversa la pièce sale avec la souplesse d'un Indien. Scarlett releva les yeux et vit Rhett Butler.
Resplendissant dans ses habits neufs, il portait un long manteau et une cape élégante rejetée sur ses épaules massives. Il enleva son chapeau et fit un profond salut, une main sur le plastron immaculé

de sa chemise plissée. Ses dents brillaient d'un éclat singulier. Ses yeux effrontés dévisageaient Scarlett.

– Ma chère madame Kennedy, fit-il en s'approchant d'elle. Ma très chère madame Kennedy ! et il éclata d'un rire sonore.

Sur le moment, Scarlett eut aussi peur que si un fantôme avait fait irruption dans le magasin, puis, dégageant rapidement la jambe qu'elle avait ramenée sous elle, elle se redressa et décocha à Rhett un regard glacial.

– Que faites-vous ici ?

– Je suis allé rendre visite à Mlle Pittypat. J'ai appris votre mariage et je me suis empressé de venir ici vous apporter mes félicitations.

Au souvenir de l'humiliation qu'elle avait subie lorsque Rhett lui avait examiné les mains, ses joues s'empourprèrent de honte.

– Je ne comprends pas que vous ayez l'aplomb de me regarder en face ! s'écria-t-elle.

– C'est le contraire ! Comment, vous, avez-vous l'aplomb de me regarder en face ?

– Oh ! vous êtes le plus...

– Laisserons-nous les clairons sonner la trêve ? demanda-t-il avec un large sourire.

Malgré elle, Scarlett sourit à son tour, mais d'un sourire forcé et mal assuré.

– Quel dommage qu'on ne vous ait pas pendu !

– Je crains que d'autres personnes ne partagent votre sentiment. Allons, Scarlett, déridez-vous. On dirait que vous avez avalé un sabre. Ça ne vous va pas. Vous avez certainement eu le temps de savourer ma... hum... ma petite plaisanterie.

– Une plaisanterie ? Ha ! je ne m'en remettrai jamais.

– Si, ça viendra. Vous me présentez ce front indigné, uniquement parce que vous croyez que c'est de mise et que ça donne un air respectable. Puis-je m'asseoir ?

– Non.

Il se laissa tomber sur une chaise auprès de Scarlett et grimaça.

– J'ai entendu dire que vous n'aviez même pas pu m'attendre deux semaines, fit-il en feignant de soupirer. Que les femmes sont inconstantes !

Comme elle ne répondait pas, il poursuivit :

– Dites-moi, Scarlett, entre nous, entre amis très vieux et très intimes, ça n'aurait pas été plus raisonnable d'attendre que je sorte de prison ? Ou alors est-ce que la vie conjugale avec ce vieux Frank Kennedy a plus d'attrait que les relations coupables avec moi ?

Comme toujours quand il se moquait d'elle, Scarlett sentit monter sa colère, mais en même temps elle éprouvait une forte envie de rire de son impudence.
– Ne soyez pas ridicule.
– Et ça ne vous ferait rien de satisfaire ma curiosité sur un point qui m'a tourmenté pendant un certain temps ? N'avez-vous pas ressenti une répugnance féminine, votre délicatesse n'a-t-elle pas été soumise à une rude épreuve, du fait que vous avez épousé non pas un seul, mais deux hommes pour lesquels vous n'aviez ni amour, ni affection ? Ou bien m'a-t-on donné de faux renseignements sur la délicatesse des femmes sudistes ?
– Rhett !
– Ça y est, j'ai ma réponse. J'ai toujours soupçonné que les femmes avaient une délicatesse et une endurance inconnues des hommes, bien qu'on m'ait inculqué dans mon enfance l'idée ravissante qu'elles étaient des créatures fragiles, tendres et sensibles. Mais après tout, selon le mode d'étiquette observé en Europe, il est très mal porté de s'aimer entre mari et femme. Oui, c'est de très mauvais goût. J'ai toujours pensé que les Européens voyaient juste sur ce point. On se marie par intérêt et l'on aime par plaisir. Système fort habile, n'est-ce pas ? Vous êtes plus près de la mère patrie que je ne croyais.
Comme c'eût été agréable de lui lancer : « Je ne me suis pas mariée par intérêt ! » mais malheureusement Rhett la tenait, et toute protestation d'innocence méconnue n'eût fait que déchaîner une nouvelle volée de flèches acérées.
– Vous allez bien, fit-elle avec calme.
Anxieuse de détourner la conversation, elle ajouta :
– Comment avez-vous fait pour sortir de prison ?
– Oh ! comme ça, répondit-il en esquissant un petit geste de la main. Ça n'a pas été bien difficile. On m'a libéré ce matin. J'ai fait gentiment chanter un de mes amis de Washington, qui occupe un poste élevé dans les conseils du gouvernement fédéral. Un type épatant… l'un des piliers de l'Union. C'est à lui que j'achetais des mousquets et des crinolines pour la Confédération. Lorsqu'il a eu les yeux ouverts de la bonne manière sur ma situation tragique, il s'est empressé d'user de son influence en ma faveur et c'est ainsi qu'on m'a relâché. L'influence, il n'y a que ça. Scarlett, souvenez-vous que, lorsqu'on vous arrêtera, il n'y a que l'influence qui compte ; à côté, la culpabilité ou l'innocence ne sont que des questions de pure forme.
– Je mettrais ma main au feu que vous n'étiez pas innocent.

– Non, maintenant que je suis tiré d'affaire, je reconnaîtrai franchement que je suis coupable comme Caïn. J'ai bien tué ce nègre. Il avait manqué de respect à une dame. Que pouvait faire d'autre un gentleman sudiste ? Et, puisque je suis en train de me confesser, j'avouerai aussi que j'ai tué un cavalier yankee dans un bar, à la suite d'une petite dispute. On ne m'a point accusé de cette peccadille et un pauvre diable a peut-être été pendu depuis longtemps à ma place.

Il parlait avec tant de désinvolture de ses meurtres que Scarlett en eut le frisson. Elle était sur le point de protester, au nom de la morale, lorsqu'elle se rappela soudain le Yankee qui gisait sous l'ormeau de Tara. Sa mort n'avait pas pesé plus lourd sur sa conscience que celle d'une limace qu'elle eût écrasée par mégarde. Elle n'avait pas le droit de juger Rhett, alors qu'elle était aussi coupable que lui.

– Enfin, puisque j'ai l'air de passer aux aveux, je vous dirai, sous le sceau du secret (ça signifie, n'en parlez pas à Mlle Pittypat), je vous dirai donc que l'argent est en sûreté dans une banque de Liverpool.

– L'argent ?

– Oui, l'argent qui rendait les Yankees si curieux. Scarlett, ce n'est pas du tout par bassesse d'âme que je ne vous ai pas prêté la somme que vous désiriez. Si j'avais tiré une traite, on aurait suivi la filière et je doute que vous ayez jamais obtenu un cent. Ma seule chance, c'était de ne pas bouger. Je savais pourtant que l'argent ne courait pas grand risque, car, même en mettant les choses au pire, c'est-à-dire, si l'on avait découvert ma cachette, j'aurais dénoncé tous les patriotes yankees qui m'ont vendu des munitions et du matériel pendant la guerre. Ça aurait fait un beau grabuge, car certains d'entre eux sont des personnalités importantes à Washington aujourd'hui. En fait, c'est uniquement la crainte que je ne libère ma conscience qui m'a valu de sortir de prison. Je...

– Vous voulez dire que... que vous détenez pour de bon l'or de la Confédération.

– Pas tout entier. Grand Dieu, non ! Il doit bien y avoir au moins une cinquantaine d'anciens forceurs de blocus qui ont mis pas mal d'argent à l'ombre à Nassau, en Angleterre ou au Canada. Nous ne serons guère en odeur de sainteté auprès des Confédérés qui n'ont pas été aussi débrouillards que nous. Moi, je ne possède pas loin d'un demi-million. Songez, Scarlett, un demi-million de dollars. Si seulement vous aviez maté votre nature impérieuse ! Si seulement vous ne vous étiez pas ruée de nouveau dans le mariage !

Un demi-million de dollars. À l'idée d'une telle somme, Scarlett en éprouva comme une douleur physique. Les paroles railleuses de

Rhett glissaient sur elle. Elle ne les entendait même pas. Elle avait peine à s'imaginer qu'il existât tant d'argent dans cette vallée de larmes où régnait la misère. Tant d'argent entre les mains de quelqu'un qui n'en avait même pas besoin. Et dire que, pour se défendre contre un monde hostile, elle n'avait qu'un vieux mari malade et cette petite boutique répugnante ! Ce n'était pas juste qu'un paria comme Rhett Butler eût tant d'argent et qu'elle, dont le fardeau était si lourd, en eût si peu. Elle le détestait. Son luxe l'écœurait. En tout cas, ce n'était pas elle qui allait le féliciter de son habileté ! Elle chercha méchamment les mots qui pourraient le blesser.

– Vous croyez sans doute que c'est honnête de garder l'argent de la Confédération. Eh bien ! pas moi. C'est du vol manifeste. Vous le savez d'ailleurs. Moi, je ne voudrais pas avoir ça sur la conscience.

– Fichtre ! Les raisins sont bien verts, aujourd'hui ! s'exclama Rhett avec une moue. Voulez-vous me dire exactement qui je vole ?

Elle se tut et se demanda qui Rhett avait bien pu voler en fait. Après tout, Frank avait agi de la même manière, mais sur une plus petite échelle.

– La moitié de cet argent est bel et bien à moi, poursuivit-il. Je l'ai gagné honnêtement avec le concours d'honnêtes patriotes de l'Union, tout disposés à vendre leur patrie moyennant un bénéfice de cent pour cent. Une partie de cet argent est le résultat de mes placements. Au début de la guerre, j'ai acheté du coton à bas prix et je l'ai revendu un dollar la livre, lorsque les filatures anglaises en ont réclamé à cor et à cri. Une autre partie provient de mes spéculations sur les vivres. Pourquoi laisserais-je les Yankees recueillir les fruits de mon labeur ? Cependant, le reste appartient à la Confédération. Oui, ce reste provient du coton confédéré que j'ai réussi à sortir du pays et que j'ai vendu sur la place de Liverpool à des prix astronomiques. On m'avait donné ce coton de bonne foi pour que j'achète en échange des cuirs, des fusils et des machines. Moi aussi, j'entendais accomplir ma mission, de bonne foi. J'avais reçu l'ordre de déposer l'or à mon nom dans des banques anglaises, afin que mon crédit fût bon. Vous vous souvenez que, lorsque le blocus s'est resserré, j'ai été dans l'impossibilité de faire sortir un bateau d'un port confédéré ou de l'y faire rentrer. Que devais-je faire ? Retirer tout cet or des banques anglaises comme un nigaud et m'efforcer de le rapatrier par Wilmington, pour que les Yankees mettent la main dessus ? Est-ce ma faute si le blocus s'est resserré ? Est-ce ma faute si notre Cause n'a pas triomphé ? L'argent appartenait à la Confédération. Eh bien ! il n'y a plus de Confédération maintenant… quoiqu'on ne s'en douterait pas à entendre parler certaines gens. À qui devrais-je remettre l'argent ? Au gouvernement yankee ? Allons, ça m'est tellement odieux de penser que les gens me prennent pour un voleur que je vais me ranger à cette solution.

Tout en regardant Scarlett, comme s'il était anxieux de connaître son opinion, il tira un étui de cuir de sa poche et en sortit un long cigare dont il respira l'arôme en connaisseur.

« Que la peste l'emporte, pensa Scarlett. Il me coupe toujours l'herbe sous le pied. Il y a toujours quelque chose qui cloche dans ses arguments, mais je n'arrive jamais à savoir d'où ça vient. »

– Vous devriez distribuer cet argent à ceux qui sont dans le besoin, fit-elle avec dignité. La Confédération n'est plus, mais il reste encore des quantités de Confédérés qui meurent de faim avec leur famille.

Il rejeta la tête en arrière et rit à gorge déployée.

– Vous n'êtes jamais plus exquise ni plus ridicule que lorsque vous sortez une hypocrisie de ce goût-là. Dites toujours la vérité, Scarlett. Vous ne savez pas mentir. Les Irlandais sont les plus piètres menteurs du monde. Allons, soyez franche. Vous vous moquiez pas mal de la pauvre Confédération et vous vous moquez encore plus des Confédérés qui meurent de faim. Vous pousseriez des cris d'orfraie si je manifestais l'intention de distribuer cet argent sans commencer par vous donner la part du lion.

– Je ne veux pas de votre argent, commença-t-elle en essayant de conserver son calme et sa dignité.

– Ah ! non ! Tenez, la main vous démange. Si je vous montrais une pièce d'argent, vous sauteriez dessus.

– Si vous êtes venu ici pour m'insulter et vous moquer de ma pauvreté, j'aime mieux vous dire au revoir tout de suite, fit-elle en essayant de se débarrasser du livre pesant afin de pouvoir se lever et de donner plus de force à ses paroles.

En un clin d'œil Rhett l'avait devancée, et, penché sur elle, il la força à se rasseoir en riant.

– Quand donc cesserez-vous de vous mettre en colère lorsqu'on vous dit la vérité ? Ça ne vous gêne pas de dire aux gens ce que vous pensez d'eux, alors pourquoi ça vous gênerait-il de les entendre dire ce qu'ils pensent de vous ? Je ne vous insulte pas. J'estime que l'âpreté au gain est une très belle qualité. Par ailleurs, je ne suis pas venu ici me gausser de votre pauvreté, mais bien vous souhaiter longue vie et bonheur conjugal. À propos, comment votre sœur Suellen a-t-elle pris votre larcin ?

– Mon quoi ?

– La façon dont vous lui avez chipé Frank sous le nez.
– Je n'ai pas…
– Allons, ne cherchons pas de faux-fuyants. Qu'a-t-elle dit?
– Rien, déclara Scarlett.
Les yeux de Rhett pétillèrent de malice.
– Comme elle a bon cœur! Maintenant, parlez-moi de votre pauvreté. Après votre petite visite à la prison, il n'y a pas si longtemps, j'ai certainement le droit d'être tenu au courant. Frank n'aurait-il pas eu autant d'argent que vous l'espériez?
Il n'y avait pas moyen de lui échapper. D'ailleurs, il ne restait plus à Scarlett qu'à prendre son parti de l'insolence de Rhett ou à prier celui-ci de sortir. Or elle n'avait pas envie qu'il s'en aille. Il l'accablait de traits acérés, mais ce qu'il disait était juste. Il connaissait sa conduite, les raisons qui l'avaient inspirée et il ne semblait pas en avoir plus mauvaise opinion d'elle. Bien que ses questions fussent d'une brutalité désagréable, elles paraissaient dictées par un intérêt tout amical. Il était une des seules personnes à qui elle pût dire la vérité. Quel soulagement ce serait. Il y avait si longtemps qu'elle n'avait parlé à cœur ouvert. Chaque fois qu'elle exprimait ses sentiments, les gens avaient l'air choqués. Bavarder avec Rhett ne pouvait se comparer qu'à une seule chose: à l'impression d'aise et de confort qu'elle aurait éprouvée à chausser une paire de vieilles pantoufles, après avoir dansé avec des souliers trop étroits.
– N'auriez-vous pas trouvé l'argent nécessaire pour payer vos impôts? Ça ne va pas encore à Tara?
Sa voix avait pris une intonation différente.
Scarlett releva la tête et croisa le regard de Rhett dans lequel elle surprit une expression qui l'intrigua au premier abord, puis amena brusquement sur ses lèvres un sourire doux et charmant qui ne lui était guère habituel à cette époque-là. C'était un fieffé coquin, mais comme il pouvait être gentil quand il voulait s'en donner la peine. Elle savait qu'il n'était pas venu la voir pour la taquiner, mais bien pour s'assurer qu'elle avait trouvé cet argent, pour lequel elle eût consenti tant de sacrifices. Elle savait aussi que, sans en avoir l'air, il était accouru vers elle pour lui prêter cette somme si elle en avait encore besoin. Et pourtant, il était tout prêt à la faire souffrir, à lui dire des mots blessants et à jurer ses grands dieux que ce n'était pas vrai, au cas où elle lui aurait démontré que tel était le but de sa visite. Avec lui, il ne fallait pas chercher à comprendre. Tenait-il à elle plus qu'il n'était disposé à l'admettre? ou bien obéissait-il à un autre motif? Cette seconde hypothèse était sans doute plus plau-

sible. Mais qui aurait pu le dire ? Il lui arrivait parfois de faire des choses si étranges.
– Si, dit-elle, maintenant, tout va bien à Tara. J'ai… j'ai eu l'argent.
– Mais pas sans mal, je parie… Avez-vous réussi à prendre sur vous, jusqu'à ce que vous ayez eu l'alliance au doigt ?
Elle essaya de ne pas sourire à cet exposé précis de sa conduite, mais elle ne put empêcher une fossette de se dessiner sur sa joue. Rhett reprit son siège et allongea confortablement ses longues jambes.
– Allons, parlez-moi un peu de votre pauvreté. Cet animal de Frank vous a-t-il trompée sur ses chances de réussite ? Il mériterait une bonne raclée pour avoir abusé d'une femme sans défense. Allons, Scarlett, racontez-moi tout. Vous ne devriez pas avoir de secrets pour moi. Ne vous ai-je pas vue sous votre plus mauvais jour ?
– Oh ! Rhett, vous êtes le pire des… Eh bien ! je ne sais pas ! Non, à proprement parler, il ne m'a pas trompée, mais… (Tout à coup Scarlett éprouva un immense plaisir à vider son cœur.) Voyez-vous, Rhett, si Frank voulait se donner la peine de récupérer ce qu'on lui doit, je serais délivrée de tous mes soucis. Mais plus de cinquante personnes lui doivent de l'argent et il ne veut rien leur demander. Il est tellement chatouilleux ! Il prétend qu'un homme du monde ne peut pas faire ça à un autre homme du monde. Il faudra peut-être attendre des mois, ou même sans doute la vie, avant qu'il rentre dans ses fonds.
– Et alors ? N'avez-vous pas de quoi manger d'ici là ?
– Si, mais… en fait, si j'avais un peu d'argent en ce moment, je trouverais vite à l'employer.
Scarlett pensait à la scierie et ses yeux s'allumaient.
– Peut-être…
– À quoi ? Encore des impôts.
– Est-ce que ça vous regarde ?
– Oui ! parce que vous êtes à deux doigts de m'emprunter quelque chose. Oh ! je connais tous vos moyens d'approche. Ce qu'il y a de plus fort, c'est que je suis tout disposé à vous prêter de l'argent… sans même exiger, ma chère madame Kennedy, ce charmant nantissement que vous m'avez offert il y a fort peu de temps. À moins, bien entendu, que vous n'insistiez.
– Vous êtes l'être le plus…
– Pas du tout. Je voulais uniquement vous mettre à l'aise. Je savais que cette question vous embarrassait. Pas énormément, mais enfin un petit peu quand même. Oui, je suis disposé à vous prêter de l'argent, mais

je tiens à savoir ce que vous avez l'intention d'en faire. C'est mon droit, je suppose. Si c'est pour acheter des jolies robes ou une voiture, prenez-le avec ma bénédiction. Seulement, si c'est pour acheter un pantalon neuf à Ashley Wilkes, j'ai grand-peur d'être obligé de refuser.

Suffoquée par une soudaine bouffée de rage, elle bégaya jusqu'à ce que les mots lui vinssent enfin.

– Ashley Wilkes n'a jamais rien accepté de moi, et il n'accepterait rien, même s'il était sur le point de mourir de faim. Vous ne le comprenez pas, vous ne savez pas combien il est honnête, combien il est fier ! Mais naturellement, vous ne pouvez pas le comprendre, étant donné ce que vous êtes...

– Tâchons de ne pas en venir aux petits noms d'amitié. Je pourrais vous gratifier de quelques épithètes qui n'auraient rien à envier à celles que vous trouveriez. Vous oubliez que, grâce à Mlle Pittypat, je me suis tenu au courant de vos faits et gestes et que la chère âme n'a pas de secrets pour qui sait l'écouter d'une oreille attentive. Je sais qu'Ashley n'a pas quitté Tara depuis son retour de Rock Island. Je sais que vous vous êtes même résignée à héberger sa femme chez vous, ce qui n'a pas dû aller sans mal.

– Ashley est...

– Oui, oui, fit Rhett en s'accompagnant d'un petit geste de la main. Ashley est trop sublime, il échappe à ma compréhension terre à terre. Mais n'oubliez pas, s'il vous plaît, que j'ai suivi avec beaucoup d'intérêt le duo d'amour que vous avez eu avec lui aux Douze Chênes et j'ai bien l'impression qu'il n'a pas changé depuis cette époque. Vous non plus, d'ailleurs. Si mes souvenirs sont exacts, il faisait plutôt triste figure et n'avait rien de sublime ce jour-là. Je ne pense pas qu'il fasse meilleure figure aujourd'hui. Pourquoi n'emmène-t-il pas sa famille avec lui et ne cherche-t-il pas du travail quelque part ? Pourquoi se cramponne-t-il à Tara ? Je vous l'accorde, c'est une idée fixe chez moi, mais je n'ai nullement l'intention de vous prêter un sou pour continuer à l'entretenir à Tara. Entre hommes, on se sert d'un nom malsonnant pour parler de ceux qui se laissent entretenir par les femmes.

– Comment osez-vous dire des choses pareilles ? Ashley travaille comme un esclave !

Malgré sa rage, Scarlett sentait son cœur s'amollir au souvenir d'Ashley réparant les clôtures.

– Et j'oserai dire qu'il vaut son pesant d'or. Quel coup de main il doit avoir pour retourner le fumier et...

– Il est...

– Oui, je sais. Admettons qu'il fasse tout ce qu'il peut, mais je ne crois pas qu'il soit d'une aide bien efficace. Vous ne transformerez jamais un Wilkes en fermier… vous n'en ferez jamais quelque chose d'utile. C'est une race purement décorative. Maintenant, tâchez de ne plus vous hérisser et oubliez mes remarques rustiques sur le fier et honorable Ashley. C'est curieux comme ce genre d'illusions est tenace même chez les femmes qui ont la tête solide comme vous. Combien voulez-vous et qu'allez-vous faire de cet argent ?

Comme Scarlett ne répondait pas, il insista.

– Qu'allez-vous faire de cet argent ? Voyez un peu s'il vous est possible de me dire la vérité. Ça vaudra aussi bien que de mentir. En fait, ça vaudra mieux, car si vous me mentiez je finirais sûrement par découvrir votre supercherie et songez combien ce serait gênant pour vous. Rappelez-vous toujours ceci, Scarlett : je peux tout supporter de vous, mais pas un mensonge… votre antipathie, votre mauvais caractère, toutes vos ruses de renard, mais pas un mensonge. Voyons, dites-moi, pourquoi avez-vous besoin de cet argent ?

Exaspérée de cette attaque contre Ashley, Scarlett aurait donné n'importe quoi pour cracher à la figure de Rhett et rejeter fièrement son offre. Pendant un moment, elle fut sur le point de se laisser emporter par la colère, mais la froide main du bon sens la retint. Elle étouffa à grand-peine sa fureur et s'efforça d'adopter une expression à la fois digne et aimable. Rhett se renversa sur le dossier de sa chaise, présenta au poêle la semelle de ses souliers et remarqua d'un ton enjoué :

– Rien ne m'amuse davantage que le spectacle de vos luttes intérieures lorsqu'un de vos principes entre en conflit avec une question pratique comme la question d'argent par exemple. Bien entendu, je sais que, chez vous, le côté pratique l'emportera toujours, mais je continue à vous observer pour voir si un beau jour votre bonne nature ne finira pas par triompher. Ce jour-là, je plie bagage et je quitte Atlanta pour toujours. Il y a trop de femmes dont la bonne nature prend toujours le dessus… Allons, revenons à nos moutons. Combien voulez-vous et pour quoi faire ?

– Je ne sais pas exactement de combien j'ai besoin, répondit Scarlett d'un ton revêche, mais je voudrais acheter une scierie et je crois que je pourrais l'acquérir à bon compte. Si je l'achète, il me faudra aussi deux charrettes et deux mules. Deux bonnes mules. J'aurai également besoin d'un cheval et d'un buggy pour mon usage personnel.

– Une scierie ?

– Oui, et si vous me prêtez de l'argent, vous partagerez la moitié des bénéfices avec moi.

– Que diable ferais-je d'une scierie ?
– Vous gagnerez de l'argent. Nous pouvons gagner des sommes folles, ou bien alors je vous verserai des intérêts… voyons, qu'est-ce qu'on entend par des intérêts convenables ?
– On considère que cinquante pour cent, c'est très joli.
– Cinquante… Oh ! mais c'est une plaisanterie ! Cessez donc de rire, espèce de démon. Je parle sérieusement.
– C'est pour ça que je ris. Je me demande si, en dehors de moi, quelqu'un se rend compte de ce qui se passe derrière ce trompeur et charmant visage.
– Qui est-ce que ça intéresse ? Écoutez-moi, Rhett, et dites-moi si l'affaire vous semble en valoir la peine. Frank m'a parlé de cet homme qui possède une petite scierie du côté de la rue du Pêcher et qui désire la vendre. Il a un besoin urgent d'argent liquide et il s'en dessaisirait à bas prix. Il n'y a pas tellement de scieries dans cette région aujourd'hui, et au train où marche le bâtiment… voyons, nous pourrions vendre notre bois de charpente à des prix fabuleux. L'homme continuerait à diriger la scierie, moyennant un salaire fixe. Si Frank avait de l'argent, il achèterait lui-même l'usine. Je crois qu'il avait l'intention de s'en rendre acquéreur avec l'argent qu'il m'a donné pour payer les impôts.
– Pauvre Frank ! Que va-t-il dire quand vous lui apprendrez que vous lui avez soufflé la scierie ? Et puis, comment allez-vous lui expliquer que je vous ai prêté de l'argent, sans compromettre votre réputation.
Scarlett n'avait pas pensé à cela.
– Eh bien ! c'est simple. Je ne lui en parlerai pas.
– Il saura bien que vous n'avez pas trouvé cette somme sous le pas d'un cheval.
– Je lui dirai… voyons, oui, je lui dirai que j'ai vendu mes boucles d'oreilles en diamant. Ça tombera bien, car j'ai l'intention de vous les donner. Ce sera mon nant… non, ce que vous voudrez.
– Je n'en veux pas.
– Mais, moi, je ne veux pas les garder. Je ne les aime pas. D'ailleurs, elles ne sont pas tout à fait à moi.
– À qui sont-elles donc ?
Scarlett revit aussitôt l'homme en uniforme bleu affalé dans le vestibule de Tara.
– Elles m'ont été données par… quelqu'un qui est mort. Oh ! elles sont bien à moi. Prenez-les. Ça m'est égal. J'aime mieux vous les vendre que de les conserver.
– Bon Dieu ! s'exclama Rhett, impatient. Vous ne penserez donc jamais qu'à l'argent ?

– Oui, répondit-elle carrément en posant sur lui ses yeux verts et durs. Si vous étiez passé par où je suis passée, vous feriez comme moi. Je me suis aperçue que l'argent est ce qu'il y a de plus important au monde et, aussi sûr que Dieu existe, je suis bien décidée à ne plus jamais en manquer.

Elle se rappela la journée brûlante, la molle terre rouge qui lui avait servi de coussin, l'odeur de nègre qui se dégageait de la case derrière les ruines des Douze Chênes. Elle se souvint du refrain que son cœur n'avait cessé de répéter : « Je n'aurai plus jamais le ventre creux. Je n'aurai plus jamais le ventre creux. »

– Un jour ou l'autre, j'aurai de l'argent, beaucoup d'argent, afin de pouvoir manger tout ce qui me plaira. Il n'y aura plus jamais de bouillie de maïs ou de pois séchés sur ma table. J'aurai de beaux vêtements. Ils seront tous en soie...

– Tous ?

– Oui, tous, répondit Scarlett, sans même se donner la peine de rougir de l'allusion. J'aurai assez d'argent pour que les Yankees ne puissent jamais m'enlever Tara. Je ferai changer la toiture de Tara, je ferai reconstruire la grange, j'aurai de belles mules pour labourer et je récolterai plus de coton que vous n'en avez jamais vu. Wade aura enfin tout ce qu'il lui faut. Je lui donnerai tout ce qu'on peut imaginer. Les miens n'auront plus jamais le ventre creux. Vous verrez ça. Je tiendrai parole. Forcément, vous ne pouvez pas comprendre. Vous êtes si égoïste. Et puis vous, vous n'avez jamais eu à craindre d'être mis à la porte de chez vous par les Carpetbaggers. Vous n'avez jamais eu froid, vous n'avez jamais été couvert de haillons, vous n'avez jamais été obligé de travailler comme un damné pour ne pas mourir de faim.

– J'ai passé huit mois dans les rangs de l'armée confédérée, fit Rhett d'un ton placide. Je ne connais pas de meilleur endroit pour apprendre à crever de faim.

– L'armée ! Baste ! Vous n'avez jamais fait la cueillette du coton, ni semé le maïs. Vous... ah ! non, ne vous payez pas ma tête !

Il lui prit les mains.

– Je ne me paie pas votre tête. Je riais en constatant la différence qu'il y a entre ce dont vous avez l'air et ce que vous êtes pour de bon. Je me rappelais aussi la première fois que je vous ai vue, à la réception des Wilkes. Vous portiez une robe verte et de petites mules du même ton. Tous les hommes tournaient autour de vous et vous étiez toute gonflée de votre importance. Je parierais volontiers qu'à cette époque-là vous ne deviez guère savoir combien il y a de cents dans

un dollar. Ce jour-là, vous n'aviez qu'une seule idée en tête, vous ne pensiez qu'à séduire Ashley...
Scarlett libéra ses mains d'un geste brutal.
– Rhett, si vous voulez que nous restions bons amis, ne me parlez plus jamais d'Ashley Wilkes. Il sera toujours un sujet de discorde entre nous, car vous ne pouvez pas le comprendre.
– Et vous, vous devez lire en lui comme dans un livre, déclara Rhett avec malice. Non, Scarlett, si je vous prête de l'argent, je tiens à me réserver le droit de parler d'Ashley Wilkes comme bon me semblera. Je renonce au droit de vous réclamer les intérêts, mais pas à celui-là. Au reste, il y a un certain nombre de choses que j'aimerais bien savoir sur ce jeune homme.
– Je n'ai pas à satisfaire votre curiosité.
– Oh ! mais si ! C'est moi qui détiens les cordons de la bourse, ne l'oubliez pas. Quand vous serez riche, vous serez en mesure d'en user de même avec les autres... Ça saute aux yeux que vous l'aimez encore...
– Je ne l'aime pas.
– On le devine rien qu'à la façon dont vous prenez sa défense. Vous...
– Je ne tolérerai pas que l'on cherche à tourner mes amis en ridicule.
– Nous verrons cela plus tard. Allons, dites-moi, vous aime-t-il toujours ou bien la prison lui a-t-elle fait oublier ses sentiments pour vous ? Il se peut également qu'il ait fini par comprendre quel trésor il avait en sa femme ?
Cette allusion à Mélanie laissa Scarlett pantelante. Elle eut bien du mal à ne pas tout raconter à Rhett, à ne pas lui expliquer que seul l'honneur retenait Ashley auprès de sa femme. Elle ouvrit la bouche pour parler, mais la referma aussitôt.
– Oh ! j'y suis ! Il n'a pas encore assez d'esprit pour apprécier Mme Wilkes ! Les rigueurs de la prison n'ont point apaisé les ardeurs dont il brûle pour vous.
– Je ne vois pas la nécessité de nous étendre sur cette question.
– Moi, je la vois et, bon Dieu, j'espère bien que vous allez me répondre, trancha Rhett avec une note sévère, d'autant moins agréable à Scarlett qu'elle n'en saisissait pas la signification.
– Ainsi, il vous aime toujours ? reprit Rhett.
– Et puis après ? s'écria Scarlett, poussée à bout. Je n'ai nulle envie de parler d'Ashley avec vous. Vous n'êtes capable de comprendre ni lui, ni sa façon d'aimer. La seule façon que vous connaissez, c'est... eh bien ! c'est ce genre d'amour que vous éprouvez pour les créatures comme la Watling.

– Oh ! oh ! fit Rhett d'un ton très doux. Alors vous ne me croyez capable que d'appétits charnels ?
– Vous savez bien que c'est vrai.
– Je comprends maintenant votre répugnance à traiter cette question avec moi. Mes mains et mes lèvres impures terniraient la pureté de son amour.
– Eh bien ! oui. C'est quelque chose d'approchant.
– Je suis fort intéressé par ce pur amour.
– Ne soyez pas indécent, Rhett Butler. Si vous êtes assez vil pour penser qu'il y a eu quelque chose de mal entre nous…
– Oh ! cette pensée ne m'a jamais effleuré, je vous promets. C'est pourquoi tout cela m'intéresse tant. Justement, je voudrais bien savoir pourquoi il n'y a jamais eu rien de mal entre vous ?
– Si vous croyez qu'Ashley aurait…
– Tiens, tiens, c'est donc Ashley et non pas vous qui a livré bataille au nom de la pureté. Vraiment, Scarlett, vous ne devriez pas vous trahir aussi facilement.
Confuse et indignée, Scarlett décocha un regard furibond à Rhett dont le visage tranquille demeurait impénétrable.
– Restons-en là, je ne veux pas de votre argent. Dans ces conditions, sortez !
– Mais si, vous en voulez de mon argent et, puisque nous sommes allés jusque-là, pourquoi nous arrêter en si bonne route ? Ça ne fera sûrement tort à personne de continuer à parler d'une idylle si chaste… surtout quand il ne s'est rien passé de mal. Ainsi, Ashley vous aime pour votre esprit, pour votre âme et pour votre noblesse de caractère ?
Scarlett frémit intérieurement en entendant ces mots. Bien entendu, c'était uniquement pour cela qu'Ashley l'aimait. C'était cette certitude qui lui permettait de supporter l'existence, cette certitude qu'Ashley, asservi par l'honneur, l'aimait et la respectait, pour toutes les belles choses enfermées au fond d'elle-même et que lui seul pouvait voir. Cependant, toutes ces choses perdaient singulièrement de leur beauté lorsque c'était Rhett qui les mettait en lumière et en parlait de son ton doucereux où perçait le sarcasme.
– Ça me rajeunit d'apprendre qu'il peut encore exister un tel amour en ce siècle d'immoralité, reprit Rhett. Ça me ramène au temps de mon enfance idéaliste. Ainsi, la chair n'intervient pas dans son amour pour vous ? Son amour serait le même si vous étiez laide et si vous n'aviez pas cette peau blanche ? Si vous n'aviez pas ces yeux verts qui incitent un homme à se demander ce que vous feriez s'il vous prenait dans ses bras ? Si vous n'aviez pas cette façon de balancer les hanches,

qui est une provocation pour tout homme au-dessous de quatre-vingt-dix ans? Et ces lèvres qui sont… Allons, ne laissons pas nos appétits charnels prendre le dessus. Alors Ashley ne voit rien de tout cela? ou bien, s'il s'en aperçoit, ça ne lui fait rien du tout?

Scarlett ne put s'empêcher d'évoquer ce jour où, dans le jardin potager, Ashley la serrait dans ses bras tremblants, où sa bouche tiède écrasait la sienne comme s'il ne pouvait s'en rassasier. Ce souvenir lui empourpra les joues et sa rougeur ne fut point perdue pour Rhett.

– C'est ça, je vois, il vous aime uniquement pour votre âme, fit Rhett dont la voix vibra d'une note voisine de la colère.

Comment osait-il porter sa patte sale sur la seule chose qui fût belle et sacrée dans sa vie? Froidement, délibérément, il la chassait dans ses derniers retranchements, et elle n'était pas loin de lui livrer le renseignement qu'il voulait.

– Oui, s'écria-t-elle en cherchant à bannir le souvenir des lèvres d'Ashley. C'est pour mon âme qu'il m'aime.

– Mais, ma chère, il ne sait même pas que vous en avez une. Si c'était votre âme qui l'attirait, il n'aurait pas besoin de lutter contre vous, comme il a dû le faire, pour conserver à son amour… dirons-nous, sa « sainteté » ? Il pourrait dormir sur ses deux oreilles, car après tout un homme peut fort bien admirer l'âme et l'esprit d'une femme, tout en restant un monsieur honorable et fidèle à son épouse. Néanmoins, il doit avoir bien du mal à concilier l'honneur des Wilkes avec la convoitise que votre corps lui inspire.

– Vous jugez les autres d'après vous, qui êtes un être vil!

– Oh! je n'ai jamais dit que je ne vous convoiterai pas, si c'est cela que vous entendez. Mais, Dieu merci, les questions d'honneur ne m'ont jamais embarrassé. Ce que je désire, je le prends où je peux. De cette manière, je n'ai de combat à soutenir ni contre les anges, ni contre les démons. Vous avez dû transformer la vie d'Ashley en un joli petit enfer. Pour un peu j'en aurais du chagrin pour lui.

– Moi… moi, faire de sa vie un enfer?

– Oui, vous! Vous êtes une perpétuelle tentation pour lui, mais il ne cède pas, car, comme tous ceux de son espèce, il sacrifie l'amour à ce qu'on a coutume chez nous d'appeler l'honneur. Et j'ai bien l'impression que le pauvre type ne retire de son attitude, ni amour, ni honneur!

– Si, l'amour… enfin, je veux dire, il m'aime!

– Vraiment? Alors, répondez à la question que je vais vous poser et nous serons quittes pour aujourd'hui. Ensuite, vous pourrez prendre mon argent et le jeter dans le ruisseau. Pour le cas que j'en fais!

Rhett se leva et lança son cigare à demi consumé dans le crachoir. Ses gestes étaient empreints de cette même aisance païenne, de cette même force contenue qui avaient frappé Scarlett la nuit de la chute d'Atlanta. Il y avait en lui quelque chose de sinistre et d'un peu effrayant.

– S'il vous aime, pourquoi diable vous a-t-il laissée venir à Atlanta chercher de l'argent pour les impôts ? Moi, avant de laisser une femme que j'aimerais faire une chose pareille, je...

– Il ne savait pas ! Il n'avait aucune idée que...

– Et vous, vous ne vous êtes même pas dit qu'il aurait dû savoir ?

La voix de Rhett avait pris un ton de férocité à peine déguisée.

– Vous aimant comme vous le prétendez, il aurait dû deviner à quel expédient vous aurait amenée le désespoir. Il aurait dû vous tuer plutôt que de vous laisser venir ici... et surtout de vous laisser vous adresser à moi ! Dieu du Ciel !

– Mais il ne savait pas !

– S'il ne s'en est pas douté tout seul, c'est qu'il ne connaîtra jamais rien de vous et de votre âme précieuse.

Que Rhett était donc injuste ! Comme si Ashley avait le don de lire dans les âmes ! Comme si Ashley eût été en mesure de l'arrêter, même s'il avait su à quoi s'en tenir. Mais, soudain, Scarlett comprit qu'Ashley aurait fort bien pu l'empêcher de recourir à une solution inespérée. Ce jour-là, dans le potager, la moindre allusion à la possibilité d'un avenir différent et elle n'aurait jamais songé à venir trouver Rhett. Un mot, un geste tendre au moment où elle était montée dans le train et elle ne fût point partie. Mais il n'avait fait que parler d'honneur. Pourtant... Rhett avait-il raison ? Ashley aurait-il dû connaître ses pensées ? Elle écarta sur-le-champ cette idée déloyale. Naturellement, il ne s'était douté de rien. Il ne pouvait même pas la croire capable d'envisager un acte aussi immoral. Il était bien trop noble pour cela. Rhett essayait tout simplement de souiller son amour. Il essayait de détruire ce qu'elle avait de plus précieux. « Un de ces jours, se dit-elle, lorsque le magasin et la scierie marcheront à souhait et que j'aurai de l'argent, Rhett me paiera toutes les souffrances et toutes les humiliations qu'il m'a infligées. »

Rhett dominait Scarlett de toute sa taille et la regardait avec un petit sourire amusé. Plus trace en lui de l'émotion qui l'avait agité pendant un instant.

– D'ailleurs, qu'est-ce que tout cela peut bien vous faire ? demanda Scarlett. C'est notre affaire à Ashley et à moi. Ce n'est pas la vôtre.

Il haussa les épaules.

– Un mot encore, Scarlett. J'ai pour votre énergie une admiration aussi profonde que désintéressée et ça m'est désagréable de vous voir traîner trop de boulets au pied. Il y a Tara. Ça suffirait déjà à occuper un homme. Il y a la maladie de votre père. Votre père ne vous sera plus jamais d'aucun secours. Il y a vos sœurs, et il y a les nègres. Enfin, voilà que vous venez de vous charger d'un mari et probablement de Mlle Pittypat par-dessus le marché. Vous avez assez de responsabilités comme ça sans avoir Ashley Wilkes et sa famille sur les bras.

– Je n'ai pas Ashley sur les bras. Il aide...

– Oh ! pour l'amour de Dieu, coupa Rhett, impatienté. En voilà assez sur ce chapitre. Non, il n'apporte aucune aide. Vous l'avez à votre charge et vous l'aurez jusqu'à la mort, à moins qu'il ne tombe à la charge de quelqu'un d'autre. Pour ma part, je commence à en avoir plein le dos de ce garçon comme sujet de conversation... Combien voulez-vous ?

Scarlett sentit les injures lui monter aux lèvres. Après l'avoir insultée, après avoir tourné en dérision tout ce qu'elle avait de plus précieux, il s'imaginait encore qu'elle allait accepter son argent ! Mais les mots ne passèrent pas. Comme ce serait bon de repousser son offre avec mépris, comme ce serait bon de lui intimer l'ordre de prendre la porte ! Malheureusement, seuls les riches peuvent se permettre ce luxe. Aussi longtemps qu'elle serait pauvre, il lui faudrait supporter des scènes de ce genre. Mais, lorsqu'elle aurait de l'argent – la belle pensée réconfortante que c'était ! – lorsqu'elle serait riche, elle ne supporterait rien de ce qui ne lui plairait pas, elle ne se refuserait rien dont elle aurait envie, elle ne serait polie qu'avec les gens qu'elle trouverait sympathiques.

« Les autres, se dit-elle, je les enverrai tous au diable, Rhett Butler le premier ! »

Le plaisir que lui causa cette anticipation alluma une étincelle dans ses yeux verts et amena un demi-sourire sur ses lèvres. Rhett sourit à son tour.

– Vous êtes délicieuse, Scarlett, déclara-t-il, surtout lorsque vous méditez quelque tour pendable. Rien que pour voir cette fossette sur votre joue, je vous achèterai une douzaine de mules, treize à la douzaine si le cœur vous en dit.

La porte d'entrée s'ouvrit et le commis fit son apparition, un cure-dent à la bouche. Scarlett se leva, se drapa dans son châle et resserra sous son menton les brides de sa capote. Sa décision était prise.

– Êtes-vous occupé cet après-midi ? Pouvez-vous venir avec moi maintenant ? demanda-t-elle à Rhett.

– Où cela ?
– Je voudrais que vous m'accompagniez en voiture jusqu'à la scierie. J'ai promis à Frank de ne pas sortir seule de la ville avec le buggy.
– À la scierie, par cette pluie ?
– Oui, je veux acheter la scierie tout de suite, avant que vous ayez changé d'idée.
Rhett éclata d'un rire si bruyant que le commis sursauta derrière son comptoir et lança un coup d'œil stupéfait à ce monsieur qu'il ne connaissait pas.
– Oubliez-vous donc que vous êtes mariée ? Mme Kennedy ne peut pas se permettre d'être surprise à la campagne en train de se promener en voiture avec ce paria, ce Butler, que les gens comme il faut ne reçoivent pas chez eux. Vous ne pensez donc plus à votre réputation ?
– Ma réputation, pffft ! Je veux acheter cette scierie avant que vous changiez d'avis ou que Frank découvre que c'est moi qui m'en porte acquéreur. Allons, Rhett, ne vous faites pas tirer l'oreille. Un petit peu de pluie, qu'est-ce que ça peut faire ? Vite, pressons-nous !

… La scierie ! Chaque fois qu'il y pensait, Frank s'arrachait les cheveux et maudissait le jour où il en avait parlé à sa femme. Ce n'était pas déjà tellement bien que celle-ci eût vendu ses boucles d'oreilles au capitaine Butler et eût acheté la scierie sans en avoir référé à son mari, mais ce qui était pire, c'était qu'elle entendait mener sa barque toute seule. Mauvais signe ! On eût dit que Scarlett n'avait confiance ni en lui ni en son jugement.
D'accord avec tous les hommes de sa connaissance, Frank estimait qu'une femme devait s'en remettre aveuglément à son mari et ne professer aucune opinion qui lui fût personnelle. Ceci posé, il eût volontiers reconnu à la plupart des femmes le droit de n'en faire qu'à leur tête. Les femmes étaient de petites créatures si bizarres, qu'il n'y avait guère d'inconvénient à satisfaire leurs légers caprices. Doué d'un caractère doux et aimable, ce n'était pas son genre de refuser grand-chose à sa femme. Il eût été ravi de passer certaines folies à une aimable compagne, quitte à lui reprocher affectueusement sa bêtise et son extravagance. Mais les idées que Scarlett se mettait en tête dépassaient les bornes de l'entendement.
Cette scierie, par exemple, quel choc il avait reçu lorsqu'en réponse à ses questions Scarlett lui avait déclaré avec un sourire angélique qu'elle comptait la diriger elle-même. « Je veux me livrer moi-même au commerce du bois. » Oui, c'était bien ainsi qu'elle s'était exprimée.

Frank n'oublierait jamais l'horreur d'un pareil moment. Se livrer elle-même au commerce du bois ! C'était inimaginable. Il n'y avait pas une seule femme dans les affaires à Atlanta. En fait, Frank n'avait jamais entendu dire qu'il y eût dans le monde une femme qui se consacrât à ce genre d'activité. Si les femmes avaient le malheur d'en être réduites par la dureté des temps à gagner un peu d'argent pour aider leurs familles, elles le faisaient sans éclat, en vraies femmes. Elles confectionnaient des gâteaux, comme Mme Merriwether, elles décoraient des assiettes, elles cousaient, elles hébergeaient des pensionnaires, comme Mme Elsing et Fanny, elles étaient institutrices comme Mme Meade, ou donnaient des leçons de musique comme Mme Bonnell. Ces dames gagnaient de l'argent, mais elles restaient chez elles en personnes qui se respectaient. Mais pour une femme, quitter l'abri de son foyer, s'aventurer dans le monde grossier des hommes, lutter avec ceux-ci sur le terrain commercial, être en butte aux insultes et aux ragots… surtout lorsque rien ne l'y obligeait et qu'elle avait un mari largement capable de subvenir à ses besoins !

Frank avait espéré que Scarlett voulait seulement le taquiner ou lui jouer une plaisanterie d'un goût douteux, mais il ne tarda pas à s'apercevoir qu'il ne s'agissait pas du tout de cela. Scarlett dirigeait bel et bien la scierie. Levée avant lui, elle partait en voiture jusqu'à la route du Pêcher et, souvent, rentrait bien après qu'il eut fermé le magasin et se fut rendu chez tante Pitty pour le dîner. Chaque jour, elle accomplissait le long trajet de plusieurs milles, avec l'oncle Peter pour seule compagnie. Le vieux cocher avait mission de la protéger, mission qu'il accomplissait de fort mauvaise grâce, car les bois étaient remplis de noirs affranchis et de Yankees de bas étage. Retenu par son magasin, Frank ne pouvait pas aller à la scierie avec elle et, lorsqu'il protestait, elle disait d'un ton sec : « Si je ne tiens pas cette canaille de Johnson à l'œil, il me volera du bois, il le vendra et il fourrera l'argent dans sa poche. Quand j'aurai trouvé l'homme qu'il me faut, je le laisserai diriger la scierie à ma place et je ne serai pas obligée de m'y rendre aussi souvent. À ce moment-là, je pourrai m'occuper de vendre mon bois en ville. »

Vendre du bois en ville. Ça, c'était le comble ! Scarlett consacrait fréquemment une journée à visiter les clients avec son bois et, en ces occasions, Frank eût bien aimé pouvoir se terrer au fond de son magasin et ne voir personne.

Et les gens jasaient terriblement sur elle. Sans doute jasaient-ils également sur lui et lui reprochaient-ils de la laisser se conduire d'une manière si peu digne d'une femme. Il était très gêné quand ses propres clients lui disaient de l'autre côté du comptoir: «Tiens, il y a quelques minutes, j'ai vu Mme Kennedy chez...» Chacun d'ailleurs se faisait un malin plaisir de le tenir au courant des allées et venues de son épouse. Tout le monde parlait de ce qui s'était passé sur le chantier du nouvel hôtel en construction. Scarlett y était arrivée au moment précis où Tommy Wellburn passait une commande de bois de charpente à un autre marchand. Elle avait sauté de son buggy devant les rudes maçons irlandais et avait dit tout net à Tommy qu'on était en train de le rouler. Elle lui avait démontré que son bois était meilleur et moins cher et, à l'appui de ses dires, elle avait aligné de mémoire une longue colonne de chiffres qui lui avait permis d'établir un devis indiscutable. Ainsi, non contente de s'exhiber au milieu d'ouvriers étrangers, il avait fallu qu'elle vînt donner en public une preuve de ses connaissances mathématiques. C'était inadmissible pour une femme. Après que Tommy eut accepté son devis et lui eut passé la commande, elle n'avait même pas eu le tact de se retirer aussitôt, bien au contraire, elle était restée à bavarder avec Johnnie Gallegher, le contremaître des Irlandais, une sorte de petit gnome mal embouché qui avait fort mauvaise réputation. La ville commenta l'événement pendant des semaines.

Pour couronner le tout, Scarlett gagnait bel et bien de l'argent avec sa scierie et nul mari ne pouvait voir d'un bon œil sa femme réussir dans un domaine aussi peu féminin. Frank en était d'autant plus mortifié que Scarlett ne lui en remettait pas la moindre partie pour l'aider à faire marcher son magasin. Elle consacrait presque tous ses gains à Tara et écrivait d'interminables lettres à Will Benteen pour lui expliquer l'emploi des sommes qu'elle lui envoyait. En outre, elle déclara à Frank que lorsque Tara serait remise en état elle avait l'intention de faire des prêts sur hypothèques.

«Saperlipopette! gémissait Frank chaque fois qu'il pensait à cela. Une femme ne devrait même pas savoir ce qu'est une hypothèque!»

À cette époque-là, Scarlett caressait d'innombrables projets que Frank considérait plus téméraires les uns que les autres. Elle parlait même de faire construire un bar sur l'emplacement de l'ancien entrepôt brûlé par les soldats de Sherman. Frank n'était point membre d'une société de tempérance, mais il s'éleva avec véhémence contre cette idée. Être propriétaire d'un bar, c'était malséant et presque aussi immoral que de louer son immeuble au tenancier d'une maison de tolérance. Pourquoi? il était d'ailleurs bien en peine de l'expliquer à sa femme et, à ses piètres arguments, celle-ci se contentait de répondre: «Turlututu!»

– Les gérants de bars sont toujours d'excellents locataires, lui déclara-t-elle. C'est l'avis de l'oncle Henry. Ils paient régulièrement leur loyer et puis, écoutez-moi, Frank. Pour construire ce café, je pourrais me servir d'un lot de bois de mauvaise qualité dont je n'arrive pas à me débarrasser et, une fois construit, je trouverais à le louer un bon prix. Avec l'argent du loyer, avec ce que je retire de la scierie et avec ce que me rapporteraient mes prêts hypothécaires, je serais en mesure d'acheter de nouvelles scieries.

– Mon petit bout en sucre, vous n'avez que faire de nouvelles scieries ! s'écria Frank, épouvanté. Au contraire, si vous étiez raisonnable, vous devriez vendre celle que vous avez. Ce travail vous épuise, et vous savez tout le mal que vous avez à obtenir un bon rendement des nègres affranchis que vous employez et...

– À coup sûr, les affranchis ne valent pas cher, acquiesça Scarlett, sans relever l'allusion de Frank relative à la vente de la scierie. M. Johnson prétend qu'il ne sait jamais le matin s'il aura son équipe au complet. On ne peut plus compter sur les nègres. Ils travaillent un jour ou deux, et puis ils se reposent jusqu'à ce qu'ils aient mangé toute leur paie. Plus je constate les effets de l'émancipation, plus je me rends compte qu'on a commis là un véritable crime. C'est tout bonnement la perte des noirs. Il y en a des milliers qui se croisent les bras et ceux que nous avons à la scierie sont tellement paresseux, manquent tellement d'initiative, qu'il vaudrait encore mieux se passer d'eux. Si, par-dessus le marché, on a le malheur de les attraper ou de leur donner une petite bourrade pour le bien de leur âme, le Bureau des Affranchis vous tombe dessus comme un canard sur un hanneton.

– Mon petit bout en sucre, vous ne devriez pas laisser M. Johnson battre ces...

– Mais non, bien sûr, répliqua Scarlett avec impatience. Je ne viens donc pas de vous dire que les Yankees me mettraient en prison si je le laissais faire.

– Je parie que votre père n'a jamais rossé un nègre de sa vie.

– Si, un seul. Un palefrenier qui n'avait pas pansé son cheval au retour d'une chasse à courre. Mais, Frank, en ce temps-là, c'était différent. Avec les affranchis, il n'en va pas de même et un bon fouet ne ferait pas de mal à un certain nombre d'entre eux.

Frank n'était pas seulement estomaqué par les vues et les projets de sa femme, mais aussi par le changement qui s'était opéré en elle depuis leur mariage. Scarlett n'était plus la douce et charmante petite personne qu'il avait prise pour épouse. Lors de la brève période durant laquelle il lui avait fait la cour, il pensait qu'il n'avait jamais vu femme plus adorable dans ses réactions, plus ignorante, plus timide, plus désemparée. Maintenant, toutes ses réactions étaient celles d'un homme. Malgré ses joues roses, ses fossettes et ses jolis sourires, elle parlait et se comportait comme un homme. Son ton était net et cassant et elle était capable de prendre une décision immédiate, sans toutes ces petites tergiversations de jeunes filles. Elle savait ce qu'elle voulait et, comme un homme, coupait au plus court pour en arriver à ses fins.

Non pas que Frank n'eût jamais rencontré de femmes autoritaires avant la sienne. Pareille aux autres villes du Sud, Atlanta possédait un contingent de douairières qui n'entendaient guère se laisser mener. Nulle ne pouvait être plus despotique que la corpulente Mme Merriwether, plus impérieuse que la frêle Mme Elsing, plus habile à obtenir ce qu'elle voulait que Mme Whiting, avec ses cheveux blancs et sa voix douce. Mais, quels que fussent les moyens respectifs employés par ces dames pour atteindre leurs buts, ils n'en restaient pas moins des moyens dignes d'une femme. Elles mettaient un point d'honneur à se ranger respectueusement à l'opinion des hommes, quitte à n'en faire qu'à leur tête. Elles avaient le tact de sembler se laisser guider par les hommes, et c'était ce qui importait davantage. Mais Scarlett ne se laissait guider par personne et menait si bien ses affaires en homme que toute la ville daubait sur elle.

Et puis il y avait également ce Butler. Ses fréquentes visites chez tante Pitty étaient la pire des humiliations. Frank avait toujours eu de l'antipathie pour lui, même lorsqu'il faisait des affaires avec lui avant la guerre. Il maudissait souvent le jour où il avait emmené Rhett aux Douze Chênes et l'avait présenté à ses amis. Il le méprisait pour la façon cynique dont il avait spéculé pendant les hostilités et il lui reprochait de ne pas s'être battu comme tout le monde. Seule Scarlett était au courant des huit mois que Rhett avait passés dans les rangs confédérés, et Rhett l'avait suppliée avec fausse épouvante de ne jamais révéler cette « turpitude » à qui que ce fût. Enfin, Frank lui en voulait surtout d'avoir conservé l'or de la Confédération, alors que d'honnêtes gens, comme l'amiral Bulloch et beaucoup d'autres, qui s'étaient trouvés dans la même situation, avaient restitué des milliers de dollars au trésor fédéral. Cependant, Rhett ne se souciait guère de l'aversion de Frank et n'en espaçait pas pour si peu ses visites chez la vieille demoiselle.

Ostensiblement, c'était Mlle Pitty qu'il venait voir, et celle-ci n'avait pas d'autre ressource que d'entrer dans son jeu. Mais Frank avait l'impression fort désagréable que ce n'était point Mlle Pitty qui l'attirait. Le petit Wade raffolait de lui, bien qu'il se montrât craintif avec la plupart des gens, et allait même jusqu'à l'appeler «Tonton Rhett», au grand ennui de Frank. Celui-ci ne pouvait oublier que Rhett avait courtisé Scarlett pendant la guerre et que leurs relations avaient défrayé la chronique de la ville. Que ne devaient pas dire les gens, maintenant que la jeune femme était remariée! Aucun des amis de Frank n'avait le courage d'aborder ce sujet avec lui, bien que personne ne se gênât pour commenter devant lui la façon dont Scarlett dirigeait sa scierie. Néanmoins, le malheureux ne pouvait s'empêcher de remarquer qu'on invitait de moins en moins sa femme et lui à des dîners ou à des réceptions et qu'on venait de moins en moins leur rendre visite. Scarlett éprouvait de l'antipathie pour la plupart de ses voisins et avait trop à faire pour voir ceux qu'elle aimait, si bien que cette absence de visites ne la gênait pas du tout. Par contre, Frank en était profondément peiné.

Toute sa vie, Frank avait été dominé par cette phrase: «Que vont en penser les voisins?» et il était désarmé contre les entorses répétées que sa femme infligeait aux usages. Il avait l'impression que tout le monde blâmait Scarlett et lui en voulait de la laisser se «dévoyer». Elle faisait tant de choses qu'un mari n'aurait pas dû tolérer, mais, s'il lui arrivait de lui intimer l'ordre de s'arrêter, ou s'il discutait avec elle ou lui adressait des reproches, un orage effroyable éclatait sur sa tête.

«Saperlipopette! pensait-il, ne sachant plus à quel saint se vouer. Elle s'emporte plus vite et reste plus longtemps en colère qu'aucune femme de ma connaissance.»

Même lorsque tout marchait à souhait, il était surprenant de voir avec quelle rapidité l'épouse mutine et affectueuse qui chantonnait à la maison pouvait se transformer en un être entièrement différent. Frank n'avait qu'à dire: «Mon petit bout en sucre, à votre place, je...» et la tempête se déchaînait.

Ses sourcils noirs se rapprochaient à angle aigu et du même coup Frank se mettait à trembler de peur. Scarlett avait des colères de Tartare et des accès de rage de chat sauvage. Dans ces moments-là, elle semblait ne s'inquiéter ni de ce qu'elle disait, ni du mal que pouvaient causer ses paroles. Lorsque ces scènes s'étaient produites, un gros nuage noir pesait un certain temps sur la maison. Frank partait de bonne heure au magasin et n'en revenait que tard. Pitty allait se terrer dans sa chambre, comme un lapin au fond de son gîte. Wade et l'oncle Peter se retiraient dans la remise et Cookie ne sortait pas de sa cuisine et évitait de chanter trop haut les louanges du Seigneur. Seule, Mama supportait d'une âme égale les colères de Scarlett, car Mama était habituée depuis des années à Gérald O'Hara et à ses explosions.

Scarlett n'avait pourtant pas de mauvaises intentions. Elle tenait pour de bon à rendre Frank heureux. Elle l'aimait beaucoup et lui était reconnaissante d'avoir sauvé Tara, mais il mettait sa patience à trop rude épreuve.

Il lui était impossible d'avoir du respect pour un homme qui se laissait berner. D'autre part, l'attitude timide et hésitante qu'il adoptait lorsque les choses n'allaient pas l'irritait au plus haut degré. Toutefois, elle aurait pu passer sur toutes ces choses et même être franchement heureuse, maintenant qu'elle avait résolu certains problèmes d'argent, si Frank n'avait continuellement entretenu son exaspération en démontrant à chaque instant qu'il n'était pas un bon homme d'affaires et en ne voulant pas lui laisser les coudées franches.

Comme Scarlett s'y attendait, il avait refusé d'entreprendre le recouvrement de ses factures impayées, jusqu'à ce qu'elle l'eût poussé à bout, et encore avait-il sérieusement renâclé. Cette dernière expérience avait fourni à Scarlett la preuve dont elle avait besoin pour comprendre que la famille Kennedy mènerait à jamais une existence étriquée, tant qu'elle-même ne se chargerait pas de gagner de l'argent. Désormais, elle savait que Frank se contenterait de végéter toute sa vie dans son petit magasin mal tenu. Il ne semblait pas comprendre à quel point était précaire la sécurité du ménage, ni combien il était nécessaire de gagner plus d'argent en ces temps troublés où l'argent était la seule garantie contre de nouvelles calamités.

Avant la guerre, la vie était facile et Frank avait peut-être été un excellent homme d'affaires, mais maintenant Scarlett trouvait qu'il était insupportablement vieux et qu'il s'obstinait par trop à vouloir appliquer les méthodes du bon vieux temps, alors que le bon vieux temps n'était plus. Il manquait totalement de cet esprit d'initiative si nécessaire à une époque troublée. Eh bien ! puisqu'elle, au moins, possédait cette qualité, elle s'en servirait sans demander à Frank si ça lui plaisait. Le ménage avait besoin d'argent et elle était en train d'en gagner sans ménager sa peine. Frank n'avait aucune raison de contrarier des plans qui donnaient des résultats.

Scarlett manquait d'expérience et diriger une scierie n'était pas tâche facile. De plus, la concurrence était devenue plus âpre et lorsque la jeune femme rentrait chez elle, le soir, elle était généralement fatiguée, préoccupée et de mauvaise humeur. Si Frank s'avisait de lui dire en toussotant: «Mon petit bout en sucre, moi, je ne ferais pas ceci», ou bien «à votre place, je ne ferais pas ça», elle avait le plus grand mal à contenir sa colère et il lui arrivait souvent de la laisser éclater. Pourquoi avait-il toujours quelque chose à lui reprocher, lui qui n'avait même pas le cran de sortir de l'ornière? Et ses doléances étaient toujours si niaises! Qu'est-ce que ça pouvait bien faire, à l'époque où l'on vivait, qu'elle ne se conduisît pas comme une femme? Surtout quand cette scierie qu'on lui reprochait rapportait de l'argent dont elle, sa famille et Tara avaient un besoin si impérieux, sans parler de Frank.

Frank aspirait au repos et à la tranquillité. La guerre qu'il avait faite avec tant de conscience avait ruiné sa santé, lui avait coûté sa fortune et l'avait prématurément vieilli. Il ne regrettait rien, mais après quatre années de guerre, tout ce qu'il demandait à la vie c'était de la quiétude et de la tendresse, des visages affectueux autour de lui et l'approbation de ses amis. Il s'aperçut vite que la paix du foyer avait son prix et que, pour l'acquérir, il n'avait qu'à laisser Scarlett en faire à sa tête. Ainsi, parce qu'il était las, il acheta la paix aux conditions fixées par sa femme. Parfois, il estimait ne pas l'avoir payée trop cher, lorsque, rentrant chez lui dans la nuit froide, Scarlett lui ouvrait la porte en souriant, lui embrassait le bout du nez ou de l'oreille ou que, dans leur lit tiède, avant de s'assoupir, il la sentait poser la tête sur son épaule. La vie de famille pouvait être si agréable quand Scarlett avait la bride sur le cou. Pourtant, cette paix n'était qu'une apparence, un trompe-l'œil, car en l'achetant au prix de toutes ses conceptions du mariage il avait conclu un marché de dupes.

«Une femme devrait s'occuper davantage de son intérieur et de sa famille au lieu de baguenauder comme un homme, se disait-il. Si seulement elle pouvait avoir un enfant...»

Cette pensée le faisait sourire et il rêvait très souvent d'un enfant. Scarlett s'était refusée tout net à en avoir, mais les enfants attendent rarement qu'on les invite. Frank savait que beaucoup de femmes prétendaient ne pas vouloir d'enfants, mais que tous ces raisonnements inspirés par la crainte ne tenaient pas debout. Si Scarlett avait un bébé, elle le chérirait et resterait chez elle pour s'en occuper, comme toutes les autres femmes. Alors elle serait forcée de vendre la scierie, et ses tracas prendraient fin du même coup. Pour être vraiment heureuse, toutes les femmes avaient besoin d'un enfant, et Frank savait que Scarlett n'était pas heureuse. Malgré son ignorance des femmes, il n'était pas aveugle au point de ne pas se rendre compte qu'elle n'était pas toujours heureuse. De temps en temps, il s'éveillait au milieu de la nuit et surprenait un bruit de larmes étouffé dans l'oreiller. La première fois, il avait demandé à Scarlett d'un ton angoissé : « Mon petit bout de sucre, que se passe-t-il ? » et elle l'avait repoussé par une exclamation remplie de colère : « Oh ! laissez-moi tranquille ! »

Oui, un bébé la rendrait heureuse et l'empêcherait de penser à autre chose. Parfois, Frank soupirait et songeait qu'il avait capturé un oiseau des îles, couleur de feu et de bijoux, alors qu'un roitelet eût fait tout aussi bien son affaire, pour ne pas dire beaucoup mieux.

XXXVII

Ce fut par une nuit d'avril où la tempête faisait rage que Tony Fontaine, arrivé de Jonesboro sur un cheval blanc d'écume et à moitié mort de fatigue, vint frapper à la porte et arracher au sommeil Frank et sa femme affolés. Alors, pour la deuxième fois en quatre mois, Scarlett fut amenée à mesurer toutes les conséquences de la Reconstruction et à comprendre exactement ce à quoi Will avait fait allusion lorsqu'il lui avait dit: «Vos ennuis ne font que commencer», à reconnaître l'exactitude des sombres paroles prononcées par Ashley dans le verger de Tara balayé par le vent: «Ce qui nous attend tous est pire que la guerre, pire que la prison, pire que la mort.»

Son premier contact avec la Reconstruction datait du jour où elle avait appris que Jonas Wilkerson pouvait la chasser de Tara avec l'aide des Yankees. Mais, cette fois, l'arrivée de Tony lui ouvrit les yeux d'une manière encore plus terrifiante. Il faisait noir, la pluie tombait dru. Tony frappa et, quelques minutes plus tard, il s'enfonçait à tout jamais dans la nuit. Cependant, au cours de ce bref intervalle, il eut le temps de lever le rideau sur une nouvelle scène d'horreur.

Cette nuit-là, lorsque le heurtoir eut ébranlé la porte, Scarlett, ramenant son peignoir sur elle, se pencha au-dessus de la cage de l'escalier et entrevit le visage décomposé de Tony avant que celui-ci eût soufflé la bougie que Frank tenait à la main. Elle descendit des marches à tâtons pour aller lui serrer la main et l'entendit murmurer à voix basse: «Ils me cherchent... Je file au Texas... mon cheval n'en peut plus... je meurs de faim... Ashley m'a dit que vous... N'allumez pas la bougie!... Ne réveillez pas les noirs... Je ne veux pas vous attirer d'ennuis...»

Les volets de la cuisine fermés et tous les stores baissés jusqu'en bas, il permit enfin qu'on donnât un peu de lumière et se mit à parler à Frank en phrases nerveuses, hachées, tandis que Scarlett s'occupait de lui préparer un repas improvisé.

Il n'avait pas de manteau et était trempé jusqu'aux os. Il n'avait pas de chapeau non plus et ses cheveux noirs collaient à son front étroit. Pourtant, dans ses yeux vifs, les yeux des fils Fontaine, pétillait une petite flamme joyeuse qui, cette nuit-là, donnait froid dans le dos. Scarlett le regarda avaler à longs traits le whisky qu'elle lui avait apporté et remercia le Ciel que tante Pitty ronflât paisiblement dans sa chambre, car elle n'eût point manqué de s'évanouir devant cette apparition.

– Un Scal… un Scallawag de moins, fit-il en tendant son verre pour qu'on le remplît de nouveau. J'ai mené un train d'enfer, mais j'y laisserai ma peau si je ne prends pas le large en vitesse. Baste, ça en valait la peine ! Fichtre oui ! Je vais essayer de gagner le Texas et de me faire oublier. Ashley était avec moi à Jonesboro, et c'est lui qui m'a conseillé de venir chez vous. Tâchez de me procurer un autre cheval et un peu d'argent, Frank. Mon cheval est crevé… J'ai fait tout le chemin à tombeau ouvert… et, comme un imbécile, j'ai quitté la maison sans manteau, sans chapeau et sans le moindre argent. Ce n'est pourtant pas que nous roulions sur l'or là-bas.

Il rit et se jeta voracement sur un épi de maïs froid et sur un plat de navets enduits de graisse gelée.

– Vous pouvez prendre mon cheval, dit Frank avec calme. J'ai dix dollars sur moi, mais si vous voulez attendre demain matin.

– Le diable m'emporte, si je peux attendre ! déclara Tony avec emphase, mais sans se départir de sa bonne humeur. Ils doivent être sur mes talons, je n'ai pas une telle avance. Sans Ashley, qui m'a empoigné par la peau du cou et m'a fait décamper sur mon cheval, je serais resté sur place comme un imbécile et, à l'heure qu'il est, je me balancerais probablement au bout d'une corde. C'est un brave type, Ashley.

Ainsi, Ashley était donc mêlé à cette redoutable énigme ! Le sang de Scarlett ne fit qu'un tour. Elle porta la main à sa gorge. Les Yankees s'étaient-ils emparés d'Ashley ? Mais, voyons, pourquoi Frank ne demandait-il pas des explications ? Pourquoi prenait-il la chose avec un tel sang-froid ?

– Que… qui… réussit-elle à bredouiller.

– L'ancien régisseur de votre père… Ce damné Jonas Wilkerson.

– Est-ce que vous… il est mort ?

– Bon Dieu, Scarlett O'Hara ! s'exclama Tony d'un ton bourru. Vous ne voudriez tout de même pas que je me contente de caresser un type avec le manche de mon couteau, quand je me suis mis en tête de lui régler son compte ? Non, hein ! Bon Dieu, j'en ai fait de la charpie !

– Vous avez eu raison, dit Frank d'un air détaché. Je n'ai jamais aimé cet individu.

Scarlett regarda son mari. Ce n'était plus le Frank si timoré qu'elle connaissait, le nerveux qui passait son temps à mordiller ses favoris et se laissait si facilement malmener. Il y avait en lui quelque chose de ferme et de résolu et il ne semblait pas disposé à s'embarrasser de paroles inutiles. C'était un homme. Tony était un homme et, en cette circonstance où intervenait la violence, une femme n'avait pas droit au chapitre.

– Mais Ashley... est-ce qu'il...

– Non. Il voulait le tuer, mais je lui ai dit que ça me revenait de droit, parce que Sally est ma belle-sœur. Il a fini par se ranger à mon avis. Il m'a accompagné à Jonesboro pour être là si Wilkerson m'avait eu le premier. Mais je ne pense pas que ce vieil Ashley soit inquiété. J'espère que non. Vous n'avez pas de confiture pour mettre sur cet épi ? Vous ne pourriez pas aussi me donner quelque chose à emporter ?

– Je vais avoir une crise de nerfs si vous ne me racontez pas tout.

– Attendez que je sois parti pour avoir votre crise de nerfs si le cœur vous en dit. Je vous raconterai tout pendant que Frank sellera le cheval. Ce nom de... Wilkerson a déjà fait assez de mal comme ça. Vous savez ce qu'il avait mijoté pour vous. Ça, ce n'est qu'un exemple de sa crapulerie. Mais, ce qu'il y avait de pire, c'était la façon dont il montait la tête aux nègres. Si quelqu'un m'avait dit qu'un jour je haïrais les nègres, je ne l'aurais jamais cru ! Que le diable emporte leurs âmes noires ! Ils prennent pour parole d'évangile tout ce que ces canailles leur débitent et ils oublient tout ce que nous avons fait pour eux ici-bas. Aujourd'hui, les Yankees parlent de leur accorder le droit de vote et, à nous, ils nous le refusent. Tenez, dans le comté, il y a à peine une poignée de démocrates qui ne soient pas rayés des listes électorales, maintenant que les Yankees ont écarté tous ceux qui ont combattu dans les rangs de l'armée confédérée. S'ils laissent voter les nègres, c'en est fait de nous. Mais enfin, bon Dieu ! c'est notre État ! Il n'appartient pas aux Yankees. On ne peut pas tolérer ça ! et nous ne le tolérerons pas ! Nous y mettrons le holà, même s'il faut recommencer la guerre. Bientôt, nous aurons des juges nègres, des législateurs nègres... des gorilles noirs sortis de la jungle...

– Vite... je vous en prie ! Qu'avez-vous fait ?

– Donnez-moi encore un peu de cet épi avant de l'envelopper. Eh bien ! le bruit a commencé à se répandre que ce Wilkerson allait un peu trop fort avec ses principes d'égalité. Que voulez-vous, il palabrait pendant des heures avec ces crétins-là. Bref, il a eu le culot... le...

Tony s'arrêta à temps, oui, il a eu le culot de prétendre que les nègres avaient le droit de… de… pouvaient approcher des femmes blanches.
– Oh ! Tony, non !
– Mais si, bon Dieu ! Ça ne m'étonne pas que vous ayez cet air chaviré. Mais, voyons, vous devez être au courant tout de même ! Les Yankees ont raconté ça aux nègres d'Atlanta.
– Je… je ne savais pas !
– Alors, c'est que Frank n'a pas voulu vous en parler. En tout cas, à la suite de cela, nous avons tous convenu d'aller rendre une petite visite la nuit à M. Wilkerson et de nous occuper de lui, mais, avant d'avoir pu mettre notre projet à exécution… Vous vous souvenez de ce grand gaillard noir, Eustis, notre ancien contremaître ?
– Oui.
– Eh bien ! aujourd'hui même, il est entré dans la cuisine pendant que Sally préparait le dîner et… je ne sais pas ce qu'il a dit. J'ai d'ailleurs l'impression que je ne le saurai jamais, mais toujours est-il qu'il lui a dit quelque chose et que j'ai entendu Sally pousser un cri. Je me suis précipité à la cuisine et j'ai trouvé Eustis, soûl comme une bourrique… Je vous demande pardon, Scarlett, ça m'a échappé.
– Continuez.
– Je l'ai abattu d'un coup de feu et lorsque mère est accourue à son tour pour prendre soin de Sally j'ai sauté en selle et je suis parti pour Jonesboro à la recherche de Wilkerson. C'était lui le coupable. Sans lui, la pauvre brute n'y aurait jamais pensé. En partant du côté de Tara, j'ai rencontré Ashley. Naturellement, il m'a accompagné. Il m'a dit qu'après ce que Wilkerson avait voulu faire à Tara il voulait régler lui-même cette histoire. Moi, je lui ai dit que ça me regardait, parce que Sally était la femme de mon frère tué à la guerre, et nous avons discuté tout le long du chemin. Lorsque nous sommes arrivés en ville, ne voilà-t-il pas que je m'aperçois que je n'avais pas pris mon pistolet. Je l'avais laissé dans l'écurie. Bon Dieu, Scarlett, j'étais si en colère que je l'avais oublié.
Il s'arrêta et mordit à belles dents dans l'épi de maïs. Scarlett frissonna. La rage meurtrière des Fontaine était devenue légendaire dans le comté bien avant que s'ouvrît ce nouveau chapitre.
– J'en ai donc été réduit à lui flanquer un coup de couteau. Je l'ai trouvé au café. Je l'ai acculé dans un coin, tandis qu'Ashley tenait les autres en respect, et avant de lui trouer la peau j'ai eu le temps de lui expliquer pourquoi je voulais le supprimer. Ça a été fini avant que je ne m'en aperçoive, déclara Tony d'un air pensif. Après, je ne me rappelle plus grand-chose, si ce n'est qu'Ashley m'a fait remon-

ter en selle et m'a dit d'aller chez vous. Ashley est précieux dans ces cas-là. Il conserve son sang-froid.

Frank revint, sa houppelande sur le bras et la tendit à Tony. C'était son unique pardessus chaud, mais Scarlett ne protesta pas. Le sens de cette affaire, strictement masculin, semblait la dépasser.

– Mais Tony... on a besoin de vous à la maison. Sûrement si vous retourniez et expliquiez...

– Frank, vous avez épousé une folle! lança Tony avec un sourire, tout en s'efforçant d'entrer dans la houppelande. Elle s'imagine que les Yankees vont récompenser un homme pour avoir défendu une de ses parentes contre un nègre. En guise de récompense, ils lui donneront un joli bout de corde. Embrassez-moi, Scarlett. Frank ne se formalisera pas. Il se peut que je ne vous revoie jamais. C'est loin, le Texas. Je ne me risquerai pas à écrire. Vous ferez dire aux miens que tout allait bien quand je suis parti.

Scarlett laissa Tony l'embrasser. Les deux hommes sortirent et restèrent un moment à bavarder sous la véranda de derrière. Puis on entendit un cheval détaler au galop. Tony était parti. Scarlett entrebâilla la porte et aperçut Frank qui conduisait à l'écurie un cheval essoufflé. Elle referma la porte et s'assit, les genoux tremblants.

Désormais, elle savait sous quel aspect se présentait la Reconstruction, elle le savait aussi bien que si la maison avait été cernée par une bande de sauvages demi-nus. Maintenant, une foule de souvenirs l'assaillaient. Elle se rappelait quantité de choses qu'elle avait à peine remarquées ces derniers temps, les conversations qu'elle avait entendues, mais qu'elle n'avait pas suivies, les discussions d'hommes, arrêtées net par son arrivée, de petits incidents auxquels elle n'avait attaché aucune signification à l'époque, les avertissements que Frank lui prodiguait vainement pour la mettre en garde contre les dangers d'aller à la scierie sous la seule protection du vieil oncle Peter. Maintenant, tous ces souvenirs concordaient et se composaient en une seule image horrifiante.

Les nègres faisaient la loi, soutenus par les baïonnettes yankees. «On peut me tuer, me violer, se dit Scarlett, qui punira les coupables? Et quiconque chercherait à la venger serait pendu par les Yankees, sans même être traduit devant un juge. Les officiers yankees se soucieraient aussi peu de respecter la loi que de connaître les circonstances du crime, et ça ne les gênerait nullement de passer la corde au cou d'un Sudiste sans autre forme de procès.

«Que pouvons-nous faire? songea-t-elle en se tordant les mains de désespoir. Que pouvons-nous faire avec des démons qui n'hésiteraient pas à pendre un brave garçon comme Tony Fontaine, pour avoir défendu les femmes de sa famille contre un ivrogne et une crapule de Scallawag ? »

« On ne peut pas tolérer ça ! » s'était écrié Tony, et il avait raison. Mais que pouvaient faire les gens du Sud, réduits à l'impuissance, sinon courber l'échine ? Scarlett se mit à trembler de peur et, pour la première fois de sa vie, elle comprit que les gens et les événements existaient en dehors d'elle-même et que Scarlett O'Hara n'était pas la seule chose qui comptât. Dans tout le Sud, il y avait des milliers de femmes comme elle, des femmes déracinées et sans défense, il y avait aussi des milliers d'hommes qui, après avoir déposé leurs armes à Appomatox, les avaient reprises et se tenaient prêts à risquer leur vie d'une minute à l'autre pour voler au secours de ces femmes.

Elle avait surpris sur le visage de Tony quelque chose qui s'était reflété sur celui de Frank, une expression qu'elle avait remarquée récemment sur le visage d'autres hommes à Atlanta, mais qu'elle ne s'était pas donné la peine d'analyser. C'était une expression différente de cet air morne et profondément découragé qu'elle avait vu aux hommes rentrant chez eux après la reddition. Ces hommes-là ne pensaient alors qu'à retrouver leurs foyers, mais maintenant ils avaient de nouveau un but, les nerfs sortaient de leur engourdissement, l'ancienne flamme se ranimait. Froids et résolus, ils pensaient avec Tony : « On ne peut pas tolérer ça ! »

Scarlett en avait vu de ces hommes du Sud, charmants et dangereux avant la guerre, intrépides et rudes aux derniers jours de la lutte désespérée ! Pourtant, sur le visage de ces deux hommes, dans les regards qu'ils avaient échangés à la lueur vacillante d'une bougie, il y avait eu quelque chose de différent, quelque chose qui l'avait en même temps réconfortée et effrayée : une fureur intraduisible par des mots, une volonté que rien ne pouvait arrêter.

Pour la première fois, elle se sentit un lien de parenté avec les gens qui l'entouraient, elle sentit qu'elle partageait leurs craintes, leur amertume, qu'elle possédait la même volonté ! Non, on ne pouvait pas tolérer ça ! Le Sud était trop beau pour qu'on le laissât disparaître sans combat, pour qu'on permît aux Yankees de l'écraser sous leur botte. Le Sud était une patrie trop chère pour qu'on l'abandonnât à des nègres ignares, ivres de whisky et de liberté.

En songeant à la brusque arrivée de Tony, à son départ précipité, Scarlett se sentit aussi une parenté avec lui. Elle se rappelait la façon dont son père avait fui l'Irlande, la nuit, à la suite d'un meurtre que ni lui ni sa famille ne considéraient comme tel. Le sang bouillant de Gérald coulait dans ses veines. Elle se rappela la joie qu'elle avait éprouvée en tuant le déserteur yankee. Le même sang bouillant battait dans les veines de tous ces hommes dont l'apparente courtoisie dissimulait la violence à fleur de peau. Tous ces hommes, tous ceux qu'elle connaissait, se ressemblaient, même Ashley le rêveur, même Frank le timoré, même Rhett, qui pour être une canaille sans scrupule n'en avait pas moins abattu un nègre, parce qu'il « avait manqué de respect à une femme ».

Lorsque Frank, ruisselant de pluie, rentra en toussant, Scarlett se leva d'un bond :

– Oh ! Frank. Combien de temps cela va-t-il durer ?

– Aussi longtemps que les Yankees nous haïront, mon petit bout en sucre.

– Il n'y a donc rien à faire ?

Frank passa sa main lasse sur sa barbe mouillée.

– Si, nous nous en occupons.

– Quoi ?

– À quoi bon parler de ça ? Nous ne sommes encore arrivés à rien. Ça prendra peut-être des années. Peut-être… peut-être le Sud restera-t-il toujours comme cela.

– Oh ! non.

– Venez vous coucher, mon petit bout en sucre. Vous devez avoir froid. Vous tremblez.

– Quand verrons-nous la fin de tout cela ?

– Quand on nous accordera de nouveau le droit de voter, mon petit. Quand tous ceux qui se sont battus pour le Sud pourront glisser dans l'urne un bulletin de vote au nom d'un Sudiste et d'un démocrate.

– Un bulletin de vote ! s'exclama Scarlett. À quoi ça sert-il, un bulletin de vote, alors que les nègres sont devenus fous et que les Yankees les ont dressés contre nous ?

Frank se mit en devoir de lui fournir des explications avec sa lenteur habituelle, mais l'idée que ces bulletins de vote pourraient avoir raison de tous ces maux était trop compliquée pour elle. D'ailleurs, elle ne faisait guère que penser à Jonas Wilkerson, qui ne serait plus jamais une menace pour Tara, et à Tony.

– Oh ! les pauvres Fontaine ! s'écria-t-elle. Il ne reste plus qu'Alex et il y a tant d'ouvrage à Mimosas ! Pourquoi Tony n'a-t-il pas eu le bon esprit de… de faire ça la nuit, quand personne n'aurait pu savoir qui c'était ? Il serait plus utile chez lui pendant les labours de printemps qu'au Texas.

Frank prit sa femme par la taille. D'ordinaire, cela n'allait pas sans appréhension de sa part, car il s'attendait toujours à être repoussé, mais cette nuit-là son bras était ferme.
– En ce moment, il y a des choses plus importantes que les labours, mon petit bout en sucre. Il s'agit pour commencer d'inspirer aux nègres une terreur salutaire et de donner une leçon aux Scallawags. Tant qu'il restera des garçons de la trempe de Tony, nous n'aurons pas trop à nous alarmer pour le Sud. Venez vous coucher.
– Mais, Frank...
– À condition de nous serrer les coudes et de ne pas donner prise aux Yankees, je crois que nous aurons le dessus un de ces jours. Ne vous mettez pas martel en tête, mon petit. Ayez confiance dans les hommes de votre entourage. Les Yankees finiront par se lasser de nous persécuter quand ils verront qu'ils n'arrivent même pas à entamer notre résistance. Tout finira par rentrer dans l'ordre et nous pourrons vivre et élever nos enfants honorablement.
Scarlett pensa à Wade et au secret qu'elle gardait depuis plusieurs jours. Non, elle ne voulait pas élever ses enfants dans cet enfer de haine, de violence et de pauvreté. Pour rien au monde, elle ne voulait que ses enfants connussent ce qu'elle avait connu. Et Frank se figurait que le droit de vote arrangerait tout cela ? Le droit de vote ? À quoi cela servirait-il ? Il n'y avait qu'une chose qui permît de résister dans une certaine mesure aux coups du sort : c'était l'argent. Brusquement, elle apprit à son mari qu'elle allait avoir un enfant.

Dans les semaines qui suivirent la fuite de Tony, des détachements de soldats yankees vinrent à maintes reprises fouiller la maison de tante Pitty. Ils se présentaient sans prévenir et à n'importe quelle heure, se répandaient dans les chambres, posaient une foule de questions, ouvraient les placards, regardaient sous les lits. Les autorités militaires avaient entendu dire que Tony avait dû se réfugier chez Mlle Pitty et elles étaient persuadées qu'il y était encore ou qu'il se cachait quelque part dans le voisinage.
Ne sachant jamais si un officier n'allait pas faire irruption dans sa chambre avec un peloton d'hommes, tante Pitty était perpétuellement dans un « état », selon l'expression de l'oncle Peter. Ni Frank, ni Scarlett ne lui avaient parlé de la courte visite de Tony, si bien qu'elle était de bonne foi quand elle déclarait pour se disculper qu'elle n'avait vu Tony Fontaine qu'une seule fois dans la vie, en 1862, le jour de la Noël.

– Et vous savez, ajouta-t-elle d'une voix coupée par l'émotion, il était complètement ivre.

Scarlett, qui supportait mal son début de grossesse, était partagée entre une haine farouche des uniformes bleus et la crainte que Tony ne se fît prendre et ne révélât le rôle joué par ses amis. Les prisons regorgeaient de gens qu'on avait arrêtés pour bien moins que cela. Elle savait que si l'on venait à découvrir la moindre parcelle de vérité elle et Frank seraient incarcérés, ainsi que l'innocente Pitty.

Pendant un certain temps, il avait été fort question à Washington de confisquer tous les « biens des rebelles » pour payer les dettes de guerre des États-Unis, et Scarlett vivait dans des transes que ce projet ne fût remis à l'étude. Par ailleurs, le bruit courait à Atlanta qu'on allait saisir les biens de tous ceux qui avaient enfreint la loi martiale. Scarlett tremblait à l'idée que non seulement elle et Frank risquaient de perdre la liberté, mais encore leur maison, le magasin et la scierie.

Elle en voulut à mort à Tony d'avoir attiré tous ces ennuis sur leur tête. Comment avait-il pu faire une chose pareille à des amis ? Comment Ashley avait-il bien pu lui donner le conseil d'aller chez eux ? Elle ne viendrait jamais plus en aide à qui que ce soit. Elle ne tenait pas du tout à voir de nouveau les Yankees fondre sur elle comme un essaim de frelons. Non, elle barricaderait sa porte et ne l'ouvrirait à personne, sauf à Ashley, bien entendu. Pendant des semaines, elle ne dormit que d'un œil. Au moindre bruit dans la rue, elle craignait que ce ne fût Ashley qui cherchait lui aussi à gagner le Texas. Elle ne savait pas du tout à quoi s'en tenir sur son compte, car elle n'osait pas parler dans ses lettres de la visite nocturne de Tony. Les Yankees pouvaient les intercepter et s'en prendre également à ceux de Tara. Néanmoins, les semaines passèrent sans apporter de mauvaises nouvelles et Scarlett devina qu'Ashley était tiré d'affaire. Puis, de guerre lasse, les Yankees finirent par laisser le ménage tranquille.

Ce retour à la normale ne délivra pourtant pas Scarlett de l'angoisse dans laquelle elle vivait depuis que Tony était venu frapper à sa porte, angoisse pire que les frayeurs du bombardement pendant le siège, pire que la terreur que lui inspiraient les hommes de Sherman aux derniers jours de la guerre. On eût dit que l'arrivée de Tony en pleine nuit, tandis que la tempête faisait rage, lui avait dessillé les yeux et l'avait obligée à constater la précarité de son existence.

En ce froid printemps de 1866, Scarlett n'avait qu'à promener son regard autour d'elle pour comprendre les dangers qui la menaçaient, au même titre que tout le Sud. Elle aurait beau former des projets et combiner des plans, travailler plus dur que ses esclaves ne l'avaient jamais fait, elle aurait beau triompher de tous les obstacles et résoudre, grâce à son énergie, des problèmes avec lesquels son éducation ne l'avait pas familiarisée, elle risquait de se voir dépouillée d'une minute à l'autre du fruit de ses efforts. Et, si cela arrivait, elle n'aurait droit à aucun recours, à aucune réparation, à moins que les cours martiales, aux pouvoirs arbitraires, ne voulussent bien l'entendre. En ce temps-là, seuls les nègres jouissaient de leurs droits. Les Yankees maintenaient le Sud dans un état de prostration dont ils n'entendaient pas le laisser se relever. Le Sud semblait ployer sous la main d'un géant malicieux et ceux qui jadis avaient eu de l'influence étaient maintenant plus désarmés que leurs anciens esclaves ne l'avaient jamais été.

D'importantes forces militaires étaient cantonnées en Géorgie, et Atlanta en avait plus que sa part. Les commandants des troupes yankees dans les diverses villes exerçaient un pouvoir absolu sur la population civile et usaient de ce pouvoir qui leur conférait le droit de vie et de mort. Ils pouvaient emprisonner les citoyens sous n'importe quel motif, ou même sans motif du tout. Ils pouvaient confisquer leurs biens, les prendre, leur rendre la vie intenable pour des règlements contradictoires sur les opérations commerciales, les gages des domestiques, ce qu'on avait le droit de dire en public ou en particulier, ce qu'on avait le droit d'écrire dans les journaux. Ils réglementaient l'heure et le lieu où l'on devait vider les poubelles et décidaient quel genre de chansons les filles et les femmes des ex-Confédérés avaient la permission de chanter. Quiconque fredonnait *Dixie* ou *Le Beau Drapeau bleu* se rendait coupable d'un crime à peine moins grave que le crime de trahison. Certains chefs militaires allaient même jusqu'à refuser leur licence de mariage aux futurs époux qui n'avaient pas prêté le « serment de fer[1] ».

La presse était si muselée que personne ne pouvait protester publiquement contre les injustices ou les déprédations des soldats et toute protestation individuelle était passible d'une peine d'emprisonnement. Les prisons regorgeaient de notabilités qui croupissaient dans les cachots en attendant d'être jugées. Les jurys de cours d'assises et la loi d'*habeas corpus* étaient pratiquement abolis. Les tribunaux civils fonctionnaient encore, mais se trouvaient soumis au bon plaisir des autorités militaires, qui ne se faisaient pas faute

1. Le « serment de fer » est un serment de loyauté permettant aux Sudistes blancs de redevenir américains à part entière. Les chefs de la Confédération ne pouvaient y recourir et demeuraient donc exclus de la citoyenneté.

d'en modifier les jugements. On arrêtait les citoyens en masse. Pour peu qu'on fût soupçonné d'avoir tenu des propos séditieux contre le gouvernement ou d'être affilié au Ku-Klux-Klan, on était jeté en prison et, pour subir le même sort, il suffisait d'être accusé par un noir de lui avoir manqué de respect. Les autorités n'exigeaient ni preuves ni témoignages. Elles se contentaient d'une simple dénonciation. Et, grâce aux indications du Bureau des Affranchis, on rencontrait toujours des nègres prêts à dénoncer n'importe qui.

Les nègres n'avaient pas encore obtenu le droit de vote, mais le Nord était bien décidé à le leur accorder et à faire en sorte que leurs votes lui fussent favorables. Dans ces conditions, rien n'était trop bon pour les nègres. Les soldats yankees les soutenaient à tout propos et le plus sûr moyen pour un blanc de s'attirer des ennuis, c'était de porter plainte contre un noir.

Désormais, les anciens esclaves faisaient la loi et, avec l'aide des Yankees, les moins recommandables et les plus ignorants se mettaient en vedette. Les meilleurs d'entre eux se moquaient pas mal de l'émancipation et souffraient aussi cruellement que les blancs. Des milliers de serviteurs noirs qui formaient la plus haute caste parmi les esclaves restaient fidèles à leurs maîtres et s'abaissaient à des travaux qu'ils eussent jadis considérés comme au-dessous d'eux. Bon nombre de noirs, employés aux champs, refusaient également de se prévaloir de leur liberté, mais c'était néanmoins dans leur classe que se recrutaient les hordes de « misérables affranchis ».

Au temps de l'esclavage, les gens de maison et les artisans méprisaient ces noirs de bas étage. Dans tout le Sud, plusieurs femmes de planteurs avaient, tout comme Ellen, soumis les jeunes nègres à une série d'épreuves afin de sélectionner les meilleurs et de leur confier des postes où ils avaient à déployer une certaine initiative. Les autres, ceux qu'on employait aux travaux des champs, étaient les moins zélés ou les moins aptes à l'étude, les moins énergiques ou les moins honnêtes, les plus vicieux ou les plus abrutis. Et, désormais, c'était cette classe de nègres, la dernière de la hiérarchie noire, qui rendait la vie intenable dans le Sud.

Aidés par les aventuriers sans scrupule placés à la tête du Bureau des Affranchis, poussés par les gens du Nord dont la haine touchait au fanatisme religieux, les anciens paysans noirs s'étaient trouvés soudain élevés au rang de ceux qui détenaient le pouvoir. Bien entendu, ils se comportaient comme il fallait s'y attendre de la part de créatures peu intelligentes. Pareils à des singes ou à des petits enfants lâchés au milieu d'objets dont ils ne pouvaient comprendre la valeur, ils se livraient à toutes sortes d'excès soit par plaisir de détruire, soit par simple ignorance.

Néanmoins, il faut reconnaître à la décharge des nègres que, même parmi les moins intelligents, fort peu obéissaient à de mauvais instincts ou à la rancune et encore ces derniers avaient-ils toujours été considérés comme de «sales nègres», même au temps de l'esclavage. Mais tous ces affranchis n'avaient pas plus de raison que des enfants et se laissaient facilement mener. En outre, ils avaient pris depuis longtemps l'habitude d'obéir et leurs nouveaux maîtres leur donnaient des ordres de ce genre: «Vous valez n'importe quel blanc, agissez donc en conséquence. Dès que vous pourrez voter républicain, vous vous emparerez des biens des blancs. C'est déjà comme s'ils vous appartenaient. Prenez-les si vous le pouvez!»

Ces propos insensés leur tournaient la tête. La liberté devenait ainsi pour eux une fête continuelle, un carnaval de fainéantise, de rapines et d'insolences. Les nègres de la campagne envahissaient les villes, laissaient les districts ruraux sans main-d'œuvre pour les récoltes. Atlanta regorgeait de ces noirs qui continuaient d'y affluer par centaines pour se transformer, sous l'effet de nouvelles doctrines, en êtres paresseux et dangereux. Entassés dans des cases sordides, la petite vérole, la typhoïde et la tuberculose les frappaient sans merci. Accoutumés à recevoir les soins de leurs maîtresses, ils ne savaient pas comment lutter contre la maladie. Au temps de l'esclavage, ils s'en remettaient aveuglément à leurs maîtres pour s'occuper des enfants en bas âge et des vieillards; maintenant, ils n'avaient aucun sens des devoirs qui leur incombaient envers des jeunes et des vieux sans défense. Le Bureau des Affranchis s'attachait bien trop à l'aspect politique des choses pour rendre aux noirs les mêmes services que les anciens planteurs.

Des enfants noirs abandonnés par leurs parents couraient dans toute la ville comme des bêtes terrorisées, jusqu'à ce que des blancs apitoyés leur ouvrissent la porte de leur cuisine et se chargeassent de les élever. De vieux paysans noirs, affolés par le mouvement de la grande ville, s'asseyaient lamentablement au bord des trottoirs et criaient aux dames qui passaient: «M'dame, s'il vous plaît, mon vieux maît' il est dans le comté de Fayette. Il viend'a che'cher son vieux nèg' pou' le 'amener à la maison. Ô mon Dieu, j'en ai assez de cette libe'té!»

Les fonctionnaires du Bureau des Affranchis, débordés par le nombre des solliciteurs, s'apercevaient trop tard de certaines erreurs et s'efforçaient de renvoyer tous ces noirs chez leurs anciens maîtres. Ils leur disaient que s'ils voulaient bien retourner à la terre ils seraient traités en travailleurs libres et seraient protégés par des contrats écrits qui leur garantiraient un salaire journalier. Les vieux obéissaient avec joie et venaient compliquer la tâche des planteurs qui, réduits à la misère, n'avaient pourtant pas le cœur de les renvoyer. Les jeunes, eux, restaient à Atlanta. Ils ne voulaient rien savoir pour travailler. À quoi bon travailler quand on a de quoi manger?

Pour la première fois de leur vie, les nègres avaient la possibilité de boire autant de whisky qu'il leur plaisait. Jadis, ils n'en buvaient qu'à la Noël, lorsque chacun d'eux recevait une «goutte» en même temps que son cadeau. Désormais, ils avaient non seulement les agitateurs du Bureau et les Carpetbaggers pour les échauffer, mais encore de copieuses libations de whisky, et les actes de violence devenaient inévitables. Ni la vie, ni les biens des citoyens n'étaient en sûreté et les blancs que la loi ne protégeait plus étaient terrorisés. Des hommes étaient injuriés en pleine rue par des ivrognes noirs. La nuit, on incendiait granges et maisons d'habitation, le jour on volait chevaux, bestiaux et volailles. Toutes sortes de crimes étaient commis et leurs auteurs, pour la plupart, demeuraient impunis.

Cependant, ces infamies n'étaient rien en comparaison du danger auquel étaient exposées les femmes blanches dont un grand nombre, privées par la guerre de leurs protecteurs naturels, vivaient isolées à la campagne ou en bordure de chemins déserts. Ce fut la multiplicité des attentats perpétrés contre les femmes et le désir de soustraire leurs épouses et leurs filles à ce péril qui exaspéra les hommes du Sud et les poussa à fonder le Ku-Klux-Klan. Ce fut aussi contre cette organisation, qui opérait la nuit, que les journaux du Nord se mirent à vitupérer, sans jamais se rendre compte de la tragique nécessité qui avait présidé à sa formation. Le Nord voulait qu'on pourchassât tous les membres du Klan et qu'on les pendît pour oser se charger eux-mêmes de punir les crimes, à une époque où les lois et l'ordre public étaient bafoués par les envahisseurs.

En ce temps-là, on assistait au spectacle ahurissant d'une nation dont la moitié s'efforçait d'imposer à l'autre la domination des noirs, à la pointe des baïonnettes. Tout en le refusant à leurs anciens maîtres, le Nord voulait accorder le droit de vote à ces nègres qui souvent n'avaient quitté la brousse africaine que depuis une génération à peine. Le Nord entendait maintenir le Sud sous sa botte, et priver les blancs de leurs droits était un des moyens de l'empêcher de se relever. La plupart des hommes qui s'étaient battus dans les rangs confédérés ou qui avaient occupé une charge publique dans la

Confédération n'avaient pas plus le droit de voter que de choisir les fonctionnaires. Bon nombre d'entre eux, à l'exemple du général Lee, souhaitaient de prêter le serment d'allégeance, de redevenir des citoyens et d'oublier le passé, mais on ne le leur permettait pas. D'autres, auxquels on voulait bien laisser prêter serment, s'y refusaient avec énergie, en déclarant qu'ils ne voulaient pas jurer fidélité à un gouvernement qui leur infligeait délibérément toutes sortes de cruautés et d'humiliations.

Nuit et jour, la peur et l'anxiété dévoraient Scarlett. La menace des nègres qu'aucune loi ne retenait, la crainte de voir les soldats yankees la dépouiller de tous ses biens étaient pour elle un perpétuel cauchemar. Elle avait beau se répéter sans cesse la phrase que Tony Fontaine avait prononcée avec tant de vigueur : « Bon Dieu, Scarlett, on ne peut pas tolérer cela ! Et on ne le tolérera pas ! » elle avait peine à réagir contre le découragement qui s'emparait d'elle, lorsqu'elle constatait son impuissance, celle de ses amis et du Sud tout entier.

Malgré la guerre, l'incendie et la Reconstruction, Atlanta était redevenue une cité champignon. À maints égards, elle rappelait la ville jeune et active des premiers jours de la Confédération. Par malheur, les soldats répandus dans les rues ne portaient pas l'uniforme qu'on eût aimé voir, l'argent n'était pas entre les mains de ceux qu'il aurait fallu et les nègres se donnaient du bon temps, pendant que leurs anciens maîtres peinaient et mouraient de faim.

À première vue, Atlanta donnait l'impression d'une ville prospère qui se relevait rapidement de ses ruines, mais en y regardant de plus près on s'apercevait que la misère et la peur y régnaient. À l'encontre de Savannah, de Charleston, d'Augusta, de Richmond et de La Nouvelle-Orléans, il semblait qu'Atlanta serait toujours une cité active, quelles que fussent les circonstances. Ce n'était pourtant pas de bon ton de s'agiter, c'était vraiment trop yankee, mais, à cette époque-là, Atlanta était plus mal élevée et plus yankee qu'elle n'avait jamais été ou ne le serait jamais. Les « gens nouveaux » affluaient de tous côtés et, du matin au soir, on se bousculait dans les rues bruyantes. Les attelages étincelants des femmes d'officiers yankees ou de Carpetbaggers éclaboussaient au passage les buggies délabrés des bourgeois de la ville. Les demeures clinquantes des riches étrangers poussaient au milieu des maisons discrètes des anciens habitants.

La guerre avait définitivement consacré l'importance d'Atlanta dans le Sud et déjà la renommée de la ville s'étendait au loin. Les voies ferrées pour lesquelles Sherman avait lutté tout un automne et fait tuer des milliers d'hommes apportaient de nouveau la vie à la cité qu'elles avaient créée. Atlanta était redevenue le centre économique d'une vaste région et drainait un flot important de nouveaux citoyens, bons et mauvais.

Les Carpetbaggers avaient établi leur quartier général à Atlanta et coudoyaient dans les rues les représentants des plus anciennes familles du Sud. Des planteurs, dont les propriétés avaient été incendiées pendant la marche de Sherman, abandonnaient leurs champs de coton qu'ils ne pouvaient plus cultiver sans esclaves et venaient s'installer à Atlanta. Chaque jour débarquaient des émigrants qui fuyaient le Tennessee et les Carolines où la Reconstruction revêtait un aspect encore plus âpre qu'en Géorgie. Un grand nombre d'Irlandais et d'Allemands, anciens mercenaires des armées de l'Union, étaient restés fixés à Atlanta, après leur démobilisation. Les femmes et les familles des Yankees, cantonnées en ville, étaient poussées par la curiosité de connaître le Sud après quatre ans de guerre et venaient grossir le chiffre de la population. Des aventuriers de toutes sortes accouraient dans l'espoir de faire fortune, et les nègres de la campagne continuaient d'arriver par centaines.

Ouverte à tout venant comme un village de frontière, la ville tapageuse ne cherchait nullement à dissimuler ses vices et ses péchés. Les cafés faisaient des affaires d'or. Il y en avait parfois deux ou trois, porte à porte. Le soir, les rues étaient pleines d'ivrognes, noirs et blancs, qui titubaient le long des trottoirs. Des apaches, des filous et des prostituées rôdaient dans les allées sans lumière ou dans les rues mal éclairées. Dans les tripots, on jouait un jeu d'enfer. Il ne se passait guère de nuit sans rixe au couteau ou au revolver. Les citoyens respectables étaient scandalisés qu'Atlanta possédât un quartier réservé plus étendu et plus prospère que pendant les hostilités. Toute la nuit, derrière les persiennes closes, on entendait jouer du piano, rire et chanter des chansons grossières, souvent ponctuées de hurlements et de coups de feu. Les pensionnaires de ces maisons étaient encore plus hardies que les prostituées du temps de guerre et, penchées sans vergogne à leur fenêtre, elles appelaient les passants. Le dimanche après-midi, les belles voitures fermées des tenancières du quartier sillonnaient les rues principales de la ville avec leur chargement de filles qui, parées de leurs plus beaux atours, prenaient l'air derrière un store de soie.

Belle Watling était la plus célèbre de ces dames. Elle avait fait construire une grande maison à deux étages qui éclipsait toutes celles du quartier. En bas s'ouvrait une large salle de café, aux murs élégamment décorés de peintures à l'huile. Chaque soir, un orchestre nègre s'y faisait entendre. Les deux étages supérieurs se composaient de pièces qui, à en croire la rumeur publique, étaient garnies de meubles en peluche des plus élégants, de lourds rideaux de dentelle et d'un nombre imposant de glaces enchâssées dans des cadres dorés. La douzaine de jeunes personnes attachées à l'établissement étaient fort jolies, bien que trop fardées, et se comportaient avec beaucoup plus de décence que les pensionnaires des autres maisons. Tout au moins, la police avait rarement à intervenir chez Belle.

De cette maison, les matrones d'Atlanta ne parlaient qu'à voix basse et les prêtres, du haut de la chaire, la flétrissaient en termes voilés, la dépeignant comme un abîme d'iniquité, un lieu de perdition et un fléau de Dieu. Tout le monde estimait qu'une femme du genre de Belle ne pouvait pas avoir gagné assez d'argent toute seule pour monter un établissement aussi luxueux. Elle devait avoir un commanditaire et un commanditaire fort riche. Comme Rhett n'avait jamais eu la décence de cacher ses relations avec elle on lui attribuait tout naturellement ce rôle. D'ailleurs, il suffisait d'entrevoir Belle dans sa voiture fermée, conduite par un nègre arrogant, pour se rendre compte qu'elle nageait dans l'opulence. Lorsqu'elle passait au trot de deux superbes chevaux bais, les petits garçons qui réussissaient à échapper à leur mère se précipitaient pour la voir et chuchotaient d'une voix émue : « C'est elle ! C'est la Belle ! J'ai vu ses cheveux rouges ! »

À côté des maisons bombardées et réparées tant bien que mal à l'aide de vieilles planches et de briques noircies par la fumée, s'élevaient les somptueuses demeures des Carpetbaggers et des profiteurs de guerre, qui n'avaient ménagé ni les pignons, ni les tourelles, ni les vitraux, ni les larges pelouses. Nuit après nuit, on voyait flamboyer les fenêtres de ces demeures brillamment éclairées au gaz et l'on entendait danser au son de musiques dont les accents se répandaient dans l'air. Des femmes, vêtues de lourdes robes de soie, flânaient sous les vérandas en compagnie d'hommes en tenue de soirée. Les bouchons de champagne sautaient, on servait sur des nappes de dentelle des dîners composés de sept plats, les convives se gavaient de jambons au vin, de canards au sang, de pâtés de foie gras et de fruits rares.

À l'intérieur des vieilles demeures, c'était le règne de la misère et des privations. L'existence y était d'autant plus amère, d'autant plus pénible, que chacun luttait héroïquement pour conserver sa dignité et affecter une orgueilleuse indifférence à l'égard des questions d'ordre matériel. Le docteur Meade en savait long sur ces familles qui, chassées de leurs demeures, s'étaient réfugiées dans des pensions de famille et finalement avaient échoué dans des galetas. Il avait trop de clientes atteintes de «faiblesses cardiaques» ou de «maladies de langueur». Il n'ignorait pas plus que ses patientes elles-mêmes que les privations étaient la cause de tous leurs maux. Il aurait pu citer le cas de familles entières frappées de consomption. La pellagre, qu'avant la guerre on rencontrait seulement chez les blancs les plus pauvres, faisait son apparition dans les meilleures familles d'Atlanta. Et puis il y avait les bébés rachitiques et les mères qui ne pouvaient pas les allaiter. Jadis, le vieux docteur avait coutume de remercier Dieu dévotement chaque fois qu'il mettait un enfant au monde. Maintenant, il ne considérait plus la vie comme un si grand bienfait. Les petits bébés avaient bien du mal à venir, et il en mourait tant pendant les premiers mois de leur existence!

Dans les grandes demeures prétentieuses, des flots de vin et de lumière, la danse et les violons, le brocart et le drap fin; de l'autre côté de la rue, le froid, la lente inanition. L'arrogance et la dureté pour les vainqueurs, une endurance poignante et la haine pour les vaincus.

XXXVIII

Scarlett assistait à tout cela. Elle y pensait jour et nuit. Elle vivait dans la terreur du lendemain. Elle savait que son mari et elle figuraient sur les listes noires des Yankees à cause de Tony et que le désastre risquait de s'abattre sur eux d'un moment à l'autre. Mais pourtant, maintenant moins que jamais, elle ne pouvait se laisser dépouiller du fruit de ses efforts. Elle attendait un second enfant, la scierie commençait juste à rapporter, elle devait encore pourvoir à l'entretien de Tara jusqu'à l'automne, jusqu'à la prochaine récolte de coton. Et si elle perdait tout ! S'il lui fallait tout recommencer avec les pauvres armes dont elle disposait pour se défendre contre un monde devenu fou ! S'il lui fallait reprendre la lutte contre les Yankees et tout ce qu'ils représentaient ? Dévorée par l'angoisse, elle pensait qu'elle préférerait se tuer plutôt que de passer une seconde fois par où elle était passée.

Au milieu des ruines et du chaos qui régnait, en ce printemps de 1866, Scarlett consacra toute son énergie à augmenter le rendement de la scierie. Il y avait de l'argent à Atlanta. La vague de reconstruction lui fournissait l'occasion dont elle avait rêvé et elle savait qu'elle pourrait gagner de l'argent à condition de ne pas être en prison. Pour conserver sa liberté, elle n'avait qu'à filer doux, courber l'échine sous les insultes, supporter les injustices, éviter de déplaire à quiconque, blanc ou noir, pourrait lui faire du tort. Elle avait beau détester les affranchis, elle avait beau être parcourue d'un frisson de colère chaque fois que, croisant un de ces noirs insolents, elle l'entendait rire ou plaisanter, jamais elle ne lui adressait le moindre regard de mépris. Elle avait beau haïr les Carpetbaggers et les Scallawags qui édifiaient des fortunes rapides, alors qu'elle-même se donnait tant de mal, jamais elle ne laissait échapper la moindre remarque désobligeante sur leur compte. Personne à Atlanta n'éprouvait plus de répulsion qu'elle pour les Yankees, puisque la seule vue d'un uniforme bleu la rendait folle de rage, mais, même dans l'intimité, elle se gardait de parler d'eux.

« Je ne tiens pas du tout à faire du zèle, se disait-elle d'un air sombre. Que les autres passent leur temps à se lamenter sur le bon vieux temps et les hommes qui ne reviendront jamais plus. Que les autres lancent feu et flamme contre la domination des Yankees, qu'ils gémissent bien haut d'être écartés des urnes, qu'ils aillent en prison pour avoir parlé à tort et à travers, qu'ils soient pendus pour faire partie du Ku-Klux-Klan (ce nom inspirait presque autant de terreur à Scarlett qu'aux nègres), que les autres femmes soient fières d'y voir leurs maris inscrits (Dieu merci, Frank n'avait jamais été mêlé à ces histoires-là), oui, que les autres s'échauffent, fulminent, complotent et conspirent à leur aise, on ne peut pas changer la face des choses, et puis à quoi mène cet attachement au passé, quand le présent est si angoissant et l'avenir incertain ? À quoi riment ces questions de vote, quand il s'agit avant tout d'avoir un toit et du pain et de ne pas être jeté en prison ? Oh ! mon Dieu, je vous en prie, faites qu'il ne m'arrive aucun ennui d'ici le mois de juin ! »

En juin ! Scarlett savait qu'à cette époque-là elle serait obligée de se cloîtrer chez tante Pitty jusqu'à la naissance de son enfant. Déjà, on lui reprochait de paraître en public dans l'état où elle se trouvait. Aucune femme comme il faut ne sortait quand elle était enceinte. Frank et Pitty la suppliaient de leur épargner cette nouvelle honte et elle leur avait promis de ne plus travailler à partir de juin.

Au mois de juin, la scierie marcherait assez bien pour se passer d'elle. Au mois de juin, elle aurait assez d'argent pour voir venir les événements avec plus de confiance. Mais elle avait encore tellement de choses à faire et elle disposait de si peu de temps ! Elle aurait voulu que les journées fussent plus longues et elle comptait fiévreusement les minutes. Il fallait coûte que coûte gagner de l'argent, encore plus d'argent.

À force de harceler Frank, elle avait fini par le faire sortir un peu de sa timidité. Il avait obtenu qu'on lui réglât quelques-unes de ses factures et le magasin rapportait davantage. Néanmoins, c'était sur la scierie que reposaient tous les espoirs de Scarlett. En ce temps-là, Atlanta était comme un arbre géant dont on eût coupé le tronc au ras du sol, mais qui eût repoussé avec plus de vigueur. Les marchands de matériaux de construction n'arrivaient pas à satisfaire leur clientèle. Les prix du bois de charpente, de la brique et de la pierre de taille montaient, et la scierie fonctionnait sans arrêt de l'aube au crépuscule.

Scarlett se rendait chaque jour à la scierie. Elle avait l'œil à tout et, persuadée qu'on la volait, elle s'efforçait de mettre un terme à cet état de choses. Toutefois, elle passait la majeure partie de son temps en ville, à faire la tournée des entrepreneurs et des charpentiers.

Elle avait un mot aimable pour chacun d'eux et ne les quittait qu'après avoir obtenu une commande ou la promesse de n'acheter du bois qu'à elle seule.

Elle ne tarda pas à devenir une figure familière des rues d'Atlanta. Emmitouflée dans une couverture, ses petites mains gantées de mitaines croisées sur les genoux, elle passait dans son buggy, à côté du vieux Peter très digne et très mécontent de son rôle. Tante Pitty avait confectionné à sa nièce un joli mantelet vert pour dissimuler sa ligne épaisse et un chapeau plat du même ton, pour rappeler la couleur de ses yeux. Cet ensemble lui allait à ravir, et elle le portait toujours lorsqu'elle rendait visite à ses clients. Une légère touche de rouge aux joues, un subtil parfum d'eau de Cologne répandu autour d'elle, elle offrait une image délicieuse tant qu'elle n'était pas obligée de mettre pied à terre et de montrer sa taille déformée. D'ailleurs, il lui arrivait rarement de descendre de voiture. La plupart du temps, il lui suffisait d'un sourire ou d'un petit geste amical pour attirer les hommes jusqu'à son buggy, et l'on en voyait même qui restaient tête nue sous la pluie à discuter affaires avec elle.

Elle n'était pas la seule à avoir entrevu la possibilité de gagner de l'argent dans les bois de construction, mais elle ne redoutait point ses concurrents. Elle se rendait compte, avec un orgueil légitime, qu'elle valait n'importe lequel d'entre eux. Elle était la digne fille de Gérald, et les circonstances ne faisaient qu'aiguiser le sens commercial qu'elle avait hérité de son père.

Au début, les autres marchands de bois avaient ri de bon cœur à l'idée qu'une femme pouvait se lancer dans les affaires, mais maintenant il leur fallait déchanter. Chaque fois qu'ils voyaient passer Scarlett, ils maugréaient entre leurs dents. Le fait qu'elle était une femme jouait fréquemment en sa faveur, d'autant plus qu'elle savait prendre un air si désemparé, si implorant, que les cœurs s'amollissaient à ce spectacle. Elle parvenait, sans la moindre difficulté, à tromper les gens sur sa véritable nature. On la prenait volontiers pour une femme courageuse, mais timide, contrainte par les circonstances à exercer un métier déplaisant, pour une pauvre petite femme du monde sans défense, qui mourrait probablement de faim si ses clients ne lui achetaient pas son bois. Cependant, lorsque le genre femme du monde ne donnait pas les résultats escomptés, elle redevenait très vite femme d'affaires et n'hésitait même pas à vendre à perte, pourvu que ça lui amenât un nouveau client. Elle ne répugnait pas non plus à vendre un lot de bois de mauvaise qualité au même prix qu'un lot de qualité supérieure, quand elle était sûre qu'on ne découvrirait pas la supercherie, et elle n'avait aucun scrupule à dire du mal de ses concurrents. Tout en feignant une grande répugnance à révéler la triste vérité, elle soupirait et déclarait à ses futurs clients que les bois des autres marchands étaient non seulement beaucoup plus chers, mais qu'ils étaient humides, pleins de nodosités, bref, d'une qualité déplorable.

La première fois que Scarlett fit un mensonge de ce genre, elle se sentit en même temps déconcertée et coupable. Déconcertée par la spontanéité et le naturel avec lesquels elle avait menti, coupable en songeant brusquement: «Qu'est-ce que maman aurait dit?»

Ce qu'Ellen aurait dit à sa fille, engagée dans des pratiques déloyales, ne faisait pas l'ombre d'un doute. Accablée et incrédule, elle lui aurait dit des mots qui l'eussent piquée au vif sous des dehors affectueux, elle lui aurait parlé d'honneur, d'honnêteté, de loyauté et de devoir envers autrui. Sur le moment, Scarlett frémit en évoquant le visage de sa mère, puis l'image s'estompa, s'effaça sous l'effet de cette brutalité sans scrupule, de cette avidité qui s'étaient développées en elle, comme une seconde nature, à l'époque tragique de Tara. Ainsi, Scarlett franchit cette nouvelle étape comme elle avait franchi les autres, en soupirant d'une manière que n'eût point approuvée Ellen, en haussant les épaules et en se répétant son infaillible formule: «Je penserai à cela plus tard!»

Il ne lui arriva plus jamais d'associer le souvenir d'Ellen à ses opérations commerciales, plus jamais elle n'éprouva de remords en employant des moyens déloyaux pour détourner les clients des autres marchands de bois. Elle savait du reste qu'elle n'avait rien à craindre de ses mensonges. L'esprit chevaleresque des Sudistes lui servait de garantie. Dans le Sud, une femme du monde pouvait dire tout ce qu'elle voulait d'un homme, tandis qu'un homme qui se respectait ne pouvait rien dire d'une femme et encore moins la traiter de menteuse. Il ne restait plus aux autres marchands de bois qu'à pester intérieurement contre Scarlett et à déclarer bien haut chez eux qu'ils paieraient cher pour que Mme Kennedy fût changée en homme pendant cinq minutes.

Un blanc de basse origine, qui possédait une scierie du côté de la route de Decatur, essaya de combattre Scarlett avec ses propres armes et déclara ouvertement que la jeune femme était une menteuse et une canaille. Mal lui en prit. Chacun fut horrifié d'entendre un blanc dire de pareilles monstruosités sur une femme de bonne famille, même lorsque celle-ci se comportait d'une manière si peu féminine. Scarlett ne répondit pas à ses insinuations, demeura très digne et petit à petit déploya tous ses efforts pour détourner les clients de cet homme. Elle pratiqua des prix plus bas que les siens et, tout en gémissant en son for intérieur, elle livra du bois de si bonne qualité pour prouver sa probité commerciale, qu'elle ne tarda pas à ruiner le malheureux. Alors, au grand scandale de Frank, elle posa ses conditions et lui acheta sa scierie.

Une fois en possession de cette seconde scierie, il lui fallut résoudre le délicat problème de trouver un homme de confiance pour la diriger. Elle ne voulait pas entendre parler d'un autre M. Johnson. Elle savait fort bien qu'en dépit de toute sa vigilance celui-ci continuait à vendre son bois en cachette, cependant elle pensa qu'elle n'aurait pas beaucoup de mal à découvrir la personne qu'elle cherchait. Tout le monde n'était-il pas pauvre comme Job ? Les rues n'étaient-elles pas remplies de chômeurs dont quelques-uns jadis avaient nagé dans l'opulence ? Il ne se passait pas un jour que Frank ne fît la charité à quelque ancien soldat mourant de faim ou que Pitty et Cookie ne donnassent à manger à un mendiant en guenilles.

Pourtant, Scarlett ne tenait pas à s'adresser à ces gens-là : « Je ne veux pas d'hommes qui n'ont encore rien trouvé à faire depuis un an, se disait-elle. S'ils n'ont pas su se débrouiller tout seuls, c'est mauvais signe. Et puis, ils ont l'air si faméliques, si chiens battus. Moi, je n'aime pas ce genre-là. Ce qu'il me faut, c'est quelqu'un d'intelligent et d'énergique comme René Picard ou Tommy Wellburn ou Kells Whiting, ou encore l'un des fils Simmons ou… enfin, bref, quelqu'un de leur trempe. Ils n'ont pas cet air j'm'en-fichiste qu'avaient les soldats, juste après la reddition. Eux, au moins, ils ont l'air d'avoir quelque chose dans le ventre. »

Mais une surprise attendait Scarlett. Les fils Simmons, qui venaient de monter une briqueterie, et Kells Whiting, qui vendait une lotion capillaire préparée par sa mère, sourirent poliment, remercièrent et déclinèrent son offre. Il en alla de même avec une douzaine d'autres hommes. En désespoir de cause, Scarlett augmenta le salaire qu'elle se proposait de verser, mais sans plus de succès. Un des neveux de Mme Merriwether lui fit remarquer avec une certaine impertinence qu'il aimait encore mieux faire du camionnage pour son propre compte que de travailler pour quelqu'un.

Un après-midi, Scarlett arrêta son buggy à côté de la charrette de René Picard et interpella ce dernier, qui reconduisait chez lui son ami Tommy Wellburn.

– Eh ! dites donc, René, pourquoi ne venez-vous pas travailler chez moi. Avouez que c'est plus digne de diriger une scierie que de vendre des pâtés dans une charrette. À votre place, j'aurais honte !

– Moi ! Je ne sais plus ce que c'est que la honte ! fit René en souriant. Vous pouvez toujours me parler de dignité, ça ne me fera ni chaud ni froid. Jusqu'à ce que la guerre me rende aussi libre que les nègres, j'ai mené une vie pleine de dignité. Maintenant, c'est fini, et je ne vais pas me faire de bile pour si peu. J'aime ma charrette. J'aime ma mule. J'aime ces chers Yankees qui achètent les petits pâtés de ma belle-mère. Non, ma petite Scarlett, je veux devenir le roi du pâté. C'est ma destinée ! Je suis mon étoile, tout comme Napoléon.
Du bout de son fouet, il dessina une arabesque dramatique.
– Mais vous n'êtes pas fait pour vendre des pâtés, pas plus que Tommy pour discuter avec une bande de maçons irlandais. Ce que je fais, c'est plus…
– Vous étiez faite sans doute pour diriger une scierie, hein ? coupa Tommy, un pli amer au coin de la bouche. Oui, je vois d'ici la petite Scarlett ânonnant sa leçon sur les genoux de sa mère : « Ne jamais vendre du bon bois si l'on peut en vendre du mauvais à un prix supérieur. »
René se tordit de rire en entendant cela. Ses petits yeux simiesques pétillèrent de malice. Il donna une bourrade dans les côtes de Tommy.
– Tâchez donc d'être poli, déclara Scarlett d'un ton sec, car elle ne voyait pas ce qu'il y avait de drôle dans la réflexion de Tommy. Bien entendu, je n'étais pas faite pour diriger une scierie.
– Oh ! mais, je n'avais pas l'intention de vous choquer. C'est un fait tout de même, vous êtes bel et bien à la tête d'une scierie et vous ne vous en tirez pas si mal, d'ailleurs. En tout cas, d'après ce que je vois autour de moi, aucun de nous pour le moment ne fait ce à quoi il était destiné, mais quoi, il faudra bien que ça marche. Pourquoi n'engagez-vous pas un de ces Carpetbaggers qui sont si débrouillards, Scarlett ? Dieu sait s'il y en a !
– Je ne veux pas d'un Carpetbagger. Les Carpetbaggers ne travaillent pas, ils raflent tout ce qui leur tombe sous la main. Voyons, s'ils avaient un tant soit peu de valeur, ils resteraient chez eux et ils ne viendraient pas ici pour nous dépouiller. Ce que je veux, c'est un homme convenable, appartenant à un milieu convenable, quelqu'un d'intelligent, d'honnête, d'énergique et de…
– Vous n'êtes pas difficile, mais vous ne trouverez pas l'oiseau rare avec le salaire que vous offrez. Voyez-vous, à part les grands mutilés, tous les types convenables se sont casés. Ils ne sont peut-être pas faits pour les places qu'ils occupent, mais ça n'a pas d'importance. Ils ont une situation et ils aimeront sûrement mieux la conserver que de travailler pour une femme.

– Les hommes ne sont pas très malins quand ils sont à fond de cale, hein ?

– Ça se peut ; en tout cas, ils conservent leur fierté.

– La fierté ! C'est fameux, la fierté, surtout quand la croûte est ratée et qu'on met de la meringue par-dessus, répondit Scarlett avec méchanceté.

Les deux hommes partirent d'un rire un peu contraint et Scarlett eut l'impression qu'ils se rapprochaient l'un de l'autre pour manifester leur désapprobation commune. Ce que Tommy venait de dire était vrai, pensa-t-elle en passant en revue tous les hommes auxquels elle avait offert ou se proposait d'offrir la direction de la scierie. Ils avaient tous un emploi. Ils peinaient tous très dur, beaucoup plus dur qu'ils ne l'auraient jamais pensé avant la guerre. Ils ne faisaient peut-être pas ce qu'il leur plaisait, ou ce qu'il y avait de moins rebutant, mais ils faisaient quelque chose. Les temps étaient trop difficiles pour choisir son genre d'activité. Et, s'ils pleuraient leurs espérances perdues, s'ils regrettaient la vie facile d'autrefois, personne ne s'en apercevait. Ils livraient une nouvelle bataille, une bataille plus rude que l'autre. Ils avaient soif de vivre, ils étaient animés de la même ardeur qu'au temps où la guerre n'avait pas encore coupé leur vie en deux.

– Scarlett, fit Tommy d'un air gêné, ça m'est très désagréable de vous demander une faveur, surtout après vous avoir dit des choses désobligeantes, mais je m'y risquerai quand même. Ça vous rendra peut-être service, du reste. Mon beau-frère, Hugh Elsing, ne réussit pas très bien dans son commerce de bois de chauffage. En dehors des Yankees, tout le monde se fournit soi-même en petit bois. Je sais par ailleurs que ça ne va pas fort chez les Elsing. Je... je fais ce que je peux, mais vous comprenez, il y a ma femme, et il faut que je fasse vivre également ma mère et mes deux sœurs qui habitent Sparta. Hugh est très convenable et vous cherchiez un homme convenable. Il appartient à une bonne famille, comme vous le savez, et il est honnête.

– Mais... Hugh ne doit pas être très débrouillard, sans quoi il aurait bien trouvé le moyen de se tirer d'affaire.

Tommy haussa les épaules.

– Vous avez une façon plutôt brutale de considérer les choses, Scarlett, fit-il. Vous vous figurez que Hugh est un type fini, pourtant vous pourriez tomber plus mal. Moi, j'ai l'impression que son honnêteté et sa bonne volonté compenseraient largement son manque de sens pratique.

Scarlett ne répondit pas, de peur d'être grossière. Pour elle, il n'y avait guère de qualités, pour ne pas dire aucune, à mettre en parallèle avec le sens pratique.

Après avoir en vain fouillé la ville et repoussé les avances de maints Carpetbaggers désireux d'obtenir la direction de la scierie, elle finit par se ranger à l'avis de Tommy et s'adressa à Hugh Elsing. Pendant la guerre, il s'était montré officier plein de courage et de ressources, mais deux blessures graves et quatre années de campagnes semblaient l'avoir vidé de toute son énergie. Il avait précisément cette allure de chien battu qui déplaisait à Scarlett et il n'était pas du tout l'homme que celle-ci avait espéré rencontrer.

« Il est idiot, se disait-elle. Il n'entend rien aux affaires et je parie qu'il ne sait même pas faire une addition. En tout cas, il est honnête et il ne me roulera pas. »

À cette époque-là, pourtant, Scarlett se souciait fort peu de l'honnêteté, mais moins elle y attachait de prix pour elle-même, plus elle y tenait chez autrui.

« Quel dommage que Johnnie Gallegher soit lié par contrat à Tommy Wellburn, songeait-elle. C'est exactement le genre d'homme qu'il me faudrait. Dur avec les gens, rusé comme un renard, je suis sûre que si je le payais convenablement il n'essaierait pas de me tromper. Nous nous entendons fort bien tous les deux et nous pourrions faire de bonnes affaires ensemble. Lorsque l'hôtel sera terminé, il viendra peut-être chez moi. En attendant, je serai bien obligée de me contenter de Hugh et de M. Johnson. Si je confie la nouvelle scierie à Hugh et si je laisse M. Johnson à l'ancienne, je pourrai m'occuper de la vente en ville. Jusqu'à ce que je mette la main sur Johnnie, il faudra que je tolère ce Johnson. Si seulement ce n'était pas un voleur ! Je crois que je vais construire un dépôt de bois sur la moitié du terrain que m'a laissé Charles. Si seulement Frank ne faisait pas tant de chichis je pourrais construire également un café sur l'autre moitié ! Tant pis, il dira ce qu'il voudra, mais dès que j'aurai assez d'argent de côté je ferai construire ce café ! Si seulement Frank n'était pas aussi pointilleux. Oh ! mon Dieu, pourquoi ai-je choisi ce moment-ci pour avoir un enfant ! Je serai bientôt si forte que je ne pourrai plus sortir. Oh ! mon Dieu, si seulement je n'étais pas enceinte ! Oh ! mon Dieu, si seulement ces maudits Yankees voulaient bien continuer à me laisser tranquille ! Si... »

Si ! Si ! Si ! Il y avait tant de si dans la vie ! On n'était jamais sûr de rien. On était toujours comme l'oiseau sur la branche, on avait toujours peur de perdre tout ce qu'on possédait, toujours peur de connaître de nouveau, et le froid, et la faim. Bien entendu, Frank gagnait davantage maintenant, mais il était perpétuellement enrhumé et, souvent, il était obligé de garder le lit pendant plusieurs jours. Et s'il devenait impotent! Non, Scarlett ne pouvait guère compter sur lui. Elle ne pouvait compter sur rien ni sur personne en dehors d'elle-même. Et ce qu'elle gagnait paraissait si minime! Que ferait-elle si les Yankees la dépouillaient de tout ce qui lui appartenait? Si! Si! Si!

Chaque mois, Scarlett envoyait la moitié de ses gains à Tara. Avec l'autre moitié, elle amortissait sa dette envers Rhett et thésaurisait le reste. Nul avare ne compta son or plus souvent qu'elle, nul avare ne craignit davantage de le perdre. Elle ne voulait pas mettre son argent à la banque, de peur que celle-ci ne fît faillite ou que les Yankees ne confisquassent les comptes des déposants. Elle portait sur elle le plus d'argent possible, enfoui dans son corset. Elle cachait de petites liasses de billets dans tous les coins de la maison, sous une brique descellée, dans sa boîte à chiffons, entre les pages d'une Bible. À mesure que les semaines passaient, elle devenait de plus en plus irascible, car chaque dollar qu'elle économisait serait un dollar de plus à perdre si la catastrophe se produisait.

Frank, Pitty et les domestiques supportaient ses accès de colère avec une longanimité invraisemblable, et, sans en deviner la véritable cause, attribuaient ses fâcheuses dispositions à la grossesse. Frank savait qu'il ne fallait pas contrarier les femmes enceintes et, mettant toute fierté de côté, il ne reprochait plus à sa femme de faire marcher deux scieries et de se promener en ville dans l'état où elle se trouvait. Sa conduite le plongeait dans un perpétuel embarras, mais il prenait son mal en patience. Il savait qu'après la naissance de son enfant Scarlett redeviendrait la jeune femme douce et charmante qu'il avait courtisée. Néanmoins, quoi qu'il fît pour adoucir son humeur, elle continuait à lui mener la vie si dure qu'il lui arrivait parfois de penser qu'elle était possédée du démon.

Personne ne semblait s'apercevoir de ce qui la poussait à se comporter comme une possédée. Elle voulait à tout prix mettre ses affaires en ordre avant de rester confinée entre quatre murs. Elle voulait édifier une digue solide entre elle et la haine grandissante des Yankees. Il lui fallait de l'argent, toujours plus d'argent, au cas où le déluge s'abattrait sur elle. L'argent l'obsédait. Lorsqu'elle pensait à l'enfant qui allait venir, elle ne pouvait se défendre d'un sentiment de colère. «La mort, les impôts et les enfants! Ça vient toujours quand il ne faut pas!»

Atlanta avait déjà crié au scandale lorsque Scarlett, une femme, s'était mise à diriger une scierie, mais maintenant tout le monde estimait qu'elle dépassait les bornes. Son manque de scrupules en affaires était choquant, surtout quand on songeait que sa pauvre maman était une Robillard, et la façon dont elle exhibait sa grossesse en pleine rue était positivement indécente. À partir du moment où l'on pouvait soupçonner qu'elle était enceinte, aucune femme blanche respectable ne sortait de chez elle et même si quelques négresses le faisaient elles étaient l'exception. Mme Merriwether déclarait avec indignation que, si Scarlett continuait, elle allait accoucher sur la place publique.

Cependant, toutes les critiques que lui avait values sa conduite antérieure n'étaient rien en comparaison des bruits qui circulaient désormais sur son compte. Non seulement Scarlett faisait des affaires avec les Yankees, mais encore elle donnait l'impression d'y prendre plaisir ! Mme Merriwether et bien d'autres Sudistes faisaient eux aussi des affaires avec les nouveaux venus du Nord, mais toute la différence consistait en ce qu'ils montraient clairement que c'était à leur corps défendant. Dire que Scarlett était allée jusqu'à prendre le thé chez des femmes d'officiers yankees ! En somme, il ne lui restait plus qu'à recevoir ces personnes chez elle et chacun se disait que, sans tante Pitty et Frank, elle n'y eût point manqué.

Scarlett savait fort bien que la ville jasait, mais elle n'en avait cure. D'ailleurs, elle ne pouvait pas se permettre de s'arrêter à pareilles mesquineries. Elle nourrissait toujours pour les Yankees une haine aussi farouche que le jour où ils avaient essayé d'incendier Tara, mais elle savait dissimuler cette haine. Elle savait que, pour gagner de l'argent, il fallait se tourner du côté des Yankees, et elle avait appris que le meilleur moyen d'obtenir leur clientèle était de les amadouer avec des sourires et des mots aimables.

Un jour, lorsqu'elle serait riche et que son argent serait en sûreté là où les Yankees ne pourraient pas le prendre, elle leur dirait exactement ce qu'elle pensait d'eux, elle leur montrerait combien elle les exécrait et les méprisait. Quelle joie ce serait pour elle ! Mais, en attendant, le bon sens commandait de pactiser avec eux. Si c'était de l'hypocrisie, tant pis, les gens d'Atlanta n'avaient qu'à suivre son exemple !

Scarlett découvrit que se faire des relations parmi les officiers yankees était d'une facilité déconcertante.

Exilés dans un pays hostile, ils se sentaient seuls et bon nombre d'entre eux avaient soif de connaître des femmes du monde. Dans les rues, lorsqu'ils passaient, les femmes respectables ramenaient leurs jupes contre elles et les regardaient comme si elles étaient prêtes à leur cracher au visage. Seules, les prostituées et les négresses leur parlaient avec gentillesse. Or Scarlett, bien qu'elle exerçât un métier d'homme, était apparemment une femme du monde et les officiers yankees tressaillaient d'aise lorsqu'elle les gratifiait d'un beau sourire ou qu'une lueur agréable brillait dans ses yeux verts.

Souvent Scarlett arrêtait son buggy pour bavarder avec eux, mais, tandis que ses joues se creusaient de fossettes, sa répugnance pour ces hommes montait en elle avec une telle violence qu'elle avait peine à ne pas les couvrir d'injures. Pourtant, elle se dominait et s'apercevait qu'elle manœuvrait les Yankees avec autant d'aisance qu'elle avait jadis manœuvré les jeunes gens du Sud, pour s'amuser. Seulement, cette fois-ci, il n'était plus question d'amusement. Le rôle qu'elle s'imposait était celui d'une femme charmante et raffinée, plongée dans l'affliction. Grâce à son air digne et réservé, elle était en mesure de tenir ses victimes à distance respectueuse, mais elle n'en conservait pas moins dans ses manières une grâce qui réchauffait le cœur des officiers yankees lorsqu'ils pensaient à Mme Kennedy.

Cette tiédeur était profitable, et c'était bien là ce qu'escomptait Scarlett. Bon nombre d'officiers de la garnison, ne sachant pas combien de temps on les laisserait à Atlanta, avaient fait venir leurs femmes et leurs enfants. Comme les hôtels et les pensions de famille étaient pleins à craquer, ils faisaient construire de petites maisons, pour eux et leur famille. Ils étaient donc enchantés d'acheter leurs bois de charpente à la gracieuse Mme Kennedy, qui avait pour eux plus d'égards que n'importe qui. Les Carpetbaggers et les Scallawags, dont on voyait s'élever les belles demeures, les hôtels et les magasins, aimaient mieux, eux aussi, avoir affaire à Scarlett qu'aux anciens soldats confédérés qui, sans cesser d'être polis, leur manifestaient une froideur pire qu'une franche hostilité.

Ainsi, parce qu'elle était jolie et charmante et qu'elle savait parfois prendre un air malheureux ou désespéré, les Yankees estimaient qu'ils se devaient de venir en aide à une petite femme courageuse dont le mari ne la valait certainement pas, et c'était avec joie qu'ils lui donnaient leur clientèle et la donnaient du même coup à Frank. Et Scarlett, voyant se développer ses affaires, se disait que non seulement elle sauvegardait le présent, grâce à l'argent yankee, mais qu'elle assurait également l'avenir, grâce à ses nouvelles amitiés.

Scarlett constatait qu'il était plus facile qu'elle n'avait pensé de maintenir sur le plan souhaitable ses relations avec les officiers yankees, car ces derniers semblaient avoir une sainte terreur des dames sudistes, mais ses rapports avec leurs femmes ne tardèrent pas à poser un problème qu'elle n'avait pas prévu. Ce n'était pas elle qui avait cherché à se lier avec les femmes yankees. Elle eût été ravie de les éviter, mais ça lui était impossible. Les femmes des officiers étaient bien décidées à la fréquenter. Elles brûlaient d'envie de faire plus ample connaissance avec le Sud et les femmes du Sud et, pour la première fois, Scarlett leur offrait un moyen de satisfaire leur curiosité. Les autres dames d'Atlanta ne tenaient nullement à les voir et refusaient même de les saluer à l'église, aussi, lorsque Scarlett venait chez elles pour traiter une affaire, était-elle accueillie comme le Messie. Quand elle arrêtait son buggy devant une demeure yankee et du haut de son siège vantait son bois au maître de maison, l'épouse de celui-ci sortait souvent de chez elle pour se joindre à la conversation ou invitait Scarlett à entrer prendre une tasse de thé. Quoi qu'il lui en coûtât, Scarlett déclinait rarement l'invitation, car elle espérait bien, par ce moyen, gagner une nouvelle cliente à Frank. Cependant, les questions trop personnelles de ces dames, leur partialité et leur attitude condescendante à l'égard de tout ce qui touchait le Sud mettaient sa patience à rude épreuve.

Considérant qu'après la Bible *La Case de l'Oncle Tom* était le seul livre digne de créance, les femmes yankees voulaient toutes avoir des détails sur les limiers que chaque Sudiste élevait dans ses chenils pour donner la chasse aux esclaves fugitifs. Elles ne croyaient jamais Scarlett lorsque celle-ci leur déclarait qu'en fait de limiers elle n'avait vu autour d'elle que des petits chiens doux comme des agneaux. Elles désiraient également savoir comment les planteurs s'y prenaient pour marquer au fer rouge le visage de leurs esclaves, comment ils leur infligeaient le supplice du chat à neuf queues auquel les malheureux succombaient si souvent. Enfin, elles portaient un intérêt de mauvais aloi à la question du concubinage des esclaves.

Toute autre dame d'Atlanta eût étouffé de rage devant un tel étalage de chauvinisme et d'ignorance, mais Scarlett réussissait néanmoins à se dominer, trouvant du reste que pareils propos engendraient plus le mépris que la colère. Après tout, ces femmes étaient yankees et il ne fallait pas s'attendre à autre chose de la part de ces gens-là. Leurs insultes à sa patrie glissaient donc sur Scarlett et n'éveillaient en elle qu'un dédain soigneusement dissimulé. Cela dura jusqu'au jour où un incident vint raviver toutes les rancœurs de la jeune femme et lui permit de mesurer la largeur du gouffre qui séparait le Nord et le Sud.

Un après-midi qu'elle rentrait chez elle en voiture avec l'oncle Peter, elle passa devant une demeure où s'entassaient les familles de trois officiers qui attendaient qu'on achevât de construire leurs maisons particulières avec des bois achetés à Scarlett. Leurs trois épouses se tenaient juste au milieu de l'allée. À la vue de Scarlett, elles lui firent signe de s'arrêter et s'approchèrent du buggy.

– Vous êtes juste la personne que je voulais voir, madame Kennedy, déclara une des dames, une femme grande et maigre qui venait du Maine. Je voudrais avoir quelques renseignements sur cette ville arriérée.

Scarlett avala cette injure faite à Atlanta avec le mépris qui convenait et s'efforça de sourire.

– Que puis-je pour vous ?

– Bridget, ma nurse, est retournée vivre dans le Nord. Elle m'a dit qu'elle ne voulait pas rester un jour de plus au milieu de ces « négros », comme elle les appelle. Et les enfants vont me rendre folle ! Je vous en prie, dites-moi ce qu'il faut faire pour trouver une autre nurse. Je ne sais pas où m'adresser.

– Ça ne devrait pas être difficile, fit Scarlett en riant. Si vous arrivez à mettre la main sur une négresse de la campagne qui n'a pas encore été gâtée par le Bureau des Affranchis, vous aurez une bonne d'enfants idéale. Vous n'avez qu'à vous tenir devant la grille de votre jardin et à demander à toutes les négresses qui passent, je suis certaine que…

Les trois femmes se mirent à pousser des cris d'indignation.

– Pensez-vous que je vais confier mes enfants à une négresse ? s'exclama la femme du Maine. Je veux une brave fille irlandaise.

– Je crains que vous ne trouviez pas de domestiques irlandaises à Atlanta, répondit Scarlett avec une certaine fraîcheur. Pour ma part, je n'ai jamais vu de domestiques blancs, et je n'en voudrais pas chez moi. En tout cas, ajouta-t-elle avec une légère pointe d'ironie, je vous assure que les noirs ne sont pas des cannibales et qu'on peut avoir entière confiance en eux.

– Bonté divine ! Je n'en voudrais pas sous mon toit ! En voilà une idée ! Laisser une négresse porter la main sur mes enfants ! Ah ! non.

Scarlett pensa aux bonnes grosses mains noueuses de Mama qui avaient tant peiné pour Ellen, pour elle et pour Wade. De quel droit ces étrangères parlaient-elles ainsi ? Elles ne savaient même pas combien on pouvait les aimer ces mains noires, ces mains faites pour apaiser, pour consoler, pour caresser.

– C'est bizarre de vous entendre dire cela, fit Scarlett avec un petit rire bref. Vous semblez oublier que c'est vous autres qui avez affranchi les noirs.

– Seigneur. Ce n'est pas moi, ma chère ! pouffa la femme du Maine. Je n'avais jamais vu un nègre avant d'arriver ici le mois dernier et je me passerais fort bien d'en voir. Ils me donnent la chair de poule. Ils ne m'inspirent aucune confiance.

Depuis un certain temps, Scarlett se rendait compte que l'oncle Peter était de plus en plus mal à l'aise et fixait désespérément les oreilles du cheval.

– Regardez-moi le vieux négro ! s'exclama soudain la femme du Maine en montrant l'oncle Peter à ses compagnes. Il se gonfle comme un crapaud. Je parie que c'est votre chouchou, ajouta-t-elle en se tournant vers Scarlett. Vous autres, Sudistes, vous ne savez pas vous y prendre avec les noirs. Vous les gâtez parfois beaucoup trop.

Peter avala longuement sa salive, son front se plissa, mais il conserva son impassibilité. Se faire traiter de « négro » par une personne blanche ! Ça ne lui était encore jamais arrivé. Se faire traiter de « chouchou » à son âge, lui qui tenait tant à sa dignité, lui qui était si fier d'être, depuis des années, le meilleur soutien de la famille Hamilton !

Scarlett n'osa pas regarder l'oncle Peter en face, mais elle devina que son menton tremblait sous l'insulte infligée à son amour-propre. Elle se sentit envahie par une rage meurtrière. Elle avait écouté avec calme les femmes yankees se moquer de l'armée confédérée, salir la réputation de Jeff Davis, accuser les Sudistes d'assassiner et de torturer leurs esclaves, elle aurait même toléré qu'on mît en cause sa vertu et son honnêteté, si elle en avait tiré profit, mais à l'idée que ces femmes venaient de blesser le vieux et fidèle serviteur par leurs remarques stupides, elle prit feu comme un tonneau de poudre dans lequel on eût jeté une allumette. Ses yeux se posèrent sur le gros pistolet d'arçon à la ceinture de Peter et elle avança la main. Oui, ils méritaient bien qu'on les abatte comme des chiens, ces conquérants ignares et insolents. Mais elle se contint, serra les dents à en faire saillir les muscles de ses joues et elle se souvint à temps que le moment n'était pas encore venu de dire aux Yankees ce qu'elle pensait d'eux. Un jour, elle leur lancerait la vérité au visage, mais pas maintenant !

– L'oncle Peter est de la famille, dit-elle d'une voix frémissante. Au revoir. En route, Peter.

Peter fouetta si brusquement le cheval que l'animal, surpris, se cabra et que le buggy fit une embardée. Scarlett eut cependant le temps d'entendre la femme du Maine demander à ses amies : « Il est de la famille ? Ils ne sont tout de même pas parents, qu'en pensez-vous ? Il est tellement noir. »

Que le diable les emporte tous ! Ils méritaient qu'on les chassât à coups de fouet de la surface du globe. « Si jamais je suis assez riche, je leur cracherai à la figure ! Je... »

Scarlett regarda Peter et vit une larme couler le long de son nez. Aussitôt ses yeux s'embuèrent. Elle éprouva une immense tendresse pour le vieux noir, un immense chagrin de son humiliation. Ces femmes avaient blessé l'oncle Peter... Peter qui avait fait la campagne du Mexique avec le vieux colonel Hamilton et avait tenu son maître dans ses bras lorsqu'il était mort. Peter qui avait élevé Melly et Charles et avait veillé sur l'innocente Pittypat, qui l'avait « p'otégée » pendant l'exode, qui lui avait « che'ché » un cheval pour la ramener à Macon à travers un pays ravagé par la guerre. Et ces femmes prétendaient qu'elles ne pouvaient pas se fier aux nègres !

– Peter, fit Scarlett d'une voix brisée, tout en posant la main sur le bras grêle du vieux cocher. J'ai honte de te voir pleurer. Il ne faut pas faire attention à ce qu'elles disent. Ce sont de maudites Yankees !

– Elles ont pa'lé devant moi comme si j'étais une mule qui pouvait pas les comp'end'... comme si j'étais un Af'icain et que je pouvais pas savoi' ce qu'elles disaient, déclara l'oncle Peter en reniflant avec force. Et elles m'ont appelé « nég'o », et moi j'ai jamais été appelé nég'o pa' les blancs, et elles m'ont appelé aussi « chouchou » et elles ont dit qu'on pouvait pas avoi' confiance dans les nég' ! Moi, pas avoi' confiance en moi ! Voyons, quand le vieux colonel il allait mou'ir, il m'a dit : « Toi, Pete', tu t'occupe'as des enfants. Tu veille'as su' la jeune mam'zelle Pittypat, il a dit, pa'ce que elle a pas plus de ce'velle qu'une libellule. » Et moi, depuis ce temps-là, j'ai toujou' bien veillé sur elle...

– Il n'y a que l'ange Gabriel qui aurait pu faire ce que tu as fait, lui dit Scarlett pour le calmer. Je me demande ce que nous serions devenus sans toi.

– Oui, m'ame, me'ci, vous êtes bien gentille, m'ame. Je le sais bien et vous, vous le savez aussi, mais les Yankees, eux ils le savent pas et ils veulent pas le savoi' ! Comment ça se fait qui se mêlent de vos affai', m'ame Sca'lett ? Ils nous comp'ennent pas nous aut' Confédé'és.

Scarlett ne répondit rien, parce qu'elle était toujours en proie à la colère qu'elle n'avait pas pu laisser éclater en présence des femmes yankees. Le vieux cocher et elle poursuivirent leur chemin en silence. Peter avait cessé de renifler, mais sa lèvre inférieure saillait d'une manière de plus en plus inquiétante. Son indignation montait, à mesure que s'atténuaient les effets du coup qu'il avait reçu.

« Que ces maudits Yankees sont donc des gens bizarres ! pensait Scarlett. Ces femmes semblaient se figurer que Peter n'avait pas d'oreilles pour entendre, parce qu'il était noir ! Oui, les Yankees ignorent que les nègres sont comme des enfants, qu'il faut les prendre par la douceur, les diriger, leur faire des compliments, les dorloter, les gronder. Ils ne comprennent pas plus les nègres que la nature des rapports qui existaient entre eux et leurs anciens maîtres. Ça ne les a pas empêchés de se battre pour les affranchir. Maintenant que c'est fait, ils ne veulent plus entendre parler d'eux que pour terroriser les Sudistes. Ils ne les aiment pas, ils n'ont pas confiance en eux, ils ne les comprennent pas, et pourtant ils ne cessent de crier à tous les échos que les Sudistes ne savent pas se conduire avec eux. »

Ne pas avoir confiance dans un noir ! Mais Scarlett avait plus confiance dans les noirs que dans la plupart des blancs, en tout cas, elle avait plus confiance en eux que dans n'importe quel Yankee. On rencontrait chez eux une loyauté, un attachement sans bornes, un amour que rien ne pouvait altérer, qu'aucune somme d'argent ne pouvait acheter. Scarlett songea à ceux qui étaient restés à Tara au moment de l'invasion, alors qu'ils auraient si bien pu s'enfuir et s'en aller mener une vie oisive sous la protection des Yankees. Elle songea à Dilcey, cueillant le coton avec elle, à Pork, dévalisant les poulaillers pour que la famille ne mourût pas de faim, à Mama, l'accompagnant à Atlanta pour l'empêcher de mal faire. Elle songea aux serviteurs de ses voisins qui étaient demeurés fidèles, protégeant leurs maîtresses pendant que les hommes étaient à la guerre, les aidant à se réfugier au milieu des périls, soignant les blessés, ensevelissant les morts, réconfortant les affligés, peinant, mendiant ou volant pour nourrir des familles entières. Et même maintenant, alors que le Bureau des Affranchis leur promettait monts et merveilles, ils restaient près des blancs et travaillaient plus dur qu'ils n'avaient jamais travaillé au temps de l'esclavage. Mais les Yankees ne comprenaient pas ces choses-là et ne les comprendraient jamais.

– Ils t'ont pourtant donné la liberté, dit Scarlett tout haut.

– Non, m'ame ! Ils m'ont pas donné la libe'té ! Je voud'ais pas que ces canailles-là, elles me donnent la libe'té ! déclara Peter avec indignation. J'appa'tiens toujou' à mam'zelle Pitty et quand je se'ai mo', elle m'ente'a dans le cimetiè' des Hamilton, où j'ai ma place... Mam'zelle, elle va se met' dans un état quand je lui di'ai que vous m'avez laissé insulter pa' des femmes yankees.

– Ce n'est pas vrai ! s'écria Scarlett, stupéfaite.

– Si, c'est v'ai, m'ame Sca'lett, fit Peter, la lèvre plus menaçante que jamais. Vous comp'enez, si vous et moi, on s'était pas occupés des

Yankees, ils n'au'aient pas pu m'insulter. Si vous leu' aviez pas pa'lé, y au'ait pas eu de danger qui me t'aitent comme une mule ou comme un Af'icain. Et puis, vous avez pas p'is ma défense!
– Mais si! protesta Scarlett, piquée par cette remarque. Ne leur ai-je pas dit que tu faisais partie de la famille?
– Ça s'appelle pas p'end' la défense de quelqu'un, puisque c'est un fait. M'ame Sca'lett, vous avez pas besoin de fai'e du comme'ce avec les Yankees. Les aut' dames, elles en font pas. Mam'zelle Pitty, elle, elle voud'ait pas mouiller le bout de ses petites chaussu' pou' de la ve'mine comme ça. Et elle se'a pas contente quand elle sau'a ce qu'on m'a dit.
Les reproches de Peter étaient bien plus mortifiants que tout ce que Frank, Pitty ou les voisins avaient pu dire, et Scarlett, vexée, se retint pour ne pas secouer le vieux cocher comme un prunier. Peter avait raison, mais ça lui était odieux de s'entendre faire des remontrances par un nègre, et surtout par un nègre qui la servait. Il n'y avait rien de plus humiliant pour un Sudiste que de ne pas jouir de l'estime de ses domestiques.
– Un chouchou! bougonna Peter. Je suppose qu'ap'ès ça mam'zelle Pitty, elle va plus vouloi' que je vous conduise. Non, m'ame!
– Je voudrais bien voir ça! En attendant, je te prie de te taire.
– Je vais avoi' des douleu' dans le dos, annonça Peter d'un ton lugubre. Mon dos, il me fait si mal en ce moment que je peux p'esque plus me teni' assis. Si j'ai des douleu', mam'zelle elle voud'a plus que je conduise… M'ame Sca'lett, ça vous se'vi'a à 'ien d'êt' bien avec les Yankees et les canailles, si vous êtes pas bien avec vot' famille.
Il était impossible de résumer la situation en termes plus précis et Scarlett retomba dans son silence rageur.
Oui, elle avait l'approbation des vainqueurs, mais ses parents et ses amis la critiquaient. Elle savait tout ce qu'on disait d'elle et voilà que Peter lui-même la blâmait au point de ne plus vouloir se montrer en public à ses côtés. C'était la goutte d'eau qui fait déborder le vase.
Jusque-là, elle s'était moquée de l'opinion des gens, mais les paroles de Peter venaient d'allumer en elle une rancune farouche contre ses voisins, une haine aussi forte que celle qu'elle nourrissait à l'égard des Yankees.
« Pourquoi s'occupent-ils de ce que je fais. Qu'y trouvent-ils à redire? pensa-t-elle. Ils s'imaginent peut-être que ça m'amuse de fréquenter les Yankees et de travailler comme une esclave? Ils ne font que rendre ma tâche plus ingrate. Mais qu'ils pensent ce qu'ils voudront.

Ça m'est bien égal. Je n'ai pas le temps de m'arrêter à des mesquineries. Mais plus tard... plus tard... »

Plus tard ! Lorsque le monde aurait recouvré son calme, elle pourrait se croiser les bras et devenir une grande dame, comme Ellen l'avait été. Elle déposerait les armes, elle mènerait une vie tranquille et tout le monde aurait de l'estime pour elle. Que ne ferait-elle pas, lorsqu'elle serait riche ! Elle pourrait se permettre d'être aussi bonne et aimable que sa mère, elle penserait aux autres, elle respecterait les usages. Elle ne tremblerait plus continuellement de peur. La vie coulerait sans heurts. Elle aurait le temps de jouer avec ses enfants et d'assister à leur leçon. Des amies viendraient passer l'après-midi chez elle. Parmi les froufrous des jupons de taffetas, au rythme des éventails en feuille de palmier, elle servirait le thé, des sandwiches et des gâteaux exquis. Elle bavarderait des heures entières. Et puis elle serait charitable envers les malheureux. Elle porterait des paniers aux pauvres, de la soupe et des compotes aux malades, elle « promènerait » dans sa voiture ceux qui auraient eu moins de chance qu'elle, à l'exemple de sa mère. Elle serait une vraie femme du monde, au sens sudiste du terme... Alors, tout le monde l'aimerait comme on avait aimé Ellen, tout le monde vanterait son bon cœur et on l'appellerait « la Bienfaisante Madame ».

Rien ne venait altérer le plaisir que lui procuraient ces visions d'avenir. Elle ne se doutait pas qu'elle n'avait, au fond, aucune envie de devenir bonne ou charitable. Elle désirait uniquement se voir attribuer ces qualités. Mais les mailles de son esprit étaient trop lâches pour retenir de si petites différences. Il lui suffisait de penser qu'un jour, lorsqu'elle serait riche, tout le monde aurait de l'estime pour elle.

Un jour ! Oui, un jour, mais pas maintenant. En ce moment, elle n'avait pas le temps d'être une grande dame.

Peter avait vu juste. Tante Pitty se mit dans tous ses états et les douleurs prirent de telles proportions en une seule nuit qu'il ne conduisit plus jamais le buggy. Scarlett en fut réduite à le conduire elle-même et vit reparaître le cal de ses mains.

Ainsi passa le printemps. En mai, mois des feuilles vertes et des parfums, le beau temps succéda aux fraîches ondées d'avril. Chaque semaine apportait à Scarlett, de plus en plus gênée par sa grossesse, un nouveau tribut de soucis et de travaux. Ses anciens amis lui battaient froid. Par contre, dans sa famille, on redoublait de gentillesse et d'égards envers elle et l'on comprenait de moins en moins ce qui la poussait à agir. Au cours de ces journées d'angoisses et de luttes, il n'y avait qu'une seule personne qui la comprît et sur laquelle elle pût compter, c'était Rhett Butler. Scarlett s'en étonnait d'autant plus que Rhett avait l'instabilité du vif-argent et l'esprit aussi mal tourné qu'un démon frais émoulu de l'enfer.

Il se rendait souvent à La Nouvelle-Orléans, sans jamais expliquer les raisons de ses mystérieux voyages, mais Scarlett était persuadée, non sans en éprouver une certaine jalousie, qu'il allait voir une femme, ou peut-être plusieurs. Cependant, après que l'oncle Peter eut refusé de la conduire, il fit des séjours de plus en plus longs à Atlanta.

Lorsqu'il était en ville, il passait la majeure partie de son temps soit dans un tripot aménagé au-dessus du café de la *Fille d'aujourd'hui*, soit au bar de Belle Watling, où il buvait avec les Yankees et les Carpetbaggers les plus riches, à la réussite de projets financiers, ce qui le rendait encore plus odieux aux gens de la ville que ses compagnons de bouteille. Il ne venait plus chez tante Pitty, sans doute par égard pour les sentiments de Frank et de la vieille demoiselle, qui eussent été outragés de recevoir la visite d'un homme alors que Scarlett se trouvait dans une position délicate. Il ne se passait pourtant guère de jour qu'il ne rencontrât la jeune femme par hasard. Scarlett le voyait s'approcher à cheval de son buggy, tandis qu'elle suivait les routes désertes qui menaient à l'une ou l'autre des deux scieries. Il s'arrêtait toujours pour lui parler et parfois il attachait sa monture derrière le buggy dont il prenait les guides. À cette époque-là, Scarlett se fatiguait plus vite qu'elle ne voulait l'admettre et elle était toujours reconnaissante à Rhett de conduire à sa place. Il prenait soin de la quitter avant de rentrer en ville, mais tout Atlanta était au courant de leurs rencontres et les mauvaises langues ne se faisaient pas faute de souligner ce nouvel outrage de Scarlett à la bienséance.

Scarlett se demandait de temps en temps si ces rencontres étaient dues uniquement au hasard. Elles devenaient de plus en plus fréquentes, à mesure que les semaines passaient et que se multipliaient les attentats commis par les noirs. Mais enfin, pourquoi choisissait-il juste le moment où elle était le moins à son avantage pour rechercher sa compagnie ? Où voulait-il en venir ? Une aventure ? C'était impossible et, même, y avait-il jamais songé ? Scarlett commençait à en douter. Il y avait des mois qu'il ne s'était livré à la moindre plaisanterie sur la scène lamentable qui avait eu lieu entre elle et lui, à la prison yankee. Il ne parlait jamais d'Ashley ni de son amour pour lui ; il ne faisait plus de remarques grossières sur « les désirs qu'elle lui inspirait ». Pensant qu'il valait mieux ne pas éveiller le chat qui dort, elle ne chercha pas à éclaircir les raisons de leurs fréquentes rencontres. D'ailleurs, elle en était arrivée à conclure que Rhett, n'ayant pas grand-chose à faire en dehors du jeu et ne connaissant pas beaucoup de gens intéressants à Atlanta, recherchait uniquement sa compagnie pour bavarder avec une personne sympathique.

Quels qu'eussent été les motifs de Rhett, Scarlett était enchantée de le voir si souvent. Il écoutait ses doléances sur la perte d'un client, les mauvais payeurs, les escroqueries de M. Johnson ou l'incompétence de Hugh. Il applaudissait à ses succès, alors que Frank se contentait d'un petit sourire indulgent, que Pitty s'exclamait: «Oh! mon Dieu!» d'un air affolé. Il avait beau se défendre de lui rendre service, elle était persuadée qu'il lui faisait souvent réaliser de bonnes opérations, car il connaissait intimement tous les riches Yankees et Carpetbaggers. Elle savait à quoi s'en tenir sur son compte et ne se fiait jamais à lui, mais chaque fois qu'elle le voyait déboucher d'un chemin ombragé sur son grand cheval noir, sa bonne humeur lui revenait. Lorsque, après être monté dans le buggy, il lui prenait les guides des mains et lui décochait quelques remarques impertinentes, elle se sentait rajeunie, et malgré ses soucis et sa taille épaisse elle avait l'impression d'être de nouveau une femme séduisante. Elle lui disait presque tout ce qui lui passait par la tête, sans se soucier de dissimuler sa véritable opinion et n'évitait jamais certains sujets comme elle le faisait avec Frank, ou même avec Ashley. Bien entendu, dans ses conversations avec Ashley, il y avait tant de choses que l'honneur empêchait de révéler. C'était bon d'avoir un ami comme Rhett maintenant que, pour une raison ou pour une autre, il avait décidé de bien s'entendre avec elle. Oui, c'était très bon, très réconfortant. Elle avait si peu d'amis désormais.

– Rhett, lui demanda-t-elle avec véhémence, peu de temps après l'ultimatum de l'oncle Peter. Pourquoi les gens de cette ville me traitent-ils si mal et parlent-ils tant de moi? Entre les Carpetbaggers et moi, ils n'ont pas d'autres sujets de conversation! Je n'ai rien fait de mal et...

– Si vous n'avez rien fait de mal, c'est que vous n'en avez pas eu l'occasion. Ils doivent vaguement s'en rendre compte.

– Oh! soyez donc sérieux! Tout cela me met dans une telle rage. J'ai simplement cherché à gagner un peu d'argent et...

– Vous avez simplement cherché à ne pas faire comme les autres femmes, et ma foi vous n'avez pas mal réussi. Comme je vous l'ai déjà dit, la société ne veut pas qu'on se singularise. C'est le seul péché qu'elle ne pardonne pas. Maudit soit celui qui est différent des autres. Et puis, Scarlett, le seul fait que votre scierie marche bien est une injure à tout homme dont les affaires périclitent. Rappelez-vous qu'une femme bien élevée doit rester à son foyer et ignorer ce qui se passe dans le monde brutal des gens laborieux.

– Mais si j'étais restée chez moi, il y a beau temps que je n'aurais plus de foyer.
– Vous auriez dû y rester quand même et être fière de vous laisser gentiment mourir de faim.
– Oh ! à d'autres ! Mais voyons, regardez Mme Merriwether. Elle vend des pâtés aux Yankees, c'est encore pis que de diriger une scierie. Mme Elsing fait des travaux de couture et loge des pensionnaires. Fanny peint d'horribles choses en porcelaine dont personne ne veut, mais que tout le monde lui achète pour l'aider et...
– Vous n'y êtes pas du tout, ma mignonne. Ces dames ne réussissent point et, par conséquent, ne heurtent pas l'orgueil sudiste des hommes de leur entourage. Ceux-ci peuvent toujours se dire : « Les pauvres, comme elles se donnent de la peine ! Allons, laissons-les croire qu'elles servent à quelque chose. » En outre, ces dames dont vous dites les noms ne se réjouissent nullement d'être obligées de travailler. Elles s'arrangent pour bien faire savoir qu'elles ne travaillent qu'en attendant le jour où un homme viendra les décharger d'un fardeau qui n'est pas à la taille de leurs fragiles épaules. Ainsi, chacun s'apitoie sur leur sort. Vous, au contraire, vous aimez manifestement le travail et vous ne semblez pas disposée à laisser un homme s'occuper de vos affaires. Comment voulez-vous qu'on s'attendrisse sur vous ? Atlanta ne vous le pardonnera jamais. C'est si agréable de s'apitoyer sur le sort des gens !
– J'aimerais pourtant bien que vous soyez un peu sérieux.
– N'avez-vous jamais entendu citer ce proverbe oriental : « Les chiens aboient, mais la caravane poursuit son chemin » ? Laissez-les aboyer, Scarlett. Je crains que rien ne vienne arrêter votre caravane.
– Mais pourquoi me reprochent-ils de gagner un peu d'argent ?
– Vous ne pouvez pas tout avoir, Scarlett. Continuez à gagner de l'argent à la manière d'un homme et rencontrez des visages fermés partout où vous irez, ou bien, restez pauvre et charmante et ayez des tas d'amis. Je crois que vous avez choisi.
– Je ne veux pas rester pauvre, s'empressa de déclarer Scarlett. Mais... j'ai bien choisi la bonne formule, n'est-ce pas ?
– Oui, si c'est à l'argent que vous tenez avant tout.
– C'est exact. Je tiens à l'argent plus qu'à n'importe quoi.
– Dans ces conditions, vous ne vous êtes pas trompée. Néanmoins, votre choix comporte une sanction, comme la plupart des choses que vous désirez. C'est la solitude.
Scarlett se tut un instant pour réfléchir. Rhett avait raison, elle était un peu seule, elle manquait de compagnie féminine. Pendant la guerre, elle allait retrouver Ellen lorsqu'elle broyait du noir. Après la

mort d'Ellen, elle avait eu Mélanie, bien qu'elle et Mélanie n'eussent de commun que la rude besogne de Tara. Maintenant, elle n'avait plus personne, car, en dehors de ses commérages, tante Pitty n'offrait aucune ressource.

– Je crois... commença Scarlett d'une voix hésitante, que j'ai toujours été sevrée de compagnie féminine. Il n'y a pas que mes occupations qui m'attirent l'antipathie des dames d'Atlanta. Elles ne m'ont jamais aimée. En dehors de ma mère, aucune femme n'a eu vraiment de l'affection pour moi. Même mes sœurs. Je ne sais pas à quoi ça tient, mais même avant la guerre, même avant que j'épouse Charles, les femmes n'ont jamais paru trouver bien ce que je faisais. Je...

– Vous oubliez Mme Wilkes, interrompit Rhett dont l'œil pétilla de malice. Elle vous a toujours soutenue envers et contre tout et elle continuera, sauf si vous commettez un meurtre.

«Elle m'a même approuvée d'en avoir commis un!» se dit intérieurement Scarlett.

– Peuh! Melly! ajouta-t-elle tout haut, avec un rire méprisant. Ce n'est guère à mon honneur que Melly soit la seule à trouver bien ce que je fais. Elle n'a pas plus de cervelle qu'un lapin! Si elle avait le moindre grain de bon sens...

Elle s'arrêta net...

– Si elle avait le moindre grain de bon sens, elle s'apercevrait d'un certain nombre de choses qu'elle ne trouverait pas bien du tout, acheva Rhett. Allons, vous en savez évidemment plus que moi sur ce chapitre.

– Que le diable vous emporte avec votre mémoire et vos mauvaises manières!

– Votre grossièreté injustifiée ne mérite pas qu'on s'y arrête, aussi reviendrai-je au sujet qui nous occupait. Mettez-vous bien ceci dans la tête. Si vous continuez à rester différente des autres, vous serez tenue à l'écart non seulement par les gens de votre âge, mais par ceux de la génération de vos parents et également par ceux de la génération de vos enfants. Ils ne vous comprendront jamais et tout ce que vous pourrez faire les choquera. Cependant, vos grands-parents auraient sans doute été fiers de vous et auraient dit: «Eh! Eh! bon sang ne saurait mentir!» Quant à vos petits-enfants, vous les ferez soupirer d'envie et ils déclareront: «La vieille grand-mère a dû être un fameux numéro!» et bien entendu ils chercheront à vous imiter.

Scarlett rit de bon cœur.

– Vous avez quelquefois des trouvailles! Tenez, ma grand-mère Robillard. Lorsque j'étais méchante, Mama m'en parlait pour me

faire peur. Elle était raide comme la Justice et je vous assure qu'elle ne badinait pas avec les bonnes manières. Ça ne l'a pas empêchée de se marier trois fois et des tas d'hommes se sont battus en duel pour elle. Elle se mettait du rouge, elle portait des robes outrageusement décolletées et sous ses robes elle n'avait pas de… enfin… elle n'avait pas grand-chose.
– Et vous étiez béate d'admiration pour elle, tout en cherchant à ressembler à votre mère ! Du côté des Butler, j'ai eu un grand-père qui était pirate.
– Non, vraiment ? Et il faisait subir aux gens le supplice de la planche ?
– Ça devait lui arriver quand c'était pour lui un moyen de rafler de l'argent. En tout cas, il en a gagné assez pour laisser à mon père une jolie petite fortune. Dans la famille, on a toujours pris soin de l'appeler « le navigateur ». Il a été tué au cours d'une rixe dans une taverne, bien avant ma naissance. Inutile de dire que sa mort a été un grand soulagement pour ses enfants, car le vieux gentleman était presque toujours ivre et, dame, quand il avait du vent dans les voiles, il se mettait à évoquer des souvenirs qui faisaient se dresser d'horreur les cheveux de ses auditeurs. Pourtant, je l'ai beaucoup admiré et j'ai bien plus cherché à l'imiter que je n'ai jamais cherché à imiter mon père. Mon père, vous comprenez, est un monsieur charmant, farci de principes religieux et de principes tout court… bref, vous voyez ça d'ici. Je suis persuadé, Scarlett, que vos enfants n'approuveront pas plus votre conduite que ne l'approuvent Mme Merriwether, Mme Elsing et leurs rejetons. Vos enfants seront probablement des êtres doux et tranquilles, comme le sont en général les enfants de ceux qui ont un caractère bien trempé. Ce qu'il y aura de pire pour eux, c'est que vous, à l'exemple des autres mères, vous serez sans doute bien décidée à leur éviter les épreuves que vous avez traversées. Ce sera dommage. Les épreuves, l'adversité, ça forme les gens ou ça les brise. Vous en serez donc réduite à attendre l'approbation de vos petits-enfants.
– Je me demande à quoi ressembleront nos petits-enfants !
– Voudriez-vous dire par ce « nos » que vous et moi nous aurons des petits-enfants communs ! Fi, madame Kennedy !
Scarlett se rendit compte de son erreur de langage et ses joues s'empourprèrent. Cependant, sa honte provenait surtout de ce que la plaisanterie de Rhett l'avait brusquement rappelée à la réalité. Son corps s'épaississait, elle l'avait oublié. Ni elle, ni Rhett n'avaient jamais fait la moindre allusion à son état. En sa compagnie, elle avait toujours pris soin de tenir sa couverture serrée sous ses bras, même par les

journées les plus chaudes, se disant qu'ainsi on ne devait s'apercevoir de rien. Mais, maintenant, la rage de penser qu'elle était enceinte et que Rhett le savait peut-être lui donnait le vertige.
– Descendez de ce buggy, espèce de vermine, dit-elle d'une voix tremblante.
– Je n'en ferai rien, répondit Rhett, sans se départir de son calme. Il fera nuit avant que vous soyez rentrée et l'on m'a dit qu'une nouvelle colonie de nègres était venue s'installer par ici, sous des tentes et dans des huttes. Des nègres pas très recommandables, paraît-il. Je ne vois pas pourquoi vous fourniriez aux bouillants affiliés du Ku-Klux-Klan l'occasion d'endosser leur chemise de nuit et de s'en aller faire un petit tour loin de chez eux.
– Descendez, s'écria Scarlett, en essayant de lui arracher les guides, mais soudain, elle fut prise d'une nausée.
Rhett arrêta aussitôt le cheval, tendit deux mouchoirs propres à Scarlett et lui soutint la tête tandis qu'elle se penchait en dehors de la voiture. Pendant quelques instants, elle eut l'impression que le soleil déclinant, dont les rayons obliques se jouaient à travers les feuilles nouvelles, chavirait dans un tourbillon de couleurs vertes et or. Lorsque son malaise fut passé, elle s'enfouit le visage dans ses mains et se mit à pleurer. Non seulement elle venait de vomir devant un homme, ce qui, pour une femme, était la pire des humiliations, mais, en même temps, elle avait dû fournir la preuve de sa grossesse. Il lui sembla qu'elle n'oserait plus jamais regarder Rhett en face. Dire que cela lui était juste arrivé quand elle se trouvait avec lui, avec ce Rhett qui n'avait de respect pour aucune femme ! Tout en continuant de sangloter, elle s'attendait à ce qu'il lui assenât une plaisanterie grossière qu'elle ne parviendrait jamais à oublier.
– Ne faites donc pas la sotte, dit Rhett tranquillement. Ce serait trop bête de pleurer de honte. Allons, Scarlett, vous n'êtes plus une enfant. Vous devez tout de même savoir que je ne suis pas aveugle. Je sais bien que vous êtes enceinte.
Scarlett fit « Oh ! » d'une voix épouvantée et serra à pleines mains son visage cramoisi. Ce mot l'horrifiait. Frank était toujours gêné de lui parler de « son état ». Gérald avait trouvé une formule pleine de tact pour définir ce genre de chose et disait d'une femme enceinte qu'elle était « en famille ». Quant aux autres dames, en général, elles appelaient ça « être en difficulté ».
– C'est un peu simpliste de s'imaginer qu'il suffit de se cacher sous une couverture trop chaude pour qu'on ne s'aperçoive de rien. Mais si, Scarlett, j'étais au courant. Pour quelle raison alors aurais-je...

Rhett s'arrêta brusquement, puis il reprit les guides et, d'un petit claquement de langue, fit partir le cheval. Enfin, il se remit à parler de sa voix traînante qui n'était pas désagréable aux oreilles de Scarlett et, peu à peu, le visage terreux de la jeune femme retrouva ses couleurs.

– Je ne vous croyais pas capable d'être choquée à ce point, Scarlett. Je pensais que vous étiez une personne raisonnable et me voilà déçu. Resterait-il encore tant de modestie en vous ? Je crains de ne pas m'être comporté en galant homme. D'ailleurs, je sais bien que je ne suis pas un galant homme, puisque la vue des femmes enceintes ne me gêne nullement. J'estime qu'il n'y a aucune raison pour ne pas les traiter comme des êtres normaux et je ne vois pas pourquoi mes yeux contempleraient le ciel ou la terre ou n'importe quel autre point de l'univers, mais ne pourraient jamais se poser sur leur ventre. Je ne vois pas non plus pourquoi je leur lancerais ces petits regards furtifs qui m'ont toujours paru le comble de l'indécence. Oui, pourquoi tous ces micmacs ? C'est un état parfaitement normal. Sur ce point, les Européens sont beaucoup plus intelligents que nous. Ils adressent leurs félicitations aux futures mères. Je ne recommanderais peut-être pas d'aller jusque-là, mais enfin, c'est une attitude bien plus sensée que de feindre d'ignorer la chose. Je vous répète que c'est un état normal et les femmes devraient en être fières, plutôt que de se calfeutrer derrière leurs portes, comme si elles avaient commis un crime.

– Fières ! s'écria Scarlett d'une voix étranglée. Fières… pouah !

– Vous n'êtes pas fière à l'idée d'avoir un enfant ?

– Oh ! Grand Dieu, non ! Je… j'ai horreur des enfants !

– Vous voulez parler… des enfants de Frank ?

– Non… des enfants de n'importe qui.

Pendant un instant, Scarlett s'en voulut de cette nouvelle erreur de langage, mais Rhett continua de parler tranquillement comme s'il n'avait rien remarqué.

– Dans ces conditions, nous ne nous ressemblons pas. Moi, j'aime les enfants.

– Vous les aimez ? s'écria Scarlett si surprise par cette déclaration qu'elle en oublia sa gêne. Quel menteur vous faites !

– J'aime les bébés et les petits enfants jusqu'au jour où, commençant à grandir, ils se mettent à penser et à mentir comme les grandes personnes, bref, jusqu'au jour où leur esprit est souillé. Ce n'est tout de même pas une nouveauté pour vous. Vous savez que j'aime énormément Wade Hampton, bien qu'il ne soit pas ce qu'il devrait être.

« C'est vrai, pensa Scarlett, devenue soudain songeuse. On dirait qu'il aime jouer avec Wade et il lui apporte souvent des cadeaux. »

– Maintenant que nous avons éclairci ce point redoutable et que vous admettez que vous allez être mère dans un avenir pas tellement lointain, je m'en vais vous dire quelque chose dont je voulais déjà vous entretenir depuis plusieurs semaines… En fait, il s'agit de deux choses. La première, c'est que vous avez tort de circuler toute seule. C'est dangereux. Vous le savez, du reste. On vous l'a dit assez souvent. Si personnellement ça vous est égal d'être violée, vous devez néanmoins envisager les conséquences que ça entraînerait. Votre obstination risque de vous mettre dans une situation telle que vos héroïques concitoyens se verront dans l'obligation de vous venger en pendant quelques nègres. Bien entendu, les Yankees s'en mêleront et, à leur tour, finiront bien par pendre l'un ou l'autre de ces braves gens. Il ne vous est jamais venu à l'idée qu'une des raisons pour lesquelles les dames d'Atlanta ne vous aiment pas tient peut-être à ce que votre conduite est une menace pour leurs fils et leurs époux ? En outre, si le Ku-Klux-Klan continue à s'occuper des nègres, les Yankees vont serrer la vis à Atlanta et de si belle manière que Sherman donnera l'impression de s'être conduit comme un petit ange. Je sais ce que je dis, car je suis à tu et à toi avec les Yankees. Aussi triste que ce soit, ils me considèrent comme l'un des leurs et ne se gênent pas pour parler librement devant moi. Ils sont décidés à faire disparaître le Ku-Klux-Klan, même s'il leur faut brûler toute la ville et pendre un homme sur dix. Ça ne vous vaudrait rien, Scarlett. Vous risqueriez de perdre de l'argent dans l'affaire. Et puis, on ne sait jamais où s'arrête un feu de prairie, une fois qu'il a été allumé. Confiscations, augmentation des impôts, amendes pour les femmes suspectes… Je les ai entendus suggérer toutes ces mesures. Le Ku-Klux-Klan…

– Connaissez-vous des gens qui en font partie ? Est-ce que Tommy Wellburn ou Hugh ou…

Rhett haussa les épaules d'un geste impatient.

– Comment le saurais-je ? Je suis un renégat, un tourne-casaque, un Scallawag. Suis-je quelqu'un à connaître ces choses-là. Mais je connais des hommes suspectés par les Yankees. À la moindre incartade, c'est la potence. J'ai beau savoir que vous n'auriez aucun regret à envoyer votre prochain au gibet, je crois que ça vous ennuierait de perdre vos deux scieries. Je vois à votre air buté que vous ne me croyez pas et que mes paroles tombent dans le désert. Alors, je me contenterai de vous dire ceci : ayez toujours ce pistolet à portée de votre main… et, lorsque je serai à Atlanta, je tâcherai de m'arranger pour vous accompagner dans vos randonnées.

– Rhett, est-ce que vraiment... est-ce pour me protéger que vous...
– Oui, ma chère. C'est mon esprit chevaleresque bien connu qui m'incite à vous protéger.
La petite flamme moqueuse se remit à pétiller dans ses yeux et son visage perdit toute sa gravité.
– Et pourquoi cela ? À cause de mon profond amour pour vous, madame Kennedy. Oui, je vous adore, j'en ai perdu le boire et le manger, mais, étant un honnête homme, tout comme M. Wilkes, je ne vous en ai rien dit. Hélas ! vous êtes la femme de Frank et l'honneur m'a empêché de vous parler. Cependant, de même que l'honneur de M. Wilkes chancelle parfois, de même le mien chancelle en ce moment et je vous révèle ma passion secrète et mon...
– Oh ! pour l'amour de Dieu, taisez-vous ! interrompit Scarlett agacée et qui, de plus, ne tenait nullement à ce que la conversation s'engageât sur Ashley et sur son honneur. Qu'aviez-vous d'autre à me dire ?
– Comment ! Vous détournez la conversation au moment où je vous ouvre mon cœur meurtri, mais débordant d'amour ? Parfait, voilà de quoi il s'agit.
La petite flamme s'éteignit et le visage de Rhett reprit son sérieux.
– Vous devriez faire attention à ce cheval. Il est rétif et il a une bouche de fer. Ça vous fatigue de le conduire, hein ? Voyons, s'il lui prend fantaisie de s'emballer, vous serez incapable de le retenir. S'il vous verse dans un fossé, ça peut tuer votre bébé et vous-même par-dessus le marché. Vous devriez lui passer le plus gros mors de bride possible, à moins que vous ne me permettiez de vous l'échanger contre un cheval docile, à la bouche plus sensible.
Scarlett regarda Rhett et, devant son air calme et doux, son irritation s'évanouit soudain, comme s'était évanouie sa gêne après qu'il lui eut parlé de sa grossesse. Il avait trouvé le moyen de la mettre à l'aise, alors qu'elle eût souhaité mourir et, maintenant, il faisait preuve d'encore plus de gentillesse. Elle éprouva un élan de gratitude pour lui et se demanda pourquoi il n'était pas toujours ainsi.
– Oui, ce cheval est dur à conduire, acquiesça-t-elle avec douceur. Quelquefois, j'ai mal aux bras toute la nuit à force d'avoir tiré sur les guides. Eh bien ! comme vous voudrez, Rhett, faites pour le mieux.
– Tiens, tiens, voilà qui est charmant et si féminin. Ça change de vos airs autoritaires. Il suffit de savoir s'y prendre avec vous pour vous rendre souple comme un gant, déclara Rhett méchamment.
Scarlett fronça les sourcils et sa rage lui revint.
– Cette fois-ci, vous allez me faire le plaisir de descendre, sans quoi je vous donne un coup de fouet. Je ne sais pas pourquoi je vous sup-

porte... pourquoi j'essaie d'être gentille avec vous. Vous n'avez aucune éducation, aucune morale. Vous n'êtes qu'un... Eh bien ! descendez. Je ne plaisante pas.

Mais, lorsqu'il eut mis pied à terre et détaché son cheval de l'arrière de la voiture, lorsqu'il se fut campé au milieu de la route éclairée par le soleil couchant et qu'il eut arboré son plus gracieux sourire, Scarlett se dérida et sourit à son tour, tandis que le buggy s'éloignait. Oui, Rhett était grossier. Il était habile et il valait mieux ne pas se frotter à lui. On ne savait jamais si l'arme inoffensive qu'on lui remettait dans un moment d'inattention n'allait pas se transformer entre ses mains en une lame des plus fines. Mais, après tout, il était stimulant. Sa conversation produisait l'effet d'un verre de cognac avalé en cachette.

Au cours des derniers mois, Scarlett s'était mise à aimer le cognac. Quand elle rentrait chez elle vers la fin de l'après-midi, trempée par la pluie, fourbue, endolorie par une longue randonnée en voiture, seule l'idée de la bouteille enfermée dans le tiroir de son bureau lui donnait du courage. Le docteur Meade n'avait point songé à lui dire qu'une femme enceinte ne devait pas boire, mais il ne serait jamais venu à l'idée du docteur qu'une femme comme il faut pût boire autre chose que du vin de mûres. Les femmes avaient le droit de prendre un verre de champagne, lors d'un mariage, ou un toddy bien chaud lorsqu'elles étaient au lit avec un gros rhume. Évidemment, il existait des malheureuses qui buvaient, tout comme il y en avait qui étaient folles ou qui divorçaient ou qui pensaient, avec Mlle Susan B. Anthony, que les femmes devaient voter. Cependant, quoi que le docteur pensât de Scarlett, il ne l'avait jamais soupçonnée capable de s'adonner à la boisson.

Scarlett s'était aperçue qu'une bonne rasade de cognac avant le dîner lui procurait un bien immense et elle avait toujours la ressource de mâchonner des grains de café ou de se gargariser à l'eau de Cologne pour dissiper l'odeur. Pourquoi les gens faisaient-ils tant d'histoires à propos des femmes qui buvaient alors que les hommes ne se gênaient pas pour s'enivrer quand ça leur plaisait ? Parfois, lorsque Frank ronflait à côté d'elle et que le sommeil la fuyait, qu'elle se tournait et se retournait dans son lit en pensant à Ashley, à Tara, en voyant se dresser devant elle le spectre des Yankees et de la pauvreté, elle se disait que, sans la bouteille de cognac, elle serait devenue folle depuis longtemps. Et, lorsque la chaleur familière et bienfaisante commençait à se répandre dans ses veines, tous ses chagrins se dissipaient peu à peu. Au bout de trois verres, elle avait toujours la ressource de se dire : « Je penserai à ces choses-là demain, quand j'aurai la force de les supporter. »

Mais, certaines nuits, le cognac lui-même ne parvenait pas à calmer la douleur qui lui étreignait le cœur, douleur plus forte encore que la crainte de perdre ses scieries, le chagrin de ne plus voir Tara. Atlanta avec son vacarme, ses bâtiments neufs, ses visages étrangers, ses rues étroites encombrées de chevaux, de voitures et d'une foule affairée, semblait parfois lui faire oublier le mal qui la rongeait. Elle aimait Atlanta, mais… Oh ! retrouver la paix exquise, le calme pastoral de Tara, les champs rouges bordés de sombres pins ! Oh ! revenir à Tara, quelle que fût la vie qu'on y menait ! Être près d'Ashley, le revoir, l'entendre parler, être soutenue par la conscience de son amour ! Chaque lettre de Mélanie lui disant qu'ils étaient tous bien portants, chaque petit mot de Will lui rendant compte de l'avance des labours et des semailles, ou de l'état du coton, ravivait son désir de retourner chez elle.

« J'irai à Tara en juin. Après cette date-là, je ne pourrai plus rien faire ici. J'irai passer deux mois chez moi », et à cette pensée son cœur se soulevait de joie.

Elle retourna bien chez elle en juin, mais pas de la façon qu'elle avait espérée, car, au début de ce mois, un bref message de Will lui apprit la mort de Gérald.

XXXIX

Le train avait beaucoup de retard et le long crépuscule de juin enveloppait déjà la campagne de ses teintes bleu foncé lorsque Scarlett descendit en gare de Jonesboro. De-ci, de-là, des lumières jaunâtres brillaient aux fenêtres des boutiques et des maisons épargnées par la guerre. Mais il y en avait fort peu dans le village. De chaque côté de la rue principale, des espaces vides indiquaient l'endroit des bâtiments anéantis par le feu ou les obus. Silencieuses et sombres, des maisons au toit troué, aux murs à demi écroulés, fixaient la voyageuse. Quelques chevaux de selle, quelques mules attelées à des charrettes étaient attachés devant le magasin Bullard. La rue poussiéreuse et rouge était déserte. Parfois, d'un café situé à l'autre extrémité du village, montait un appel ou le rire d'un ivrogne, seuls bruits qui vinssent troubler la paix du crépuscule.

On n'avait pas reconstruit la gare depuis qu'elle avait été incendiée au cours de la bataille et, sur son emplacement, on s'était contenté d'élever une sorte d'abri en bois, ouvert à tous les vents. Scarlett s'y engagea et s'assit sur un petit tonneau, apparemment destiné à cet usage. À plusieurs reprises elle parcourut la rue du regard dans l'espoir d'y découvrir Will Benteen. Il aurait dû venir à sa rencontre. Il aurait dû deviner qu'après avoir reçu son message lui annonçant la mort de Gérald elle sauterait dans le premier train.

Elle avait quitté Atlanta avec une telle précipitation que son petit sac de voyage ne contenait qu'une chemise de nuit et une brosse à dents et pas le moindre linge de rechange. Elle se sentait mal à l'aise dans la robe noire trop étroite qu'elle avait dû emprunter à Mme Meade, car elle n'avait pas eu le temps de se commander des vêtements de deuil. Mme Meade avait beaucoup maigri et comme la grossesse de Scarlett était déjà avancée, la robe était doublement inconfortable. Malgré le chagrin que lui causait la mort de Gérald, Scarlett ne pouvait pas se désintéresser de l'effet qu'elle produisait et elle s'étudia avec dégoût. Elle avait complètement perdu sa ligne, son visage et ses chevilles étaient enflés. Jusque-là, elle ne s'était guère attachée à ces détails, mais maintenant qu'elle était sur le point de revoir

Ashley il en allait tout autrement. Elle frémit à la pensée de paraître devant lui, grosse de l'enfant d'un autre. Elle aimait Ashley et Ashley l'aimait. Cet enfant qu'elle n'avait pas souhaité lui semblait être une preuve de trahison envers cet amour. Mais, quoi qu'il lui en coutât de se présenter à Ashley avec sa taille épaisse et sa démarche alourdie, il lui fallait bien en passer par là.

Impatientée, Scarlett tapa du pied. Will aurait dû venir. Naturellement, elle avait toujours la ressource d'aller demander chez Bullard si on ne l'avait pas vu ou de prier quelqu'un de la conduire à Tara au cas où il aurait eu un empêchement. Mais elle ne voulait pas aller chez Bullard. C'était dimanche, et la moitié des hommes du comté s'y trouvaient sans doute réunis. Elle ne tenait pas du tout à se montrer dans cette robe mal taillée qui la faisait paraître encore plus grosse qu'elle n'était. Elle ne tenait pas non plus à écouter les condoléances qu'on ne manquerait pas de lui adresser au sujet de la mort de Gérald. Elle n'avait que faire de la sympathie des gens. Elle avait peur de se mettre à pleurer en entendant prononcer le nom de son père. Et elle ne voulait pas pleurer. Elle savait que, si elle commençait, ce serait comme cette nuit épouvantable où Rhett l'avait abandonnée au beau milieu de la route, tandis que tombait Atlanta, cette nuit atroce où elle avait inondé la crinière du cheval de larmes qui lui déchiraient le cœur sans qu'elle pût les arrêter.

Non, elle ne pleurerait pas ! Elle sentit de nouveau sa gorge se serrer comme elle s'était serrée si souvent depuis qu'elle avait appris la nouvelle, mais à quoi cela lui servirait-il de pleurer ? Les larmes ne feraient qu'aviver sa douleur et entamer ses forces. Pourquoi, oh ! pourquoi Will, ou Mélanie, ou ses sœurs, ne lui avaient-ils pas écrit que Gérald était souffrant ? Elle aurait pris le premier train pour Tara, elle serait accourue à son chevet, elle lui aurait même amené un docteur d'Atlanta. Quels imbéciles, tous autant qu'ils étaient ! Ils ne pouvaient donc rien faire sans elle ? Elle ne pouvait pourtant pas être partout à la fois ! Et dire qu'elle travaillait si dur pour eux, à Atlanta !

L'attente se prolongeant, elle devint de plus en plus nerveuse. Que faisait Will ? Où était-il ? Alors, elle entendit derrière elle crisser le mâchefer dont était recouvert le ballast. Elle se retourna et aperçut Alex Fontaine qui traversait les voies et se dirigeait vers une charrette, une balle d'avoine sur l'épaule.

– Bon Dieu ! mais c'est vous, Scarlett, s'exclama-t-il.

Aussitôt il se débarrassa de son fardeau et, la joie peinte sur son visage basané et triste, il se précipita, la main tendue, vers la jeune femme.

– Je suis si heureux de vous voir. Je viens de rencontrer Will à la forge. Il était en train de faire ferrer le cheval. Le train avait du retard et il pensait avoir le temps. Faut-il aller le chercher?
– Oui, s'il vous plaît, Alex, dit Scarlett en souriant malgré sa douleur. C'était si bon de revoir quelqu'un du comté...
– Oh!... euh... Scarlett, commença Alex sans lui lâcher la main. J'ai beaucoup de chagrin pour votre père.
– Merci, répondit-elle tout en regrettant qu'il eût parlé.
– Si ça peut vous consoler, Scarlett, nous sommes rudement fiers de lui, par ici, poursuivit Alex en lui lâchant enfin la main... Il... euh... enfin, nous estimons qu'il est mort en soldat et pour une cause digne d'un soldat.
«Voyons, pensa Scarlett, interloquée. Que veut-il dire par là? En soldat? L'aurait-on tué? Se serait-il battu, comme Tony, contre les Scallawags?» Mais elle ne voulut pas en entendre davantage. Si elle continuait à parler de lui, elle se mettrait sûrement à fondre en larmes et elle ne voulait pas pleurer avant de se trouver avec Will, en pleine campagne, loin de tous regards indiscrets. Pleurer avec Will, ça n'avait pas d'importance. Will était comme un père pour elle.
– Alex, fit-elle, je ne veux pas parler de cela maintenant.
– Je ne vous en veux pas le moins du monde, Scarlett, déclara Alex dont la colère altéra brusquement les traits. Si c'était ma sœur, je... eh bien! Scarlett, je n'ai jamais dit de mal d'une femme, mais, pour ma part, je trouve que quelqu'un devrait administrer une bonne raclée à Suellen.
«Mais qu'est-ce qui lui prend? se demanda Scarlett. Qu'est-ce que Suellen vient faire dans tout cela?»
– C'est triste à dire, reprit Alex, mais, par ici, tout le monde partage ma façon de penser. Will est le seul qui prenne sa défense... et, bien entendu, Mme Mélanie, mais elle c'est une sainte. Elle ne voit le mal nulle part et...
– Je vous ai déjà dit que je ne voulais plus parler de cela, fit Scarlett d'un ton sec dont Alex ne parut pas se vexer.
Au contraire, il avait l'air de comprendre sa rudesse et c'était même fort ennuyeux. Elle ne tenait pas à apprendre de mauvaises nouvelles sur sa famille de la bouche d'un étranger et elle ne tenait pas non plus à montrer qu'elle n'était pas au courant. Pourquoi Will ne lui avait-il pas donné de détails?
Elle aurait bien voulu qu'Alex ne la regardât pas avec tant d'insistance. Elle devinait qu'il se rendait compte de son état, et cela la gênait. Pourtant, Alex pensait à tout autre chose. Il trouvait Scarlett

si changée qu'il se demandait comment il avait fait pour la reconnaître. Cela provenait peut-être de ce qu'elle attendait un bébé. Les femmes avaient des mines impossibles lorsqu'elles étaient enceintes, et puis elle devait être bouleversée par la mort du vieil O'Hara. C'était sa fille préférée. Mais non, ce changement tenait à quelque chose de plus profond. En fait, elle paraissait mieux que la dernière fois qu'il l'avait vue. Elle donnait au moins l'impression de manger à sa faim quatre fois par jour. Et elle n'avait presque plus cette allure de bête traquée. Maintenant, elle n'avait plus ce regard apeuré ; au contraire, elle avait l'œil dur. Même lorsqu'elle souriait, elle conservait un petit air autoritaire et décidé. Eh, eh ! le vieux Frank ne devait pas s'amuser tous les jours. Oui, elle avait changé. C'était à coup sûr un beau brin de femme, mais son visage avait perdu toute sa grâce et toute sa douceur. Enfin, elle n'avait plus cette façon aguichante de regarder les hommes.

Eh bien ! est-ce qu'ils n'avaient pas tous changé ? Alex jeta un coup d'œil à ses vêtements grossiers et son visage reprit son expression amère. La nuit, lorsqu'il ne dormait pas et qu'il se demandait comment faire opérer sa mère, comment donner une éducation convenable au fils du pauvre Joe, comment trouver de l'argent pour acheter une autre mule, il en arrivait à regretter que la guerre fût finie, qu'elle n'eût pas continué tout le temps. Les hommes ne connaissaient pas leur bonheur à cette époque-là. Il y avait toujours quelque chose à se mettre sous la dent, ne fût-ce qu'un bout de pain de maïs ; il y avait toujours quelqu'un à qui donner des ordres ; on n'avait pas à se casser la tête pour résoudre des problèmes insolubles ; non, à l'armée, on n'avait pas de soucis, sinon celui de se faire tuer. Et puis, il y avait Dimity Munroe. Alex aurait voulu l'épouser, mais il savait qu'il avait déjà trop de personnes à sa charge pour en faire sa femme. Il l'aimait depuis si longtemps, et maintenant, le rose de ses joues se fanait, ses yeux perdaient leur éclat. Si seulement Tony n'avait pas été obligé de s'enfuir au Texas. Un homme de plus à la maison ça aurait tout changé. Son frère avait un fichu caractère, mais il était si sympathique ; penser qu'il était sans un sou, quelque part dans l'Ouest ! oui, ils avaient tous changé. Et pourquoi n'auraient-ils pas changé ? Alex poussa un profond soupir.

– Je ne vous ai pas remerciée de ce que vous et Frank avez fait pour Tony, dit-il. C'est bien vous qui l'avez aidé à s'enfuir, n'est-ce pas ? C'est magnifique de votre part. J'ai appris d'une façon indirecte qu'il était sain et sauf au Texas. Je n'ai pas osé vous écrire pour vous le demander, mais est-ce que vous ou Frank lui avez prêté de l'argent. Je veux vous rembourser.

– Oh ! Alex, ne parlez pas de ça, je vous en prie ! Pas maintenant ! s'écria Scarlett.

Pour une fois, l'argent ne comptait pas pour elle.

– Je m'en vais chercher Will, dit-il. Nous viendrons tous demain, assister aux obsèques.

Il rechargea le sac sur son épaule et, au moment où il allait se mettre en route, une charrette bringuebalante déboucha d'une petite rue latérale et se dirigea vers la gare en grinçant. « J'ai bien peur d'être en retard, Scarlett ! » lança Will du haut de son siège.

Après être descendu péniblement de voiture, Will s'approcha en clopinant, se baissa et embrassa Scarlett sur la joue. Will ne l'avait encore jamais embrassée, il ne l'avait encore jamais appelée autrement que madame Scarlett, mais, en dépit de sa surprise, ce geste lui réchauffa le cœur et lui causa une grande joie. Il l'aida à poser le pied sur la roue, puis à se hisser dans la voiture et Scarlett s'aperçut que c'était la même charrette délabrée qui lui avait permis de s'enfuir d'Atlanta. Comment avait-elle pu résister aussi longtemps ? Will avait dû l'entretenir avec un soin jaloux. Au souvenir de cette nuit tragique, elle éprouva une légère nausée. « Tant pis, se dit-elle, même si je dois marcher pieds nus, même si l'on doit se serrer la ceinture chez tante Pitty, je m'arrangerai pour qu'il y ait une charrette neuve à Tara et qu'on brûle celle-ci. »

Tout d'abord, Will ne dit rien et Scarlett lui en fut reconnaissante. Il lança son vieux chapeau de paille dans le fond de la voiture, claqua la langue et le cheval se mit en marche. Will était toujours le même, efflanqué et rouquin, l'œil doux, l'air paisible et résigné d'une bête de somme.

Ils laissèrent le village derrière eux et s'engagèrent sur la route rouge qui menait à Tara. Une légère teinte rosée s'attardait à l'horizon et de gros nuages noirs, ébouriffés comme des plumes, conservaient encore des reflets dorés et vert pâle. Le calme du crépuscule campagnard s'étendait sur eux, apaisant comme une prière. Comment, se demanda Scarlett, avait-elle pu rester si longtemps privée de l'odeur fraîche des champs, du spectacle de la terre labourée, de la douceur des nuits d'été ? La terre rouge et humide sentait si bon, c'était une amie si fidèle, qu'elle eût aimé descendre pour en prendre une pleine poignée. De chaque côté de la route, les haies de chèvrefeuille dégageaient un parfum pénétrant, comme toujours après la pluie, le plus doux parfum du monde. Au-dessus de leur tête, des hirondelles aux ailes rapides passaient en tournoyant et, de temps en temps, un lapin affolé traversait la route en secouant sa petite queue blanche comme une houppe à poudre.

Comme ils longeaient des champs labourés où s'alignaient de vigoureux arbustes, Scarlett constata avec joie que le coton poussait bien. Comme tout cela était beau ! Les molles traînées de brume au-dessus des marais, la terre rouge, le coton, et les sombres pins qui se dressaient à l'arrière-plan comme une muraille. Comment avait-elle pu demeurer si longtemps à Atlanta ?

– Scarlett, avant de vous parler de M. O'Hara... et j'ai l'intention de tout vous raconter avant d'arriver à la maison... je voudrais avoir votre avis sur une certaine question. J'ai l'impression que c'est vous le chef de famille, maintenant.

– De quoi s'agit-il, Will ?

Pendant un moment, il posa sur elle son regard calme et doux.

– Je voudrais simplement savoir si ça vous plaît que j'épouse Suellen.

Scarlett fut tellement surprise qu'elle dut se cramponner à son siège pour ne pas tomber à la renverse. Will épouser Suellen ! Depuis qu'elle lui avait pris Frank, elle s'était imaginé que plus personne ne voudrait jamais de sa sœur.

– Bonté divine, Will ?

– Alors, ça veut dire que vous ne faites pas d'objections ?

– D'objections ? non, mais... Tenez, Will, vous m'en avez coupé le souffle ! Vous, épouser Suellen ! Moi qui croyais que vous aviez de la tendresse pour Carreen.

Will secoua ses guides sans quitter le cheval des yeux. Scarlett le voyait de profil. Son visage demeura impassible, mais la jeune femme eut l'impression qu'il avait poussé un léger soupir.

– Oui, peut-être, avoua-t-il.

– Eh bien ! elle ne veut donc pas de vous ?

– Je ne le lui ai jamais demandé.

– Oh ! Will, mais vous êtes fou. Demandez-le-lui bien vite. Elle est deux fois meilleure que Suellen !

– Scarlett, vous n'êtes guère au courant de ce qui s'est passé à Tara. Vous ne nous avez pas manifesté une attention démesurée, ces derniers mois.

– Ah ! non, ricana Scarlett, soudain en colère. Que pensiez-vous donc que je faisais à Atlanta ? Vous vous figurez peut-être que je roulais carrosse et que j'allais tous les soirs au bal ? Je ne vous ai pas envoyé de l'argent tous les mois ? Ce n'est pas moi qui ai payé les

impôts, qui ai fait réparer le toit, qui ai acheté la charrue neuve et les mules ? Je n'ai pas...
– Allons, ne prenez pas la mouche, interrompit Will sans se démonter. S'il y a quelqu'un qui sait ce que vous avez fait, c'est bien moi. Vous avez abattu la besogne de deux hommes.
– Alors, que voulez-vous dire ? questionna Scarlett un peu radoucie.
– Eh bien ! je ne conteste pas que vous nous ayez conservé un gîte et que vous nous ayez fait vivre, mais vous ne vous êtes pas beaucoup occupée de ce qui se passait dans nos têtes, à Tara. Je ne vous en blâme pas, Scarlett. Vous êtes comme ça. Vous ne vous êtes jamais beaucoup intéressée à ce qui se passait dans la caboche des autres. Mais ce que j'essaie de vous expliquer, c'est que je n'ai pas demandé à Mlle Carreen si elle m'aimait, parce que ça n'aurait servi à rien. Elle a été comme une jeune sœur pour moi et je parie qu'elle n'a jamais raconté à personne tout ce qu'elle m'a raconté. Mais elle ne s'est jamais remise de la mort de ce garçon et elle ne s'en remettra jamais. Je peux aussi bien vous dire ça tout de suite. Elle se dispose à entrer au couvent de Charleston.
– Vous voulez rire ?
– Allons, je savais bien que ça vous ferait cet effet-là, mais ce que je voudrais vous demander, Scarlett, c'est de ne pas discuter avec elle, de ne pas la gronder, et surtout de ne pas vous moquer d'elle. Laissez-la faire. C'est son seul désir. Elle a le cœur brisé.
– Mais, cornebleu ! Des tas de gens ont le cœur brisé et ils ne se sont pas précipités dans un couvent pour ça. Regardez-moi. J'ai perdu mon mari.
– D'accord, mais ça ne vous a pas brisé le cœur, déclara Will avec placidité et, ramassant un bout de paille sur le plancher de la charrette, il le mit dans sa bouche et commença à mâchonner lentement.
Cette remarque médusa Scarlett. Comme toujours lorsqu'elle entendait émettre une vérité, si désagréable fût-elle à ses oreilles, une sorte d'honnêteté foncière l'obligeait à la reconnaître pour telle. Elle se tut un instant pour essayer de se représenter Carreen en bonne sœur.
– Promettez-moi de ne pas l'ennuyer avec ça.
– Soit, je vous le promets, fit Scarlett, puis elle considéra Will avec un certain étonnement.
Will avait aimé Carreen et maintenant encore il l'aimait assez pour accepter de se séparer d'elle et favoriser son projet. Et pourtant, il voulait épouser Suellen. C'était à n'y rien comprendre.
– Voyons, que signifie tout cela, Will ? Vous n'aimez pas Suellen, n'est-ce pas ?

– Si, dans un sens je l'aime, dit-il en ôtant le brin de paille de sa bouche et en l'examinant, comme s'il offrait un intérêt extraordinaire. Suellen n'est pas aussi mauvaise que vous le croyez, Scarlett. Je crois que nous nous entendrons très bien, tous les deux. Ce qu'il faut à Suellen, c'est un mari et des enfants. En somme, elle est comme toutes les femmes.

Will et Scarlett se turent de nouveau, tandis que la charrette poursuivait son chemin sur la route défoncée. Scarlett réfléchissait. Il devait y avoir quelque chose d'autre, de plus profond, de plus important, pour pousser un garçon tranquille et réservé comme Will à épouser une chipie comme Suellen, qui passait son temps à se plaindre.

– Vous ne m'avez pas dit la véritable raison, Will. Je suis le chef de la famille. J'ai le droit de savoir.

– C'est vrai, répondit Will. Je crois d'ailleurs que vous comprendrez. Je ne peux pas quitter Tara. C'est mon foyer, Scarlett, le seul foyer que j'aie jamais eu et j'y suis attaché, j'en aime chaque pierre. J'y ai travaillé, comme si c'était mon bien. Et quand on se donne de la peine pour quelque chose, on se met à l'aimer. Vous savez ce que je veux dire, hein ?

Oui, elle le savait, et elle éprouva un grand élan de tendresse pour cet homme qui, lui aussi, aimait ce qu'elle aimait le mieux.

– Voilà comment j'ai raisonné, reprit-il. Votre papa n'étant plus là et Carreen au couvent, il ne restera plus que Suellen et moi et, naturellement, je ne peux pas continuer à vivre à Tara sans épouser Suellen. Vous savez comme les gens sont mauvaises langues.

– Mais… mais, Will, il y a Mélanie et Ashley.

Au nom d'Ashley, il se tourna vers elle et la regarda de ses yeux pâles et insondables. Tout comme autrefois, elle devina que Will savait à quoi s'en tenir sur elle et sur Ashley. Elle avait l'intuition qu'il comprenait tout, sans blâmer ni approuver.

– Ils vont bientôt s'en aller.

– S'en aller ? Où cela ? Tara est aussi bien leur foyer que le vôtre.

– Non, ils ne sont pas chez eux, à Tara. C'est justement ça qui ronge Ashley. Il ne se sent pas chez lui et il a l'impression de ne pas rendre assez de services pour payer sa part d'entretien et celle de sa famille. Il n'entend rien à la culture, et il le sait. Dieu sait pourtant s'il se donne du mal, mais il n'est pas taillé pour faire un fermier. Vous le savez aussi bien que moi. Quand il se met à fendre du bois, il risque toujours de se couper le pied en deux. Il ne sait pas conduire la charrue plus droit que le petit Beau, et il y aurait de quoi remplir un livre avec tout ce qu'il ignore de la culture. Ce n'est pas sa faute. Il n'a pas été élevé pour ça. Et dame ça l'ennuie d'être un homme et de vivre à Tara aux crochets d'une femme, sans lui donner grand-chose en compensation.

– Aux crochets ? A-t-il jamais dit…

– Non, il n'a jamais dit un mot. Vous connaissez Ashley. Mais, quoi, je ne peux pas vous expliquer. Tenez, hier soir, tandis que nous étions en train de veiller votre papa, je lui ai dit que j'avais demandé à Suellen d'être ma femme et qu'elle avait répondu oui. Alors Ashley m'a dit que ça le soulageait, parce qu'il se faisait bien de la bile à l'idée de rester à Tara. Vous comprenez, il savait que Mme Melly et lui auraient été obligés de rester, maintenant que M. O'Hara est mort, rien que pour empêcher les gens de jaser sur Suellen et moi. Alors, il m'a dit qu'il avait l'intention de quitter Tara et de trouver du travail.

– Du travail ? Quel genre de travail ? Où cela ?

– Je ne sais pas au juste ce qu'il fera, mais il m'a raconté qu'il monterait vers le Nord. Il a un ami yankee à New York qui lui a écrit au sujet d'une situation dans une banque, là-bas.

– Oh ! non, s'écria Scarlett du fond du cœur, et Will, en entendant ce cri, lui adressa le même regard tranquille qu'auparavant.

– À tout prendre, ça vaudrait peut-être encore mieux qu'il aille s'installer dans le Nord.

– Non ! Non ! Ce n'est pas mon avis.

Son esprit se mit à travailler fiévreusement. Ashley ne pouvait pas partir pour le Nord ! Elle risquait de ne plus jamais le revoir. Bien qu'elle ne l'eût pas revu depuis des mois, bien qu'elle ne lui eût pas adressé la parole depuis la scène fatale du verger, il ne s'était pas passé de jour qu'elle n'eût pensé à lui, qu'elle ne se fût réjouie de l'abriter sous son toit. Elle n'avait pas envoyé un seul dollar à Will sans être heureuse à l'idée qu'il contribuerait à rendre la vie d'Ashley plus facile. Évidemment, il n'était pas doué pour les travaux de ferme. « Ashley a été élevé pour faire autre chose », se dit-elle avec fierté. Il était né pour vivre dans une vaste demeure, pour monter de beaux chevaux, pour lire des poèmes et dire aux nègres ce qu'il faut faire. Qu'il n'y eût plus ni demeures, ni chevaux, ni nègres, ni livres, ne changeait rien aux choses. Ashley n'était pas fait pour pousser la charrue ou fendre du bois. Ça n'avait rien d'étonnant qu'il voulût quitter Tara.

Pourtant, elle ne pouvait pas le laisser quitter la Géorgie. S'il le fallait, elle tyranniserait Frank jusqu'à ce qu'il lui trouvât un emploi dans son magasin, quitte même à se débarrasser de son commis.

Mais non, la place d'Ashley n'était pas plus derrière un comptoir que derrière une charrue. Un Wilkes, dans une boutique ! Oh ! jamais ! Il devait tout de même y avoir une solution... Voyons, mais la scierie, bien sûr ! Cette idée lui procura un tel soulagement qu'elle en sourit. Mais voilà, accepterait-il une proposition venant d'elle ? Considérerait-il cela comme une aumône ? Elle tâcherait de s'arranger pour qu'au contraire il eût l'impression de lui rendre un service. Elle renverrait M. Johnson. Ashley prendrait sa place et Hugh dirigerait la nouvelle scierie. Elle expliquerait à Ashley que la mauvaise santé de Frank et ses occupations au magasin l'empêchaient de l'aider et elle invoquerait son état comme une raison de plus de la tirer d'embarras.

Elle réussirait bien à lui faire comprendre qu'en ce moment elle ne pouvait pas se passer de son appui. Et puis, s'il acceptait, elle l'intéresserait de moitié dans les bénéfices de la scierie... elle lui donnerait n'importe quoi pour l'avoir auprès d'elle, n'importe quoi pour voir le sourire radieux qui éclairerait son visage, n'importe quoi pour surprendre dans son regard une lueur qui lui indiquerait qu'il l'aimait toujours. Mais elle prit la résolution de ne jamais plus le pousser à lui dire des mots d'amour, de ne jamais plus lui inspirer le désir de rejeter ce stupide honneur qu'il mettait plus haut que l'amour. Il fallait absolument trouver le moyen de lui faire part, avec tact, de ses nouvelles résolutions. Autrement, il était capable de refuser son offre, dans la crainte de voir se reproduire une scène analogue à la dernière.

– Je peux lui trouver un emploi à Atlanta, dit-elle tout haut.

– Ça, ça vous regarde tous les deux, répondit Will en recommençant à mâchonner son brin de paille. Allez, hue, Sherman. Maintenant, Scarlett, j'ai encore quelque chose à vous demander avant de vous parler de votre papa. Je voudrais bien que vous ne tombiez pas à bras raccourcis sur Suellen. Ce qui est fait est fait, et ce n'est pas de lui crêper le chignon qui ramènera M. O'Hara à la vie. D'ailleurs, elle a cru, honnêtement, agir pour le mieux.

– C'est moi qui voulais vous demander des éclaircissements, Will. Qu'est-ce qui s'est passé avec Suellen ? Alex parlait par énigmes et il m'a dit que Suellen méritait d'être fouettée. Qu'a-t-elle fait ?

– Oui, je sais qu'on est joliment monté contre elle. Tous les gens que j'ai rencontrés aujourd'hui à Jonesboro juraient de ne même pas la saluer la prochaine fois qu'ils la verraient, mais ça leur passera, j'espère. Maintenant, promettez-moi de vous tenir tranquille. Je ne veux pas de dispute ce soir, avec M. O'Hara sur son lit de mort dans le salon.

« Ah ! il ne veut pas de disputes ! pensa Scarlett avec indignation. Il parle comme si Tara était déjà à lui ? »

Alors, elle pensa à Gérald étendu sur son lit de mort dans le salon et, tout à coup, elle éclata en sanglots. Will l'entoura de son bras, la cala contre lui et ne dit rien.

Tandis que la voiture avançait lentement dans l'ombre qui s'épaississait, Scarlett, la tête sur l'épaule de Will et le chapeau de travers oubliait le Gérald des deux dernières années, le vieux monsieur effacé qui fixait continuellement les portes dans l'espoir de voir apparaître une femme qui ne viendrait jamais. Elle se rappelait le vieil homme énergique et encore débordant de vitalité, avec sa blanche toison bouclée, son entrain communicatif, ses bottes sonores, ses plaisanteries maladroites et sa générosité. Elle se souvenait combien, étant enfant, elle admirait ce père qui la juchait sur le devant de sa selle lorsqu'il sautait des haies, qui la retournait sous son bras, lui donnait le fouet quand elle était méchante et, ensuite, criait aussi fort qu'elle, jusqu'au moment où il lui faisait grâce pour avoir la paix. Elle le revoyait, revenant de Charleston et d'Atlanta, les bras chargés de cadeaux toujours mal choisis. Souriant à travers ses larmes elle le revoyait aussi, rentrant de la fête de Jonesboro au petit matin, ivre comme un Polonais, sautant les barrières et chantant d'une voix éraillée *La Couleur verte*[1]. Et le lendemain, comme il se faisait humble en présence d'Ellen. Allons, il l'avait rejointe à présent.

– Pourquoi ne m'avez-vous pas écrit qu'il était malade ? Je serais venue aussi vite que...

– Il n'a pas été malade un seul instant. Tenez, ma petite, prenez mon mouchoir. Je vais tout vous raconter.

Elle accepta son offre, car elle n'avait pas emporté de mouchoirs avec elle et elle se blottit contre l'épaule de Will.

– Voilà comment ça s'est passé, Scarlett. Avec l'argent que vous nous avez envoyé, Ashley et moi, nous avons payé les impôts et nous avons acheté la mule, des graines, des tas de petites bricoles, quelques cochons et des poulets. Mme Melly fait des merveilles avec les poules. C'est une femme épatante, vous savez. Bref, après avoir acheté tout ce qu'il fallait pour Tara, il n'est plus resté grand-chose pour s'offrir des falbalas, mais personne ne s'en est plaint, sauf Suellen.

« Mme Mélanie et Mlle Carreen ne bougent pas et usent leurs vieilles affaires à la maison, mais vous connaissez Suellen, Scarlett. Elle ne

1. Il s'agit de *The Wearing of the green*, une chanson irlandaise nationaliste.

s'est jamais habituée aux privations. Ça la mettait au supplice de porter de vieilles nippes, chaque fois que je la conduisais en voiture à Jonesboro ou à Fayetteville et d'autant plus que ces... femmes de Carpetbaggers se baladent toujours sur leur trente et un. Il faut voir comment s'attifent les femmes de ces maudits Yankees qui sont à la tête du Bureau des Affranchis ! Les dames du comté, elles, font exprès de porter leurs plus vieilles robes quand elles vont en ville, pour bien montrer qu'elles s'en fichent, et même qu'elles sont fières de leurs guenilles. Mais pas Suellen. Et puis, elle aurait voulu avoir un cheval et une voiture. Elle ne cessait de nous dire que vous en aviez une.

– Ce n'est pas une voiture, c'est un vieux buggy, déclara Scarlett, indignée.

– Ça n'a aucune importance, mais j'aime autant vous prévenir. Suellen ne vous a jamais pardonné d'avoir épousé Frank Kennedy et je ne suis pas sûr de la blâmer. Vous savez que c'est un sale tour à jouer à une sœur.

Scarlett se recula. Elle était furieuse comme un serpent prêt à mordre.

– Un sale tour ? Je vous prierai d'être poli, Will Benteen. Est-ce ma faute s'il m'a préférée à Suellen ?

– Vous êtes intelligente, Scarlett, et j'imagine que vous n'êtes pas sans l'avoir aidé à choisir. Vous êtes rudement à la hauteur, quand vous voulez vous en donner la peine, mais n'empêche que c'était le fiancé de Suellen. Voyons, une semaine avant votre départ pour Atlanta, elle avait reçu une lettre de lui, toute pleine de choses gentilles. Il lui disait qu'ils se marieraient dès qu'il aurait mis un peu d'argent de côté. Je le sais, parce qu'elle m'a montré la lettre.

Scarlett se tut. Elle savait que Will disait la vérité et elle ne trouvait rien à répondre. Elle n'aurait jamais pu penser qu'un jour Will se serait fait juge de son action. En outre, le mensonge qu'elle avait raconté à Frank n'avait jamais pesé bien lourd sur sa conscience. Quand une jeune fille ne savait pas retenir un fiancé, tant pis pour elle si elle le perdait.

– Voyons, Will, ne soyez pas méchant, protesta-t-elle. Si Suellen l'avait épousé, pensez-vous qu'elle aurait jamais dépensé un sou pour Tara ?

– J'ai dit que vous saviez être rudement à la hauteur quand il le fallait, fit Will en se tournant vers elle avec un petit sourire. Non, je ne pense pas que nous aurions jamais vu la couleur de l'argent de ce vieux Frank. Mais enfin, il n'y a pas à sortir de là, pour un sale tour, c'est un sale tour. Suellen est comme une furie depuis ce temps-là. Je ne crois pas qu'elle tenait beaucoup au vieux Frank, mais ça l'a piquée au vif et elle passe son temps à nous raconter que vous portez de belles robes, que vous avez une voiture et que vous vivez à Atlanta, tandis qu'elle reste enterrée ici à Tara. Elle adore faire des visites et aller dans le monde, vous le savez bien. Elle adore aussi les belles robes. Je ne la blâme pas, les femmes sont comme ça.

«Eh bien! il y a environ un mois, je l'ai emmenée à Jonesboro. Comme j'avais à faire je l'ai laissée et, pendant ce temps-là, elle est allée rendre des visites. Au retour, elle était muette comme une carpe, mais elle était si énervée qu'elle m'en a fait peur. J'ai pensé qu'elle avait dû apprendre que quelqu'un allait avoir un... enfin, qu'elle avait déniché un petit potin intéressant et je ne me suis pas beaucoup occupé d'elle. Pendant une semaine, elle est restée dans cet état-là. Elle ne desserrait pour ainsi dire pas les dents. Puis, elle est allée voir Mme Cathleen Calvert. Scarlett, vous ne pourriez pas retenir vos larmes si vous voyiez Mme Cathleen. La pauvre, il aurait mieux valu qu'elle soit morte, plutôt que d'épouser Hilton, ce sale lâche de Yankee. Vous saviez qu'il avait hypothéqué la plantation? Il a tout mangé et il va falloir qu'ils déménagent.

– Non, je ne le savais pas et je ne tiens pas à le savoir. Je voudrais avoir des détails sur la mort de papa.

– J'y arrive, fit Will avec calme. Lorsque Suellen est revenue de chez Mme Calvert, elle nous a déclaré à tous que nous nous étions trompés sur Hilton. Elle lui a donné du "monsieur" Hilton, elle a dit que c'était un type très bien, mais nous nous sommes tous moqués d'elle. À la suite de cela, elle a emmené votre père faire de longues promenades dans l'après-midi et plusieurs fois en rentrant des champs, je les ai vus, assis tous les deux sur le petit mur en bordure du cimetière. Suellen parlait toujours avec beaucoup d'animation et elle faisait de grands gestes. Le vieux monsieur, lui, semblait bien embarrassé et il n'arrêtait pas de secouer la tête. Vous savez comment il était, Scarlett. Eh bien! dans les derniers temps, il avait l'air d'être de plus en plus dans la lune. On aurait dit qu'il ne savait plus où il en était et qu'il ne nous reconnaissait pas. Une fois, j'ai vu Suellen lui montrer la tombe de votre maman et il s'est mis à pleurer. Ce jour-là, quand elle est rentrée, elle était très excitée et paraissait radieuse. Je l'ai prise à part et je lui ai fait la morale. "Mademoiselle Suellen, je lui ai dit, pourquoi diable tourmentez-vous votre pauvre papa et lui parlez-vous de votre mère? En général, il ne se rappelle même plus qu'elle est morte, et voilà que vous lui retournez le fer dans la plaie." Alors, elle a rejeté la tête en arrière et m'a répondu: "Mêlez-vous de ce qui vous regarde. Un de ces

jours, vous serez bien content de ce que je suis en train de faire."
Mme Mélanie m'a dit hier au soir que Suellen l'avait mise au courant de ses projets, mais qu'elle n'avait pas pu croire que Suellen parlait sérieusement. Elle a dit qu'elle ne nous avait rien raconté, parce que cette idée-là la bouleversait.

– Quelle idée? Allez-vous enfin venir au fait? Nous sommes déjà à mi-chemin de la maison. Je voudrais tout de même bien savoir à quoi m'en tenir sur la mort de papa.

– J'essaie de bien tout vous expliquer, fit Will. Tenez, nous sommes si près de Tara que j'ai peur de ne pas avoir fini avant d'arriver. J'aime mieux m'arrêter.

Il tira sur les guides. Le cheval s'arrêta et s'ébroua. Will avait rangé la voiture le long d'une haie de seringas qui marquait la propriété des MacIntosh. Scarlett jeta un coup d'œil sous les arbres sombres et distingua les hautes cheminées qui, pareilles à des fantômes, dominaient les ruines silencieuses. Elle regretta que Will n'eût pas choisi un autre endroit pour s'arrêter.

– Eh bien! Suellen s'était tout simplement mis en tête de faire payer aux Yankees le coton qu'ils avaient brûlé, les bêtes qu'ils avaient emmenées, les clôtures et les granges qu'ils avaient abattues.

– Les Yankees?

– Vous n'avez pas entendu parler de cela. Le gouvernement yankee a dédommagé tous les propriétaires sudistes dont les sympathies allaient à l'Union.

– Bien sûr, j'en ai entendu parler, dit Scarlett. Mais en quoi est-ce que cela nous intéresse?

– De l'avis de Suellen, ça nous intéresse fichtrement. Ce jour-là, je l'ai conduite à Jonesboro, elle a rencontré Mme MacIntosh, et pendant qu'elles papotaient Suellen n'a pas pu s'empêcher de remarquer les beaux vêtements de Mme MacIntosh. Forcément, elle lui a demandé des détails et l'autre lui a raconté, en se donnant de grands airs, que son mari avait introduit une plainte auprès du gouvernement fédéral, pour destruction de la propriété d'un loyal partisan de l'Union qui n'avait jamais donné aide ou assistance aux Confédérés, sous quelque forme que ce soit.

– Ils n'ont jamais aidé personne, commenta Scarlett. Peuh! des gens moitié irlandais, moitié écossais.

– C'est peut-être vrai. Je ne les connais pas. En tout cas, le gouvernement leur a versé… allons, je ne sais plus combien de milliers de dollars. Enfin, une somme bien rondelette, croyez-m'en. Suellen a sauté là-dessus. Pendant toute la semaine, elle a ruminé sa petite affaire, sans nous en parler, parce qu'elle savait que nous nous moquerions d'elle. Mais, comme elle ne pouvait pas se passer de bavarder avec quelqu'un, elle est allée chez Mme Cathleen et cette maudite fripouille de Hilton lui a fourré un tas de nouvelles idées dans la cervelle. Il lui a fait remarquer que votre papa n'était pas né dans le pays, qu'il ne s'était pas battu pendant la guerre, qu'il n'avait pas eu de fils sous les drapeaux et n'avait jamais exercé de fonction publique dans la Confédération. Il lui a dit qu'il pourrait se porter garant des sympathies de M. O'Hara pour l'Union. Bref, il lui a monté la tête et, dès son retour à la maison, elle a commencé à circonvenir M. O'Hara. Scarlett, j'en donnerais ma tête à couper, mais je suis sûr que la plupart du temps votre père ne savait pas de quoi elle lui parlait. C'était bien là-dessus qu'elle comptait. Elle espérait qu'il prêterait le serment de fer, sans même s'en apercevoir.

– Papa prêter le serment de fer ! s'exclama Scarlett.

– Vous savez, il avait l'esprit bien affaibli depuis quelque temps. Oui, c'est sûrement là-dessus qu'elle tablait. Nous autres, pourtant, nous ne nous doutions de rien. Nous savions bien qu'elle mijotait quelque chose, mais nous étions à cent lieues de penser qu'elle ne faisait appel à la mémoire de votre mère que pour lui reprocher de laisser ses filles en guenilles, quand il pouvait tirer cent cinquante mille dollars des Yankees.

– Cent cinquante mille dollars, murmura Scarlett et, du même coup, s'atténua sa répulsion pour le serment de fer.

Quelle somme cela représentait ! Et, pour avoir des chances de la toucher, il suffisait de prêter serment d'allégeance aux gouvernants des États-Unis, de mettre son nom au bas d'une simple petite formule de rien du tout, établissant que le signataire n'avait jamais aidé ni soutenu les ennemis de l'Union ! Tant d'argent pour un si petit mensonge ! Voyons, elle ne pouvait tout de même pas en vouloir à Suellen. Grands dieux ! Pourquoi donc Alex parlait-il de lui administrer une correction ? Pourquoi les gens du comté voulaient-ils tous l'éviter ? Mais ils étaient tous fous. Que ne pouvait-elle faire avec tout cet argent ! Que ne pouvaient faire les gens du comté. Bah ! un mensonge de plus ou de moins, après tout ! La seule chose qu'on pût obtenir des Yankees, c'était de belles espèces sonnantes et trébuchantes, alors, qu'importaient les moyens employés ?

– Hier, vers midi, tandis qu'Ashley et moi nous étions en train de couper du bois, Suellen a fait monter votre papa dans cette charrette et les voilà partis pour la ville, sans rien dire à personne. Mme Melly se doutait vaguement de quelque chose, mais elle espérait que

Suellen n'irait pas jusqu'au bout et elle n'a pas voulu nous alarmer.
«Aujourd'hui, j'ai enfin appris tout ce qui s'était passé. Hilton, cette espèce de crapule, a pas mal de relations avec les Scallawags et les républicains, et Suellen avait convenu d'abandonner à ceux-ci une partie de ce qu'elle toucherait à condition qu'ils veuillent bien certifier que M. O'Hara avait toujours été, au fond, un partisan de l'Union, qu'il était irlandais de naissance, qu'il n'avait pas fait la guerre et patati et patata. En somme, il ne restait plus à votre papa qu'à signer et son dossier devait être expédié dare-dare à Washington.
«Lorsqu'il est arrivé, on lui a lu la formule du serment à toute vitesse. Il n'a pas dit un mot et tout a bien marché jusqu'à ce qu'on lui demande de signer. À ce moment-là, le vieux monsieur a paru se ressaisir et a secoué la tête. Je ne pense pas qu'il ait su exactement de quoi il s'agissait, mais ça n'avait pas l'air de lui plaire et puis, que voulez-vous, Suellen n'a jamais su le prendre. Naturellement, après tout le mal qu'elle s'était donné, elle a manqué en avoir une crise de nerfs. Elle a pris votre père par le bras et l'a fait sortir du bureau. Ils sont remontés en voiture et Suellen lui a raconté que votre mère lui criait du fond de sa tombe de ne pas laisser souffrir inutilement ses enfants. On m'a dit que votre papa était effondré sur son siège et qu'il pleurait comme un bébé. Tout le monde les a vus et Alex Fontaine s'est approché pour savoir ce qui se passait, mais Suellen lui a conseillé de s'occuper de ce qui le regardait et il est reparti furieux.
«Je ne sais pas où elle a pris cette idée-là, mais toujours est-il que, dans le courant de l'après-midi, elle a acheté une bouteille de cognac, puis elle a ramené M. O'Hara au bureau et s'est mise à lui verser à boire. Vous comprenez, Scarlett, nous n'avons pas eu d'alcool à Tara depuis un an, en dehors d'un peu de vin de mûres que fait Ashley, et M. O'Hara en avait perdu l'habitude. Il s'est enivré pour de bon et, après deux heures de discussion avec Suellen, il a fini par dire qu'il signerait tout ce qu'on voudrait. Les Yankees ont ressorti leur serment et, au moment où il allait poser sa plume sur le papier, Suellen a fait la gaffe. Elle a dit: «Allons, maintenant, j'espère que les Slattery et les MacIntosh ne vont plus prendre leurs grands airs avec nous!» Vous comprenez, Scarlett, les Slattery avaient demandé une grosse somme pour leur sale bicoque que les Yankees avaient brûlée et, grâce au mari d'Emmie, ils avaient réussi à l'obtenir.
«On m'a raconté qu'en entendant prononcer ces noms-là votre papa s'est raidi et a lancé à Suellen un regard terrible. Il n'avait plus du tout son air vague. Il a dit: «Est-ce que les Slattery et les

MacIntosh ont signé quelque chose de ce goût-là ?» Suellen s'est démontée, elle a bafouillé et n'a répondu ni oui, ni non. Alors votre père a crié tout haut : «Dites-moi, est-ce que ce sacré bon dieu d'Orangiste et ce sacré bon dieu de va-nu-pieds ont signé eux aussi ?» Hilton a voulu arranger les choses et lui a répondu : «Oui, monsieur, ils ont signé et ils ont touché des sommes folles, tout comme vous allez en toucher.»

«Alors, le vieux monsieur a poussé un mugissement de taureau. Alex Fontaine, qui était au café dans le bas de la rue, a prétendu qu'il l'avait entendu. Alors, il a dit avec un de ces accents irlandais : "Non mais, vous n'allez tout de même pas vous imaginer qu'un O'Hara de Tara va manger au même râtelier qu'un sacré bon dieu d'Orangiste et qu'un sacré bon dieu de va-nu-pieds ?" Alors il a déchiré la feuille de papier en deux et l'a jetée à la figure de Suellen en hurlant : "Tu n'es pas ma fille !" et il est sorti du bureau avant qu'on ait eu le temps de dire ouf.

«Alex m'a dit qu'il l'avait vu sortir dans la rue. Il fonçait comme un taureau. Il m'a dit que c'était la première fois, depuis la mort de votre maman, que le vieux monsieur semblait être redevenu lui-même. Il paraît qu'il marchait en zigzaguant et lançait des injures à pleins poumons. Alex m'a dit qu'il n'avait jamais entendu plus belle collection de jurons. Le cheval d'Alex se trouvait là et votre père est monté dessus à la va comme j'te pousse et puis il a filé ventre à terre dans un nuage de poussière rouge si épais qu'on en était asphyxié.

«Vers la fin de la journée, Ashley et moi nous étions assis sur les marches du perron à surveiller la route. Je vous assure que nous étions rudement inquiets. Mme Melly était sur son lit à pleurer toutes les larmes de son corps, mais elle ne voulait rien nous dire. Tout à coup, on a entendu un galop de cheval et quelqu'un qui criait comme dans une chasse au renard. Ashley m'a dit : «Ça, c'est curieux ! Ça me rappelle M. O'Hara quand il venait nous voir avant la guerre.»

«Alors, nous l'avons aperçu au bas du pré. Il avait dû sauter la barrière. Il remontait le coteau à un train d'enfer et chantait à tue-tête, comme un homme qui n'a aucun souci. Je ne savais pas que votre père avait une voix pareille. Il chantait : *Peg s'en va-t-en voiture*[2]. Il fouettait le cheval avec son chapeau et le cheval galopait comme un fou. Arrivé au haut de la côte, il n'a même pas ralenti. Nous avons compris qu'il allait sauter la barrière qui est du côté de la maison.

2. *Peg in a Low-backed Car* : chanson populaire irlandaise.

Nous nous sommes levés d'un bond. Nous étions morts de peur. Alors, il a crié de toutes ses forces : « Regardez, Ellen ! Regardez-moi sauter celle-là ! » Mais, par malheur, le cheval s'est dérobé. Il s'est arrêté net et votre papa est passé par-dessus sa tête. Oh ! il n'a pas dû souffrir. Il était déjà mort quand nous sommes arrivés pour le relever. Pour moi, il s'est cassé le cou. »

Will attendit une minute que Scarlett parlât, mais comme elle se taisait toujours il reprit les guides. « Hue, Sherman ! » dit-il, et le cheval se remit en route.

XL

Scarlett ne dormit guère cette nuit-là. Lorsque l'aube fut venue et que le soleil eut commencé sa lente ascension au-dessus des pins qui tapissaient les collines, à l'est, elle quitta son lit en désordre, approcha un tabouret de la fenêtre et s'assit. Posant la tête sur son bras replié, elle regarda la grange, puis le verger, et ses yeux se posèrent enfin sur les champs de coton. Tout était frais et humide de rosée, tout était vert et silencieux. À la vue des champs, elle sentit un baume exquis se répandre sur son cœur meurtri. Quoique son maître fût mort, Tara, au soleil levant, donnait l'impression d'un domaine soigné avec amour, d'une terre où régnait la paix. Les planches du poulailler, consolidées avec de la glaise pour empêcher les rats et les belettes de se faufiler à l'intérieur, avaient été passées au lait de chaux et l'étable, elle aussi, était badigeonnée de blanc. Avec ses rangs de maïs, de fèves, de navets et de courges jaune vif, le jardin potager, vierge de mauvaises herbes, était entouré de clôtures régulières. Sous les arbres du verger, seules poussaient des marguerites. Le soleil caressait les pommes et les pêches à demi enfouies sous le feuillage vert… Plus loin, les cotonniers rangés en demi-cercles s'étendaient immobiles, dans la lumière dorée de la journée naissante. Les canards orgueilleux et les poulets craintifs se hâtaient vers les champs, car, sous les buissons et dans la terre amollie par la charrue, ils étaient sûrs de trouver des vers et des limaces de choix.

Le cœur de Scarlett se gonfla de tendresse et de gratitude envers Will qui avait fait tout cela. Malgré son culte pour Ashley, elle ne pouvait croire qu'il eût beaucoup contribué à créer cette prospérité. La résurrection de Tara n'était point l'œuvre d'un planteur aristocrate, mais celle du «petit fermier» laborieux et infatigable qui aimait sa terre. Évidemment, Tara n'était plus qu'une simple ferme en comparaison de la magnifique plantation d'autrefois, où les mules nombreuses et les chevaux de race gambadaient dans les prés, où les champs de maïs et de coton s'étendaient à perte de vue. Mais, tout y était entretenu à merveille et, quand les temps seraient meilleurs, on pourrait se remettre à cultiver les arpents en friche qui ne seraient que plus fertiles après un long repos.

Will ne s'était pas borné à donner ses soins à quelques lapins. Il avait mené une lutte sévère contre ces deux ennemis des planteurs géorgiens, les pousses de pin et les ronces de mûrier. Il ne leur avait pas permis d'envahir sournoisement le jardin, le pré, les champs de coton ou la pelouse, il n'avait pas laissé les ronces monter avec insolence à l'assaut des vérandas comme dans d'innombrables plantations.
Scarlett frissonna à la pensée que Tara avait failli retourner à l'état sauvage. Will et elle avaient accompli de la bonne besogne. Ils avaient déjoué les entreprises des Yankees et des Carpetbaggers, et même celles de la nature. Et puis, Will lui avait dit qu'en automne, lorsque la récolte de coton serait faite, elle n'aurait plus besoin de lui envoyer de l'argent, à moins, bien entendu, qu'un autre Carpetbagger ne convoitât Tara et ne s'arrangeât pour en relever les impôts. Scarlett savait que Will aurait du mal à se passer de son aide, mais elle admirait et respectait son esprit d'indépendance. Aussi longtemps qu'il s'était trouvé dans la situation de quelqu'un dont on rémunère les services, il avait accepté l'argent, mais maintenant qu'il allait devenir son beau-frère, qu'il allait être l'homme de la famille, il ne voulait plus compter que sur son travail. Oui, Will était un don de la Providence.

La veille au soir, Pork avait creusé la tombe à côté de celle d'Ellen et, la bêche à la main, il se tenait en face du petit monticule d'argile rouge qu'il n'allait pas tarder à remettre en place. Derrière lui, immobile à l'ombre d'un cèdre aux rameaux bas et noueux que le chaud soleil de juin parait de fines mouchetures, Scarlett s'efforçait de ne pas regarder le trou rouge. Avançant avec peine au milieu de l'allée qui descendait de la maison, Jim Tarleton, le petit Hugh Munroe, Alex Fontaine et le plus jeune des petits-fils du vieux McRae portaient le cercueil de Gérald, sur une sorte de civière. À leur suite, mais à distance respectueuse, s'étirait en désordre un long cortège de voisins et d'amis mal habillés et recueillis. Tandis que les porteurs traversaient le jardin inondé de soleil, Pork appuya le front au manche de sa bêche et se mit à pleurer, et Scarlett remarqua que ses cheveux crépus, encore d'un noir de jais lorsqu'elle était partie pour Atlanta, étaient maintenant tout gris.
Elle remercia Dieu d'avoir pleuré toute la nuit, ce qui lui permettait de conserver l'œil sec et la tête droite. Le bruit que faisait Suellen en pleurant juste derrière son épaule l'irrita tellement qu'elle dut serrer les poings pour ne pas se retourner et gifler le visage tuméfié de sa

sœur. Suellen avait été la cause directe ou indirecte de la mort de son père, et elle aurait pu avoir la décence de se tenir en face d'une assistance hostile. Personne ne lui avait adressé la parole ce matin-là, personne n'avait eu pour elle le moindre regard de sympathie. On avait embrassé Scarlett sans vaines démonstrations, on lui avait serré la main, on avait murmuré quelques mots à Carreen et même à Pork, mais tout le monde avait feint d'ignorer la présence de Suellen.

Aux yeux de tous ces gens, elle avait fait plus qu'assassiner son père. Elle avait essayé de lui faire trahir le Sud et, pour cette communauté aussi intransigeante qu'étroitement unie, c'était comme si elle avait porté atteinte à l'honneur de chacun. Elle avait rompu le front solide que le comté présentait à l'ennemi. En cherchant à soutirer de l'argent au gouvernement yankee, elle s'était rabaissée au rang des Carpetbaggers et des Scallawags, créatures plus honnies encore que ne l'avaient jamais été les soldats yankees. Elle, qui appartenait à une vieille famille confédérée, elle, la fille d'un planteur fidèle à la Cause, elle était passée à l'ennemi et, du même coup, avait attiré la honte sur toutes les familles du comté.

Les personnes qui suivaient le convoi funèbre étaient à la fois indignées et brisées par le chagrin ; trois d'entre elles surtout, le vieux McRae, lié à Gérald depuis son arrivée dans le pays, la vieille grand-mère Fontaine, qui l'aimait parce qu'il était le mari d'Ellen, et Mme Tarleton, qui avait eu pour lui encore plus de sympathie que le reste de ses voisins parce que, comme elle le disait souvent, il était le seul homme du comté à savoir reconnaître un étalon d'un hongre. La vue de ces trois visages agités, dans le salon obscur où reposait le corps de Gérald avant les funérailles, avait causé quelque inquiétude à Ashley et à Will, qui s'étaient retirés dans le petit bureau d'Ellen pour se concerter.

– Il y en a qui ne vont pas manquer de faire des réflexions sur Suellen, déclara Will brusquement, en coupant d'un coup de dents le brin de paille qu'il mâchonnait. Ils se figurent que c'est leur devoir de parler. Ça se peut. Ce n'est pas à moi de juger. En tout cas, qu'ils aient le droit ou non, nous serons obligés de prendre la défense de Suellen parce que nous sommes les hommes de la famille, et ça fera du vilain. On ne peut pas raisonner le vieux McRae, il est sourd comme un pot et il n'entendra pas ceux qui lui conseilleront de se taire. Par ailleurs, vous savez que personne n'a jamais pu arrêter la grand-mère Fontaine quand elle a juré de dire aux gens leurs quatre vérités. Enfin, Mme Tarleton… vous avez vu les yeux qu'elle faisait chaque fois qu'elle regardait du côté de Suellen ? Elle a rudement du mal à se contenir. S'ils parlent, il faudra que nous intervenions, et nous avons déjà bien assez d'embêtements comme ça à Tara sans nous mettre nos voisins à dos.

Ashley poussa un soupir. Il savait mieux que Will à quoi s'en tenir sur le caractère de ses voisins et il se souvenait qu'avant la guerre, une bonne moitié des querelles, dont certaines s'étaient terminées par des coups de feu, avaient eu pour origine quelques paroles prononcées au-dessus d'un cercueil, suivant la coutume du comté. En général, ces paroles étaient élogieuses à l'extrême, mais, de temps en temps, le contraire se produisait. Il arrivait que des mots prononcés avec les meilleures intentions du monde fussent mal interprétés par une famille énervée et, à peine les dernières pelletées de terre avaient-elles recouvert la bière, qu'un incident éclatait.

En l'absence d'un prêtre catholique et des ministres méthodistes et baptistes de Jonesboro et de Fayetteville, dont on avait refusé le concours avec tact, il appartenait à Ashley de conduire le service religieux, en s'aidant du livre de prières de Carreen. Plus fervente catholique que ses sœurs, Carreen avait été profondément affectée que Scarlett n'eût pas songé à amener un prêtre d'Atlanta, mais elle s'était un peu consolée à l'idée que celui qui viendrait marier Will et Suellen pourrait profiter de son passage pour lire l'office des morts sur la tombe de Gérald. C'était elle qui avait refusé l'assistance des ministres protestants du voisinage et avait demandé à Ashley de se substituer à l'officiant. Adossé au vieux secrétaire, Ashley se rendait compte qu'il avait la responsabilité de veiller à ce que la cérémonie se déroulât dans le calme et, sachant combien les gens du comté avaient la tête près du bonnet, il cherchait en vain un moyen de maintenir l'ordre.

– Il n'y a rien à faire, Will, dit-il en se passant la main dans les cheveux. Je ne peux tout de même pas assommer à coups de poing la grand-mère Fontaine ou le vieux McRae, je ne peux pas non plus coller la main sur la bouche de Mme Tarleton. Et vous verrez, ils diront pour le moins que Suellen a commis un meurtre et une trahison et que, sans elle, M. O'Hara serait encore en vie. Quelle maudite coutume de parler en face d'un mort. C'est barbare.

– Écoutez-moi, Ashley, fit Will avec lenteur. Je n'ai pas du tout l'intention de laisser les gens raconter ce qu'ils pensent de Suellen, quelle que soit leur opinion. Remettez-vous-en à moi. Quand vous aurez fini de lire l'office et de réciter les prières, vous direz: «Quelqu'un désire-t-il prononcer quelques mots?» et à ce moment, vous vous tournerez vers moi afin que je puisse parler le premier.

Cependant, Scarlett ne se doutait pas de l'orage menaçant et regardait les porteurs qui s'efforçaient de faire passer leur fardeau par la porte trop étroite du petit cimetière. Le cœur lourd, elle songeait qu'en enterrant Gérald elle enterrait l'un des derniers maillons de la chaîne qui l'unissait aux jours heureux.

Finalement, les porteurs déposèrent le cercueil auprès de la tombe. Ashley, Mélanie et Will pénétrèrent dans l'enclos et se placèrent un peu en retrait des demoiselles O'Hara. Tous ceux qui purent entrer se massèrent derrière eux. Le reste demeura à l'extérieur du mur en briques. Scarlett fut à la fois surprise et émue de constater combien il y avait de monde. Les moyens de transport étaient des plus précaires et, en se dérangeant, chacun avait donné une grande preuve d'abnégation. Il y avait là cinquante ou soixante personnes, dont certaines habitaient si loin que Scarlett se demandait comment elles avaient bien pu apprendre la nouvelle à temps pour venir. Il y avait des familles entières de Jonesboro, de Fayetteville et de Lovejoy et, avec elles, quelques serviteurs noirs. Bon nombre de petits fermiers étaient présents, ainsi que des forestiers et une poignée d'hommes qui vivaient au milieu des marais le fusil sous le bras et la chique calée dans un coin de leur bouche. Ces derniers, géants maigres et barbus, portaient des vêtements d'étoffes grossières tissées à la maison et la casquette en raton. Ils s'étaient fait accompagner de leurs femmes dont les pieds nus enfonçaient dans la terre molle et rouge et dont les lèvres étaient noircies par le tabac à priser. Sous leurs capelines, ces femmes avaient un visage ravagé par la malaria, mais elles reluisaient de propreté et leurs robes fraîchement repassées étaient toutes brillantes d'empois.

Les voisins immédiats étaient au grand complet. La grand-mère Fontaine, desséchée, ridée et jaune comme un vieux canari, s'appuyait sur sa canne. Derrière elle, Sally Munroe Fontaine et Mme Jeune l'appelaient à voix basse et tiraient vainement sur sa robe pour la faire s'asseoir sur le mur de briques. Le vieux docteur, le mari de la grand-mère, n'était pas là. Il était mort deux mois auparavant et presque toute gaieté avait disparu des yeux de la vieille dame. Cathleen Calvert Hilton se tenait à l'écart, comme il seyait à une femme dont le mari avait été mêlé au drame. Elle baissait la tête et sa capeline décolorée lui cachait le visage. Scarlett remarqua, avec stupeur, que sa robe de percale était couverte de taches de graisse et que ses mains, semées de taches de rousseur, étaient sales, ainsi que ses ongles. Cathleen n'avait plus rien de distingué et avait même l'air d'une souillon, d'une traîne-misère.

«Elle ne va pas tarder à priser, si ce n'est déjà fait, pensa Scarlett, horrifiée. Grand Dieu! Quelle déchéance!»

Elle frémit en se rendant compte du peu de distance qui séparait les gens de qualité des va-nu-pieds.

«Sans mon cran, j'en serais peut-être là», se dit-elle et, se rappelant qu'après la reddition, elle et Cathleen s'étaient retrouvées au même point, elle sentit monter en elle une bouffée d'orgueil.

«Je ne m'en suis pas si mal tirée», songea-t-elle en relevant le menton et en ébauchant un petit sourire. Mais son sourire se figea sur ses lèvres. Mme Tarleton, les yeux rougis par les larmes, la regardait d'un air indigné. Derrière Mme Tarleton et son mari étaient alignées leurs quatre filles dont les boucles rousses jetaient une note inconvenante et dont les yeux brun roux pétillaient comme ceux de jeunes animaux débordant de vie et d'entrain.

Soudain, chacun se raidit, le frou-frou des crinolines s'apaisa, les hommes se découvrirent, les mains se joignirent pour prier et Ashley s'avança portant le livre de prières de Carreen, usé à force d'être lu. Il s'arrêta, baissa la tête, demeura immobile. Ses cheveux d'or étincelaient au soleil. Un silence profond s'étendit sur la foule, si profond qu'on entendait soupirer les magnolias caressés par le vent. Au loin, un moqueur lançait d'une façon obsédante sa note grave et triste, toujours la même. Ashley commença à lire les prières, et tous les fronts se courbèrent tandis que, de sa voix chaude et admirablement timbrée, il prononçait les paroles brèves et dignes.

«Oh! pensa Scarlett, la gorge serrée. Qu'il a donc une belle voix! Puisqu'il faut que quelqu'un fasse cela pour papa, je suis heureuse que ce soit Ashley. Oui, j'aime beaucoup mieux que ce soit lui qu'un prêtre. J'aime mieux voir enterrer papa par quelqu'un de la famille que par un inconnu.»

Lorsque Ashley arriva à l'endroit de la prière qui avait trait aux âmes du Purgatoire, et que Carreen avait pris soin de souligner, il referma brusquement le livre. Seule Carreen remarqua l'omission et leva un regard intrigué vers Ashley, qui entama le *Pater Noster*. Il savait que la moitié des gens qui se trouvaient là n'avait jamais entendu parler du Purgatoire et que l'autre moitié s'indignerait d'entendre insinuer, même dans une prière, qu'un homme aussi parfait que M. O'Hara ne fût point allé droit au Paradis. Ainsi, par égard pour l'opinion publique, il passa sous silence toute allusion au Purgatoire. L'assistance accompagna avec conviction la lecture du *Pater Noster*, mais montra beaucoup moins d'assurance lorsque Ashley eut commencé l'*Ave Maria*. Personne n'avait jamais entendu cette prière et tous jetèrent des regards furtifs du côté des demoiselles O'Hara, de Mélanie et des domestiques de Tara qui donnaient les réponses: «Priez pour nous, maintenant et à l'heure de notre mort. Ainsi soit-il.»

Alors, Ashley releva la tête et parut gêné. Tout le monde avait les yeux fixés sur lui. Les gens attendaient que le service continuât, car aucun d'eux ne se doutait que les prières catholiques se bornaient là. Dans le comté, les enterrements duraient toujours longtemps. Les ministres baptistes et méthodistes n'étaient pas soumis à un rituel précis, mais ils faisaient traîner les choses en longueur, ainsi que l'exigeaient les circonstances, et s'arrêtaient rarement avant que tous les assistants fussent en larmes et que la famille du défunt se lamentât à haute voix. Si le service religieux se bornait à ces courtes prières, prononcées devant la dépouille de leur ami bien-aimé, les voisins, choqués, allaient s'indigner. Personne ne savait cela mieux qu'Ashley. Pendant des semaines, on commenterait l'événement au déjeuner et au dîner, et tout le comté serait d'avis que les demoiselles O'Hara n'avaient pas témoigné à leur père le respect qu'elles lui devaient.

Après avoir jeté un rapide coup d'œil à Carreen comme pour lui demander pardon, il baissa de nouveau la tête et se mit à réciter, de mémoire, les prières épiscopales pour les défunts, qu'il avait lues si souvent aux Douze Chênes, à des enterrements d'esclaves.

«Je suis la Résurrection et la Vie... et quiconque... croit en Moi ne mourra pas.»

Il avait peine à se rappeler les paroles et il s'exprimait lentement, s'arrêtant parfois pour chercher ses phrases. Cependant la lenteur même avec laquelle il s'exprimait donnait plus de force à ses mots et les assistants qui, jusque-là, avaient gardé l'œil sec, commencèrent à tirer leur mouchoir. Comme ils étaient tous baptistes ou méthodistes, ils se figurèrent qu'Ashley suivait scrupuleusement l'ordonnance des cérémonies catholiques et se dirent que le culte catholique était beaucoup moins froid et beaucoup moins papiste qu'ils ne l'avaient cru tout d'abord. Scarlett et Suellen, aussi ignorantes que leurs voisins, trouvèrent la prière magnifique et réconfortante. Seules Mélanie et Carreen s'aperçurent qu'on était en train d'enterrer un fervent catholique irlandais selon le rite anglican. Et Carreen était trop anéantie par le chagrin et trop ulcérée par la traîtrise d'Ashley pour intervenir.

Lorsqu'il eut terminé, Ashley rouvrit ses grands yeux gris et tristes et regarda la foule. Au bout d'un moment son regard rencontra celui de Will et il dit:

– L'une des personnes présentes désire-t-elle prononcer quelques mots ?

Mme Tarleton donna aussitôt des signes d'agitation, mais plus prompt qu'elle Will s'avança de sa démarche claudicante et vint se placer devant le cercueil.

– Mes amis commença-t-il de sa voix terne, vous vous imaginez peut-être que j'en prends bien à mon aise en parlant le premier… moi qui, il y a un an, ne connaissais pas encore M. O'Hara, alors que vous, vous le connaissez depuis vingt ans au moins. Mais voici justement mon excuse. S'il avait vécu un mois de plus, j'aurais eu le droit de l'appeler père.

Un frisson d'étonnement parcourut l'assemblée. Les assistants étaient trop bien élevés pour chuchoter entre eux, mais tous se mirent à se dandiner d'un pied sur l'autre et regardèrent Carreen qui baissait la tête. Chacun savait combien Will lui était attaché, mais Will, s'apercevant de quel côté se portaient les regards, poursuivit comme si de rien n'était.

– Étant donné que j'épouserai Mlle Suellen dès qu'il viendra un prêtre d'Atlanta, j'ai pensé que ça me donnait peut-être le droit de parler le premier.

La dernière partie de son allocution se perdit dans un murmure confus qui ressemblait au bruissement d'un essaim d'abeilles. Il y avait de l'indignation et de la déception dans ce murmure. Tout le monde éprouvait de la sympathie pour Will. Tout le monde le respectait à cause de ce qu'il avait fait pour Tara. Tout le monde savait qu'il aimait Carreen, aussi l'annonce de son mariage avec Suellen, qui s'était mise au ban de la société, causait-elle une stupeur proche de la colère. Ce brave Will, épouser cette peste, cette sale petite Suellen O'Hara !

Pendant un moment, l'atmosphère resta des plus tendues. Mme Tarleton battait furieusement des paupières et ses lèvres tremblaient comme si elle allait parler. Au milieu du silence, on pouvait entendre distinctement le vieux McRae demander à son petit-fils de lui expliquer ce qui se passait. Face à l'assistance, Will conservait son expression tranquille, mais, dans ses yeux bleu pâle, brillait une lueur qui interdisait à quiconque de s'élever contre sa future femme. Pendant un moment, la balance oscilla entre la sincère affection que chacun avait pour Will et le mépris dans lequel chacun tenait Suellen. Et ce fut Will qui l'emporta. Il continua, comme si sa pause avait été voulue.

– Je n'ai pas connu comme vous M. O'Hara dans toute la force de l'âge. Lorsque je l'ai connu, ce n'était plus qu'un vieux monsieur très digne, mais un peu diminué. Seulement, je vous ai entendu parler de ce qu'il était autrefois. C'était un Irlandais plein de courage, un vrai gentilhomme du Sud et si jamais il y a eu un homme attaché à la Confédération, ça a bien été lui. On ne peut pas rêver meilleur mélange. Et nous n'en verrons plus beaucoup comme lui, parce que l'époque où l'on faisait des hommes comme ça est aussi morte que lui. Il était né à l'étranger, mais celui que nous enterrons aujourd'hui était plus géorgien que nous autres qui le pleurons. Il partageait notre existence. Il aimait notre pays et, pour dire les choses comme elles sont, il est mort pour notre cause, tout comme un soldat. Il était l'un des nôtres, il avait nos défauts et nos qualités, il était fort comme nous le sommes et il partageait nos faiblesses. Il avait nos qualités, en ce sens que rien ne pouvait l'arrêter quand il avait décidé quelque chose et que rien ne l'effrayait. Rien de ce qui venait de l'extérieur ne pouvait l'abattre.

« Lorsque le gouvernement anglais l'a recherché pour le pendre, il n'a pas eu peur. Il a pris tranquillement son balluchon et il est parti de chez lui. Ça ne lui a pas fait peur non plus de débarquer dans ce pays sans un sou. Il s'est mis au travail et il a gagné de l'argent. Ça ne lui a pas fait peur de s'installer dans cette région dont les Indiens venaient juste d'être chassés et qui était encore à demi sauvage. Il a défriché la brousse et a créé une grande plantation. Lorsque la guerre est arrivée et qu'il a commencé à voir fondre son argent, il n'a pas eu peur de redevenir pauvre. Lorsque les Yankees sont passés à Tara, ils auraient pu incendier sa maison ou le tuer, mais il ne s'est pas laissé faire. Voilà pourquoi je dis qu'il avait nos qualités. Rien de ce qui vient de l'extérieur, rien ne peut nous abattre.

« Mais il avait également nos faiblesses car il était vulnérable par l'intérieur. Je veux dire que là où le monde entier ne pouvait rien contre lui, son cœur trouvait le défaut de la cuirasse. Lorsque Mme O'Hara est morte, son cœur est mort lui aussi, et ça a été la fin. Ce n'était plus lui que nous voyions ces derniers temps. »

Will s'arrêta et, de son regard paisible, examina les visages rangés en cercle autour de lui. La foule se tenait immobile sous le soleil cuisant et avait oublié sa colère contre Suellen. Les yeux de Will se posèrent un instant sur Scarlett et semblèrent lui sourire, comme pour lui donner du courage. Et Scarlett, qui luttait pour refouler ses larmes, sentit effectivement son courage lui revenir. Au lieu de débiter un tas d'absurdités, de parler de réunion dans un monde meilleur et de soumission à la volonté de Dieu, Will disait des choses marquées au coin du bon sens, et Scarlett avait toujours puisé force et réconfort dans le bon sens.

– Je ne voudrais pas que vous ayez moins bonne opinion de lui parce qu'il s'est laissé abattre. Vous et moi, nous sommes tous exposés à ça. Nous sommes sujets aux mêmes faiblesses et aux mêmes égarements. Rien de ce qui se voit n'a de prise sur nous, ni les Yankees, ni les Carpetbaggers, ni la vie dure, ni les impôts trop élevés, ni même le manque de nourriture. Mais nous pouvons être balayés en un clin d'œil par cette faiblesse qu'il y a en nous. Ce n'est pas toujours en perdant quelqu'un que ça nous arrive, comme c'est arrivé à M. O'Hara. Chacun réagit à sa manière. Et je veux vous dire ceci : les gens qui ne réagissent plus, ceux dont le ressort est cassé, font mieux de mourir. Par les temps qui courent, il n'y a plus place pour eux en ce bas monde. Ils sont plus heureux dans la tombe… Voilà pourquoi je vous dirai à tous de ne pas vous affliger pour M. O'Hara. C'était quand Sherman est venu et que Mme O'Hara est morte qu'il fallait s'affliger. Maintenant qu'il va retrouver celle qu'il aimait, je ne vois pas pourquoi nous aurions du chagrin, à moins que nous ne soyons fichtrement égoïstes, et c'est moi qui vous le dis, moi qui l'aimais comme mon propre père… Si ça ne vous fait rien, il n'y aura pas d'autre discours. Les membres de la famille ont trop de chagrin pour en écouter davantage et ça ne serait pas gentil pour eux.

Will s'arrêta et, se penchant vers Mme Tarleton, il lui dit en baissant la voix :

– Je me demande si vous ne pourriez pas reconduire Scarlett à la maison, madame ? Ça ne lui vaut rien de rester debout si longtemps en plein soleil. Et la grand-mère Fontaine n'a pas l'air d'être très fringante non plus, sauf le respect que je lui dois.

Abasourdie par la brusquerie de Will abandonnant sans transition l'éloge funèbre de son père pour s'occuper d'elle, Scarlett rougit jusqu'aux oreilles et son embarras grandit de voir tous les regards se porter de son côté. Dans quel but Will faisait-il constater à tout le monde qu'elle était enceinte ? Elle lui lança un coup d'œil indigné, mais Will ne se départit point de son calme et l'obligea même à baisser les yeux. « Je vous en prie, avait-il l'air de dire, je sais ce que je fais. »

Il était déjà l'homme, le chef de la famille, et Scarlett, désireuse d'éviter une scène, se tourna vers Mme Tarleton. Ainsi que Will l'avait espéré, celle-ci en oublia du même coup Suellen et sa colère et, prenant Scarlett par le bras, lui dit d'un ton plein de douceur : « Allons, rentrez, ma petite. »

Scarlett se laissa conduire au milieu de la foule qui s'écarta, tandis que s'élevait un murmure de sympathie et que différentes personnes cherchaient à lui serrer la main au passage. Lorsqu'elle arriva à la

hauteur de la grand-mère Fontaine, la vieille dame murmura: «Donnez-moi le bras, mon enfant», et ajouta en s'accompagnant d'un regard farouche à l'adresse de Sally et de Mme Jeune: «Non, ne venez pas, vous autres, je n'ai pas besoin de vous.»
Les trois femmes se frayèrent un lent chemin à travers l'assistance qui se refermait derrière elles, puis elles s'engagèrent dans l'allée ombreuse pour rentrer à la maison. Mme Tarleton soutenait Scarlett d'une main si ferme qu'à chaque pas celle-ci avait l'impression d'être soulevée de terre.
– Mais enfin, pourquoi Will a-t-il fait cela? s'écria Scarlett, quand elle se fut assuré que personne ne pouvait l'entendre. C'est comme s'il avait dit: «Regardez-la! Elle va avoir un enfant!»
– Allons, vous n'en êtes pas morte, n'est-ce pas? déclara Mme Tarleton. Will a eu raison. C'était de la folie de rester ainsi en plein soleil. Vous pouviez vous évanouir et avoir une fausse couche.
– Ce n'était pas de cela que Will avait peur, fit la grand-mère, un peu essoufflée par la montée. Will connaît son monde. Il ne tenait pas du tout à ce que vous et moi, Béatrice, nous nous approchions de la tombe. Il craignait que nous ne parlions et il a trouvé le moyen de se débarrasser de nous... Et il y avait encore autre chose. Il ne voulait pas que Scarlett entende les pelletées de terre tomber sur le cercueil. Il n'a pas tort. Rappelez-vous bien cela, Scarlett. Tant qu'on n'a pas entendu ce bruit-là, on se figure que les gens ne sont pas morts pour de bon. Mais une fois qu'on l'a entendu... Il n'y a pas de bruit plus affreux au monde. Nous voici arrivées... Aidez-moi à monter le perron, mon enfant. Donnez-moi la main, Béatrice. Scarlett n'a pas plus besoin de votre bras que d'une paire de béquilles et, comme l'a si bien remarqué Will, je ne suis pas trop fringante... Will sait que vous étiez la préférée de votre père et il n'a pas voulu vous infliger ce surcroît d'épreuves. Il s'est dit que ça ne serait pas aussi terrible pour vos sœurs. Suellen a sa honte pour la soutenir et Carreen, son Dieu. Mais vous, vous n'avez rien, n'est-ce pas, mon enfant?
– Non, répondit Scarlett tout en aidant la vieille dame à gravir les marches. Non, je n'ai jamais eu personne pour me soutenir... sauf ma mère.
– Mais quand vous l'avez perdue, vous vous êtes aperçue que vous étiez assez forte pour vous passer d'appui, n'est-ce pas? Eh bien! il y a des gens qui ne le peuvent pas. Votre père était de ceux-là. Will a raison. Ne vous faites pas de peine. Il ne pouvait pas se passer d'Ellen et il est plus heureux là où il est, tout comme moi quand je rejoindrai le vieux docteur.

Elle parlait sans aucun désir d'éveiller la compassion et Scarlett et Mme Tarleton s'abstinrent de tout commentaire. Elle s'exprimait d'un ton aussi détaché et aussi naturel que si son mari était parti pour Jonesboro et qu'il lui eût suffi d'une courte promenade en buggy pour le retrouver. La grand-mère était trop vieille et avait vu trop de choses pour redouter la mort.

– Mais… vous, vous ne pouvez pas vous passer d'appui non plus, dit Scarlett.

– Si, mais parfois c'est bien désagréable.

– Écoutez-moi, grand-mère, interrompit Mme Tarleton, vous ne devriez pas dire ces choses-là à Scarlett. Elle est déjà bien assez sens dessus dessous comme ça ! Entre le voyage, cette robe qui la serre, son chagrin et la chaleur, il y a de quoi lui faire faire une fausse couche. Si par-dessus le marché vous lui mettez des idées noires en tête, où allons-nous ?

– Ventrebleu ! s'exclama Scarlett, agacée, je ne suis pas sens dessus dessous et puis je ne suis pas de ces femmes à faire des fausses couches pour un oui ou pour un non.

– On ne sait jamais, prophétisa Mme Tarleton d'un air doctoral. La première fois que j'étais enceinte, j'ai eu une fausse couche en voyant un taureau encorner un de nos esclaves et… Vous vous souvenez aussi de ma jument rouanne, Nellie ? Il n'y avait pas bête plus saine, mais elle était d'une nervosité excessive et, si je n'avais pas fait attention, elle aurait…

– Taisez-vous donc, Béatrice, dit la grand-mère. Scarlett ne va pas nous faire une fausse couche, rien que pour vous donner raison. Asseyons-nous ici, dans le vestibule. On y est au frais. Il y passe un courant d'air très agréable. Allons, si vous alliez me chercher un verre de petit-lait à la cuisine, Béatrice. Non, regardez donc plutôt dans le placard s'il n'y a pas de vin. Je m'accommoderais fort bien d'un petit verre. Nous resterons assises ici jusqu'à ce que les gens viennent prendre congé.

– Scarlett ferait mieux de se coucher, insista Mme Tarleton après avoir promené sur elle un regard entendu, en personne capable d'évaluer à une minute près le terme d'une grossesse.

– Sauvez-vous donc, fit la grand-mère et elle donna un petit coup de canne à Mme Tarleton, qui se dirigea vers la cuisine en jetant négligemment son chapeau sur la console et en passant la main dans ses cheveux rouges, mouillés de sueur.

Scarlett se renversa sur le dossier de sa chaise et déboutonna les deux premiers boutons de son corsage. Il faisait bon dans le grand vestibule où régnait une demi-obscurité, et le courant d'air qui traversait la maison d'un bout à l'autre prodiguait une fraîcheur bienfaisante après les ardeurs du soleil. Scarlett jeta un coup d'œil au salon où avait reposé la dépouille de Gérald, mais elle prit sur elle pour ne plus penser à son père et regarda le portrait de la grand-mère Robillard que les baïonnettes yankees n'avaient point respecté, bien qu'il fût accroché très haut au-dessus de la cheminée. La vue de son aïeule, avec son haut chignon, sa gorge presque nue et son petit air insolent, produisait toujours sur Scarlett un effet tonifiant.

– Je ne sais pas ce qui a le plus affecté Béatrice Tarleton, de la perte de ses fils ou de celle de ses chevaux, fit la grand-mère Fontaine, Jim et ses filles n'ont jamais beaucoup compté pour elle, vous savez. Elle appartient à cette catégorie de gens dont parlait Will. Son ressort est cassé. Je me demande parfois si elle ne va pas suivre les traces de votre papa. Son seul plaisir était de voir les chevaux et les hommes croître et se multiplier autour d'elle. Or ses filles ne sont pas mariées et n'ont aucune chance de dénicher un mari dans le pays, elle n'a rien pour lui occuper l'esprit. Si elle n'était pas si profondément femme du monde, elle serait bien vulgaire… C'est vrai, ce qu'a dit Will au sujet de son mariage avec Suellen ?

– Oui, répondit Scarlett en regardant la vieille dame bien en face. Bonté divine, elle se souvenait pourtant de l'époque où elle avait une peur bleue de la grand-mère Fontaine ! Allons, elle avait grandi depuis ce temps-là et elle se sentait de taille à la remettre à sa place si elle se mêlait des affaires de Tara.

– Il aurait pu tomber mieux, dit la grand-mère candidement.

– Vraiment ? remarqua Scarlett d'un air hautain.

– Ne montez donc pas sur vos grands chevaux, ma petite, conseilla la vieille dame avec aigreur. Je ne vais pas attaquer votre précieuse sœur, bien que je l'eusse fait volontiers si j'étais restée au cimetière. Non, ce que je veux dire, c'est qu'étant donné le manque d'hommes dans le comté il aurait pu épouser n'importe qui. Il y a les quatre chats sauvages de Béatrice, les petites Munroe, les McRae…

– Il va épouser Suellen, et puis voilà.

– Suellen a de la chance…

– Tara aussi.

– Vous aimez Tara, n'est-ce pas ?

– Oui.

– Vous l'aimez au point que ça vous est bien égal de voir votre sœur se mésallier, pourvu que vous ayez un homme ici, pour s'occuper du domaine.

– Se mésallier? demanda Scarlett, étonnée par cette idée. Se mésallier? À quoi riment les questions de classe désormais? Ce qu'il faut avant tout, c'est qu'une jeune fille trouve un mari pour veiller sur elle.
– C'est à voir, fit la vieille dame. Certains vous approuveraient, d'autres trouveraient que vous avez tort de renverser des barrières qui n'auraient jamais dû être abaissées d'un pouce. Will n'est pas un fils de famille, tandis que certains de vos parents étaient des gens de qualité.
La vieille dame jeta un coup d'œil au portrait de grand-mère Robillard. Scarlett pensa à Will, à ce garçon efflanqué, doux et falot, qui mâchonnait éternellement un brin de paille et qui, pareil à la plupart des paysans de Géorgie, avait l'air si peu énergique. Il n'avait pas derrière lui une longue lignée d'ancêtres riches, nobles et habitués à tenir le premier rang. Le premier Will venu se fixer en Géorgie était peut-être un colon d'Oglethorpe[1] ou un «racheté[2]». Will n'était jamais allé au collège. En fait, il avait simplement suivi pendant quatre ans les cours d'une école de campagne. C'était là toute son éducation. Il était honnête et droit, il était patient et dur au travail, mais à coup sûr ce n'était pas un fils de famille et les Robillard n'eussent pas manqué de dire que Suellen se mésalliait.
– Ainsi, vous êtes contente que Will entre dans votre famille!
– Oui, répondit brutalement Scarlett, toute prête à bondir sur la vieille dame à la moindre parole de blâme.
– Embrassez-moi, dit la grand-mère en souriant de la manière la plus inattendue. Jusqu'à aujourd'hui, Scarlett, je n'avais pas une sympathie débordante pour vous. Vous avez toujours été dure comme une noix d'hickory, même lorsque vous étiez enfant, et je n'aime pas la dureté chez les femmes, excepté chez moi. Mais j'aime la façon dont vous tenez tête aux événements. Vous ne vous arrachez pas les cheveux pour des choses contre lesquelles on ne peut rien. Vous savez prendre vos haies, tout comme un bon chasseur.
Scarlett ne savait pas très bien si elle devait sourire, elle aussi; en tout cas, elle obéit et embrassa du bout des lèvres la joue parcheminée que lui tendait la grand-mère.

1. James Edward Oglethorpe, général et philanthrope anglais, de retour en Angleterre, après une campagne contre les Turcs, eut l'idée de fonder une colonie pour les indigents et les membres des sectes protestantes persécutées. Une charte royale lui fut octroyée en 1732 et il partit pour l'Amérique, où il fonda l'État de Virginie *(N.d.T.)*.
2. Pour payer le prix de leur passage, certains émigrants européens se vendaient à des propriétaires américains et se rachetaient peu à peu, c'était le système dit de la «rédemption» *(N.d.T.)*.

– Tout le monde a beau aimer Will, reprit la vieille dame, des tas de gens ne manqueront pas de dire que vous n'auriez peut-être pas dû laisser Suellen épouser un paysan. Tout en chantant ses louanges, ils diront que c'est une chose terrible, pour une O'Hara, de se mésallier. Mais laissez-les parler, ne vous occupez pas de ce qu'ils raconteront.

– Je ne me suis jamais occupée de ce que disent les gens.

– C'est ce que j'ai entendu dire, remarqua la grand-mère, non sans une pointe de malice. Bah ! ce sera peut-être un mariage très heureux. Bien entendu, Will aura toujours l'air d'un rustre et ce n'est pas le mariage qui l'empêchera de faire des fautes de grammaire. Et puis, même s'il gagne de l'or, il ne redonnera jamais à Tara le lustre que lui avait donné M. O'Hara. Cependant, Will a un vrai fond de noblesse ; il pense d'instinct en homme du monde. Voyons, il n'y a qu'un homme du monde qui aurait pu souligner nos défauts comme il l'a fait à l'enterrement. Rien ne peut nous abattre, mais, à force de pleurer et d'évoquer le passé, nous finissons par être les propres artisans de notre perte. Oui, ce mariage est heureux pour Suellen et pour Tara.

– Alors, vous m'approuvez de ne pas m'y opposer ?

– Grand Dieu ! non, s'exclama la vieille dame d'une voix usée, mais encore vigoureuse. Approuver qu'un paysan entre dans une vieille famille ! Fi ! Pensez-vous que je verrais d'un bon œil le croisement d'un pur-sang avec un cheval de trait ? Oh ! je sais bien, les paysans de Géorgie sont de braves gens, solides et honnêtes, mais...

– Mais vous venez de dire que c'était un heureux mariage ! s'exclama Scarlett, complètement déroutée.

– Oh ! je crois que c'est très bien pour Suellen d'épouser Will... il fallait qu'elle épousât quelqu'un, elle a si grand besoin d'un mari. Et où aurait-elle pu en trouver un ? Où auriez-vous pu trouver quelqu'un de mieux pour diriger Tara ? Mais n'allez pas en conclure que ce mariage me plaît plus qu'à vous.

« Mais ce mariage me plaît, se dit Scarlett en s'efforçant de comprendre ce que voulait dire la vieille dame. Je suis ravie que Will épouse Suellen. Pourquoi pense-t-elle que ça ne me plaît pas ? En voilà des idées ! »

Scarlett était intriguée et se sentait un peu honteuse, comme toujours lorsque les gens s'imaginaient à tort qu'elle partageait leurs réactions et leurs manières de voir.

La grand-mère s'éventa avec son éventail en feuille de palmier et reprit :

– Je n'approuve pas ce mariage plus que vous, mais j'ai l'esprit pratique et vous aussi. Devant un événement désagréable contre lequel on ne peut rien, je ne suis pas femme à pousser des gémissements et à lever les bras au ciel pour implorer du secours. Ce n'est pas une façon de prendre les hauts et les bas que la vie nous réserve. Je vous en parle en connaissance de cause, parce que ma famille et celle du vieux docteur en ont vu de toutes les couleurs. Si nous avions une devise, elle pourrait s'exprimer ainsi : « Ne pas se frapper... sourire et attendre son heure. » C'est grâce à ce moyen que nous avons traversé toute une série d'épreuves avec le sourire et que nous sommes devenus experts dans l'art de retomber sur nos pattes. Nous y avons bien été forcés d'ailleurs, car, dans nos familles, on a toujours joué de malchance. Nous avons été chassés de France avec les huguenots, chassés d'Angleterre avec les Cavaliers[3], chassés d'Écosse avec le Prince Charlie[4], chassés d'Haïti par les nègres et maintenant voyez où nous en sommes réduits par la faute des Yankees. Mais, quoi, nous avons toujours repris le dessus au bout d'un certain temps. Savez-vous pourquoi ?

La grand-mère redressa la tête et Scarlett trouva qu'elle ressemblait plus que jamais à un vieux perroquet savant.

– Non, je n'en sais rien, répondit-elle poliment, tout en pensant que cette conversation l'ennuyait à périr.

– Eh bien ! voilà. Nous nous plions aux événements. Nous ne sommes point des épis de blé, mais des épis de sarrasin ! Lorsque survient un orage, il couche les épis de blé mûrs parce qu'ils sont secs et ne se courbent pas au vent. Mais les épis de sarrasin sont gorgés de sève et inclinent la tête. Quand le vent a cessé, ils se relèvent et sont presque aussi droits qu'avant. Nous ne sommes pas des entêtés. Quand le vent souffle en tempête, nous restons souples, parce que nous savons qu'il vaut toujours mieux se laisser aller que de se raidir. Lorsqu'un ennemi se présente, nous l'acceptons sans nous plaindre et puis nous nous mettons au travail, et nous sourions, et nous attendons notre heure. Nous nous servons des gens moins bien trempés que nous et nous tirons d'eux tout ce que nous pouvons. Quand nous sommes redevenus assez forts, nous écartons de notre route ceux qui nous ont aidés à nous hisser hors du puits. Ça, mon enfant, c'est le secret des personnes qui ne veulent pas succomber. Et, après une pause, elle ajouta : – Je n'hésite pas à vous le confier.

3. Nom donné aux partisans de Charles Ier dans sa lutte contre le Parlement *(N.d.T.)*.
4. Charles-Edward Stuart, appelé « le jeune Prétendant », écrasé à Culloden par les Anglais après une série de brillants succès *(N.d.T.)*.

La vieille dame gloussa, comme si sa profession de foi l'amusait, malgré tout le venin qu'elle contenait. Elle avait également l'air d'attendre une réponse, mais Scarlett, qui ne comprenait guère le sens de ses métaphores, ne trouva rien à dire.

– Voyez-vous, ma petite amie, reprit enfin la vieille dame, dans notre famille on se laisse coucher par la bourrasque, mais on relève toujours la tête. Je n'en dirai pas autant d'un tas de gens qui ne sont pas tellement loin d'ici. Prenez Cathleen Calvert. Qu'est-elle devenue ? Une va-nu-pieds. Elle est tombée encore plus bas que ne l'était celui qu'elle a épousé. Et les McRae ? Plaqués au sol, incapables de se redresser. Ils ne savent plus que faire et ils ne savent rien faire. Ils n'ont même pas le courage de tenter un effort. Ils passent leur temps à se lamenter sur le bon vieux temps. Prenez... eh bien ! prenez pour ainsi dire tous les gens du comté, excepté mon Alex et ma petite Sally, excepté vous, Jim Tarleton et ses filles et quelques autres. Le reste dégringole. Que voulez-vous, ils n'ont pas de sève, ils n'ont pas assez de cran pour redresser la tête. Ces gens-là, en dehors de leur argent et de leurs nègres, ils n'existaient pas. Maintenant qu'ils ont perdu leur fortune et leurs esclaves, ils ne sont plus rien. Dans une génération, ce ne seront plus que des paysans.

– Vous oubliez les Wilkes.

– Non, je ne les oublie pas. Si je n'ai pas parlé d'eux, c'est par simple politesse, car Ashley et les siens vivent sous votre toit. Mais puisque vous avez amené la conversation sur eux... Regardez-les donc ! D'après ce que j'ai entendu dire, India est déjà une vieille fille racornie. Elle joue les veuves éplorées parce que Stu Tarleton a été tué, elle ne fait rien pour l'oublier et ne se met même pas en campagne pour dénicher un autre homme. Bien entendu, elle n'est plus toute jeune, mais si elle voulait s'en donner la peine elle finirait par découvrir un veuf âgé chargé d'une nombreuse famille. Et la pauvre Honey, Dieu sait pourtant si elle voulait se marier ! mais, dame, avec sa tête de linotte, ce sera dur ! Et Ashley, regardez-le !

– Ashley est un homme remarquable, commença Scarlett avec chaleur.

– Je n'ai jamais dit le contraire, mais il a l'air aussi désemparé qu'une tortue sur le dos. Si jamais la famille Wilkes se tire de ce mauvais pas, ce sera bien grâce à Melly, mais certainement pas à Ashley.

– Melly ! Voyons, madame ! Que dites-vous là ? J'ai vécu assez longtemps avec Melly pour savoir qu'elle ne tient pas debout et qu'elle a peur de tout.

– Elle a peut-être peur de tout, mais je vous prie de croire que, si le moindre danger menaçait son Ashley ou son fils, tous les gouvernements yankees du monde ne la feraient pas reculer. Sa façon de s'y prendre n'est pas la même que la vôtre, Scarlett, ni que la mienne non plus. Melly se conduit comme se fût conduite votre mère si elle avait vécu. Oui, Melly me rappelle votre mère, quand elle était jeune... C'est peut-être bien elle qui sortira la famille Wilkes de l'ornière.

– Oh ! Melly est une petite sotte pleine de bonnes intentions, mais vous êtes très injuste envers Ashley. Il est... !

– À d'autres, ma petite ! En dehors de ses livres, Ashley n'est bon à rien. Ce n'est pas ça qui permet à un homme de se sortir d'un guêpier comme celui dans lequel nous sommes tous fourrés. Je me suis laissé dire qu'il n'y avait personne de moins doué que lui pour manier la charrue. Voyez un peu la différence avec mon Alex ! Avant la guerre, Alex était un propre à rien. Dans le genre dandy, on ne faisait pas mieux. Il ne pensait qu'à acheter des cravates, à s'enivrer, à se battre ou à courir après des filles qui ne valaient pas plus cher que lui. Mais regardez-le maintenant ! Il s'est initié à la culture parce que c'était nécessaire. Sans cela, il serait mort de faim et nous aussi. Aujourd'hui, c'est lui qui fait pousser le meilleur coton du comté... parfaitement, ma petite ! Son coton est bien supérieur à celui de Tara, voyons !... il a appris également à soigner les porcs et les poulets. Ha ! ha ! c'est un garçon merveilleux malgré son mauvais caractère. Il attend son heure. Il sait s'adapter aux circonstances et, quand nous en aurons fini avec cette malheureuse reconstruction, vous verrez qu'il sera aussi riche que son père ou son grand-père. Mais Ashley...

Scarlett était outrée de ce manque d'égards pour Ashley.

– Tout cela ne m'intéresse guère, fit-elle d'un ton glacial.

– C'est dommage, riposta la grand-mère en lui décochant un regard acéré. Oui, c'est dommage et c'est même étonnant, car, en somme, vous avez adopté la même façon de procéder depuis votre départ pour Atlanta. Oh ! si, si ! Nous avons beau être enterrés dans notre trou, nous avons entendu raconter comment vous vous y preniez pour faire cracher leur argent aux Yankees, aux nouveaux riches et aux Carpetbaggers. Vous ne donnez pas l'impression de rester les deux pieds dans le même sabot. C'est parfait. Tirez d'eux tout ce que vous pourrez. Seulement, quand vous aurez assez d'argent, rompez avec eux. Des relations de ce genre ne pourraient que vous nuire à la longue.

Scarlett regarda la vieille dame en fronçant les sourcils. Elle n'arrivait pas toujours à pénétrer le sens de son discours et, en outre, elle lui en voulait d'avoir comparé Ashley à une tortue sur le dos.

– Je crois que vous vous méprenez sur Ashley, dit-elle brusquement.
– Vous manquez de finesse, ma petite.
– C'est vous qui le dites ! lança Scarlett en regrettant de ne pas pouvoir gifler la vieille dame.
– Je sais, je sais, quand il s'agit de dollars, vous êtes tout à fait à la hauteur. Vous avez une tournure d'esprit qui ressemble plutôt à celle d'un homme, mais vous êtes dépourvue de subtilité féminine. Quand il s'agit de porter un jugement sur les gens, vous ne valez plus rien.
Les yeux de Scarlett étincelèrent.
– Vous voilà folle de rage, constata la grand-mère avec un sourire. Allons, c'est exactement ce que je recherchais.
– Vraiment ? et pourquoi donc, je vous prie ?
– Pour une foule d'excellentes raisons.
La grand-mère s'appuya au dossier de sa chaise et Scarlett se rendit compte tout à coup qu'elle paraissait très fatiguée et incroyablement âgée. Elle serrait son éventail de sa petite main décharnée, jaune et cireuse comme celle d'une morte.
Scarlett sentit fondre sa colère. Elle se pencha en avant et prit une des mains de la vieille dame dans la sienne.
– Vous avez une façon délicieuse de mentir, fit-elle. Vous ne pensiez pas un mot de ce que vous m'avez dit. C'est pour détourner mon esprit de papa, que vous m'avez raconté tout cela, n'est-ce pas ?
– N'essayez pas de jouer au plus fin avec moi, conseilla la grand-mère en retirant sa main. Oui, c'est en partie pour cette raison que je vous ai tenu ce discours, mais c'est en partie aussi parce que je voulais vous dire quelques vérités, bien que vous soyez trop bête pour comprendre.
Néanmoins, elle sourit et prononça ces derniers mots sans aucune acrimonie. Scarlett ne lui en voulut plus du tout d'avoir parlé d'Ashley en mauvais termes, puisqu'elle-même reconnaissait ne pas avoir pensé tout ce qu'elle avait dit.
– Merci quand même. C'est gentil de m'avoir changé les idées… et je suis heureuse de savoir que vous êtes de mon avis au sujet de Will et de Suellen, même… même si d'autres personnes ne m'approuvent pas.
Mme Tarleton revint, chargée de deux verres de petit-lait. Elle n'avait aucune aptitude pour les travaux domestiques et les deux verres débordaient.
– Il a fallu que j'aille jusqu'à la serre, déclara-t-elle. Buvez vite. Les gens reviennent du cimetière. Dites-moi, Scarlett, allez-vous laisser

pour de bon Suellen épouser Will ? Ce n'est pas qu'elle soit trop bien pour lui, non, mais enfin, Will n'est qu'un paysan et...

Les regards de Scarlett et de la grand-mère se rencontrèrent. La même petite flamme malicieuse s'alluma au fond de leurs yeux.

XLI

Lorsque la dernière personne eut pris congé de la famille, lorsqu'on n'entendit plus ni voitures, ni chevaux, Scarlett passa dans le petit bureau d'Ellen et sortit d'un casier un objet brillant qu'elle y avait caché la veille, au milieu d'une liasse de papiers jaunis. Dans la salle à manger, Pork, qui dressait la table pour le dîner, allait et venait en reniflant. Scarlett l'appela. Il arriva, le visage bouleversé, la mine éplorée d'un chien qui n'aurait plus de maître.

– Pork, fit sa maîtresse, si tu continues de pleurer, je... je vais me mettre à pleurer, moi aussi. Il faut t'arrêter.

– Oui, ma'ame. J'essaie, mais chaque fois que j'essaie je pense à missié Ge'ald et...

– Eh bien ! n'y pense plus. Je peux supporter les larmes de n'importe qui, mais pas les tiennes. Voyons, dit-elle d'un ton plus doux, tu ne comprends pas ? Si je ne les supporte pas, c'est parce que je sais combien tu l'aimais. Mouche-toi, Pork. J'ai un cadeau pour toi.

Pork se moucha bruyamment et manifesta un intérêt poli, sans plus.

– Te souviens-tu de cette nuit où on a tiré sur toi, pendant que tu dévalisais un poulailler ?

– Seigneu' Dieu, ma'ame Sca'lett ! J'ai jamais...

– Mais tu as bel et bien reçu du plomb dans la jambe, alors ne viens pas me raconter que ce n'est pas vrai. Tu te rappelles aussi ce que je t'ai dit ? Je t'avais promis de te donner une montre pour te récompenser de ta fidélité.

– Oui, ma'ame, je me souviens. Moi, je c'oyais que vous aviez oublié.

– Non, je n'ai pas oublié. Tiens, la voilà !

Scarlett présenta à Pork une montre d'or ciselé, avec sa chaîne, à laquelle étaient attachées de nombreuses breloques.

– Pou' l'amou' de Dieu ! s'exclama Pork. C'est la mont' de missié Ge'ald ! Je l'ai vu 'ega'der cette mont' un million de fois !

– Oui, c'est la montre de papa. Je te la donne. Prends-la.

– Oh ! non, ma'ame ! (Pork recula, horrifié.) Non ! c'est une mont' de missié blanc et celle de missié Ge'ald pa'-dessus le ma'ché. Comment ça se fait que vous pa'liez de me la donner, ma'ame Sca'lett ? Cette mont', elle 'evient de d'oit au petit Wade Hampton.

– Non, elle t'appartient. Le petit Wade Hampton a-t-il jamais fait quoi que ce soit pour papa ? Est-ce lui qui l'a soigné quand il était malade et qu'il n'avait plus toute sa tête ? Est-ce lui qui l'a baigné, habillé, rasé ? Est-ce lui qui ne l'a pas quitté quand les Yankees sont venus ? Est-ce lui qui a volé pour qu'il ne meure pas de faim ? Ne fais pas la bête, Pork. Si jamais quelqu'un a mérité une montre, c'est bien toi, et je suis sûre que papa m'approuverait. Tiens, prends-la, la voilà.
Scarlett prit la main noire et y déposa la montre. Pork la regarda avec vénération, et la joie se peignit peu à peu sur son visage.
– Pou' moi, pou' de v'ai, ma'ame Sca'lett.
– Oui, pour toi.
– Eh bien ! ma'ame… me'ci, ma'ame.
– Aimerais-tu que je l'emporte à Atlanta pour y faire graver quelque chose ?
– Qu'est-ce que ça veut di' g'aver ? demanda Pork d'un ton soupçonneux.
– Ça veut dire que je ferai écrire au dos de la montre quelque chose comme… comme : « À Pork, la famille O'Hara, en remerciement de ses bons et loyaux services. »
– Non, ma'ame, me'ci, ma'ame. J'y tiens pas.
Pork recula d'un pas, en serrant fortement la montre dans sa main. Scarlett sourit.
– Qu'y a-t-il, Pork ? Tu as peur que je ne te la rende pas ?
– Si, ma'ame, j'ai confiance en vous… seulement, ma'ame, vous pou'iez changer d'avis.
– Sûrement pas, voyons !
– Vous pou'iez la vend', ma'ame. Ça doit valoi' des tas d'argent.
– Penses-tu que je vendrais la montre de papa ?
– Si, ma'ame…, si vous aviez besoin d'a'gent.
– Tu mériterais d'être battu pour cela, Pork. J'ai bonne envie de te reprendre la montre.
– Non, ma'ame, vous le fe'ez pas ! Pour la première fois de la journée, un léger sourire se dessina sur le visage de Pork ravagé par le chagrin. Je vous connais, ma'ame Sca'lett !
– C'est vrai, Pork ?
– Si vous étiez seulement moitié aussi gentille avec les blancs qu'avec les nèg', j'ai idée que les gens se'aient plus gentils avec vous.
– Ils sont assez gentils avec moi, fit Scarlett. Allons, maintenant, va me chercher M. Ashley et dis-lui que je désire lui parler tout de suite.

Assis sur la petite chaise d'Ellen, Ashley écoutait Scarlett lui proposer de partager avec elle les bénéfices de la scierie. Pas une seule fois ses yeux ne rencontrèrent les siens, pas une seule fois il ne l'interrompit. La tête baissée, il regardait ses mains, les retournait lentement, en examinant d'abord la paume, puis le dos, comme s'il ne les avait jamais vues auparavant. Malgré les rudes travaux, elles avaient conservé leur finesse et étaient remarquablement soignées pour des mains de fermier.

Son attitude et son silence embarrassaient Scarlett, qui redoublait d'efforts pour rendre sa proposition plus alléchante. Elle avait beau sourire et déployer toute sa grâce, c'était peine perdue, car il gardait les yeux obstinément baissés. Si seulement il voulait la regarder ! Elle ne fit aucune allusion à ce que Will lui avait appris, à son projet d'aller se fixer dans le Nord, et elle s'efforça de parler avec l'assurance de quelqu'un dont aucun obstacle ne saurait contrarier les plans. Cependant, le mutisme d'Ashley la désarmait et elle finit par ne plus rien trouver à dire. Il n'allait tout de même pas refuser ? Quelle raison pourrait-il bien invoquer pour repousser son offre ?

– Ashley..., commença-t-elle, pour s'arrêter aussitôt.

Elle n'avait pas eu l'intention de faire état de sa grossesse, mais voyant que les autres arguments n'avaient aucune prise sur lui, elle décida de s'en servir comme de sa dernière carte.

– Il faut que vous veniez à Atlanta. J'ai tellement besoin d'aide maintenant. Je ne peux plus m'occuper moi-même de mes scieries. Je ne pourrai plus m'en occuper avant des mois et des mois, parce que... vous comprenez... parce que...

– Je vous en prie ! dit Ashley, d'un ton brutal. Bonté divine, Scarlett !

Il se leva brusquement, s'approcha de la fenêtre et se mit à suivre les évolutions des canards qui, sur une seule ligne, paradaient dans la cour.

– Est-ce... est-ce pour cela que vous ne voulez pas me regarder ? interrogea Scarlett, désemparée. Je sais que j'ai l'air...

Ashley se retourna d'un seul coup et ses yeux gris fixèrent la jeune femme avec une telle intensité qu'elle en porta les mains à sa gorge.

– Au diable ce dont vous avez l'air ! s'exclama-t-il avec violence. Vous savez bien que je vous trouverai toujours belle.

Une vague de bonheur inonda Scarlett. Ses yeux s'embuèrent de larmes.

– Comme c'est bon de vous entendre dire cela ! J'avais tellement honte de me montrer...

– Honte ? Pourquoi auriez-vous honte ? C'est à moi d'avoir honte et je n'y manque pas. Sans ma stupidité, vous n'en seriez pas là, vous n'auriez jamais épousé Frank. Je n'aurais jamais dû vous laisser quitter Tara l'hiver dernier. Oh ! quel insensé j'ai été ! J'aurais dû mieux vous connaître !... J'aurais dû savoir que vous étiez prête à tout... j'aurais dû... j'aurais dû...

Il avait le visage hagard.

Le cœur de Scarlett battait furieusement. Ashley regrettait de ne pas s'être enfui avec elle !

– Oui, c'était à moi de trouver l'argent des impôts, ce n'était pas à vous qui nous aviez recueillis comme des mendiants. J'aurais dû tenter n'importe quoi, voler sur les grands chemins, assassiner, que sais-je ? Oh ! j'ai tout gâché !

Ce n'étaient point les paroles que Scarlett avait espérées et son cœur se serra, sa joie s'altéra.

– Je serais partie quand même, dit-elle d'un ton las. Je n'aurais pas pu vous laisser commettre quelque chose de laid. Et puis, à quoi bon revenir là-dessus, ce qui est fait est fait.

– Oui, ce qui est fait est fait, répéta Ashley avec amertume. Vous n'auriez pas voulu me laisser commettre quelque chose de laid, mais vous vous êtes vendue à un homme que vous n'aimiez pas... et vous avez permis qu'il vous fasse un enfant, tout cela pour que ma famille et moi nous ne mourions pas de faim. C'est beau de vous être substituée à moi.

Sa voix était dure, douloureuse. Ashley souffrait d'une blessure qui n'était pas fermée. Scarlett en éprouva du remords. Ashley s'aperçut d'un changement dans l'expression de son regard et il se radoucit aussitôt.

– Vous ne croyez pas que je vous en veux, au moins ? Grand Dieu ! non, Scarlett ! Vous êtes la femme la plus courageuse que j'aie jamais connue. C'est à moi que j'en veux.

Il pivota sur ses talons et reprit son poste à la fenêtre. Scarlett attendit un long moment en silence dans l'espoir qu'Ashley changerait d'attitude et se remettrait à lui parler de sa beauté, à lui dire des mots qu'elle recueillerait précieusement. Il y avait si longtemps qu'elle n'avait vu Ashley, si longtemps qu'elle vivait de souvenirs qui, peu à peu, avaient perdu de leur intensité. Elle savait qu'il l'aimait toujours. C'était évident. Tout en lui l'indiquait, son amertume, la façon dont il se condamnait, son irritation à la pensée qu'elle portait un enfant de Frank. Elle avait un tel désir de s'entendre dire des paroles de tendresse, de prononcer elle-même les mots qui provoqueraient un aveu, mais elle n'osait pas. Elle se rappelait la promesse qu'elle lui avait faite l'hiver précédent, dans le verger. Elle avait juré de ne plus jamais lui faire la moindre avance. Elle savait bien que pour garder Ashley auprès d'elle il lui fallait tenir parole. Au premier mot d'amour, au premier regard tendre, c'en serait fini à jamais. Ashley partirait pour New York.

– Oh ! Ashley, il ne faut pas vous en vouloir ! En quoi seriez-vous coupable ? Vous allez venir à Atlanta, n'est-ce pas, vous allez venir m'aider ?

– Non.

– Mais, Ashley, fit Scarlett d'une voix altérée par l'angoisse, je compte sur vous. J'ai tant besoin de votre appui. Frank ne peut pas me remplacer. Son magasin lui prend tout son temps. Si vous ne venez pas, où trouverai-je l'homme qu'il me faut ? Tous les hommes intelligents d'Atlanta se sont fait une situation. Forcément ils ne veulent pas la quitter, et les autres sont si incapables que...

– Inutile d'insister, Scarlett.

– Alors, vous aimeriez mieux aller habiter New York au milieu des Yankees, plutôt que de venir à Atlanta ?

– Qui vous a dit ça ? fit Ashley en se retournant.

– Will.

– Eh bien ! oui, j'ai décidé d'aller m'établir dans le Nord. Un ancien ami, avec qui j'ai voyagé en Europe avant la guerre, m'a offert une place à la banque de son père. C'est la meilleure solution, Scarlett. Je ne vous serais d'aucune utilité. Je ne connais rien à l'industrie du bois.

– Mais vous vous y connaissez encore moins en affaires de banque, et c'est beaucoup plus difficile ! Et puis moi, malgré votre manque d'expérience, je me montrerai beaucoup plus généreuse que les Yankees.

Ashley tressaillit et Scarlett devina qu'elle avait prononcé une parole malheureuse.

– Je n'ai que faire de la générosité des gens ! s'écria-t-il. Je veux être indépendant. Je veux donner ma mesure. Qu'ai-je fait dans la vie jusqu'ici ? Il est temps que je me tire d'affaires tout seul... ou que je sombre définitivement. Il y a déjà longtemps que je vis à vos crochets.

– Mais je vous offre de partager les bénéfices de la scierie, Ashley ! Vous seriez indépendant... c'est vous qui feriez marcher l'affaire.

– Ça reviendrait au même. Je ne l'aurais pas achetée, cette participation aux bénéfices. Je l'accepterais comme un cadeau. J'ai accepté assez de cadeaux de vous comme cela, Scarlett... vous nous avez nourris, hébergés, et même habillés, Mélanie, le bébé et moi. Et je ne vous ai rien donné en retour.

– Mais si, voyons, Will n'aurait pas...

– J'oubliais, je sais fendre du bois très proprement maintenant.
– Oh ! Ashley ! s'exclama Scarlett avec désespoir. Que vous est-il donc arrivé depuis mon départ ? Vous avez l'air si dur, si amer ! Vous n'étiez pas comme ça, autrefois.
– Ce qui m'est arrivé ? Quelque chose d'extraordinaire, Scarlett. J'ai réfléchi. Depuis mon retour et jusqu'à ce que vous quittiez Tara, je n'avais guère pensé sérieusement. Mon esprit tournait à vide. Je vivais dans une sorte de prostration. Il me suffisait de manger à ma faim et d'avoir un lit pour me coucher. Mais, lorsque vous êtes partie pour Atlanta et que vous vous êtes mise à abattre une besogne d'homme, je me suis rendu compte de ma nullité. Ce ne sont pas là des pensées bien agréables, croyez-m'en, et je suis décidé à en finir. D'autres sont revenus de la guerre, encore moins bien partagés que moi, et regardez-les maintenant. Ainsi, j'irai m'établir à New York.
– Mais… je ne comprends pas ! Puisque vous voulez travailler, pourquoi Atlanta ne ferait-il pas l'affaire aussi bien que New York ? Et ma scierie…
– Non, Scarlett. C'est ma dernière chance. J'irai dans le Nord. Si je vais travailler chez vous, à Atlanta, je suis irrémédiablement perdu.
« Perdu, perdu », le mot sonnait aux oreilles de Scarlett comme un glas. Elle chercha à surprendre le regard d'Ashley, mais les yeux gris d'Ashley étaient perdus dans le vague et semblaient fixer quelque chose qu'elle ne pouvait ni voir, ni comprendre.
– Perdu ? Voulez-vous dire que… Vous n'avez rien fait qui puisse vous attirer des ennuis avec les Yankees d'Atlanta, j'espère ? Ce n'est pas parce que vous avez aidé Tony à s'enfuir ou… ou… Oh ! Ashley, vous ne faites pas partie du Ku-Klux-Klan, dites ?
Ashley sourit et regarda Scarlett.
– J'avais oublié que vous étiez aussi positive. Non, ce n'est pas des Yankees que j'ai peur. Je veux dire que si je vais à Atlanta, en acceptant que vous me veniez de nouveau en aide, je renonce à tout espoir de me faire une situation indépendante.
– Oh ! s'il ne s'agit que de cela, murmura Scarlett, soulagée.
– Oui, il ne s'agit que de cela, répéta Ashley avec un sourire, glacial cette fois. Oui, il ne s'agit que de ma fierté d'homme, de ma dignité, en un mot, de mon âme immortelle.
– Mais, fit Scarlett en détournant brusquement la conversation, vous pourriez peu à peu me racheter ma scierie, vous redeviendriez votre maître et, à ce moment-là…
– Scarlett, interrompit Ashley d'un ton féroce. Je vous dis que non ! J'ai d'autres raisons.

– Lesquelles ?
– Vous les connaissez mieux que quiconque.
– Oh !... oui, je comprends. Mais... ça ira très bien, s'empressa-t-elle d'affirmer. Je vous ai fait une promesse l'année dernière, vous le savez. Je tiendrai parole et...
– Eh bien ! vous êtes plus sûre de vous-même que moi. Moi, je ne me sens pas le courage de tenir une telle promesse. Je n'aurais pas dû vous dire cela, mais il fallait bien que je vous fasse connaître mes raisons. En tout cas, Scarlett, c'est fini. Lorsque Will et Suellen seront mariés, je partirai pour New York.
Les yeux fous, Ashley regarda un instant Scarlett, puis il traversa la pièce à grandes enjambées. Déjà il avait la main sur le bouton de la porte. Scarlett était anéantie. L'entretien était terminé, elle avait perdu la partie. Épuisée par la fatigue et les chagrins de la journée précédente auxquels venait s'ajouter ce nouveau coup, elle n'avait plus la force de se dominer. Ses nerfs la trahirent soudain. Elle poussa un cri : « Ashley ! » et, se jetant sur le sofa, elle éclata en sanglots.
Elle entendit Ashley s'approcher d'elle et murmurer son nom à plusieurs reprises. Quelqu'un traversa le vestibule en courant et Mélanie, les yeux dilatés par l'angoisse, fit irruption dans le bureau.
– Scarlett... le bébé n'est pas ?
Scarlett, la tête enfouie dans les coussins poussiéreux, sanglota de plus belle.
– Ashley... il est si mauvais... si méchant... il est odieux.
– Oh ! Ashley, que lui avez-vous fait ?
Mélanie s'agenouilla devant le sofa et prit Scarlett dans ses bras.
– Que lui avez-vous dit ? Comment avez-vous pu ! Vous auriez pu provoquer un accident. Allons, ma chérie, pose la tête sur l'épaule de Mélanie. Que se passe-t-il ?
– Ashley... il est si entêté, si odieux !
– Ashley, vous me surprenez ! Mettre Scarlett dans cet état, et M. O'Hara qu'on vient à peine d'enterrer.
– Ne lui fais pas de reproches ! s'écria Scarlett, sans aucun souci de logique. Il a le droit de faire ce que bon lui semble.
Elle releva brusquement la tête et montra un visage baigné de larmes. Sa résille s'était défaite et ses cheveux raides lui retombaient sur les épaules.
– Mélanie, dit Ashley, le teint blafard. Laissez-moi vous expliquer. Scarlett a été assez bonne pour m'offrir une situation à Atlanta, comme directeur d'une de ses scieries...

– Directeur ! s'exclama Scarlett, indignée. Je lui ai offert de partager les bénéfices et il…

– Et je lui ai dit que j'avais déjà pris mes dispositions pour aller me fixer avec vous dans le Nord et elle…

– Oh ! s'exclama de nouveau Scarlett, qui se remit à pleurer. Je n'ai pas cessé de lui répéter combien j'avais besoin de lui… Je lui ai montré que je ne trouvais personne pour diriger la scierie… et je lui ai dit que j'attendais un bébé… et il a refusé de venir ! Et maintenant… maintenant, il va falloir que je vende la scierie. Je sais que je ne pourrai pas en tirer un bon prix et que je perdrai de l'argent. Ça va nous mettre sur la paille, mais ça lui est bien égal. Il est si mauvais.

Elle chercha la fragile épaule de Mélanie et y appuya le front. En même temps, un peu d'espoir lui revint. Elle devinait qu'elle avait une alliée en Mélanie qui lui était dévouée corps et âme. Elle sentait que Mélanie ne pardonnerait à personne, même pas à son mari qu'elle adorait, de la faire pleurer. Alors Mélanie se retourna vers Ashley et, pour la première fois, s'emporta contre lui.

– Ashley, comment avez-vous pu lui refuser cela ? Après tout ce qu'elle a fait pour nous ! Vous allez nous faire passer pour des êtres sans cœur ! Vous ne comprenez donc pas combien elle est gênée par cette grossesse… Quel manque d'esprit chevaleresque ! Elle nous a aidés lorsque nous avions besoin d'aide et maintenant vous la repoussez quand elle a besoin de vous !

Scarlett observait Ashley à la dérobée. Il regardait avec stupeur Mélanie dont les yeux noirs brillaient d'indignation. Scarlett, d'ailleurs, n'était pas moins étonnée de la vigueur avec laquelle Mélanie s'était lancée à l'attaque.

– Mélanie… commença Ashley, puis il s'arrêta court, en esquissant un geste d'impuissance.

– Ashley, voyons, comment pouvez-vous hésiter ? Pensez à ce qu'elle a fait pour nous… pour moi ! Sans elle, je serais morte à Atlanta, au moment de la naissance de Beau ! Et elle… oui, elle a tué un Yankee pour nous défendre. Le saviez-vous ? Elle a tué un homme pour nous. Avant votre retour, avant que Will vienne ici, elle a travaillé et peiné comme une esclave pour que nous ne mourions pas de faim. Quand je pense qu'elle a poussé la charrue et fait la cueillette du coton. Je… Oh ! ma chérie !

Elle baissa la tête et embrassa les cheveux de Scarlett en signe d'attachement inébranlable.

– Et maintenant que, pour la première fois, elle nous demande de faire quelque chose pour elle…

– Vous n'avez pas besoin de me dire ce qu'elle a fait pour nous.
– Enfin, Ashley, réfléchissez ! En dehors de l'aide que vous lui apporteriez, pensez donc ce que serait pour nous de vivre au milieu des gens que nous connaissons, au lieu d'aller habiter chez les Yankees ! Il y aura tante Pitty, l'oncle Henry et tous nos amis. Beau aura des camarades de jeu et il ira en classe. Si nous nous installions dans le Nord, nous ne pourrions pas le laisser aller à l'école et fréquenter les Yankees ou des négrillons ! Il nous faudrait une gouvernante, et je ne pense pas que nos moyens nous permettraient...
– Mélanie, dit Ashley d'une voix blanche. Vous tenez donc tellement à retourner à Atlanta ? Vous ne me l'aviez jamais dit lorsque nous avons envisagé notre départ pour New York. Vous ne m'avez jamais laissé entendre...
– Non, mais quand nous avons parlé de partir pour New York, je croyais qu'il n'y avait rien pour vous à Atlanta, et puis, d'ailleurs, ce n'était pas à moi de faire des objections. Une femme a le devoir de suivre son mari partout. Mais puisque Scarlett a besoin de vous et qu'elle vous offre un poste que vous êtes seul capable de tenir, nous pouvons rentrer chez nous ! chez nous ! (Sa voix s'étrangla. Elle serra Scarlett dans ses bras.) Je vais revoir les Cinq Fourches et la rue du Pêcher et... et... Oh ! comme tout cela me manquait ! Nous pourrons peut-être avoir une petite maison à nous ! Peu importe qu'on puisse à peine s'y retourner, mais... oh ! avoir un toit à nous !
Ses yeux étincelaient d'enthousiasme et de joie. Son mari et sa belle-sœur la regardaient, pétrifiés. Scarlett se sentait un peu honteuse. Elle n'aurait jamais pu croire que Mélanie regrettait Atlanta à ce point et avait un tel désir d'habiter chez elle. Elle avait paru si contente de vivre à Tara.
– Oh ! Scarlett, comme tu es bonne d'avoir pensé à tout cela pour nous ! Tu savais combien j'avais envie de vivre chez moi ! Nous aurons une petite maison. Tu m'entends ! Sais-tu que nous sommes mariés depuis cinq ans et que nous n'avons jamais eu un intérieur à nous.
– Vous pourrez habiter avec nous chez tante Pitty. Vous y serez chez vous, bredouilla Scarlett en jouant avec un coussin.
Elle se sentait gênée et, en même temps, éprouvait un immense bonheur de ce brusque revirement de la situation.
– Non, ma chérie, nous n'irons pas chez tante Pitty. Nous y serions trop les uns sur les autres. Nous trouverons une maison... Oh ! Ashley, je vous en prie, dites oui !
– Scarlett, fit Ashley d'une voix brisée. Regardez-moi.
Surprise, elle releva la tête.

– Scarlett, j'irai à Atlanta... je ne peux pas lutter contre vous deux.

Il fit demi-tour et sortit. Malgré sa joie, Scarlett se sentit envahir par une peur irraisonnée. Elle avait lu dans les yeux d'Ashley la même expression qu'au moment où il lui avait dit qu'il serait irrémédiablement perdu s'il venait à Atlanta.

Après le mariage de Suellen et de Will et le départ de Carreen pour un couvent de Charleston, Ashley, Mélanie et Beau vinrent habiter Atlanta et emmenèrent avec eux Dilcey pour leur servir de cuisinière et de bonne d'enfant. Prissy et Pork devaient rester à Tara jusqu'à ce que Will eût embauché assez de nègres pour l'aider aux travaux des champs, après quoi ils iraient rejoindre leurs maîtres à la ville.

La petite maison de briques qu'Ashley loua pour sa famille était située dans la rue au Houx et donnait juste derrière la demeure de tante Pitty. Les jardins se touchaient et n'étaient séparés l'un de l'autre que par une haie de troènes mal taillés. Mélanie l'avait surtout choisie pour cette raison. Le matin de son retour à Atlanta, elle déclara en riant, en pleurant, en couvrant de baisers Scarlett et tante Pitty, qu'elle avait été si longtemps séparée de celles qu'elle aimait, qu'elle ne se sentirait jamais assez près d'elles.

La maison avait d'abord comporté deux étages, mais le second avait été détruit par les obus pendant le siège et le propriétaire, revenu chez lui après la reddition, n'avait pas eu d'argent pour le faire reconstruire. Il s'était contenté de recouvrir le premier étage d'un toit plat qui donnait à la bâtisse l'aspect tassé et disproportionné d'une maison de poupée fabriquée avec des boîtes à chaussures. Édifiée au-dessus d'une cave spacieuse, la maison elle-même se trouvait très au-dessus du niveau du sol et le long escalier par lequel on y accédait lui donnait un aspect un peu ridicule. Néanmoins, toutes ces imperfections étaient en partie compensées par deux vieux chênes qui l'ombrageaient et un magnolia aux feuilles poussiéreuses, toutes semées de fleurs blanches, qui s'élevait à côté du perron. Un trèfle vert et épais couvrait la large pelouse que bordait une haie de troènes et de chèvrefeuilles au parfum exquis. De-ci delà fleurissait un rosier mutilé, et des myrtes roses et blancs poussaient bravement, comme si les chevaux yankees n'avaient point brouté leurs rameaux pendant la guerre.

Scarlett pensait qu'elle n'avait jamais vu demeure plus hideuse, mais pour Mélanie les Douze Chênes dans toute leur gloire n'avaient pas été plus beaux. C'était sa maison, et elle-même, Ashley et Beau n'avaient jamais eu de foyer à eux.

India Wilkes revint de Macon où elle vivait depuis 1864 avec sa sœur Honey et s'installa chez son frère, malgré le manque de place. Cependant, Ashley et Mélanie l'accueillirent avec joie. Les temps avaient changé, l'argent était rare, mais rien n'avait modifié la vie familiale du Sud, où l'on recevait toujours de bon cœur les parents pauvres et les vieilles filles.

Honey s'était mariée et, aux dires d'India, elle s'était mésalliée en épousant un rustre du Mississippi, établi à Macon depuis la reddition. Il avait un visage rougeaud, parlait trop fort, et ses manières joviales n'avaient rien de distingué. India n'approuvait pas ce mariage et souffrait de vivre chez son beau-frère. Elle avait donc été ravie d'apprendre qu'Ashley avait enfin un gîte à lui et de se soustraire non seulement à une fréquentation qui ne lui plaisait pas, mais encore au spectacle d'une sœur si béatement heureuse avec un homme de basse condition.

Le reste de la famille estimait en secret que Honey, malgré sa cervelle d'oiseau, n'avait pas si mal mené sa barque et s'étonnait qu'elle eût été capable de dénicher un mari. En fait, ce dernier était un homme fort bien élevé et possédait une certaine aisance. Seulement, pour India, née en Géorgie et élevée selon les traditions de Virginie, quiconque n'était pas de la côte Est faisait figure de rustre et de barbare. Le mari de Honey avait sans doute été enchanté du départ de sa belle-sœur, car India n'était guère facile à vivre.

Désormais, elle était vouée au célibat. Elle avait vingt-cinq ans et portait si bien son âge qu'elle pouvait déjà renoncer à toute coquetterie. Avec ses yeux pâles et ses lèvres serrées, elle avait une expression digne et fière qui, chose curieuse, lui allait mieux que son petit air sucré, du temps où elle vivait aux Douze Chênes. Tout le monde la considérait un peu comme une veuve. On savait que Stuart Tarleton l'aurait épousée s'il n'avait pas été tué à Gettysburg, et on lui accordait le respect dû à une femme jadis promise à un homme.

Les six pièces de la petite maison de la rue au Houx ne tardèrent pas à recevoir un ameublement sommaire, fourni par le magasin de Frank. Comme Ashley n'avait pas un sou et qu'il était obligé d'acheter à crédit, il avait choisi les meubles les moins chers et encore s'était-il contenté du strict nécessaire. Frank en avait été désolé, car il adorait Ashley et, bien entendu, il en avait été de même pour Scarlett. Son mari et elle eussent volontiers fait cadeau au ménage des plus beaux meubles d'acajou et de palissandre qui se trouvaient au magasin, mais les Wilkes s'y étaient obstinément refusés. La laideur et la nudité de leur intérieur faisaient peine à voir, et Scarlett frémissait à la pensée qu'Ashley vivait dans des pièces sans tapis et sans rideaux. Lui, pourtant, avait l'air de ne pas remarquer ces détails et Mélanie était si heureuse d'avoir un foyer à elle pour la première fois depuis son mariage qu'elle en était toute fière. Scarlett fût morte de honte de recevoir des amis dans une maison sans tentures, ni tapis, ni coussins, sans un nombre respectable de chaises, de tasses à thé et de cuillers. Mais Mélanie n'en faisait pas moins les honneurs de chez elle comme si elle avait eu rideaux en peluche et sofas en brocart.

Malgré son bonheur apparent, Mélanie n'allait pas bien. La naissance du petit Beau avait ruiné sa santé et les travaux pénibles auxquels elle s'était astreinte à Tara n'avaient fait que l'affaiblir davantage. Elle était si maigre que ses os menus semblaient tout prêts à saillir à travers sa peau blanche. Lorsqu'on la voyait de loin, en train de jouer avec son fils dans le jardin, on l'aurait facilement prise pour une petite fille, tant sa poitrine était plate et ses formes peu accusées. Ainsi que son corps, son visage était trop mince et trop pâle et ses sourcils soyeux, arqués et délicats comme des antennes de papillons, dessinaient une ligne trop foncée sur sa peau décolorée. Ses yeux, trop grands pour être beaux, étaient entourés de cernes bistrés qui les faisaient paraître plus grands encore, mais leur expression n'avait pas changé depuis l'époque de sa jeunesse insouciante. La guerre, les souffrances continuelles, les besognes épuisantes n'en avaient pu altérer la douce sérénité.

« Comment s'y prend-elle pour conserver ce regard-là ? » se demandait Scarlett avec envie. Elle savait que ses propres yeux ressemblaient parfois à ceux d'un chat affamé. Qu'est-ce que Rhett lui avait donc raconté, un jour, à propos des yeux de Mélanie ?... une comparaison idiote avec des chandelles ! Ah ! oui, il les avait comparés à deux bonnes actions dans un monde pervers. Oui, les yeux de Mélanie brillaient comme deux bougies protégées du vent, comme deux flammes discrètes et douces, allumées par le bonheur d'avoir un foyer et de retrouver ses amis.

La petite maison ne désemplissait pas. Tout le monde avait toujours raffolé de Mélanie, même lorsqu'elle était enfant, et les gens accouraient en foule chez elle pour lui souhaiter la bienvenue. Chacun apportait un cadeau : celui-ci une ou deux cuillers, de menus objets échappés aux recherches des hommes de Sherman et conservés précieusement.

De vieux messieurs qui avaient fait la campagne du Mexique avec son père venaient lui rendre visite et amenaient des amis avec eux pour faire la connaissance de la «charmante fille du colonel Hamilton». D'anciennes relations de sa mère passaient leur temps auprès d'elle, car Mélanie avait toujours témoigné un grand respect aux vieilles dames. Ces dernières en étaient d'autant plus touchées que la jeunesse semblait avoir oublié les bonnes manières d'antan. Les femmes de son âge, mariées ou veuves, l'aimaient parce qu'elle avait partagé leurs souffrances sans s'aigrir et qu'elle leur prêtait toujours une oreille attentive. Les jeunes gens et les jeunes filles venaient la voir, eux aussi, parce qu'on ne s'ennuyait pas chez elle et qu'on y rencontrait souvent les amis qu'on voulait voir.

Autour de Mélanie ne tarda pas à se former un noyau de personnes jeunes et vieilles qui représentaient la meilleure société de l'Atlanta d'avant guerre. On eût dit que cette même société, disloquée et ruinée par la guerre, décimée par la mort, désemparée par les bouleversements sociaux, avait découvert en Mélanie un solide point de ralliement.

Mélanie était jeune, mais elle possédait les qualités que ces gens, ces rescapés de la tourmente, appréciaient. Elle était pauvre, mais conservait sa fierté. Courageuse, elle ne se plaignait jamais. Elle était gaie, accueillante, aimable, et surtout fidèle aux anciennes traditions. Mélanie se refusait à changer, elle se refusait même à admettre qu'il fût nécessaire de changer dans un monde en pleine transformation. Sous son toit, le passé semblait renaître. Auprès d'elle, ses amis reprenaient confiance et trouvaient le moyen de mépriser encore plus la façon frénétique dont vivaient les Carpetbaggers et les républicains nouvellement enrichis.

Lorsqu'ils regardaient son jeune visage et y lisaient un attachement inébranlable au passé, ils réussissaient à oublier un moment ceux qui trahissaient leur propre classe et leur causaient à la fois tant de rage, d'inquiétude et de chagrin. Et il y avait un si grand nombre de traîtres. Des hommes de bonne famille, acculés à la misère, étaient passés à l'ennemi, s'étaient faits républicains et avaient accepté des postes de vainqueurs, pour que leurs enfants n'en fussent pas réduits à mendier. D'ex-soldats, encore tout jeunes, n'avaient pas le courage d'attendre pour devenir riches. Ces jeunes gens suivaient l'exemple de Rhett Butler et marchaient, la main dans la main, avec les Carpetbaggers.

Les trahisons les plus pénibles venaient de quelques jeunes filles appartenant aux meilleures familles d'Atlanta. Ces jeunes filles, encore enfants pendant la guerre, n'avaient que des souvenirs estompés des années d'épreuves et n'étaient surtout pas animées de la même haine que leurs aînées. Elles n'avaient perdu ni maris, ni fiancés. Elles se souvenaient mal des splendeurs du passé… et les officiers yankees étaient si jolis garçons sous leurs beaux uniformes. Ils donnaient de si beaux bals, ils avaient de si beaux chevaux et, en fait, ils étaient à genoux devant les femmes du Sud! Ils les traitaient comme des reines et faisaient tellement attention à ne pas heurter leur fierté. Après tout… pourquoi ne pas les fréquenter?
Ils étaient beaucoup plus séduisants que les jeunes gens de la ville qui étaient si mal habillés, qui avaient l'air si sérieux et travaillaient si dur qu'ils n'avaient pas le temps de s'amuser… Tous ces raisonnements s'étaient traduits par un certain nombre d'enlèvements qui avaient plongé les familles d'Atlanta dans l'affliction. On voyait des frères croiser leurs sœurs dans la rue sans leur adresser la parole, des mères et des pères qui ne prononçaient jamais le nom de leur fille. Le souvenir de ces tragédies glaçait la moelle de ceux dont la devise était: «Pas de reddition», mais, devant Mélanie si douce et si calme, ils oubliaient leurs inquiétudes. De l'avis même des douairières, Mélanie était le meilleur exemple qu'on pût donner aux jeunes filles de la ville. Et comme elle ne faisait pas étalage de ses vertus, les jeunes filles ne lui en voulaient pas.
Mélanie ne se serait jamais douté qu'elle était en passe de devenir le chef de file d'une nouvelle société. Elle trouvait seulement qu'on était très gentil de venir la voir et de lui demander de faire partie de cercles de couture ou de prêter son concours à des séances récréatives ou musicales. Malgré le dédain des autres villes du Sud pour le manque de culture d'Atlanta, on y avait toujours aimé la musique, et la bonne musique, et, à mesure que les temps devenaient plus durs, plus inquiétants, grandissait l'engouement pour cette forme d'art. Il était plus facile d'oublier l'insolence des nègres et les uniformes en écoutant de la musique.
Mélanie fut un peu gênée de se trouver placée à la tête du nouveau Cercle musical, pour les soirées du samedi. Elle attribuait son élévation à cette présidence au seul fait qu'elle était capable d'accompagner n'importe qui au piano, y compris les demoiselles McLure qui chantaient faux comme des jetons, mais continuaient à vouloir interpréter des duos.

La vérité était que Mélanie avait réussi, avec beaucoup de diplomatie, à fondre en un seul club la Société des Dames Harpistes, la Chorale des Messieurs, le groupement des Jeunes Joueuses de Mandoline et la Société de la Guitare, si bien que, désormais, on avait à Atlanta des concerts dignes de ce nom. La façon dont *La Bohémienne* fut exécutée par les artistes du cercle fut considérée par de nombreuses personnes comme bien supérieure à tout ce qu'on pouvait entendre à New York ou à La Nouvelle-Orléans. Ce fut après qu'elle eut réussi à obtenir l'adhésion des Dames Harpistes que Mme Merriwether dit à Mme Meade et à Mme Wheating qu'il fallait donner la présidence du Cercle à Mélanie. Mme Merriwether déclara que si Mélanie était capable de s'entendre avec les Dames Harpistes elle pourrait s'entendre avec n'importe qui. Cette excellente dame tenait l'orgue à l'église méthodiste et, en tant qu'organiste, avait un respect mitigé pour la harpe ou les harpistes.

On avait également nommé Mélanie secrétaire à la fois de l'Association pour l'Embellissement des Tombes de nos Glorieux Morts et du Cercle de Couture pour les veuves et les orphelins de la Confédération. Ce nouvel honneur lui échut après une réunion mouvementée de ces deux sociétés, réunion qui faillit se terminer par un pugilat et la rupture de vieilles et solides amitiés. La question s'était posée de savoir s'il fallait débarrasser ou non de leurs mauvaises herbes les tombes des soldats de l'Union qui avoisinaient celles des soldats confédérés. La vue des sépultures yankees abandonnées décourageait tous les efforts des dames pour embellir celles de leurs propres morts. Aussitôt, les passions qui couvaient dans les cœurs se déchaînèrent et les membres des deux organisations entrèrent en conflit et se jetèrent des regards fulgurants. Le Cercle de Couture penchait en faveur de la destruction des mauvaises herbes, les dames de l'Embellissement y étaient violemment opposées.

Mme Meade exprima l'opinion de ce dernier groupe, en disant: « Débarrasser les tombes yankees de leurs mauvaises herbes? Pour deux cents, je déterre tous les Yankees et je les jette aux ordures ! »

En entendant ces paroles guerrières, les membres des deux associations se levèrent et chaque dame se mit à dire ce qu'elle avait sur le cœur, sans écouter sa voisine. La réunion avait lieu dans le salon de Mme Merriwether et le grand-père Merriwether qu'on avait relégué à la cuisine raconta par la suite que le vacarme était si fort qu'il se serait cru au début de la bataille de Franklin. Et il ajouta même qu'il avait couru moins de danger à Franklin que s'il avait assisté à la réunion de ces dames.

Par miracle Mélanie réussit à se faufiler au beau milieu de la mêlée et, par miracle également, elle parvint à se faire entendre. Bouleversée par son audace, la voix étranglée par l'émotion, elle se mit à crier: «Mesdames, je vous en prie!» jusqu'à ce que l'effervescence se calmât et qu'elle pût enfin parler.

– Je veux dire... enfin, j'ai pensé depuis longtemps que... que non seulement nous devrions débarrasser les tombes yankees de leurs mauvaises herbes, mais que nous devrions aussi y planter des fleurs... je... je... vous en penserez ce que vous voudrez, mais quand je vais porter des fleurs sur la tombe de mon cher Charlie, j'en mets quelques-unes sur celle d'un Yankee inconnu qui se trouve à côté. Elle... elle a l'air si abandonnée!

Le tumulte reprit de plus belle, mais cette fois les deux organisations se trouvèrent d'accord pour protester.

– Sur les tombes yankees! Oh! Melly, comment pouvez-vous? – Et ils ont tué Charlie. – Ils ont failli vous tuer. Mais les Yankees auraient pu tuer Beau quand il est né! – Ils ont essayé de brûler Tara pour vous en chasser!

Cramponnée au dossier d'une chaise, Mélanie aurait voulu rentrer sous terre. Jamais elle n'avait rencontré pareille hostilité.

– Oh! mesdames! s'écria-t-elle d'un ton suppliant, je vous en prie, laissez-moi achever! Je sais que je n'ai pas voix au chapitre, car, en dehors de Charlie, aucun de ceux qui me touchent de près n'a été tué et, Dieu merci, je sais où repose mon frère! Mais il y en a tant aujourd'hui, parmi nous, qui ignorent où sont enterrés leurs fils, leurs maris ou leurs frères et...

Elle étouffait et dut s'arrêter. Un silence de mort planait sur le salon. Le regard étincelant de Mme Meade s'assombrit. Elle avait fait le long voyage de Gettysburg, après la bataille, pour ramener le corps de Darcy, mais personne n'avait pu lui dire où il était enseveli. Il gisait probablement au fond d'un trou hâtivement creusé, quelque part en territoire ennemi. Les lèvres de Mme Allan se mirent à trembler. Son mari et son frère avaient accompagné Morgan dans son malheureux raid en Ohio et la dernière chose qu'elle savait d'eux, c'est qu'ils étaient tombés au bord du fleuve au moment où la cavalerie yankee avait chargé les Confédérés. Elle ignorait, elle aussi, où ils reposaient. Le fils de Mme Alison était mort dans un camp de prisonniers du Nord et, pauvre parmi les pauvres, elle ne pouvait pas faire revenir son corps. D'autres femmes encore avaient lu sur les listes transmises par l'état-major : « manquant... présumé mort » et ces trois mots étaient tout ce qu'elles devaient savoir d'hommes qu'elles avaient vu partir au front.

Elles se tournèrent vers Mélanie, et dans leurs yeux on pouvait lire : « Pourquoi avez-vous rouvert ces blessures ? Ces blessures-là ne guériront jamais... »

Le calme qui régnait redonna des forces à Mélanie.

– Leurs tombes se trouvent quelque part, en pays yankee, tout comme il y a par ici les tombes de soldats de l'Union. Ne serait-ce pas épouvantable de savoir qu'une femme yankee parle de déterrer nos morts et...

Mme Meade étouffa un sanglot horrible à entendre.

– Mais comme ce serait bon de savoir que quelque brave femme yankee... et il doit y avoir de braves femmes chez les Yankees. Peu m'importe ce que disent les gens, toutes les Yankees ne peuvent pas être mauvaises ! Comme ce serait bon de savoir qu'elles arrachent les mauvaises herbes des tombes de ceux que nous aimions et qu'elles les fleurissent ! Si Charlie était mort dans le Nord, ce serait un réconfort pour moi de savoir que quelqu'un... Et ça m'est bien égal, ce que vous penserez de moi, mesdames, et la voix de Mélanie s'altéra. Je donne ma démission des deux clubs et je... j'arracherai toutes les mauvaises herbes de toutes les tombes yankees que je trouverai et j'y planterai des fleurs... et... et... que personne ne s'avise de m'en empêcher !

Après avoir lancé ce défi, Mélanie fondit en larmes et, d'un pas mal assuré, chercha à gagner la porte.

Une heure plus tard, bien à l'abri dans un coin du café de la *Belle d'Aujourd'hui*, le grand-père Merriwether raconta à l'oncle Henry Hamilton qu'à la suite de cette harangue tout le monde se jeta sur Mélanie pour l'embrasser, que tout cela se termina par des agapes, et que Mélanie fut nommée secrétaire des deux organisations.

– Et elles vont les arracher, ces mauvaises herbes ! Ce qu'il y a de plus triste, c'est que Dolly veut m'embaucher, sous le prétexte que je n'ai pas grand-chose à faire. Moi, personnellement, je n'ai rien contre les Yankees et je crois que Mme Melly a raison, mais arracher des herbes à mon âge et avec mon lumbago !

Mélanie faisait partie du comité de direction du Foyer des Orphelins et aida à rassembler les livres nécessaires pour constituer un fonds à l'Association pour la Bibliothèque des Jeunes Gens. Les Amis de Thespis eux-mêmes, qui donnaient une représentation d'amateurs une fois par mois, réclamèrent son concours. Elle était trop timide pour paraître en public, derrière la rampe éclairée par des lampes à huile, mais elle était capable de tailler des costumes dans de vieux sacs si elle n'avait pas autre chose à sa disposition. Ce fut elle qui enleva le vote final du Cercle de lectures shakespeariennes, divisé sur la question de savoir s'il fallait alterner la lecture des œuvres du grand tragique avec celles des œuvres de M. Dickens et de M. Bulwer-Lytton, ou celle des poèmes de Lord Byron, comme l'avait suggéré un jeune homme que Mélanie soupçonnait en secret d'être un célibataire un peu trop bon vivant.

Le soir, vers la fin de l'été, la petite maison mal éclairée était toujours remplie d'invités. Il n'y avait jamais assez de chaises, et les dames s'asseyaient souvent sur les marches de la véranda, tandis que les hommes s'installaient sur la balustrade, sur des caisses ou sur la pelouse. Parfois, lorsque Scarlett voyait des gens en train de prendre le thé sur l'herbe, le seul rafraîchissement que les Wilkes fussent en mesure d'offrir, elle se demandait comment Mélanie pouvait se résoudre à étaler sa pauvreté sans plus de pudeur. Jusqu'à ce qu'elle eût réussi à remeubler la maison de tante Pitty comme elle l'était avant la guerre et qu'elle pût se permettre d'offrir à ses hôtes du bon vin et des sorbets, des tranches de jambon fumé ou de venaison froide, Scarlett ne tenait pas du tout à recevoir, et encore moins des gens de marque comme ceux qui fréquentaient chez Mélanie.

Le général John B. Gordon, le grand héros de la Géorgie, venait souvent chez sa belle-sœur avec sa famille. Le frère Ryan, le prêtre-poète de la Confédération, ne manquait jamais de lui rendre visite lorsqu'il était de passage à Atlanta. Il enchantait l'assistance par son esprit et il fallait rarement insister pour l'amener à réciter son *Sabre de Lee* ou son immortelle *Bannière vaincue,* que les dames écoutaient toujours en pleurant. Alex Stephens, l'ancien vice-président de la Confédération, allait voir le ménage chaque fois qu'il se trouvait à Atlanta, et quand on apprenait sa présence chez Mélanie, la maison était pleine à craquer de gens qui restaient pendant des heures sous le charme du frêle invalide à la voix vibrante. D'ordinaire, une bonne douzaine d'enfants assistaient à ces réunions et dodelinaient de la tête dans les bras de leurs parents. Ils auraient dû être au lit depuis longtemps, mais leur père ou leur mère tenaient absolument à ce qu'ils puissent dire plus tard que le grand vice-président les avait embrassés, ou qu'ils avaient serré la main qui avait aidé à défendre la Cause. Tous les gens de marque qui séjournaient à Atlanta connaissaient le chemin de chez les

Wilkes et, souvent, il y en avait qui y passaient la nuit. Dans ces occasions, la petite maison était vite remplie. India couchait sur une paillasse dans le petit réduit qui servait de chambre d'enfant à Beau, et Dilcey accourait vite emprunter des œufs à la cuisinière de tante Pitty. Tout cela n'empêchait pas Mélanie de recevoir ses hôtes avec autant de bonne grâce que si elle eût disposé d'un palais.

Non, Mélanie ne se doutait nullement que les gens se groupaient autour d'elle comme autour d'un drapeau. Aussi fut-elle à la fois stupéfaite et gênée lorsque le docteur Meade, à la fin d'une agréable soirée chez elle où il s'était tiré noblement de la lecture du rôle de Macbeth, lui baisa la main et lui adressa un petit discours, du ton qu'il prenait jadis pour parler de notre glorieuse Cause.

– Ma chère madame Melly, c'est toujours un privilège et un plaisir de se trouver sous votre toit, car vous et les dames comme vous, vous êtes notre force à tous, vous êtes tout ce qui nous reste. On a fauché la fine fleur de nos jeunes gens, on a étouffé le rire de nos jeunes filles. On a ruiné nos santés, on nous a déracinés, on a bouleversé nos coutumes, on a ruiné notre prospérité, on nous a ramenés cinquante ans en arrière et l'on a chargé d'un fardeau trop lourd les épaules de nos garçons qui devraient être à l'école et de nos vieillards qui devraient se chauffer au soleil. Mais nous reconstruisons l'édifice, parce qu'il nous reste des cœurs comme le vôtre sur lesquels appuyer nos fondations. Et, tant que nous les aurons, les Yankees peuvent avoir le reste !

Jusqu'à ce que Scarlett fût déformée au point de ne plus pouvoir dissimuler son état sous le grand châle noir de la tante Pitty, elle et Frank se glissaient fréquemment par la haie du jardin et allaient se joindre aux invités de Mélanie, sous la véranda. Scarlett prenait toujours soin de s'asseoir dans l'ombre où non seulement elle n'était pas trop exposée aux regards, mais d'où elle pouvait observer Ashley tout à loisir.

C'était uniquement Ashley qui l'attirait, car les conversations l'ennuyaient et l'attristaient. Elles étaient toutes calquées sur le même modèle : d'abord, la dureté des temps, puis la situation politique, enfin la guerre. Les dames se lamentaient bien haut sur le renchérissement de la vie et demandaient aux messieurs si, d'après eux, le bon vieux temps reviendrait jamais. Les messieurs, qui savaient tout, répondaient par l'affirmative et déclaraient que c'était une simple question de patience. Les dames savaient fort bien que les messieurs mentaient et ceux-ci ne l'ignoraient pas. Mais ça ne les empêchait pas de mentir de bon cœur et les dames feignaient de les croire. Tout le monde savait qu'on n'était pas au bout de ses peines.

Une fois ce sujet épuisé, les dames parlaient de l'arrogance croissante des nègres, des crimes, des Carpetbaggers et de l'humiliation que leur causait la vue d'un uniforme bleu à chaque coin de rue. Les messieurs pensaient-ils que les Yankees en auraient fini un jour avec la reconstruction de la Géorgie ? Les messieurs affirmaient d'un ton rassurant que ça ne durerait pas… c'est-à-dire que ça prendrait fin le jour où les démocrates pourraient voter de nouveau. Les dames étaient assez sages pour ne pas demander quand cet heureux événement se produirait. Ce chapitre clos, on abordait alors celui de la guerre.

Chaque fois que deux anciens Confédérés se rencontraient, il n'y avait pas d'autre sujet de conversation, mais quand il s'en trouvait réuni une douzaine ou davantage, le résultat était couru d'avance ; les hostilités reprenaient avec plus d'entrain que jamais et le mot « si » jouait le premier rôle dans la discussion.

« Si l'Angleterre nous avait reconnus… – Si Jeff Davis avait réquisitionné tout le coton et l'avait fait passer en Angleterre avant le resserrement du blocus… – Si Longstreet avait exécuté les ordres qu'on lui avait donnés à Gettysburg… – Si Jeb Stuart n'avait pas été au loin à tenter ce raid, alors que Marse Bob avait besoin de lui… – Si nous avions pu tenir un an de plus… et toujours :

– Si l'on n'avait pas remplacé Johnston par Hood… » ou « Si l'on avait mis Hood à la tête des troupes à Dalton, au lieu de Johnston… »

Si ! si ! Les voix douces et traînantes s'échauffaient. Les fantassins, les cavaliers et les artilleurs évoquaient des souvenirs.

« Ils n'ont rien d'autre à dire, pensait Scarlett. Ils ne parlent que de la guerre, toujours la guerre. Et ils continueront à ne parler que de ça jusqu'à leur mort. »

Elle promenait son regard autour d'elle et voyait de jeunes enfants blottis dans les bras de leurs pères. Leur poitrine battait plus vite, leurs yeux brillaient. Ils écoutaient de toutes leurs oreilles ces récits de sorties en pleine nuit, de charges de cavalerie et de drapeaux plantés sur les redoutes de l'ennemi. Ils entendaient battre les tambours, sonner les trompettes et pousser le cri des rebelles. Ils voyaient des hommes marcher, les pieds meurtris, sous la pluie et les drapeaux qui pendaient le long des hampes.

« Et ces enfants n'entendront parler de rien d'autre. Ils s'imagineront que c'était magnifique et glorieux de se battre contre les Yankees et de rentrer chez soi, aveugle ou estropié... ou de ne pas rentrer du tout. Ils aiment tous à évoquer la guerre, à en parler. Mais pas moi. J'ai même horreur d'y penser. Je l'oublierais volontiers si je pouvais... Oh! si seulement je pouvais!»

Elle avait la chair de poule lorsqu'elle entendait Mélanie raconter des histoires de Tara. Sa belle-sœur la peignait sous les traits d'une héroïne, expliquait comment elle avait tenu tête aux envahisseurs, sauvé le sabre de Charles et éteint l'incendie. Mais Scarlett ne tirait aucune satisfaction, aucun orgueil de ce genre de choses. Elle ne voulait pas y penser.

«Oh! mais pourquoi ne peuvent-ils pas oublier? Pourquoi ne regardent-ils pas devant eux au lieu de regarder derrière? Nous avons été fous de faire cette guerre. Plus vite nous en perdrons le souvenir, mieux ça vaudra.»

Cependant, personne ne voulait oublier, personne, sauf elle. Aussi Scarlett fut-elle heureuse de pouvoir dire de bonne foi à Mélanie qu'elle était gênée de se montrer en public même dans l'obscurité. Mélanie comprit fort bien cette explication. D'ailleurs, tout ce qui avait trait à la naissance la touchait profondément. Elle avait le plus grand désir d'avoir un second enfant, mais le docteur Meade et le docteur Fontaine lui avaient déclaré qu'une seconde grossesse la tuerait. À demi résignée à son sort, elle passait la majeure partie de son temps avec Scarlett et prenait plaisir à suivre l'évolution d'une grossesse qui n'était pas la sienne. Aux yeux de Scarlett, qui n'avait pas voulu de cet enfant et s'irritait à la pensée d'être enceinte à un si mauvais moment, cette attitude paraissait le comble de la sentimentalité bébête. Néanmoins, elle éprouvait une joie coupable, en se disant que le verdict des docteurs rendait impossible toute intimité véritable entre Ashley et sa femme.

Scarlett voyait très souvent Ashley, mais elle ne le voyait jamais seul. Il venait chez elle tous les soirs, à son retour de la scierie, pour lui raconter ce qui s'était passé dans la journée, mais Frank et Pitty étaient là en général, ou, ce qui était pire, Mélanie et India. L'entretien se bornait à un échange de réflexions d'ordre commercial, puis Scarlett donnait quelques conseils à Ashley et disait: «Vous êtes gentil d'être venu me voir. Bonsoir.»

Si seulement elle n'était pas enceinte! Elle aurait pu s'en aller tous les matins avec lui à la scierie. Ils auraient traversé ensemble les bois déserts. Loin de tous regards indiscrets, ils auraient pu se croire transportés de nouveau dans le comté, au temps où les jours s'écoulaient sans hâte.

Non, elle n'aurait pas essayé de lui faire dire un seul mot d'amour ! Elle s'était juré à elle-même de ne plus jamais parler de leur tendresse mutuelle. Mais si elle se retrouvait seule avec lui, il laisserait peut-être tomber ce masque d'indifférence polie qu'il portait depuis son arrivée à Atlanta. Peut-être redeviendrait-il lui-même, l'Ashley qu'elle avait connu avant la garden-party, avant qu'il eût été question d'amour entre eux. Puisqu'ils ne pouvaient pas être amants, ils pouvaient redevenir amis. Elle avait tant besoin de réchauffer son cœur transi au feu de son amitié.

« Si seulement je pouvais avoir ce bébé tout de suite, se disait-elle avec impatience. Je pourrais me promener avec Ashley tous les jours. Nous bavarderions, nous... »

Ce n'était pas seulement son désir d'être seule avec Ashley qui la faisait frémir d'impatience et s'emporter contre la vie de recluse qu'elle menait. Les scieries avaient besoin d'elle. Depuis qu'elle avait cessé d'en surveiller la marche et qu'elle en avait confié la direction à Hugh et à Ashley, les deux établissements perdaient de l'argent.

Hugh était si incapable, malgré tout le mal qu'il se donnait. Il n'avait aucun sens du commerce et il ne savait pas commander à ses ouvriers. Tout le monde obtenait de lui des rabais. Pour peu qu'un entrepreneur malin lui déclarât que son bois était de qualité inférieure et ne valait pas le prix qu'il en demandait, il estimait qu'un gentleman se devait de présenter des excuses et de rabattre ses prix. Lorsque Scarlett apprit la somme qu'on lui avait versée pour mille pieds de bois de parquet, elle versa des larmes de rage. Le meilleur lot de bois de plancher qui eût jamais été débité dans la scierie, il en avait pratiquement fait cadeau ! Et puis, il ne savait pas s'y prendre avec ses hommes. Les nègres insistaient pour être payés tous les jours et il leur arrivait souvent de boire leur paie et de ne pas se présenter à l'embauche le lendemain matin. Hugh était alors obligé de se mettre en campagne pour trouver d'autres ouvriers et le travail était en retard. En plus de tous ces ennuis, Hugh restait plusieurs jours de suite sans aller vendre le bois en ville.

Voyant les bénéfices fondre entre les doigts de Hugh, Scarlett entrait dans des rages folles contre sa bêtise et contre elle-même, qui ne pouvait rien faire. Dès qu'elle aurait son enfant et qu'elle serait capable de reprendre le collier, elle se débarrasserait de Hugh et engagerait quelqu'un d'autre à sa place. N'importe qui vaudrait mieux que lui, et elle était bien résolue à ne plus jamais se laisser rouler par les affranchis. Comment diable faire quelque chose de propre avec ces nègres qui abandonnaient le chantier pour un oui ou pour un non ?

– Frank, dit-elle à son mari, après une discussion orageuse avec Hugh au sujet des absences de ses ouvriers, je suis à peu près décidée à louer des forçats pour travailler à mes scieries. Il y a un certain temps, je parlais à Johnnie Gallegher, le contremaître de Tommy Wellburn, du mal qu'on avait à faire travailler les nègres, et il m'a demandé pourquoi je ne prenais pas des forçats. Ça me paraît une bonne idée. Il m'a dit que je pouvais en sous-louer pour presque rien et qu'il me suffisait de leur donner n'importe quelle saleté à manger. Il a ajouté que je pourrais les faire travailler autant que je voudrais sans avoir tout le temps les gens du Bureau des Affranchis à fourrer leur nez dans les affaires qui ne les regardent pas. Ah ! et puis, dès que le contrat de Johnnie Gallegher avec Tommy sera venu à expiration, je l'engagerai pour remplacer Hugh. Un type qui arrive à faire travailler la bande d'Irlandais qu'il a sous ses ordres obtiendra sûrement d'excellents résultats avec des forçats.

Des forçats ! Frank était muet d'horreur. Louer des forçats ! Ça, c'était le comble, c'était pire encore que de songer à construire un café.

Tout au moins, c'était l'opinion de Frank et des milieux conservateurs dans lesquels il évoluait. Le système qui consistait à louer des forçats devait son application récente à la pauvreté de l'État à la suite de la guerre. Incapable d'entretenir des forçats, l'État les louait aux gens qui avaient besoin de beaucoup de main-d'œuvre pour construire des voies ferrées ou exploiter des forêts. Tout en reconnaissant la nécessité d'un tel système, Frank et ses amis bien-pensants n'en déploraient pas moins son existence. Bon nombre d'entre eux n'avaient même pas été partisans de l'esclavage, et ils trouvaient cela bien pire.

Et Scarlett voulait louer des forçats ! Frank savait que, si elle faisait une chose pareille, il n'oserait plus jamais relever la tête. C'était encore pire que de posséder et de diriger une scierie, pire que tout ce que sa femme avait entrepris ou projeté. En s'élevant contre les desseins de Scarlett, Frank avait toujours été poussé par cette question : « Que vont dire les gens ? » Mais cette fois Frank éprouvait un sentiment plus profond que la crainte de l'opinion publique. Il avait l'impression qu'il s'agissait d'un trafic de chair humaine dont le pendant était la prostitution. Il ne pouvait permettre cela sans se charger l'âme d'un péché. Frank en était si convaincu qu'il trouva le courage d'interdire à sa femme de réaliser son projet et il mit tant de force dans ses remarques que Scarlett, médusée, fut incapable de lui répondre. Finalement, pour le tranquilliser, elle lui déclara d'un ton humble que c'était une simple idée en l'air. Au fond d'elle-même, elle pensait tout le contraire. En embauchant des forçats elle résoudrait du même coup l'un des plus graves problèmes, mais d'un autre côté, si Frank prenait la chose sur ce ton…

Elle soupira. Si au moins une des scieries rapportait de l'argent, elle prendrait son mal en patience, mais Ashley ne déployait guère plus de talent que Hugh.

Au premier abord, Scarlett avait été choquée et déçue qu'Ashley ne se fût pas mis immédiatement au courant et n'eût pas fait rapporter à la scierie le double de ce qu'elle rapportait quand elle la dirigeait elle-même. Il était si intelligent et avait lu tant de livres. Il n'y avait aucune raison pour qu'il ne réussît pas brillamment et ne gagnât pas des sommes folles. Par malheur, il n'obtenait pas de meilleurs résultats que Hugh. Son inexpérience, ses erreurs, son manque total de sens commercial, ses scrupules étaient les mêmes que ceux de Hugh.

Dans son amour Scarlett trouva facilement des excuses à sa conduite et il ne lui vint pas à l'idée de placer les deux hommes sur le même plan. Hugh était stupide, son cas était désespéré, tandis qu'Ashley avait besoin de s'initier aux affaires. Cependant, elle fut obligée de reconnaître à contrecœur qu'Ashley ne saurait jamais faire, comme elle, une rapide estimation de tête, ni donner un prix exact. Et parfois elle se demandait s'il apprendrait jamais à reconnaître une sablière d'une planche. Étant lui-même un honnête homme, il avait confiance dans la première crapule venue et, à plusieurs reprises, aurait perdu de l'argent si elle n'était pas intervenue pour arranger les choses. S'il avait de la sympathie pour quelqu'un – et il paraissait avoir de la sympathie pour tant de gens ! – il vendait son bois à crédit sans même se soucier si l'acheteur avait un compte en banque ou d'autres garanties. À cet égard, il ne valait pas plus cher que Frank.

Mais il finirait par apprendre ! Ça ne faisait aucun doute. Et, tandis qu'il s'initiait à la vie commerciale, Scarlett était pleine d'une indulgence et d'une patience toutes maternelles pour ses erreurs. Chaque soir, lorsqu'il arrivait chez elle, épuisé et désespéré, elle ne se lassait pas de lui prodiguer des conseils utiles avec le plus grand tact. Pourtant, elle avait beau l'encourager et lui remonter le moral, ses yeux conservaient un étrange regard, une expression morte qu'elle ne comprenait pas et qui l'effrayait. Il était différent, si différent de l'homme qu'il était jadis. Si seulement elle réussissait à le voir seul, elle découvrirait peut-être à quoi cela tenait.

Cette situation valut à Scarlett bien des nuits sans sommeil. Elle se tourmentait au sujet d'Ashley, à la fois parce qu'elle le savait malheureux et parce qu'elle se rendait compte que d'être malheureux l'empêchait de devenir un bon marchand de bois. Elle était au supplice de voir ses scieries entre les mains de deux hommes aussi peu commerçants qu'Ashley et Hugh. Ça lui brisait le cœur de voir ses concurrents lui prendre ses meilleurs clients, alors qu'elle avait travaillé si dur et préparé si minutieusement son plan de campagne pour les mois où elle ne pourrait plus travailler. Oh! si seulement elle pouvait se remettre à l'ouvrage! Elle s'occuperait d'Ashley et il faudrait bien qu'il apprît son métier! Et si Johnnie Gallegher pouvait diriger l'autre scierie! Elle se chargerait elle-même de la vente du bois et tout irait pour le mieux. Quant à Hugh, s'il voulait continuer à travailler pour elle, on lui donnerait à conduire une voiture de livraison. Il n'était bon qu'à ça!

Évidemment, Gallegher avait beau être débrouillard, il n'avait pas l'air trop scrupuleux, mais... à qui faire appel alors? Pourquoi donc les hommes à la fois intelligents et honnêtes montraient-ils si peu d'empressement à travailler pour elle? Si seulement elle avait l'un d'eux à la place de Hugh, elle n'aurait pas besoin de se faire tant de soucis, mais...

Malgré son infirmité, Tommy Wellburn était devenu le plus gros entrepreneur de la ville et, d'après ce qu'on disait, il gagnait ce qu'il voulait. Mme Merriwether et René réussissaient très bien et venaient d'ouvrir une pâtisserie que René gérait avec un sens de l'économie vraiment français, et le grand-père Merriwether, ravi d'échapper au coin de l'âtre, conduisait désormais la charrette aux petits pâtés. Les fils Simmons avaient tellement de commandes qu'ils employaient trois équipes par jour à leur briqueterie. Et Kells Whiting ramassait lui aussi de l'argent avec son cosmétique, qu'il vendait aux nègres en leur disant qu'on ne les laisserait pas voter républicain s'ils continuaient à avoir les cheveux crépus.

Il en allait de même avec tous les jeunes gens intelligents que Scarlett connaissait: les médecins, les avocats, les commerçants. L'espèce d'engourdissement qui s'était emparé d'eux aussitôt après la guerre avait complètement disparu, et ils étaient bien trop occupés à édifier leur fortune pour l'aider à édifier la sienne. Les autres, ceux qui ne débordaient pas d'activité, c'étaient des hommes du type de Hugh... ou d'Ashley...

Quelle pitié d'essayer de faire marcher une affaire et d'être enceinte par-dessus le marché!

« Je n'aurai pas d'autre enfant, décida Scarlett avec conviction. Je n'ai pas l'intention d'imiter les autres femmes et d'avoir un bébé tous les ans. Bonté divine! Ça ferait six mois de l'année à rester éloignée de mes scieries! Et je m'aperçois maintenant que je ne peux même pas

me permettre un jour d'absence. Je vais tout simplement dire à Frank que je ne veux plus avoir d'enfants. »
Frank voulait une famille nombreuse, mais, quoi, elle arriverait bien à lui faire entendre raison. L'enfant qu'elle portait serait le dernier. Les scieries étaient bien plus importantes.

XLII

L'enfant de Scarlett fut une fille, un petit être maigrichon et chauve, laid comme un singe sans poil et qui ressemblait à Frank d'une manière absurde. À l'exception du père, fou de joie, personne ne trouvait belle la nouveau-née, mais les gens étaient assez charitables pour dire que les vilains bébés devenaient fort jolis, parfois. On l'appela Ella Lorena. Ella, en souvenir de sa grand-mère Ellen, Lorena, parce que c'était un des noms les plus à la mode pour les filles, au même titre que Robert E. Lee et Stonewall Jackson pour les garçons et Abraham Lincoln et Émancipation pour les enfants nègres.

La petite naquit au beau milieu d'une semaine où la fièvre et la crainte d'une catastrophe régnaient à Atlanta. Un nègre qui s'était vanté d'avoir violé une femme blanche avait tout de même été arrêté, mais, avant sa comparution en justice, le Ku-Klux-Klan avait envahi la prison où il était gardé à vue et l'avait pendu, sans tambour ni trompette. Les membres du Klan s'étaient chargés eux-mêmes de le châtier pour épargner une pénible déposition à sa victime dont le public ignorait encore le nom. Comme son père et son frère eussent préféré la tuer, plutôt que de la voir étaler sa honte à la barre des témoins, les gens considéraient qu'en lynchant le nègre on avait résolu le problème de la manière la plus raisonnable et trouvaient même qu'en fait il n'y avait pas d'autre solution possible. Mais les autorités militaires étaient furieuses et ne voyaient pas pourquoi la jeune femme n'eût pas déposé à l'audience publique.

Les militaires opéraient des arrestations à droite et à gauche et juraient d'exterminer le Klan, dussent-ils pour cela mettre en prison tous les hommes blancs d'Atlanta. Pris de panique, les nègres songeaient à se venger en incendiant un certain nombre de maisons. L'atmosphère était surchauffée. On parlait d'exécutions en masse, au cas où les Yankees découvriraient les coupables, et l'on redoutait un soulèvement des noirs. Les gens restaient chez eux, portes et fenêtres fermées. Les hommes n'osaient pas se rendre à leurs affaires pour ne pas laisser seuls leurs femmes et leurs enfants.

Scarlett gisait sans force sur son lit et remerciait silencieusement le Seigneur de ce qu'Ashley fût trop sensé pour faire partie du Klan et

Frank trop vieux et trop timide. C'eût été terrible de savoir que les Yankees pouvaient fondre sur eux comme des oiseaux de proie et les arrêter! Pourquoi les jeunes du Ku-Klux-Klan ne se tenaient-ils pas tranquilles au lieu de provoquer les Yankees? Après tout, la jeune fille ne s'était peut-être pas fait violer? Elle avait peut-être été simplement prise d'une frayeur imbécile et, à cause d'elle, quantité d'hommes risquaient de perdre la vie.

Dans cette atmosphère tendue, où les gens avaient l'impression de voir se consumer peu à peu une mèche reliée à un baril de poudre, Scarlett recouvra rapidement ses forces. La saine robustesse qui lui avait permis de supporter les épreuves de Tara l'aida à se remettre d'aplomb et, deux semaines après la naissance d'Ella Lorena, elle fut assez vaillante pour se tenir assise dans son lit et s'irriter de son inactivité. Une semaine plus tard elle se leva et déclara qu'elle voulait aller inspecter ses scieries où le travail était arrêté, car Hugh et Ashley ne tenaient pas à laisser leurs familles seules toute la journée. C'est alors que l'orage éclata.

Tout fier de sa paternité récente, Frank eut assez de courage pour interdire à Scarlett de sortir tant que la situation resterait aussi dangereuse.

Elle n'aurait tenu aucun compte de cette interdiction et se serait quand même remise à travailler si Frank n'avait confié son cheval et son buggy à un loueur de voitures, avec l'ordre formel de ne laisser s'en servir personne d'autre que lui. Pour comble de malheur, Frank et Mama avaient patiemment fouillé la maison pendant que Scarlett était couchée et avaient découvert son trésor caché. Frank avait déposé l'argent à la banque, sous son propre nom, si bien que sa femme n'avait même plus la ressource de louer une voiture.

Scarlett fit d'abord une scène à Frank et à Mama, puis elle en fut réduite à les supplier et, finalement, elle pleura toute la matinée comme un enfant privé de ses jouets. En guise de consolation, elle entendit Frank lui murmurer: «Voyons, mon petit bout de sucre, vous êtes encore une petite fille malade», et Mama de dire: «Ma'ame Sca'lett, si vous continuez à pleu'er comme ça, vot' lait il va tou'ner et le bébé il au'a des coliques aussi sû' que deux et deux font quat'.»

Folle de rage, Scarlett traversa le jardin au pas de charge et se précipita chez Mélanie pour lui vider son cœur. Le verbe haut et le geste violent, elle déclara qu'elle irait à pied à ses scieries, qu'elle dirait à tout le monde qu'elle avait épousé une vermine et qu'elle n'avait pas l'intention de se laisser traiter comme une gamine sans cervelle. Tant pis, elle s'armerait d'un pistolet et abattrait quiconque la menacerait. Elle avait déjà tué un homme et elle serait ravie, oui, parfaitement, ravie, d'en tuer un autre. Elle...

Mélanie était épouvantée.

– Mais voyons, tu n'as pas le droit de t'exposer ainsi ! J'en mourrais s'il t'arrivait quelque chose ! Oh ! je t'en prie...

– J'irai ! Tu m'entends, j'irai à pied ! J'irai...

Mélanie la regarda et se rendit compte que sa belle-sœur n'était pas en proie à l'une de ces crises de nerfs assez fréquentes chez les femmes encore affaiblies par leurs couches. Elle lisait sur le visage de Scarlett la même résolution, le même mépris du danger qu'elle avait lus si souvent sur celui de Gérald O'Hara quand il avait adopté une dangereuse résolution. Elle prit Scarlett par la taille et l'attira contre elle.

– Tout cela, c'est ma faute. J'aurais dû être plus courageuse et ne pas retenir Ashley tout le temps près de moi, quand son devoir l'appelait à la scierie. Oh ! ma chérie ! Je suis une telle poule mouillée ! Je vais dire à Ashley que je n'ai pas peur du tout. Je viendrai m'installer avec toi et tante Pitty, comme ça il pourra retourner travailler et...

– Tu n'en feras rien ! s'exclama Scarlett qui, malgré elle, était forcée de reconnaître qu'Ashley n'était pas de taille à lutter tout seul contre les difficultés du moment. Comment veux-tu qu'Ashley fasse du bon travail s'il s'inquiète pour toi toute la journée ? Tout le monde me met des bâtons dans les roues ! L'oncle Peter lui-même refuse de me conduire ! Ça m'est égal ! J'irai toute seule. Je ferai le chemin à pied. Une fois là-bas, je m'arrangerai pour embaucher une équipe de nègres.

– Oh non ! ne fais pas ça ! Il pourrait t'arriver quelque chose de terrible. On prétend qu'il y a un ramassis de nègres qui campent à Shanty Town, du côté de la route de Decatur, et il faudra que tu passes par là. Laisse-moi réfléchir... ma chérie, promets-moi de ne rien faire aujourd'hui. Laisse-moi le temps de trouver une solution. Promets-moi de rentrer chez toi et de rester tranquille. Tu as l'air de ne pas tenir sur tes jambes. Donne-moi ta parole.

Trop épuisée par son acte de colère pour résister, Scarlett donna sa parole à Mélanie et s'en retourna chez elle, où elle repoussa avec hauteur toutes les ouvertures de paix qu'on lui fit.

Ce même après-midi, un inconnu traversa en clopinant le jardin de tante Pitty. C'était à n'en pas douter l'un de ces hommes auxquels Mama et Dilcey faisaient allusion lorsqu'elles parlaient « de la canaille que ma'ame Melly elle 'amasse dans la 'ue et laisse do'mi' dans sa cave ».

La maison de Mélanie comportait trois pièces en sous-sol, dont l'une servait primitivement de cave et les autres de logement pour les domestiques. Désormais la première était occupée par Dilcey et les deux dernières par un flot incessant d'hôtes de passage, misérables et déguenillés. En dehors de Mélanie, personne ne savait d'où ils venaient ni où ils allaient. Personne non plus ne savait où la jeune femme les trouvait. Peut-être les négresses avaient-elles raison de dire que Mélanie les ramassait dans la rue. Cependant, tout comme les invités de marque étaient attirés par son petit salon, les malheureux arrivaient à trouver le chemin de sa cave où ils étaient nourris et logés et d'où ils repartaient, un paquet de provisions sous le bras. En général, les occupants des chambres du sous-sol étaient d'anciens soldats confédérés. Ces hommes, du type le plus fruste, ne savaient ni lire ni écrire, n'avaient plus ni maison ni famille et parcouraient le pays en quête de travail.

Des femmes de la campagne à la peau tannée et flétrie y venaient souvent passer la nuit, en compagnie de leur marmaille silencieuse, femmes que la guerre avait rendues veuves, et qui, dépossédées de leur ferme, recherchaient des parents dispersés ou perdus. De temps en temps, les voisins étaient scandalisés par la présence chez Mélanie d'étrangers parlant peu ou pas du tout l'anglais, que le mirage de fortunes hâtivement édifiées avait conduits vers le Sud. Une fois, un républicain avait dormi sous son toit. Du moins, Mama prétendait-elle avec force que c'était un républicain, tout en déclarant qu'elle reconnaissait la présence d'un républicain dans les environs comme un cheval reconnaissait celle d'un serpent à lunettes. Mais personne n'ajouta foi aux allégations de Mama, car il devait tout de même y avoir une limite à la charité de Mélanie.

« Oui, se dit Scarlett qui, son bébé sur les genoux, était assise sous la véranda éclairée par le pâle soleil de novembre. Oui, c'est l'un des éclopés de Mélanie. Et il l'est bien, celui-ci. »

L'homme, qui achevait de traverser le jardin en boitant, avait une jambe de bois comme Will Benteen. C'était un vieil homme, grand et efflanqué, au crâne chauve, d'un rose sale, à la barbe grise, si longue qu'il aurait pu la passer dans sa ceinture. Il avait probablement plus de soixante ans, à en juger par son visage dur et raviné. Malgré sa maigreur maladive et sa jambe de bois, il était vif comme un serpent.

Il gravit les marches et, avant même qu'elle l'eût entendu parler avec son accent nasillard Scarlett devina qu'il venait des hautes terres. Sous ses vêtements sales et en loques, il avait, comme la plupart des montagnards, un air farouche et orgueilleux qui révélait une âme intransigeante et stricte. Sa barbe était souillée par le jus de tabac et une grosse chique lui déformait la joue. Il avait le nez mince et busqué, les sourcils broussailleux et de chacune de ses oreilles sortait une touffe de poils qui les faisait ressembler à des oreilles de lynx. Une de ses orbites était vide et il en partait une profonde cicatrice qui, après lui avoir coupé la joue en deux, allait se perdre dans sa barbe. Son œil unique était petit, pâle et froid, un œil impitoyable. La crosse d'un gros pistolet sortait de la poche de son pantalon et il portait, dans sa botte éculée, un couteau-poignard dont le manche dépassait.

Il examina Scarlett à son tour et, sans manifester la moindre gêne, il cracha par-dessus la balustrade avant de parler. Son œil unique trahissait le mépris, un mépris souverain qui s'étendait non pas à Scarlett en particulier, mais aux femmes en général.

– M'dame Wilkes m'envoie travailler pour vous, déclara-t-il laconiquement. (Il semblait s'exprimer avec une certaine difficulté, en personne qui n'avait guère l'habitude de parler.) J' m'appelle Archie.

– Je regrette, mais je n'ai pas de travail pour vous, monsieur Archie.

– Archie, c'est mon p'tit nom.

– Et quel est votre nom de famille, je vous prie?

Il cracha de nouveau.

– Ça, ça m'regarde, dit-il. Archie, ça suffira comme ça.

– Oh! je me moque pas mal de ne pas savoir votre nom de famille! Je n'ai rien pour vous.

– Mais si, m'dame Wilkes, elle était toute chavirée parce que vous vouliez aller vous balader toute seule. C'est de la folie! Alors, elle m'a envoyé pour vous accompagner dans vos promenades.

– Vraiment? s'exclama Scarlett, indignée à la fois de la grossièreté de l'homme et de la façon dont Melly se mêlait de ses affaires.

Il la toisa de son œil unique.

– Oui, une femme, ça n'a pas l'droit de causer des embêtements à sa famille, quand sa famille veut la protéger. Puisqu'il faut que vous sortiez, eh bien! je vous conduirai. J'ai horreur des nègres... et des Yankees aussi.

Il fit passer sa chique dans le coin opposé de sa bouche et, sans attendre que Scarlett l'y invitât, s'assit sur les marches.

– J'veux pas dire que ça m'plaît de faire le cocher pour les femmes, mais m'dame Wilkes a été bonne pour moi en m'laissant coucher dans sa cave et elle m'a envoyé pour vous accompagner.

– Mais..., commença Scarlett, ne sachant à quel saint se vouer.

Alors, elle s'arrêta court et regarda Archie. Au bout d'un instant, elle se mit à sourire. Ce vieil aventurier ne lui disait rien qui vaille, mais sa présence simplifiait les choses. Grâce à lui, elle pourrait sortir en ville, aller à ses deux scieries et visiter la clientèle. Avec un tel compagnon, tout le monde la croirait en sûreté et son seul aspect était suffisant pour étouffer la moindre tentative de commérage.

– Allons, c'est entendu, dit-elle. À condition toutefois que mon mari accepte.

Après un entretien particulier avec Archie, Frank donna son autorisation à contrecœur et fit dire au loueur de voitures de lui ramener le cheval et le buggy. Il était peiné et déçu que la maternité n'eût point changé Scarlett comme il l'avait espéré, mais, puisqu'elle était décidée à retourner à ses maudites scieries, Archie était une fameuse aubaine.

Ainsi s'établirent des rapports qui, au début, stupéfièrent Atlanta. Archie et Scarlett faisaient un couple étrangement assorti, le vieil homme grossier et sale dont la jambe de bois dépassait le tablier de la voiture, la jeune femme coquette et bien habillée, dont le front se plissait sous le poids des pensées. En ville, comme dans la banlieue, on les voyait partout et à n'importe quelle heure de la journée. Ils s'adressaient rarement la parole et n'avaient manifestement aucune sympathie l'un pour l'autre, mais ils se rendaient service, car lui avait besoin d'argent et elle d'un défenseur. « En tout cas, disaient les dames de la ville, ça vaut encore mieux pour elle que de s'afficher avec ce Butler. » Ces dames se demandaient avec curiosité où avait bien pu passer Rhett. Il avait brusquement quitté Atlanta trois mois auparavant et personne, pas même Scarlett, ne savait où il était.

Archie était un taciturne. Il ne disait jamais rien à moins qu'on ne lui adressât la parole et encore répondait-il le plus souvent par des grognements. Tous les matins, il quittait la cave de Mélanie et venait s'asseoir sur le perron de tante Pitty, chiquant et crachant jusqu'à ce que Scarlett sortît et que Peter eût attelé le buggy. L'oncle Peter avait à peine moins peur de lui que du diable, ou du Ku-Klux-Klan, et Mama elle-même se taisait en sa présence et tournait autour de lui d'un air craintif. Il avait horreur des nègres et ceux-ci le savaient. Il s'arma d'un second pistolet et sa réputation grandit parmi la population noire. Il n'eut jamais besoin de dégainer ses pistolets, ni même de porter la main à la ceinture. L'effet moral était suffisant. Les nègres en arrivaient à ne plus oser rire quand Archie se trouvait dans les parages.

Un jour, Scarlett lui demanda pourquoi il détestait les nègres et fut bien étonnée de l'entendre répondre autre chose que son éternel : « Ça, ça m'regarde. »

– J'les déteste, comme tous les montagnards les détestent. Nous ne les avons jamais aimés et nous n'en avons jamais possédé un seul. C'est les nègres qui ont déclenché la guerre. C'est aussi à cause de ça que j'les aime pas.

– Mais vous avez pourtant fait la guerre.

– Ça, c'est l'privilège des hommes. Et puis, j'déteste encore plus les Yankees qu'les nègres. J'les déteste autant qu'les femmes bavardes.

Ce genre de déclaration trop impolie avait le don d'exaspérer Scarlett, qui rongeait son frein en silence et souhaitait de se débarrasser d'Archie. D'un autre côté, comment pourrait-elle se passer de lui ? Il était grossier et sale, parfois même il sentait mauvais, mais il lui était indispensable. Il la conduisait aux scieries et l'en ramenait. Il lui faisait faire la tournée des clients et, tandis qu'elle discutait ou donnait ses instructions, il restait bien tranquillement à cracher et à contempler les nuages. Si elle avait à descendre de voiture, il descendait lui aussi, et lui emboîtait le pas. Lorsqu'elle se trouvait au milieu d'un groupe d'ouvriers, de nègres ou de soldats yankees, il la lâchait rarement d'une semelle.

Atlanta s'habitua bientôt au spectacle de Scarlett et de son garde du corps, et de là les dames en vinrent à envier la liberté dont jouissait la jeune femme. Depuis que les membres du Ku-Klux-Klan avaient lynché le nègre, elles vivaient cloîtrées chez elles et ne sortaient pas pour faire leurs achats, à moins d'être une demi-douzaine. Comme elles aimaient à voir du monde, leur solitude commençait à leur peser et, mettant toute question d'amour-propre de côté, elles demandèrent à Scarlett de leur prêter Archie. Lorsqu'elle n'avait pas besoin de lui, Scarlett avait l'amabilité d'accéder à leur requête.

Archie ne tarda pas à être élevé à la hauteur d'une institution et les dames rivalisèrent à qui profiterait de ses instants de liberté. Il ne se passait guère de matin qu'un enfant ou un domestique noir ne se présentât, au moment du petit déjeuner, avec un mot disant : « Si vous n'avez pas besoin d'Archie cet après-midi, faites-moi la faveur de me le laisser. Je voudrais aller porter des fleurs au cimetière. – Il faut que j'aille chez ma modiste. – J'aimerais qu'Archie emmenât tante Nelly prendre l'air. – J'ai une visite à faire rue Pierre et mon grand-père n'est pas assez bien pour m'accompagner. Archie pourrait-il… »

Il servait donc de cocher à toutes ces dames, aux jeunes filles, aux femmes mûres, aux veuves, et il les traitait toutes avec le même souverain mépris. Il était clair qu'à l'exception de Mélanie il n'aimait pas beaucoup plus les femmes que les nègres ou les Yankees. Choquées au premier abord par sa grossièreté, les dames finissaient par s'habituer à lui et, n'eût été sa façon bruyante de cracher, il était tellement silencieux qu'elles en arrivaient à ne pas faire plus attention à lui qu'au cheval qu'il conduisait.

Il fallait vraiment que la situation fût bien changée pour qu'on tolérât pareil état de choses. Avant la guerre, ces dames n'auraient même pas permis à Archie l'accès de leur cuisine. On lui aurait tendu un morceau de pain par la porte de service et on l'aurait envoyé au diable. Mais cela ne les empêchait pas d'accueillir sa présence rassurante avec joie. Crasseux et grossier, ne sachant ni lire ni écrire, il n'en était pas moins un rempart entre les terreurs de la Reconstruction et ces dames. Ni ami, ni domestique, Archie était un garde du corps dont on rétribuait les services et qui protégeait les femmes, pendant que leurs maris travaillaient ou s'absentaient le soir.

Depuis l'entrée en fonctions d'Archie, Scarlett avait l'impression que Frank sortait très fréquemment après le dîner. Il prétendait que ses clients ne lui laissaient par une minute de répit dans la journée et qu'il était obligé de retourner le soir au magasin pour faire ses comptes. Il y avait aussi ses amis malades et, tous les mercredis, la Réunion des Démocrates qui recherchaient ensemble le moyen de reconquérir le droit de vote. Scarlett pensait que cette organisation ne faisait pas grand-chose, en dehors de ressasser les mérites du général John B. Gordon et de discuter à perte de vue sur la guerre. En tout cas, les Démocrates semblaient toujours en être au même point en ce qui concernait le droit de vote, mais quoi, Frank avait l'air de prendre un vif plaisir à ces réunions, car il s'y attardait jusqu'au petit matin.

Ashley, lui aussi, se rendait au chevet d'amis malades. Il assistait également aux réunions des Démocrates et sortait en général les mêmes soirs que Frank. Lorsqu'ils s'absentaient tous les deux, Archie accompagnait Pitty, Scarlett et la petite Ella chez Mélanie et les deux familles passaient la soirée ensemble. Les dames tiraient l'aiguille tandis qu'Archie, étendu de tout son long sur le sofa du salon, ronflait comme un bienheureux et que son souffle agitait régulièrement ses moustaches grises. Personne ne l'avait invité à disposer du sofa et, comme c'était le plus beau meuble de la maison, les dames se lamentaient en silence chaque fois qu'il s'y allongeait et posait ses bottes sur la belle tapisserie. Cependant, aucune d'elles n'avait le courage de lui adresser des reproches. N'avait-il pas déclaré, d'ailleurs, qu'elles avaient bien de la chance qu'il eût le sommeil lourd, car d'entendre des femmes jacasser comme une troupe de pintades ne manquait jamais de le mettre hors de lui.

Parfois, Scarlett se demandait d'où venait Archie et quelle vie il avait menée avant d'échouer chez Melly, mais elle ne chercha pas à percer le mystère. Il y avait chez ce vieux borgne grisonnant quelque chose qui interdisait toute question relative à son passé. À son accent, Scarlett devinait qu'il était originaire des montagnes situées au nord de la Géorgie. Elle savait en outre qu'il avait fait la guerre et avait perdu sa jambe et son œil peu de temps avant la reddition.

Un matin, le vieil homme avait conduit Scarlett à la scierie dirigée par Hugh. Le travail y était arrêté, les ouvriers noirs ne s'étaient pas présentés à l'embauche et Hugh, découragé, s'était assis sous un arbre pour réfléchir. Scarlett se mit dans une colère terrible et s'en prit à Hugh avec d'autant plus de violence qu'elle venait de recevoir une grosse commande de bois… et une commande pressée. Elle avait déployé toute son énergie et toute sa séduction pour enlever cette commande et, en arrivant à la scierie, que trouvait-elle ? une usine en chômage ! C'était trop fort.

– Conduisez-moi à l'autre scierie, ordonna-t-elle à Archie. Oui, je sais qu'il y a un fameux bout de chemin et que nous nous passerons de déjeuner, mais pourquoi est-ce que je vous paie ? Il faut que j'aille dire à M. Wilkes d'arrêter immédiatement tout ce qu'il a en train pour s'attaquer à cette commande. J'espère que ses ouvriers travaillent. Tonnerre de chien ! Je n'ai jamais vu plus belle moule que Hugh Elsing ! Dès que Johnnie Gallegher aura fini de construire ce magasin, je le flanquerai à la porte. Qu'est-ce que ça peut me faire que Gallegher ait servi dans l'armée yankee ? Lui, au moins, il abattra de la besogne. Je n'ai encore jamais vu un Irlandais paresseux. Et puis j'en ai assez des affranchis. On ne peut pas compter sur eux. Je vais demander à Johnnie Gallegher de m'embaucher des forçats. Il saura bien les faire travailler. Il…

Archie lança à Scarlett un coup d'œil malveillant et se mit à parler d'une voix rauque, qui trahissait une colère contenue.

– Le jour où vous embaucherez des forçats, j'vous quitte, dit-il.

– Pourquoi donc, Grand Dieu ? s'exclama Scarlett, interloquée.

– J'sais c'que c'est l'embauchage des forçats. Moi, j'appelle ça d' l'assassinat. On achète des hommes comme on achète des mules. On les traite encore pis que des mules. On les bat, on les laisse crever de faim, on les tue. Et qui est-ce que ça intéresse ? L'État s'en fiche. C'est lui qui touche l'argent. Les gens qui louent les forçats, ils s'en fichent eux aussi. Tout ce qu'ils veulent, c'est leur donner le moins possible à manger et en tirer tout ce qu'ils peuvent. Sacré bon Dieu ! J'ai jamais porté les femmes dans mon cœur, mais maintenant j' les aime encore moins.

– Mais est-ce que ça vous regarde, tout ça ?

– J' pense bien, se contenta de répondre Archie, qui, après une pause, ajouta : Moi, j'ai fait quarante ans de travaux forcés.

Scarlett resta bouche bée et, instinctivement, se recroquevilla sur les coussins de la voiture. C'était donc cela la clef de l'énigme posée par Archie, l'explication de son entêtement à ne pas vouloir dire son nom de famille ou le lieu de sa naissance, à ne rien vouloir raconter de sa vie passée, l'explication de la peine qu'il avait à s'exprimer, de sa haine contre le monde. Quarante ans ! Il avait dû être mis en prison tout jeune. Quarante ans ! Voyons... Archie avait dû être condamné aux travaux forcés à perpétuité et les condamnés de cette catégorie étaient...

– C'était pour... pour meurtre ?

– Oui, fit Archie en secouant les guides sur le dos du cheval. Ma femme.

Scarlett battit des paupières. Elle avait peur.

Sous la barbe grise, la bouche d'Archie sembla esquisser un sourire, comme si l'homme s'amusait des craintes de sa compagne.

– J'vais pas vous tuer, m'dame, si c'est ça qui vous tracasse. Y a pas trente-six raisons pour tuer une femme.

– Vous avez tué votre femme !

– Dame, elle était couchée avec mon frère. Lui, il a fichu l'camp. J'ai pas le moindre regret de l'avoir tuée. Des femmes comme ça, elles devraient toutes y passer. La loi, elle devrait pas avoir le droit d'envoyer des hommes en prison pour ça, mais j'y ai été quand même.

– Mais... comment en êtes-vous sorti ? Vous vous êtes évadé ! On vous a gracié ?

– Gracié ! Parlez-moi d'une grâce comme ça !

Les sourcils broussailleux d'Archie se rejoignirent, comme s'il faisait un gros effort pour trouver ses mots.

– Vers la fin de 1864, quand Sherman s'est ramené, j'étais au bagne de Milledgeville que j'avais pas quitté depuis quarante ans. Le directeur, il a convoqué tous les prisonniers et il leur a dit que les Yankees étaient en train de tout massacrer et de tout brûler. S'il y a quelque chose que je déteste plus qu' les nègres et les femmes, c'est bien les Yankees.

– Pourquoi ? Avez-vous... vous en avez connu ?

– Non, m'dame, mais j'en ai entendu parler. On m'a dit qu'ils pouvaient pas s'empêcher de s'occuper des affaires des autres. Je déteste les types qui s'mêlent de c'qui les regarde pas. Qu'est-ce qu'ils venaient faire en Géorgie à affranchir nos nègres, à brûler nos maisons et à tuer nos bêtes ! Alors, le directeur il nous a dit que l'armée avait un sacré besoin de soldats et que les prisonniers qui voudraient s'engager seraient libres à la fin de la guerre... s'ils s'en sortaient vivants. Mais nous autres qui avions tué... nous autres les assassins, le directeur il a dit que l'armée n'voulait pas de nous. Mais moi j'lui ai dit, au directeur, que j'étais pas un assassin comme les autres, que j'avais juste tué ma femme parce qu'elle le méritait et que j'voulais m'battre contre les Yankees. Alors, le directeur il a compris et il m'a fait filer avec les autres prisonniers.

Il s'arrêta et poussa une sorte de grognement.

– Ça alors, pour être rigolo, c'était rigolo, reprit-il. Ils m'avaient fourré en prison parce que j'avais tué et les voilà qui m'relâchaient avec un fusil dans la main pour tuer encore plus. Nous autres, les gars de Milledgeville, on s'est battu et on a tué de bon cœur, j'vous prie d'croire... et puis, il y en a eu aussi pas mal de descendus. Mais il y en a pas un qui a déserté. Quand la reddition est arrivée, on était libres. Dans le coup, j'ai perdu c'te jambe-là et c't'œil-là aussi, mais j'regrette rien.

– Oh ! fit Scarlett d'une voix faible.

Elle essaya de se rappeler ce qu'elle avait entendu raconter lorsqu'on avait relâché les bagnards de Milledgeville pour opposer une dernière barrière au flot grossissant des armées de Sherman. Frank avait parlé de cela lorsqu'il était venu passer la Noël à Tara, en 1864. Qu'avait-il donc dit ? Mais les souvenirs de cette époque-là étaient trop embrouillés. Scarlett revécut les affres de ces journées tragiques. Elle entendit de nouveau gronder les canons du siège, elle revit les files de voitures militaires dégouttantes de sang, elle revit la Garde locale monter en ligne, les petits cadets, les enfants de l'âge de Phil Meade, les vieillards comme l'oncle Henry et le grand-père Merriwether. Et les forçats, eux aussi, étaient montés en ligne pour aller mourir dans le crépuscule de la Confédération, pour aller périr de froid dans la neige, au cours de cette dernière campagne du Tennessee.

Pendant un bref instant, Scarlett pensa que ce vieil homme était fou de s'être battu pour un État qui lui avait pris quarante années de son existence. La Géorgie l'avait frustré de sa jeunesse et de son âge mûr, en punition d'un crime qui, à ses yeux, n'en était pas un et, malgré cela, il avait librement fait don à la Géorgie d'un œil et d'une jambe. Les paroles amères que Rhett avait prononcées aux premiers temps de la guerre lui revinrent à l'esprit et elle se rappela qu'il avait juré de ne jamais se battre pour défendre une société qui l'avait banni de son sein. Et pourtant, lorsque l'heure du désastre avait sonné, lui aussi s'était porté au secours de cette même société. C'est à croire que tous les hommes du Sud, du haut en bas de l'échelle, attachaient moins de prix à leur peau qu'à des formules vides de sens.

Scarlett regarda les mains noueuses du vieil homme, ses deux pistolets et son poignard et, de nouveau, elle sentit l'aiguillon de la peur. Il devait y avoir une foule d'anciens bagnards en liberté. Sans le savoir, on devait côtoyer dans la rue des aventuriers, des voleurs, des criminels comme Archie. Si jamais Frank apprenait la vérité, ça ferait du joli ! Si tante Pitty… mais elle en mourrait d'émotion. Quant à Mélanie, Scarlett regrettait presque d'être obligée de se taire. Ça lui apprendrait à héberger n'importe qui et à imposer ses protégés à ses parents et à ses amis.

– Je… je suis heureuse que vous m'ayez parlé, Archie. Je… je ne le dirai à personne. Ça porterait un coup terrible à Mme Wilkes et aux autres dames, si elles savaient à quoi s'en tenir sur votre compte.

– Peuh ! Mme Wilkes est au courant. J'lui ai dit la première nuit qu'elle m'a laissé coucher dans sa cave. Vous auriez tout de même pas voulu que j'laisse une brave femme comme elle me prendre chez elle sans lui dire la vérité.

– Seigneur Jésus ! s'exclama Scarlett, frappée de stupeur.

Mélanie savait que cet homme était un assassin et elle ne l'avait pas chassé. Elle lui avait confié son fils, sa tante, sa belle-sœur et toutes ses amies ! Comment, elle, la plus craintive de toutes les femmes, elle n'avait pas eu peur de rester seule avec lui, dans sa maison !

– M'dame Wilkes est rudement intelligente pour une femme. Elle sait parfaitement qui j'suis. Seulement, elle sait aussi que si un menteur continue toujours à mentir et que si un voleur continue toujours à voler, les gens n'assassinent guère qu'une seule fois dans leur vie. Et puis elle comprend que ceux qui s'sont battus pour la Confédération, ils ont effacé tout c'qui y avait d'mauvais dans leur passé. Pourtant, ça veut pas dire que j'crois avoir fait quelque chose de vilain en tuant ma femme… Oui, m'dame Wilkes est rudement intelligente… En tout cas, j'vous l'dis, le jour où vous embaucherez des forçats, j'vous quitte.

Scarlett ne répondit rien, mais elle pensa en elle-même : « Plus vite tu me quittes, mieux ça vaudra. Un assassin ! »

Il faisait froid. La nuit tombait. Rentrant chez elle avec Archie, Scarlett aperçut, à la porte du café de la *Belle d'Aujourd'hui*, un nombre inaccoutumé de chevaux, de buggies et de charrettes. Le visage tendu et inquiet, Ashley était en selle. Les fils Simmons, penchés hors de leur buggy, faisaient de grands gestes. Hugh Elsing, sa mèche de cheveux bruns sur le front, agitait les bras. La voiture de livraison du grand-père Merriwether occupait le centre du groupe et Scarlett, en s'approchant, vit que Tommy Wellburn et l'oncle Henry se serraient sur le siège à côté du vieux monsieur.

« Je voudrais bien que l'oncle Henry ne rentre pas chez lui dans ce machin-là, se dit Scarlett avec colère. Il devrait avoir honte de s'exhiber dans cette guimbarde. Ce n'est tout de même pas comme s'il n'avait pas de voiture à lui. Quand je pense qu'il accompagne le grand-père, uniquement pour pouvoir aller tous les soirs au café avec lui. »

Comme son buggy arrivait à la hauteur de la foule, elle en devina l'inquiétude et elle sentit son cœur se serrer.

« Oh ! se dit-elle. J'espère qu'il n'y a pas eu un nouveau viol ! Si jamais le Ku-Klux-Klan lynche un autre nègre, c'en est fait de nous ! »

– Arrêtez, fit-elle à Archie. Il y a quelque chose de cassé.

– Vous n'allez pas descendre de voiture devant un café, remarqua Archie.

– M'avez-vous entendue ? Arrêtez ! Bonsoir tout le monde, Ashley... oncle Henry... que se passe-t-il ? Vous avez l'air si...

Tous les hommes se tournèrent vers elle, soulevèrent leur chapeau, sourirent, mais dans leurs yeux brillait une curieuse lueur.

– Du bon et du mauvais, glapit l'oncle Henry. Ça dépend de quel côté on le prend. À mon avis, ça ne me surprend pas. La Législature[1] ne pouvait pas en faire d'autres.

« La Législature », pensa Scarlett, soulagée d'un grand poids. Les faits et gestes de la Législature ne l'intéressaient nullement, car elle ne voyait pas en quoi ils étaient capables d'affecter son existence. Non, c'était la perspective de voir les soldats yankees recommencer leurs simagrées qui l'effrayait.

– Alors, quelles sont les nouvelles ?

– Eh bien ! la Législature a purement et simplement refusé de voter l'amendement, déclara le grand-père Merriwether, non sans fierté. Ça montrera un peu aux Yankees de quel bois on se chauffe par ici.

– Ça va faire un sacré grabuge... Oh ! pardon, Scarlett, dit Ashley.

– L'amendement ? interrogea la jeune femme en s'efforçant de prendre un air entendu.

1. On appelle législature aux États-Unis le parlement local de chaque État *(N.d.T.)*.

Elle n'avait jamais rien compris à la politique et, d'ailleurs, elle avait bien d'autres choses en tête pour réfléchir à ces questions. On avait déjà ratifié un certain Treizième Amendement, à moins que ça n'eût été le Seizième, mais elle n'avait aucune idée de ce qu'on entendait par le mot : ratification. Les hommes s'emballaient toujours sur ces questions-là. Son visage dut trahir, en partie, son ignorance, car Ashley qui la regardait se mit à sourire.

– Il s'agit d'un amendement accordant le droit de vote aux nègres, expliqua-t-il. Il a été soumis à la Législature, mais celle-ci a refusé de le ratifier.

– Quelle bêtise ! Vous savez bien que les Yankees nous feront accepter le vote des noirs, de gré ou de force !

– C'est pourquoi je prétends qu'il va y avoir du grabuge, fit Ashley.

– Je suis fier de la Législature, fier du cran des représentants ! clama l'oncle Henry. Les Yankees ne nous feront pas avaler ça si nous nous y refusons.

– Ils en sont fort capables et ils ne s'en priveront pas, déclara Ashley d'une voix calme, tandis que son regard s'assombrissait. Et vous verrez que ça compliquera encore plus les choses.

– Mais non, Ashley ! La situation ne peut pas être pire qu'elle ne l'est en ce moment !

– Pourquoi pas ? Supposez que nous ayons une Législature composée de représentants noirs. Supposez que nous ayons un gouvernement nègre. Supposez enfin que les autorités militaires appliquent un règlement encore plus draconien que celui en vigueur actuellement.

La peur agrandit les yeux de Scarlett, qui commençait peu à peu à envisager le problème sous son véritable aspect.

– Je me demande ce qui vaudrait mieux pour la Géorgie et, partant, pour nous tous, reprit Ashley, le visage altéré. Quelle est la solution la plus raisonnable ? Combattre ce projet comme l'a fait la Législature et soulever tout le Nord contre nous, ou faire taire notre fierté et nous soumettre de bonne grâce en essayant d'arranger la chose au mieux de nos intérêts ? En fin de compte, ça reviendra au même. Nous serons toujours obligés d'en passer par où les Yankees voudront. Nous sommes pieds et poings liés. Il serait peut-être plus sage de ne pas ruer dans les brancards.

Scarlett l'écoutait à peine ; en tout cas, la portée des paroles d'Ashley lui échappait. Elle savait que, selon son habitude, Ashley envisageait les deux côtés de la question, mais elle n'en voyait qu'un seul, la répercussion possible sur son existence de ce camouflet infligé aux Yankees.

– Eh ! eh ! Ashley. On devient radical et on a envie de voter républicain ? ricana le grand-père Merriwether.

Un silence pénible s'abattit sur le groupe. Scarlett vit Archie porter la main à son pistolet, puis la retirer. Archie ne se gênait pas pour déclarer que le grand-père était une vieille outre pleine de vent, et il n'avait pas du tout l'intention de laisser insulter le mari de Mme Mélanie, quand bien même celui-ci eût dit des inepties.

La colère flamba soudain dans les yeux d'Ashley, mais avant qu'il eût ouvert la bouche l'oncle Henry s'interposa.

– Espèce de sacré bon Dieu de... je te demande pardon. Scarlett... Grand-père, tu parles à tort et à travers. Ne t'avise pas de dire des choses comme ça à Ashley.

– Ashley n'a pas besoin de toi pour se défendre, fit le grand-père d'un ton sec. Il parle comme un Scallawag. Nous soumettre ! Ah ! nom de D... ! Pardon, Scarlett.

– Je n'ai jamais cru aux vertus de la sécession, dit Ashley, d'une voix vibrante. Mais quand la Géorgie s'est séparée de l'Union, je l'ai suivie. Je ne croyais pas non plus à la nécessité d'une guerre, mais je me suis battu quand même. Maintenant, je ne crois pas qu'il soit nécessaire d'exaspérer davantage les Yankees, mais si la Législature a choisi ce parti, je ferai comme elle. Je...

– Archie, coupa l'oncle Henry. Reconduisez Mme Scarlett chez elle. Elle n'a rien à faire ici. Les femmes n'ont rien à voir à la politique et on ne va pas tarder à échanger des injures. Allez, Archie. Bonsoir, Scarlett.

Tandis que la voiture descendait la rue du Pêcher, Scarlett sentait son cœur battre à coups précipités sous l'effet de la peur. Ce geste insensé de la Législature allait-il dans ses conséquences se traduire par une menace pour elle ? Les Yankees déchaînés allaient-ils lui confisquer ses deux scieries ?

– Eh bien, sapristi, bougonna Archie. J'ai déjà entendu raconter l'histoire du pot de terre contre le pot de fer, mais j'avais encore jamais vu l'pot d'terre se j'ter sur l'pot d'fer. Pendant qu'ils y étaient, les types de la Législature auraient bien dû s'payer le luxe de brailler : « Hourra pour Jeff Davis de la Confédération du Sud ! » Ça n'aurait fait ni chaud ni froid. Les Yankees adorent les nègres et ils sont bien décidés à nous les donner pour maîtres. N'empêche que vous devriez admirer les types de la Législature pour leur cran !

– Les admirer, eux ? Tonnerre de chien ! Les admirer ? On devrait les fusiller. Par leur faute, les Yankees vont se jeter sur nous comme un canard sur un hanneton. Pourquoi n'ont-ils pas rati... radi... enfin

bref, pourquoi n'ont-ils pas fait ce qu'on attendait d'eux, au lieu d'exciter les Yankees contre nous ? Pourquoi ne pas céder tout de suite, puisque de toute manière, ils veulent nous mettre au pas ?
De son œil unique, Archie décocha à Scarlett un regard glacial.
– Et vous croyez qu'on va se laisser faire sans résister ? Les femmes elles ont pas plus d'amour-propre que les chèvres.

Lorsque Scarlett eut embauché dix forçats, cinq pour chacune de ses scieries, Archie mit sa menace à exécution et refusa de travailler plus longtemps pour elle. Mélanie eut beau le supplier et Frank promettre une augmentation de salaire, il resta ferme sur ses positions. Il acceptait volontiers d'accompagner Mélanie, Pitty, India ou leurs amies en ville, mais il se refusait à conduire le buggy de Scarlett. C'était plutôt gênant pour la jeune femme de voir l'ancien bagnard se faire juge de ses actions et, ce qui était pire, c'était de savoir que sa famille et ses relations partageaient l'opinion du vieil homme.
Frank essaya d'abord de s'opposer à la décision de Scarlett, mais il dut s'avouer vaincu. Quant à Ashley, après avoir refusé de faire travailler des forçats, il finit par y consentir, lorsque Scarlett, en larmes, lui eut promis de les remplacer par des nègres dès que les circonstances le permettraient. Les amis de la famille cachaient si peu leur désapprobation que Frank, Pitty et Mélanie osaient à peine les regarder en face. Peter et Mama eux-mêmes déclaraient que ça portait malheur d'employer des forçats et qu'il n'en sortirait rien de bon. Tout le monde était d'accord pour reconnaître que c'était mal de profiter de la misère et des malheurs d'autrui.
– Vous ne voyiez pourtant pas d'inconvénients à faire travailler des esclaves ! s'écriait Scarlett, indignée.
Ah ! mais c'était bien différent. Les esclaves n'étaient pas du tout dans la même situation que les forçats. Au temps de l'esclavage, les nègres étaient bien plus heureux que maintenant et, pour s'en convaincre, Scarlett n'avait qu'à regarder autour d'elle. Mais, comme toujours, l'opposition des siens ne fit que renforcer Scarlett dans ses idées de réforme. Elle retira la direction de la scierie à Hugh, auquel elle confia le soin de conduire sa voiture de livraison, puis elle engagea Johnnie Gallegher à sa place.
Johnnie était la seule personne qui, à sa connaissance, trouvât bien d'employer les forçats comme main-d'œuvre. Lorsque l'accord eut été conclu, l'Irlandais au visage de gnome hocha sa tête ronde et

déclara que c'était pour lui un bel avancement. Scarlett examina du coin de l'œil l'ancien jockey trapu et bien campé sur ses jambes arquées et pensa : « Ceux qui lui confiaient leurs chevaux n'avaient vraiment pas peur. Moi, je ne le laisserais pas approcher comme ça des miens. »

Néanmoins, Scarlett n'éprouvait aucun scrupule à lui confier une bande de bagnards.

– Et vous me donnez carte blanche avec eux ? interrogea-t-il en roulant des yeux gris et froids comme des billes d'agate.

– Oui, je vous donne carte blanche. Tout ce que je vous demande, c'est de faire marcher ma scierie et de livrer tout le bois dont j'aurai besoin.

– Je suis votre homme, dit Johnnie. Je m'en vais dire à M. Wellburn que je le quitte.

Tandis qu'il fendait la foule des maçons, des charpentiers et des manœuvres portant des seaux sur l'épaule, Scarlett se sentit renaître à la vie. Johnnie était bien l'homme qu'il lui fallait. Dur avec les autres il savait ce qu'il voulait et n'était pas de ceux qui se laissaient rouler. « Un Irlandais doublé d'un arriviste », avait dit Frank avec mépris en parlant de lui, mais c'était pour cette même raison que Scarlett l'appréciait. Elle savait qu'un Irlandais décidé à faire son chemin était une précieuse recrue, quels que fussent ses défauts par ailleurs. Elle se sentait également plus près de lui qu'elle l'était de certains hommes de sa classe, car Johnnie connaissait la valeur de l'argent.

Dès la première semaine, il justifia les espoirs de Scarlett. Avec ses cinq forçats, il abattit plus d'ouvrage que Hugh avec son équipe de dix nègres. En outre, comme il n'aimait pas voir sa patronne à la scierie et qu'il ne se priva pas de lui en faire la remarque, Scarlett disposa de plus de loisirs qu'elle n'en avait eus depuis son arrivée à Atlanta, l'année précédente.

– Vous vous occupez de vendre votre bois et moi de le débiter, déclara-t-il sèchement. Un campement de forçats, c'est pas un endroit convenable pour une dame. Si personne n'a le courage de vous le dire, moi, Johnnie Gallegher, je m'en charge. Je vous livre votre bois à temps, hein ? Bon, alors je n'ai pas l'intention qu'on vienne m'embêter tous les jours comme M. Wilkes. Lui, il a besoin d'être stimulé. Pas moi.

Ainsi Scarlett espaça à contrecœur ses visites à la scierie de Johnnie dans la crainte que celui-ci ne la quittât si elle y venait trop souvent. Sa réflexion au sujet d'Ashley l'avait piquée au vif, car elle renfermait plus de vérité qu'elle n'aurait voulu l'admettre. Ashley réussissait un peu mieux avec les forçats qu'avec les affranchis, bien qu'il eût été incapable d'en expliquer la raison. D'ailleurs, il paraissait honteux d'avoir des bagnards sous ses ordres et il n'avait pas grand-chose à dire à Scarlett.

Scarlett était préoccupée par le changement qui s'opérait en lui. Sa belle chevelure d'un blond chaud commençait à grisonner. Il avait les épaules tombantes d'un homme fatigué. Il souriait rarement et ne ressemblait plus du tout au séduisant Ashley qui, jadis, avait conquis le cœur de Scarlett. On eût dit qu'il était rongé par une douleur secrète qu'il avait peine à supporter et sa bouche avait une expression amère. Scarlett aurait voulu lui prendre la tête à deux mains, la poser sur son épaule, caresser ses cheveux semés de fils argentés et lui crier : « Dites-moi ce qui vous tourmente ! Confiez-moi vos chagrins ! Je vous guérirai ! »

Mais son attitude guindée et son air absent la tenaient à distance.

XLIII

C'était l'une des rares journées de décembre où le soleil se faisait presque aussi chaud que pendant l'été de la Saint-Martin. Dans le jardin de tante Pitty, le chêne conservait encore quelques feuilles rouges et desséchées et la pelouse prenait une teinte jaune-vert. Son enfant sur les bras, Scarlett sortit sous la véranda et s'assit au soleil, dans un rocking-chair. Elle portait une robe verte toute neuve et un bonnet de dentelle que venait de lui offrir tante Pitty. La robe et le bonnet lui allaient à ravir et elle le savait. Comme c'était bon de se sentir jolie après avoir été laide à faire peur pendant de si longs mois !

Elle se mit à fredonner une chanson tout en berçant son bébé, quand soudain son attention fut attirée par le bruit d'un cheval qui remontait la rue. Risquant un œil à travers la vigne vierge dont le feuillage flétri garnissait la balustrade, elle vit Rhett Butler se diriger vers la maison. Il avait quitté Atlanta juste après la mort de Gérald et bien avant la naissance d'Ella Lorena. Scarlett avait regretté son absence, mais maintenant elle aurait voulu se cacher pour échapper à ses regards. La vue de son visage basané lui procurait une impression voisine à la fois de la honte et de l'effroi. Elle ne tenait pas du tout à aborder un certain sujet auquel Ashley n'était pas étranger et elle savait que, bon gré, mal gré, il lui faudrait en passer par là s'il en prenait fantaisie à Rhett.

Il s'arrêta devant la grille et sauta de son cheval avec souplesse. Scarlett, qui l'observait le cœur battant, pensa qu'il ressemblait d'une manière frappante à une illustration d'un livre dont Wade voulait sans cesse que sa mère lui fît la lecture à haute voix.

« Il ne lui manque plus que des boucles d'oreilles et un coutelas entre les dents, se dit-elle. Allons, pirate ou non, ce n'est pas aujourd'hui que je le laisserai me trancher la gorge. »

Il remonta l'allée et Scarlett, faisant appel à son plus beau sourire, lui cria joyeusement bonjour. Quelle chance qu'elle eût une robe neuve et un bonnet aussi seyant ! Au regard dont Rhett l'enveloppa, elle comprit qu'elle n'était pas la seule à se trouver jolie.

– Un autre enfant ! En voilà une surprise, Scarlett ! s'exclama-t-il en riant et en se penchant pour écarter la couverture qui dissimulait la vilaine petite frimousse d'Ella Lorena.

– Que vous êtes bête ! fit Scarlett en rougissant. Comment allez-vous, Rhett ? Il y a des siècles qu'on ne vous a vu.
– Eh ! oui. Laissez-moi tenir votre enfant dans mes bras, Scarlett. Oh ! ne craignez rien, je sais comment m'y prendre. J'ai fait tant de choses bizarres dans ma vie. Allons, il ressemble bien à Frank. Il a tout de votre mari, sauf les favoris, mais attendez un peu. Ça viendra.
– J'espère bien que non. C'est une fille.
– Une fille ? C'est encore mieux. Les garçons donnent tellement de mal à leurs parents. N'ayez plus jamais de garçons, Scarlett.
Elle fut sur le point de répondre, d'un ton aigre, qu'elle ne voulait plus d'enfant, garçon ou fille, mais elle se retint à temps et sourit, tout en se creusant la tête pour découvrir un sujet de conversation qui reculât l'instant où Rhett aborderait la discussion qu'elle redoutait.
– Avez-vous fait bon voyage, Rhett ? Où êtes-vous allé cette fois-ci ?
– Oh !... Cuba... La Nouvelle-Orléans... ailleurs aussi. Tenez, Scarlett, reprenez la petite. Elle commence à baver et je ne peux pas prendre mon mouchoir. C'est une enfant charmante, mais elle est en train d'inonder mon plastron de chemise.
Scarlett posa le bébé sur ses genoux. Rhett s'assit nonchalamment sur la balustrade et sortit un cigare d'un étui en argent.
– Vous allez toujours à La Nouvelle-Orléans, et vous ne voulez jamais me dire ce qui vous amène, remarqua Scarlett en faisant une petite moue.
– Je suis un grand travailleur, Scarlett. Ce sont peut-être mes affaires qui me conduisent en cette ville.
– Un grand travailleur ! Vous ! s'écria Scarlett en s'accompagnant d'un rire impertinent. Vous n'avez jamais travaillé de votre vie. Vous êtes bien trop paresseux. Vous vous contentez de financer les entreprises malhonnêtes des Carpetbaggers et vous empochez la moitié des bénéfices. Vous corrompez également les fonctionnaires yankees pour les laisser partager avec vous nos dépouilles, à nous autres, pauvres contribuables.
Rhett renversa la tête en arrière et éclata de rire.
– Comme ça vous serait agréable d'avoir assez d'argent pour corrompre des fonctionnaires et faire comme moi !
– Rien que cette idée..., commença Scarlett, dressée sur ses ergots.
– Un de ces jours, vous aurez peut-être gagné assez d'argent pour pratiquer la corruption sur une grande échelle. Ces forçats que vous avez engagés sont capables de rapporter des sommes folles.
– Oh ! fit-elle un peu déconcertée. Comment avez-vous déjà entendu parler de mes bagnards ?

– Je suis arrivé hier et j'ai passé la soirée à la *Belle d'Aujourd'hui* où l'on apprend tous les potins de la ville. Ce café-là, c'est la chambre de compensation des commérages. C'est encore mieux qu'un cercle de couture. Tout le monde m'a raconté que vous aviez loué une troupe de forçats et que vous en aviez confié la direction à cet horrible Gallegher, qui leur fait suer sang et eau.

– C'est un mensonge, protesta Scarlett avec colère. Si jamais il leur fait suer sang et eau, j'y mettrai bon ordre.

– Non, pas possible ?

– Mais si, bien sûr. Comment osez-vous seulement insinuer des choses pareilles ?

– Oh ! Je vous demande mille fois pardon, madame Kennedy. Je sais que vos intentions ont toujours été pures. N'empêche que ce Johnnie Gallegher est une petite brute comme je n'en ai jamais vu. Vous feriez bien de l'avoir à l'œil, sans quoi vous risqueriez de vous attirer des ennuis quand les inspecteurs se présenteront chez vous.

– Moi, je m'occupe de mes affaires, occupez-vous donc des vôtres. Je ne veux plus vous entendre parler de ces forçats. Les gens sont odieux. Enfin, ça me regarde, cette histoire-là... Allons, vous ne m'avez pas encore raconté ce que vous faites à La Nouvelle-Orléans. Vous y allez si souvent que tout le monde prétend...

Scarlett s'arrêta net.

– Que dit-on ?

– Eh bien !... on dit que vous y retrouvez une femme que vous aimez. On prétend que vous allez vous marier. Est-ce vrai, Rhett ?

Scarlett avait depuis si longtemps envie de satisfaire sa curiosité, qu'elle n'avait pu s'empêcher de poser la question à brûle-pourpoint. À la pensée que Rhett allait peut-être se marier, elle ressentit une légère pointe de jalousie.

Rhett changea d'expression et regarda Scarlett avec tant d'insistance que le rouge finit par lui monter aux joues.

– Ça vous contrarierait beaucoup si je me mariais ?

– C'est-à-dire que ça me serait très désagréable de perdre votre amitié, fit-elle en se baissant pour arranger la couverture d'Ella Lorena, d'un petit air détaché.

– Regardez-moi, Scarlett, fit Rhett.

Scarlett releva la tête de mauvaise grâce et rougit davantage.

– Vous pouvez dire à vos amies trop curieuses que le jour où je me marierai, ce sera parce qu'il m'aura été impossible d'obtenir autrement la femme que je convoitais. En tout cas jusqu'à présent, je n'ai encore jamais tenu à une femme au point de l'épouser.

Scarlett était au supplice. Elle se rappelait la nuit, où, sous cette même véranda, il lui avait dit : « Je ne suis pas fait pour le mariage » et lui avait proposé froidement de devenir sa maîtresse... Elle se rappelait aussi cette scène terrible de la prison et elle avait d'autant plus honte que Rhett semblait déchiffrer ses pensées.

– Allons, reprit-il, je consens néanmoins à satisfaire votre curiosité de mauvais aloi. Ce n'est pas une femme qui m'attire à La Nouvelle-Orléans. C'est un enfant, un petit garçon.

– Un petit garçon !

L'effet de cette découverte inattendue fut tel que Scarlett en oublia aussitôt sa gêne.

– Oui, je suis son tuteur et j'ai le devoir de veiller sur lui. Il est pensionnaire à La Nouvelle-Orléans. Je vais souvent le voir.

– Et vous lui apportez des cadeaux ?

« C'est donc pour cela qu'il sait toujours ce qui fera plaisir à Wade ! » se dit Scarlett.

– Oui, répondit-il sèchement, comme quelqu'un à qui l'on vient d'arracher un aveu.

– Je n'aurais jamais pu penser à cela ! Il est beau ?

– Beaucoup trop pour son bien.

– Il est gentil ?

– Non. C'est un vrai démon. Je regrette qu'il soit né. Les garçons sont bien insupportables. Désirez-vous savoir autre chose ?

Rhett avait l'air en colère et fronçait les sourcils, comme s'il se reprochait d'avoir trop parlé.

– Je n'y tiens pas, si ça vous ennuie, fit Scarlett avec hauteur, bien qu'elle brûlât d'en connaître davantage. Malgré tout, je ne vous vois pas très bien dans ce rôle de gardien, ajouta-t-elle en riant, dans l'espoir de le vexer.

– Non, ça ne m'étonne pas. Votre vision est plutôt limitée.

Il se tut et acheva de fumer son cigare en silence, tandis que Scarlett cherchait en vain une riposte aussi blessante que sa remarque.

– Je vous serais obligé de ne raconter cela à personne, finit-il par dire. Et pourtant j'ai l'impression que demander à une femme de ne pas ouvrir la bouche, c'est lui demander l'impossible.

– Je sais garder un secret, répondit Scarlett avec dignité.

– Vraiment ? Ça fait plaisir de découvrir des qualités insoupçonnées chez ses amis. Voyons, Scarlett, cessez un peu de bouder. Je suis navré d'avoir été impoli avec vous, mais vous méritiez d'être remise à votre place. Souriez et plaisantons une minute avant que j'aborde un sujet désagréable.

«Oh! mon Dieu, pensa Scarlett. Ça y est, il va me parler d'Ashley et de la scierie!» Aussitôt, elle s'empressa de sourire et, creusant sa fossette, elle tenta une dernière fois de détourner le cours de sa pensée.
– Où êtes-vous allé encore, Rhett? Vous n'avez pas passé tout ce temps-là à La Nouvelle-Orléans, n'est-ce pas?
– Non, j'ai passé le premier mois à Charleston. Mon père est mort.
– Oh! je suis désolée.
– Ce n'est pas la peine. Je suis sûr que ça ne lui a rien fait de mourir. Quant à moi, sa mort ne m'a rien fait non plus.
– Rhett, il ne faut pas dire cela. C'est terrible!
– Ce serait encore pis si je feignais d'avoir du chagrin. Il n'y a jamais eu aucune tendresse entre nous. Je n'ai jamais reçu de lui que des reproches. Je ressemblais beaucoup trop à son propre père, dont il blâmait sincèrement tous les actes. Plus je grandissais, plus il me prenait en grippe, et je dois avouer que je ne faisais rien pour modifier l'opinion qu'il avait de ma personne. Tout ce que mon père exigeait de moi était si mortellement ennuyeux! En fin de compte, il m'a bel et bien flanqué à la porte, sans un sou et sans m'avoir appris autre chose qu'à être un parfait gentleman de Charleston. Il faut vous dire que j'étais, en outre, un fin tireur au pistolet et un excellent joueur de poker. Bien entendu, j'ai mis à profit mes talents de joueur pour ne pas mourir de faim et mener une vie princière, ce qu'il a paru considérer comme une injure personnelle. Il était si mortifié qu'un Butler tirât ses ressources du jeu, qu'il a interdit à ma mère de me voir. Pendant la guerre, quand les hasards du blocus m'amenaient à Charleston, ma mère était obligée de mentir et de recourir à des ruses d'Indien pour me rencontrer. Vous comprendrez que tout cela n'était pas fait pour augmenter mon affection pour lui.
– Oh! mais j'ignorais tous ces détails!
– Eh! oui, mon père était ce qu'on appelait un vrai gentleman de la vieille école, ce qui revient à dire qu'il ne savait rien, qu'il était aussi borné qu'intransigeant et qu'il partageait toutes les vues de ces messieurs de la vieille école sans jamais avoir la moindre idée originale. Tout le monde l'admirait fort de m'avoir coupé les vivres et de faire comme si je n'existais plus. «Si ton œil droit t'offense, arrache-le.» J'étais son œil droit, son fils aîné, et il m'a arraché d'un geste vengeur.
Rhett sourit un peu en évoquant ces souvenirs, mais son regard restait dur.
– Allons, reprit-il, je pourrais encore lui pardonner tout cela, mais ce que je ne peux pas oublier, c'est la façon dont il a traité ma mère et ma sœur, depuis la fin de la guerre. Par sa faute, elles ont vécu, pour

ainsi dire, dans la misère. Notre plantation a été incendiée et nos champs de riz sont devenus des marécages. Notre maison de Charleston a été vendue, parce que mon père ne pouvait pas payer ses impôts, si bien que ma mère et ma sœur ont dû se réfugier dans deux misérables pièces dont ne voudraient même pas des nègres. J'ai envoyé de l'argent à ma mère, mais mon père me l'a renvoyé… de l'argent impur, vous voyez ça d'ici ! Je suis allé à plusieurs reprises à Charleston, pour remettre des fonds en cachette à ma sœur. Je ne sais comment il s'y prenait, mais mon père a toujours mis la main sur ces sommes et a fait de telles scènes à ma sœur que la pauvre petite en arrivait à souhaiter la mort. Et, naturellement, l'argent m'était retourné chaque fois. Je ne sais pas comment elles ont vécu toutes les deux… ou plutôt si, je sais. Mon frère leur donnait ce qu'il pouvait, bien qu'il n'eût pas grand-chose à partager et qu'il se refusât, lui aussi, à accepter mon aide… l'argent d'un spéculateur, songez donc, ça porte malheur ! Ma mère et ma sœur ont eu recours également à la charité de leurs amies. Votre tante Eulalie a été très bonne. C'est une des meilleures amies de maman, vous savez. Elle leur a donné des vêtements et… bon Dieu ! Ma mère réduite à accepter l'aumône !
– Tante Lalie ! Mais Rhett, elle n'a presque rien en dehors de ce que je lui envoie.
– Ah ! voilà donc d'où elle tire son argent ! Quel manque d'éducation, ma chère, de profiter de mon humiliation pour faire étalage de votre générosité. Vous allez me laisser vous rembourser, j'espère.
– Avec plaisir, dit Scarlett dont les lèvres se pincèrent brusquement.
– Ah ! Scarlett, fit Rhett en souriant, comme vos yeux brillent quand on parle d'argent ! Êtes-vous bien sûre de ne pas avoir de sang écossais ou même juif dans les veines ?
– Vous êtes détestable, Rhett ! Je n'avais pas du tout l'intention de vous blesser en vous disant que j'aidais tante Lalie ! mais, franchement, elle s'imagine que je roule sur l'or ! Elle m'écrit sans cesse pour me demander de l'argent, et Dieu sait pourtant qu'avec tout ce que j'ai sur les bras je ne peux pas entretenir toute la ville de Charleston. De quoi votre père est-il mort ?
– Je crois qu'il est mort de faim… en tout cas je l'espère. C'est bien fait pour lui. Quand je songe à toutes les privations que maman et Rosemary ont endurées par sa faute ! Enfin, maintenant qu'il est mort, je peux les aider. Je leur ai acheté une maison sur la Batterie et elles ont des domestiques. Bien entendu, elles ne veulent pas qu'on sache d'où leur vient leur argent.
– Pourquoi pas ?

– Vous connaissez certainement Charleston, ma chère? Vous y êtes allée. Ma famille a le droit d'être pauvre, mais elle n'en a pas moins un rang à tenir. Or, ce rang, elle ne l'occuperait pas bien longtemps si l'on savait qu'elle accepte l'argent d'un joueur, d'un spéculateur et d'un Carpetbagger. Non, non, ma mère et ma sœur ont laissé entendre que mon père était assuré pour une somme énorme, qu'il s'était saigné aux quatre veines pour payer les primes et que, grâce à lui, elles avaient largement de quoi vivre. Bref, elles ont fait tant et si bien qu'après sa mort mon père passe encore pour une des plus belles figures de la vieille école... en fait, on le considère comme un martyr. J'espère que ça le gêne dans son sommeil éternel de savoir que maman et Rosemary sont à leur aise désormais, en dépit de ses efforts... En un sens, je regrette qu'il soit mort... Il avait une telle envie de mourir.
– Pourquoi?
– Oh! sa mort véritable remonte au jour où Lee s'est rendu. Vous connaissez ce genre-là. Il n'a jamais pu s'adapter aux circonstances nouvelles. Il ne cessait de parler du bon vieux temps.
– Rhett, les personnes âgées sont-elles toutes comme ça?
Scarlett pensait à Gérald et à ce que Will avait dit de lui.
– Grand Dieu! non. Tenez, regardez votre oncle Henry et ce vieux chat sauvage de M. Merriwether, pour ne citer que ces deux-là. Ils ont signé un nouveau bail de vie lorsqu'ils sont montés en ligne avec la Garde locale et j'ai l'impression que, depuis ce temps-là, ils ont rajeuni et trouvent plus de sel à l'existence. Ce matin, j'ai rencontré le vieux Merriwether. Il conduisait la voiture de livraison de René et abreuvait son cheval d'injures, tout comme l'eût fait un brigadier du train des équipages. Il m'a dit qu'il se sentait plus jeune de dix ans, depuis qu'il avait échappé à la férule de sa bru. Et votre oncle Henry. Lui, il prend son plaisir ailleurs. Il combat les Yankees au Palais de Justice et défend la veuve et l'orphelin contre les Carpetbaggers... hélas! sans leur demander d'honoraires, j'en ai peur. Sans la guerre, il y a beau temps qu'il aurait renoncé au barreau et serait resté chez lui à soigner ses rhumatismes. Ces hommes-là ont rajeuni parce qu'ils servent encore à quelque chose et qu'ils sentent que l'on a besoin d'eux. Et ils ne maudissent point notre époque qui offre aux vieux une nouvelle chance. Cependant, il y a des tas de gens et des jeunes qui pensent comme pensaient mon père et le vôtre. Ils ne peuvent ni ne veulent s'adapter et ceci me ramène au sujet désagréable que je voudrais discuter avec vous, Scarlett.

Cette brusque volte-face causa une telle surprise à Scarlett qu'elle se mit à bafouiller : « Quoi... quoi... » « Oh ! mon Dieu, ça y est ! » ajouta-t-elle intérieurement.

– Vous connaissant comme je vous connais, je n'aurais dû attendre de vous ni loyauté, ni honneur, ni probité. Néanmoins, j'ai été assez sot pour vous faire confiance.

– Je ne vois pas ce que vous voulez dire.

– Si, vous le voyez parfaitement. En tout cas, vous avez un petit air coupable qui ne trompe pas. Il y a un moment, je suivais la rue au Houx pour me rendre chez vous, quand quelqu'un me crie : bonjour, pardessus une haie. Qui pouvait bien m'appeler ainsi sinon Mme Ashley Wilkes ! Naturellement, je m'arrête et je me mets à bavarder avec elle.

– Non, sérieusement ?

– Mais oui, nous avons eu une conversation fort agréable. Elle m'a dit qu'elle avait toujours eu envie de me féliciter de ma bravoure. Que voulez-vous, elle m'admire d'avoir épousé la cause de la Confédération, même à la onzième heure.

– Oh ! Melly est folle. Votre héroïsme a pourtant failli lui coûter la vie, une certaine nuit.

– Je suis persuadé qu'elle serait morte en pensant que mon sacrifice n'était point inutile. Lorsque je lui ai demandé ce qu'elle faisait à Atlanta, elle a paru tout étonnée de mon ignorance et m'a raconté que son mari et elle s'étaient installés ici, parce que vous aviez eu la bonté de prendre M. Wilkes pour associé.

– Et alors ? fit Scarlett d'un ton sec.

– En vous prêtant de l'argent pour acheter cette scierie, j'avais stipulé une clause à laquelle vous aviez souscrit. Cet argent ne devait, sous aucun prétexte, servir à entretenir Ashley Wilkes.

– Vous voilà bien agressif. Je vous ai remboursé. La scierie m'appartient et j'ai le droit d'en faire ce que bon me semble.

– Ça ne vous ferait rien de me dire comment vous avez gagné l'argent qui vous a permis de me rembourser ?

– En vendant du bois, pardi !

– Vous avez gagné de l'argent, grâce à la somme que je vous ai prêtée pour vous lancer dans les affaires. Mon argent sert à entretenir Ashley. Vous êtes une femme sans honneur et, si vous ne m'aviez pas remboursé, j'aurais le plus vif plaisir à exiger de vous un paiement immédiat et à vous faire vendre par autorité de justice, si vous ne pouviez pas vous acquitter.

Rhett s'exprimait sur un mode badin, mais au fond de ses yeux brillait une flamme de colère.

Scarlett s'empressa de porter les hostilités en territoire ennemi.
– Pourquoi détestez-vous Ashley à ce point ? Seriez-vous jaloux de lui ?
À peine eut-elle prononcé ces mots qu'elle se mordit la langue. Rhett renversa la tête en arrière et se mit à rire aux éclats. Scarlett rougit jusqu'aux oreilles.
– C'est ça, ajoutez la suffisance au déshonneur, fit-il. Vous vous prendrez donc toujours pour la reine du comté. Vous vous croyez encore sur votre piédestal et vous vous figurez que tous les hommes se meurent d'amour pour vous.
– C'est faux ! s'écria-t-elle avec véhémence. Seulement, je ne comprends pas que vous haïssiez Ashley à ce point et c'est la seule explication que je trouve.
– Eh bien ! cherchez ailleurs, ma belle enjôleuse, car ce n'est pas cela. Quant à haïr Ashley… bah ! je n'ai pour lui pas plus de sympathie que de haine. En fait, le seul sentiment que j'éprouve à son égard, c'est une sorte de pitié.
– De pitié ?
– Oui, et un peu de mépris. Allons, montez vite sur vos grands chevaux et dites-moi qu'il vaut mille fois une crapule de mon espèce et que je suis mal venu d'avoir pour lui de la pitié et du mépris. Quand vous serez calmée, je vous dirai ce que j'entends par là, si ça vous intéresse.
– Ça ne m'intéresse pas le moins du monde.
– Je vous le dirai quand même, parce que ça me serait très désagréable que vous continuiez à vous faire des illusions sur ma jalousie. J'ai pitié de lui, parce qu'il vaudrait mieux qu'il fût mort ; je le méprise parce qu'il ne sait plus de quel côté se retourner, maintenant que le monde de ses rêves a disparu.
Cette idée n'était pas absolument nouvelle pour Scarlett. Elle se souvenait vaguement avoir entendu émettre une réflexion analogue, mais elle ne se rappelait plus, ni où, ni quand. D'ailleurs, elle ne chercha guère à le savoir, tant la colère lui obscurcissait l'esprit.
– Si on vous laissait faire, il ne resterait plus un homme convenable dans le Sud.
– Et si on leur laissait les mains libres, je crois que les types du genre d'Ashley préféreraient la mort. Ça ne leur déplairait pas de reposer sous une belle petite dalle portant, gravés, ces mots : « Ci-gît un soldat de la Confédération tombé pour le pays du Sud », ou, *Dulce et decorum est…* ou n'importe laquelle des épitaphes ordinaires.
– Je ne vois vraiment pas pourquoi !
– Vous ne voyez jamais ce qui est écrit sous votre nez, en lettres énormes. N'est-ce pas vrai ? Si ces hommes-là étaient morts, ce

serait la fin de leurs ennuis, ils ne seraient plus aux prises avec des problèmes insolubles. En outre, leurs familles les vénéreraient pendant des générations et des générations. J'ai entendu dire que les morts étaient heureux. Croyez-vous qu'Ashley Wilkes soit heureux ?
– Mais voyons..., commença-t-elle.
Puis elle s'arrêta en se souvenant de l'expression qu'elle avait surprise dans les yeux d'Ashley, il y avait peu de temps.
– Pensez-vous qu'Ashley, Hugh Elsing ou le docteur Meade soient beaucoup plus heureux que ne l'étaient mon père ou le vôtre ?
– Ils ne sont peut-être pas aussi heureux qu'ils devraient, parce qu'ils ont perdu toute leur fortune.
– Il ne s'agit pas de cela, mon chou, dit Rhett en riant. Moi, je vous parle d'une autre perte... de la disparition de ce monde dans lequel ils avaient été bercés. Ils sont comme des poissons hors de l'eau ou des chats auxquels auraient poussé des ailes. On les avait élevés pour remplir un certain rôle, pour faire certaines choses, pour occuper certaines niches, et ces rôles, ces choses et ces niches ont cessé d'exister le jour où le général Lee s'est rendu à Appomatox. Oh ! Scarlett, ne prenez pas cet air idiot ! Que reste-t-il à faire à Ashley Wilkes, maintenant qu'il n'a plus de foyer, qu'on lui a confisqué sa plantation dont il ne pouvait pas payer les impôts et que les beaux messieurs sont vingt à courir après une pièce de un dollar ? Peut-il travailler de ses mains ? A-t-il de quoi employer ses facultés intellectuelles ? Je parie que vous avez perdu de l'argent depuis qu'il dirige votre scierie ?
– Non !
– Comme c'est gentil. M'autoriserez-vous à jeter un coup d'œil à vos livres de comptes, un de ces dimanches soir que vous aurez le temps ?
– Oh ! allez au diable, mais allez-y donc tout de suite. Partez ! pour ce que votre compagnie m'est agréable.
– Je connais le diable, mon chou. C'est un gaillard bien insipide. Je ne retournerai pas le voir, même pas pour vos beaux yeux... Enfin, je vois que vous savez accepter mon argent quand vous en avez besoin et que vous en trouvez l'emploi. Nous nous étions pourtant mis d'accord sur la façon dont vous vous en serviriez, mais vous avez rompu votre engagement. En tout cas, rappelez-vous bien ceci : un de ces jours, ma chère petite tricheuse, vous me demanderez de vous prêter des sommes beaucoup plus importantes. Vous voudrez que j'investisse de l'argent dans vos affaires, à un taux ridiculement bas, pour acheter d'autres scieries et d'autres mules et faire

construire d'autres cafés. À ce moment-là, vous pourrez toujours courir, ma mignonne.

– Je vous remercie. Quand j'aurai besoin d'argent, je m'adresserai à ma banque, déclara Scarlett d'un ton sec, tandis que la rage lui soulevait la poitrine.

– Vraiment? eh bien! essayez un peu. Je suis un des gros actionnaires de votre banque.

– C'est vrai?

– Oui, je m'intéresse à un certain nombre d'entreprises honnêtes.

– Il y a d'autres banques...

– Des quantités, nous sommes d'accord, mais si c'est en mon pouvoir il coulera beaucoup d'eau sous les ponts avant que vous n'arriviez à en obtenir un dollar. Si vous voulez de l'argent, vous pourrez aller trouver les Carpetbaggers qui font de l'usure.

– J'irai chez eux avec plaisir.

– Vous déchanterez quand vous connaîtrez leur taux d'intérêt. Les filouteries se paient toujours dans le monde des affaires, ma mignonne. Vous auriez dû jouer franc jeu avec moi.

– Vous vous considérez comme un type épatant, n'est-ce pas? Si riche, si influent! mais ça ne vous empêche pas de profiter de la situation de ceux qui sont tombés, comme Ashley et comme moi.

– Ne vous rangez pas dans la même catégorie que lui. Vous n'êtes pas tombée et rien d'ailleurs ne vous abattra. Mais lui il a mordu la poussière et il restera par terre, à moins que quelqu'un d'énergique ne le relève, ne le guide et le protège aussi longtemps qu'il vivra. En tout cas, je n'ai aucune envie que mon argent profite à des gens comme lui.

– Mais moi, vous m'avez bien aidée à me relever et...

– Je l'ai fait à titre d'expérience, ma chère. C'était assez risqué de vous aider de cette façon, mais ça m'intéressait. Pourquoi? eh bien! parce que vous n'avez pas voulu vivre aux crochets des hommes de votre famille en gémissant sur le passé. Vous vous êtes débrouillée toute seule et aujourd'hui votre fortune repose solidement sur l'argent arraché au portefeuille d'un mort et sur l'argent volé à la Confédération. Vous avez bien des choses à votre actif. Vous avez non seulement commis un meurtre, mais vous avez séduit le fiancé d'une autre, vous avez essayé de vous livrer à la fornication, vous avez menti et vous avez manqué de loyauté. Je ne parlerai même pas d'une foule de menus forfaits que révélerait sans peine un examen un peu approfondi. Tout cela est admirable et prouve que vous êtes une personne énergique et décidée, à qui prêter de l'argent ne va pas sans risque. Je prêterais dix mille dollars, sans aucun papier, à cette vieille matrone qu'est Mme Merriwether. Elle a commencé en vendant des pâtés dans un panier, et regardez-la maintenant ! Elle emploie une demi-douzaine de personnes à sa pâtisserie, le grand-père est enchanté de conduire la voiture de livraison et ce petit créole de René, jadis paresseux comme un loir, travaille d'arrache-pied et adore son métier... Et ce pauvre diable de Tommy Wellburn qui abat la besogne de deux hommes... Et... allons, j'ai peur de vous assommer.

– Oh ! oui, vous m'assommez. Vous m'assommez à m'en rendre folle, déclara Scarlett, dans l'espoir que Rhett se fâcherait et en oublierait Ashley.

Pourtant, Rhett ne se laissa pas prendre au piège.

– Des gens comme eux sont dignes d'être aidés. Mais Ashley Wilkes... bah ! Les types de son espèce ne sont d'aucune utilité dans un monde chambardé comme le nôtre. Ce sont les premiers à disparaître dans un bouleversement. Pourquoi pas, d'ailleurs ? Ils ne méritent pas de survivre, parce qu'ils n'acceptent pas le combat et qu'ils ne savent pas se battre. Ce n'est pas la première fois que le monde est mis sens dessus dessous et ce ne sera pas la dernière. Quand cela se produit, chacun perd tout ce qu'il possède et tout le monde se retrouve sur le même pied. Alors, on se remet en ligne avec, pour seules armes, son intelligence et sa force. Mais il y a des gens qui, à l'exemple d'Ashley, n'ont ni intelligence, ni force, ou qui, en ayant, répugnent à s'en servir. Ceux-là restent sur place et finissent par dégringoler. C'est une loi naturelle, et le monde se passe fort bien d'eux. D'autres, au contraire, les plus hardis, font leur chemin et ne tardent pas à reconquérir la place qu'ils occupaient avant la catastrophe.

– Vous avez été pauvre ! Vous m'avez dit il y a un instant que votre père vous avait chassé de chez lui, sans un sou ! fit Scarlett, furieuse. Je pensais que vous comprendriez Ashley et que vous compatiriez à ses malheurs !

– Je le comprends admirablement, riposta Rhett, mais du diable si je compatis à ses malheurs, comme vous dites. Après la reddition, Ashley s'est trouvé en bien meilleure posture que moi, après avoir été mis à la porte par mon père. Lui, au moins, il a eu des amis pour le recueillir. Tandis que moi, j'étais comme Ismaël. Mais Ashley, lui, qu'est-il devenu ?

– Si vous le comparez à vous, espèce de prétentieux... voyons... mais... Dieu merci, il ne vous ressemble pas ! Ce n'est pas lui qui se

salirait les mains avec l'argent des Carpetbaggers, des Scallawags et des Yankees. Il a des scrupules, c'est un honnête homme.
– Les scrupules et son honnêteté ne l'empêchent pas d'accepter l'aide et l'argent d'une femme.
– Que pouvait-il faire d'autre ?
– Est-ce à moi de le savoir ? Seulement je sais ce que j'ai fait, moi, quand mon père m'eut chassé de chez lui, je sais ce que j'ai fait pendant et après la guerre et je sais ce que d'autres hommes ont fait. Nous avons vu le parti que nous pouvions tirer de la ruine d'une civilisation et nous en avons profité. Certains ont eu recours à des moyens honnêtes, d'autres à des moyens équivoques, mais nous nous sommes tous montrés à la hauteur des circonstances et nous continuons. Les Ashley de ce monde avaient les mêmes chances que nous, ils n'ont pas su s'y prendre. Ils manquent de cran, Scarlett, et il n'y a que ceux qui ont du cran qui méritent de survivre.
Scarlett entendait à peine ce que lui disait Rhett, car le souvenir qu'elle avait cherché en vain à préciser quelques minutes plus tôt se faisait maintenant plus net. Elle se rappelait le verger de Tara balayé par le vent froid. Elle revoyait Ashley, debout auprès d'un tas de bois. Il l'avait regardée sans la voir et lui avait dit… mais que lui avait-il dit au juste ? Il avait prononcé un nom bizarre, un mot étranger, il avait parlé aussi de la fin du monde. Sur le moment, elle n'avait pas pénétré le sens de ses paroles, mais maintenant elle commençait à comprendre et en éprouvait un sentiment d'angoisse indéfinissable.
– Voyons, Ashley a dit…
– Oui ?
– Un jour, à Tara, il m'a parlé de… d'un crépuscule des dieux et de la fin du monde.
– Ah ! le *Götterdämmerung !* s'exclama Rhett dont l'intérêt sembla redoubler. Et qu'a-t-il ajouté ?
– Oh ! je ne me rappelle pas très bien. Je ne faisais guère attention à ce qu'il disait. Mais… oui, c'est ça… il m'a dit à peu près que les forts se tiraient toujours d'affaire et que les faibles restaient sur le carreau.
– Ainsi, il se rend compte ! C'est encore plus pénible pour lui. La plupart de ces gens ne comprennent et ne comprendront jamais rien. Ils passeront toute leur vie à se demander ce qu'a bien pu devenir la formule magique d'autrefois. Mais lui, il comprend que son sort est réglé.
– Non, tant que j'aurai un souffle de vie, rien ne sera perdu pour lui.
– Scarlett, interrogea Rhett dont les traits s'étaient détendus. Comment vous êtes-vous arrangée pour obtenir d'Ashley qu'il vienne à Atlanta diriger votre scierie ? Vous a-t-il opposé beaucoup de résistance ?

Scarlett se rappela la scène qui avait suivi les obsèques. Pourtant elle repoussa bien vite ce souvenir.
– Mais non, voyons, répliqua-t-elle, avec indignation. Je lui ai expliqué que j'avais besoin de lui, parce que je ne pouvais plus me fier à cette crapule qui faisait marcher la scierie et que Frank était trop occupé pour m'aider. Je lui ai dit aussi que j'allais… bref, il y avait Ella Lorena, vous comprenez. Il a été trop heureux de me tirer de ce mauvais pas.
– Doux usage que l'on fait de la maternité ! C'est donc ainsi que vous l'avez amené à composition. Allons, vous êtes arrivée à vos fins. Voilà le pauvre diable aussi rivé à vous par la reconnaissance que vos forçats à leurs chaînes ! Je vous souhaite bien du plaisir à tous les deux. Mais, comme je vous l'ai déclaré au début de cette discussion, vous n'obtiendrez plus rien de moi pour vous livrer à vos petites manigances, ma chère madame trompe-son-monde.
Scarlett écumait de rage, mais en même temps elle était fort désappointée. Depuis plusieurs semaines elle projetait d'emprunter de nouveau de l'argent à Rhett pour acheter un terrain sur lequel elle se proposait de monter un dépôt de bois.
– Je n'ai pas besoin de votre argent ! s'écria-t-elle. J'en gagne plus qu'il ne m'en faut, grâce à Johnnie Gallegher. J'ai en outre fait des placements hypothécaires qui me rapportent, et le magasin de Frank marche bien.
– Oui, j'ai entendu parler de vos placements. Comme c'est habile de pressurer les gens sans défense, les veuves, les orphelins et les ignorants ! Mais puisque vous êtes appelée à voler vos semblables, Scarlett, pourquoi ne jetez-vous pas votre dévolu sur les riches et les forts, plutôt que sur les pauvres et les faibles ? Depuis Robin des Bois, on considère cette seconde forme de vol comme une action de haute moralité.
– Parce que c'est plus facile et plus sûr de voler les pauvres, ainsi que vous les appelez, riposta Scarlett d'un ton glacial.
– Vous êtes une franche canaille, Scarlett ! déclara Rhett en riant si fort que ses épaules en furent secouées.
Une canaille ! L'épithète la blessa et elle en fut surprise. « Non, je ne suis pas une canaille », se dit-elle avec véhémence. Tout au moins, elle n'avait pas l'intention d'en être une. Elle voulait être une grande dame. Elle se reporta à plusieurs années en arrière et revit sa mère, avec sa robe de soie, à laquelle elle imprimait un balancement exquis, elle revit ses mains qui avaient soigné tant de gens, ses mains infatigables. Tout le monde aimait Ellen. Tout le monde la

respectait et l'entourait de prévenances. Soudain, le cœur de Scarlett se serra.

– Si vous essayez de me mettre en colère, vous perdez votre temps, dit-elle d'un ton las. Je sais que je ne suis ni aussi... scrupuleuse, ni aussi bonne, ni aussi agréable que je devrais être. Mais c'est plus fort que moi, Rhett. Vraiment, ça m'est impossible. Que nous serait-il arrivé à moi, à Wade, à Tara ou à nous tous, si j'avais fait preuve de... douceur quand ce Yankee est venu pour nous voler ? J'aurais dû être... mais j'aime mieux ne pas y penser. Et quand Jonas Wilkerson a voulu nous prendre notre maison... où serions-nous également si j'avais été une bonne petite femme bien douce et si je n'avais pas obligé Frank à se faire rembourser ? Je suis peut-être une canaille, Rhett, mais je n'en serai pas toujours une. Même en ce moment, comment pourrais-je me tirer d'affaire si je n'étais pas ce que je suis ? Depuis ces dernières années, j'ai l'impression de ramer au milieu d'une tempête, de faire avancer une barque lourdement chargée. J'ai tant de peine à maintenir mon bateau à flot que je n'ai pas hésité à lancer par-dessus bord tout ce qui me gênait et ne me paraissait pas indispensable.

– Fierté, honneur, vertu, franchise, bonté, énuméra Rhett d'une voix mielleuse. Oui, vous avez eu raison, Scarlett, toutes ces choses-là ne comptent pas lorsqu'un bateau est sur le point de sombrer. Pourtant, regardez nos amis. Ou bien ils abordent en lieu sûr avec une cargaison intacte, ou bien ils coulent en pleine mer, toutes bannières déployées.

– C'est une bande d'imbéciles, déclara Scarlett sans ambages. Il y a temps pour tout. Quand j'aurai assez d'argent, moi aussi je serai une femme charmante.

– Vous avez tout ce qu'il faut pour cela... mais vous ne pourrez pas. C'est difficile à récupérer des marchandises jetées à la mer, et lorsqu'on y parvient on s'aperçoit en général qu'elles sont perdues. Je crains que le jour où vous serez en mesure de repêcher l'honneur, la vertu et la bonté que vous avez lancés par-dessus bord vous ne vous rendiez compte que le séjour dans l'eau ne leur a pas fait de bien.

Rhett se leva brusquement et ramassa son chapeau.

– Vous vous en allez ?

– Oui. Ça ne vous est pas agréable ? Je vous laisse seule avec ce qui vous reste de conscience.

Il s'arrêta et regarda le bébé auquel il tendit un doigt que l'enfant serra dans sa petite main.

– Je pense que Frank déborde de fierté.

– Évidemment.
– Il a déjà des tas de projets pour son enfant, je suppose ?
– Oh ! vous savez, les hommes sont si bêtes lorsqu'il s'agit de leurs enfants.
– Alors, dites-lui ceci, fit Rhett dont le visage prit une expression étrange. Dites-lui qu'il ferait bien de rester un peu plus souvent chez lui, le soir, s'il veut voir se réaliser les projets qu'il a formés pour son enfant.
– Que voulez-vous dire ?
– Rien d'autre. Conseillez-lui de rester à la maison.
– Oh ! que vous êtes ignoble ! Insinuer que le pauvre Frank…
– Oh ! bonté divine ! s'écria Rhett, qui éclata de rire. Je ne voulais pas dire que Frank courait la prétentaine ! Frank. Oh ! elle est bien bonne !
Il descendit les marches de la véranda et s'éloigna en riant.

XLIV

Le vent soufflait et Scarlett qui, par ce froid après-midi de mars, se rendait en voiture à la scierie exploitée par Johnnie Gallegher, s'emmitoufla dans son épaisse couverture de voyage. Elle savait que ses randonnées solitaires devenaient de plus en plus dangereuses, car désormais les nègres échappaient à tout contrôle. Ainsi qu'Ashley l'avait prédit, la situation avait brusquement empiré depuis que la Législature s'était opposée au vote de l'amendement. Le Nord, furieux, avait considéré son refus comme un soufflet en pleine figure et n'avait pas tardé à se venger. Le Nord était bien décidé à imposer coûte que coûte le vote des nègres à la Géorgie et, dans ce but, après avoir déclaré l'état de rébellion, il lui avait appliqué la loi martiale la plus sévère. La Géorgie n'existait plus en tant qu'État et était devenue, conjointement avec la Floride et l'Alabama, le «territoire militaire numéro trois», placé sous le commandement d'un général fédéral.

Les règlements en vigueur l'année précédente paraissaient doux à côté de ceux que venait d'imposer le général Pope. L'avenir était lourd de menaces et le malheureux pays, qui était jugulé par les vainqueurs, faisait des efforts désespérés pour réagir. Quant aux nègres, tout gonflés de leur importance et assurés d'avoir derrière eux les soldats yankees, ils se livraient à des actes de violence de plus en plus fréquents. Personne n'était à l'abri de leurs entreprises. Tout le monde vivait dans la crainte et l'angoisse. Scarlett, elle aussi, avait peur, mais elle était résolue à se défendre et ne sortait jamais sans avoir à sa portée le pistolet de Frank. Elle maudissait en secret la Législature d'où venait tout le mal. À quoi avait servi son geste que chacun qualifiait d'héroïque? Uniquement à aggraver la situation, déjà assez tendue comme ça.

Comme elle approchait du chemin qui, s'enfonçant au milieu des arbres dépouillés, descendait vers la petite vallée où s'élevait Shanty-Town[1], Scarlett claqua la langue pour que son cheval allon-

1. Shanty-Town: mot à mot, la ville des baraques *(N.d.T.)*.

geât le pas. Chaque fois qu'elle passait à proximité de ce ramassis sordide d'anciennes tentes de l'armée et de cabanes en planches, elle se sentait mal à l'aise. Aucun endroit, dans la région, n'avait plus mauvaise réputation que ce faubourg d'Atlanta où vivaient pêle-mêle des nègres chassés de partout, des prostituées de couleur et des blancs de la plus basse classe. On prétendait que c'était le refuge ordinaire des criminels blancs ou noirs et que les soldats yankees y portaient d'abord leurs recherches lorsqu'ils étaient sur la piste d'un malfaiteur. On s'y battait au couteau et au pistolet avec une telle régularité que les autorités se donnaient rarement la peine d'intervenir et préféraient laisser les habitants de Shanty-Town régler leurs comptes entre eux. Dans les bois, aux alentours, était installé un alambic qui distillait un whisky de maïs de dernière qualité et, le soir, les baraques du fond de la vallée résonnaient des jurons et des cris des ivrognes.

Les Yankees eux-mêmes reconnaissaient que c'était une plaie qu'on ferait bien de cautériser, mais ils ne prenaient aucune mesure dans ce sens. Les gens d'Atlanta et de Decatur ne cachaient pas leur indignation, car, pour aller d'une ville à l'autre, ils étaient forcés de passer par là. Les hommes qui avaient affaire de ce côté ouvraient leur étui à pistolet et, même sous la protection de leurs époux ou de leurs frères, les femmes convenables n'aimaient guère à emprunter ce chemin, car elles se faisaient régulièrement injurier au passage par d'ignobles négresses en état d'ébriété.

Tant qu'elle avait eu Archie à côté d'elle, Scarlett n'avait jamais eu peur de passer auprès de Shanty-Town, parce que même les négresses les plus effrontées n'osaient pas rire en présence de l'ancien forçat. Mais, maintenant qu'elle était obligée d'effectuer le trajet toute seule, il en allait tout autrement et il lui était déjà arrivé bon nombre d'incidents aussi désagréables qu'exaspérants. Chaque fois qu'elles apercevaient sa voiture, les mégères noires semblaient vouloir rivaliser d'insolence. Scarlett n'avait pas d'autre ressource que de garder un air digne, mais elle bouillait de colère. Elle n'avait même pas la consolation de confier ses ennuis à ses amies ou à sa famille, car on n'eût pas manqué de lui dire, d'un air triomphant: «Voyons, pouviez-vous vous attendre à autre chose?» et tout le monde serait revenu à la charge pour l'empêcher d'aller à la scierie. Or elle n'avait nullement l'intention d'interrompre ses voyages.

«Dieu soit loué! se dit-elle. Aujourd'hui, il n'y a pas de femmes en haillons à traîner au bord de la route!» Parvenue à la hauteur du chemin qui menait à Shanty-Town, elle jeta un coup d'œil dégoûté aux masures entassées les unes sur les autres au fond de la vallée, éclairée par le soleil bas et sans force. Le vent froid lui apportait l'odeur des feux de bois, de la viande de porc rôtie et des fosses d'aisances. Elle secoua énergiquement les guides sur le dos du cheval qui força l'allure.

Scarlett commençait juste à pousser un soupir de soulagement, quand sa gorge se serra. Un grand nègre, embusqué derrière un chêne, sortait lentement de sa cachette. Scarlett avait peur, mais pas au point de perdre son sang-froid. Elle tira sur les guides, arrêta sa voiture et saisit le pistolet de Frank.

– Que voulez-vous ? s'écria-t-elle du ton le plus dur qu'elle put.

Le nègre se baissa, retourna en hâte se blottir derrière l'arbre et répondit d'une voix effrayée :

– Seigneu', ma'ame Sca'lett, tuez pas le g'and Sam !

Le grand Sam ! Pendant un moment, Scarlett resta muette de stupeur. Le grand Sam, le contremaître de Tara qu'elle avait vu pour la dernière fois vers la fin du siège. Comment diable…

– Sors donc de là ! Montre-moi un peu que je voie si tu es bien Sam !

Le nègre obéit à contrecœur. Pieds nus, en haillons, portant une culotte de coutil et une veste yankee de couleur bleue beaucoup trop étroite pour lui, le géant avait un aspect lamentable. Lorsqu'elle l'eut reconnu, Scarlett remit le pistolet à sa place et sourit.

– Oh ! Sam ! Ça fait plaisir de te revoir !

Roulant de gros yeux, riant de toutes ses dents très blanches, Sam s'approcha du buggy au pas de course et, de ses deux pattes noires, s'empara de la main que lui tendait son ancienne maîtresse. On voyait le bout de sa langue d'un rose de pastèque et, dans sa joie, il se trémoussait et se contorsionnait comme un gros chien d'humeur folâtre.

– Seigneu' c'est si bon de voi' quelqu'un de la famille ! dit-il en serrant la main de Scarlett à la broyer. Pou'quoi êtes-vous devenue si méchante, ma'ame Sca'lett ? Pou'quoi avez-vous ce pistolet ?

– Il y a tant de méchantes gens en ce moment Sam, que je suis obligée d'avoir une arme. Comment se fait-il que tu vives dans un endroit aussi infect que Shanty-Town, toi un nègre respectable ? Pourquoi n'es-tu pas venu me voir à Atlanta ?

– Seigneu', ma'ame Sca'lett. Moi, j'habite pas à Shanty-Town. Je suis juste venu fai' un p'tit tou'. Je voud'ais pou' 'ien au monde viv' ici. Jamais de ma vie, j'ai vu d'aussi sales nèg' et je savais pas que vous étiez à Atlanta. Je vous c'oyais enco' à Ta'a. Je voulais 'etou'ner à Ta'a aussitôt que j'au'ais pu.

– Tu habites Atlanta depuis le siège ?

– Non, ma'ame, j'ai voyagé ! répondit Sam en relâchant la main de Scarlett, qui fit remuer ses doigts pour voir si elle n'avait rien de cassé. Vous vous souvenez de la de'niè' fois que vous m'avez vu ? Eh bien ! j'ai t'availlé comme un chien à fai' des t'anchées et à 'empli' des sacs de sable, jusqu'à ce que les Confédé'és ils quittent Atlanta. Le missié capitaine qui s'occupait de moi il a été tué et y avait pu pe'sonne pou' di' au g'and Sam ce qui fallait fai', alo' je me suis caché dans les bois. J'voulais 'eveni' à Ta'a, mais on m'a dit que tout le pays, il b'ûlait. Et puis, j'savais pas pa' où passer et puis j'avais peu' des pat'ouilles pa'ce que j'avais pas de papiers. Alo' les Yankees ils sont venus et un missié yankee, qui était colonel, il a eu de l'amitié pou' moi et il m'a engagé pou' soigner son cheval et ci'er ses bottes.
« Oui ma'ame, j'étais tout content d'êt' un domestique comme Po'k, moi qui avais toujou' t'availlé dans les champs. J'ai dit ça au colonel et il... Tenez, ma'ame Sca'lett, les Yankees ils savent 'ien, il a pas vu la diffé'ence ! Alo' je suis 'esté avec lui, et je suis allé à Savannah avec lui quand le géné'al Shé'man il est allé là et pou' l'amou' du Ciel, ma'ame Sca'lett, j'ai jamais vu des choses aussi épouvantables ! Ça volait, ça mettait le feu... est-ce qu'ils ont incendié Ta'a, ma'ame Sca'lett ?
– Ils y ont mis le feu, mais nous l'avons éteint.
– C'est bien, ça, ma'ame. Je suis content. Ta'a c'est ma maison et je voud'ais 'etou'ner là. Alo', quand la guè' elle a fini, le colonel il m'a dit : « Toi, Sam ! Tu vas veni' dans le No' avec moi. Je te donne'ai de bons gages ! Alo' ma'ame, comme tous les aut' nèg', j'voulais connaît' la libe'té avant de 'veni' à la maison. Alo' je suis allé dans le No' avec le colonel. Oui, ma'ame, on est allé à Washington et à Nou Yo'k et à Boston où le colonel il habite. Oui, ma'ame, je suis un nèg' qui a voyagé ! Ma'ame Sca'lett, dans les 'ues des Yankees y a plus de chevaux et de voitu' qu'on peut les compter. J'avais tout le temps la f'ousse de me fai' éc'aser !
– As-tu aimé le Nord, Sam ?
Sam se gratta la tête.
– J'ai aimé et j'ai pas aimé. Le colonel c'est un missié t'ès bien et il comp'end les nèg'. Mais sa femme, c'est pas la même chose. Sa femme, elle m'a appelé « missié » la p'emiè' fois qu'elle m'a vu. Oui, ma'ame, elle a fait ça et moi, j'au'ai voulu me cacher quand elle a fait ça. Le colonel, il lui a dit de m'appeler « Sam », et elle l'a fait. Mais tous les Yankees, la p'emiè' fois qu'ils me voyaient, ils m'appelaient « missié O'Ha'a » et ils me demandaient de m'asseoi' avec eux, comme si j'étais quelqu'un comme eux. Je m'étais jamais assis avec

des blancs et je suis t'op vieux pou' app'end'. Ils me t'aitaient comme un blanc, mais dans le fond ils m'aimaient pas… ils aiment pas les nèg'. Et ils avaient peu' de moi pa'ce que je suis t'op g'and. Et ils me demandaient tout le temps de leu' pa'ler des chiens qui cou'aient ap'ès moi et des coups de fouet qu'on me donnait. Seigneu', ma'ame Sca'lett, j'ai jamais été battu ! Vous connaissez missié Gé'ald, et il voud'ait pas qu'on batte un nèg' qui coûte aussi ché' que moi !
« Quand je leu' ai dit ça, que je leu' ai dit que ma'ame Ellen elle était si bonne pou' les nèg' et qu'elle avait passé toute la semaine avec moi quand j'ai eu ma pneumonie, ils ont pas voulu me c'oi'. Alo', ma'ame Sca'lett, j'ai commencé à m'ennuyer tellement de ma'ame Ellen et de Ta'a qu'un soi' j'ai pas pu teni' et je suis p'ati et j'ai fait tout le chemin jusqu'à Atlanta dans les wagons de ma'chandises. Pou' sû' que se'ai content de 'evoi' ma'ame Ellen et missié Gé'ald. J'en ai eu assez de la libe'té. Je veux quelqu'un qui me donne à manger des bonnes t'ipes de cochon et qui me soigne quand je se'ai malade. Et si j'avais enco' la pneumonie ! La dame yankee, elle me soign'ait pas. Non ma'ame. Elle veut bien m'appeler « missié O'Hara » mais elle voud'ait pas me soigner. Mais, ma'ame Ellen, elle, elle voud'a bien me soigner si je suis malade et… qu'est-ce qu'y a, ma'ame Sca'lett ?
– Papa et maman sont morts tous les deux, Sam.
– Mo' ? C'est-y que vous plaisantez, ma'ame Sca'lett ? C'est pas gentil pou' moi !
– Je ne plaisante pas, Sam. C'est vrai. Maman est morte quand les hommes de Sherman sont venus à Tara, et Papa… il est parti en juin dernier. Oh ! Sam, ne pleure pas. Je t'en supplie ! Si tu pleures, je vais pleurer aussi. Ne parlons plus de ça en ce moment. Je te raconterai tout une autre fois. Mlle Suellen est restée à Tara. Elle a épousé un homme très bien, M. Will Benteen. Mlle Carreen est dans un…
Scarlett s'arrêta. Elle ne pourrait jamais expliquer au géant en larmes ce qu'était un couvent.
– Elle habite à Charleston, maintenant. Mais Pork et Prissy sont à Tara… Allons, allons, Sam, essuie-toi le nez. Tu veux vraiment rentrer à la maison ?
– Oui, ma'ame, mais ce se'a plus comme c'était avec ma'ame Ellen et…
– Sam, aimerais-tu rester ici à Atlanta et travailler pour moi ? J'ai besoin d'un cocher. J'en ai même grand besoin, avec toutes ces vilaines gens qui rôdent de ce côté.
– Oui, ma'ame. Pou' sû', vous en avez besoin. Je voulais justement vous di', ma'ame Sca'lett, que c'était pas bien de vous p'omener

comme ça toute seule. Vous savez comme ce'tains nèg' ils sont méchants aujou'd'hui, su'tout ceux qui habitent Shanty-Town. C'est pas p'udent pou' vous. Y a deux jou' seulement que je suis à Shanty-Town, mais je les ai déjà entendus pa'ler de vous... Hie' quand ces sales bonnes femmes elles vous ont dit des vilaines choses, quand vous passiez, je vous ai bien 'econnue, mais vous alliez t'op vite et j'ai pas pu cou'i' ap'ès vous. Mais pou' sû', je vais leu' tanner la peau à ces nèg'. Vous en avez pas vu un qui tou'nait pa' ici aujou'd'hui ?

– Non, je n'ai pas fait attention, mais je te remercie, Sam. Allons, aimerais-tu me servir de cocher ?

– Me'ci, ma'ame Sca'lett, mais je pense que j'aime mieux aller à Ta'a.

Le grand Sam baissa la tête et, du bout de son orteil, traça des signes mystérieux sur la poussière de la route. Il avait l'air gêné.

– Mais pourquoi ne voudrais-tu pas ? Je te donnerai de bons gages. Il faut que tu restes avec moi.

Sam releva la tête et montra un visage stupide et noir, décomposé par la peur. Il se rapprocha du buggy et murmura à voix basse :

– Ma'ame Sca'lett, faut que je quitte Atlanta. Faut que j'aille à Ta'a où ils me t'ouve'ont pas. J'ai... tué un homme.

– Un noir ?

– Non, ma'ame, un blanc. Un soldat yankee. C'est pou' ça qu'ils me che'chent. C'est pou' ça que je suis à Shanty-Town.

– Comment est-ce arrivé ?

– J'étais soûl et il a dit quelque chose qui me plaisait pas et j'ai mis mes mains autou' de son cou... et je voulais pas le tuer, ma'ame Sca'lett, mais j'ai de la fo'ce dans les mains et je l'ai tué sans le savoi'. Et j'avais si peu' que je savais pas quoi fai' ! Alo', je suis venu me cacher ici et je vous ai vue hié' et j'ai dit : « Dieu soit loué ! C'est ma'ame Sca'lett ! Elle va s'occuper de moi, elle va pas laisser les Yankees me mett' en p'ison, elle va m'envoyer à Ta'a. »

– Tu dis qu'on te recherche ? On sait que c'est toi qui as tué le soldat ?

– Oui, ma'ame. Je suis si g'and, qu'on me 'econnaît pa'tout. Je c'ois que je suis le plus g'and nèg' d'Atlanta. Hie' soi', ils sont venus me che'cher, mais une fille nèg', elle m'a caché dans les bois.

Scarlett demeura songeuse un instant. Ça lui était bien égal que Sam eût assassiné un soldat yankee, mais elle était déçue de ne pas pouvoir l'engager comme cocher. Un gaillard comme Sam était aussi bon garde du corps qu'Archie. En tout cas, il fallait trouver le moyen de l'envoyer à Tara, où il serait en sûreté. C'était un nègre trop précieux pour le laisser pendre. Comment donc ! Il n'y avait jamais eu meilleur contremaître que lui à Tara. Il ne vint même pas à l'idée de Scarlett qu'il était libre. Il lui appartenait toujours, comme Pork, Mama, Peter, Cookie et Prissy. Il continuait à «faire partie de la famille» et, à ce titre, il avait le droit d'être protégé.

– Je t'enverrai à Tara ce soir, décida enfin Scarlett. Maintenant, Sam, écoute-moi. J'ai encore un petit bout de route à faire, mais je repasserai par ici avant le coucher du soleil. Attends mon retour. Ne dis à personne où tu vas et si tu as un chapeau cache-toi la figure avec.

– J'ai pas de chapeau.

– Alors, tiens, voilà de quoi en acheter un. Tu me retrouveras ici.

– Oui, ma'ame.

Sam était rayonnant. Il avait retrouvé quelqu'un pour lui dire ce qu'il fallait faire.

Scarlett reprit pensivement son chemin. Will allait sûrement être enchanté de cette nouvelle recrue. Pork n'avait jamais rien entendu aux travaux des champs et n'y entendrait jamais rien. Sam étant à Tara, Pork pourrait venir rejoindre Dilcey à Atlanta, comme Scarlett le lui avait promis après la mort de Gérald.

Lorsque Scarlett arriva à la scierie, le soleil se couchait déjà et la jeune femme s'en voulut d'être dehors à pareille heure. Johnnie Gallegher se tenait sur le seuil de la misérable cabane qui servait de cuisine au campement. Quatre des cinq forçats que Scarlett avait affectés à la scierie de Johnnie étaient assis sur un tronc d'arbre, en face de la baraque délabrée dans laquelle ils couchaient. Leurs uniformes de bagnards étaient sales et souillés de taches de sueur. Les chaînes rivées à leurs chevilles tintaient à chacun de leurs mouvements. Ils avaient tous le même air morne et désespéré.

«Je les trouve bien maigres, pensa Scarlett. On dirait qu'ils sont malades. C'étaient pourtant de beaux gaillards quand je les ai engagés!» Ils ne la regardèrent même pas descendre de voiture, mais Johnnie tourna vers elle son visage dur et se découvrit sans empressement.

– Je n'aime pas beaucoup la mine de ces hommes-là, déclara Scarlett sans préambule. Ils n'ont pas l'air dans leur assiette. Où est le cinquième?

– Malade, fit Johnnie laconiquement. Il est couché.

– Qu'est-ce qu'il a?

– De la paresse, surtout.

– Je vais aller le voir.

– Ne faites pas ça. Il doit être tout nu. Je m'occuperai de lui. Il se remettra au travail demain matin.

Scarlett hésita. À ce moment, elle vit un homme relever péniblement la tête et lancer à Johnnie un regard de haine intense, avant de fixer de nouveau le sol.
– Auriez-vous fouetté ces hommes, par hasard ?
– Ah ça ! madame Kennedy, faites excuse, mais qui est-ce qui dirige cette scierie ? Vous me l'avez confiée et vous m'avez dit de la faire marcher. Vous n'avez pas de reproches à m'adresser, n'est-ce pas ? Est-ce que je ne réussis pas deux fois mieux que M. Elsing ?
Sur ce campement aux masures hideuses pesait une atmosphère sinistre qui n'existait pas du temps de Hugh Elsing. L'impression d'isolement et de solitude qui s'en dégageait donnait froid dans le dos. Ces forçats étaient si loin de tout, si complètement à la merci de Johnnie Gallegher. L'Irlandais pouvait les fouetter à sa guise, leur infliger toutes sortes de mauvais traitements, sans que Scarlett en sût jamais rien. Les forçats se tairaient, de peur d'être punis après son départ.
– Les hommes sont maigres. Leur donnez-vous assez à manger ? Dieu sait pourtant si j'en dépense de l'argent, pour leur nourriture. Ils devraient être gras à lard. Le mois dernier, j'en ai eu pour trente dollars, rien qu'en farine et en viande de porc. Qu'allez-vous donc leur donner pour leur dîner ?
Scarlett pénétra à l'intérieur de la cabane. Une grosse mulâtresse, penchée sur un vieux fourneau rouillé, esquissa une révérence en reconnaissant Scarlett et se mit à remuer des pois chiches qui cuisaient dans une casserole. Scarlett savait que Johnnie Gallegher vivait avec cette femme, mais elle préférait fermer les yeux. Elle put se rendre compte qu'en dehors des pois et d'un épi de maïs, rien d'autre n'était préparé pour le dîner.
– C'est tout ce que vous allez donner à ces hommes ?
– Oui, m'dame.
– Avez-vous mis du lard dans ces pois ?
– Non, m'dame.
– Comment ? Mais les pois chiches ne sont pas bons quand on n'y ajoute pas une tranche de lard ! Pourquoi ne l'avez-vous pas fait ?
– Missié Johnnie il a dit comme ça qu' c'est pas la peine.
– Vous allez me faire le plaisir d'en mettre. Où rangez-vous vos provisions ?
La mulâtresse roula des yeux effrayés du côté d'un petit placard qui lui servait de garde-manger et dont Scarlett alla ouvrir la porte. Par terre était posé un baril de farine de maïs entamé. Sur l'étagère, on voyait un sac de farine de blé, une livre de café, un paquet de sucre,

une bouteille de jus de sorgho et deux jambons fumés. Furieuse, Scarlett se tourna vers Johnnie Gallegher qui l'avait suivie et la regardait d'un air courroucé.

– Où sont les cinq sacs de farine que je vous ai envoyés la semaine dernière ? Où sont les provisions de sucre et de café ? Où sont les cinq jambons que je vous ai fait livrer et les dix livres de couenne de lard et les livres d'ignames et de pommes de terre ? Où tout cela est-il passé ? À supposer que vous ayez donné à manger à vos hommes cinq fois par jour vous n'auriez pas pu en venir à bout en une semaine. Vous les avez vendus, espèce de voleur ! Vous avez tout vendu ! Vous avez mis l'argent dans votre poche et vous n'avez donné à ces malheureux que des pois chiches et du maïs. Ce n'est pas étonnant qu'ils soient si maigres. Laissez-moi passer !

Scarlett bouscula l'Irlandais et sortit de la cabane.

– Vous, là-bas... oui, vous ! Venez ici ! ordonna-t-elle à l'un des forçats.

L'homme se leva et s'approcha lentement, en faisant sonner ses chaînes. Scarlett s'aperçut qu'il avait les chevilles à vif.

– Depuis quand avez-vous mangé du jambon ?

L'homme baissa la tête et fixa obstinément le sol.

– Allons parlez !

Le forçat leva enfin les yeux sur Scarlett et lui adressa un regard suppliant.

– Vous ne voulez rien dire, hein ? Vous avez peur ? Bon, allez me prendre un jambon dans le garde-manger. Rébecca, donnez-lui votre couteau. Vous partagerez le jambon avec vos camarades. Rébecca, faites des galettes et du café pour ces hommes. Vous leur donnerez tout le sorgho qu'ils voudront. Allez, ouste. Je veux voir ce que vous leur servez.

– C'est l'café et la farine à missié Johnnie, murmura Rébecca, effrayée.

– Je m'en fiche ! C'est peut-être son jambon aussi. Faites ce que je vous dis. Vous, Johnnie Gallegher, accompagnez-moi à mon buggy.

Scarlett traversa à grandes enjambées la cour jonchée de débris de toutes sortes. Elle remonta dans sa voiture et constata avec satisfaction que les hommes se coupaient de larges tranches de jambon, sur lesquelles ils se jetaient goulûment.

– Vous êtes une crapule comme on n'en voit pas beaucoup, lança-t-elle à Johnnie. Vous me rembourserez le prix de ces provisions. À l'avenir, je vous apporterai tous les jours ce qu'il faudra pour nourrir ces hommes, au lieu de vous faire livrer une commande tous les mois. Comme ça, vous ne pourrez pas me rouler.

– À l'avenir... ça m'est égal. Je ne serai plus ici, déclara Johnnie.

– Vous avez l'intention de me quitter?

Scarlett fut sur le point d'ajouter: «Eh bien! filez et bonne chance!» mais la prudence la retint. Si Johnnie s'en allait, que deviendrait-elle? Grâce à lui, elle débitait deux fois plus de bois qu'avec Hugh, et l'on venait juste de lui passer la plus grosse commande qu'elle eût jamais obtenue, une commande pressée par-dessus le marché. Si Johnnie la quittait, qui trouverait-elle pour le remplacer?

– Oui, je m'en vais. Tout ce que vous avez exigé de moi, en me confiant la direction de votre scierie, c'était de débiter le plus de bois possible. À cette époque-là, vous ne m'avez pas dit comment vous vouliez que je fasse marcher votre boîte, et ce n'est pas maintenant que vous allez vous mettre à me donner des conseils. Mêlez-vous donc de ce qui vous regarde. Vous ne pouvez pas dire que je n'ai pas tenu mes engagements. Je vous ai fait gagner de l'argent. Je mérite largement le salaire que je touche et j'ai bien le droit aussi de me faire de petits à-côtés. Et voilà que vous venez fourrer votre nez partout, que vous vous mettez à interroger mes hommes et à m'attraper devant eux? Quelle autorité voulez-vous que j'aie, après ça? Ça vous ennuie que je leur flanque une volée de temps en temps? Ce sont des fainéants. Ils mériteraient pire que ça. Ça vous ennuie aussi que je ne leur donne pas à bouffer à en crever? Tenez, je suis encore trop bon pour eux. Allons, occupez-vous de vos affaires et laissez-moi faire ce que je veux, sans ça je vous quitte tout de suite.

Scarlett ne savait plus quel parti prendre. Si Johnnie mettait sa menace à exécution, que ferait-elle? Elle ne pouvait tout de même pas passer la nuit à la scierie, à garder les forçats!

Johnnie devina sans doute son embarras, car ses traits durcis se détendirent un peu.

– Il est tard, madame Kennedy, dit-il d'une voix plus douce. Vous feriez mieux de rentrer chez vous. Nous n'allons pas nous fâcher pour une petite histoire comme ça, n'est-ce pas? Allons, retenez-moi dix dollars sur mon salaire et n'en parlons plus.

Malgré elle, Scarlett regarda du côté des malheureux qui achevaient de dévorer leur jambon et elle pensa au malade couché dans le baraquement rempli de courants d'air. Elle aurait dû renvoyer Johnnie Gallegher. C'était une brute et un voleur. Savait-on quel traitement il infligeait aux forçats quand sa patronne n'était pas là? D'un autre côté, c'était un homme capable, et Dieu sait si Scarlett avait besoin de quelqu'un de capable! Tant pis, elle ne pouvait pas se permettre de le renvoyer en ce moment. Il lui faisait gagner de l'argent. Tout ce qui lui restait à faire, c'était de s'assurer que, désormais, les forçats mangeraient à leur faim.

– Je retiendrai vingt dollars sur votre salaire, conclut-elle d'un ton sec, et je reviendrai discuter la question avec vous demain matin.

Elle savait bien, pourtant, que l'incident était clos et que Johnnie savait lui aussi à quoi s'en tenir sur la discussion pour le lendemain. Elle empoigna les guides et fouetta son cheval.

Tandis que le buggy s'engageait sur la route de Decatur, après avoir descendu le chemin qui menait à la scierie, Scarlett entra en lutte avec sa conscience. Elle aimait l'argent, elle voulait en gagner, mais elle se disait qu'elle n'avait pas le droit d'exposer des hommes aux brutalités du petit Irlandais. Si l'un des forçats mourait par suite de mauvais traitements, elle serait aussi coupable que Johnnie qu'elle n'aurait jamais dû garder, sachant ce qu'il était. D'un autre côté… eh oui, d'un autre côté, tant pis pour les hommes qui se faisaient condamner aux travaux forcés. Quand on avait commis un crime, il fallait s'attendre à tout. Cette pensée soulagea un peu Scarlett, mais elle ne pouvait s'empêcher d'évoquer les figures hâves et ravagées des malheureux bagnards.

« Oh ! je réfléchirai à tout ça plus tard », se dit-elle en haussant les épaules.

Lorsque le buggy atteignit l'endroit où la route tournait juste au-dessus de Shanty-Town, le soleil avait complètement disparu et les bois étaient déjà plongés dans l'obscurité. Une bise glaciale s'était levée avec le crépuscule et soufflait à travers les arbres sombres, faisant craquer les branches et brassant les feuilles mortes. Jamais Scarlett ne s'était trouvée toute seule dehors à pareille heure, et elle aurait bien voulu être rentrée chez elle.

Elle chercha vainement Sam du regard, mais elle ne s'en arrêta pas moins pour l'attendre. Son absence l'inquiétait. Elle craignait que les Yankees n'eussent déjà mis la main sur lui. Alors, elle entendit quelqu'un remonter le sentier qui menait au campement nègre et elle poussa un soupir de soulagement. Sam allait en entendre de belles pour son retard !

Ce ne fut pourtant pas Sam qui déboucha du tournant.

C'était un gros homme blanc déguenillé qui accompagnait un noir trapu avec des épaules et une poitrine de gorille. Scarlett cingla le cheval et saisit son pistolet. La bête partit au trot, mais fit soudain un brusque écart pour éviter le blanc qui s'était avancé.

– Madame, dit celui-ci, pourriez pas me donner un peu d'argent ? J'crève de faim.
– Allez-vous-en, répondit Scarlett d'une voix aussi ferme que possible. Je n'ai pas d'argent sur moi. Hue !
– Saute-lui d'sus ! cria-t-il au nègre. Elle doit avoir son argent dans son corsage.
Ce qui se passa ensuite fut comme un cauchemar pour Scarlett. Elle brandit son pistolet, mais quelque chose d'instinctif en elle lui dit ne de pas tirer sur l'homme blanc, de peur de tuer le cheval. Le visage tordu par un rire féroce, le nègre allait atteindre le buggy. Scarlett se retourna et fit feu à bout portant. Elle ne sut jamais si elle l'avait atteint, seulement, une seconde plus tard, une grosse main noire lui tordait le poignet et lui arrachait son arme. Le nègre était tout près d'elle, si près qu'elle sentait l'odeur rance que dégageait son corps. Il essayait de la faire basculer par-dessus le rebord de la voiture. Elle lutta furieusement de sa main libre, labourant de ses ongles le visage de son agresseur. Alors, avec un bruit d'étoffe déchirée, la main noire fendit son corsage de haut en bas et plongea entre ses seins. Jamais Scarlett n'avait éprouvé pareille sensation d'horreur et de répulsion. Elle se mit à hurler comme une démente.
– Fais-la taire ! Sors-la de là ! cria le blanc, et la main noire remonta jusqu'à la bouche de la jeune femme.
Scarlett mordit aussi fort qu'elle put et se remit à hurler. À travers ses clameurs, elle entendit l'homme blanc pousser un juron et elle distingua la silhouette d'une troisième personne, sur la route obscurcie. La main noire lâcha prise et le nègre pivota sur ses talons pour faire face au grand Sam, qui fonçait sur lui.
– Sauvez-vous, ma'ame Sca'lett ! lança Sam en saisissant le nègre à bras-le-corps.
Tremblante, hurlant de peur, Scarlett ramassa les guides, prit son fouet et tapa à bras raccourcis sur le dos du cheval. La bête bondit en avant et Scarlett sentit les roues de la voiture passer sur quelque chose de mou et de résistant tout à la fois. C'était le corps de l'homme blanc qui gisait sur la route, là où Sam l'avait abattu d'un coup de poing.
Folle de terreur, Scarlett n'arrêtait pas de fouetter le cheval. Le buggy heurta une grosse pierre et faillit verser, mais elle n'y prit pas garde. Elle aurait voulu aller encore plus vite, car elle entendait courir derrière elle. Si le monstre noir la rattrapait, elle mourrait avant même qu'il ne l'eût touchée.
– Ma'ame Sca'lett, arrêtez-vous ! cria une voix.

Sans ralentir, elle regarda par-dessus son épaule et vit le grand Sam lancé à sa poursuite de toute la vitesse de ses longues jambes qui allaient et venaient comme des pistons. Elle tira sur les guides. Sam sauta dans le buggy. Il était si large que Scarlett dut se serrer contre le bord de la voiture pour lui faire place. La sueur et le sang lui inondaient le visage.

– Vous êtes pas blessée ? Ils vous ont pas blessée ? demanda-t-il en haletant.

Scarlett était incapable de répondre, mais, surprenant le regard de Sam, elle se rendit compte que son corsage était déchiré jusqu'à la ceinture et qu'elle avait la gorge à nu. D'une main tremblante, elle ramena sur sa poitrine les deux lambeaux d'étoffe, puis, baissant la tête, elle éclata en sanglots.

– Donnez-moi ça, fit Sam en s'emparant des guides. Allez, en vitesse, mon p'tit cheval !

Le fouet siffla et le cheval partit ventre à terre, menaçant de renverser le buggy dans le fossé.

– J'espè' que je l'ai tué, ce babouin de nèg', mais j'ai pas attendu pou' savoi', reprit Sam. Seulement, s'il vous a fait du mal, ma'ame Sca'lett, j'vais 'etou'ner pou' voi'.

– Non... non... vite... vite..., murmura Scarlett entre deux sanglots.

XLV

Le même soir, après avoir accompagné chez Mélanie sa femme, tante Pitty et les enfants, Frank partit en voiture avec Ashley, et Scarlett faillit laisser libre cours à sa colère tant elle était ulcérée. Comment Frank pouvait-il se rendre à une réunion politique après ce qui venait de lui arriver ? Quel manque de délicatesse de sa part, quel égoïsme ! Déjà il avait fait preuve d'un calme exaspérant lorsque Sam l'avait ramenée dans ses bras avec son corsage déchiré jusqu'à la ceinture. Il n'avait même pas une seule fois mordillé ses favoris lorsqu'elle avait raconté son histoire. Il s'était contenté de lui demander : « Êtes-vous blessée, ou avez-vous simplement eu peur, mon petit bout en sucre ? »

La rage et les sanglots l'avaient empêchée de répondre, et Sam s'était chargé de démontrer qu'elle en était quitte pour la peur.

– Ils ont juste abîmé son co'sage.

– Tu es un brave garçon, Sam, et je n'oublierai pas ce que tu as fait. Si je peux te rendre un service...

– Si, missié, vous pouvez me fai' 'etou'ner à Ta'a aussi vite que possible. Les Yankees ils me che'chent.

Frank avait également pris cet aveu avec le plus grand sang-froid et n'avait posé aucune question à Sam. Il avait adopté une attitude très voisine de celle qu'il avait eue lorsque Tony était venu frapper en pleine nuit à sa porte. On eût dit que, pour lui, il s'agissait d'une affaire à régler entre hommes et sans vaine agitation.

– Tu prendras le buggy. Peter te conduira cette nuit jusqu'à Rough and Ready. Arrivé-là, tu te cacheras dans les bois jusqu'à demain matin et tu sauteras dans le premier train pour Jonesboro. C'est ce qu'il y a de mieux à faire... Voyons, mon petit, ne pleurez pas. C'est fini et vous n'avez rien eu. Mademoiselle Pitty, puis-je vous demander votre flacon de sels ? Mama, apportez un verre de vin à Mme Scarlett.

Scarlett n'avait fait que pleurer de plus belle, mais cette fois c'étaient des larmes de rage. Elle aurait voulu qu'on la réconfortât, qu'on s'indignât ou parlât de vengeance. Elle aurait même préféré que Frank s'emportât contre elle et lui dît qu'il l'avait pourtant bien prévenue...

Elle aurait mieux aimé n'importe quoi plutôt que de lui voir cet air désinvolte comme si l'incident était des plus banals. Bien entendu, il s'était montré très gentil et très affectueux, mais d'une manière distraite, à croire qu'il avait quelque chose de fort important en tête. Et cette chose si importante, c'était uniquement une petite réunion politique de rien du tout !

Elle put à peine en croire ses oreilles lorsqu'il lui dit de changer de robe pour l'accompagner chez Mélanie où elle passerait la soirée. Il aurait dû se douter de l'état dans lequel elle était après une telle aventure. Il aurait dû deviner qu'elle ne tenait pas du tout à passer la soirée chez Mélanie. Elle était brisée, à bout de nerfs. Elle se songeait qu'à une chose, s'étendre, se coucher dans un lit bien chaud, avec une brique aux pieds et un bon grog. S'il l'avait vraiment aimée, il ne l'aurait jamais quittée. Il serait resté à son chevet, il lui aurait tenu la main et n'aurait cessé de lui répéter qu'il en serait mort s'il lui était arrivé quelque chose. Quand il rentrerait, et qu'elle se trouverait seule avec lui, elle ne se gênerait pas pour exprimer sa façon de penser.

Le petit salon de Mélanie paraissait aussi tranquille que les soirs où les femmes se réunissaient pour tirer l'aiguille en l'absence de Frank et d'Ashley. Le feu crépitait joyeusement dans la cheminée et répandait une chaleur douce. La lampe, posée sur la table, nimbait d'un jaune reflet les quatre têtes penchées sur des travaux d'aiguille. Quatre jupes s'étalaient en plis pudiques, huit pieds mignons s'appuyaient sur des tabourets. La porte de la chambre d'enfants était ouverte et l'on entendait la respiration paisible de Wade, d'Ella et de Beau. Assis sur un escabeau auprès de la cheminée, Archie, le dos au feu, la joue distendue par une chique de tabac, s'amusait à tailler un morceau de bois. Le contraste entre le vieil homme sale et poilu et les quatre dames aux manières distinguées était si grand que l'on eût dit d'un vieux chien de garde, hargneux et grisonnant, et de quatre petits chats.

De sa voix douce, que nuançait une légère note d'indignation, Mélanie commentait la récente sortie des Dames Harpistes. Incapables de se mettre d'accord avec les messieurs de la Chorale sur le programme du prochain récital, ces dames étaient venues cet après-midi même annoncer à Mélanie leur intention de se retirer du Cercle Musical. Mélanie avait dû faire appel à tous ses talents de diplomate pour les amener à différer leur décision.

Excédée, Scarlett avait bonne envie de crier : « Au diable les Dames Harpistes ! » Elle brûlait de raconter par le menu l'agression dont elle avait été victime afin de calmer ses terreurs en effrayant les autres.

Elle voulait également montrer combien elle avait été brave afin de puiser dans ses propres affirmations la certitude qu'elle s'était comportée en femme courageuse. Cependant, chaque fois qu'elle abordait ce sujet, Mélanie s'empressait de détourner la conversation. Scarlett avait bien du mal à ne pas laisser éclater sa rage. Tout le monde était donc aussi méchant que Frank ! Comment les gens pouvaient-ils rester aussi calmes quand elle venait d'échapper par miracle à un affreux destin ? La politesse la plus élémentaire eût exigé qu'on la laissât parler pour se soulager.

Les événements de l'après-midi l'avaient plus ébranlée qu'elle n'eût voulu le reconnaître. Chaque fois qu'elle se rappelait le nègre au visage de brute, elle se mettait à trembler. Quand elle revoyait la main noire se porter à son corsage et qu'elle pensait à ce qui serait arrivé sans l'intervention de Sam, elle baissait la tête et fermait les yeux. Mélanie bavardait sans arrêt. Scarlett l'écoutait en silence et s'efforçait de coudre, mais à mesure que le temps passait sa nervosité grandissait. Elle avait l'impression que ses nerfs allaient céder d'un moment à l'autre avec un sifflement de corde de banjo qui se brise.

Agacée par le manège d'Archie, elle adressa un regard furibond à l'ancien forçat. Soudain, il lui parut étrange qu'il s'occupât à tailler un morceau de bois au lieu de ronfler sur le sofa comme il le faisait toujours quand il était de garde. Elle trouva encore plus étrange que ni Mélanie, ni India ne l'eussent prié d'étendre par terre un morceau de papier pour y jeter ses copeaux qui, déjà, jonchaient la carpette autour de lui sans que personne semblât le remarquer.

Tandis que Scarlett l'observait, Archie se tourna brusquement vers le feu et y lança un jet de salive avec une telle violence qu'India, Mélanie et Pitty sursautèrent comme si une bombe avait explosé.

– Vous avez besoin de faire autant de bruit ? s'écria India d'un ton nerveux. Scarlett la regarda avec surprise, car elle avait toujours considéré India comme parfaitement maîtresse d'elle-même.

– Pour sûr, lui répondit Archie qui cracha de nouveau.

Mélanie fronça légèrement les sourcils et regarda India.

– J'étais si contente que mon cher papa n'eût pas l'habitude de chiquer, commença Pitty.

Alors Mélanie, pivotant sur sa chaise, lui coupa la parole d'un ton que Scarlett ne lui avait jamais entendu.

– Oh ! tais-toi, Tantine. Tu as si peu de tact.

– Oh ! mon Dieu ! murmura Pitty en lâchant son ouvrage. Mais enfin, ajouta-t-elle, qu'est-ce que vous avez toutes, ce soir ? India et toi, vous n'êtes pas bonnes à prendre avec des pincettes.

Personne ne lui répondit. Mélanie ne s'excusa même pas et se remit à coudre à grandes aiguillées rageuses.

– Tu fais des points beaucoup trop grands, remarqua Pitty avec une certaine satisfaction. Tu vas être obligée de défaire tout ce que tu as fait. Mais enfin, encore une fois, que se passe-t-il donc ce soir?

Personne ne lui répondit.

«Au fait, se demanda Scarlett, se passerait-il quelque chose? Aurais-je été trop absorbée par mes propres angoisses pour ne rien remarquer?» Oui, en dépit des efforts de Mélanie pour rendre cette veillée semblable à tant d'autres, il régnait une atmosphère différente, une ambiance nerveuse qui ne devait pas provenir uniquement de l'émotion causée par les événements de l'après-midi. Lançant un coup d'œil furtif autour d'elle, Scarlett surprit un regard d'India qui la mit mal à l'aise, regard profond et mesuré, dont la froideur exprimait plus que de la haine et plus que du mépris.

«On dirait qu'elle m'en veut de ce qui est arrivé», pensa Scarlett avec indignation.

India se tourna alors vers Archie, et, toute trace d'irritation ayant disparu de son visage, elle lui adressa une muette et anxieuse interrogation. Mais Archie semblait ne pas la voir. Les yeux fixés sur Scarlett, il l'enveloppait d'un regard froid et dur pareil à celui d'India.

Mélanie ne faisait aucune tentative pour ranimer la conversation, le silence devenait de plus en plus épais et Scarlett écoutait le vent se lever au-dehors. Brusquement, la soirée se mit à prendre une tournure des plus désagréables. La tension nerveuse augmentait. Archie avait l'air inquiet et ses oreilles velues semblaient dressées comme celles d'un lynx aux aguets. Mélanie et India prenaient sur elles pour ne rien laisser paraître de leur anxiété, mais chaque fois qu'on entendait le pas d'un cheval dans la rue, chaque fois que le vent faisait gémir une branche dépouillée ou s'emparait des feuilles mortes sur la pelouse, elles abandonnaient leur ouvrage et relevaient la tête. Chaque fois que, de la cheminée, montait le crépitement assourdi d'une bûche, elles se regardaient comme si elles eussent entendu marcher à pas feutrés.

Il se passait quelque chose et Scarlett se demandait quoi. Il se tramait quelque chose et Scarlett n'était pas au courant. Un coup d'œil à tante Pitty, dont une moue de mauvaise humeur contractait le visage candide, lui apprit que la vieille demoiselle était aussi ignorante qu'elle-même. Cependant Archie, Mélanie et India savaient à quoi s'en tenir. Au milieu du silence, Scarlett en arrivait presque à suivre le rythme affolant de leurs pensées qui tournoyaient dans leurs têtes comme un écureuil dans sa cage. Ils savaient quelque chose, ils attendaient quelque chose, malgré leurs efforts pour donner à la soirée un aspect normal. Et leur inquiétude gagnait Scarlett, la rendait encore plus nerveuse qu'auparavant. Poussant son aiguille d'un geste maladroit, elle se l'enfonça dans le pouce. Elle laissa échapper un petit cri de douleur qui fit tressaillir tout le monde et se pressa le doigt jusqu'à ce qu'apparût une goutte rouge et brillante.

– Je suis trop énervée pour coudre, déclara-t-elle en jetant son ouvrage par terre. Je suis à bout. J'ai envie de crier. Je veux rentrer me coucher. Frank savait dans quel état j'étais, il n'aurait pas dû m'obliger à sortir. Il n'arrête pas de faire de grands discours sur la nécessité de protéger les femmes contre les nègres et les Carpetbaggers et, quand le moment vient de faire quelque chose d'efficace, où est-il ? Chez lui à s'occuper de moi ? Jamais de la vie ! Il s'en va courir la prétentaine avec un tas d'autres hommes qui ne savent que discuter et...

Ses yeux se posèrent sur India, et elle s'arrêta net. India haletait. De ses yeux pâles aux cils décolorés, elle dévisageait Scarlett, et son regard glacé avait un reflet impitoyable.

– Si ce n'est pas trop vous demander, India, je vous serais obligée de me dire pourquoi vous me regardez tout le temps comme cela ? fit Scarlett d'une voix cinglante. Aurais-je donc quelque chose d'extraordinaire ?

– Non, ce n'est pas trop me demander, riposta India dont les yeux étincelèrent. Je serai même ravie de vous dire ce que j'ai sur le cœur. Ça m'est odieux de vous voir sous-estimer un homme admirable comme M. Kennedy. Si vous saviez...

– India ! lança Mélanie, les mains crispées sur son ouvrage.

– J'ai la prétention de mieux connaître mon mari que vous, répliqua Scarlett qui, à la perspective d'une querelle, la première querelle ouverte qui l'opposât à India, sentait son aplomb revenir et sa nervosité l'abandonner.

Mélanie regarda India et la jeune fille pinça les lèvres, mais presque aussitôt elle se remit à parler d'un ton froid et chargé de haine.

– Ça m'écœure de vous entendre dire que vous avez besoin de protection. Vous entendez, Scarlett O'Hara, ça m'écœure ! Ça vous est bien égal de n'avoir personne pour vous protéger ! Si vous y aviez tenu, vous ne vous seriez jamais affichée en ville, vous n'auriez jamais fréquenté les hommes que vous avez fréquentés dans l'espoir de vous faire admirer d'eux ! Vous n'avez pas volé ce qui est arrivé cet après-midi et, s'il y avait eu une justice, ça aurait dû encore plus mal tourner pour vous !

– Oh ! India, tais-toi ! s'écria Mélanie.
– Laisse-la parler ! s'écria Scarlett à son tour. Je suis ravie de savoir ce qu'elle pense. Je me doutais bien qu'elle me détestait et qu'elle était trop hypocrite pour l'avouer. Elle, si elle pensait décrocher des admirateurs, elle n'hésiterait pas à se promener toute nue dans la rue du matin au soir.
India se leva d'un bond. Son corps fluet tremblait sous l'affront.
– Je vous déteste, déclara-t-elle d'une voix claire qui pourtant vibrait de colère. Mais ce n'est pas par hypocrisie que je me suis tue. C'est parce que j'ai obéi à un sentiment que vous ne pouvez comprendre, un sentiment qui n'a rien à voir avec… la courtoisie ordinaire ou la bonne éducation. Je me suis rendu compte que si nous ne nous serrions pas les coudes et n'imposions pas silence à toutes nos petites haines, nous n'avions aucune chance de triompher des Yankees. Mais vous… vous… vous avez fait tout ce que vous avez pu pour diminuer le prestige des gens convenables… Vous avez couvert de honte un excellent mari, vous avez donné le droit aux Yankees et à la canaille de rire de nous et de tenir des propos injurieux sur notre manque de noblesse. Les Yankees ne savent pas que vous n'êtes pas des nôtres et que vous n'en avez jamais été. Les Yankees n'ont pas assez de jugement pour comprendre qu'il n'y a aucune noblesse en vous. En parcourant les bois dans votre voiture, non seulement vous vous exposiez à une agression, mais vous faisiez courir un danger à toutes les femmes comme il faut en incitant les nègres et les blancs de bas étage à faire un mauvais coup. Enfin, par votre faute, les hommes que nous connaissons risquent de perdre la vie, car ils sont obligés de…
– Bon Dieu, India ! s'exclama Mélanie et, malgré sa colère, Scarlett fut abasourdie d'entendre Mélanie s'en prendre au Seigneur. Vas-tu te taire ! Elle n'est pas au courant et elle… tais-toi. Tu as promis…
– Oh ! mes petites, larmoya Pittypat, les lèvres tremblantes.
– De quoi ne suis-je pas au courant ?
Furieuse, Scarlett s'était levée et faisait front à India dont les yeux lançaient des flammes et à Mélanie au visage éploré.
– Des pintades ! fit soudain Archie d'un ton méprisant et, redressant la tête d'un geste brusque, il se leva précipitamment. Quelqu'un remonte l'allée, annonça-t-il. C'est pas m'sieu Wilkes. Finissez un peu d' glousser.
Il y avait une mâle autorité dans sa voix. Les femmes se turent brusquement et, tandis qu'il traversait la pièce en clopinant, leurs visages perdirent toute expression de colère.
– Qui est là ? demanda Archie, avant même qu'on eût frappé à la porte.

– Le capitaine Butler. Laissez-moi entrer.
Mélanie s'élança avec une telle impétuosité que ses jupes se relevèrent et découvrirent les jambes de son pantalon jusqu'aux genoux. Archie n'eut pas le temps d'intervenir. Plus prompte que lui, Mélanie tira violemment la porte à elle. Son feutre noir abattu sur les yeux, le vent rageur faisant claquer sa cape sur ses épaules, Rhett Butler se tenait sur le seuil. Pour une fois, il avait renoncé à ses bonnes manières. Le chapeau sur la tête, ignorant les autres personnes qui se trouvaient là, il interrogea Mélanie sans un mot d'excuse ou de politesse.
– Où sont-ils allés ? Dites-le-moi vite. C'est une question de vie ou de mort.
Sidérées, Scarlett et Pitty se regardèrent ; quant à India, pareille à un vieux chat efflanqué, elle traversa la pièce à son tour et rejoignit Mélanie.
– Ne lui dis rien ! s'écria-t-elle. C'est un espion, un Scallawag.
Rhett ne lui fit même pas l'honneur d'un regard.
– Vite, madame Wilkes ! Il est peut-être encore temps.
Mélanie semblait paralysée de terreur et fixait Rhett avec des yeux fous.
– Que diable... commença Scarlett.
– Fermez-la, lui ordonna Archie. Vous aussi, madame Melly. Foutez-moi l' camp d'ici, espèce de sale Scallawag !
– Non, Archie, non ! bredouilla enfin Mélanie en posant une main tremblante sur le bras de Rhett comme pour le défendre contre Archie. Qu'est-il arrivé ? Comment... comment avez-vous su ?
– Mais, bonté divine, madame Wilkes, s'exclama Rhett en qui l'impatience et la courtoisie se livraient un rude combat, ils sont tous suspectés depuis le début... seulement jusqu'à ce soir ils avaient été trop malins pour se faire pincer. Comment suis-je au courant ? J'étais en train de jouer au poker avec deux capitaines yankees. Ils étaient ivres et ils m'ont tout dit. Les Yankees savaient qu'il y aurait du grabuge ce soir et ils avaient pris leurs dispositions. Les pauvres fous sont tombés dans un piège.
Mélanie vacilla comme si elle avait reçu un coup et Rhett dut la retenir par la taille.
– Ne lui dis rien ! Il essaie de te faire parler ! cria India. Ne l'as-tu donc pas entendu dire qu'il passait la soirée avec des officiers yankees ?
Les yeux rivés sur le visage livide de Mélanie, Rhett continua de l'ignorer.
– Dites-moi, où sont-ils allés ? Ont-ils un lieu de réunion ?
En dépit de ses transes et de son incompréhension, Scarlett pensa qu'elle n'avait jamais vu visage plus inexpressif que celui de Rhett

en ce moment. Pourtant Mélanie dut y lire quelque chose d'autre, quelque chose qui lui inspira confiance. Elle raidit son corps menu, échappa au bras de Rhett et dit d'une voix tremblante :

– En bordure de la route de Decatur, près de Shanty-Town. Ils se réunissent dans la cave de la plantation du vieux Sullivan... celle qui a été à demi incendiée.

– Merci. Avec mon cheval ça ne sera pas long. Quand les Yankees viendront ici, vous ferez celles qui ne savent rien.

Il partit si brusquement, sa cape noire se fondit si vite dans la nuit que les témoins de cette scène rapide doutèrent de sa venue jusqu'au moment où ils entendirent un cheval arracher les cailloux de la rue et détaler ventre à terre.

– Les Yankees vont venir ? bredouilla tante Pitty et, ses petits pieds se dérobant sous elle, elle s'effondra sur le sofa, trop épouvantée pour pleurer.

– Mais que se passe-t-il ? Qu'est-ce que tout cela signifie ? Si vous ne me le dites pas, je vais devenir folle.

Scarlett prit Mélanie par les épaules et la secoua avec violence comme si elle pensait en obtenir une réponse par ce moyen.

– Ce que ça signifie ? Ça signifie que vous êtes probablement responsable de la mort d'Ashley et de celle de M. Kennedy ! (Malgré la peur qui l'étranglait, il y avait une note de triomphe dans la voix d'India.) Arrête-toi de trembler, Melly... Mais tu vas t'évanouir !

– Non, murmura Mélanie en s'agrippant au dossier d'une chaise.

– Mon Dieu, mon Dieu ! Je ne comprends pas ! Tuer Ashley ? Je vous en supplie, que quelqu'un me dise...

D'une voix qui grinçait comme une porte tournant sur des gonds rouillés, Archie coupa la parole à Scarlett.

– Asseyez-vous, vous autres, ordonna-t-il. Reprenez vos ouvrages. Remettez-vous à coudre comme si de rien n'était. Y a des chances pour que les Yankees surveillent la maison depuis le coucher du soleil. Asseyez-vous, j' vous dis, et r'mettez-vous à coudre.

Les femmes obéirent en tremblant. Pitty elle-même s'empara d'une chaussette et, les yeux hagards, comme ceux d'un enfant terrorisé, elle regarda autour d'elle dans l'espoir d'obtenir une explication.

– Où est Ashley ? Que lui est-il arrivé, Melly ? s'écria Scarlett.

– Où est votre mari ? Ça ne vous intéresse donc pas ? interrogea méchamment India tout en chiffonnant avec des gestes de folle la serviette qu'elle était en train de repriser.

– India, je t'en prie !

Mélanie essayait de se dominer, mais son visage blafard et tourmenté indiquait assez quels efforts elle faisait pour y parvenir.
– Scarlett, nous aurions peut-être dû te le dire mais… mais… tu avais déjà eu une telle émotion cet après-midi que nous… que Frank n'a pas cru… et tu as toujours été si opposée au Klan…
– Le Klan…
Scarlett prononça d'abord le mot comme si elle ne l'avait jamais entendu auparavant et n'en comprenait pas le sens, puis elle répéta :
– Le Klan ! et l'on eût dit qu'elle poussait un hurlement.
– Ashley ne peut pas faire partie du Klan ! Frank non plus ! Oh ! il m'avait promis !
– Mais si, M. Kennedy fait partie du Klan et Ashley aussi. Tous les hommes que nous connaissons en sont membres ! s'exclama India. Ce sont des hommes, n'est-ce pas ? Des hommes blancs et des Sudistes. Vous auriez dû en être fière au lieu de l'obliger à s'en cacher comme si c'était quelque chose de honteux et…
– Vous le saviez tous et vous ne…
– Nous craignions que ça ne te bouleverse… fit Mélanie tristement.
– C'est donc là qu'ils se rendent au lieu d'aller à ces soi-disant réunions politiques ? Oh ! dire qu'il m'avait promis ! Maintenant les Yankees vont me confisquer mes scieries. Ils vont prendre aussi le magasin et ils mettront Frank en prison… oh ! mon Dieu, mais qu'est-ce que Rhett Butler voulait dire ?
India regarda Mélanie avec des yeux épouvantés. Scarlett se leva et jeta son ouvrage par terre.
– Si vous ne me le dites pas, je vais en ville et je saurai bien découvrir la vérité. Je demanderai à tout le monde jusqu'à ce que je…
– Asseyez-vous, dit Archie en fixant Scarlett de son œil unique. Je m'en vais vous le dire, moi. Parce que vous êtes allée vous balader et que vous vous êtes attiré des ennuis par vot' faute, M. Wilkes, M. Kennedy et les aut' hommes sont sortis ce soir pour tuer c'te nègre et c'te blanc qui vous ont attaquée. Ils vont essayer de mettre la main sur eux et pour ça il faudra sans doute qu'ils fouillent Shanty-Town dans tous les coins. Si ce Scallawag a dit vrai, les Yankees se sont doutés de quèque chose, à moins qu'ils n'aient été prévenus d'une manière ou d'une autre, et ils ont fait appel à la troupe. Nos hommes sont pris au piège. Et si jamais ce que Butler a dit n'est pas vrai, c'est que c'est un espion. Alors il va livrer les nôtres aux Yankees et n'importe comment ils y laisseront leur peau. S'il les livre pas, je le tuerai quand même. Tant pis si j'y laisse ma peau aussi. Et s'ils sont pas tués, il va falloir qu'ils fichent le camp au

Texas et ils reviendront p't'être jamais. Tout ça, c'est d' vot' faute. C'est comme si vous aviez du sang sur les mains.

Scarlett commençait peu à peu à comprendre de quoi il s'agissait. Son expression changea. Mélanie s'en aperçut. En elle l'épouvante fit place à la colère, puis à un sentiment d'horreur. Elle se leva et posa la main sur l'épaule de sa belle-sœur.

– Un mot de plus, Archie, et je vous mets à la porte, fit-elle d'un ton sévère. Ce n'est pas sa faute. Elle a seulement fait… elle a fait ce qu'elle estimait devoir faire. Nos hommes ont fait ce qu'ils pensaient devoir faire. Les gens doivent faire ce qu'ils estiment être leur devoir. Nous ne pensons pas tous de la même manière. Nous n'agissons pas tous de la même manière non plus, et c'est mal… c'est mal de juger les autres d'après nous-mêmes. Comment India et vous pouvez-vous lui dire des choses aussi cruelles quand son mari, tout comme le mien, sont peut-être… peut-être…

– Écoutez, interrompit Archie. Asseyez-vous, m'dame. Ce sont des chevaux.

Mélanie reprit sa place, ramassa l'une des chemises d'Ashley et, baissant la tête sur son ouvrage, se mit inconsciemment à déchirer le jabot en fins rubans.

Le bruit de sabots augmenta, les chevaux au trot s'approchaient de la maison. Les gourmettes cliquetèrent, les selles grincèrent, un murmure de voix s'éleva. Les chevaux s'arrêtèrent devant la maison. Une voix impérieuse domina les autres. Des hommes mirent pied à terre, se répandirent dans le jardin et allèrent se poster auprès de la véranda qui donnait sur le derrière. Les quatre femmes avaient l'impression que des milliers d'yeux hostiles les observaient par la fenêtre dont les rideaux n'étaient pas tirés. Mortes de peur, elles baissèrent la tête et firent semblant de coudre. Scarlett entendit son cœur lui crier : « Tu as tué Ashley ! Tu l'as tué. » Folle de douleur, il ne lui vint même pas à l'idée qu'elle était peut-être également responsable de la mort de Frank. Une seule image s'imposait à son esprit, l'image d'Ashley étendu aux pieds de cavaliers yankees, sa belle chevelure blonde toute maculée de sang.

On frappa à la porte à coups précipités. Scarlett regarda Mélanie et vit une nouvelle expression se répandre sur le petit visage tiré de la jeune femme, une expression analogue à celle qu'elle avait surprise quelques instants plus tôt sur le visage de Rhett Butler, l'expression calme et détachée d'un joueur de poker qui bluffe avec deux paires.

– Archie, ouvrez la porte, dit Mélanie d'une voix tranquille.

Glissant son couteau dans sa botte, ouvrant son étui à pistolet, Archie se dirigea en boitant vers la porte et l'ouvrit d'un geste brusque. Pitty poussa un petit cri de souris prise au piège en voyant apparaître un capitaine yankee, et une escouade d'uniformes bleus massés derrière lui. Mais les autres ne bronchèrent pas. Scarlett s'aperçut qu'elle connaissait cet officier. C'était le capitaine Tom Jaffery, un ami de Rhett. Elle lui avait vendu un peu de bois pour construire sa maison. Elle savait que c'était un homme du monde et elle pensa qu'à ce titre il aurait la galanterie de n'arrêter ni elle ni ses compagnes. Le capitaine reconnut aussitôt Scarlett et, se découvrant, il s'inclina avec une gêne manifeste.

– Bonsoir, madame Kennedy. Laquelle d'entre vous, mesdames, est madame Wilkes ?

– C'est moi, répondit Mélanie, qui se leva avec une dignité assez inattendue chez une femme aussi menue. À quoi dois-je cette intrusion ?

Le capitaine promena un regard rapide autour de lui, fixant un instant chacun des visages, examinant la table, puis le portemanteau comme s'il avait voulu découvrir les signes d'une présence masculine.

– Je désirerais parler à M. Wilkes et à M. Kennedy, s'il vous plaît.

– Ils ne sont pas ici, dit Mélanie d'une voix douce un peu tremblante.

– En êtes-vous bien sûre ?

– Vous n'allez pas mettre en doute la parole de Mme Wilkes ? intervint Archie, la barbe hérissée.

– Je vous demande pardon, madame Wilkes. Je n'ai pas eu l'intention de vous manquer de respect. Si vous me donnez votre parole d'honneur, je ne fouillerai pas la maison.

– Vous avez ma parole, mais fouillez la maison si le cœur vous en dit. Ces messieurs assistent à une réunion au magasin de M. Kennedy.

– Ils ne sont pas au magasin. Il n'y a pas eu de réunion ce soir, répondit le capitaine d'un air sombre. Tant pis, nous attendrons leur retour dehors.

Il s'inclina sèchement et sortit en refermant la porte sur lui. Les occupants de la maison l'entendirent lancer un ordre bref, étouffé par le vent : « Cernez la maison. Un homme à chaque porte et à chaque fenêtre. » Des bottes martelèrent le sol. Scarlett faillit sursauter de terreur en distinguant confusément des soldats qui regardaient par les fenêtres. Mélanie se rassit et prit d'une main ferme un livre posé sur la table. C'était un exemplaire tout abîmé des *Misérables*, cet ouvrage qui avait tant plu aux soldats confédérés. Ils l'avaient lu et relu à la lueur des feux de camp et avaient pris un plaisir plutôt sinistre à l'appeler *Lee's Miserables*[1]. Elle ouvrit le livre en son milieu et se mit à lire d'une voix claire et monotone.

– Cousez donc, ordonna Archie d'un ton rauque, et les trois femmes, stimulées par la voix fraîche de Mélanie, reprirent leur ouvrage et baissèrent la tête.

Combien de temps Mélanie poursuivit-elle sa lecture sous les yeux de ceux qui l'observaient, Scarlett ne le sut jamais, mais ça lui sembla des heures. Mélanie avait beau lire, elle n'entendait rien. Elle commençait à penser à Frank aussi bien qu'à Ashley. C'était donc là l'explication de son calme apparent ! Dire qu'il lui avait promis de ne jamais s'occuper du Klan ! Oh ! c'était bien ce genre de complications qu'elle avait tant redouté ! Tout le travail de cette dernière année allait être réduit à néant. Toutes ses luttes, toutes ses angoisses, tout ce qu'elle avait enduré sous la pluie et dans le froid, tout cela en pure perte ! Qui aurait pu se douter que ce vieux froussard de Frank était mêlé aux agissements des cerveaux brûlés du Klan ? Dire qu'il était peut-être mort ! ou bien, s'il ne l'était pas, les Yankees l'avaient peut-être arrêté et allaient le pendre. Et il en serait de même pour Ashley !

Scarlett se laboura la paume de la main avec ses ongles jusqu'à ce qu'apparussent quatre croissants brillants et rouges. Comment Mélanie pouvait-elle continuer de lire avec calme lorsque Ashley risquait d'être pendu ? Lorsqu'il était peut-être mort ? Pourtant, dans la voix tranquille et douce qui racontait les malheurs de Jean Valjean, il y avait quelque chose d'apaisant qui l'empêchait de se dresser d'un bond et de se mettre à hurler.

Elle se reporta par la pensée à la nuit où Tony Fontaine, pourchassé, harassé, sans un sou, était venu chez elle et son mari. S'il n'avait pas pu atteindre leur demeure, si on ne lui avait pas donné de l'argent et un cheval frais, il eût été pendu depuis longtemps. Si Frank et Ashley n'étaient pas morts, ils se trouvaient dans une situation analogue à celle de Tony et même pire. La maison était cernée et ils ne pouvaient pas rentrer chez eux pour se procurer de l'argent et des vêtements de rechange sans être capturés. Sans compter que, d'un bout à l'autre de la rue, toutes les maisons devaient être surveillées par les Yankees afin que les fugitifs ne pussent demander assistance à leurs amis. À l'heure qu'il était, ils avaient peut-être pris la fuite et galopaient comme des fous dans la nuit, en route pour le Texas.

1. Les misérables de Lee. Jeu de mots intraduisible, mais cependant facile à comprendre dans notre langue *(N.d.T.)*.

Mais Rhett… Rhett les avait peut-être rejoints à temps. Rhett avait toujours de l'argent plein ses poches. Il leur avait peut-être prêté ce qu'il leur fallait pour se sauver. Ça paraissait pourtant bien bizarre. Pourquoi Rhett se préoccupait-il du sort d'Ashley ? Il avait sans aucun doute de l'antipathie pour lui et il le méprisait. Alors, pourquoi… mais cette énigme resta sans réponse.

Scarlett, rongée d'inquiétude, étouffa un gémissement.

« Oh ! se dit-elle intérieurement, tout cela est ma faute. India et Archie avaient raison. Tout cela est ma faute. Mais je ne les aurais jamais crus assez fous pour s'affilier au Klan ! Je n'aurais jamais pensé non plus qu'il pouvait m'arriver quelque chose ! Mais comment aurais-je pu faire autrement ? Melly l'a bien dit. Les gens doivent faire ce qu'ils ont à faire. Il fallait bien que je fasse marcher les scieries ! Il fallait bien que je gagne de l'argent ! Quand je pense que je vais probablement tout perdre, et que tout cela est en partie ma faute ! »

Mélanie continua pendant un long moment, puis elle se mit à bafouiller, sa voix s'altéra et enfin elle se tut. Elle tourna la tête du côté de la fenêtre et se mit à regarder comme s'il n'y avait pas eu de soldats yankees en train de l'épier de l'autre côté de la vitre. Les autres occupants de la pièce, entraînés par son exemple, regardèrent à leur tour et prêtèrent l'oreille.

Malgré les portes et les fenêtres fermées, on entendait au loin un bruit de chevaux. Le vent avait beau ne pas porter, on pouvait entendre également quelqu'un chanter la plus exécrée et la plus odieuse de toutes les chansons, le chant consacré aux hommes de Sherman, *La marche à travers la Géorgie*[2], et c'était Rhett Butler qui la chantait.

À peine eut-il achevé les premières strophes que deux autres voix s'élevèrent, des voix furieuses d'ivrognes qui trébuchaient sur les mots et s'empêtraient dans leur discours. De la véranda, où il se tenait, le capitaine Jaffery lança un bref commandement. Des soldats s'éloignèrent au pas de course. Mais, avant même que le capitaine eût donné ses instructions, les dames s'étaient regardées, pétrifiées, car les voix des deux hommes qui se querellaient avec Rhett étaient celles d'Ashley et de Hugh Elsing.

Le jardin s'emplit de tumulte. Le capitaine Jaffery posait des questions laconiques. Hugh riait d'un rire perçant. Rhett répondait d'une

2. *March through Georgia* (1865) : célèbre chanson militaire de l'armée de Sherman, célébrant les « boys » matant les « rebelles ».

voix gouailleuse et grave. Ashley ne cessait de répéter d'un ton étrange et comme irréel : « Alors quoi, bon Dieu ! Alors quoi ! »
« Ça ne peut pas être Ashley ! pensa Scarlett. Il ne s'enivre jamais. Et Rhett... voyons, plus il a bu, plus il est calme... il ne fait jamais autant de bruit ! »
Mélanie se leva et Archie l'imita. On entendit le capitaine déclarer d'un ton sec : « Ces deux hommes sont en état d'arrestation », et Archie serra la crosse de son pistolet.
– Non, murmura Mélanie avec fermeté, laissez-moi faire.
Son visage était empreint d'une expression analogue à celle que Scarlett lui avait vue à Tara, le jour où, portant le sabre trop lourd pour elle, elle avait contemplé du haut de l'escalier le cadavre du Yankee... expression tragique d'un être doux et timide que les circonstances transformaient en tigresse. Elle alla ouvrir la porte en grand.
– Faites-le entrer, capitaine Butler, lança-t-elle d'une voix bien timbrée, où perçait une note aigre. Vous l'avez encore poussé à boire, je suppose. Allons, faites-le donc entrer.
– Je regrette, madame Wilkes, dit le capitaine qui se tenait au milieu de l'allée sombre, balayée par le vent. Je regrette, mais votre mari et M. Elsing sont en état d'arrestation.
– En état d'arrestation ? Et pour quelle raison ? Pour ivresse ? Si l'on arrêtait tous les ivrognes, la garnison d'Atlanta passerait son temps en prison. Allons, capitaine Butler, décidez-vous, faites-le entrer... à condition évidemment que vous puissiez vous-même vous tenir sur vos jambes.
Scarlett avait le plus grand mal à rassembler ses idées et pendant un moment elle ne comprit rien à ce qui se passait. Elle savait que ni Rhett ni Ashley n'étaient ivres et elle savait aussi que Mélanie pensait comme elle. Et pourtant Mélanie, d'ordinaire si aimable et si distinguée, se donnait en spectacle aux Yankees, vociférait comme une mégère, et allait jusqu'à prétendre que Rhett et son mari étaient trop ivres pour marcher.
Une courte discussion s'engagea, ponctuée de jurons, puis un petit groupe gravit le perron, butant contre chaque marche. Ashley apparut dans l'encadrement de la porte. Blafard, la tête renversée sur le côté, les cheveux ébouriffés, il était drapé du menton aux genoux dans la cape noire de Rhett. Hugh Elsing et Rhett, dont la démarche semblait plutôt chancelante, le soutenaient sous chaque bras et il était clair que, sans leur aide, il fût tombé par terre. Derrière eux venait le capitaine yankee dont le visage reflétait à la fois le doute et l'amusement. Il s'arrêta sur le seuil et ses hommes s'approchèrent

pour regarder par-dessus son épaule. Par la porte ouverte, le vent froid s'engouffrait dans la maison.

Effrayée et intriguée, Scarlett lança un coup d'œil à Mélanie, puis à Ashley, qui semblait sur le point de s'effondrer. Alors la vérité se fit jour en elle. Elle fut sur le point de crier: «Mais il n'est pas ivre!» seulement elle se retint à temps. Elle se rendait compte maintenant qu'elle assistait à une représentation, à une pièce désespérée à laquelle était lié le sort d'un certain nombre d'existences. Elle savait que ni elle ni tante Pitty n'avaient de rôle à y jouer, mais que les autres se renvoyaient les répliques comme les acteurs d'un drame souvent répété. Elle ne comprenait qu'à demi, mais c'était suffisant pour qu'elle gardât le silence.

– Asseyez-le sur cette chaise! ordonna Mélanie d'une voix indignée. Et vous, capitaine Butler, sortez d'ici immédiatement! Comment osez-vous vous montrer dans cette maison, après avoir encore mis mon mari dans cet état?

Les deux hommes installèrent tant bien que mal Ashley sur le siège désigné dont Rhett fit le tour en titubant. Empoignant le dossier à pleines mains, il s'adressa au capitaine d'une voix pâteuse:

– Voilà comment on me remercie! Vous entendez ça! Dire que j'ai empêché la police de l'emmener au poste et que je l'ai reconduit chez lui! et l'animal qui criait comme un putois et qui voulait me mordre!

– Et vous, Hugh Elsing, vous n'avez pas honte! Que va dire votre pauvre mère? Vous vous enivrez, vous sortez avec un... ami des Yankees, un Scallawag comme le capitaine Butler! Et vous, vous, monsieur Wilkes! Oh! comment avez-vous pu faire une chose pareille?

– Melly, j' suis pas tellement ivre, bredouilla Ashley qui piqua du nez et s'affala sur la table la tête entre les bras.

– Archie, emmenez-le dans sa chambre et couchez-le... comme d'habitude, ordonna Mélanie. Tante Pitty, je t'en prie, va vite ouvrir le lit et, oh!... oh! Mélanie éclata soudain en sanglots. Oh! comment a-t-il pu après m'avoir promis?

Archie avait déjà passé le bras sous l'épaule d'Ashley et Pitty s'était levée, ne sachant trop quel parti prendre, lorsque le capitaine s'interposa.

– Ne le touchez pas. Il est en état d'arrestation. Sergent!

Tandis que le sergent pénétrait dans la pièce, son fusil à la main, Rhett parut faire un effort sur lui-même et, s'approchant du capitaine, le prit par le bras.

– Tom, pourquoi l'arrêtez-vous? Il n'est pas tellement ivre. Je l'ai vu plus soûl que ça.

– J'en ai plein le dos de ces histoires de poivrots, s'exclama le capitaine. Il peut bien passer la nuit dans le ruisseau. Je m'en fiche pas mal, je ne suis pas un sergent de ville, mais M. Elsing et lui sont en état d'arrestation pour avoir participé ce soir à une descente du Klan à Shanty-Town. Un nègre et un blanc ont été tués. C'est M. Wilkes qui est l'instigateur de toute l'affaire.

– Ce soir ?

Rhett se mit à rire et rit même si fort qu'il s'assit sur le sofa et se prit la tête à deux mains.

– Non, pas ce soir, Tom, dit-il lorsqu'il put parler. Ces deux gaillards-là ne m'ont pas quitté de la soirée... Je sais bien qu'ils devaient aller à une réunion, mais nous sommes ensemble depuis huit heures.

– Ils étaient avec vous, Rhett ? mais...

Le capitaine fronça les sourcils et adressa un regard embarrassé à Ashley qui ronflait et à sa femme qui continuait de pleurer.

– Mais... où étiez-vous ?

– Ça m'embête de vous le dire.

Et Rhett cligna de l'œil tout en montrant Mélanie.

– Vous feriez mieux de parler.

– Passons sous la véranda et je vous dirai où nous étions.

– Dites-moi ça maintenant.

– Ça m'est très désagréable de le dire devant ces dames. Si elles veulent sortir...

– Je ne bougerai pas, déclara Mélanie en se tamponnant les yeux d'un geste rageur. J'ai le droit de savoir. Où était mon mari ?

– Chez Belle Watling, déclara Rhett, la mine contrite. Il y avait aussi Hugh, Frank Kennedy et le docteur Meade... et... tout un tas de types de la bande. On s'amusait, on s'amusait même très bien. Du champagne, des filles...

– Chez... chez Belle Watling ?

Mélanie poussa un tel cri de douleur que tout le monde la regarda effrayé. Elle porta la main à son cœur et, avant qu'Archie pût la retenir, elle s'évanouit. Alors ce fut un beau désordre. Archie releva Mélanie. India se précipita à la cuisine pour chercher de l'eau. Pitty et Scarlett éventèrent la malheureuse et se mirent à lui tapoter les poignets... tandis que Hugh Elsing, tourné vers Rhett, ne cessait de hurler : « Hein, vous êtes content. Vous êtes content, maintenant ! »

– Allons, ça va faire le tour de la ville, déclara Rhett d'un air farouche. Vous êtes satisfait, Tom. Demain il n'y aura pas une femme d'Atlanta qui voudra adresser la parole à son mari.

– Rhett, je ne pouvais pas penser… (Bien que le vent glacé lui soufflât dans le dos, le capitaine était en nage.) Écoutez, mon vieux ! Vous me jurez qu'ils étaient chez… chez Belle ?

– Bon Dieu, mais oui je le jure, grommela Rhett. Allez demander vous-même à Belle si vous ne me croyez pas. Maintenant, laissez-moi porter Mme Wilkes dans sa chambre. Donnez-la-moi, Archie. Si, je peux la porter. Mademoiselle Pitty, passez devant avec une lampe.

Rhett prit sans peine des bras d'Archie le corps inerte de Mélanie.

– Allez mettre M. Wilkes au lit, Archie. Après ce qui s'est passé ce soir je ne veux même plus le regarder.

Pitty tremblait à tel point que la lampe dans sa main devenait une menace pour la maison, mais elle ne lâcha pas prise et se dirigea en trottinant vers la chambre obscure. Archie passa un bras autour de la taille d'Ashley et le souleva en bougonnant.

– Mais… il faut que j'arrête ces hommes.

Rhett se retourna vers la porte.

– Alors, arrêtez-les demain matin. Ils ne peuvent pas se sauver dans l'état où ils sont… en tout cas je n'avais jamais entendu dire que c'était contraire à la loi de prendre une cuite dans un lieu de plaisirs. Bonté divine, Tom, il y a cinquante témoins pour déclarer qu'ils étaient chez Belle.

– Il y a toujours cinquante témoins pour déclarer qu'un Sudiste se trouvait là où il n'était pas, dit le capitaine d'un air chagrin. Venez avec moi, monsieur Elsing. Pour cette nuit, je laisse M. Wilkes en liberté puisque j'ai la parole de…

– Je suis la sœur de M. Wilkes, fit India d'un ton glacial, je me porte garant de sa comparution en justice. Maintenant, voudriez-vous vous retirer, je vous prie ? Vous avez causé assez de mal comme cela pour une nuit.

– J'en suis profondément désolé, murmura le capitaine avec gaucherie. J'espère seulement que ces messieurs pourront fournir la preuve de leur présence chez… heu… chez Mlle Watling. Vous direz à votre frère de se présenter demain matin à la prévôté pour y subir un interrogatoire.

India s'inclina sans aucune grâce et, la main sur le bouton de la porte, elle laissa entendre au capitaine qu'il serait fort aimable de se retirer le plus vite possible. L'officier et le sergent s'en allèrent, emmenant Hugh Elsing, et India claqua la porte sur eux. Sans même regarder Scarlett, elle alla baisser les stores des fenêtres. Les genoux tremblants, Scarlett s'agrippa à la chaise qu'avait occupée Ashley. Baissant les yeux, elle aperçut sur le coussin attaché au dossier une tache foncée et humide, plus large que sa main. Étonnée, elle y passa les doigts et les retira aussitôt gluants et rouges.

– India, murmura-t-elle d'une voix étouffée par l'horreur, Ashley... est... blessé.

– Imbécile ! Pensiez-vous qu'il était vraiment ivre ?

India tira le dernier store d'un coup sec et gagna la chambre à coucher, suivie de Scarlett, qui pouvait à peine respirer. De son grand corps, Rhett barrait le seuil de la pièce, mais Scarlett put voir néanmoins Ashley allongé, pâle et immobile sur son lit. Étrangement vive pour quelqu'un qui sortait d'un évanouissement, Mélanie coupait sa chemise inondée de sang avec des ciseaux à broder. Archie tenait la lampe au-dessus du lit et l'un de ses doigts noueux était posé sur le poignet d'Ashley.

Rhett se retourna vers la porte.

– Est-il mort ? s'écrièrent ensemble les deux jeunes femmes.

– Non, il est simplement évanoui. Il a reçu une balle dans l'épaule et a perdu beaucoup de sang, annonça Rhett.

– Pourquoi l'avez-vous amené ici, imbécile ? s'exclama India. Laissez-moi m'approcher de lui ! Laissez-moi passer. Pourquoi l'avez-vous amené ici pour qu'on l'arrête ?

– Il était trop faible pour voyager ! On ne pouvait pas le conduire ailleurs, mademoiselle Wilkes. De plus... aimeriez-vous le voir en exil comme Tony Fontaine ? Aimeriez-vous qu'une douzaine de vos amis vécussent au Texas sous des noms d'emprunt tout le reste de leur existence ? Il y a des chances pour que nous les tirions de ce guêpier si Belle...

– Laissez-moi passer !

– Non, mademoiselle Wilkes. Vous avez mieux à faire. Il faut que vous alliez chercher un docteur... pas le docteur Meade. Il est impliqué dans cette affaire et, à l'heure qu'il est, il doit être en train de s'expliquer avec les Yankees. Tâchez d'en trouver un autre. Avez-vous peur de sortir seule la nuit ?

– Non, fit India dont les yeux étincelaient. Je n'ai pas peur.

Elle saisit la mante à capuchon de Mélanie, accrochée à une patère dans le couloir.

– Je vais aller chercher le vieux docteur Dean. D'un ton plus calme, mais qui sentait l'effort, elle ajouta : Je regrette de vous avoir traité d'espion et d'imbécile. Je n'avais pas compris. Je vous suis profondément reconnaissante de ce que vous avez fait pour Ashley... mais ça ne m'empêche pas de vous mépriser.

– J'apprécie la franchise... et je vous remercie de la vôtre.

Rhett s'inclina et un sourire erra sur ses lèvres.

– Maintenant, pressez-vous et soyez prudente. Si vous voyez des soldats autour de la maison quand vous reviendrez, restez dehors.

India lança un coup d'œil angoissé à Ashley et, s'emmitouflant dans sa cape, elle sortit par la porte de derrière et s'enfonça dans la nuit. Scarlett sentit son cœur se remettre à battre en voyant Ashley ouvrir les yeux. Mélanie s'empara d'une serviette repliée qu'elle avait posée sur la table de toilette et l'appliqua contre l'épaule ruisselante de son mari. Ashley lui sourit pour la rassurer. Scarlett s'aperçut que Rhett la fixait de son regard pénétrant. Elle savait que ses sentiments étaient peints sur son visage, mais elle n'en avait cure. Ashley saignait, il se mourait peut-être, et c'était elle, elle qui l'aimait, qui avait creusé ce trou dans son épaule. Elle aurait voulu courir à son chevet, le serrer dans ses bras, mais ses genoux tremblaient tellement qu'elle ne put même pas entrer dans la chambre. La main collée à la bouche, elle regarda Mélanie tamponner la plaie à l'aide d'une nouvelle serviette et appuyer de toutes ses forces comme si elle avait eu le pouvoir de détourner les flots de sang. Mais la serviette rougissait comme par enchantement.

Comment un homme pouvait-il perdre tant de sang et continuer à vivre ? Mais Dieu soit loué, nul filet sanglant ne coulait de ses lèvres… Oh ! cette mousse rouge, annonciatrice de la mort, cette écume rouge qu'elle connaissait si bien depuis le jour terrible où après la bataille de la rivière du Pêcher elle avait vu, sur la pelouse de tante Pitty, les blessés mourir la bouche pleine de sang !

– Du cran, voyons, fit Rhett d'une voix dure où perçait une légère note d'ironie. Il ne va pas mourir. Allez tenir la lampe à Mme Wilkes. J'ai besoin d'Archie. J'ai plusieurs choses à lui faire faire.

Archie regarda Rhett par-dessous l'abat-jour.

– J'ai pas d'ordres à r'cevoir de vous, dit-il en faisant passer sa chique de l'autre côté de sa bouche.

– Vous ferez ce qu'il vous dira, déclara Mélanie d'un ton sévère. Et vous tâcherez de vous presser. Suivez les instructions du capitaine Butler. Scarlett, prends-moi cette lampe.

Scarlett s'avança et prit la lampe à deux mains pour ne pas la laisser tomber. Ashley avait refermé les yeux. Sa poitrine nue se soulevait lentement pour retomber ensuite sur un rythme précipité et le flot rouge continuait de sourdre entre les doigts menus de Mélanie dont les mains s'affolaient. Scarlett entendit confusément Archie traverser la pièce. Tous les deux pas, sa jambe de bois faisait un bruit mat contre le plancher. Puis elle reconnut la voix de Rhett, mais elle était si acca-

parée par le spectacle d'Ashley qu'elle distingua seulement quelques mots : « Prenez mon cheval… attaché dehors… à un train d'enfer. »
Archie posa un certain nombre de questions à mi-voix et Scarlett entendit Rhett lui expliquer :
– La plantation du vieux Sullivan. Vous trouverez les cagoules à l'intérieur de la plus grande des cheminées. Brûlez-les.
– Heu… grommela Archie.
– Et il y a deux… hommes dans la cave. Ficelez-les comme vous pourrez sur le cheval et déposez-les au milieu du terrain vague derrière chez Belle… le terrain entre sa maison et la voie ferrée. Faites très attention. Si quelqu'un vous voit, vous serez perdu avec nous tous. Quand vous les aurez couchés là où il faut, vous mettrez un pistolet auprès d'eux… non, vous leur mettrez un pistolet dans la main, ça vaudra mieux. Tenez, voici les miens.
Levant les yeux, Scarlett vit Rhett fouiller sous les basques de sa jaquette et sortir deux revolvers qu'Archie enfouit dans sa ceinture.
– Vous tirerez une balle avec chacun des revolvers. Il faut que ça ait l'air d'une sorte de duel. Vous m'avez compris ?
Archie fit oui de la tête et, dans son œil unique, brilla malgré lui une lueur d'admiration.
Si Archie comprenait, Scarlett, elle, en était fort loin. La dernière demi-heure avait pris une telle allure de cauchemar qu'il lui semblait ne devoir plus jamais rien comprendre à l'avenir. Cependant Rhett paraissait parfaitement maître de cette situation ahurissante et c'était déjà quelque chose.
Archie s'apprêtait à partir quand il se retourna et interrogea Rhett du regard.
– C'est lui ?
– Oui.
Archie poussa un grognement et cracha par terre.
Ce bref échange de mots réveilla toutes les terreurs de Scarlett. Elle eut l'impression qu'une bulle de plus en plus grosse dilatait sa poitrine. Quand cette bulle crèverait…
– Où est Frank ? s'écria-t-elle.
Rhett s'approcha du lit de sa démarche souple et silencieuse comme celle d'un chat.
– Chaque chose en son temps, murmura-t-il avec un petit sourire. Tenez donc cette lampe, Scarlett. Vous ne voulez pas brûler M. Wilkes. Madame Melly…
Mélanie releva la tête comme un bon petit soldat qui attend un ordre, et l'atmosphère était si tendue qu'elle ne remarqua même pas

que, pour la première fois, Rhett lui donnait un nom réservé à ses parents et ses amis.

– Je vous demande pardon, je voulais dire : madame Wilkes.

– Oh ! capitaine Butler, ne me demandez pas pardon. Ça me ferait beaucoup d'honneur que vous m'appeliez « Melly » tout court. Comme vous êtes bon et comme vous avez été adroit ! Comment pourrai-je jamais vous remercier ?

– Merci, fit Rhett et, pendant un instant, il parut presque gêné. Je n'irai pas jusqu'à prendre une telle liberté. Mais voyez-vous, madame Melly, et il y avait quelque chose d'humble dans sa voix, je suis navré d'avoir été contraint de dire que M. Wilkes se trouvait chez Belle Watling. Oui, je suis navré de l'avoir compromis, lui et les autres, en parlant d'une telle... mais quand je suis parti d'ici, le temps pressait et c'est le seul plan qui me soit venu à l'esprit. Je savais qu'on me croirait sur parole parce que j'ai tant d'amis parmi les officiers yankees. Ils me font l'honneur douteux de me considérer comme l'un des leurs parce qu'ils connaissent... dirai-je mon impopularité ?... auprès de mes concitoyens. Et vous comprenez, au début de la soirée, j'étais en train de jouer au poker chez Belle. Il y a des douzaines de soldats yankees pour le certifier. Quant à Belle et à ses filles, elles seront trop heureuses de mentir comme des arracheurs de dents et de dire que M. Wilkes et les autres ont passé la soirée au... au premier étage. Les Yankees le croiront. Les Yankees sont des gens bizarres. Ils ne pourront même pas se figurer que des femmes qui exercent ce... cette profession sont capables de patriotisme et d'une loyauté à toute épreuve. Il n'y a pas une seule dame respectable d'Atlanta que les Yankees croiraient sur parole si elle leur donnait des détails sur les hommes qu'ils soupçonnent d'avoir trempé dans l'affaire de ce soir, mais ils prendront pour argent comptant tout ce que leur diront des filles... des femmes plus légères. Je pense qu'avec la parole d'honneur d'un Scallawag et celle d'une douzaine de dames de mœurs légères nous avons des chances de tirer nos gaillards d'affaire.

Rhett prononça ces derniers mots avec un sourire sardonique qui s'effaça aussitôt lorsque Mélanie leva vers lui un visage rayonnant de gratitude.

– Capitaine Butler, vous êtes si chic ! Vous auriez pu dire que nos amis étaient allés en enfer, ça m'aurait été bien égal, puisque c'était pour les sauver ! D'ailleurs, je sais, et tous ceux que la chose intéresse savent également que mon mari n'a jamais mis les pieds dans ce lieu redoutable.

– C'est-à-dire…, commença Rhett, gêné, votre mari est bel et bien allé chez Belle, ce soir.

Mélanie se rembrunit.

– Vous ne me ferez jamais croire pareil mensonge !

– Je vous en prie, madame Melly ! Laissez-moi vous expliquer ! En arrivant chez le vieux Sullivan, j'ai trouvé M. Wilkes blessé. Il y avait avec lui Hugh Elsing, le docteur Meade et le vieux Merriwether…

– Quoi, le vieux monsieur Merriwether ! s'exclama Scarlett, incrédule.

– Les hommes ne sont jamais trop vieux pour faire des bêtises. Il y avait aussi votre oncle Henry…

– Oh ! Seigneur, pitié ! bredouilla tante Pitty.

– Les autres s'étaient dispersés après l'échauffourée avec les soldats, mais ceux qui étaient restés ensemble avaient repris le chemin de chez Sullivan pour cacher leurs cagoules et voir dans quel état était M. Wilkes. Sans sa blessure, ils seraient tous en route pour le Texas à l'heure qu'il est, mais il ne pouvait pas supporter un long voyage à cheval et personne n'a voulu l'abandonner. Il était indispensable de leur fournir un alibi, aussi les ai-je conduits chez Belle Watling par des chemins détournés.

– Oh !… je saisis. Je vous demande pardon de ma grossièreté, capitaine Butler. Je comprends que c'était nécessaire de les amener là… mais, dites-moi, capitaine Butler, des gens ont bien dû vous voir entrer.

– Non, personne ne nous a vus. Nous sommes passés par une porte dérobée qui donne sur la voie ferrée. Il fait toujours sombre de ce côté-là, et la porte est fermée à clef.

– Alors, comment ?

– J'ai la clef, déclara Rhett en regardant Mélanie sans sourciller.

Cette révélation et tout ce qu'elle impliquait causa une telle gêne à Mélanie qu'elle se mit à tripoter la serviette et finit par découvrir entièrement la blessure.

– Ce n'était pas par curiosité, dit-elle rougissante en se hâtant de remettre la serviette en place.

– Je suis désolé d'en être réduit à raconter ces choses à une dame…

« C'est donc vrai ! pensa Scarlett, qui éprouva un bizarre petit pincement au cœur. Alors, il vit bien avec cette horrible Watling ! C'est lui qui est le propriétaire de cette maison ! »

– J'ai vu Belle et je lui ai expliqué l'affaire. Nous lui avons fourni une liste des suspects et elle et ses filles certifieront que tous ces hommes ont passé la soirée en leur compagnie. Enfin, pour donner plus d'éclat à notre sortie, elle a appelé les deux types qu'elle a engagés pour maintenir l'ordre dans son établissement. Un beau petit pugilat a

commencé, on nous a fait descendre l'escalier en vitesse et traverser la salle de café et on nous a jetés à la rue comme une vulgaire bande d'ivrognes qui troublaient le calme de l'endroit par leurs disputes.
«Le docteur Meade n'avait pas l'air d'un pochard très convaincu, poursuivit Rhett en souriant. Il en coûtait trop à sa dignité de se trouver dans un tel lieu. Par contre, votre oncle Henry et le vieux Merriwether ont été parfaits. Le théâtre a perdu deux grands acteurs le jour où ils ont décidé de ne pas monter sur les planches. Ils avaient l'air de s'amuser comme des fous… Je crains que votre oncle Henry n'ait un œil au beurre noir dû au zèle trop ardent avec lequel M. Merriwether a joué son rôle. Il…»
La porte du couloir s'ouvrit et India entra, suivie du vieux docteur Dean, sa longue chevelure blanche en désordre, sa trousse de cuir tout usée faisant une bosse sous sa cape. Il salua d'un petit signe de tête et, sans une parole, souleva le pansement du blessé.
– Trop haut pour le poumon, annonça-t-il. Si la clavicule n'est pas atteinte, ça ne sera pas grave. Apportez-moi toutes les serviettes que vous pourrez, mesdames, et du coton si vous en avez. Apportez-moi aussi du cognac.
Rhett débarrassa Scarlett de la lampe qu'il posa sur la table, tandis que Mélanie et India s'empressaient d'obéir aux instructions du médecin.
– Vous n'êtes d'aucune utilité ici. Venez au salon auprès du feu.
Il prit Scarlett par le bras et l'emmena hors de la chambre. Sa voix et ses gestes étaient empreints d'une douceur inhabituelle chez lui.
– Vous avez eu une mauvaise journée, aujourd'hui, n'est-ce pas?
Scarlett se laissa conduire et, bien qu'elle se trouvât face à la cheminée, elle se mit à frissonner. Ce soupçon, cette bulle qui l'oppressait devenaient de plus en plus grands. Ce n'était même plus un soupçon, c'était presque une certitude, et une terrible certitude. Elle fixa le visage impassible de Rhett et, pendant un instant, elle n'eut pas la force de parler, puis:
– Est-ce que Frank était chez… chez Belle Watling?
– Non, répondit Rhett sans ménagements. Archie est en train de le porter dans le terrain vague près de chez Belle. Il est mort. Il a reçu une balle en pleine tête.

XLVI

Cette nuit-là, bien peu de gens fermèrent l'œil dans les maisons du quartier nord de la ville. Forme indécise glissant de cour en cour, India Wilkes était allée frapper aux portes des cuisines pour annoncer à voix basse le désastre du Klan et expliquer le stratagème de Rhett. Puis elle avait disparu dans l'ombre et dans le vent, laissant derrière elle l'angoisse et l'espérance.

De l'extérieur, les maisons paraissaient noires et endormies, mais à l'intérieur la nuit s'achevait qu'on discutait encore en s'efforçant de faire le moins de bruit possible. Non seulement les hommes qui avaient participé au raid de la soirée, mais tous ceux affiliés au Klan se tenaient prêts à fuir. Dans presque toutes les écuries de la rue du Pêcher, un cheval attendait, un pistolet glissé dans chacune des fontes de la selle, la sacoche d'arçon remplie de provisions. Seuls le message transmis par India avait empêché un exode en masse: «Le capitaine Butler dit de ne pas bouger. Les routes sont surveillées. Il s'est arrangé avec cette Watling...» Dans les chambres sans lumière, des hommes murmuraient: «Mais pourquoi me fierais-je à ce maudit Scallawag de Butler? Ça doit être un piège!» Et des voix de femmes imploraient: «Ne pars pas! S'il a sauvé Ashley et Hugh, il va peut-être sauver tout le monde. Si India et Mélanie ont confiance en lui...» Alors, à demi convaincus, ils restèrent d'autant plus que, pour eux, il n'y avait pas d'autre solution.

Plus tôt dans la nuit, les soldats avaient frappé à une douzaine de portes et arrêté tous ceux qui n'avaient pas pu ou pas voulu dire où ils avaient passé la soirée. René Picard, un des neveux de Mme Merriwether, les frères Simmons et Andy Bonnell furent de ceux qui passèrent ainsi la nuit en prison. Ils avaient pris part au malencontreux coup de main du Klan et s'étaient séparés des autres après la rencontre avec la troupe. Rentrés chez eux ventre à terre, ils furent arrêtés avant d'avoir pu apprendre la ruse de Rhett. Par bonheur, ils répondirent tous aux questions qu'on leur posa que l'emploi de leur temps les regardait et que les Yankees n'avaient pas besoin de fourrer le nez dans leurs affaires. On les avait enfermés en attendant de leur faire subir un interrogatoire plus complet le lendemain matin. Le vieux Merriwether et l'oncle Henry déclarèrent sans vergogne qu'ils avaient passé la nuit chez Belle et, lorsque le capitaine Jaffery en colère eut remarqué qu'ils étaient trop âgés pour ce genre de distractions, ils faillirent se colleter avec lui.

Belle Watling en personne reçut le capitaine sur le pas de sa porte et avant même qu'il lui eût fait connaître le but de sa mission elle cria bien haut que son établissement était fermé pour cette nuit-là. Elle raconta à l'officier que, vers le milieu de la soirée, une bande d'énergumènes pris de boisson s'étaient battus chez elle, avaient tout mis sens dessus dessous, brisé ses plus belles glaces et alarmé à tel point ses jeunes pensionnaires qu'elle avait décidé de ne plus recevoir personne : « En tout cas, ajouta-t-elle, si monsieur le capitaine veut prendre quelque chose, le café est encore ouvert... »

Le capitaine Jaffery se rendait fort bien compte que ses hommes riaient sous cape. Mortifié et convaincu par ailleurs que tout le monde lui taillait des croupières, il déclara d'un ton rageur qu'il ne tenait ni à boire ni à monter voir ces demoiselles, et il demanda à Belle si elle connaissait le nom de ses clients trop agités. Oh ! oui, Belle connaissait fort bien ces gens-là. C'étaient des habitués de sa maison. Ils venaient tous les mercredis et s'appelaient entre eux les Démocrates du mercredi. Pourquoi ce titre ? Elle n'en savait rien et ne voulait pas le savoir. Mais si jamais ils ne lui remboursaient pas le prix des glaces qu'ils avaient cassées elle n'hésiterait pas à les poursuivre devant les tribunaux. Sa maison était un établissement respectable... leurs noms ? Oh ! oui, au fait ! Sans le moindre embarras, Belle dévida d'une seule traite les noms des douze suspects. Le capitaine Jaffery eut un sourire amer.

– Ces maudits rebelles sont aussi bien organisés que notre service secret, dit-il. Demain matin, vous et vos pensionnaires, vous vous présenterez à la prévôté.

– Est-ce que le prévôt les obligera à me rembourser mes glaces ?

– Au diable avec vos glaces ! Demandez donc à Rhett Butler de vous en payer d'autres. Après tout, c'est bien lui le propriétaire de cette maison, n'est-ce pas ?

Avant l'aube, toutes les familles des ex-Confédérés savaient à quoi s'en tenir sur les événements de la nuit. Et leurs domestiques nègres, à qui pourtant l'on n'avait soufflé mot de l'affaire, étaient au courant eux aussi grâce à ce mystérieux système de transmission dont le jeu dépasse l'entendement des blancs. Tout le monde connaissait en détail la descente du Klan, la mort de Frank Kennedy et de Tommy Wellburn, l'infirme, tout le monde savait comment Ashley avait été blessé en emportant le corps de Frank.

Les femmes en voulaient un peu moins à Scarlett du rôle qu'elle avait joué dans cette tragédie en songeant que son mari était tué et qu'elle n'avait même pas la triste consolation de pleurer sur sa dépouille. Jusqu'à ce que les autorités lui eussent annoncé qu'on avait découvert le cadavre de Frank, elle devait feindre d'ignorer sa mort. Serrant un revolver de leurs doigts glacés, Frank et Tommy gisaient dans un terrain vague parmi les herbes desséchées. Lorsqu'ils auraient découvert leurs cadavres, les Yankees déclareraient qu'après s'être enivrés ils s'étaient pris de querelle au sujet d'une fille de chez Belle et s'étaient entre-tués. On plaignait beaucoup Fanny, la femme de Tommy, qui venait d'avoir un enfant, mais personne n'osait sortir dans la nuit pour aller la consoler, car sa maison était cernée par un peloton de soldats yankees qui attendaient le retour de Tommy. Autour de chez tante Pitty, d'autres soldats montaient la garde pour arrêter Frank quand il rentrerait.

Avant l'aube, la nouvelle s'était répandue que les autorités militaires se livreraient à une enquête le jour même. Les yeux gonflés par le manque de sommeil, les gens savaient que le sort d'un certain nombre de leurs concitoyens les plus en vue dépendait de trois choses. Ashley Wilkes serait-il en état de se tenir debout et de se présenter devant le tribunal militaire en homme qui souffre simplement d'une migraine à la suite de trop copieuses libations ? Belle Watling donnerait-elle sa parole que les suspects avaient passé la soirée chez elle ? Enfin, Rhett Butler affirmerait-il qu'il avait participé à leur débauche ?

Les gens frémissaient de rage en pensant à Belle et à Rhett. Belle Watling ! Se dire que leurs amis lui devraient la vie sauve ! C'était intolérable ! Des femmes qui avaient changé de trottoir lorsqu'elles avaient rencontré Belle dans la rue se demandaient si elle s'en souviendrait et redoutaient sa vengeance. Les hommes se sentaient moins humiliés que les femmes de devoir leur salut à Belle, car bon nombre d'entre eux la considéraient comme une brave fille. Mais ils étaient piqués au vif de devoir leur salut et leur liberté à Rhett Butler, un spéculateur et un Scallawag. Belle et Rhett, la femme de mauvaise vie la plus célèbre d'Atlanta et l'homme le plus exécré ! Dire que d'honnêtes citoyens avaient des obligations envers eux !

Une autre pensée provoquait chez ces gens un accès de rage impuissante. C'était la pensée que les Yankees et les Carpetbaggers allaient bien s'amuser. Oh ! comme ils allaient rire en apprenant que douze des citoyens les plus honorables de la ville étaient des clients assidus de chez Belle, que deux d'entre eux s'étaient tués pour une fille de bas étage, que les autres avaient été jetés à la rue parce qu'ils étaient trop ivres pour être tolérés même par Belle, et que certains de ceux qu'on avait arrêtés refusaient d'admettre qu'ils avaient passé la soirée avec leurs amis alors qu'on savait pertinemment le contraire !

Atlanta avait raison de craindre le rire des Yankees. Ceux-ci souffraient depuis trop longtemps de la froideur et du mépris des Sudistes pour ne pas donner libre cours à leur hilarité. Des officiers réveillaient leurs camarades et leur rapportaient les nouvelles. Bien que le jour fût à peine levé, des maris arrachaient leurs épouses au sommeil et leur racontaient tout ce que l'on pouvait dire à une femme convenable. Et les femmes, s'habillant en hâte, s'en allaient frapper chez leurs voisines, pour les mettre au courant. Les dames yankees étaient aux anges et riaient si fort qu'elles en pleuraient. Quel bel exemple de l'esprit chevaleresque et de la galanterie des hommes du Sud. Ces femmes qui vous regardaient de si haut et qui repoussaient toutes les avances n'allaient peut-être plus être aussi arrogantes maintenant que l'on savait où leurs maris passaient leur temps, quand on les croyait à des réunions politiques. Des réunions politiques ! Ah ! ouiche, elle était bien bonne !

Malgré leur fou rire, les dames yankees n'en plaignaient pas moins Scarlett. En somme, Scarlett était une femme du monde et la seule des dames d'Atlanta qui fût aimable avec les Yankees. Elles éprouvaient une réelle sympathie pour elle et l'admiraient de travailler parce que son mari ne pouvait pas ou ne voulait pas lui donner un train de vie en rapport avec sa condition. Son mari avait beau ne pas être à la hauteur, c'était tout de même terrible pour la pauvre petite d'apprendre en même temps qu'il la trompait et qu'il était mort. Du reste, il valait encore mieux avoir un mauvais mari que de n'en point avoir du tout, et les dames yankees décidèrent de redoubler de prévenances envers Scarlett. Mais les autres, les mesdames Meade, Merriwether, Elsing, la veuve de Tommy Wellburn et surtout cette Mme Ashley Wilkes, elles se proposaient bien de leur rire au nez chaque fois qu'elles les rencontreraient. Ça leur apprendrait à être un peu aimables.

La plupart des propos échangés cette nuit-là dans les chambres obscures roulèrent sur ce sujet. Les dames d'Atlanta déclarèrent avec force à leurs époux qu'elles se moquaient pas mal de ce que penseraient les Yankees, mais en elles-mêmes elles se disaient qu'elles préféreraient être scalpées plutôt que de supporter les ricanements des Yankees sans pouvoir dire la vérité sur leurs maris.

Outragé dans sa dignité, le docteur Meade, qui en voulait mortellement à Rhett de l'avoir mis dans une telle situation, déclara tout net à sa femme que, s'il ne craignait pas de trahir ses amis, il aimerait encore mieux tout avouer et être pendu que de dire qu'il était allé chez Belle.

– C'est injurieux pour vous, madame Meade, déclara-t-il hors de lui.

– Mais tout le monde saura que vous n'étiez pas là pour... pour...

– Les Yankees ne le sauront pas. Si nous voulons sauver notre peau, il faudra bien qu'ils croient ce qu'on leur racontera, et ils en feront des gorges chaudes. Je ne peux pas supporter l'idée qu'on se moquera de nous. Enfin, je le répète, c'est injurieux pour vous, ma chère, parce que je... je ne vous ai jamais trompée.

– Je le sais, et, dans l'obscurité, Mme Meade sourit et prit la main du docteur dans la sienne. Pourtant j'aimerais encore mieux que ce fût vrai que de vous voir exposé au moindre danger.

– Madame Meade, savez-vous ce que vous dites ? s'écria le docteur, stupéfait par le réalisme inattendu de son épouse.

– Oui, je le sais. J'ai perdu Darcy et Phil. Vous êtes tout ce qui me reste et plutôt que de vous perdre je préférerais que vous passiez votre temps dans cette maison.

– Vous devenez folle. Vous ne pouvez pas savoir ce que vous dites.

– C'est vous qui êtes un vieux fou, dit Mme Meade d'une voix remplie de tendresse en appuyant la tête sur l'épaule de son mari.

Le docteur lui caressa la joue et pendant un moment continua de ronger son frein en silence, puis il éclata de nouveau.

– Dire que je suis l'obligé de ce Butler ! Être pendu ne serait rien en comparaison de cela. Non, même si je lui dois la vie, je ne pourrai pas être poli avec lui. Son insolence est monumentale et la façon éhontée dont il a gagné de l'argent pendant la guerre me fait bouillir de rage. Devoir la vie à un homme qui n'a jamais fait son devoir...

– Melly prétend qu'il s'est engagé après la chute d'Atlanta.

– C'est un mensonge. Mme Melly croirait la première crapule venue. En tout cas, ce que je ne comprends pas, ce sont les raisons qui l'ont poussé à faire ce qu'il a fait. Pourquoi s'est-il donné tout ce mal ? Ça m'est odieux à dire, mais... enfin, bref on a toujours prétendu qu'il y avait quelque chose entre lui et Mme Kennedy. Je les ai vus trop souvent rentrer en voiture ensemble. Il a dû faire cela à cause d'elle.

– Lui ! Si Scarlett le lui avait demandé, il n'aurait même pas levé le petit doigt. Il aurait été bien trop heureux de voir pendre Frank Kennedy. Moi, je crois que c'est à cause de Melly.
– Madame Meade, vous n'allez tout de même pas insinuer qu'il y ait jamais eu quoi que ce soit entre eux.
– Oh ! ne soyez donc pas si stupide ! Il y a une chose certaine, c'est que Melly a toujours fait le plus grand cas de lui depuis qu'il a essayé d'intervenir en faveur d'Ashley pendant la guerre. Et je me dois de dire en sa faveur que, lorsqu'il se trouve avec elle, il n'a jamais ce sourire exécrable. À la façon dont il se comporte avec Melly, on se rend compte tout de suite qu'il serait un homme très convenable s'il voulait s'en donner la peine. En y réfléchissant, j'ai la conviction qu'il a fait cela… Mme Meade s'arrêta : Docteur, mon idée ne va pas vous plaire !
– Rien de ce qui touche à cette affaire ne me plaît.
– Eh bien ! je suis persuadée qu'il a fait cela en partie à cause de Melly, mais surtout parce qu'il a voulu nous jouer un bon tour. Nous avons nourri une telle haine contre lui et nous nous en sommes si peu cachés ! Maintenant, nous voilà par sa faute dans un joli pétrin. Ou bien vous reconnaîtrez que vous étiez chez cette Watling, et dans ce cas vous serez déshonorés aux yeux des Yankees, ou bien vous direz la vérité et vous serez pendus. À vous de choisir. Et puis il sait que nous voilà tous ses obligés, à lui et à sa… maîtresse, et que, pour un peu, nous aimerions mieux être pendus que de leur devoir quelque chose. Oh ! je parie qu'il ne s'ennuie pas.
– Il avait l'air de bien s'amuser quand nous avons monté l'escalier de cette maison, grommela le docteur.
– Dites-moi, risqua Mme Meade d'une voix hésitante. Comment était-ce à l'intérieur ?
– Que dites-vous, madame Meade ?
– Comment était-ce chez la Watling ? Y a-t-il des chandeliers en cristal taillé ? y a-t-il des rideaux de peluche rouge et des douzaines de glaces dans des cadres dorés ? Est-ce que les femmes… étaient déshabillées ?
– Bonté divine ! s'exclama le docteur, frappé de stupeur comme s'il ne lui était jamais venu à l'idée que la curiosité d'une chaste femme à l'endroit de ses sœurs moins vertueuses fût aussi dévorante. Comment pouvez-vous poser de telles questions ? Vous êtes malade. Je m'en vais vous préparer un sédatif.
– Je ne veux pas de sédatif, je veux avoir des détails. Oh ! mon chéri, c'est la seule occasion que j'aie de savoir à quoi ressemble un mauvais lieu, et vous avez la méchanceté de ne rien vouloir me dire !

– Je n'ai fait attention à rien. Je vous assure que j'étais trop gêné de me trouver dans un endroit pareil pour remarquer ce qui se passait autour de moi, fit le docteur d'un ton guindé.

Le malheureux était plus bouleversé par cette révélation inattendue du caractère de sa femme qu'il ne l'avait été par les autres événements de la soirée.

– Vous voudrez bien m'excuser, maintenant, je vais essayer de prendre un peu de repos.

– C'est ça, dormez, répondit Mme Meade, déçue. Alors, tandis que le docteur se penchait pour retirer ses bottes, Mme Meade déclara d'un ton empreint de bonne humeur :

– Allons, j'espère que Dolly a su tirer les vers du nez au vieux Merriwether et qu'elle me donnera tous les détails.

– Juste Ciel, madame Meade ! Voulez-vous dire que les femmes comme il faut parlent de ces choses-là entre elles…

– Oh ! couchez-vous donc, fit Mme Meade.

Le lendemain, au crépuscule, il tombait de la neige fondue, mais, en même temps que le jour décroissait, se leva un vent froid et l'averse glacée cessa aussitôt. Emmitouflée dans son manteau, Mélanie, fort intriguée, descendit l'allée derrière un cocher noir qu'elle ne connaissait pas et qui était venu en grand mystère lui demander de l'accompagner jusqu'à une voiture fermée arrêtée devant la maison. Comme elle s'approchait de l'attelage, elle vit s'ouvrir la portière et distingua confusément une femme assise sur la banquette.

– Que désirez-vous ? questionna Mélanie en s'approchant davantage. Vous ne voulez pas venir chez moi ? Il fait si froid…

– Non, montez vous asseoir une minute à côté de moi, m'dame Wilkes, répondit la femme d'un ton gêné.

– Oh ! c'est vous, mademoiselle… madame… Watling ! s'exclama Mélanie. J'avais tellement envie de vous voir. Il faut que vous veniez chez moi.

– Non, non. C'est impossible, protesta Belle Watling, comme si cette proposition l'eût scandalisée. Montez donc vous asseoir avec moi.

Mélanie pénétra dans la voiture dont le cocher referma la portière. Elle prit place à côté de Belle et chercha sa main dans l'ombre.

– Comment pourrais-je jamais vous remercier de ce que vous avez fait aujourd'hui ? Comment pourrons-nous jamais les uns et les autres vous témoigner notre reconnaissance ?

– M'dame Wilkes, vous n'auriez pas dû m'envoyer ce petit mot, c' matin. C'est pas que j'aie pas été fière de r'cevoir une lettre de vous, mais les Yankees auraient pu tomber dessus. Quant à parler de v'nir me

faire une visite de r'merciements… voyons, m'dame Wilkes, vous n'avez sûrement pas vot' tête à vous! En v'là une idée! Dès qu'il a fait un peu sombre, j' suis v'nue ici pour vous dire de ne pas faire un truc comme ça. Voyons, je… vous… ce s'rait pas convenable.
– Quoi, ça ne serait pas convenable que j'aille rendre visite à une femme sympathique qui a sauvé la vie de mon mari?
– Oh! ça va, m'dame Wilkes. Vous savez très bien ce que j' veux dire!
Mélanie se tut un instant. La remarque de Belle l'avait embarrassée et elle se sentait un peu mal à l'aise. Pourtant cette belle femme, sobrement vêtue, ne correspondait nullement à l'image qu'elle s'était faite d'une femme de mauvaise vie, de la tenancière d'une maison hospitalière. Elle avait l'air… eh bien! oui, elle avait l'air un peu commun. On l'eût volontiers prise pour une campagnarde, mais elle paraissait vraiment bonne fille.
– Vous avez été merveilleuse aujourd'hui devant le prévôt, madame Watling. Vous et les autres… vos… les autres jeunes dames ont sans aucun doute sauvé la vie de nos hommes.
– C'est M. Wilkes qui a été merveilleux. J' me demande comment il a fait pour se t'nir sur ses jambes et sortir son histoire avec autant de calme. Il saignait comme un bœuf quand j' lai vu l' aut' nuit… Il va se remettre au moins, m'dame Wilkes?
– Oui, je vous remercie. Le docteur a affirmé que ce n'était qu'une blessure superficielle… bien qu'il ait perdu énormément de sang. Ce matin il était… il avait dû prendre pas mal de cognac pour se remonter sans quoi il n'aurait jamais eu la force de supporter cette épreuve comme il l'a supportée. Mais c'est bien vous, madame Watling, qui les avez tous sauvés. Lorsque vous vous êtes mise en colère, et que vous avez parlé du bris de vos glaces, vous aviez l'air si… si convaincue.
– Merci, m'dame… mais j' crois que… le… le capitaine Butler a été rudement épatant lui aussi, dit Belle, une intonation d'orgueil dans la voix.
– Oh! il a été magnifique! déclara Mélanie avec chaleur. Les Yankees n'ont pas mis un instant sa parole en doute. Il a mené toute l'affaire avec tant d'intelligence. Je ne pourrai jamais assez le remercier, et vous non plus! Comme vous avez été bonne.
– Merci d' tout cœur, m'dame Wilkes. Ç'a été un plaisir pour moi. Je… j'espère que ça vous a pas trop contrariée que j' dise que M. Wilkes était un habitué de ma maison. Vous savez, il n'y est jamais…
– Oui, je sais. Non, ça ne m'a pas contrariée le moins du monde. Je vous suis tellement reconnaissante.

– J' parie que les aut' dames m'en veulent, fit Belle avec une pointe de méchanceté. J' parie qu'elles en veulent aussi au capitaine Butler. J' parie qu'elles le détestent encore plus. J' suis sûre que vous serez la seule dame à me dire merci. J' suis sûre que les aut' ne m' regarderont même pas quand elles me verront dans la rue. Mais j' m'en fiche. Ça m'aurait été bien égal que leurs maris soient pendus, mais pour M. Wilkes c'était pas pareil. Vous comprenez, j'ai pas oublié quand j' vous ai donné d' l'argent pour l'hôpital. Y a pas une seule dame qui a été aussi gentille pour moi et je suis pas de celles qui oublient quand on est gentil pour elles. Et puis, j'ai pensé qu' si M. Wilkes était pendu vous resteriez veuve avec vot' petit garçon… et dame, c'est un gentil p'tit bonhomme, vot' fils, m'dame Wilkes. Moi aussi, j'ai un garçon, alors j'ai…

– Oh ! vous avez un fils ! Est-ce qu'il habite… hum…

– Oh ! non, m'dame ! Il ne vit pas ici à Atlanta. Il n'y est jamais v'nu. Il est interne dans une école. Il était encore tout p'tit quand j' l'ai vu pour la dernière fois. Je… enfin, ça n'a pas d'importance… bref, quand le capitaine Butler m'a demandé de faire un mensonge pour sauver ces hommes, j'ai voulu savoir de qui il s'agissait et quand j'ai su que M. Wilkes était du nombre j' n'ai pas hésité une minute. J'ai dit aux filles : « J' vous étripe toutes si vous n' déclarez pas spécialement qu' M. Wilkes a passé toute la soirée avec vous. »

– Oh ! fit Mélanie, fort gênée par la façon désinvolte dont Belle avait parlé de ses pensionnaires. Oh ! c'était très… très aimable à vous… et à elles aussi.

– Vous méritiez bien ça, précisa Belle avec chaleur. Mais j'aurais pas fait ça pour tout l' monde. Si y avait eu que l' mari de cette madame Kennedy, j'aurais pas l'vé le bout du p'tit doigt, quoi qu'ait pu dire l' capitaine Butler.

– Pourquoi ?

– Voyons, m'dame Wilkes, les gens qui font mon métier savent des tas d' choses. Y a un tas d' belles dames qui seraient bien embêtées si elles s' doutaient qu'on en sait autant sur leur compte. Cette dame Kennedy, c'est pas une femme sympathique. C'est elle qu'a tué son mari et c' brave Wellburn, en tout cas ça revient bien au même. C'est elle qu'est la cause de tout ça. À force de s' pavaner dans Atlanta, elle a fini par mettre des idées bizarres dans la tête des nègres et des voyous qui rôdent par ici. Voyons, il y a pas une seule de mes filles…

– Vous n'avez pas le droit de dire du mal de ma belle-sœur, fit Mélanie d'un ton sec.

Belle posa la main sur le bras de Mélanie, puis la retira aussitôt.

– Ne m'attrapez pas, m'dame Wilkes. Ça m' ferait trop d' peine, après toutes les bontés que vous avez eues pour moi. J'ai oublié que vous aviez beaucoup d'affection pour elle et je regrette c'que j'ai dit. Je regrette aussi que le pauvre M. Kennedy ait été tué. C'était un brave homme. Je suis allée souvent faire des achats à son magasin et il m'a toujours très bien reçue. Mais madame Kennedy, c'est pas une femme comme vous. Elle est rudement dure, j' peux pas m'empêcher de l' penser… Quand va-t-on enterrer M. Kennedy ?
– Demain matin. Non, je vous assure, vous vous trompez sur Mme Kennedy. Tenez, en ce moment, elle est complètement effondrée.
– Ça s' peut, fit Belle, sceptique. Allons, va falloir que j' me sauve. J'ai peur qu'on reconnaisse ma voiture si j' reste trop longtemps, et ça serait mauvais pour vous. Dites-moi, m'dame Wilkes, si jamais vous me rencontrez dans la rue, vous… faudra pas vous croire forcée de m'adresser la parole. Je comprendrai.
– Je serai fière de vous parler. Je suis fière d'être votre obligée. J'espère… j'espère que nous nous reverrons.
– Non, dit Belle, ce ne serait pas convenable. Bonne nuit.

XLVII

Scarlett s'était réfugiée dans sa chambre à coucher et, tout en mangeant du bout des lèvres le dîner que Mama lui avait servi sur un plateau, elle écoutait les hurlements du vent dans la nuit sombre. Le calme qui régnait à l'intérieur de la maison était effrayant, plus effrayant encore que quelques heures auparavant, lorsque la dépouille de Frank reposait dans le salon. Au moins l'on entendait marcher sur la pointe des pieds et parler à voix basse. Des gens frappaient discrètement à la porte d'entrée, des voisines venaient exprimer leurs condoléances dans un bruissement de taffetas, et parfois un sanglot rappelait l'existence de la sœur de Frank venue de Jonesboro pour les obsèques. Mais maintenant le silence enveloppait la maison.

Bien qu'elle eût laissé sa porte ouverte, nul bruit ne montait vers Scarlett des pièces situées au rez-de-chaussée. Wade et le bébé avaient été conduits chez Mélanie avant qu'on eût ramené le cadavre de Frank, et Scarlett regrettait de ne pouvoir entendre trottiner son fils et gazouiller la petite Ella. Dans la cuisine, les domestiques observaient une trêve et, pour une fois, ni Peter, ni Mama, ni Cookie ne se querellaient. Tante Pitty elle-même, assise dans la bibliothèque, évitait de faire grincer son rocking-chair par respect pour le chagrin de sa nièce.

Pensant qu'elle voulait rester seule avec sa douleur, personne n'osait s'approcher de Scarlett et pourtant celle-ci eût donné n'importe quoi pour qu'on vînt rompre sa solitude. Si elle n'avait eu que son chagrin pour lui tenir compagnie, elle l'eût encore supporté comme elle en avait supporté tant d'autres, mais en dehors du coup que lui avait assené la mort de Frank elle avait peur, et le réveil brutal de sa onscience la mettait au supplice. Pour la première fois de sa vie, e regrettait certaines de ses actions et ses remords revêtaient la ne d'une crainte superstitieuse qui la faisait à chaque instant des regards furtifs au lit qu'elle avait partagé avec son mari.

t elle qui avait tué Frank ! Elle l'avait tué aussi sûrement que si ait appuyé elle-même sur la détente du pistolet. Il l'avait sup- ne pas sortir seule, mais elle ne l'avait pas écouté, et son obstination avait été la cause directe de sa mort. Dieu allait la punir pour cela. Cependant sa conscience lui reprochait quelque chose de plus grave. Et, pour en être troublée, il avait fallu qu'elle se penchât sur le visage de Frank allongé dans son cercueil. Sur cette face immobile, elle avait découvert une expression pathétique, son acte d'accusation. Dieu allait la punir pour avoir épousé Frank alors qu'il aimait Suellen. Tremblante de peur, il lui faudrait un jour comparaître devant le Juge suprême et répondre du mensonge qu'elle avait forgé en revenant du camp yankee dans le buggy de Frank.

À quoi bon désormais soutenir que la fin justifiait les moyens, que la nécessité la contraignait à tendre un piège au malheureux, que le sort de trop de gens dépendait d'elle pour songer aux droits et au bonheur de Frank ou de Suellen ? La vérité était écrite en lettres de feu et elle ne pouvait en supporter la vue. Elle avait épousé Frank de sang-froid et s'était délibérément servie de lui. Au cours des six derniers mois, elle avait fait de sa vie un enfer alors que son devoir commandait de lui rendre l'existence agréable. Dieu allait la punir de ne pas s'être montrée plus gentille avec lui... Il allait lui faire payer ses méchancetés, ses accès de colère, ses remarques cinglantes. Il allait la châtier pour avoir brouillé Frank avec ses amis, pour l'avoir couvert de honte en dirigeant ses scieries, en construisant un café, en embauchant des forçats.

Elle l'avait rendu très malheureux et elle le savait, mais il avait tout supporté en gentleman. La seule joie véritable qu'elle lui eût procurée avait été de lui donner Ella. Et elle n'ignorait pas que, si elle en avait eu le pouvoir, Ella ne serait jamais venue au monde.

Effrayée par ses pensées, elle frissonna et souhaita que Frank fût encore en vie afin de le dédommager de toutes ses souffrances à force de gentillesse. Oh ! si seulement le Seigneur daignait paraître moins implacable ! Si seulement les minutes pouvaient couler moins lentement, si la maison pouvait être moins calme ! Si seulement sa solitude pouvait être moins complète !

Si Mélanie était là, elle trouverait bien le moyen d'apaiser ses angoisses. Mais Mélanie était chez elle en train de soigner Ashley. Scarlett songea un instant à appeler Pittypat, mais la présence de Pitty ne ferait sans doute qu'aggraver les choses, car la vieille demoiselle pleurait Frank de toute son âme. Par l'âge, il était plus près d'elle que de Scarlett, et elle lui avait voué une amitié profonde. Pitty avait toujours souhaité d'avoir « un homme dans la maison », et il avait rempli ce rôle à la perfection, lui rapportant de petits présents et des commérages inoffensifs, faisant des plaisanteries et racontant des histoires, lui lisant le journal, le soir, à la veillée, commentant pour elle les événements de la journée tandis qu'elle reprisait ses chaussettes. Elle était aux petits soins pour lui, lui préparait des menus spéciaux et le dorlotait quand il avait l'un de ses innombrables rhumes. Maintenant elle le regrettait amèrement et ne cessait de répéter en tamponnant ses yeux rouges et gonflés: «Si seulement il n'était pas sorti avec le Klan!»

Si seulement il y avait quelqu'un qui pût la consoler, calmer ses frayeurs, lui expliquer d'où venaient ces angoisses confuses qui lui serraient le cœur comme dans un étau! Si seulement Ashley... Mais cette idée la faisait frémir. Elle avait presque tué Ashley. Et si jamais Ashley apprenait la façon dont elle avait menti à Frank, s'il savait combien elle avait été méchante pour lui, il ne pourrait plus jamais l'aimer. Ashley était si honnête, si droit, si bon. Il avait le jugement si sûr, si net. Mais s'il apprenait la vérité, il comprendrait. Oh! oui, il ne comprendrait que trop bien! Et il ne l'aimerait plus. Comment pourrait-elle continuer à vivre si on la privait de son amour, source secrète de sa force? Et pourtant, quel soulagement ce serait pour elle de poser sa tête sur son épaule, de pleurer et de lui ouvrir son cœur coupable!

Le silence de la maison, où l'on devinait encore la présence de la mort, finit par tellement peser sur elle qu'elle se sentit incapable de supporter davantage sa solitude sans une aide quelconque. Elle se leva prudemment, referma à demi la porte et fouilla dans le dernier tiroir de sa commode sous une pile de linge. Elle en sortit une bouteille de cognac dérobée à tante Pitty qui la conservait pour ses «évanouissements» et l'approcha de la lampe. Elle était à moitié vide. Elle n'avait tout de même pas bu tout ça depuis la veille au soir! Elle se versa généreusement à boire dans son verre à dents, qu'elle vida d'un seul trait. Tant pis, elle remplacerait ce qui manquait par de l'eau et s'arrangerait pour remettre la bouteille dans la cave à liqueurs avant le lendemain matin. Mama l'avait cherchée partout juste avant la levée des funérailles pour donner à boire aux croque-morts qui avaient soif et, dans la cuisine, l'air était chargé d'électricité, car Mama, Cookie et Peter commençaient à se soupçonner les uns les autres.

Le cognac procurait une agréable sensation de brûlure. Il n'y avait rien de tel pour ravigoter quand on en avait besoin. Au reste, le cognac faisait presque toujours du bien et c'était tellement meilleur que le vin insipide. Pourquoi diable refusait-on aux femmes de boire des liqueurs alors qu'on leur permettait l'usage du vin?

Mme Merriwether et Mme Meade lui avaient bel et bien laissé comprendre qu'elle sentait l'alcool et avaient échangé un regard triomphant. Les vieilles chipies !

Scarlett se versa une nouvelle rasade. Ça lui était bien égal d'être un peu grise. Elle allait bientôt se coucher et elle aurait toujours la ressource de se gargariser à l'eau de Cologne avant que Mama montât l'aider à se déshabiller. Elle regrettait de ne pas pouvoir s'enivrer comme Gérald le faisait quand il se rendait à la fête du pays. Si elle était vraiment ivre, elle arriverait peut-être à oublier le visage émacié de Frank qui semblait l'accuser d'avoir gâché son existence, puis de l'avoir tué.

Elle se demanda si les gens la tenaient pour responsable de la mort de son mari. À coup sûr on s'était plutôt montré froid pour elle lors des obsèques. Les seules personnes qui eussent apporté un peu de chaleur dans leurs condoléances étaient les femmes des officiers yankees avec lesquels elle s'était trouvée en relations d'affaires. Eh bien ! qu'on raconte ce qu'on voudrait ! Elle s'en moquait pas mal. C'était si peu de chose à côté des comptes qu'elle aurait à rendre au Seigneur !

Cette pensée l'incita à se verser un troisième verre en frissonnant sous l'effet de la liqueur brûlante. Elle sentait maintenant une agréable chaleur se répandre en elle, mais elle ne pouvait toujours pas chasser l'image de Frank de son esprit. Que les hommes étaient donc stupides de prétendre que l'alcool faisait tout oublier ! À moins de boire jusqu'à en tomber ivre morte, elle continuerait de revoir Frank tel qu'il lui était apparu la dernière fois qu'il l'avait priée de ne plus sortir seule, un Frank timide, penaud et le regard lourd de reproches.

Quelqu'un frappa à plusieurs reprises à la porte d'entrée et les coups sourds du heurtoir réveillèrent les échos de la maison silencieuse. Scarlett entendit Pitty traverser le vestibule à pas sautillants. La porte s'ouvrit. Après un bref échange de salutations, on distingua un murmure confus de voix. Quelque voisine venue raconter ses impressions sur l'enterrement. Pitty allait être ravie. Elle avait fait l'importante avec les gens qui s'étaient dérangés pour s'incliner devant le cercueil de Frank et avait pris un plaisir mélancolique à bavarder avec eux.

Elle se demanda sans aucune curiosité qui cela pouvait être, mais, lorsqu'une voix d'homme traînante et bien timbrée couvrit le chuchotement éploré de tante Pitty, elle sut qui était là. La joie l'envahit et elle se sentit délivrée du sentiment d'oppression qui l'accablait. C'était Rhett. Elle ne l'avait pas revu depuis qu'il lui avait brutalement annoncé la mort de Frank et, au fond d'elle-même elle se rendit compte que lui seul pouvait l'aider à supporter cette horrible soirée.

– Je crois qu'elle me recevra, fit la voix de Rhett.

– Mais elle est couchée, capitaine Butler, et elle se refuse à voir qui que ce soit. La pauvre enfant est effondrée. Elle...

– Si, je crois qu'elle me recevra. Dites-lui, je vous prie, que je pars en voyage demain et que je ne serai probablement pas de retour avant longtemps. C'est très important.

– Mais..., balbutia tante Pittypat.

Scarlett se précipita sur le palier et, tout en remarquant avec surprise que ses jambes flageolaient un peu, elle se pencha au-dessus de la rampe.

– Je descends tout de suite, Rhett, lança-t-elle.

Elle aperçut le visage bouffi de tante Pittypat qui avait relevé la tête et la regardait avec des yeux de hibou dans lesquels se lisaient la surprise et le mécontentement. «Ça y est, pensa Scarlett, toute la ville va savoir que j'ai eu une conduite scandaleuse le soir des obsèques de mon mari.» Alors, rentrant en coup de vent dans sa chambre, elle se mit à se lisser les cheveux. Elle boutonna son corsage noir jusqu'au menton et en fixa le col avec la broche de deuil de Pittypat. «Je ne suis pas jolie, jolie», se dit-elle, approchant du miroir son visage trop pâle et trop angoissé. Elle étendit la main vers le coffret où était enfermé son rouge, mais elle changea d'avis. La pauvre Pitty en ferait une maladie de la voir descendre l'escalier avec un teint de pêche. Elle s'empara de la bouteille d'eau de Cologne, se gargarisa et cracha dans le seau de toilette. Enfin elle descendit l'escalier dans un frou-frou de jupes et rejoignit Rhett et Pitty qui se tenaient toujours au milieu du vestibule, car la vieille demoiselle avait été bien trop décontenancée par l'extravagance de sa nièce pour songer à faire asseoir le visiteur. Rhett portait une chemise à jabot légèrement empesée et avait un air fort cérémonieux sous ses vêtements noirs. Son attitude était conforme à celle que les usages exigeaient d'un vieil ami venant rendre une visite de condoléances à une personne frappée d'un deuil récent. Il s'excusa en termes choisis de déranger Scarlett à pareille heure et déclara qu'à son grand regret la nécessité de mettre ses affaires en ordre avant son départ l'avait empêché d'assister à l'enterrement.

«Qu'est-ce qui a bien pu le pousser à venir? se demanda Scarlett. Il ne croit pas un mot de ce qu'il dit.»

– Je suis navré de vous déranger à cette heure-ci, mais je voudrais vous entretenir de quelque chose qui ne souffre aucun délai. Il s'agit d'un projet que nous avions ébauché, M. Kennedy et moi…
– Je ne savais pas que M. Kennedy faisait des affaires avec vous, coupa tante Pitty, indignée à la pensée que Frank ne l'eût pas tenue au courant de toutes ses activités.
– M. Kennedy s'intéressait à une foule de questions, fit Rhett avec les marques du plus profond respect. Pouvons-nous passer au salon ?
– Non ! s'écria Scarlett en jetant un regard à la porte dont les deux battants étaient fermés.
Elle voyait encore le cercueil déposé dans cette pièce. Elle espérait bien ne plus jamais avoir à y pénétrer. Pour une fois, Pitty comprit ce qu'on attendait d'elle et s'exécuta sans la moindre bonne grâce.
– Allez vous asseoir dans la bibliothèque. Il faut… il faut que je monte trier le linge à raccommoder. Mon Dieu, voilà une semaine que je ne m'en suis pas occupée ! Je prétends que…
Elle gravit les marches de l'escalier en se retournant pour lancer à Rhett et à Scarlett un regard chargé de reproches que ni l'un ni l'autre ne remarqua. Rhett s'effaça pour laisser passer Scarlett dans la bibliothèque.
– Quel genre d'affaires faisiez-vous avec Frank ? interrogea Scarlett à brûle-pourpoint.
Rhett s'approcha d'elle et murmura :
– Mais rien du tout. Je voulais juste me débarrasser de Mlle Pitty. Il se tut et, se penchant vers Scarlett, ajouta : Ça ne trompe personne, mon petit.
– Quoi ?
– L'eau de Cologne.
– Je ne vois vraiment pas ce que vous voulez dire.
– Allons donc ! Vous avez dû boire un peu trop.
– Et puis après ? Est-ce que ça vous regarde ?
– Toujours aimable, même au plus creux de la douleur, hein ? Ne buvez pas toute seule, Scarlett. Les gens finissent toujours par s'en apercevoir, et c'est comme ça que se perdent les bonnes réputations. D'ailleurs, c'est mauvais signe quand on se met à boire tout seul. Qu'est-ce qui ne va pas, mon chou ?
Rhett la conduisit jusqu'au sofa de palissandre et Scarlett s'assit sans mot dire.
– Refermerai-je la porte ?
Scarlett savait que si Mama voyait les portes fermées elle crierait au scandale, ferait une scène et ne cesserait de bougonner pendant des

jours et des jours. D'un autre côté, ce serait encore pire si la vieille négresse surprenait cette conversation qui avait l'ivrognerie pour thème, surtout quand la disparition de la bouteille de cognac risquait trop d'éclairer sa religion. Scarlett fit oui de la tête. Rhett referma les deux portes à glissière, vint s'asseoir à son tour sur le divan et, l'œil noir et pétillant, il chercha à lire sur le visage de Scarlett. Alors celle-ci eut l'impression que les spectres funèbres, dans leur linceul, reculaient devant la vitalité qui émanait de Rhett. Il lui sembla que la pièce retrouvait son charme et son intimité, les lampes leur clarté rose et tiède.

– Qu'est-ce qui ne va pas, mon chou ?

Personne au monde ne savait prononcer ce mot stupide et tendre d'une manière aussi caressante que Rhett, même lorsqu'il plaisantait ; pourtant, en ce moment, il n'avait pas l'air de plaisanter du tout. Scarlett leva sur lui un regard éperdu et puisa un certain réconfort dans l'inscrutabilité même de ses traits. Elle ignorait à quoi cela tenait. Rhett était un être si hermétique, si insensible. Cela provenait peut-être de ce qu'ils se ressemblaient beaucoup tous deux, ainsi que Rhett l'avait souvent prétendu. Parfois, Scarlett pensait qu'en dehors de lui tous les gens qu'elle connaissait lui paraissaient des étrangers.

– Vous ne voulez rien me dire ? Il lui prit la main avec une singulière gentillesse. Il n'y a tout de même pas que la disparition de ce vieux Frank ? Avez-vous besoin d'argent ?

– De l'argent ! Grand Dieu, non ! Oh ! Rhett, j'ai si peur.

– Voyons, Scarlett, vous êtes folle, vous n'avez jamais eu peur de votre vie.

– Oh ! si, Rhett, j'ai peur.

Les mots lui venaient, bouillonnaient plus vite qu'elle ne pouvait parler. Elle pouvait lui faire part de ses angoisses. Elle pouvait tout dire à Rhett. Il avait lui-même tant de choses sur la conscience qu'il ne songerait pas à la blâmer. C'était merveilleux de connaître quelqu'un qui n'avait ni honneur, ni scrupules, quelqu'un qui n'hésitait ni à mentir, ni à rouler son prochain, alors que le monde entier était rempli de gens qui ne consentiraient même pas à mentir pour sauver leur peau et qui aimeraient mieux mourir de faim plutôt que de commettre une malhonnêteté.

– J'ai peur de mourir et d'aller en enfer.

S'il se mettait à rire, elle en mourrait sur l'heure ; mais il ne rit point.

– Vous êtes en parfaite santé… et, après tout, il n'y a peut-être pas d'enfer.

– Oh ! mais si, Rhett, il y en a un. Vous le savez bien !

– Je sais en effet qu'il y en a un, mais il se trouve ici-bas. Il n'y en a pas après notre mort. Il n'y a plus rien une fois que nous sommes morts, Scarlett. C'est maintenant que vous faites votre enfer.
– Oh ! Rhett, c'est un blasphème !
– Peut-être, mais c'est joliment réconfortant. Allons, dites-moi, pourquoi iriez-vous en enfer ?
Maintenant il la taquinait. Elle voyait briller ses yeux, mais ça lui était égal. Ses mains étaient si chaudes, si fortes. Il s'en dégageait une telle impression de sécurité.
– Rhett, je n'aurais pas dû épouser Frank. C'était mal. Frank était le fiancé de Suellen. C'était elle qu'il aimait et non pas moi. Mais je lui ai menti, je lui ai raconté qu'elle allait épouser Tony Fontaine. Oh ! comment ai-je pu faire une chose pareille ?
– Ah ! voilà donc comment ça s'est passé ! Je me suis toujours demandé comment vous vous y étiez prise.
– Et je l'ai rendu si malheureux. Je l'ai poussé à faire toutes sortes de choses qui lui répugnaient. C'est moi qui l'ai obligé à se faire payer ses factures par des gens qui n'avaient pas le sou. Il a été si mortifié quand j'ai pris la direction de ces scieries, quand j'ai fait construire ce café et que j'ai embauché des forçats. Il avait tellement honte qu'il n'osait plus regarder personne en face. Enfin, Rhett, je l'ai tué. Oui, parfaitement, je l'ai tué. Je ne savais pas qu'il était affilié au Klan. Je n'aurais jamais pu penser qu'il eût assez de cran pour cela. Mais j'aurais dû le savoir. Oui, c'est moi qui l'ai tué.
– Le vaste Océan de Neptune suffira-t-il à laver tout ce sang de mes mains[1] ?
– Quoi ?
– Ça n'a pas d'importance. Continuez.
– Continuer ? Mais c'est tout. Ça ne vous suffit donc pas ? Je l'ai épousé, je l'ai rendu malheureux et je l'ai tué. Oh ! mon Dieu ! Je ne comprends pas comment j'ai pu faire cela ! Je lui ai menti et je l'ai épousé. Tout cela m'avait paru si naturel sur le moment. Maintenant, je comprends tout le mal que j'ai fait. Rhett, j'ai l'impression que ce n'est pas moi qui ai fait toutes ces choses. J'ai été si mauvaise avec lui, mais dans le fond je ne suis pas si mauvaise que ça. Je n'ai pas été élevée ainsi. Maman… elle s'arrêta et ravala bruyamment sa salive.
Toute la journée elle avait évité de penser à Ellen, mais maintenant elle ne pouvait chasser son image de son esprit.

1. Shakespeare, *Macbeth,* acte II *(N.d.T.).*

– J'ai souvent cherché à me représenter votre mère. Vous me paraissez ressembler tellement à votre père.

– Maman était... oh ! Rhett, pour la première fois je me réjouis de sa mort. Comme ça, elle ne peut pas me voir. Ce n'est pas elle qui m'a appris à être aussi dure, aussi âpre au gain. Elle était si bonne avec tout le monde. Elle aurait mieux aimé mourir de faim que de faire ce que j'ai fait. Et moi qui voulais tant lui ressembler, et je n'ai rien de commun avec elle. Je n'avais pas pensé à cela... j'avais tant de choses en tête... mais c'est exact, j'aurais voulu être comme elle. Je ne voulais pas ressembler à papa. Je l'aimais bien, mais il était si... si... insouciant. Rhett, il m'est arrivé de faire de mon mieux pour être gentille avec les gens et avec Frank, mais alors mon cauchemar revenait et m'effrayait à tel point que j'avais envie de sortir tout de suite et de prendre aux gens l'argent qu'ils me devaient ou même celui qu'ils ne me devaient pas.

Les larmes inondaient le visage de Scarlett sans qu'elle cherchât à les retenir et elle serrait les mains de Rhett avec tant de force que ses ongles s'enfonçaient dans sa chair.

– Quel est ce cauchemar ? demanda-t-il d'un ton calme et apaisant.

– Oh !... j'avais oublié que vous ne saviez pas. Eh bien ! voyez-vous, j'avais beau prendre la décision d'être gentille avec les gens, j'avais beau me dire que l'argent n'était pas tout dans la vie, le soir, quand je me couchais, je m'endormais et je rêvais que je revenais à Tara, juste après la mort de ma mère et le départ des Yankees. Rhett, vous ne pouvez pas vous imaginer... j'en ai froid dans le dos quand j'y pense... tout est brûlé, tout est tellement tranquille et il n'y a rien à manger. Oh ! Rhett, dans mon rêve, j'ai encore faim.

– Continuez.

– J'ai faim. Papa, mes sœurs, les nègres, tout le monde a faim et ne cesse de répéter : « J'ai faim », et moi j'ai le ventre si creux que j'en ai mal... et j'ai si peur. Moi aussi je répète sans cesse : « Si je m'en tire, je n'aurai plus jamais le ventre creux. » Alors mon rêve se transforme. Je me débats au milieu d'un brouillard tout gris. Je cours, je cours dans le brouillard, je cours si vite que mon cœur est près d'éclater. Quelque chose me poursuit, je n'ai plus de souffle, mais je me dis que si je peux arriver là je suis sauvée. Pourtant, je ne sais pas où je veux arriver. Alors je me réveille. Je suis gelée de la tête aux pieds et j'ai peur d'avoir encore à souffrir de la faim. Quand je sortais de ce rêve, il me semblait qu'il n'y aurait jamais assez d'or dans le monde pour m'empêcher d'avoir faim. Et puis Frank me donnait l'impression d'être si mou, d'être une telle loque, que ça me mettait hors de moi. Je crois qu'il ne comprenait pas et que j'étais incapable de lui expliquer ce qui se passait en moi. D'ailleurs, je me disais qu'un jour ou l'autre, quand j'aurais de l'argent et que je n'aurais plus aussi peur de mourir de faim, je le dédommagerais de tout ce que je lui faisais endurer. Mais maintenant, il est mort, c'est trop tard. Oh ! sur le moment, tout cela me paraissait tellement normal ! Si c'était à recommencer, je m'y prendrais tout autrement.

– Chut ! fit Rhett en échappant à l'étreinte frénétique de Scarlett et en tirant un mouchoir propre de sa poche. Essuyez-vous les joues. Ça ne vous avancera à rien de vous mettre dans de tels états.

Scarlett prit le mouchoir et essuya ses joues trempées par les larmes. Elle se sentait un peu soulagée comme si elle avait chargé une partie de son fardeau sur les larges épaules de Rhett. Il avait l'air si calme, si maître de lui et des événements, qu'il y avait quelque chose de réconfortant même dans le petit pli moqueur de ses lèvres.

– Allons, ça va mieux, maintenant. Eh bien ! profitons-en pour liquider cette question. Vous prétendez que si c'était à recommencer vous vous y prendriez tout autrement. En êtes-vous bien persuadée ? Réfléchissez, voyons.

– Eh bien !...

– Non, vous vous y prendriez exactement de la même manière. D'ailleurs, aviez-vous le choix ?

– Non...

– Alors, que regrettez-vous ?

– J'ai été si méchante pour Frank et maintenant il est mort.

– Et, s'il n'était pas mort, vous continueriez à lui en faire voir de toutes les couleurs. Si j'ai bien compris, vous ne regrettez ni d'avoir épousé Frank, ni de l'avoir malmené, ni d'avoir causé sa mort par inadvertance. Vos regrets proviennent uniquement de votre crainte d'aller en enfer. Ai-je raison ?

– Eh bien !... tout cela me paraît si confus.

– Votre morale me paraît singulièrement confuse, elle aussi. Vous vous trouvez exactement dans la situation d'un voleur pris la main dans le sac qui ne regretterait pas le moins du monde d'avoir volé, mais qui serait terriblement, terriblement ennuyé d'aller en prison.

– Un voleur...

– Oh ! ne soyez donc pas si prosaïque ! En d'autres termes, si vous ne nourrissiez pas la pensée stupide que vous êtes vouée aux flammes éternelles, vous ne seriez pas si mécontente d'être débarrassée de Frank.

– Oh ! Rhett !

– Mais avouez-le donc ! puisque vous êtes en train de vous confesser, vous feriez aussi bien de reconnaître la vérité plutôt que d'inventer un pompeux mensonge. Est-ce que votre... heu... votre conscience vous a beaucoup gênée lorsque, pour trois cents dollars, vous m'avez offert... dirons-nous de vous défaire de ce joyau plus précieux que la vie ?

Sous l'effet du cognac, Scarlett sentit la tête lui tourner et elle ne faisait plus très attention à ce qu'elle disait. Du reste, à quoi bon mentir à Rhett ? Il avait toujours l'air de lire en elle comme dans un livre ouvert.

– À ce moment-là, je n'ai guère pensé à Dieu..., ou à l'enfer. Et quand j'ai réfléchi... je me suis figurée que Dieu comprendrait.

– Et vous vous figurez que Dieu n'a pas été fichu de comprendre les raisons de votre mariage avec Frank ?

– Rhett, comment pouvez-vous tant parler de Dieu, alors que vous ne croyez pas à son existence ?

– Oui, mais vous, vous croyez en un Dieu de colère, et c'est ce qui compte pour le moment. Enfin, pourquoi le Seigneur ne comprendrait-il pas ? Vous regrettez d'avoir toujours Tara ? Vous regrettez que les Carpetbaggers n'y aient pas élu domicile ? Vous regrettez de ne plus avoir le ventre creux et de ne plus porter des vêtements en guenilles ?

– Oh ! non !

– Voyons, aviez-vous d'autre solution que d'épouser Frank ?

– Non.

– Il n'était pas forcé de vous épouser, n'est-ce pas ? Les hommes ont leur libre arbitre. Il n'était pas forcé non plus de vous laisser faire tout ce qui vous passait par la tête, n'est-ce pas ?

– C'est-à-dire...

– À quoi bon vous mettre martel en tête, Scarlett ? Si c'était à recommencer, vous seriez amenée à faire le même mensonge et Frank vous demanderait en mariage. Vous vous exposeriez aux mêmes dangers et Frank se verrait dans l'obligation de venger votre honneur. S'il avait épousé Suellen, votre sœur n'aurait peut-être pas été la cause de sa mort, mais elle l'aurait sans doute rendu deux fois plus malheureux qu'il ne l'a été avec vous. Tout cela devait se passer comme ça s'est passé.

– Mais j'aurais pu être plus gentille avec lui !

– Oui, si vous aviez été différente. N'oubliez pas que votre nature vous pousse à tyranniser tous ceux qui vous laissent la bride sur le cou. Les forts ont été faits pour dominer, les faibles pour courber l'échine. C'est la faute de Frank. Il aurait dû vous mener à coups de

trique… Vous me surprenez, Scarlett. Ces remords tardifs me déconcertent. Les opportunistes de votre espèce ne devraient pas connaître ces faiblesses.
– Qu'est-ce que c'est qu'un oppor… comment appelez-vous ça ?
– C'est une personne qui sait profiter des occasions.
– Est-ce un tort ?
– Cela a toujours été considéré d'un mauvais œil… surtout par ceux qui ont eu les mêmes occasions et qui n'ont pas su en tirer parti.
– Oh ! Rhett, vous vous payez ma tête. Et moi qui croyais que vous alliez être si gentil !
– Mais je suis charmant… à ma manière. Scarlett, ma chérie, vous êtes un peu éméchée. C'est là que le bât vous blesse.
– Vous osez…
– Parfaitement. J'ai cette audace. Vous êtes à deux doigts de ce qu'on appelle vulgairement « piquer une crise ». Aussi, afin de détourner le cours de vos pensées et de vous remonter le moral, m'en vais-je vous raconter quelque chose qui vous distraira. En fait, je suis venu ici ce soir uniquement parce que j'avais quelque chose à vous dire avant mon départ.
– Où allez-vous ?
– Je me rends en Angleterre. Il se peut que je sois absent pendant des mois. Finissons-en avec vos remords. Je n'ai point l'intention de discuter plus avant le salut de votre âme. Vous n'avez pas envie d'apprendre ce que j'ai à vous dire ?
– Mais…, commença Scarlett, puis elle s'arrêta.
Sous le double effet du cognac qui atténuait les contours trop accusés de sa conscience et des paroles moqueuses mais réconfortantes de Rhett, le spectre blafard de Frank rentrait peu à peu dans l'ombre. Peut-être Rhett avait-il raison ! Peut-être Dieu comprenait-il ! Elle retrouva assez d'énergie pour chasser le souvenir de Frank du premier rang de ses préoccupations et pour décider : « Je penserai à tout cela demain. »
– Qu'avez-vous à me dire ? fit-elle en se mouchant dans le mouchoir de Rhett et en relevant les mèches qui lui étaient tombées sur le front.
– Voilà, répondit Rhett avec un sourire. Je continue à vous désirer plus qu'aucune autre femme au monde et, maintenant que Frank n'est plus, j'ai pensé que ça vous intéresserait de le savoir.
Scarlett dégagea ses mains d'une secousse et se leva brusquement.
– Je… vous êtes le plus beau goujat que je connaisse. Choisir un pareil moment pour venir ici avec vos sales… J'aurais bien dû me douter que vous ne changeriez jamais. Quand je pense que le corps

de Frank est à peine refroidi ! Si vous aviez eu la moindre décence... Faites-moi le plaisir de sortir de cette...
– Calmez-vous, je vous en prie, si vous ne voulez pas que Mlle Pittypat descende tout de suite, fit Rhett qui, sans se lever, réussit à saisir Scarlett par les poignets. Je crains que vous ne m'ayez mal compris.
– Mal compris ? J'ai fort bien compris, déclara Scarlett en essayant d'échapper à son étreinte. Lâchez-moi et sortez d'ici. Je n'ai jamais rien entendu de plus inconvenant. Je...
– Chut, dit Rhett. Je suis en train de vous demander en mariage. Faut-il me mettre à genoux pour vous convaincre ?
Scarlett poussa un « oh ! » étouffé et se laissa tomber de tout son poids sur le sofa.
Bouche bée, elle regarda Rhett. Elle se rappelait sa boutade : « Ma chère, je ne suis pas fait pour le mariage », et elle craignait en même temps d'être le jouet du cognac ; ou bien elle était ivre, ou bien il était fou. Pourtant, il n'avait pas du tout l'air fou. Il paraissait aussi calme que s'il parlait de la pluie et du beau temps et son accent doux et traînant ne trahissait aucune nervosité.
– Je me suis toujours promis de vous avoir, Scarlett, et cela dès la première fois que je vous ai vue aux Douze Chênes, ce jour où vous avez lancé un vase, où vous avez dit des gros mots et où vous avez montré que vous n'étiez pas une femme du monde. Oui, je me suis toujours juré de vous avoir d'une façon ou d'une autre. Seulement, étant donné que vous et Frank avez gagné un peu d'argent, je devine que vous ne viendrez plus jamais me faire d'intéressantes propositions d'emprunts et de nantissement. En conséquence, comme vous le voyez, j'en suis réduit à vous demander en mariage.
– Rhett Butler, me donnez-vous là un échantillon de vos ignobles plaisanteries ?
– Comment, je vous ouvre mon âme et vous restez sceptique ! Non, Scarlett, c'est une honnête déclaration en bonne et due forme. Je reconnais que ce n'est pas du meilleur goût de choisir un pareil moment, mais j'ai une excellente excuse. Je pars demain, je serai longtemps absent et, si j'attendais mon retour, j'ai peur que vous n'ayez épousé quelqu'un d'autre possédant un peu d'argent. Je me suis donc dit : « Pourquoi pas moi et ma fortune ? » Sérieusement, Scarlett, je ne peux pas passer ma vie à guetter le moment de vous attraper entre deux maris.
Rhett parlait pour de bon, ça ne faisait aucun doute. La gorge serrée, s'efforçant de s'habituer à cette idée, Scarlett avala sa salive à plu-

sieurs reprises et regarda Rhett droit dans les yeux dans l'espoir de comprendre ce qui se passait en lui. Ses yeux pétillaient de malice, mais tout au fond on y pouvait lire quelque chose que Scarlett n'avait jamais vu auparavant, une lueur qui défiait l'analyse. Scarlett sentait que, sous ses airs dégagés et indolents, Rhett l'observait comme un chat fait le guet auprès d'un trou de souris. Elle sentait, sous son calme apparent, une force prête à déborder. Elle eut peur et se recula un peu.

Rhett la demandait bel et bien en mariage. L'invraisemblable se réalisait. Jadis, elle avait préparé toute une série de supplices au cas où il lui demanderait sa main. Jadis elle s'était dit que, si jamais il prononçait le mot de mariage, elle l'humilierait, elle lui ferait sentir son pouvoir et elle prendrait un plaisir mauvais à en user. Maintenant il avait parlé, mais les beaux projets qu'elle avait élaborés ne lui étaient d'aucun secours. Il n'était pas question d'exercer son pouvoir sur Rhett, au contraire, il avait pris sur elle un tel avantage qu'elle était aussi troublée qu'une jeune fille qu'on demande pour la première fois en mariage et qu'elle ne pouvait que rougir et bafouiller.

– Je... je ne me remarierai jamais.

– Oh ! si, vous vous remarierez. Vous êtes faite pour le mariage. Pourquoi ne voudriez-vous pas m'épouser ?

– Mais Rhett, je... je ne vous aime pas.

– Ça ne saurait constituer un empêchement. L'amour n'a pas joué un bien grand rôle dans vos deux aventures précédentes, que je sache.

– Oh ! comment pouvez-vous dire ça ? Vous savez que j'avais une grande affection pour Frank !

Il ne répondit rien.

– Si, j'avais une grande affection pour lui !

– Allons, nous ne discuterons pas cette question. Voulez-vous réfléchir à ma proposition pendant mon absence ?

– Rhett, je n'aime pas faire traîner les choses en longueur. Autant vous dire tout de suite ce qu'il en est. Je retournerai bientôt chez moi à Tara et India Wilkes viendra habiter chez tante Pittypat. Il y a très longtemps que je veux retourner à la maison et... je... je ne veux plus jamais me marier.

– C'est absurde. Pourquoi ?

– Oh ! parce que... Bah ! qu'importe la raison ? Ça ne me plaît pas d'être mariée.

– Mais, ma pauvre enfant, vous n'avez jamais été mariée pour de bon. Comment pouvez-vous savoir ce que c'est que le mariage ? J'admets que vous avez eu de la malchance... une fois par dépit, une autre fois par manque d'argent. Avez-vous jamais songé à vous marier... uniquement pour le plaisir ?

– Le plaisir ? Ne dites donc pas d'idioties. Il n'y a aucun plaisir dans le mariage.

– Non ? Pourquoi pas ?

Scarlett avait en partie recouvré son calme, mais en même temps, sous l'effet du cognac, sa rudesse naturelle était remontée à la surface.

– C'est drôle pour des hommes... bien que Dieu seul sache pourquoi. Moi j'ai renoncé à comprendre. En tout cas, tout ce que les femmes y gagnent, c'est une fameuse besogne, l'obligation de supporter les extravagances d'un homme... et un enfant tous les ans.

Rhett partit d'un éclat de rire si bruyant que l'écho se répercuta dans le silence et que Scarlett entendit s'ouvrir la porte de la cuisine.

– Taisez-vous ! Mama a des oreilles de lynx, et ce n'est pas convenable de rire si peu de temps après... cessez de rire. Vous savez bien que j'ai raison. Du plaisir ! Ah ! oui, parlons-en !

– Je vous ai dit que vous n'aviez pas eu de chance et ce que vous venez de me sortir le prouve bien. Vous avez épousé successivement un petit garçon et un vieillard. Par-dessus le marché, je parie que votre mère vous avait recommandé de supporter « ces choses-là » à cause des compensations que vous vaudraient les joies de la maternité. Eh bien ! tout cela est archi-faux. Pourquoi ne tâteriez-vous pas du mariage avec un homme jeune et vigoureux, qui a une mauvaise réputation, et qui sait s'y prendre avec les femmes. Ça pourrait être drôle.

– Vous êtes aussi fat que grossier. J'estime que cette conversation a assez duré. C'est... c'est tout à fait vulgaire.

– Et c'est bien agréable aussi, n'est-ce pas ? Je suis sûr que vous n'avez encore jamais discuté avec un homme la question des rapports conjugaux, même pas avec Charles ou avec Frank.

Scarlett regarda Rhett d'un air menaçant. Il en savait trop. Elle se demandait où il avait appris tout ce qu'il savait sur les femmes. C'était indécent.

– Ne froncez pas les sourcils comme ça. Fixez vous-même la date qu'il vous plaira. Je ne vous demande pas de m'épouser tout de suite par respect pour votre réputation. Nous observerons un délai convenable. À propos, combien de temps au juste dure un « délai convenable » ?

– Je ne vous ai pas dit que je vous épouserai. C'est choquant de parler de ces choses en un pareil moment.

– Je vous ai déjà dit pourquoi j'en parlais. Je m'en vais demain et je suis un amant trop fougueux pour contenir davantage ma passion. Mais peut-être ai-je déployé trop de hâte en vous faisant ma cour ?

Avec une promptitude qui effraya Scarlett, Rhett se laissa glisser à bas du sofa. Agenouillé, la main délicatement posée sur le cœur, il se mit à déclamer :

– Pardonnez la stupeur que vous cause l'impétuosité de mes sentiments, ma chère Scarlett… je veux dire, ma chère madame Kennedy. Il n'a pu vous échapper que depuis un certain temps déjà l'amitié que je nourrissais en mon cœur s'était muée en un sentiment plus profond, un sentiment plus beau, plus pur, plus sacré. Oserais-je vous le nommer ? Ah ! c'est l'amour qui me rend si hardi !

– Relevez-vous, je vous en prie, supplia Scarlett. Vous êtes dans une position ridicule. Supposez que Mama entre et vous surprenne ainsi ?

– Elle serait suffoquée et n'en voudrait pas croire ses yeux. Ce serait la première fois qu'elle me verrait me comporter en homme du monde, déclara Rhett en se relevant avec légèreté. Voyons, Scarlett, vous n'êtes ni une enfant, ni une collégienne pour m'envoyer promener avec des arguments basés sur la décence et autres excuses de ce calibre. Dites-moi que vous m'épouserez à mon retour ou je jure devant Dieu que je ne m'en irai pas. Je passerai mon temps à rôder autour de chez vous. Toutes les nuits je jouerai de la guitare sous vos fenêtres et je chanterai à pleins poumons. Je vous compromettrai si bien que vous serez obligée de m'épouser pour sauver votre réputation.

– Rhett, soyez raisonnable. Je ne veux épouser personne.

– Non ? Vous ne me donnez pas votre véritable raison. Il ne s'agit pas d'une timidité de petite fille, alors qu'est-ce que c'est ?

Soudain, Scarlett pensa à Ashley. Elle le vit aussi nettement que s'il se tenait à côté d'elle avec ses cheveux dorés comme par un rayon de soleil, ses yeux langoureux, son maintien rempli de dignité, son attitude différente de celle de Rhett. C'était de lui que venait la véritable raison de son refus, c'était à cause de lui qu'elle ne voulait pas se remarier, bien qu'elle n'eût rien contre Rhett et que parfois il lui arrivât d'avoir pour lui une affection sincère. Elle appartenait pour toujours à Ashley. Elle n'avait jamais appartenu ni à Charles, ni à Frank, et il lui serait impossible d'appartenir à Rhett pour de bon. Presque tout ce qu'elle avait entrepris, presque toutes les luttes qu'elle avait soutenues ou les résultats qu'elle avait obtenus avaient été inspirés par lui ou lui avaient été consacrés. Elle l'aimait. Elle appartenait à Ashley de tout son être. Elle appartenait à Ashley et à Tara. Les sourires et les baisers dont elle avait gratifié Charles et Frank étaient destinés à Ashley, bien qu'il ne les eût jamais réclamés et qu'il n'en revendiquerait jamais la propriété. Quelque part au tréfonds de son cœur était enfoui le désir de se conserver intacte pour lui, bien qu'elle sût que jamais elle ne serait sienne.

Elle ignorait que son visage avait changé, que la rêverie l'avait empreint d'une douceur que Rhett ne lui avait jamais vue auparavant. Il regarda ses yeux verts et obliques, agrandis et flous, il suivit le tendre renflement de ses lèvres et le souffle lui manqua. Alors, une sorte de rictus contracta le coin de sa bouche qui s'abaissa brusquement et il s'exclama avec une violence passionnée :

– Scarlett O'Hara, vous êtes une imbécile !

Sans lui laisser le temps de revenir de son rêve lointain, Rhett la prit dans ses bras. Son étreinte était aussi précise, aussi vigoureuse que sur la route sombre de Tara, il y avait si longtemps de cela. De nouveau, Scarlett sentit toute résistance l'abandonner. Elle cédait. Une vague tiède l'emportait. L'image sereine d'Ashley Wilkes se brouillait, s'enfonçait dans le flot, disparaissait. Rhett lui appuya la tête contre son bras et la renversa en arrière. Alors il se mit à l'embrasser doucement pour commencer puis, de plus en plus vite et avec une intensité qui la fit se cramponner à lui comme au seul élément solide dans un monde qui vacillait. Sa bouche la pressait, lui écartait les lèvres, communiquait à ses nerfs d'affolants frissons, éveillait en elle des sensations dont elle se serait crue incapable. Et avant même que s'accélérât le rythme du tourbillon qui l'entraînait elle se rendit compte qu'elle lui rendait ses baisers.

– Arrêtez... je vous en prie, je vais m'évanouir, murmura-t-elle en essayant faiblement de détourner les lèvres.

Rhett lui ramena la tête contre sa propre épaule et elle aperçut son visage comme à travers un voile. Ses yeux démesurés brûlaient d'un feu étrange. Le frémissement de ses bras l'inquiétait.

– Je veux que vous vous évanouissiez. Je vous ferai vous évanouir. Voilà des années que cela vous est dû. Aucun des imbéciles que vous avez connus ne vous a jamais embrassée comme cela, hein ! Ni votre précieux Charles, ni votre précieux Frank, ni votre stupide Ashley...

– Je vous en prie...

– Si, je dis bien, votre stupide Ashley... Tous les hommes du monde... Que connaissent-ils des femmes ? Que connaissent-ils de vous ? Moi, je vous connais.

Sa bouche avait repris possession de la sienne et elle s'abandonnait, trop faible pour détourner la tête ou même en avoir le désir, secouée par les battements de son cœur, effrayée par la force de Rhett, vaincue par ses nerfs qui la trahissaient. Qu'allait-il faire ? S'il ne s'arrêtait pas, elle allait s'évanouir. Si seulement il s'arrêtait… si seulement il voulait ne jamais s'arrêter.

– Dites oui !

Sa bouche frôlait la sienne. Ses yeux étaient si près des siens qu'ils paraissaient énormes, qu'il semblait n'y avoir plus qu'eux au monde. « Dites oui, bon Dieu, ou… »

Elle murmura « oui » sans même réfléchir. On eût dit qu'il lui avait imposé sa réponse et qu'elle avait obéi sans que sa volonté fût intervenue. Cependant, à peine eut-elle prononcé le mot qu'elle retrouva brusquement son calme. Sa tête cessa de tourner, le vertige causé par le cognac s'atténua. Elle lui avait promis de l'épouser alors qu'elle n'avait nullement l'intention de lui faire pareille promesse. Elle ne savait guère comment tout cela s'était produit, mais elle ne regrettait rien. Maintenant, il lui semblait tout naturel d'avoir dit oui… presque comme si, par une intervention divine, quelqu'un de plus fort qu'elle s'était chargé de résoudre à sa place les difficultés qui se présentaient.

Rhett poussa un bref soupir et se pencha en avant. Scarlett crut qu'il allait se remettre à l'embrasser. Elle ferma les yeux et renversa la tête. Mais il se redressa et elle fut légèrement déçue. Il y avait quelque chose de grisant à se laisser embrasser comme cela, malgré l'étrangeté des sensations que lui procuraient ces baisers.

Pendant un moment, il demeura immobile, la tête de Scarlett appuyée au creux de son épaule. Il sembla faire un effort pour se maîtriser et le tremblement de ses bras s'apaisa. Il s'écarta un peu de Scarlett et posa son regard sur elle. Elle rouvrit les yeux et s'aperçut que ceux de Rhett avaient perdu leur reflet inquiétant. Néanmoins, elle ne put supporter son regard et, confuse, éperdue, les tempes bourdonnantes, elle baissa les yeux.

Rhett se remit à parler. Sa voix était fort calme.

– C'est oui pour de bon ? Vous n'allez pas me reprendre votre parole ?

– Non.

– Ce n'est pas uniquement parce que je vous ai… quelle est donc cette phrase ?… soulevée de terre par mon… hum… ardeur ?

Scarlett se taisait, car elle ne savait que répondre, et il lui était impossible de soutenir le regard de Rhett. Rhett la prit par le menton et lui releva la tête.

– Je vous ai dit un jour que je pouvais tout supporter de vous, sauf un mensonge. Maintenant, je veux la vérité. Pourquoi avez-vous dit oui ?

Les mots ne venaient toujours pas, mais comme elle retrouvait peu à peu son sang-froid Scarlett garda les yeux modestement baissés et un petit sourire erra au coin de ses lèvres.
– Regardez-moi. Est-ce pour mon argent ?
– Voyons, Rhett ! En voilà une question !
– Regardez-moi donc et n'essayez pas de m'embobiner. Je ne suis ni Charles, ni Frank, ni l'un des jouvenceaux du comté, pour me laisser prendre à vos battements de paupières. Est-ce pour mon argent ?
– Eh bien !... il y a de cela.
– Ah ! oui !
Rhett ne manifesta aucune contrariété. Il poussa un soupir et s'arrangea pour étouffer dans son regard l'étincelle qu'y avaient allumée les paroles de Scarlett et que celle-ci n'avait pas remarquée, dans son trouble.
– C'est que l'argent est bien utile, fit Scarlett, qui pataugeait. Vous le savez bien, Rhett, et Frank ne m'a pas laissé grand-chose. Mais, en tout cas... allons, Rhett, nous nous entendrons très bien, vous savez. D'ailleurs, vous êtes le seul homme que je connaisse qui puisse entendre la vérité de la bouche d'une femme. Ce sera très agréable pour moi d'avoir un mari qui ne me prendra pas pour une oie et s'attendra à ce que je lui mente... et puis... eh bien ! j'ai vraiment de l'affection pour vous.
– De l'affection pour moi ?
– Allons, fit Scarlett avec humeur. Si je vous disais que je vous aime à la folie, je mentirais, et ce qu'il y aurait de plus grave, c'est que vous vous en rendriez compte.
– J'ai l'impression que vous poussez parfois un peu trop loin l'amour de la vérité, mon petit. Ne pensez-vous pas que, au prix d'un mensonge, vous auriez avantage à me dire : « Rhett, je vous aime. »
De plus en plus interloquée, Scarlett se demanda où Rhett voulait en venir. Il paraissait si bizarre avec son air moqueur et un peu vexé. Il enfouit les mains dans ses poches de pantalon et Scarlett vit qu'il serrait les poings.
« Allons », pensa Scarlett, qui sentait la moutarde lui monter au nez comme toujours lorsque Rhett adoptait un ton persifleur. « Oui, même s'il ne doit pas m'épouser, je dirai la vérité. »
– Rhett, ce serait un mensonge. Du reste, à quoi nous servirait de jouer la comédie ? Je vous ai dit que j'avais de l'affection pour vous. Vous savez à quoi vous en tenir sur notre compte. Vous m'avez déclaré un jour que vous ne m'aimiez pas, mais que nous avions beaucoup de points communs. « Deux canailles », c'est ainsi que vous...

– Oh ! mon Dieu, murmura Rhett en détournant la tête. Me laisser prendre à mon propre piège !
– Que dites-vous ?
– Rien. (Il regarda Scarlett et se mit à rire, mais d'un rire qui n'avait rien d'agréable.) Fixez vous-même la date, ma chère.
Il rit de nouveau, s'inclina et lui baisa les mains.
Ravie de voir se dissiper sa mauvaise humeur, Scarlett sourit à son tour.
Il joua un instant avec la main que Scarlett lui avait abandonnée et reprit :
– En lisant des romans, avez-vous jamais trouvé l'histoire, vieille comme le monde, de la femme indifférente qui finit par s'éprendre de son mari ?
– Vous savez bien que je ne lis jamais de romans, répondit Scarlett, puis, désireuse d'entrer dans le jeu de Rhett, elle ajouta : D'ailleurs, vous m'avez dit une fois que l'amour entre mari et femme était le comble du mauvais goût.
– Sacré bon Dieu ! J'en ai dit des choses, autrefois ! J'en ai même un peu trop dit ! répliqua Rhett d'un ton sec, tout en se levant.
– Ne jurez pas.
– Il faudra vous y habituer et apprendre à jurer, vous aussi. Oui, il va falloir vous habituer à tous mes défauts. Ça vous apprendra à avoir de… l'affection pour moi et à mettre vos jolies pattes sur mon magot.
– Allons, ne prenez donc pas la mouche, parce que je n'ai pas voulu flatter votre orgueil par un mensonge. Vous ne m'aimez pas, n'est-ce pas ? Alors, pourquoi aurais-je de l'amour pour vous ?
– Non, ma chère, je n'ai pas plus d'amour pour vous que vous n'en avez pour moi, et si jamais je vous aimais, vous seriez la dernière personne à qui je le dirais. Que Dieu vienne en aide au malheureux qui vous aimera pour de bon. Si jamais un tel homme existe, vous lui broierez le cœur, ma petite chatte chérie, ma petite chatte cruelle, si insouciante et si sûre d'elle-même qu'elle ne se donne même pas la peine de rentrer ses griffes.
Rhett obligea Scarlett à se lever et il l'embrassa de nouveau, mais cette fois ses lèvres semblaient obéir à une impulsion différente. On eût dit qu'il avait envie de faire mal ou de blesser la jeune femme dans sa pudeur. Ses lèvres descendirent le long du cou de Scarlett, sur sa gorge, glissèrent plus bas sur le taffetas du corsage, juste au niveau de la poitrine, s'y attardèrent avec tant d'insistance que Scarlett sentit son haleine lui brûler la peau. Elle se débattit, le repoussa de ses deux mains.

– Vous n'avez pas le droit ! Comment osez-vous !
– Votre cœur bat la breloque comme celui d'un lapin, fit Rhett d'un ton ironique. Si j'étais prétentieux, je dirais même qu'il bat un peu trop vite pour un cœur qui ne recèle que de l'affection. Allons, ne hérissez pas vos plumes. Abandonnez vos airs de vierge martyre. Ça ne vous va pas. Dites-moi plutôt ce que vous voulez que je vous rapporte d'Angleterre. Une bague ? Quel genre de bague aimeriez-vous ?
Scarlett hésita un instant, partagée entre l'intérêt éveillé en elle par les derniers mots de Rhett et le désir féminin de prolonger la scène de colère et d'indignation.
– Oh !... un diamant... surtout, Rhett, ne manquez pas de m'en acheter un gros.
– C'est ça, pour que vous puissiez vous pavaner devant vos amies qui sont dans la misère et que vous puissiez dire : « Regardez donc ce que j'ai déniché ! » Entendu, vous aurez une grosse bague, si grosse que vos amies moins heureuses que vous se consoleront en chuchotant à mi-voix que c'est vraiment vulgaire de porter des pierres de cette taille-là.
Rhett traversa soudain la pièce, suivi de Scarlett, qui, stupéfaite, l'accompagna jusqu'à la porte.
– Qu'y a-t-il ? Où allez-vous ?
– Je rentre chez moi faire mes malles.
– Oh ! mais...
– Mais quoi ?
– Rien, j'espère que vous ferez bon voyage.
– Merci.
Il ouvrit la porte et passa dans le vestibule. Un peu désemparée, un peu déçue par ce revirement, Scarlett lui emboîta le pas. Il mit son manteau, prit ses gants et son chapeau.
– Je vous écrirai. Prévenez-moi si vous changez d'idée.
– Vous ne...
– Eh bien ?
Il paraissait impatient de s'en aller.
– Vous ne m'embrassez pas pour me dire au revoir ? fit Scarlett à voix basse, de peur qu'on ne l'entendît dans la maison.
– Vous ne trouvez pas que ça suffit comme embrassades pour un même soir ? riposta Rhett avec un sourire. Pour une jeune femme modeste et bien élevée... allons, ne vous ai-je pas dit que vous y prendriez goût ?
– Oh ! vous êtes impossible ! s'écria Scarlett en colère, sans se soucier d'attirer l'attention de Mama. Ce me serait bien égal que vous ne reveniez jamais.

Elle pivota sur ses talons et prit son élan vers l'escalier, tout en espérant que Rhett la retiendrait. Au lieu de cela, il ouvrit la porte d'entrée et un courant d'air froid s'engouffra dans la maison.
– N'ayez crainte, je reviendrai, fit-il et il sortit, laissant Scarlett au bas des marches, le regard fixé sur la porte qui s'était refermée.

En vérité, la bague que Rhett rapporta d'Angleterre était fort grosse, si grosse que Scarlett fut gênée de la porter. Elle aimait les bijoux coûteux et tape-à-l'œil, mais elle éprouvait la sensation désagréable que tout le monde pensait, non sans raison, que la bague était vulgaire. Un diamant de quatre carats en occupait le centre et tout autour étaient serties d'innombrables petites émeraudes. La bague lui recouvrait entièrement la première phalange de l'annulaire et donnait l'impression d'entraîner la main par son poids. Scarlett soupçonnait Rhett de s'être donné beaucoup de mal pour découvrir un pareil modèle et l'accusait de l'avoir fait exécuter par pure méchanceté.
Jusqu'à ce que Rhett revînt à Atlanta et que la bague ornât son doigt, elle ne souffla mot de ses intentions à personne, pas même à ses proches et, lorsqu'elle annonça ses fiançailles, ce fut un tollé général. Depuis l'affaire du Klan, Rhett et Scarlett avaient été, à l'exception des Yankees et des Carpetbaggers, les deux personnes les plus décriées de la ville. Tout le monde critiquait Scarlett, depuis le jour lointain où elle avait quitté le deuil de Charlie Hamilton. Sa façon si peu féminine de se comporter, en dirigeant elle-même ses scieries, son manque de pudeur pendant sa grossesse n'avaient fait qu'augmenter le ressentiment des gens contre elle. Mais la mort de Frank et de Tommy, les dangers auxquels une douzaine d'hommes s'étaient exposés par sa faute avaient transformé cette désapprobation en quelque chose de plus violent, et chacun avait flétri publiquement son attitude.
Quant à Rhett, la ville entière le détestait, depuis qu'il avait profité de la guerre pour spéculer, et par la suite ses sympathies avouées pour les Républicains ne l'avaient point rehaussé dans l'estime de ses concitoyens, bien au contraire. Pourtant, si bizarre que ce fût, c'était surtout le fait d'avoir sauvé la vie d'un certain nombre des personnalités les plus marquantes d'Atlanta qui lui avait attiré la haine irréductible des dames de la ville.
Évidemment, ces dames ne regrettaient pas que leurs parents eussent échappé à la mort, mais elles étaient horriblement mortifiées

que ceux-ci dussent leur salut à un tel homme et à un stratagème d'un goût aussi douteux. Pendant des mois et des mois, elles avaient dû supporter les rires méprisants des Yankees et elles se disaient que si Rhett avait véritablement eu à cœur les intérêts du Klan il aurait arrangé les choses d'une manière un peu plus convenable. Elles prétendaient qu'il avait volontairement entraîné les fugitifs chez Belle Watling pour mettre les gens comme il faut de la ville dans une situation déplaisante. En conséquence, il ne méritait ni qu'on le remerciât d'avoir sauvé ces messieurs, ni qu'on lui pardonnât ses erreurs passées.

Ces femmes, si promptes à compatir aux malheurs d'autrui, si prodigues de leurs efforts lorsque les circonstances le requéraient, savaient se montrer aussi implacables que des furies envers les renégats qui avaient enfreint le plus petit article de leur code tacite. Ce code était d'ailleurs fort simple : attachement indéfectible à la Confédération, honneur aux vétérans de la guerre, fidélité aux anciens principes, fierté dans la pauvreté, main ouverte aux amis, haine éternelle aux Yankees. À eux deux, Scarlett et Rhett avaient porté atteinte à chacun des articles de ce code.

Les hommes dont Rhett avait sauvé la vie avaient bien essayé, par décence et par gratitude, d'imposer silence aux femmes, mais sans grand succès. Avant l'annonce de leurs fiançailles, Scarlett et Rhett n'avaient guère été en odeur de sainteté. Néanmoins, les gens trouvaient encore le moyen d'être polis avec eux. Maintenant, il n'était même plus question de politesse. La nouvelle de leur mariage prochain fit l'effet d'une bombe. Les gens étaient atterrés et les femmes les plus placides n'hésitèrent pas à manifester avec chaleur leur façon de penser. Se marier un an à peine après la mort de Frank ! Elle qui avait été cause de sa mort ! Épouser ce Butler qui était propriétaire d'une maison de tolérance et qui brassait toutes sortes d'affaires louches avec les Yankees et les Carpetbaggers ! Séparément, on pouvait les supporter à la rigueur, mais l'impudente association de Scarlett et de Rhett, non, ça dépassait les bornes ! Personnages vils et méprisables tous les deux, ils méritaient d'être chassés de la ville !

Les gens d'Atlanta se fussent peut-être montrés plus tolérants si l'annonce de leurs fiançailles ne s'était pas produite à un moment où les compagnons de bouteille de Rhett, Carpetbaggers et Scallawags, étaient devenus plus odieux que jamais aux citoyens respectables. La haine contre les Yankees et tous ceux qui fraternisaient avec eux avait atteint son paroxysme, car le dernier bastion de la résistance géorgienne à la domination yankee venait juste de tomber. La longue campagne qui avait commencé quatre ans plus tôt, le jour où Sherman, faisant route vers le Sud, avait quitté Dalton, produisait maintenant tous ses effets et l'humiliation de l'État était à son comble.

Trois années de Reconstruction avaient passé et n'avaient été que trois années de terrorisme. Tout le monde s'était dit que la situation ne pouvait pas empirer, mais la Géorgie s'apercevait que la Reconstruction, sous son aspect le plus sombre, en était juste à ses débuts.

Pendant trois ans, le gouvernement fédéral avait essayé d'imposer à la Géorgie des idées et une domination étrangères et, secondé par une armée chargée d'appliquer ses instructions, il avait en grande partie réussi. Cependant, seule la force des armes permettait au nouveau régime de se maintenir. L'État subissait contre son gré la domination yankee. Les hommes d'État de la Géorgie n'avaient cessé de lutter pour que le pays se gouvernât comme il l'entendait. Ils avaient résisté à tous les assauts et n'avaient jamais voulu reconnaître comme lois de leur État les décisions de Washington.

Officiellement, le gouvernement de la Géorgie n'avait jamais capitulé, mais la lutte qu'il avait livrée était demeurée stérile et avait eu pour seul résultat de reculer l'échéance fatale. Déjà de nombreux États du Sud voyaient des nègres illettrés accéder aux charges publiques les plus hautes, tandis que leurs Législatures étaient sous la coupe des noirs et des Carpetbaggers. Grâce à sa résistance opiniâtre, la Géorgie avait échappé jusque-là à cette ultime dégradation. Pendant près de trois ans, le Parlement de l'État était resté sous le contrôle des blancs et des Démocrates. La présence des soldats yankees ne laissait guère de latitude aux représentants de l'État, mais, au moins, ils avaient encore la ressource de protester et de résister, et le gouvernement était toujours entre les mains d'hommes nés en Géorgie. Désormais, ce dernier rempart avait cédé lui aussi.

De même que, quatre ans auparavant, Johnston et ses soldats avaient été repoussés pas à pas de Dalton à Atlanta, de même, depuis 1865, les Démocrates de Géorgie avaient été délogés successivement de chacune de leurs positions. Le pouvoir du gouvernement fédéral sur les affaires de l'État et l'existence des citoyens avait augmenté chaque jour. La force avait engendré la force et les règlements militaires de plus en plus nombreux avaient rendu caduques toutes les manifestations de l'autorité civile. En fin de compte, après que la Géorgie eut été érigée en province militaire, le gouvernement fédéral avait accordé le droit de vote aux nègres, sans se soucier de la légalité d'une telle mesure.

Une semaine avant l'annonce des fiançailles de Scarlett et de Rhett, on avait procédé à l'élection d'un gouverneur. Les Démocrates du Sud avaient pour candidat le général John B. Gordon, l'un des citoyens les plus aimés et les plus respectés de Géorgie. Contre lui se présentait un Républicain du nom de Bullock. L'élection avait duré trois jours au lieu d'un seul. Des nègres, par trains entiers, avaient été expédiés vers les centres où l'on votait. Bien entendu, Bullock avait remporté la victoire.

Si pénible qu'eût été la conquête de la Géorgie par Sherman, la conquête du parlement local par les Carpetbaggers, les Yankees et les nègres, fut plus pénible encore. Atlanta et la Géorgie tout entière écumaient et frémissaient de rage.

Et Rhett Butler était un ami de ce Bullock qu'on exécrait !

Avec son indifférence habituelle pour tout ce qui ne la touchait pas de près, Scarlett ne savait pour ainsi dire pas qu'on était en pleine période électorale. Rhett n'avait joué aucun rôle dans les élections et ses rapports avec les Yankees demeuraient ce qu'ils avaient toujours été. Il n'en restait pas moins que Rhett était un Scallawag et un ami de Bullock. Si le mariage se faisait, Scarlett, elle aussi, deviendrait une Scallawag. Atlanta n'était pas d'humeur à faire preuve de tolérance ou de charité envers ceux qui se trouvaient dans le camp ennemi, aussi la nouvelle des fiançailles tombant en un pareil moment, la ville se rappela-t-elle tous les méfaits du couple et oublia tout ce que Scarlett ou Rhett avaient pu faire de bien.

Scarlett se rendait bien compte que les esprits étaient montés contre elle, mais pour mesurer exactement l'état de l'opinion publique il lui fallut attendre que Mme Merriwether, poussée par le comité de sa paroisse, eût décidé, dans son propre intérêt, d'avoir un entretien particulier avec elle.

– Votre chère maman n'étant plus et Mlle Pitty n'ayant pas qualité pour… hum… pour aborder un tel sujet avec vous, j'estime qu'il est de mon devoir de vous mettre en garde, Scarlett. Le capitaine Butler n'est pas un parti convenable pour une femme de bonne famille. C'est un…

– Il a sauvé le grand-père Merriwether de la potence et votre neveu aussi.

Mme Merriwether s'enflamma. Une heure auparavant, elle avait eu une discussion orageuse avec le grand-père. Le vieil homme lui avait déclaré qu'elle ne devait guère attacher de prix à son existence, pour n'avoir aucune gratitude envers Rhett Butler, bien qu'il fût un Scallawag et une canaille.

– Il a fait ça uniquement pour nous jouer à tous un mauvais tour. Oui, Scarlett, pour nous mettre dans une situation ridicule vis-à-vis des Yankees, poursuivit Mme Merriwether. Vous savez aussi bien que moi que cet homme est une crapule. Il a toujours été comme ça et, maintenant, on ne peut même plus lui parler. C'est tout bonnement un de ces hommes que les gens convenables ne reçoivent pas chez eux.

– Non? Tiens, c'est étrange, madame Merriwether. Il a pourtant fréquenté votre salon assez souvent pendant la guerre. Et, si j'ai bonne mémoire, n'a-t-il pas fait cadeau à Maybelle de sa robe de mariée en satin blanc?

– Pendant la guerre, les circonstances étaient différentes, et les gens comme il faut voyaient beaucoup d'hommes qui n'étaient pas tout à fait... on faisait tout cela pour la Cause, et l'on avait raison. Voyons, vous ne pouvez pas songer à épouser un homme qui n'a pas fait la guerre et qui se moquait de ceux qui s'engageaient?

– Mais si, il a fait la guerre. Il s'est battu pendant huit mois. Il a pris part à la dernière campagne et à la bataille de Franklin. Il était avec le général Johnston quand il s'est rendu.

– Je n'ai jamais entendu dire cela, dit Mme Merriwether d'un air peu convaincu. Mais il n'a pas été blessé, ajouta-t-elle avec une intonation de triomphe.

– Quantité d'hommes ne l'ont pas été.

– Tous ceux qui se respectaient ont reçu une blessure. Je ne connais personne qui n'ait pas été blessé.

Scarlett commençait à s'échauffer à son tour.

– J'ai l'impression que tous les hommes que vous connaissez n'étaient pas assez dégourdis pour savoir où se mettre quand il pleuvait... ou qu'on tirait sur eux. Maintenant, laissez-moi vous dire ceci, madame Merriwether, et vous pouvez en faire part à vos amies, les bonnes âmes. J'épouserai le capitaine Butler et ça me serait égal qu'il eût combattu sous le drapeau yankee.

Lorsque la digne matrone se fut retirée, la capote frémissante de rage, Scarlett comprit qu'elle avait désormais en elle une ennemie acharnée et non plus une amie qui se contentait de la blâmer. Mais peu lui importait. Mme Merriwether aurait beau dire et beau faire, rien ne pouvait l'atteindre. Elle n'attachait aucune importance à l'opinion des gens, sauf à celle de Mama.

En apprenant la nouvelle, Pitty avait perdu connaissance, mais Scarlett n'avait pas pris la chose au tragique. Il lui avait fallu déployer autrement d'énergie pour entendre Ashley, subitement vieilli, lui souhaiter d'être heureuse et le voir aussitôt détourner la tête. Elle s'était à la fois divertie et emportée à la lecture des lettres de ses tantes Pauline et Eulalie de Charleston qui, horrifiées par ce mariage, s'y opposaient formellement et déclaraient à leur nièce que, non contente de se compromettre, elle risquait de les compromettre elles aussi. Scarlett était même allée jusqu'à rire quand Mélanie, le front soucieux, lui avait dit, avec sa loyauté coutumière: «Bien entendu, le capitaine Butler est beaucoup mieux que la plupart des gens ne se l'imaginent et il s'est montré sous un jour si favorable lorsqu'il a sauvé Ashley. Et puis, en somme, il s'est battu pour la Confédération. Mais enfin, Scarlett, ne crois-tu pas que ta décision est un peu hâtive?»

Non, elle n'attachait aucune importance à l'opinion des gens, sauf à celle de Mama. Et seule Mama trouva le moyen de la mettre vraiment en colère et de la piquer au vif.

– Je vous ai vu fai' un tas de choses qui au'aient fait de la peine à ma'ame Ellen si elle avait su. Et à moi aussi, ça m'a fait beaucoup de peine. Mais cette fois-ci, c'est la plus pi'. Épouser un gueux! Oui ma'ame, j' dis bien, un gueux! Venez pas me di' à moi qu'il est d'une bonne famille. Pou' moi, tout ça, c'est du pa'eil au même. Les gueux, y en a pa'tout chez les gens chic comme chez les aut'es, et lui, c'est un gueux! Oui, ma'ame Sca'lett, je vous ai vue enlever missié Cha'les à mam'zelle Honey alo' que vous l'aimiez pas du tout. Je vous ai vue voler missié F'ank à vot' sœu'. Et moi, j'ai ga'dé pou' moi un tas de choses que vous avez faites, comme de vend' du mauvais bois pou' du bon et de di' des mensonges su' le compte des aut' missiés qui vendaient du bois et d'aller vous p'omener en voitu' toute seule, quitte à vous fai' attaquer pa' des nèg' en libe'té et de fai' tuer missié F'ank et de ne pas donner assez à manger aux pov' fo'çats pou' que ma'ame Ellen de la Te'e P'omise où elle est, elle me disait: «Mama! Mama! Tu veilles pas bien su' mon enfant.» Oui, ma'ame, j'ai tout suppo'té, mais je suppo'te'ai pas ça, ma'ame Sca'lett. Vous pouvez pas épouser un gueux. Vous pouvez pas fai' ça tant qu'il me 'este enco' un souffle dans le co'.

– J'épouserai qui bon me semblera, fit Scarlett d'un ton sec. J'ai l'impression que tu oublies à qui tu parles, Mama.

– Et la voilà qui p'end ses g'ands ai' ! Mais si je vous disais pas tout ça, qui d'aut' vous le di'ait!
– J'ai pesé le pour et le contre, Mama, et j'en suis arrivée à conclure que le mieux pour toi, c'est de retourner à Tara. Je te donnerai de l'argent et...
Mama se redressa avec dignité.
– Je suis lib', ma'ame Sca'lett. Vous pouvez pas m'envoyer là où je veux pas aller. Quand je 'etou'ne'ai à Ta'a, ce se'a avec vous. Je veux pas abandonner l'enfant de ma'ame Ellen et 'ien au monde m'oblige à m'en aller. Je suis ici et 'este ici!
– Je ne tiens pas du tout à ce que tu habites chez moi. Merci, pour que tu sois grossière avec le capitaine Butler! Je vais l'épouser et il n'y a rien d'autre à ajouter.
– Si, y a bien d'aut' choses à ajouter, répliqua Mama en détachant les syllabes et, dans ses yeux embués par l'âge, s'alluma une flamme combative. J'au'ai pou'tant jamais pensé di' ça à quéqu'un qui est du même sang que ma'ame Ellen. Mais, ma'ame Sca'lett, écoutez-moi bien. Vous êtes pas aut' chose qu'une mule avec des ha'nais de cheval. On peut poli' les sabots d'une mule et fai' 'elui' son poil et met' plein de cuiv' su' ses ha'nais et l'atteler à une belle voitu'. Mais c'est toujou' une mule. Ça t'ompe pe'sonne. Et vous, c'est tout pa'eil. Vous avez des 'obes de soie, et les scie'ies et le magasin et l'a'gent et vous vous donnez des ai' de beau cheval, mais ça vous empêche pas d'êt' quand même une mule. Et vous t'ompez pe'sonne non plus. Et ce Butle', il est d'une bonne famille et il est tout bichonné comme un cheval de cou'se, mais, tout comme vous, c'est une mule avec des ha'nais de cheval.
Mama décocha un regard perçant à sa maîtresse. Scarlett ne savait que répondre et frémissait sous l'outrage.
– Si vous dites que vous allez l'épouser, vous le fe'ez pa'ce que vous avez la tête du' comme vot' papa. Mais souvenez-vous de ça, ma'ame Sca'lett, je vous quitte'ai pas. Je bouge'ai pas d'ici et j'assiste'ai à ça aussi.
Sans attendre une réponse, Mama fit demi-tour et laissa Scarlett aux prises avec ses pensées. Elle eût lancé le «Tu me reverras à Philippes![2]» elle n'eût pas pris un ton plus lourd de menaces.

2. Phrase célèbre lancée à Brutus par le spectre de Jules César dans la tragédie de Shakespeare *(N.d.T.)*.

Tandis que le jeune ménage passait sa lune de miel à La Nouvelle-Orléans, Scarlett cita à Rhett les paroles de Mama. Elle fut à la fois stupéfaite et indignée d'entendre Rhett s'esclaffer en apprenant que la négresse les avait comparés tous deux à des mules affublées de harnais de chevaux.

– Je n'ai jamais entendu exprimer aussi succinctement vérité plus profonde, déclara Rhett. Mama est une très brave femme, au fond, et l'une des rares personnes de ma connaissance à laquelle je voudrais inspirer du respect et du dévouement. Mais comme je suis une mule, je suppose que je n'obtiendrai jamais rien d'elle. Elle est même allée jusqu'à refuser la pièce d'or de dix dollars que, dans mon emballement de jeune marié, je souhaitais lui offrir après la cérémonie nuptiale. Je n'ai pas vu beaucoup de gens résister au spectacle de l'or. Mais elle, elle m'a regardé dans les yeux, m'a remercié et m'a dit que, n'étant pas une affranchie, elle n'avait pas besoin d'argent.

– Pourquoi fait-elle cette tête-là ? Pourquoi tout le monde jase-t-il sur moi ? J'épouse qui bon me semble et je me marie aussi souvent que je veux. Ça ne regarde que moi. Moi, je ne me suis jamais occupée des affaires des autres. Pourquoi les autres s'occuperaient-ils des miennes ?

– Mon petit, les gens pardonnent presque tout ; la seule chose qu'ils ne pardonnent jamais, c'est de ne pas s'occuper de leurs affaires. Mais pourquoi crier comme un chat échaudé ? Vous avez dit assez souvent que vous faisiez fi de l'opinion de vos semblables. Pourquoi ne pas le prouver ? On vous a si souvent critiquée pour des bagatelles que vous devriez vous attendre à ce qu'on dise du mal de vous quand il s'agit d'une chose beaucoup plus grave. Vous saviez bien qu'on allait jaser, si vous épousiez une fripouille comme moi. Si j'étais une fripouille sans éducation et sans un sou, les gens ne seraient peut-être pas aussi enragés. Mais une fripouille riche et en pleine prospérité… bien entendu, ça ne se pardonne pas.

– Je voudrais pourtant bien que vous soyez sérieux de temps en temps.

– Mais je suis sérieux ! Les gens pieux sont furieux de voir prospérer les mécréants. Du nerf, Scarlett. Ne m'avez-vous pas confié un jour que vous vouliez surtout être riche pour pouvoir envoyer tout le monde au diable ! Voilà le moment.

– Mais c'était vous surtout que je voulais envoyer au diable, fit Scarlett en riant.

– Vous en avez toujours envie ?

– C'est-à-dire que je n'en ai pas aussi souvent envie qu'autrefois.

– Ne vous gênez pas, si ça peut vous faire plaisir.
– Oh ! ça ne me serait pas particulièrement agréable, déclara Scarlett en embrassant Rhett d'un geste machinal.
Rhett chercha avidement ses yeux et s'efforça d'y découvrir quelque chose qu'il ne trouva pas, puis il éclata d'un petit rire bref.
– Oubliez Atlanta, oubliez les vieilles chipies. Je vous ai emmenée à La Nouvelle-Orléans pour que vous vous amusiez, et j'ai l'intention que vous preniez du bon temps.

CINQUIÈME PARTIE

XLVIII

Scarlett s'amusa. Jamais elle ne s'était autant amusée depuis le printemps qui avait précédé la guerre. La Nouvelle-Orléans était si étrange, si captivante. Elle profita des plaisirs qui s'offraient à elle avec la frénésie d'un détenu à vie brusquement gracié. Les Carpetbaggers mettaient la ville en coupe réglée. Nombre d'honnêtes gens étaient chassés de chez eux et ne savaient même pas s'ils auraient de quoi manger le lendemain. Un nègre occupait le fauteuil du lieutenant gouverneur[1]. Mais La Nouvelle-Orléans que Rhett lui montra était l'endroit le plus gai qu'elle eût jamais vu. Les gens qu'elle rencontrait avaient de l'argent plein leurs poches et ne semblaient avoir aucun souci. Rhett la présenta à des douzaines de femmes, jolies femmes aux robes chatoyantes, femmes aux mains douces que n'avaient point flétries les rudes besognes, femmes qui riaient à tout propos et n'abordaient pas plus de graves problèmes stupides qu'elles ne parlaient de la dureté des temps. Et les hommes qu'elle fréquentait... comme ils étaient séduisants ! Comme ils étaient différents des hommes d'Atlanta... Comme ils se disputaient la faveur de danser avec elle... et ils lui adressaient les compliments les plus extravagants, comme si elle était encore dans tout l'éclat de sa jeunesse.
Comme Rhett, ces hommes avaient en eux quelque chose de dur et de téméraire. Ils avaient toujours l'air sur le qui-vive. On eût dit qu'ils avaient mené trop longtemps une vie dangereuse et mouvementée pour jamais connaître tout à fait la tranquillité d'esprit. Ils semblaient n'avoir ni passé, ni avenir, et ils éconduisaient poliment Scarlett quand, pour entretenir la conversation, elle leur demandait ce qu'ils faisaient avant de s'installer à La Nouvelle-Orléans. Cela seul suffisait à leur conférer un caractère d'étrangeté, car à Atlanta chaque nouveau venu qui se respectait s'empressait de présenter ses lettres de créance, s'étendait avec complaisance sur son pays et sur sa famille, parcourait le lacis inextricable des relations qui recouvrait le Sud tout entier.

---

1. La Nouvelle-Orléans n'est pas la capitale de l'État de Louisiane. La capitale se trouve à Bâton-Rouge *(N.d.T.)*.

Ces hommes étaient plutôt taciturnes et surveillaient leurs propos. Parfois, lorsque Rhett se trouvait seul avec eux et que Scarlett se tenait dans une pièce voisine, elle les entendait rire et surprenait des fragments de conversation qui, pour elle, n'avaient aucun sens : bribes de phrases, noms singuliers... Cuba et Nassau au temps du blocus, la ruée vers l'or, le développement des affaires, le trafic d'armes, la contrebande, le Nicaragua, William Walker[2] et la façon dont il mourut contre un mur à Truxillo... Un jour, l'entrée inopinée de Scarlett mit brusquement un terme à une conversation qui roulait sur Quantrill[3] et sa bande, et la jeune femme saisit au vol les noms de Frank et de Jesse James[4].

Néanmoins, ils avaient tous d'excellentes manières, portaient des habits merveilleusement coupés et, sans aucun doute, admiraient fort Scarlett, si bien que, pour elle, ça n'avait aucune importance qu'il leur plût de vivre uniquement dans le présent. Ce qui comptait surtout, c'était que ces hommes étaient les amis de Rhett, possédaient de vastes demeures et de beaux attelages, l'emmenaient faire des promenades avec son mari, les invitaient tous deux à dîner, donnaient des réceptions en leur honneur. Aussi Scarlett avait-elle beaucoup de sympathie pour eux et elle amusa bien Rhett en lui faisant part de ce sentiment.

– J'étais sûr que vous les trouveriez sympathiques, dit-il en riant.

– Pourquoi pas ? répondit-elle, aussitôt sur la défensive.

– Parce que ce sont tous des déclassés, des brebis galeuses, des canailles. Ce sont tous des aventuriers ou la fine fleur des Carpetbaggers. Ils ont tous gagné de l'argent en spéculant sur les vivres, comme votre mari adoré, ou en passant des contrats douteux avec le gouvernement ou en trafiquant d'une manière plus ou moins louche.

– Je n'en crois rien. Vous êtes en train de me taquiner. Ce sont les gens les plus comme il faut que...

– Dans cette ville-ci, les gens comme il faut crèvent de faim, déclara Rhett. Ils vivent avec dignité dans des taudis et je me demande si l'on me recevrait dans ces taudis. Vous comprenez, ma chère, c'est ici

---

2. Médecin, journaliste, agent d'affaires, William Walker (1824-1860) se rend maître du Nicaragua en 1855. Il échoue à constituer un empire en Amérique avant d'être fusillé au Honduras *(N.d.T.)*.

3. Durant la guerre civile, William Clarke Quantrill (1837-1865), instituteur devenu soldat de la Confédération, organisa une bande qui pratiqua une guérilla sanglante faite d'incendies et de massacres *(N.d.T.)*.

4. Jesse James (1847-1882) et son frère Frank se spécialisèrent dans l'attaque des banques et des trains après la guerre civile. Sa tête ayant été mise à prix pour 10 000 dollars, il fut trahi par deux de ses complices et abattu par eux en 1862. Son frère Frank, malgré sa participation à ses crimes, ne fut jamais traduit en justice et ne mourut qu'en 1915 *(N.d.T.)*.

que, pendant la guerre, j'ai machiné quelques-unes de mes ténébreuses entreprises, et ces gens-là ont diablement bonne mémoire! Scarlett, vous êtes pour moi un sujet de joies constantes. Vous avez le chic pour sympathiser avec les gens que vous ne devriez pas voir et faire ce que vous ne devriez pas faire.

– Mais ce sont vos amis!

– Oh! mais c'est que j'aime les canailles. J'ai passé les premières années de mon adolescence à jouer aux cartes sur un bateau qui faisait le Mississippi, et je comprends ces gens-là. Mais je ne suis pas aveugle. Je sais à quoi m'en tenir sur leur compte... Tandis que vous... (Il se mit à rire de nouveau.)... vous n'avez aucun flair lorsqu'il s'agit de juger les gens, vous êtes incapable de différencier ceux qui sont bien de ceux qui sont mal. Il m'arrive de penser que les seules grandes dames que vous ayez connues ont été votre mère et Mme Melly, mais je crains que ni l'une ni l'autre n'aient eu d'influence sur vous.

– Melly! mais voyons, elle est bête comme ses pieds, elle ne sait pas s'habiller, elle n'a pas une seule idée originale!

– Évitez-moi une scène de jalousie, madame. La beauté ne fait pas une grande dame, pas plus que les habits ne font une très grande dame.

– Ah! non! Eh bien! attendez un peu, Rhett Butler, et vous allez voir! Maintenant que j'ai... que nous avons de l'argent, je vais devenir la femme du monde la plus accomplie que vous ayez jamais rencontrée!

– Je suivrai cette expérience avec intérêt, fit Rhett.

Plus grisantes encore que la compagnie des gens qu'elle fréquentait, étaient les robes que Rhett lui achetait, après en avoir lui-même choisi le coloris, le tissu et le modèle. On ne portait plus de crinolines et la nouvelle mode était ravissante avec ses robes à tournures garnies de fleurs, de flots de rubans et de cascades de dentelles. Elle songeait aux crinolines pudiques du temps de la guerre et se sentait un peu gênée de porter ces jupes qui, sans aucun doute, soulignaient les contours de ses cuisses et de son ventre. Et ces amours de petites capotes qui n'étaient pas des capotes à proprement parler, mais des bibis de rien du tout, perchés sur l'œil et surchargés de fruits, de fleurs, de plumes dansantes et de rubans qui flottaient au vent! (Si seulement Rhett n'avait pas fait la bêtise de jeter au feu les fausses boucles qu'elle avait achetées pour grossir la masse de ses cheveux tirés à l'indienne et ramenés en un chignon qui émergeait derrière ces petits chapeaux!) Et le trousseau délicat exécuté dans un couvent: comme il était joli! Que de parures elle avait! Chemises de jour et chemises de nuit, jupons de la toile la plus fine rehaussés de charmantes broderies et de fronces minuscules. Et les mules de satin que Rhett lui avait offertes! Elles avaient des talons d'au moins sept centimètres de haut et de larges boucles de strass, qui scintillaient de mille feux. Et des bas de soie, une douzaine, et pas une seule paire dont le haut fût en coton. Quel luxe! Scarlett eut la témérité d'acheter des cadeaux pour les différents membres de sa famille: un jeune saint-bernard au long pelage pour Wade, qui mourait d'envie d'en avoir un, un chat de Perse pour Beau, un bracelet de corail pour la petite Ella, un lourd collier avec pendentif en pierre de lune pour tante Pitty, une édition des œuvres complètes de Shakespeare pour Mélanie et Ashley, une élégante livrée pour l'oncle Peter, sans oublier un haut-de-forme de cocher avec un plumet, des coupes de tissu pour Dilcey et Cookie, de coûteux présents pour chacun des habitants de Tara.

– Mais qu'avez-vous acheté pour Mama? demanda Rhett en contemplant le monceau de cadeaux étalés sur le lit de la chambre d'hôtel et chassant le chien et le chat dans le cabinet de toilette.

– Rien du tout. Elle a été odieuse. Pourquoi lui ferais-je des cadeaux, quand elle nous traite de mules.

– Pourquoi la vérité vous blesserait-elle, mon petit? Il faut que vous rapportiez quelque chose à Mama. Ce serait un crève-cœur pour elle si vous ne le faisiez pas... et des cœurs comme le sien sont trop précieux pour qu'on ne les ménage pas.

– Je ne lui rapporterai rien du tout. Elle ne le mérite pas.

– Alors, c'est moi qui lui achèterai quelque chose. Je me rappelle que ma Mama avait coutume de dire que, pour aller au Ciel, elle voulait un jupon de taffetas rouge si lourd qu'il se tiendrait tout seul et si soyeux qu'en entendant le frou-frou le bon Dieu le croirait fait avec des ailes d'anges. J'achèterai du taffetas rouge à Mama et je lui ferai faire un élégant jupon.

– Elle ne voudra rien recevoir de vous. Elle aimera mieux mourir que de porter ce jupon.

– Je n'en doute pas, mais ça ne m'empêchera pas d'avoir eu le geste.

Les boutiques de La Nouvelle-Orléans étaient si luxueuses, si remplies de tentations! Faire des courses avec Rhett était si passionnant! Mais aller au restaurant avec lui était plus passionnant encore, car il savait ce qui était bon et comment les plats devaient être préparés. Les vins, les liqueurs, les champagnes de La Nouvelle-Orléans réservaient d'agréables surprises à Scarlett, qui n'était habituée qu'au vin de mûres fait à la maison et au cognac des «faiblesses» de tante Pitty. Mais les menus préparés par Rhett! Oh! c'était une merveille. La cuisine de La Nouvelle-Orléans était encore ce qu'il y avait de mieux dans cette ville. Se rappelant les tristes jours de disette à

Tara et les privations qu'elle s'imposait il n'y avait pas si longtemps, Scarlett trouvait qu'elle ne ferait jamais assez honneur à cette chère succulente, aux crevettes à la créole, aux colombes au vin, aux huîtres en barquettes, nageant dans une sauce onctueuse, aux champignons, aux ris de veau, aux foies de dinde, aux poissons habilement cuits à l'étouffée dans une enveloppe de papier huilé. Elle n'était jamais rassasiée, car chaque fois qu'elle évoquait les pois secs et les patates douces inexorablement servis sur la table de Tara, elle était prise de nouvelles fringales et se gavait de plats créoles.

– Vous mangez comme si chaque repas devait être le dernier, lui dit Rhett. Ne nettoyez pas votre assiette, Scarlett, je suis sûr qu'il y a encore autre chose à la cuisine. Vous n'avez qu'à demander au garçon. Si vous continuez à vous empiffrer comme ça, vous allez devenir obèse comme les dames de Cuba, et je serai obligé de divorcer.

Mais Scarlett se contentait de lui tirer la langue et commandait aussitôt un autre énorme gâteau au chocolat garni de meringues.

Quel plaisir de dépenser sans compter, sans se dire qu'il fallait économiser pour payer les impôts ou acheter des mules ! Quel plaisir de sortir avec des gens riches et gais qui ne traînaient pas leur misère hautaine comme ceux d'Atlanta ! Quel plaisir de porter des robes de brocart qui amincissaient sa taille et découvraient généreusement les bras, le cou et même la gorge. Quel plaisir d'exciter l'admiration des hommes ! Quel plaisir de manger tout ce dont on avait envie sans se faire dire qu'on ne se conduisait pas en femme du monde. Quel plaisir de boire du champagne à satiété !

La première fois qu'elle but plus que de raison, Scarlett fut bien ennuyée de se réveiller le lendemain matin avec une affreuse migraine et le souvenir fort déplaisant d'être rentrée à l'hôtel dans une voiture découverte, en chantant à tue-tête *Le Beau Drapeau bleu.* Elle savait qu'une dame ne devait même pas se permettre d'être gaie, et la seule femme qu'elle eût jamais vue en état d'ébriété, c'était la Watling, le jour de la chute d'Atlanta. Elle se sentait si mortifiée qu'elle en était malade à l'idée de se retrouver devant Rhett, mais celui-ci prit l'affaire du bon côté. D'ailleurs, tout ce qu'elle faisait l'amusait, comme s'il assistait aux gambades d'un jeune chat.

C'était une véritable joie de sortir avec Rhett. Il était si bel homme ! Jusque-là, Scarlett n'avait pas prêté une attention exagérée à sa personne et, à Atlanta tout le monde était bien trop occupé par ses méfaits pour s'attacher à son aspect extérieur. Mais à La Nouvelle-Orléans Scarlett pouvait remarquer la façon dont les femmes le regardaient et minaudaient lorsqu'il leur baisait la main. Après s'être bien rendu compte que son mari plaisait aux femmes et que celles-ci la jalousaient peut-être, elle finit par être très fière de se montrer en sa compagnie. «Mais c'est que nous faisons un beau couple!» se disait-elle, non sans satisfaction.

Oui, ainsi que Rhett l'avait prophétisé, le mariage pouvait être très amusant. C'était non seulement très amusant, mais Scarlett apprenait une foule de choses, ce qui d'ailleurs ne laissait pas de l'étonner, car elle avait toujours pensé que la vie n'avait plus rien à lui apprendre. Maintenant, elle se sentait comme une enfant à qui chaque jour apporte une nouvelle découverte.

D'abord, elle apprit que la vie conjugale avec Rhett était bien différente de ce qu'elle avait été, soit avec Charles, soit avec Frank. L'un et l'autre s'étaient montrés pleins de déférence pour elle et avaient tremblé devant ses colères. Ils avaient quémandé ses faveurs et elle ne leur avait jamais rien accordé qui ne lui plût. Rhett ne la craignait pas du tout, et elle se disait souvent qu'il n'avait même pas grand respect pour elle. Il en arrivait toujours à ses fins et quand Scarlett regimbait il se moquait d'elle. Elle ne l'aimait pas, mais Rhett était sans contredit un compagnon qui savait rendre passionnante la vie à deux. Ce qu'il y avait de plus captivant en lui, c'était que, même dans ses moments les plus fougueux, que rehaussait parfois une pointe de cruauté ou de gaieté acide, il paraissait toujours maître de lui et de ses émotions.

«Ça doit tenir à ce qu'il n'est pas vraiment amoureux de moi, pensait Scarlett qui, du reste, ne s'en plaignait pas. Ça ne me dirait rien du tout de le voir perdre la tête de quelque manière que ce soit.» Cependant, à la seule idée que c'était dans le domaine des possibilités, elle sentait s'éveiller sa curiosité d'une manière troublante.

À force de vivre avec Rhett, elle apprit sur lui quantité de choses qu'elle ignorait. Et dire qu'elle avait cru si bien le connaître! Elle apprit que sa voix pouvait se faire aussi douce que la fourrure d'un chat et, un moment plus tard, dure et brutale s'il se mettait à jurer. Il lui arrivait de raconter, avec toutes les apparences de la sincérité et de l'admiration, des histoires survenues dans les pays étrangers où il était allé et dans lesquelles le courage, l'honneur, la vertu et l'amour jouaient un grand rôle, puis il les faisait suivre immédiatement de récits graveleux et froidement cyniques. Scarlett savait qu'aucun homme ne racontait de pareilles histoires à sa femme, mais ce genre de conversation lui plaisait et correspondait à quelque chose de vulgaire et de grossier en elle. Pendant de courts instants, il pouvait être un amant tendre et empressé pour se changer presque aussitôt en un démon provocant qui s'amusait à la faire sortir de ses gonds et obser-

vait avec délices les manifestations de son caractère explosif. Elle apprit que ses compliments étaient toujours à double tranchant et qu'il fallait se méfier de ses épanchements les plus affectueux. En fait, au cours de ces deux semaines qu'ils passèrent à La Nouvelle-Orléans, elle apprit presque tout de lui, sauf ce qu'il était en réalité.
Certains matins, il renvoyait la femme de chambre, apportait lui-même à Scarlett son petit déjeuner sur un plateau et la faisait manger comme une enfant. Ou bien il lui prenait la brosse des mains et se mettait à brosser la longue chevelure noire jusqu'à ce qu'on entendît les cheveux crépiter. D'autres fois, arrachant brusquement sa femme au sommeil, il envoyait promener toutes les couvertures du lit et chatouillait les pieds nus de Scarlett. D'autres fois encore, il l'écoutait avec recueillement parler de ses affaires et hochait la tête, comme pour la féliciter de sa sagacité, ou bien il n'hésitait pas à traiter ses opérations commerciales toujours plus ou moins louches de fripouilleries, de vols de grand chemin, voire d'escroqueries. Il l'emmenait au théâtre et l'agaçait en lui murmurant sans cesse à l'oreille que Dieu n'approuvait sans doute pas ce genre de distractions, par contre, à l'église, où il l'accompagnait, il lui débitait, *sotto voce,* toutes sortes d'obscénités et lui reprochait ensuite de rire sous cape. Il la poussait à raconter tout ce qui lui passait par la tête, à ne rien respecter et à tenir des propos osés. Scarlett lui emprunta le don des mots à l'emporte-pièce et des phrases sardoniques et elle prit vite l'habitude d'user de ce nouveau pouvoir sur les gens. Cependant, elle ne possédait ni ce sens de l'humour qui tempérait la méchanceté de Rhett, ni ce sourire narquois qui s'adressait aussi bien à lui-même qu'à autrui.
Chaque fois qu'elle y pensait, cela l'ennuyait un peu de ne pas se sentir supérieure à Rhett. C'eût été pourtant si agréable ! Elle avait toujours pris d'assez haut tous les hommes qu'elle avait connus, résumant en deux mots l'opinion qu'elle avait d'eux : « Quels enfants ! » Il en avait été ainsi pour son père, pour les frères Tarleton avec leur amour de la taquinerie et de la plaisanterie, pour les fils Fontaine avec leurs colères puériles, pour Charles, pour Frank, pour tous ceux qui lui avaient fait la cour pendant la guerre… bref, pour tout le monde sauf pour Ashley. Seuls Ashley et Rhett la dépassaient et échappaient à son pouvoir, car tous deux étaient des hommes véritables qui ne conservaient plus en eux le moindre élément enfantin.
Elle ne comprenait pas Rhett et ne se donnait pas la peine de le comprendre, bien que, de temps en temps, elle découvrît en lui des traits qui l'intriguaient. Il avait par exemple une façon bizarre de la regarder quand il pensait qu'elle ne s'en apercevait pas. En se retournant

brusquement, elle l'avait souvent surpris en train de l'observer et avait lu dans ses yeux une expression ardente et inquiète, comme s'il attendait quelque chose.

– Pourquoi me regardez-vous ainsi ? demanda-t-elle un jour avec colère. Vous avez l'air d'un chat embusqué devant un trou de souris !

Rhett se ressaisit aussitôt et se contenta de rire. Scarlett ne tarda pas à oublier cet incident et ne chercha plus à savoir ce qui se passait en Rhett. D'ailleurs, c'eût été peine perdue. Il était trop indéchiffrable et la vie était fort agréable… sauf quand elle pensait à Ashley.

Rhett ne lui laissait guère le temps de penser à Ashley. Au cours de la journée, elle ne pensait presque jamais à lui, mais le soir, la nuit, lorsqu'elle était lasse d'avoir dansé et que la tête lui tournait d'avoir bu trop de champagne, il n'en allait pas de même. Fréquemment, tandis que, dans un demi-sommeil, elle reposait entre les bras de Rhett et que la lune inondait le lit de sa clarté, elle se disait combien la vie serait belle si seulement c'étaient les bras d'Ashley qui la serraient si fort, si seulement c'était Ashley qui enfouissait le visage sous sa chevelure sombre et se l'enroulait autour du cou.

Une nuit qu'elle songeait à tout cela, elle poussa un soupir et tourna la tête du côté de la fenêtre. Un moment plus tard, elle sentit le bras massif qui lui entourait le cou devenir dur comme du fer et elle entendit la voix de Rhett s'élever dans le silence : « Que Dieu damne pour l'éternité votre petite âme fourbe ! »

Alors, il se leva, se rhabilla et quitta la chambre, malgré les protestations de Scarlett, stupéfaite. Il reparut le lendemain matin, à l'heure du petit déjeuner, les cheveux en désordre, passablement ivre et d'une humeur massacrante. Il ne s'excusa pas et ne daigna même pas expliquer les raisons de sa fugue.

Scarlett ne lui demanda rien. Elle lui manifesta la plus extrême froideur comme le devait une épouse bafouée et, lorsqu'elle eut achevé son repas, elle s'habilla sous l'œil injecté de Rhett et s'en alla courir les magasins. En rentrant, elle ne trouva plus Rhett. Elle ne le revit que le soir pour le dîner.

Ce fut un repas silencieux. Scarlett avait toutes les peines du monde à ne pas laisser éclater sa colère. Non seulement c'était sa dernière soirée à La Nouvelle-Orléans, mais elle voulait faire honneur à la grosse langouste qu'on lui avait servie, et la mine renfrognée de Rhett lui gâchait tout son plaisir. Néanmoins, elle ne perdit pas une bouchée de son dîner et but une énorme quantité de champagne. Ce fut peut-être la combinaison de la langouste et du champagne qui lui valut cette nuit-là de refaire son ancien cauchemar. Elle se réveilla en sursaut, couverte d'une sueur froide et secouée de sanglots convulsifs. Elle était revenue à Tara. La propriété était désolée. Sa mère était morte et, avec elle, le monde avait perdu son équilibre de force et de sagesse. Il n'y avait plus personne vers qui se tourner, plus personne sur qui compter. Une forme terrifiante la poursuivait. Elle courait à perdre haleine. Son cœur était près de se rompre. Elle courait au milieu d'une brume épaisse et mouvante. Elle appelait de toutes ses forces et elle cherchait à tâtons ce refuge inconnu, ce havre de grâce qui devait se trouver quelque part derrière le brouillard dont elle était enveloppée.

Lorsqu'elle se réveilla, Rhett était penché sur elle. Sans un mot, il la souleva dans ses bras comme une enfant et la serra tout contre lui. Le contact de ses muscles durs était réconfortant. Les «voyons! voyons!» qu'il se mit à prononcer comme une lente mélopée apaisèrent Scarlett et bientôt ses sanglots se calmèrent.

– Oh! Rhett. J'avais si froid et si faim. J'étais si fatiguée et je n'arrivais pas à trouver. Je courais à perdre haleine dans la brume et je ne trouvais rien.

– Qu'est-ce que tu n'arrivais pas à trouver, ma chérie?

– Je ne sais pas. Je voudrais bien le savoir.

– C'est toujours ton vieux rêve?

– Oh! oui.

Il la reposa doucement sur le lit et alluma une bougie dont le reflet donna à ses yeux injectés et à ses traits accusés l'aspect énigmatique d'une figure gravée dans la pierre. Sa chemise, ouverte jusqu'à la taille, découvrait une poitrine bronzée recouverte de poils noirs et épais. Malgré sa frayeur, qui la faisait frissonner de la tête aux pieds, Scarlett fut troublée par l'impression de force indomptable qui se dégageait de ce torse et murmura:

– Serrez-moi bien fort, Rhett.

– Chérie! dit-il à voix basse et, la reprenant dans ses bras, il alla s'asseoir dans un grand fauteuil où il garda Scarlett blottie contre lui.

– Oh! Rhett, c'est terrible d'avoir faim.

– Oui, ça doit être terrible de rêver qu'on meurt de faim, après avoir englouti un dîner de sept plats, y compris cette énorme langouste, remarqua Rhett en souriant, mais sans se départir de son ton affectueux.

– Oh! Rhett, j'avais beau courir et chercher de tous les côtés, je n'arrivais pas à trouver ce que je cherchais, ni même à savoir ce que c'était. C'est toujours caché dans le brouillard. Je sais que si j'arrivais à le trouver, je serais sauvée pour toujours et je n'aurais plus jamais, jamais, ni froid, ni faim.

– Est-ce quelqu'un ou quelque chose que vous cherchez?

– Je n'en sais rien. Je ne me le suis jamais demandé. Rhett, croyez-vous que je rêverai un jour que je découvre enfin cette chose mystérieuse et que je suis sauvée ?
– Non, fit-il en lissant ses cheveux en désordre. Je ne crois pas. Avec les rêves, ça ne se passe pas comme ça. Mais je suis persuadé qu'à force de voir que vous ne manquez plus de rien dans l'existence, et que vous ne courez aucun danger, vous finirez par ne plus jamais faire ce rêve. Et, Scarlett, je me charge de veiller sur votre sécurité.
– Rhett, vous êtes si gentil.
– Merci du compliment ! Scarlett, je veux que tous les matins, quand vous vous réveillerez, vous vous disiez : « Tant que Rhett sera là et que le gouvernement des États-Unis tiendra, je n'aurai jamais le ventre creux et il ne m'arrivera jamais rien. »
– Le gouvernement des États-Unis ? fit Scarlett, qui, intriguée, se redressa, le visage encore ruisselant de larmes.
– L'argent de la Confédération suit désormais de nouvelles destinées. J'en ai placé la majeure partie en obligations de l'État.
– Cornebleu ! s'exclama Scarlett qui, déjà, avait perdu le souvenir de ses récentes terreurs. Vous avez prêté votre argent aux Yankees ?
– Moyennant un beau pourcentage.
– Ça me serait bien égal que ce soit du cent pour cent ! Il faut que vous vendiez ça immédiatement. En voilà une idée de laisser les Yankees tripoter votre argent !
– Et que dois-je en faire ? interrogea Rhett avec un sourire, tout en remarquant qu'il n'y avait plus aucune trace d'inquiétude dans les yeux de sa femme.
– Voyons... voyons... vous pourriez acheter des terrains aux Cinq Fourches. Je parie que vous pourriez acheter les Cinq Fourches tout entières avec l'argent que vous avez.
– Merci, mais je n'y tiens pas. Maintenant que les Carpetbaggers ont la haute main sur le gouvernement de la Géorgie, il est impossible de prédire ce qui va se passer. Avec cette nuée de busards venus des quatre points cardinaux s'abattre sur la Géorgie, j'aime mieux me tenir à carreau. En bon Scallawag que je suis, je leur fais risette, mais je n'ai aucune confiance en eux. Non, pas de placements immobiliers. Je préfère les obligations. On peut les cacher. On ne cache pas très facilement des terrains ou des immeubles.
– Croyez-vous que... commença Scarlett, qui pâlit en pensant aux scieries et au magasin.
– Je n'en sais rien. Mais ne prenez pas cet air-là, Scarlett. Notre charmant nouveau gouverneur est un de mes bons amis. Non, je

veux seulement dire que l'époque est trop peu sûre et que je ne veux pas immobiliser mes capitaux en achetant du foncier.

Il assit Scarlett sur l'un de ses genoux et se pencha en arrière pour prendre un cigare qu'il alluma. Les pieds pendants et nus, Scarlett regarda jouer les muscles de sa poitrine et se sentit tout à fait rassurée.

– Tenez, puisque nous sommes sur ce chapitre, fit Rhett, je vous annonce que j'ai l'intention de faire construire une maison. À force de le tyranniser, vous avez peut-être obtenu de Frank d'aller habiter chez tante Pitty, mais je vous préviens qu'avec moi ça ne prendra pas. Je crois que je ne pourrais pas supporter de voir votre tante tourner de l'œil trois fois par jour, et de plus, je pense que l'oncle Peter n'hésiterait pas à m'occire avant que je m'installe sous le toit sacré des Hamilton. Mlle Pitty n'aura qu'à demander à Mlle India Wilkes de venir habiter avec elle, comme ça elle sera tranquille et n'aura pas peur du croquemitaine. Quand nous serons de retour à Atlanta, nous nous installerons à l'Hôtel National, dans l'appartement réservé aux jeunes mariés, et nous y resterons jusqu'à ce qu'on ait terminé notre maison. Avant notre départ, je me suis rendu acquéreur d'un vaste terrain en bordure de la rue du Pêcher, celui qui se trouve à côté de chez les Leyden. Vous voyez ce que je veux dire.

– Oh ! Rhett, c'est merveilleux. J'ai tant envie d'avoir une maison à moi, une grande, grande maison.

– Allons, nous voilà enfin d'accord sur un point. Que diriez-vous d'une maison en stuc blanc avec du fer forgé comme les maisons créoles d'ici ?

– Oh ! non, Rhett. Pas de ces trucs vieillots comme on en voit à La Nouvelle-Orléans. Je sais exactement ce que je veux. C'est tout ce qu'il y a de plus moderne, puisque j'en ai la reproduction dans... dans... allons... ah ! oui, dans le *Harper's Weekly*. C'était un modèle de chalet suisse.

– Un quoi ?

– Un chalet suisse.

– Épelez-moi ça.

Scarlett s'exécuta.

– Oh ! oh ! fit Rhett en se caressant la moustache.

– C'était ravissant. Ça avait un toit très haut et très en pente et, de chaque côté, s'élevait une sorte de tourelle. Les fenêtres des tourelles avaient des vitres rouges et bleues. Ça avait beaucoup d'allure.

– Il devait y avoir aussi une véranda avec une balustrade en bois chantourné.

– Oui.

– Et une frise d'ornements spiraloïdes qui pendaient du toit ?

– Oui. Vous avez dû voir quelque chose qui ressemblait à cela.
– Oui… mais pas en Suisse. Les Suisses sont très intelligents et très sensibles à la beauté architecturale. Vous voulez pour de bon une maison comme celle-là ?
– Oh ! oui !
– J'avais espéré que votre goût s'améliorerait à mon contact. Pourquoi pas une maison créole ou une maison de style colonial[5] à six colonnes blanches ?
– Je vous ai dit que je ne voulais rien de vieillot ! Et puis, à l'intérieur, nous aurons des papiers rouges aux murs et des portières de velours rouge pour masquer les portes à glissière et… oh ! oui… des tas de meubles en noyer très chers et de grands tapis très épais… Oh ! Rhett les gens en crèveront de jalousie quand ils verront notre maison.
– Est-il si nécessaire d'exciter la jalousie des gens ? Enfin, si vous tenez à ce qu'ils en crèvent. Pourtant, Scarlett, ne vous est-il pas venu à l'idée que ce n'est guère de très bon goût d'étaler un tel luxe, quand tout le monde est si pauvre.
– Je veux que ce soit comme ça, fit-elle avec entêtement. Je veux que tous les gens se mordent les doigts d'avoir été méchants pour moi. Et je donnerai de telles réceptions que tout Atlanta regrettera d'avoir dit tant de mal de moi.
– Mais qui assistera à vos réceptions ?
– Mais tout le monde, bien sûr.
– J'en doute. La Garde meurt, mais ne se rend pas.
– Oh ! Rhett, comme vous y allez ! Quand on a de l'argent, on jouit toujours de la sympathie des gens.
– Pas avec les Sudistes. Pour qui a gagné de l'argent en spéculant, il est encore plus difficile de s'introduire dans la meilleure société que pour un chameau de passer dans le chas d'une aiguille. Quant aux Scallawags… c'est-à-dire vous et moi, mon chou, nous pourrons nous estimer heureux si l'on ne nous crache pas au visage. Mais enfin, si vous voulez tenter votre chance, je soutiendrai vos efforts, ma chère, et je suis sûr de m'amuser énormément à suivre votre campagne. Et, puisqu'il est question d'argent, mettons un peu les choses au net. Vous aurez autant d'argent que vous voudrez pour votre maison et pour vos robes. Si vous aimez les bijoux, vous en aurez, mais c'est moi qui les choisirai. Vous avez un goût si exécrable, mon chou. Vous pourrez acheter tout ce que vous voudrez pour Wade ou pour Ella. Si Will Benteen veut intensifier sa production de coton, je suis tout disposé à

5. Style simple et charmant des maisons du XVIIIe siècle dans le sud des États-Unis *(N.d.T.)*.

contribuer à la réussite de ce merle blanc dans le comté de Clayton que vous aimez tant. C'est assez honnête, n'est-ce pas ?
– Bien sûr. Vous êtes généreux.
– Mais écoutez-moi bien. Pas un sou pour le magasin, pas un sou pour vos entreprises révolutionnaires.
– Oh ! fit Scarlett, le visage subitement altéré.
Pendant tout son voyage de noces, elle avait réfléchi au moyen d'amener la conversation sur la question des mille dollars dont elle avait besoin pour acheter du terrain destiné à agrandir son dépôt de bois.
– Tiens ! moi qui croyais que vous passiez votre temps à vous vanter d'avoir l'esprit large. Je me figurais que ça vous était bien égal ce qu'on racontait sur mon rôle de femme d'affaires, mais vous êtes comme tous les autres hommes… vous avez une peur bleue qu'on ne dise que c'est moi qui porte la culotte dans le ménage.
– Je vous garantis bien que les gens n'auront jamais à se demander un seul instant qui porte la culotte dans le ménage Butler, déclara Rhett d'un ton traînant. Je me fiche pas mal de ce que racontent les imbéciles. En fait, je suis assez mal élevé pour m'enorgueillir d'avoir une femme débrouillarde. Je tiens à ce que vous continuiez de vous occuper du magasin et des scieries. Ces entreprises appartiennent à vos enfants. Quand Wade sera plus grand, il n'aura sans doute aucune envie d'être à la charge de son beau-père, et à ce moment-là il pourra prendre la direction de vos affaires. En tout cas, moi, je me refuse à mettre le moindre argent dans lesdites affaires.
– Pourquoi ?
– Parce que je n'ai aucune envie de contribuer à l'entretien d'Ashley Wilkes.
– Vous n'allez tout de même pas recommencer avec ça ?
– Non. Mais vous m'avez demandé mes raisons et je vous les donne. Et puis, il y a autre chose. Ne comptez pas pouvoir truquer vos livres de dépenses et ne cherchez pas à m'embobiner en me racontant que vos robes et l'entretien de la maison vous coûtent ceci et cela. Je devine trop bien que ce serait pour mettre de l'argent de côté et acheter des mules et une autre scierie à Ashley. J'ai la ferme intention de contrôler et de surveiller étroitement vos dépenses, et je connais le prix de chaque chose. Oh ! ne prenez pas cet air offensé ! Je sais que vous en seriez fort capable. Il ne faut pas tenter le diable. Je vous aurai à l'œil en ce qui concerne Tara et Ashley. Tara, au fond, ça m'est égal, mais Ashley, rien à faire ! Je vous laisse la bride sur le cou, mon chou, soit ! mais n'oubliez pas que j'ai quand même en réserve un mors et une paire d'éperons.

XLIX

Mme Elsing tendit l'oreille. Entendant Mélanie traverser le vestibule et pénétrer dans la cuisine où le bruit de vaisselle et le cliquetis de l'argenterie annonçaient la venue prochaine d'une collation, elle se retourna et se mit à parler à voix basse aux dames qui faisaient cercle dans le salon, leur corbeille à ouvrage sur les genoux.

– Pour ma part, je ne rendrai jamais visite à Scarlett, dit-elle, son visage distingué encore plus glacé qu'à l'ordinaire.

Les autres dames, membres du Cercle de Couture pour les Veuves et les Orphelins de la Confédération, posèrent aussitôt l'aiguille et rapprochèrent leurs rocking-chairs. Toutes ces personnes grillaient d'envie de s'entretenir de Rhett et de Scarlett, mais la présence de Mélanie les en avait empêchées. La veille, le couple était revenu à Atlanta et avait pris l'appartement réservé aux jeunes mariés à l'Hôtel National.

– Hugh prétend que je devrais leur rendre une visite de politesse à cause de ce que le capitaine a fait pour lui, reprit Mme Elsing. Et la pauvre Fanny est de son avis et déclare qu'elle aussi ira leur rendre visite. Je lui ai pourtant dit: «Fanny, sans Scarlett, Tommy serait encore en vie à l'heure qu'il est. C'est une insulte à sa mémoire d'aller faire cette visite.» Mais Fanny n'a rien trouvé de mieux à me répondre que: «Maman, ce ne sera pas Scarlett que j'irai voir, mais bien le capitaine Butler. Il a fait tout ce qu'il a pu pour sauver Tommy, et ce n'est pas sa faute s'il n'y a pas réussi.»

– Que les femmes sont donc stupides! fit Mme Merriwether. Rendre visite, elle est bien bonne! (Son opulente poitrine se souleva d'indignation au souvenir de l'accueil grossier que lui avait réservé Scarlett, quand elle était allée la voir avant son mariage.) Ma petite Maybelle est aussi bête que votre Fanny. Elle m'a dit qu'elle et René iront leur rendre visite, parce que c'est grâce au capitaine Butler que René n'a pas été pendu. Et moi aussi je lui ai démontré que si Scarlett avait été moins téméraire son mari n'aurait couru aucun danger. Quant au grand-père Merriwether, il tient absolument à y aller. Il n'arrête pas de radoter et de dire qu'il a beaucoup de reconnaissance pour cette crapule. Depuis que mon beau-père a mis les pieds chez cette Watling, il est devenu impossible. Rendre visite, il en est bien question ! moi, je n'irai certainement pas. En épousant un tel homme, Scarlett s'est mise hors la loi. C'était déjà bien assez quand il spéculait pendant la guerre et qu'il gagnait une fortune tandis que nous mourions de faim, mais maintenant qu'il est à tu et à toi avec les Carpetbaggers et les Scallawags et qu'il est lié… oui, parfaitement, lié avec ce sinistre individu de Bullock… Rendre visite, parlons-en !

Mme Bonnell soupira. C'était une femme corpulente au visage gai et ouvert.

– Ils ne leur rendront qu'une seule visite, par politesse, Dolly. Moi, je ne trouve pas qu'on puisse les en blâmer. J'ai entendu dire que tous les hommes qui avaient participé à l'expédition du Klan avaient l'intention d'aller voir le capitaine Butler, et je pense qu'ils ont raison. D'un autre côté, j'ai bien du mal à croire que Scarlett est la fille de sa mère. J'étais en classe à Savannah avec Ellen Robillard. C'était une camarade exquise et je l'aimais beaucoup. Si seulement son père ne l'avait pas empêchée d'épouser son cousin Philippe Robillard ! En fait, on n'avait rien de grave à reprocher à ce garçon… Il faut bien que les jeunes gens jettent leur gourme. Mais Ellen a dû quitter la ville et épouser le vieil O'Hara qui lui a donné une fille comme Scarlett. Non, vraiment, il faut que j'aille lui rendre une visite en souvenir de sa mère.

– Voilà bien de la niaiserie sentimentale ! lança Mme Merriwether avec force. Kitty Bonnell, avez-vous l'intention de rendre visite à une femme qui s'est remariée un an à peine après la mort de son mari ? Une femme…

– Et c'est elle qui a causé la mort de M. Kennedy, interrompit India d'un ton calme, mais rempli de venin.

Chaque fois qu'il était question de Scarlett, elle avait toutes les peines du monde à rester polie, car elle se souvenait toujours de Stuart Tarleton.

– D'ailleurs, j'ai toujours pensé que même avant la mort de M. Kennedy ils en ont fait plus tous les deux que les gens ne l'ont supposé.

Avant que ces dames fussent revenues de la stupeur causée par une telle déclaration dans la bouche d'une demoiselle, elles aperçurent Mélanie dans l'encadrement de la porte. Elles avaient été si accaparées par leur échange de commérages qu'elles n'avaient point entendu le pas léger de leur hôtesse. Elles avaient toutes l'air de collégiennes prises en flagrant délit de bavardage par leur professeur. Elles se sentaient toutes penaudes, mais leur consternation fit bientôt place à l'inquiétude devant le changement d'expression de Mélanie. La colère lui enflammait les joues, ses yeux lançaient des éclairs, ses narines frémissaient. Jusque-là, personne n'avait jamais vu Mélanie en colère. Aucune des dames présentes ne la croyait capable de se mettre dans cet état. Elles l'aimaient toutes, mais elles la considéraient comme une jeune femme très douce et très docile, pleine de respect pour ses aînées et sans la moindre idée originale.

– Comment oses-tu dire cela, India ? fit-elle d'une voix assourdie par la colère. Où la jalousie va-t-elle te mener ? Quelle honte !

India blêmit, mais elle redressa la tête.

– Je ne retirerai rien de ce que j'ai dit, déclara-t-elle laconiquement. « Serais-je donc jalouse ? » se demanda-t-elle, troublée. Entre le souvenir de Stuart Tarleton, de Honey et de Charles, n'avait-elle pas de quoi être jalouse de Scarlett ? N'avait-elle pas de quoi la détester, surtout maintenant qu'elle la soupçonnait d'avoir attiré Ashley dans ses filets ? « J'aurais bien des choses à dire sur Ashley et sur ta précieuse Scarlett », pensa-t-elle. India était partagée entre le désir de se taire pour ne pas nuire à son frère et celui de le sauver en faisant part de ses soupçons à Mélanie et au monde entier. Comme ça Scarlett serait bien forcée de renoncer à tout espoir sur lui. Mais ce n'était pas le moment. Du reste, elle ne pouvait porter aucune accusation précise, elle n'avait que des soupçons.

– Je ne retire rien de ce que j'ai dit, répéta-t-elle.

– Dans ces conditions, je suis enchantée que tu ne vives plus sous mon toit, fit Mélanie d'un ton glacial.

India se leva d'un bond, ses joues creuses s'empourprèrent.

– Mélanie, toi... ma belle-sœur... tu ne vas pas te fâcher avec moi pour cette espèce de gourgandine...

– Scarlett est également ma belle-sœur, déclara Mélanie en regardant India droit dans les yeux. Et j'ai plus d'affection pour elle que si nous avions eu la même mère. Si tu oublies ce qu'elle a fait pour moi, moi je m'en souviens. Elle est restée à mes côtés pendant tout le siège, alors qu'elle aurait fort bien pu retourner chez elle, alors que tante Pitty elle-même s'était enfuie à Macon. Elle a mis mon enfant au monde, alors que les Yankees étaient aux portes d'Atlanta. Elle n'a pas hésité à nous emmener à Tara, mon petit Beau et moi, alors qu'elle aurait très bien pu nous laisser ici, à l'hôpital, où nous aurions été pris par les Yankees. Nous avons fait ensemble cette terrible randonnée, elle m'a soignée, elle m'a nourrie, même quand elle était fatiguée, même quand elle avait faim. Parce que j'étais malade et que je ne pouvais pas me lever, elle m'a donné le meilleur matelas de Tara. Lorsque j'ai pu marcher, c'est moi qui ai eu la seule paire de souliers intacte. Tu peux oublier tout ce qu'elle a fait pour moi, India, mais, moi, c'est impossible. Quand Ashley est revenu de la guerre, malade, découragé, sans foyer, sans un sou en poche, elle l'a hébergé chez elle comme une sœur. Quand nous avons voulu aller nous installer dans le Nord et que c'était un crève-cœur pour nous de quitter la Géorgie, Scarlett est intervenue et a confié à Ashley la direction d'une de ses scieries. Quant au capitaine Butler, il a sauvé la vie d'Ashley, uniquement par bonté d'âme, car il ne lui devait rien... Moi, je garderai une reconnaissance éternelle à Scarlett et au capitaine Butler. Voyons, India ! Comment peux-tu oublier ce que Scarlett a fait pour moi et pour Ashley ? Comment peux-tu tenir si peu à ton frère, au point de salir l'homme qui lui a sauvé la vie ? Tu aurais beau te traîner à genoux aux pieds du capitaine Butler et de Scarlett, ça ne suffirait encore pas.

– Voyons, Melly, commença Mme Merriwether, qui avait recouvré son aplomb. Ce n'est pas une façon de parler à India.

– J'ai entendu également ce que vous avez dit de Scarlett, s'exclama Mélanie en faisant face à la grosse dame, comme un duelliste qui, après avoir désarmé l'un de ses adversaires épuisé, se retourne rageusement contre un second. Et vous aussi, madame Elsing, je vous ai entendue. Je me moque pas mal de ce que vous pensez d'elle dans vos esprits mesquins. Ça, ça vous regarde. Mais ce que vous dites d'elle chez moi, ça me regarde. Et je ne comprends pas que vous puissiez nourrir d'aussi horribles pensées et encore moins que vous puissiez les exprimer. Les hommes de vos familles comptent-ils donc si peu pour vous, que vous aimeriez mieux les voir morts que vivants ? N'éprouvez-vous donc aucune gratitude envers celui qui les a sauvés, et qui les a sauvés au péril de sa vie ? Les Yankees l'eussent facilement pris pour un membre du Klan, s'ils avaient découvert la vérité. Ils auraient pu le pendre. Mais ça ne l'a pas empêché de s'exposer pour sauver vos parents, pour sauver votre beau-père, madame Merriwether, et votre gendre et vos deux neveux par-dessus le marché, et votre frère, madame Bonnell, et votre fils et votre gendre, madame Elsing. Vous n'êtes que des ingrates ! Je vous demande à toutes de me faire des excuses.

Mme Elsing se leva, après avoir enfoui précipitamment son ouvrage dans son sac.

– Si jamais quelqu'un m'avait dit que vous pourriez être aussi mal élevée, Melly... Non, je ne vous ferai pas d'excuses. India a raison, Scarlett est une rien du tout, une dévergondée. Je ne peux pas

oublier la façon dont elle s'est conduite pendant la guerre. Et je ne peux pas oublier non plus la façon si basse dont elle s'est conduite depuis qu'elle a un peu d'argent...
– Ce que vous ne pouvez pas oublier, moi je le sais, coupa Mélanie en serrant ses poings menus. C'est qu'elle a retiré à Hugh la direction de la scierie parce qu'il n'était pas à la hauteur de sa tâche.
– Melly ! gémirent plusieurs voix en chœur.
Mme Elsing releva le menton et sortit du salon. La main sur la poignée de la porte d'entrée, elle s'arrêta et se retourna.
– Melly, fit-elle d'une voix radoucie. Tout ceci me brise le cœur. J'étais la meilleure amie de votre mère et j'ai aidé le docteur Meade à vous mettre au monde. Je vous aime comme ma fille. S'il s'agissait de quelque chose d'important, ce serait moins pénible de vous entendre parler ainsi, mais pour une femme comme Scarlett O'Hara, qui n'hésiterait pas plus à vous jouer un mauvais tour qu'à l'une quelconque d'entre nous...
Dès les premières paroles de Mme Elsing, Mélanie avait senti les larmes lui monter aux yeux, mais lorsque la vieille dame eut terminé, ses traits se durcirent.
– Je voudrais que l'on comprenne bien que toutes celles d'entre vous qui n'iront pas rendre visite à Scarlett peuvent se dispenser de remettre les pieds chez moi, fit-elle.
Un murmure de voix accueillit cette déclaration. Les dames se levèrent toutes ensemble. Mme Elsing laissa tomber son sac à ouvrage sur le plancher et rentra dans le salon, sa fausse frange tout de travers.
– Non, non ! pas de ça ! s'écria-t-elle. Vous n'êtes pas dans votre état normal, Melly. Vous ne savez pas ce que vous dites. Vous resterez mon amie et je resterai la vôtre. Je ne tolérerai pas un tel malentendu entre nous.
Elle pleurait et, sans savoir comment, Mélanie se retrouva dans ses bras, ruisselante de pleurs, elle aussi, mais déclarant entre deux sanglots qu'elle ne retirait pas un mot de ce qu'elle avait dit. Plusieurs autres dames fondirent en larmes et Mme Merriwether, après s'être mouchée avec un bruit de trompette, pressa sur son sein, à la fois Mme Elsing et Mélanie. Tante Pitty, transformée en statue dès le début de la scène, s'évanouit pour de bon cette fois-là et s'affaissa brusquement par terre. Au milieu des larmes, de la confusion, des embrassades et des allées et venues des dames parties à la recherche d'un flacon de sels et d'une bouteille de cognac, une seule personne conserva son calme et resta les yeux secs. Puis India Wilkes se retira sans qu'on s'en aperçût.

Un peu plus tard, le grand-père Merriwether retrouvait l'oncle Henry Hamilton au café de la *Belle d'Aujourd'hui* et lui rapportait tous les détails de cette réunion qu'il tenait de Mme Merriwether. Il commenta les événements de la journée avec délectation, car il était ravi que quelqu'un ait eu le courage de tenir tête à sa redoutable belle-fille. Lui n'avait à coup sûr jamais eu ce courage.

– Alors, quelle décision a enfin prise ce troupeau d'oies stupides ? demanda l'oncle Henry avec humeur.

– Je n'en sais fichtre rien, répondit le grand-père, mais j'ai l'impression que Melly a gagné la partie. Je parie qu'elles vont toutes aller rendre visite au ménage Butler, au moins une fois. Les gens en font un foin autour de ta nièce, Henry.

– Melly est une sotte et ces dames ont raison. Scarlett est une sale petite peste, et je ne comprends pas que Charlie l'ait épousée, fit l'oncle Henry d'un air sombre. D'un autre côté, Melly n'a pas tort. Ce serait correct que les familles des hommes sauvés par le capitaine Butler se dérangent. À tout prendre, je n'ai pas grand-chose contre Butler. Il s'est conduit en type épatant le soir où il nous a sauvé la mise. C'est Scarlett qui me chagrine. Elle est un peu trop débrouillarde pour son bien. Allons, il faudra que j'y aille, moi aussi. Scallawag ou non, Scarlett est en somme ma nièce par alliance. J'avais l'intention d'aller la voir vers la fin de l'après-midi.

– J'irai avec toi, Henry. Dolly va piquer une crise de nerfs quand elle apprendra ça. Attends un peu que je prenne un autre verre.

– Non, nous nous en ferons offrir un par le capitaine Butler. C'est une justice à lui rendre, il sait ce qui est bon.

Rhett avait dit avec raison que la Vieille Garde ne se rendrait jamais. Il savait le peu de prix qu'il fallait attacher aux quelques visites rendues au ménage et il savait dans quel esprit elles avaient été faites. Les familles de ceux qui avaient participé au malheureux coup de main du Klan furent les premières à se présenter, mais, par la suite, espacèrent leurs visites et n'invitèrent jamais les Butler chez elles.

Rhett déclara que personne ne serait venu si l'on n'avait craint les représailles de Mélanie. Scarlett se demanda où il était allé « pêcher » cette idée-là et traita les affirmations de son mari avec le plus parfait mépris. Quelle influence Mélanie pouvait-elle bien avoir sur des gens comme Mme Elsing ou Mme Merriwether ? D'ailleurs, Scarlett se moquait pas mal que ces dames ne vinssent plus la voir. Leur société ne lui manquait guère, car son appartement était constamment rempli d'invités d'un autre type, des « gens nouveaux » comme les appelaient les anciens habitants d'Atlanta, quand ils ne les gratifiaient pas d'une appellation moins polie.

Bon nombre de «gens nouveaux» résidaient à l'Hôtel National en attendant, à l'exemple de Rhett et de Scarlett, que leur maison fût achevée. Riches et gais, élégants et dépensiers, ils ressemblaient beaucoup aux amis de Rhett à La Nouvelle-Orléans et, comme eux, n'aimaient point à s'étendre sur leurs antécédents. Tous les hommes affichaient des idées républicaines et «se trouvaient à Atlanta pour des affaires qui intéressaient le gouvernement de l'État». Que pouvait être au juste ce genre d'affaires ? Scarlett ne le savait pas et ne cherchait pas à le savoir.

Rhett aurait pu lui dire exactement de quoi il s'agissait. Ces hommes jouaient le rôle de busards auprès des animaux qui meurent. Ils flairaient la mort de loin et, répondant tous à l'invite, ils se précipitaient à la curée. Le gouvernement de la Géorgie par les Géorgiens n'était plus ; l'État restait sans défense et les aventuriers accouraient de toutes parts.

Les épouses des Scallawags et des Carpetbaggers amis de Rhett se pressèrent en foule dans le salon de Scarlett et les «gens nouveaux» auxquels elle avait vendu du bois de construction en firent autant. Rhett lui démontra qu'ayant été en relation d'affaires avec eux elle se devait de les recevoir et, les ayant reçus, elle trouva leur compagnie fort agréable. Les femmes portaient de ravissantes toilettes et ne parlaient jamais ni de la guerre, ni de la dureté des temps, car leur conversation roulait uniquement sur la mode, sur les scandales qui éclataient et sur le whist. Scarlett n'avait jamais joué aux cartes auparavant, mais elle se mit au whist avec plaisir et devint rapidement une excellente joueuse.

Chaque fois qu'elle se trouvait à l'hôtel, son appartement s'emplissait d'une foule de joueurs de whist, mais elle n'était pas souvent chez elle, car la construction de sa maison lui prenait trop de temps. À cette époque-là, ça lui était absolument indifférent de recevoir ou de ne pas recevoir de visites. Son rôle mondain ne commencerait que le jour où, sa maison achevée, elle posséderait la plus vaste demeure d'Atlanta et y présiderait aux réceptions les plus courues de la ville.

Tout au long des chaudes journées d'été, elle regarda s'élever peu à peu sa maison de pierre rouge qui se couvrit de bardeaux gris et finit par dépasser toutes les autres maisons de la rue du Pêcher. Scarlett en oubliait son magasin et ses scieries. Elle passait son temps sur le chantier à discuter avec les charpentiers, à se prendre de bec avec les maçons, à harceler l'entrepreneur. Une fois le gros œuvre terminé, Scarlett pensa avec satisfaction que sa maison serait la plus grande et la plus belle de la ville. Elle serait même encore plus imposante que la demeure des James, qui s'élevait non loin de là et que l'on venait d'acheter pour servir de résidence officielle au gouverneur Bullock.

Les balustrades et les larmiers de la demeure du gouverneur avaient beau être chantournés, ils n'en étaient pas moins ridiculisés par les ornements compliqués qui embellissaient la maison de Scarlett. La demeure du gouverneur comportait une salle de bal, mais celle-ci était ramenée aux dimensions d'une table de billard à côté de la salle de bal qui, chez Scarlett, occupait tout le troisième étage. En fait, la nouvelle maison éclipsait toutes celles de la ville, y compris la résidence du gouverneur. Nulle part on ne pouvait voir autant de coupoles, de petites et de grandes tours, de balcons, de paratonnerres et de fenêtres aux vitraux colorés.

Une véranda faisait tout le tour du bâtiment et l'on y accédait par quatre escaliers disposés sur chacune des faces. Le vaste jardin était semé de verdure et garni de bancs rustiques en fer. On y avait élevé une serre, garantie du plus pur style gothique, et deux grandes statues en fer dont l'une représentait un cerf et l'autre un dogue, gros comme un poney des Shetland. Pour Wade et Ella, un peu ahuris par les dimensions, le luxe et l'obscurité de bon ton de leur nouveau foyer, ces deux animaux de métal étaient les seules notes réconfortantes.

À l'intérieur, la maison fut meublée selon le vœu de Scarlett. Une épaisse moquette rouge recouvrait tout le plancher. Des tentures de velours rouge dissimulaient les portes. Les meubles, dernier cri, étaient en noyer passé au vernis noir et sculptés partout où il y avait eu un pouce de bois à tailler. Quant aux sièges, ils étaient si bien rembourrés de crin que les dames devaient s'y asseoir avec les plus grandes précautions pour ne pas glisser par terre. Tous les murs s'ornaient de longs trumeaux et de glaces enchâssées dans des cadres dorés, ce qui fit dire à Rhett, d'une voix nonchalante : « On se croirait presque chez Belle Watling. » Entre les glaces étaient suspendues des gravures sur acier aux cadres massifs que Scarlett avait commandées spécialement à New York et dont certaines avaient jusqu'à deux mètres cinquante de long. Les murs étaient tendus d'un papier sombre, les pièces étaient très hautes de plafond et la maison était toujours plongée dans une demi-obscurité, car aux fenêtres pendaient des rideaux en peluche de couleur prune qui arrêtaient presque toute la lumière du jour.

À tout prendre, c'était une demeure à en tomber raide de saisissement et Scarlett, tout en foulant les tapis épais et en s'abandonnant au moelleux des lits, se rappelait les planchers froids et les paillasses de Tara et ne s'estimait pas mécontente. Elle considérait sa maison comme la plus belle et la plus élégante qu'elle eût jamais vue ; par contre, Rhett déclara que c'était un cauchemar. Cependant, puisqu'elle était heureuse, eh bien ! tant mieux.

– Quelqu'un qui ne vous connaîtrait pas saurait tout de suite que cette maison a été bâtie avec de l'argent mal acquis, dit-il. Vous savez cela, Scarlett. Bien mal acquis ne profite jamais, et notre maison est une vivante illustration de cet axiome. C'est exactement la maison que construirait un profiteur.

Mais Scarlett, débordante de joie et d'orgueil, la tête farcie de projets de réceptions qu'elle donnerait quand elle et son mari seraient complètement installés, pinça l'oreille de Rhett d'un geste mutin et se contenta de dire : « Taratata ! »

Elle savait maintenant que Rhett aimait à lui rabattre le caquet et que si elle avait le malheur de prendre ses saillies au sérieux il trouvait le moyen de lui gâcher tout son plaisir. Dans ces cas-là, une dispute s'ensuivait toujours, mais Scarlett ne tenait guère à croiser le fer avec Rhett, car elle avait régulièrement le dessous. Elle préféra donc faire la sourde oreille à ce qu'il disait et elle essaya, tout au moins pendant un certain temps, de tourner en dérision ce qu'elle était forcée d'entendre.

Pendant leur voyage et pendant la plus grande partie de leur séjour à l'Hôtel National, Rhett et Scarlett avaient vécu en bons termes, mais à peine se furent-ils installés dans leur maison, où Scarlett s'entoura aussitôt de ses nouveaux amis, que de brusques et violentes querelles éclatèrent entre eux. C'étaient des querelles de courte durée, car Scarlett ne pouvait pas tenir tête bien longtemps à Rhett, qui accueillait ses injures avec une indifférence glaciale et guettait patiemment l'instant de la frapper au défaut de la cuirasse. Scarlett cherchait toujours à envenimer le débat, tandis que Rhett se contentait de lui dire ce qu'il pensait d'elle, de ses actes, de sa maison et de ses nouvelles relations, et il lui arrivait de porter des jugements de telle nature que Scarlett ne pouvait pas les prendre comme de simples boutades.

Par exemple, lorsqu'elle décida de donner au « magasin général Kennedy » un titre plus ronflant, elle demanda à Rhett de lui trouver un nom qui renfermât le mot « Emporium[1] ». Rhett proposa « Caveat

1. Emporium veut dire « grand magasin ». Nous avons conservé le terme anglais pour rendre possible le jeu de mots de Rhett *(N.d.T.)*.

Emporium» et assura à sa femme que rien ne conviendrait mieux au genre de marchandises vendues dans le magasin. Scarlett pensa que ce titre avait fière allure et alla même jusqu'à commander une enseigne. Heureusement pour elle, Ashley, assez gêné, se vit dans l'obligation de lui expliquer le sens véritable de ces deux mots et Rhett, bien entendu, rit à gorge déployée du bon tour qu'il avait joué à Scarlett, folle de rage.

Et puis, il y avait la façon dont il se comportait avec Mama. Mama n'était jamais revenue sur son opinion sur Rhett qui, pour elle, restait une mule sous des harnais de cheval. Elle était très polie avec lui, mais lui manifestait une grande froideur. Elle l'appelait toujours «cap'taine Butler», jamais «missié Rhett». Elle ne le remercia même pas lorsqu'il lui offrit le jupon et ne porta jamais celui-ci. Elle tenait le plus possible Ella et Wade à l'écart de Rhett, bien que Wade adorât l'oncle Rhett et que l'oncle Rhett eût manifestement beaucoup d'affection pour le jeune garçon. Cependant, au lieu de renvoyer Mama ou d'être sec et dur avec elle, Rhett l'entourait de prévenances et la traitait en fait avec infiniment plus de courtoisie qu'il ne traitait Scarlett elle-même. Il demandait toujours à Mama la permission d'emmener Wade à cheval et la consultait avant d'acheter des poupées à Ella. Et Mama avait bien du mal à rester polie avec lui.

Scarlett trouvait que Rhett aurait dû prendre plus à cœur son rôle de chef de famille et se montrer plus ferme avec Mama, mais Rhett se contentait de rire et de déclarer que c'était Mama le véritable chef de la famille.

Il mettait Scarlett hors d'elle en lui disant que dans quelques années, lorsque les Républicains ne tiendraient plus la Géorgie sous leur coupe et que les Démocrates seraient revenus au pouvoir, elle regretterait amèrement sa conduite.

– Quand les Démocrates auront un gouverneur, et une Législature à eux, tous vos nouveaux amis de bas étage seront balayés de la scène et renvoyés à leurs tavernes et à leurs grottes. Et vous vous retrouverez gros Jean comme devant, sans aucune relation. C'est ça, c'est ça, ne songez pas au lendemain.

Scarlett riait et non sans raison, car, à cette époque-là, Bullock n'avait rien à craindre pour son poste de gouverneur. Vingt-sept nègres avaient été élus à la Législature, et des milliers de Démocrates étaient privés du droit de vote.

– Les Démocrates ne reviendront jamais au pouvoir. Ils passent leur temps à exciter davantage les Yankees et à compromettre leurs chances de reconquérir le terrain perdu. Ils ne font que palabrer et organiser des sorties nocturnes avec le Klan.

– Ils reviendront. Je connais les Sudistes. Je connais les Géorgiens. Ils sont aussi énergiques que têtus. Même s'ils doivent déclarer une nouvelle guerre pour revenir, même s'ils doivent acheter les votes des nègres comme les Yankees, ils n'hésiteront pas. Même s'ils doivent faire voter dix mille morts, comme l'ont fait les Yankees, tous les hommes enterrés dans les cimetières de Géorgie prendront part au vote. Les choses commencent à prendre si mauvaise tournure sous la clémente domination de votre cher ami Rufus Bullock, que la Géorgie ne va pas tarder à vomir ce personnage.

– Rhett, n'employez pas des mots aussi vulgaires! s'exclama Scarlett. Vous parlez comme si je ne devais pas être ravie de voir les Démocrates revenir au pouvoir. Croyez-vous que ça me plaise de voir partout ces soldats qui me rappellent... croyez-vous que j'aime... voyons, mais je suis une Géorgienne, moi aussi. Je serais enchantée du retour des Démocrates, mais ils ne reviendront pas. Et même s'ils revenaient, en quoi cela nuirait-il à mes amis? Ne conserveraient-ils pas leur fortune?

– S'ils savent la conserver, mais au train où ils vont, je doute que certains d'entre eux soient capables de la garder plus de cinq ans. Plus facilement on gagne de l'argent, plus vite on le dépense. Leur argent ne les améliorera pas, pas plus que le mien ne vous a améliorée. En tout cas, mon argent ne vous a pas encore changée en cheval, n'est-ce pas, ma jolie mule?

La brouille qui suivit cette dernière remarque dura longtemps. Après que Scarlett eut boudé pendant quatre jours et fait comprendre tacitement qu'elle attendait des excuses, Rhett partit pour La Nouvelle-Orléans et emmena Wade avec lui, malgré les protestations de Mama. Il resta absent jusqu'à ce que la colère de sa femme fût apaisée, mais Scarlett lui en voulut toujours de ne pas avoir cédé. Quand il revint de La Nouvelle-Orléans, froid et impénétrable, Scarlett ravala de son mieux sa rancœur. Pour le moment, elle voulait avoir l'esprit libre de toute préoccupation et se consacrer entièrement à la première réception qu'elle allait donner chez elle. Ce serait une grande soirée avec plantes vertes et orchestre et un souper qui lui en faisait venir l'eau à la bouche. Elle comptait inviter tous les gens qu'elle connaissait à Atlanta, tous ses vieux amis, et tous les nouveaux, toutes les personnes charmantes dont elle avait fait la connaissance depuis son retour de voyage de noces. Dans la fièvre où elle vivait, elle en arrivait presque à oublier les traits décochés par Rhett et elle était heureuse, plus heureuse qu'elle ne l'avait été depuis des années.

Oh ! quel plaisir d'être riche, de donner des réceptions et de ne jamais calculer ses dépenses ! Quel plaisir d'acheter les meubles et les robes les plus chers, de manger ce qu'il y avait de meilleur et de ne jamais s'occuper des factures ! Que c'était donc merveilleux de pouvoir envoyer des chèques à tante Pauline et à tante Eulalie à Charleston et d'autres chèques encore à Will Benteen à Tara ! Dire que les envieux prétendaient qu'il n'y avait pas que l'argent qui comptait !

Scarlett envoya les cartes d'invitation à tous ses amis et connaissances, aux anciens comme aux nouveaux, même à ceux pour lesquels elle n'avait aucune sympathie. Elle ne fit d'exception ni pour Mme Merriwether, qui avait été presque grossière lorsqu'elle lui avait rendu visite à l'Hôtel National, ni pour Mme Elsing, qui avait observé une attitude glaciale. Elle invita Mme Meade et Mme Whiting, qui ne la portaient pas dans leur cœur et qui, elle le savait, seraient fort gênées parce qu'elles n'avaient pas de toilettes assez convenables pour assister à une réunion aussi élégante. En effet, la pendaison de crémaillère de Scarlett, autrement dit la « cohue », selon le terme à la mode employé pour définir ce genre de soirées, qui tenaient du bal et de la réception, fut de loin la plus somptueuse qu'Atlanta eût jamais vue.

Ce soir-là, la maison et les vérandas, tendues de vélums, s'emplirent d'invités qui buvaient du punch au champagne, engloutissaient des pâtés en croûte et des huîtres à la crème et dansaient au son d'un orchestre soigneusement dissimulé derrière un rideau de plantes vertes. Pourtant, en dehors de Mélanie et d'Ashley, de tante Pitty et de l'oncle Henry, du docteur et de Mme Meade, ainsi que du grand-père Merriwether, aucun de ceux que Rhett avait appelés « la Vieille Garde » n'assista à la réunion.

Bon nombre de membres de la Vieille Garde avaient décidé à contrecœur de se rendre à la « cohue ». Quelques-uns avaient accepté à cause de Mélanie, d'autres parce qu'ils estimaient avoir une dette envers Rhett, qui avait sauvé leur vie et celles de leurs parents. Mais, deux jours auparavant, le bruit s'était répandu dans Atlanta que le gouverneur Bullock avait été invité. La Vieille Garde manifesta son mécontentement par une avalanche de cartes dans lesquelles chacun exprimait son regret de ne pouvoir accepter l'aimable invitation de Scarlett. Quant aux vieux amis, venus quand même, leur petit groupe, gêné mais résolu, battit en retraite dès l'arrivée du gouverneur.

Scarlett fut si estomaquée et si mortifiée par cet affront que toute sa soirée en fut gâchée. Son élégante « cohue » ! Elle l'avait préparée avec tant d'amour et il y avait eu à peine de vieux amis et pas du tout de vieux ennemis pour en admirer la splendeur ! Lorsque le dernier invité se fut retiré à la pointe du jour, elle aurait fondu en larmes et donné libre cours à sa colère si elle n'avait craint que Rhett n'éclatât de rire, si elle n'avait pas eu peur de lire dans ses yeux noirs et pétillants un « je vous l'avais bien dit ». Elle se domina tant bien que mal et joua l'indifférence.

Elle se rattrapa le lendemain matin en s'offrant le luxe de faire une scène à Mélanie.

– Tu m'as insultée, Melly Wilkes, et tu as poussé Ashley et les autres à m'insulter également ! Tu sais très bien qu'ils ne seraient jamais rentrés chez eux aussi tôt, si tu ne les avais pas entraînés. Oh ! je t'ai bien vue ! Juste au moment où je cherchais le gouverneur Bullock pour te le présenter, tu t'es sauvée comme un lapin !

– Je ne croyais pas… je ne pouvais pas croire qu'il serait là, répondit Mélanie au supplice. Même pas avec ce que tout le monde disait…

– Tout le monde ? Ainsi, tout le monde jase et s'en prend à moi, n'est-ce pas ? s'écria Scarlett avec fureur. Tu veux dire que si tu avais su que le gouverneur serait là tu ne serais pas venue toi non plus ?

– Non, murmura Mélanie en fixant le plancher. Non, ma chérie, je n'aurais pas pu venir.

– Oh ! ça, par exemple ! Alors, tu m'aurais fait le même affront que les autres !

– Oh ! je t'en supplie, s'exclama Mélanie, désespérée. Je n'ai pas voulu te faire de peine. Tu es une sœur pour moi, ma chérie, tu es la veuve de Charlie et je…

Elle posa une main timide sur le bras de Scarlett, mais celle-ci la repoussa et regretta amèrement de ne pouvoir brailler aussi fort que Gérald lorsqu'il était en colère. Cependant, Mélanie ne se tint pas pour battue. Les yeux dans les yeux verts et étincelants de Scarlett, elle se raidit et adopta une attitude remplie de dignité, qui contrastait singulièrement avec son corps et son visage d'enfant.

– Je suis navrée que tu sois vexée, ma chère, mais il m'était aussi impossible de tendre la main au gouverneur Bullock qu'à un Républicain ou à un Scallawag quelconque. Que ce soit chez toi ou ailleurs, je ne veux pas fréquenter ces gens-là, même si je dois… si je dois… (Mélanie chercha l'épithète qui exprimât le mieux sa pensée)… oui, même si je dois être grossière.

– Tu me reproches mes fréquentations ?

– Non, ma chère, mais ces gens-là sont tes amis et non les miens.

– Tu me reproches d'avoir reçu le gouverneur chez moi ?

Mise au pied du mur, Mélanie n'en regarda pas moins Scarlett sans sourciller.

– Ma chérie, quand tu fais quelque chose, tu obéis toujours à un motif sérieux. Je t'aime et j'ai confiance en toi, et ce n'est pas moi qui t'adresserais des reproches. Je ne tolérerais pas non plus que l'on dise du mal de toi en ma présence. Mais, Scarlett. Oh ! voyons ! et brusquement les paroles jaillirent des lèvres de Mélanie à flots précipités. (Paroles âpres et violentes, prononcées d'une voix assourdie par la haine.) Peux-tu oublier ce que ces gens nous ont fait ! Peux-tu oublier la mort de notre Charles chéri, la santé d'Ashley ébranlée, ruinée, l'incendie des Douze Chênes ? Oh ! Scarlett, tu ne peux tout de même pas oublier cet homme épouvantable que tu as tué, après qu'il eut mis la main sur la boîte à couture de ta mère ! Tu ne peux pas oublier le passage des hommes de Sherman à Tara, de ces bandits qui sont allés jusqu'à voler notre linge de corps, qui ont failli brûler la maison et qui ont osé s'emparer du sabre de papa ! Oh ! Scarlett, ce sont ces mêmes gens qui nous ont volés, qui nous ont torturés, qui nous ont laissés mourir de faim, que tu as invités à ta réception ! Ces mêmes gens qui ont permis aux nègres de nous imposer leur loi, qui nous dépouillent et qui empêchent nos hommes de voter ! Moi je ne peux pas oublier et je n'oublierai pas. Je ne veux pas que mon petit Beau oublie et j'enseignerai à mes petits-enfants à haïr ces gens… et aux petits-enfants de mes petits-enfants si Dieu me prête vie jusque-là ! Scarlett, comment peux-tu oublier ?

Mélanie s'arrêta pour reprendre haleine, et Scarlett la regarda, stupéfaite, arrachée à sa propre colère par la violence de ces paroles.

– Me prends-tu pour une imbécile ? fit-elle avec impatience. Bien entendu je me rappelle ! Mais tout cela appartient au passé, Melly. Désormais, notre rôle est de faire contre mauvaise fortune bon cœur et je m'y emploie. Le gouverneur Bullock et certains Républicains parmi les plus convenables peuvent nous être très utiles, si nous savons mener notre barque.

– Il n'y a pas de gens convenables parmi les Républicains, déclara catégoriquement Mélanie. Et je ne veux pas de leur aide. Je ne veux pas faire contre mauvaise fortune bon cœur, quand il s'agit de s'abaisser devant les Yankees.

– Grand Dieu, Mélanie ! On n'a pas idée de se mettre dans des états pareils !

– Oh ! s'écria Mélanie, qui parut soudain prise de remords. Évidemment, je suis allée un peu loin ! Scarlett, je ne voulais ni te blesser, ni te blâmer. Personne n'a la même opinion et tout le monde a le droit de penser ce qu'il veut. Voyons, ma chérie, je t'aime et tu le sais, et quoi que tu fasses rien n'altérera mon affection pour toi. Et toi, tu m'aimes toujours, n'est-ce pas ? Je ne te suis pas devenue odieuse, au moins ? Scarlett, je ne pourrais pas supporter qu'il y eût quelque chose entre nous… après toutes les épreuves que nous avons traversées ensemble ! Dis-moi que tu ne m'en veux pas !
– Ça va, ça va, Melly ! En voilà une tempête dans un verre d'eau ! fit Scarlett d'un ton boudeur, mais sans repousser sa belle-sœur, qui l'avait prise par la taille.
– Allons, nous voilà réconciliées, s'écria Mélanie, enchantée, mais elle ajouta doucement : Je veux que nous continuions à nous voir comme avant, ma chérie. Seulement tu me feras savoir quels jours tu reçois tes Républicains et tes Scallawags et, ces jours-là, je n'irai pas chez toi.
– Tu sais, ça m'est totalement indifférent que tu viennes ou que tu ne viennes pas chez moi, déclara Scarlett, qui remit son chapeau et partit en colère.

Au cours des semaines qui suivirent sa soirée, Scarlett eut bien du mal à feindre son mépris total de l'opinion publique. En dehors de Mélanie et de Pitty, d'Ashley et de l'oncle Henry, aucune de ses anciennes relations ne vint la voir et personne ne l'invita aux modestes réceptions que donnaient les vieilles familles d'Atlanta. Elle en fut sincèrement peinée. N'avait-elle donc pas fait les premiers pas pour conclure la paix et montrer à ces gens qu'elle ne leur en voulait pas d'avoir tenu sur elle des propos désobligeants ? Ils devaient pourtant se douter qu'elle n'avait pas plus de sympathie qu'eux-mêmes pour le gouverneur Bullock, mais qu'il valait mieux se mettre bien avec lui. Les imbéciles ! Si tout le monde se mettait bien avec les Républicains, la Géorgie ne serait pas longue à sortir du guêpier où elle se trouvait.
Scarlett ne se rendait pas compte, alors, que, d'un seul coup, elle avait rompu à jamais le lien fragile qui la rattachait au passé et aux amis d'autrefois. Mélanie elle-même, malgré son influence, ne pouvait pas rattacher ce fil ténu comme un fil de la Vierge. D'ailleurs, Mélanie, effarée, le cœur brisé, mais toujours loyale, ne faisait rien pour cela. Même si Scarlett avait voulu renouer avec le passé, elle en

eût été incapable désormais. La ville entière lui tournait le dos. La haine implacable qui enveloppait le régime Bullock s'étendait sur elle aussi. Elle était passée à l'ennemi. Sa naissance, ses relations de famille ne comptaient plus. On la rangeait dorénavant dans la catégorie des tourne-casaque, des partisans des noirs, des traîtres, des Républicains et des Scallawags.

Après avoir souffert un certain temps sous son masque d'indifférence, Scarlett finit par reprendre le dessus et laisser parler sa véritable nature. Elle n'était pas femme à se laisser abattre bien longtemps par les changements d'attitude de l'espèce humaine ou à se lamenter toute sa vie sur un échec. Elle ne tarda pas à faire litière des commérages des Merriwether, des Elsing, des Whiting, des Bonnell, des Meade et de tant d'autres. Qu'on dise d'elle ce qu'on voulait. Elle s'en moquait pas mal puisque Mélanie continuait de venir chez elle et amenait Ashley. Or voir Ashley était pour elle ce qui comptait le plus. Et puis, il y avait des tas de gens qui ne demandaient pas mieux que d'assister à ses réunions, des gens bien plus sympathiques que ces vieilles bonnes femmes à l'esprit borné. Chaque fois qu'elle donnerait une réception, elle ne serait pas en peine de remplir sa maison d'invités bien plus gais, bien plus élégants que tous ces idiots et toutes ces idiotes guindés et mal fagotés qui lui reprochaient sa conduite !

Tous ces gens auxquels elle pensait étaient des nouveaux venus à Atlanta. Certains étaient des camarades de Rhett, d'autres se livraient avec lui à de mystérieuses opérations qu'il se contentait d'appeler « de simples affaires, mon chou ! ». D'autres étaient des ménages dont Scarlett avait fait la connaissance à l'Hôtel National, d'autres enfin étaient des fonctionnaires nommés par le gouverneur Bullock.

Le milieu dans lequel évoluait Scarlett était des plus mélangés. Parmi ses nouvelles relations se trouvaient les Gelert, qui avaient vécu tour à tour dans une douzaine d'États et avaient dû chaque fois plier bagage en hâte à la suite d'histoires plus ou moins louches ; les Connington, dont les accointances avec le Bureau des Affranchis d'un État lointain leur avaient permis de réaliser une fortune, au détriment des nègres qu'ils étaient censés protéger ; les Deal, qui avaient vendu des chaussures de « carton » au gouvernement confédéré jusqu'au jour où ils s'étaient vus dans la nécessité d'aller passer un an en Europe ; les Hundon, qui avaient eu maille à partir avec la police de différentes cités, mais n'en soumissionnaient pas moins avec succès pour le compte du gouvernement ; les Carahan, qui avaient d'abord tenu un tripot et qui maintenant risquaient des sommes énormes, avec l'argent de l'État, sur des chemins de fer qui n'existaient pas ; les Flaherty, qui, en 1861, avaient acheté du sel à un cent la livre et qui l'avaient revendu à cinquante cents en 1863, et les Bart, qui avaient dirigé, pendant la guerre, la maison de tolérance la mieux achalandée d'une grande ville du Nord et qui, maintenant, fréquentaient les hautes sphères du monde des Carpetbaggers.

Ces gens-là étaient devenus les amis intimes de Scarlett, mais, parmi ceux qui assistaient à ces réceptions, figuraient des personnes assez cultivées et assez distinguées, dont plusieurs étaient même d'excellentes familles. Outre la fine fleur des Carpetbaggers, des gens du Nord fort recommandables venaient s'installer à Atlanta, où ils étaient attirés par l'activité trépidante que présentait la ville en cette période de reconstruction et d'expansion. De riches familles yankees envoyaient leurs jeunes fils dans le Sud, afin de prospecter de nouveaux territoires. Après avoir quitté l'armée, des officiers yankees établissaient leurs foyers dans cette cité dont ils avaient eu tant de mal à s'emparer. Étrangères dans une ville étrangère, toutes ces personnes acceptèrent d'abord avec empressement les invitations de la riche et hospitalière Mme Butler, mais elles ne tardèrent pas à lui battre froid. Il ne leur fallut pas longtemps en effet pour se rendre compte de ce que valaient les Carpetbaggers et elles apprirent à les haïr autant que les haïssaient les véritables Géorgiens. Bon nombre d'entre elles devinrent Démocrates et plus sudistes que les Sudistes eux-mêmes.

D'autres continuaient, à leur corps défendant, de fréquenter le salon de Scarlett, uniquement parce qu'en dehors d'elle personne ne voulait les recevoir. Ils eussent de beaucoup préféré les salons tranquilles de la Vieille Garde, mais la Vieille Garde s'opposait à tout commerce avec eux. Parmi ces derniers se trouvaient les professeurs yankees qui étaient partis pour le Sud gonflés du désir de relever le niveau intellectuel des nègres et des Scallawags qui, imbus de la tradition démocratique, n'en avaient pas moins rallié le parti républicain, après la reddition.

On eût été bien en peine de dire qui, des professeurs yankees ou des Scallawags, inspirait la plus franche haine aux anciens habitants de la ville ; néanmoins, la balance penchait plutôt du côté des Scallawags. On pouvait toujours régler la question des professeurs d'un « Que peut-on attendre de Yankees entichés des nègres ! Ils se figurent que les nègres les valent ! » Mais, pour les Géorgiens qui s'étaient faits Républicains, il n'y avait aucune excuse.

Bon nombre d'ex-soldats confédérés avaient connu cette peur qui s'emparait des hommes lorsqu'ils voyaient leur famille dans la misère et ils se montraient plus tolérants envers d'anciens camarades passés au parti adverse pour que les leurs ne mourussent pas de faim. Mais les femmes restaient implacables. La Cause leur était plus chère, maintenant qu'elle était perdue, qu'au temps de sa gloire. On en faisait une sorte de fétiche. Tout ce qui s'y rapportait était sacré : les tombes de ceux qui étaient morts pour elle, les champs de bataille, les drapeaux en loques, les sabres accrochés dans les vestibules, les lettres jaunies jadis expédiées du front, les vétérans. Les femmes étaient impitoyables pour les anciens ennemis, et désormais Scarlett était rangée parmi les ennemis.

Dans cette société aux éléments disparates, réunis par les exigences de la situation politique, il n'y avait qu'un point commun : l'argent. Comme la plupart de ces gens n'avaient jamais eu, avant la guerre, plus de vingt-cinq dollars en poche, ils étaient maintenant lancés dans une frénésie de dépenses comme Atlanta n'en avait jamais connu.

Avec l'avènement des Républicains au pouvoir, la ville entra dans une ère de prodigalités et de fastes dont tous les raffinements n'arrivaient pas à cacher la bassesse et le vice. Jamais le fossé entre les plus riches et les plus pauvres n'avait été aussi profond. Ceux qui occupaient le haut de l'échelle ne se souciaient nullement des moins fortunés, à l'exception des nègres, bien entendu. Rien n'était trop beau pour eux. Il fallait pour eux les meilleures écoles et les meilleurs logements, les vêtements les plus confortables, les distractions les plus recherchées, car ils représentaient la force politique et chacun de leur vote comptait. Par contre les gens d'Atlanta ruinés par la guerre auraient pu mourir de faim et s'affaisser dans la rue, les Républicains nouvellement enrichis n'auraient même pas levé le bout du petit doigt.

Jeune mariée, belle et provocante avec ses toilettes luxueuses, solidement soutenue par la fortune de Rhett, Scarlett, triomphante, se laissait emporter sur la crête de cette vague de vulgarité. L'époque lui convenait. Grossièreté et arrogance, rudesse et poudre aux yeux, trop de femmes parées comme des idoles, trop d'intérieurs clinquants, trop de bijoux et de chevaux, trop de plats sur les tables et trop de whisky. Lorsque, par hasard, elle y pensait, elle se disait que, d'après les principes d'Ellen, aucune des femmes de son entourage n'était une véritable femme du monde. Mais, depuis le jour lointain où, dans le salon de Tara, elle avait décidé de devenir la maîtresse de Rhett, elle avait trop souvent enfreint les principes d'Ellen pour en avoir du remords. Ses nouveaux amis n'étaient peut-être pas, à proprement parler, des hommes et des femmes du monde, mais comme les amis de Rhett à

La Nouvelle-Orléans ils étaient si amusants ! Tellement plus amusants que ses anciens amis d'Atlanta, qui passaient leur temps à l'église ou à lire Shakespeare. En dehors du court intervalle de sa lune de miel, elle ne s'était jamais autant amusée depuis fort longtemps. Jamais non plus elle n'avait éprouvé une telle impression de sécurité. Maintenant qu'elle se sentait à l'abri de tout danger, elle ne songeait qu'à danser, à jouer, à faire la folle, à se gaver de bonnes choses et de bon vin, à se parer d'étoffes de soie et de satin, à se vautrer sur des lits et des sofas moelleux. Et elle s'en donnait à cœur joie. Encouragée par la tolérance amusée de Rhett, débarrassée de toutes les contraintes de son enfance, délivrée de la crainte de retomber dans la misère, elle s'offrait le luxe dont elle avait toujours rêvé : n'en faire qu'à sa tête et envoyer promener les gens qui ne lui plaisaient pas.

Elle avait appris à connaître cette délicieuse griserie propre à ceux dont le mode d'existence est une insulte à la société organisée, l'ivresse propre au joueur, à celui qui monte une escroquerie, à l'aventurière de haut vol, à tous ceux qui réussissent grâce à leur audace et à leur cran. Elle disait et faisait exactement tout ce dont elle avait envie et, presque du jour au lendemain, son insolence ne connut plus de bornes.

Elle n'hésitait pas à traiter de haut ses nouveaux amis républicains et Scallawags, mais jamais elle n'était plus insolente ni plus grossière qu'avec les officiers yankees de la garnison et les membres de leurs familles. Parmi les gens dont la masse hétéroclite avait fondu sur Atlanta, seuls les militaires se virent interdire la porte de Scarlett. Il n'y avait pas que Mélanie qui fût incapable d'oublier ce que signifiait un uniforme bleu. Pour Scarlett, cet uniforme avec ses boutons dorés évoquerait toujours les craintes du siège, la terreur de la fuite, le pillage et l'incendie, la misère et le travail forcé. Maintenant qu'elle était riche et qu'elle était protégée par l'amitié du gouverneur et de nombreux Républicains influents, elle pouvait malmener à sa guise les uniformes bleus, et elle ne s'en privait pas.

Un jour, Rhett lui fit remarquer nonchalamment que la plupart des hommes qu'elle recevait sous son toit portaient ce même uniforme bleu, il n'y avait pas si longtemps encore. Elle répliqua qu'un Yankee n'avait l'air d'un Yankee que sous l'uniforme bleu, ce à quoi Rhett riposta : « Constance, tu es un joyau précieux ! » et haussa les épaules.

Scarlett haïssait la couleur qu'ils portaient et prenait d'autant plus de plaisir à leur faire subir toutes sortes d'affronts qu'à chaque fois ils en tombaient des nues. Les officiers et leurs familles pouvaient s'étonner à juste titre d'un pareil traitement, car la plupart d'entre eux étaient des gens tranquilles et bien élevés qui, se trouvant bien seuls dans un pays hostile, ne pensaient qu'à retourner chez eux et avaient un peu honte de la canaille dont ils étaient obligés de soutenir le pouvoir. En fait, ces gens appartenaient à un milieu infiniment plus élevé que celui des commensaux de Scarlett. Les épouses des officiers étaient ahuries que la brillante Mme Butler attirât sur son cœur des créatures aussi communes que cette Bridget Flaherty, avec ses cheveux rouges et, au contraire, n'eût que mépris pour elles.

Cependant, les dames que Scarlett attirait sur son cœur n'avaient pas toujours à se louer de ses procédés, mais elles supportaient joyeusement le mal. Pour elles, Scarlett ne représentait pas seulement la richesse et l'élégance, mais encore l'ancien régime, avec ses vieux noms, ses vieilles familles, et ses traditions. Les vieilles familles, auprès desquelles elles auraient tant voulu s'introduire, avaient beau consigner leur porte à Scarlett, les dames de la nouvelle aristocratie n'en savaient rien. Elles savaient uniquement que le père de Scarlett avait été un grand propriétaire d'esclaves et sa mère une Robillard de Savannah et que son mari était Rhett Butler, de Charleston. Cela leur suffisait. Scarlett était pour elles le premier coin qu'elles enfonçaient dans cette société où elles tenaient tant à pénétrer, cette société représentée par des gens qui les méprisaient, ne leur rendaient pas leurs invitations et les saluaient à peine à l'église. Mais Scarlett était encore plus que cela. Pour ces femmes, fraîchement arrachées à leurs débuts obscurs, Scarlett, à elle seule, constituait la société. Femmes du monde de pacotille, elles ne voyaient pas plus que Scarlett ce qu'il y avait de faux dans son attitude. Elles la mesuraient à leur aune et supportaient avec une égale bonne grâce ses grands airs, ses minauderies, ses accès de colère, son arrogance, sa grossièreté et la franchise brutale avec laquelle elle leur signalait leurs bévues.

Elles étaient sorties du néant depuis si peu de temps, elles étaient si peu sûres d'elles-mêmes qu'elles tenaient doublement à passer pour raffinées et n'osaient pas riposter, de peur de révéler leur véritable nature et de ne pas être prises pour des femmes du monde. Il fallait, coûte que coûte, qu'on les considérât comme des dames. Elles feignaient la délicatesse, la modestie et l'innocence la plus grande. À les entendre parler on aurait pu croire qu'elles n'avaient point de jambes, n'accomplissaient aucune fonction naturelle et restaient plongées dans l'ignorance de ce monde méchant. Personne n'aurait pu se figurer que Bridget Flaherty, avec sa peau blanche à défier le soleil et son accent irlandais à couper au couteau, eût volé les économies de son père, pour aller s'engager comme femme de chambre dans un hôtel de New York. En observant Sylvia Connington (jadis Sadie Belle) et Mamie Bart, on ne se serait jamais douté que la première avait grandi dans une chambre au-dessus du café tenu par son père dans le Bowery[2] et avait servi les clients les jours d'affluence, ou bien que la seconde, d'après les mauvaises langues, avait été choisie par son mari parmi les pensionnaires d'une maison de tolérance dont il était le propriétaire. Non, toutes ces femmes étaient désormais des créatures délicates et rangées.

Les hommes, bien qu'ils eussent souvent gagné beaucoup d'argent, apprenaient les bonnes manières avec moins de facilité ou se soumettaient moins patiemment aux exigences de leur nouvelle position sociale. Ils buvaient sec aux réceptions de Scarlett, beaucoup trop sec même, et les soirées ne se terminaient guère sans qu'un ou plusieurs invités fussent obligés de rester coucher. En tout cas, ils ne buvaient pas comme les hommes que Scarlett avait connus lorsqu'elle était jeune fille. Abrutis par l'alcool, ils demeuraient stupides, ignobles à voir ou obscènes. En outre, quel que fût le nombre de crachoirs que Scarlett faisait disposer bien en vue de ses hôtes, les lendemains de réception, les tapis étaient toujours maculés de jus de tabac.

Scarlett, au fond, méprisait ces gens-là, mais, comme ils l'amusaient, elle leur ouvrait toute grande sa maison. Et puis, comme elle les méprisait, elle se permettait de les envoyer au diable chaque fois qu'ils l'agaçaient. Néanmoins, ils supportaient stoïquement toutes ces avanies.

Ils allaient jusqu'à supporter Rhett, ce qui était un véritable tour de force, car Rhett lisait dans leur jeu, et ils s'en rendaient compte. Il n'hésitait pas à les mettre à nu d'une seule phrase, même sous son propre toit et toujours d'une manière qui ne leur laissait pas place à la réplique. Rhett n'éprouvait aucune honte de la façon dont il avait amassé sa fortune et, feignant de croire que ces hommes, eux non plus, ne rougissaient pas de leurs origines, il manquait rarement de faire allusion à ces choses que, d'un commun accord, chacun estimait devoir laisser dans une obscurité de bon aloi.

Personne ne savait s'il ne déclarerait pas d'un ton affable, tout en buvant une coupe de punch : « Ralph, si j'avais eu deux grains de bon sens, j'aurais gagné de l'argent en vendant, comme vous, des actions

2. Quartier de New York célèbre, aux environs de 1850, par son pittoresque louche et les scènes épiques qui s'y déroulaient entre bandes rivales *(N.d.T.)*.

de mines d'or à des veuves et à des orphelins, au lieu de m'en aller courir le blocus. C'est tellement plus sûr. – Eh bien ! Bill, je vois que vous avez une nouvelle paire de chevaux. Vous avez dû placer encore quelques milliers de titres pour des chemins de fer qui n'existent pas ? Voilà du bon travail, mon vieux. – Félicitations, Amos. Vous avez tout de même décroché cette commande de l'État. Dommage que vous ayez été forcé de graisser tant de pattes ! »

Les dames le trouvaient odieux et insupportablement vulgaire. Les hommes disaient derrière son dos que c'était un salaud. Les nouveaux citoyens d'Atlanta n'avaient pas plus de sympathie pour lui que les anciens et il ne cherchait pas plus à se concilier les bonnes grâces des uns, qu'il n'avait cherché à se concilier celles des autres. Il allait son chemin, amusé, méprisant, indifférent à l'opinion de ceux qui l'entouraient et si courtois, que sa courtoisie en était elle-même une insulte. Pour Scarlett, il restait toujours une énigme, mais une énigme qu'elle ne voulait plus se donner la peine de déchiffrer. Elle était convaincue que rien ne lui plaisait ou ne lui ferait jamais plaisir ; ou bien qu'il tenait pour de bon à quelque chose qu'il n'avait pas ou bien encore qu'il n'avait jamais tenu à rien et que, par conséquent, tout lui était égal. Il se moquait de tout ce qu'elle faisait. Il encourageait ses extravagances et son insolence, il tournait en ridicule ses prétentions… et il payait les factures !

L

Même aux heures les plus intimes, Rhett ne se départit jamais de son attitude polie ni de son calme imperturbable. Cependant Scarlett avait toujours l'impression qu'il continuait de l'observer à la dérobée, et elle savait que, si elle tournait brusquement la tête, elle surprendrait dans son regard cette expression méditative, résignée et presque redoutable qu'elle ne comprenait pas.

Parfois il se montrait un compagnon fort agréable à vivre, malgré sa détestable manie de ne tolérer ni mensonge, ni faux-fuyant, ni rodomontade. Il écoutait Scarlett lui parler du magasin, des scieries et de son café, des forçats et des sommes qu'elle dépensait pour leur entretien, et il lui donnait toujours de judicieux conseils. Danseur infatigable, il accompagnait sans rechigner Scarlett aux bals et aux réunions qu'elle aimait et possédait une collection inépuisable d'histoires scabreuses dont il la régalait lorsque, par hasard, la table une fois desservie, ils passaient la soirée en tête à tête devant une tasse de café et une bouteille de cognac. Scarlett se rendait bien compte qu'il satisfaisait son moindre désir et répondait à toutes ses questions à condition qu'elle usât de franchise avec lui, mais qu'il lui refusait impitoyablement tout ce qu'elle essayait d'obtenir par voies détournées, allusions ou stratagèmes de femme. Il avait une façon déconcertante de lire dans son jeu et de rire sans retenue.

Lorsqu'elle songeait à la suave indifférence que Rhett lui manifestait d'ordinaire, elle se demandait, mais sans curiosité véritable, pourquoi il l'avait épousée. Les hommes se mariaient par amour ou par intérêt, ou bien pour avoir un foyer et des enfants, mais elle savait que lui n'avait obéi à aucun de ces motifs. Il ne l'aimait pas. Ça ne faisait pas l'ombre d'un doute. Quant à sa belle maison, il la traitait d'horreur architecturale et déclarait qu'il aurait cent fois mieux aimé vivre dans un hôtel bien tenu que chez lui. Jamais il n'avait abordé la question des enfants comme Charles et Frank l'avaient fait jadis. Un jour qu'elle était d'humeur folâtre, elle lui demanda en badinant pourquoi il l'avait épousée, et sa réponse, donnée d'un air enjoué, la rendit furieuse: «Je vous ai épousée pour mettre un peu plus de piment dans mon existence, ma chère!»

Non, en l'épousant, il n'avait obéi à aucune des raisons auxquelles obéissent généralement les hommes lorsqu'ils se marient. Il l'avait épousée uniquement parce qu'il la désirait et qu'il n'avait pas réussi à l'obtenir par d'autres moyens. Il l'avait désirée tout comme il avait désiré Belle Watling. Ce n'était pas une pensée bien agréable. En fait, c'était un véritable outrage. Mais Scarlett chassa ces réflexions d'un haussement d'épaules ainsi qu'elle avait appris à chasser de son esprit tous les souvenirs inopportuns. Elle et Rhett avaient conclu un marché et, pour sa part, elle était loin de s'en plaindre. Elle souhaitait que Rhett fût satisfait de son côté, mais au fond ça lui était bien égal.

Toutefois, un après-midi qu'elle était allée consulter le docteur Meade pour un embarras gastrique, elle apprit une chose fort désagréable contre laquelle les haussements d'épaules n'étaient plus de mise. Ce fut avec des yeux franchement furieux qu'elle fit irruption ce soir-là dans sa chambre à coucher et annonça à Rhett qu'elle allait avoir un enfant.

Drapé dans une robe de chambre en soie, il rêvassait dans un nuage de fumée, mais, dès que Scarlett eut ouvert la bouche, il fixa sur elle un regard pénétrant. Il l'observait sans rien dire avec une intensité, une émotion qui échappa à Scarlett, aveuglée par l'indignation et le désespoir.

– Vous savez pourtant bien que je ne veux plus d'autres enfants ! Je n'ai jamais voulu en avoir. Chaque fois que les choses s'arrangent et que je commence à être heureuse, je suis enceinte. Oh ! ne restez pas planté là à rire ! Vous ne voulez pas d'enfants non plus ! Oh ! Sainte Vierge !

Rhett guettait ses paroles, mais celles qu'elle venait de laisser échapper n'étaient point celles qu'il eût aimé lui entendre dire. Son visage se contracta légèrement et ses yeux perdirent toute expression.

– Eh bien ! pourquoi ne pas le confier à Mme Melly ? Ne m'avez-vous pas raconté qu'elle était si triste de ne pas avoir d'autres enfants ?

– Oh ! j'ai envie de vous tuer ! Je ne l'aurai pas ! Vous m'entendez, je ne l'aurai pas !

– Non ? Je vous en prie, continuez !

– Oh ! il y a quelque chose à faire. Je ne suis plus la petite dinde de campagne que j'étais. Maintenant, je sais qu'une femme n'a pas d'enfants quand elle ne veut pas en avoir. Il y a des choses…

Rhett s'était dressé et avait saisi Scarlett par les poignets. Son visage dur trahissait l'angoisse.

– Scarlett ! insensée ! Dites-moi la vérité. Vous n'avez rien fait, au moins ?

– Non, pas encore, mais ça ne va pas tarder. Vous ne vous figurez tout de même pas que je vais avoir un bébé juste au moment où mon tour de taille commence à diminuer et où je prends enfin du bon temps ? Non...

– Où avez-vous été chercher cette idée-là ? Qui vous a mis en tête des choses pareilles ?

– Mamie Bart... elle...

– Évidemment ! ça ne m'étonne pas d'une patronne de bordel ! Cette femme ne remettra plus jamais les pieds ici ! C'est compris ? Après tout, je suis chez moi et je fais ce que je veux. J'exige même que vous ne lui adressiez plus jamais la parole.

– Je ferai ce qui me plaira. Lâchez-moi. Qu'est-ce que ça peut vous faire ?

– Je me moque pas mal que vous ayez un seul enfant ou une vingtaine, mais je ne tiens pas à ce que vous mouriez.

– Mourir ? Moi ?

– Parfaitement, mourir. Je ne suppose pas que Mamie Bart vous ait parlé des risques auxquels une femme s'exposait en faisant une chose pareille ?

– Non, admit Scarlett à contrecœur. Elle m'a seulement dit que ça arrangerait tout.

– Bon Dieu, je la tuerai ! s'exclama Rhett, le visage noir de rage.

Il regarda Scarlett dont les joues ruisselaient de larmes et sa colère tomba un peu, mais ses traits demeurèrent crispés. Soudain, il prit Scarlett dans ses bras, alla s'asseoir dans un fauteuil et serra la jeune femme contre lui comme s'il craignait qu'elle ne s'échappât.

– Écoutez, mon tout petit, je ne veux pas que vous jouiez avec votre vie ! Vous m'entendez ? Bonté divine, je ne tiens pas plus que vous à avoir des enfants, mais j'ai de quoi les nourrir. Je ne veux plus vous entendre débiter de pareilles absurdités, et si jamais vous essayez de... Scarlett, autrefois j'ai vu une jeune femme mourir de cette façon-là. Ce n'était qu'une... passons, mais enfin ça ne l'empêchait pas d'être une brave fille. C'est un genre de mort plutôt pénible. Je...

– Rhett ! s'exclama Scarlett arrachée à son chagrin par le tremblement de sa voix. (Elle ne l'avait jamais vu aussi ému.) Où cela... qui était-ce ?...

– À La Nouvelle-Orléans... oh ! il y a des années. J'étais jeune et impressionnable.

Il courba brusquement la tête et embrassa les cheveux de Scarlett.

– Vous aurez votre enfant, reprit-il aussitôt, même si pendant les neuf mois qui vont suivre je dois vous attacher à moi par des menottes.

Scarlett se redressa et regarda son mari avec une franche curiosité. Sous son regard, son visage se détendit, s'éclaira comme par magie.

– Tiendriez-vous donc tant à moi ? interrogea-t-elle en abaissant les paupières.
Il lui adressa un long coup d'œil comme s'il voulait mesurer à quel point sa question était empreinte de coquetterie. Après avoir déchiffré ce qu'il y avait de sincère dans son attitude, il répondit d'un ton détaché :
– Eh bien ! oui. Vous comprenez, vous représentez pour moi un assez gros capital et je n'ai pas du tout envie de perdre mon argent.

Épuisée par les efforts qu'elle avait fournis, mais radieuse de bonheur, Mélanie sortit de la pièce où Scarlett venait de mettre au monde une fille. Rhett attendait nerveusement dans l'antichambre, entouré par des bouts de cigares qui avaient brûlé le beau tapis.
– Vous pouvez entrer, capitaine Butler, dit-elle d'une voix timide.
Rhett s'élança et pénétra dans la chambre. Avant que le docteur Meade eût refermé la porte, Mélanie eut le temps de voir Rhett se pencher sur le petit corps nu du bébé que Mama tenait sur ses genoux. Mélanie s'effondra dans un fauteuil, les joues rouges d'avoir assisté malgré elle à une scène aussi intime.
– Ah ! se dit-elle, que c'est charmant ! Comme il avait l'air inquiet, ce pauvre capitaine Butler ! Quand on pense qu'il n'a pas bu une seule fois pendant tout ce temps-là ! Tant de messieurs sont ivres quand leurs enfants viennent au monde. Je crains qu'il n'ait le gosier bien sec. Lui proposerai-je quelque chose ? Non, ce serait vraiment trop hardi de ma part ?
Elle s'enfonça davantage dans le fauteuil. Elle avait l'impression que son dos, qui ne cessait de lui faire mal depuis plusieurs jours, allait se rompre au niveau des reins. Oh ! quelle chance pour Scarlett de n'avoir eu qu'une porte entre elle et son mari tandis qu'elle accouchait. Si seulement Mélanie avait eu Ashley auprès d'elle en ce jour terrible de la naissance de Beau, elle aurait moitié moins souffert. Si seulement la petite fille qui se trouvait de l'autre côté de la porte était à elle au lieu d'être à Scarlett ! « Oh ! ce n'est pas bien, pensa-t-elle avec une pointe de remords. Je lui envie son enfant alors qu'elle a été si bonne pour moi. Pardonnez-moi, Seigneur. Non, je ne convoite pas le bébé de Scarlett. Ce n'est pas ça, mais… mais je voudrais tant en avoir un à moi ! »
Elle cala un coussin contre son dos endolori et songea au bonheur que lui causerait la naissance d'une fille. Mais l'opinion du docteur Meade n'avait pas varié à ce sujet et quoiqu'elle fût toute disposée à risquer sa vie pour avoir un autre enfant, Ashley ne voulait pas

entendre parler d'une telle folie. Une fille ! Comme Ashley serait heureux d'avoir une fille, comme il la chérirait !

« Une fille ! Oh ! mon Dieu ! Je n'ai même pas dit au capitaine Butler que c'était une fille ! Et, bien entendu, il espérait un garçon. Oh ! c'est épouvantable ! »

Mélanie savait que, pour une femme, l'enfant était toujours le bienvenu, qu'il fût fille ou garçon, mais pour un homme, surtout pour un homme autoritaire comme le capitaine Butler, une fille, ça devait être un coup affreux, une atteinte à son orgueil masculin ! Oh ! comme elle était reconnaissante au Ciel que son seul enfant fût un garçon ! Elle se disait que, si elle avait été la femme du redoutable capitaine Butler, elle eût préféré mourir en couches que de lui donner une fille pour premier-né.

Pourtant Mama qui, le sourire aux lèvres, sortait de la chambre en se dandinant, vint lui mettre du baume sur le cœur et en même temps l'inciter à se demander quelle sorte d'homme le capitaine pouvait bien être au fond.

– J'étais en t'ain de baigner l'enfant, raconta Mama, et je commençais p'esque à demander pa'don à missié Rhett que ce soit pas un ga'çon, mais, Seigneu', ma'ame Melly, savez-vous ce qu'il m'a dit ? Il a dit « Taisez-vous, Mama ! Qui est-ce qui tient aux ga'çons ? Les ga'çons, c'est pas d'ôle, ça donne t'op de mal. Les filles, ça au moins, c'est gentil. Je change'ai pas cette fille cont'e des ga'çons, même si on m'en donnait t'eize à la douzaine. » Alo' il a essayé de me p'end' la petite toute nue comme elle était, alo' je lui ai donné une tape su' la main et je lui ai dit : « Attendez un peu, missié Rhett ! Vous ve'ez ça quand vous au'ez un ga'çon, moi je me to'd'ai de ri' à vous entend' pousser des clameu' de joie ! » Il a sou'i et il a secoué sa tête et il a dit : « Mama, vous êtes une folle. Les ga'çons, ils se'vent à 'ien du tout. J'en suis-t-il pas la meilleu' p'euve ? » Oui, ma'ame Melly, il s'est conduit comme un v'ai missié, y a pas à di', reconnut Mama de bonne grâce.

Il n'échappa pas à Mélanie que l'attitude de Rhett avait grandement contribué à le racheter aux yeux de la vieille négresse.

– Je me suis p't'êt' 'udement t'ompée au sujet de missié Rhett, reprit Mama. C'est un jou' si heu'eux pou' moi, ma'ame Melly. J'ai langé t'ois géné'ations de petites Robilla'd. Pou' sû', c'est un beau jou' pou' moi !

– Oh ! oui, c'est un beau jour, Mama ! Les jours les plus beaux sont ceux où naissent les enfants !

Il y avait cependant quelqu'un dans la maison pour qui ce n'était vraiment pas un beau jour. Grondé un peu par tout le monde, puis abandonné à son triste sort, Wade allait et venait lamentablement dans la salle à manger. Le matin de bonne heure, Mama l'avait réveillé en sursaut, puis, après avoir bâclé sa toilette, elle l'avait envoyé avec Ella prendre son petit déjeuner chez tante Pitty. À toutes ses questions, on s'était contenté de répondre que sa mère était malade et qu'il risquait de la fatiguer par le bruit qu'il ne manquerait pas de faire en s'amusant. La maison de tante Pitty était sens dessus dessous. En apprenant ce qui arrivait à sa nièce, la vieille demoiselle s'était couchée et avait mobilisé Cookie à son chevet, si bien que le petit déjeuner servi aux enfants se présenta sous la forme d'un maigre repas dû aux soins de Peter. À mesure que la matinée s'avança, la crainte commença à s'emparer de l'âme de Wade. «Et si Maman allait mourir?» Les mamans d'autres garçons étaient bien mortes. Wade avait vu s'éloigner les corbillards et il avait entendu sangloter ses petits amis: «Et si Maman mourait?» Wade aimait beaucoup sa mère, presque autant qu'il la redoutait, et à la pensée qu'elle pourrait s'en aller dans un corbillard noir traîné par des chevaux empanachés sa petite poitrine se serra si fort qu'il en put à peine respirer.

Lorsque midi sonna, Wade, profitant de ce que Peter était occupé à la cuisine, entrouvrit la porte d'entrée, se glissa dehors et, aiguillonné par la peur, rentra chez lui aussi vite que ses petites jambes le lui permettaient. L'oncle Rhett ou tante Melly ou bien Mama lui diraient sûrement la vérité. Par malheur, l'oncle Rhett et tante Melly étaient invisibles; quant à Mama et à Dilcey, elles montaient et descendaient l'escalier de service avec des serviettes et des bassines remplies d'eau chaude et ne le remarquèrent même pas. Du vestibule où il se tenait, il entendait la voix sèche du docteur Meade chaque fois qu'une des portes du premier s'ouvrait ou se refermait. À un moment il entendit un gémissement poussé par sa mère et il éclata en sanglots et se mit à hoqueter. Il savait que sa mère allait mourir. Pour se consoler, il fit des avances au chat couleur de miel qui se chauffait au soleil, sur le rebord de la fenêtre du vestibule. Mais Tom, chargé d'ans et furieux d'être dérangé, se leva, la queue en bataille, et se mit à crachoter doucement. Finalement, Mama qui descendait l'escalier, le bonnet de travers, le tablier chiffonné et tout maculé, l'aperçut et fronça les sourcils. Mama avait toujours été le refuge de Wade, aussi sa mine renfrognée le fit-elle trembler.

– J'ai jamais vu un ga'çon plus insuppo'table que vous, dit-elle. Je vous avais-t-il pas envoyé chez mam'zelle Pitty? Alo', vous voilà de 'etou' ?

– Est-ce que maman va... va-t-elle mourir?

– J'ai jamais vu un enfant plus infe'nal! Mou'i' ? Seigneu' tout-puissant, non! Seigneu', ce ga'çon est une plaie. Je vois pas pou'quoi le Seigneu' il envoie des ga'çons aux gens! Allons, déba'assez le plancher.

Mais Wade ne s'en alla point. À demi convaincu par les paroles de Mama, il se réfugia derrière l'une des portières du vestibule. La remarque de la vieille négresse sur la méchanceté des garçons l'avait piqué au vif, car il s'était toujours efforcé d'être aussi gentil que possible. Une demi-heure plus tard, tante Melly descendit l'escalier à son tour. Elle était pâle et avait les traits tirés, mais elle se souriait à elle-même. Elle sembla atterrée en découvrant dans les replis de la tenture le bambin dont le visage était bouleversé. Ordinairement tante Melly l'accueillait à bras ouverts. Elle ne faisait jamais comme sa mère, qui lui disait souvent: «Ne m'ennuie pas en ce moment-ci, je suis pressée», ou bien: «Sauve-toi. Je suis occupée.»

Pourtant, ce jour-là, elle lui dit d'un air fâché:

– Wade, tu as été très méchant. Pourquoi n'es-tu pas resté chez tante Pitty?

– Est-ce que maman va mourir?

– Grand Dieu! non, Wade. Ne fais pas le petit sot. Puis, radoucie, elle ajouta: Le docteur Meade vient d'apporter un joli petit bébé, une mignonne petite sœur avec laquelle tu pourras jouer et, si tu es bien sage, tu auras la permission de monter la voir ce soir. Maintenant, file. Va jouer et, surtout, pas de bruit.

Wade passa dans la salle à manger silencieuse. Son petit univers s'écroulait. Plus rien n'était sûr. En cet après-midi ensoleillé, où les grands se comportaient de façon si étrange, n'y avait-il donc plus place pour un petit garçon de sept ans rongé d'inquiétude? Il s'assit sur le rebord de la fenêtre, arracha un petit morceau à une oreille-d'éléphant qui poussait dans une caisse au soleil et commença à le mordiller. C'était si poivré qu'il se sentit des picotements aux yeux et qu'il finit par pleurer pour de bon. Maman était sans doute en train de mourir. Personne ne se souciait de lui et tout le monde devenait fou à cause de ce nouveau bébé... une fille. Les bébés n'intéressaient guère Wade, et les filles encore moins. La seule petite fille qu'il connût vraiment, c'était Ella, et jusqu'à présent elle n'avait rien fait pour attirer son respect ou sa sympathie.

Au bout d'un long moment, le docteur Meade et l'oncle Rhett descendirent dans le vestibule et entamèrent un colloque à voix basse. Lorsque la porte d'entrée se fut refermée sur le médecin, l'oncle Rhett pénétra dans la salle à manger d'un pas alerte et se versa à boire avant même d'apercevoir Wade. Pelotonné sur lui-même, Wade recula. Il s'attendait à ce qu'on lui reprochât de nouveau sa méchanceté et à ce qu'on lui ordonnât de retourner chez tante Pitty. Mais, au lieu de cela, l'oncle Rhett sourit. Wade ne l'avait jamais vu sourire ainsi. Il ne lui avait jamais vu l'air aussi heureux, alors, encouragé par cette attitude, il sauta sur le plancher et courut vers Rhett.

– Tu as une sœur, lui dit ce dernier en le serrant contre lui. Bon Dieu ! c'est le plus beau bébé qu'on puisse voir. Voyons ! pourquoi pleures-tu…

– Maman…

– Ta maman, elle est en train de faire un fameux dîner, du poulet, du riz, de la bonne sauce, du café. On va lui servir de la crème glacée dans un instant, et tu pourras en manger deux pleines assiettes si le cœur t'en dit. Et puis, je te montrerai ta petite sœur.

Les jambes coupées par ces bonnes nouvelles, Wade essaya de témoigner un intérêt poli à l'endroit de cette nouvelle sœur, mais il en fut incapable. Tout le monde ne pensait qu'à cette fille. Personne ne s'occupait plus de lui, pas même tante Melly, pas même l'oncle Rhett.

– Oncle Rhett, commença-t-il, est-ce que les gens aiment mieux les filles que les garçons ?

Rhett posa son verre, enveloppa le petit visage d'un coup d'œil pénétrant.

– Non, on ne peut pas dire ça, fit-il avec le plus grand sérieux, comme s'il s'agissait d'une question capitale. Les filles, comprends-tu, donnent plus de mal aux gens que les garçons, et les gens ont une tendance à s'occuper davantage de ceux qui leur causent des soucis.

– Mama vient de me dire que les garçons étaient insupportables.

– Mama n'avait pas sa tête à elle. Elle n'a pas voulu dire ça.

– Oncle Rhett, vous auriez mieux aimé avoir un petit garçon qu'une petite fille ? interrogea Wade plein d'espérance.

– Non, répondit Rhett aussitôt et, voyant le visage de l'enfant s'altérer, il reprit : Voyons, pourquoi aurais-je voulu un garçon puisque j'en ai déjà un ?

– Vous en avez un ? s'exclama Wade, bouche bée. Où est-il ?

– Mais il est là ! fit Rhett qui, soulevant l'enfant de terre, l'assit sur ses genoux.

Pendant un moment le bonheur de Wade fut si grand qu'il faillit pleurer. Sa gorge se contracta et il blottit sa tête contre la poitrine de Rhett.

– Tu es mon petit garçon, n'est-ce pas ?

– Peut-on être… le… le fils de deux papas ? interrogea Wade, dont la fidélité au souvenir d'un père qu'il n'avait jamais connu luttait contre son amour pour l'homme qui le comprenait si bien.

– Oui, fit Rhett avec fermeté. Exactement comme tu peux être à la fois le petit garçon de ta maman et celui de tante Melly.

Wade accepta cette explication qui lui sembla plausible, puis il sourit et se pelotonna dans le creux du bras de Rhett.
– Vous comprenez les petits garçons, n'est-ce pas, oncle Rhett !
Le visage basané de Rhett se durcit, une moue plissa ses lèvres.
– Oui, répondit-il d'un ton amer. Je comprends les petits garçons.
Pendant un instant les terreurs de Wade renaquirent et l'enfant éprouva en même temps un brusque sentiment de jalousie. L'oncle ne pensait plus à lui mais à quelqu'un d'autre.
– Vous n'avez pas d'autres petits garçons, n'est-ce pas ? Rhett posa Wade par terre.
– Je m'en vais boire quelque chose, Wade, et toi aussi. Ce sera ton premier verre de vin, tu le boiras à la santé de ta nouvelle sœur.
– Vous n'avez pas d'autres..., commença Wade, mais voyant Rhett tendre la main vers le carafon de vin de Bordeaux, il fut si ému de participer à cette réjouissance de grande personne qu'il en oublia ce qu'il voulait dire.
– Oh ! Je ne veux pas, oncle Rhett ! J'ai promis à tante Melly de ne jamais boire avant d'être sorti de l'Université, et elle me donnera une montre si je tiens ma promesse.
– Et moi je te donnerai une chaîne pour l'accrocher... Tiens, celle que je porte en ce moment, si elle te plaît, fit Rhett, qui avait retrouvé son sourire. Tante Melly a tout à fait raison. Mais elle voulait parler des liqueurs, pas du vin. Il faut que tu apprennes à boire du vin comme un vrai monsieur, mon garçon, et c'est le moment ou jamais de commencer.
Rhett prit soin de diluer le bordeaux avec l'eau de la carafe jusqu'à ce que le liquide fût à peine rosé et tendit le verre à Wade. Au même instant, Mama entra dans la salle à manger. Elle s'était changée et avait revêtu ses plus beaux habits de dimanche. Son tablier et son madras étaient impeccables. Elle marchait en se déhanchant et de dessous ses jupes montaient le murmure étouffé et le frou-frou de la soie. Son visage avait perdu son air inquiet et un large sourire découvrait ses gencives presque tout édentées.
– À vot' santé, missié Rhett ! lança-t-elle.
Wade s'arrêta, le verre à hauteur des lèvres. Il savait que Mama n'avait jamais aimé son beau-père. Il ne l'avait jamais entendu l'appeler autrement que « capitaine Butler », et son attitude envers lui avait toujours été digne mais froide. Et tout d'un coup la voilà qui arborait son plus gracieux sourire, qui faisait des grâces et qui appelait Rhett « missié Rhett » ! Quelle journée extraordinaire ! C'était le monde renversé.

– Je suppose que vous préférez le rhum au bordeaux, dit Rhett en ouvrant la cave à liqueurs et en sortant une bouteille trapue. C'est un bébé magnifique, n'est-ce pas, Mama ?
– Pou' sû', elle est belle, répondit Mama, qui prit le verre et fit claquer ses lèvres.
– Avez-vous jamais vu petite fille plus jolie ?
– Eh bien ! missié, ma'ame Sca'lett, quand elle est née, elle était p'esque aussi jolie, mais pas tout à fait quand même.
– Prenez un autre verre, Mama. Et, dites-moi, Mama, ajouta Rhett d'un ton sévère que démentaient ses yeux, quel est ce frou-frou que j'entends ?
– Seigneu' ! missié Rhett, c'est pas aut' chose que mon jupon de soie 'ouge.
Mama se mit à rire si fort que son corps énorme en fut tout secoué.
– Ce n'est pas que votre jupon ! je n'en crois rien. Vous faites autant de bruit qu'un tas de feuilles mortes agitées par le vent. Laissez-moi voir. Relevez votre jupe.
– Missié Rhett, c'est t'ès vilain ! Hi, hi ! Seigneu'.
Mama poussa un petit cri pointu, battit en retraite et, d'un geste pudique, releva sa jupe de quelques centimètres pour montrer l'ourlet plissé d'un jupon de taffetas rouge.
– Eh bien ! vous avez mis le temps avant de le porter, bougonna Rhett, mais ses yeux noirs riaient et pétillaient de malice.
– Oui, missié Rhett, j'ai même mi t'op de temps.
Alors Rhett prononça une phrase dont Wade ne comprit point le sens.
– Il n'y a plus de mule harnachée comme un cheval ?
– Missié Rhett ! ma'ame Sca'lett elle a donc été assez mauvaise pou' vous 'aconter ça ! Vous allez pas en vouloi' au moins à la vieille nég'esse.
– Non, je ne suis pas rancunier, mais enfin je voulais savoir à quoi m'en tenir. Un autre verre, Mama ? Prenez toute la bouteille. Et toi, Wade, vide ton verre ! Allez, ouste, fais-nous un discours !
– À la petite sotte ! s'écria Wade qui avala son verre d'un seul trait, s'étrangla, toussa et fut pris de hoquets tandis que les deux autres, s'esclaffant, lui administraient force tapes dans le dos.

À partir de la naissance de sa fille, Rhett commença à intriguer les gens par sa conduite et à bouleverser un certain nombre d'idées que l'on s'était faites sur son compte, idées sur lesquelles ni la ville ni Scarlett n'entendaient d'ailleurs revenir. Qui donc aurait pu croire qu'un être comme lui eût étalé sans vergogne sa fierté d'être père, surtout quand son premier-né n'était pas un garçon ?

Le temps, en outre, ne semblait point émousser ses sentiments, ce qui n'allait pas sans exciter une secrète envie parmi les femmes dont les époux ne s'intéressaient déjà plus à leurs héritiers bien avant leur baptême. Rhett arrêtait tous les hommes dans la rue, les agrippait par le revers de leur veston et leur racontait par le menu les progrès miraculeux de son enfant sans même se donner la peine de faire précéder ses remarques d'un hypocrite mais poli : « Je sais bien que tout le monde se figure que son enfant est un génie, mais... » Il considérait sa fille comme une merveille qu'il n'était pas question de comparer aux autres marmots, et il ne se gênait pas pour le dire. Lorsque sa nouvelle nurse eut permis au bébé de sucer un morceau de lard, d'où une première crise de coliques, la conduite de Rhett fit rire à gorge déployée tous les pères et toutes les mères raisonnables. Il envoya en hâte chercher le docteur Meade et deux autres médecins, et l'on eut toutes les peines du monde à l'empêcher de battre la malheureuse femme à coups de cravache. La nurse fut renvoyée et plusieurs autres lui succédèrent, qui ne restèrent au plus qu'une semaine. Aucune d'elles n'était assez capable pour appliquer les règlements draconiens établis par Rhett.

Mama, de son côté, voyait d'un mauvais œil les bonnes d'enfants qui défilaient, car elle était jalouse de toutes les négresses étrangères à la famille et se demandait pourquoi elle ne s'occuperait pas du bébé en même temps que de Wade et d'Ella. Mais Mama prenait de l'âge et les rhumatismes ralentissaient son pas déjà lourd. Rhett n'avait pas le courage de lui expliquer les raisons pour lesquelles il recherchait une autre nurse. Au lieu de cela, il lui démontra qu'un homme qui occupait une position comme la sienne se devait d'avoir deux bonnes d'enfants. L'argument ne porta pas, alors il lui annonça qu'il engagerait deux autres domestiques pour faire le gros ouvrage et que Mama aurait la haute main sur elles. Enfin Mama se laissa convaincre, car c'était pour elle une marque d'honneur que d'avoir plusieurs personnes sous ses ordres. Néanmoins elle déclara avec énergie qu'elle ne laisserait entrer dans la nursery aucune affranchie de bas étage. Dans ces conditions, Rhett envoya chercher Prissy à Tara. Il connaissait tous ses défauts, mais au moins elle était de la famille. Pour compléter le personnel, l'oncle Peter présenta à Rhett une de ses nièces, une négresse de taille impressionnante qui répondait au nom de Lou et avait appartenu à une cousine de Mlle Pitty Burr.

Avant même d'être complètement remise de ses couches, Scarlett remarqua combien Rhett s'intéressait à sa fille et fut à la fois gênée et vexée par ses démonstrations d'amour paternel en présence des gens qui venaient lui rendre visite. C'était très beau pour un père d'aimer sa fille, mais Scarlett trouvait choquante la façon dont Rhett manifestait ses sentiments. Il aurait pu au moins faire comme les autres hommes et prendre un air un peu plus détaché.

– Vous vous rendez ridicule, lui dit-elle d'un ton irrité, et je ne trouve vraiment pas que ça en vaille la peine.

– Non ? Ça ne m'étonne pas de vous ? Eh bien ! si vous voulez savoir pourquoi, c'est parce que cette petite est la première personne qui ait jamais été tout entière à moi.

– Mais elle est à moi également !

– Non ! vous avez vos deux autres enfants. Celle-ci m'appartient.

– Ça, par exemple ! s'écria Scarlett. C'est bien moi qui l'ai faite, je suppose ? D'ailleurs, mon chéri, est-ce que je ne vous appartiens pas ?

Rhett regarda Scarlett par-dessus la tête noire de l'enfant et eut un sourire bizarre.

– Croyez-vous, ma chère ?

Seule l'arrivée de Mélanie coupa court à l'une de ces brèves et violentes querelles qui, à cette époque, semblaient éclater si facilement entre le mari et la femme. Scarlett ravala sa colère et regarda Mélanie prendre le bébé dans ses bras.

On avait convenu d'appeler la petite Eugénie Victoria, mais cet après-midi-là Mélanie, sans le vouloir, la gratifia d'un surnom qui lui resta attaché comme « Pittypat » était resté attaché à la vieille demoiselle au point de faire oublier Sarah Jane.

Penché sur l'enfant, Rhett avait annoncé :

– Ses yeux vont devenir verts comme des petits pois.

– Sûrement pas ! s'exclama Mélanie, indignée, tout en oubliant que les yeux de Scarlett étaient presque de cette teinte-là. Ils vont devenir bleus comme les yeux de M. O'Hara, bleus comme… comme le beau drapeau bleu[1].

– « Bonnie Blue Butler », fit Rhett en riant.

Puis, prenant l'enfant des bras de Mélanie, il examina les petits yeux de plus près.

Ainsi l'enfant fut appelée Bonnie et ses parents eux-mêmes en arrivèrent à ne plus se souvenir qu'elle avait emprunté son premier nom à deux reines.

1. Le drapeau de la Confédération ou *Bonnie Blue Flag (N.d.T.)*.

L I

Lorsque Scarlett reçut enfin la permission de sortir, elle demanda à Lou de lui lacer son corset aussi serré que possible. Une fois cette opération terminée, elle prit un centimètre et se mesura la taille : « Cinquante et un centimètres, s'exclama-t-elle d'un ton furieux. Voilà ce que c'est d'avoir des enfants ! » Maintenant elle avait la taille aussi forte que tante Pitty, aussi forte que Mama !

– Serre-moi davantage, Lou. Regarde si tu ne peux pas gagner deux ou trois centimètres, sans ça il me sera impossible d'entrer dans mes robes.

– Ça va fai' claquer les lacets, annonça Lou. Vot' taille, elle a g'ossi, ma'ame Sca'lett. Y a 'ien à fai' !

« Si, il y a quelque chose à faire, se dit Scarlett en tirant sauvagement sur les coutures de sa robe pour essayer de gagner les centimètres nécessaires. C'est bien simple, je n'aurai plus d'enfants. »

Naturellement Bonnie était jolie et lui faisait honneur. Et Rhett en raffolait, mais elle n'aurait pas d'autre enfant. Comment s'y prendre ? Elle n'en savait encore rien. Rhett ne se laissait pas mener comme Frank. Elle ne lui faisait pas peur du tout et elle aurait sans doute bien du mal si elle voulait en arriver à ses fins, à en juger par la conduite extravagante de Rhett avec Bonnie. Sans compter qu'il voudrait probablement un fils l'année suivante, malgré sa promesse d'aller noyer lui-même tous les garçons qu'elle lui donnerait. Eh bien ! elle ne lui donnerait ni fille ni garçon. Comme ça le problème serait résolu. Trois enfants, c'était bien assez pour une femme.

Lorsque Lou eut recousu les coutures qui avaient cédé, les eut repassées et eut aidé sa maîtresse à boutonner sa robe, Scarlett fit atteler la voiture et partit pour son chantier. Sa bonne humeur était revenue. Elle ne pensait plus à sa taille épaissie, car elle avait rendez-vous avec Ashley, avec qui elle devait vérifier les livres de comptes. Pour peu que la chance lui sourît, elle le verrait seul. Elle était restée longtemps sans le voir avant la naissance de Bonnie. Dès que sa grossesse était devenue trop apparente, elle l'avait fui, mais elle en avait cruellement souffert, autant qu'elle avait souffert de ne plus s'occuper de ses affaires de bois. Bien entendu, elle pouvait se permettre désormais de ne plus travailler. Il lui serait facile de vendre ses scieries et de placer l'argent pour Wade et Ella, mais si elle faisait cela elle se condamnerait à ne presque plus jamais voir Ashley en dehors des réceptions mondaines. Or sa plus grande joie était de travailler à côté d'Ashley.

En arrivant au chantier, elle remarqua avec satisfaction la hauteur des piles de bois et le nombre des clients qui s'entretenaient avec Hugh Elsing. Des nègres étaient en train de charger une demi-douzaine de camions attelés de deux mules chacun: «Six attelages! pensa Scarlett avec orgueil. Dire que tout cela est mon œuvre!»

Les yeux brillants du plaisir de la revoir, Ashley parut sur le seuil du petit bureau, l'aida à descendre de voiture et la fit entrer comme si elle était une reine.

Cependant la joie de Scarlett diminua lorsqu'elle eut parcouru les livres d'Ashley et les eut comparés avec ceux de Johnnie Gallegher. Les opérations d'Ashley se soldaient presque toutes par des pertes, tandis que Johnnie avait à son actif une somme remarquable. Scarlett s'interdit de faire la moindre observation, mais Ashley lut sur son visage.

– Scarlett, je suis désolé, tout ce que je puis vous dire, c'est que j'aimerais mieux avoir sous mes ordres des affranchis plutôt que des forçats. Je crois que je réussirais mieux avec eux.

– Des nègres! Mais ce serait notre ruine! On a les forçats pour presque rien. Si Johnnie réussit à gagner autant avec...

Les yeux d'Ashley se perdirent dans le vague. Leur expression avait changé.

– Je ne peux pas faire travailler les forçats comme Johnnie Gallegher. Je ne suis pas un meneur d'hommes.

– Cornebleu! Mais Johnnie est une pure merveille. Vous avez tout simplement le cœur trop tendre. Ashley. Vous devriez obtenir davantage de ces gens-là. Johnnie m'a raconté que chaque fois qu'un tire-au-flanc voulait se reposer il vous disait qu'il était malade et vous lui accordiez un jour de repos. Bonté divine, Ashley, ce n'est pas une façon de gagner de l'argent. Une bonne volée guérit la plupart des maladies, à part les jambes cassées...

– Scarlett! Scarlett! Je vous prie. Je ne peux pas supporter de vous entendre parler comme ça! s'écria Ashley en ramenant les yeux sur elle et en la fixant avec une brutalité qui l'arrêta net. Vous ne vous rendez donc pas compte que ce sont des hommes... que certains sont malades, sous-alimentés, désespérés et... oh! chère, c'est horrible ce qu'il a fait de vous, vous qui avez toujours été si douce...

– Qui ? qu'est-ce qu'on m'a fait ?

– J'ai beau ne pas en avoir le droit, je m'en vais vous le dire. Oui, il faut que je vous le dise… Votre… Rhett Butler… Il empoisonne tout ce qu'il touche. Vous qui avez été si douce, si généreuse, si bonne, malgré vos airs têtus, il vous a prise et il vous a durci le cœur. Il vous a dégradée par son contact.

– Oh ! soupira Scarlett qui, tout en se sentant coupable, n'en éprouvait pas moins un sentiment de joie à la pensée qu'Ashley s'intéressait encore autant à elle et la considérait toujours comme un être plein de douceur.

Dieu merci, il accusait Rhett de l'avoir rendue âpre au gain. Évidemment, Rhett n'avait rien à voir à tout cela et elle était seule coupable, mais quoi, Rhett n'en était pas à un péché près.

– S'il s'agissait d'un autre homme, je ne serais pas aussi inquiet… mais Rhett Butler ! J'ai vu tout le mal qu'il vous a fait. Sans que vous vous en aperceviez, il a fait prendre à vos pensées le chemin tortueux que suivent les siennes. Oh ! oui, je sais. Je ne devrais pas vous dire cela… Il m'a sauvé la vie et je lui en suis reconnaissant, mais je regrette bien de ne pas devoir mon salut à quelqu'un d'autre. Non, je n'ai pas le droit de vous parler comme ça…

– Si, Ashley, vous avez le droit… vous seul avez ce droit !

– Je vous dis que je ne peux plus supporter ça… Voir tout ce qu'il y a de beau en vous souillé par lui, savoir que votre beauté et votre charme sont… à un homme qui… Quand je pense aux moments où il vous approche, je…

« Il va m'embrasser ! se dit Scarlett avec extase. Et ce ne sera pas ma faute ! » Elle se pencha vers lui, mais il se recula brusquement comme s'il se rendait compte qu'il en avait trop dit, qu'il avait laissé échapper des paroles qu'il n'avait jamais eu l'intention de prononcer.

– Je m'excuse humblement, Scarlett. J'ai… j'ai insinué que votre mari n'était pas un gentleman et mes propres paroles démontrent que moi je n'en suis pas un. Personne n'a le droit de dire du mal de son mari à une femme. Je n'ai aucune excuse, sauf… sauf…

Il bredouilla, ses traits se crispèrent.

Scarlett attendit, le souffle coupé.

– Je n'ai pas la moindre excuse.

Tout au long du trajet de retour, Scarlett ne cessa de réfléchir. Aucune excuse, sauf… sauf qu'il l'aimait ! Ainsi la seule pensée que Rhett la tenait dans ses bras allumait en lui une fureur dont elle ne l'aurait pas cru capable. À vrai dire, elle comprenait fort bien cela. Si elle n'avait pas su que les circonstances imposaient à Ashley et à Mélanie l'obligation de vivre comme frère et sœur, sa vie eût été un véritable supplice. Ainsi les caresses de Rhett la souillaient, la dégradaient ! Eh bien ! puisque telle était l'opinion d'Ashley, elle pourrait très facilement se passer de ces caresses. Elle songea combien ce serait beau et romanesque que tous deux, malgré les liens conjugaux qui les unissaient à d'autres personnes, restassent fidèles l'un à l'autre. Cette pensée s'empara de son imagination et elle se complut à la développer. Et puis, il y avait également le côté pratique de la chose. C'était en somme le meilleur moyen de ne plus avoir d'enfants.

Après être arrivée chez elle et avoir renvoyé la voiture, une partie de l'exaltation soulevée en elle par les paroles d'Ashley commença à tomber à l'approche du moment où elle dirait à Rhett qu'elle voulait faire chambre à part et lui laisserait entendre tout ce que cela impliquait. Ça promettait d'être difficile. En outre, comment apprendre à Ashley qu'elle avait exaucé ses vœux et qu'elle se refusait désormais à Rhett ? À quoi bon se sacrifier si personne ne le savait ? C'était à vous dégoûter d'être réservé et délicat. Si seulement elle pouvait parler aussi ouvertement à Ashley qu'elle parlait à Rhett ! Allons, tant pis, elle découvrirait bien un moyen de faire connaître la vérité à Ashley.

Elle monta l'escalier et, ouvrant la porte de la chambre d'enfants, elle trouva Rhett assis à côté du berceau de Bonnie avec Ella sur ses genoux, tandis que Wade vidait devant lui le contenu de ses poches. Quel bonheur que Rhett aimât les enfants et s'intéressât tant à eux ! Certains beaux-pères étaient si méchants avec les enfants des mariages précédents.

– Je voudrais vous parler, dit-elle, et elle passa dans la chambre à coucher.

Mieux valait régler tout de suite cette question des enfants pendant que l'amour d'Ashley lui donnait encore la force d'affronter Rhett.

– Rhett, fit-elle à brûle-pourpoint, après qu'il eut refermé sur lui la porte de la nursery, j'ai décidé de ne plus avoir d'enfants.

S'il fut surpris par cette déclaration inattendue, il n'en laissa rien voir. Il attira nonchalamment une chaise à lui, s'assit et se mit à se balancer.

– Mon chou, je vous ai dit avant la naissance de Bonnie que ça m'était absolument indifférent que vous ayez un seul enfant ou que vous en ayez une vingtaine.

Quel art d'éviter les discussions !

– Je trouve que trois ça suffit. Je n'ai pas l'intention d'en avoir un tous les ans.

– Trois, ça me semble un nombre parfait.
– Vous savez fort bien ?... commença Scarlett en rougissant. Vous savez ce que j'entends par là ?
– Je sais. Vous rendez-vous compte que je peux divorcer si vous me refusez l'exercice de mes droits conjugaux ?
– Il faut être vous pour avoir des idées aussi basses, s'écria-t-elle, agacée que rien ne marchât comme elle l'avait prévu. Si vous étiez un tant soit peu chevaleresque, vous... vous seriez gentil... Tenez, regardez Ashley Wilkes. Mélanie ne peut pas avoir d'enfants et il...
– Ça, c'est du petit M. Ashley tout pur, fit Rhett dont les yeux prirent un reflet étrange. Je vous en prie, achevez votre discours.
Scarlett toussa, puis s'étrangla, car elle avait terminé son discours et elle n'avait rien d'autre à ajouter. Maintenant, elle comprenait combien elle avait été sotte d'espérer régler à l'amiable une question aussi importante avec un monstre d'égoïsme comme Rhett.
– Vous êtes allée au chantier cet après-midi, n'est-ce pas ?
– Quel rapport cela a-t-il avec notre conversation ?
– Vous aimez les chiens, n'est-ce pas, Scarlett ? Les aimez-vous mieux dans un chenil ou les préférez-vous comme le chien du jardinier ?
L'allusion lui échappa, si fortes étaient sa rage et sa désillusion.
– Quelle enfant vous faites ! Vous avez vécu avec trois hommes et vous ignorez le fond du caractère masculin. Vous semblez prendre les hommes pour de vieilles dames qui ont eu leur retour d'âge depuis longtemps.
Il lui pinça le menton d'un geste taquin et laissa retomber la main. Le sourcil relevé, il lui adressa un long regard glacial.
– Scarlett, comprenez bien ceci. Si vous et votre lit avez encore quelque attrait pour moi, ni serrures, ni menaces ne m'arrêteront. Quoi que je fasse, je n'en aurai aucun remords, car j'ai conclu un marché avec vous... un marché dont j'ai respecté les termes, mais que vous êtes en train de rompre. Gardez votre chaste couche pour vous, ma chère.
– Vous voulez me faire comprendre que ça vous est égal ? s'écria Scarlett, indignée.
– Vous en avez assez de moi, n'est-ce pas ? Ce qui est amusant, c'est que les hommes se lassent plus vite que les femmes. Conservez votre sainteté, Scarlett. Ce ne sera pas une privation pour moi. Ça n'a aucune importance. (Il haussa les épaules et sourit.) Par bonheur, il y a des tas de lits dans le monde, et dans la plupart de ces lits se trouve une femme.
– Quoi, vous...

– Chère petite innocente ! Mais évidemment. C'est même extraordinaire que je ne me sois pas écarté plus tôt du droit chemin. Je n'ai jamais considéré la fidélité comme une vertu.
– Je m'enfermerai tous les soirs à clef.
– À quoi bon ? Si j'ai envie de vous, toutes vos serrures ne vous serviront à rien.
Rhett fit demi-tour comme si la discussion était close et quitta la pièce. Scarlett l'entendit rentrer dans la nursery où les enfants l'accueillirent avec joie. Elle s'assit brusquement. Elle avait eu gain de cause. C'était bien cela qu'elle voulait, ce qu'Ashley désirait. Mais elle n'était pas satisfaite d'elle-même. Sa vanité souffrait et elle était mortifiée que Rhett eût pris la chose si légèrement, qu'il ne la désirât plus, qu'il l'eût ravalée au rang des autres femmes couchées dans d'autres lits.
Elle aurait bien voulu trouver un moyen délicat de dire à Ashley qu'elle et Rhett n'étaient plus mari et femme pour de bon. Pourtant, elle savait qu'elle ne parlerait pas. Tout lui semblait terriblement embrouillé et elle regrettait presque d'avoir parlé. Les longues et amusantes conservations sur l'oreiller allaient lui manquer. Elle ne verrait plus le cigare de Rhett rougeoyer dans l'obscurité, elle n'aurait plus les bras de Rhett pour la réconforter quand, terrifiée par son cauchemar, elle se réveillerait en se croyant encore en train de courir au milieu d'un brouillard glacé.
Soudain, elle se sentit très malheureuse, et, appuyant la tête au bras de son fauteuil, elle se mit à pleurer.

LII

Un an à peine après la naissance de Bonnie, Wade, par un pluvieux après-midi, errait au milieu du salon et, de temps en temps, il allait à la fenêtre écraser son nez contre la vitre ruisselante. C'était un garçon fluet, plutôt petit pour ses huit ans, tranquille à en être timide et qui ne parlait jamais, à moins qu'on ne lui adressât la parole. Il avait l'air de s'ennuyer à périr et ne savait évidemment pas avec qui s'amuser, car Ella jouait dans un coin avec ses poupées, Scarlett à son secrétaire additionnait à mi-voix une longue colonne de chiffres et Rhett, allongé par terre, balançait sa montre au bout de sa chaîne et la retirait juste au moment où Bonnie allait s'en emparer.

Après que Wade eut ramassé un certain nombre de livres et les eut laissés retomber bruyamment tout en poussant des soupirs à fendre l'âme, Scarlett, en colère, se tourna vers lui.

– Oh ! mon Dieu ! Wade, va donc jouer dehors !

– Je ne peux pas. Il pleut.

– Tiens ! Je n'avais pas remarqué. Eh bien ! fais quelque chose. Tu me rends nerveuse à tourner partout comme ça. Va dire à Pork d'atteler la voiture pour t'emmener chez Beau.

– Il n'est pas chez lui, annonça Wade avec un nouveau soupir. Il est chez Raoul Picard, à fêter son anniversaire.

Raoul était le fils de Maybelle et de René Picard, un gosse odieux selon Scarlett et qui, toujours selon elle, ressemblait plus à un singe qu'à un enfant.

– Eh bien ! va chez qui tu voudras. Préviens Pork.

– Aucun de mes amis n'est chez lui, répondit Wade, ils sont tous à la réunion.

Sans que Wade l'eût prononcée, la phrase « tous… sauf moi » était en suspens dans l'air, mais Scarlett, bien trop occupée par ses livres de comptes, n'y prit pas garde.

Rhett se redressa et s'assit sur le tapis.

– Pourquoi n'es-tu pas allé toi aussi à cette réunion, mon garçon ? demanda-t-il.

Wade s'approcha de son beau-père à petits pas, s'arrêta, se dandina d'un pied sur l'autre et eut l'air très malheureux.

– Je n'étais pas invité, monsieur[1].
Rhett abandonna sa montre à la main destructrice de Bonnie et se releva avec souplesse.
– Laissez donc ces maudits chiffres tranquilles, Scarlett. Pourquoi Wade n'a-t-il pas été invité à cette réunion ?
– Pour l'amour de Dieu, Rhett ! Ne m'ennuyez pas en ce moment-ci. Ashley a mis ces comptes dans un tel état qu'on ne s'y reconnaît plus... oh ! oui, cette réunion ? Eh bien ! Je crois que ça n'a rien d'extraordinaire que Wade n'ait pas été invité, et s'il l'avait été je ne lui aurais pas donné la permission d'y aller. N'oubliez pas que Raoul est le petit-fils de Mme Merriwether et que celle-ci aimerait encore mieux recevoir dans son respectable salon un affranchi que l'un quelconque d'entre nous.
Rhett, qui observait Wade d'un air rêveur, vit le bambin tressaillir.
– Viens ici, mon garçon, lui dit-il en l'attirant près de lui. Ça te ferait plaisir d'assister à cette réunion ?
– Non, monsieur, répondit Wade, avec courage, mais en même temps il baissa les yeux.
– Hum. Voyons, dis-moi, Wade, vas-tu aux réunions du petit Joe Whiting ou à celles de Frank Bonnell, ou... enfin n'es-tu jamais invité par tes camarades d'école ?
– Non, monsieur. On ne m'invite pas souvent.
– Wade, tu mens ! s'écria Scarlett en se tournant de nouveau. Tu as assisté à trois réunions la semaine dernière, chez les Bart, chez les Gelert et chez les Hundon.
– La plus belle collection de mules harnachées en chevaux que l'on puisse rêver ! fit Rhett, d'un ton volontairement doux et traînant. T'es-tu amusé à l'une de ces réunions ? Allons, dis la vérité.
– Non, monsieur.
– Pourquoi ?
– Je m'en vais flanquer une volée à Mama, lança Scarlett en se levant d'un bond. Quant à toi, Wade, je m'en vais t'apprendre à parler comme ça des amis de ta mère...
– Le petit a raison et Mama aussi, déclara Rhett, mais évidemment vous n'avez jamais été capable de reconnaître le vrai du faux... Ne t'inquiète pas, mon garçon, tu ne seras plus obligé d'aller chez des gens que ça t'ennuie de voir. Tiens, il sortit un billet de banque de sa

1. « Sir », en anglais. Appellation respectueuse employée parfois par les enfants dans certaines familles anglo-américaines *(N.d.T.)*.

poche, tiens, va dire à Pork d'atteler et de te conduire en ville. Achète-toi des bonbons… gros comme ça, de quoi attraper une bonne indigestion.

Wade, rayonnant, enfouit le billet dans sa poche et lança un coup d'œil à sa mère pour avoir son approbation. Mais Scarlett, les sourcils froncés, regardait fixement Rhett. Il avait pris Bonnie dans ses bras et, sa joue contre la sienne, il la berçait doucement. Scarlett ne parvenait pas à lire sur son visage, mais dans ses yeux il y avait une expression voisine de la crainte et du remords.

Encouragé par la générosité de son beau-père, Wade s'approcha timidement de lui.

– Oncle Rhett, est-ce que je peux vous demander quelque chose ?

– Bien sûr. (Rhett avait l'air anxieux et absent. Il serra davantage Bonnie dans ses bras.) Qu'y a-t-il, Wade ?

– Oncle Rhett, avez-vous… vous êtes-vous battu pendant la guerre ?

Les yeux de Rhett se posèrent sur l'enfant.

– Pourquoi me demandes-tu cela, mon petit ? interrogea-t-il d'un ton qu'il parvint à rendre détaché.

– Eh bien ! Joe Whiting a dit que vous ne vous étiez pas battu et Frankie Bonnell en a dit autant.

– Ah ! ah ! fit Rhett. Et que leur as-tu répondu ?

Wade paraissait mal à l'aise.

– Je… j'ai dit… je leur ai répondu que je ne savais pas. Et d'une seule traite il ajouta : Mais moi, ça m'est bien égal, et je leur ai sauté dessus. Avez-vous fait la guerre, oncle Rhett ?

– Oui, dit Rhett avec une violence soudaine. J'ai fait la guerre. Je me suis battu pendant huit mois. J'ai suivi l'armée de Lovejov à Franklin, dans le Tennessee. J'étais avec Johnston quand il s'est rendu.

Wade ne se tenait plus de fierté, mais Scarlett partit d'un éclat de rire.

– Je croyais que vous aviez honte de vos états de service, railla-t-elle. Ne m'aviez-vous pas priée de ne jamais en parler ?

– Taisez-vous ! fit Rhett d'un ton sec. Tu es content comme ça, Wade ?

– Oh ! oui, monsieur ! Je savais bien que vous aviez fait la guerre. Je savais bien que vous n'étiez pas un froussard comme ils le disent. Mais… pourquoi n'étiez-vous pas avec les papas des autres petits garçons ?

– Parce que les papas des autres petits garçons étaient si bêtes qu'on a dû les verser dans l'infanterie. Moi, tu comprends, j'avais fait West Point, aussi on m'a mis dans l'artillerie. Dans l'artillerie régulière, Wade, pas dans celle de la Garde locale. Il faut être calé pour servir dans l'artillerie, Wade.

– Je pense bien, fit Wade, le visage radieux. Avez-vous été blessé, oncle Rhett?

Rhett hésita.

– Parlez-lui donc de votre dysenterie, ricana Scarlett.

Rhett reposa avec précaution le bébé par terre, puis il sortit sa chemise et son sous-vêtement de son pantalon.

– Viens ici, Wade, je vais te montrer où j'ai été blessé.

Wade avança, très ému, et regarda l'endroit que lui désignait Rhett. Une longue cicatrice verticale balafrait sa poitrine bronzée et son ventre aux muscles puissants. C'était le souvenir d'une bataille au couteau en Californie, sur un terrain aurifère, mais Wade n'en savait rien. L'enfant poussa un soupir joyeux.

– Je crois bien que vous êtes presque aussi brave que mon papa, oncle Rhett.

– Presque, mais pas tout à fait, acquiesça Rhett en rentrant sa chemise dans son pantalon. Maintenant, va dépenser ton dollar et étripe-moi celui qui te dira que je n'ai pas fait la guerre.

Wade sortit en dansant de joie et en appelant Pork. Rhett reprit le bébé dans ses bras.

– Voyons, en quel honneur tous ces mensonges, mon brave militaire? demanda Scarlett.

– Un garçon doit être fier de son père... ou de son beau-père. Je ne veux pas qu'il ait honte devant les autres petites brutes. C'est cruel, les enfants.

– Oh! turlututu.

– Je ne pouvais pas penser que ces choses avaient tant d'importance pour Wade, fit Rhett lentement. Je ne pouvais pas penser qu'il en souffrait à ce point. En tout cas, ça ne se passera pas comme ça pour Bonnie.

– Comme ça?

– Croyez-vous que je laisserai ma petite Bonnie avoir honte de son père? Je ne veux pas qu'on la tienne à l'écart quand elle aura neuf ou dix ans. Je ne veux pas qu'on l'humilie comme Wade et qu'on lui reproche des choses qui ne sont pas de sa faute, mais la vôtre ou la mienne.

– Oh! tant qu'il ne s'agit que de réunions d'enfants!

– Après les réunions d'enfants ce sont, pour les jeunes filles, les débuts dans le monde. Croyez-vous que je vais laisser ma fille grandir sans pouvoir fréquenter les seuls gens convenables d'Atlanta? Je ne tiens pas du tout à me voir dans l'obligation de l'envoyer faire ses études dans un collège du Nord parce que personne ne voudra la recevoir, soit ici, soit à Charleston, à Savannah ou à La Nouvelle-Orléans. Je ne tiens pas du tout à ce qu'elle soit obligée d'épouser un Yankee ou un étranger parce que, dans le Sud, aucune famille comme il faut ne voudra d'elle… parce que sa mère s'est conduite comme une folle et que son père est une crapule.

Wade qui était revenu se tenait sur le pas de la porte et suivait la conversation avec beaucoup d'intérêt, bien qu'il n'y comprît pas grand-chose.

– Bonnie pourra épouser Beau, oncle Rhett.

Rhett se tourna vers le petit garçon et toute trace de colère disparut de son visage. Puis il se mit à réfléchir aux paroles de Wade en feignant un grand sérieux comme il le faisait toujours quand il avait affaire à des enfants.

– C'est vrai, Wade. Bonnie pourra épouser Beau Wilkes. Mais toi, qui épouseras-tu ?

– Oh ! moi, je n'épouserai personne, confia Wade ravi de cette discussion d'homme à homme avec le seul être qui, en dehors de tante Melly, ne le rabrouait jamais et l'encourageait toujours à parler : J'irai à Harvard pour devenir un avocat comme mon père, ensuite je serai un soldat courageux comme lui.

– Je regrette bien que Melly ne sache pas tenir sa langue, s'écria Scarlett. Wade, tu n'iras pas à Harvard. C'est une université yankee et je ne veux pas que tu ailles chez les Yankees. Tu iras à l'Université de Géorgie et quand tu auras passé tes examens tu dirigeras le magasin à ma place. Quant au courage de ton père…

– Taisez-vous ! fit Rhett d'un ton encore plus sec que la première fois, car il n'était pas sans avoir remarqué la lueur qui s'était allumée dans les yeux de Wade lorsqu'il avait parlé de ce père qu'il n'avait jamais connu. Tu deviendras grand et tu seras un homme brave comme ton père, Wade. Essaie de lui ressembler, car c'était un héros et ne laisse personne te dire le contraire. D'ailleurs, n'a-t-il pas épousé ta mère ? C'était déjà une preuve suffisante d'héroïsme. Et moi, je m'arrangerai pour que tu ailles à Harvard et qu'on fasse de toi un avocat. Maintenant, fiche-moi le camp et va dire à Pork de t'emmener en ville.

– Je vous serai reconnaissante de me laisser diriger mes enfants à ma guise, s'écria Scarlett lorsque Wade se fut retiré.

– Vous faites une bien piètre directrice. Vous avez gâché l'avenir d'Ella et de Wade, mais je ne tolérerai pas qu'il en soit de même pour Bonnie. Bonnie sera une petite princesse et tout le monde l'accueillera à bras ouverts. Elle pourra aller où bon lui semblera. Bon

Dieu! pensez-vous que je la laisserai fréquenter les canailles qui encombrent cette maison quand elle sera plus grande?

– Ces canailles-là sont assez bonnes pour vous...

– Et encore trop bonnes pour vous, mon chou. Mais pour Bonnie ce sera différent. Croyez-vous que je lui permettrai d'épouser un de ces parias avec qui vous passez votre temps? Des Irlandais qui feraient n'importe quoi pour arriver, des Yankees, des blancs de bas étage, des Carpetbaggers enrichis... ma petite Bonnie avec du sang Butler et du sang Robillard dans les veines...

– Et du sang O'Hara...

– Les O'Hara ont peut-être été les rois de l'Irlande autrefois, mais je m'en fiche, n'empêche que votre père n'était qu'un damné arriviste d'Irlandais. Et vous ne valez pas plus cher... mais il y a aussi de ma faute. Je me suis conduit dans la vie comme un monstre vomi par l'enfer, sans jamais me soucier de ce que je faisais, tout cela parce que rien n'avait jamais compté pour moi. Mais Bonnie tient une grande place dans mon existence. Bon Dieu, quel insensé j'ai été. Ma mère ou vos tantes Pauline et Eulalie auront beau faire, personne ne la recevra jamais à Charleston... et vous pouvez être sûre que personne ne la recevra ici non plus, à moins que nous ne fassions vite quelque chose.

– Oh! Rhett, vous prenez cette affaire-là avec tant de sérieux que vous en devenez drôle. Avec notre fortune...

– Au diable notre fortune! Notre fortune ne nous permettra jamais d'acheter ce que je veux pour elle. J'aimerais mieux voir Bonnie invitée à manger du pain sec dans la misérable bicoque des Picard ou dans la grange délabrée de Mme Elsing que de la voir être la reine d'un bal républicain. Scarlett, vous vous êtes comportée comme une imbécile. Il y a des années que vous auriez dû réserver à vos enfants une place dans la société... mais vous ne l'avez pas fait. Vous ne vous êtes même pas donné la peine de conserver le rang que vous occupiez. Je crains qu'il ne soit bien tard pour que vous cherchiez à vous amender. D'ailleurs, vous avez trop envie de gagner de l'argent et vous aimez trop tyranniser les gens.

– Je considère toute cette affaire comme une simple tempête dans un verre d'eau, fit Scarlett d'un ton froid tout en agitant des papiers pour bien montrer que, de son côté, la discussion était close.

– Nous ne pouvons compter que sur Mme Wilkes, et vous, vous faites tout pour vous la mettre à dos et pour la blesser. Oh! de grâce, épargnez-moi vos réflexions sur sa pauvreté et ses habits miteux. C'est elle l'âme et le centre de tout ce qui représente quelque chose à Atlanta. Que Dieu la bénisse. J'espère bien qu'elle m'aidera dans ma tâche.

– Et que pensez-vous faire ?

– Faire ? Je m'en vais cultiver tous les dragons femelles de la Vieille Garde et en particulier Mme Merriwether, Mme Elsing, Mme Whiting et Mme Meade. Dussé-je me traîner à plat ventre aux pieds de ces vieilles chipies qui me détestent, je le ferai. Je m'humilierai devant elles, je me repentirai de mes erreurs passées. Je donnerai dans leurs sacrées bonnes œuvres, je me rendrai à leurs sacrées églises. Je reconnaîtrai que j'ai servi la Confédération, j'en tirerai gloire et, s'il faut en passer par là, je m'affilierai à leur sacré Ku-Klux-Klan, bien qu'il me semble que Dieu en sa clémence n'osera tout de même pas m'infliger pareille pénitence. Je n'hésiterai pas non plus à rappeler aux imbéciles auxquels j'ai sauvé la vie qu'ils ont une dette envers moi. Quant à vous, madame, j'espère que vous aurez la bonté de ne pas me mettre des bâtons dans les roues soit en exerçant vos droits hypothécaires sur les personnes auxquelles je ferai ma cour, soit en leur vendant du mauvais bois, soit en les offensant d'une manière ou d'une autre. Et puis, le gouverneur Bullock ne remettra plus jamais les pieds ici. M'entendez-vous ? Ni aucun des membres de cette élégante bande de voleurs que vous fréquentez. Si vous les invitez malgré ma défense, vous vous sentirez plutôt gênée, car le maître de maison ne sera pas là pour les recevoir. S'ils viennent ici, je passerai mon temps au café de Belle Watling et je dirai à qui voudra l'entendre que je ne tiens pas du tout à me trouver sous le même toit que ces individus.

Scarlett, que ces paroles avaient piquée au vif, émit un petit rire bref.

– Ainsi, l'homme qui jouait aux cartes sur les bateaux du Mississippi et qui spéculait pendant la guerre veut devenir respectable ! Allons, pour commencer, vous feriez mieux de vendre la maison de Belle Watling.

C'était vraiment là un coup porté à l'aveuglette, car Scarlett n'avait jamais eu la certitude absolue que Rhett fût propriétaire de cet établissement. Rhett éclata brusquement de rire comme s'il avait lu dans sa pensée.

– Je vous remercie du conseil.

L'eût-il voulu, Rhett n'aurait pu choisir époque moins propice pour entreprendre sa campagne de réhabilitation. Jamais, ni avant ni après, les noms de Républicains et de Scallawags n'impliquèrent autant de haine, car à cette époque la corruption du régime des

Carpetbaggers était à son comble. Or, depuis la reddition, le nom de Rhett avait été inexorablement attaché à celui des Yankees, des Républicains et des Scallawags.

En 1866, les gens d'Atlanta s'étaient dit avec une rage impuissante que rien ne pouvait être pire que l'implacable loi martiale sous laquelle ils ployaient, mais maintenant, sous la domination de Bullock, ils connaissaient pire encore. Grâce au vote des nègres, les Républicains et leurs alliés étaient solidement retranchés dans leurs positions et ils menaient la vie dure à la minorité qui, pieds et poings liés, continuait quand même à protester.

On avait répandu l'idée parmi les nègres que la Bible ne mentionnait que deux partis politiques, celui des Républicains et celui des Pécheurs. Comme aucun nègre ne tenait à rallier un parti entièrement composé de pécheurs, ils s'empressaient tous de suivre celui des Républicains. Leurs nouveaux maîtres n'arrêtaient pas de les faire voter et les obligeaient à élire aux postes les plus importants des Scallawags et des blancs de bas étage ou même quelques noirs. Ces nègres siégeaient à la Législature où ils passaient la majeure partie de leur temps à manger ou à se déchausser et à se rechausser pour soulager leurs pieds qui n'avaient pas l'habitude de se trouver emprisonnés dans des souliers. Fort peu savaient lire ou écrire. Nouvellement débarqués des plantations de coton ou de cannes à sucre, ils n'en étaient pas moins investis du pouvoir de voter des impôts et des emprunts ou de s'ouvrir d'énormes crédits à eux et à leurs amis républicains. Et ils ne s'en privaient pas. L'État était écrasé sous le poids des impôts payés la rage au cœur, car les contribuables savaient que la plupart des fonds destinés à un usage général étaient empochés par un certain nombre d'individus.

Autour du parlement local grouillait une foule d'affairistes plus ou moins louches, de spéculateurs, de soumissionnaires et de personnages de tout crin venus dans l'espoir de profiter de la folle orgie de dépenses et dont plusieurs devenaient honteusement riches. Ils n'avaient aucune difficulté à obtenir des subventions de l'État pour construire des voies ferrées qui ne seraient jamais construites, pour acheter des wagons et des locomotives qui ne seraient jamais achetés, pour édifier des bâtiments publics qui ne s'élèveraient jamais que dans l'imagination de ces chevaliers d'industrie.

On émettait par millions les bons du trésor. Les émissions étaient presque toutes illégales et frauduleuses, mais on passait outre. Le Trésorier de l'État, honnête homme quoique Républicain, protestait contre ces émissions et refusait sa signature, mais à l'exemple de tous ceux qui cherchaient à refréner ces abus, il ne pouvait rien contre la vague déferlante.

Le réseau de chemins de fer administré par l'État, qui jadis procurait des ressources régulières au trésor, était maintenant en déficit et la dette atteignait la somme coquette d'un million de dollars. Ce n'était plus un réseau de chemins de fer, mais une gigantesque écurie d'Augias, où les parasites s'ébattaient et se vautraient à loisir. Bon nombre d'employés étaient nommés pour des raisons politiques sans qu'on s'inquiétât de leur compétence et il y en avait deux fois trop. Les Républicains voyageaient sans bourse délier. Quant aux nègres, ils circulaient gratuitement les jours où, en bandes joyeuses, ils s'entassaient par trains entiers dans des wagons de marchandises et s'en allaient d'un point à l'autre du territoire voter et revoter pour les mêmes candidats.

La gabegie qui régnait dans l'administration du réseau exaspérait d'autant plus les contribuables qu'en principe les bénéfices de l'exploitation devaient être consacrés à la construction d'écoles gratuites. Mais, comme il n'y avait que des dettes et pas de bénéfices, on n'ouvrait aucune école. Peu de gens étaient assez riches pour envoyer leurs enfants dans les institutions payantes et toute une génération grandissait ainsi dans l'ignorance, préparant pour les années à venir une ample moisson d'hommes et de femmes incultes.

Mais, plus encore que le désordre des finances publiques, le gaspillage et la corruption, le jour sous lequel le gouverneur présentait les Géorgiens aux autorités du Nord rendait ceux-ci fous de rage. Chaque fois que la Géorgie s'indignait contre les concussionnaires, le gouverneur partait en hâte pour le Nord et se rendait au Congrès, où il parlait aux membres de l'Assemblée des attentats des blancs contre les nègres, où il déclarait que la Géorgie préparait une nouvelle rébellion et avait besoin d'être sérieusement matée. Dans l'État, cependant, personne ne cherchait noise aux nègres et ne tenait à provoquer des troubles. Personne ne souhaitait une nouvelle guerre, personne ne voulait être mené à la pointe des baïonnettes. La Géorgie entière aspirait au calme afin de pouvoir se relever de ses ruines ; malheureusement, à force de faire marcher ce qu'on appelait son « moulin à calomnies », le gouverneur finit par persuader le Nord que la Géorgie était un État rebelle qu'il fallait mener avec une main de fer, et la main de fer s'abattit sur le pays.

La bande qui tenait la Géorgie à la gorge s'en donnait à cœur joie. Chacun cherchait à tirer la couverture à soi et le cynisme avec lequel opéraient les gens en place donnait froid dans le dos. Protester ou esquisser une résistance quelconque ne servait à rien, car l'armée des États-Unis soutenait de toute sa force le gouvernement local. Atlanta honnissait le nom de Bullock, de ses Scallawags et de ses Républicains et de tous ceux qui entretenaient des relations avec eux. Or Rhett entretenait des relations avec eux. On prétendait qu'il était associé à toutes leurs combinaisons équivoques. Mais maintenant Rhett avait fait demi-tour et, nageant de toutes ses forces, il s'était mis en devoir de remonter le courant qui l'entraînait encore si peu de temps auparavant.

Il mena sa campagne avec une subtile lenteur, pour ne pas éveiller la méfiance des gens d'Atlanta en jouant, du jour au lendemain, le loup transformé en berger. Il évita ses anciens camarades de bouteille et on ne le vit plus en compagnie d'officiers yankees, de Scallawags ou de Républicains. Il assista aux réunions du parti démocrate et vota démocrate au vu et au su de tout le monde. Il renonça à jouer gros jeu et devint relativement sobre. Lorsqu'il lui prenait fantaisie d'aller chez Belle Watling, il attendait que la nuit fût tombée pour s'y rendre discrètement à l'exemple des autres citoyens honorables et ne laissait plus son cheval attaché une bonne partie de l'après-midi devant la porte du café, comme pour bien montrer qu'il était là.

Les fidèles de l'église épiscopale faillirent tomber de leurs bancs en voyant entrer Rhett qui, arrivé après le début du service, marchait sur la pointe des pieds et donnait la main à Wade. Les gens furent aussi étonnés par l'apparition de Wade que par celle de Rhett, car tout le monde se figurait que le petit garçon était catholique. En tout cas, Scarlett l'était, ou du moins on le supposait. Mais elle n'avait pas mis le pied à l'église depuis des années, car elle avait abandonné toute pratique religieuse comme elle avait abandonné tant de principes inculqués par Ellen. Tout le monde considérait qu'elle avait négligé l'éducation religieuse de son fils et l'on sut gré à Rhett de remédier à cet état de choses, bien qu'il conduisît Wade à l'église épiscopale au lieu de le mener à l'église catholique.

Lorsqu'il voulait s'en donner la peine, Rhett pouvait être aussi aimable que sérieux dans ses propos, à condition bien entendu de retenir sa langue et de voiler son regard pétillant de malice. Il y avait une éternité qu'il n'avait adopté pareille attitude, mais désormais il lui plaisait de se composer un maintien à la fois grave et charmant, tout comme il lui plaisait de porter des gilets plus discrets. Il n'eut aucune peine à entrer dans les bonnes grâces des hommes auxquels il avait sauvé la vie. Ceux-ci lui eussent témoigné leur sympathie depuis longtemps s'il n'avait pas paru en faire fi. Hugh Elsing, René, les frères Simmons, Andy Bonnell et les autres le trouvaient maintenant d'un commerce d'autant plus agréable qu'il n'était pas homme à se mettre en avant et avait l'air gêné quand ils parlaient de leur dette envers lui.

– Ça ne compte pas, protestait-il. À ma place, vous en auriez fait autant.

Il versa une forte somme au comité chargé de recueillir les fonds destinés à la réparation de l'église épiscopale et fit un don généreux, mais sans exagération de mauvais goût, à l'œuvre pour l'Embellissement des Tombes de nos Glorieux Morts. Il s'adressa directement à Mme Elsing et la pria, d'un ton humble, de ne dire à personne d'où venait cette somme tout en sachant pertinemment que c'était le meilleur moyen de l'inciter à aller crier la chose sur les toits. Mme Elsing aurait bien voulu refuser… Pensez donc, l'argent d'un spéculateur!… Mais les fonds de l'œuvre étaient trop bas.

– Je ne vois pas pourquoi vous tenez tant à nous venir en aide, fit-elle d'une voix revêche.

Lorsque Rhett lui déclara d'un air fort digne qu'il accomplissait ce geste en souvenir d'anciens camarades de combat, plus braves mais moins heureux que lui, Mme Elsing en resta bouche bée. Dolly Merriwether lui avait bien dit que, d'après Scarlett, le capitaine Butler avait fait la guerre, mais elle n'en avait rien cru… Personne n'en avait jamais rien cru.

– Vous avez fait la guerre, vous? Quelle était votre compagnie… votre régiment?

Rhett fournit le renseignement.

– Ah! oui, l'artillerie! Tous les gens que j'ai connus étaient soit dans la cavalerie, soit dans l'infanterie. C'est ce qui explique…

Mme Elsing, déconcertée, s'arrêta net dans l'espoir de surprendre une flamme moqueuse dans le regard de Rhett, mais Rhett avait les yeux fixés par terre et jouait avec sa chaîne de montre.

– J'aurais beaucoup aimé servir dans l'infanterie, dit-il sans relever l'allusion, mais quand on s'est aperçu que j'avais fait West Point… quoique je n'aie pas passé l'examen de sortie à cause d'une frasque de jeune homme, madame Elsing… on m'a versé dans l'artillerie, l'artillerie régulière, pas dans la milice. On avait grand besoin de spécialistes au cours de cette dernière campagne. Vous savez combien les pertes avaient été lourdes, quels ravages il y avait eu parmi les artilleurs. Je me sentis plutôt seul dans ce corps. Je n'ai vu personne de connaissance. Je crois que je n'ai pas vu un seul homme d'Atlanta pendant tout le temps que j'ai fait la guerre.

– Voyons, fit Mme Elsing de plus en plus embarrassée.
En somme, si Rhett avait fait la guerre pour de bon, c'était elle qui s'était trompée ! Elle commençait à s'en vouloir d'avoir tenu tant de propos cinglants sur sa lâcheté.
– Voyons, pourquoi n'avoir jamais dit que vous vous étiez battu ? On dirait que vous en avez honte ?
Rhett, le visage impénétrable, regarda Mme Elsing droit dans les yeux.
– Madame Elsing, dit-il, croyez bien que je suis plus fier des services que j'ai rendus à la Confédération que de ce que j'ai jamais fait ou pourrai jamais faire. J'estime… j'estime…
– Mais enfin, pourquoi tous ces mystères ?
– J'avais honte d'en parler à cause de… de certaines de mes actions passées.
Mme Elsing s'empressa de raconter à Mme Merriwether que Rhett avait versé de l'argent à l'œuvre et de lui rapporter cette conversation en détail.
– Et puis, Dolly, je te donne ma parole qu'il en avait les larmes aux yeux quand il m'a dit qu'il avait honte ! Oui, les larmes aux yeux ! Moi aussi, j'ai failli en pleurer.
– Quel bourrage de crâne ! s'écria Mme Merriwether. Je ne crois pas plus à ses larmes qu'à ses exploits pendant la guerre. D'ailleurs, je saurai vite à quoi m'en tenir. Puisqu'il prétend avoir servi dans l'artillerie, je m'en vais écrire au colonel Carleton, qui a épousé la fille d'une des sœurs de mon grand-père. C'est lui qui était à la tête des services d'artillerie.
Mme Merriwether écrivit donc au colonel Carleton et, à son grand chagrin, reçut une lettre dans laquelle le colonel faisait l'éloge de Rhett en termes qui ne laissaient place à aucune équivoque. Un artilleur-né, un soldat courageux, un homme du monde accompli, un modeste qui avait refusé les galons d'officier lorsqu'on les lui avait offerts.
– Ça, par exemple, fit Mme Merriwether en montrant la lettre à Mme Elsing. J'en suis bleue ! Que veux-tu, nous nous sommes peut-être méprises sur son courage, nous aurions peut-être dû croire Scarlett et Mélanie lorsqu'elles nous soutenaient qu'il s'était engagé le jour de la chute d'Atlanta, mais n'empêche que c'est un Scallawag et une crapule et que je ne l'aime pas !
– Tout de même, dit Mme Elsing, hésitante, tout de même, je ne crois pas qu'il soit si mauvais que cela. Un homme qui s'est battu pour la Confédération ne peut pas être foncièrement mauvais. C'est Scarlett qui ne vaut pas cher. Sais-tu, Dolly, je crois pour de bon

que… qu'il a honte de Scarlett, mais qu'il est trop galant homme pour le laisser paraître.

– Honte, lui? Peuh! Ils sont bien taillés tous les deux sur le même patron. Où as-tu été pêcher une idiotie pareille?

– Ça n'a rien d'idiot! protesta Mme Elsing indignée. Hier, sous une pluie battante, il montait et descendait la rue du Pêcher en voiture avec les trois enfants, y compris la toute petite, et il m'a reconduite chez moi. Lorsque je lui ai dit: «Capitaine Butler, vous n'êtes pas raisonnable de sortir des enfants par cette humidité, pourquoi ne les ramenez-vous pas à la maison?» il a pris un air gêné et n'a rien répondu, mais Mama s'en est chargée pour lui: «La maison elle est pleine de blancs de 'ien du tout et il fait meilleu' pou' les enfants deho' sous la pluie que dedans.»

– Qu'a-t-il dit?

– Que pouvait-il dire? Il s'est contenté de lancer un coup d'œil de reproche à Mama. Tu sais bien que Scarlett a organisé une grande partie de whist hier et qu'elle a reçu chez elle toutes ces femmes si vulgaires. Je parie que le capitaine Butler n'a pas voulu qu'elles embrassent sa petite fille.

– Allons! murmura Mme Merriwether un peu ébranlée mais toujours intraitable.

Néanmoins, la semaine suivante, elle aussi capitula.

Rhett avait désormais un bureau à la banque. Ce qu'il y faisait, les directeurs intrigués eussent été bien en peine de le dire, mais il détenait un trop gros paquet d'actions pour que l'un d'entre eux s'avisât de lui reprocher sa présence. D'ailleurs, au bout d'un certain temps, ils firent mieux que de le tolérer, car il était tranquille et bien élevé et s'y connaissait en affaires de banque et en placements. En tout cas, il passait toute la journée à son bureau et donnait à chacun l'impression d'être fort occupé, car il tenait à se trouver sur un pied d'égalité avec ses concitoyens les plus respectables qui travaillaient et même travaillaient ferme.

Mme Merriwether, qui désirait agrandir sa boulangerie-pâtisserie en plein essor, avait essayé d'emprunter deux mille dollars à la banque, avec sa maison comme garantie, mais on lui avait refusé cette somme parce que sa maison était déjà grevée de deux hypothèques. Furieuse, la plantureuse dame sortait de la banque en lançant feu et flamme, lorsque Rhett l'arrêta, s'enquit de la cause de son émoi et lui dit d'un ton préoccupé: «On a sûrement fait une erreur, madame Merriwether, une erreur terrible. Vous avez moins besoin qu'une autre de donner des garanties. Voyons, mais moi je vous prêterai de l'argent sur parole ! Une dame qui a monté une affaire comme la vôtre, on ne peut que lui faire confiance. C'est à des gens comme vous que la banque désire prêter de l'argent. Tenez, allez vous asseoir dans mon bureau et je vais arranger ça. »

Lorsqu'il revint, un aimable sourire aux lèvres, Rhett déclara à Mme Merriwether qu'il s'agissait bien d'une erreur ainsi qu'il l'avait deviné. Les deux mille dollars étaient à sa disposition… maintenant, si elle voulait bien signer là, dans le coin, pour sa maison…

Indignée, vexée, furieuse d'avoir été obligée d'accepter cette faveur d'un homme qu'elle détestait et dont elle se méfiait, Mme Merriwether remercia sans aucune chaleur. Rhett fit celui qui ne remarquait rien, puis, en reconduisant la visiteuse à la porte, il lui demanda :

– Madame Merriwether, j'ai toujours eu le plus profond respect pour vos capacités, pourriez-vous me dire quelque chose ?

Mme Merriwether hocha la tête avec si peu d'empressement que la plume de son chapeau bougea à peine.

– Que faisiez-vous quand votre Maybelle était petite et qu'elle suçait son pouce ?

– Quoi ?

– Ma petite Bonnie suce le sien. Je ne peux l'en empêcher.

– Il faut absolument lui faire passer cette manie, fit Mme Merriwether avec énergie. Ça va lui déformer la bouche.

– Je sais, je sais ! Et dire qu'elle a une si jolie bouche, mais je ne vois vraiment pas comment m'y prendre.

– Voyons, Scarlett devrait savoir, fit Mme Merriwether d'un ton sec. Elle a déjà eu deux enfants.

Rhett examina la pointe de ses souliers et soupira.

– J'ai essayé de lui mettre du savon sous l'ongle, dit-il en glissant sur la remarque.

– Du savon ! Peuh ! Du savon, ça ne vaut rien. Moi j'ai enduit de quinine le doigt de Maybelle et je vous prie de croire, capitaine Butler, qu'elle n'a pas continué de sucer son pouce bien longtemps.

– De la quinine ! Je n'y avais pas pensé ! Je ne sais comment vous remercier, madame. Ça m'ennuyait beaucoup.

Il lui adressa un sourire si affable, si reconnaissant, que Mme Merriwether en fut toute décontenancée, mais, en prenant congé de Rhett, elle aussi avait le sourire aux lèvres.

Pour rien au monde elle n'aurait voulu reconnaître devant Mme Elsing qu'elle s'était trompée sur le compte de Rhett, mais, comme elle était honnête, elle avoua tout de même qu'un homme qui aimait son enfant ne pouvait pas être foncièrement mauvais. Quel dommage que Scarlett ne s'intéressât point à un petit être aussi adorable que Bonnie ! Il y avait quelque chose de pathétique dans les efforts de cet homme pour élever lui-même une petite fille ! Rhett n'ignorait pas le pathétique de la situation et il se moquait pas mal, que la réputation de Scarlett eût à en souffrir.

Dès que l'enfant sut marcher, il l'emmena continuellement dans ses promenades, soit à côté de lui en voiture, soit juchée devant lui sur la selle de son cheval. Après être rentré de la banque vers la fin de l'après-midi, il ressortait et descendait la rue du Pêcher en tenant Bonnie par la main, ralentissant le pas, accordant son allure aux pas mal assurés de la petite, répondant à ses milliers de questions. À l'heure où le soleil se couchait, les gens avaient coutume de se tenir sous leurs vérandas ou dans leurs jardins et, comme Bonnie était si sympathique, si mignonne avec ses grosses boucles noires et ses yeux d'un bleu vif, peu de personnes résistaient au plaisir de lui parler. Rhett ne se mêlait jamais à ces conversations, mais, débordant d'orgueil paternel, il semblait remercier par son attitude ceux qui faisaient attention à sa fille.

Les gens d'Atlanta avaient bonne mémoire et, d'un naturel méfiant, ils étaient longs à changer. Les temps étaient durs et l'on regardait d'un mauvais œil quiconque entretenait des rapports avec Bullock et sa bande. Cependant Bonnie réunissait le charme de Scarlett et de Rhett sous leur meilleur jour, et son père se servait d'elle comme d'un coin pour entamer le mur de froideur que lui opposait Atlanta.

Bonnie grandissait rapidement et chaque jour il était de plus en plus évident qu'elle avait eu Gérald O'Hara pour grand-père. Elle avait les jambes courtes et robustes, de grands yeux d'un bleu tout irlandais et un petit menton carré, indice d'une volonté bien arrêtée de n'en faire qu'à sa tête. De Gérald, elle avait les brusques accès de colère qui s'accompagnaient de cris et de hurlements pour s'apaiser dès qu'on avait satisfait ses caprices et, quand son père se trouvait là, elle ne tardait pas à obtenir gain de cause. Malgré les efforts de Mama et de Scarlett, Rhett la gâtait follement car elle était pour lui un objet de satisfactions constantes, sauf sur un point, et c'était sa peur de l'obscurité.

Jusqu'à l'âge de deux ans, Bonnie coucha dans la nursery qu'elle partageait avec Wade et Ella, puis, peu à peu, sans raison apparente, elle prit l'habitude de sangloter chaque fois que Mama quittait la pièce en emportant la lampe. Enfin, les choses se compliquèrent et toutes les nuits elle se réveilla en sursaut, hurlant de terreur, effrayant les autres enfants et alarmant la maison entière. Une fois, Rhett dut envoyer chercher le docteur Meade et fut à peine poli avec le vieux praticien lorsque celui-ci eut diagnostiqué qu'il s'agissait seulement de mauvais rêves. D'ailleurs, le seul mot qu'on pût obtenir d'elle fut « noir ».

Scarlett, irritée contre l'enfant, parla de lui administrer une bonne fessée et refusa de laisser une lampe allumée dans la chambre des enfants, car la lumière empêcherait Wade et Ella de dormir. Rhett était inquiet et, après avoir essayé en vain d'obtenir quelques détails de la petite en l'interrogeant avec douceur, il déclara tout net que si l'on devait fouetter quelqu'un il s'en chargerait lui-même et choisirait Scarlett pour victime.

Le résultat de cette affaire fut qu'on transporta Bonnie dans la chambre que Rhett désormais occupait tout seul. Son petit lit fut placé contre le grand lit de son père et une lampe voilée brûla toute la nuit. L'histoire fit le tour de la ville et les langues allèrent bon train. Il y avait quelque chose de choquant dans le fait de laisser une fille dormir dans la chambre de son père, la fille ne fût-elle qu'un bébé de deux ans. Les commentaires auxquels on se livra atteignirent Scarlett de deux façons. D'abord, la preuve était faite que son mari et elle occupaient des chambres séparées, ce qui en soi était assez déplaisant. Ensuite, tout le monde pensait que si l'enfant avait peur de l'obscurité sa place était auprès de sa mère. Et Scarlett ne se sentait pas de taille à expliquer aux gens qu'il lui était impossible de dormir dans une pièce éclairée et que Rhett avait interdit que l'enfant couchât auprès d'elle.

– Vous ne vous réveilleriez que si elle hurlait, et par-dessus le marché vous lui donneriez sans doute une gifle, déclara-t-il d'un ton sec.

Scarlett était ennuyée par l'importance que Rhett attachait aux terreurs nocturnes de Bonnie, mais elle se disait qu'à la première occasion elle remédierait à cet état de choses et réussirait à faire remettre le lit de la petite dans la nursery. Tous les enfants avaient peur du noir et le seul remède, c'était la fermeté. Du reste, c'était uniquement par méchanceté que Rhett agissait ainsi. Il était trop heureux de la faire passer pour une mauvaise mère pour se venger de l'avoir banni de sa chambre.

Depuis le soir où elle lui avait manifesté le désir de ne plus jamais avoir d'enfants, il n'avait jamais remis les pieds dans sa chambre à coucher. Par la suite, et jusqu'au jour où les frayeurs de Bonnie commencèrent à le retenir à la maison, il avait plus souvent dîné dehors que chez lui. Parfois, il n'était pas rentré de la nuit et Scarlett, qui veillait derrière sa porte fermée à clef et écoutait la pendule égrener les heures dans le petit matin, s'était demandé où il pouvait bien être. Elle se rappelait son « il y a d'autres lits, ma chère », et frémissait intérieurement, mais elle ne pouvait rien faire, et elle ne pouvait rien dire non plus sous peine de provoquer une scène dont il profiterait sûrement pour la cribler de traits mordants sur son acharnement à fermer sa porte à clef et le rôle probable qu'avait joué Ashley dans tout cela. Oui, en faisant coucher Bonnie dans une pièce éclairée, dans sa propre chambre, il cherchait bien à se venger d'elle.

Il fallut une nuit d'épouvante, une nuit que toute la famille se rappela, pour que Scarlett se rendît compte de l'importance que Rhett attachait aux terreurs de Bonnie et de son dévouement sans borne à l'enfant.

Ce jour-là, Rhett avait rencontré un ancien forceur de blocus et les deux hommes avaient eu beaucoup de choses à se raconter. Où étaient-ils allés pour boire et bavarder ? Scarlett ne le savait pas au juste, mais elle se doutait bien qu'ils s'étaient rendus chez Belle Watling. Rhett ne rentra pas vers la fin de l'après-midi pour emmener Bonnie faire sa promenade et il ne rentra pas non plus dîner. Bonnie, fort désireuse de montrer à son père une collection de scarabées bigarrés, avait passé la journée à la fenêtre, guettant son retour, mais Lou avait fini par la mettre au lit malgré ses gémissements et ses protestations.

Que Lou eût oublié d'allumer la lampe ou que celle-ci se fût éteinte d'elle-même, personne ne sut jamais ce qui s'était passé, en tout cas, lorsque Rhett rentra chez lui passablement ivre, la maison était sens dessus dessous et Bonnie hurlait si fort qu'on l'entendait jusque dans les écuries. Elle s'était réveillée en pleine obscurité et avait appelé son père qui n'était pas là. Tous les fantômes sans nom qui peuplaient sa petite imagination s'agrippaient à elle. Toutes les lumières réconfortantes apportées par Scarlett et les domestiques ne réussissaient pas à la calmer et Rhett, montant les escaliers quatre à quatre, apparut tel un homme qui vient de voir la Mort en face.

Finalement, lorsqu'il eut pris l'enfant dans ses bras et qu'à travers ses sanglots il eut reconnu le mot « noir », il se tourna, blême de rage, vers Scarlett et les négresses.

– Qui a éteint la lampe ? Qui a laissé la petite dans le noir ? Prissy, je vais t'arracher la peau pour…

– Seigneu' tout-puissant, missié Rhett ? C'est pas moi ! C'est Lou !

– Pou' l'amou' de Dieu, missié Rhett, je…

– Assez ! vous connaissez mes ordres. Bon Dieu, je vais… sortez. Ne revenez pas. Scarlett, donnez-lui de l'argent et faites en sorte qu'elle soit partie avant que je redescende. Maintenant, tout le monde dehors. Tout le monde !

Les nègres s'éclipsèrent. La malheureuse Lou pleurait à chaudes larmes dans son tablier. Pourtant, Scarlett resta. C'était dur pour elle de voir son enfant préférée s'apaiser dans les bras de Rhett alors que, dans les siens, elle avait hurlé à fendre l'âme. C'était dur de voir ses petits bras entourer le cou de Rhett et d'entendre la petite raconter d'une voix étranglée ce qui l'avait effrayée alors qu'elle n'avait rien pu obtenir d'elle.

– Alors, il s'est assis sur toi, dit Rhett avec douceur. Il était gros ?

– Oh ! oui, horriblement gros. Et il avait des griffes.

– Ah ! ah ! des griffes ! Allons, je vais rester debout toute la nuit et je le tuerai s'il revient.

Rhett parlait avec le plus grand sérieux et, au son de sa voix, les sanglots de Bonnie s'espacèrent peu à peu, l'enfant s'exprima avec moins de difficulté et, dans un langage que seul Rhett pouvait comprendre, se lança dans une description détaillée du monstre qui lui avait rendu visite. Scarlett commençait à perdre patience. Elle en voulait à Rhett de discuter avec sa fille comme si la chose était arrivée pour de bon.

– Pour l'amour de Dieu, Rhett…

Mais il lui fit signe de se taire. Lorsque Bonnie se fut enfin endormie, il la recoucha dans son lit et la borda.

– Je m'en vais écorcher vive cette négresse, dit-il d'un ton calme. Mais c'est votre faute aussi. Pourquoi n'êtes-vous pas montée ici voir si la lampe était allumée ?

– Soyez raisonnable, Rhett, murmura-t-elle. Bonnie est comme ça parce que vous vous pliez à tous ses caprices. Des tas d'enfants ont peur du noir, mais ça leur passe. Wade avait peur lui aussi, mais je ne l'ai pas cajolé. Si vous la laissiez hurler un peu une nuit ou deux…

– La laisser hurler ! (Pendant un instant Scarlett eut l'impression qu'il allait la frapper.) Vous êtes la femme la plus bête ou la plus inhumaine que j'aie jamais vue !

– Je ne veux pas qu'elle devienne nerveuse et poltronne plus tard.

– Poltronne ! Ah ça, par exemple, c'est trop fort ! Il n'y a rien de lâche en elle, mais vous n'avez aucune imagination et vous ne pouvez pas vous douter des souffrances de ceux qui en ont… surtout quand il s'agit d'un enfant. Si un monstre griffu et cornu venait s'asseoir sur vous, vous l'enverriez tout simplement promener, n'est-ce pas ? Eh bien ! va te faire fiche ! Veuillez bien vous rappeler, madame, que je vous ai vue vous réveiller hurlant comme un chat échaudé uniquement parce que vous aviez rêvé que vous étiez en train de galoper dans le brouillard. Et, en somme, il n'y a pas si longtemps que ça.

Scarlett se trouva toute déconcertée, car elle n'aimait guère à évoquer ce rêve. De plus, elle se sentait gênée en se rappelant que Rhett, pour la réconforter, s'y était pris à peu près comme il s'y prenait avec Bonnie. Elle chercha donc aussitôt un nouveau terrain d'attaque.

– Vous la gâtez trop et...

– Et j'ai bien l'intention de continuer, comme ça elle perdra l'habitude de se réveiller la nuit et finira par oublier ses cauchemars.

– Allons, fit Scarlett d'un ton acide, si ça vous plaît tant que cela de jouer à la bonne d'enfant, vous pourriez vous arranger pour rentrer chez vous la nuit et un peu plus sobre, ça vous changerait.

– Je rentrerai de bonne heure, mais je serai soûl comme un Polonais toutes les fois que ça me chantera.

Après cette nuit-là, Rhett rentra effectivement de bonne heure. Il était là bien avant le coucher de Bonnie, puis, lorsqu'on l'avait mise au lit, il s'asseyait auprès d'elle, lui prenait la main et ne l'abandonnait qu'au moment où le sommeil s'emparait de l'enfant et lui faisait relâcher son étreinte. À ce moment, Rhett descendait l'escalier sur la pointe des pieds, laissant derrière lui la lampe allumée et la porte entrebâillée de façon à entendre sa fille si elle se réveillait et se mettait à appeler. Il était formellement décidé à ce qu'elle n'eût plus jamais un accès de terreur dans le noir. La maison tout entière pensait à la lampe allumée dans la chambre et souvent Scarlett, Mama, Prissy ou Pork montaient voir si elle ne s'était pas éteinte.

Rhett rentrait également chez lui sans avoir bu, mais Scarlett était étrangère à ce résultat. Pendant des mois, il avait dépassé la limite des libations permises quoique sans être ivre à proprement parler, et un soir son haleine sentait particulièrement le whisky. Il souleva Bonnie de terre, l'attira contre son épaule, et lui demanda :

– As-tu un baiser pour ton papa chéri ?

Elle fronça son petit nez retroussé et se mit à gigoter pour descendre.

– Non, dit-elle franchement. Mauvais.

– Je suis quoi ?

– Tu sens mauvais. L'oncle Ashley, il sent pas mauvais.

– Eh bien, que le diable m'emporte ! fit-il d'un air lugubre en déposant Bonnie sur le tapis. Je n'aurais jamais cru trouver chez moi un avocat pour me prêcher la tempérance.

À la suite de cet incident, il se borna à boire un seul verre de vin après le dîner. Bonnie qui avait toujours été autorisée à lécher les dernières gouttes de son verre ne trouvait pas désagréable du tout l'odeur du vin. Les joues de Rhett qui avaient commencé à s'empâter reprirent peu à peu leurs contours nets et durs et les cernes bistrés de ses yeux s'effacèrent lentement. Comme Bonnie adorait se promener à cheval avec lui, il passa plus de temps au grand air et le soleil lui hâlant le visage lui donna un aspect plus boucané que jamais. Il paraissait en meilleure santé et riait davantage. Il était de nouveau le jeune forceur de blocus qui avait tant fait parler de lui à Atlanta aux premiers jours de la guerre.

Les gens qui n'avaient jamais eu de sympathie pour lui ne pouvaient s'empêcher de sourire lorsqu'ils le voyaient passer avec son petit bout de fille juché sur le devant de sa selle. Les femmes, qui jusque-là avaient pensé qu'aucune d'elles n'était en sûreté auprès de lui, commencèrent à s'arrêter dans la rue pour bavarder avec lui et admirer Bonnie. Même les vieilles dames les plus collet monté trouvaient qu'un homme aussi au courant que lui des petites maladies et des questions de l'enfance ne pouvait pas être foncièrement mauvais.

LIII

C'était l'anniversaire d'Ashley, et Mélanie, voulant lui faire une surprise, avait organisé pour ce soir-là une réunion à son insu. À l'exception d'Ashley, tout le monde était au courant. Wade et le petit Beau eux-mêmes avaient été mis dans le secret des dieux et n'en étaient pas peu fiers. Tout ce qu'il y avait de bien à Atlanta était invité et avait promis de venir. Le général Gordon et sa famille avaient bien voulu accepter l'invitation. Alexander Stephens serait là lui aussi à condition que sa santé toujours précaire le lui permît, enfin l'on comptait sur la présence de Bob Toombs, le pétrel de la Confédération.

Toute la matinée, Scarlett, Mélanie, India et tante Pitty avaient empli la petite maison de leurs allées et venues et avaient stimulé l'ardeur des nègres occupés à suspendre aux fenêtres des rideaux propres, à fourbir l'argenterie, à cirer les parquets, à faire cuire des gâteaux, à préparer et à goûter des rafraîchissements. Scarlett n'avait jamais vu Mélanie ni si agitée, ni si heureuse.

– Tu comprends, ma chère, on n'a pas fêté l'anniversaire d'Ashley depuis… depuis, tu te rappelles la garden-party des Douze Chênes? Le jour où nous avons appris que M. Lincoln levait des volontaires? Eh bien! on ne lui a pas fêté son anniversaire depuis cette époque-là. Et il travaille si dur, il est si fatigué le soir quand il rentre à la maison qu'il n'a même pas pensé que c'était aujourd'hui son anniversaire. Quelle surprise, après le dîner, quand tous les invités arriveront!

– Comment qu' vous allez vous y prendre pour que m'sieu Ashley voie pas les lanternes sur la pelouse quand il rentrera dîner? demanda Archie d'un air bougon.

Il avait passé la matinée à observer les préparatifs de la cérémonie, mais sans vouloir reconnaître que ça l'intéressait. Il n'avait jamais eu l'occasion d'assister, des coulisses, à une grande réception donnée par des gens de la ville et c'était pour lui une expérience toute nouvelle. Il ne se gênait pas pour exprimer son opinion sur les femmes qui couraient dans tous les sens comme s'il y avait eu le feu à la maison, mais il n'eût pas cédé sa place pour un empire. Les lanternes vénitiennes que Mme Elsing et Fanny avaient peintes elles-mêmes attiraient particulièrement son attention, car il n'avait jamais vu «d' ces machins-là» auparavant. On les avait cachées dans la chambre qu'il occupait dans la cave et il les avait minutieusement examinées une à une.

– Oh! mon Dieu, je n'avais pas pensé à cela! s'exclama Mélanie. Quel bonheur que vous en ayez parlé, Archie. Mon Dieu, mon Dieu! Que vais-je faire? Il va falloir les accrocher dans les buissons et dans les arbres, mettre de petites bougies à l'intérieur et les allumer juste au moment où les premiers invités arriveront. Scarlett, pourras-tu demander à Pork de s'en charger pendant que nous serons à table?

– M'dame Wilkes, vous êtes plus raisonnable que la plupart des femmes, mais vous perdez facilement la tête, fit Archie. Pork, ce nègre idiot, il a rien à voir avec ces machins-là. Il va y fiche le feu en un rien d'temps. C'est que… c'est que c'est bien joli, concéda-t-il. C'est moi qui les accrocherai pendant que vous dînerez avec m'sieur Wilkes.

– Oh! Archie, comme vous êtes gentil, dit Mélanie en tournant vers lui un regard confiant et plein de gratitude. Je ne sais pas ce que je deviendrais sans vous. Vous ne pourriez pas les garnir de bougies tout de suite? Ce serait toujours ça de fait.

– P't'être bien que oui, répondit Archie sans aucune bonne grâce, et il se dirigea vers la cave en clopinant.

– Décidément, on ne prend pas les mouches avec du vinaigre, pouffa Mélanie lorsque le vieil homme barbu eut disparu. Je voulais que ce soit lui qui accroche les lanternes, mais tu sais comme il est. Il ne fait jamais rien quand on le lui demande. Maintenant nous en voilà débarrassés pour un moment. Les noirs ont une telle frousse de lui qu'ils ne peuvent plus travailler quand ils le sentent là derrière leur dos.

– Je n'aimerais pas du tout avoir cette espèce de vieil aventurier chez moi, déclara Scarlett d'un air renfrogné.

Elle détestait Archie à peu près autant qu'il la haïssait, et tous deux s'adressaient à peine la parole. Il n'y avait que chez Mélanie qu'il pût supporter la présence de Scarlett, et encore la surveillait-il du coin de l'œil avec une expression de franc mépris.

– Il va vous attirer des ennuis, sois-en persuadée.

– Oh! il est bien inoffensif, et il se comporte avec nous comme s'il avait charge d'âmes, répondit Mélanie. Et puis, il est si attaché à Ashley et à Beau que je me sens toujours en sûreté quand il est là.

– Dis plutôt qu'il t'est attaché, Melly, fit India dont le visage pincé s'éclaira d'un faible sourire tandis qu'elle enveloppait sa belle-sœur d'un regard affectueux. J'ai l'impression que tu es la première personne que ce vieux ruffian ait jamais aimée depuis que sa femme…

heu... depuis sa femme. Je suis sûre qu'il aimerait que quelqu'un t'insultât afin de pouvoir te venger dans le sang et prouver par là le respect qu'il te porte.

– Sapristi, tu n'y vas pas de main morte, India, dit Mélanie en rougissant.

– Je ne comprends pas que vous attachiez tant d'importance à ce que pense ce vieil ours mal léché, qui au demeurant ne sent pas bon du tout, trancha Scarlett sèchement. (Elle ne pardonnait pas à Archie de lui avoir exprimé crûment son opinion sur le travail des forçats.) Allons, il faut que je me sauve. Il faut que je rentre déjeuner, ensuite, j'irai au magasin payer les employés, puis au chantier où je paierai également les charretiers et Hugh Elsing.

– Ah! tu vas au chantier? demanda Mélanie. Ashley ira y faire un tour vers la fin de l'après-midi pour voir Hugh. Pourras-tu le retenir jusqu'à cinq heures? S'il rentre trop tôt, il ne manquera pas de nous surprendre en train de finir un gâteau ou quelque chose, et il n'y aura plus de surprise pour lui.

Scarlett sourit en elle-même, sa bonne humeur retrouvée.

– Entendu, je le retiendrai, dit-elle.

Au même moment, elle aperçut les yeux pâles d'India rivés sur elle. «Elle me regarde toujours d'une manière si bizarre quand je parle d'Ashley», se dit-elle.

– Eh bien! c'est ça, retiens-le aussi longtemps que tu pourras. India ira le chercher en voiture... Scarlett, je t'en prie, viens de bonne heure, ce soir. Je veux que tu ne perdes pas une miette de la réception.

Tout en rentrant chez elle en voiture, Scarlett se dit d'un air maussade: «Elle ne veut pas que je perde une miette de la réception? parfait! mais alors pourquoi ne m'a-t-elle pas proposé de l'aider à recevoir ses invités avec India et tante Pitty?»

En temps normal, Scarlett se fût pas mal moquée d'aider Mélanie à recevoir les gens qui assistaient à ses réunions insipides. Mais cette réception ne ressemblait pas aux autres. D'abord c'était la plus grande que Mélanie eût jamais donnée, ensuite c'était l'anniversaire d'Ashley, et Scarlett aurait bien voulu être à côté de lui pour accueillir les invités. Cependant elle savait pourquoi on lui avait refusé ce rôle. Ne l'aurait-elle pas su, la remarque de Rhett n'aurait pas manqué de lui ouvrir les yeux.

«Demander à une Scallawag de recevoir alors que tous les anciens Confédérés les plus éminents vont se trouver là? Vous avez des idées aussi plaisantes que saugrenues. C'est uniquement à cause de la fidélité de Mme Melly que vous êtes invitée à sa réception.»

Cet après-midi-là, Scarlett s'habilla avec plus de recherche qu'à l'ordinaire pour se rendre au magasin et au chantier de bois. Elle passa sa nouvelle robe vert mat, dont le taffetas changeant avait des reflets lilas, et coiffa son nouveau chapeau vert pâle, frangé de plumes vert foncé. Si seulement Rhett lui laissait porter une frange frisée sur le front, son chapeau lui irait beaucoup mieux! Mais il avait juré de lui raser la tête si jamais elle touchait à ses rouleaux. Et il se conduisait d'une manière si atroce en ce moment qu'il en était fort capable.

C'était un après-midi délicieux, ensoleillé, mais pas trop chaud, scintillant, mais pas aveuglant, et la brise tiède qui caressait les feuilles bruissantes tout le long de la rue du Pêcher faisait danser les plumes du chapeau de Scarlett. Le cœur de la jeune femme dansait lui aussi, comme toujours lorsqu'elle allait voir Ashley. Peut-être si elle réglait assez tôt leur paie aux charretiers et à Hugh Elsing rentreraient-ils chez eux et la laisseraient-ils en tête à tête avec Ashley dans le petit bureau rectangulaire qui occupait le centre du chantier de bois. Il lui arrivait si rarement de se trouver seule avec Ashley. Et dire que Mélanie l'avait priée de le retenir. Comme c'était drôle!

Elle arriva au magasin le cœur gonflé de joie et paya Willie et les autres commis sans même leur demander si les affaires avaient été bonnes. C'était pourtant samedi, jour d'affluence au magasin, car les fermiers des environs venaient en ville faire leurs achats, mais Scarlett ne posa aucune question à ses employés.

En se rendant au chantier, elle dut s'arrêter une douzaine de fois pour parler à des dames carpetbaggers en brillants équipages – mais pas aussi beau que le sien, se dit-elle avec plaisir – et pour bavarder avec plusieurs hommes qui, le chapeau à la main, traversèrent la chaussée couverte de poussière rouge pour lui présenter leurs hommages. L'après-midi était magnifique. Scarlett se sentait heureuse. Elle était jolie et avançait comme une reine au milieu de ses sujets. Tous ces arrêts lui firent perdre du temps et elle arriva au chantier plus tard qu'elle n'avait prévu. Hugh et les charretiers l'attendaient, assis sur une pile de bois.

– Ashley est-il ici?

– Oui, dans le bureau, répondit Hugh dont la mine ordinairement renfrognée s'éclaira à la vue du visage radieux de Scarlett et de ses yeux pétillants. Il essaie de… enfin, je veux dire, il est en train de vérifier ses comptes.

– Oh! il ne faut pas que ça le tracasse aujourd'hui, et, baissant la voix, elle ajouta: Melly m'a chargée de le retenir ici jusqu'à ce que tout soit préparé pour la réception de ce soir.

Hugh sourit, car lui aussi devait assister à la fête. Il aimait beaucoup les réunions mondaines et, rien qu'à regarder Scarlett, il devinait qu'elle partageait ses goûts. Elle régla Hugh et les charretiers puis, les quittant brusquement, elle se dirigea vers le bureau en faisant bien comprendre par son attitude qu'elle ne tenait pas à ce qu'on l'accompagnât. Ashley sortit au-devant d'elle. Ses cheveux brillaient au soleil et ses lèvres dessinaient une petite moue malicieuse qui était bien près de ressembler à un sourire.

– Eh bien! Scarlett, que faites-vous dehors à cette heure-ci? Pourquoi n'êtes-vous pas restée avec Mélanie pour l'aider à me préparer une surprise?

– Voyons, Ashley! s'exclama Scarlett, indignée. Vous étiez censé ne rien savoir du tout. Melly va être si déçue...

– Je cacherai mon jeu, n'ayez crainte. Je serai l'homme le plus surpris d'Atlanta, fit Ashley, les yeux rieurs.

– Allez, dites-moi vite qui a été assez rosse pour vous mettre au courant?

– Presque tous les hommes que je connais sont invités. Le général Gordon a été le premier à recevoir une carte. Il m'a dit qu'il ne s'était jamais laissé prendre parce que les femmes avaient la spécialité d'organiser une réunion de ce genre les soirs mêmes où les hommes avaient projeté de nettoyer et de fourbir toutes les armes de la maison. Le grand-père Merriwether lui aussi m'a prévenu. Il m'a raconté qu'une fois Mme Merriwether avait organisé une réception en son honneur, mais que c'était elle qui avait été la plus attrapée, car le grand-père avait soigné ses rhumatismes en cachette avec une bouteille de whisky et il était trop ivre pour se lever et... mais quoi, tous les hommes auxquels on a voulu réserver une surprise m'ont averti.

– C'est ignoble, s'écria Scarlett, mais elle fut bien forcée de sourire à son tour.

Lorsqu'il souriait ainsi, Ashley ressemblait à celui qu'elle avait connu aux Douze Chênes. Et il lui arrivait si rarement de sourire désormais. L'air était doux et le soleil si bon! Ashley bavardait avec tant de naturel, son visage était empreint d'une telle gaieté, que Scarlett sentit son cœur bondir de joie, se gonfler dans sa poitrine au point de lui faire mal, comme s'il allait éclater sous la pression du bonheur et des larmes brûlantes qui l'inondaient. Soudain, Scarlett retrouva ses seize ans et sa gaieté d'alors. Émue, elle respira plus vite. Elle eut une envie folle d'enlever son chapeau, de le lancer en l'air et de crier «Hourra!» Elle pensa à la tête que ferait Ashley et se retint, mais tout d'un coup elle se mit à rire, aux larmes. La tête rejetée en arrière, Ashley se laissa gagner par le fou rire et s'imagina que l'hilarité de Scarlett provenait de la façon amicale dont avait été trahi le secret de Mélanie.

– Entrez, Scarlett, il faut examiner les livres de comptes.

Elle pénétra dans la petite pièce baignée de soleil et s'assit sur une chaise devant le bureau à cylindre. Ashley, qui l'avait suivie, s'installa sur un coin du meuble et commença à balancer ses longues jambes.

– Oh ! nous n'allons pas nous fatiguer à faire des additions aujourd'hui, Ashley ! Au diable le travail ennuyeux ! Quand je porte un chapeau neuf, j'ai l'impression de ne plus savoir compter.

– Eh bien ! avec un chapeau aussi gentil que celui-ci, votre ignorance doit être complète. Vous embellissez de jour en jour, Scarlett !

Il se laissa glisser sur le sol et, sans cesser de rire, il prit Scarlett par les mains et lui écarta les bras pour mieux voir sa robe : « Vous êtes si jolie ! Je suis persuadé que vous ne vieillirez jamais. »

Dès qu'il l'eut touchée, elle se rendit compte qu'elle avait inconsciemment espéré ce moment-là. Tout l'après-midi, elle avait attendu la minute où elle sentirait la chaleur de ses mains, où elle verrait ses yeux déborder de tendresse, où elle l'entendrait prononcer les mots qui lui prouveraient son attachement. C'était la première fois qu'elle se trouvait absolument seule avec lui depuis le jour glacial où elle était allée le rejoindre dans le verger de Tara, la première fois qu'elle lui abandonnait ses mains et, pendant des mois et des mois, elle avait désiré l'avoir tout près d'elle. Mais maintenant…

Comme c'était étrange ! Le contact de ses mains ne soulevait aucune émotion en elle. Autrefois, elle se serait mise à trembler. Maintenant, elle n'éprouvait qu'une curieuse sensation de plaisir et de chaleur amicale. Le contact de ses mains ne la grisait pas. Son cœur satisfait restait calme. Cela l'intriguait, la déconcertait un peu. C'était pourtant bien son Ashley qui était là, son bel Ashley tout paré de grâces et qu'elle aimait mieux que sa vie. Alors, pourquoi…

Mais elle repoussa l'idée qui lui venait à l'esprit. Il lui suffisait d'être à côté de lui, de lui abandonner ses mains, de le regarder sourire comme un ami qu'aucune fièvre ne tourmente. Ses yeux clairs et brillants plongeaient dans les siens. Il souriait comme jadis elle aimait à le voir sourire. On eût dit qu'entre eux il n'y avait jamais eu place pour autre chose que pour du bonheur. Désormais, il n'y avait plus de barrière entre ses yeux et les siens. Ashley n'avait plus de ces regards lointains qui la déroutaient. Elle se mit à rire.

– Oh ! Ashley, je deviens vieille et décrépite.

– Eh ! oui, ça se voit ! Non, Scarlett, lorsque vous aurez soixante ans, vous serez toujours la même pour moi. Je vous reverrai toujours telle que vous étiez le jour de notre dernier pique-nique, assise sous un chêne, avec une douzaine de jeunes gens autour de vous. Je peux même vous dire comment vous étiez habillée. Vous aviez une robe blanche semée de petites fleurs vertes et vous portiez sur les épaules un châle de dentelle blanche. Vous étiez chaussée de mules vertes aux lacets noirs et vous étiez coiffée d'un énorme chapeau de paille garni de rubans verts. Je connais cette robe par cœur parce que, quand j'étais en prison et que ça n'allait pas, j'évoquais des souvenirs et je les feuilletais, me rappelant chaque détail.

Il s'arrêta net et son visage lumineux se rembrunit. Il retira doucement ses mains et Scarlett, anxieuse, guetta ses paroles.

– Nous en avons fait du chemin tous les deux depuis ce jour-là, n'est-ce pas, Scarlett ? Nous avons suivi des routes que nous n'aurions jamais eu l'idée de prendre. Vous vous y êtes engagée d'un pas allègre et sans hésitation, moi, en traînant la jambe et à contrecœur.

Il se rassit sur le bureau, regarda Scarlett et un léger sourire s'ébaucha sur son visage. Mais ce n'était plus là le sourire qui avait rendu Scarlett si heureuse quelques instants auparavant. C'était un sourire triste.

– Oui, vous avez marché vite et vous m'avez attaché aux roues de votre char. Parfois, je me demande en toute objectivité ce que je serais devenu sans vous.

– Mais je n'ai jamais rien fait pour vous, s'empressa de dire Scarlett qui, malgré elle, se rappelait certaines déclarations de Rhett sur le même sujet. Sans moi, vous seriez resté exactement le même. Un jour, vous seriez devenu riche, vous seriez devenu un grand homme comme vous allez sûrement l'être.

– Non, Scarlett, je n'ai jamais eu en moi l'étoffe d'un grand homme. Je crois que, sans vous, j'aurais sombré dans l'oubli… comme cette pauvre Cathleen Calvert, et tant d'autres personnes qui portaient de grands noms, de vieux noms.

– Oh ! Ashley, ne dites pas des choses pareilles. Vous avez l'air si triste.

– Non, je ne suis pas triste. Je ne le suis plus. Autrefois… autrefois j'ai été triste. Maintenant je suis seulement…

Il s'arrêta et brusquement Scarlett sut à quoi il pensait. C'était la première fois qu'elle pouvait lire en lui alors que son regard clair comme du cristal se mettait à errer et fixait un point que personne ne voyait. Au temps où l'amour seul lui faisait battre le cœur, la pensée d'Ashley lui était demeurée fermée, mais maintenant que l'amitié les enveloppait tous deux d'une atmosphère paisible, elle commençait à pouvoir s'aventurer dans le dédale de ses pensées, à le comprendre un peu. Après la reddition, il était triste. Il était triste quand elle l'avait supplié de venir s'installer à Atlanta. Désormais, il était résigné.

– J'ai horreur de vous entendre parler comme ça, Ashley, fit-elle avec véhémence, j'ai l'impression d'entendre Rhett. Il passe son temps à me rabâcher des histoires de ce goût-là, et il m'agace tellement que j'ai envie de crier.

Ashley sourit.

– Vous est-il jamais venu à l'esprit, Scarlett, qu'au fond Rhett et moi nous étions absolument pareils ?

– Oh ! non ! Vous êtes si raffiné, si droit, tandis que lui...

Confuse, elle s'interrompit brusquement.

– Mais si. Nos parents se ressemblaient, nous avons reçu la même éducation, on nous a appris à envisager les mêmes problèmes, mais voilà, après avoir suivi la même route un bon moment, nous n'avons pas tourné au même endroit. Nous continuons de penser de la même manière, mais nous réagissons différemment. Tenez, nous ne croyions ni l'un ni l'autre à la nécessité d'une guerre, seulement moi je me suis engagé tout de suite pour me battre, tandis que lui a attendu le dernier moment. Nous savions tous deux que la guerre ne nous mènerait à rien, et qu'elle était perdue d'avance. Moi, j'ai accepté de défendre une cause désespérée, pas lui. Parfois, je me dis qu'il avait raison, et puis, de nouveau...

– Oh ! Ashley, quand donc cesserez-vous d'envisager toujours les deux aspects d'une même question ? interrogea Scarlett sans aucune trace de cette impatience qu'elle n'eût pas manqué de manifester autrefois. Ceux qui envisagent toujours le double aspect des choses n'arrivent à rien.

– C'est vrai, mais... voyons, à quoi voulez-vous arriver au juste ? Je me le suis souvent demandé. Moi, vous comprenez, je n'ai jamais éprouvé le désir d'arriver à quoi que ce soit. J'ai seulement désiré être moi-même.

À quoi voulait-elle arriver ? La question était plutôt niaise. Mais son but, évidemment, c'était d'avoir de l'argent et d'en jouir en toute sécurité. Et pourtant... Ses pensées s'embrouillèrent. Elle avait de l'argent et elle était aussi en sûreté qu'on pouvait l'être par les temps qui couraient. Mais, en y réfléchissant, elle s'apercevait que ça ne suffisait pas. L'argent ne l'avait pas rendue particulièrement heureuse, bien que la fortune eût contribué à apaiser ses inquiétudes, sa crainte du lendemain. « Si j'avais eu de l'argent, si j'avais pu en jouir

en paix et si je vous avais eu en même temps, tous mes vœux eussent été comblés», se dit-elle en regardant Ashley avec regret. Mais elle se garda bien d'exprimer sa pensée de peur de rompre le charme du moment et de ne plus pouvoir lire en Ashley.
– Vous désirez seulement être vous-même? fit-elle avec un petit rire amer. Moi, ce que j'ai toujours trouvé le plus dur, c'est de ne pas être moi-même. Quant aux buts que je me propose, eh bien! j'ai l'impression de les avoir atteints. Je voulais être riche, ne plus avoir d'inquiétudes...
– Mais voyons, Scarlett, il ne vous est donc jamais venu à l'idée que ça m'était bien égal d'être riche ou pauvre?
Non, il ne lui était jamais venu à l'idée que quelqu'un pût faire fi de la richesse.
– Alors, que cherchez-vous?
– Je n'en sais rien pour le moment. Je l'ai su, mais j'ai à moitié oublié. Ce qu'il me faudrait surtout, c'est qu'on me laisse tranquille. Je voudrais ne plus être importuné par des gens que je n'aime pas; ne pas être contraint de faire des choses qui me déplaisent. Peut-être... oui, je souhaite peut-être le retour du bon vieux temps, mais il ne reviendra pas et son souvenir me hante. Je suis obsédé par le fracas du monde qui s'est effondré autour de moi.
Scarlett se tut. Les paroles d'Ashley n'étaient pourtant pas sans éveiller maints échos en elle. L'intonation même de sa voix l'aidait à mieux évoquer les jours enfuis, lui faisait battre le cœur, mais depuis cette matinée où, malade et désemparée, elle était restée prostrée dans le jardin des Douze Chênes, et s'était dit: «Je ne regarderai plus derrière moi», elle ne s'était plus jamais penchée sur le passé.
– J'aime mieux l'époque que nous vivons, dit-elle, mais elle n'osa pas regarder Ashley. Désormais, il y a toujours quelque chose d'intéressant à faire. Il y a tant de réunions mondaines! La vie a un tel éclat! L'ancien temps était si triste! (Oh! ces jours nonchalants d'autrefois, la tiédeur et le calme des crépuscules champêtres! Les rires sonores et musicaux qui montaient des cases! La chaleur dorée dont l'existence s'auréolait, la tranquille assurance du lendemain! Comment puis-je vous renier?)
– Oui, j'aime mieux l'époque que nous vivons, répéta Scarlett, mais sa voix tremblait.
Ashley se laissa glisser une seconde fois à terre et se mit à rire doucement en signe d'incrédulité. Il prit Scarlett par le menton et l'obligea à le regarder.

– Oh ! Scarlett, quelle piètre menteuse vous faites. Oui, la vie a de l'éclat aujourd'hui… dans un certain sens. C'est ce qu'on peut lui reprocher. Le bon vieux temps était sans éclat, mais il avait du charme, de la beauté. Son calme et sa mesure le rendaient plein d'attraits.

L'esprit partagé entre deux sentiments contradictoires, Scarlett baissa les yeux. Le son de la voix d'Ashley, le contact de sa main ouvraient doucement des portes qu'elle avait condamnées. Ces portes s'ouvraient sur la beauté d'autrefois. Un désir triste et lancinant de revenir en arrière monta en elle, peu à peu. Mais elle savait qu'il fallait résister, empêcher les portes de s'ouvrir toutes grandes, si beaux que fussent les paysages qu'elles découvriraient. Pour aller de l'avant, il ne fallait pas ployer sous le faix de souvenirs douloureux.

Ashley lui lâcha le menton, lui prit affectueusement la main et la retint entre les siennes.

– Vous souvenez-vous…, commença-t-il, et Scarlett entendit en elle sonner une cloche d'alarme. « Ne regarde pas en arrière ! Ne regarde pas en arrière ! »

Mais elle ne tint pas compte de l'avertissement. Une vague de bonheur l'emportait. Enfin elle comprenait Ashley, enfin leurs esprits s'étaient rencontrés. Cet instant était trop précieux pour ne pas en profiter. Tant pis si, plus tard, elle devait en souffrir !

– Vous souvenez-vous…, dit-il et, sous le charme de sa voix, les murs nus du petit bureau disparurent, les années s'effacèrent.

C'était le printemps, ils suivaient tous deux à cheval une sente cavalière. À mesure qu'il parlait, ses mains serraient davantage la sienne et sa voix devenait prenante et triste comme des vieilles chansons à demi oubliées. Ils se rendaient à la garden-party des Tarleton, et cheminaient sous la voûte des cornouillers en fleur. Scarlett entendait le cliquetis joyeux des gourmettes, elle entendait fuser son rire insouciant, elle voyait briller au soleil la chevelure d'Ashley couleur d'or blanc, elle remarquait avec quelle grâce altière il se tenait en selle. Il y avait de la musique dans sa voix, la musique des violons et des banjos au son desquels ils avaient dansé dans la maison blanche qui n'existait plus. C'était l'automne, les chiens de chasse aboyaient au loin, les marais restaient sombres sous la lune froide. C'était aussi Noël. Les cruches, toutes chamarrées de gui, étaient remplies de lait-de-poule au vin et sentaient bon. Les visages blancs et noirs s'épanouissaient. Les amis d'autrefois arrivaient en foule. Ils souriaient comme s'ils n'étaient pas morts depuis des années. Stuart et Brent avec leurs longues jambes, leurs cheveux rouges et leurs plaisanteries. Tom et Boyd fougueux comme de jeunes chevaux. Joe Fontaine avec son regard ardent, et

Cade et Raiford Calvert, si élégants dans leur nonchalance. Il y avait aussi John Wilkes, et Gérald, congestionné par le cognac. Un murmure, un parfum discret, c'était Ellen. De tous ces gens, de toutes ces choses, se dégageait un sentiment de sécurité, l'assurance que le lendemain leur apporterait un bonheur égal à celui du jour même.

Ashley s'arrêta et tous deux se regardèrent un long moment. Ils étaient calmes. Entre eux flottait le souvenir de leur jeunesse ensoleillée, de leur jeunesse perdue, qu'ils avaient vécue côte à côte sans y réfléchir.

– Maintenant, je sais pourquoi vous ne pouvez pas être heureux, se dit Scarlett le cœur serré. Je ne l'avais jamais compris auparavant. Je n'avais jamais compris pourquoi moi non plus je ne pouvais pas être tout à fait heureuse. Mais voyons… nous parlons comme des vieux! pensa-t-elle avec tristesse. Nous ressemblons à des vieux qui égrènent cinquante années de souvenirs. Et nous ne sommes pas vieux! C'est uniquement parce qu'il s'est passé trop de choses dans l'intervalle. Tout a tellement changé que nous avons l'impression d'avoir derrière nous cinquante ans d'existence. Mais nous ne sommes pas vieux!

Pourtant lorsqu'elle regarda Ashley, elle s'aperçut qu'il n'était plus jeune, qu'il n'avait plus cet éclat d'autrefois. La tête courbée, il fixait d'un œil absent la main de Scarlett qu'il n'avait pas lâchée, et Scarlett put constater que ses cheveux, jadis blonds et si brillants, étaient devenus tout gris, gris comme le reflet de la lune sur une eau sans ride. À l'image de son cœur, le radieux après-midi d'avril semblait avoir perdu tout ce qu'il recelait de beauté et la douceur triste du souvenir prenait un goût amer comme celui des noix de galle.

« Je n'aurais pas dû lui permettre de me faire regarder en arrière, se dit-elle au désespoir. J'avais raison de ne plus vouloir regarder derrière moi. On souffre trop, ça déchire le cœur et c'est fini, on n'a plus que la force de regarder derrière soi. C'est en cela qu'Ashley a tort. Il ne sait plus regarder devant lui. Il ne voit pas le présent, il a peur de l'avenir et naturellement il se penche sur le passé. Je n'avais jamais compris cela auparavant. Je n'avais jamais compris Ashley. Oh! Ashley, mon chéri, vous ne devriez pas vous retourner ainsi! À quoi cela vous sert-il? Je n'aurais pas dû céder à la tentation. Je n'aurais pas dû vous laisser évoquer le bon vieux temps. Voilà ce que c'est que de parler des jours heureux. On souffre, on a le cœur déchiré, on est mécontent de soi. »

Scarlett se leva. Ashley lui tenait toujours la main. Il fallait qu'elle s'en aille. Elle n'avait plus le courage de parler d'autrefois, de regarder le visage lassé, triste et découragé d'Ashley.

– Nous avons fait bien du chemin depuis ce temps-là, dit-elle en s'efforçant de maîtriser le tremblement de sa voix et de vaincre ce serrement de gorge qui l'oppressait. Nous bâtissions de telles théories à cette époque, n'est-ce pas ? et puis, d'une seule haleine, elle ajouta : Oh ! Ashley, rien ne s'est passé comme nous l'espérions.

– Rien ne se passe comme on l'espère, répondit-il. La vie n'est pas tenue de nous donner ce que nous attendons d'elle. Nous prenons ce qu'on nous offre et nous devons encore nous estimer heureux que les choses ne tournent pas plus mal.

Le cœur de Scarlett s'emplit soudain de douleur et de lassitude. Elle songeait au long chemin qu'elle avait parcouru. Elle revit la jeune Scarlett O'Hara qui aimait tant avoir autour d'elle une cour d'admirateurs, qui aimait tant porter de jolies robes et qui comptait bien devenir une grande dame comme Ellen, quand elle en aurait le temps.

Tout à coup, sans qu'elle pût réagir, les larmes lui montèrent aux yeux et se mirent à glisser lentement sur ses joues. Stupide, incapable de parler, elle restait là à regarder Ashley comme un enfant qui a du chagrin. Ashley ne dit rien, mais il l'attira doucement dans ses bras, lui blottit la tête dans le creux de son épaule et appuya sa joue contre la sienne. Ses larmes ne coulaient plus. C'était si bon, si réconfortant de se serrer contre Ashley, sans passion, sans fièvre, d'être là dans ses bras comme une amie bien-aimée, Ashley avait les mêmes souvenirs qu'elle, il avait vécu avec elle au temps de sa jeunesse, il avait assisté à ses débuts dans la vie, il continuait à la suivre, lui seul pouvait comprendre.

Elle entendit marcher dehors, mais elle n'y prit pas garde, pensant que c'étaient les charretiers qui rentraient chez eux. Elle écoutait battre le cœur d'Ashley. Puis, brusquement, Ashley la repoussa. Stupéfaite par la violence de son geste, elle leva les yeux sur lui, mais il ne la regardait pas. Par-dessus son épaule, il regardait la porte.

Elle se retourna et aperçut India, le visage blafard, les yeux étincelants. Elle aperçut également Archie, l'air méprisant, comme un perroquet borgne. Derrière eux se tenait Mme Elsing.

Scarlett ne se rappela jamais comment elle sortit du bureau. Mais, sur l'ordre d'Ashley, elle s'enfuit aussitôt, laissant Ashley et Archie discuter âprement, laissant derrière elle India et Mme Elsing, qui lui tournèrent le dos. Elle rentra tout droit chez elle, accablée de honte et de terreur. Dans son imagination Archie, avec sa barbe de patriarche, se transformait en archange vengeur échappé aux pages de l'Ancien Testament.

La maison était vide et silencieuse. Le jour déclinait. Tous les domestiques s'étaient rendus à un enterrement et les enfants étaient à jouer dans le jardin de Mélanie. Mélanie...

Mélanie! À la pensée de sa belle-sœur, le sang de Scarlett se glaça dans ses veines tandis qu'elle montait l'escalier pour aller se réfugier dans sa chambre à coucher. Mélanie serait mise au courant. India avait dit qu'elle lui raconterait tout. Oh! India se ferait une gloire de parler. Peu lui importait de salir Ashley ou de faire souffrir Mélanie, pourvu qu'elle pût dire du mal de Scarlett! Et Mme Elsing parlerait elle aussi, quoiqu'elle n'eût pratiquement rien vu puisque India et Archie lui masquaient l'entrée du petit bureau. Mais ce ne serait pas cela qui la retiendrait. Le soir même, l'histoire aurait fait le tour de la ville. Le lendemain matin, au petit déjeuner, les nègres eux-mêmes sauraient à quoi s'en tenir. À la réception de Mélanie, les femmes se réuniraient dans des coins et prendraient un malin plaisir à échanger leurs impressions à voix basse. Scarlett Butler renversée de son piédestal! Les langues iraient leur train, déformant, grossissant l'événement. Il n'y avait aucun moyen de les arrêter. Impossible de nier qu'on l'avait trouvée en larmes dans les bras d'Ashley. Avant le coucher du soleil, des gens affirmeraient qu'on l'avait surprise en flagrant délit d'adultère. Et les instants qu'elle venait de passer auprès d'Ashley avaient été si innocents, si doux. La rage au cœur, elle se dit: «Si on nous avait surpris ce jour de Noël où sa permission s'achevait, quand je l'embrassais... si l'on nous avait surpris dans le verger de Tara quand je lui demandais de s'enfuir avec moi... Oh! si l'on nous avait surpris quand nous étions vraiment coupables, ça n'aurait pas été la même chose! Mais maintenant! Maintenant! alors qu'il me serrait dans ses bras comme une amie...»

Personne n'accepterait cette explication. Elle n'aurait pas une seule amie pour prendre sa défense. Pas une seule voix ne s'élèverait pour dire: «Je suis persuadé qu'elle ne faisait rien de mal!» Elle avait offensé ses anciens amis depuis trop longtemps pour trouver un défenseur parmi eux. Ses nouvelles relations qui souffraient en silence de ses grands airs saisiraient l'occasion pour la vilipender. Non, tout en regrettant qu'un homme comme Ashley Wilkes se trouvât impliqué dans une si triste affaire, personne n'admettrait ses arguments. Comme toujours, on rejetterait tout le blâme sur la femme.

Oh! elle aurait encore la force de supporter le dédain, les affronts, les petits sourires ou les commérages des autres..., mais Mélanie! Elle ne savait pas pourquoi il lui était particulièrement pénible que Mélanie sût à quoi s'en tenir. Elle avait trop peur, elle se sentait trop écrasée par un sentiment de culpabilité passée pour chercher à comprendre. Mais elle éclata en sanglots en se représentant ce que traduirait le regard de Mélanie quand India lui raconterait qu'elle avait surpris Scarlett dans les bras d'Ashley. Et qu'allait faire Mélanie quand elle saurait ? Quitter Ashley ? Que pourrait-elle faire d'autre sans compromettre sa dignité ! « Et alors, qu'est-ce que nous allons faire, Ashley et moi ? se dit-elle éperdue, tandis que les larmes lui inondaient le visage. Oh ! Ashley va en mourir de honte ou alors il me haïra jusqu'à la fin de ses jours pour avoir attiré cette catastrophe sur sa tête. » Soudain ses larmes se tarirent. Une peur mortelle lui traversa le cœur. « Et Rhett ? Qu'allait-il faire ? »

Peut-être ne saurait-il jamais. Quel était donc ce vieux dicton, ce proverbe cynique ? « Le mari est toujours le dernier informé. » Peut-être personne ne le mettrait-il au courant. Il faudrait être joliment brave pour apprendre une telle chose à Rhett, car Rhett avait la réputation de vider d'abord son revolver et de poser ensuite des questions. « Mon Dieu, je vous en prie, faites que personne n'ait le courage de le renseigner. » Mais Scarlett se rappela le visage glacial d'Archie, son œil pâle, impitoyable, chargé de haine pour elle et pour toutes les femmes sans pudeur. Son aversion pour elles l'avait poussé jusqu'au crime. Et il avait dit qu'il préviendrait Rhett. Et il le ferait malgré tout ce qu'Ashley avait dû lui dire pour l'en dissuader. À moins qu'Ashley ne le tue, Archie préviendrait Rhett, estimant que c'était son devoir de chrétien. Scarlett se déshabilla et s'allongea sur son lit. Ses pensées dansaient une ronde infernale. Si seulement elle pouvait s'enfermer à clef et rester là, en lieu sûr, et ne plus jamais revoir qui que ce soit. Rhett ne serait peut-être pas mis au courant avant le lendemain. Elle prétexterait une migraine pour ne pas se rendre à la réception. D'ici au lendemain elle découvrirait bien une excuse, elle pourrait préparer sa défense.

« Je ne veux pas y penser en ce moment, se dit-elle désespérément en enfouissant la tête dans son oreiller. Je ne veux pas y penser maintenant. J'y penserai plus tard, quand j'en aurai la force. »

Comme la nuit tombait, elle entendit rentrer les domestiques et il lui sembla qu'ils étaient bien calmes, qu'ils faisaient moins de bruit que d'habitude pour dresser la table. À moins qu'elle ne fût le jouet de sa conscience tourmentée ? Mama vint frapper à sa porte, mais elle la renvoya en lui disant qu'elle ne voulait pas dîner. Le temps se passa et finalement elle entendit Rhett monter l'escalier. Elle se raidit, rallia tout son courage pour lui faire face. Il traversa le couloir et entra dans sa chambre. Scarlett respira. Il ne savait rien. Dieu merci, depuis le jour où elle lui avait demandé de faire chambre à part, il avait respecté sa requête et n'avait pas mis les pieds chez elle. Oui, Dieu merci, car s'il l'avait vue en ce moment, son visage l'aurait trahie. Il fallait qu'elle prît sur elle pour lui annoncer qu'elle se sentait trop souffrante pour aller à la réception. Elle avait le temps de se composer une attitude. Le temps? mais qu'est-ce que ça signifiait au juste? Le temps lui semblait aboli depuis cette horrible minute où on l'avait surprise avec Ashley dans le petit bureau. Elle entendit Rhett aller et venir dans la chambre et échanger quelques mots avec Pork. Elle ne trouvait toujours pas le courage de l'appeler. Immobile dans le noir, elle restait allongée sur son lit, le corps parcouru de frissons. Au bout d'un moment, Rhett frappa à sa porte.

– Entrez, fit-elle en s'efforçant de dominer sa voix.

– M'invitez-vous pour de bon à pénétrer dans le sanctuaire? interrogea Rhett en ouvrant la porte.

Il faisait sombre et Scarlett ne pouvait pas voir le visage de son mari. Le timbre de sa voix ne lui apportait non plus aucun élément d'information. Rhett entra et referma la porte.

– Êtes-vous prête pour cette réception?

– Je suis navrée, mais j'ai la migraine.

Comme c'était étrange de pouvoir prendre un ton aussi naturel! Et puis, quelle bénédiction cette obscurité qui régnait dans la pièce!

– Je ne pense pas pouvoir m'y rendre. Mais vous, Rhett, allez-y et excusez-moi auprès de Mélanie.

Il y eut un long silence. Alors, de sa voix traînante et sarcastique, Rhett murmura:

– Quelle sale petite garce vous faites!

Il savait! Incapable de parler, Scarlett tremblait de la tête aux pieds. Elle entendit Rhett tâtonner dans le noir. Il craqua une allumette et la pièce s'éclaira brusquement. Il s'approcha du lit et observa sa femme. Elle vit qu'il était en habit de soirée.

– Levez-vous, fit-il d'une voix blanche. Nous allons à la réception. Tâchez de vous presser.

– Oh! Rhett, je ne peux pas. Vous voyez...

– Oui, je vois. Levez-vous.

– Rhett, Archie a-t-il eu l'audace...

– Archie a eu l'audace. C'est un brave type, cet Archie.

– Vous auriez dû le tuer pour le punir de vous avoir raconté des mensonges...

– C'est curieux, mais je n'éprouve aucune envie de tuer les gens qui disent la vérité. Allez, ce n'est pas le moment de discuter. Levez-vous.

Scarlett s'assit sur son lit et ramena son peignoir sur elle. Elle ne quittait pas Rhett des yeux. Son visage basané était impénétrable.

– Je ne veux pas y aller, Rhett. Je ne peux pas jusqu'à ce que ce... ce malentendu soit dissipé.

– Si vous ne paraissez pas en public, c'est fini, vous ne pourrez plus jamais vous montrer dans cette ville. J'ai beau tolérer que ma femme se conduise comme une putain, je ne supporterai pas qu'elle se conduise comme une lâche. Vous irez à cette réception, même si tout le monde, y compris Alex Stephens, doit vous tourner le dos, même si Mme Wilkes doit vous prier de quitter sa maison.

– Rhett, laissez-moi vous expliquer.

– Je n'ai que faire de vos explications. Je n'ai pas le temps. Habillez-vous.

– India, Mme Elsing et Archie se sont trompés. Et ils me détestent tellement. India me déteste tellement qu'elle n'hésiterait même pas à raconter des histoires sur son frère pour me salir. Si seulement vous me laissiez vous expliquer...

« Oh ! Sainte Vierge ! pensa Scarlett au supplice, et s'il me répond : “Expliquez-vous, je vous en prie ! que lui dirai-je ? comment pourrai-je lui faire comprendre ?” »

– Ils ont dû raconter des mensonges à tout le monde. Je ne veux pas aller à cette réunion.

– Vous irez, même si je dois vous y traîner par la peau du cou ou botter à chaque pas votre charmant derrière.

Les yeux de Rhett avaient un reflet glacé. D'une poussée il obligea Scarlett à sauter à bas de son lit, puis, ramassant son corset par terre, il le lui lança.

– Mettez-moi ça. Je vous lacerai. Oh ! mais si ! Je m'y connais. Non, non je ne veux pas appeler Mama. Pour que vous vous enfermiez à clef et restiez tapie ici comme une froussarde que vous êtes !

– Je ne suis pas une froussarde ! s'écria Scarlett vexée au point d'en oublier ses terreurs. Je...

– Oh ! ne recommencez pas à me raconter que vous avez tué un Yankee et que vous avez tenu tête à l'armée de Sherman. Vous êtes une froussarde, une poltronne... entre autres qualités. Ce n'est pas pour vous que je vous emmène à la réception, c'est pour Bonnie. Vous n'allez tout de même pas compromettre son avenir, hein ? Allez, ouste, mettez-moi ce corset.

Scarlett se débarrassa en hâte de son peignoir et apparut en chemise. Si seulement Rhett pouvait remarquer combien elle était jolie dans cette tenue, peut-être son visage perdrait-il son expression inquiétante. En somme, il ne l'avait pas vue en chemise depuis si longtemps. Mais il ne la regarda pas. Il avait ouvert la penderie où Scarlett rangeait ses robes et passait une rapide inspection. Il palpa plusieurs toilettes et sortit une robe neuve, une robe de soie vert jade, très décolletée sur le devant et ornée d'une tournure elle-même garnie de roses de velours.

– Enfilez ça, dit-il en jetant la robe sur le lit et en s'approchant. Ce soir, pas de gris tourterelle, ou de lilas, c'est bon pour les femmes sérieuses. Il faut clouer votre pavillon à votre mât, sans ça, vous seriez encore capable de l'amener. Et beaucoup de rouge aux joues. Je suis persuadé que la femme surprise en flagrant délit d'adultère par les Pharisiens était moitié moins pâle que vous. Tournez-vous.

Il s'empara des lacets du corset et tira si fort que Scarlett, effrayée, humiliée et gênée par ce geste brutal, poussa un cri. «Ça fait mal? Rhett ricana. Dommage que ça ne soit pas autour de votre cou.»

La maison de Mélanie était éclairée *a giorno* et, comme leur voiture s'engageait dans la rue, Rhett et Scarlett reconnurent les accents d'un orchestre. Puis l'attelage s'arrêta devant la grille et ils entendirent s'élever le murmure d'une foule joyeuse. La maison était pleine d'invités. Ils débordaient sur les vérandas et de nombreuses personnes étaient assises sur des bancs dans le jardin baigné par la lueur tamisée des lanternes vénitiennes.

«Je ne veux pas entrer… je ne peux pas, se disait Scarlett dans la voiture, tout en froissant son mouchoir. J'irai n'importe où, je retournerai à Tara. Pourquoi Rhett m'a-t-il forcée à venir? Qu'est-ce que les gens vont faire? Qu'est-ce que Mélanie va faire? Quel accueil va-t-elle me réserver? Oh? je ne peux pas la voir. Je vais me sauver.»

Comme s'il avait lu dans sa pensée, Rhett la saisit par le bras à lui en faire un bleu.

– Je n'ai jamais vu un Irlandais aussi lâche. Où est donc votre courage tant vanté?

– Rhett, je vous supplie. Rentrons, je vous expliquerai.

– Vous avez une éternité pour vous expliquer et vous n'avez qu'une soirée pour être une martyre dans l'amphithéâtre. Allons, descendez, ma chérie. Laissez-moi regarder les lions vous dévorer. Descendez.

Scarlett remonta l'allée tant bien que mal. Le bras de Rhett auquel elle se cramponnait avait la fermeté du granit et ce contact lui communiquait un certain courage. Bon Dieu! Elle se sentait de taille à affronter ces gens. Qu'étaient-ils en somme, sinon une bande de faux jetons qui étaient jaloux d'elle. Elle allait leur montrer de quel bois elle se chauffait. Elle se moquait pas mal de leur opinion. Seulement, il y avait Mélanie…

Scarlett et son mari avaient atteint la véranda et Rhett, le chapeau à la main, la voix détachée et douce, saluait de droite à gauche. Au moment où ils entraient au salon, l'orchestre s'arrêta et Scarlett, dans son trouble, eut l'impression que la foule des invités grossissait soudain, s'enflait, grondait comme des vagues lancées à l'assaut d'une côte, puis reculait, reculait avec un bruit de plus en plus faible. Tout le monde allait-il lui tourner le dos ? Eh bien ! corne-bleu, qu'ils essaient un peu ! Le menton relevé, les paupières plissées elle se mit à sourire.

Avant même qu'elle eût adressé la parole aux personnes les plus près de la porte, quelqu'un fendit la cohue. Un étrange silence s'empara de l'assistance. Le cœur de Scarlett se serra. Alors, suivant l'étroit passage qui s'ouvrait devant elle, Mélanie, à pas menus, s'approcha de Scarlett. Elle se pressait, elle voulait être la première à lui parler. Elle redressait ses frêles épaules, son petit menton en avant, elle semblait indignée et, à la voir, on eût dit que seule sa belle-sœur comptait pour elle. Arrivée à sa hauteur, elle lui glissa un bras autour de la taille.

– Quelle jolie robe, ma chérie, fit-elle d'une voix claire. Veux-tu être un ange ? India n'a pas pu venir m'aider ce soir. Veux-tu recevoir avec moi ?

LIV

Une fois dans sa chambre, Scarlett se sentit de nouveau en sûreté et se jeta sur le lit sans se soucier de sa robe de moire, de sa tournure et de ses roses. Incapable de faire un geste, elle demeura inerte et se revit accueillant les invités entre Ashley et Mélanie. Quelle horreur ! Plutôt affronter encore les hommes de Sherman que renouveler pareil exploit ! Au bout d'un certain temps, elle se leva et se mit à arpenter la pièce tout en semant ses vêtements autour d'elle. Ses nerfs trop tendus la trahissaient et elle commençait à trembler. Elle voulut se décoiffer. Ses épingles lui échappèrent et tombèrent sur le plancher avec un petit bruit de métal. Puis, lorsqu'elle essaya de se brosser les cheveux comme elle le faisait chaque soir, elle se heurta la tempe avec le dos de la brosse. À plusieurs reprises elle alla jusqu'à la porte sur la pointe des pieds et prêta l'oreille, mais le grand hall du rez-de-chaussée était silencieux comme une fosse obscure.

Rhett l'avait laissée rentrer seule en voiture après la réception et elle avait remercié Dieu de ce sursis. Rhett n'était pas encore de retour. Oui, Dieu merci, il n'était pas là. La honte, la peur, son tremblement ne lui eussent pas permis de supporter son regard. Mais où était-il ? Sans doute chez cette créature. Pour la première fois, Scarlett se réjouit qu'il y eût des femmes comme Belle Watling. Quelle chance que Rhett fût allé ailleurs passer son humeur meurtrière. Évidemment, c'était mal de se réjouir que son mari fût chez une prostituée, mais elle n'y pouvait rien. Elle tenait si peu à voir Rhett ce soir-là, qu'elle eût presque été heureuse d'apprendre sa mort.

Demain… eh bien ! demain ça ne serait pas la même chose. Demain, elle inventerait une excuse, elle contre-attaquerait, elle trouverait bien le moyen de mettre Rhett dans son tort. Demain, le souvenir de cette effroyable soirée serait atténué et elle ne tremblerait plus en y pensant. Demain, elle n'aurait plus sans cesse devant les yeux le visage d'Ashley, elle ne se dirait plus sans cesse qu'elle l'avait déshonoré bien qu'il eût si peu de choses à se reprocher. Lui en voudrait-il au point de la haïr ? Mais bien entendu il la détestait maintenant qu'elle et lui devaient leur salut à Mélanie, à sa façon indignée de redresser ses frêles épaules, au timbre affectueux et confiant de sa voix quand elle avait traversé le salon au plancher poli comme un miroir pour aller glisser son bras sous celui de Scarlett et faire face à la foule curieuse, méchante et secrètement hostile. Comme Mélanie s'y était bien prise pour étouffer le scandale ! Elle n'avait pas quitté Scarlett un seul instant et les gens, quelque peu interloqués, avaient été polis malgré une certaine froideur.

Oh ! quelle ignominie ! Avoir eu la jupe de Mélanie pour rempart entre elle et ceux qui l'exécraient, qui l'eussent volontiers mise en pièces, à force de potins ou de ragots. S'être abritée derrière la confiance aveugle de Mélanie !

À cette pensée, un frisson parcourut Scarlett. « Si je veux dormir, pensa-t-elle, il faut que je boive quelque chose, il faut même que je boive pas mal. » Elle enfila un peignoir par-dessus sa chemise et sortit précipitamment dans le couloir obscur. Les talons de ses mules claquaient au milieu du silence. Elle avait déjà descendu la moitié de l'escalier quand, regardant du côté de la salle à manger, elle vit un rai de lumière filtrer sous la porte fermée. Son cœur cessa de battre. Y avait-il de la lumière dans la salle à manger lorsqu'elle était rentrée et avait-elle été trop bouleversée pour la remarquer ? Ou bien Rhett était-il là ? En somme, il avait fort bien pu passer par la porte de la cuisine sans faire de bruit. Si Rhett était de retour, elle remonterait dans sa chambre sur la pointe des pieds et renoncerait à son cognac malgré le désir qu'elle en avait. Comme ça, elle éviterait Rhett. Dans sa chambre, au moins, elle serait en lieu sûr, car elle avait toujours la ressource de s'enfermer à clef.

Elle se baissa pour ôter ses mules afin de battre silencieusement en retraite quand la porte de la salle à manger s'ouvrit avec violence et livra passage à Rhett dont la silhouette se détacha à la lueur douteuse d'une bougie. Il paraissait énorme, plus grand que Scarlett ne l'avait jamais vu. Impossible de distinguer son visage et la masse sombre et terrifiante de son corps oscillait légèrement.

– Venez donc me tenir compagnie, madame Butler, dit-il d'une voix un peu pâteuse.

Il était ivre, et il le laissait voir. Jusque-là, si copieuses qu'eussent été ses libations, il s'était toujours dominé. Scarlett s'arrêta, ne sachant quel parti adopter. Elle ne répondit rien, mais Rhett leva le bras d'un geste impérieux.

– Venez ici, bon Dieu ! s'exclama-t-il brutalement.

« Faut-il qu'il soit ivre ! songea Scarlett en tremblant. D'ordinaire, plus il boit, plus il est poli ! » En effet, quand il avait bu, il était plus caustique, ses paroles étaient souvent plus blessantes, mais son attitude restait toujours correcte… trop correcte.

«Pour rien au monde il ne doit penser que j'ai peur de lui», se dit Scarlett qui ramena son peignoir sur sa poitrine et acheva de descendre l'escalier en martelant les marches avec ses mules.

Rhett s'effaça pour la laisser passer et s'inclina avec une affectation si méprisante qu'elle en frémit. Elle s'aperçut qu'il avait quitté sa veste et que sa cravate tombait de chaque côté de son col défait. Sa chemise ouverte laissait voir l'épaisse toison de poils noirs dont son torse était couvert. Il avait les cheveux en désordre et les yeux injectés de sang. Sur la table brûlait une bougie, petit foyer lumineux qui renvoyait des ombres monstrueuses dans la pièce au plafond élevé et qui faisait ressembler les consoles et le buffet massifs à des bêtes accroupies. Au milieu de la table, sur un plateau d'argent, étaient placés un carafon débouché et des verres.

– Asseyez-vous, fit Rhett d'un ton sec en rentrant dans la salle à manger derrière sa femme.

Maintenant, une peur d'un genre nouveau s'emparait de Scarlett, une peur qui rendait bien mesquine l'inquiétude qu'elle avait éprouvée à l'idée de se trouver en face de Rhett. Rhett lui donnait l'impression d'être un inconnu. Ses manières et sa façon de parler la déroutaient. Jamais elle ne l'avait vu se conduire avec cette grossièreté. Même aux heures les plus intimes, il ne s'était jamais départi de son air indifférent. Même lorsqu'il était en colère, il restait excessivement poli et n'abandonnait pas le ton badin, et le whisky ne faisait que le renforcer dans son attitude. Scarlett en avait d'abord été agacée et elle avait essayé de combattre cette indifférence, mais elle n'avait pas tardé à s'y habituer et à trouver cela une formule commode. Pendant des années elle avait pensé que rien ne comptait pour lui, et qu'il considérait tout ce que lui apportait l'existence, y compris elle-même, comme une bonne plaisanterie. Cependant, tandis qu'elle le regardait par-dessus la table, elle se disait le cœur serré qu'enfin quelque chose comptait pour lui et comptait même beaucoup.

– Il n'y a aucune raison pour que vous ne vidiez pas un petit verre avant de vous coucher, même si je suis assez mal élevé pour être à la maison, fit-il. Vous servirai-je?

– Je ne veux rien prendre, déclara Scarlett avec raideur. J'ai entendu du bruit et je suis…

– Vous n'avez rien entendu du tout. Vous ne seriez pas descendue si vous aviez pu penser que j'étais rentré. Je vous ai entendue aller et venir là-haut. Vous devez fichtrement avoir besoin de boire quelque chose, ne vous gênez pas.

– Je ne…

Il s'empara du carafon et remplit un verre d'une main mal assurée.

– Buvez-moi ça, dit-il en tendant le verre à Scarlett. Vous tremblez de la tête aux pieds. Oh ! ne montez pas sur vos grands chevaux. Je sais bien que vous buvez en cachette, et je sais que vous n'y allez pas avec le dos de la cuiller. Il y a déjà un certain temps que je veux vous dire de ne pas recourir à des ruses de Sioux et de boire sans vous cacher chaque fois que vous en avez envie. Qu'est-ce que vous voulez que ça me fasse que vous leviez le coude ?

Scarlett prit le verre humide et maudit Rhett silencieusement. Il lisait en elle comme dans un livre. Il avait toujours lu en elle, et il était l'homme auquel elle aurait le plus tenu à cacher ses véritables pensées.

– Buvez, vous dis-je.

Elle leva son verre et le vida d'un seul mouvement du bras, sans plier le poignet, ainsi que Gérald l'avait toujours fait. Elle n'eut même pas le temps de penser que ce geste trahissait une longue pratique et était quelque peu déplacé. Rhett s'en aperçut et sa bouche s'abaissa.

– Asseyez-vous. Nous allons avoir une petite conversation. Vous allez voir comme ça va être agréable de parler en famille de l'élégante réception à laquelle nous venons d'assister.

– Vous êtes ivre et je vais me coucher, fit Scarlett d'un ton glacial.

– Je suis soûl et j'espère bien l'être encore plus avant la fin de la soirée. Mais vous n'irez pas vous coucher… pas encore. Asseyez-vous.

Sa voix restait calme et traînante en apparence, mais sous ses paroles perçait une violence prête à éclater, à cingler comme des coups de fouet. Scarlett ne savait quelle contenance prendre. Soudain Rhett s'approcha d'elle et lui serra le bras à lui en faire mal, puis il lui donna une légère poussée et elle s'assit en laissant échapper un petit cri de douleur. Maintenant, elle avait peur. Jamais elle n'avait eu aussi peur de sa vie. Il se pencha sur elle. Elle vit alors qu'il avait le sang au visage et que ses yeux n'avaient rien perdu de leur éclat inquiétant. Il y avait au fond de ses yeux quelque chose qu'elle ne reconnaissait pas, qu'elle ne pouvait pas comprendre, quelque chose de plus fort que la colère ou la douleur. Sous l'empire du sentiment qui l'animait, les yeux de Rhett avaient des reflets de charbons rougis au feu. Il la regarda longtemps, si longtemps qu'il lui fut impossible de conserver l'air de défi qu'elle avait adopté. Alors Rhett se laissa glisser sur une chaise en face d'elle et se versa une nouvelle rasade. Scarlett employa ce moment de répit à se préparer une ligne de défense, mais elle ne pouvait rien dire avant que lui-même ne parlât, car elle ne savait pas exactement quel genre d'accusation il avait l'intention de porter. Il but à petites gorgées tout en l'observant par-dessus son verre et elle prit sur elle pour dominer son tremblement. Il resta un moment sans changer d'expression, mais tout d'un coup, sans la quitter des yeux, il se mit à rire et de nouveau Scarlett fut secouée d'un frisson.

– Cette soirée a été une amusante comédie, n'est-ce pas ?

Elle ne répondit rien, mais elle se raidit pour ne pas trembler et, à l'intérieur de ses mules à demi sorties du pied, ses deux orteils étaient crispés.

– Agréable comédie. Aucun personnage ne manquait. Le village s'était réuni pour lapider la femme coupable, le mari bafoué défendait son épouse en galant homme qui se respecte, l'épouse bafouée animée d'un bel esprit chrétien recouvrait tout ça du manteau de sa réputation sans tache. Quant à l'amant…

– Je vous en prie, fit Scarlett en se levant.

– Ah ! mais non. Ce soir, rien ne m'arrêtera. C'est trop amusant. Quant à l'amant, il avait l'air d'un maudit sot et il aurait bien voulu être à cent lieues sous terre. Quel effet est-ce que ça fait, ma chère, de voir la femme que l'on déteste épouser votre cause et endosser tous vos péchés ? Asseyez-vous.

Scarlett se rassit.

– Ce n'est pas ça qui augmente votre sympathie pour elle, j'imagine. Vous êtes en train de vous demander si elle sait à quoi s'en tenir sur vous et sur Ashley… vous vous demandez pourquoi elle a fait cela, si elle est au courant… vous vous demandez si elle a fait ça pour sauver la face. Et vous vous dites qu'elle est bien bête de l'avoir fait, même si ça vous a tirée du pétrin, mais…

– Je n'écouterai pas…

– Si, vous écouterez. Et je m'en vais vous dire quelque chose qui va éclairer votre lanterne. Mme Melly est une sotte, mais pas du genre que vous vous figurez. Il était clair que quelqu'un l'avait informée, mais elle n'en a rien cru. Même si elle avait la vérité sous les yeux, elle n'y croirait pas. Elle a trop le sentiment de l'honneur pour prêter des intentions malhonnêtes à ceux qu'elle aime. J'ignore quel mensonge Ashley Wilkes lui a raconté… mais le plus cousu de fil blanc a dû faire l'affaire, car elle aime Ashley et elle vous aime. Je me demande pourquoi, mais elle vous aime. Tant pis pour vous, ce sera une croix que vous aurez à porter.

– Si vous n'étiez pas ivre, je vous expliquerais tout, fit Scarlett en recouvrant un peu de dignité, mais maintenant...

– Vos explications ne m'intéressent pas. Je connais la vérité mieux que vous. Bon Dieu, si vous quittez cette chaise encore une fois... Et ce que je trouve encore plus amusant que la comédie de ce soir, c'est que vous n'avez cessé de nourrir en votre cœur des désirs coupables pour Ashley Wilkes alors que vous me refusiez si vertueusement les joies de votre couche à cause de mes nombreux péchés. «Nourrir dans votre cœur!» C'est une bonne phrase, hein? Il y a des tas de bonnes phrases dans ce livre, n'est-ce pas?

«Quel livre? quel livre?» Son esprit s'égarait, elle se sentait devenir folle tandis qu'elle lançait des regards éperdus autour d'elle et remarquait les ternes reflets de l'argenterie massive éclairée par la bougie et l'obscurité inquiétante de certains coins de la pièce.

– Et j'ai été repoussé parce que mes ardeurs grossières étaient plus que n'en pouvait supporter votre délicatesse... parce que vous ne vouliez plus d'enfants! Comme j'en ai eu du chagrin, mon cœur! Quelle blessure pour moi! Alors je suis allé chercher d'agréables consolations et je vous ai laissée à vos raffinements. Et, pendant ce temps-là, vous avez relancé M. Wilkes qui se morfondait depuis longtemps. Mais, sacré bon Dieu! qu'est-ce qu'il a, ce type? Il ne peut ni être fidèle à sa femme moralement, ni lui être infidèle physiquement. Pourquoi ne se décide-t-il pas? Vous ne refuseriez pas d'avoir des enfants de lui, n'est-ce pas... et de les faire passer pour les miens?

Scarlett se leva brusquement en poussant un cri et Rhett, quittant sa chaise, se mit à rire de ce rire doux qui glaçait le sang de sa femme. Il força Scarlett à se rasseoir et se pencha sur elle.

– Regardez mes mains, ma chère, dit-il en ouvrant et en refermant ses larges mains brunes. Avec elles, je pourrais vous mettre en pièces sans en éprouver la moindre gêne, et c'est ce que je ferais si ça pouvait vous extirper Ashley de l'esprit. Mais ce serait peine perdue. Alors je crois que je vais m'y prendre autrement pour que vous ne pensiez plus jamais à lui, je vais m'y prendre comme ceci. Tenez, je mets mes mains de chaque côté de votre tête, comme ça, là, et je vous fais sauter le crâne comme on brise une coquille de noix. Fini, il n'y aura plus d'Ashley dans cette cervelle.

Il lui avait posé les mains sur la tête. Ses doigts enfouis dans sa chevelure défaite, il la caressa et lui fit mal tour à tour. Il l'obligea à tourner le visage vers le sien et Scarlett eut l'impression de se trouver en face d'un inconnu, d'un étranger dont la voix épaissie par l'alcool avait des accents traînants. Scarlett n'avait jamais manqué de courage physique et, en présence du danger, elle se ressaisit. Son sang brûla, afflua dans ses veines. Elle se raidit, ses yeux se plissèrent.

– Espèce d'ivrogne, espèce d'imbécile, dit-elle, bas les pattes !

À sa grande surprise, Rhett lui obéit et, s'asseyant sur un coin de la table, il se versa de nouveau à boire.

– J'ai toujours admiré votre cran, ma chère. Je ne l'ai jamais admiré autant que maintenant que vous voilà au pied du mur.

Scarlett ramena étroitement son peignoir sur elle. Oh ! si seulement elle pouvait regagner sa chambre, en fermer à clef la porte épaisse et se retrouver seule ! Il fallait pourtant tenir tête à Rhett, obliger ce Rhett qu'elle n'avait jamais vu à la laisser tranquille. Elle se leva sans hâte malgré le tremblement de ses genoux, serra son peignoir sur ses hanches et releva les mèches qui lui balayaient le visage.

– Je ne suis pas au pied du mur, dit-elle d'un ton sec. Vous ne me mettrez jamais au pied du mur, Rhett Butler, et ce n'est pas vous qui me ferez peur. Vous n'êtes qu'une brute, un ivrogne. Vous avez fréquenté si longtemps des femmes de mauvaise vie que vous voyez le mal partout. Vous êtes incapable de comprendre Ashley, incapable de me comprendre. Vous avez vécu trop longtemps dans la boue pour vous en sortir. Vous êtes jaloux de quelque chose que vous ne pouvez pas comprendre. Bonne nuit !

Elle pivota sur ses talons et se dirigea vers la porte, mais un éclat de rire l'arrêta net. Elle se retourna et vit Rhett s'approcher d'elle en titubant. Au nom du Ciel, mais qu'il cesse donc de rire ! Son rire était terrible ! Et puis qu'y avait-il de risible dans tout cela ? Rhett était tout près d'elle. Elle recula et se heurta au mur. Rhett lui plaqua ses deux mains sur les épaules et la retint prisonnière, le dos cloué à la cloison.

– Cessez de rire.

– Je ris parce que vous me faites de la peine.

– De la peine… pour moi ? C'est plutôt vous qui devriez vous faire de la peine.

– Mais si, bon Dieu, vous me faites de la peine, ma chère, ma jolie petite sotte ? C'est dur, hein ? Vous ne pouvez supporter ni mon rire, ni ma pitié, hein ?

Il cessa de rire et pesa si lourdement sur les épaules de Scarlett qu'il lui en fit mal. Son expression changea. Il était si près que Scarlett, gênée, par son haleine imprégnée de whisky, détourna la tête.

– Alors, je suis jaloux ? reprit-il. Et pourquoi pas ? Eh ! oui, je suis jaloux d'Ashley Wilkes. Pourquoi pas ? Oh ! inutile de parler, pas d'explications. Je sais que physiquement vous ne m'avez pas trompé. C'était bien cela que vous vouliez dire ? Oh ! je le sais parfaitement. Je le sais depuis des années. Comment m'y suis-je pris pour le savoir ? Eh bien ! je connais Ashley Wilkes et ses principes. Je sais que c'est un honnête homme, un gentleman. Et dame, ma chère, je n'en dirai autant ni de vous... ni de moi. D'ailleurs, ça n'a aucune importance. Nous ne sommes pas des gentlemen, vous et moi ; nous n'avons pas d'honneur. Ce n'est pas vrai. C'est bien pour cela que nos affaires prospèrent.

– Laissez-moi partir. Je ne veux pas rester ici à me faire insulter.

– Je ne vous insulte pas. Je suis en train de louer votre vertu physique. Mais, voyez-vous, je ne me suis pas laissé prendre au jeu. Vous considérez les hommes comme des imbéciles, Scarlett. Ce n'est jamais bon de sous-estimer la force ou l'intelligence d'un adversaire. Et moi, je ne suis pas un imbécile. Tenez, quand vous étiez dans mes bras, je savais fort bien que vous pensiez à Ashley Wilkes, que vous vous imaginiez que c'était lui qui était là, tout près de vous. Vous ne vous doutiez pas de ça, hein ?

Scarlett resta bouche bée. La crainte et la stupeur se lisaient clairement sur son visage.

– C'est rigolo, ça. En fait, c'est plutôt une histoire de fantômes. Trois personnes dans un lit quand il ne devrait y en avoir que deux.

Rhett secoua un peu les épaules de Scarlett, eut un hoquet et sourit.

– Oh ! oui, oui, vous m'êtes restée fidèle parce qu'Ashley n'a pas voulu de vous. Mais, bon sang, je ne lui aurais pourtant pas disputé votre corps ! Je sais ce que valent ces petits corps de femmes. Mais ce que je ne veux pas lui laisser, c'est votre cœur et votre chère petite tête dure et sans scrupule, votre petite tête de mule. Il se fiche pas mal de votre tête, l'imbécile, et moi, je me fiche pas mal de votre corps. Je peux m'offrir toutes les femmes que je veux. Mais je tiens à votre âme et à votre cœur, et je ne les aurai jamais. C'est comme l'âme d'Ashley, vous ne l'aurez jamais non plus. Voilà pourquoi vous me faites de la peine.

Malgré son angoisse et sa stupéfaction, Scarlett se sentit atteinte par les paroles de Rhett.

– De la peine... pour moi ?

– Oui, parce que vous êtes une telle enfant, Scarlett. Vous êtes une enfant qui pleure pour avoir la lune. Qu'est-ce qu'un enfant ferait de la lune si on la lui donnait ? Et, vous que feriez-vous d'Ashley ? Oui, ça me fait de la peine de vous voir repousser le bonheur à deux mains tout en vous efforçant d'atteindre quelque chose qui ne vous rendra jamais heureuse. Ça me fait de la peine parce que vous êtes une insensée. Vous ignorez qu'il ne peut pas y avoir de bonheur en dehors de l'union de deux êtres qui sont faits l'un pour l'autre. Si j'étais mort, si Mme Melly était morte, et que vous ayez enfin votre cher et honorable amant bien à vous, croyez-vous que vous seriez heureuse avec lui ? Mais non, bon sang ! Vous n'arriveriez jamais à le connaître, vous ne sauriez pas ce qu'il pense, vous ne le comprendriez pas mieux que vous ne comprenez la musique, la poésie, les livres ou tout ce qui n'est pas espèces sonnantes et trébuchantes. Tandis que nous, chère épouse de mon cœur, nous aurions pu être parfaitement heureux si seulement vous aviez voulu vous en donner un tant soit peu la peine, car nous nous ressemblons tellement. Nous sommes tous deux des crapules, Scarlett, et rien ne nous est impossible quand nous nous sommes mis quelque chose en tête. Nous aurions pu être heureux, car je vous aimais et je vous connais, Scarlett, je vous connais par cœur comme jamais Ashley ne pourrait vous connaître. Et s'il vous connaissait, il vous mépriserait... Mais non, vous passerez toute votre vie à soupirer après un homme que vous ne pouvez pas comprendre. Et moi, ma chérie, je continuerai à soupirer après des putains. Et j'irai jusqu'à dire que notre ménage marchera mieux que la plupart des ménages.

Il la relâcha brusquement et retourna d'un pas chancelant vers la table pour se servir à boire. Pendant un moment, Scarlett resta rivée sur place. Les pensées se livraient à une telle course dans son esprit qu'elle n'avait pas le temps d'en examiner une seule. Rhett avait dit qu'il l'aimait. Avait-il parlé sérieusement ou bien était-ce l'effet de l'ivresse ? N'était-ce pas là une de ses horribles plaisanteries ? Et Ashley... la lune... pleurer pour avoir la lune. Elle prit son élan et se sauva dans le vestibule sombre comme si elle avait eu une bande de démons à ses trousses. Oh ! si seulement elle pouvait atteindre sa chambre ! Elle faillit se tordre la cheville et perdit une de ses mules. Elle s'arrêta pour se débarrasser de l'autre, mais Rhett bondissant avec une souplesse d'Indien, la rejoignit dans l'obscurité. Son haleine lui brûla le visage. Il entrouvrit son peignoir et l'enlaça sans ménagements, les mains sur sa peau nue.

– Non, non, vous n'irez pas le retrouver. Bon sang, ce soir, il n'y aura que deux personnes dans mon lit !

Il la souleva de terre, la prit dans ses bras, et s'engagea dans l'escalier. La tête écrasée contre sa poitrine, Scarlett entendit battre son cœur à grands coups assourdis. Rhett lui faisait mal. Elle eut peur et se mit à crier. Il montait l'escalier. Il faisait tout noir. Il montait toujours et elle devenait folle de terreur. C'était un inconnu qui la tenait dans ses bras, un inconnu, un fou. Elle était perdue au milieu des ténèbres plus épaisses que celles de la mort. C'était la mort qui l'emportait, qui la serrait dans ses bras et lui faisait mal. Elle hurlait, à demi étouffée. Il s'arrêta tout d'un coup à hauteur du palier. Alors, relâchant un peu son étreinte, il se pencha sur Scarlett et l'embrassa avec une telle ferveur, un tel instinct de possession que rien ne compta plus pour elle que les ténèbres qui l'enveloppaient de plus en plus et les lèvres qui se collaient aux siennes. Rhett tremblait comme si une rafale l'eût secoué. Ses lèvres avaient quitté la bouche de Scarlett et erraient sur les chairs douces, là où le peignoir avait glissé. Il murmurait des choses qu'elle ne comprenait pas. Ses lèvres éveillaient en elle des sensations jamais éprouvées. Elle était les ténèbres et Rhett était lui aussi les ténèbres, et rien n'avait jamais existé que les ténèbres et ses lèvres sur sa peau. Elle essaya de parler, mais ses baisers l'en empêchèrent. Soudain, un frémissement sauvage la parcourut, tel qu'elle n'en avait jamais ressenti auparavant. La joie l'inonda et elle eut peur. Elle se sentit devenir folle et elle se mit à vibrer de tout son être. Elle s'abandonna à ces bras trop forts pour elle, à ces lèvres trop goulues, au destin qui l'emportait trop vite. Pour la première fois de sa vie, elle avait rencontré quelqu'un, quelque chose de plus fort qu'elle, quelqu'un dont elle ne pouvait pas faire son jouet, quelqu'un qui la domptait. Elle lui passa les bras autour de son cou. Ses lèvres frémirent sous les siennes et ils poursuivirent leur marche dans les ténèbres, dans les ténèbres douces qui tourbillonnaient autour d'eux et les entraînaient!

Le lendemain matin, lorsque Scarlett se réveilla, Rhett était parti et, n'eût été l'oreiller tout chiffonné à côté d'elle, elle aurait pu croire à un rêve échevelé. Elle rougit au souvenir de ce qui s'était passé cette nuit-là et, ramenant le drap jusqu'à son menton, elle se laissa baigner par le soleil et essaya de mettre un peu d'ordre dans ses impressions confuses.

Deux idées se présentèrent d'abord à son esprit. Elle avait vécu pendant des années avec Rhett, elle avait partagé son lit, elle avait mangé à la même table que lui, elle s'était querellée avec lui, elle lui avait donné un enfant et pourtant elle ne le connaissait pas. L'homme qui l'avait emportée dans ses bras au milieu des ténèbres était un étranger dont elle ne soupçonnait même pas l'existence. Et maintenant elle avait beau essayer de le détester ou de s'indigner, elle n'y arrivait pas. Il l'avait humiliée, il l'avait blessée, il l'avait traitée sans aucun ménagement au cours de cette nuit de folie et elle en avait tiré gloire.

Oh ! elle devrait avoir honte, elle devrait repousser bien loin d'elle le souvenir de ces minutes brûlantes où les ténèbres semblaient la happer ! Une dame, une véritable dame ne pouvait plus relever la tête après une telle nuit. Mais, plus fort que la honte, s'imposait le souvenir de ces instants d'ivresse, des transports de l'abandon. Pour la première fois de sa vie, elle s'était sentie vibrer, soulever par une passion aussi primitive que la terreur qu'elle avait éprouvée la nuit où elle avait fui d'Atlanta, aussi capiteuse et agréable que la froide bouffée de haine qui l'avait poussée à tuer le Yankee.

Rhett l'aimait ! Tout au moins, il l'avait dit et comment pouvait-elle en douter désormais ? C'était bizarre, c'était troublant, c'était incroyable d'être aimée de cet inconnu brutal avec lequel elle avait entretenu jusque-là des rapports si froids. Elle ne savait pas encore très bien comment prendre cette révélation, mais une idée lui traversa l'esprit et elle se mit à rire tout haut. Il l'aimait et enfin elle le tenait. Elle avait presque oublié que jadis elle avait projeté de se faire aimer de lui pour pouvoir brandir le fouet au-dessus de son insolente tête noire. Maintenant la réussite inopinée de son plan lui procurait une grande satisfaction. Pendant une nuit, il l'avait eue à sa merci, mais elle avait appris à connaître le défaut de sa cuirasse. Dorénavant, il serait bien obligé d'en passer par où elle voudrait. Elle endurait ses sarcasmes depuis assez longtemps, mais maintenant, à lui de sauter à travers les cerceaux qu'il lui plairait de tendre.

À la pensée que la griserie de la nuit était dissipée, et qu'elle allait se retrouver face à face avec Rhett, Scarlett éprouva un sentiment de gêne qui, en fait, n'avait rien d'agréable.

– Me voilà émue comme une jeune mariée, se dit-elle, et tout cela à cause de Rhett !

Cette idée l'amusa et elle fut secouée d'un petit rire nerveux.

Mais Rhett ne parut ni au déjeuner ni au dîner. La nuit passa, une longue nuit au cours de laquelle Scarlett ne put fermer l'œil et guetta tout le temps le bruit d'une clef dans la serrure de l'entrée. Mais Rhett ne revint pas. Le second jour elle n'avait encore aucune nouvelle de lui et elle crut devenir folle sous l'effet de la déception et de l'inquiétude. Elle alla à la banque, mais il n'y était pas. Elle alla au magasin et fut insupportable avec tout le monde, car, chaque fois que la porte s'ouvrait pour laisser passer un client, son cœur se mettait à battre plus vite et elle espérait que c'était Rhett. Elle alla au

chantier et fut si dure avec Hugh qu'il finit par se cacher derrière une pile de bois. Mais Rhett ne donnait toujours pas signe de vie. Elle ne pouvait pas s'abaisser à demander à des amis s'ils l'avaient vu. Elle ne pouvait pas non plus s'adresser aux domestiques, bien qu'elle eût l'impression qu'ils savaient quelque chose. Les nègres savaient toujours tout. Le silence de Mama n'était pas naturel. La vieille femme observait Scarlett du coin de l'œil et ne disait rien. Le matin du troisième jour, Scarlett décida d'alerter la police. Peut-être Rhett avait-il eu un accident, peut-être son cheval l'avait-il désarçonné et gisait-il dans un fossé. Peut-être... oh! c'était horrible à penser... peut-être était-il mort!
Scarlett avait achevé son petit déjeuner et elle était remontée dans sa chambre pour mettre son chapeau quand elle entendit des pas rapides dans l'escalier. Les jambes coupées par l'émotion, elle se jeta sur son lit. À ce moment, Rhett entra. Massé, rasé de frais, il paraissait tout à fait dans son état normal, mais ses yeux injectés et son visage bouffi indiquaient qu'il avait dû beaucoup boire. «Eh! bonjour!» fit-il en s'accompagnant d'un petit geste désinvolte de la main. Comment un homme pouvait-il dire «Eh! bonjour!» après s'être absenté pendant deux jours sans donner d'explications? Comment pouvait-il être aussi indifférent après la nuit qu'ils avaient passée ensemble? C'était impossible à moins... à moins... l'idée redoutable germa dans l'esprit de Scarlett... à moins qu'il n'eût l'habitude de ces nuits-là? Pendant un moment elle fut incapable de parler et en oublia tous les jolis gestes, tous les beaux sourires qu'elle avait préparés à son intention. Il ne s'approcha même pas d'elle pour l'embrasser du bout des lèvres comme il le faisait d'ordinaire. Il restait là, au milieu de la pièce, le visage souriant, un cigare allumé à la main.
– Où... où étiez-vous?
– Ne venez pas me dire que vous ne le saviez pas! Je pensais que toute la ville était au courant. Après tout, tout le monde sait peut-être à quoi s'en tenir, sauf vous. Vous connaissez le vieil adage. «L'épouse est toujours la dernière à découvrir la vérité.»
– Que voulez-vous dire?
– Je pensais qu'après la descente de police chez Belle avant-hier soir...
– Chez Belle... chez cette... cette femme! Vous étiez chez...
– Bien sûr. Où aurais-je pu être autrement? J'espère que vous n'avez pas été inquiète?
– Vous m'avez quittée pour... oh!
– Allons, allons, Scarlett! Ne jouez pas les épouses trahies! Il y a longtemps que vous devez savoir à quoi vous en tenir sur Belle.

– Vous êtes allé la retrouver après... après...
– Oh ça ! Il esquissa un petit geste nonchalant. J'aime autant ne pas revenir là-dessus. Enfin, je vous fais mes excuses pour la façon dont je me suis conduit lors de notre dernière entrevue. J'étais fort éméché, comme vous le savez sans doute, et complètement affolé par vos appas... faut-il les énumérer ?
Soudain, Scarlett eut envie de pleurer, de s'allonger sur son lit et de sangloter éperdument. Rhett n'avait pas changé, rien n'avait changé. Elle avait été folle, stupide, grotesque de penser qu'il l'aimait. Son orgueil l'avait aveuglée. Ça n'avait été qu'une répugnante comédie d'ivrogne. Il l'avait prise, il en avait tiré son plaisir, tout comme il l'eût tiré de n'importe quelle pensionnaire de chez Belle. Et maintenant il était revenu sardonique, l'insulte à la bouche, insaisissable. Elle ravala ses larmes et se domina. Il ne fallait pour rien au monde qu'il devinât les sentiments qu'elle avait éprouvés. Comme il rirait s'il savait ! Eh bien ! il ne saurait jamais ! Elle le regarda bien en face et surprit dans ses yeux cette même lueur qui l'avait si souvent intriguée, cette expression de chat aux aguets, comme s'il voulait deviner ce qu'elle allait dire, comme s'il espérait... mais quoi, qu'espérait-il ? Qu'elle se rendît ridicule, qu'elle fît une scène, qu'elle lui permît de se moquer d'elle ? Non, non ! Les lignes obliques de ses sourcils se rapprochèrent. Elle prit un air glacial.
– Naturellement, je me doutais bien du genre de relations que vous entreteniez avec cette créature.
– Vous vous en doutiez seulement ? Pourquoi ne m'avez-vous rien demandé pour satisfaire votre curiosité ? Je vous aurais tout dit. Je vis avec elle depuis le jour où Ashley Wilkes et vous avez décidé que nous ferions chambre à part.
– Vous avez l'audace de vous vanter de cela devant moi, votre femme, et de...
– Oh ! faites-moi grâce de votre indignation. Tant que je paie les notes, ce que je peux bien faire, vous vous en fichez comme de l'an quarante. Et vous savez pertinemment que ces derniers temps je ne me suis pas conduit comme un petit saint. Quant à votre rôle d'épouse... il s'est ramené à bien peu de chose depuis la naissance de Bonnie, n'est-ce pas ? Vous n'avez pas été un bon placement, Scarlett. Avec Belle, j'ai eu plus de chance.
– Un placement ? Vous voulez lui dire que vous lui avez donné...
– J'ai été son commanditaire. Je pense que c'est le terme qui convient. Belle est une femme débrouillarde. Je voulais la voir se tirer d'affaire et il ne lui manquait que des fonds pour monter une maison à elle.

Vous devriez savoir quels miracles une femme peut accomplir quand elle a un peu d'argent devant elle. Tenez, prenez votre exemple.

– Vous me comparez à...

– Eh bien! vous êtes toutes deux des femmes d'affaires et vous réussissez. Belle évidemment mieux que vous, parce qu'elle a bon cœur et que c'est une brave fille...

– Voulez-vous sortir d'ici...

Il se dirigea vers la porte sans se presser. «Comment peut-il m'insulter ainsi?» se dit Scarlett, partagée entre la colère et la douleur. Elle frémit en songeant à l'inquiétude qui l'avait rongée pendant qu'il menait joyeuse vie dans une maison de perdition.

– Sortez de cette chambre et n'y remettez plus les pieds. Je vous l'ai déjà dit une fois, mais vous n'avez pas été assez galant homme pour comprendre. À partir de maintenant, je m'enfermerai à clef.

– Ne vous donnez pas cette peine.

– Si, je m'enfermerai. Après la façon dont vous vous êtes conduit l'autre nuit... si ivre... si dégoûtant...

– Vas-y, ma chérie! En tout cas, pas si dégoûtant que ça!

– Sortez!

– Ne vous fâchez pas, je m'en vais. Et je vous promets de ne plus jamais vous importuner. Tout est fini entre nous. Et tenez, je viens de penser que si vous ne pouvez plus supporter ma conduite infâme, je vous promets de divorcer. Laissez-moi Bonnie, et je ne m'opposerai pas à vos projets.

– Je ne tiens pas à jeter le déshonneur sur votre famille en divorçant.

– Vous ne seriez pourtant pas longue à la déshonorer, si Mme Melly venait à mourir, n'est-ce pas? J'en ai froid dans le dos quand je pense avec quelle rapidité vous demanderiez le divorce.

– Allez-vous vous en aller?

– Oui, je m'en vais. C'est justement ce que je suis venu vous dire. Je pars pour Charleston et La Nouvelle-Orléans et... oh! enfin, ce sera un long voyage. Je pars aujourd'hui.

– Oh!

– Et j'emmène Bonnie avec moi. Allez donc dire à cette folle de Prissy de préparer ses frusques. Je l'emmène aussi.

– Je vous défends d'emmener mon enfant.

– Cet enfant m'appartient également, madame Butler. Ça ne vous contrarie sûrement pas que je l'emmène à Charleston voir sa grand-mère?

– Sa grand-mère? parlons-en! Vous ne vous imaginez tout de même pas que je vais vous confier cette petite pour que vous soyez ivre tous les soirs et que vous l'emmeniez dans des maisons comme celle de Belle...

Rhett jeta avec violence son cigare sur le tapis et l'odeur âcre de la laine brûlée monta dans la pièce. Il fonça sur Scarlett, le visage noir de colère.

– Si vous étiez un homme, je vous tordrais le cou pour ces paroles. Puisque ce n'est pas le cas, tout ce que je vous demande, c'est de fermer votre foutu clapet. Croyez-vous que je l'emmènerais là où... ma fille ! Bon Dieu, que vous êtes bête. Et puis, vous pouvez toujours en parler, de votre instinct maternel, une chatte est plus mère que vous ! Qu'avez-vous jamais fait pour les enfants ? Vous terrorisez Wade et Ella, et sans Mélanie Wilkes, ils ne sauraient pas ce que c'est que l'amour et l'affection. Mais Bonnie, ma petite Bonnie ! Vous croyez peut-être que je ne saurai pas aussi bien m'en occuper que vous ? Vous croyez peut-être que je m'en vais vous laisser la tyranniser comme vous tyrannisez Wade et Ella ? Nom de Dieu, jamais ! Faites préparer ses affaires et tâchez qu'elle soit prête dans une heure, sinon je vous avertis que ce qui s'est passé l'autre nuit aura été de la petite bière à côté de ce qui se passera. J'ai toujours pensé que ça vous ferait un bien immense de recevoir une bonne volée avec un fouet.

Rhett fit demi-tour et sortit de la chambre sans laisser à Scarlett le temps de répondre. Scarlett l'entendit traverser le couloir et ouvrir la porte de la salle de jeux des enfants. Il fut accueilli par de joyeuses exclamations et Scarlett reconnut la voix pointue de Bonnie qui dominait celle d'Ella.

– Papa, où étais-tu ?

– J'étais en train de chasser le lapin pour donner une belle fourrure à ma petite Bonnie. Allons, viens embrasser ton préféré, Bonnie... et toi aussi, Ella.

LV

Ma chérie, je n'ai pas besoin d'explications et je n'en écouterai aucune, déclara Mélanie avec fermeté en posant sa main menue sur les lèvres de Scarlett. C'est injurieux et pour toi et pour Ashley et pour moi de penser qu'une explication est nécessaire entre nous. Voyons, tous les trois, nous avons été comme... comme des soldats. Nous avons combattu côte à côte pendant tant d'années que j'en ai honte pour toi de penser que des ragots pourraient avoir prise sur nous. Tu ne vas tout de même pas t'imaginer que je croie que toi et mon Ashley... en voilà une idée ! Te rends-tu bien compte que je suis la personne qui le connaît le mieux ? Penses-tu que j'ai oublié tout ce que tu as fait pour Ashley, pour Beau et pour moi ? Non seulement je te dois la vie, mais tu nous as tous empêchés de mourir de faim. Je te revois encore marchant dans les sillons derrière le cheval du Yankee. Tu étais presque pieds nus et tes mains saignaient. Tu faisais cela pour que l'enfant et moi nous ayons quelque chose à manger. Oui, je me rappelle et tu voudrais que je croie cette chose terrible sur ton compte ? Je ne veux rien entendre de toi, Scarlett O'Hara. Pas un seul mot.

– Mais..., bredouilla Scarlett, et elle s'arrêta.

Rhett était parti depuis une heure, emmenant Bonnie et Prissy et, en Scarlett, le désespoir s'ajoutait à la honte et à la colère. De plus, elle se sentait coupable envers Ashley, et l'attitude généreuse de Mélanie la mettait au supplice. C'était plus qu'elle n'en pouvait supporter. Si Mélanie avait cru India et Archie, si elle l'avait évitée le soir de sa réception ou même si elle l'avait reçue avec froideur, elle aurait relevé bien haut la tête et elle aurait lutté avec toutes les armes dont elle disposait. Mais maintenant, quand elle revoyait Mélanie se dresser entre elle et le scandale comme une fine lame scintillante, il lui semblait que la seule chose honnête à faire c'était d'avouer. Oui, il fallait tout lui raconter en partant de ce jour lointain où le soleil éclaboussait la véranda de Tara.

Bien qu'endormie depuis longtemps, sa conscience, sa conscience modelée par la religion catholique, se réveillait et la poussait à parler : « Confesse tes péchés et fais pénitence dans l'affliction et le repentir», lui avait dit Ellen des centaines de fois et, lorsque survenait une crise, l'éducation religieuse d'Ellen revenait et reprenait le dessus. Elle allait se confesser... oui, elle avouerait tout, chaque regard, chaque mot, ces quelques caresses... et alors Dieu soulagerait sa douleur et lui apporterait la paix. Et, pour pénitence, il lui faudrait assister à un spectacle terrible. Sur le visage de Mélanie, l'amour sincère et la confiance feraient place à une expression incrédule et horrifiée, à une expression de répulsion. «Oh! la punition est trop dure!» pensa Scarlett avec angoisse. Oui, toute sa vie elle serait condamnée à se rappeler le visage de Mélanie, à se dire que Mélanie savait tout ce qu'il y avait de bas, de mesquin, de fourbe et d'hypocrite en elle.

Jadis elle s'était grisée à la pensée de tout révéler à Mélanie et de voir s'écrouler comme un château de cartes les illusions de sa belle-sœur. Mais maintenant tout avait changé et il n'y avait rien qu'elle désirât moins. Pourquoi? au fond, elle n'en savait rien. Ses idées s'entrechoquaient avec trop de violence dans son esprit pour qu'elle cherchât à y mettre de l'ordre. Elle savait seulement qu'elle voulait à tout prix conserver l'estime de Mélanie comme elle voulait autrefois passer aux yeux de sa mère pour une nature modeste et bonne. Elle savait seulement qu'elle se moquait pas mal de l'opinion des gens, de celle d'Ashley ou de Rhett, mais qu'il ne fallait pour rien au monde que Mélanie la considérât autrement qu'elle l'avait toujours considérée.

Elle redoutait d'apprendre la vérité à Mélanie, mais, obéissant à un de ses rares instincts honnêtes, un instinct qui ne lui permettait pas de s'affubler d'oripeaux devant la femme qui avait combattu pour elle, elle s'était précipitée chez Mélanie ce matin-là, aussitôt après le départ de Rhett et de Bonnie.

Cependant, dès ses premiers mots prononcés d'une voix tremblante, «Melly, il faut que je t'explique ce qui s'est passé l'autre jour...», Mélanie l'avait impérieusement arrêtée. Scarlett, confuse, regarda les yeux noirs de Mélanie que faisaient flamboyer l'amour et la colère et, le cœur serré, elle comprit que la paix et le calme qui suivent la confession lui seraient à jamais refusés. Émue comme elle l'avait rarement été depuis son enfance, elle se rendit compte qu'elle ne pourrait pas ouvrir son cœur torturé sans faire en même temps preuve d'un monstrueux égoïsme. Elle se débarrasserait de son fardeau et en chargerait une innocente qui avait confiance en elle. Mélanie avait pris sa défense. Elle avait donc une dette envers elle, et le seul moyen de s'en acquitter c'était de se taire. Parler serait trop cruel. Elle ruinerait la vie de Mélanie en lui apprenant que son mari la trahissait et que l'amie qu'elle chérissait trempait dans cette trahison !

« Je ne peux pas lui parler, se dit-elle, désespérée. Je ne lui parlerai jamais, même si ma conscience me tue. » Elle se rappela la remarque de Rhett la nuit où il était ivre : « Elle ne peut pas prêter des intentions malhonnêtes à ceux qu'elle aime... ce sera une des croix que vous aurez à porter... »

Oui, elle porterait cette croix-là jusqu'à sa mort. Elle souffrirait en silence, elle sentirait contre sa peau le cilice de la honte. À chacun des regards, chacun des gestes tendres de Mélanie, il lui faudrait continuellement se maîtriser pour ne pas crier : « Ne sois pas aussi bonne ! Ne lutte pas pour moi ! Je n'en vaux pas la peine ! »

« Si seulement tu n'étais pas aussi sotte, aussi gentille, aussi confiante, aussi simple d'esprit, ce serait moins dur, pensa Scarlett. J'ai porté quantité de lourds fardeaux, mais celui-ci va être le plus lourd, le plus accablant que j'aie jamais chargé sur mes épaules. »

Mélanie était assise en face d'elle sur une chaise basse et les pieds calés si haut sur une ottomane que ses genoux saillaient comme ceux d'un enfant, position qu'elle n'eût jamais adoptée si la colère qui l'animait ne lui avait fait oublier le sens des convenances. Elle tenait un ouvrage de broderie et poussait l'aiguille avec une ardeur de duelliste maniant la rapière.

Si Scarlett s'était trouvée dans le même état, elle eût tapé du pied et vociféré comme Gérald en ses plus beaux jours lorsqu'il prenait Dieu à témoin de la duplicité et de la crapulerie de l'humanité et proférait des menaces de vengeance à vous en glacer le sang dans les veines. Mais seuls son aiguille scintillante et l'arc fin de ses sourcils indiquaient que Mélanie bouillonnait intérieurement. Sa voix restait égale et son langage était encore plus surveillé qu'à l'ordinaire. Néanmoins les paroles qu'elle prononçait rendaient un son étrange dans sa bouche, car il lui arrivait rarement d'émettre une opinion personnelle et il ne lui échappait jamais un mot désobligeant. Scarlett se rendit compte tout à coup que les accès de fureur des Wilkes et des Hamilton étaient fort capables d'égaler ceux des O'Hara en intensité sinon les dépasser.

– Je commence à en avoir assez d'entendre les gens t'adresser des reproches, ma chérie, déclara Mélanie. Cette fois, la mesure est comble et je m'en vais remettre un peu les choses au point. Tout cela tient à ce que les gens sont jaloux de toi. Ils t'envient parce que tu es intelligente et que tu réussis. Oui, tu as réussi alors que des tas d'hommes ont échoué. Ne m'en veuille pas de te dire cela, ma chérie.

Je ne veux pas dire par là que tu n'as pas conservé ton rôle de femme, car ce n'est pas vrai. Je laisse aux autres le soin de raconter ça. Non, les gens ne te comprennent pas. Que veux-tu, ils ne peuvent pas tolérer qu'une femme soit intelligente. En tout cas, ton intelligence et ta réussite ne donnent pas aux gens le droit de prétendre que toi et Ashley... Nom d'un petit bonhomme !

Sur les lèvres d'un homme, cette exclamation des plus anodines se fût sans nul doute transformée en blasphème. Alarmée par cette explosion de colère sans précédent chez elle, Scarlett regarda sa belle-sœur.

– Quant aux ignobles mensonges qu'ils ont inventés... Archie, India, Mme Elsing ! Comment ont-ils eu cette audace ? Bien entendu, Mme Elsing n'est pas venue ici. Non, elle n'en a pas eu le courage. Mais comprends-tu, ma chérie, elle t'a toujours détestée parce que tu avais plus de succès que Fanny. Et puis elle t'en a tellement voulu d'avoir retiré à Hugh la direction de la scierie. En tout cas, tu as eu bien raison de le changer de poste. C'est un imbécile, un fainéant, un propre à rien ! (Avec quel empressement Mélanie condamnait son ami d'enfance, son ancien soupirant !) Je regrette ce que j'ai fait pour Archie. Je n'aurais jamais dû abriter cette vieille canaille sous mon toit. On me l'avait bien dit, mais je n'ai voulu écouter personne. Il ne t'aimait pas à cause des forçats, mais qui peut te reprocher d'en avoir embauché ! Un assassin, l'assassin d'une femme ! Et après tout ce que j'avais fait pour lui il est venu me dire... Je t'assure que je n'aurais pas pleuré si Ashley l'avait tué. Je lui ai dit de faire son balluchon, et il est parti l'oreille basse, je te prie de croire. Il a quitté la ville.

« Quant à India, c'est une horreur ! Ma chérie, la première fois que je vous ai vues toutes les deux, je n'ai pu m'empêcher de remarquer qu'elle était jalouse de toi et qu'elle te détestait parce que tu étais plus jolie qu'elle et que tous les hommes t'entouraient. C'est surtout à cause de Stuart Tarleton qu'elle t'en voulait. Elle pensait tellement à Stuart que... vois-tu, ça m'est pénible de dire cela de la sœur d'Ashley, mais je crois qu'elle a eu le cerveau détraqué à force de penser à lui. On ne peut pas expliquer autrement son geste... Je lui ai dit de ne plus jamais remettre les pieds ici et j'ai ajouté que si jamais je l'entendais insinuer... eh bien ! je... je la traiterais de menteuse en public ! »

Mélanie s'arrêta et brusquement une expression de douceur se répandit sur son visage jusque-là enflammé par la colère. Mélanie possédait au plus haut point cet esprit de clan particulier aux Géorgiens, et l'idée d'une querelle de famille lui déchirait le cœur.

Elle hésita un moment avant de poursuivre, mais Scarlett avait toutes ses préférences. «Oui, reconnut-elle loyalement, elle a toujours été jalouse parce que c'est toi que j'aimais le mieux. Elle ne reviendra plus jamais ici et je ne remettrai plus jamais les pieds chez les gens qui la reçoivent. Ashley est d'accord avec moi, mais ça lui brise le cœur de penser que sa sœur est capable de dire de telles...»

En entendant prononcer le nom d'Ashley, Scarlett à bout de nerfs fondit en larmes. Il lui faudrait donc toujours frapper Ashley en plein cœur! Elle n'avait eu qu'une seule pensée, le rendre heureux, le protéger mais chaque fois elle semblait destinée à lui faire du mal. Elle avait gâché sa vie, brisé sa fierté, sa dignité, troublé cette paix intérieure, ce calme qui reposaient en lui sur le sentiment de l'honneur. Et maintenant elle l'avait éloigné de sa sœur qu'il aimait. Pour sauver sa propre réputation et le bonheur de sa femme, il avait dû sacrifier India, la faire passer pour une menteuse, une vieille fille jalouse et à moitié folle... India, dont tous les soupçons étaient fondés, dont toutes les accusations étaient justifiées. Chaque fois qu'Ashley regarderait India en face, il verrait luire dans ses yeux la vérité, il surprendrait dans ses yeux un reproche et y lirait ce froid mépris dans l'art duquel les Wilkes étaient passés maîtres.

Scarlett savait qu'Ashley plaçait l'honneur plus haut que sa vie, et elle devinait les tortures qu'il devait endurer. Comme elle, il était forcé de s'abriter derrière Mélanie. Cependant, Scarlett avait beau se rendre compte que c'était là la seule attitude possible, et se dire que si Ashley se trouvait dans une fausse situation c'était en grande partie de sa faute, elle était femme et elle eût respecté davantage Ashley s'il avait tué Archie et s'il avait reconnu devant Mélanie et devant tout le monde le bien-fondé des accusations portées contre lui. Elle savait bien que ça n'était pas loyal de penser cela, mais elle était trop désemparée pour s'arrêter à de tels détails. Elle se rappelait certaines paroles cinglantes de Rhett et elle se demandait si vraiment Ashley avait bien joué son rôle d'homme dans toute cette affaire. Et, pour la première fois, l'auréole brillante dont elle l'avait enveloppé depuis le jour où elle s'était éprise de lui commença imperceptiblement à perdre de son éclat. La honte et le remords qu'elle éprouvait rejaillissaient également sur Ashley et étendaient sur lui leur ternissure. Elle s'efforça de bannir cette pensée, mais, comme elle n'y parvenait pas, elle ne fit que pleurer de plus belle.

– Je t'en supplie! Je t'en supplie! s'écria Mélanie qui, laissant tomber sa broderie, se jeta sur le sofa et attira la tête de Scarlett contre son épaule. Je n'aurais pas dû te raconter tout cela. Ça te fait trop de peine. Je devine dans quel état tu dois être. Je ne parlerai plus jamais de cela. Ce sera comme s'il ne s'était jamais rien passé. Mais, ajouta-t-elle avec une rage contenue, je m'en vais montrer à India et à Mme Elsing de quel bois je me chauffe. Qu'elles n'aillent pas s'imaginer qu'elles peuvent impunément colporter des mensonges sur mon mari et sur ma belle-sœur. Je vais m'y prendre de telle façon qu'elles n'oseront plus relever la tête. Maintenant, tous ceux qui le croiront, tous ceux qui les recevront seront mes ennemis!

Scarlett, le cœur meurtri, porta ses regards vers l'avenir et comprit qu'elle allait être la cause d'une querelle qui, pendant des générations, diviserait la ville et les siens.

Mélanie tint parole. Elle n'aborda plus jamais ce sujet ni devant Scarlett, ni devant Ashley, et refusa à tout le monde le droit de lui en parler. Elle adopta un air de froide indifférence qui ne tardait pas à se transformer en politesse glaciale lorsque quelqu'un s'avisait de faire allusion à cette question. Au cours des semaines qui suivirent sa réception, alors que Rhett avait mystérieusement disparu et que la ville entière jasait, s'agitait ou prenait parti, elle ne fit pas quartier aux détracteurs de Scarlett, qu'ils fussent de vieux amis ou des parents. Elle ne dit rien, elle passa à l'action.

Elle s'attacha aux pas de Scarlett et la suivit comme son ombre. Elle l'obligea à retourner tous les matins au magasin et au chantier, et elle l'accompagna. Bien que Scarlett ne tînt guère à s'exposer aux regards curieux de ses concitoyens, elle insista pour qu'elle fît une promenade l'après-midi et elle s'assit à côté d'elle dans la voiture. Elle l'emmena à des jours de réceptions et l'introduisit dans des salons où elle n'avait pas mis les pieds depuis plus de deux ans, et Mélanie, avec un air farouche qui voulait dire «qui m'aime doit aimer ceux que j'aime», engageait la conversation avec des maîtresses de maison suffoquées.

Lors des réceptions, elle s'arrangeait pour arriver avec Scarlett au début de l'après-midi et attendait pour se retirer que la dernière visiteuse fût partie, privant ainsi les dames du plaisir de discuter en groupe et de se livrer au jeu des suppositions, ce qui d'ailleurs n'allait pas sans soulever quelque indignation. Ces visites constituaient une épreuve particulièrement pénible pour Scarlett, mais elle n'osait pas refuser à Mélanie de s'y rendre avec elle. Ça lui était odieux de s'asseoir au milieu d'un essaim de femmes qui se demandaient en secret si Scarlett avait bien été surprise en flagrant délit d'adultère.

Ça lui était odieux de savoir que ces femmes ne lui eussent point adressé la parole si elles n'avaient pas aimé Mélanie et craint de perdre son amitié. Pourtant Scarlett comprenait qu'après l'avoir reçue chez elles ces femmes ne pouvaient plus faire celles qui ne la connaissaient pas.

Que l'on fût pour ou contre Scarlett, sa personne en fait n'entrait guère en ligne de compte et c'était bien là l'indice de la piètre estime en laquelle on la tenait. «Elle ne vaut pas cher», telle était l'opinion générale. Scarlett s'était fait trop d'ennemis pour avoir beaucoup de défenseurs. Ses paroles et ses actes avaient ulcéré trop de cœurs pour que les gens dans l'ensemble s'inquiétassent des conséquences que ce scandale pouvait avoir pour elle. Par contre, tout le monde tenait énormément à ne pas nuire à Mélanie ou à India, et c'était bien plus autour d'elles qu'autour de Scarlett que se déchaînait la tempête concentrée sur une seule question «India a-t-elle menti?»

Ceux qui partageaient le point de vue de Mélanie soulignaient triomphalement que celle-ci ne quittait pas Scarlett d'une semelle. Quelle femme ayant les principes de Mélanie épouserait la cause d'une femme coupable d'adultère avec son propre mari? Non, ce n'était pas possible! India n'était qu'une vieille fille au cerveau fêlé qui détestait Scarlett et avait inventé sur son compte toutes sortes de mensonges qu'elle avait fait accepter à Archie et à Mme Elsing.

Mais, demandaient les partisans d'India, si Scarlett n'est pas coupable, où donc est le capitaine Butler? Pourquoi n'est-il pas auprès de sa femme à lui prêter son appui moral? Il était impossible de répondre à cette question et, à mesure que les semaines passaient et que se répandait le bruit de la grossesse de Scarlett, augmentait la satisfaction des tenants d'India. Cet enfant ne pouvait pas être du capitaine Butler. On savait depuis trop longtemps que Rhett et Scarlett étaient des étrangers l'un pour l'autre et qu'ils faisaient chambre à part. La ville entière en était scandalisée depuis assez longtemps pour qu'on sût à quoi s'en tenir.

Ainsi les langues allaient bon train, divisant l'opinion en deux, divisant le clan pourtant si uni des Hamilton, des Wilkes, des Burr, des Whitman et des Winfield. Tous les membres de la famille étaient forcés de prendre parti. Il n'y avait pas de terrain neutre. Mélanie avec sa dignité glacée et India avec son amertume et ses propos acerbes y veillaient d'ailleurs. Cependant, de quelque côté que se rangeassent les divers parents, ils en voulaient tous à Scarlett d'avoir été une cause de rupture au sein de la famille. Ils estimaient qu'elle n'en valait pas la peine. Ils déploraient également qu'India eût assumé la responsabilité de laver en public le linge sale de ses proches et d'impliquer Ashley dans un scandale aussi déshonorant. Toutefois, maintenant qu'India avait parlé, nombreux étaient ceux qui prenaient sa défense contre Scarlett, soutenue à son tour par les partisans de Mélanie.

La moitié d'Atlanta était ou se prétendait alliée à Mélanie ou à India. Les cousins, cousins germains, issus de germains, ou cousins à la mode de Bretagne se ramifiaient à l'infini et il fallait être un Géorgien de pure souche pour se reconnaître au milieu de ce lacis inextricable. Tous ces gens avaient l'esprit de clan poussé au plus haut point. Aux époques difficiles ils formaient le carré et, quelle que fût l'opinion de chacun sur les autres membres de la tribu, ils présentaient à l'ennemi un front que rien ne pouvait entamer. À l'exception de la guérilla menée par tante Pitty contre l'oncle Henry et dont les épisodes avaient été pendant des années un sujet de plaisanteries dans la famille, il n'y avait jamais eu de brèche ouverte entre ces gens. Bien élevés, tranquilles et réservés, il ne leur arrivait même jamais de se prendre gentiment de bec comme cela se produisait dans la plupart des familles d'Atlanta.

Désormais ils étaient pourtant divisés et l'on vit des cousins au cinquième et au sixième degré prendre parti dans le plus beau scandale qu'Atlanta eût jamais connu. Cela mit à rude épreuve le tact et la patience de l'autre moitié de la ville, car la querelle d'India et de Mélanie sema le trouble dans tous les cénacles. Les Amis de Thalie, le Cercle de Couture pour les Veuves et les Orphelins de la Confédération, l'Association pour l'Embellissement des tombes de nos Glorieux Morts, le Cercle musical du Samedi soir, la Société des réunions dansantes et la Bibliothèque des jeunes hommes, toutes ces organisations eurent à pâtir de cette dispute. Il en alla de même pour quatre églises, leurs dames auxiliatrices et leurs sociétés de missions paroissiales. Il fallut faire très attention de ne pas mettre dans les mêmes comités des membres des factions opposées. Lorsque venaient leurs jours de réception, les dames d'Atlanta étaient dans leurs petits souliers de quatre heures à six heures de l'après-midi, car elles redoutaient que Mélanie et Scarlett ne leur rendissent visite au moment précis où des partisans d'India se trouveraient assis dans leur salon.

De toute la famille, ce fut la pauvre tante Pitty qui eut le plus à pâtir de cet état de choses. Pitty, qui désirait uniquement mener une vie confortable entourée de l'affection des siens, eût bien voulu ménager la chèvre et le chou, mais ni la chèvre ni le chou ne le lui permirent.

India habitait chez elle et si elle se rangeait du côté de Mélanie ainsi qu'elle l'eût aimé, India la quitterait, et si India la quittait, que deviendrait cette malheureuse Pitty ? Elle ne pouvait pas vivre seule. Elle en serait alors réduite à prendre une inconnue chez elle ou à s'en aller vivre chez Scarlett. Tante Pitty devinait vaguement que le capitaine Butler ne s'opposerait pas à ce projet. Ou bien encore, elle irait se réfugier chez Mélanie et coucherait dans le réduit qui servait de chambre à Beau. Pitty ne débordait point d'amour pour India. India l'intimidait avec ses manières sèches et guindées et ses convictions passionnées, mais, grâce à elle, Pitty pouvait continuer d'avoir ses aises et, comme Pitty obéissait toujours plus à des considérations de cet ordre qu'à des considérations d'ordre moral, India resta.

Néanmoins, sa présence chez tante Pitty attira tous les orages sur la tête de cette dernière, car Scarlett et Mélanie en conclurent toutes deux que leur tante épousait la querelle d'India. Scarlett refusa sèchement de contribuer à l'entretien de Pitty tant qu'India vivrait sous son toit. Chaque semaine Ashley envoyait de l'argent à sa sœur, mais chaque semaine India le lui retournait au grand désespoir de la vieille demoiselle. La situation financière de la maison de briques rouges eût été lamentable sans l'intervention de l'oncle Henry, qui força Pitty à accepter son aide quoi qu'il en coûtât à la malheureuse. Mélanie était la personne que Pitty aimait le mieux au monde après elle-même, or Melly se conduisait désormais comme une étrangère froide et polie. Bien que son jardin touchât celui de tante Pitty, elle ne franchissait plus jamais la haie de clôture alors que cela lui arrivait jadis une douzaine de fois par jour. Pitty allait lui rendre visite, pleurait, protestait de son amour et de son attachement, mais Mélanie se dérobait et ne lui rendait pas ses visites.

Pitty savait fort bien ce qu'elle devait à Scarlett. En fait, elle lui devait presque l'existence. Dans les jours sombres qui avaient suivi la guerre, alors que Pitty avait le choix entre s'adresser à son frère Henry ou mourir de faim, Scarlett avait fait marcher sa maison, l'avait nourrie, vêtue, et lui avait permis de tenir son rang dans la société d'Atlanta. Et, depuis que Scarlett s'était remariée et s'était installée chez elle, elle s'était montrée la générosité même. Et le capitaine Butler, si impressionnant, si séduisant ! Souvent, lorsqu'il lui avait rendu visite avec Scarlett, Pitty trouvait sur une console un porte-monnaie flambant neuf bourré de billets de banque, ou des mouchoirs de dentelle noués aux quatre coins et remplis de pièces d'or, qu'une main adroite avait glissés dans sa boîte à ouvrage. Rhett jurait ses grands dieux qu'il ne savait pas d'où venaient ces présents et accusait Pitty, d'une manière bien peu raffinée, d'avoir un admirateur secret. En général, c'était au vieux et moustachu grand-père Merriwether qu'il s'en prenait.

Oui, Pitty devait à Mélanie d'être aimée, à Scarlett d'être à l'abri du besoin et, à India, que devait-elle ? Rien, sinon que la présence d'India lui évitait de renoncer à ses habitudes douillettes et de prendre elle-même des décisions. Tout cela était si désespérant et tellement, tellement bas que Pitty, qui, de toute sa vie, n'avait jamais pris une décision elle-même, laissa aller les choses et passa beaucoup de temps à verser des larmes que nul ne séchait.

En fin de compte, certaines personnes crurent de bonne foi à l'innocence de Scarlett, non pas à cause de son mérite personnel, mais uniquement parce que Mélanie avait confiance en elle. D'autres firent des réserves, mais se montrèrent fort courtoises envers Scarlett et lui rendirent visite parce qu'elles aimaient Mélanie et ne tenaient pas à perdre son affection. Les partisans d'India saluaient Scarlett avec froideur et un tout petit nombre d'entre eux feignaient de ne pas la connaître. Devant ceux-là, Scarlett se sentait à la fois gênée et furieuse, mais elle se rendait compte que, sans Mélanie et sa prompte parade, la ville entière lui eût tourné le dos et elle eût été mise au ban de la société.

LVI

Rhett fut absent trois mois et, pendant tout ce temps, Scarlett n'eut pas un mot de lui. Elle ne sut ni où il était, ni quelle serait la durée de son absence. En fait, elle ignora complètement s'il reviendrait jamais. Au cours de ces trois mois, elle vaqua à ses occupations la tête haute et le cœur meurtri. Elle ne se sentait pas bien, mais, poussée par Mélanie, elle alla chaque jour au magasin et essaya de s'intéresser à la gestion des scieries. Néanmoins, pour la première fois, le magasin ne présenta plus aucun attrait pour elle, et, bien qu'on y traitât trois fois plus d'affaires que l'année précédente et que l'argent affluât, elle ne s'y intéressa pas et se montra brutale avec les employés. La scierie de Johnnie Gallegher marchait à plein rendement et les bois entreposés au chantier étaient facilement écoulés, mais rien de ce que faisait ou disait Johnnie ne plaisait à Scarlett. Aussi Irlandais qu'elle, Johnnie finit par se mettre dans une colère épouvantable à force d'être rabroué et menaça de donner sa démission après une longue tirade qui s'acheva sur ces mots: «Et puis allez donc au diable, m'dame, avec la malédiction de Cromwell par-dessus le marché.»

Pour l'apaiser, Scarlett en fut réduite à lui faire les excuses les plus plates.

Elle n'alla jamais à la scierie d'Ashley et évita de se rendre au chantier quand elle pensait qu'il s'y trouvait. Elle ne pouvait pas se dérober aux invitations de Mélanie et elle savait que sa présence constante sous son toit le mettait au supplice, car il faisait tout pour la fuir. Ils n'avaient jamais l'occasion de se parler seuls et pourtant Scarlett brûlait de lui poser certaines questions. Elle aurait voulu apprendre s'il la détestait et ce qu'il avait dit exactement à Mélanie, mais il la tenait à distance, et par son attitude lui laissait entendre qu'il ne tenait pas à s'entretenir avec elle. Le spectacle de son visage vieilli et tourmenté par le remords l'accablait davantage et le fait que la scierie dirigée par lui perdait chaque semaine de l'argent était une nouvelle source de réflexions amères qu'elle était obligée de garder pour elle.

L'impuissance d'Ashley en face de la situation présente lui était pénible. Elle ignorait ce qu'il pouvait faire pour arranger un peu les choses, mais elle sentait qu'il aurait dû agir. Rhett, lui, eût fait quelque chose. Rhett faisait toujours quelque chose, même s'il se trompait et, malgré elle, Scarlett en avait du respect pour lui.

Maintenant que sa rage était tombée, Rhett commençait à lui manquer et, à mesure que les jours passaient sans apporter de nouvelles de lui, il lui manquait de plus en plus. Comme un corbeau venu se percher sur son épaule, le découragement s'était emparé de Scarlett plongée par le départ de Rhett dans un chaos de ravissement, de colère, de douleur et d'orgueil blessé. Il lui manquait, comme lui manquaient sa façon désinvolte de raconter des anecdotes qui la faisaient éclater de rire, son sourire moqueur qui ramenait ses soucis à leurs justes proportions et même ses sarcasmes qui la piquaient au vif et la mettaient en colère. Elle regrettait surtout de ne pas pouvoir lui raconter ses petites aventures. Sous ce rapport, Rhett était parfait. Elle pouvait lui dire n'importe quoi sans rougir. Elle pouvait s'enorgueillir devant lui d'avoir écorché ses clients et, au lieu de prendre un air choqué comme les autres personnes quand elle leur parlait de cela, il était le premier à la féliciter.

Sans lui et sans Bonnie, elle se trouvait très seule. L'enfant lui manquait beaucoup plus qu'elle n'aurait cru. Obsédée par les dernières paroles de Rhett au sujet de Wade et d'Ella, elle essaya de consacrer quelques-uns de ses loisirs à son fils et à sa fille. Mais ce fut peine perdue. Les paroles de Rhett et les réactions des enfants lui ouvrirent les yeux. La vérité était là, surprenante, exaspérante. Lorsque ses enfants étaient encore tout petits, elle avait été trop prise, trop préoccupée par des questions d'argent, trop sèche et trop facilement irritable pour gagner leur confiance ou leur affection. Et maintenant, ou bien il était trop tard pour pénétrer leurs petites âmes cachées, ou bien elle n'en avait ni la patience ni la sagesse.

Ella ! Cela avait beau ennuyer Scarlett, elle était bien forcée de constater qu'Ella n'était pas intelligente. Elle était incapable de prêter attention à ce qu'elle faisait plus longtemps qu'un oiseau ne reste posé sur une branche et, même lorsque Scarlett lui racontait une histoire, son esprit s'échappait, elle interrompait sa mère par des questions qui n'avaient aucun rapport avec le récit et oubliait ce qu'elle avait demandé bien avant que Scarlett eût trouvé une explication. Quant à Wade… peut-être Rhett avait-il raison. Peut-être avait-il peur de sa mère. C'était anormal et Scarlett en souffrait. Pourquoi son fils, son seul fils, aurait-il peur d'elle ? Chaque fois qu'elle essayait de le faire parler, il fixait sur elle ses yeux bruns et doux hérités de Charles et, gêné, il se tortillait sur sa chaise ou se balançait d'un pied sur l'autre. Cependant, avec Mélanie, il n'arrêtait pas de jacasser et sortait de sa poche toutes sortes de choses pour les lui montrer, depuis des vers à appâter jusqu'à de vieux bouts de ficelle.

Mélanie savait s'y prendre avec les gosses. On ne pouvait pas lui enlever ce mérite. Son petit Beau était le garçon le mieux élevé et le plus adorable d'Atlanta. Scarlett s'entendait mieux avec lui qu'avec son propre fils parce que le petit Beau ne se laissait pas intimider par les grandes personnes et, chaque fois qu'il la voyait, il grimpait sur ses genoux sans attendre son invitation. Quel beau petit bonhomme tout blond ! On aurait dit Ashley ! Si seulement Wade était comme Beau... Bien entendu, Mélanie avait beau jeu avec lui, car il était fils unique et elle n'avait ni les soucis, ni les préoccupations de sa belle-sœur. Du moins était-ce là l'excuse que se donnait Scarlett, mais en conscience elle était obligée d'admettre que Mélanie aimait les enfants et eût été enchantée d'en avoir une douzaine. Comme cette joie lui était refusée, la tendresse dont elle débordait s'étendait sur Wade et sur les rejetons de ses amis.

Scarlett ne devait jamais oublier le coup qu'elle avait reçu le jour où, s'étant fait conduire en voiture chez Mélanie pour chercher Wade, elle avait remonté l'allée du jardin et avait entendu son fils imiter avec succès le cri des rebelles... son fils qui chez elle était toujours tranquille comme une souris. Et, venant courageusement à la rescousse, Beau à son tour avait poussé le cri de sa petite voix pointue. Lorsque Scarlett était entrée dans le salon, elle avait trouvé les deux garçons en train de charger le sofa avec des sabres de bois. Tout penauds, ils s'étaient tus en la voyant, et Mélanie, riant, remettant ses épingles à cheveux et relevant ses boucles, s'était levée de derrière le sofa où elle était pelotonnée.

– C'est Gettysburg, avait-elle expliqué. Je fais les Yankees et je me trouve en bien fâcheuse posture. Voici le général Lee et le général Pickett, avait-elle ajouté en désignant d'abord Beau et en posant la main sur l'épaule de Wade.

Oui, Mélanie savait s'y prendre avec les enfants et Scarlett ne connaîtrait jamais son secret.

« En tout cas, pensait-elle, Bonnie a de l'affection pour moi et elle aime que nous jouions ensemble. »

Mais, là encore, elle était obligée de reconnaître que Bonnie aimait infiniment mieux Rhett qu'elle-même. Dire qu'elle ne reverrait jamais plus Bonnie ! Étant donné le manque de nouvelles, il se pouvait fort bien que Rhett fût en Perse ou en Égypte et qu'il eût l'intention de s'y fixer pour toujours.

Lorsque le docteur Meade lui eut dit qu'elle était enceinte, elle fut frappée de stupeur, car elle s'était attendue à ce que le vieux praticien diagnostiquât une révolution de bile accompagnée de dépression nerveuse. Elle se rappela aussitôt sa nuit ardente et ce souvenir la fit rougir jusqu'aux oreilles. Ainsi, un enfant allait être le fruit de ces moments d'extase ! Tant pis pour ce qui s'était passé après ! Si seulement ça pouvait être un garçon. Un beau garçon, et non pas une petite chiffe molle comme Wade. Comme elle l'aimerait ! Comme elle serait heureuse maintenant qu'elle avait le temps de se consacrer à un bébé et tout l'argent qu'il fallait pour lui faciliter l'existence ! Elle eut un désir fou d'écrire à Rhett chez sa mère à Charleston pour lui apprendre la nouvelle. Bonté divine ! Maintenant il était temps qu'il revînt chez lui. Et s'il ne revenait pas avant la naissance de l'enfant ? Elle ne pourrait jamais expliquer son absence. Mais d'un autre côté, si elle lui écrivait, il se figurerait qu'elle avait envie de le revoir et il s'amuserait bien. Non, pour rien au monde il ne devait penser qu'elle avait envie de le revoir ou qu'elle avait besoin de lui.

Elle se félicita d'avoir résisté à cette impulsion lorsque les premières nouvelles de Rhett arrivèrent sous la forme d'une lettre de tante Pauline de Charleston, où Rhett devait être descendu chez sa mère. Quel soulagement de savoir qu'il n'avait pas quitté les États-Unis ! Il y avait pourtant de quoi se mettre en colère en lisant la lettre de tante Pauline. Rhett était allé lui présenter Bonnie, ainsi qu'à tante Eulalie, et elle ne tarissait pas d'éloges sur le père et l'enfant.

« Une si belle petite ! Lorsqu'elle sera grande, ce sera certainement une beauté et elle aura tous les hommes à ses pieds. Mais, tu sais, je suppose que celui qui s'avisera de lui faire la cour devra compter avec le capitaine Butler, car je n'ai jamais vu père aussi attaché à son enfant. Maintenant, ma chère, je veux t'avouer quelque chose. Jusqu'à ce que j'aie fait la connaissance du capitaine Butler, j'avais estimé que ton mariage était une terrible mésalliance, car, évidemment, on n'avait entendu dire que du mal de lui et tout le monde plaignait sa famille. En fait, Eulalie et moi, nous ne savions même pas si nous devions le recevoir… mais, après tout, la chère enfant est notre petite-nièce. Lorsqu'il est venu, nous avons été surprises, fort agréablement surprises, et nous avons compris combien il était peu chrétien d'ajouter foi à tous les commérages. Le capitaine est un homme charmant. Il est également fort bien de sa personne et nous l'avons trouvé aussi sérieux que distingué. Et il a tant d'affection pour toi et pour l'enfant.

« Maintenant, ma chère, il faut que je te parle de quelque chose qui nous est revenu aux oreilles… quelque chose qu'Eulalie et moi nous

nous sommes refusé à croire tout d'abord. Nous avons entendu dire, évidemment, que tu t'occupais parfois du magasin que M. Kennedy t'a laissé. Nous avons recueilli certains bruits sur ton compte, mais évidemment nous n'avons pas voulu y croire. Nous avons très bien compris qu'en ces jours terribles qui ont suivi la guerre tu ne pouvais peut-être pas agir autrement, les conditions étant ce qu'elles étaient. Mais, aujourd'hui, rien ne te force à adopter pareille conduite. Je sais que le capitaine Butler est tout à fait à son aise et, en outre, il est des plus qualifiés pour mener tes affaires ou gérer tes intérêts. Il était indispensable que nous missions les choses au point, que nous en eussions le cœur net et nous nous sommes vues dans l'obligation de poser sans ambages au capitaine Butler certaines questions qui nous ont été des plus pénibles à tous.

«Il nous a dit à contrecœur que tu passais toutes tes matinées au magasin et que tu ne permettais à personne de toucher à tes livres de comptes. Il a reconnu également que tu avais des intérêts dans une scierie ou des scieries (nous n'avons guère insisté sur ce point, tant nous étions bouleversées par cette nouvelle). Il nous a raconté que tes affaires t'obligeaient à effectuer en voiture de longues randonnées toute seule ou en compagnie d'un ruffian qui, le capitaine Butler nous l'a affirmé, est un assassin. Nous avons pu constater combien tout cela lui déchire le cœur et nous pensons qu'il est bien indulgent... en fait nous le trouvons un mari beaucoup trop indulgent. Scarlett, il faut que cela cesse. Ta mère n'est plus là pour te l'ordonner, et c'est à moi de prendre sa place. Songe à ce que diront tes enfants lorsqu'ils seront plus grands et qu'ils verront que tu exerces un métier ! Comme ils seront mortifiés de savoir que tu es exposée aux insultes d'hommes grossiers et aux dangers des commérages ! Une attitude si peu féminine... »

Scarlett poussa un juron et lança la lettre par terre sans achever de la lire. Elle voyait tante Pauline et tante Eulalie passant ses actions au crible dans leur maison délabrée de «La Batterie» de Charleston. Oubliaient-elles donc qu'elles mourraient de faim sans le chèque qu'elle leur envoyait tous les mois ? Une attitude si peu féminine ? Bon Dieu, sans cette attitude si peu féminine, tante Pauline et tante Eulalie n'auraient probablement plus de toit pour les abriter. Et ce maudit Rhett qui était allé leur parler du magasin, des livres de comptes et des scieries ! Il avait parlé à contrecœur ! Ah ! ouiche ! Scarlett savait fort bien tout le plaisir qu'il avait pris à se faire passer aux yeux des vieilles dames pour un mari et pour un père aimant. Comme il avait dû se repaître de leur effarement lorsqu'il leur avait décrit la vie menée par sa femme et ses occupations au magasin, aux scieries et au café. Quel démon! Pourquoi donc recherchait-il des plaisirs aussi pervers?

Mais cet accès de rage ne tarda pas à se transformer en apathie. La vie avait si peu de charmes pour Scarlett depuis quelque temps. Si seulement elle pouvait retrouver tout ce qu'elle aimait en Ashley... Si seulement Rhett pouvait revenir la faire rire!

Le père et la fille rentrèrent sans crier gare. Un beau jour, Scarlett entendit le bruit sourd des valises déposées dans un coin du hall d'entrée et la voix de Bonnie qui appelait: «Maman!»

Scarlett sortit en hâte de sa chambre et se précipita au haut de l'escalier. Portée par ses jambes courtes et potelées, Bonnie avait bien du mal à gravir les marches. Elle serrait contre sa poitrine un petit chat mélancolique au pelage zébré. «Grand-mère me l'a donné!» s'exclama-t-elle en empoignant le chat par la peau du cou.

Scarlett prit sa fille dans ses bras et l'embrassa. Elle était enchantée que la présence de l'enfant lui évitât de se retrouver seule avec Rhett. Regardant par-dessus la tête de Bonnie, elle le vit qui réglait le cocher. Il se détourna, aperçut Scarlett et se découvrit d'un geste large tout en s'inclinant. Scarlett rencontra ses yeux noirs et son cœur sauta dans sa poitrine. Qu'importait ce qu'il était, qu'importait ce qu'il avait fait, il était de retour et elle était heureuse.

– Où est Mama? demanda Bonnie en se trémoussant à tel point que Scarlett fut obligée de la poser par terre.

Ça n'allait pas être aussi facile qu'elle l'avait cru d'accueillir Rhett avec la désinvolture qui convenait et de lui apprendre qu'elle attendait un bébé. Il montait l'escalier et elle ne quittait pas des yeux son visage basané, son visage si indifférent, si fermé, si impénétrable. Non, elle attendrait un autre moment pour lui parler. Elle ne pouvait pas lui annoncer la nouvelle comme cela. Et pourtant, c'était au mari à être informé le premier de l'événement, à en être informé tout de suite. Les maris étaient toujours ravis d'apprendre ces choses-là. Pourtant Scarlett avait l'impression que ça ne ferait aucun plaisir à Rhett.

Elle restait là, sur le palier, appuyée à la rampe, et elle se demandait s'il allait l'embrasser. Mais il n'en fit rien. Il se contenta de dire: «Vous êtes pâle, madame Butler, manquerait-on de rouge à Atlanta?»

Pas un mot pour lui dire qu'elle lui avait manqué, ne fût-ce que par simple politesse. Et il aurait pu au moins l'embrasser devant Mama, qui, après une courte révérence, s'était emparée de Bonnie pour l'emmener à la nursery. Rhett se tenait à côté de Scarlett et l'examinait d'un regard nonchalant.

– Cette pâleur signifierait-elle que je vous ai manqué ? interrogea-t-il, un sourire aux lèvres, mais les yeux sévères.

Alors, c'était cela l'attitude qu'il avait l'intention d'adopter. Il allait être aussi odieux que d'habitude. Soudain l'enfant qu'elle portait, l'enfant dont l'existence lui avait causé tant de joie, se changea pour elle en un fardeau écœurant et cet homme, campé devant elle, son large panama sur la hanche, devint son ennemi le plus cruel, la cause de tous ses maux. Il y eut quelque chose de venimeux dans les yeux de Scarlett, lorsqu'elle lui répondit, une expression qui pouvait si peu tromper que Rhett abandonna son sourire.

– Si je suis pâle, c'est votre faute, ce n'est pas parce que vous m'avez manqué, espèce d'être prétentieux ! C'est parce que…

Oh ! elle n'avait pas voulu lui apprendre ainsi la nouvelle, mais les paroles montaient à ses lèvres, et elle parla sans se soucier des domestiques qui pouvaient l'entendre : « C'est parce que je vais avoir un bébé ! » Rhett en eut le souffle coupé et enveloppa Scarlett d'un regard rapide. Il avança d'un pas comme pour poser la main sur le bras de Scarlett, mais celle-ci se recula et ses yeux exprimèrent tant de haine que les traits de Rhett se durcirent.

– Vraiment ! fit-il d'un ton glacial. Et qui est l'heureux père ? Ashley ?

Scarlett se retint au pilastre de la rampe et s'y cramponna jusqu'à ce que les oreilles du lion sculpté dans le bois s'enfonçassent douloureusement dans sa paume. Elle avait beau connaître Rhett à fond, elle ne pouvait pas s'attendre à cette insulte. Bien entendu, il plaisantait, mais il y avait des plaisanteries trop monstrueuses pour être tolérées. Elle aurait voulu lui enfoncer ses ongles pointus dans les yeux et éteindre cette lueur étrange qu'elle y voyait briller.

– Que le diable vous emporte ! commença-t-elle, la voix tremblante de colère… Vous… vous savez bien que cet enfant est de vous, mais je n'en veux pas plus que vous. Aucune femme ne voudrait avoir un enfant d'un goujat comme vous. Je voudrais… oh ! mon Dieu, je voudrais qu'il soit de n'importe qui, mais pas de vous !

Elle vit son visage bronzé s'altérer soudain sous l'effet de la colère et de quelque chose qu'il lui était impossible d'analyser. Ses traits se contractèrent comme si on l'avait piqué.

– Ça y est ! se dit-elle avec une satisfaction qu'attisait la rage. Ça y est, je l'ai touché au bon endroit !

Mais de nouveau un masque impassible recouvrit le visage de Rhett, qui caressa un côté de sa moustache.

– Ne vous inquiétez pas ! fit-il en pivotant sur les talons. Vous aurez peut-être une fausse couche.

Pendant un moment, la tête lui tourna, elle songea à ce qu'était la maternité, avec ses nausées, son attente monotone, ses tailles épaissies, ses heures de souffrances, toutes ces choses dont un homme ne pouvait pas se rendre compte. Et Rhett osait plaisanter. Elle allait lui planter ses griffes dans la chair. Il n'y avait que la vue du sang sur son visage sombre pour calmer sa douleur. Prompte comme une chatte, elle s'élança sur Rhett, mais lui, d'un mouvement souple, l'évita et allongea le bras pour la repousser. Elle se trouvait alors au bord de l'escalier fraîchement encaustiqué et le corps projeté en avant pour bondir sur Rhett, elle buta contre son bras et perdit l'équilibre. D'une détente désespérée, elle essaya de se rattraper au pilastre, mais elle le manqua. Elle tomba à la renverse, rebondit sur les marches, ressentit un élancement aigu au côté et, trop hébétée pour se retenir, elle roula jusqu'au bas de l'escalier.

C'était la première fois que Scarlett était malade en dehors de ses accouchements, et encore ne pouvait-elle guère ranger ceux-ci parmi les maladies. Un accouchement, en fait, ça ne comptait pas. Lorsqu'elle avait eu ses enfants, elle ne s'était jamais sentie désemparée, elle n'avait jamais eu peur comme maintenant, où sa faiblesse et les souffrances qu'elle endurait l'effrayaient. Elle savait qu'elle était plus malade qu'on n'osait le lui dire et elle se rendait compte confusément qu'elle allait peut-être mourir. Chaque fois qu'elle respirait, sa côte brisée lui donnait comme un coup de poignard. Son visage contusionné et sa tête lui faisaient mal et tout son corps était la proie des démons qui lui arrachaient les chairs avec des pinces brûlantes, lui tailladaient les membres à l'aide de couteaux ébréchés et la laissaient pendant de courts intervalles si pantelante qu'elle n'avait pas le temps de se ressaisir avant leur retour. Non, un accouchement n'avait rien de comparable à cela. Deux heures après la naissance de Wade, d'Ella ou de Bonnie, elle avait mangé de bon appétit, mais maintenant il n'y avait que l'eau fraîche qui ne lui donnait pas la nausée.

Comme c'était facile d'avoir un enfant et comme c'était pénible de n'en pas avoir ! C'était étrange cette douleur qu'elle avait éprouvée au milieu de ses souffrances lorsqu'elle avait appris qu'elle n'aurait pas cet enfant. C'était encore plus étrange de penser que cet enfant était le premier auquel elle eût réellement tenu. Elle chercha à savoir pourquoi elle y tenait, mais son esprit était trop las pour réfléchir, pour penser à autre chose qu'à la crainte de la mort. La mort rôdait dans la chambre, et elle n'avait pas la force de lui tenir tête, de la repousser, et elle avait peur. Elle voulait quelqu'un de fort à ses côtés, quelqu'un pour lui tenir la main et combattre la mort à sa place jusqu'à ce qu'elle eût assez de vigueur pour poursuivre elle-même la lutte.

La souffrance avait étouffé son ressentiment et elle avait besoin de Rhett, mais il n'était pas là et elle ne pouvait se résoudre à le demander. Le dernier souvenir qu'elle avait de lui, c'était celui de son visage blafard, décomposé par l'épouvante quand il l'avait relevée au bas de l'escalier et qu'il avait appelé Mama d'une voix étranglée. Elle se rappelait aussi qu'on l'avait transportée dans sa chambre, que la douleur s'était faite de plus en plus vive, que la pièce s'était emplie d'un bourdonnement de voix entrecoupé par les sanglots de tante Pitty et les ordres brefs du docteur Meade. Elle avait entendu des pas précipités dans l'escalier et dans le couloir, et puis, comme à la lueur aveuglante d'un éclair, elle avait compris que la mort était là. Dans sa terreur, elle avait essayé de crier un nom et son cri s'était mué en un faible soupir.

Pourtant, ce soupir désespéré avait éveillé un écho dans l'obscurité qui l'enveloppait et la voix douce de la personne qu'elle avait appelée s'éleva sur un ton de berceuse : « Je suis là, ma chérie. J'ai été là tout le temps. »

Chaque fois que Mélanie lui prenait la main et la posait contre sa joue fraîche, la mort et l'angoisse s'éloignaient peu à peu. Scarlett essayait de se tourner pour voir Mélanie, mais elle ne pouvait pas. Melly allait avoir un enfant et les Yankees arrivaient. La ville était en flammes et il fallait se presser. Vite ! Vite ! Mais Melly attendait son bébé et elle ne pouvait pas se presser. Il fallait rester à côté d'elle jusqu'à ce que l'enfant fût né, et il fallait être forte parce que Melly avait besoin de la force de Scarlett. Melly souffrait tant... on la tiraillait avec des pinces brûlantes, on la tailladait avec des couteaux ébréchés, par moments la douleur la recouvrait comme une vague. Il fallait tenir la main de Melly.

Mais le docteur Meade était là en somme, il était venu bien que les blessés entassés dans la gare eussent besoin de lui. Mais oui, il était là puisqu'elle l'entendait dire : « Elle délire. Où est le capitaine Butler ? »

La nuit. L'obscurité. Puis le jour de nouveau. Tantôt elle allait avoir un bébé, tantôt c'était Mélanie qui hurlait de douleur, mais pourtant Melly ne la quittait pas. Ses mains étaient fraîches. Elle ne gesticulait pas, elle ne sanglotait pas comme tante Pitty. Chaque fois que Scarlett ouvrait les yeux elle disait : « Melly », et la voix lui répondait. Elle était alors sur le point de murmurer : « Rhett... je veux Rhett ! » mais elle se rappelait comme dans un rêve que Rhett ne voulait pas d'elle, que Rhett avait un visage foncé comme celui d'un Indien et qu'il ricanait en découvrant ses dents blanches. Elle le voulait et lui ne voulait pas d'elle. Elle demanda : « Melly ? » et la voix de Mama lui répondit : « C'est moi, mon enfant », et Mama lui posa un linge froid sur le front. Scarlett s'agita et appela sans cesse : « Melly... Mélanie », cependant Mélanie ne venait toujours pas, car elle était assise au bord du lit de Rhett, et Rhett, ivre et gémissant, était à demi étalé sur le plancher et sanglotait, la tête enfouie dans les jupes de Mélanie.

Chaque fois que Mélanie était sortie de chez Scarlett, elle avait vu Rhett assis sur son lit, la porte grande ouverte, les yeux fixés sur la porte de l'autre côté du couloir. Sa chambre était en désordre, jonchée de bouts de cigares et de plats auxquels il n'avait pas touché. Le lit n'était pas fait et Rhett, la barbe longue, le visage ravagé, y passait son temps et fumait sans arrêt. Il ne posait jamais de questions lorsqu'il apercevait Mélanie. La jeune femme s'avançait jusqu'au seuil de sa chambre et lui communiquait brièvement les nouvelles : « Je suis désolée, mais elle va plus mal », ou bien : « Non, elle ne vous a pas encore demandé. Vous comprenez, elle a le délire » ou encore : « Il ne faut pas désespérer, capitaine Butler. Laissez-moi vous préparer du café chaud et quelque chose à manger. Vous allez vous rendre malade. »

Mélanie souffrait pour lui. Il lui faisait de la peine bien qu'elle fût trop exténuée et qu'elle eût trop sommeil pour ressentir quoi que ce fût. Comment les gens pouvaient-ils dire tant de mal de lui ? Comment pouvaient-ils prétendre qu'il n'avait pas de cœur, qu'il était foncièrement méchant, qu'il n'était pas fidèle à Scarlett quand elle le voyait maigrir sous ses yeux, quand elle voyait son visage bouleversé ? Épuisée comme elle l'était, elle s'efforçait malgré tout de redoubler de gentillesse pour lui lorsqu'elle lui donnait des nouvelles de la malade. Il avait l'air d'un damné qui attend le jugement... Il ressemblait à un enfant plongé dans un monde hostile. Mais, pour Mélanie, tout le monde faisait figure d'enfant.

Quand, le cœur débordant de joie, elle vint enfin lui annoncer que Scarlett allait mieux, elle ne se doutait guère de ce qui l'attendait. Sur la table de nuit, il y avait une bouteille de whisky à moitié vide et la chambre empestait l'alcool. Il leva sur Mélanie un regard vitreux et les muscles de ses joues se mirent à trembler malgré ses efforts pour se dominer.

– Elle est morte ?
– Oh ! non. Elle va beaucoup mieux.
Il dit : « Oh ! mon Dieu ! » et se prit la tête à deux mains. Mélanie vit un frisson nerveux parcourir ses larges épaules et, tandis qu'elle promenait sur lui un regard apitoyé, sa pitié se transforma en effroi, car elle s'aperçut qu'il pleurait. Mélanie n'avait jamais vu pleurer un homme, et Rhett, si aimable, si moqueur, toujours si sûr de lui, était bien le dernier qu'elle eût pensé trouver dans cet état.
Il pleurait à gros sanglots et le bruit qu'il faisait effrayait Mélanie. Elle était terrifiée à l'idée qu'il était ivre, car elle avait une peur instinctive des ivrognes. Pourtant, lorsqu'il releva la tête et qu'elle surprit l'expression de son regard, elle entra dans la chambre, referma doucement la porte et s'approcha de Rhett. Non, elle n'avait jamais vu pleurer un homme, mais elle avait séché les larmes de bien des enfants. À peine lui eut-elle posé une main apaisante sur l'épaule que les bras de Rhett se nouèrent autour de sa taille. Sans savoir ce qui lui arrivait, elle se retrouva assise sur le lit, tandis que Rhett, agenouillé par terre, posait la tête sur ses genoux et se cramponnait à elle avec tant de violence qu'il lui faisait mal.
Elle caressa gentiment ses cheveux noirs et dit : « Voyons ! Voyons ! Elle va se rétablir ! » En entendant ces paroles, Rhett resserra son étreinte et se mit à parler avec une volubilité extraordinaire. Il s'exprimait d'une voix rauque et parlait, parlait, comme s'il se confiait à un tombeau qui ne livrerait jamais ses secrets. Pour la première fois de sa vie, il se montrait tel qu'il était. Impitoyable envers lui-même, il se confessa à Mélanie qui, d'abord, ne comprit rien et le traita absolument comme une mère traite son enfant. La tête dans son giron, il tirait sur les plis de sa jupe. Tantôt sa voix s'étranglait, s'étouffait, tantôt les mots qu'il prononçait parvenaient trop clairement aux oreilles de Mélanie. Il avouait tout, étalait sa turpitude. Il parlait de choses auxquelles nulle femme n'avait jamais fait allusion devant elle, il révélait des choses secrètes qui faisaient monter le rouge aux pommettes de Mélanie.
Heureuse de ne pas voir son visage, elle lui caressait la tête comme s'il eût été son petit Beau et elle lui disait : « Chut ! capitaine Butler ! Il ne faut pas raconter des choses comme ça ! Vous n'êtes pas dans votre état normal ! Chut ! » Mais il ne s'arrêtait pas. C'était un véritable torrent qui sortait de ses lèvres et il restait cramponné à la robe de Mélanie comme si c'eût été sa dernière planche de salut. Il s'accusa d'actions qu'elle ne comprit pas. Il bredouilla le nom de Belle Watling et secoua la malheureuse Mélanie avec violence en s'écriant :

– J'ai tué Scarlett ! Je l'ai tuée ! Vous ne comprenez pas ! Elle ne voulait pas cet enfant et…

– Taisez-vous ! Vous n'êtes pas vous-même. Ne pas vouloir d'un enfant ! Mais voyons, toutes les femmes veulent…

– Non ! Non ! Vous, vous voulez des enfants, mais pas elle. Pas mes enfants.

– Taisez-vous !

– Vous ne comprenez pas. Elle ne voulait pas d'enfant et je lui en ai fait un. Ce… cet enfant… c'est ma faute. Nous n'avions pas couché ensemble depuis…

– Chut, capitaine Butler ! On ne dit pas ces…

– Et j'étais ivre, j'étais fou. Je voulais lui faire du mal… parce qu'elle m'en avait fait. Je voulais la… et j'y suis arrivé… mais elle ne voulait pas de moi. Elle n'a jamais éprouvé aucun sentiment pour moi, jamais. Et moi, pourtant, j'ai tout fait pour qu'elle m'aime… j'ai tout mis en œuvre… et…

– Oh ! je vous en supplie !

– Je ne savais pas qu'elle était enceinte… J'ignorais tout… jusqu'à l'autre jour où… elle est tombée. Elle ne savait pas où j'étais pour m'écrire que… mais elle ne m'aurait pas écrit si elle avait eu mon adresse. Je vous dis… je vous dis que je serais rentré tout droit à la maison… si seulement j'avais su… oui, je serais rentré tout droit… qu'elle ait voulu de moi ou non…

– Oh ! oui… je sais que vous seriez rentré !

– Bon Dieu, j'ai été fou, ces dernières semaines… fou, et je n'ai pas dessoûlé ! Et lorsqu'elle m'a dit, là, sur les marches… qu'ai-je fait ? Qu'ai-je dit ? J'ai ri et j'ai dit : « Ne vous inquiétez pas, vous allez peut-être avoir une fausse couche. » Et elle…

Soudain Mélanie devint blanche comme un linge et l'horreur lui agrandit les yeux. Elle regarda la tête noire posée sur ses genoux, cette tête qui s'agitait dans tous les sens sous l'empire de l'émotion. Par la fenêtre ouverte, le soleil de l'après-midi entrait à flots dans la pièce et Mélanie, comme si c'était la première fois qu'elle les voyait, remarqua combien les mains de Rhett étaient fortes et brunes sous les poils épais qui en recouvraient le dos. Malgré elle, elle eut un mouvement de recul. Ces mains-là semblaient faites pour voler ou pour étreindre. C'étaient des mains impitoyables et pourtant, agrippées aux plis de sa jupe, elles avaient l'air de deux objets brisés qui ne servaient plus à rien. Était-ce possible que Rhett eût entendu raconter l'absurde mensonge sur Scarlett et sur Ashley et qu'il fût jaloux après y avoir ajouté foi ? C'était vrai, il avait quitté la ville dès que le scandale avait éclaté, mais… Non, ça ne pouvait pas être cela. Le capitaine Butler partait toujours en voyage à l'improviste. Il n'était pas homme à croire des commérages. Il était trop raisonnable. Si c'était cela, il eût essayé de tuer Ashley, ou au moins il eût demandé une explication.

Son attitude tenait seulement à ce qu'il s'était enivré après s'être rendu malade à force d'inquiétude. C'était une sorte de délire qui s'était emparé de lui. Il parlait à tort et à travers. Il ne savait pas ce qu'il disait. Les hommes ne supportaient pas aussi bien les épreuves que les femmes. Évidemment, il y avait eu quelque chose. Peut-être s'était-il un peu querellé avec Scarlett et son cerveau fatigué avait-il brodé sur ce thème ? Peut-être certaines des choses terribles qu'il avait racontées étaient-elles exactes, mais elles ne pouvaient pas l'être toutes ! Oh ! non, en tout cas pas cette dernière ! Aucun homme ne pouvait dire une chose pareille à une femme qu'il aimait aussi passionnément que celui-ci aimait Scarlett. Mélanie n'avait jamais vu le mal autour d'elle. Elle ignorait également la cruauté et, les voyant pour la première fois, elle les trouvait trop invraisemblables pour y croire. Rhett était ivre. Il était malade et il ne fallait pas contrarier les enfants malades.

– Allons ! allons, dit-elle d'une voix apaisante. Maintenant, taisez-vous, je comprends !

Il releva brutalement la tête, fixa sur elle des yeux injectés de sang et repoussa les mains de Mélanie d'un geste farouche.

– Mais non, bon Dieu, vous ne comprenez pas ! Vous ne pouvez pas comprendre ! Vous êtes… vous êtes trop bonne pour comprendre. Vous ne me croyez pas, mais tout cela est vrai, et je suis un chien. Savez-vous pourquoi je l'ai fait ? J'étais fou de jalousie. Elle ne m'a jamais aimé et je pensais toujours pouvoir l'amener à m'aimer. Mais elle ne m'a jamais aimé. Elle ne m'aime pas. Elle aime…

Son regard enflammé, son regard d'ivrogne rencontra celui de Mélanie et il s'arrêta net, la bouche ouverte, comme s'il se rendait compte pour la première fois à qui il parlait. Mélanie avait le visage blême et bouleversé, mais ses yeux incrédules et remplis de pitié restaient calmes et conservaient leur douceur. Il se dégageait d'eux une lumineuse sérénité et l'innocence que recelaient leurs brunes profondeurs frappa Rhett comme un coup au visage, dissipa en partie les fumées de l'alcool qui lui obscurcissaient l'esprit, retint au bord de ses lèvres les paroles insensées qu'il allait prononcer. Il s'embrouilla, bafouilla à dessein, baissa les yeux et battit des paupières tandis qu'il recouvrait son sang-froid.

– Je suis un goujat, murmura-t-il en posant de nouveau la tête sur les genoux de Mélanie. Mais je ne suis pas goujat à ce point. Et si je vous disais cela, vous ne me croiriez pas, hein ? Vous êtes trop bonne pour me croire. Avant de vous connaître, je n'avais jamais rencontré une personne qui fût vraiment bonne. Vous ne me croiriez pas, n'est-ce pas ?

– Non, je ne vous croirais pas, fit Mélanie qui se remit à lui caresser les cheveux. Scarlett va se rétablir. Allons, capitaine Butler, ne pleurez pas ! Elle va se rétablir !

LVII

Ce fut une femme maigre et pâle que Rhett alla conduire au train de Jonesboro un mois plus tard. Wade et Ella, qui devaient accompagner leur mère, se taisaient et éprouvaient un sentiment de gêne devant le visage figé et blême de Scarlett. Ils ne quittaient pas Prissy d'une semelle, car, même pour leur petit cerveau d'enfants, il y avait quelque chose d'effrayant dans l'atmosphère froide et neutre qui régnait entre leur mère et leur beau-père. Malgré sa faiblesse, Scarlett partait pour Tara. Elle avait l'impression que, si elle restait un jour de plus à Atlanta, elle étoufferait. Elle n'en pouvait plus de tourner et de retourner en vain dans son esprit les mêmes pensées qui invariablement la ramenaient à constater le gâchis de sa vie. Son corps était malade et son âme dolente. Elle était comme un enfant égaré au milieu d'un pays de cauchemar, et elle n'avait aucun point de repère pour se guider.

Elle fuyait Atlanta comme elle l'avait fui autrefois devant l'armée des envahisseurs et reléguait ses soucis à l'arrière-plan grâce à sa vieille formule de défense : « Je ne veux pas y penser maintenant. Si j'y pense, je n'y résisterai pas. J'y penserai demain à Tara. Après tout, la nuit porte conseil. » Il lui semblait que, si elle pouvait retrouver le calme et les verts champs de coton de sa terre natale, tous ses soucis s'évanouiraient et qu'elle arriverait à rassembler ses pensées éparses.

Rhett suivit le train du regard jusqu'à ce qu'il eût disparu, et son visage prit une expression amère qui n'avait rien d'agréable à voir. Il soupira, renvoya la voiture et, sautant sur son cheval, se dirigea vers la rue au Houx où habitait Mélanie.

La matinée était chaude et Mélanie était assise sous sa véranda tapissée de feuillages. Dans sa corbeille à ouvrage s'entassait une pile de chaussettes à raccommoder. Confuse et effrayée, elle vit Rhett mettre pied à terre et passer les rênes de son cheval au bras du négrillon de fonte posté à l'entrée de l'allée. Elle ne l'avait pas vu depuis ce jour terrible où Scarlett avait été si malade et où il avait été si… eh bien ! mettons si ivre. Mélanie s'en serait voulu de prononcer le mot qui lui venait à l'esprit. Elle n'avait échangé avec lui que de menus propos pendant la convalescence de Scarlett et, en ces occasions, elle avait eu bien du mal à le regarder en face. Néanmoins il avait continué à faire preuve de la même amabilité que par le passé et rien en lui n'aurait permis de croire qu'il y avait eu une telle scène entre eux. Ashley lui avait raconté une fois que les hommes oubliaient souvent ce qu'ils avaient dit en état d'ivresse, et Mélanie souhaitait de tout son cœur que le capitaine Butler eût perdu la mémoire de ces événements. Plutôt mourir que d'apprendre un jour qu'il se rappelait ses épanchements. Gênée, intimidée, le feu aux joues, elle le regardait monter l'allée. Peut-être n'était-il venu que pour lui demander si Beau pouvait passer l'après-midi avec Bonnie. En tout cas, il ne pouvait sûrement pas avoir le mauvais goût de venir la remercier de ce qu'elle avait fait ce jour-là !

Elle se leva pour aller au-devant de lui et, comme toujours, remarqua avec surprise qu'il avait la démarche légère pour un homme de sa carrure.

– Scarlett est partie ?

– Oui, Tara lui fera du bien, dit-il en souriant. Il m'arrive de penser qu'elle est comme le géant Antée dont la force augmentait chaque fois qu'il touchait la terre nourricière. Ça ne vaut rien à Scarlett de rester trop longtemps éloignée du lopin de glaise rouge qu'elle aime. La vue des cotonniers en pleine croissance lui fera plus de bien que tous les reconstituants du docteur Meade.

– Vous ne voulez pas vous asseoir ? fit Mélanie, troublée.

Il était si large, si mâle, et auprès des êtres débordants de vigueur elle se sentait toujours décontenancée. Ils paraissaient dégager une force et une vitalité qui la rendaient à ses propres yeux plus petite et plus faible qu'elle n'était. Il était si basané, si impressionnant ! Les muscles épais de ses épaules roulaient sous sa veste de toile blanche d'une façon qui l'effrayait. Il lui semblait impossible d'avoir vu toute cette force orgueilleuse s'abaisser devant elle. Et dire qu'elle avait tenu cette tête noire sur ses genoux !

« Oh ! mon Dieu ! » pensa-t-elle et, de nouveau, elle rougit.

– Madame Melly, fit Rhett d'une voix douce, ma présence vous ennuie-t-elle ? Préférez-vous que je m'en aille ? Dites-le-moi franchement.

« Oh ! songea Melly. Il se souvient ! Et il sait combien je suis troublée. » Elle leva vers lui un regard implorant, mais tout d'un coup sa gêne et sa confusion disparurent. Il y avait tant de paix, de bonté et de compréhension dans les yeux de Rhett qu'elle se demanda comment elle avait pu être assez bête pour s'émouvoir. Il avait les traits tirés et Mélanie trouva non sans surprise qu'il avait plutôt l'air triste. Comment avait-elle bien pu penser qu'il serait assez mal élevé pour

ramener sur le tapis des sujets que tous deux souhaitaient d'oublier? «Le pauvre, il s'est fait tellement de soucis pour Scarlett», pensa-t-elle. Et, avec un sourire, elle ajouta tout haut:
– Je vous en prie, asseyez-vous, capitaine Butler.
Il s'assit lourdement et observa Mélanie qui reprenait son raccommodage.
– Madame Melly, je suis venu pour vous demander une grande faveur, et, fit-il avec un sourire qui lui tira le coin de la bouche, je voudrais que vous me promettiez votre concours pour mener à bien une supercherie dont la seule idée, je le sais, vous fera reculer d'horreur.
– Une supercherie?
– Oui. En fait, je suis venu pour vous parler d'affaires.
– Oh! mon Dieu! En ce cas, c'est M. Wilkes que vous devriez voir. Je suis une vraie buse en affaires. Je n'ai pas l'intelligence de Scarlett.
– Je crains que Scarlett ne soit trop intelligente pour son bien, et c'est exactement de cela que je désire vous entretenir. Vous savez combien elle a été... malade. Lorsqu'elle reviendra de Tara, elle sera tout feu tout flamme pour reprendre son activité au magasin et à ses scieries que j'aimerais tant voir sauter une belle nuit. Je crains pour sa santé, madame Melly.
– Oui, elle en fait beaucoup trop. Vous devriez l'obliger à s'arrêter et à se surveiller.
Rhett se mit à rire.
– Vous savez combien elle a la tête dure. Je n'essaie même jamais de discuter avec elle. Elle est comme une enfant têtue. Elle ne veut pas me laisser l'aider... elle ne veut l'aide de personne. Je me suis efforcé d'obtenir d'elle qu'elle vende sa part dans les scieries, mais elle ne veut rien entendre. Maintenant, madame Melly, j'aborde la question affaires. Je sais que Scarlett serait disposée à vendre le reste de ses intérêts dans les scieries à M. Wilkes, mais à personne d'autre, et je veux que M. Wilkes lui achète sa part.
– Oh! mon Dieu! ce serait merveilleux, mais...
Mélanie s'arrêta net et se mordit la lèvre. Elle ne pouvait pas parler des finances du ménage à un étranger. Malgré ce qu'Ashley gagnait à la scierie, elle et lui semblaient n'avoir jamais assez d'argent. Elle était désolée de faire si peu d'économies. Elle ne savait pas où passait l'argent. Ashley lui donnait assez pour faire marcher la maison, mais c'était à cause des dépenses imprévues qu'ils étaient souvent enfoncés. Bien entendu, les honoraires du médecin étaient si élevés et puis les livres et les meubles qu'Ashley commandait à New York finissaient par représenter une certaine somme. Ils avaient nourri et

habillé pas mal de sans abris qu'ils hébergeaient dans leur cave. Ashley ne refusait jamais de prêter de l'argent à un homme qui avait servi dans les rangs confédérés et...

– Madame Melly, j'ai l'intention de vous prêter la somme nécessaire.

– C'est très aimable à vous, mais nous risquerions de ne jamais vous rembourser.

– Je ne tiens pas à être remboursé. Ne vous mettez pas en colère contre moi, madame Melly ! Je vous en prie, écoutez-moi jusqu'au bout. Je serai bien assez remboursé si je sais que Scarlett ne se fatigue plus à faire des milles et des milles chaque jour pour aller aux scieries. Le magasin suffira à son bonheur... Ne comprenez-vous pas ?

– C'est-à-dire... oui... fit Mélanie, peu convaincue.

– Vous voulez offrir un poney à votre fils, n'est-ce pas ? Vous voulez également qu'il aille à l'Université, puis à Harvard, puis en Europe ?

– Oh ! bien sûr, s'écria Mélanie dont le visage s'éclaira comme toujours lorsqu'il était question de Beau. Je veux qu'il ait tout ce qu'il lui faut, mais... enfin, tout le monde est si pauvre aujourd'hui que...

– M. Wilkes pourrait gagner beaucoup d'argent avec les scieries, insinua Rhett. Et il me serait agréable de voir Beau profiter de tous les avantages qu'il mérite.

– Oh ! capitaine Butler, vous êtes un malin, s'exclama Mélanie en souriant. En appeler à l'orgueil d'une mère ! Je lis en vous comme dans un livre !

– J'espère bien que non, dit Rhett et, pour la première fois, une petite flamme pétilla dans ses yeux. Allons, voulez-vous me laisser vous prêter l'argent ?

– Mais où y a-t-il supercherie dans tout cela ?

– Attendez ! il faut que nous nous conduisions comme des conspirateurs et que nous roulions à la fois Scarlett et M. Wilkes.

– Oh ! mon Dieu ! Je ne pourrais jamais !

– Si Scarlett savait que je trame quelque chose derrière son dos, même pour son propre bien... allons, vous connaissez son caractère ? Et je crains que M. Wilkes n'accepte pas que je lui prête de l'argent. Il faut donc que ni l'un ni l'autre ne sache d'où vient cette somme ?

– Oh ! mais je suis sûre que M. Wilkes ne refuserait pas si on lui expliquait de quoi il s'agit. Il aime tant Scarlett.

– Oui, j'en suis persuadé, fit Rhett avec douceur. Mais il refuserait quand même. Vous savez combien les Wilkes sont fiers.

– Oh ! s'exclama Mélanie d'un ton lamentable. Je voudrais... vraiment, capitaine Butler, je ne peux pas mentir à mon mari.

– Même pas pour aider Scarlett ? (Rhett eut l'air très peiné.) Et dire qu'elle vous aime tant !

Des larmes tremblèrent au bord des cils de Mélanie.

– Vous savez bien que je ferais n'importe quoi pour elle. Je ne pourrais jamais, jamais lui rendre la moitié de ce qu'elle a fait pour moi. Vous le savez.

– Oui, acquiesça Rhett laconiquement. Je sais ce qu'elle a fait pour vous. Ne pourriez-vous pas dire à M. Wilkes qu'un de vos parents vous a couchée sur son testament ?

– Oh ! capitaine Butler, tous les membres de ma famille en sont réduits à la portion congrue.

– Alors, si j'envoie l'argent à M. Wilkes par la poste sans qu'il sache le nom de l'expéditeur, ferez-vous en sorte qu'il s'en serve pour acheter les scieries et non pas… eh bien, pour qu'il ne le distribue pas aux anciens Confédérés dans la misère ?

Sur le moment Mélanie parut choquée par ces derniers mots comme s'ils étaient dirigés contre Ashley, mais Rhett sourit d'un air si compréhensif qu'elle sourit à son tour.

– Entendu, je veillerai à cela.

– Alors, affaire conclue ? Nous garderons le secret ?

– Mais je n'ai rien de secret pour mon mari !

– J'en suis certain, madame Melly.

Tout en regardant Rhett, Mélanie pensa combien elle avait vu juste en lui alors que tant de personnes s'étaient trompées sur son compte. On avait dit qu'il était brutal, méprisant, mal élevé et même malhonnête, quoique bien des gens parmi les plus comme il faut commençassent à revenir sur leur opinion. Allons ! Elle au moins, dès le début, avait deviné que c'était un homme admirable. Il ne l'avait jamais traitée qu'avec la plus grande amabilité et le plus grand respect, et comme il avait montré qu'il la comprenait bien ! Et puis, comme il aimait Scarlett ! C'était charmant de sa part d'employer ce moyen détourné pour débarrasser Scarlett d'un de ses fardeaux.

Dans un élan de sympathie envers lui, elle dit :

– Scarlett a de la chance d'avoir un mari aussi gentil pour elle !

– Vous croyez ? Je craindrais qu'elle ne fût pas de votre avis si elle pouvait vous entendre. D'ailleurs, je tiens également à être gentil pour vous, madame Melly. Je vous donne plus que je ne donne à Scarlett.

– À moi ? interrogea-t-elle, étonnée. Vous voulez dire à Beau.

Rhett ramassa son chapeau et se leva. Il resta un moment à regarder le visage sans attraits de Mélanie, ce visage en forme de cœur avec ses cheveux plantés très bas sur le front et dessinant une pointe

accentuée, avec ses yeux sombres et graves, le visage d'une femme sans défense contre la vie.
– Non, pas pour Beau. J'essaie de vous donner quelque chose d'encore plus précieux que Beau, si vous pouvez concevoir cela.
– Non, ça m'est impossible, fit Mélanie au comble de la surprise. Je n'ai rien au monde de plus précieux que Beau sauf Ash... sauf M. Wilkes.
Rhett ne dit rien et, les traits immobiles, continua de regarder Mélanie.
– Comme vous êtes gentil, capitaine Butler, de vouloir faire quelque chose pour moi, mais vraiment j'ai tant de chance, je possède tout ce qu'une femme peut désirer au monde.
– C'est parfait, déclara Rhett, soudain rembruni, et j'ai bien l'intention de veiller à ce que vous conserviez tout ce à quoi vous tenez.

Lorsque Scarlett revint de Tara, son visage avait perdu sa pâleur maladive, ses joues étaient rebondies et légèrement rosées. Ses yeux verts avaient retrouvé leur éclat et leur vivacité, et pour la première fois depuis des semaines elle rit tout haut devant l'accoutrement de Rhett et de Bonnie venus la chercher au train qui la ramenait ainsi que Wade et Ella. Deux plumes de dindon ornaient le chapeau de Rhett ; quant à Bonnie, non seulement sa robe de gala était toute déchirée, mais ses joues étaient barbouillées d'indigo et une plume presque aussi grande qu'elle était plantée dans ses boucles. Sans aucun doute le père et la fille jouaient aux Indiens lorsque l'heure de se rendre au train avait sonné et, à la mine contrite de Rhett et à l'air indigné de Mama, on devinait sans peine que Bonnie avait refusé qu'on remédiât à sa toilette, même pour aller au-devant de sa mère.
– Vous voilà dans un bel état ! fit Scarlett en embrassant la petite et en tendant la joue à Rhett.
La gare était noire de monde, sans quoi elle ne se fût jamais prêtée à cette caresse. Malgré la gêne que lui causait la tenue de Bonnie, elle ne put s'empêcher de remarquer que les gens, bien loin de se moquer du père et de la fille, riaient de bon cœur au spectacle qu'ils offraient et les trouvaient charmants. Tout le monde savait que la benjamine de Scarlett menait son père par le bout du nez et chacun approuvait et s'en amusait. Le grand amour de Rhett pour son enfant avait beaucoup contribué à le faire remonter dans l'estime des gens d'Atlanta.
Dans la voiture qui la ramenait chez elle, Scarlett n'arrêta pas de raconter des histoires du comté. Le temps sec et chaud était favo-

rable au coton qui venait si vite qu'on pouvait presque l'entendre pousser. Malheureusement Will annonçait que les prix seraient bas à l'automne. Suellen attendait un autre bébé, chuchota Scarlett pour ne pas être entendue des enfants. Elle avait déployé un rare courage en mordant la fille aînée de Suellen. Ce n'était pas beau, mais c'était pourtant tout ce que la petite Susie méritait, car elle était tout le portrait de sa mère. Suellen d'ailleurs s'était fâchée et les deux sœurs avaient eu une violente altercation qui avait rappelé à Scarlett le bon vieux temps. Wade avait tué tout seul un mocassin d'eau. Randa et Camilla Tarleton étaient institutrices. La plaisanterie était bien bonne. Aucune des Tarleton n'avait jamais été capable d'épeler correctement le mot «chat». Betsy Tarleton avait épousé un gros homme de Lovejoy, le ménage cultivait le coton à Joli Coteau. Mme Tarleton avait une poulinière et un poulain et elle était aussi heureuse que si on lui avait donné un million de dollars. La maison des Calvert était occupée par un essaim de nègres qui l'avaient achetée en vente publique. La propriété était dans un état pitoyable et l'on avait envie de pleurer quand on passait devant. Personne ne savait où étaient Cathleen et son triste mari. Alex allait épouser Sally, la veuve de son frère. Avait-on idée de cela après avoir vécu tant d'années sous le même toit. Tout le monde disait que c'était un mariage de convenance, parce que les gens commençaient à jaser sur eux depuis que la vieille grand-mère et Mme Jeune étaient mortes et qu'ils habitaient seuls ensemble. Dimity Munroe avait failli en mourir de chagrin, mais tant pis pour elle. Si elle avait eu un peu plus de nerf, elle aurait déniché un autre homme depuis longtemps au lieu d'attendre qu'Alex eût de l'argent pour l'épouser.
Scarlett bavardait allégrement, mais il y avait beaucoup de choses qu'elle passait sous silence, beaucoup de choses pénibles quand on y songeait. Elle avait parcouru tout le comté en voiture avec Will et s'était efforcée de ne pas se rappeler l'époque où les cotonniers verdissaient ces milliers d'arpents fertiles. Maintenant, les plantations retournaient les unes après les autres à la forêt. Les genêts, les chênes et les pins avaient envahi petit à petit les ruines et les anciens champs de coton. C'était sinistre à voir. Sur cent arpents de terre labourée jadis, il n'y en avait plus qu'un de cultivé désormais. On avait l'impression de traverser une région morte.
«Cette contrée en a pour cinquante ans à se remettre… si jamais elle s'en remet, avait déclaré Will. Grâce à vous et à moi, Scarlett, Tara est la meilleure ferme du comté, mais ce n'est qu'une ferme qu'on exploite avec deux mules, ce n'est pas une plantation. Après Tara, il

y a la propriété des Fontaine et puis celle des Tarleton. Tous ces gens-là ne gagnent pas beaucoup d'argent, mais ils ont de l'énergie. Les autres fermes... » Non, Scarlett n'aimait pas beaucoup à se rappeler l'aspect du comté désert qui paraissait encore plus lugubre quand on le comparait à Atlanta en plein essor.

– Il ne s'est rien passé ici ? demanda Scarlett lorsqu'elle se fut installée sous la véranda avec Rhett et Bonnie.

En chemin, Scarlett avait parlé sans arrêt de peur que le silence ne s'abattît entre elle et Rhett. Depuis le jour où elle était tombée à la renverse dans l'escalier, elle ne s'était jamais trouvée seule avec Rhett, et l'idée d'un tête-à-tête avec lui ne lui plaisait pas outre mesure. Elle ignorait quels étaient ses sentiments à son égard. Durant sa convalescence, il avait été la bonté même, mais sa bonté avait été celle d'un étranger. Il avait prévenu ses moindres désirs, empêché les enfants de la déranger, et dirigé pour elle le magasin et les scieries. Mais jamais il ne lui avait dit : « Je regrette. » Peut-être ne regrettait-il rien du tout. Peut-être continuait-il à penser que l'enfant qui ne devait jamais naître n'était pas de lui. Comment aurait-elle pu lire ce qui se passait derrière ce visage hermétique ? Cependant, pour la première fois depuis leur mariage, il avait manifesté une certaine tendance à être correct et le désir de vivre comme s'il ne s'était rien produit de fâcheux entre eux... oui, comme s'il ne s'était rien passé entre eux, se disait Scarlett, sans enthousiasme. Allons, si c'était cela qu'il voulait, elle aussi pourrait tenir son rôle.

– Tout va bien ? demanda-t-elle de nouveau. Avez-vous fait mettre de nouveaux bardeaux au magasin ? Avez-vous échangé les mules ? Pour l'amour de Dieu, Rhett, ôtez ces plumes de votre chapeau. Ça vous donne un air idiot et vous êtes capable de les oublier et de sortir en ville comme ça.

– Non, fit Bonnie en ramassant le chapeau de son père pour le protéger.

– Tout marche à souhait ici, répondit Rhett. Bonnie et moi nous nous sommes bien amusés et je ne pense pas qu'on l'ait peignée une seule fois depuis votre départ. Ne suce pas ces plumes, ma chérie, c'est mauvais. Oui, on a mis les bardeaux au magasin et j'ai fait une bonne opération avec les mules. Non, il n'y a rien de neuf. Tout est très calme.

Puis, comme s'il venait de se rappeler soudain quelque chose, il ajouta :

– L'honorable Ashley est venu faire un tour à la maison hier soir. Il voulait savoir si je pensais que vous seriez disposée à lui vendre votre scierie et la part d'intérêts que vous avez dans la sienne.

Scarlett, qui était en train de se balancer dans son fauteuil et de s'éventer avec un éventail de plumes, s'arrêta net.

– Vendre ? Mais où diable Ashley a-t-il trouvé de l'argent ? Vous savez bien qu'ils n'ont pas un sou. Mélanie dépense tout l'argent qu'il gagne.

Rhett haussa les épaules.

– Je m'étais toujours imaginé que Mme Melly était une petite femme aux goûts simples, mais je ne suis pas aussi au courant des faits et gestes du ménage Wilkes que vous semblez l'être.

Ce coup latéral était bien dans l'ancien style de Rhett, et Scarlett en fut ennuyée.

– Sauve-toi, ma chérie, dit-elle à Bonnie, Maman veut parler à papa.

– Non, répondit catégoriquement Bonnie qui grimpa sur les genoux de Rhett.

Scarlett fronça les sourcils et la petite, la regardant de travers, ressembla tellement à Gérald O'Hara que Scarlett faillit pouffer de rire.

– Laissez-la là, fit Rhett. Oui, reprit-il, quant à savoir d'où il tient cet argent il paraîtrait que la personne qui le lui a envoyé est un homme qu'il a guéri d'un cas de variole à Rock Island. Ça renouvelle ma foi en la nature humaine de savoir que la gratitude existe encore.

– Qui était cette personne ? Quelqu'un que nous connaissons ?

– La lettre n'était pas signée et venait de Washington. Ashley s'est creusé la tête dans tous les sens pour savoir qui l'avait expédiée. Mais quoi, les gens qui, comme Ashley, ont l'âme charitable, s'en vont de par le monde et accomplissent tant de bonnes actions qu'il ne faut pas s'attendre à ce qu'ils se les rappellent toutes.

Si elle n'avait pas été aussi éberluée par la bonne aubaine d'Ashley, Scarlett eût relevé le gant, bien qu'à Tara elle eût pris la ferme résolution de ne plus jamais se laisser entraîner dans une querelle avec Rhett au sujet d'Ashley. Le terrain sur lequel elle se mouvait en ce moment était trop peu sûr et, jusqu'à ce qu'elle sût exactement à quoi s'en tenir avec les deux hommes, elle n'avait aucune envie d'aligner ses troupes.

– Ainsi, il veut acheter mes scieries ?

– Oui, mais bien entendu je lui ai dit que vous ne les vendriez pas.

– J'aimerais que vous me laissiez m'occuper de mes affaires.

– Voyons, vous savez bien que vous ne vous séparerez pas de vos scieries. Je lui ai dit qu'il savait aussi bien que moi que vous ne pouviez pas supporter de ne pas fourrer votre nez dans les affaires des autres et que si vous lui vendiez vos scieries vous ne pourriez plus lui donner de conseils sur la façon de mener sa barque.

– Vous avez osé lui dire cela de moi ?

– Pourquoi pas ? Ce n'est pas la vérité ? Je crois qu'il a été entièrement de mon avis, mais, bien entendu, il est trop galant homme pour rien en laisser paraître.

– C'est un mensonge ! Dans ces conditions, je lui vends mes scieries ! s'écria Scarlett avec colère.

Jusqu'à ce moment-là, elle n'avait eu aucune envie de se débarrasser des scieries. Elle avait plusieurs raisons d'y tenir, et parmi ces raisons la valeur monétaire qu'elles représentaient était la moins importante. Au cours des dernières années, elle aurait pu s'en défaire à n'importe quel moment pour une grosse somme, mais elle avait refusé toutes les offres. Les scieries étaient la preuve tangible de ce qu'elle avait réalisé sans l'aide de personne après avoir surmonté de rudes obstacles, et elle en était aussi fière que d'elle-même. Enfin et surtout, elle ne voulait pas les vendre parce qu'elles étaient le seul chemin qui lui permettait de se rapprocher d'Ashley. Si les scieries passaient entre d'autres mains que les siennes, elle ne verrait probablement plus jamais Ashley en tête à tête. Elle avait besoin de le voir seul. Elle ne pouvait plus continuer comme cela à se demander quels étaient ses sentiments envers elle, à se demander si tout son amour pour elle n'était pas mort, étouffé sous le poids de la honte depuis la terrible réception de Mélanie. La gestion de ses affaires lui fournirait maintes occasions de bavarder avec Ashley sans avoir l'air de courir après lui. Et, avec le temps, elle se savait en mesure de regagner tout le terrain qu'elle risquait d'avoir perdu dans son cœur. Mais si elle vendait les scieries…

Non, elle ne voulait pas s'en débarrasser, mais, fouaillée par la pensée que Rhett l'avait dépeinte à Ashley sous un jour aussi véridique et aussi peu flatteur, elle s'était instantanément décidée. Ashley aurait donc les scieries et à un prix si bas qu'il ne pourrait pas s'empêcher de remarquer combien elle était généreuse.

– Je les vendrai ! s'écria-t-elle, furieuse. Hein ! que pensez-vous de cela ?

Rhett se pencha pour relacer la chaussure de Bonnie et dans ses yeux brilla une imperceptible lueur de triomphe.

– Je crois que vous le regretterez, dit-il.

C'était exact. Déjà, elle regrettait ses paroles hâtives. Si elle les avait prononcées devant n'importe qui, excepté Rhett, elle les aurait rétractées sans vergogne. Pourquoi s'était-elle laissé emporter comme cela ? Elle regarda Rhett les sourcils froncés et s'aperçut qu'il l'observait avec son air de chat aux aguets. En remarquant le froncement de ses sourcils, Rhett partit d'un brusque éclat de rire qui découvrit ses dents étincelantes de blancheur. Scarlett eut l'impression désagréable qu'il venait de lui jouer un mauvais tour.

– Auriez-vous quelque chose à voir dans tout cela ? lança-t-elle d'un ton sec.

– Moi ? Les sourcils de Rhett se relevèrent en signe de surprise. Moi ? Vous devriez mieux me connaître. Je ne m'en vais jamais de par le monde accomplir de bonnes actions lorsque rien ne m'y force.

Ce même soir Scarlett vendit à Ashley ses scieries et tous les intérêts qu'elle y avait. Elle n'y perdit pas, car Ashley refusa de profiter de l'offre trop basse qu'elle lui avait fixée tout d'abord et fixa de lui-même le prix en se basant sur la somme la plus élevée qu'on lui eût proposée. Après qu'elle eut signé les papiers et renoncé irrévocablement aux scieries, après que Mélanie se fut mise en devoir de servir de petits verres de vin à Ashley et à Rhett pour célébrer l'opération, Scarlett se sentit dépossédée comme si elle avait vendu un de ses enfants.

Elle avait aimé ses scieries, elles avaient été sa fierté, l'œuvre de ses petites mains cupides. Elle était partie avec une scierie de rien du tout en ces jours sombres où Atlanta commençait à peine à se relever de ses ruines et de ses cendres. Elle avait lutté et combiné pour elles, elle les avait protégées aux temps sinistres où rôdait le spectre de la confiscation, où l'argent était rare, où les hommes intelligents perdaient pied. Et maintenant qu'Atlanta pansait ses blessures, que l'on construisait partout, que chaque jour la ville recevait de nouveaux contingents d'étrangers, elle avait deux belles scieries, deux chantiers de bois, une douzaine d'attelages de mules et des forçats qui lui fournissaient de la main-d'œuvre à bon marché. Dire adieu à tout cela, c'était fermer à jamais une porte sur un passé pénible et amer dont elle ne se souvenait pas sans satisfaction nostalgique.

Elle avait monté elle-même cette affaire et, maintenant qu'elle l'avait vendue, elle était oppressée par la certitude que, sans elle à la barre, Ashley allait gâcher son œuvre, tout ce qu'elle avait eu tant de mal à édifier. Ashley ne se méfiait de personne et il en était encore à apprendre la différence entre du deux sur quatre et du six sur huit. Et, pour comble de malheur, elle ne pourrait même pas le faire profiter de son expérience, le guider de ses conseils… tout cela parce que Rhett avait raconté à Ashley qu'elle aimait à régenter tout le monde. « Oh ! que le diable emporte ce Rhett ! » pensa-t-elle et, plus elle l'observait, plus elle acquérait la conviction qu'il avait manigancé toute l'affaire. Comment il s'y était pris et à quels motifs il avait obéi, c'était ce qui lui restait à savoir. Il bavardait avec Ashley et ses paroles arrachèrent brusquement Scarlett à ses réflexions.

– Je suppose que vous allez vous débarrasser tout de suite des forçats, dit-il.

Se débarrasser des forçats ? Mais il n'était pas question de cela. Rhett savait pertinemment que, si les scieries réalisaient de gros bénéfices, c'était à cause de la main-d'œuvre à bon marché fournie par les forçats. Enfin, pourquoi Rhett parlait-il avec autant d'assurance de la future ligne de conduite d'Ashley ? Que savait-il de lui ?

– Oui, je vais les renvoyer sans tarder, répondit Ashley en évitant le regard stupéfait de Scarlett.

– Est-ce que vous êtes fou ? s'exclama celle-ci. Vous allez perdre tout l'argent que j'ai versé à l'État lorsque j'ai embauché les forçats. Et puis, quel genre de main-d'œuvre allez-vous avoir ?

– J'embaucherai des affranchis, fit Ashley.

– Des affranchis ! Vous en avez de bonnes ! Vous savez ce qu'ils demandent comme salaire, et par-dessus le marché vous aurez toute la journée les Yankees sur le dos pour voir si vous leur donnez du poulet aux trois repas et si vous les bordez dans leur lit. Si jamais vous avez le malheur d'administrer à un fainéant une ou deux taloches pour le secouer un peu, vous entendrez les Yankees pousser les hauts cris d'ici à Dalton et vous finirez en prison. Mais voyons, les forçats sont les seuls...

Mélanie baissa la tête et contempla ses mains croisées sur ses genoux. Ashley avait l'air malheureux et buté. Il se tut pendant un moment. Alors ses yeux rencontrèrent ceux de Rhett et l'on eût dit qu'il y puisait de la compréhension et du réconfort, car il reprit la parole. Cet échange de regards ne fut pas perdu pour Scarlett.

– Je n'emploierai pas de forçats, Scarlett, dit-il d'un ton tranquille.

– Ça, par exemple ! Elle en avait le souffle coupé. Et pourquoi pas ? Auriez-vous peur que les gens ne disent du mal de vous comme ils en disent de moi ?

Ashley releva la tête.

– Je ne crains pas ce que peuvent dire les gens tant que je suis dans mon bon droit, et je n'aurai jamais l'impression d'être dans mon bon droit en employant des forçats.

– Mais voyons...

– Je ne peux pas gagner de l'argent en exploitant les malheurs d'autrui.

– Mais vous avez bien eu des esclaves !

– Ils n'étaient pas malheureux et d'ailleurs, après la mort de père, je les aurais tous affranchis si la guerre ne s'en était chargée. Mais pour les forçats ce n'est pas la même chose, Scarlett. Le système se prête trop aux abus. Vous l'ignorez peut-être, mais moi je sais à quoi m'en tenir. Je sais parfaitement que Johnnie Gallegher a tué au moins un homme à son camp, peut-être davantage… Qui s'en inquiétera, hein ? un forçat de plus ou de moins, ça ne compte pas. Gallegher prétend que le malheureux a été tué alors qu'il cherchait à s'évader, mais ce n'est pas ce que j'ai entendu dire ailleurs. Je sais également qu'il emploie des hommes trop malades pour travailler. Appelez ça de la superstition si vous voulez, mais je ne pense pas qu'on puisse tirer son bonheur de sommes gagnées en exploitant les souffrances des autres.
– Cornebleu ! Vous voulez dire… nom d'un chien, Ashley, vous n'avez tout de même pas avalé tous les sermons ronflants du révérend Wallace sur l'argent souillé ?
– Je n'en ai pas eu besoin. Il y a beau temps que je partageais ses idées.
– Alors, vous devez croire que tout mon argent est maudit, s'écria Scarlett, qui commençait à s'emporter. Parce que j'ai fait travailler des forçats, parce que je fais gérer un café…, elle s'arrêta net.
Les deux Wilkes paraissaient fort gênés tandis que Rhett s'amusait franchement. « Que le diable l'emporte ! pensa Scarlett pour la seconde fois. Ça y est, il est encore en train de se dire que je fourre mon nez dans les affaires des autres, et Ashley est de son avis. Je voudrais pouvoir casser leurs têtes l'une contre l'autre. »
Elle ravala sa colère et s'efforça de prendre un air à la fois digne et détaché, mais ses efforts ne furent guère couronnés de succès.
– Bien entendu, dit-elle, ça m'est totalement indifférent.
– Scarlett, n'allez pas croire que je vous blâme ! Ce n'est pas vrai. Cela vient uniquement de ce que nous ne considérons pas les choses sous le même angle. Ce qui est bien pour vous peut ne pas l'être pour moi.
Tout à coup Scarlett eut une envie folle de se trouver seule avec Ashley, d'envoyer promener Rhett et Mélanie à l'autre bout du monde afin de pouvoir s'écrier sans contrainte : « Mais je veux considérer les choses sous le même angle que vous ! Dites-moi exactement quelles sont vos idées, que je puisse vous comprendre et vous ressembler ! »
Mais, en présence de Mélanie, que cette scène faisait trembler, et de Rhett avec ses airs nonchalants et ses sourires, elle n'eut plus qu'une ressource, prendre son ton le plus pincé et déclarer :
– Je sais bien que ça ne me regarde pas, Ashley, et loin de moi la pensée de vous donner des conseils. Néanmoins, je dois avouer que je ne comprends ni votre attitude ni vos remarques.

Oh ! si seulement ils étaient seuls tous les deux, elle ne serait pas obligée de lui dire ces paroles glaciales qui le rendaient malheureux.
– Je vous ai offensée, Scarlett, et je n'en avais pas l'intention. Croyez-moi et pardonnez-moi. Il n'y a rien d'énigmatique dans ce que j'ai dit. J'ai simplement voulu vous montrer que, pour moi, l'argent qu'on se procure par certains moyens n'apporte pas le bonheur.
– Mais vous vous trompez ! s'exclama Scarlett, incapable de se contenir davantage. Prenez mon exemple. Vous savez d'où vient mon argent. Vous savez dans quelle situation j'étais avant d'en gagner. Vous vous souvenez de cet hiver à Tara où il faisait si froid que nous découpions des morceaux dans les tapis pour nous en faire des chaussons, où nous n'avions pas assez à manger, où nous nous demandions comment nous nous y prendrions pour assurer l'éducation de Beau et de Wade. Vous vous rap…
– Oui, je me rappelle, fit Ashley d'un air las, mais j'aimerais mieux oublier.
– Voyons, vous ne pouvez tout de même pas dire que l'un de nous était heureux à cette époque, n'est-ce pas ? Bon ! Regardez-nous maintenant. Vous avez une jolie maison et l'avenir s'annonce bien. Connaissez-vous quelqu'un qui possède une demeure plus belle que la mienne, de plus jolies robes, de plus beaux chevaux ? Personne n'a une table mieux servie que la mienne, personne ne donne de plus belles réceptions que moi et mes enfants ont tout ce qu'ils désirent. Eh bien ! comment ai-je obtenu l'argent nécessaire pour réaliser tout cela ? En attendant que les alouettes me tombent toutes rôties dans le bec ? Eh ! non, pardi ! Des forçats, un bar et…
– Et n'oubliez pas l'assassinat de ce Yankee, coupa Rhett d'une voix suave. C'est bien grâce à lui que vous avez pris le départ.
Scarlett se tourna vers lui, des mots blessants aux lèvres.
– Et l'argent vous a rendue très, très heureuse, n'est-ce pas, ma chérie ? demanda-t-il avec une douceur empoisonnée.
Scarlett qui allait riposter s'arrêta court et jeta un regard rapide autour d'elle. Mélanie était sur le point de pleurer tant elle était gênée. Ashley, le visage blême, semblait s'être réfugié dans une région inaccessible ; quant à Rhett, il observait sa femme par-dessus son cigare et semblait fort se divertir. Scarlett voulut s'écrier : « Mais bien sûr l'argent m'a rendue heureuse ! », mais les paroles s'étranglèrent dans sa gorge.

LVIII

Après sa maladie, Scarlett nota un changement chez Rhett et se demanda si elle avait lieu de s'en réjouir. Rhett ne buvait plus, il était calme et paraissait soucieux. Il restait plus souvent chez lui après le dîner. Il était plus aimable avec les domestiques et plus affectueux avec Wade et Ella. Il ne faisait jamais la moindre allusion au passé et semblait enjoindre tacitement à Scarlett de l'imiter. Scarlett ne disait rien, car c'était plus commode et, en apparence, la vie coulait sans trop de heurts. Rhett ne s'était point départi de l'attitude déférente qu'il avait adoptée pendant la convalescence de sa femme et il ne lui décochait plus de traits acérés. Scarlett se rendait compte que si Rhett l'accablait autrefois de remarques méchantes qui la mettaient hors d'elle et la poussaient à la riposte, c'était parce qu'il s'intéressait à elle. Désormais, elle en était réduite à se demander si elle comptait pour lui. Il était poli, mais distant, et les prises de bec et les échanges de paroles blessantes d'antan lui manquaient.

Rhett était fort aimable avec elle presque comme avec une étrangère, mais de même qu'il avait épié tous ses mouvements, il épiait maintenant ceux de Bonnie. On eût dit que toute son ardeur s'était portée vers un seul chenal aux rives rapprochées. Scarlett se disait parfois que, s'il avait eu pour elle la moitié seulement de la tendresse qu'il prodiguait à Bonnie, la vie eût été différente. Parfois aussi, elle avait bien du mal à sourire quand on disait : « Comme le capitaine Butler idolâtre son enfant ! » Mais si elle ne souriait pas, les gens trouveraient cela bizarre et Scarlett se serait plutôt fait hacher que d'avouer aux autres ou à elle-même qu'elle était jalouse d'une petite fille, surtout quand celle-ci était son enfant préféré. Scarlett voulait toujours occuper la première place dans le cœur de ceux qui l'entouraient et il était clair que Rhett et Bonnie seraient toujours tout l'un pour l'autre.

Rhett sortait souvent le soir et rentrait fort tard, mais il n'était jamais ivre. Quand il s'en allait, Scarlett l'entendait passer devant sa porte en sifflotant. Parfois, il ramenait des hommes chez lui vers la fin de la soirée et restait à bavarder avec eux dans la salle à manger devant un carafon de cognac. Ces hommes ne ressemblaient en rien à ceux qu'il fréquentait la première année de son mariage. Il n'invitait plus ni Carpetbaggers, ni Scallawags, ni Républicains. Scarlett se glissait sur la pointe des pieds jusqu'en haut de l'escalier, et là, penchée sur la rampe, elle écoutait et, stupéfaite, reconnaissait souvent la voix de René Picard, de Hugh Elsing, des frères Simmons ou d'Andy Bonnell. En tout cas, le grand-père Merriwether et l'oncle Henry ne manquaient jamais une de ces réunions. Un soir, Scarlett, absolument pétrifiée, entendit parler le docteur Meade. Et dire que tous ces hommes avaient jadis trouvé la potence un châtiment trop doux pour Rhett !

Dans son esprit, ce petit groupe était associé à tout jamais à la mort de Frank et les allées et venues nocturnes de Rhett lui rappelaient les jours qui avaient précédé la descente du Ku-Klux-Klan au cours de laquelle Frank avait perdu la vie. Elle se souvenait avec terreur de la remarque de Rhett déclarant qu'il irait jusqu'à s'affilier à leur maudit Klan pour redevenir respectable, bien qu'il fît des vœux pour que le bon Dieu ne lui imposât pas pénitence aussi lourde. Et si Rhett, à l'exemple de Frank...

Une nuit qu'il rentra chez lui plus tard qu'à l'ordinaire, Scarlett n'y tint plus. Dès qu'elle eut entendu sa clef grincer dans la serrure, elle jeta un peignoir sur elle et, sortant sur le palier du premier qu'éclairait une lampe à gaz, elle attendit Rhett au haut de l'escalier. Rhett paraissait songeur, mais la surprise se peignit sur son visage lorsqu'il aperçut sa femme.

– Rhett il faut que je sache ! Il faut que je sache si vous... si le Klan... si c'est pour cela que vous rentrez si tard ? Faites-vous partie du...

À la lueur papillotante du gaz, il la regarda d'un air indifférent et sourit.

– Vous retardez, fit-il. Il n'y a plus de Klan à Atlanta et il n'y en a sans doute plus en Géorgie. Vous avez dû vous laisser bourrer le crâne par vos amis scallawags et carpetbaggers.

– Plus de Klan ? Vous ne mentez pas pour me rassurer ?

– Ma chère, quand donc ai-je essayé de vous rassurer ? Non, il n'y a plus de Klan. Nous avons trouvé que le Klan était plus nuisible qu'utile parce qu'il ne faisait qu'exciter les Yankees et apporter de l'eau au moulin à calomnies de Son Excellence le gouverneur Bullock. Bullock sait fort bien qu'il ne se maintiendra au pouvoir qu'aussi longtemps qu'il pourra faire croire au gouvernement fédéral et aux journaux yankees que la Géorgie est un foyer de révolte et que derrière chaque buisson est embusqué un membre du Klan. Il lutte désespérément pour conserver son poste et il a accusé le Klan de crimes qui n'ont jamais existé. Il a raconté qu'on avait pendu par les pouces de fidèles Républicains et qu'on avait lynché des nègres innocents sous prétexte qu'ils avaient violé des femmes. Mais le pauvre type donne des coups d'épée dans l'eau et s'en rend compte. Je vous sais gré de vos inquiétudes, mais l'activité du Klan a cessé peu de temps après que, de Scallawag, je me suis fait humble Démocrate.

Presque tout ce qu'il avait dit à Scarlett au sujet du gouverneur Bullock lui était entré par une oreille et sorti par l'autre, car elle ne pensait guère qu'au soulagement que lui procurait la nouvelle de la disparition du Klan. Rhett ne serait pas tué comme Frank l'avait été. Elle ne perdrait pas son magasin, elle ne verrait pas lui échapper l'argent de Rhett. Cependant un mot qu'il avait prononcé restait gravé dans sa mémoire. Il avait dit « nous » et par là s'était tout naturellement assimilé à ceux qu'il avait appelés « la Vieille Garde ».

– Rhett, demanda soudain Scarlett, êtes-vous pour quelque chose dans la dissolution du Klan ?

Il enveloppa Scarlett d'un long regard et une flamme malicieuse s'alluma dans ses yeux.

– Oui, mon amour. Ashley Wilkes et moi nous sommes les principaux artisans de cette mesure.

– Ashley… et vous ?

– C'est plat, mais c'est exact, on noue d'étranges camaraderies quand on fait de la politique. Ni Ashley ni moi ne débordons de sympathie l'un pour l'autre… mais Ashley n'a jamais été partisan du Klan parce qu'il est opposé à la violence. Moi non plus, je n'en étais pas partisan parce que c'était de la folie furieuse. C'était le meilleur moyen d'avoir les Yankees sur notre dos jusqu'au jour du Jugement. À nous deux, Ashley et moi, nous avons raisonné les têtes chaudes et nous leur avons démontré qu'il valait mieux observer, attendre et travailler, qu'aller se promener en chemise de nuit avec des croix flamboyantes.

– Vous ne voulez tout de même pas prétendre que les gens du Klan se sont rangés à votre avis alors que vous êtes…

– Que je suis un spéculateur ? un Scallawag ? un suppôt des Yankees ? Vous oubliez, madame Butler, que je suis désormais un Démocrate bon teint, dévoué jusqu'à ma dernière goutte de sang à notre État bien-aimé que je veux arracher aux mains de ses ravisseurs ! Mon conseil était bon et ils l'ont suivi. Je suis également homme de bon conseil en d'autres matières politiques. Aujourd'hui, nous avons une majorité démocrate à la Législature, n'est-ce pas ? Bientôt, mon amour, nous ferons mettre à l'ombre quelques-uns de vos excellents amis républicains. Ils ont les dents un peu trop longues en ce moment, ils commencent à en prendre un peu trop à leur aise.

Rhett retrouva tout d'un coup son ancien sourire narquois.
– Oh ! je ne leur veux aucun mal. Mais maintenant, je suis de l'autre côté de la barrière et, si je peux contribuer à les faire envoyer là où ils seront si bien, je n'hésiterai pas. Et puis, songez, quelle façon de redorer mon blason ! Je connais assez les dessous de leurs affaires pour rendre de grands services quand la Législature entreprendra des investigations... et, à en juger par la tournure que prennent les événements, ça ne va pas tarder. Vous feriez bien de dire à vos bons amis les Gelert et les Hundon de se tenir prêts à décamper d'un moment à l'autre, car si l'on pince le gouverneur, ils seront pincés eux aussi.
Scarlett avait vu pendant trop d'années l'armée yankee épauler les Républicains pour ajouter foi aux propos badins de Rhett. Le gouverneur était trop solidement retranché dans son poste pour que la Législature y touchât et, à plus forte raison, le fît mettre en prison.
– Eh bien ! vous n'y allez pas de main morte, remarqua-t-elle.
– Si on ne le fourre pas en prison, Bullock en tout cas ne sera pas réélu. La prochaine fois nous aurons un gouvernement démocrate. Ça nous changera.
– Je suppose que vous ne serez pas étranger à son élection ? interrogea Scarlett d'un ton sarcastique.
– Eh ! non, mon chou. Je m'en occupe dès maintenant. C'est pourquoi je rentre si tard le soir. Je travaille plus dur que je ne travaillais au temps de la ruée vers l'or, quand je maniais la pelle. J'organise les élections, je les prépare, je fais tout ce que je peux pour qu'elles nous soient favorables. Et... je sais que ceci va vous faire de la peine, madame Butler, je ne marchande pas mon concours financier. Vous rappelez-vous m'avoir dit un jour dans le magasin de Frank... Oh ! il y a de cela des années !... que c'était malhonnête de ma part de conserver l'or de la Confédération ? Me voilà enfin d'accord avec vous, et maintenant l'or de la Confédération roule et sert à ramener les Confédérés au pouvoir.
– Autant jeter votre argent par la fenêtre !
– Quoi ! C'est là l'opinion que vous avez du parti démocrate ?
Les yeux de Rhett pétillèrent de malice, puis reprirent une expression impassible.
– En tout cas, que les Démocates soient vainqueurs ou vaincus aux élections, je m'en fiche comme de l'an quarante. Ce qui m'importe c'est que tout le monde sache que je me suis démené et que j'ai dépensé de l'argent pour ces élections. On s'en souviendra et plus tard Bonnie en profitera.

– À entendre votre pieux discours, j'ai craint que votre cœur n'ait changé, mais je vois que vous n'êtes pas plus sincère lorsqu'il s'agit des Démocrates que lorsqu'il s'agit d'autre chose.
– Non, mon cœur n'a point changé. C'est uniquement ma peau qui a changé. Admettez qu'on supprime les mouchetures d'un léopard, ça ne l'empêchera pas de rester un léopard.
Bonnie réveillée par le bruit de la conversation appela d'une voix endormie, mais impérieuse «Papa!» et Rhett écarta Scarlett pour passer.
– Rhett, attendez une minute. J'ai encore quelque chose à vous dire. Vous ne devriez plus emmener Bonnie avec vous l'après-midi à des réunions politiques. Ça ne se fait pas. Ce n'est pas la place d'une petite fille! Et puis, ça vous rend ridicule. Je n'aurais jamais pensé cela de vous si l'oncle Henry ne m'en avait parlé. Il croyait que j'étais au courant et...
Rhett se retourna vers Scarlett, les traits durcis.
– Comment pouvez-vous reprocher à un père d'asseoir sa petite fille sur ses genoux pendant qu'il discute avec ses amis? Trouvez cela ridicule si ça vous fait plaisir, mais ça ne l'est pas. Les gens se rappelleront pendant des années que Bonnie était assise sur mes genoux quand j'aidais les Démocrates à chasser les Républicains de cet État. Les gens se rappelleront pendant des années...
Son visage se détendit et une flamme malicieuse brilla dans ses yeux.
– Saviez-vous que, lorsqu'on lui demande ce qu'elle aime le mieux, elle répond: «Papa et les "Dimocates"», et savez-vous ce qu'elle déteste le plus? eh bien! ce sont les «Scallywags». Dieu merci, les gens se souviennent de ces choses-là.
– Et je suppose que vous lui dites que je suis une Scallawag! s'exclama Scarlett, furieuse.
– Papa, cria Bonnie d'une petite voix indignée, et Rhett, qui riait, traversa le couloir pour aller embrasser sa fille.

Au mois d'octobre de cette année-là, Bullock démissionna et s'enfuit de Géorgie. La prévarication, le gaspillage et la corruption avaient atteint une telle ampleur sous son administration que l'édifice s'écroulait de lui-même. L'indignation publique était devenue si forte que son propre parti était divisé en deux. Les Démocrates avaient désormais la majorité de la Législature et pour Bullock cela signifiait qu'on n'allait pas tarder à se livrer à une enquête sur ses agissements. Craignant d'être mis en accusation, il n'attendit pas, fit ses préparatifs et décampa secrètement après s'être arrangé pour que sa démission ne fût pas connue du public avant qu'il fût en sûreté dans le Nord.

Lorsqu'on l'annonça, une semaine après son départ précipité, Atlanta déborda d'une joie délirante. Les gens envahirent les rues. Les hommes riaient et se serraient les mains pour se féliciter, les femmes s'embrassaient et pleuraient. Tout le monde donna des réceptions pour célébrer l'événement et les pompiers eurent fort à faire pour éteindre les feux de joie allumés par les jeunes garçons déchaînés. Les épreuves étaient presque finies. L'ère de la Reconstruction était presque terminée. Bien entendu, le gouverneur par intérim était un Républicain lui aussi, mais les élections allaient avoir lieu en décembre et leur résultat ne faisait de doute pour personne. Et, lorsque arriva la date fatidique, malgré les efforts frénétiques des Républicains, la Géorgie eut de nouveau un gouvernement démocrate.

La joie et l'émotion s'emparèrent alors de la ville comme elles s'en étaient emparées lorsque Bullock avait pris la poudre d'escampette, mais elles étaient d'une qualité différente. La joie était plus sobre, l'émotion plus profonde. C'était un sentiment de reconnaissance que les gens éprouvaient et les églises furent pleines à craquer quand les prêtres remercièrent le Seigneur d'avoir délivré l'État. À la joie et à l'exaltation se mêlait aussi de l'orgueil. On était fier que ses fils eussent repris la Géorgie en main en dépit de tout ce que pourrait faire le gouvernement de Washington, en dépit de l'armée, des Carpetbaggers, des Scallawags et des authentiques Républicains.

Sept fois le Congrès avait voté des lois draconiennes contre l'État pour le maintenir au rang de province conquise. Trois fois la loi martiale avait été appliquée au pays. Les nègres avaient pris du bon temps aux séances de la Législature, des étrangers cupides avaient occupé de hautes fonctions et en avaient profité; des individus s'étaient enrichis en émargeant aux fonds publics. La Géorgie s'était trouvée pieds et poings liés. On l'avait torturée, martyrisée, traînée dans la boue. Mais maintenant, malgré tant de souffrances, la Géorgie était de nouveau maîtresse de ses destinées et cela grâce à l'énergie de son peuple.

La brusque déconfiture des Républicains ne fut pas accueillie avec joie par tout le monde. La consternation régnait dans les rangs des Scallawags, des Carpetbaggers et des Républicains. Les Gelert et les Hundon, prévenus du départ de Bullock avant que sa démission devînt officielle, quittèrent la ville du jour au lendemain et retombèrent dans l'oubli d'où ils étaient sortis un instant. Les Carpetbaggers et les Scallawags restés à Atlanta étaient inquiets et cherchaient à se rassurer mutuellement tout en se demandant si l'enquête parlementaire menée par la Législature n'allait pas éclairer d'un jour fâcheux leurs affaires privées. Ils n'avaient plus rien d'insolent désormais. Ils étaient pétrifiés. Ils avaient peur. Les dames qui venaient rendre visite à Scarlett ne cessaient de répéter :

– Mais qui aurait pu penser que les événements prendraient cette tournure ? Nous croyions le gouverneur si puissant. Nous le croyions solidement installé ici. Nous...

Malgré les avertissements de Rhett, Scarlett était stupéfaite par ce revirement de la situation. Elle ne regrettait pourtant ni le départ de Bullock ni le retour des Démocrates. Bien que personne n'eût voulu le croire, elle éprouvait une joie farouche à l'idée que le pays avait enfin secoué la domination des Yankees. Elle se rappelait avec trop d'acuité ses luttes aux premiers temps de la Reconstruction, ses craintes de voir les soldats et les Carpetbaggers confisquer son argent et ses biens. Elle se souvenait de son impuissance, de la panique qui s'emparait d'elle lorsqu'elle songeait à cette impuissance. Elle se souvenait combien elle haïssait les Yankees qui avaient imposé ce système exécrable au Sud. Et elle n'avait jamais cessé de les haïr. Mais, en essayant de faire contre mauvaise fortune bon cœur, en s'efforçant d'obtenir pour elle une sécurité absolue, elle était passée du côté des vainqueurs. Quelle qu'eût été son antipathie pour eux, elle les avait fréquentés, elle avait rompu avec ses vieux amis et avec leur ancien genre de vie. Et maintenant, le règne des vainqueurs était terminé. Elle avait joué, misé sur la durée du régime Bullock et elle avait perdu.

Promenant ses regards autour d'elle en ce Noël de 1871, le plus joyeux Noël que l'État eût connu depuis dix ans, elle éprouva un sentiment d'anxiété. Elle ne pouvait s'empêcher de remarquer que Rhett, jadis l'homme le plus exécré d'Atlanta, en était désormais l'un des plus populaires, car il avait humblement abjuré ses hérésies républicaines et consacré son temps, son argent, son travail et son intelligence à la Géorgie pour l'aider à se redresser. Lorsqu'il se promenait à cheval dans les rues, souriant, touchant le bord de son chapeau, Bonnie perchée comme un petit balluchon bleu sur le devant de sa selle, chacun lui rendait son sourire, parlait de lui avec enthousiasme et jetait un regard ému sur la petite fille. Tandis qu'elle, Scarlett...

LIX

Cela ne faisait de doute pour personne, Bonnie Butler était en passe de devenir infernale et avait grand besoin d'une main ferme pour la diriger, mais comme au fond tout le monde raffolait d'elle, personne n'avait le courage d'entreprendre le redressement nécessaire. Elle avait commencé à échapper à toute discipline pendant le voyage de trois mois qu'elle avait fait avec son père. À La Nouvelle-Orléans et à Charleston, Rhett avait toléré qu'elle se couchât à n'importe quelle heure et qu'elle s'endormît dans ses bras au théâtre, au restaurant ou aux tables de jeux. Par la suite, il fallut recourir à la force pour l'obliger à se coucher en même temps que la docile Ella. Au cours du voyage, Rhett lui avait permis de porter toutes les robes qui lui faisaient plaisir et, depuis ce temps, elle se mettait dans une rage terrible chaque fois que Mama essayait de lui passer une robe de basin, ou un tablier au lieu d'une robe de taffetas et d'un col de dentelle.

Il semblait n'y avoir aucun moyen de regagner le terrain perdu pendant le voyage, la maladie de Scarlett et sa convalescence à Tara. Bonnie grandissait et Scarlett essaya de la mater un peu pour l'empêcher de devenir une enfant trop têtue et trop gâtée, mais ses efforts demeurèrent à peu près vains. Rhett prenait toujours parti pour la petite, si insensés que fussent ses désirs, si extravagante que fût sa conduite. Il l'encourageait à dire tout ce qui lui passait par la tête et la traitait comme une grande personne. Il l'écoutait émettre son avis avec un sérieux apparent et prétendait se laisser guider par elle. Aussi Bonnie s'en donnait-elle à cœur joie. Elle coupait la parole aux grands, contredisait son père et le remettait à sa place. Rhett se contentait de rire et ne supportait même pas que Scarlett donnât une petite tape sur la main de Bonnie pour la gronder.

« Si elle n'était pas aussi mignonne, aussi adorable, elle serait impossible, se disait Scarlett tristement tout en se rendant compte que son enfant était douée d'une volonté égale à la sienne. Elle adore Rhett, et s'il voulait il pourrait la rendre plus sage. »

Mais Rhett ne manifestait nulle envie de redresser la conduite de Bonnie. Tout ce qu'elle faisait était bien et, si elle demandait la lune, elle l'obtenait à condition que Rhett pût la lui décrocher. Il avait un orgueil fou de sa beauté, de ses boucles, de ses fossettes, de ses petits gestes. Il aimait sa vivacité, sa bonne humeur, la façon exquise et singulière qu'elle avait de lui montrer son affection. Gâtée, autoritaire, elle n'en était pas moins adorable, et Rhett ne se sentait pas le courage de sévir. Il était son dieu, le centre de son petit univers, et il tenait trop à tout cela pour risquer de le compromettre par ses réprimandes. Bonnie s'attachait à Rhett comme son ombre. Elle le réveillait plus tôt qu'il n'aurait voulu. À table, elle s'asseyait à côté de lui et mangeait alternativement dans son assiette et dans la sienne. Elle s'asseyait sur le devant de sa selle lorsqu'il montait à cheval et seul Rhett avait le droit de la déshabiller et de la coucher dans son petit lit auprès du sien. Émue et attristée, Scarlett considérait avec quelle poigne de fer sa petite fille menait son père. N'aurait-on pas cru pourtant que Rhett eût été le dernier des hommes à prendre son rôle de père au sérieux ? Mais parfois Scarlett sentait la jalousie la mordre, car, à quatre ans, Bonnie comprenait Rhett mieux qu'elle ne l'avait jamais compris et savait le prendre mieux qu'elle ne l'avait jamais su.

Lorsque Bonnie eut atteint ses quatre ans, Mama commença à dire en bougonnant que ce n'était pas convenable de voir une petite fille « à califou'chon su' la selle de son papa avec ses jupes en l'ai' ». Rhett prêta une oreille attentive aux remarques de Mama, d'ailleurs il écoutait toujours Mama quand elle donnait des conseils sur la façon d'élever les petites filles. Cela se traduisit en fin de compte par un petit poney des Shetland à la robe brune et blanche, à la crinière et à la queue longues et soyeuses. On lui attacha sur le dos une minuscule selle d'amazone incrustée d'argent. Théoriquement le poney était destiné aux trois enfants, et Rhett acheta une selle pour Wade, mais Wade préférait de beaucoup son saint-bernard et Ella avait peur de toutes les bêtes. Le poney devint donc la propriété exclusive de Bonnie et fut baptisé « Monsieur Butler ». Tout d'abord la joie de Bonnie ne fut pas complète. L'enfant regrettait de ne pas pouvoir monter encore à califourchon comme son père, mais lorsque celui-ci lui eut expliqué qu'il était bien plus difficile de monter en amazone, elle se laissa convaincre et fit de rapides progrès. Rhett constatait avec un orgueil démesuré qu'elle avait la main sûre et une excellente assiette.

– Attendez un peu qu'elle soit assez grande pour chasser à courre, déclarait-il avec emphase. Personne ne lui arrivera à la cheville. Vous verrez, je l'emmènerai en Virginie. Il n'y a que ce pays-là pour les vraies chasses. Et je l'emmènerai aussi au Kentucky, où l'on s'y connaît en bons cavaliers.

Lorsque la question se posa de lui commander un costume d'amazone, on la laissa comme toujours suivre sa fantaisie et comme toujours elle choisit du bleu.
– Mais non, ma chérie, pas ce velours bleu ! Le velours bleu, c'est bon pour une robe de réception pour moi, déclara Scarlett en riant. Un beau drap noir, voilà ce que portent les petites filles. Voyant se froncer les petits sourcils noirs, Scarlett s'écria : – Pour l'amour de Dieu, Rhett, dites-lui que ça n'ira pas du tout et que ce sera très salissant !
– Bah ! qu'elle prenne donc du velours bleu. Si ça se salit, on lui fera faire un autre costume, répondit Rhett tranquillement.
Ainsi Bonnie eut un costume d'amazone en velours bleu avec une jupe si longue qu'elle balayait le flanc du poney, et on la coiffa d'un chapeau noir orné d'une plume rouge, parce que les histoires de Jeb Stuart[1], racontées par tante Melly, avaient frappé son imagination. Lorsque le temps était clair et beau, on pouvait voir le père et la fille trotter côte à côte le long de la rue du Pêcher. Rhett retenait son gros cheval noir et réglait son allure sur celle du petit poney dodu. Parfois ils s'élançaient au galop dans une allée tranquille, semant la panique parmi les poules, les chiens et les enfants. Bonnie, les boucles au vent, cravachait Monsieur Butler tandis que Rhett tirait sur ses rênes pour faire croire à l'enfant qu'elle avait gagné la course.
Lorsque Rhett se fut assuré de sa bonne tenue en selle, de la précision de ses gestes et de son mépris total du danger, il décida qu'il était temps pour Bonnie d'apprendre à sauter des obstacles à la taille des jambes courtes de Monsieur Butler. À cet effet, il fit élever une haie dans le jardin et donna à Wash, un petit neveu de l'oncle Peter, vingt-cinq cents par jour pour entraîner Monsieur Butler. On commença par une barre à cinq centimètres du sol qu'on éleva progressivement jusqu'à trente.
Cet arrangement rencontra l'opposition des trois parties principalement en cause, à savoir, Wash, Monsieur Butler et Bonnie. Wash avait peur des chevaux et seules les sommes princières qui lui étaient offertes l'incitèrent à faire sauter le poney rétif plusieurs douzaines de fois par jour. Monsieur Butler supportait avec sérénité que sa petite maîtresse passât son temps à lui tirer la queue et à examiner ses sabots, mais estimait que le Créateur des poneys ne l'avait pas doté d'un corps grassouillet pour sauter par-dessus une barre.

---

1. Prince célèbre de la Maison des Stuarts *(N.d.T.)*.

Bonnie enfin ne pouvait souffrir que quelqu'un montât sur son poney et trépignait d'impatience chaque fois que Monsieur Butler prenait ses leçons.

Lorsque Rhett décida que le poney était assez dressé pour qu'on lui confiât Bonnie, l'enthousiasme de l'enfant ne connut plus de bornes. Elle se tira de son premier saut tout à son honneur et, par la suite, les promenades avec son père ne présentèrent plus aucun attrait pour elle. Scarlett ne pouvait s'empêcher de rire de l'orgueil témoigné par le père et par la fille, mais elle espérait que Bonnie se lasserait du poney et s'amuserait à d'autres jeux moins gênants pour les voisins. Cependant Bonnie prenait toujours autant de plaisir à ce sport. Une piste labourée par les sabots du poney courait de la tonnelle au fond du jardin jusqu'à la haie, et tous les matins l'air s'emplissait de cris frénétiques. Le grand-père Merriwether qui avait eu maille à partir avec les Indiens en 1849 affirmait que les glapissements de Bonnie ressemblaient aux cris des Apaches lorsqu'ils avaient scalpé un adversaire.

Au bout de la première semaine, Bonnie demanda à sauter une barre plus élevée, une barre à cinquante centimètres du sol.

– Quand tu auras six ans, lui dit Rhett. À ce moment-là tu seras assez forte pour sauter plus haut et je t'achèterai un plus gros cheval, mais les jambes de Monsieur Butler ne sont pas assez longues pour sauter cette hauteur.

– Si, elles sont assez longues. J'ai sauté par-dessus les rosiers de tante Melly, et ils sont énormément hauts !

– Non, il faut attendre, déclara Rhett, énergique pour une fois, mais sa fermeté céda peu à peu devant les assauts répétés de Bonnie et ses accès de colère.

– Allons, c'est entendu, finit-il par dire un matin en riant et en remontant l'étroite barre blanche. Si tu dégringoles, ne pleure pas et ne viens pas m'accuser !

– Maman ! lança Bonnie en tournant la tête vers la chambre de Scarlett. Maman ! regarde-moi ! Papa a dit que je pouvais sauter !

Scarlett qui était en train de se peigner alla à la fenêtre et sourit au spectacle de sa petite fille qui se trémoussait de joie dans son costume bleu tout sale.

« Il va tout de même falloir que je lui commande un autre costume, pensa Scarlett. Dieu sait pourtant le mal que je vais avoir à lui faire quitter celui-ci ! »

– Maman, regarde !

– Je regarde, ma chérie ! cria Scarlett avec un sourire.

Tandis que Rhett soulevait l'enfant et la juchait sur le poney, Scarlett sentit monter en elle une bouffée d'orgueil en voyant le dos bien droit de sa fille et sa façon altière de porter la tête :
– Tu es bien jolie, mon trésor, cria-t-elle.
– Et toi aussi, répondit Bonnie avec générosité.
Sur ce, donnant un coup de talon dans les côtes de Monsieur Butler, elle s'élança de la tonnelle et partit au galop vers la haie.
– Maman, regarde-moi prendre celle-là ! s'exclama-t-elle en brandissant sa cravache.
Regarde-moi prendre celle-là !
Scarlett entendit tinter la cloche du souvenir au fond de sa mémoire. Il y avait quelque chose de sinistre dans ces mots. Qu'était-ce donc ? Pourquoi ne pouvait-elle pas se rappeler ? Elle regarda sa fille, posée comme une plume sur le dos du poney. Elle fronça les sourcils, un frisson lui parcourut la poitrine. Bonnie fonçait sur l'obstacle, ses boucles brunes sautaient, ses yeux luisaient.
« Elle a les yeux de papa, pensa Scarlett. Des yeux bleus d'Irlandais. Elle est le portrait de papa sous tous les rapports. »
Et, comme elle songeait à Gérald, le souvenir qu'elle cherchait lui revint brusquement, pareil à un éclair d'été dont la clarté brutale porte un coup au cœur et projette un instant sur la campagne une lueur surnaturelle. Elle entendit chanter une voix irlandaise, elle entendit le martèlement rapide d'un cheval remontant le pré de Tara, la voix avait des accents téméraires comme celle de son enfant : « Ellen ! regardez-moi prendre celle-là ! »
– Non ! cria Scarlett. Non ! Oh ! Bonnie, arrête !
Au moment où elle se penchait à la fenêtre, la barre de bois se brisa avec un bruit effroyable. Rhett poussa un cri rauque. Quatre sabots battirent l'air. Un lambeau de velours bleu gisait sur le sol. Alors, Monsieur Butler se remit sur ses pattes et s'éloigna au trot, emportant sa selle vide.

Le troisième soir après la mort de Bonnie, Mama gravit lourdement les marches qui donnaient accès à la cuisine de Mélanie. Elle était vêtue de noir, depuis ses grosses chaussures d'homme entaillées pour laisser plus de jeu à ses orteils jusqu'à son madras. Ses yeux liquides de vieille femme étaient injectés et cernés de rouge et son corps énorme criait tout entier sa douleur. Son visage tout fripé sous l'effet de l'ahurissement et de la tristesse ressemblait à celui d'un vieux singe, mais il y avait quelque chose de résolu dans sa façon d'avancer le menton. Elle dit quelques mots à Dilcey qui hocha la tête avec bienveillance, comme si un armistice tacite avait suspendu leur ancienne querelle. Dilcey posa le plat qu'elle tenait à la main, traversa l'office sans se presser et se dirigea vers la salle à manger. Une minute plus tard, Mélanie pénétrait dans la cuisine, sa serviette à la main, l'anxiété peinte sur le visage.

– Madame Scarlett n'est pas...

– Ma'ame Scarlett, elle fait comme nous tous, elle 'éagit, déclara Mama d'un air accablé. J' voulais pas vous dé'anger pendant vot' dîner, ma'ame Melly. Je peux bien attend' pou' vous di' ce qu'il y a dans ma tête.

– Le dîner peut attendre aussi, fit Mélanie. Dilcey, sers le reste du dîner. Mama, viens avec moi.

Mama trottina derrière elle, traversa le vestibule et passa devant la salle à manger où Ashley était assis à un bout de la table avec son petit Beau à côté de lui et de l'autre côté les deux enfants de Scarlett, qui menaient grand train avec leur cuiller à soupe. Les éclats de voix joyeux de Wade et d'Ella emplissaient la pièce. C'était une aubaine pour eux de passer autant de temps chez tante Melly qui était toujours si gentille et qui l'était encore plus en ce moment. La mort de leur sœur cadette ne les avait guère affectés. Bonnie était tombée de son poney et maman avait beaucoup pleuré et tante Mélanie les avait emmenés tous les deux chez elle jouer dans le jardin avec Beau et manger des petits gâteaux chaque fois qu'ils en avaient envie. Mélanie entra la première dans le petit salon aux murs tapissés de livres, ferma la porte et montra le sofa à Mama.

– J'allais me rendre là-bas aussitôt après le dîner, fit-elle. Maintenant que la mère du capitaine Butler est arrivée, je pense que les obsèques auront lieu demain matin.

– L'ente'ement, c'est justement ça, dit Mama. Nous avons tous beaucoup d'ennuis, et je suis venue pou' vous demander vot' aide. Tout ça, c'est un lou' fa'deau, mon chou, un lou' fa'deau.

– Madame Scarlett se serait-elle évanouie? interrogea Mélanie, agacée. Je l'ai à peine vue depuis que Bonnie... Elle n'a pas quitté sa chambre et le capitaine Butler...

Soudain les larmes inondèrent le visage noir de Mama. Mélanie s'assit à côté de la vieille négresse et lui donna une petite tape affectueuse sur le bras. Mama releva le bas de sa jupe et se tamponna les yeux.

– Faut veni' nous aider, ma'ame Melly. J'ai fait c' que j'ai pu, mais ça n'a 'ien fait.

– Madame Scarlett.

Mama se redressa.

– Ma'ame Melly, vous connaissez ma'ame Sca'lett comme je la connais. Quand elle a un chag'in, le bon Dieu lui donne la fo'ce de le suppo'ter. Celui-là, il lui a b'isé le cœu', mais elle peut le suppo'ter. C'est pou' missié 'hett que je suis venue...

– J'aurais tant voulu le voir, mais chaque fois que je suis allée là-bas, ou bien il était en ville, ou bien il était enfermé dans sa chambre avec... Quant à Scarlett, elle avait l'air d'un fantôme et elle ne voulait rien dire. Dis-moi vite, Mama. Tu sais que je ferai tout ce qui est en mon pouvoir.

Mama s'essuya le nez du revers de la main.

– Je dis que ma'ame Sca'lett elle peut suppo'ter ce que le Seigneu' lui envoie pa'ce qu'elle en a vu de toutes les couleu', mais missié 'hett... Ma'ame Melly il a jamais eu de chag'in quand il voulait pas en avoi', jamais. C'est pou' lui que je suis venue vous voi'.

– Mais...

– Ma'ame Melly, faut que vous veniez à la maison avec moi ce soi'. (Il y avait quelque chose d'impérieux dans la voix de Mama.) Missié 'hett, il vous écoute'a p'têt'. Il a toujou' fait g'and cas de vot' opinion.

– Oh ! Mama, que se passe-t-il !

Mama soupira.

– Ma'ame Melly, missié 'hett il... il est devenu fou. Il ne veut pas qu'on emmène p'tite mam'zelle.

– Devenu fou ? Oh ! Mama, ce n'est pas possible.

– Je mens pas. C'est la pu' vé'ité. Il veut pas qu'on ente'e l'enfant. Il m'a dit ça lui-même y a pas une heu' enco'.

– Mais il ne peut pas... il n'est pas...

– C'est pou' ça que je dis qu'il est devenu fou.

– Mais voyons...

– Ma'ame Melly, j'vais tout vous 'aconter. Je dev'ai di' ça à pe'sonne, mais vous êtes de la famille et vous êtes la seule à qui je peux di' ça. J'vais tout vous 'aconter. Vous savez comme il aimait cette enfant. J'ai jamais vu un homme blanc ou noi' aimer son enfant comme ça. On a pensé qu'il allait deveni' fou tout de suite quand le docteu' Meade il lui a dit que la petite elle s'était cassé le cou. Il a p'is son fusil et il est so'ti et il a tué ce poney et, Seigneu', j'ai bien eu peu' qu'il se tue lui aussi. Moi je savais plus quoi fai' avec ma'ame Sca'lett qu'était évanouie et tous les voisins qu'étaient là et missié 'hett qui voulait pas lâcher la petite et qui voulait pas me laisser laver sa p'tite figu' là où elle avait des coupu'. Et quand ma'ame Sca'lett elle est 'evenue à elle, je me suis dit, Dieu soit béni, ils vont pouvoi' se consoler tous les deux.

De nouveau les larmes se mirent à couler sur le visage de Mama qui, cette fois, ne prit même pas la peine de les sécher.
– Mais quand elle est 'evenue, elle est passée dans la vé'anda où il se tenait avec mam'zelle Bonnie dans ses b'as et elle a dit : « Donnez-moi mon bébé que vous avez tué ! »
– Oh ! non ! Elle n'a pas pu dire cela !
– Si, ma'ame. C'est bien ça qu'elle a dit. Elle a dit : « Vous l'avez tué. » Et j'ai tellement eu de peine pou' missié 'hett que je me suis mise à fond' en la'mes pa'ce qu'il avait l'ai' d'un chien battu. Et j'ai dit : « Donnez cette enfant à sa mama. Moi j'veux pas qui s'passe des choses comme ça devant p'tite mam'zelle. » Et je lui ai ôté l'enfant et je l'ai emmenée dans sa chamb' pou' lui laver sa figu'. Et je les ai entendus se pa'ler et ce qui disaient ça m'a glacé le sang. Ma'ame Sca'lett elle l'appelait assassin pou' avoi' laissé la p'tite sauter aussi haut, et lui disait que ma'ame Sca'lett elle avait jamais aimé Bonnie ni aucun des enfants...
– Tais-toi, Mama ! Ne m'en dis pas plus long. Ce n'est pas bien de me raconter cela ! s'écria Mélanie, qui s'efforçait de chasser de son esprit l'image évoquée par les paroles de Mama.
– Je sais bien que j'ai pas le d'oit de vous di' tout ça, mais j'ai le cœu' t'op g'os pou' savoi' ce qui faut pas di'. Alo', missié 'hett il est allé lui-même chez l'homme qui s'occupe des ente'ements et ap'ès il a 'emis Bonnie dans son lit qu'est dans sa chamb'. Et quand ma'ame Sca'lett elle lui a dit qu'il fallait la met' dans le salon dans un ce'cueil, j'ai eu peu' que missié 'hett il tape dessus. Il a dit : « Elle quitte'a pas ma chamb' », et il s'est tou'né vers moi et a dit : « Mama, vous veille'ez à ce qu'elle quitte pas d'ici jusqu'à mon 'etour. » Alo' il est pa'ti en cou'ant et il a sauté sur son cheval et il n'est pas 'ent'é avant le coucher du soleil. Quand il est 'ent'é j'ai bien vu qu'il avait bu, qu'il avait beaucoup bu, mais comme toujou' il tenait bien la boisson. Il est ent'é dans la maison sans même pa'ler à ma'ame Sca'lett ou à mam'zelle Pitty ou aux aut' dames qui étaient venues et il est monté quat' à quat' dans sa chamb' et il m'a appelée de toutes ses fo'ces. J'ai monté l'escalier aussi vite que j'ai pu et quand je suis a'ivée il était p'ès du lit et il faisait si noi' que je pouvais p'esque pas le voi' pa'ce que les volets ils étaient ti'és.
« Alo' il m'a dit comme s'il allait me manger : "Ouv'ez les volets, il fait noi' ici." Je les ai ouverts et il m'a 'ega'dée et, Seigneu' Dieu, ma'ame Melly, j'ai eu peu' que mes genoux ils me po'tent plus à cause que missié 'hett il avait l'ai' si biza'. Alo' il m'a dit : "Appo'tez des lumiè'. Il faut pas qu'elles s'éteignent et puis pas d'abat-jou'. Vous savez donc pas que mam'zelle Bonnie elle a peu' du noi'?" »

Les yeux agrandis par l'horreur, Mélanie regarda Mama qui hocha la tête d'une façon lugubre.

– C'est ce qui m'a dit: «Mam'zelle Bonnie elle a peu' du noi'. » (Mama frissonna.) Alo', quand je lui ai appo'té une douzaine de bougies, il m'a dit: «So'tez», et il a fe'mé la po'te à clef et il est 'esté avec la p'tite mam'zelle et il a pas ouve' même quand ma'ame Sca'lett elle est venue hu'ler devant la po'te. Et il est comme ça depuis deux jou'. Il veut pas entend' pa'ler des obsèques et le matin il fe'me la po'te à clef et il s'en va su' son cheval. Il 'evient le soi' complètement iv' et il s'enfe'me enco' et il mange pas et il do' pas. Et maintenant voilà que la vieille ma'ame Butler elle est venue de Cha'ston et que ma'ame Suellen et missié Will ils sont venus de Ta'a, mais missié 'hett il veut pas leu' pa'ler. Oh! ma'ame Melly, c'est ho'ible! Et ça va êt' pi' enco' et les gens qui commencent à di' que c'est un scandale!

«Et alo', ce soi'... (Mama s'arrêta et s'essuya pour la seconde fois le nez du revers de la main...) ce soi', ma'ame Sca'lett elle l'a att'apé dans le couloi' du p'emier et elle est ent'ée dans la chamb' avec lui et elle lui a dit: «L'ente'ement il au'a lieu demain matin» et il a dit: «Faites ça et je vous tue demain!»

– Oh! mais c'est sûr, il ne doit plus avoir sa tête à lui!

– Oui, ma'ame, c'est sû'. Et ils ont pa'lé si bas tous les deux que j'ai 'ien pu enten' sauf missié 'hett qui disait enco' que mam'zelle Bonnie elle avait peu' du noi' et que dans la tombe il faisait 'udement noi'. Et au bout d'un moment ma'ame Sca'lett elle a dit: «C'est monst'ueux de fai' ça ap'ès l'avoi' tuée pou' satisfai' vot' o'gueil!» Et il a dit: «Vous n'avez donc pas pitié?» Elle a dit: «Non, et je n'ai pas d'enfant non plus. Et je peux plus suppo'ter la façon dont vous vous conduisez depuis que vous avez tué Bonnie. C'est un scandale dans toute la ville. Vous êtes toujou' iv' et, si vous pensez que je ne sais pas où vous avez passé tout vot' temps, vous êtes un imbécile. Je sais que vous êtes allé chez cette c'éatu', chez cette Belle Watling!»

– Oh! Mama, ce n'est pas possible!

– Si ma'ame. C'est ce qu'elle a dit. Et puis, ma'ame Melly, c'est la vé'ité. Les nèg' ils savent un tas de choses bien plus vite que les blancs, et je savais bien ce qui se passait, mais je disais 'ien. Et il a pas dit le cont'ai'e. Il a dit: «Oui, ma'ame, c'est bien là que je suis allé, et vous avez pas besoin de vous met' en colè' pa'ce que vous vous en fichez. Une maison de tolé'ance, c'est le pa'adis ap'ès cette maison qu'est un enfe'. Et Belle, c'est une des meilleu' pe'sonnes du monde. Elle me 'ep'oche pas d'avoi' tué mon enfant.»

– Oh! s'écria Mélanie, frappée en plein cœur.

La vie qu'elle menait était si agréable, si paisible, les gens qui l'entouraient lui prodiguaient tant d'affection que le récit de Mama dépassait presque sa compréhension. Il lui était difficile de croire la vieille négresse et cependant un souvenir se glissait dans sa mémoire, une image qu'elle s'empressa de repousser comme elle se fût détournée du spectacle d'un corps nu. Rhett avait parlé de Belle Watling le jour où il avait sangloté, la tête posée sur ses genoux. Mais il aimait Scarlett. Elle ne pouvait pas s'être trompée ce jour-là. Et, bien entendu, Scarlett l'aimait. Que s'était-il donc passé entre eux ? Comment un mari et une femme pouvaient-ils s'entre-déchirer aussi cruellement ?

Mama reprit son histoire d'un ton brisé.

– Au bout d'un moment, ma'ame Sca'lett elle est so'tie de la chamb', blanche comme un linge, mais elle avait les dents se'ées et elle m'a vue là et elle m'a dit : « L'ente'ment est pou' demain, Mama. » Et elle est passée comme un fantôme. Alo' mon cœu' il a chavi'é pa'ce que ma'ame Sca'lett elle fait toujou' ce qu'elle dit et que Missié 'hett il est comme elle. Et il a dit qu'il la tue'ait si elle faisait ça. Et puis, ma'ame Melly, j'étais enco' plus t'iste pa'ce que j'avais quelque chose su' la conscience qui pesait lou'. Ma'ame Melly, c'est moi qu'ai fait peu' du noi' à la petite.

– Oh ! mais Mama, ça n'a pas d'importance... plus maintenant.

– Oh ! si, ma'ame, tout le mal il vient de là. Alo' je me suis dit qui valait mieux que je dise ça à missié 'hett, même s'il devait me tuer, pa'ce que, vous comp'enez, j'avais ça su' la conscience. Alo' je suis vite en'ée dans la chamb' avant qui fe'me la po'te à clef et j'ai dit : « Missié 'hett, je viens ici me confesser. » Alo' il s'est tou'né ve' moi comme un fou et il a dit : « So'tez », et Seigneu' j'ai jamais eu si peu' ! mais j'ai dit : « Je vous en supplie, missié 'hett laissez-moi pa'ler. Si je pa'le pas ça va me tuer. C'est moi qui ai fait peu' du noi' à p'tite mam'zelle. » Alo', ma'ame Melly, j'ai baissé la tête et j'ai attendu qui me tape dessus, mais il a pas bougé. Alo' j'ai dit : « C'était pas pa' méchanceté, mais, missié 'hett, cette enfant elle avait peu' de 'ien, elle so'tait de son lit quand tout le monde il s'était couché et elle se p'omenait dans toute la maison pieds nus. Et moi ça m'ennuyait pa'ce que j'avais peu' qu'elle se fasse mal. Alo' je lui ai dit que dans le noi' y avait des fantômes et des c'oquemitaines. »

« Alo', ma'ame Melly, vous savez pas ce qu'il a fait ? Il est devenu gentil comme tout et il s'est app'oché de moi et il m'a mis la main su' le b'as. C'était la p'emiè'e fois qui faisait ça. Et il m'a dit : « Elle était brave, hein ? Elle avait peu' que du noi'. » Et quand j'ai commencé à pleu'er, il a dit : « Voyons, Mama », et il m'a ca'essé le bras. « Voyons, Mama, faut pas vous fai' du chag'in comme ça. Je suis content que vous m'ayez dit ça. Je sais que vous aimez mam'zelle Bonnie et, puisque vous l'aimez, ça fait 'ien. C'est ce qu'on a dans le cœu' qui compte. » Vous voyez, ma'ame, c'était gentil de me consoler comme ça. Alo' j'ai osé lui di' : « Eh bien ! missié 'hett, et l'ente'ment ? » Alo' il m'a 'ega'dée comme un sauvage, ses yeux ils étaient comme du feu et il m'a dit : « Bon Dieu, je c'oyais que vous au moins vous comp'eniez, même si les aut' ils comp'ennent pas ! Pensez-vous que je vais laisser emmener mon enfant dans le noi' quand elle en a si peu' ? J'entends enco' les hu'lements qu'elle poussait quand elle se 'éveillait dans le noi'. Et je veux pas qu'elle ait peu' ! » Ma'ame Melly, j'ai su comme ça qu'il était devenu fou. Il est iv', il a besoin de dormi' et de manger quelque chose, mais c'est pas tout. Il est complètement fou. Il m'a mise à la po'te et sauf vot' 'espect, il m'a dit : « Foutez-moi le camp d'ici »

« Je suis descendue et j'ai pensé qu'il voulait pas qu'on enter' la petite demain et ma'ame Sca'lett elle a dit que l'ente'ement il était pou' demain et il a dit qu'il la tuerait ! Et la maison qui est pleine de pa'ents et tous les voisins qui pa'lent à to' et à t'avè', et moi j'ai pensé à vous, ma'ame Melly. Faut que vous veniez nous aider.

– Oh ! Mama, je ne peux pas me mêler de cela !

– Si vous pouvez pas, qui pou'a alo' ?

– Mais que puis-je faire, Mama ?

– Ma'ame Melly, je sais pas moi. Mais vous pouvez fai' quelque chose. Vous pouvez pa'ler à missié 'hett et p'têt' qui vous écoute'a. Il vous aime beaucoup, ma'ame Melly. Vous le savez p'têt' pas, mais c'est v'ai. J'y ai entendu di' souvent que vous étiez la seule g'ande dame qui connaisse.

– Mais…

Mélanie se leva, bouleversée, le cœur serré à la pensée d'affronter Rhett, de discuter avec un homme que le chagrin avait rendu fou, d'entrer dans la chambre illuminée où gisait le corps de la petite fille qu'elle aimait tant. Que pourrait-elle faire ? Que pourrait-elle dire à Rhett pour adoucir sa peine et le ramener à la raison ? Pendant un moment, elle réfléchit ne sachant quel parti prendre, tandis qu'à travers la porte fermée lui parvenaient les éclats de rire pointus de son fils. Elle ressentit comme un coup de poignard en songeant que son Beau pourrait reposer là-haut, son petit corps raidi et froid, son rire joyeux à jamais étouffé.

– Oh ! s'écria-t-elle tout haut et, subitement effrayée, elle serra en pensée son fils contre elle.

Elle comprenait Rhett. Si Beau était mort, comment pourrait-elle se séparer de lui, le laisser seul dans le vent, la pluie et les ténèbres?
– Oh! pauvre, pauvre capitaine Butler! fit-elle, je vais aller le trouver tout de suite.
Elle retourna en hâte dans la salle à manger, glissa quelques mots tendres à l'oreille d'Ashley et surprit son petit garçon en l'attirant à elle et en embrassant passionnément ses boucles blondes.
Elle sortit sans chapeau. Elle n'avait pas lâché sa serviette et elle marchait si vite que les vieilles jambes de Mama avaient bien du mal à la suivre.
Arrivée chez Scarlett, elle passa devant la bibliothèque et s'inclina en apercevant Mlle Pittypat à la mine éplorée, la digne et vieille Mme Butler, Suellen et son mari. Elle gravit l'escalier d'une seule traite, entraînant Mama qui haletait. Devant la porte de Scarlett, elle s'arrêta un instant, mais Mama murmura: «Non, ma'ame, faites pas ça.»
Mélanie repartit d'un pas moins rapide, traversa le couloir et se trouva en face de la porte de Rhett. Elle hésita un instant comme si elle allait rebrousser chemin. Puis, prenant son courage à deux mains, pareille à un petit soldat montant à l'assaut, elle frappa à la porte et dit d'une voix douce: «Laissez-moi entrer, s'il vous plaît, capitaine Butler. C'est Mme Wilkes, je veux voir Bonnie.» La porte s'ouvrit aussitôt et Mama, blottie dans l'ombre, vit la silhouette massive et sombre de Rhett se détacher au reflet scintillant des bougies. Il titubait et Mama put sentir son haleine qui empestait le whisky. Il regarda Mélanie, la prit par le bras, la fit entrer et referma la porte.
Mama s'approcha sans bruit d'une chaise qui se trouvait là et, son corps informe débordant de toutes parts, s'y laissa tomber, épuisée. Elle demeura immobile et se mit à prier tout en versant des larmes silencieuses. De temps en temps elle relevait le bas de sa jupe et s'essuyait les yeux. Elle avait beau tendre l'oreille, aucun son ne venait de la chambre à l'exception d'un murmure sourd et brisé.
Après une attente qui lui sembla interminable, la porte s'entrebâilla et le visage pâle et défait de Mélanie apparut.
– Apporte-moi vite un pot de café et quelques sandwiches.
Lorsque les circonstances l'exigeaient, Mama retrouvait la vivacité de ses seize ans et, poussée par la curiosité de pénétrer dans la chambre de Rhett, elle sut faire diligence. Cependant son espoir fut déçu, car lorsqu'elle remonta, Mélanie se contenta d'entrouvrir la porte et de lui prendre le plateau des mains. Pendant un long moment Mama, l'oreille collée à la porte, ne distingua que le heurt

de la fourchette contre l'assiette et les accents doux et étouffés de la voix de Mélanie. Puis elle entendit craquer le lit sous le poids d'un corps lourd et, un instant plus tard, deux bottes tombèrent sur le plancher. Enfin Mélanie sortit, mais, malgré sa promptitude, Mama n'eut même pas la satisfaction de pouvoir jeter un regard dans la pièce. Mélanie avait l'air fatigué, des larmes brillaient au bord de ses cils, cependant son visage avait repris sa sérénité.

– Va dire à Mme Scarlett que le capitaine Butler est tout à fait décidé à ce que les obsèques aient lieu demain matin, fit-elle tout bas.

– Dieu soit loué, s'écria Mama. Comment..

– Ne parle pas si haut. Il va dormir. Mama, dis également à Mme Scarlett que je passerai la nuit ici et prépare-moi du café. Tu me l'apporteras ici.

– Dans cette chamb' ?

– Oui, j'ai promis au capitaine Butler de veiller la petite pendant qu'il prendrait un peu de repos. Allons, va vite prévenir Mme Scarlett pour ne pas qu'elle s'inquiète davantage.

Mama s'éloigna en faisant trembler le plancher du couloir sous ses pas. Son cœur soulagé entonnait un hymne d'allégresse: *Alleluia! Alleluia!* Elle s'arrêta devant la porte de Scarlett pour réfléchir. La gratitude et la curiosité se partageaient son esprit. « Ce que ma'ame Melly elle a fait, ça me dépasse. Les anges ils sont pou' elle, je suppose. Je vais annoncer à ma'ame Sca'lett que l'ente'ement il est pou' demain, mais je suppose que je fe'ais mieux de ne pas lui di' que ma'ame Melly est avec p'tite mam'zelle. Ça fe'ait pas du tout plaisi' à ma'ame Sca'lett ! »

LX

Il y avait quelque chose de faussé dans le monde. Il y régnait une atmosphère sombre, obsédante, qui, pareille à une impalpable brume nocturne, envahissait tout et entourait lentement Scarlett d'un voile de plus en plus épais. La mort de Bonnie n'était pourtant pas la cause de cette impression, car maintenant la douleur intolérable du début faisait place à une acceptation résignée. Scarlett éprouvait la sensation étrange qu'un péril la menaçait, comme si le sol allait se transformer en sables mouvants dès qu'elle y posait le pied.

Auparavant elle n'avait jamais connu ce genre de peur. Toute sa vie, son bon sens avait été pour elle un état solide et les seules choses qu'elle avait redoutées étaient des choses qu'elle pouvait voir, la faim, la pauvreté, la perte de l'amour d'Ashley. Bien qu'elle ne fût pas douée pour l'analyse, elle n'en cherchait pas moins à s'analyser, mais sans aucun succès. Elle avait perdu son enfant préférée, mais c'était une épreuve qu'elle pouvait supporter comme elle avait supporté d'autres épreuves cruelles. Elle jouissait d'une santé parfaite, elle avait tout l'argent qu'elle voulait et elle avait encore Ashley quoiqu'elle le vît de moins en moins. La gêne qui subsistait entre eux depuis le jour fatal de la réunion de Mélanie n'était même pas pour elle un sujet d'inquiétude parce qu'elle savait qu'elle ne durerait pas. Non, elle ne craignait ni de souffrir, ni d'avoir faim, ni de perdre son amour. Les craintes de cet ordre-là ne l'avaient jamais abattue, comme l'abattait ce sentiment confus, cette terreur maladive qui ressemblait curieusement à celle qu'elle ressentait quand, dans son ancien cauchemar, le cœur prêt à se rompre, elle courait au milieu d'un brouillard mouvant, comme une enfant égarée qui cherche en vain un abri.

Elle se rappelait comment Rhett triomphait toujours de ses craintes en la faisant rire. Elle se rappelait le réconfort qu'elle trouvait contre sa large poitrine et dans ses bras robustes. Elle finit donc par tourner son regard vers lui et, pour la première fois depuis des semaines, le vit tel qu'il était. Le changement qu'elle remarqua en lui lui causa un choc. Rhett n'était plus homme à rire ou à la consoler.

Pendant un certain temps après la mort de Bonnie, elle lui en avait trop voulu, elle avait été trop absorbée par son propre chagrin pour faire plus que lui parler poliment devant les domestiques. Elle avait été trop accaparée par le souvenir de Bonnie babillant ou trottinant à petits pas rapides pour penser que lui aussi devait se rappeler et éprouver un chagrin encore plus vif que le sien. Au cours de ces semaines ils avaient vécu comme vivent des étrangers courtois qui se rencontrent à l'hôtel, partagent le même toit, partagent la même table, mais ne partagent jamais leurs pensées.

Maintenant que Scarlett avait peur et qu'elle se sentait seule, elle aurait renversé cette barrière si elle en avait eu la possibilité, mais elle s'apercevait que Rhett la tenait à distance comme s'il eût voulu s'en tenir avec elle à des rapports superficiels. Maintenant que son ressentiment s'évanouissait, elle eût souhaité lui dire qu'elle ne le considérait pas comme responsable de la mort de Bonnie. Elle désirait pleurer dans ses bras, lui avouer qu'elle aussi avait été trop fière de l'adresse de leur enfant, trop indulgente pour ses caprices. Elle se fût volontiers humiliée, elle eût volontiers reconnu qu'elle l'avait accusé d'avoir tué leur fille uniquement parce que, dans son affolement, elle avait espéré adoucir sa douleur en lui faisant mal. Mais l'occasion favorable ne semblait jamais se présenter. Rhett posait sur elle ses yeux noirs vides d'expression et elle n'osait pas parler. À force de remettre au lendemain l'heure de lui faire des excuses, s'ouvrir à lui devint de plus en plus difficile et finalement impossible. Elle se demanda à quoi cela tenait. Rhett était son mari et, entre elle et lui, existait ce lien que rien ne pouvait rompre de deux êtres qui avaient partagé le même lit, qui avaient eu un enfant, l'avaient élevé, chéri, et qui l'avaient vu emporté trop tôt dans les ténèbres. Il n'y avait de consolation possible que dans les bras du père de cet enfant, que dans l'échange de souvenirs douloureux qui, pénibles au début, aideraient les blessures à se cicatriser. Mais maintenant, autant se confier aux bras d'un indifférent...

Rhett était rarement chez lui. Lorsqu'ils dînaient ensemble, il était le plus souvent en état d'ivresse. Il ne buvait plus comme il buvait jadis. L'alcool n'avait plus pour effet que de le rendre de plus en plus caustique et raffiné. Il ne racontait plus de ces histoires amusantes et spirituelles qui la faisaient rire malgré elle. Désormais il avait l'ivresse sombre et silencieuse et, vers la fin de la soirée, il était complètement hébété. Parfois Scarlett l'entendait rentrer à cheval au petit matin. Il traversait le jardin et allait secouer la porte de la maison des domestiques pour réveiller Pork qui l'aidait à monter l'escalier et à se coucher. Dire que Rhett faisait jadis rouler tous ses compagnons de bouteille sous la table et les reconduisait chez eux sans jamais donner le moindre signe d'ivresse ! Lui qui avait toujours été tiré à quatre épingles, il ne prenait plus aucun soin de sa personne et il fallait que Pork se fâchât pour l'obliger à se changer avant le dîner. Le whisky lui altérait le visage. Son menton dur et carré s'empâtait d'une graisse malsaine, des poches se dessinaient sous ses yeux injectés de sang. Son corps puissant commençait à donner une impression de mollesse et sa taille s'épaississait.

Il lui arrivait souvent de ne pas rentrer du tout, et il ne se donnait même pas la peine de prévenir. Bien entendu il devait peut-être cuver son ivresse dans le coin de quelque café, mais, en ces occasions, Scarlett se figurait toujours qu'il était chez Belle Watling. Un jour, elle avait rencontré Belle dans un magasin. Belle n'était plus qu'une femme vulgaire déjà sur le retour et il ne lui restait plus grand-chose de sa beauté. Cependant, malgré son fard et ses vêtements criards, elle avait un air avenant et presque maternel. Au lieu de baisser les yeux ou de prendre une attitude provocante, comme le faisaient les autres femmes légères lorsqu'elles se trouvaient en présence d'une dame, Belle regarda Scarlett avec une expression de pitié qui la fit rougir.

Désormais Scarlett se sentait aussi incapable d'en vouloir à Rhett, de s'emporter contre lui, d'exiger de lui de la fidélité ou de lui faire honte que de lui demander pardon de l'avoir accusé de la mort de Bonnie. Elle était prisonnière d'une apathie inexplicable, d'une tristesse qu'elle ne comprenait pas et qui l'atteignait plus profondément que tout ce qu'elle avait connu. Elle était seule et elle ne se rappelait pas avoir jamais été seule. Peut-être, jusqu'à maintenant, n'avait-elle jamais eu le temps de mesurer sa solitude. Elle se sentait abandonnée, elle avait peur et elle n'avait personne vers qui se tourner en dehors de Mélanie. Mama, son principal soutien, Mama elle-même l'avait quittée, était repartie définitivement pour Tara. Mama n'expliqua pas les raisons de son départ. Ses yeux de vieille femme fatiguée se posèrent avec tristesse sur Scarlett lorsqu'elle demanda de l'argent pour prendre le train. Scarlett eut beau pleurer et supplier, Mama se contenta de répondre : « J'ai l'imp'ession que ma'ame Ellen elle me dit comme ça : “Mama, 'eviens à la maison. Ton t'avail il est fini”. Alo je 'eviens à la maison. »

Rhett, qui avait suivi la scène, donna de l'argent à Mama et lui caressa le bras. « Vous avez raison, Mama. Mme Ellen a raison. Votre tâche est terminée. Rentrez chez vous. Prévenez-moi si vous avez besoin de quelque chose. » Et, comme Scarlett s'indignait et donnait l'ordre à Mama de rester, il s'écria : « Taisez-vous, espèce de sotte !

Laissez-la partir! Pour quelle raison quelqu'un voudrait-il rester dans cette maison... maintenant?»

Il accompagna ces mots d'un regard si brillant, si farouche, que Scarlett, effrayée, recula.

– Docteur Meade, pensez-vous que... croyez-vous que Rhett ait le cerveau dérangé? demanda-t-elle un peu plus tard au vieux praticien qu'elle était allée consulter au sujet de cette angoisse nerveuse qui l'oppressait.

– Non, fit le docteur, mais il boit comme un trou et il va se tuer s'il continue. Il aimait son enfant, Scarlett, et je pense qu'il boit pour l'oublier. Maintenant, si vous voulez un bon conseil, donnez-lui un bébé le plus vite possible.

«Ah! se dit Scarlett avec amertume en sortant du cabinet de consultation. C'est plus facile à dire qu'à faire.» Elle ne demandait pas mieux que d'avoir un autre enfant, plusieurs enfants même, si cela devait changer le regard de Rhett et remplir les vides de son propre cœur meurtri. Oui, un garçon qui serait beau comme Rhett et une autre petite fille. Oh! une autre petite fille, jolie, gaie, volontaire, débordante d'entrain, pas une petite fille comme cette linotte d'Ella! Pourquoi, mais pourquoi Dieu ne lui avait-il pas pris Ella, puisqu'il voulait lui prendre un de ses enfants? Ella n'était pas une consolation pour elle. Mais Rhett ne paraissait pas désirer d'autres enfants! En tout cas il n'entrait plus dans sa chambre à coucher bien qu'elle ne fût jamais fermée à clef et que la porte fût même entrebâillée à dessein. Il semblait ne plus s'intéresser à rien. Il n'y avait plus que le whisky pour lui et cette femme vulgaire avec ses cheveux rouges. Il était devenu amer et brutal. Après la mort de Bonnie, bon nombre de dames qui avaient été séduites par la façon exquise dont il traitait sa fille tinrent à lui prouver leur sympathie. Elles l'arrêtaient dans la rue pour lui exprimer leurs condoléances ou bien elles lui parlaient par-dessus la haie de leur jardin et lui disaient qu'elles compatissaient à sa douleur. Mais maintenant que Bonnie avait disparu, et avec elle toutes raisons d'être aimable, il reprenait son ancienne attitude, rabrouait ces personnes bien intentionnées et leur tournait le dos sans cérémonie.

Néanmoins les dames ne s'offensaient point de sa brusquerie. Elles le comprenaient ou prétendaient le comprendre. Lorsqu'il rentrait le soir, presque trop ivre pour se tenir en selle et lançant des regards farouches aux gens qui lui adressaient la parole, elles disaient «le pauvre» et redoublaient d'amabilité et de prévenances. Elles le plaignaient de ne pas retrouver à son tour meilleur réconfort que Scarlett.

Tout le monde savait combien Scarlett était sèche et sans cœur. Tout le monde était horrifié par la facilité avec laquelle elle semblait s'être remise de la mort de Bonnie. Personne ne se rendait compte ou ne cherchait à se rendre compte de l'effort représenté par ce redressement apparent. Rhett avait pour lui toute la sympathie de la ville, mais il n'en savait rien et d'ailleurs ça lui eût été égal. Quant à Scarlett, personne ne s'intéressait à elle alors que, pour une fois, elle eût accueilli avec joie les attentions de ses anciens amis.

En dehors de tante Pitty, de Mélanie et d'Ashley, aucune de ses anciennes relations ne lui rendait visite. Seules ses nouvelles amies venaient la voir dans leurs brillants équipages. Elles étaient avides de lui prouver leur affection et essayaient de la distraire en lui racontant des potins dont elle se moquait. Tous ces gens, qui fréquentaient chez elle, étaient des nouveaux venus, des étrangers. Ils ne la connaissaient pas, ils ne la connaîtraient jamais. Ils ignoraient quelle avait été son existence avant de venir s'installer dans sa fière demeure de la rue du Pêcher. Ces femmes évitaient également de dire ce qu'avait été leur vie avant de porter des robes de brocart et de se promener dans des victorias attelées à deux chevaux de prix. Elles ignoraient quelles avaient été les luttes soutenues par Scarlett, ses privations, tout ce qu'elle avait enduré et qui lui faisait tenir davantage à sa grande maison, à ses belles robes, à son argenterie, à ses réceptions. Non ils ne savaient pas et ça leur était bien égal à tous ces gens venus de Dieu sait où, tous ces gens qui semblaient toujours mener une vie superficielle, qui n'avaient aucun souvenir commun avec Scarlett, aucun souvenir de guerre, de famine ou de lutte, aucune racine commune qui s'enfonçât dans la même terre rouge.

Dans la solitude, Scarlett eût aimé passer les après-midi avec Maybelle ou Fanny, avec Mme Elsing ou Mme Whiting, ou même avec Mme Merriwether, ce redoutable adversaire de toujours... ou... ou n'importe laquelle de ses anciennes amies ou de ses voisines. Car elles au moins elles savaient. Elles avaient connu la guerre, l'angoisse et l'incendie. Elles avaient vu des êtres aimés fauchés avant l'âge. Elles avaient souffert de la faim, elles avaient porté des haillons, elles avaient supporté toutes sortes de privations et s'étaient relevées de leur ruine. Quel réconfort c'eût été de s'asseoir auprès de Maybelle en se rappelant que Maybelle avait perdu un bébé au moment de la fuite éperdue devant les troupes de Sherman ! Quel réconfort de revoir Fanny en sachant que Fanny et elle avaient toutes deux perdu leur mari aux jours sombres de la loi martiale. Il n'eût pas été déplaisant d'évoquer avec Mme Elsing la mine qu'elle faisait le jour de la chute d'Atlanta, lorsqu'elle traversait les Cinq Fourches en tapant à bras raccourcis sur son cheval qui traînait une voiture d'où s'échappait le butin arraché aux magasins de l'intendance. Il n'eût pas été désagréable non plus de dire à Mme Merriwether, dont la pâtisserie prospérait: «Vous souvenez-vous de votre situation juste après la reddition? Vous rappelez-vous que nous ne savions même pas comment remplacer nos vieilles chaussures? Et regardez-nous maintenant!»

Oui, cela n'eût pas été désagréable. Maintenant, Scarlett comprenait pourquoi deux anciens Confédérés parlaient avec tant de plaisir de la guerre lorsqu'ils se rencontraient. Elle comprenait leur fierté, leur nostalgie. La guerre les avait mis à l'épreuve, mais ils s'en étaient tirés à leur honneur. C'étaient d'anciens combattants. Elle aussi avait fait la guerre, mais elle n'avait personne avec qui revivre les combats soutenus. Oh! se retrouver avec les gens qui avaient enduré les mêmes souffrances, ces souffrances qui, malgré tout, occupaient une si grande place dans les cœurs. Mais Scarlett avait perdu le contact avec ces gens. Elle se rendait compte que c'était sa faute. Jusqu'à maintenant ça lui avait été égal... et maintenant, Bonnie était morte, elle se sentait seule, elle avait peur et, en face d'elle, de l'autre côté de sa table étincelante, elle voyait se désagréger sous ses yeux un étranger abruti par l'alcool.

LXI

Scarlett était à Marietta lorsque lui parvint le télégramme de Rhett. Un train partait pour Atlanta dix minutes plus tard. Elle l'attrapa n'emportant aucun bagage en dehors de son réticule, et laissa Wade et Ella à l'hôtel avec Prissy.

Atlanta n'était qu'à une trentaine de kilomètres, mais le train se traînait interminablement dans une atmosphère humide de début d'automne et s'arrêtait à tous les chemins pour prendre des voyageurs. Affolée par la dépêche de Rhett, exaspérée par cette lenteur, Scarlett manquait de hurler à chaque halte. Le convoi, sans se presser, traversait des forêts à peine dorées, laissait derrière lui des collines rouges balafrées de tranchées en zigzags, des espaces nus où les batteries s'étaient dressées, des trous d'obus envahis par les herbes, longeait la route que les hommes de Johnston, en pleine retraite, avaient farouchement défendue. À chaque station, à chaque croisement de route, le chef de train lançait le nom d'un lieu de bataille ou d'escarmouche qui, en temps normal, eût éveillé en Scarlett des souvenirs d'épouvante.

Rhett avait télégraphié : « Mme Wilkes malade. Revenez immédiatement. »

Le crépuscule était tombé lorsque le train entra en gare d'Atlanta et une légère bruine obscurcissait la ville. Les réverbères, bulles jaunâtres dans le brouillard, jetaient une lueur confuse. Rhett attendait Scarlett avec la voiture. Le spectacle de son visage effraya encore plus Scarlett que sa dépêche. Elle ne l'avait jamais vu aussi dénué d'expression.

– Elle n'est pas… s'écria-t-elle.

– Non, elle vit encore. (Rhett l'aida à monter en voiture.) Chez Mme Wilkes, aussi vite que tu pourras, dit-il au cocher.

– Que lui arrive-t-il ? Je ne savais pas qu'elle était malade. Elle avait l'air en parfaite santé la semaine dernière. A-t-elle eu un accident ? Oh ! Rhett, vraiment, ce n'est pas aussi grave que vous…

– Elle se meurt, fit Rhett, et sa voix n'avait pas plus d'expression que son visage. Elle veut vous voir.

– Pas Melly ! Oh ! non, pas Melly ! Que s'est-il passé ?

– Elle a eu une fausse couche.

– Une… une… fausse… Mais Rhett, elle…
Scarlett bredouillait. Après l'affreuse nouvelle, cette révélation lui coupait le souffle.
– Vous ne saviez pas qu'elle allait avoir un bébé ?
Scarlett ne put même pas faire non de la tête.
– Non, en effet, je suppose que vous n'étiez pas au courant. Je pense qu'elle ne l'avait dit à personne. Elle voulait ménager une surprise aux siens, mais moi je savais.
– Vous saviez ? Mais pourtant elle n'avait pas dû vous le dire ?
– Ce n'était pas la peine. Je savais à quoi m'en tenir. Elle avait été si… si heureuse, ces deux derniers mois. Je me doutais bien que ça ne pouvait pas être autre chose.
– Mais, Rhett, le docteur lui avait dit que ça la tuerait d'avoir un autre bébé.
– Et ça l'a tuée, fit Rhett, puis, se penchant vers le cocher : Pour l'amour de Dieu, tu ne peux donc pas conduire plus vite ?
– Mais, Rhett, elle ne peut pas être en train de mourir ? Je… je n'en suis pas… je…
– Elle n'a pas votre force. Elle n'a jamais eu de force. Elle n'a jamais eu que du cœur.
La voiture s'arrêta brusquement en face de la petite maison basse et Rhett tendit la main à Scarlett. Tremblante, effrayée, envahie soudain par une impression de solitude, elle se cramponna au bras de Rhett.
– Vous entrez, Rhett ?
– Non, dit-il et il remonta dans la voiture.
Scarlett gravit le perron d'un trait, franchit la véranda et ouvrit la porte du hall. Là, enveloppés par la lumière jaune d'une lampe, se tenaient Ashley, tante Pitty et India : « Qu'est-ce qu'India fait ici ? pensa Scarlett. Mélanie lui avait dit de ne jamais remettre les pieds chez elle. » Tous trois se levèrent en la voyant. Tante Pitty se mordit les lèvres pour en contenir le tremblement, India lança un regard désemparé où la haine n'avait pas place. Ashley avait l'air d'un somnambule. Il s'avança vers Scarlett, la prit par le bras et lui parla comme dans un rêve.
– Elle vous a demandée. Elle vous a demandée, fit-il à deux reprises.
– Puis-je la voir tout de suite ? demanda Scarlett en se tournant vers la porte fermée de Mélanie.
– Non, le docteur Meade est chez elle. Je suis heureux que vous soyez là, Scarlett.
– Je suis venue aussi vite que j'ai pu. Scarlett se débarrassa de sa capote et de son manteau. Le train… elle n'est pas vraiment… Dites-

moi qu'elle va mieux, Ashley. Parlez-moi! Ne prenez pas cet air-là! Elle n'est pas vraiment...

– Elle n'a pas cessé de vous demander, fit Ashley en la regardant en face, et Ashley lut dans ses yeux la réponse à sa question.

Pendant un moment son cœur cessa de battre, puis une peur étrange, plus forte que l'angoisse, plus forte que la douleur, lui gonfla la poitrine. «C'est impossible, se dit-elle avec violence en essayant de lutter contre cette peur. Les médecins se trompent. Je ne veux pas croire que c'est vrai. Il ne faut pas, autrement je vais hurler. Il faut que je pense à autre chose.»

– Je n'y crois pas! s'écria-t-elle impétueusement en regardant les trois personnes au visage défait comme si elle leur interdisait de la contredire. Et pourquoi Mélanie ne m'a-t-elle pas prévenue? Je ne serais jamais allée à Marietta si j'avais su.

Les yeux d'Ashley s'animèrent. Il paraissait au supplice.

– Elle ne l'a dit à personne, Scarlett, et elle ne l'aurait surtout pas dit à vous. Elle avait peur que vous ne la grondiez. Elle voulait attendre trois... jusqu'à ce qu'elle n'ait plus aucune inquiétude à avoir. Elle voulait faire une surprise à tout le monde et se moquer des médecins. Et elle était si heureuse. Vous savez combien elle aimait les enfants... combien elle désirait une fille. Et tout se passait si bien jusqu'à ce que... et alors, sans aucune raison...

La porte de Mélanie s'ouvrit doucement et le docteur Meade sortit. Il referma la porte. Sa barbe grise étalée sur la poitrine, il resta un moment à contempler le petit groupe que son apparition avait glacé. Alors, il s'avança vers Scarlett et celle-ci lut dans ses yeux du chagrin, de l'aversion et du mépris. Son cœur apeuré s'emplit d'un sentiment de culpabilité.

– Ah! vous voilà enfin, vous, dit le docteur Meade.

Avant qu'elle eût répondu, Ashley se dirigea vers la porte fermée.

– Non, pas vous, pas encore, déclara le vieux médecin. Elle veut parler à Scarlett.

– Docteur, fit India en le prenant par la manche et en s'adressant à lui d'une voix blanche plus éloquente que les mots. Laissez-moi la voir un instant. Je veux lui dire... il faut que je lui dise... que je me suis trompée sur... quelque... chose.

India avait parlé sans regarder ni Ashley, ni Scarlett, mais le docteur Meade se permit de lancer un coup d'œil glacial à cette dernière.

– Je verrai cela, mademoiselle India, annonça-t-il, mais à la seule condition que vous me donniez votre parole d'honneur de ne pas la fatiguer en lui racontant que vous avez eu tort. Elle sait que vous

vous êtes trompée, ça ne ferait que l'agiter inutilement d'entendre vos excuses.

– Je vous en prie, docteur Meade… commença timidement Pitty.

– Mademoiselle Pitty, vous savez bien que vous vous mettriez à crier et que vous vous évanouiriez.

Pitty redressa son petit corps replet et regarda le docteur bien en face. Elle avait les yeux secs et tout son être aux formes arrondies respirait la dignité.

– Eh bien ! c'est entendu, ma mignonne, un peu plus tard, fit le docteur d'un ton plus aimable. Venez, Scarlett, ajouta-t-il.

Ils traversèrent tous deux le hall sur la pointe des pieds et, une fois arrivés devant la porte de Mélanie, le docteur empoigna Scarlett par l'épaule.

– Maintenant, ma petite, murmura-t-il, pas de crise de nerfs et pas d'aveux des derniers instants, sans quoi, je jure devant Dieu que je vous tords le cou. Allons, ne prenez pas ces airs innocents. Vous savez parfaitement ce que je veux dire. Mme Melly a une mort douce, et vous n'allez pas soulager votre conscience en lui débitant des histoires au sujet d'Ashley. Je n'ai encore jamais fait de mal à une femme, mais si vous lui dites quoi que ce soit… vous aurez affaire à moi.

Il ouvrit sans laisser à Scarlett le temps de répondre, poussa la jeune femme dans la chambre et referma la porte sur elle. La petite pièce au mobilier sommaire en noyer foncé était plongée dans une demi-obscurité. Un journal servait d'abat-jour à la lampe. C'était une chambre tenue avec un soin méticuleux, une petite chambre d'écolière, avec son lit bas et étroit, ses rideaux en filet uni retenus par des embrasses, ses carpettes aux teintes fanées, une pièce si différente de la luxueuse chambre à coucher de Scarlett, avec ses meubles sculptés impressionnants, ses tentures de brocart rose, son tapis au semis de fleurs. Mélanie était couchée. Sous le couvre-pied on devinait son corps menu et plat comme celui d'une petite fille. Deux nattes noires lui encadraient le visage. Ses yeux fermés étaient enfoncés au creux des orbites et entourés d'un double cerne pourpre. À ce spectacle, Scarlett resta clouée sur place et s'appuya à la porte. Malgré l'obscurité, elle pouvait voir que Mélanie avait le nez pincé et le visage couleur de cire jaune. Jusqu'à ce moment-là, Scarlett avait espéré que le docteur Meade s'était trompé. Mais maintenant elle savait à quoi s'en tenir. Dans les hôpitaux pendant la guerre elle avait vu trop de visages avec cette expression pincée pour ne pas comprendre ce que présageait d'inévitable celui de Mélanie.

Mélanie se mourait. Pourtant, Scarlett se refusait encore à y croire. Mélanie ne pouvait pas mourir. C'était impossible. Dieu ne la laisserait pas mourir quand elle, Scarlett, avait tant besoin d'elle. Auparavant, il ne lui était jamais venu à l'idée qu'elle avait besoin de Mélanie. Mais, maintenant, la vérité jaillissait, inondait jusqu'aux replis les plus profonds de son âme. Elle avait compté sur Mélanie exactement comme elle avait compté sur elle-même, et elle n'en avait jamais rien su. Maintenant Mélanie se mourait et Scarlett savait qu'elle ne pourrait pas se passer d'elle. Elle s'avança sur la pointe des pieds, s'approcha du lit. L'effroi, la panique lui étreignait le cœur. Elle savait que Mélanie avait été son épée et son bouclier, sa consolation et sa force.

– Il faut que je la retienne. Je ne peux pas la laisser partir ! se dit-elle, et elle s'agenouilla auprès du lit dans un frou-frou de soie.

Elle s'empara aussitôt de la main inerte posée sur le drap et sa frayeur redoubla à ce contact glacé.

– C'est moi, Melly, dit-elle.

Mélanie entrouvrit les yeux et, comme s'il lui avait suffi de s'assurer que c'était bien Scarlett, elle les referma. Au bout d'un moment, elle poussa un soupir et murmura :

– Tu peux me promettre ?

– Oh ! tout ce que tu voudras !

– Beau… veille sur lui.

Scarlett ne put que faire oui de la tête. Elle avait la gorge serrée. Elle pressa doucement la main qu'elle tenait en signe d'assentiment.

– Je te le confie. (Il y eut un sourire imperceptible sur les lèvres de Mélanie.) Je te l'ai déjà confié une fois… Tu te souviens ?… Avant sa naissance ?

Se souvenait-elle ? Pourrait-elle jamais oublier ces heures-là ? Presque aussi nettement que si ce jour terrible était revenu, elle sentait peser sur elle la chaleur étouffante de cet après-midi de septembre, elle se rappelait sa terreur des Yankees, elle distinguait le piétinement des troupes battant en retraite, elle entendait Mélanie la prier de prendre soin du bébé au cas où elle mourrait… elle se rappelait aussi combien elle avait détesté Mélanie ce jour-là, combien elle avait espéré qu'elle mourrait.

« Je l'ai tuée, pensa-t-elle en proie à une angoisse superstitieuse. J'ai souhaité si souvent sa mort que Dieu m'a entendue et me punit. »

– Oh ! Melly, ne parle pas comme ça ! Tu sais bien que tu vas t'en tirer…

– Non. Promets-moi !

Scarlett eut du mal à s'exprimer tant sa gorge était contractée.

– Tu sais bien que je te le promets. Je le traiterai comme mon propre fils.

– Le collège ? demanda Mélanie d'une voix faible et inexpressive.

– Oh ! oui. L'Université, et puis Harvard et l'Europe, et tout ce qu'il voudra… et… et… un poney… et des leçons de musique… Oh ! Melly je t'en supplie, essaie ! Fais un effort.

Le silence retomba de nouveau et le visage de Mélanie refléta le combat qui se livrait en elle pour trouver la force de parler.

– Ashley, dit-elle, Ashley et toi…

Elle bredouilla et se tut.

En entendant prononcer le nom d'Ashley, Scarlett sentit son cœur s'arrêter et devenir froid comme un bloc de granit. Mélanie avait su tout le temps à quoi s'en tenir. Elle baissa la tête, le front posé sur le drap, et un sanglot qui ne voulait pas sortir lui broya la gorge. Mélanie était au courant. Scarlett n'éprouvait même plus aucune honte. Elle ne ressentait plus rien. Il n'y avait place en elle que pour un remords farouche à l'idée d'avoir fait souffrir pendant tant d'années cette créature exquise. Mélanie avait su… et pourtant elle était restée loyalement son amie. Oh ! si seulement elle pouvait revivre ces années-là ! Elle ne permettrait même pas à ses yeux de rencontrer les yeux d'Ashley.

« Oh ! mon Dieu, se dit-elle improvisant une prière. Je vous en prie, qu'elle vive ! Je me rachèterai avec elle. Je serai si bonne pour elle. Si vous la laissez se rétablir, j'irai même jusqu'à ne plus jamais adresser la parole à Ashley. »

– Ashley, fit faiblement Mélanie et elle étendit la main pour toucher la tête penchée de Scarlett.

Entre son pouce et son index elle prit une mèche de cheveux et tira sans plus de force qu'un nourrisson. Scarlett savait ce que ce geste signifiait. Mélanie voulait qu'elle la regardât, mais elle ne pouvait pas, elle ne pouvait pas soutenir le regard de Mélanie et lire dans ses yeux qu'elle savait tout.

– Ashley, murmura de nouveau Mélanie, et Scarlett prit sur elle.

Lorsqu'elle se trouverait face à face avec Dieu, le jour du Jugement, et qu'elle lirait sa sentence dans Ses yeux, l'épreuve ne serait pas plus atroce. L'âme chancelante, abattue, elle releva malgré tout la tête.

Elle vit seulement les deux yeux sombres de Mélanie toujours les mêmes, ses yeux cernés et alanguis par la mort. Elle vit la bouche, toujours la même, que contractait un effort douloureux. Nul reproche, nulle accusation, nulle crainte, dans ces yeux, sur cette bouche… seulement l'anxiété de ne pas avoir la force de parler. Pendant un moment Scarlett fut trop abasourdie pour ressentir le moindre soulagement. Puis, tandis qu'elle serrait davantage la main de Mélanie dans la sienne, une vague tiède déferla sur elle. Elle éprouva une gratitude infinie envers Dieu, et pour la première fois depuis son enfance, elle dit une humble prière sans l'ombre d'une pensée égoïste.

« Merci, mon Dieu. Je sais que je n'en suis pas digne, mais je Vous remercie d'avoir permis qu'elle ne sache rien. »

– Que voulais-tu dire au sujet d'Ashley, Melly ?

– Tu... tu veilleras sur lui ?

– Oh ! oui.

– Il s'enrhume... si facilement.

Il y eut une pause.

– Tu t'occuperas de... de ses affaires... tu me comprends ?

– Oui, je te comprends. Je m'en occuperai.

Mélanie fit un grand effort.

– Ashley n'est pas... pratique.

Il fallait la mort pour pousser Mélanie à cette trahison.

– Veille sur lui. Scarlett... mais... qu'il ne le sache jamais.

– Je veillerai sur lui, je m'occuperai de ses affaires et il n'en saura jamais rien. Je lui ferai seulement des suggestions.

Mélanie eut un petit sourire qui se mua en un sourire triomphant lorsque ses yeux rencontrèrent de nouveau ceux de Scarlett. Le regard qu'elles échangèrent fut comme la signature d'un accord entre ces deux femmes dont l'une chargeait l'autre de défendre Ashley Wilkes dans un monde trop brutal et d'agir de telle sorte que sa fierté d'homme n'eût point à en souffrir.

Maintenant il n'y avait plus trace de lutte sur le visage épuisé de Mélanie. On eût dit que la promesse de Scarlett lui avait apporté un apaisement.

– Tu as été si intelligente... si brave... toujours si bonne pour moi.

À ces mots, Scarlett sentit sa gorge se desserrer et, collant sa main libre à sa bouche, elle parvint à étouffer le sanglot qui l'avait si longtemps oppressée. Allait-elle se mettre à pleurer comme un enfant, à crier : « J'ai été un monstre ! Je t'ai si injustement traitée ! Je n'ai jamais rien fait pour toi ! Tout ce que je faisais, c'était pour Ashley ! »

Elle se releva brusquement et se mordit le pouce pour se dominer. Elle se rappelait une fois de plus les paroles de Rhett. « Elle vous aime. Ce sera votre croix. » Et la croix était plus lourde que jamais. Elle s'en voulait déjà assez d'avoir déployé toutes ses ruses pour soustraire Ashley à Mélanie, mais maintenant c'était pire encore de voir Mélanie qui toute sa vie avait eu une confiance aveugle en elle, emporter dans la mort la même affection et la même confiance. Non, elle ne pouvait pas parler. Elle ne pouvait même plus prendre sur elle pour dire : « Fais un effort pour vivre. » Il fallait laisser Mélanie s'éteindre doucement, sans lutte, sans larmes, sans chagrin.

La porte s'entrebâilla. Le docteur Meade fit un geste impérieux. Scarlett se pencha sur le lit, refoula ses larmes, prit la main de Mélanie et l'appuya contre sa joue.

– Bonne nuit, dit-elle, et sa voix était plus ferme qu'elle ne l'aurait cru.

– Promets-moi... répéta Mélanie dans un souffle.

– Tout ce que tu voudras, ma chérie.

– Le capitaine Butler... sois bonne pour lui. Il... t'aime tant.

« Rhett ? » pensa Scarlett, étonnée, mais les mots de Mélanie n'éveillèrent rien en elle.

– Oui, je te promets, répondit-elle machinalement et, effleurant de ses lèvres la main de Mélanie, elle la reposa sur le lit.

– Dites aux dames de venir tout de suite, chuchota le docteur Meade, tandis que Scarlett sortait de la chambre.

À travers ses larmes Scarlett vit India et Pitty suivre le docteur dans la chambre en retenant leurs jupes à deux mains pour les empêcher de faire du bruit. La porte se referma sur elles et la maison fut plongée dans le silence. Ashley avait disparu. Scarlett appuya sa tête contre le mur comme un enfant méchant qu'on a envoyé au coin et elle frotta sa gorge qui lui faisait mal.

Derrière cette porte, Mélanie s'en allait et, avec elle, s'en allait la force sur laquelle Scarlett avait compté sans le savoir pendant tant d'années. Pourquoi, mais pourquoi n'avait-elle pas compris plus tôt à quel point elle aimait Mélanie et avait besoin d'elle ? Mais qui aurait pu prendre pour un pilier de force la petite Mélanie au visage ingrat ! Mélanie timide à en pleurer devant les inconnus, timide à ne jamais émettre une opinion personnelle, effrayée à la pensée d'encourir la désapprobation des vieilles dames, Mélanie qui avait peur de son ombre ! Et pourtant...

Scarlett se pencha sur le passé et se rappela une chaude journée à Tara. Une fumée grisâtre montait en spirales au-dessus d'un corps vêtu de bleu. Mélanie, le sabre de Charles à la main, se tenait au haut de l'escalier. Scarlett se rappelait la réflexion qu'elle s'était faite : « Que c'est donc stupide ! Melly n'était même pas de taille à soulever ce sabre ! » Mais maintenant elle savait que, s'il l'avait fallu, Mélanie aurait descendu l'escalier l'arme levée et aurait tué le Yankee... ou bien se serait fait tuer.

Oui, Mélanie s'était trouvée là, un sabre dans sa petite main, prête à se battre pour elle. Et maintenant que Scarlett promenait un regard triste sur les années écoulées, elle se rendait compte que Mélanie s'était toujours trouvée à ses côtés, le sabre à la main, discrète comme une ombre, aimante, luttant pour elle avec une loyauté passionnée, combattant les Yankees, le feu, la faim, la pauvreté, l'opinion publique et même ses parents qu'elle chérissait.

Scarlett sentit son courage et sa confiance l'abandonner en pensant que le sabre symbolique qui avait flamboyé entre elle et Mélanie était remis au fourreau pour toujours.

«Melly est la seule amie femme que j'aie jamais eue, se dit-elle, désemparée. La seule femme qui m'ait jamais aimée, à l'exception de maman. Elle ressemble aussi à maman. Tous ceux qui la connaissaient se cramponnaient à ses basques.»

Soudain ce fut comme si Ellen gisait derrière cette porte fermée, comme si elle quittait le monde pour la seconde fois. Soudain Scarlett se retrouva à Tara, désespérée de ne pouvoir affronter l'existence qui s'offrait à elle avec la force redoutable des êtres doux, des faibles et des tendres.

Indécise, effrayée, Scarlett ne quittait pas le hall. La lueur dansante du feu allumé dans le salon renvoyait de grandes ombres sur les murs. La maison était plongée dans un silence complet et ce silence pénétrait Scarlett comme une petite pluie fine. Ashley! Où était Ashley!

Elle entra au salon. Elle cherchait Ashley comme un animal transi cherche le feu, mais il n'était pas là. Il fallait à tout prix le trouver. Elle n'avait découvert la force de Mélanie que pour la perdre au moment précis où elle se rendait compte que ce soutien lui était indispensable. Pourtant, il lui restait encore Ashley. Ashley était fort, il était sage; il serait son réconfort. En Ashley, en son amour, résidait une force sur laquelle elle appuierait sa faiblesse, un courage où elle puiserait l'énergie nécessaire pour combattre ses terreurs, une consolation qui adoucirait son chagrin.

«Il doit être dans sa chambre», se dit-elle et, traversant le hall sur la pointe des pieds, elle alla frapper discrètement à la porte d'Ashley. Comme on ne lui répondait pas, elle ouvrit. Ashley, debout devant sa table, contemplait une paire de gants reprisés qui appartenaient à Mélanie. Il prit d'abord l'un des gants et l'examina comme s'il ne l'avait jamais vu, puis il le reposa délicatement sur la table, comme un objet de verre, et prit l'autre dans sa main.

– Ashley ! fit Scarlett d'une voix tremblante.

Il se tourna lentement vers elle et la regarda. Ses yeux gris avaient perdu leur expression rêveuse ; grands ouverts, ils livraient à nu les sentiments de son âme. Scarlett lut en eux une frayeur qui égalait la sienne, un désespoir plus profond que le sien, un égarement qu'elle ne devait jamais connaître. Au spectacle de son visage décomposé, la sensation de peur qui s'était emparé d'elle dans le hall redoubla d'intensité. Elle s'approcha d'Ashley.

– J'ai peur, dit-elle. Oh ! Ashley, protégez-moi. J'ai si peur !

Il ne bougea pas et se contenta de la regarder en serrant à pleines mains le gant de Mélanie. Scarlett lui posa la main sur le bras et murmura : « Qu'y a-t-il ? »

Ses yeux semblaient chercher désespérément en elle quelque chose qu'il ne trouvait pas. Enfin, il se mit à parler d'une voix qui n'était pas la sienne.

– Je voulais vous voir, dit-il. J'étais sur le point de courir à votre recherche… de courir comme un enfant qui a besoin de réconfort… et je trouve un enfant plus effrayé que moi, un enfant qui accourt vers moi !

– Non, pas vous… vous ne pouvez pas avoir peur ! s'écria Scarlett. Rien ne vous a jamais fait peur. Mais moi… vous avez toujours été si fort…

– Si j'ai été fort, c'est parce qu'elle était derrière moi, dit-il d'une voix brisée et, baissant les yeux, il contempla de nouveau le gant dont il caressa les doigts. Et… et… toute ma force s'en va avec elle.

Il y avait un tel accent de découragement dans ses paroles que Scarlett laissa retomber sa main et recula de quelques pas. Alors, au milieu du silence lourd qui s'abattit entre eux, elle eut pour la première fois de sa vie l'impression de comprendre vraiment Ashley.

– Voyons… dit-elle lentement, voyons, Ashley, vous l'aimez, n'est-ce pas ?

Il répondit avec effort :

– Elle est le seul de mes rêves qui ait vécu, et ne se soit pas évanoui en présence de la réalité !

« Des rêves ! pensa Scarlett qui sentit renaître en elle son irritation d'autrefois. Toujours des rêves avec lui ! Jamais de bon sens ! »

Le cœur gros et un peu amer, elle dit :

– Vous avez été fou, Ashley. Comment pouviez-vous ne pas voir qu'elle valait mille fois mieux que moi ?

– Scarlett, je vous en prie ! Si vous saviez seulement ce que j'ai enduré depuis que le docteur…

– Ce que vous avez enduré ! Vous imaginez-vous que moi... Oh ! Ashley, vous auriez dû savoir depuis des années que c'était elle que vous aimiez et non pas moi ! Pourquoi ne vous en êtes-vous pas rendu compte ? Tout aurait tellement changé, tellement... Oh ! vous auriez dû comprendre cela et ne pas me rabâcher sans cesse vos discours sur l'honneur et le sacrifice ! Si vous m'aviez dit, il y a des années, j'aurais... Ça m'aurait porté un coup mortel, mais j'aurais tout de même réagi. Seulement, vous attendez ce moment-ci, vous attendez que Melly agonise pour découvrir la vérité, et maintenant il est trop tard pour faire quoi que ce soit. Oh ! Ashley, les hommes sont censés savoir ces choses-là... pas les femmes. Vous auriez dû voir clair comme le jour que vous l'aimiez et que moi, vous me désiriez comme... comme Rhett désire cette Watling !

Il frémit à ces mots, mais ses yeux implorants restèrent fixés sur Scarlett. Chacun des traits de son visage était un aveu. Il reconnaissait tout ce qu'il y avait de vrai dans la remarque de Scarlett et ses épaules tombantes indiquaient que sa conscience le châtiait plus cruellement que ne pourrait jamais le faire Scarlett. Il se taisait, serrait le gant comme s'il eût été une main compréhensive, et, dans le silence qui suivit, l'indignation de Scarlett céda la place à un sentiment de pitié nuancé de mépris. Elle s'en voulut de frapper un homme sans défense... un homme sur lequel elle avait promis à Mélanie de veiller.

« Et juste après lui avoir fait cette promesse, je dis à Ashley sans aucune nécessité des choses blessantes. Il sait la vérité et ça le tue, pensa Scarlett. Ce n'est pas un homme. C'est un enfant, comme moi, et la peur de la perdre le rend malade. Melly savait ce qui se produirait... Melly le connaissait bien mieux que moi. C'est pourquoi elle m'a chargée en même temps de veiller sur lui et sur Beau. Comment Ashley fera-t-il pour supporter ce coup ? Moi, je le supporterai. Je peux supporter n'importe quoi. J'ai eu tant de choses à supporter. Mais lui, il ne peut pas... il ne peut rien supporter sans elle. »

– Pardonnez-moi, mon chéri, dit-elle tendrement en lui tendant les bras. Je sais combien vous devez souffrir. Mais souvenez-vous qu'elle ne sait rien... qu'elle ne s'est jamais doutée de rien... Dieu a eu cette bonté pour nous.

Il se jeta dans ses bras, la serra convulsivement contre lui. Scarlett se haussa sur la pointe des pieds pour appuyer sa joue tiède contre la sienne et, d'une main, se mit à lui caresser la nuque :

– Ne pleurez pas, mon aimé. Elle veut que vous soyez courageux. Dans un moment elle demandera à vous voir, et il faudra que vous

soyez brave. Il ne faut pas qu'elle voie que vous avez pleuré. Ça la bouleverserait.
Son étreinte était si forte que Scarlett avait peine à respirer. Il sanglotait.
– Que vais-je devenir ? Je ne peux pas... je ne peux vivre sans elle.
« Ni moi non plus », se dit Scarlett en frissonnant à la pensée des longues années qu'elle aurait à vivre sans Mélanie. Mais toute sa fermeté lui revint. Ashley n'avait plus de ressources qu'en elle. Un soir de clair de lune, à Tara, alors qu'elle était ivre et brisée de fatigue, elle s'était dit : « Les fardeaux sont faits pour les épaules assez fortes pour les porter. » Eh bien ! elle avait les épaules solides. Tant pis si celles d'Ashley ne l'étaient pas. Elle écarta les épaules pour charger le fardeau et, avec un calme qu'elle était loin d'éprouver, elle embrassa la joue mouillée d'Ashley, y posa un baiser sans fièvre, un baiser affectueux.
– Nous... nous trouverons un moyen, fit-elle.
Une des portes du hall s'ouvrit brutalement et le docteur Meade appela d'une voix impérieuse : « Ashley ! Vite ! »
« Oh ! mon Dieu, elle est morte ! pensa Scarlett. Et Ashley n'est pas allé lui dire adieu... mais peut-être... »
– Pressez-vous, s'écria-t-elle en poussant Ashley qui, pétrifié, la regardait fixement. Pressez-vous !
Elle ouvrit la porte et tira Ashley par le bras. Galvanisé par ses paroles, il s'élança dans le hall sans lâcher le gant qu'il tenait serré dans sa main. Scarlett l'entendit courir, puis une porte se referma.
Elle dit de nouveau : « Oh ! mon Dieu ! » et, s'approchant lentement du lit, elle s'y assit et se prit la tête à deux mains. Tout à coup elle se sentit lasse, plus lasse qu'elle ne l'avait jamais été. Au bruit de la porte qui s'était refermée, ses nerfs tendus à se rompre avaient cédé soudain. Elle était épuisée, vidée de toute émotion. Elle n'éprouvait plus ni chagrin, ni remords, ni angoisse. Elle était lasse et elle distinguait confusément le tic-tac machinal de ses pensées pareil à celui de la pendule sur la cheminée.
Peu à peu une pensée émergea de cette brume qui lui obscurcissait l'esprit. Ashley ne l'aimait pas et ne l'avait jamais aimée, et cette constatation n'avait rien de pénible. Elle aurait dû l'être pourtant. Elle aurait dû la désespérer, lui briser le cœur. Pourquoi ne s'insurgeait-elle pas contre la destinée ? Elle avait compté pendant si longtemps sur l'amour d'Ashley. Il l'avait aidée si souvent à remonter vers la lumière. Or la vérité était là. Ashley ne l'aimait pas et ça lui était égal. Ça lui était égal parce qu'elle ne l'aimait pas non plus. Elle

ne l'aimait pas et aucun de ses gestes, aucune de ses paroles ne pourrait la blesser.

Elle s'allongea sur le lit et posa la tête sur l'oreiller. À quoi bon essayer de lutter contre cette pensée ? À quoi bon se dire : « Mais je l'aime. Je l'ai aimé pendant des années. L'amour ne peut pas en un instant se transformer en indifférence ! »

Mais l'amour pouvait changer et il avait changé.

« Mon amour pour Ashley n'a jamais existé que dans mon imagination, se dit Scarlett avec lassitude. J'aimais quelque chose que j'avais construit, quelque chose qui est mort comme Melly. J'avais taillé de beaux habits et je m'en étais éprise. Quand Ashley est arrivé à cheval, si séduisant, je lui ai fait endosser ces habits sans chercher à savoir s'ils lui iraient ou non. Je ne voulais pas le voir tel qu'il était... Je continuais d'aimer mes beaux habits... ce n'était pas lui que j'aimais. »

Maintenant Scarlett regardait derrière elle, remontait la longue suite d'années écoulées. Elle se revoyait sous la véranda ensoleillée de Tara. Elle portait une robe de basin vert semée de fleurs. Elle était émue par le jeune cavalier dont la chevelure blonde scintillait comme un casque d'argent. Elle se rendait compte qu'Ashley n'avait été pour elle qu'un caprice d'enfant qui n'aurait pas dû avoir plus d'importance que ces boucles d'oreilles en aigue-marine qu'elle s'était fait offrir par Gérald à force de cajoleries. Une fois qu'elle avait eu ses boucles, elles avaient perdu tout attrait à ses yeux. Il en était ainsi de toutes choses, sauf de l'argent. Ashley également aurait subi la loi commune si, en ces jours lointains, elle avait eu la satisfaction de lui refuser d'être sa femme. Si jamais elle l'avait eu à sa merci, si elle l'avait vu s'enflammer, devenir importun, jaloux, boudeur, suppliant à l'exemple des autres jeunes gens, la folle toquade qui s'était emparée d'elle se fût dissipée aussi aisément qu'une brume au soleil lorsqu'elle aurait rencontré un autre soupirant.

« Quelle insensée j'ai été ! se dit-elle avec amertume. Et maintenant il va falloir payer tout cela. Ce que j'ai si souvent souhaité s'est réalisé. J'ai souhaité la mort de Melly pour avoir Ashley à moi, et voilà qu'elle est morte, et que je ne veux plus de lui. Avec son maudit honneur, il me demanderait si je voulais divorcer d'avec Rhett pour l'épouser. L'épouser ? Mais je ne voudrais pas de lui pour un empire ! N'empêche que je vais l'avoir sur le dos tout le reste de mon existence ; toute ma vie il va falloir que je m'occupe de lui, que je veille à ce qu'il ne meure pas de faim, à ce que les gens ne heurtent pas ses sentiments. Ce sera exactement comme si j'avais un autre enfant cramponné à mes basques. Oui, j'ai perdu mon amant et j'ai en échange un autre enfant. Si je n'avais pas promis à Melly, je… ça me serait bien égal de ne plus jamais le revoir.»

LXII

Scarlett entendit un murmure de voix, et allant jusqu'à la porte, elle aperçut au fond du hall les nègres effrayés. Les bras de Dilcey ployaient sous le poids de Beau assoupi. L'oncle Peter pleurait et Cookie essuyait ses larmes avec son tablier. Tous trois la regardèrent comme pour lui demander ce qu'ils devaient faire. Scarlett se tourna du côté du salon et aperçut India et tante Pitty qui se tenaient les mains sans mot dire. Pour une fois, India avait perdu son air guindé. À l'exemple des nègres, les deux femmes lui lancèrent un regard suppliant et s'avancèrent vers elle lorsqu'elle entra au salon.

– Oh ! Scarlett, quelle… commença tante Pitty dont les lèvres charnues et enfantines tremblaient.

– Ne dites rien ou je crie, fit Scarlett.

Elle était à bout de nerfs. Son ton était dur et elle avait les poings crispés. À l'idée d'avoir à parler de Mélanie, de prendre les mesures inévitables après une mort, sa gorge se serrait de nouveau.

– Je ne veux pas vous entendre ni l'une ni l'autre en ce moment, ajouta-t-elle.

Il y avait une note si autoritaire dans sa voix que Pitty et India s'éloignèrent, le visage bouleversé. « Il ne faut pas que je pleure devant elles, se dit Scarlett. Il ne faut pas que je me laisse aller, sans quoi elles vont se mettre à pleurer, les nègres vont hurler et nous allons tous devenir fous. Il faut que je prenne sur moi. Je vais avoir tant de choses à faire. Il va falloir que j'aille aux Pompes funèbres pour m'occuper de l'enterrement, que je fasse ranger la maison et que je sois là pour recevoir les gens qui vont pleurer sur mon épaule. Ashley ne peut pas faire ces choses-là, Pitty et India non plus. C'est moi que ça regarde. Oh ! quel fardeau ! J'ai toujours eu un fardeau à porter, et cela a toujours été le fardeau de quelqu'un d'autre ! »

Elle regarda India et Pitty et se rendit compte de la peine qu'elle leur avait causée. Le remords l'envahit. Mélanie ne serait pas contente de la voir traiter si mal ceux qui l'aimaient.

– Je suis désolée de m'être fâchée, dit-elle en s'exprimant avec difficulté. C'est uniquement parce que je… je suis navrée, tantine. Je sors un instant sous la véranda. J'ai besoin d'être seule. Après, je reviendrai et nous...

Elle fit une caresse à tante Pitty et gagna en hâte la porte d'entrée, sachant que si elle restait un instant de plus au salon ses nerfs ne résisteraient pas. Elle avait besoin d'être seule, besoin de pleurer pour empêcher son cœur de se rompre.

Elle passa sous la véranda enténébrée et referma la porte sur elle. Elle sentit sur son visage la fraîcheur humide de la nuit. La pluie avait cessé et l'on n'entendait aucun bruit sauf de temps en temps celui d'une goutte d'eau tombant du larmier. La ville était enveloppée d'un brouillard épais qui avait une saveur de fin d'année. De l'autre côté de la rue, toutes les maisons étaient sombres. Une seule fenêtre était éclairée par une lampe dont la lueur se reflétait dans la rue et luttait faiblement contre la brume, semant autour d'elle des particules dorées. On eût dit que le monde entier était emmitouflé dans une couverture de fumée grise. Et le monde entier était silencieux.

Scarlett s'appuya à l'un des supports de la véranda et voulut pleurer, mais les larmes ne vinrent pas. Elle avait trop de chagrin pour pleurer. Elle frissonna. Elle entendait encore le fracas épouvantable qu'avaient fait en s'écroulant dans la poussière les deux citadelles imprenables de sa vie. Elle essaya un moment d'appliquer sa vieille formule: «Je penserai à cela demain quand je serai plus en état de le supporter», mais le charme avait perdu son efficacité. Désormais deux choses venaient au premier rang de ses préoccupations. Elle songeait à Mélanie, elle se disait combien elle l'aimait et combien elle avait besoin d'elle. Elle songeait à Ashley et à son aveuglement, à son obstination qui l'avait empêchée de le voir tel qu'il était. Elle savait que la pensée de Mélanie et celle d'Ashley lui seraient tout aussi pénibles le jour suivant et tous les autres jours de sa vie.

«Non, je ne peux retourner leur parler, se dit-elle. Je n'ai pas le courage de revoir Ashley ce soir et de le consoler. Non, pas ce soir! Demain matin, je reviendrai de bonne heure. Je ferai tout ce qu'il y aura à faire et je dirai à chacun les paroles qu'il faudra. Mais pas ce soir, je ne peux pas. Je vais rentrer à la maison.»

Sa maison n'était qu'à quelques centaines de mètres. Elle n'attendrait pas que Peter qui sanglotait attelât le buggy. Elle n'attendrait pas le docteur Meade pour qu'il la ramenât chez elle. Elle n'aurait pas la force d'endurer ni les larmes du premier, ni les reproches tacites du second. Elle descendit rapidement les degrés du perron. Elle n'avait ni chapeau ni manteau. Elle s'enfonça dans la nuit brumeuse, tourna la rue et attaqua la longue pente qui menait à la rue du Pêcher. Elle avançait dans un monde silencieux et humide, et ses pas eux-mêmes n'éveillaient pas plus d'échos que dans un rêve.

Tandis qu'elle montait la côte, la poitrine oppressée par les larmes qui refusaient de couler, elle eut l'impression de s'être déjà trouvée à plusieurs reprises dans une situation analogue. La sensation qu'elle éprouvait avait quelque chose d'irréel, mais elle savait que ce n'était pas la première fois que le froid et la brume l'enveloppaient ainsi. « C'est stupide », se dit-elle mal à l'aise tout en allongeant le pas. Ses nerfs lui jouaient un tour. Mais le sentiment persistait, prenait subrepticement possession de son âme. Inquiète, elle regarda autour d'elle. La sensation se faisait de plus en plus nette. C'était une sensation étrange et pourtant familière. Scarlett redressa la tête comme un animal qui flaire le danger : « C'est parce que je suis à bout, se dit-elle pour se rassurer. Et puis la nuit est si bizarre. Il y a tant de brume. Je n'ai jamais vu un brouillard aussi épais sauf... sauf ! »

Alors la vérité se fit jour en elle et l'angoisse lui étreignit le cœur. Maintenant elle savait à quoi s'en tenir. Plus de cent fois elle avait fait ce cauchemar, elle avait fui au milieu d'un brouillard comme celui-ci, au milieu d'un pays enseveli sous une brume épaisse, d'un pays peuplé d'ombres et de spectres. Rêvait-elle encore ou bien son rêve était-il devenu réalité ?

Pendant un moment, elle perdit toute notion des choses. Plus forte que jamais, la sensation si souvent éprouvée l'emportait comme autrefois quand elle rêvait. Son cœur se mit à battre à coups précipités. La mort et le silence l'entouraient de nouveau comme ils l'avaient entourée un jour à Tara. Tout ce qui comptait dans le monde avait disparu. Tout n'était que ruines. Une terreur panique hurlait dans son cœur comme une bise glacée. Elle allait être la proie de l'horrible brouillard. Elle prit sa course. De même qu'elle avait couru plus de cent fois en rêve, elle courait maintenant, fuyait comme une aveugle sans savoir où diriger ses pas. Poussée par une terreur sans nom, elle cherchait dans la brume grise l'endroit où elle serait en sûreté.

Tête baissée, le cœur battant, l'air humide collé aux lèvres, elle remontait en courant la rue obscure. Au-dessus d'elle les arbres se dressaient menaçants. Quelque part dans ce pays lugubre fait de silence humide devait se trouver un refuge ! Elle gravissait la longue pente de toute la vitesse de ses jambes. Elle haletait. Sa jupe trempée se plaquait à ses chevilles. Ses poumons étaient près d'éclater. Son corset ajusté lui broyait les côtes, les lui enfonçait dans le cœur. Alors devant elle apparut une lumière, une rangée de lumières floues et clignotantes. Dans son cauchemar il n'y avait jamais eu de lumières, il n'y avait eu que du brouillard gris. Des lumières, c'était la sécurité, des gens, la réalité. Tout d'un coup, Scarlett cessa de courir, serra les poings, lutta contre ses terreurs et regarda fixement cette rangée de réverbères qui lui faisait comprendre qu'elle était à Atlanta, qu'elle avait atteint la rue du Pêcher, qu'elle n'était pas dans le domaine gris du sommeil et des spectres.

Le souffle coupé, les nerfs vibrants, elle se laissa tomber sur une borne.

«Je courais… je courais comme une folle!» se dit-elle encore toute frissonnante de peur et le cœur chaviré par l'effort: «Mais où courais-je ainsi?»

Scarlett respirait maintenant avec plus de facilité et, la main contre sa poitrine, elle parcourait du regard la rue du Pêcher. Là-bas au haut de la côte se trouvait sa maison. On eût dit que toutes les fenêtres en étaient éclairées comme pour défier le brouillard. Sa maison, son foyer! C'était vrai, c'était réel! Elle contempla avec gratitude la silhouette massive du bâtiment estompé par la brume. Son esprit se calma peu à peu.

Son foyer! C'était là qu'elle voulait aller. C'était là que la portait sa course. Elle voulait rentrer chez elle, auprès de Rhett!

À peine eut-elle fait cette découverte qu'elle éprouva une impression de délivrance. Elle avait été prisonnière, mais on venait de la débarrasser de ses chaînes et, du même coup, de la peur qui avait hanté ses rêves depuis le jour où, titubant de fatigue, elle avait regagné Tara et n'avait retrouvé ni sécurité, ni force, ni sagesse, ni tendresse, ni compréhension, où elle n'avait plus rien trouvé de ces choses qui, personnifiées par Ellen, étaient le rempart de sa jeunesse. Et, bien que depuis ce soir-là elle eût obtenu la sécurité matérielle à la force du poignet, dans ses rêves elle était encore une enfant effrayée cherchant éperdument la quiétude perdue dans un monde perdu.

Désormais elle savait où se trouvait le havre qu'elle avait tant cherché dans ses rêves, ce refuge où elle aurait chaud et serait à l'abri du danger, cet endroit que le brouillard avait toujours dérobé à sa vue. Ce n'était pas Ashley… non, jamais! Il n'y avait pas plus de chaleur en lui que dans un feu follet. Impossible de se fier à lui plus qu'à des sables mouvants. C'était Rhett, ce refuge… Rhett qui avait des bras forts pour la retenir, une poitrine large pour y poser sa tête lasse, un rire moqueur pour redonner à ses soucis leurs justes proportions. Rhett qui la comprenait tout à fait parce que, pareil à elle, il ne s'embarrassait pas de vaines notions d'honneur ou de sacrifice, il n'avait pas une foi exagérée en la nature humaine. Il l'aimait! Pourquoi ne s'en était-elle pas rendu compte en dépit de ses railleries et de ses sarcasmes! Mélanie avait vu clair en lui et, dans son dernier souffle, avait murmuré : « Sois bonne pour lui. »

« Oh ! se dit-elle, Ashley n'est pas le seul à être stupidement aveugle. Moi aussi j'aurais dû voir clair en Rhett ! »

Pendant des années elle avait été soutenue par l'amour de Rhett, n'en avait pas fait plus de cas que de l'amour de Mélanie et s'était flattée de puiser sa force en elle seule. Et, de même qu'un peu plus tôt elle avait compris que Mélanie ne l'avait pas quittée au cours de son âpre campagne contre la vie, de même elle comprenait maintenant que Rhett, aimant, compréhensif, prêt à se porter à son secours, s'était toujours tenu derrière elle sans signaler sa présence. Rhett, à la vente de charité, avait lu son désir dans ses yeux et l'avait invitée à danser, Rhett l'avait aidée à secouer le joug du veuvage, Rhett l'avait accompagnée au milieu des flammes et des explosions, le soir de la chute d'Atlanta. Rhett lui avait prêté la somme nécessaire pour se lancer dans les affaires, Rhett l'avait rassurée la nuit quand elle se réveillait en larmes après avoir eu son cauchemar... mais voyons, nul homme ne faisait cela sans aimer une femme à la folie !

Les arbres laissaient tomber sur Scarlett des gouttes de pluie, mais elle ne les sentait pas. Le brouillard l'entourait de ses volutes, mais elle n'y prenait pas garde, car, lorsqu'elle pensait à Rhett avec son visage basané, ses dents étincelantes de blancheur, ses yeux noirs et vifs, elle se mettait à trembler.

« Je l'aime », se dit-elle et, comme toujours, pareille à un enfant recevant un cadeau, elle accepta la vérité sans grand étonnement. « Je ne sais pas depuis combien de temps je l'aime, mais je sais que c'est vrai, et sans Ashley il y a beau temps que je m'en serais rendu compte. Je n'ai jamais rien pu voir parce qu'Ashley était tout le temps devant moi. »

Elle aimait Rhett, mauvais sujet, canaille sans scrupule, ni honneur... du moins sans honneur au sens où Ashley l'entendait. « Maudit honneur d'Ashley ! pensa-t-elle. Ashley m'a toujours joué des tours pendables avec son honneur, il m'a toujours leurrée. Oui, dès le début. Il venait me voir tout le temps et il savait très bien que sa famille voulait lui faire épouser Mélanie. Rhett, lui, ne m'a jamais laissée tomber, même pas le soir terrible de la réception de Mélanie, alors qu'il aurait dû me tordre le cou. Même lorsqu'il m'a abandonnée sur la route, le soir de la chute d'Atlanta, il savait que j'étais sauvée. Il savait bien que je m'en tirerais d'une façon ou d'une autre. Même quand il a fait celui qui voulait exiger des compensations lorsque je suis allée le voir en prison pour lui demander de l'argent. Il n'aurait sûrement pas fait de moi sa maîtresse. C'était pour me mettre à l'épreuve. Il n'a pas cessé de m'aimer, et dire que j'ai été si odieuse avec lui. Je l'ai continuellement blessé, mais il était trop fier pour le montrer. Et quand Bonnie est morte… Oh ! comment ai-je pu… ? »

Scarlett se releva et regarda la maison, en haut de la côte. Une demi-heure auparavant elle avait cru avoir tout perdu, sauf son argent, avoir perdu tout ce qui rendait la vie désirable, Ellen, Gérald, Bonnie, Mama, Mélanie et Ashley. Il avait fallu qu'elle les perdît tous pour comprendre qu'elle aimait Rhett… qu'elle l'aimait parce qu'il lui ressemblait, qu'il était fort et sans scrupule, passionné et attaché aux biens de ce monde.

« Je lui dirai tout, pensa-t-elle. Il comprendra. Il a toujours compris. Je lui dirai combien j'ai été stupide et combien je l'aime. Je lui dirai que je réparerai tous mes torts. »

Soudain Scarlett se sentit forte et heureuse. Elle n'avait peur ni de l'obscurité ni du brouillard et, le cœur chantant d'allégresse, elle se dit qu'elle n'en aurait plus jamais peur. À l'avenir tous les brouillards du monde pouvaient bien enrouler leurs écharpes autour d'elle, elle savait où était son refuge. Elle reprit sa route d'un pas vif. Sa maison lui sembla loin, beaucoup trop loin. Cette fois, ce n'était pas la peur qui la faisait courir. Elle courait parce que les bras de Rhett se trouvaient à l'extrémité de la rue.

LXIII

La porte d'entrée était entrebâillée. Scarlett, hors d'haleine, s'engouffra dans le hall et s'arrêta un instant sous les prismes multicolores du lustre. Bien qu'elle fût éclairée à profusion, la maison était calme. Elle n'avait pas cette sérénité du sommeil, mais elle était plongée dans un silence las et inquiet qui avait quelque chose de lugubre. Scarlett s'aperçut tout de suite que Rhett n'était ni dans le salon, ni dans la bibliothèque, et son cœur se serra. Et s'il était sorti!... s'il était chez Belle, ou bien dans un de ces lieux où il passait la soirée quand il ne rentrait pas dîner! Scarlett n'avait pas prévu cette éventualité.

Elle s'était déjà engagée dans l'escalier pour aller à sa recherche lorsqu'elle vit que la porte de la salle à manger était fermée. Devant cette porte fermée elle éprouva un certain sentiment de honte. Elle se rappela qu'au cours de l'été Rhett était souvent resté là à boire tout seul jusqu'à l'hébétude, jusqu'à ce que Pork intervînt et montât le coucher. C'était sa faute si Rhett buvait ainsi, mais, grâce à elle, tout cela allait changer. Dorénavant, tout allait être différent... mais «Mon Dieu, je vous en supplie, faites qu'il ne soit pas ivre ce soir! S'il a trop bu, il ne me croira pas. Il se moquera de moi et j'en aurai le cœur brisé.»

Elle entrouvrit doucement la porte de la salle à manger et jeta un coup d'œil dans la pièce. Effondré dans son fauteuil, Rhett était assis devant la table, sur laquelle étaient posés un carafon fermé et un verre auquel il n'avait pas touché. Dieu merci, il n'avait pas bu! Scarlett ouvrit toute grande la porte et prit sur elle pour ne pas courir. Mais, lorsque Rhett releva la tête et la regarda, l'expression de ses yeux la cloua sur le seuil et arrêta les paroles au bord de ses lèvres.

Rhett la fixait de ses yeux noirs, lourds de fatigue au fond desquels ne pétillait aucune flamme. Le chignon de Scarlett était défait, ses cheveux lui tombaient sur les épaules, sa poitrine palpitait, sa robe était maculée de boue jusqu'aux genoux et pourtant, à ce spectacle, le visage de Rhett ne trahit aucun étonnement, ses lèvres n'esquissèrent pas le moindre sourire moqueur. Rhett était étalé dans son fauteuil. Son complet tout fripé faisait des plis au niveau de sa taille épaissie. Tout en lui annonçait la déchéance d'un beau corps d'athlète, l'avilissement d'une figure énergique. L'alcool et la débauche avaient marqué de leur empreinte son profil de médaille. Il n'avait plus une tête de jeune prince païen gravée sur une pièce d'or nouvellement frappée, mais une tête de César usé, décadent, dont l'effigie eût orné une pièce de cuivre dépréciée par un long usage. Il regarda Scarlett immobile, la main pressée contre son cœur.

– Venez vous asseoir, fit-il. Elle est morte ?

Scarlett fit oui de la tête et s'avança vers lui d'un pas hésitant. Cette nouvelle expression sur le visage de Rhett la déconcertait. Sans se lever il attira une chaise avec son pied, et Scarlett s'y laissa tomber. Elle regrettait qu'il eût parlé de Mélanie si tôt. Elle aurait voulu ne pas parler d'elle tout de suite, ne pas revivre les affres de l'heure qui s'était écoulée. Elle avait tout le reste de l'existence pour parler de Mélanie. Mais, poussée par un désir farouche de crier à Rhett : « Je vous aime », il lui semblait qu'il n'y avait que cette soirée, que ce moment pour dire à son mari tout ce qu'elle ressentait. Cependant quelque chose sur le visage de Rhett la retint et elle eut brusquement honte de parler d'amour alors que Mélanie n'était pas encore refroidie.

– Allons, que Dieu lui donne le repos éternel, fit-il d'un ton accablé. C'était la seule personne vraiment bonne que j'aie jamais connue.

– Oh ! Rhett ! s'écria Scarlett désemparée, car elle se rappelait avec trop de netteté tout ce que Mélanie avait fait pour elle. Pourquoi n'êtes-vous pas entré avec moi ? C'était terrible… et j'avais tant besoin de vous !

– Je n'en aurais pas eu le courage, déclara-il simplement, et il se tut un instant.

Puis il fit un effort et dit d'une voix douce :

– Une très grande dame.

Son regard sombre se mit à errer. Ses yeux avaient une expression analogue à celle que Scarlett y avait vue le soir de la chute d'Atlanta, lorsqu'il lui avait annoncé son intention de rejoindre l'armée en pleine retraite… l'étonnement d'un homme qui se connaît à fond et qui pourtant découvre en lui des attachements et des émotions insoupçonnées et qui se sent un peu ridicule de sa découverte.

Ses yeux maussades regardaient par-dessus l'épaule de Scarlett comme s'il voyait Mélanie traverser en silence la pièce et se diriger vers la porte. C'était un adieu, mais son visage ne trahissait ni chagrin, ni douleur et, lorsqu'il répéta « une très grande dame » ses traits exprimèrent seulement de la surprise devant le retour poignant d'émotions mortes depuis longtemps.

Scarlett frissonna. Cette belle flamme qui lui avait illuminé et réchauffé le cœur, qui lui avait donné des ailes pour regagner sa demeure s'éteignit subitement. Elle devina à demi ce qui se passait dans l'esprit de Rhett disant adieu à la seule personne au monde qu'il respectait et, de nouveau, elle éprouva une terrible sensation de détresse. Elle ne pouvait ni comprendre ni analyser complètement ce que Rhett ressentait, mais elle eut l'impression d'avoir été effleurée elle aussi par une jupe bruissante dont le doux contact avait ressemblé à une dernière caresse. Elle suivait dans les yeux de Rhett non pas le passage d'une femme, mais celui d'une légende… la légende de ces femmes aimables, effacées et pourtant indomptables auprès desquelles le Sud avait puisé son énergie pendant la guerre et dont les bras fiers et aimants l'avaient accueilli après la défaite.

Au bout d'un certain temps, Rhett abaissa son regard sur Scarlett:

– Alors elle est morte, dit-il. (Il s'exprimait maintenant d'un ton léger et froid.) Ça fait bien votre affaire, n'est-ce pas?

– Oh! comment pouvez-vous dire des choses pareilles! s'écria Scarlett, les larmes aux yeux. Vous savez combien je l'aimais!

– Non, je ne peux pas dire que je le savais. C'est des plus inattendu et ça vous fait grand honneur de l'apprécier enfin, étant donné votre passion pour la canaille.

– Comment pouvez-vous parler ainsi? Bien entendu, je l'appréciais, mais pas vous! Vous ne la connaissiez pas comme moi. Vous n'étiez pas à même de la comprendre… de comprendre combien elle était bonne…

– Vraiment? C'est possible.

– Elle pensait à tout le monde, sauf à elle-même… Tenez, ses derniers mots ont été pour vous.

Une flamme sincère brilla dans les yeux de Rhett, qui se tourna vers Scarlett.

– Qu'a-t-elle dit?

– Oh! pas maintenant, Rhett.

– Dites-le-moi.

Son ton était froid, mais il lui prit le poignet et serra à lui en faire mal. Scarlett ne voulait pas encore parler de la fin de Mélanie. Ce n'était pas ainsi qu'elle avait pensé aborder le sujet de son amour, mais la main de Rhett était insistante.

– Elle a dit… elle a dit… «Sois bonne pour le capitaine Butler, il t'aime tant.» Il regarda fixement Scarlett et lui lâcha le poignet. Il ferma les yeux, son visage devint impénétrable. Puis il se leva brusquement, alla à la fenêtre, écarta les rideaux et scruta la nuit comme s'il y avait eu à voir dehors autre chose que le brouillard.

– N'a-t-elle rien dit d'autre? interrogea-t-il sans se détourner.

– Elle m'a demandé de prendre soin du petit Beau et j'ai dit que je m'en occuperai comme de mon propre fils.
– Quoi encore ?
– Elle a dit… Ashley… elle m'a demandé également de veiller sur Ashley.
Rhett observa une pause et se mit à rire doucement.
– C'est commode d'avoir la permission de la première femme, hein ?
– Que voulez-vous dire ?
Il fit volte-face et, malgré sa confusion, Scarlett fut étonnée de ne découvrir aucune trace d'ironie sur son visage. Il avait l'air aussi indifférent qu'un homme qui assiste au dernier acte d'une comédie plutôt fastidieuse.
– Je crois que le sens de mes paroles est assez clair. Mme Melly est morte. Vous avez toutes les preuves qu'il vous faut pour demander le divorce, et votre réputation est trop compromise pour avoir à en souffrir. Comme il ne vous reste aucun sens religieux, cette question-là ne jouera pas non plus. Alors… Ashley et les rêves se réalisent avec la bénédiction de Mme Melly.
– Divorcer ? s'écria Scarlett. Non ! Non ! Sans savoir ce qu'elle faisait elle se leva d'un bond, courut à Rhett et lui saisit le bras : Oh ! vous vous trompez complètement ! Terriblement ! Je ne veux pas divorcer… Je…
Elle s'arrêta parce qu'elle ne pouvait pas trouver d'autres mots.
Rhett lui prit le menton, lui tourna le visage vers la lumière et, pendant un moment, fouilla dans ses yeux. Elle soutint son regard tant son cœur était dans ses prunelles dilatées. Elle essaya de parler. Ses lèvres tremblèrent, mais les mots ne venaient pas, car elle essayait de déchiffrer sur son visage une émotion correspondant à la sienne, une lueur d'espoir ou de joie ! Maintenant, il devait savoir ! Mais ses yeux affolés, ses yeux avides ne virent que ce visage fermé qui l'avait si souvent déroutée.
Rhett lui lâcha le menton, regagna son fauteuil, s'y laissa tomber d'un air fatigué et, le menton sur la poitrine, il observa Scarlett en observateur désintéressé. Elle se rapprocha de son fauteuil et, se croisant et se décroisant les mains, elle se campa devant lui.
– Vous vous trompez, répéta-t-elle, trouvant enfin ses mots. Rhett, ce soir, quand j'ai su, j'ai couru tout le long du chemin pour vous le dire. Oh ! mon chéri.
– Vous êtes fatiguée, dit-il sans cesser de l'examiner. Vous feriez mieux d'aller vous coucher.
– Mais il faut que je vous dise.

– Scarlett, déclara-t-il d'un ton lourd. Je ne veux... rien entendre du tout.
– Mais vous ne savez pas ce que je vais vous dire.
– Mon petit, c'est écrit en plein sur votre visage. Quelque chose, quelqu'un vous a fait comprendre que l'infortuné M. Wilkes était un trop gros morceau à avaler et du même coup mes attraits vous sont apparus sous un angle nouveau et séduisant. (Il poussa un léger soupir.) Donc inutile d'en parler.
Scarlett eut un petit sursaut d'étonnement. Bien entendu Rhett avait toujours lu en elle sans aucune difficulté. Jusque-là elle lui en avait voulu, mais maintenant, après sa déconvenue fugitive d'avoir été percée à jour, elle se sentit soulagée et son cœur se gonfla de bonheur. Rhett savait, il comprenait et du même coup sa tâche se trouvait miraculeusement simplifiée. Pas besoin de recourir aux paroles ! Évidemment, il lui en voulait de l'avoir si longtemps négligé, évidemment il se méfiait de son brusque revirement. À elle de l'entourer de prévenances, de lui prodiguer son amour pour le convaincre de sa sincérité. Quel plaisir ce serait !
– Mon chéri, je vais tout vous dire, fit-elle en s'appuyant au bras de son fauteuil et en se penchant vers lui. Je me suis tellement trompée, j'ai été si bête, si insensée, je...
– Pas de ça, Scarlett. Ne vous humiliez pas devant moi. Je ne le supporterai pas. Laissez-nous encore un peu de dignité, n'ayons pas tout épuisé au cours de notre mariage. Épargnez-nous cette fin.
Scarlett se redressa brusquement : « Épargnez-nous cette fin ? » Que voulait-il entendre par « cette fin » ? Une fin ? Il n'en était pas question. C'était un commencement.
– Mais je vais vous dire... commença-t-elle très vite comme si elle avait craint que Rhett ne lui mît la main sur la bouche pour lui imposer silence. Oh ! Rhett, je vous aime tant, mon chéri ! J'ai dû vous aimer pendant des années, mais j'étais trop stupide pour le savoir. Rhett, il faut me croire !
Il l'enveloppa d'un long regard qui la pénétra tout entière. Elle lut dans ses yeux qu'il la croyait, mais que ça ne l'intéressait guère. Allait-il donc se montrer odieux en un moment pareil ? La faire souffrir, lui rendre la monnaie de sa pièce ?
– Oh ! je vous crois, finit-il par dire. Mais Ashley Wilkes ?
– Ashley ! s'écria-t-elle, et elle eut un geste d'impatience... je... je pense qu'il ne m'inspire plus aucun sentiment depuis des siècles. C'était... eh bien ! c'était une sorte d'habitude que j'avais prise depuis que j'étais toute jeune. Si j'avais su ce qu'il valait vraiment, je crois que je n'aurais

même jamais eu de sympathie pour lui. C'est un être si incapable, si mou. Il a beau parler à tort et à travers de vérité, d'honneur, et...

– Non, coupa Rhett. Si vous devez le juger tel qu'il est, tâchez de mettre les choses au point. Ashley n'est qu'un galant homme entraîné dans un monde pour lequel il n'est pas fait et qui s'efforce de résister en appliquant les règles de conduite d'un monde disparu.

– Oh ! Rhett, ne parlons plus de lui ! Qu'est-ce que ça peut bien faire maintenant? N'êtes-vous pas heureux de savoir... je veux dire de savoir que je...

Elle rencontra les yeux de Rhett et s'arrêta court, intimidée comme une jeune fille en présence de son premier soupirant. Si seulement il lui simplifiait la tâche. Si seulement il lui tendait les bras. Elle s'assiérait sur ses genoux, elle blottirait sa tête contre sa poitrine. Ses lèvres contre les siennes seraient plus éloquentes que tous les mots qu'elle pourrait bredouiller. Mais en le regardant elle se rendit compte que ce n'était pas par méchanceté qu'il la repoussait. Il avait l'air de ne plus rien ressentir. Ses paroles semblaient n'avoir rien éveillé en lui.

– Heureux ? répéta-t-il. Jadis, j'aurais remercié Dieu à deux genoux de vous entendre dire tout cela, mais maintenant ça ne me fait plus rien.

– Ça ne vous fait plus rien ? De quoi parlez-vous, voyons ? Mais si, bien sûr, ça vous fait quelque chose. Rhett, vous m'aimez, n'est-ce pas ? Vous devez m'aimer. Melly l'a dit.

– Eh bien ! elle avait raison en un sens, mais elle ne savait pas tout. Scarlett, vous est-il jamais venu à l'idée que même un amour impérissable pouvait s'éteindre ?

Incapable d'articuler un son, elle le dévisagea, la bouche ronde comme un O.

– Le mien s'est éteint, poursuivit Rhett. Il s'est émoussé contre Ashley Wilkes et votre entêtement insensé qui vous fait vous cramponner comme un bouledogue à tout ce que vous vous figurez désirer... Mon amour s'est éteint.

– Mais l'amour ne peut pas s'éteindre !

– C'est cependant ce qui est arrivé à celui que vous aviez pour Ashley !

– Mais je n'ai jamais aimé Ashley pour de bon !

– En tout cas, vous avez joliment bien donné le change... jusqu'à ce soir. Scarlett, je ne vous blâme pas, je ne vous accuse pas, je ne vous adresse pas de reproches. Ce temps-là est passé. Épargnez-moi vos protestations et vos explications. S'il vous est possible de m'écouter quelques minutes sans m'interrompre, je m'en vais vous expliquer ma façon de penser. Dieu sait pourtant que je ne vois nullement la nécessité d'une explication. La vérité saute aux yeux.

Scarlett s'assit. La lumière crue du gaz frappait en plein son visage blême. Elle plongea son regard dans ces yeux qu'elle connaissait à la fois si bien et si mal. Elle écouta cette voix tranquille lui dire des mots qui d'abord n'eurent aucun sens pour elle. C'était la première fois que Rhett lui parlait ainsi comme tout le monde, sans badiner, sans railler, sans poser de devinettes.

– Vous est-il jamais venu à l'idée que je vous aimais autant qu'un homme peut aimer une femme ? Que je vous ai aimée pendant des années avant de vous posséder ? Pendant la guerre, je suis parti au loin pour essayer de vous oublier, mais c'était impossible, il fallait toujours que je revienne. Après la guerre, je me suis fait arrêter parce que j'étais revenu pour vous revoir. Je vous aimais tellement que je crois bien que j'aurais tué Frank Kennedy s'il n'était pas mort. Je vous aimais, mais je ne voulais pas que vous le sachiez. Vous êtes si dure avec ceux qui vous aiment, Scarlett. Vous prenez leur amour et vous le brandissez comme un fouet au-dessus de leur tête.

De tout cela, seul le fait qu'il l'aimait avait une signification pour elle. Au son de sa voix empreinte d'un faible accent de passion, elle sentit le plaisir et l'émotion l'envahir de nouveau. Elle demeurait immobile, retenant son souffle, écoutant, attendant.

– Je savais que vous ne m'aimiez pas lorsque je vous ai épousée. Je savais à quoi m'en tenir au sujet d'Ashley, vous comprenez. Mais, insensé que j'étais, je pensais réussir à me faire aimer de vous ! Riez si le cœur vous en dit, mais je voulais veiller sur vous, vous chérir, vous donner tout ce que vous auriez désiré. Je voulais vous épouser, vous protéger, vous passer toutes les fantaisies qui vous auraient rendue heureuse... exactement ce que j'ai fait avec Bonnie. Vous aviez tant lutté. Nul ne savait mieux que moi ce que vous aviez traversé. Je voulais que vous cessiez de combattre et que vous me laissiez poursuivre la lutte à votre place. Je voulais que vous jouiez comme un enfant... car vous étiez une enfant, brave, effrayée, têtue. Je crois d'ailleurs que vous êtes toujours une enfant. Il n'y a qu'une enfant pour être aussi butée et aussi insensible que vous.

Rhett s'exprimait d'une voix calme et lasse, mais dans son intonation il y avait quelque chose qui faisait se lever en Scarlett le fantôme d'un souvenir. Elle avait déjà entendu une voix comme celle-là à une autre époque douloureuse de sa vie. Où cela ?... la voix d'un homme s'analysant, regardant la vie en face, sans émotion, sans effroi, sans espérance.

Voyons... voyons... mais c'était Ashley dans le verger de Tara balayé par le vent d'hiver. Ashley parlant de théâtre d'ombres avec une placidité résignée plus désespérante que les accents les plus amers. De même que la voix d'Ashley l'avait glacée, avait éveillé en elle la crainte de choses qu'elle ne pouvait comprendre, de même la voix de Rhett remplissait son cœur d'angoisse. Son intonation, son attitude, plus encore que le contenu de ses paroles, la bouleversaient, l'obligeaient à s'apercevoir que l'agréable griserie éprouvée quelques instants plus tôt avait été prématurée. Il y avait quelque chose qui n'allait pas, quelque chose de faussé. Quoi ? elle n'en savait rien, mais elle écoutait désespérément, les yeux rivés sur le visage de Rhett, et elle espérait quand même que ses paroles allaient dissiper ses craintes.

– Il était clair que nous étions faits l'un pour l'autre. C'était si clair que j'étais le seul homme que vous connaissiez capable de vous aimer après vous avoir vue telle que vous étiez… dure, cupide, malhonnête comme moi. Je vous aimais et j'ai tenté ma chance. Je pensais que vous finiriez par oublier Ashley. Mais (il haussa les épaules) j'ai essayé tout ce qui était en mon pouvoir, et rien n'a marché. Et je vous aimais, Scarlett. Si seulement vous m'aviez laissé faire, je vous aurais aimée plus tendrement qu'un homme a jamais aimé une femme. Pourtant je ne voulais pas que vous le sachiez, car je savais que vous m'auriez cru faible et que vous auriez cherché à vous servir de mon amour contre moi. Et toujours… toujours il y avait Ashley. Il me rendait fou. Je ne pouvais pas m'asseoir à table en face de vous le soir sans deviner que vous auriez voulu qu'Ashley fût à ma place. Je ne pouvais pas vous tenir dans mes bras la nuit sans savoir… Bah ! ça n'a plus d'importance, maintenant. Oui, maintenant je me demande même pourquoi j'ai souffert. C'est ça qui m'a conduit chez Belle. On éprouve un certain réconfort de mauvais aloi auprès d'une femme qui vous aime corps et âme et respecte en vous le beau monsieur… même si cette femme est une prostituée sans culture… Ça caressait ma vanité. Vous n'avez jamais été très caressante, ma chère.

– Oh ! Rhett… fit Scarlett dont le chagrin augmenta au nom de Belle, mais Rhett l'arrêta d'un geste et poursuivit :

– Et puis, cette nuit où je vous ai portée dans mes bras… je pensais… j'espérais… j'avais tant d'espoir que j'ai eu peur de me trouver devant vous le lendemain matin. J'avais peur de m'être trompé, peur que vous ne m'aimiez pas. Je redoutais tellement que vous vous moquiez de moi que je suis sorti et que je me suis enivré. Et, lorsque je suis revenu, je tremblais comme un galopin et si vous aviez eu le moindre geste, si vous m'aviez donné le moindre encouragement, je crois que je vous aurais baisé les pieds. Mais vous n'avez pas bougé.

– Oh ! Rhett, mais j'avais tant besoin de vous, seulement vous avez été si odieux. J'avais besoin de vous. Je crois... oui ça doit être à ce moment-là que j'ai su pour la première fois que je vous aimais. Ashley... après cela, la pensée d'Ashley ne m'a plus jamais rendue heureuse, mais vous étiez si odieux que je...

– Allons, fit-il, j'ai l'impression que nous avons joué à cache-cache. Ce n'est pas vrai ? Mais maintenant ça n'a plus d'importance. Je vous raconte tout cela uniquement pour qu'il ne reste plus en vous de points obscurs. Lorsque vous avez été malade par ma faute, je suis resté derrière votre porte, j'espérais tout le temps que vous m'appelleriez, mais vous n'en avez rien fait. Alors j'ai compris combien j'avais été stupide et j'ai su que tout était fini.

Il s'arrêta et il la regarda sans la voir, comme Ashley l'avait si souvent regardée, fixant au loin quelque chose qu'elle ne pouvait distinguer. Et elle, incapable de parler, ne pouvait que fixer ce visage pensif.

– Mais il y avait Bonnie, et j'ai compris qu'en somme tout n'était pas fini. Je me plaisais à imaginer que Bonnie c'était vous, que vous étiez redevenue une petite fille, que cela se passait avant que la guerre, la pauvreté vous eussent marquée. Elle vous ressemblait tant. Elle était si autoritaire, si brave, si gaie, si pleine d'entrain, et je pouvais la chérir, la gâter... tout comme j'aurais voulu vous chérir. Mais elle n'était pas comme vous... elle m'aimait. C'était une bénédiction pour moi de pouvoir employer cet amour dont vous ne vouliez pas et de le lui prodiguer... Quand elle est partie, elle a tout emporté avec elle.

Tout à coup Scarlett eut de la peine pour Rhett, le chagrin s'empara d'elle si complètement qu'elle ne pensa ni à sa propre douleur, ni aux menaces contenues dans les mots qu'elle venait d'entendre. C'était la première fois qu'elle éprouvait de la peine pour quelqu'un sans éprouver en même temps du mépris, car c'était la première fois qu'elle se trouvait si près de comprendre un être humain. Et elle pouvait comprendre son entêtement orgueilleux, si pareil au sien, son obstination à ne pas vouloir confesser son amour de peur de s'exposer à une rebuffade.

– Chéri, dit-elle en s'avançant d'un pas dans l'espoir qu'il lui tendrait les bras et la prendrait sur ses genoux. Chéri, je suis si triste, mais je vous ferai oublier tout cela ! Nous pouvons être si heureux, maintenant que nous savons la vérité et... Rhett... regardez-moi donc, Rhett ! Il peut... il peut y avoir d'autres enfants... pas comme Bonnie, bien sûr... mais...

– Non, merci, fit Rhett comme s'il eût refusé un morceau de pain. Je ne risquerai pas mon cœur une troisième fois.

– Rhett, ne dites pas des choses pareilles ! Oh ! que faut-il vous dire pour vous faire comprendre ? Je vous ai dit combien je regrettais...

– Ma chérie, vous êtes tellement enfant. Vous vous imaginez qu'il vous suffit de dire « je regrette » pour que toutes les erreurs, toutes les souffrances soient effacées de la mémoire, pour que toutes les anciennes blessures soient lavées de leur poison... Prenez mon mouchoir, Scarlett. À toutes les heures graves de votre vie je ne vous ai jamais vue avec un mouchoir.

Elle prit le mouchoir, se moucha et se rassit. Il était certain que Rhett n'allait pas la prendre dans ses bras. Il commençait à ne plus faire de doute que tout ce qu'il avait dit au sujet de son amour pour elle ne correspondait plus à rien. C'était un récit emprunté à une époque lointaine, et Rhett racontait cette histoire comme si elle ne lui était jamais arrivée. C'était bien cela qui était effrayant. Il la regarda presque avec bonté.

– Quel âge avez-vous, ma chère ? demanda-t-il d'un air songeur. Vous n'avez jamais voulu me le dire.

– J'ai vingt-huit ans, répondit-elle sourdement le mouchoir sur la bouche.

– Ce n'est pas bien vieux. Vous vous y êtes prise jeune pour conquérir le monde et perdre votre âme, hein ? Ne faites pas cette tête épouvantée. Je ne fais pas allusion aux feux de l'enfer qui vous guettent, à cause de votre aventure avec Ashley. Je parle simplement par métaphore. Depuis que je vous connais, vous désirez deux choses : avoir Ashley et être assez riche pour envoyer promener le monde. Eh bien ! vous voilà assez riche, vous avez dit aux gens ce que vous pensiez d'eux et vous aurez Ashley si vous voulez de lui. Mais maintenant, tout cela ne semble pas vous suffire.

Scarlett avait peur, mais ce n'étaient pas les feux de l'enfer qui l'effrayaient. Elle se disait : « Mais mon âme, c'est Rhett, et je suis en train de le perdre. Et, si je le perds, rien ne comptera plus pour moi. Non, ni amis, ni argent... rien. Si seulement je pouvais l'avoir à moi, ça me serait bien égal d'endurer encore le froid et la faim. Mais il ne peut pas vouloir que... Oh ! c'est impossible ! »

Elle s'essuya les yeux et dit d'un ton désespéré :

– Rhett, si vous m'avez tant aimée, il doit bien y avoir en vous quelque chose pour moi ?

– Voyez-vous, quand je réfléchis à tout cela, je m'aperçois qu'il ne reste plus que deux choses, justement les deux choses que vous détestez le plus... la pitié et un curieux sentiment de bonté.

De la pitié ! De la bonté ! « Oh ! mon Dieu ! » se dit Scarlett, éperdue. Tout sauf de la pitié et de la bonté. Chaque fois qu'elle éprouvait l'un ou l'autre de ces sentiments pour quelqu'un, ils s'accompagnaient de mépris. La mépriserait-il en plus ? N'importe quoi serait préférable à cela. Même son cynisme du temps de la guerre, même sa frénésie d'ivrogne lorsqu'il l'avait emportée dans ses bras, que ses doigts durs lui avaient meurtri le corps, même ses remarques cinglantes sous lesquelles, elle s'en rendait compte maintenant, se cachait un amour rempli d'amertume, tout plutôt que cette bienveillante indifférence qu'elle lisait sur son visage.

– Alors... alors vous voulez dire que j'ai tout gâché... que vous ne m'aimez plus ?

– C'est exact.

– Mais, fit-elle avec obstination comme un enfant qui se figure qu'il lui suffit de formuler un désir pour qu'il se réalise. Mais je vous aime.

– Tant pis pour vous.

Elle releva aussitôt la tête pour voir s'il y avait de l'ironie derrière ses paroles, mais elle n'en découvrit pas. Rhett constatait simplement un fait. Pourtant, c'était un fait auquel elle ne voulait pas encore croire... auquel elle ne pouvait pas croire. Elle le regarda de ses yeux obliques où brûlait un acharnement désespéré et, serrant tout à coup les mâchoires dont les lignes dures saillirent sous la peau douce de ses joues, elle ressembla à Gérald.

– Rhett, ne soyez pas stupide ! Je peux vous rendre...

Feignant un geste d'horreur, il mit sa main en écran devant lui, et ses sourcils noirs dessinèrent la double courbe moqueuse d'autrefois.

– Ne prenez pas un air aussi décidé, Scarlett ! Vous me faites peur. Je vois que vous envisagez de reporter sur moi les ardeurs tumultueuses que vous éprouviez pour Ashley, et je crains pour ma liberté et ma tranquillité d'esprit. Non, Scarlett, je ne tiens pas du tout à ce que vous me relanciez comme vous avez relancé l'infortuné Ashley. D'ailleurs, je m'en vais en voyage.

Le menton de Scarlett trembla. S'en aller en voyage ? Non, tout plutôt que cela ! Comment continuer à vivre sans lui ? Tout le monde l'avait quittée, tous les êtres auxquels elle tenait, sauf Rhett. Il ne pouvait pas s'en aller. Mais comment le retenir ? Elle ne pouvait rien contre son détachement, contre ses paroles indifférentes.

– Je pars en voyage. J'avais l'intention de vous l'annoncer à votre retour de Marietta.

– Vous m'abandonnez ?

– Ne jouez pas l'épouse délaissée et dramatique, Scarlett. Ce rôle ne vous va pas. J'ai bien compris, n'est-ce pas, que vous ne vouliez ni d'un divorce, ni d'une séparation ? Parfait, je reviendrai donc assez souvent pour imposer silence aux mauvaises langues.

– Au diable les mauvaises langues ! s'écria-t-elle d'un ton farouche. C'est vous que je veux. Emmenez-moi avec vous !

– Non, déclara-t-il, et il y avait quelque chose de définitif dans le timbre de sa voix.

Pendant un moment Scarlett fut sur le point d'avoir une crise de larmes comme une enfant. Elle faillit se rouler par terre, lancer des injures, hurler, battre le plancher de ses talons. Mais un reste de fierté et de bon sens la retint. « Si je fais cela, se dit-elle il se moquera de moi ou il se contentera de me regarder. Il ne faut pas que je me mette à pleurer. Il ne faut pas lui demander la charité. Je ne dois pas m'exposer à encourir son mépris. Il faut qu'il me respecte même… même s'il ne m'aime pas. »

Elle releva la tête et réussit à lui demander d'un ton calme :

– Où irez-vous ?

Une faible lueur d'admiration dans les yeux il répondit :

– Peut-être en Angleterre… ou à Paris. Peut-être à Charleston, pour essayer de faire la paix avec ma famille.

– Mais vous la détestez ! Je vous ai si souvent entendu vous moquer d'elle… et…

Il haussa les épaules.

– Je continue à m'en moquer… mais j'en ai assez d'être un aventurier, Scarlett. J'ai quarante-cinq ans. C'est l'âge auquel un homme commence à apprécier quelques-unes des choses qu'il a reniées d'un cœur si léger dans sa jeunesse, les liens de famille, l'honneur, la tranquillité, les racines profondément enfoncées dans le sol… Oh ! non. Je n'abjure rien, je ne regrette rien de ce que j'ai fait. Je me suis payé une sacrée pinte de bon sang… Je me suis même si bien amusé que les plaisirs commencent à me lasser et que je désire connaître autre chose. Non, je veux simplement changer mes mouchetures, comme le léopard, vous savez. Je veux redonner aux choses que je connaissais l'aspect extérieur qu'elles avaient autrefois, je veux éprouver ce sentiment d'ennui mortel que procure la respectabilité… celle des autres, mon chou, pas la mienne… je veux retrouver la dignité calme de la vie menée au milieu des gens comme il faut, je veux retrouver le charme bienfaisant des jours qui ne sont plus… Lorsque je vivais ces jours-là je ne me rendais pas compte de la saveur de leur nonchalance…

Scarlett était de nouveau transportée dans le verger de Tara balayé par le vent, et dans les yeux de Rhett elle découvrait une expression analogue à celle qu'elle avait vue alors dans les yeux d'Ashley. Les paroles d'Ashley lui revenaient avec tant de netteté qu'elle avait l'impression de l'entendre parler à la place de Rhett. Elle se rappelait des bribes de phrases et elle les répéta tout haut comme un perroquet :

– Une séduction... une perfection, la symétrie de l'arc grec.

– Que racontez-vous là ? fit Rhett sèchement. C'est exactement ce que je voulais dire.

– C'est quelque chose que... que m'a dit un jour Ashley à propos de l'ancien temps.

Rhett haussa les épaules et la lumière s'éteignit dans ses yeux.

– Toujours Ashley, murmura-t-il, et il se tut un instant. Scarlett, reprit-il, quand vous aurez quarante-cinq ans, vous comprendrez peut-être ce que je veux dire et vous aussi vous serez peut-être fatiguée des gens qui posent aux belles manières, des attitudes truquées, des émotions de pacotille. Mais j'en doute. Je crois que vous serez toujours plus attirée par ce qui brille que par l'or véritable. En tout cas, il ne m'est pas possible d'attendre jusque-là pour voir et je n'en ai nulle envie. Ça ne m'intéresse pas du tout. Je m'en vais explorer de vieilles villes et de vieux pays où doit subsister encore un peu du charme d'antan. Oui, je suis sentimental, à ce point. Atlanta est trop brutal pour moi, trop neuf.

– Taisez-vous, fit Scarlett brusquement.

Elle avait à peine entendu ce que Rhett venait de dire ; en tout cas, elle n'en avait pas compris le sens, mais elle savait qu'elle n'aurait plus la force de l'écouter parler si sa voix ne trahissait pas un peu d'amour.

Il s'arrêta et la regarda, intrigué.

– Voyons, vous avez pourtant bien compris le sens de mes paroles, n'est-ce pas ? dit-il en se levant.

Scarlett lui tendit les mains, répétant le geste immémorial de ceux qui implorent et de nouveau son visage exprima tous les sentiments dont son cœur débordait.

– Non, s'écria-t-elle, tout ce que je sais, c'est que vous ne m'aimez pas et que vous allez partir. Oh ! mon chéri, si vous vous en allez, que vais-je devenir ?

Pendant un moment Rhett parut hésiter comme s'il se demandait ce qui était préférable en fin de compte d'un mensonge charitable ou de la vérité. Alors il haussa les épaules.

– Scarlett, je n'ai jamais été un homme à ramasser patiemment les morceaux cassés et à les recoller pour me dire ensuite qu'un objet réparé valait un objet neuf. Ce qui est cassé est cassé... Et j'aime encore mieux avoir le souvenir de quelque chose de beau que de voir toute ma vie les endroits brisés et les traces de rafistolage. Peut-être, si j'étais plus jeune... Il soupira : Mais je suis trop vieux pour avoir cette sentimentalité bébête des gens qui croient à la vertu de l'éponge sur l'ardoise et qui se figurent qu'on peut tout recommencer. Je suis trop vieux pour porter sur mes épaules le poids des mensonges perpétuels des illusions polies. Il me serait impossible de vivre auprès de vous en vous mentant sans cesse et, en tout cas, je serais incapable de me mentir à moi-même. Je ne peux même pas vous mentir en ce moment. Je voudrais pouvoir m'intéresser à ce que vous faites, à ce que vous deviendrez, mais c'est trop me demander. Il poussa un petit soupir et déclara d'un ton détaché, mais emprunt de douceur : Ma chère, je m'en fiche comme d'une guigne.

Scarlett ne dit rien et regarda Rhett monter l'escalier. La douleur lui contractait si fortement la gorge qu'elle eut l'impression d'étouffer. Elle entendit Rhett traverser le couloir du premier, puis le bruit de ses pas s'évanouit, en même temps s'évanouit la dernière chose à laquelle elle tenait. Elle savait désormais que nul sentiment, nul argument ne ferait revenir cet homme glacé sur le verdict qu'il avait prononcé. Elle savait que, malgré le ton léger qu'il avait employé parfois, tous ses mots avaient eu un sens précis. Elle savait cela parce qu'elle devinait confusément en lui quelque chose de fort, d'inflexible, d'implacable... toutes les qualités qu'elle avait cherchées en vain chez Ashley.

Elle n'avait compris ni l'un ni l'autre, des deux hommes qu'elle avait aimés et, partant, elle les avait perdus tous les deux. Ses pensées suivaient un cours tortueux, indécis. Elle se rendait compte peu à peu que si elle avait compris Ashley elle ne l'aurait jamais aimé, mais que si elle avait compris Rhett elle ne l'aurait jamais perdu. Désespérée, elle se demanda si elle avait jamais compris quelqu'un. Une torpeur miséricordieuse s'emparait de son esprit, mais elle savait, par une longue expérience, que cet engourdissement ferait bientôt place à une souffrance aiguë, comme les tissus tranchés par le bistouri du chirurgien profitent d'un bref moment d'insensibilité avant que commence leur supplice.

« Je ne veux pas y penser maintenant », se dit-elle avec une énergie farouche. C'était là sa vieille formule et l'heure était venue de l'appliquer à nouveau. « Je vais devenir folle si je pense que j'ai perdu Rhett. Je penserai à tout cela demain. »

« Mais, lui cria son cœur meurtri en repoussant le talisman, je ne peux pas le laisser partir ! Il doit y avoir un moyen de le retenir ! »

« Je ne veux pas y penser maintenant », dit-elle tout haut cette fois. Elle essayait d'enfouir son chagrin au fond de sa conscience, d'élever une digue contre le flot grossissant de la douleur. « Je... allons, demain je partirai pour Tara », et elle reprit un peu de courage.

Elle était déjà retournée à Tara un jour d'effroi et de défaite, et elle en avait quitté les murs protecteurs forte et armée pour la victoire. Ce qu'elle avait fait une fois... « Oh ! mon Dieu, je vous en supplie, donnez-moi le moyen de le refaire. » Un moyen ? lequel ? Elle n'en savait rien. Elle ne voulait pas réfléchir à cela pour le moment. Tout ce qu'elle désirait, c'était avoir assez d'espace pour souffrir librement, c'était trouver un lieu paisible pour y panser ses blessures, un refuge pour y dresser ses plans de campagne. Elle pensait à Tara et il lui semblait qu'une main fraîche et affectueuse lui caressait le cœur. Elle voyait la blanche maison lui souhaiter la bienvenue parmi les feuillages rougissants de l'automne, elle sentait descendre sur elle comme une bénédiction le calme silencieux du crépuscule champêtre, elle sentait la rosée tomber sur les arpents de buissons verts étoilés de touffes blanches, elle voyait la couleur crue de la terre rouge et la beauté triste et sombre des pins sur les collines ondulantes.

L'évocation de ces images lui procurait un léger réconfort, ranimait un peu son énergie et reléguait à l'arrière-plan ses regrets qui menaçaient de la rendre folle de douleur. Elle resta un moment immobile à se rappeler de petits détails, l'avenue de cèdres qui menait à Tara, les buissons de jasmins contre la maison dont la blancheur rehaussait leur couleur verte, les rideaux blancs qui flottaient au vent. Et Mama serait là ! Soudain, Scarlett souhaita éperdument de revoir Mama. Elle avait besoin d'elle comme au temps de son enfance, elle avait besoin de la grosse poitrine pour y poser sa tête, de la main noueuse et noire sur ses cheveux. Mama, son dernier lien avec le bon vieux temps !

Avec l'énergie de ceux de sa race, qui ne s'avouent jamais vaincus, même lorsque la défaite les regarde en face, Scarlett releva le menton. Elle ramènerait Rhett à elle. Elle savait qu'elle y parviendrait. Nul homme ne lui avait jamais résisté, lorsqu'elle s'était mis en tête de faire sa conquête.

« Je penserai à cela demain, à Tara. Pour le moment, je n'en ai pas le courage. Demain, je chercherai un moyen de ramener Rhett. En somme, à un jour près... »

ANNEXE

LES GRANDS GÉNÉRAUX
DE LA GUERRE DE SÉCESSION

DAVIS, Jefferson (1808-1889)
Après West Point et son service militaire, Davis s'occupe de sa plantation et de ses esclaves, dans son Mississippi natal. Il entame une carrière politique qui le mène au Congrès à partir de 1845, d'abord à la Chambre des représentants, puis au Sénat. Il est nommé ministre de la Guerre en 1853, avant de retourner au Sénat en 1857, porte-parole de la cause esclavagiste. Il démissionne du Sénat en 1861 pour être élu par acclamations président de la Confédération. Le président Davis se concentre surtout sur les tâches militaires, au détriment de la politique et de l'organisation de la Confédération. En avril 1865, il parvient à fuir Richmond pour se réfugier dans le Sud profond, mais il est fait prisonnier en Géorgie le mois suivant. La santé physique et psychique de Davis se détériore durant ses deux années de détention. Il mène ensuite une vie obscure d'affaires ratées, jusqu'à sa mort en 1889 à La Nouvelle Orléans. Il ne prêta jamais serment pour retrouver la nationalité américaine.

JACKSON, Thomas, dit « Stonewall » (1824-1863)
Virginien d'origine modeste sorti de West Point, il combat pendant la guerre du Mexique, puis quitte le service actif en 1851 pour enseigner dans une académie militaire. Général confédéré, il se révèle un tacticien remarquable, très vaillant, qui lui vaut le surnom de « Stonewall » après la bataille de Bull Run. Il manœuvre brillamment dans la vallée de la Shenandoah au printemps 1862, et fait figure de principal subordonné de Lee. Blessé lors de la bataille de Chancellorsville, il meurt une semaine plus tard.

JOHNSTON, Joseph Eggleston (1807-1891)
Virginien, sorti de West Point en 1829, il combat lors de la guerre contre les Séminoles et celle du Mexique, où il est blessé cinq fois. Général réputé pour sa bravoure, il rejoint l'armée confédérée en avril 1861. Il commande les forces sudistes à la bataille de Bull Run (Manassas), puis il est gravement blessé à la bataille de Seven Pines. Placé à la tête de l'armée du Tennessee, il ne peut empêcher l'armée du général Sherman d'avancer vers Atlanta, puis de prendre la ville. Johnston se rend à Sherman en avril 1865, en Caroline du Nord.

LEE, Robert E. (1807-1870)
Virginien, diplômé de l'école d'officiers de West Point en 1829, Lee se distingue pendant la guerre du Mexique (1846-1848), qui lui confère le grade de colonel. Il dirige West Point de 1852 à 1855, puis décline un commandement nordiste pour rejoindre la Confédération dont il sera le plus brillant général, le

« Napoléon américain ». À la tête de l'armée de Virginie du Nord, Lee remporte de nombreuses victoires, avant d'être défait à Gettysburg en juillet 1863. Il mène ensuite avec brio une série de batailles jusqu'à être submergé par les forces nordistes au printemps 1865. Après la guerre, Lee prêche la réconciliation et devient président de Washington College en Virginie. Admiré pour son caractère et son intelligence, Lee est toujours révéré dans le Sud. En 1924, une tête géante de Lee est sculptée sur la Stone Moutain, en Géorgie, à quoi on adjoint des bustes de Jefferson Davis et Stonewall Jackson en 1954.

LES GÉNÉRAUX DU NORD

GRANT, Ulysses S. (1822-1885)
Né dans l'Ohio, la vie de Grant est d'une grande médiocrité jusqu'à la guerre. Sa carrière militaire est compromise par l'alcoolisme, qui l'oblige à démissionner de l'armée en 1854. Il s'essaie ensuite aux affaires, sans succès. La guerre le relance. D'abord colonel, il est promu général de brigade en août 1861, et se distingue lors de la campagne du Tennessee en février 1862. Sa brillante victoire de Vicksburg au printemps 1863 le propulse au premier rang. Promu général d'armée, il devient commandant en chef des armées de l'Union en mars 1864, et reçoit la reddition de Lee en avril 1865 à Appomatox. Auréolé des lauriers de la victoire, Grant est élu et réélu président des États-Unis (1869-1877), mais ses mandats sont entachés par la corruption et l'inefficacité. Ses Mémoires (1885) sont un document d'un exceptionnel intérêt sur la guerre.

SHERMAN, William Tecumseh (1820-1891)
Né dans l'Ohio, sorti de West Point en 1840, Sherman sert comme beaucoup d'autres généraux dans la guerre du Mexique, comme beaucoup d'autres il démissionne (en 1853), et rejoint l'armée nordiste avec le grade de colonel en 1861. Ses premiers commandements ne sont pas couronnés de succès, d'autant que des problèmes psychiatriques l'affaiblissent. Mais il se distingue lors de la bataille de Shiloh en avril 1862, et devient l'adjoint le plus fiable de Grant. Lorsque Grant reçoit le commandement de l'armée du Potomac, Sherman prend la tête de l'armée de l'Ouest, qui s'empare d'Atlanta et assure la réélection de Lincoln. Sherman ordonna l'évacuation de la population civile d'Atlanta avant de brûler une partie de la ville. Sa fameuse « marche à la mer » ravage la Géorgie jusqu'à la chute de Savannah le 21 décembre 1864, et lui confère une réputation de général sanguinaire, adepte précoce de la « guerre totale » qu'il mettra également en œuvre contre les Indiens lorsqu'il sera commandant en chef de l'armée américaine après Grant, en 1869.

VIE ET ŒUVRE

avec un aperçu sur la guerre de Sécession

L'essentiel des informations de ce « Vie et œuvre » est emprunté à la biographie de Margaret Mitchell par Anne Edwards (*Margaret Mitchell. Biographie*, Pierre Belfond, 1991, 330 pages). Le lecteur s'y reportera pour de plus amples informations.
Nous y avons incorporé des informations concernant la guerre de Sécession et l'histoire du Sud, dans le souvenir desquels a baigné toute l'enfance de Margaret Mitchell, qui forment la trame historique de son roman.

Dans l'ascendance de Margaret Mitchell de nombreux lignages se croisent. Du côté maternel, on trouve une famille française huguenote émigrée en Amérique après la révocation de l'Édit de Nantes (1685) dont les descendants arrivent en Géorgie après la guerre d'Indépendance. Du côté paternel, ce sont des émigrés écossais qui, venus de Caroline du Nord, s'installent finalement en Géorgie avant la guerre d'Indépendance. L'un de ses arrière-grands-pères, Philip Fitzgerald, était originaire du comté de Tipperary (Irlande); catholique, il avait émigré aux États-Unis à l'adolescence et possédait une plantation de coton de 930 hectares à Jonesboro, localité du comté de Clayton située à environ 25 km d'Atlanta, où il faisait travailler 35 esclaves noirs. Catholique fervente, son épouse Eleanor avait veillé à les faire baptiser. Philip Fitzgerald se fit élire sénateur dans une contrée où pourtant dominaient les protestants.

1861

8 FÉVRIER

Quelques semaines après l'élection d'Abraham Lincoln à la Maison Blanche, onze États du Sud forment les États confédérés d'Amérique qui choisissent Richmond (Virginie) comme capitale et Jefferson Davis comme président. L'Union compte 22 millions d'habitants, la Confédération seulement 9 millions dont 3,5 sont esclaves. La production industrielle du Nord est sept fois plus importante que celle du Sud.

12 AVRIL

La guerre civile débute avec le bombardement du fort Sumter, dans la baie de Charleston (Caroline du Sud), par les forces sudistes. Il est fait allusion à cet épisode dans le premier chapitre d'*Autant en emporte le vent.*

1er JUILLET

La Confédération dispose de 112 000 hommes, répartis en régiments et milices : « Richmond Howitzer », « Louisiana Zouaves », « Cherokee Lincoln Killers », « Garde d'Atlanta ».

21 JUILLET

La première bataille, celle de Bull Run dans le nord de la Virginie, donne l'avantage aux généraux confédérés Beauregard et « Stonewall » Jackson.

1862

6 AVRIL

Dans le Tennessee, l'indécise et sanglante bataille de Shiloh (23 000 morts) arrête dans leur progression vers le sud les troupes nordistes du général Grant et fige les positions. Les Américains du Nord et du Sud perdent leurs illusions romantiques sur la guerre.

MAI-SEPTEMBRE

À l'Est, la campagne dite de la « Péninsule » menée contre Richmond par le général McClellan est stoppée par le général Lee, qui contre-attaque avant d'être arrêté à Antietam (17 septembre). Lee recule et se retranche solidement autour de Richmond, la capitale sudiste.

22 SEPTEMBRE

Proclamation d'Émancipation de Lincoln, par laquelle, à partir du 1er janvier 1863, « tous les esclaves des régions en rébellion contre les États-Unis seront déclarés libres ». L'esclavage devient clairement l'enjeu majeur de la guerre. La cause du Nord devient celle de l'abolition, ce qui entraîne un afflux d'esclaves vers les lignes nordistes. Jusqu'à cette proclamation, l'Union refusait d'enrôler des soldats afro-américains, malgré les volontaires noirs qui se pressaient dans les bureaux de conscription, et des leaders noirs comme l'ancien esclave Frederick Douglass, qui estimaient que l'enrôlement des noirs leur ouvrirait la porte de la citoyenneté. En mai 1863, le gouvernement créa le Bureau des Troupes de couleur pour gérer l'afflux de volontaires noirs. 179 000 soldats noirs prirent part à la guerre, soit 10 % du total des troupes de l'Union, en risquant non seulement d'être tués au front, mais aussi d'être capturés et exécutés par les Sudistes. 40 000 furent tués.

1863

MAI-JUILLET

Le général Grant reprend l'offensive dans la vallée du Mississippi et s'empare de Jackson et Vicksburg, ce qui donne à l'Union le contrôle du fleuve. Grant s'impose comme le meilleur général nordiste, ce qu'il confirme par une série de victoires à l'automne. L'Ouest est entre les mains de l'Union et la Confédération est coupée en deux.

JUILLET

Auréolé d'une série de demi-victoires contre les armées des médiocres généraux Ambrose Burnside et « Fighting Joe » Hooker, le général Lee veut frapper un grand coup pour démoraliser l'Union. Avec son armée de 75 000 hommes, il se dirige vers la Pennsylvanie en contournant Washington. Du 1er au 3, a lieu la bataille décisive de Gettysburg (Pennsylvanie), remportée par le général nordiste George Gordon Meade. Même si l'armée sudiste du général Robert Lee parvient à regagner la Virginie, la guerre semble perdue pour le Sud, progressivement étouffé par la pression militaire et économique du Nord.

Les grands-parents maternels de Margaret Mitchell : Annie Fitzgerald et James Stephens, alors mobilisé dans l'armée confédérée, se marient.

Carte des États-Unis lors de la guerre de Sécession : en grisé, les États de l'Union (Nordistes), en blanc les États de la Confédération (Sudistes). En 1860, on dénombre 3 953 760 esclaves aux États-Unis, ce qui représente 12,6 % de la population totale du pays. En Géorgie, on en dénombre 462 200, soit 43,7 % de la population de l'État. Le nombre moyen d'esclaves par plantation en Géorgie est de 26, contre une moyenne de 23 dans tout le Sud.

Stephens participe à la bataille de Sharpsburg, prélude à Gettysburg, au cours de laquelle il est blessé. La jeune femme quitte Jonesboro pour Atlanta.

1864

La situation matérielle du Sud devient intenable. Le blocus naval empêche le ravitaillement, de telle sorte que les prix des denrées alimentaires bondissent, et que le manque de médicaments, de main-d'œuvre, de capitaux et de savoir-faire devient criant. Parallèlement, l'industrie nordiste, stimulée par les achats du gouvernement, tourne à plein régime et fournit tous les produits nécessaires à la conduite des opérations militaires.

MARS

Le général Grant est nommé commandant en chef des armées de l'Union. Grant et l'armée du Potomac concentrent leurs efforts vers Richmond, tandis qu'à l'Ouest, le général Sherman vise Atlanta.

31 AOÛT

Les Fédérés attaquent Jonesboro. La propriété des Fitzgerald est menacée. Annie Stephens s'adresse personnellement au général confédéré Wilson pour placer sa maison sous sa protection. L'épisode sera maintes fois raconté à Margaret Mitchell dans son enfance.

2 SEPTEMBRE

L'armée de Sherman entre dans Atlanta.

15 NOVEMBRE

Le général Sherman déclare : « Jeff Davis devra nourrir la Géorgie au lieu d'en attendre des provisions pour nourrir ses armées » ; il incendie Atlanta avant de poursuivre vers Savannah en ravageant la Géorgie. Annie et James Stephens, et leurs six filles refusent de quitter Atlanta détruite. La Confédération est dans une situation désespérée. Les victoires de Sherman sauvent politiquement Lincoln, qui est réélu à une large majorité.

Eugène Muse Mitchell, père de Margaret.

1865

Mariage de Marie Isabelle Stephens dite May Belle et Eugene Muse Mitchell qui dirige un cabinet juridique spécialisé dans les affaires immobilières et commerciales. Fils d'un ancien avocat devenu commerçant en bois de charpente à Atlanta, catholique modéré, Eugene Mitchell est un érudit qui connaît parfaitement l'histoire d'Atlanta. Il deviendra président de l'Atlanta Historical Society.

JANVIER

Vote du 13e amendement à la Constitution, qui abolit l'esclavage aux États-Unis.

9 AVRIL

Après la chute de Richmond (le 3 avril), la capitulation du général Lee à Appomatox (Virginie) met fin à la guerre qui a fait plus de 600 000 morts. Les soldats confédérés prisonniers sont relâchés et autorisés à rentrer chez eux. Les États du Sud sont ruinés: un quart des hommes mobilisés sont morts. Les deux cinquièmes du bétail, la moitié des usines, des lignes de chemin de fer, du matériel agricole, sont détruits.

14 AVRIL

Le président Abraham Lincoln est abattu par l'acteur John Wilkes Booth au Ford's Theater de Washington. Il meurt le lendemain. Andrew Johnson devient président.

1866

Fondé en 1866 dans le Tennessee par d'anciens Confédérés, le Ku Klux Klan devient rapidement une force paramilitaire qui combat les Républicains et les noirs par des actions de terreur, souvent menées de nuit (destruction de propriété, fouet, lynchage). La plupart des leaders du Klan sont d'anciens propriétaires d'esclaves que rejoignent de nombreux petits blancs ruraux qui veulent que les noirs « restent à leur place ». Pratiquement démantelé vers 1872 par l'armée et la justice fédérales, le Klan renaît au début du XXe siècle et s'étend bien au-delà des frontières du Sud en répandant un discours anti-noirs, anticatholique et antisémite. Disparu à la fin des années 20, il resurgit après-guerre pour maintenir la ségrégation au moment où se développe le mouvement pour les droits civiques.

1895

Naissance du frère de Margaret Mitchell, prénommé Stephens Alexander.

1896

Mort de James Stephens, vétéran de la guerre civile et grand-père de Margaret.

1900

8 NOVEMBRE

Naissance à Atlanta de Margaret Munnerlyn, second enfant de May Belle et Eugene Mitchell, dans la maison de sa grand-mère maternelle (296 Cain Street), l'une des rares demeures épargnées par l'incendie de 1864.

1902

Annie Stephens et sa fille May Belle entrent en conflit. Les Mitchell déménagent au 187 Jackson Street à proximité d'un grand pré où ils font paître une vache puis plus tard un poney texan, cadeau offert à Margaret pour son huitième anniversaire. May Bell Mitchell préside le mouvement féministe d'Atlanta; elle en organise les réunions dans sa nouvelle demeure. Ses enfants, Stephens et Margaret, découvrent l'éloquence de leur mère qui, par ailleurs, fonde la Ligue nationale pour le suffrage des femmes (League of Women Voters).

1903

Margaret Mitchell est victime d'un accident. À trois ans, elle a les jambes brûlées par un retour de flamme alors qu'elle se réchauffait les pieds sur une bouche de chaleur. Après une longue

La maison des Fitzgerald à Atlanta, maison natale de Margaret Mitchell.

convalescence, sa mère, pour la protéger, lui fera porter des pantalons jusqu'à l'âge de 10 ans – souvent ceux de son frère qui, bien trop grands pour elle, tombent sur ses chaussures.

1904

26 AVRIL

Elle assiste en compagnie de sa famille au traditionnel défilé qui se déroule au son des marches des Confédérés pour commémorer les morts d'Atlanta. Dès son plus jeune âge, elle est sensibilisée à la persistance de l'opposition entre Sud et Nord qu'entretiennent les adultes de son entourage (nombre d'entre eux sont des vétérans ou des femmes qui s'étaient engagées comme infirmières) par le permanent rappel des épisodes de la guerre civile. Elle en apprend les chants militaires.

1905

Margaret commence à monter à cheval. Dès qu'elle est en mesure d'aller en promenade, ses parents la font accompagner par un vétéran de la guerre civile qui se chamaille avec d'autres vétérans qu'il retrouve sur les chemins. L'objet de leurs controverses porte évidemment sur différents épisodes de la guerre. À cause de ses pantalons, ses voisines la surnomment « Jimmy », du nom d'un héros de bandes dessinées. Elles la prennent en grippe tandis que

MAY BELLE MITCHELL AVEC SES ENFANTS : MARGARET ET STEPHENS ALEXANDER.

Margaret préfère la compagnie des garçons du quartier. Elle fait d'autant plus figure de garçon manqué que quelques années plus tard, de 1910 à 1914, ils lui font l'honneur de la prendre dans leur équipe de base-ball comme lanceuse.
Elle passe les vacances d'été chez ses tantes Fitzgerald, Sis et Mamie, au Rural Home de Jonesboro.

1911

Son père devient président du barreau d'Atlanta.
Durant l'été, Margaret participe à la cueillette du coton à Jonesboro, expérience physiquement éprouvante pour une enfant de 11 ans, qu'elle

tient à mener jusqu'au bout. Elle reçoit comme cadeau un pur-sang appelé Bucéphale qui, au cours d'une promenade, fait un faux pas et s'effondre sur elle. Grièvement blessée à une jambe, elle doit subir plusieurs opérations. Pendant sa convalescence, elle lit Byron, Robert Burns, Walter Scott et Dickens, mais aussi Thackeray, *Guerre et Paix* de Tolstoï qu'elle n'apprécie guère. Elle dévore aussi nombre d'essais sur la guerre civile. Elle restera affectée d'une claudication.

1912

La famille Mitchell déménage pour s'installer 1149 Peachtree Street, dans une maison bâtie dans un style pseudo-néoclassique, avec escalier monumental et cheminées en marbre. Elle entre à l'école proche de chez elle. Margaret, qui déclare vouloir devenir médecin, écrit beaucoup de petits récits d'aventures ou romanesques mettant aux prises des brigands et de jeunes héroïnes, souvent prénommées Margaret. Elle monte des comédies et adapte *The Traitor (Le Traître)* le roman de Thomas Dixon dont David W. Griffith s'inspira en partie pour le scénario de *Naissance d'une Nation*. Elle décrira cette tentative dans une lettre: « L'unique représentation de *The Traitor* fut ponctuée d'incidents. Sitôt après l'acte II, mes acteurs se mirent en grève, exigeant une augmentation de leur cachet du simple au double, dix cents au lieu de cinq. Plus tard, alors qu'on était sur le point de me passer la corde au cou, mes deux bourreaux furent pris d'un besoin pressant et me laissèrent en plan. Ils tardaient à revenir et l'assistance riait sous cape. J'étais morte de confusion… »

1914

À Pâques, Margaret accompagne sa mère lors d'une tournée de propagande féministe.

3 AOÛT

L'Allemagne déclare la guerre à la France. La Grande-Bretagne déclare la guerre à l'Allemagne le 5. Les États-Unis restent neutres. Les Mitchell sont partisans de l'intervention de leur pays dans le conflit.

AUTOMNE

Margaret entre au Washington Seminary à deux pas du domicile familial. Elle est en butte à l'hostilité de ses camarades de classe et reste liée à ses amis de Jackson Hill. Au Washington Seminary, elle a des relations passionnées avec son professeur de littérature, Mrs Eva Paisley, qui n'hésite pas à critiquer ses textes tout en l'encourageant. C'est à cette époque qu'elle décide d'écrire un roman intitulé *La Bande des quatre*, qui met en scène quatre jeunes filles inséparables, dont l'une, une fois encore, se prénomme Margaret. Insatisfaite d'elle-même, elle inscrit, sur la deuxième page de couverture de ce manuscrit de 400 pages, ce jugement qui exprime à la fois son rêve et sa déception : « Il y a deux sortes d'écrivains, les vrais et les imposteurs. Les vrais écrivains insufflent la vie à leurs personnages ; les autres ne produisent que des pantins, dont ils tirent les ficelles. Je ne serai jamais un véritable écrivain. » Grâce à l'intervention de Mrs Paisley, l'annuaire de présentation de l'établissement publie une de ses nouvelles qu'elle signe Peggy Mitchell. Malgré cette première publication, elle se tourne vers le club d'art dramatique de l'école, laissant momentanément de côté ses entreprises littéraires.

1915

Stephens, son frère, diplômé de l'université de Géorgie, commence des études de droit à Harvard. Dans son journal, l'adolescente note : « Je veux être célèbre d'une manière ou d'une autre comme orateur, artiste, écrivain, soldat, combattant, femme d'État, ou quelque chose d'approchant. Si j'étais un garçon, je voudrais essayer de faire West Point [l'école d'officiers], si cela était possible, ou bien boxeur. Je crois qu'un passage de la Bible dit : "Frappez et l'on vous ouvrira, demandez et l'on vous exaucera"... »

1916

JUILLET-AOÛT

Margaret Mitchell écrit *Laysen disparue* qui ne sera connu qu'en 1995 lorsque ce texte sera exhumé parmi les papiers légués par Henry J.-R. Love Angel au Road To Tara Museum d'Atlanta. Le père d'Henry J.-R. Love Angel avait été un ami intime de Margaret : lui et Margaret se connaissaient depuis leur enfance passée dans le même quartier ; ils jouaient au base-ball ensemble. Prétendant malheureux, il avait conservé des lettres et des photographies de son amour de jeunesse.

Couverture du cahier dans lequel Margaret Mitchell écrit Laysen disparue *en 1916.*

Margaret Mitchell (au centre) avec Clifford West Henry, son fiancé, qui sera tué en France.

1917

6 avril

Le Congrès vote l'entrée en guerre des États-Unis aux côtés de la France et de la Grande-Bretagne, après le discours du président Thomas Woodrow Wilson. Son frère Stephens rentre à Atlanta et s'engage. Il est envoyé à l'école d'officiers de Fort Macpherson.

21 mai

Un vent violent venant du Sud propage un incendie gigantesque qui détruit l'ancien quartier des Mitchell. Margaret, témoin de scènes de panique, participe à l'organisation du bureau des enfants perdus. Son frère et ses camarades viennent aider aux secours. La maison d'Annie Fitzgerald Stephens, épargnée en 1864, n'a pas échappé aux flammes. La grand-mère a perdu onze appartements, sa seule source de revenus. Cet incendie, qui a détruit 2 000 maisons et ravagé plus d'une centaine d'hectares, laissant des milliers de sans-abri, ravive le souvenir de celui de 1864.

juin

Avant leur départ pour la France, les Mitchell reçoivent les amis de leur fils, qui sont en cours de formation militaire dans les camps proches d'Atlanta.

MARGARET MITCHELL ET SON AMI D'ENFANCE HENRY J. R. LOVE ANGEL (DEBOUT)
AVEC LES CAMARADES DE LA « BANDE » DES ANNÉES 1918-1920.

C'est ainsi que Margaret, devenue leur « mascotte », rencontre le lieutenant Clifford West Henry, originaire de New York, auquel elle se fiance. Le 28, la première division américaine débarque à Saint-Nazaire.

1918

9 JANVIER

Wilson fait connaître les quatorze points d'un programme de paix.

JUIN

Margaret sort diplômée du Washington Seminary. Elle envisage toujours de devenir médecin mais la lecture de Sigmund Freud lui donne envie de se tourner vers la psychiatrie. Elle projette de se rendre à Vienne pour y rencontrer Freud et être formée par lui. Elle décide de s'inscrire au Smith College de Northampton, non loin de Greenwich (Connecticut) où habite sa tante Edith Ney Morris.

12 SEPTEMBRE

L'armée américaine, qui a rassemblé plus de 3 000 pièces d'artillerie et 1 400 aéroplanes, passe à l'offensive en Lorraine pour réduire le saillant de Saint-Mihiel au sud de Verdun.

AUTOMNE

Margaret s'installe à Northampton. Pour la première fois de sa vie, elle est séparée de sa famille. Parmi ces jeunes filles issues de milieux aisés, elle apparaît comme une provinciale s'exprimant avec l'accent du Sud. Néanmoins, elle se lie avec quelques-unes d'entre elles dont Ginny Morris qui devait raconter: « Nous étions impressionnées par l'abondance du courrier qui parvenait d'Europe, et l'humour tellement irlandais qu'elle manifestait en maintes circonstances [...]. Elle nous en imposait aussi par sa désinvolture affichée envers le règlement du pensionnat. [...] Nous adorions le cinéma au point de sécher les cours pour ne pas rater la sortie du dernier film avec Charlie Ray, Norma Talmadge ou Wallace Reid. [...] Le soir venu, personne ne songeait à travailler. Nous tenions plutôt dans la chambre des meetings secrets dont Peggy était l'orateur de choc. Quand le ton se faisait plus grave, on pouvait être sûr qu'elle ne résisterait pas au plaisir de nous infliger un cours magistral sur la guerre civile. [...] Peggy vouait un culte au général Robert E. Lee, ni plus ni moins que s'il avait été une vedette de cinéma, et quand elle entrait dans une colère noire, au point de me traiter de "sale Yankee", le Nord n'avait qu'à bien se tenir! »

16 OCTOBRE

Mort en France de son fiancé, le lieutenant Clifford W. Henry qui a été gravement blessé à l'abdomen et a eu une jambe sectionnée. Sa dernière lettre à Margaret date du 11 septembre, veille de l'offensive de Saint-Mihiel.

11 NOVEMBRE

Signature de l'armistice. Les hostilités prennent fin sur le front occidental.

25 DÉCEMBRE

Son frère Stephens est de retour à Atlanta, alors que May Bell est atteinte de la grippe espagnole. Eugene et Stephens cachent à Margaret la gravité de l'état de santé de sa mère.

1919

JANVIER

Le 23, May Bell dicte à Stephens une dernière lettre à l'intention de sa fille: « J'aurais volontiers vécu quelques années de plus, j'en conviens, pourtant, s'il le faut, je partirai sans amertume, comme il se doit quand l'existence vous a comblé de ses bienfaits. [...] Toi et ton frère, vous m'avez témoigné un amour infini. Cette évidence contient tout, exprime tout, et les commentaires sont superflus. Prends soin de ton père dans ses vieux jours, comme j'ai pris soin de ma mère en veillant toujours à ce qu'aucune contrainte n'empiète sur ta liberté. Adieu, ma chérie. À bientôt. Sinon, il ne me déplaît pas de laisser à ma fille l'image d'une mère plaisante,

Margaret Mitchell en 1920.

cheminant avec elle à travers les rues de New York. »

Un télégramme envoyé le même jour avertit Margaret que sa mère est dans le coma. Elle part immédiatement pour Atlanta. Son frère l'accueille à la gare et lui annonce le décès de leur mère. Pendant plusieurs semaines, leur père est victime de troubles psychiques graves.

MAI

Margaret revient à Atlanta. Ses études s'étant avérées désastreuses, elle fait le choix de les abandonner : « Plutôt n'être rien qu'être parmi les derniers », a-t-elle écrit à son frère. Cependant reste présent chez elle un irrépressible désir d'écrire comme en témoigne cette réflexion confiée à un ami étudiant : « Quand j'aurai quitté le collège, je me mettrai à écrire pour de bon. »

Elle prend en main la gestion de la demeure familiale et licencie une partie du personnel pour faire des économies. Elle doit affronter l'arrivée impromptue de sa grand-mère Annie Stephens qui, accompagnée d'une de ses sœurs, s'installe à Peachtree Street. Au bout de trois mois, la grand-mère et sa sœur repartent.

1920

JANVIER

Margaret qui, malgré ses réticences, a cédé aux pressions de son père et de son frère, pose avec succès sa candidature au Club des débutantes. Son comportement – cette jeune femme de 20 ans fume et ne dédaigne pas de boire de l'alcool – soulève la désapprobation de la bonne société d'Atlanta. Quelque temps plus tard, des membres du Ku Klux Klan s'emparent de la municipalité, faisant de la ville la capitale du mouvement. Elle se fait photographier déguisée en mécanicien de locomotive ou en agent de police, et les clichés sont publiés dans l'*Atlanta Journal Magazine*. Son attitude fantasque lui vaut d'être tenue à l'écart de la Junior League à laquelle elle comptait adhérer, rejet qui l'humilie.

FÉVRIER

Margaret est à nouveau victime d'un grave accident de cheval. En sautant un muret de pierre, sa monture retombe sur elle. Elle doit subir une nouvelle opération de sa jambe déjà abîmée. Elle sera obligée de porter des chaussures orthopédiques pour maintenir ses chevilles.

ÉTÉ

Margaret fait la connaissance de Berrien Kinnard Upshaw, étudiant à l'université de Géorgie, dont la réputation quelque peu trouble attire la jeune femme. Leur relation s'interrompt lorsque Upshaw devient bootlegger en pleine prohibition.

Durant l'année, elle a lu Dos Passos, Scott Fitzgerald, H. G. Wells…

1922

PRINTEMPS

Margaret se réconcilie avec Upshaw qui continue son trafic d'alcool. Par son intermédiaire, elle fait la connaissance de John Robert Marsh ; ancien membre d'une unité médicale pendant la guerre, celui-ci est devenu rédacteur à l'Associated Press. Marsh écrit à sa sœur : « J'ai rencontré une jeune fille. Elle me prend beaucoup de temps et si cela ne tenait qu'à moi, elle m'accaparerait tout entier. [...] Aucun projet de mariage en perspective, et ce n'est pas de ma faute. La camaraderie entre garçon et fille est la grande spécialité de Peg. Elle collectionne les amis de l'autre sexe plus qu'aucune jolie fille de ma connaissance. Je suis sans illusion. [...] L'amitié d'une fille comme elle est un don du ciel. » À John Marsh, Margaret préfère son rival Berrien Upshaw et se fiance avec lui.

2 SEPTEMBRE

Leur mariage a lieu dans la maison des Mitchell où le couple s'installe. La rupture entre les jeunes mariés se produit au bout de quelques semaines : sans ressources, Berrien Upshaw, dont l'alcoolisme s'affirme, brutalise Margaret. Finalement, il disparaît.

Margaret Mitchell et Berrien Upshaw.

John Marsh

DÉCEMBRE

Margaret appelle John Marsh à l'aide. Une fois installé à Atlanta, il la pousse à faire du journalisme. Engagée à l'*Atlanta Journal Magazine*, pour écrire dans le supplément hebdomadaire, elle reçoit 25 dollars par semaine et signe Peggy Mitchell.

31 DÉCEMBRE

Publication de son premier reportage. Prenant toujours soin de faire relire et corriger ses articles par John Marsh, elle collabore à l'*Atlanta Journal* pendant quatre années, signe 139 articles et 85 contributions dans la rubrique « Actualités ». Erskine Caldwell qui la croise au journal devait faire d'elle ce portrait: « Une petite silhouette élégante, affublée d'horribles souliers lacés, à gros talons, qui résonnaient lourdement. On l'entendait venir de loin. »

1923

20 JUILLET

Berrien Upshaw resurgit. Il se rend à Peachtree Street. Une violente altercation éclate entre lui et Margaret qu'il frappe d'un coup de poing en plein visage. Elle est hospitalisée dans la plus grande discrétion pendant quinze jours. Un mois plus tard, elle engage une procédure de divorce.

1924

PRINTEMPS

Margaret est promue au sein de la rédaction de l'*Atlanta Journal Magazine*. Elle devient l'un de ses reporters vedettes en passant au service « Informations ». Elle donne des chroniques sur le cinéma et réalise une interview de Rudolph Valentino. Ses articles, truffés de fautes, sont toujours corrigés par son ami John Marsh. Elle n'hésite pas à se faire photographier « en situation » pour les illustrer. Pour celui intitulé: « Les hommes seraient-ils fondés à donner la fessée à leur épouse ? », on la voit couchée à plat ventre sur les genoux d'un jeune homme qui lève la main comme s'il allait lui donner une fessée.

17 JUIN

Son divorce est jugé devant le tribunal de grande instance du comté de Fulton. Ses demandes – annulation de son mariage et restitution de son nom de jeune fille – sont rejetées. Ce n'est que le 16 octobre suivant, après avoir fait appel, qu'un second jury les lui accorde.

DÉCEMBRE

John Marsh est victime d'un hoquet qui dure 42 jours. Des examens ultérieurs situeront l'origine de ce hoquet dans l'expérience traumatisante de la guerre, source chez lui de troubles nerveux. Margaret tente de multiples soins pour l'en guérir. La crise a pour effet de lui faire prendre conscience de son affection pour John qui lui avoue ses propres sentiments pour elle.

1925

4 JUILLET

John Marsh et Margaret Mitchell se marient le jour de la fête nationale américaine – ce dont Margaret restera très fière – à l'église unitarienne universaliste de West Peachtree Street. Ils emménagent dans un deux-pièces 17 Crescent Avenue, dans un quartier populaire.

DÉCEMBRE

Le rédacteur en chef de l'*Atlanta Journal* lui confie la rédaction d'articles consacrés aux généraux sudistes John B. Gordon, Pierce M. Butler Young, Thomas R. Cobb, Henry Benning, Ambrose R. Wright. La série rencontre un grand succès. Dans son portrait du général Benning, Margaret s'intéresse tout autant à son épouse qu'à lui: « Les responsabilités de la plantation reposaient maintenant sur les frêles épaules de cette mère de dix enfants. Comme le fit le général dans les plaines de Virginie, elle se battit sur tous les fronts. [...] Et comme si ces tâches et ces maux innombrables ne suffisaient pas, il lui fallut encore accueillir et soigner les soldats confédérés qui se réfugiaient chez elle. »

1926

Après la lecture de *Gatsby le magnifique* de Scott Fitzgerald, Margaret Mitchell commence un roman dont elle n'écrit qu'une trentaine de pages.
Son mari lui demande d'abandonner son métier de reporter qu'elle tient à conserver car elle veut contribuer aux finances du ménage jusqu'à l'amélioration de la situation professionnelle de John.

MAI

John Marsh ayant été promu, elle démissionne, conformément à sa promesse, mais garde une rubrique à l'*Atlanta Journal* sous le titre: « Les Potins d'Elizabeth Bennet », nom emprunté à un personnage du roman de Jane Austen, *Pride and Prejudice (Orgueil et préjugés)*. Elle y évoque le passé de sa ville natale.

AUTOMNE

Elle rédige en trois semaines une nouvelle, *Ropa Carmagin*, dont l'intrigue se situe dans le comté de Clayton, près de la plantation des Fitzgerald. John en fait une critique sévère. Margaret a un accident de voiture. Une cheville foulée, elle est immobilisée pendant de longues semaines puis doit se déplacer à l'aide de béquilles. Elle entreprend à nouveau la rédaction d'un roman en commençant par la scène finale. Elle mêle ce qu'elle a appris de l'histoire d'Atlanta par sa grand-mère ou ses recherches aux éléments de sa propre vie.

1927

PRINTEMPS

En proie au doute après la lecture du roman de James Boyd sur la guerre civile, *Marching on*, elle abandonne son entreprise pendant plusieurs mois.

ÉTÉ

Elle reprend ses recherches dans les bibliothèques d'Atlanta et se remet à l'écriture de son roman.

1928

ÉTÉ

Une crise de confiance provoquée par la lecture du poème épique que Stephen Vincent Benét consacre à la guerre civile, *John Brown's Body*, l'amène une nouvelle fois à cesser son travail : « Benét élevait si haut le chant de la guerre civile… Où trouver, après cela, le courage d'écrire sur le même sujet ? »

AUTOMNE

Après les funérailles d'un cousin Fitzgerald, Margaret se remet à l'ouvrage. Le domaine familial de son héroïne s'appelle désormais Tara, nom emprunté à l'histoire irlandaise. À partir du IIIe siècle, Tara, un village du Meath, était devenu le centre politique et religieux de l'Irlande préchrétienne.

1929

PRINTEMPS

Une violente crise d'arthrite aux poignets l'empêche de poursuivre son labeur. C'est à ce moment-là qu'elle donne pour titre à son livre : *En route vers Tara*. Au fil des semaines, sa crise d'arthrite s'atténue grâce aux traitements suivis mais elle n'écrit toujours rien.

1930

Margaret adhère à l'Atlanta Women's Press Club où elle fait la connaissance de Lois Dwight Cole venue à Atlanta pour diriger le service des ventes des éditions Macmillan.

Margaret Mitchell et Harold Latham, agent des éditions Macmillan.

SEPTEMBRE

John Marsh, qui vient d'acquérir une Chevrolet, commence à organiser tous les dimanches des excursions aux alentours d'Atlanta sur les champs de bataille entre Fédérés et Confédérés. Les périples dominicaux se poursuivent l'année suivante.

1932

Le couple déménage dans la East Seventeenth Street pour occuper un logement de cinq pièces.
Le 24 octobre, Berrien Upshaw, le premier mari de Margaret, aux abois, vient inopinément troubler la quiétude des Marsh.

1934

17 FÉVRIER

Mort de sa grand-mère, Annie Stephens.

AVRIL

Margaret et John sont victimes d'un accident de la circulation. Blessée au dos, son médecin lui prescrit le port d'un corset orthopédique pendant un an.

1935

AVRIL

Harold Latham, des éditions Macmillan, visite Atlanta à la recherche de talents inconnus. S'étant renseigné auprès de Lois Cole, il rencontre Margaret qui, dans un premier temps, refuse de lui communiquer son manuscrit mais en promet la primeur à Macmillan. Finalement, elle le lui confie avant de se raviser et de tenter de le récupérer.

MAI

Nouvel accident de voiture qui met à l'épreuve ses jambes et son dos.

JUILLET

Margaret essaie de reprendre son manuscrit des mains de Latham en prétextant son désir de le retravailler. Harold Latham lui répond : « Pour l'amour du ciel, ne vous impatientez pas. Votre livre m'intéresse de plus en plus. Je lui prédis un beau succès une fois que l'on aura procédé à tous les ajustements nécessaires. » Il lui annonce l'avoir soumis au professeur C. W. Everett, de l'université Columbia. Le 21, elle reçoit deux télégrammes. Le premier signé Lois Cole qui la félicite : « Macmillan emballé par ton bouquin. [...] Toujours su que tu étais un petit génie. Ici on envisage une sortie fracassante... » Le second plus officiel, de Latham, lui propose un contrat. Margaret hésite à signer : « Jamais je n'aurais imaginé qu'un éditeur puisse s'intéresser à mon livre. Après tout, je ne l'ai écrit que pour faire plaisir à mon mari et pour me distraire quand mon existence devenait trop terne », écrit-elle à Latham. Pour écarter ses réticences, celui-ci lui communique le compte rendu du professeur Everett : « Ce livre est superbe, le mot n'est pas trop fort. L'histoire pourrait se passer n'importe où, n'importe quand, elle ne perdrait rien de l'immense richesse humaine qui en fait le prix. [...] N'hésitez pas, prenez le livre. Je me porte garant du succès. Quand le manuscrit sera mis au propre, vous découvrirez que tout s'enchaîne... à quelques pages près. [...] La fin est un tantinet décevante. [...] Suivez mon conseil, achetez ce bouquin. Dites à l'auteur de ne toucher à rien. Qu'elle se contente de combler les quelques trous qui subsistent et de nuancer la dernière page. »

6 AOÛT

Margaret renvoie son contrat signé à Macmillan. Elle décide de nettoyer son manuscrit de ses imperfections avec l'aide de son mari. Par scrupule, elle relit nombre d'articles historiques et fait appel au couple d'historiens Annie et Wilbur Kurtz pour son récit des opérations militaires. Le manuscrit définitif doit être remis le 15 novembre.

OCTOBRE

Consciente de l'impossibilité de tenir les délais, Margaret envoie cependant la version la plus aboutie du premier chapitre, bien qu'elle n'en soit pas satisfaite. Le titre envisagé est alors *Demain est un autre jour*, mais à la fin du mois, elle propose *Gone with the Wind*, fragment d'un vers du poème *Cynara* d'Ernest Dowson.

NOVEMBRE

Macmillan lui propose les services d'une secrétaire : elle travaille, non sans difficultés, avec Margaret Baugh et le renfort de la propre secrétaire de son mari, Rhoda Williams. En raison du retard pris dans le processus de révision du manuscrit, Harold Latham envisage le report de la parution.

1936

JANVIER

Épuisée, Margaret reste alitée pendant quinze jours. John prend le relais : « Elle a tenu bon jusqu'à la limite de ses forces, jusqu'à l'intervention du médecin. Il ne me restait plus qu'à relire le manuscrit retapé, tâche dont je me suis acquitté en collaboration avec elle. » Le 19, les trois quarts du manuscrit sont envoyés à New York.

FÉVRIER

Le catalogue de printemps de Macmillan annonce la parution du livre au 30 juin. Le premier tirage est fixé à 27 500 exemplaires ; le prix de vente, à 3 dollars. Samuel Goldwyn du grand studio d'Hollywood, la Metro-Goldwin-Meyer, écrit à Harold Latham pour recevoir les épreuves.

MARS

À la demande de Macmillan, Margaret Mitchell est représentée auprès des compagnies cinématographiques par Annie Laurie Williams qui place les enchères à 65 000 dollars minimum.

AVRIL

George Brett, directeur de Macmillan, obtient que le livre soit pris par le Club du livre du mois (50 000 exemplaires). Une première critique paraît dans *The Publishers Weekly* : « *Gone with the Wind* pourrait bien être le plus grand roman américain. » Peu après, *The New York World Telegram* annonce : « Bientôt disponible en librairie, *Gone with the Wind*, imposante fresque sur la guerre civile, devrait pulvériser tous les records de vente. »
Les comptes rendus élogieux se multiplient avant même la parution.

Couverture de la brochure de promotion de Gone with the Wind.

MAI

Le livre est imprimé. Harold Latham en apporte des exemplaires aux Marsh. D'autres sont envoyés aux critiques et aux maisons de production. John Marsh devait raconter: « L'engrenage de la curiosité se mit en marche début mai, le mouvement s'amplifia au cours des deux mois suivants; la rumeur se mua en certitude. C'était comme un grondement, venu en faisceau de toutes les directions. "Il nous est né un livre extraordinaire", disait-on, et la nouvelle éclata dans un bruit de tonnerre. Ce phénomène ne doit rien à nos moyens de communication modernes: le bouche à oreille a tout fait, avec une efficacité qui tient du prodige. L'écho s'est répandu dans le public à la vitesse du feu dans l'herbe sèche. Ce livre était devenu comme une promesse de bonheur, et personne ne voulait le manquer. Les libraires doublaient et triplaient leurs commandes... »
À la fin du mois, Margaret Mitchell signe un second contrat avec Macmillan, désormais chargé de la négociation avec les producteurs d'Hollywood. Annie Laurie Williams continue, en coulisse et à l'insu de l'auteur, de suivre les négociations. Entre en course David O. Selznick qui a produit entre autres *King-Kong*, *David Copperfield* et *Anna Karenine* et vient de fonder sa propre maison de production: Selznick International Pictures. Il refuse d'abord d'acheter les droits puis sous l'influence de sa secrétaire et de sa femme propose, le 14 juin, la somme de 50 000 dollars.
Le 28 mai, Harold Latham reçoit un télégramme de Bette Davis (elle démentira en être l'auteur) revendiquant pour elle le rôle de Scarlett.

JUIN

Avant même la mise en vente du livre, les libraires sont dépassés par le nombre des commandes. Macmillam décide d'imprimer 100 000 exemplaires.
Le 30, jour du lancement, on assiste, à la grande librairie d'Atlanta, à des scènes frisant l'hystérie: les clients s'arrachent mutuellement les livres pour les faire signer par Margaret Mitchell. L'un d'eux coupe subrepticement une mèche de ses cheveux. En trois semaines 178 000 exemplaires sont écoulés.
The New York Evening Sun publie un compte rendu d'Edwin Granberry, lauréat 1932 du prix O. Henry récompensant la meilleure nouvelle de l'année: « Nous le proclamons sans hésiter, plus qu'aucun autre roman américain, *Gone with the Wind* soutient la comparaison avec les plus belles pages de Tolstoï, Hardy et même Sigrid Undset, la grande Norvégienne. [...] Pour le souffle et l'inspiration, Margaret Mitchell est bien l'héritière de ces géants de la littérature européenne. »

JUILLET

Le 7, Margaret reçoit un coup de téléphone de Berrien Upshaw. Elle en rapporte la teneur à une amie:

Margaret et son père, lors de la publication de son livre.

« J'ai lu ton bouquin. Tu m'aimes toujours. — Pourquoi croirais-tu une chose pareille ? — Je suis Rhett Butler, n'est-ce pas ? Voilà pourquoi. »
Quelques jours plus tard, pour échapper aux multiples sollicitations qui la submergent, Margaret Mitchell quitte Atlanta pour Blowing Rock en Caroline du Nord où elle est invitée par les Granberry. Elle y séjourne jusqu'au 22.

29 JUILLET

Stephens Mitchell et sa sœur se rendent à New York pour signer le contrat avec Selznick. L'accord réalisé, Margaret part en compagnie du critique et traducteur Henry Herschel Brickell qui avait souhaité faire sa connaissance. Sur le trajet, elle est frappée de cécité durant plusieurs minutes.

AOÛT

De retour à Atlanta, elle est contrainte de rester dans l'obscurité totale pendant une dizaine de jours.

SEPTEMBRE

Gone with the Wind reste en tête des ventes dans les 70 librairies les plus importantes du pays. Le 29, le *Washington Post* laisse entendre que le livre est le fruit de la collaboration des deux époux. Margaret, profondément affectée, réplique : « Chaque phrase, chaque mot est de ma plume. Mon mari n'a rien à y voir. Tout d'abord, il est natif du Kentucky, et seul un enfant d'Atlanta, de vieille souche géorgienne, pouvait écrire un pareil livre. »
Autre critique discordante dans le concert de louanges, celle des progressistes qui lui reprochent de faire l'apologie de la vie des riches propriétaires à l'époque de l'esclavage et dénoncent son paternalisme vis-à-vis des noirs.
Pourtant, Mitchell considérait son livre comme en rupture par rapport à une tradition littéraire franchement nostalgique du Vieux Sud et de la Cause perdue, représentée notamment par les romans de Thomas Nelson Page. Ainsi qu'elle l'écrit à un journaliste, elle n'a aucun goût pour les magnolias « vieux et rebattus », les « Sudistes professionnels » et les « romans à l'eau de rose ».
Mitchell ne tenait pas à être considérée comme un écrivain rêvant de « maisons à grandes colonnes et de milliers d'esclaves ». Son souci du détail exact (il ne manque pas un bouton de guêtre aux uniformes qu'elle décrit) procède, explique-t-elle, de sa volonté de ne pas prêter le flanc à la critique du « premier vétéran venu, ou d'un historien ».
« J'ai voulu décrire la Géorgie du nord comme elle est », ajoute-t-elle.
Ses personnages ne sont pas des gens « en-dentelles-rêvassant-au-clair-de-lune-sous-les-magnolias », mais des Sudistes qui se battent dans la vie, qui ne regardent pas derrière eux.
Cependant, même si perce une critique discrète de la nostalgie du

Vieux Sud, le roman de Mitchell participe de la construction du mythe, encore renforcée par le film. Car si, du côté de la société blanche, Mitchell s'écarte des récits conventionnels d'aristocrates raffinés et désœuvrés (Gerald O'Hara est un immigrant dur à la peine), elle renforce en revanche les stéréotypes raciaux de son époque. L'esclavage n'est jamais considéré en tant que système, puisque les esclaves ne sont que des ornements, qui assurent des services personnels pour leurs maîtres, avant et après la guerre sans qu'on les voie au travail. Prissy, l'un des personnages les plus caricaturaux (elle rendait Malcolm X fou de rage) est incapable de participer à l'accouchement de Melanie ou même de s'occuper d'une vache. Mitchell ne reconnaît jamais la contribution des noirs à l'économie du Sud. L'abolition, à cet égard, ne constitue qu'une occasion supplémentaire de paresse pour les anciens esclaves. Puis, fatigués de leur liberté, les noirs demandent à leurs anciens maîtres de les reprendre. Ce discours profondément raciste contraste avec la description plus complexe et plus intéressante des blancs de la classe moyenne représentés par le petit monde de Tara.

NOVEMBRE

Le film entre dans sa phase de préparation. Selznick envoie une équipe de repérage à Atlanta. Il fait passer des auditions à des centaines de jeunes femmes pour trouver la Scarlett O'Hara parfaite. Margaret écrit à Kay Brown, chargée par Selznick de la préparation du tournage : « C'est une heureuse idée que d'envoyer chez nous une mission d'exploration, et judicieuse également. Même si vous ne rencontrez pas votre Scarlett, ce voyage représente un bel investissement publicitaire... Vous n'imaginez pas combien les gens d'ici apprécieront l'effort consenti par un producteur, prenant une histoire à cœur au point d'envoyer en reconnaissance sur les lieux mêmes des événements le futur réalisateur et le scénariste. » Mais elle tient à garder ses distances en ce qui concerne le travail de réalisation du film.

1937

JANVIER

Les Marsh louent une chambre dans l'hôtel contigu à leur domicile pour y installer un bureau clandestin destiné à Margaret qu'elle utilisera jusqu'en septembre 1939.
Le magazine *Collier's* publie un article d'Edwin Granberry sur Margaret entièrement revu et corrigé par John Marsh.

FÉVRIER

Sidney Howard livre une première mouture du scénario qu'il remanie à la demande de Selznick, avant de capituler en octobre.
Margaret fait engager par Selznick l'historien Wilbur Kurtz pour la

reconstitution des scènes militaires et son amie Susan Myrick, journaliste au *Macon Telegraph*, pour le respect des accents et intonations des blancs et des noirs et l'authenticité des costumes.

Margaret Mitchell, qui se fait obligation de répondre à chaque courrier reçu, écrit environ une centaine de lettres par semaine avec l'aide de Margaret Baugh.

La gestion des droits étrangers dans seize pays amène les Marsh à engager une secrétaire.

MAI

Aux États-Unis, 1 370 000 exemplaires du roman ont été vendus quand Margaret Mitchell reçoit le prix Pulitzer. Tout au long de l'année, le roman restera en tête des ventes. Un tel succès suscite l'envie : l'auteur de *An Authentic History of the Ku Klux Klan, 1865-1877*, Susan L. Davis, lui intente un procès en plagiat. Un non-lieu sera prononcé.

1938

JANVIER

Selznick engage l'écrivain Olivier H. P. Garrett pour mettre au point le scénario. Au bout de quatre semaines, son travail ne donnant pas satisfaction, il est remercié.

Selznick décide de reprendre lui-même le travail avec l'aide de Margaret Mitchell, Susan Myrick, Wilbur Kurtz et Kay Brown.

JUIN

Selznick, qui lui annonce le début du tournage pour la fin du mois de septembre, révèle à Margaret Mitchell que Clark Gable et Norma Shearer ont été choisis pour interpréter les deux rôles principaux. Le réalisateur retenu est George Cukor.

AOÛT

Norma Shearer se désiste tandis que Clark Gable signe son contrat.

OCTOBRE

David Selznick propose à Margaret Mitchell de partir en croisière en sa compagnie, celle de sa femme et Kay Brown pour qu'elle puisse achever l'adaptation dans des

MARGARET À SA TABLE DE TRAVAIL.

Clark Gable et Louis B. Mayer, fondateur de la Metro-Goldwyn-Mayer.

conditions agréables. Elle refuse.
Le roman ayant fait l'objet de coupures pour le scénario, Selznick l'invite à s'installer dans une ville du Sud et lui demande d'écrire quelques scènes complémentaires afin de rétablir un lien entre les scènes majeures.
La santé du père de Margaret se dégrade, nécessitant des soins constants.

DÉCEMBRE

Selznick se trouve placé dans une situation délicate, son commanditaire le menaçant de lui retirer son soutien s'il ne met pas le film en route.
Le chef décorateur, William Cameron Menzies, lui suggère de filmer l'incendie d'Atlanta en utilisant de vieux décors datant du cinéma muet entreposés derrière les studios de Selznick.
Les rôles de Butler et Scarlett sont confiés à des doublures.
Le 10 décembre, depuis une plate-forme surplombant les lieux, Selznick donne l'ordre d'y mettre le feu; sept caméras filment l'incendie volontaire.
C'est le moment que choisit son frère Myron, agent à Hollywood, pour lui présenter une femme vêtue de noir, coiffée d'une capeline, en lui disant: « Salut, mon vieux. Je te présente Scarlett O'Hara. »
Il s'agit de l'actrice anglaise Vivien Leigh, venue aux États-Unis dans l'intention d'arracher le rôle.
Des essais avec Vivien Leigh sont réalisés et communiqués à Margaret Mitchell. L'auteur répond à Selznick: « C'est moi, à peu de chose près, moi, entre 20 et 25 ans... »

Double page suivante :
l'incendie volontaire des studios de Selznick pour les besoins du tournage.

A.B.W.P.R.R.

W.&A.R.R.

1939

26 JANVIER

Début du tournage «réel» du film.

FÉVRIER

En désaccord, Cukor et Selznick décident de mettre un terme à leur collaboration. Susan Myrick révèle à Margaret les raisons du conflit: «... Cukor aurait exigé qu'on le laisse travailler à sa guise, avec un bon scénario. Selznick, en effet, avait pris l'habitude de venir sur le plateau, de toute évidence pour le surveiller. Le réalisateur fit savoir qu'il trouvait cette exigence intolérable. Le producteur répliqua qu'il était seul juge de la qualité du scénario. Cukor le mit au pied du mur: il avait conscience de bien faire son travail et refusait de ternir sa réputation en signant un film bâclé. De deux choses l'une, ou l'on revenait au scénario Howard, ou Selznick se trouvait un autre souffre-douleur.» Pressenti pour remplacer Cukor, Victor Fleming refuse le scénario. Selznick décide de le faire retravailler, et le confie au scénariste Ben Hecht. Après deux semaines de travail nuit et jour, Hecht, épuisé, est hospitalisé. Autant de péripéties qui alimentent la presse et entretiennent l'intérêt en faveur du livre et du film.

MARS

David Selznick fait appel au dramaturge John van Druten et au scénariste John Balderston.
En attendant, Fleming tourne quelques scènes sans lien entre elles, susceptibles d'être maintenues ou éliminées au montage.

AVRIL

Selznick réengage Sidney Howard pour mettre la dernière main au scénario.

MAI

Howard rend sa version du scénario dont David Selznick se déclare satisfait. Le tournage en technicolor peut enfin se dérouler normalement.

JUIN

À la fin du mois, Selznick annonce à ses commanditaires que le tournage du film est presque achevé. Restent à enregistrer la musique de Max Steiner, à terminer les plans de raccord, les effets spéciaux, la sonorisation, l'étalonnage.
Une avant-première confidentielle est organisée au Warner Theatre de Santa Barbara pour recueillir l'opinion des tout premiers spectateurs. Une scène supplémentaire est imaginée à partir de cette consultation et intégrée au film.

SEPTEMBRE

Le 1er, l'Allemagne nazie envahit la Pologne, suivie le 17 par l'URSS.
Le 3, la Grande-Bretagne et la France déclarent la guerre à l'Allemagne.
Les Marsh emménagent au 1268 Piedmont Avenue.

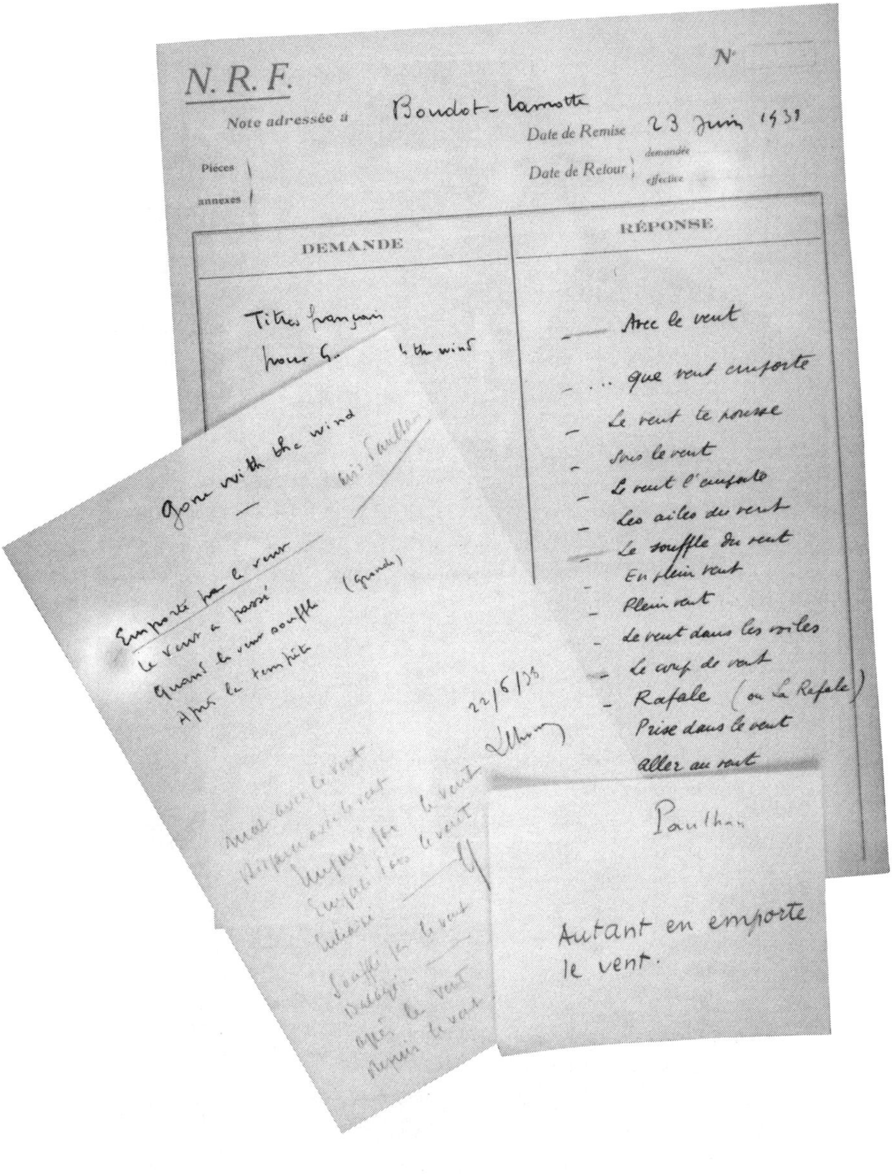

N. R. F.

Note adressée à Boudot-Lamotte

Date de Remise 23 juin 1938

Date de Retour demandée effective

Pièces annexes

DEMANDE	RÉPONSE
Titres français pour G[one wi]th the wind	— Avec le vent — … que vent emporte — Le vent te pousse — Sous le vent — Le vent l'emporte — Les ailes du vent — Le souffle du vent — En plein vent — Plein vent — le vent dans les voiles — Le coup de vent — Rafale (ou La Rafale) Prise dans le vent Aller au vent

Gone with the wind

—

Emporté par le vent

Le vent a passé

Quand le vent souffle (Grande)

Après la tempête

22/6/38

Paulhan

Autant en emporte le vent.

À l'origine du titre français, trois documents tirés des archives des Éditions Gallimard. Une première liste manuscrite du 22 juin 1938, en partie de la main de Gaston Gallimard, avec demande de consultation de Jean Paulhan; une note récapitulative du 23 juin; le billet autographe de Jean Paulhan qui semble être l'auteur du titre français du roman de Margaret Mitchell.

CLARK GABLE ET MARGARET MITCHELL.

David Selznick et Vivien Leigh.

OCTOBRE

Le scénariste de *Gone With The Wind*, Sydney Coe Howard meurt accidentellement. Né en 1891, il avait reçu en 1925 le prix Pulitzer pour sa pièce de théâtre : *They Know What They Wanted*. Le 25, L'édition française chez Gallimard reçoit son visa de censure. Le livre a été traduit par Pierre-François Caillé. Gaston Gallimard a longtemps hésité à le racheter à Hachette. C'est son directeur commercial, Louis-Daniel Hirsch, lui-même convaincu par son épouse, qui l'a poussé à racheter les droits. De nombreux éléments plaidaient en faveur de l'achat : l'attribution du Pulitzer, l'annonce du film, les nombreuses éditions en cours (dont une en braille).

13 DÉCEMBRE

La veille de la première du film, un bal de charité est organisé par la Junior League.
Devant la reproduction de la façade de Tara chante un « chœur d'esclaves ».
Assis au centre : un jeune choriste nommé Martin Luther King, né le 15 janvier 1929 à Atlanta.
La première apparition publique de ce fils d'un pasteur et d'une institutrice eut donc lieu lors de cérémonies célébrant peu ou prou un Sud entré en sécession et défendant le maintien de l'esclavage. Le futur leader du mouvement des droits civiques pour les noirs, qui lui donnera une stature internationale, recevra le prix Nobel de la paix en 1964.

15 DÉCEMBRE

Première de gala à Atlanta.
Le gouverneur de Géorgie a décrété un jour de fête. Le maire a invité ses concitoyens à se vêtir en costumes d'époque. Les jours précédents, les acteurs, à leur arrivée à l'aéroport, ont été accueillis par une fanfare ; ils traversent la ville en liesse en décapotable. Par contre, les acteurs noirs (dont Hattie McDaniel, première femme noire à recevoir un oscar pour son interprétation de Mummy, et Butterfly McQueen, actrice connue du Harlem Renaissance) ne sont pas expressément invités à la projection, et les grands hôtels n'ont pas prévu de les accueillir. Environ 100 000 personnes se rassemblent autour du Loew's Grand Theatre, décoré d'une fausse façade imitant le style colonial. Margaret Mitchell, selon l'organisation de la cérémonie, prend place la dernière dans la salle.
La projection est un triomphe.
Mitchell apprécia le film, mais regretta sa nostalgie trop appuyée du Vieux Sud. Il est vrai que le film présente une image moins nuancée de la société locale et de la géographie sociale d'Atlanta, pour décupler, par la magie du technicolor, la figure de Scarlett, belle du Sud transformée par la guerre et la pauvreté. Rendant compte des festivités, le correspondant de l'Agence United Press, Henry McLemore, écrit : « J'ai couvert maints spectacles dans beaucoup de pays – les Jeux

Première du film au Loew's Grand Theatre à Atlanta le 15 décembre 1939.

olympiques de Berlin [1936], le Grand Prix de Paris… –, mais je n'ai jamais vu une ville se donner aussi complètement lors d'un événement comme Atlanta l'a fait pour la première de *Gone With The Wind.* »

1940

JANVIER

Margaret Mitchell subit une opération; elle souffre depuis plusieurs mois d'adhérences abdominales. Commence pour elle une longue convalescence alors que John Marsh est atteint de la fièvre de Malte.

FÉVRIER

Le film reçoit dix Oscars à Hollywood.

Double page suivante :
le « Chœur des esclaves »
produit par la Junior League.
Au centre, assis, Martin Luther King.

JUIN

Le Smith College remet à son ancienne élève une licence ès lettres à titre honorifique.

15 DÉCEMBRE

Un second lancement du film est organisé. Il doit permettre une nouvelle distribution avec un prix des places moins élevé pour toucher un public plus large. Selznick envisage de faire jouer la scène du corset par Vivien Leigh et Hattie McDaniel sur les planches du Loew's Grand Theatre. Hattie McDaniel décline l'invitation, refusant de séjourner dans un État ségrégationniste. La manifestation ne rencontre pas l'écho attendu.

1941

Margaret consacre une grande partie de son énergie à récupérer les droits des éditions pirates ou les droits d'éditeurs dont elle est sans nouvelles du fait de la guerre. Ainsi, en dépit de la situation de pays occupé des Pays-Bas, elle réussit à obtenir à propos de son éditeur hollandais un jugement qui aura pour effet de renforcer la protection des auteurs américains en matière de copyright.

9 AOÛT

Margaret Mitchell est invitée à devenir la marraine du croiseur *Atlanta* dont le lancement a lieu à Kearny (New Jersey) le 6 septembre.

SEPTEMBRE

2 868 000 exemplaires du livre ont été vendus aux États-Unis.

7 DÉCEMBRE

Les forces navales japonaises attaquent la base américaine de Pearl Harbor et détruisent la flotte qui y stationne. Les États-Unis entrent en guerre. Margaret n'est nullement surprise par l'attaque japonaise ; elle avait déclaré auparavant que, selon elle, les États-Unis n'avaient le choix qu'entre le déshonneur ou l'intervention dans le conflit. Elle suit avec une extrême attention le déroulement des opérations et achète chaque mois un bon de souscription pour la défense nationale.

1942

NOVEMBRE

Le croiseur *Atlanta* est coulé par les Japonais. Il n'y a aucun survivant. Margaret, accablée par cette terrible nouvelle, lance une souscription pour financer un nouvel *Atlanta*, vendant elle-même des bons. En six semaines, elle rassemble 65 millions de dollars. Parallèlement, elle reçoit les lettres de dizaines d'appelés et participe aux activités de la Croix-Rouge.

In new screen splendor...
The most magnificent picture ever!
DAVID O. SELZNICK'S PRODUCTION OF MARGARET MITCHELL'S
"GONE WITH THE WIND"
Winner of Ten Academy Awards
CLARK GABLE
VIVIEN LEIGH
LESLIE HOWARD OLIVIA de HAVILLAND
A SELZNICK INTERNATIONAL PICTURE · VICTOR FLEMING · SIDNEY HOWARD · METRO-GOLDWYN-MAYER INC.
STEREOPHONIC SOUND METROCOLOR
MGM

1943

AVRIL

Elle subit l'ablation du disque situé entre des deux dernières vertèbres lombaires.

1944

FÉVRIER

Baptême du nouveau croiseur *Atlanta*.

17 JUIN

Mort de Eugene Mitchell, son père.

1er DÉCEMBRE

L'ambassade américaine à Paris organise une projection privée de *Gone with the Wind* à laquelle assiste Jean Cocteau, qui est subjugué par la couleur, jusqu'alors inconnue dans le cinéma français.

1945

MARS

La maladie de leur blanchisseuse noire Carrie, à leur service depuis 20 ans, oblige Margaret à affronter le système de santé ségrégationniste en vigueur à Atlanta. Cette expérience amère la conduit à mener une campagne pour l'édification d'un hôpital payant dispensant des soins de qualité aux noirs, leur évitant ainsi de se voir rejetés vers des hospices sordides.

MAI

Avec la fin de la guerre, *Gone with the Wind* connaît un regain de succès, notamment en Europe. Bien que sa traduction ait paru en 1939 à un très mauvais moment, le livre de Margaret Mitchell est connu en France. Dans les camps d'officiers français prisonniers en Allemagne, il « dut bien être le livre le plus lu dans les oflags » (Yves Durand, *La Vie quotidienne des prisonniers de guerre…*, Hachette, 1987, p. 182). John s'occupe de renouer avec les éditeurs. Margaret écrit à Lois Cole : « Toujours aucune nouvelle de la Pologne. Silence plus alarmant du fait que ma première maison d'édition dans ce pays était dirigée par des israélites. La Lettonie, passée aux mains des Soviétiques, ne répond pas davantage. Mes éditeurs finlandais ne sont pas plus loquaces. Des gens charmants, autant qu'il m'en souvienne. L'armée Rouge était aux portes d'Helsinki quand le patron de la maison, un vieux monsieur dont les fils se trouvaient au front, avait tenu à me payer rubis sur l'ongle. »

11 JUILLET

Sortie du film en France.

Une production DAVID O. SELZNICK
d'après le célèbre roman de MARGARET MITCHELL
AUTANT EN EMPORTE LE VENT
CLARK GABLE · VIVIEN LEIGH
LESLIE HOWARD · OLIVIA DE HAVILLAND
Réalisation de VICTOR FLEMING · Musique de MAX STEINER
Couleur de TECHNICOLOR
Un film SELZNICK INTERNATIONAL
SON STÉRÉOPHONIQUE PERSPECTA

24 DÉCEMBRE

Alors que le couple se rend à Sea Island, John Marsh est victime d'une crise cardiaque. Il commence à se remettre de cette épreuve en juillet de l'année suivante mais doit abandonner son emploi à la Georgia Power Society. Margaret le remplace pour le recouvrement des droits étrangers.

1946

Le roman réapparaît sur la liste américaine des best-sellers.

1948

NOVEMBRE

Obsédée par l'idée de sa propre mort, Margaret Mitchell révise son testament établi en 1936. Elle ne fait nulle mention de sa volonté de destruction de tous ses papiers après son décès mais elle la demande avec fermeté à son mari.

1949

JANVIER

Berrien Upshaw se suicide à Galveston (Texas). Il avait essayé de reprendre contact avec Margaret à l'automne.

1948

JUILLET

Margaret Mitchell est faite citoyenne d'honneur de Vimoutiers en remerciement de l'aide américaine qu'elle a contribué à faire parvenir à cette petite ville de l'Orne. Le 14 juin 1944, Vimoutiers a subi un bombardement allié qui fit plus de 200 morts et qui la détruisit à 90 %. Elle fait preuve d'une grande attention à la situation politique en Europe, n'hésitant pas à écrire à un ami fonctionnaire au Département d'État: « Les mêmes noms traversent et retraversent mes insomnies. Noms d'éditeurs ou d'agents, de critiques littéraires, voire de simples lecteurs dont j'ai conservé les lettres... Que sont devenus ces inconnus, bulgares, roumains, hongrois, polonais, yougoslaves, tchèques, réduits au silence depuis que l'Union soviétique s'est approprié leur pays? Aux États-Unis comme partout dans le monde, les communistes ont mené campagne contre mon livre. »

11-16 AOÛT

Les Marsh décident de se rendre au Peachtree Arts Theatre pour voir un film anglais. Partis en retard, Margaret gare la voiture à une certaine distance du théâtre. Le couple doit traverser l'avenue près d'un carrefour non protégé. Margaret est renversée par une voiture arrivant à vive allure. Transportée à l'hôpital, elle décède le

16 des suites de l'accident, comme elle en avait eu le pressentiment. En 1945, elle avait écrit à ses amis Granberry : « Je mourrai dans un accident de voiture... » Ses obsèques se déroulent en présence d'une foule considérable. Pour se rendre à Oakland Cemetery où reposent les parents de Margaret, le cortège funèbre emprunte le même trajet que le défilé organisé lors de la première du film. Quelques jours après la cérémonie, John Marsh fait brûler par Margaret Baugh les papiers de son épouse dans la chaudière de leur immeuble. Il ne conserve que quelques pages du manuscrit original portant des corrections de la main de Margaret afin de faire la preuve, si besoin est, qu'elle est bien l'auteur du roman.

1952

5 MAI

Mort de John Marsh.
Il est enterré aux côtés de son épouse.

1965

Margaret Mitchell se voit attribuer le Shining Light Award en reconnaissance de son action humanitaire en faveur des habitants d'Atlanta.

1969

Stephens Mitchell fait de la maison des arrière-grands-parents Fitzgerald à Jonesboro, la demeure « officielle » de *Gone with the Wind.*

1983

Mort de Stephens, frère de Margaret.

1989

Ouverture du musée The Road to Tara.

1997

Acheté en 1995 par la firme Daimler-Benz et restaurée, la Maison Margaret Mitchell est inaugurée à Atlanta.
Elle est inscrite au registre national des lieux historiques par le National Trust for Historic Preservation.

2001

Le musée est rénové. Il abrite les collections concernant *Gone with the Wind* et devient la plus grande exposition permanente au monde sur le livre et le film.

TABLE DES ILLUSTRATIONS DU ROMAN

447 • Rhett embrasse Scarlett avant de rejoindre l'armée confédérée.

480-481 • Scarlett et son père.

608-609 • Ashley, en grande discussion avec Scarlett (608), finit par l'embrasser (609).

641 • Prisonnier, Rhett joue au poker avec les Nordistes qui l'ont arrêté.

664 • La visite de Scarlett à Rhett en prison.

906-907 • Ashley, blessé, en passe d'être sauvé par Rhett des mains de Tom (Ward Bond), le capitaine nordiste, sous les yeux de Mélanie.

918-919 • Rhett console Scarlett après la mort de son second mari.

950-951 • Rhett enlaçant Scarlett lors de sa demande en mariage.

954-955 • Un dîner lors du voyage de noces à La Nouvelle-Orléans.

970-971 • Rhett réconforte Scarlett après un cauchemar.

1006 • L'épreuve du corset.

1033 • Scarlett à son arrivée à l'anniversaire d'Ashley.

1052 • Rhett embrasse Scarlett.

1068-1069 • Rhett annonce à Scarlett son intention de divorcer.

1094-1095 • Mélanie réconforte Rhett au désespoir après la chute de Scarlett.

1130 • Mama (Hattie MacDaniel).

1172 • Rhett, au moment où il annonce à Scarlett qu'il la quitte définitivement.

CRÉDITS PHOTOGRAPHIQUES

TABLE DES MATIÈRES

DOCUMENT DE COUVERTURE
Affiche française de *Autant en emporte le vent*, film de
Victor Fleming et George Cukor, 1939.
Photo collection Les Archives du 7e art-D.R.

DOCUMENT DOS DE COUVERTURE
Photo © FIA/Rue des Archives.

LABORATOIRE ARTISTIQUE ET PHOTOGRAPHIQUE
Dominique Jochaud
© Éditions Gallimard

DOCUMENT LOGO QUARTO
Jacques Sassier

MAQUETTE
Cécile Meissonnier • Bertrand Mirande-Iriberry

ÉDITION
Françoise Cibiel • Antoine Jaccottet •
Brigitte de la Broise • Cécile Meissonnier • Jean-Louis Panné •

DANS LA MÊME COLLECTION

Louis Aragon — ***Henri Matisse, Roman.***
1998, 868 p., 551 doc.

Hannah Arendt — ***Les Origines du totalitarisme • Eichmann à Jérusalem***
2002, 1624 p., 32 doc.
Traductions entièrement révisées. Préface de Pierre Bouretz, édition établie sous sa direction. Dossiers, choix de lettres. Vie et œuvre illustré. Index des personnes et index thématique.

Marcel Aymé — ***Nouvelles complètes***
2002, 1372 p., 106 doc.
Contes illustrés d'après les albums originaux. Vie et œuvre illustré.

René Char — ***Dans l'atelier du poète***
1996, 1064 p., 350 doc.
Œuvres poétiques, écrits sur l'art, correspondances. Édition de M.-C. Char.

André Chastel — ***Renaissance italienne 1460-1500***
Renaissance méridionale • Le Grand Atelier d'Italie
1999, 952 p., 320 doc.

Chateaubriand — ***Mémoires d'outre-tombe***
1997, 2 vol., 3696 p., 386 doc.
Avant-propos de Jean d'Ormesson. Édition de Jean-Paul Clément.

Cioran — ***Œuvres***
1995, 1820 p., 87 doc.
Sur les cimes du désespoir • Le Livre des leurres • Des larmes et des saints • Le Crépuscule des pensées • Bréviaire des vaincus • Précis de décomposition • Syllogismes de l'amertume • La Tentation d'exister • Histoire et utopie • La Chute dans le temps • Le Mauvais Démiurge • De l'inconvénient d'être né • Écartèlement • Exercices d'admiration • Aveux et anathèmes

Joseph Conrad — ***Nouvelles complètes***
2003, 1512 p., 39 doc.
Histoires inquiètes • Jeunesse et deux autres récits (Cœur des Ténèbres, Au bout du rouleau) • Typhon et autres récits • Gaspar Ruiz et autres histoires • Entre terre et mer (L'Hôte secret, etc.) • En marge des marées • La Ligne d'ombre • Derniers contes
Édition établie et présentée par Jacques Darras. Vie et œuvre illustré. Bibliographie, filmographie, glossaire.

Robert Desnos *Œuvres*

1999, 1400 p., 226 doc.

Édition établie et présentée par Marie-Claire Dumas. Vie et œuvre.

John Dos Passos *U.S.A.*

2002, 1344 p., 21 doc.

Le 42e Parallèle • 1919 • La Grosse Galette

Traductions révisées. Préface de Philippe Roger. Chronologie des États-Unis de 1898 à 1929. Dictionnaire *U.S.A.* Vie et œuvre illustré.

Georges Duby ***Féodalité***

1996, 1568 p.

Guerriers et paysans • L'An mil • Les Trois Ordres ou L'Imaginaire du féodalisme • Le Dimanche de Bouvines • Guillaume le Maréchal • Le chevalier, la femme et le prêtre • « Que sait-on de l'amour en France au XIIe siècle ? » • « À propos de l'amour que l'on dit courtois » • « Le Roman de la rose » • Des sociétés médiévales

Introduction par Jacques Dalarun.

L'art et la société. Moyen Âge. XXe siècle

2002, 1316 p., 171 doc.

Art et société au Moyen Âge • Saint Bernard. L'art cistercien • « Saint Bernard et les arts » • Le Temps des cathédrales • Articles, conférences, préfaces

Édition établie sous la direction de Guy Lobrichon.

Alexandre Dumas ***La San Felice***

1996, 1736 p.

Les Mohicans de Paris

1998, 2 vol., 2856 p., 72 doc.

Olympe de Clèves

2000, 924 p.

Éditions de Claude Schopp. Dictionnaires des personnages.

Georges Dumézil ***Mythe et épopée I, II, III***

1995, 1484 p.

Édition intégrale en un volume. Préface de Joël H. Grisward.

Esquisses de mythologie

2003, 1204 p.

Apollon sonore • La Courtisane et les seigneurs colorés • L'Oubli de l'homme et l'honneur des dieux • Le Roman des jumeaux

Préface de Joël H. Grisward.

Marguerite Duras — ***Romans, cinéma, théâtre, un parcours, 1943-1993***

1997, 1764 p., 200 doc.

La Vie tranquille • Un barrage contre le Pacifique • Le Boa • Madame Dodin • Les Chantiers • Le Square • Hiroshima mon amour • Dix heures et demie du soir en été • Le Ravissement de Lol V. Stein • Le Vice-Consul • Les Eaux et Forêts • La Musica • Des journées entières dans les arbres • India Song • Le Navire Night • Césarée • Les Mains négatives • La Douleur • L'Amant de la Chine du Nord

Vie et œuvre. Bibliographie.

Michel Foucault — ***Dits et écrits I, 1954-1975 • II, 1976-1988***

2001, 2 vol., 3444 p.

Éditions établies par Daniel Defert et François Ewald.

Witold Gombrowicz — ***Moi et mon double***

1996, 1400 p., 187 doc.

Souvenirs de Pologne (extraits) • Bakakaï • Ferdydurke • Les Envoûtés • Trans-Atlantique • La Pornographie • Cosmos

Vie et œuvre illustré.

Ernest Hemingway — ***Nouvelles complètes***

1999, 1232 p., 36 doc.

Toutes les nouvelles organisées selon la volonté d'Hemingway. Choix de lettres. Vie et œuvre. Filmographie.

Victor Hugo — ***Choses vues***

2002, 1428 p., 44 doc.

Souvenirs, journaux, cahiers, 1830-1885

Texte établi par Hubert Juin, avec des révisions. Vie et œuvre illustré.

Inventaire Voltaire — Dictionnaire dirigé par Jean M. Goulemot, André Magnan, Didier Masseau : 1368 articles originaux avec de nombreuses citations.

1995, 1484 p., 84 doc.

Journal de la France et des Français — ***Chronologie politique, culturelle et religieuse de Clovis à 2000***

2001, 2 vol. sous coffret, 3472 p.

1 *Journal* rédigé, 2408 p. • 1 *Index* raisonné, 1064 p.

Journal rédigé par Guy Lobrichon, Élie Barnavi, Hélène Duccini, François Lebrun, Yann Fauchois, Patrice Gueniffey, Jean-Louis Panné, Frédéric Gugelot, Jean Loignon.

Ernst Kantorowicz

Œuvres

L'Empereur Frédéric II • Les Deux Corps du Roi

2000, 1372 p., 95 doc.

Postface par Alain Boureau. Bibliographie, index, cartes.

D. H. Lawrence

Femmes amoureuses I et II

L'Arc-en-ciel • Femmes amoureuses

2002, 1372 p., 25 doc.

Traductions révisées. Choix de lettres. Vie et œuvre illustré.

Michel Leiris

Miroir de l'Afrique

1995, 1484 p., 363 doc.

L'Afrique fantôme • Message de l'Afrique • La Possession et ses aspects théâtraux chez les Éthiopiens de Gondar, précédée de La Croyance aux génies zar *en Éthiopie du Nord • Encens pour Berhané • Préambule à une histoire des arts plastiques de l'Afrique noire • Afrique noire: la création plastique*

Correspondances, textes et documents inédits. Édition de Jean Jamin.

Les Lieux de Mémoire

1997, 3 vol., 4760 p., 189 doc.

La République • La Nation • Les France

Édition intégrale sous la direction de Pierre Nora.

Joanot Martorell

Tirant le Blanc

1997, 644 p.

Traduction et adaptation en français par le comte de Caylus (1737). Préface de Mario Vargas Llosa. Postface de Marc Fumaroli. Édition de Jean-Marie Barberà.

Si les lions pouvaient parler

Essais sur la condition animale

Sous la direction de Boris Cyrulnik.

1998, 1540 p., 80 doc.

Jacques Le Goff

Un Autre Moyen Âge

1999, 1400 p.

Pour un autre Moyen Âge • « L'Occident médiéval et le temps » • L'Imaginaire médiéval • La Naissance du Purgatoire • « Les limbes » • La Bourse et la vie • « Le rire dans la société médiévale »

Alain Peyrefitte

C'était de Gaulle I, II, III

2002, 1960 p.

Index.

Luigi Pirandello — ***Nouvelles complètes***

Nouvelles pour une année • *« Appendice »*

2000, 2240 p., 36 doc.

Préface de Giovanni Macchia. Postface de Georges Piroué. Vie et œuvre illustré.

Plutarque — ***Vies parallèles***

2001, 2296 p.

Volume dirigé et préfacé par François Hartog. Traduction nouvelle d'Anne-Marie Ozanam annotée par Claude Mossé, Jean-Marie Pailler et Robert Sablayrolles. « Dictionnaire Plutarque » dirigé par Pascal Payen. Bibliographie, chronologie, cartographie, index.

Marcel Proust — ***À la recherche du temps perdu***

1999, 2408 p.

Texte intégral en un volume établi sous la direction de Jean-Yves Tadié.

Jean Santeuil

2001, 924 p.

Préface de Jean-Yves Tadié. Édition de Pierre Clarac et Yves Sandre, avec des compléments de Jean-Yves Tadié. Index des personnages.

Alexis de Tocqueville — ***Lettres choisies (1814-1859) • Souvenirs***

2003, 1428 p., 44 doc.

Édition établie sous la direction de Françoise Mélonio et Laurence Guellec. Vie et œuvre illustré. Index.

Simone Weil — ***Œuvres***

1999, 1288 p., 36 doc.

Impressions d'Allemagne 1932 • *Réflexions sur les causes de la liberté et de l'oppression sociale* • *Expérience de la vie d'usine* • *Méditation sur l'obéissance et la liberté* • *Lettre à Georges Bernanos* • *Réflexions sur la barbarie* • *Quelques réflexions sur les origines de l'hitlérisme* • *L'Iliade ou le poème de la force* • *Réflexions à propos de la théorie des quanta* • *L'Amour de Dieu et le malheur* • *Autobiographie spirituelle* • *Cahier de Marseille* • *Cahier de New York* • *Lettre à un religieux* • *L'Enracinement*

Édition établie par Florence de Lussy. Vie et œuvre illustré.

Achevé d'imprimer
par Maury-Eurolivres S.A.
45300 Manchecourt
le 31 mars 2003.
Dépôt légal : mars 2003
Numéro d'imprimeur : 99319
ISBN 2-07-076841-4/Imprimé en France.

121551